Gillian Bradshaw

DIE KRONE VON CAMELOT

DER FALKE DES LICHTS · DAS KÖNIGREICH DES SOMMERS

Die König Artus-Trilogie

Gillian Bradshaw

DIE KRONE VON CAMELOT

DER FALKE DES LICHTS · DAS KÖNIGREICH DES SOMMERS

Die König Artus-Trilogie

Deutsch von Ilka Paradis

Bechtermünz Verlag

Originaltitel: Hawk of May/Kingdom of Summer/In Winter's Shadow
Die Originalausgaben erschienen 1980, 1981, 1982 bei
Simon & Schuster, New York

Deutsch von Ilka Paradies

Genehmigte Lizenzausgabe für
Weltbild Verlag GmbH, 1999
DER FALKE DES LICHTS

DAS KÖNIGREICH DES SOMMERS

DIE KRONE VON CAMELOT

Umschlagmotiv: „Parzivals erster Besuch auf der Gralsburg/Parzival reitet
seines Weges"; Ausschnitt aus dem „Parzival-Zyklus", Aquarell, 1869, von Eduard Ille
Wittelsbacher Ausgleichfond München/AKG, Berlin
Umschlaggestaltung: Werbeagentur Eisele & Bulach, Augsburg
Gesamtherstellung: Bercker Graphischer Betrieb GmbH, Kevelaer
Printed in Germany

ISBN 3-8289-0093-3

DER FALKE DES LICHTS

1

Als mein Vater die Nachricht vom Tod des Pendragon erhielt, spielte ich gerade mit meinen Booten am Meer.

Ich war damals elf Jahre alt, und als Krieger war ich genauso schlecht wie jeder andere Junge im Reich meines Vaters auf den Innsi Erc, den Orkneyinseln. Da ich auch ein schlechter Jäger war, hatte ich mit den anderen wenig gemeinsam, die mit mir im Haus der Knaben wohnten und ausgebildet wurden. Noch weniger gemeinsam hatte ich mit meinem älteren Bruder Agravain, denn er war der Anführer der anderen Jungen, die mir das Leben schwermachten – fast so schwer, wie es mir die Pläne machten, die mein Vater für mich hatte. Vor all diesen Kriegern und zukünftigen Kriegern zog ich mich manchmal zu meinem jüngeren Bruder zurück, aber noch viel öfter ging ich zu meiner geheimen Stelle, die ich am Meer hatte.

Sie lag etwa einen Stundenritt südlich von Dun Fionn, der Festung meines Vaters. Ein kleiner Bach stürzte die Klippe hinab, die unsere Insel im Westen begrenzt, und das Wasser schneidet eine Rinne in den Fels. Unten, aufgehalten durch einen Grat aus härterem Gestein, bildet der Bach einen tiefen Teich hinter dem kiesigen Strand; von dort fließt das Wasser zum Ozean ab. Überhängende Klippen machen die Stelle von oben unsichtbar, und so hat niemand außer mir selbst jemals davon gewußt. Und weil es mir dort so sehr gefiel, nahm ich die Stelle für mich in Besitz. Ich gab ihr einen Namen – Llyn Gwalch, »Der Bach des Falken« –, und ich war dort weltenweit entfernt von Dun Fionn und den Orkneys, und es war alles viel, viel besser. Manchmal nahm ich meine Harfe hierher mit, und dann sang ich zu den Wellen, die an den Strand schlugen, bei Flut in den Teich flossen und bei Ebbe auf dem Kies zischten. Manchmal baute ich Festungen aus Kies und Schlamm, und dann plante ich Schlachten auf dem Bach, als ob er ein großer Fluß sei und die Grenze zwischen mächtigen Königreichen. Ich kam mir wie ein großer Krieger vor, erfahren in allen Arten des Kampfes, bewundert von Agravain und meinem Vater und besungen in jeder Königshalle der westlichen Reiche. Mein Lieblingsspiel aber bestand darin, Schiffe zu bauen. Die ließ ich dann von dem dunklen Teich hinaus in das wilde, graue Meer segeln. Ich schickte meine Schiffe nach Westen: nach Erin, von wo mein Vater vor Jahren hergesegelt war, und über Erin hinaus zu der geheimnisvollen Insel, von der die Druiden und Poeten sagen, daß sie westlich des Sonnenuntergangs liegt. Die Insel ist unsichtbar für alle, bis auf wenige Sterbliche, und dort leben die Sidhe in ewiger Glückseligkeit.

Ich liebte Llyn Gwalch sehr, und ich hütete die Stelle eifersüchtig vor allen Eindringlingen aus der Welt da draußen. Nur meinem jüngeren Bruder Medraut hatte ich von ihrer Existenz erzählt, und das auch erst, nachdem ich ihn hatte schwören lassen, mein Geheimnis zu bewahren. Als ich nun das Klacken eines Steines vom Pfad über mir hörte, ließ ich schnell die Karacke stehen, an der ich gerade baute, und kletterte die Rinne hinauf. Ich hatte mein Pferd oben angebunden zurückgelassen, und ich wollte nicht, daß jemand auf der Suche nach mir hinuntergestiegen kam.

»Gawain?« Die Stimme, die von der Klippe herunterschallte, gehörte Agravain.

»Ich komme!« rief ich und kletterte schneller.

»Es ist auch besser, du beeilst dich«, meinte Agravain. Er klang zornig. »Vater wartet auf uns. Er hat mich geschickt, um dich zu suchen.«

Ich erreichte die Spitze der Klippe, schüttelte mir das Haar aus den Augen und starrte Agravain an. »Was will er denn?« Mir gefiel das nicht. Mein Vater wartete nicht gern, und wenn ich zurück nach Dun Fionn kam, dann würde er sicher wütend sein.

»Was er will, das geht dich nichts an.« Agravain war richtig zornig. Er war es leid, dauernd nach mir zu suchen, und wahrscheinlich fürchtete er, daß er etwas vom Zorn meines Vaters abbekommen könnte. »Bei der Sonne und dem Wind, kannst du dich nicht beeilen?«

»Ich beeil' mich ja.« Ich war schon dabei, mein Pferd loszubinden, als ich das sagte.

»Gib mir keine Widerworte! Für dich wird es sowieso schlimm genug werden. Wir sind spät dran, und Vater sieht es sicher nicht gern, wenn du so vor dem Gast erscheinst. Du siehst furchtbar aus.«

»Gast?« Ich wollte aufsitzen, aber ich blieb stehen. »Ist es ein Barde oder ein Krieger? Woher kommt er?«

»Aus Britannien. Ich weiß nicht, aus welchem Königreich. Vater hat mich nach dir geschickt, sobald er mit dem Mann gesprochen hatte. Es ist gut, daß Diuran dich gesehen hat. Sonst wäre ich jetzt immer noch dabei, nach dir zu suchen.« Agravain stieß sein Roß heftig mit den Fersen an und galoppierte über die Klippen. »Komm schon, du kleiner Feigling!«

Ich schwang mich auf mein Pferd und folgte ihm, und ich überhörte die allzu bekannte Beleidigung. Ich war also offenbar tatsächlich ein Feigling. Denn wenn das nicht der Fall gewesen wäre, dann hätte ich die Beleidigung nicht überhören dürfen. Ich hätte mit Agravain gerauft, obwohl ich dabei immer verlor. Aber anschließend waren wir dann jedesmal wieder Freunde. Nach einem Kampf war Agravain immer freundlich.

Ein Gast, aus Britannien, und dann die dringende Aufforderung zu erscheinen. Der Brite mußte eine wichtige Botschaft gebracht haben. Mein Vater hatte zwar viele Spione in Britannien, die ihm regelmäßig berichteten – aber die schickten ihre Nachrichten indirekt und kamen nie selbst nach Dun Fionn. Ein Bote aus Britannien – das bedeutete einen großen Sieg über die Sachsen oder eine Niederlage oder den Tod eines wichtigen Königs. Irgend etwas, das mein Vater ausnutzen konnte, um seinen Einfluß im Süden zu verstärken. Aber die Sachsen hatten erst vor einem Jahr gegen einen jungen Feldherrn des Pendragon eine Niederlage erlitten, also konnte es das nicht sein. War also ein König gestorben, und wollte mein Vater einen Kuhhandel mit seinem Nachfolger abschließen? Einen Handel, bei dem Agravain und ich irgendeinen Teil erfüllen konnten? Ich drängte mein Pferd schneller vorwärts und überholte Agravain im Galopp. Ich war jetzt aufgeregt und fühlte mich elend. Mein Vater machte immer Pläne für mich, aber ich erfüllte nur wenige von ihnen. Der Seewind trocknete das Salz in meinem Haar, und die Hufe meines Pferdes bildeten das Echo zum Donnern der Brandung. Es war besser, an die Brandung zu denken als an meinen Vater. Sicher war es gut, die Begegnung schnell hinter sich zu bringen – so schnell wie möglich. Wenigstens, so dachte ich, während ich eine gute Seite an der ganzen Sache suchte, hat Agravain mich nicht gefragt, was ich am Llyn Gwalch zu suchen gehabt hatte.

Der Gedanke an meinen Bruder ließ mich erschreckt zurückschauen. Er war gut hundert Schritt hinter mir und kämpfte sich mit seinem Pferd über den holprigen Pfad. Er machte ein wütendes Gesicht. Es gab zwei Dinge, die ich besser konnte als er: reiten und Harfe spielen. Agravain vergaß das gern, und da er mir im Kampf unendlich weit überlegen war, versuchte ich auch immer, ihn nicht daran zu erinnern. Und jetzt hatte ich das doch getan. Ein schmerzliches Gefühl wallte in mir auf, denn ich wußte, später würde er unter einem Vorwand Streit mit mir suchen. Ich zügelte mein Pferd und ließ es traben.

Agravain kam an mir vorbei, ohne etwas zu sagen, und ritt, ebenfalls im Trab, vor mir her. Das war typisch Agravain. Er wollte der erste sein, und er war es auch fast immer. Der Erstgeborene, die erste Wahl zum Nachfolger meines Vaters als König, der erste unter den Knaben der Insel, die zu Kriegern ausgebildet wurden. Mein Vater war stolz auf ihn und konnte ihm nie lange böse bleiben. Ich starrte den Rücken meines Bruders an und wünschte mir, daß ich so sein könnte wie er.

Schweigend ritten wir nach Dun Fionn.

Die Festung ist aus sehr hellem Stein erbaut, von dem sie

auch ihren Namen hat: »Weiße Festung«. Sie ist noch neu – sie wurde im Jahr von Agravains Geburt vollendet, drei Jahre vor meiner Geburt. Aber schon jetzt war sie so berühmt und mächtig wie die anderen, älteren Festungen, Temair oder Emhain Macha in Erin oder Camlann und Din Eidyn in Britannien. Sie steht auf dem höchsten Punkt der Klippe und schaut auf die See hinaus, und sie ist von einem Wall, einem Graben und ihren dicken, hohen Mauern umgeben. Zwei Tortürme, den Türmen alter römischer Festungen nachgebaut, flankieren das einzige nach Westen gewandte Tor. Die Burg hat mein Vater selbst entworfen, und die Macht und der Ruhm waren ihr durch unzählige Intrigen und Manöver, sowohl politischer als auch militärischer Natur, zuteil geworden. All diese Pläne waren unfehlbar erfolgreich gewesen. Meine Mutter war die Quelle der Intrigen, und mein Vater, König Lot Mac Cormac von den Innsi Erc, war derjenige gewesen, der die Pläne ausgeführt hatte. Er hatte sich damit zu einem der mächtigsten Könige in Britannien und Erin gemacht. Während Agravain und ich in den Torbogen einritten, fragte ich mich wieder nervös, was mein Vater wohl von mir wollte.

Wir ließen unsere Pferde im Stall zurück und eilten hinüber zum Gemach meines Vaters hinter der Festhalle. Das Zimmer war klein und einfach, und staubiges Sonnenlicht filterte durch das Loch herein, das zwischen Dach und Mauer für den Rauch gelassen war. Mein Vater wartete offenbar schon eine Weile. Der Bote mußte das Zimmer schon vor geraumer Zeit verlassen haben, und die Luft hatte die stille Spannung eines unterbrochenen Gespräches. Meine Mutter saß auf dem Bett und studierte eine Landkarte. Ein Becher mit Wein aus einem Land im Süden stand auf dem Lampentisch neben ihr. Noch ein Becher – Lots Becher – lag daneben auf der Seite. Als wir eintraten, hörte mein Vater auf im Raum hin- und herzugehen und schaute uns an. Meine Mutter blickte auf, konzentrierte sich dann wieder auf ihre Karte. Die Luft zitterte vor Erwartung: Mein Vater war zornig.

Er war kein großer Mann, aber er war unmißverständlich

der König. Er strahlte Arroganz und Befehlsgewalt aus. Sein dichtes blondes Haar und sein Bart standen ihm vom Kopf ab, als ob die Energie seines mageren Körpers sie dazu zwänge. Seine blauen Augen konnten jeden verbrennen, der ihm widersprach. Meine Vorfahren kommen aus Ulster, und man sagt, daß Lugh von der langen Hand, der Sonnengott, viele Söhne in der Ahnenreihe meines Vaters hatte. Alle, die längere Zeit mit Lot sprachen, waren anschließend mindestens halbwegs überzeugt davon. Mein Vater übersah Agravain und starrte mich an. »Wo warst du in den letzten beiden Stunden?«

Als ich mühsam nach Worten suchte, antwortete Agravain: »Er war unten am Meer; er hat Austern gesammelt oder so etwas. Ich habe ihn einen guten Stundenritt von hier gefunden.«

Lot starrte mich noch wilder an. »Warum bist du nicht hiergeblieben und hast Speerwerfen geübt? Du könntest Übung wirklich brauchen.«

Wie das in Gegenwart meines Vaters immer geschah, so waren mir auch jetzt all meine Worte in der Kehle vertrocknet, und ich blickte unglücklich auf den Fußboden.

Lot schnaubte: »Aus dir wird nie ein Krieger, aber du könntest wenigstens versuchen, genug zu lernen, daß du deinen Clan nicht entehrst.«

Ich fand noch immer nichts zu sagen, und ich konnte auch seinem Blick nicht begegnen. Er ballte wütend die Fäuste. Dann zuckte er müde die Achseln, drehte sich um und begann, wieder im Zimmer umherzugehen. »Genug davon. Kann einer von euch erraten, warum ich euch gerufen habe?«

»Du hast eine Botschaft aus Britannien bekommen«, antwortete Agravain schnell und eifrig. »Was ist dort geschehen? Haben die Sachsen jemanden besiegt, und wollen die Könige jetzt deine Hilfe?«

Meine Mutter Morgas blickte von ihrer Landkarte auf und lächelte, und ihr Blick ruhte einen Augenblick auf mir. Mein Herz tat einen Sprung. »Hast du nichts zu sagen, Gawain?« Ihre Stimme war tief, weich und wunderschön. Auch sie selbst war schön: hochgewachsen, dunkel, wo Lot blond war, und ihre Augen waren schwärzer als die See um Mitternacht. Jedem, der sie nur anschaute, raubte sie den Atem, und sie zog Blicke auf sich, wie ein Strudel das Wasser anzieht. Sie war die legitime Tochter König Uthers, des Königs über die Könige. Und man hatte sie Lot zur Ehe gegeben, als sie dreizehn war. Sie war das Siegel desselben Paktes gewesen, gegen den sie seit damals dauernd gearbeitet hatte. Sie haßte ihren Vater Uther von ganzer Seele. Und ich betete sie an.

Lot hielt inne, sah zu ihr hinüber und bemerkte, daß sie sich beim Anblick der Landkarte für irgend etwas entschieden hatte. Er nickte in sich hinein und schaute dann wieder mich an.

»Es ist . . . es ist ein wichtiger König gestorben, nicht wahr?« fragte ich, während ich meinen Mut in beide Hände nahm. »Ist es Vortipor?«

Mein Vater warf mir einen überraschten Blick zu. Dann lächelte er. »In der Tat. Es ist ein König tot. Aber nicht Vortipor von Dyfed.« Mein Vater Lot ging zum Bett hinüber, stellte sich hin und schaute die Karte an. Er fuhr mit seinem Finger über Dyfed und folgte dann der Linie des Saefern-Flusses hinauf durch Powys. Dann zog sein Finger die Linie der Küste von Elmet und Ebrauc bis nach Rheged hinauf und fuhr wieder hinunter, die Ostgrenze von Britannien entlang. Morgas' Augen glühten von einem tiefen, dunklen Feuer, voller Triumph und stiller Freude. Da wußte ich, wer gestorben war und was meine Eltern planten. Es gab nur einen einzigen König, dessen Tod meiner Mutter solche Freude bringen konnte.

»Uther, der Pendragon von Britannien, liegt tot in Camlann«, sagte Morgas ganz leise. »Der König über die Könige ist tot, und er starb an einer Krankheit.« Ihr Lächeln war weicher als die Schneeflocken, die aus einer schwarzen Winternacht herniederfallen.

Agravain stand schweigend einen Augenblick da. Dann keuchte er verwundert: »Uther!«

Lot lachte, warf den Kopf zurück und schlug die Hände zusammen. »Uther ist tot. Und ich hatte schon gedacht, der Sohn der alten Mähre hätte noch viele Jahre in sich!«

Ich schaute Morgas an. Das Gerücht hielt sie für eine Zauberin, überall in Britannien. Ich fragte mich, ob Uther wohl gelitten hatte und wie lange seine Krankheit gedauert haben mochte. Wenn meine Mutter ... nein, wie konnte jemand auf den Orkneys einen Menschen in Dumnonia töten ... Ich war froh, daß der Mann, den sie haßte, gestorben war.

»... das ist nicht alles«, sagte mein Vater gerade, »es gibt auch Streit darüber, wer ihm folgen soll.«

Darüber redeten natürlich alle. Ich hatte es oft genug selbst gehört. Uther besaß keinen männlichen Erben, nur viele Bastarde. In Britannien würde es einen Bürgerkrieg geben, wie vor dreißig Jahren, beim Tod des Vortiger. Mein Vater, der drei von den Männern, die jetzt in Britannien regierten, zu Königen gemacht hatte, bekam jetzt die Chance, auch einmal den König über die Könige zu bestimmen.

Lot fuhr fort. Er sprach jetzt von seinen eigenen Plänen und ging dabei im Zimmer hin und her. Der Staub wirbelte im Sonnenstrahl. »... Docmail von Gwynedd hat im Rat Anspruch auf die Stellung des Königs über die Könige erhoben. Er sagte, die Könige von Gwynedd müßten Hohe Könige werden, weil sie von dem römischen Hohen König Maximus abstammen. Aber Gwlgawd von Gododdin sprach ihm das Recht ab ... Docmail hat also einen Pakt mit Dyfed und Powys geschlossen, und er hat Botschaften an Gwlgawd gesandt, in denen er ihm befiehlt, seinen Anspruch auf die Stellung des Pendragon aufzugeben. Gwlgawd hat Angst, und er will sich jetzt selbst verbünden. Er hat Boten an Caradoc von Ebrauc gesandt ... und an mich.« Lot lächelte noch einmal triumphierend, und dann blieb er beim Bett stehen und schaute auf die Karte. »Caradoc mag sich verbünden oder nicht, ganz wie es ihm paßt. Ich meinerseits werde es tun. Mit meinen Männern und der Heeresmacht von Gwlgawd können wir Docmail ins Meer werfen. Und Gwlgawd ... der wird leicht zu beherrschen sein.« Er wandte sich ruckartig von der Karte ab und begann wieder hin- und herzugehen. Seine Augen flammten, seine Fäuste waren geballt, während er Könige und Königreiche gegeneinander abwägte, Bündnisse und Feindschaften.

»Wenn wir mit unserer Streitmacht im Norden ankommen, um uns Gwlgawd anzuschließen, dann wird Strathclyde sich wahrscheinlich mit Docmail verbünden, und Urien von Rheged erhebt vielleicht selbst Anspruch auf die Stellung des Pendragon – ein Krieger, der zu fürchten ist, dieser Urien. Aber er ist mein Schwager und muß versuchen, zu verhandeln, ehe er den Krieg erklärt. Wir können Verhandlungen anspinnen . . .«

»Sei vorsichtig«, schnappte Morgas. »Dadurch lockern sich die Pakte, und man kann sich auf einen Verbündeten in Britannien niemals verlassen. Ehe dieser Krieg zu Ende ist, werden noch andere auftauchen, die den Titel beanspruchen, und viele Königreiche haben sich noch nicht erklärt.«

Lot nickte, ohne seine Schritte zu unterbrechen. »Natürlich. Und wir müssen die Könige so weit wie möglich voneinander trennen und dafür sorgen, daß wir die Beute gleichmäßig mit all unseren Verbündeten teilen. Diuran kann dabei helfen, auch Aidan. Und dann brauchen wir Zeit, und zwischendurch müssen wir bei Blutfehden auch ein Auge zudrücken.« Er verstummte und überlegte sich, wie man die Blutfehden unter Kontrolle halten konnte. Am Ende würde er doch Morgas fragen, und sie würde ihm sagen, was sie sich schon vor langer Zeit ausgedacht hatte, und es würde alles gutgehen.

Ich fühlte mich sehr nervös, und ich schaffte es zu stammeln: »W-was ist mit Artus?«

Lot schaute mich kaum an, aber Morgas warf mir einen scharfen Blick zu. Artus war Uthers Feldherr gewesen, und wenn die Hälfte der Geschichten stimmte, die man sich erzählte, dann folgte ihm das Heer des Hohen Königs, mit oder ohne Uther. Artus besaß Macht, obwohl er nur einer von Uthers Bastarden war, ein Mann ohne Clan. Er selbst konnte keinen Anspruch auf die Stellung des Pendragon erheben, aber mit Sicherheit besaß er Einfluß genug, jemand anderen zum Hohen König zu machen.

»Artus?« Lot zuckte die Achseln; er dachte noch immer an die Blutfehden. »Der wird niemanden unterstützen. Er wird weiterhin gegen die Sachsen kämpfen, mit dem königlichen Heer – oder soviel davon, wie er unterhalten kann.«

»Sei vorsichtig«, warnte Morgas scharf. »Artus ist gefährlich. Er ist der beste Feldherr in Britannien, und wenn man ihn provoziert, dann bleibt er nicht neutral.«

»Oh, hab keine Furcht.« Lot klang noch immer lässig. »Ich werde mich sehr vor deinem kostbaren Halbbruder in acht nehmen. Ich habe ihn befehlen sehen.«

»Ich auch.« Ihre Stimme war weich, aber Lot blieb stehen und begegnete sekundenlang ihrem Blick. Er schwieg und schaute meine Mutter an. Einen Augenblick schien es, als ob das Sonnenlicht verblaßte, als ob der Staub gefroren in der Luft hinge und sich hinter der Welt ein Abgrund öffnete. Ich zitterte. Ich kannte das dunkle Licht in Morgas' Augen. Haß – die schwarze Flut, in der Uther versunken war, die seine Freunde zu Feinden gemacht hatte, die Aufruhr, Verfall und fremde Invasionen gebracht hatte, bis endlich – vielleicht – der Abgrund Uther verschlungen hatte . . . Und jetzt wandte sich Morgas' Haß Artus zu. Ich fragte mich noch einmal, wie Uther wohl gestorben war.

Agravain rührte sich leise. Er hatte während des Gesprächs still dagestanden, und seine Augen glühten vor Aufregung. Er wußte, daß er mit seinem fünfzehnten Geburtstag, nächsten Monat, alt genug war, um auf den Kriegszug mitgenommen zu werden. Jetzt, in der Stille, brach es aus ihm heraus: »Komme ich mit?«

Mein Vater erinnerte sich wieder an uns, fuhr herum und grinste noch einmal. Er ging durchs Zimmer zu meinem Bruder hinüber und schlug ihm auf die Schulter. »Natürlich. Warum, glaubst du, habe ich dich gerufen? Wir ziehen nächsten Monat, im März. Ich gebe Diuran die Hälfte des Heeres und die Hilfstruppen von den Hebriden, und ich übertrage ihm die Verantwortung für dich. Paß gut auf, und er wird dir zeigen, wie man Truppen führt.«

Agravain überhörte den Hinweis auf zukünftige Feldherrenkünste und stürzte sich auf die Frage, die ihn in Aufregung versetzt hatte. »Darf ich in der Schlacht mitkämpfen?«

Lot grinste noch breiter, legte seine Hand auf Agravains

Schulter. »So voller Eifer? Du sollst nicht kämpfen, bis ich sicher bin, daß du auch weißt, wie. Aber niemand lernt das Kriegshandwerk, indem er Speere auf Zielscheiben wirft. Du wirst eine Schlacht erleben.«

Agravain packte Lots Hand und küßte sie. Er flammte vor Freude. »Ich danke dir, Vater!«

Lot warf die Arme um seinen erstgeborenen Sohn, preßte ihn rauh, schüttelte ihn und lachte. »Gut so. Morgen wirst du deine Waffen empfangen, schon in der Frühe. Du und die anderen, die volljährig sind. Geh und sag Orlamh, er soll dich auf die Zeremonie vorbereiten.«

Agravain verließ das Zimmer und ging zu Orlamh, dem obersten Druiden meines Vaters. Er sprang fast bei jedem Schritt vor Freude. Ich drehte mich um und wollte ihm folgen, aber mein Vater sagte: »Gawain, warte!«

Es schien mir, als ob der Raum zu einer Falle zusammenschrumpfte. Ich drehte mich um und wartete.

Als Agravain gegangen war, ging Lot zum Lampentisch, nahm seinen Becher auf und goß etwas Wein hinein. Das Sonnenlicht traf die Flüssigkeit und ließ sie in einem tiefen Feuerrot erglänzen. Mein Vater setzte sich auf das Bett und starrte mich an. Er schätzte mich in Gedanken ab. Diesen Blick hatte ich schon oft genug gespürt, aber dennoch trat ich unruhig von einem Fuß auf den anderen und vermied es, ihm in die Augen zu sehen. Mein Vater seufzte.

»Nun?« fragte er.

»Was?« Ich schaute die Bettdecke an.

Die Stimme meines Vaters fuhr fort: »Dein Bruder ist sehr aufgeregt, und er ist ganz wild darauf, sich zu bewähren und Ehre für sich und für unseren Clan zu gewinnen. Was ist mit dir?«

»Ich bin nicht alt genug für den Kampf«, sagte ich nervös. »Ich habe noch immer mindestens zwei weitere Jahre im Haus der Knaben. Und jeder weiß, daß ich ein schlechter Krieger bin.« Ich schaute Lot schüchtern an.

Die Winkel seines Mundes zogen sich abwärts. »Ja, jeder weiß das.« Er trank ein wenig von dem Wein. Das Sonnenlicht fing sich auf seinem goldenen Halsreif und auf der Fibel, glitzerte auf seinem Haar und ließ ihn noch mehr wie Lugh den Sonnengott aussehen. Er schaute zu meiner Mutter hinüber. »Ich verstehe es nur nicht.«

Ich wurde zornig. Etwas anderes, das auch jeder wußte, war die Tatsache, daß mein jüngerer Bruder Medraut nicht Lots Sohn war, wenn auch niemand wußte, wessen Sohn er war. Lot hatte den Verdacht, daß es mit mir ähnlich stand. Allerdings gleiche ich auch meinem Vater nicht wie Agravain. Aber ich ähnele meiner Mutter genug, um mit dieser Ähnlichkeit ein anderes Erbe zu verbergen. Ich bezweifelte zwar selbst manchmal, daß ich Lots Sohn war, aber ich hatte es nicht gern, wenn Lot das tat.

Er sah meinen Zorn. »Ach, was ist jetzt?«

Ich fürchtete mich wieder, und zwang mich, ruhig zu bleiben. »Nichts.«

Lot seufzte tief und rieb sich die Stirn. »Ich gehe nächsten Monat fort. Ich ziehe in einen Krieg, und das bedeutet, daß ich vielleicht nicht zurückkehre. Ich glaube nicht, daß ich diesmal sterben werde, aber man muß vorbereitet sein. Und deshalb, da ich andere Dinge zu bedenken habe, ehe ich gehe, deshalb will ich wissen« – er ließ die Hand sinken und starrte mich wild an, und seine heißen Augen waren voller Energie und Arroganz und harter Helligkeit – »deshalb will ich jetzt wissen, Gawain, was aus dir werden soll.«

Wie gelähmt suchte ich mühsam nach einer Antwort. Endlich sagte ich einfach: »Ich weiß es nicht.« Ich begegnete seinem Blick.

Er knallte wieder die Faust auf den Lampentisch und fluchte leise. »Beim Wind, bei den Hunden der Hölle, du weißt es nicht! Ich will dir was sagen: Ich weiß es auch nicht. Aber ich mache mir Gedanken. Du bist Mitglied eines königlichen Clans, Sohn eines Königs und der Tochter eines Hohen Königs. Ich bin Feldherr, deine Mutter plant Feldzüge. Und was kannst du, außer reiten und Lieder auf der Harfe spielen? Oh, ganz sicher, es ist ehrenhaft, ein Barde zu sein – aber nicht für die Söhne von Königen. Und jetzt ziehen wir in den Krieg, Agravain und der Clan und ich. Wenn Agravain fällt, oder wenn sich unser Verbündeter Gwlgawd als Verräter herausstellt, weißt du dann, was aus dir werden soll?«

»König könnte ich nicht sein!« sagte ich erschrocken. »Du kannst jeden wählen, jeden aus unserem Clan, zu deinem Nachfolger. Diuran oder Aidan oder irgendeinen, und alle wären besser geeignet als ich.«

»Aber sie sind nicht meine Söhne. Ich will, daß einer meiner Söhne nach mir König wird.« Lot starrte mich immer noch an. »Aber dich würde ich nicht wählen.«

»Das könntest du auch nicht«, sagte ich.

»Und das macht dich noch nicht einmal zornig?« fragte mein Vater verbittert.

»Warum sollte es? Ich will nicht König werden.«

»Was willst du dann sein?«

Ich senkte den Blick wieder. »Ich weiß es nicht.«

Lot stand auf. Er machte eine hastige Bewegung. »Aber du mußt es wissen! Du mußt mir sagen, was aus dir werden wird, während ich im Krieg bin!«

Ich schüttelte den Kopf. Verzweiflung löste mir die Zunge. »Es tut mir leid, mein Vater. Ich weiß es nicht. Nur . . . kein König, kein Barde, kein . . . ich weiß es nicht. Ich will etwas, etwas anderes. Ich weiß nicht, was es ist. Ich kann kein guter Krieger sein. Dazu bin ich nicht begabt. Aber eines Tages . . . Nichts ist jetzt wichtig genug, aber manchmal habe ich Träume, und . . . einmal träumte mir von einem Schwert, das brannte. Es war viel Rot darum, und die Sonne und das Meer . . .« Ich verlor mich in meinen Gedanken – versuchte, das, was mich bewegte, beim Namen zu nennen. »Ich kann es noch nicht verstehen. Aber es ist wichtig, daß ich darauf warte, denn es ist wichtiger, dafür zu kämpfen als für irgend etwas anderes – nur, ich verstehe nicht, was es ist . . .« Ich brach müde ab, begegnete wieder dem Blick meines Vaters und schaute weg.

Lot wartete auf mehr. Dann begriff er, daß nichts mehr kam, und schüttelte den Kopf. »Ich verstehe dich nicht. Du sprichst wie ein Druide; du tust so, als ob du prophezeist. Willst du ein Druide werden? Ich dachte, das wolltest du nicht. Was dann?«

»Ich weiß es nicht«, sagte ich elend. Ich starrte auf den Fußboden. Ich spürte, daß sein Blick immer noch auf mich geheftet war, aber ich schaute nicht wieder auf. Nach kurzer Zeit rauschten die Binsen auf dem Fußboden, während er zurück zum Bett ging.

»Nun, genau das habe ich erwartet.« Seine Stimme war kalt und energisch. »Du weißt noch nicht einmal, wovon du redest, und du kannst nicht kämpfen. Du läufst weg, anstatt deinen Standpunkt zu vertreten. Agravain und deine Lehrer sagen, daß du Angst hast. Du hast Angst. Du bist ein Feigling. So nennen sie dich im Haus der Knaben. Das habe ich gehört. Einen ohne Ehre.«

Ich biß mir auf die Lippen, um das wütende Gebrüll zurückzubeißen, das mir in der Kehle aufstieg. Meine Ehre machte mir schon etwas aus, aber ich sah sie nicht so, wie andere sie betrachteten. Vielleicht, dachte ich, ist es nicht das gleiche.

»Bleib also hier in Dun Fionn«, meinte Lot. »Geh und spiel deine Harfe und reite deine Pferde. Und jetzt verschwinde.«

Ich drehte mich um und wollte gehen, aber gerade, als ich die Tür erreicht hatte, spürte ich den Blick meiner Mutter auf mir und schaute zurück. Ich begriff plötzlich, daß sie mich beobachtet hatte, seit ich angefangen hatte, von meinen Träumen zu sprechen. Ihre Augen waren dunkler als die Nacht und schöner als die Sterne. Als sie meinem Blick begegnete, lächelte sie, ein langsames, geheimes, wundervolles Lächeln, das mir allein gehörte.

Als ich den Raum verließ, wurde meine elende Stimmung wieder besser. Ich spürte, wie der Blick meiner Mutter mir nach draußen folgte. Und obwohl ich sie anbetete, obwohl ich ihr Lächeln und den Zorn meines Vaters gegeneinander aufwiegen und zufrieden sein konnte, fragte ich mich noch einmal, wie ihr Vater Uther wohl gestorben war, und ein unruhiges Gefühl blieb.

2

Mein Vater ließ den Ruf an alle Könige der Orkneys ergehen. Er ließ ihnen sagen, sie sollten ihre Heere sammeln – Männer, Schiffe und Vorräte – und nach Dun Fionn kommen. Langsam zogen sie herbei, hochgewachsene Männer in buntgefärbten Umhängen, Krieger, glitzernd vor Schmuck, mit ihren scharfen Wurfspeeren, deren lange Spitzen glänzten. Die kurzen Wurfspeere trugen sie in Köchern, und die Schwerter blitzten an den Schwertgehängen. Sie hatten die gekälkten Schilde, die oft in leuchtenden Farben bemalt oder lackiert waren, über die Schulter geworfen. Die Könige und die besten Krieger trugen Kettenhemden, die aus Nordbritannien oder Gallien importiert waren und wie Fischschuppen glänzten. Mindere Männer trugen Lederwämser, die mit Metall benäht waren. Die Krieger brachten ihre Kampfhunde mit, große graue Bestien, deren Halsbänder von Silber leuchteten, und Falken saßen auf den Schultern der Könige, plusterten ihre scharfkantigen Federn auf und starrten mit strahlenden Augen um sich. Sie alle kamen und lagerten um Dun Fionn – von jeder Insel, die meinem Vater untertan war, und weitere von den Pikten und aus Dalriada im Süden wie auch die Männer unseres eigenen Stammes. Alles zusammen waren mehr als tausend Krieger gekommen und etwa dreitausend andere Männer. Wenn man von Dun Fionn nach Südosten ging, konnte man ihre Schiffe sehen, Reihe über Reihe große, zwanzigrudrige Karacken, deren Segel an die Masten gerefft waren. Auf diesen Schiffen herrschte ein dauerndes Kommen und Gehen; man ging, um Proviant einzuladen oder Botschaften von Dun Fionn an unsere Verbündeten in Gododdin auszusenden, und man kam mit dem Proviant und mit Nachrichten und mit noch mehr Männern. Um und in Dun Fionn selbst herrschte ein gewaltiges Durcheinander, während mein Vater organisierte und plante und vorbereitete. Meine Mutter war immer an seiner Seite. Er mußte nicht nur diesen riesigen Kriegshaufen mit Nahrung versorgen, sondern auch dauernd Streit zwischen den verschiedenen Unterkönigen schlichten, Blutfehden zwischen rivalisierenden Clans verhindern und Einzelheiten des Vertrages mit Gwlgawd, dem König von Gododdin, ausmachen. Ich sah meinen Vater selten und auch Morgas nicht oft.

Ich hielt mich immer am Rand und schaute zu und wunderte mich. Es war das erstemal, daß ich sah, wie mein Vater seine Macht ausübte, und die gewaltige Streitmacht vor meinen Augen erstaunte mich. Jetzt begriff ich, daß man so viele Männer ohne einen Krieg nicht lange an einem Ort ernähren konnte. Die Kosten waren gewaltig. Aber die hellen Farben, der Glanz, das Glitzern der Waffen, die laute, lachende Zuversicht der Krieger und ihre herzliche Kameradschaft – das alles beeindruckte mich ungeheuer und füllte mich mit einer vagen Sehnsucht, die ich, so gut ich konnte, unterdrückte. Ich war kein Krieger, den ein großer Herr sich in seinem Heer wünschen konnte. Und dennoch, und dennoch, und dennoch ...

Es war wundervoll. Manchmal wünschte ich mir wild, wie jeder andere Junge auf der Insel, daß ich mitdurfte, um Ehre und Ruhm für mich selbst, meinen Clan und meinen Herrn zu erstreiten.

Agravain hatte überhaupt keine Zweifel, daß er sich im Krieg gut schlagen würde. Er empfing seine Waffen mit den anderen Vierzehn- und Fünfzehnjährigen und stolzierte umher und gab öfter und lautstärker an als alle anderen. Er suchte Streit mit mir, noch öfter als gewöhnlich, und er war so angespannt, daß sein Temperament schon bei der geringsten Kleinigkeit mit ihm durchging.

Mitte März segelte die Armee nach Gododdin. Man wollte unter Segel oder Rudern um die Südküste des Piktenlandes herumfahren und dann dem Landeinschnitt folgen, der Manau

Gododdin halbiert. Die Schiffe sollten in der Nähe der königlichen Festung von Gododdin, Din Eidyn, auf den Strand gezogen werden, und man wollte dort ein festes Lager errichten. Mein Vater hatte Briefe an verschiedene Könige ausgesandt, auch an die, welche mit Docmail von Gwynedd, dem Rivalen unseres Verbündeten im Kampf um die Hohe Königschaft, paktiert hatten. Daraufhin schwankte jetzt ein Mitglied dieses Paktes, Vortipor von Dyfed, in seinem Bündnis. Es sah so aus, als ob er Docmail jeden Augenblick im Stich lassen könne. Aber es war unsicher, ob Vortipor sich dann meinem Vater anschließen oder selbst Anspruch auf die Stellung des Pendragon erheben würde. Vortipor war gerissener als ein Fuchs, und man konnte ihm nicht mehr trauen als einer Viper. Ihn als Verbündeten zu haben, war fast noch schwerer zu ertragen als seine Feindschaft. Fast, denn Dyfed ist ein starkes, reiches Land, und die Männer dort haben ihre Art zu kämpfen von den Römern gelernt. Vortipor selbst hat den Titel »Protektor« für sich behalten, um Britannien an die Tage zu erinnern, als seine Provinz noch die ganze Insel vor den irischen Räubern geschützt hatte. Vortipor selbst war von irischer Abstammung, aber seine Lebensweise war ebenso römisch wie seine Art zu kämpfen, und er hatte Unterstützung, zuviel Unterstützung, um übersehen zu werden. Mein Vater und meine Mutter hatten stundenlang beraten, welchen Kurs er wohl einschlagen würde.

Vom Haus der Knaben her konnte ich bis spät in die Nacht das Licht aus meines Vaters Zimmer erkennen. Es war seltsam, dieses Zimmer schließlich dunkel zu sehen, als die Armee abreiste und in Dun Fionn nur eine Wache zurückgelassen wurde. Aller Glanz, alles Licht schien verschwunden zu sein, zusammen mit der Armee, und nur ein paar gelbe Flecken im Rasen blieben zurück, und die schwarzen Stellen, wo die Lagerfeuer gebrannt hatten.

Dennoch, von mir aus gesehen, kam jetzt eine sehr angenehme Zeit. Ohne Agravain oder meinen Vater hatte ich mehr Freiheit als je zuvor in meinem Leben. Im Haus der Knaben war die Ausbildung an den Waffen weniger streng, und der

Ehrgeiz der Jungen war weniger stark. Es gab keine Älteren mehr, die uns herumstießen, und keine Feste mehr bis spät in die Nacht für die Männer, die mit uns übten, bis uns alles weh tat oder bis wir uns wegen des nächsten Tages stritten. Die meisten Knaben nutzten die freie Zeit, um Hurley zu spielen. Gelegentlich machte ich mit, aber ich war ein schlechter Spieler und verbrachte mehr Zeit am Llyn Gwalch oder auf Ritten über die Insel.

Die Orkneys waren sehr schöne Inseln und von sanftem Klima, trotz ihres britischen Namens »Ynysoedd Erch«: die schrecklichen Inseln. Das Klima ist mild, und es wechselt nur wenig während des Jahres. Im Winter ist es in Dun Fionn wärmer als in Camlann tief im Süden. Das Land zieht sich in niedrigen, steinigen Hügeln dahin, die mit kurzem Gras und Heidekraut bedeckt sind. Eine gute Weide für Schafe und Vieh, und ein gutes Leben für die Bauern. Die weite graue See, voller Fische, schlägt seit Ewigkeiten an die Küsten, die steil und felsig sind – besonders im Westen meiner Heimatinseln –, und Seevögel aller Arten nisten in den Klippen. Das Donnern der See ist allgegenwärtig in Dun Fionn, so sehr, daß es ein Geräusch wird wie das Schlagen des eigenen Herzens. Niemand nimmt mehr Notiz davon. Die Sturmvögel schreien an den Felswänden, und die Möwen stoßen ihre hellen, traurigen Laute über den graugrünen Wellen aus, und sie rufen einander zu, über die schimmernden weißen Schwingen. Der Klang ihrer Stimmen scheint mir manchmal fast so schön wie die Lieder der Lerchen im Binnenland, die an sonnigen Tagen Musik vom Himmel tropfen lassen wie Honig aus einer Wabe. Man sagt, daß das Land, in dem man lebt, wenn man jung ist, Teil von einem selber wird. Ich glaube das, denn noch heute bringen mich die See und der trauernde Schrei der Möwen zurück nach Llyn Gwalch im Nebel, wo die Tauperlen vom Heidekraut tropfen.

Der Frühling war auf den Inseln diesmal besonders schön.

Manchmal ritt ich mit meinem jüngeren Bruder Medraut an der Seite aus, und ich teilte mit ihm all meine Gedanken und erzählte ihm Geschichten. Er hielt mich für einen besseren Geschichtenerzähler als den Barden meines Vaters, Orlamh. Das kam nur daher, weil Medraut an den Stil der Barden nicht gewöhnt war, aber mich freute es trotzdem.

Medraut war damals sieben, und er war ein wunderschönes Kind. Wer immer sein Vater war, mit Sicherheit mußte er edel gewesen sein. Medraut hatte blondes Haar, heller als Lot, und große, graue Augen. Seine Haut ähnelte der Haut meiner Mutter und sein Gesicht dem seines unbekannten Vaters. Aber dem Temperament nach stand er Lot näher. Er wollte Krieger werden, und er zweifelte keinen Augenblick daran, daß er auch einer sein würde. Seine Lieblingsgeschichte war die von CuChulainn, dem Held von Ulster. Medraut war sehr tapfer, er hatte absolut keine Angst vor großen Pferden und Waffen und Stieren und solchen Dingen, die die meisten Kinder fürchten. Einmal, als wir die Klippe hinabkletterten, um Möweneier zu suchen, glitt er ab und hing nur an den Händen an einem schmalen Grat, bis ich kommen und ihm helfen konnte. Als ich ihn fragte, ob er denn keine Angst gehabt hätte – und ich zitterte vor Angst –, da starrte er mich überrascht an und antwortete: Nein, warum hätte er denn Angst haben sollen? Er hätte doch gewußt, sagte er, daß ich ihn retten würde. Medraut war nicht nur tapfer – und großzügig wie ein Hoher König und raubtierhaft wie eine Wildkatze; die Eigenschaften eines großen Kriegers –, sondern er liebte und bewunderte mich auch. Ich konnte nicht verstehen, wie beides zusammenpassen konnte, aber ich akzeptierte es voller Freude. Er war frühreif, aber er war erst sieben, und das ist zu jung, um Träume ernst zu nehmen.

Manchmal übte ich auch mit meinen Waffen, anstatt am Llyn Gwalch zu spielen oder mit Medraut über die Insel zu reiten. Der Anblick des riesigen Heerhaufens hatte irgend etwas in mir bewegt, und ich strebte danach, mich in der Kunst des Krieges zu verbessern. Zu meiner Überraschung entdeckte ich, daß es auch wirklich besser ging, und nicht nur deshalb, weil ich mehr übte. Jetzt, ohne daß Agravain bei jedem Speerwurf neben mir stand und ohne daß seine Freunde und unsere Vettern mich neckten, wenn ich mit Speer oder Schwert hantierte, jetzt konnte ich gerader und kräftiger werfen oder zustoßen.

Das Wichtigste aber, was mir begegnete, nachdem die Armee abgezogen war, hing mit keinem dieser Dinge zusammen. Morgas lehrte mich lesen.

Sie kam eines Nachmittags herauf, als ich im Hof hinter dem Haus der Knaben Speere nach einer Strohscheibe warf. Einen Augenblick starrte ich noch auf das Ziel, den Speer in der Hand, und im nächsten Moment spürte ich ihren Blick auf meinem Rücken und drehte mich um.

Sie stand an der Ecke des Hauses, dunkel und bleich im Gold der Nachmittagssonne. Sie trug ein Kleid aus dunkelroter Wolle, das mit einem goldenen Gürtel in der Taille eng zusammengezogen war, und der tiefe Ausschnitt enthüllte die Linie ihres weißen Halses. Sie trug eine Brosche aus Gold, die mit Granaten besetzt war, goldene Armringe und Gold in dem schwarzen Haar, das alles Licht zu trinken schien. Ich ließ den Speer fallen und starrte sie an. In diesem Augenblick schien sie mir keine Sterbliche mehr zu sein, sondern eine von den Sidhe.

Dann überquerte sie den Hof, lächelte, und der Bann war gebrochen.

»Gawain!« sagte sie. »In den letzten Monaten habe ich wenig von dir gesehen, mein Falke. So beschäftigt war ich mit den Plänen für deines Vaters Krieg.«

Ich fuhr zusammen, als sie mich Falke nannte, obwohl mein Name in ihrer Sprache, der Sprache der Briten, »Maienfalke« bedeutet. Dieser Name ist so kriegerisch – »Falke«, das war ein gängiger poetischer Ausdruck für Krieger –, daß ich immer versuchte, seine Bedeutung zu vergessen. Wenn meine Mutter aber diesen Namen für mich benutzte, dann liebte ich ihn und sie.

»Mutter«, stammelte ich, »ich ...«

»Hast du mich vermißt?« fragte sie mich. »Ich dich auch, mein Falke.«

Das konnte nicht wahr sein, soviel wußte ich. Meine Mutter

hatte mich unmittelbar, nachdem sie mich geboren hatte, einer Amme übergeben, und seit damals hatte sie kein großes Interesse an mir gezeigt. Aber ich glaubte ihr, weil sie es sagte, und ich wollte es auch glauben.

»Ja, ich habe dich vermißt«, sagte ich zu ihr.

Sie lächelte wieder, es war ihr tiefes, geheimnisvolles Lächeln. »Nun, wir werden ein wenig miteinander reden müssen, nicht wahr? Ich sehe, du entsprichst dem Wunsch deines Vaters, und du übst mit deinen Waffen.« Sie musterte das Bündel Wurfspeere neben mir – ich hatte sie gerade aus der Zielscheibe oder aus dem Boden um die Zielscheibe herausgezogen, und nichts verriet, wie gut ich zielen konnte. »Willst du mir zeigen, wie du wirfst?«

Ich nahm den Speer auf, den ich hatte fallen lassen, schaute sie an und wandte mich dann der Zielscheibe zu. Ich war entschlossen zu treffen. Vielleicht traf der Speer wegen dieser Entschlossenheit so gut, leicht links vom Zentrum. Er durchschlug das Stroh völlig. Morgas hob in überraschter Freude die Augenbrauen. Ich nahm einen weiteren Speer auf und warf ihn auf das Ziel, diesmal ein wenig schlechter. Dann warf ich die anderen fünf in schneller Folge. Nur einer fehlte, und einer traf die Mitte. Ich wandte mich meiner Mutter wieder zu und strahlte.

Sie lächelte mich an. »So, es scheint, daß du doch nicht so ein schlechter Krieger bist, wie Lot glaubt. Wenn auch nicht ganz so glänzend wie Agravain. Gut gemacht, mein Falke.«

Ich hatte den Wunsch zu singen. Ich schaute zu Boden und murmelte: »Du bringst mir Glück. Wenn du da bist, dann muß ich einfach alles gut machen, Mutter.«

Sie lachte. »Ach! Du kannst also auch mit Worten umgehen, ja? Ich glaube, wir sollten etwas Zeit zusammen verbringen, Gawain.«

Ich schluckte und nickte. Meine Mutter war die weiseste und schönste Frau aller Inseln von Britannien und Erin. Die Erlaubnis zu haben, seine Zeit in ihrer Nähe zu verbringen, das war ein Geschenk der Götter.

»Hör also zu«, sagte sie. »Ich habe mit Orlamh gesprochen. Er sagt, du bist ein sehr guter Harfespieler, so gut wie viele richtige Barden. Aber du bist mehr an den Geschichten und den süßen Klängen interessiert als an dem Wissen, das damit zusammenhängt. Würdest du gern lernen, wie man liest?«

Mein Mund klappte auf. Lesen, das war die seltenste aller Fähigkeiten auf den Orkneys. Die Druiden hatten ihre Ogham-Schrift, aber sie lehrten sie niemandem, außer ihren Novizen. Und sie verboten ihre Benutzung außer zum Zweck der Aufzeichnung von Gedächtnisstützen, und sie sagten: Was ein Mann auswendig lernt, das hat er für immer, was er aber niederschreibt, das kann er leicht verlieren. Lesen lernen, das bedeutete Latein lernen, und diese Sprache wurde noch immer in Teilen des südlichen Britanniens gesprochen. Als geschriebene Sprache wurde Latein von Erin bis Konstantinopel benutzt. Ich glaube, auf den ganzen Orkneys konnte nur meine Mutter lesen. Diese Fähigkeit ist häufig genug in Britannien, und jetzt auch in Erin – in den Klöstern dort. Aber auf den Orkneys wurde sie als eine Art Magie betrachtet. Und jetzt bot mir meine Mutter an, diese Macht mit ihr zu teilen!

»Nun?« fragte Morgas.

»Ich ... ja, ja, sehr gern!« würgte ich heraus.

Morgas schenkte mir ein zufriedenes Lächeln, ein Lächeln fast, so dachte ich einen Augenblick, des Triumphes. Sie nickte. »Wenn du deine Waffenübung beendet hast, gebe ich dir deine erste Lektion. Komm zu meinem Zimmer.«

»Ich komme jetzt ...«

Sie schüttelte den Kopf. »Komm, wenn du damit fertig bist. Triff das Ziel fünfzigmal für mich. Das Latein kann warten.«

Ich beeilte mich mit den Speeren, bis mir klar wurde, daß hastiges Werfen mir nicht half, das Ziel zu treffen. Endlich hatte ich meine fünfzig Treffer. Ich rannte zum Haus der Knaben, ließ die Speere in ihre Ecke fallen – denn man hätte mich geschlagen, wenn ich sie im Hof dem Rost zum Fraß hätte liegenlassen – und lief, so schnell ich konnte, zum Zimmer meiner Mutter.

Die erste Lektion war einfach, obwohl sie mir schwer schien. Morgas erklärte mir, was ein Alphabet ist, sagte mir die Buchstaben und ihren Klang mehrere Male vor und befahl mir, die Formen der Buchstaben auswendig zu lernen. Nach der Waffenübung am nächsten Tag sollte ich wiederkommen.

Ich rannte zu Medraut und erzählte ihm davon. Ich zeigte ihm die Buchstabenformen, sagte ihm, was Morgas über meine Fähigkeiten mit den Waffen gemeint hatte und sprang vor Freude im ganzen Stall herum.

Der Rest des Sommers war wunderbar. Ich fuhr mit meinen Lektionen in Latein fort, lernte die Sprache und das Lesen und Schreiben gleichzeitig. Bei meinen Waffenübungen besserte ich mich so sehr, daß ich den anderen Jungen gewachsen war und nicht länger die Zielscheibe für jeden Witz darstellte. Mein zwölfter Geburtstag kam im späten Mai, und ich begann davon zu träumen, daß ich vierzehn wäre und fähig, Waffen aufzunehmen. Es war ein Traum, bei dem es jetzt Hoffnung und Erfüllung gab. Ich konnte ein Krieger werden, im Heer meines Vaters, und er würde erfreut sein. Aber der Krieg schien unglaublich weit entfernt von den langsam vergehenden Sommertagen mit ihren langen, grünen Dämmerungen und den kurzen Nächten, in denen die Sterne wie silberne Schildnieten am sanften Himmel standen. Meine Mutter dagegen horchte angespannt auf die Berichte aus Britannien, und sie schickte Botschaften an Lot und gab ihm Rat.

Es war nicht so leicht, wie mein Vater es geplant hatte. Schon am Anfang wurden mein Vater und unser Verbündeter durch einen plötzlichen Angriff von Urien, dem König von Rheged, überrascht. Lot hatte damit gerechnet, daß die Ehebande Urien noch einen Monat oder zwei zurückhielten, und obwohl der britische König besiegt und gezwungen wurde, sich zurückzuziehen, mußten mein Vater und Gwlgawd ihre Pläne, Gwynedd zu plündern, sofort aufgeben. Uriens Niederlage machte die Situation auch auf andere Weise verworren, denn Vortipor von Dyfed war genügend davon beeindruckt, um sich selbst zum Verbündeten von Gododdin und den Orkneys zu erklären. Er begann Powys, seinen Nachbarn, zu plündern, während March ap Meirchiawn von Strathclyde es schaffte, Uriens Unterstützung bei der Durchsetzung seines eigenen Anspruchs auf die Stellung des Pendragon zu gewinnen. Da überlegte Vortipor es sich anders. Auch er wollte König über die Könige werden. Er suchte Bündnisse und griff Gwynedd an. Er wurde aber besiegt, und mein Vater und sein Verbündeter nutzten die Situation aus, um Gwynedd ihrerseits anzugreifen. Sie errangen einen Sieg und gewaltige Beute, aber als sie von diesem Feldzug zurückkehrten, trafen sie auf Urien und March und ihre Verbündeten. Es wurde eine große Schlacht.

Erst zwei Wochen später hörten wir, selbst bei guten Winden und schnellen Schiffen, davon. Gwlgawd, unser Verbündeter, war tot. Sein Sohn Mynyddog aber war sein Nachfolger und erneuerte das Bündnis. Dennoch hatten unsere Feinde letzten Endes gesiegt, und die Armee war durch Britannien nach Din Eidyn geflüchtet und hatte ihre Ausrüstung und die Beute aus Gwynedd zurückgelassen. Mein Vater schickte so viele Schiffe zurück, wie er bemannen konnte, und bat um Nachschub. Meine Mutter fand ihn, eilig und rücksichtslos. Sie schickte ihn mit einem Rat nach Süden. Damals glaubte ich, sie mache sich Sorgen um Lot und Agravain und die anderen, aber jetzt glaube ich, sie war zornig. Sie war zornig auf Lot, weil er die Schlacht verloren hatte, und noch zorniger über die Verzögerung ihrer Pläne.

Der Rest des Sommers verging in fruchtlosen Streitereien und Verdächtigungen unter den Königen von Britannien. March und Urien Rheged, die sich erst kürzlich verbündet hatten, kehrten zu ihrem gewohnteren Widerwillen gegeneinander zurück, und Urien erhob seinerseits Anspruch auf den Thron des Hohen Königs. Das führte zu noch mehr Streiten und noch mehr Intrigen. Dann war Erntezeit, und die großen Armeen, die von den Königen ausgehoben worden waren, lösten sich auf. Die Männer gingen nach Hause zu ihren Bauernhöfen und ließen nur die Könige und die Krieger des Königs zurück. Und noch immer geschah nichts. Weil jeder König Angst hatte zu plündern und nicht wußte, wo seine Feinde waren. Im Süden und Osten wurden die Sachsen immer rastloser und begannen, ihre Nachbarn zu überfallen. Nur das alte königliche Heer, das noch immer vom Halbbruder meiner Mutter, Artus, angeführt wurde, verhinderte eine Invasion.

Gegen Ende Oktober verzweifelte Lot endlich. Er glaubte nicht, daß es noch einmal ernsthaft mit dem Krieg begänne, und die Armee kam über den Winter heim.

Jeder König nahm seine Kämpfer heim auf die eigene Insel. Sie ließen sich wie müde Falken in ihren Hügelfestungen nieder und seufzten vor Erleichterung, daß für dieses Jahr alles vorbei war und daß sie Zeit hatten, ihre Kraft zurückzugewinnen und ihre Wunden zu pflegen.

Als Lot mit seinem Heerhaufen zurückkehrte, bot er nicht mehr den glänzenden Anblick wie zuvor. Es war ein schlechter Krieg gewesen, ein unsicherer, nervenzerfetzender Krieg, und sie waren müde. Ihre Schilde waren zerhackt, die leuchtenden Farben abgesprungen, die Speere hatten Scharten, und die schmutzigen bunten Umhänge waren zerrissen. Viele Männer trugen Wunden. Wenn erst einmal der Frühling wieder gekommen war, dann allerdings würden sie diese zerhackten Schilde hochwerfen zum Beweis dafür, wie tapfer sie gekämpft hatten. Sie würden sich einander ihre Narben zeigen, sie würden die Speere polieren, und sie würden wild darauf sein, wieder loszuziehen. Aber als sie jetzt nach Dun Fionn kamen, als sie so stumpfsinnig durch den strömenden Regen stapften, da schien es unmöglich, als ob sie je wieder prahlen könnten.

Morgas, Medraut und ich standen am Tor und sahen zu, wie der Kriegshaufen herankam. Morgas trug ein dunkles, gestreiftes Kleid, und an ihrem dunklen Umhang steckte eine Silberfibel. Sie trug den Regen im Haar wie Juwelen. Lot, der an der Spitze des Heeres ritt, richtete sich auf, um sie besser sehen zu können, und zwang sein Pferd zum Galoppieren. Vor ihr sprang er eilig ab und riß sie in die Arme. Er vergrub sein Gesicht an ihrem Hals und sagte ihren Namen in einem rauhen

Flüstern. Ich sah ihr Gesicht über seiner Schulter, und der stille, kalte Widerwillen in ihren Augen war gemischt mit einem seltsamen Stolz auf ihre Macht.

»Willkommen zu Hause, Mylord«, murmelte sie und machte sich los. »Wir sind froh, Euch unverletzt wiederzusehen.«

Lot nickte, murmelte etwas in sich hinein und schaute zur Halle und zu seinen Kammern hinüber. »Und wo ist Agravain, mein Sohn?« fragte Morgas leise.

Lot nahm sich zusammen, zog einen Arm von ihrer Hüfte zurück und wandte sich dem Heer zu, das sich jetzt durch das Tor in den Hof ergoß. Sie redeten und lachten vor Freude über ihre Heimkehr. »Agravain!« rief Lot.

Ein blonder Kopf zuckte hoch, und Agravain ritt zu Lot herüber. Er war jetzt ein wenig älter, ein wenig größer, viel schmutziger und Lot viel ähnlicher. Aber ich erkannte sofort, daß er sich nicht sehr verändert hatte. Er glitt von seinem Pferd und lächelte breit, erfreut darüber, wieder dazusein.

»Ich grüße dich, Mutter«, sagte er.

»Tausendmal willkommen«, antwortete Morgas. »Heute nacht wird es ein Fest für euch beide geben . . . Aber jetzt werdet ihr ruhen wollen. Schlafen, Mylord.« Sie lächelte Lot an.

Mein Vater grinste, nahm ihren Arm und eilte mit ihr davon.

Agravain sah sie gehen, und da drehte er sich zu Medraut und mir um. »Nun«, sagte er und grinste dann breit. »Bei der Sonne und dem Wind, es ist gut, euch wiederzusehen!« Er nahm uns beide fest in den Arm. »Was für ein Sommer!«

»Ich kann dir Ale besorgen, wenn du mit uns in die Halle kommen willst, zum Erzählen«, schlug ich vor. Ich war froh, trotz allem, ich war sehr froh, daß er wieder zu Hause war.

»Eine herrliche Idee!« sagte Agravain. »Besonders das Ale.«

Er schaute Medraut an und fuhr ihm durch das Haar. »Gawain, ich schwöre, dein Bruder ist mehrere Zoll gewachsen, seit ich ihn zum letztenmal gesehen habe. Selbst du bist gewachsen.«

»Du auch.«

»Ja?« fragte er entzückt. »Das ist ja wunderbar! Wenn ich

groß genug bin, dann gibt Vater mir ein Kettenhemd. Er hat es versprochen.«

Wir gingen hinüber zur Festhalle, und ich besorgte ihm etwas Ale. Ich fragte ihn über den Krieg aus. Er platzte ja fast vor Eifer, es irgendeinem zu erzählen, und erzählte uns anderthalb Stunden lang.

Es sah so aus, als ob er eigentlich nicht als Krieger gekämpft hatte, sondern mitten im Kriegshaufen geritten wäre und nur in der großen Schlacht einmal Speere auf den Feind geschleudert hätte.

»Ich glaube, ein Speer hat vielleicht jemanden getroffen«, sagte Agravain hoffnungsvoll. »Aber natürlich konnten wir nicht zurück, um nachzusehen, ob das auch stimmte. Wir sind ja kaum lebendig davongekommen!«

Sein Benehmen hatte sich seit damals, als er losgezogen war, etwas verändert. Seine Energie, die immer im Überfluß vorhanden gewesen war, hatte jetzt ein Ventil gefunden. Er genoß es, Krieger zu sein. Er hatte die Sprache und die Eigentümlichkeiten der älteren Kämpfer angenommen, damit er in die Gesellschaft paßte. Aber tief innen, das spürte ich, war er noch genau der gleiche.

Er war überglücklich, daß er wieder zurück war. Die letzten Monate des Krieges waren besonders unangenehm gewesen. Eine größere Blutfehde hatte fast zwischen zweien von Lots Unterkönigen begonnen, und irgendwann einmal hatte sogar Krieg mit Gododdin gedroht, als die Heerhaufen versucht hatten, ihre Spannung dadurch loszuwerden, daß sie sich über die Fremden lustig machten.

Nachdem Agravain sich ausgesprochen hatte, gähnte er und entschloß sich, schlafen zu gehen. Er blieb in der Halle, um sich auszuruhen, da er ja offiziell ein Krieger war, und ich sah ihn erst spät am nächsten Tag wieder.

Nachdem Lot sich mit seinen Männern wieder in Dun Fionn eingelebt hatte, begann er auf den Krieg des nächsten Jahres hinzuarbeiten. Es würden offenbar Kämpfe werden, die mehrere Jahre dauerten, und solch ein Unternehmen war teuer.

Die Beute, die in diesem Sommer gemacht worden war, würde noch nicht einmal ausreichen, um die Kämpfe zu bezahlen, in denen sie gewonnen worden war, geschweige denn für neue Waffen. Und die Ernte war schlecht gewesen. Mein Vater erhöhte den Tribut, soviel er sich getraute, und das Volk murrte. Seit neunzehn Jahren hatte es keinen Krieg dieses Ausmaßes mehr gegeben, und sie waren nicht daran gewöhnt.

Kurze Zeit versuchte Agravain, unserem Vater zu helfen, aber dann fand er Staatsgeschäfte langweilig und wandte sich wieder seinen Waffen zu. Er ritt aus, oder er machte Jagdausflüge. Ich war nicht überrascht. Agravain mußte Taten sehen, schnell und vorzugsweise mit Gewalt verbunden. Er brauchte das, einfach um sich beschäftigt zu halten. Staatsgeschäfte dagegen bieten Übung für den Verstand, das Organisationstalent, die Überlegungsgabe und das Fingerspitzengefühl, und direkte Aktionen gab es selten. Mein Vater war gerissener als ein Fuchs, und er genoß den komplizierten Prozeß, durch den er seine Unterkönige immer wieder zum Gehorsam verpflichtete und sie dazu brachte, ihm Tribut zu zahlen. Er liebte es, durch Klugheit ihre Kriege und Blutfehden zu verhüten, während er gleichzeitig ihre Gunst behielt und daher seine eigene Stellung. Agravain verstand die zarten, empfindlichen Strukturen von Lots »Spiel« nicht, es ermüdete ihn schnell, und er rannte dann hinaus und suchte Unterhaltung. Er ging jagen, aber mich vergaß er nicht.

Ein paar Wochen, nachdem das Heer zurückgekehrt war, gegen Ende November, kam er in den Hof des Hauses der Knaben, während ich mit meinen Waffen übte. Ich arbeitete wieder mit den Wurfspeeren. Es ist schwieriger, einen Speer beim Laufen gerade zu werfen, als ein Schwert zu beherrschen, aber es ist wichtig, auch das zu können. Deshalb verbrachte ich den größten Teil meiner Übungszeit damit, Speere auf eine Strohscheibe zu schleudern, manchmal darauf zulaufend, manchmal stehend. Diesmal stand ich.

Agravain trat hinter mir heran und sah mir zu, während ich dreimal das Ziel anwarf. Alle drei Speere trafen, einer sogar in der Mitte. Agravain runzelte die Stirn. »Du hast diesen Sommer hier geübt, nicht wahr?«

Ich drehte mich zu ihm um, errötete ein wenig vor Stolz. Vor meinem Vater und meinem Bruder hatte ich meine neuen Fähigkeiten noch nicht gezeigt, aber ich freute mich schon darauf. Ich nickte. »Ja, eine Stunde am Tag mit den Wurfspeeren und eine Stunde mit dem Langspeer oder Schwert und Schild, und zwar über die Übungszeit hinaus. Ich bin jetzt besser als früher.«

Agravain nickte, machte dann ein finsteres Gesicht. »Du bist besser, und das ist gut. Aber wenn du versuchen solltest, so in der Schlacht zu werfen, dann wirst du durchbohrt . . .«

»Durrough sagt, es schadet nichts, wenn man so steht, und er ist der Ausbilder . . .«

»Er erwartet auch nicht viel von dir. Stell deinen linken Fuß weiter zurück, und nimm den rechten Arm dichter an den Körper. Du mußt ja einen Schild halten, weißt du!«

»Aber . . .«

»Ach, bei der Sonne, warum widersprichst du denn? Ich versuche doch nur, dir zu helfen.« Er grinste.

Tat er das wirklich? Das Grinsen verschwand, während ich ihn weiterhin anstarrte, und er runzelte wieder die Stirn. Er ballte die Fäuste, er streckte die Hände wieder aus, war rastlos. Ich nahm die Stellung ein, die er vorgeschlagen hatte, und schleuderte nervös den Speer. Ich verfehlte das Ziel.

Er schüttelte den Kopf. »Bei der Sonne und dem Wind, so doch nicht! Halt den Speer gerade, sonst soll die Morrigan dich holen – nicht, daß eine Kriegsgöttin etwa jemanden haben wollte, der so schlecht wirft!«

Ich verzog das Gesicht, warf noch einen Speer. Auch er verfehlte das Ziel.

Agravain schnaubte. »Du kannst einfach nicht sehen, was ich meine. Hier, ich zeig es dir mal.« Er bückte sich, nahm meine anderen Speere auf und schleuderte sie. Alle drei trafen das Ziel sauber und in der Mitte. »So geht das. Und jetzt versuchst du's.«

Wir gingen und holten die Speere. Ich stellte mich hin, und Agravain korrigierte meine Stellung. »Versuch's noch einmal«, sagte er mir.

Ich schaute den Speer in meiner Hand an. Er war schwer, sein Schaft war aus Holz von den dunklen Hügeln des Piktenlandes. Die Spitze bestand aus stumpfglänzendem Eisen. Der Speer in meiner Hand wog plötzlich schwer.

»Los, Gawain«, sagte Agravain ungeduldig. »Du sagtest, du wärest jetzt besser. Zeig es mir! Oder hast du wieder Angst vor deinem eigenen Speer? Mit einem Falken hast du aber wirklich wenig gemeinsam.«

Morgas nannte mich noch immer »mein Falke«. Maienfalke. Es war so ein schöner, kriegerischer Name. Es war ein Name, den ich mir selbst wünschte.

Ich warf den Speer, und er flog schief. Agravain schnaufte und schlug sich auf die Schenkel. »Du hast vielleicht gelernt, besser zu werfen, wenn du wie ein pflügender Bauer dastehst, aber du solltest lernen, den Speer zu schleudern, wenn du wie ein Krieger stehst. Natürlich nur, wenn du einer sein willst. Oder willst du ein Barde werden? Druide? Zureiter?«

»Nein«, flüsterte ich. »Agravain . . .«

»Ich wette, du verbringst noch immer den größten Teil des Tages auf dem Rücken eines Pferdes«, fuhr er fort, als ob er mich überhaupt nicht bemerkte. »Aber das hat keinen Sinn. Pferde sind Luxus, und nicht mehr. Der wirkliche Kampf wird immer zu Fuß ausgefochten. Pferde sind wie goldene Fibeln und schöne Kleider, ausgezeichnet dazu geeignet, wenn ein Krieger anderen zeigen will, wie reich und wichtig er ist. Aber im wirklichen Krieg, da sind sie entbehrlich. Dafür muß man Speere anständig schleudern können. Versuch's noch einmal.«

»Agravain . . .«, wiederholte ich, während ich meinen ganzen Mut zusammennahm.

»Was ist denn jetzt los! Hast du Angst zu werfen? Hör auf, dich so blöd anzustellen.«

Ich fühlte mich auch blöd. Ich umklammerte verzweifelt den Speer. Ich würde ihn werfen, während ich so stand, wie ich es eingeübt hatte. Es war nicht die normale Haltung, aber verwundbarer war ich dadurch auch nicht. Ich stellte meinen linken Fuß nach vorn, ließ meinen linken Arm sinken. Ich bin wirklich gut, sagte ich mir. Auf diese Weise kann ich das Ziel treffen. Jetzt muß ich es. Ich muß.

Ich warf und verfehlte.

Agravain nickte vernünftig. »Wirst du's jetzt mal versuchen, wie ich es dir gezeigt habe? Wenn du ein Mann sein willst, und ein Krieger, dann mußt du auf . . .«

»Hör auf!« schrie ich wütend.

Agravain hielt erstaunt inne.

»Du hilfst mir ja nicht. Du versuchst mir überhaupt nicht zu helfen, wenn du das vielleicht auch glaubst . . .«

»Ich versuche doch, dir zu helfen. Willst du mich etwa einen Lügner nennen?«

»Nein! Aber ich will deine Hilfe nicht. Wenn ich schon kein Krieger bin, dann laß mich auf meine Art versagen, und belästige mich nicht mit richtigen und falschen Methoden. Wenn ich kein Krieger bin, dann werde ich vielleicht ein Barde oder ein Druide. Mutter lehrt mich lesen, so daß ich . . .«

»Sie macht was?« wollte Agravain wissen. Er war völlig verblüfft.

»Sie lehrt mich lesen. Sie hat es schon den ganzen Sommer getan, als ihr fort wart . . .«

»Willst du ein Zauberer werden?« Agravains Augen flammten, und sein helles Haar glitzerte wie die Sonne.

»Nein . . . ich will nur lesen können . . .« Ich war verwirrt.

Er schlug mich ins Gesicht. So fest, daß ich rückwärts stolperte. Sein Gesicht war rot vor Zorn. »Du willst besser sein als wir! Morgas ist eine Hexe, jeder weiß das. Und du willst von ihr lernen, weil du so ein schlechter Krieger bist. Ein Wort in der Finsternis, anstatt ein Schwert im Sonnenlicht. Das ist es, was du willst. Macht, die Macht, die nur für Feiglinge ist, für Verräter und Männer ohne Clan, und Weiber, und Mörder . . .«

»Agravain! Es ist nicht wahr! Nur . . .«

»Hör auf, mich anzulügen!«

Ich raffte mich vom Boden wieder auf, starrte meinen Bruder an. Ich spürte, wie eine blinde Wut in mir aufstieg, so kalt wie Eis, so kalt wie Morgas' Augen. »Ich bin kein Lügner«, sagte ich und hörte, wie meine Stimme kalt und ruhig war, als ob sie jemand anderem gehörte. »Ich entehre meinen Clan nicht.«

Er lachte über mich. »Du entehrst andauernd deinen Clan. Ist es nicht Unehre, daß der eigene Sohn des Königs keinen Speer gerade werfen kann? Daß er noch nicht einmal einen Spatzen töten kann, wenn er jagt? Daß das einzige, was er kann, im Reiten und Harfespielen besteht – im Harfespielen! Daß du die Zauberei erlernen willst und Bannflüche, so daß du nicht kämpfen mußt . . .«

»Das ist nicht wahr!« schrie ich.

»Willst du jetzt einen Lügner aus mir machen?« brüllte Agravain und schlug nach mir.

Es war gut, daß ich nicht in der Nähe meiner Speere stand, denn wenn das der Fall gewesen wäre, dann hätte ich bestimmt einen benutzt. Ich sprang auf meinen Bruder los mit einer Wut, die ihn überraschte, und ich schlug zu, so fest ich konnte. Ich spürte eine tödliche Kälte, ich war erfüllt von einer schwarzen See. Meine Faust traf Agravain ins Gesicht, traf wieder. Er grunzte vor Schmerz, und ein Schauder der Erregung überlief mich. Ich wollte ihm weh tun, allen, die mich verletzten, die Morgas verletzten, die Medraut verletzten und die einer Welt angehörten, in die ich nicht eindringen konnte. Ich wollte weh tun, weh tun und nochmals weh tun.

Agravain warf mich ab und wehrte sich kalt, ruhig und noch nicht einmal sonderlich aufgeregt. Ich begriff, daß er seine eigenen Anschuldigungen selbst nicht geglaubt hatte, sondern daß er nur zornig darüber geworden war, weil ich etwas tat, was er nicht konnte . . . Ich stolperte und flog ins Gras. Agravain trat mich, sprang auf mich und befahl mir aufzugeben.

Ich dachte an Morgas' Augen, an Medrauts bewundernden Blick. Ich dachte an meinen Vater, der lächelte, und ich bildete mir ein, daß er mich lobte. Ich dachte an Krieger, strahlende Waffen und schnelle Kampfhunde. Ich versuchte, weiterzukämpfen. Agravain wurde wütend und schlug härter zu. Ich kratzte ihn, er fluchte.

»Du nennst dich Falke, aber du kämpfst wie ein Weib! Wie eine Hexe! Gib auf, du kleiner Bastard – du bist nicht mein wirklicher Bruder . . .«

Ich versuchte noch immer zu kämpfen, und er tat mir noch schlimmer weh. Die schwarze Welle verebbte ein wenig und nahm die wahnsinnige Kraft mit, die sie mir verliehen hatte. Ich war kein Krieger, das wußte ich. Kein wirklicher Krieger. Gegen Agravain konnte ich nicht kämpfen. Ich war sowieso nicht sein wirklicher Bruder, und ich hatte keinen echten Anspruch auf die Ehre unseres Clans. Das mußten er und Lot wenigstens annehmen . . . Ich wurde schlaff.

»Gibst du auf?« fragte Agravain. Er keuchte.

Ich fühlte mich krank. Ich hatte keine Wahl. Wenn ich nicht aufgab, dann würde er mich nur weiterschlagen, mir Schimpfwörter an den Kopf schleudern und über mich lachen.

»Ich gebe auf.«

Agravain erhob sich, klopfte sich den Staub ab. Zwei blaue Flecken begannen sich in seinem Gesicht zu zeigen, aber sonst trug er keine Schrammen. Ich rollte auf die andere Seite, stützte mich auf Hände und Füße und starrte die fest zusammengestampfte Erde unter dem Gras auf dem Übungshof an. Sie war noch feucht vom Winterregen. Ich war damit beschmiert, und mit Blut.

»Denk dran, kleiner Bruder«, sagte Agravain. »Und vergiß das mit dem Lesen. Versuch zu lernen, wie man einen Speer gerade wirft und auf die richtige Weise. Vielleicht wird dann eines Tages doch ein Krieger aus dir. Ich bin gewillt, dies alles zu vergessen und morgen zu kommen und dir weiterzuhelfen.«

Ich hörte seine Schritte verschwinden. Er ging voller Zuversicht. Ein Krieger, mein Bruder, der sonnenstrahlende Prinz, der Erstgeborene eines goldenen Kriegerkönigs. Aber ich erinnerte mich an Morgas, die dunkler und schöner war als irgend etwas anderes auf der Erde. Morgas, die Lots Schicksal in ihren schlanken weißen Händen hielt. Morgas, die haßte. Haß. Mir wurde klar, daß die schwarze Welle mich noch nicht verlassen hatte, sondern daß sie sich nur tief in meinem Innersten zusammengerollt hatte und wartete. Es war Haß, starker Haß. Ich war der Sohn meiner Mutter.

Morgas wußte es, als sie mich sah. Ehe ich zu ihr gegangen war, hatte ich mich ein wenig gereinigt, aber es war deutlich, daß ich gekämpft hatte, und man brauchte nicht lange zu raten, mit wem. Sie sah, als ich in ihr Zimmer trat, daß ich bereit war, und sie lächelte ein langsames, triumphierendes Lächeln.

Zuerst sagte sie nichts davon. Sie schenkte mir ein wenig von dem Wein aus ihrem privaten Keller ein, befahl mir, mich aufs Bett zu setzen, und sprach sanft und mitfühlend mit mir. Sie fragte, was passiert sei, und ich erzählte ihr von meinem Streit mit Agravain.

»Er sagte, du wärst eine Hexe«, erzählte ich ihr. »Er hat mich beschuldigt, daß ich meine Feinde mit Flüchen und Magie in der Dunkelheit des Mondes bekämpfen will und nicht mit ehrlichem Stahl.«

»Und du wolltest das nicht«, sagte sie.

»So ist es. Ich wollte nur . . . ein Krieger sein. Ich wollte unserem Clan Ehre bringen, Vater Freude machen . . . selbst Agravain. Und Diuran und den anderen Kriegern, einfach allen. Ich wollte, daß sie mich nicht für wertlos halten. Ich wollte . . .« Ich stellte fest, daß meine Kehle zusammengeschnürt war und daß sie plötzlich schmerzte, weil all meine Wünsche vergebens waren. Ich nippte von dem Wein, rollte ihn im Mund herum und schluckte. Der Geschmack war herb. Es war roter Wein. In den Schatten von Morgas' Zimmer war er so dunkel wie Blut und hatte nicht das rubinfarbene Feuer wie an dem Tag, als ich von Lot hörte, daß der Pendragon tot war.

»Ich will diese Dinge nicht mehr«, sagte ich. »Ich bin kein Krieger.«

»Du bist nicht von ihrer Art«, sagte Morgas. Sie setzte sich dicht neben mich. Sie und das Zimmer, beide rochen nach Moschus, nach tiefen Geheimnissen. Die Pupillen ihrer Augen hatten sich geweitet und tranken das Licht des Zimmers in ihre süße Dunkelheit.

Ich nippte wieder von dem Wein. Er war stärker als das Ale, an das ich gewöhnt war. Er war gut.

»Aber ich will sie bekämpfen«, sagte ich. »Mit Kenntnissen. Mit Dingen, die sie nicht verstehen, weil sie Angst haben, sie anzuschauen. Ich will ihnen zeigen, wer ich wirklich bin.«

»So?«

»Ist es wahr, daß du eine Hexe bist?«

»Und wenn ich es wäre?« Ihre Stimme war weich, weicher als Eulenfedern in der Dunkelheit.

»Wenn du es wärst, dann würde ich dich bitten, mich zu lehren . . . solche Dinge.«

Sie lächelte wieder, ein geheimes Lächeln nur für uns beide. »Es gibt viele Arten von Macht in der Welt, Gawain«, sagte sie. »Viele Mächte. Sie können genutzt werden, aber jede Macht hat ihre eigenen Gefahren. Ja, die Gefahren mancher Mächte sind so groß, mein Falke, daß du sie nicht verstehen könntest. Dennoch, der Lohn ist ebenfalls groß. Je größer die Macht, desto größer der Lohn.« Sie umklammerte plötzlich meine Hand. Ihr Griff war so kalt wie der Winter, so stark wie harter Stahl. »Großer Lohn, mein Frühlingsfalke. Ich habe mit gewissen Dingen bezahlt . . .« Sie lachte. »Und es wird mehr kommen, mehr zu bezahlen sein. Aber mein ist die größte Macht. Ich werde . . . Unsterblichkeit erlangen. Kein Lebender kann es mir jetzt in der Magie gleichtun. Ich habe Macht, mein Sohn! Ich habe sehr große Macht. Ich habe mit den Anführern der wilden Jagd gesprochen, mit dem Herrn von Iffern, mit den Kelpies des tiefen Meeres und mit den Dämonen, die in fernen, finsteren Tiefen der Unterwelt leben. Ich bin größer als sie. Ich bin eine Königin, Gawain, Königin eines Reiches, das Lot nur ahnt und vor dem er sich fürchtet. Und ich habe dich beobachtet, mein Falke. Es ist Macht in dir und Kraft. Jetzt endlich bist du gekommen und hast mich gebeten, dich zu lehren. Du wirst Lehren empfangen.«

Ich verspürte Angst, aber mir fiel Agravains Verachtung wieder ein, und ich schob die Angst beiseite. Morgas sprach davon, der Dunkelheit zu dienen, aber was war das schon? Sie sprach auch davon, die Dunkelheit, die Finsternis zu beherrschen.

»Dann zeig es mir«, sagte ich, und meine Stimme war genauso leise wie ihre.

»Nicht so schnell! Du vergißt, daß ich auch von Gefahren sprach. Ich will dich lehren, Gawain, aber es wird lange dauern, ehe du die Macht beherrschst, die du suchst. Dennoch wirst du es lernen. Oh, du wirst es lernen, mein Falke, mein Sohn . . .« Sie nahm ein Messer aus einer verborgenen Scheide und machte sich einen Schnitt am Handgelenk. Dann hielt sie den Arm so, daß das Blut in den Weinbecher floß. Sie reichte mir das Messer, und ohne daß sie etwas sagen mußte, tat ich das gleiche.

Morgas nahm den Becher und trank daraus. Sie senkte ihn wieder, und der rote Wein und das rote Blut waren dunkel um ihren Mund. Sie reichte mir den Becher.

Er war schwer in meinen Händen, feines Kupfer, überzogen mit Gold. Er war kalt, fein gearbeitet und wunderschön. Ich dachte an die Wintersonne draußen, an Agravain, an den Haß der Krieger. Eine Sekunde lang kam mir der Gedanke an den Gwalch und an die weite Reinheit der grauen See. Nein, dachte ich. Das ist eine Lüge. Ich hob den Becher langsam und trank ihn aus. Der Wein war dick, süß und dunkel – dunkler als das tiefste Herz der Mitternacht.

3

Danach war irgendwie alles anders. Meine Mutter lehrte mich nichts außer Latein, Agravain »half« mir bei meinen Waffenübungen, und ich akzeptierte grimmig seine Hilfe. Ich quälte mich mit dem rauhen Holz und dem schweren Metall, das in seinen Händen so leicht und blitzend aussah. Ich ritt über die Insel, ich übte meinen eigenen Kampfstil, manchmal auf dem Pferd. Agravain stritt mit mir darüber, er sagte, es wäre besser, wenn ich auf ihn hörte – das Leben schien sich irgendwie wieder dem eigenen normalen Muster anzupassen. Aber der Unterschied war da, ein Schatten, der all die wohlbekannten Dinge fremd erscheinen ließ. Ich hatte einen Pakt geschlossen, und ich war daran gebunden. Ein Samenkorn war gepflanzt worden, und ich wartete manchmal wach in meinem Bett in der Nacht, wenn der sanfte, schlafende Atem der anderen Knaben um mich in der Dunkelheit zu hören war – wartete darauf, daß eine Pflanze wuchs und irgendeine phantastische, schwarze Blüte entfaltete.

Agravain bemerkte nichts. Er schlug mich weniger hart, wenn wir kämpften, aber das kam nur daher, weil ich mich nicht so hart wehrte. Ich hatte nicht länger den Wunsch, eine Ehre zu verteidigen, die ich nicht verstand. Ehre, die gehörte in Lots Welt, in Agravains Welt. Meine Welt bot für solche Dinge keinen Raum mehr.

Medraut allerdings bemerkte es fast sofort. Immer öfter erwischte ich ihn, wenn er mich mit verwirrten Augen mitten in einem Gespräch oder einem Spiel anstarrte. Irgendwann würde er mir die Frage wohl einmal offen stellen, nahm ich an, und ich fragte mich, was ich ihm wohl antworten würde.

An Medrauts achtem Geburtstag schenkte Lot ihm ein Pferd seiner eigenen Wahl aus den königlichen Ställen. Ich ging mit meinem Bruder, um ihm bei seiner Wahl zu helfen. Als Lot das Geschenk beschrieb, war Medraut sehr aufgeregt gewesen, aber auf dem Gang zu den Ställen wurde er plötzlich wieder nüchtern. Zusammen schauten wir die Pferde an – sie waren alle von der kleinen, zottigen Art, die auf den nördlichen Inseln zu Hause sind –, und wir diskutierten die Fähigkeiten jedes einzelnen Tieres. Medraut hörte sich mein Pferdegerede in seiner ernsten Art an, und dann, ganz plötzlich, als ich die Beine eines Tieres prüfte, fragte er mich: »Was ist denn nur, Gawain?«

Ich fuhr zusammen und schaute von dem Pferd auf. Ich drehte mich auf den Knien um, um Medraut ansehen zu können. »Nichts, wenigstens nicht mit seinen Beinen. Aber es hat überhaupt keinen Widerrist . . .«

»Nein, nein, ich meine nicht das Pferd. Hast du irgend etwas?«

»Ich? Nein. Wie kommst du denn darauf?«

Er stand da und schaute mich im kalten, staubigen Sonnenlicht des Stalls an. Seine Kleidung hatte einen matten Ton, und seine grauen Augen waren weit aufgerissen und sorgenvoll. Das Licht glänzte blaß auf seinem Haar, es war das einzig Helle an diesem Ort. Er sah verwundbar aus und sehr unschuldig.

»Du bist in letzter Zeit so komisch gewesen«, sagte mein Bruder nervös. »Du gehst fort . . .«

Ich lächelte. »Na, ich bin immer gern geritten. Und jetzt, wo du dein eigenes Pferd hast, kannst du öfter mit mir kommen.«

»Das meine ich nicht.« Medrauts Stimme war scharf. »Den ganzen Sommer bist du dagewesen. Du warst hier, bei uns allen. Früher bist du auch schon mit Agravain und Lot weggewesen, aber in diesem Sommer warst du hier. Und jetzt . . .« Medraut biß sich auf die Lippe und wandte den Blick von mir ab. »Jetzt bist du fort. Ich kann nicht mehr mit dir reden. Du ziehst dich sogar vor mir zurück.«

»Ich verstehe dich nicht«, meinte ich, obwohl ich in Wirklichkeit genau wußte, was er meinte.

»Du hattest Streit mit Agravain«, sagte Medraut unglücklich.

Ich schaute weg und zuckte die Achseln.

»Und danach ist irgend etwas passiert. Danach hast du dich vor uns allen zurückgezogen.«

An einigen dieser Tage hatte ich gespürt, daß ich die Welt aus großer Entfernung unter der Maske her beobachtete, die einmal mein Gesicht gewesen war. Ich war weggegangen . . .

»Und du bist auch nicht mehr am Llyn Gwalch gewesen.«

Ich dachte an Llyn Gwalch. An den Tang, der auf den Felsen glänzte, an die Tautropfen und das Seewasser auf den moosbewachsenen Felsblöcken. Solche Orte haben kein Gewicht in der Welt, sagte ich mir. Man muß in der Welt leben, die wirklich ist. »Das war ein kindisches Spiel«, sagte ich. »Ich bin jetzt dafür zu alt.«

»Aber was ist passiert?« Medraut überquerte den Platz, der uns trennte, und ergriff mich am Arm. »Du mußt es mir sagen!«

»Warum?« Ich starrte ihn an, genauso hochmütig wie der Falke in meinem Namen.

Er schaute mich einen langen Augenblick an, dann legte er die Arme um mich und begrub sein Gesicht an meiner Schulter. Es tat weh. Ich verdiente das nicht.

»Ich bin zu Morgas gegangen und hab' sie gebeten, mich die Zauberei zu lehren«, flüsterte ich.

Er hob den Kopf von meiner Schulter. Seine Augen waren weit aufgerissen, und er verstummte. Ich legte den Arm um seine Schulter, und wir waren still.

»Warum?« fragte er endlich.

»Weil ich nie ein Krieger sein kann.«

Er dachte eine Weile nach. »Ich frage mich . . . glaubst du, ich könnte die Zauberei auch lernen?« fragte er schließlich.

Ich spürte den Schock so körperlich, als ob mich jemand in den Magen getreten hätte. Nicht Medraut. Nicht der junge

Krieger, das Kind des Lichts, das alles war, was ich mir immer zu sein wünschte. Stolz, ohne arrogant zu sein, wild, ohne grausam zu sein. Sonnenlicht, ohne die sengende Hitze von Lot und Agravain. Er konnte mir nicht in die Niederlage, in die Dunkelheit folgen. Er durfte Morgas nicht zu nahe kommen. Ich dachte an ihre lichttrinkenden Augen.

»Nein!« sagte ich.

»Warum nicht?«

»Das ist nichts für dich. Es ist ganz falsch, mein Herz.«

»Aber Mutter ist eine Zauberin, und du wirst ein Zauberer sein. Warum sollte nicht auch ich etwas davon wissen?«

»Morgas ist Morgas. Ich bin nur ich selbst. Und du bist Medraut.«

»Warum könnte ich es nicht lernen? Ich bin klug genug dazu . . .«

»Darum geht es ja nicht! Es ist falsch.«

»Irrt sich meine Mutter dann? Oder du?«

Ich hielt mitten in meiner Antwort inne. Medraut hatte mich immer bewundert und mir vertraut. Und dennoch . . .

»Es ist falsch für dich. Du kannst ein Krieger sein und im Sonnenlicht kämpfen. Ich kann das nicht und auch Mutter nicht. Deshalb gehen wir einen anderen Pfad.«

Er bot mir noch weitere Argumente, aber ich redete dagegen, hart und schnell. Schließlich ließ er das Thema fallen, wurde wieder fröhlich und wählte zu seinem Pferd einen Grauen mit weißer Mähne und weißem Schweif. Er nannte ihn Liath Macha, »Grau der Schlacht«, nach CuChulainns Pferd. Er war glücklich.

Der Frühling kam langsam, kaum merklich nach dem milden Winter der Orkneys. Aber die Tage wurden langsam wärmer, der Himmel war gelegentlich blau, und die gewaltigen, kalten grauen Seenebel rollten weniger häufig von Westen herein.

Agravain und ich hatten noch einen weiteren Streit über meine Angewohnheit, mit den Waffen auf dem Pferd zu üben. Lot allerdings, der zufällig in der Nähe war, um sich nach dem

Grund für unseren Zwist zu erkundigen, schaute gedankenvoll drein.

»Vielleicht machst du einen Fehler, wenn du Gawain dafür strafst«, sagte er Agravain. »Es stimmt zwar, daß wir meistens zu Fuß kämpfen, und es ist einem Krieger nicht sehr von Nutzen, wenn er auf dem Pferderücken wie ein Fahrender auf der Kirmes herumspringen kann, wie du das nanntest. Aber Artus, der Feldherr, hat allen seinen Männern beigebracht, wie man vom Pferd aus kämpft, und sie sagen, seine Siege über die Sachsen kommen von der Kraft seiner Reiterei. Laß Gawain in Ruhe.«

Agravain runzelte ungemütlich die Stirn. Er mochte den Gedanken nicht, daß die Kriegskunst sich änderte, und er mochte es noch weniger, wenn man ihm erzählte, daß er sich irrte. Den Vorwand für einen weiteren Streit fand er später an diesem Tag. Aber danach ließ er mich – wenn auch nicht völlig, so doch mehr – in Ruhe, und manchmal beobachtete er mich mit finsterem Gesicht. Ich glaube, selbst er begann zu bemerken, daß ich mich verändert hatte, und es verwirrte ihn.

Ungefähr um diese Zeit hatte Morgas auch angefangen, mich zu lehren, wie sie das versprochen hatte. Nicht die wichtigen Dinge, die Beschwörungen und die dunklen Wandsprüche. Aber die Grundlagen: die Eigenschaften des Universums, das am Rande und innerhalb unserer eigenen Welt existiert. Ich kenne nicht alle Gesetze, die es regieren, und Morgas kannte sie auch nicht. Aber etwas davon lernte ich, und viele Dinge, die ich vorher nicht gesehen hatte, wurden mir jetzt offenbar.

Nachdem Medraut sich an die Veränderung in mir gewöhnt hatte, standen wir einander wieder so nah wie je zuvor, vielleicht noch näher. Aber manchmal warf er mir abschätzende Blicke zu, die ich nicht mochte. Dennoch nahm ich ihn auf meinen Ritten über die Insel mit, erzählte ihm mehr und mehr Geschichten und spielte die Harfe für ihn. Ich konnte mittlerweile sehr schön singen. Jeder Barde machte es natürlich viel besser, aber ich habe irgendwo ein bißchen Talent dafür. Ich kümmerte mich jetzt nicht mehr darum, daß mein Vater es als schändlich betrachtete, daß ich meine Zeit mit Harfespielen verbrachte. Es kümmerte mich überhaupt nicht mehr, was irgend jemand schändlich fand.

Der April kam, ein strahlender Monat, und mein Vater war noch immer nicht nach Britannien gezogen. Der Krieg fing verspätet an. All die Pakte, die im Winter so mühsam geschlossen worden waren, fielen im Frühling wieder auseinander, und die britischen Könige beeilten sich, neue aufzubauen. Mehrere Blutfehden hatten neu angefangen, und ein paar von den alten waren wieder eröffnet worden, und Kämpfe waren zwischen zwei von unseren Feinden ausgebrochen, die früher feste Verbündete gewesen waren. Der Krieg war aus einem Streit über Beutevieh entstanden.

Den ganzen Sommer zog er sich hin, ohne daß irgend etwas klarer wurde, und Lot bereitete sich auf seinen Eintritt in die Kämpfe vor, schäumte und wartete darauf, daß man ihn rief. Agravain, der jetzt sechzehn Jahre alt war und sich für einen Mann hielt, polierte seine Waffen und hoffte.

Anfang August entschlossen sich Gwynedds alter Feind Dyfed und unser einziger treugebliebener Verbündeter Gododdin, Gwynedd anzugreifen. Es war eine vernünftige Idee, aber sie kam zu einem falschen Zeitpunkt, und unsere Verbündeten taten endlich den lange erwarteten Schritt, meinen Vater zu Hilfe zu rufen. Es war fast Erntezeit, und mein Vater wußte, er konnte seine Armee nicht ausheben. Aber er rief seine Unterkönige und deren Krieger und segelte bei Nacht an Dalriada vorbei, um Strathclyde anzugreifen und von dort zu seinen Verbündeten weiterzuziehen.

Morgas jubelte bei der Abreise ihres Mannes. Wenn er fort war, dann beherrschte sie die Orkneys absolut, und sie liebte die Macht. Sie verbrachte wenig Zeit mit mir. Dafür gab es zwei Gründe. Der erste war einfach der, daß es jetzt, im Gegensatz zum vergangenen Sommer, sehr viel für sie zu tun gab. Die meisten Männer blieben auf den Orkneys, um die Ernte einzubringen, und von der Ernte mußte sie zusehen, daß der

Tribut an den König abgezogen, gesammelt und eingelagert wurde. Aber der wichtigere Grund war wahrscheinlich der, daß sie mich jetzt nicht mehr zu sich ziehen mußte. Ich war in die Falle gegangen. Und sie glaubte nicht, daß ich noch entkommen konnte.

Die Zauberei hatte mir kein Glück gebracht, wie ich gedacht hatte. Sie gab mir etwas Geheimes und einen geheimen Grund zum Stolz, ja. Aber ich war nie ganz sicher, ob das, was ich fühlte, Stolz oder Scham war. Die Bürde war schwer. Ich konnte Dinge sehen, die niemand anders sah, und sie machten mir Angst. Manchmal hörte ich das Bellen der Hunde des Yffern über mir, der Hunde, die die Seelen der Verdammten in die Hölle jagen. Manchmal hörte ich auch den klaren Silberton des Jagdhorns. Ich grübelte über seine Bedeutung, und es bedeutete immer Tod. Ich begriff mehr und mehr, daß ich sterben würde, und ich hatte Angst davor. Morgas, meine Mutter, hatte auch Angst, aber sie hatte etwas getan, um den Jäger von sich abzuhalten, etwas, das sie nicht erklären wollte. Das gab ihr Sicherheit. Ich beneidete sie. Ich versuchte, mehr zu lernen, aber ich erreichte nur, daß meine Angst tiefer wurde und daß mein Herz beladen war, bis es in die schwarze See sank, die mich jetzt manchmal erfüllte. Ich glaubte auch nicht, daß ich noch entkommen konnte. Und ich wollte es auch nicht. Es gab ja nichts, wohin ich gehen konnte.

Es war ein harter Winter. Gewöhnlich schneit es auf den Orkneys nicht, aber diesen Winter gab es Schnee. In Nordbritannien, wohin sich der Krieg jetzt zurückgezogen hatte, umklammerte die Kälte die Berge mit brutaler Hand und warf große Schneewehen und Barrieren in den Pfad jedes Heerhaufens, der hart genug war, um sich durchzuwühlen. Gewöhnlich erlaubten es die meisten Könige ihren Kriegshaufen, den Winter über zu ruhen, und die meisten der Krieger zerstreuten sich, gingen heim, und sie sammelten sich erst wieder, wenn die ersten Knospen sprangen. Aber in diesem Winter war es anders.

Im Osten waren die Sachsen rastlos. Sie waren keineswegs

neutral gewesen, sondern sie hatten sich leidenschaftlich am Planen und Politisieren beteiligt, und sie schlugen aus den Kämpfen jeden Vorteil, den sie erreichen konnten. Sie machten kleine Überfälle, die zu größeren wurden, und drangen immer weiter und weiter über die Grenzen vor, die mit Blut im letzten Krieg festgelegt worden waren. Artus, der Feldherr des alten Pendragon, versuchte, sie abzuwehren. Aber er war ein Mann ohne Clan und verließ sich auf Constantius, den König von Dumnonia, wenn es um Unterstützung ging. Constantius hatte sowohl für seinen eigenen Heerbann als auch für Artus' Armee zu zahlen, und er hatte nicht genug übrig, um die ganze königliche Armee zu unterhalten, für die schließlich auch einmal ganz Britannien Steuern gezahlt hatte, als es noch einen Hohen König gab. Viele Krieger folgten Artus, weil sie ihn vorzogen, und sie gaben viel von dem Reichtum auf, den ein guter Krieger zu erwarten hat. Aber es waren noch immer nicht genug, um auch nur einen Teil der Grenze zu schützen.

Die Sachsen sind ein wildes Volk – jung, kraftvoll, völlig barbarisch und überfließend vor brutaler Energie. Sie scheinen allerdings die Fähigkeit zu haben, Frieden untereinander zu halten, was britische Könige nie gelernt haben. Einige der sächsischen Reiche waren offiziell dem Hohen König der Briten tributpflichtig, da sie ja von den Römern unter den letzten Kaisern zu Kolonisten gemacht worden waren und man sie eingeschworen hatte, das Reich zu schützen. Aber sie sind immer landhungrig, denn ihre Zahl wächst mehr und mehr, weil andere Sachsen über das Meer kommen, und die neueren Königreiche erkennen die uralten Eide nicht an. Nur die Kraft des Hohen Königs und seiner Armee hält sie davon ab, Britannien völlig zu überrennen. Wie Wölfe um einen kranken Hirsch beobachteten sie jetzt die britischen Könige, die ihren Krieg ausfochten.

Wir fürchteten die Sachsen auf den Orkneys nicht, und wir mußten uns auch keine Sorgen wegen der anderen Bedrohung machen, die Britannien zu fürchten hatte, den Scoten. Sie kommen von Erin, in ihren langen Kriegsschiffen, und plündern die westlichen Küsten von Britannien. Es gab keinen Frieden zwischen den Scoten und den Orkneys – mein Vater hatte Erin verlassen, weil er mit den Königen der Scoten in Streit geraten war –, aber die Räuber hatten keine Lust, die lange Reise zu unseren Inseln zu wagen, wo sie doch nur die Klippen und Mauern von Dun Fionn erwarteten.

Es gab kein Raubschiff, das so tollkühn war, die irische See im Winter zu bestehen, aber die Sachsen und hauptsächlich der Winter selbst machten die britischen Könige vorsichtig. Sie waren im höchsten Grade ungewillt, ihre Festungen zu verlassen. Nur mein Vater, dem zu Hause keine Feinde drohten, war frei zu reisen. Unser Heerbann durchzog Britannien in der Länge und in der Breite, gewann reiche Beute und versorgte sich mit den Gütern der Feinde.

Medraut redete immerfort vom Krieg, aber noch öfter redete er davon, wie Morgas regierte. Sie beherrschte das Land auf eine Art, die den Griff meines Vaters leicht erscheinen ließ. Medraut – wie ich selbst – war voller Bewunderung für Morgas und voller Angst vor ihr.

In diesem Winter übte sie auch Magie in ihrem Zimmer aus. Gewöhnlich war sie allein, aber manchmal ließ sie sich zusehen. Was immer sie tat, es kräftigte sie. Jeden Tag schien sie mir schöner zu werden. Sie ging mit nackten Armen hinaus in die Kälte, und ihr langer dunkler Umhang flatterte um ihre Schultern, befestigt mit einer Brosche, in der Steine glänzten, so rot wie Blut. Kein Blut war allerdings unter ihrer weißen Haut zu sehen, und der Blick ihrer Augen war weicher als die Dunkelheit. Jedes Zimmer, das sie betrat, schien dämmrig zu werden, und andere wirkten neben ihr schwach und unwirklich.

Medraut hatte noch immer nichts über das Zaubernlernen gesagt, aber ich spürte, daß er oft darüber nachdachte. Es gab Lücken in unserer Verbundenheit, wo er mich beobachtete, wo er nachdachte und mich vielleicht beneidete, wo er sich vielleicht fragte, was ich wohl gesehen hatte, wenn ich in der leeren Luft herumfuhr. Aber solche Zeiten dauerten nicht lange, und dann kam er mir wieder nach und fragte mich aus oder erzählte mir, was er dachte. Oft ritten wir zusammen auf unseren Pferden aus, donnerten in vollem Galopp in die niedrigen Hügel hinaus, so daß die Schafe vor uns davonstoben und wir Dampfwolken hinter uns herzogen. Manchmal hielten wir auch an, um Schneebälle zu werfen. Wenn ich mit Medraut zusammen war, dann war ich fast glücklich.

In diesem Winter feierte er seinen neunten Geburtstag und siedelte in das Haus der Knaben über, um seinen Unterricht an den Waffen zu beginnen. Unter den Jungen seines Alters tat er sich hervor, wie ich das erwartet hatte. Er war schnell, geschickt, intelligent, und er lernte rasch. Im Reiten war er soviel besser als die anderen, daß er sogar von seinen Lehrern nichts mehr lernen konnte. Nur an Fähigkeiten im Komponieren für die Harfe mangelte es ihm, aber das glich er mit der Geschwindigkeit aus, in der er ein Lied lernen konnte und mit seiner Leidenschaft für die Musik. Jetzt, wo wir zusammen im Haus der Knaben waren, verbrachten wir den größten Teil des Tages miteinander. Wir teilten alles und stritten uns nie.

Als Morgas mich wegen Medraut ausfragte, stellte ich fest, daß ich ihren Fragen aus dem Weg ging. Sie war wunderschön, sie schien mir vollkommen zu sein, sie beherrschte die Finsternis – aber ich wollte nicht, daß Medraut ihr folgte.

Im März kehrten Lot und der Kriegshaufen zurück, aber nur kurz. Ich sah Agravain, und ich erschrak über die Veränderung in ihm. Er hatte sein Wachstum jetzt vollendet – er war fast achtzehn –, und er wirkte völlig wie ein junger Krieger, und er war Lot ähnlicher als je zuvor. Er war hochgewachsen, und sein goldenes Haar, das ihm bis auf die Schultern fiel, glänzte in der Sonne. Der ganze Kriegshaufen befand sich in großartiger Kondition. Obwohl die Kämpfe im Winter schwierig gewesen waren – die Beute war reich gewesen, und sie hatten auch Zeit gehabt, sich auszuruhen. Mein Bruder hob sich von allen anderen ab. Er trug einen schönen, hellfarbenen Umhang und Juwelen, die er den Männern Gwynedds und Strathclydes abgewonnen hatte. Er hatte sein Kettenhemd, und seine Waffen glänzten. Er ritt hinter unserem Vater durch die Tore von Dun Fionn. Er saß auf einem stolzen Pferd und trug die Standarte. Die Leute von Dun Fionn und die Clansmänner, die aus der umliegenden Gegend zum Zuschauen hergekommen waren, stießen Hochrufe aus, als sie ihren König und seinen Sohn zusammen sahen, so großartig wirkten sie. Agravain grinste und hob die Standarte, die Krieger lachten und stießen wie ein Mann den Kriegsschrei aus, und die Leute jubelten noch lauter.

Agravain freute sich, zu Hause zu sein und Medraut und mich wiederzusehen. Er erzählte uns vom Krieg, von der langen Reihe sorgfältig geplanter und erfolgreich durchgeführter Überfälle, erzählte uns davon, wie er in einem Grenzscharmützel in Strathclyde seinen ersten Mann getötet hatte, wie er in ganz Britannien herumgereist und einmal sogar, in Gododdin, gegen eine sächsische Räuberbande gekämpft hatte. Er war das geworden, was ihm bestimmt gewesen war: ein Kriegerprinz, ein zukünftiger König der Orkneys. Meine paar kleinen Talente nahm er mir nicht länger übel, sondern er akzeptierte meine neugelernten Fähigkeiten mit gutmütigem Lachen und ein bißchen Lob. Er war froh, mich zu sehen, er war eifrig darauf bedacht, freundlich zu sein. Er war zuversichtlich, und Kleinlichkeit hatte er nicht mehr nötig. Medraut war sehr beeindruckt, und während Agravain redete, hielt er Agravains großen Speer und streichelte den abgenutzten Schaft. Ich hörte zu, aber hauptsächlich beobachtete ich Agravain. Schöner, der Sonne entstiegener Held, der nichts von Morgas' »größter Macht« kannte, von der Kraft, die in der Finsternis liegt. Ich beneidete ihn.

Er blieb nicht lange. Nachdem Lot die Zustände auf den Inseln überprüft und weitere Krieger gesammelt hatte, reiste er wieder ab. Der Krieg lief gut. Die jungen Männer waren ganz wild darauf, in die Schlacht zurückzukehren.

Im Mai, als ich mein vierzehntes Jahr vollendet und das Haus der Knaben verlassen hatte, schien die Situation in Britannien endlich deutliche Formen anzunehmen. Mein Vater stand fest in unserer alten Verbindung mit Gododdin und

Dyfed; Powys und Brycheiniog bildeten eine unsichere und Ebrauc eine deutliche Opposition – es waren die mittleren Königreiche von Britannien, die alle einen romanisierten, antisächsischen König haben wollten. Endlich gab es noch Gwynedd, den ersten, der Anspruch auf das Amt des Hohen Königs erhob, in einer zittrigen Verbindung mit Rheged und Strathclyde – das war die antiirische, antirömische Partei. Neutral waren das Königreich der östlichen Angeln, ein sächsisches Königreich, das im Winter sowohl an Dyfed als auch an Gwynedd Boten geschickt hatte, und Dumnonia, das am meisten romanisch durchsetzte britische Königreich. Es sah so aus, als ob ein paar gutgeführte Schlachten den Krieg entscheiden könnten.

Aber im Juni waren alle Pläne weggefegt.

Die Sachsen, wie ich schon sagte, gaben keine Ruhe. Diejenigen, die am längsten hier angesiedelt waren, führten die größten Raubzüge durch und töteten, plünderten und entführten Männer, Frauen und Kinder. Aber hauptsächlich rissen sie Land an sich. Sie brauchten es. Da die Grenzen offen waren, hatte es weitere Sachsen nach Britannien gezogen: Verwandte, Sippenmitglieder, Stammesgenossen, neue Familien, die durch die Aussicht auf besseres Land hergelockt wurden. Auch einzelne Männer, die die Sehnsucht nach Krieg und Abenteuer nach Britannien zog. Sie alle wollten Land, um es zu bebauen, zu besitzen, um ihre niedrigen, rauchgeschwärzten Dörfer zu bauen. Viel vom besten Acker besaßen sie schon. Das alte Land der Cantii, die sanften Hügel und Wälder um das alte Herz und die Hauptstadt von Britannien. Das Land, das einmal dem uralten Stamm der Iceni gehört hatte. Die ältesten sächsischen Königreiche, Deira und Bernicia. All diese Länder gehörten ihnen, und es war nicht genug. Offiziell unterstanden sie dem Hohen König von Britannien, dem Nachfolger der Hohen Könige von Rom. Sie hatten ihm den gleichen Eid geschworen, den die britischen Könige schworen. Aber sie hatten nie daran gedacht, ihn zu halten.

Und dann, im Juni, landete tatsächlich eine große Streitmacht von Sachsen an der südwestlichen, der »sächsischen«

Küste. Sie nahmen das römische Kastell Anderida, sie verbündeten sich mit den südlichen Sachsen und schwenkten ins östliche Dumnonia. Sie zerstörten alles, was ihnen in den Weg kam. Ihr Anführer war ein Mann namens Cerdic, und es hieß, er sei ein König, dem die Männer bis zu den Toren der Hölle folgten. Sie folgten ihm allerdings bis nach Dumnonia. Und was Cerdic und sein Stamm begonnen hatte, wurde von den anderen sächsischen Stämmen fortgeführt. Zuerst kamen die südlichen Sachsen, dann die Stämme der Angeln, der Jüten, der Franken, der Friesen und Schwaben und überschwemmten die benachbarten britischen Königreiche, nicht nur, um zu plündern, sondern auch, um dort zu siedeln.

Trotz dieser beunruhigenden Vorgänge wandten die Briten ihre Aufmerksamkeit nicht darauf, die Sachsen zu bekämpfen. Der Bürgerkrieg hatte jetzt an Gewicht gewonnen. Auch Blutfehden spielten mit, und es ging um Ehre und viel uralten Haß. Ein Mann läßt nicht plötzlich einen alten Haß für einen neuen fallen. Die Sachsen waren schon besiegt worden, und sie konnten auch noch einmal besiegt werden. Deshalb wurde der Bürgerkrieg fortgesetzt, und die Sachsen durften sich Teile der östlichen Marschen nehmen, während Cerdic begann, ein Königreich zu schmieden. Die westlichen Länder, wie zum Beispiel Gwynedd, das nicht an sächsisches Gebiet grenzte, freuten sich darüber, daß die britischen Feinde in Schwierigkeiten waren. Alle waren sich darüber einig, daß Dumnonia sowieso zu groß war, fast genauso groß wie eine der alten Provinzen. Es war gut, daß hauptsächlich das einzige neutrale Königreich unter der Invasion leiden sollte. Mein Vater ärgerte sich über die Sachsen und über diesen Cerdic. Aber er war überzeugt davon, daß er nach dem Krieg in der Lage sein würde, den Sachsen etwas von dem Land zu geben, das sie wollten, und daß man Cerdic, nachdem er Ehre und ein Königreich errungen hatte, bequem ermorden lassen konnte – denn es ist nicht sicher, große Führer unter den Feinden am Leben zu lassen. Und dann würde Britannien, wenn auch leicht in der Größe beschnitten, von Dun Fionn aus regiert werden.

So hätte der Krieg mit einer leichten Verlagerung weitergeführt werden können, wenn durch die Invasion nicht ein weiterer Anwärter auf das Amt des Hohen Königs aufgetaucht wäre.

Uthers Feldherr war Herr Artus gewesen, seit dieser einundzwanzig war. Uther hätte viele andere für diese Stellung auswählen können, nicht nur diesen einen von seinen vielen illegitimen Söhnen. Artus war fünfundzwanzig, als Cerdic einfiel, und er hatte die Sachsen während des ganzen Bürgerkrieges bekämpft. Nur von Dumnonia, einem einzigen von all den britischen Königreichen, war er unterstützt worden. Alle erkannten an, daß er ein brillanter Feldherr war, der intelligenteste und erfolgreichste seit Ambrosius Aurelianus, dem ersten Hohen König, nachdem die Legionen abgezogen waren. Und dennoch, niemand hatte erwartet, daß Artus in dem Kampf Partei ergreifen würde oder daß er in der Tat etwas anderes tun würde, als Sachsen zu bekämpfen. Aber als er sah, daß die Sachsen auf breiter Front einfielen, und als ihm klar wurde, daß die Briten ihren Bürgerkrieg nicht fallenlassen würden, um ihren gemeinsamen Feind zu bekämpfen – er dachte halb wie ein Römer, wenn es um solche Dinge ging –, da wurde er offenbar »provoziert«, etwas, vor dem meine Mutter gewarnt hatte.

Er ritt mit dem königlichen Heerbann nach Camlann, der königlichen Festung, und ließ seine einsame Stellung gegen die Sachsen, die sowieso massiv in der Überzahl waren, im Stich. In Camlann traf er Constantius, den König von Dumnonia, und dort erklärte er sich selbst zum Hohen König, zum Augustus, zum Pendragon von Britannien.

Das brachte die Könige von Britannien gründlicher durcheinander als Cerdics Invasion. Aber Artus ap Uther ließ ihnen nicht viel Zeit für ihre Protestschreie über Bastarde, die den Thron an sich rissen. Er hub die größte Armee aus, die er zusammenbekommen konnte, und griff zuerst Brycheiniog und dann Dyfed an. Er nahm die königlichen Festungen ein, nachdem er zuerst die Kriegshaufen unterworfen und zerstreut hatte. Und jedesmal besiegte er Streitkräfte, die größer als seine eigenen waren. Die Könige beider Länder waren gezwungen, ihm den dreifachen Eid der Gefolgschaft zu leisten, und sie mußten Artus auch mit Vorräten versorgen. Nachdem das erledigt war, marschierte er weiter, um Gwynedd zu erobern.

Docmail, der König von Gwynedd, schwor Artus nie die Treue. Stolz nahm er Gift in seiner eigenen Festung Caer Segeint, drei Stunden, bevor Artus dort auf den Fersen von Docmails besiegtem Heer erschien. Docmail verfluchte Uthers Bastard. Sein Sohn, Maelgwen, der nur ein Jahr älter war als ich, war von Docmail selbst zu seinem Nachfolger bestimmt worden. Und Maelgwen schwor Artus ohne Protest die Treue.

Es war noch nicht Juli, und kein anderer König hatte eine Chance bekommen, sich auf einen Kampf gegen den Mann vorzubereiten, der Anspruch auf die Stellung des Pendragon erhob. Artus handelte schnell. Als Docmail allerdings gestorben war, stellte der neue Bewerber auf den Thron fest, daß alle Stämme in Britannien sich gegen ihn vereint hatten; als erster Urien of Rheged, und zusammen mit unseren Verbündeten mein Vater. Der einfache Grund für diese plötzliche Einigkeit war der, daß es so aussah, als ob Artus gewinnen könnte.

Aber der neue Pakt traf Artus nicht unvorbereitet. Man entdeckte, daß Artus, bevor er Anspruch auf den Titel erhob, selbst ein Bündnis mit einem König in Kleinbritannien geschlossen hatte. Kleinbritannien, das ist Gallien, ein reiches, mächtiges Land. Zuerst war es eine Kolonie gewesen unter dem Hohen König Maximus, als Rom noch stand. Dann wurde es größer, als die Legionen sich zurückzogen und als Männer, die durch die Sachsen ihr Land verloren hatten, dorthin zurückfuhren, weil sie nirgendwohin konnten. Als Artus sein Bündnis schloß, da verteidigte sich Kleinbritannien nicht gegen die Sachsen oder die Goten oder die Hunnen, und zwischen den beiden Söhnen des alten Königs braute sich ein Krieg zusammen, weil niemand wußte, wer Nachfolger würde. Der Zwist hatte das Stadium des Krieges noch nicht erreicht, aber er würde unvermeidlich sein, wenn der alte König erst einmal tot war. Bran, der jüngere Bruder, hatte einmal Seite an Seite mit Artus gekämpft, und die Chance, jetzt mit ihm ein Bündnis einzugehen, nahm er begierig an. Er segelte mit seinem Heer, einer großen Armee, von Gallien herüber, landete in Caer Uisc in Dumnonia und vereinigte sich mit Artus vor Caer Segeint, ein paar Tage, bevor die Festung fiel. Von dort eilte er augenblicklich nach Dinas Powys, der Festung, die Artus nehmen wollte, ehe die anderen Könige ihre Streitkräfte gegen ihn vereinigen konnten. In Powys gab es einen kurzen, wilden Kampf, und Artus war wieder siegreich. Er ritt im Triumph in die Festung ein, akzeptierte die Gefolgschaft von Rhydderch Hael von Powys und zerstreute Rhydderchs Heer.

Die anderen britischen Könige schafften es endlich, sich zu vereinigen. Aber es kam keineswegs eine einzige Armee zustande, und sie waren auch keineswegs bereit, vereint zu kämpfen. Nur, ihre Streitkräfte waren sehr groß. Gwlgawd, der König von Gododdin, war dabei und der König von Elmet, und Caradoc, der König von Ebrauc, und March, der Besitzer der Schiffe von Strathclyde, und Urien von Rheged, genannt der Löwe von Britannien – und mein Vater, Lot von den Orkneys, der stärkste König von Kaledonien, der Abkömmling der Sonne.

Artus hatte die königliche Heerschar des Uther, die ihm während der vergangenen beiden Jahre des Bürgerkrieges treu gefolgt war, und er hatte seine Verbündeten Constantius, den König von Dumnonia, und Bran von Kleinbritannien, zusammen mit den eingeschworenen und zur Neutralität gezwungenen Königen von Gwynedd, Dyfed, Brycheiniog und Powys.

Die Geschichte der Schlacht zwischen diesen beiden Armeen wird oft erzählt und noch öfter gesungen in den Hallen aller Könige von Britannien, Erin und der sächsischen Länder. Auf den Orkneys hörten wir sie schon zwei Wochen bevor Lot selbst mit seinem Kriegshaufen zurückkehrte.

Es war Ende Juli, an einem heißem Tag, und die Luft war schwer genug, daß man sie mit dem Messer schneiden konnte.

Der Bote kam vom Hafen heraufgeritten, an der Ostküste entlang. Er war zu erhitzt und zu müde, um schneller als Trab zu reiten. Morgas empfing den Mann in ihren Gemächern, bot ihm den obligatorischen Becher Wein an und fragte ihn ungeduldig nach den Neuigkeiten aus. Ich saß auf dem Bett und sah zu.

Der Bote trank gierig den Wein, nachdem er ihn zur Hälfte mit Wasser verdünnt hatte. Seine Kleider waren fleckig und staubig und schweißdurchweicht. Er war aus einer Armee meines Vaters, aber er stammte nicht aus der Sippe, wie die Hälfte des Kriegshaufens. Er war ein Mann aus Dalriada, den die Großzügigkeit und der Ruhm meines Vaters angezogen hatte. Seine Name war Connall.

Er begann seine Geschichte damit, daß er uns erzählte, was der letzte Bote gesagt hatte. Artus, begierig auf die Schlacht, war mit seinen Männern nach Norden und Westen geritten, und die Armeen der Könige von Britannien seien aus verschiedenen Richtungen herangezogen, um ihm zu begegnen. Morgas nickte ungeduldig, und der Bote erzählte eilig weiter. Die Armeen hatten sich am Oberlauf des Flusses Saefern getroffen, an einem seiner Nebenflüsse, dem Dubhglas. Dort ist hügeliges Gelände, und Artus hatte Zeit genug, um seine Armee sorgfältig zu plazieren.

Morgas runzelte die Stirn. Dem Zustand, in dem der Bote war, konnte man entnehmen, daß es irgendwie eine Niederlage gegeben hatte, und mehr und mehr stieg in Morgas der Verdacht auf, daß es eine schwere gewesen war. Artus war berühmt als Feldherr.

»Es war vor ungefähr drei Wochen«, fuhr Connall fort. »Wir standen herum, und sie standen herum und warteten auf den Kampf. Es war heiß – es stank vor Hitze. Wir standen da in unseren Lederwämsern und unseren Kettenhemden, und wir schwitzten und warteten darauf, daß Artus sich endlich entschloß, was er tun wollte. Wir konnten die Standarten von Bran und Constantius sehen, die sich unten im Tal zeigten, aber Artus' Standarte sahen wir nicht. Wir verfluchten den faulen Bastard dafür, daß er uns warten ließ, aber er war der große Feind, und wir hatten keine Wahl.

Am Vormittag kam jemand herauf, der die Standarte mit dem roten Drachen trug, und der Feind jubelte. Wir wurden sehr wütend. Es war eine Unverschämtheit, daß er sich selbst zum Hohen König erklärte und die Standarte des Pendragon benutzte, der ohne Clan. Lot befahl uns anzugreifen, und wir waren auch bereit. Wir stießen den Kriegsschrei laut und gellend aus und rannten sie an. All die anderen Könige im Tal – denn wir waren alle im Tal, weil die Hügel zu steil zum Kämpfen waren . . .«

»Narr!« schnappte Morgas. Connall starrte sie unsicher an. »Was für eine Idiotie, sich so in die Falle locken zu lassen von einem . . . Fahr fort.«

Connall begriff, daß sie Lot gemeint hatte und nicht ihn selbst, und er erzählte weiter. »Jedenfalls griffen wir an. Sie lieferten uns einen guten Kampf. Sie sind stark hinter ihrem Schilderwall, diese Männer aus Kleinbritannien. Aber von uns waren mehr da, und wir sind auch keine Schwächlinge . . .«

»Ich sagte: Fahr fort!« warf Morgas leidenschaftlich ein. Ihre dunklen Augen wurden schmal, als sie den Boten anschaute. Connall schluckte, wandte den Blick ab und erzählte weiter.

»Artus' Streitkräfte zogen sich langsam zurück. Wir drängten ihnen nach, ins Tal hinab. Es war ein harter Kampf. Aber ungefähr um die Mittagszeit begann ihre Kraft nachzulassen – wenigstens schien das so –, und wir verdoppelten unseren Angriff. Ihr Schilderwall stürzte nach innen ein, und sie begannen zu rennen, so schnell sie konnten.

Wir jubelten so laut, wie es unsere restliche Kraft erlaubte – und das war nicht sehr viel, denn wir waren jetzt geschwächt durch die Schlacht in der schrecklichen Hitze – und dann rannten wir ihnen nach.« Connalls Gesicht strahlte ein wenig auf, während er sich an die Begeisterung des Augenblicks erinnerte, und dann beschattete sich seine Miene plötzlich. »Und dann brachte Artus seine Reiter nach vorn.«

Morgas stöhnte, warf ihr Weinglas weg. »Von den Hügeln.«

»Von den Hügeln. Sie kamen herunter, so schnell . . . auf ihren Pferden. Man reitet nicht auf Pferden in die Schlacht, nicht gegen Speerwerfer. Man kann sie nicht so schnell aufspießen, wie sie . . . nun, es macht nichts mehr. Sie ritten ihre Pferde ins Tal hinab, schleuderten ihre Wurfspeere, durchbrachen den Schilderwall, noch ehe sie ihn erreicht hatten – er war sowieso schon an den Flanken aufgebrochen, durch unsere Hast, dem Rest der Armee zu folgen. Und dann waren sie unter uns, auf diesen Pferden, sie ritten uns nieder, sie stachen mit Speeren, sie schlugen mit Schwertern. Wir hatten all unsere Wurfspeere schon lange verschossen, und wir wußten nicht, wie wir uns gegen sie wehren sollten. Wir konnten auch unseren Schilderwall nicht mehr neu bilden, denn sie waren ja schon dahinter. Artus war selbst bei ihnen – er hatte einen anderen mit seiner Standarte geschickt –, und er lachte und brüllte den Kriegsschrei der Hohen Könige. Die Männer von Kleinbritannien und Dumnonia, die vor uns geflohen waren, nahmen den Schrei auf und stürzten auf uns zurück. Wir konnten sie nicht halten, denn die Reiter brachen unseren Schilderwall, und die Pferde zertrampelten uns. Unsere Streitmacht brach zusammen. Lot schrie uns immer wieder zu, die Stellung zu halten, sich um ihn zu gruppieren, aber wir konnten es nicht. Wir konnten nicht. Wir rannten fort. Unser Schilderwall war zerbrochen, und wir warfen unsere Schilde fort, um schneller laufen zu können. Lot stand, edle Dame, und er weinte vor Zorn, und dein Sohn war bei ihm. Einige von uns erinnerten sich an unsere Eide und an den Schutz, den Lot uns in seiner Halle geboten hatte, und wir kehrten zurück, um unsere Ehre zu wahren. Wir versuchten, uns langsam zurückzuziehen, und ein paar andere stießen zu uns oder kamen zurück – aber wir konnten uns nicht halten, nicht einmal kurze Zeit. Unsere Schilde wurden in Stücke gehackt, und wir zogen uns zurück über die Leichen unserer Kameraden, die auf der Flucht getötet worden waren. Lot sagte – ich war bei ihm –: ›Dann will ich also sterben, während ich kämpfe.‹«

Morgas lachte rauh. »Sterben! Ich wünschte, du wärst gestorben. Aber Artus wünschte deinen Tod nicht, Lot von den Orkneys. Er wünschte keinen Krieg mehr mit den Orkneyinseln.«

Connall nickte elend. »Constantius kam herauf mit seiner Armee, und er gebot uns, aufzugeben. Ich . . . ich . . .«

»Und ihr habt aufgegeben!« schrie Morgas. Ihr Gesicht war rot vor Zorn. »Ihr habt euch unterworfen und den dreifachen Eid geschworen, niemals wieder gegen Artus zu kämpfen oder gegen jene, die Artus unterstützen!«

Connall ließ den Kopf sinken. »So ist es. Wir hatten keine Wahl. Es hieß entweder aufgeben oder sterben. Und Artus sollte schließlich nicht unser König werden.«

Morgas stöhnte, als ob sie Schmerzen hätte, und bedeckte das Gesicht mit den Händen.

Connall zögerte, dann fuhr er fort: »Der Rest des Kriegshaufens war mit den Armeen der Könige von Britannien geflohen, und wir wurden mit ihnen gefangen. Man trieb sie wie Vieh das Tal hinauf, in den Dubhglas. Es hatte Regen gegeben, und der Fluß war hoch. Er ist dort auch schnell, und wir konnten ihn nicht überqueren, nicht in dieser Hast. Sie kapitulierten, sie kapitulierten alle – Artus hatte Befehl gegeben, daß niemand die Könige töten solle –, und sie schworen den dreifachen Eid der Gefolgschaft vor Artus. Am nächsten Tag gab er sich selbst irgendeinen römischen Titel und sagte, es würde eine Ratsversammlung in Camlann geben. Aber Lot sagte er, er solle uns mitnehmen und nach Hause gehen, oder er wolle unsere Schiffe verbrennen und uns töten lassen. Deinen Sohn aber behält er, edle Dame, als Geisel. Er sah, daß Lot Agravain liebte.

Also zogen wir uns mit großer Geschwindigkeit nach Gododdin zurück. Ich ritt voraus, edle Dame, um dir diese Nachricht zu bringen . . .«

»Artus Pendragon«, flüsterte Morgas, ohne sich zu bewegen. Ihre Augen waren auf etwas geheftet, das unendlich fern war. Ich zitterte, denn ich wußte, der Haß, den sie auf Uther gehabt hatte, war jetzt in doppeltem Maß auf Artus übertragen worden, auf Uthers Sohn. »Artorius, Insularis draco, Augustus, Imperator britanniarum. Das ist sein römischer Titel, Mann. Artus, Pendragon, Hoher König von Britannien. Artus . . .« Morgas ließ die Hände sinken, starrte dann Connall an, schaute dann durch ihn hindurch. Ihr Gesicht war von solch einem Zorn, solch einem Haß verzerrt, der über jede Begriffe ging. Haß war ein schwarzes Feuer in ihren Augen, so tief wie der innere, schwarze Ozean, den ich schon kannte und der sie geschluckt hatte. »Artus!« schrie sie. »Artus! Oh, diese Schlacht gehört dir, Bruder, aber der Krieg ist noch nicht vorbei, das schwöre ich, Morgas, rechtliche, legitime Tochter eines Hohen Königs! Tod, Tod über dich, Tod über deinen Samen, daß er sich über dich erheben soll, durch all deine neuen Götter, dein Reich und deine Zaubereien. Tod und ewige Qual! Sei jetzt sicher mit deiner neuen Macht, deinem neuen Ruhm, du, den Uther liebte. Aber mein Fluch wird dich finden und dir die Verdammnis bringen, für ewig. Ich schwöre den Eid meines Volkes, und möge die Erde mich verschlingen, möge der Himmel auf mich fallen, möge die See mich überfluten, wenn du nicht stirbst von der Hand deines Sohnes!«

Morgas war aufgestanden und hatte die Hände gehoben. Mir schien es so, als ob Finsternis wie ein Schein um sie her flammte, und sie war schöner, als je eine sterbliche Frau es gewesen ist. Ich war geblendet von ihrer Dunkelheit und ihrer Schönheit, und ich huldigte ihr in Schrecken, von ganzem Herzen. Connall, der so entsetzt wie ich war, zuckte zusammen und war unfähig, ein Gebet zu murmeln. Er starrte sie mit aufgerissenen Augen an. Als die letzten Silben des bindenden, dreifachen Fluches in die zitternde Luft fielen, erinnerte sie sich wieder an Connall und wandte sich wieder zu ihm um. Sie war wütend darüber, daß er ihren Zorn gesehen hatte, sie war wütend wie eine Göttin. Aber sie lachte. Ihre Beherrschung war wieder da, und sie verschleierte ihren Zorn, aber sie verbarg ihn nicht.

»So, du glaubst also, daß ich schrecklich bin«, sagte sie. »Du weißt nicht, wie schrecklich, Mann. Connall von den Dalriadas. Soll ich es dir zeigen?«

Er drückte sich von ihr weg, zur Tür hinüber. Morgas' Hände hoben sich wieder, und sie webte ihren Bann. Meine Augen sahen es, als die schwarze Kraft zusammenkam, wie Fäden auf einem Webstuhl, in einem seltsamen Muster.

»Meine Kraft zeigt sich nicht in einer glänzenden Armee wie Lots Kraft oder Artus'«, flüsterte sie. »Sie ist fein, unmerklich, sie wirkt in der Dunkelheit, an den Orten, die ihr nicht seht, verborgen in der Furcht eures eigenen Inneren. Kein Mensch ist frei von mir. Kein Mann, noch nicht einmal Artus. Und sicher du auch nicht, Mann aus Dalriada . . . Soll ich es dir zeigen, Connall?«

Er schüttelte den Kopf und leckte sich über die Lippen. Sein Rücken preßte sich flach gegen die Tür, er hatte die Finger auf dem Holz ausgespreizt. Die lederne Riegelschlinge war nicht befestigt, aber Connall war genauso unfähig die Tür zu öffnen, als ob sie mit stählernen Ketten verschlossen gewesen wäre. Morgas trat an ihn heran, und neben ihr wirkte er so bleich und unwirklich wie ein Geist.

»Nicht, große Königin«, nurmelte er.

»Willst du die Macht deiner Königin nicht kennen?«

Er schüttelte den Kopf. Er schauderte.

Morgas trat zurück und entspannte ihre Hände. Die Dunkelheit, die sich um sie her gelagert hatte, verwehte in die Luft. Die Kälte des Raumes verschwand plötzlich. Ich bemerkte, daß noch immer Juli war.

»Erwähne nichts von dem, was ich gesagt habe, niemandem gegenüber«, sagte Morgas. »Dann wirst du die Macht nie spüren. Verlaß uns.«

Connall fummelte herum, fand den Türriegel und floh. Gerade während er den Raum verließ, berührte mich sein Blick, und seine Augen weiteten sich ein wenig.

Als die Tür sich schloß, als Morgas sich wieder auf das Bett sinken ließ und zu lachen begann, da begriff ich, daß auch ich dabei war, mir den Ruf eines Zauberers zu erwerben.

4

Die Armee kehrte heim, jeder König zu seiner eigenen Insel. Auch Lot und sein Heerbann kehrten nach Dun Fionn zurück.

Als sie ankamen, ritten wir zum Hafen hinab, und wir fanden sie noch immer bei der Arbeit, die Kriegskaracken an Land zu bringen. Sie zogen die langen, rundlichen Schiffe auf den Strand und sicherten sie. Wir hatten Pferde mitgebracht, und als sie mit den Schiffen fertig waren, ritt Lot mit uns und seinen Kriegern zur Festung zurück.

Er war sehr müde, das war offensichtlich. Seine strahlende Energie war schwächer geworden, und sein Haar zeigte die ersten, frühen Streifen von Grau, es hatte ein wenig von seinem Glanz verloren. Seine Augen waren blutunterlaufen, und darunter lagen dunkle Ringe, und Furchen der Bitterkeit krümmten sich um seinen Mund. Er war sehr still.

Auch ich war still; ich ritt hinten und beobachtete meinen Vater. Es kam mir unglaublich vor, unwirklich, daß er besiegt worden war. Und es schien unglaublich, daß Agravain jetzt eine Geisel war. Ich fragte mich, wie es wohl für ihn wäre, so ganz allein im Hofstaat des Artus. Geiseln wurden nie schlecht behandelt – mein Vater hatte eine Geisel von jedem seiner Unterkönige, und sie kämpften alle in seiner Armee und besaßen viele der Rechte, die die anderen Krieger hatten –, aber schon die Tatsache, daß er eine Geisel war, mußte für Agravain vernichtend sein. Ich konnte ihn geradezu vor mir sehen, wie er auf die Fremden einschlug, die ihn umringt hatten und ihn wegen seines Vaters und seiner Niederlage verspotteten; ich konnte ihn sehen, wie er sich verzweifelt bemühte, sein schlechtes Britisch zu verbessern, elend, allein in einem fremden Land ...

Für den Verlust Agravains war ich kein Ersatz, auch das war offensichtlich. Lot schaute mich an, dann Morgas, dann seine eigenen Hände. Er tat das immer und immer wieder, und jedesmal krümmte sich sein Mund im Schmerz. Eine Zeitlang verspürte ich den Wunsch, zu helfen. Ich wollte wieder versuchen, wie ich es vorher versucht hatte, so zu sein, wie Lot mich wünschte. Aber dann redete ich es mir aus, zusammen mit meinem Mitleid um Agravain. Ich war meiner Mutter Sohn. Ich hatte jetzt das Haus der Knaben verlassen, und aus mir war kein Krieger geworden, und ich war sicher auch kein Abkömmling des Lichts. Lot und Agravain hatten mir Unrecht getan.

Auch Morgas war still, aber ihr Schweigen war das Schweigen des Zorns. Sie war wütend auf Lot, weil er besiegt worden war, und sie zeigte ihm ihre Verachtung ohne Worte. Sie zeigte ihm, was sie von seiner Kraft hielt und von seinem Wert und seiner Männlichkeit. Ich sah zu, wie Lots Hände sich um die Zügel seines Pferdes krampften und sich wieder lösten, während er ihren steifen Rücken anstarrte.

Der Heerhaufen war in schlechter Verfassung. Nicht allzu viele waren verloren oder verletzt, denn im großen und ganzen waren ihre Kämpfe erfolgreich gewesen, bis sie Artus begegneten. Aber sie hatten all ihre Beute, all ihre besten Stücke an Artus' Männer verloren, und sie waren mit mangelhaften Vorräten und in Gewaltmärschen nach Gododdin zurückgekehrt. Es sah so aus, als ob der neue Pendragon hungrig nach Reichtum und Vorräten war. Er würde sie auch brauchen, um ein großes Heer zu unterhalten, und er würde mit Sicherheit ein großes Heer brauchen, wenn er Britannien gegen die Sachsen verteidigen wollte. Aber jetzt würden wir auf den Orkneys für Artus' Krieg bezahlen müssen. Und für unseren Lebensunterhalt mußten wir uns auf die nächste Ernte allein verlassen. Als wir Dun Fionn erreichten, stellten wir die Pferde schweigend im Stall unter, und schweigend gingen die Männer zur Ruhe. In dieser Nacht gab es ein trübseliges Gelage, und die Krieger brüteten über ihrem Essen, und Lot saß grimmig wie der Tod am hohen Tisch und starrte hinüber zu der Tür, die aus der Halle in Morgas' Zimmer führte. Orlamh, der oberste Barde meines Vaters, sang mit unsicherer Stimme, und die Lieder fielen flach in die abgestandene Luft.

Die Männer tranken sehr viel. Ich merkte das, denn ich schenkte den Met ein. Auch mein Vater trank viel. Die Betrunkenheit glänzte in seinen Augen, und er schaute sich in der Halle um. Er sah mich, und sein Blick fixierte sich auf mich. Er knallte seinen Becher auf den Tisch.

»Gawain!« Es war das erstemal, daß er mich direkt angesprochen hatte, seit seiner Rückkehr. Und daß er mich ansprach, das kam sowieso selten genug vor.

Ich stellte die Kanne mit dem Met hin. »Ja, Vater?«

»Ja, Vater«, wiederholte Lot bitter. »Agravain . . . nun, Agravain ist eine Geisel. Weißt du das?«

»Ja, Vater.«

»Natürlich. Du kannst lesen, schreiben, Latein sprechen, die Harfe spielen, wie ein Barde singen, Lieder schreiben, Pferde reiten – alle Pferde seien verflucht! – und Männer vom Pferderücken aufspießen, und du kannst andere Dinge. Welche anderen Dinge?«

Früher hatte er noch nicht einmal das Latein erwähnt. Ich trat unsicher auf den anderen Fuß. Alle Krieger beobachteten mich, schätzten mich ab.

»Sonst nichts, Vater.«

Lot starrte mich an. Die Krieger starrten mich an. Ich sah, daß mein Ruf sie in der Tat erreicht hatte. Ich starrte zurück, entschlossen, nicht auszuweichen.

»Du bist mit Sicherheit kein Krieger«, sagte mein Vater endlich. »Nun gut. Geh, nimm Orlamh die Harfe ab und spiel etwas, etwas Angenehmes. Ich bin seiner traurigen Klimperei müde.«

Orlamh seufzte und gab mir die Harfe. Ich nahm sie, setzte mich nieder und starrte die Seiten an. Ich war zornig, das war mir klar, aber Haß erfüllte mich nicht. Lot tat mir leid. Ich wurde noch wütender, aber er tat mir noch immer leid.

Was konnte ich singen? Irgend etwas, das ihn von Dun Fionn und von seiner Niederlage ablenkte.

Ich berührte die Seiten vorsichtig, zog die Melodie so sanft hervor, als ob sie ein Gewebe aus Glas wäre, und sang den Trauergesang der Deirdre, als sie Kaledonien verließ, als sie nach Erin ging, in ihren Tod.

Lieb hatt' ich das Land, das im Osten liegt,
Alba, das wonnige, voll von Wundern.
Niemals wär' ich gewillt, zu weichen,
Ginge ich mit dem Geliebten nicht.

Herrlich die Hügel, hoch ragt Dun Fidhga, Dun Fionn,
Felsen, von Festen gekrönt, von Falken umschwebt.
Schimmern sah ich der Seen Spiegel,
Meiner Heimat gehört mein Herz.

In der Halle war es sehr still, und die Krieger saßen ruhig da. Sie berührten die Methörner nicht, die neben ihren Händen standen. War es möglich, so fragte ich mich sehr überrascht, daß ich es schaffte? Nun, das Lied war sehr berühmt und bekannt. Ich sang weiter und versuchte, den strahlenden, unregelmäßigen Rhythmus einzufangen und die Sehnsucht, die darin lag.

Cuan's Wald, da weilten wir oft,
O weh, zu kurz war die Zeit;
Zu wenige Tage, du weißt es wie ich,
Die wir verbrachten am Strand von Alba.

Glenn Etive, dort erhob sich mein Haus,
Wundersam ist da der Wald.
Ein hüllt ihn früh der Sonne Strahl,
Wenn hinter Wolken der Tag erwacht.

Und so ging es durch alle Verse. Die letzte Strophe kam, die von dem Strand handelte, an dem Deirdre sich einschiffte:

Draighen's Strand erfüllt mich mit Stolz,
Wild wallen die Wogen.
Mein Land nicht wollte ich lassen,
Hielte mich nicht Noise's Hand.

Ich ließ die Töne anschwellen und brachte sie dann langsam zum Schweigen. Ich ließ die Saiten weinen, während ich an Deirdre dachte, eine wunderschöne Frau, die schon fünfhundert Jahre tot war und die in ihr Boot gestiegen und in ihren Untergang gesegelt war.

Als ich zu Ende gesungen hatte, war es in der Halle sehr still, aber es war eine andere Stille. Lot schaute mich einen Augenblick lang seltsam an, dann lachte er. Er war erfreut.

Ich saß da, starrte die Harfe an und konnte es nicht glauben.

»Das war gut«, sagte Lot. »Bei der Sonne! Vielleicht wird endlich doch noch etwas aus dir. Spiel noch etwas.«

»Ich . . . ich . . .«, sagte ich. »Ich bin müde. Bitte, ich will ruhen.«

Sein Lächeln verschwand wieder, aber er nickte. »Geh also und ruh dich aus.«

Ich stellte die Harfe nieder und ging. Sein Blick folgte mir auf dem ganzen Weg durch die Halle. Er war verwirrt.

Ich ruhte nicht. Ich lag auf meinem Bett und wälzte mich hin und her, und ich starrte einen Fleck aus Mondlicht an, der über den Fußboden kroch, die ganze Nacht. Ich hatte meinen Vater erfreut. Ein Barde zu sein, das war sehr ehrbar, und wenn man gut war, dann stand nur der König über einem. Ich hatte meinen Vater mehr erfreut als Orlamh, der gut war. Ich betrachtete das Mondlicht und dachte: »Jetzt bin ich schon zu weit den Pfad der Dunkelheit entlanggeschritten, um ihn noch zu verlassen.«

Und ich starrte auch den kalten, schwarzen Fleck im Meer an, und ich weinte innerlich, allein in der Dunkelheit.

Am nächsten Morgen fand ich heraus, daß Lot und Morgas in dieser Nacht auch nicht geschlafen hatten. Mein Vater hatte sich betrunken und war in den Raum meiner Mutter eingedrungen, um seine Rechte in Anspruch zu nehmen. Sie hatte versucht, ihn hinauszuwerfen, aber er hatte darauf bestanden, er sei ihr Mann und sie müsse ihm gehorchen. Die nächsten paar Tage trug Morgas ein hochgeschlossenes Gewand, um ihre blauen Flecken zu verbergen. Aber Lot war derjenige, der krank und erschöpft aussah, während Morgas still, mit ruhiger Befriedigung vor sich hinlächelte. Ich begriff plötzlich, daß sie, wenn mein Vater ihre Schönheit zu seinem Vergnügen benutzte, immer von ihm zehrte wie ein Schatten von einem starken Licht und daß sie ihm langsam die Kraft aussog. Sobald mir der Gedanke gekommen war, schob ich ihn beiseite, denn er gab mir ein beunruhigendes Gefühl.

Der August zog sich langsam dahin, und der September folgte. Ich tat all das, was ich vorher getan hatte – ich übte noch immer mit meinen Waffen, nahm meine Lektionen bei Morgas, ritt aus und spielte mit Medraut –, aber es war jetzt alles anders. Lot befahl, daß seine Leute die neuen Arten des Kämpfens vom Pferde aus erlernen sollten, die Kampfmethoden, die Artus gegen die Speerwerfer benutzt hatte. Plötzlich war ich der erste und nicht mehr der letzte, und das nicht nur unter meinen Altersgenossen, sondern auch unter den älteren Männern. Ich war vierzehn und begann zu wachsen, und ich kannte all die Kniffe, die die anderen für unnötig gehalten hatten. Ich wußte, wie man sich auf einem Pferd bewegt, wie man einen Speerwerfer auf dem Boden annimmt, ohne vom Pferd geschleudert zu werden, und wie man das Pferd dazu bringt, rückwärts und seitwärts zu gehen, wenn die Lücke zu schmal ist oder die Menschenmenge zu groß, um sie zu durchbrechen. Es waren Dinge, die nach Geschicklichkeit und Geschwindigkeit verlangten anstatt nach Kraft und Befehlen. Und deshalb waren sie neben den normalen Kampfmethoden vernachlässigt worden. Es waren die Geschicklichkeitsübungen, die ich allein gelernt hatte.

Wir empfingen auch Nachrichten von den Spionen meines Vaters in Britannien. Mein Vater hoffte noch immer, daß Artus in der Schlacht getötet würde, obwohl er nicht gewillt war, das Ereignis selbst zu arrangieren, wegen Agravain und wegen seines Eides. Aber das Glück hatte er nicht. Artus nahm Tribut von jedem König in Britannien, und selbst von der Kirche, die sie dort haben. Diese Kirche habe ich eigentlich nie so recht verstanden. Ganz Britannien, außer natürlich die sächsischen Länder, hatten den christlichen Glauben, da die Hohen Könige von Rom bestimmt hatten, so solle es sein. Dieser Glaube war mir als eine seltsame Verehrung geschildert worden, die sich um einen Gott drehte, der in Wirklichkeit ein Mensch war und der so getan hatte, als ob er gestorben sei, aber in Wirklichkeit nicht gestorben war. Wie auch immer. Jedenfalls war die Kirche sehr reich durch die Spenden ihrer Gefolgsleute und durch die Ländereien, die Priestern und Mönchen gehörten. Sie war auch mächtig, aber das kam mir nur natürlich vor. Noch vor fünfzig Jahren war der Ard Filidh, der oberste Druide, so mächtig wie jeder König gewesen. Jetzt natürlich ist auch Erin christlich, und vielleicht wird sogar der Rest des Westens christlich werden, wenn ich auch nicht sehe, wie die britische Kirche das fertigbringen will. Die britische Kirche war und ist noch immer hauptsächlich daran interessiert, den eigenen Reichtum und das eigene Ansehen in Britannien zu mehren. Fremde erkennt sie nicht an.

Trotz all dieser Dinge wurde erwartet, daß man der Kirche Geld gab und es ihr nicht wegnahm. Besonders von Artus hatte man erhofft, daß er großzügig sein würde. Er war berühmt als strenger Christ. Im Kloster in Tintagel war er von den gelehrten und friedliebenden Mönchen erzogen worden, die aus christlicher Nächstenliebe die Bastarde der Nachbargegenden betreuten, wenn sie verwaist oder unerwünscht waren. Man sagte, Artus hielte an seiner Erziehung fest, und es gingen die Gerüchte, daß er vor den Kämpfen, die er ausfocht, immer betete. Dadurch wollte er göttliche Hilfe gewinnen. Wie sie sagten, konnte das auch der Grund für all seine Siege sein. Die

Kirche war nur allzu eifrig bei der Hand gewesen, ihn als Pendragon anzuerkennen, trotz seines nur ungewissen Anspruchs auf die Macht.

Nachdem Artus aber erst einmal anerkannt war, verlangte er sofort von der Kirche einen Zehnten auf all ihre Besitztümer, anstatt sie voller Freude mit Geschenken zu überhäufen. Als die Priester und Äbte sich zornig weigerten und ihn tadelten, erklärte der neue Hohe König, so daß ganz Britannien es hören konnte, er würde gern mitmachen, wenn Britannien den Wunsch hätte, um Besitztümer zu kämpfen, die ihm rechtens gehörten. Die Äbte und Bischöfe zogen diesen Satz in Betracht, kamen zu dem Schluß, daß Artus es ernst meinte, und lieferten die Vorräte. Aber sie waren sehr wütend, und sie begannen, gegen ihn zu arbeiten.

Mein Vater hörte all diese Neuigkeiten und hoffte weiter. Als Artus etwas von seinem neuen Reichtum an Bran von Kleinbritannien abtrat und ihn nach Hause schickte, blieb Lot die ganze Nacht auf und diktierte Botschaften. Außerdem kam er jeden Tag, um nachzusehen, wie die Männer sich bei den neuen Kampfmethoden anstellten, und er übte sie auch selbst, bis er vor Schweiß troff. Er begann ein Intrigenspiel um die Herrschaft über die äußeren, nördlichen Hebriden, und er erneuerte eine alte Feindschaft mit Angus Mac Erc von Dalriada. Aber all diese Unternehmungen hatten etwas von ihrer strahlenden Leuchtkraft verloren. Mein Vater würde Britannien nicht mit Hilfe von Marionettenkönigen regieren. Denn Artus regierte Britannien schon.

Meine Mutter schmiedete auch Pläne. Im September, bei Neumond, töteten wir um Mitternacht ein schwarzes Lamm. Ich hielt seinen Kopf, während sie es mit einem steinernen Messer aufschnitt und die Innereien untersuchte, während das Tierchen noch zappelte und über uns blutete. Sie war wütend über das, was sie sah, aber sie erklärte mir nichts. Etwas später, am nächsten Tag, fragte ich sie, warum sie nicht einfach Artus vernichten könne, wie sie seinen Vater vernichtet hatte.

»So einfach ist das nicht«, sagte sie mir. »Er hat einen christlichen Gegenbann über mich ausgesprochen, und ich verstehe nicht, wie er wirkt. Hast du nicht bei dem Lamm gestern nacht gesehen, wie das Gekröse in Knoten verwebt war?«

Ich hatte gar nicht hinschauen wollen. Diese Dinge verursachten mir noch immer Übelkeit.

»Aber mach dir darum keine Sorgen«, sagte sie und begann zu lächeln. »Ich habe ihn verflucht, und der Fluch lebt, und er hat gelebt. Am Ende wird auch ihn die Finsternis verschlingen.«

Ich beobachtete diese Finsternis in ihren Augen, während sie befriedigt vor sich hinstarrte, und ein grausiger Respekt stieg in mir auf. Ich wußte, sie plante irgendeine andere Tat, und sie hatte das Lamm getötet, um zu sehen, wie es ausging. Sie war erfüllt von Anspannung, sie wartete. Aber als ich fragte, wollte sie mir nicht sagen, auf was sie wartete. Sie lächelte nur ihr sanftes, geheimnisvolles Lächeln.

Während der Oktober langsam dahinging und die großen Nebel von der See die Inseln wie eine Decke umhüllten, begann ich zu erraten, wann sie handeln würde, wenn ich auch nicht wußte, was sie vorhatte. Am Ende des Oktober steht eine Nacht, die Samhain heißt. Es ist ein Fest, eins von vier großen Festen – die anderen heißen Mittsommer, Lammas und Beltene –, und sie sind den Mächten der Erde und des Himmels geweiht. Samhain ist die Nacht, in der die Tore zwischen den Welten offenstehen. In dieser Nacht können die Toten zurückkriechen in jene Welt, die sie verlassen haben, und unter den Lebenden bei Tisch wird für sie gedeckt. Andere, noch dunklere Dinge kommen am Samhain-Fest über die Welten, und gewöhnlich spricht man nicht von ihnen. Noch andere Wesen können dann beschworen werden, durch Wunsch oder Ritus, und diese erwähnt man am allerwenigsten. Während das Ende des Oktobers heranrückte, wußte ich, auf was meine Mutter wartete.

Am Tag des Samhain-Festes ging ich in ihr Zimmer, um meine übliche Lektion zu nehmen. Aber den größten Teil des Tages taten wir nichts außer lesen. Morgas hatte ein römisches

Gedicht gekauft, das »Äneis« hieß. Sie hatte es von einem reisenden Händler um den Wert von zehn Kühen in Gold erworben. Morgas besaß siebzehn Bücher, die eine ungeheure Menge an Geld wert waren, und ich hatte sie alle gelesen. Die »Äneis« genoß ich mehr als die anderen, obwohl dieses Buch voll seltsamer Namen war und ich nur wenig davon verstand. Ich bedauerte, daß wir nur die ersten sechs Bände besaßen, die erste Hälfte des Gedichts, und die hatten wir schon fast zu Ende gebracht.

. . . sic orsa loqui vates: sate sanguine divum,
tros anchisiade, faciles descensus averni:
noctes adque dies partet artri ianuar ditis:
sed revocare gradum superasque et vadere at auras,
hoc opus, hic labor est.

Ich glättete die Seite und begann wieder zu übersetzen: »Daher spricht der . . . Prophet?«

»Oder Poet«, murmelte Morgas. »Wie ein Ollamh.«

»Daher begann der Prophet zu sprechen: ›Du, der du entsprungen bist vom Blut der Götter, Troianer, Sohn des Anchises, leicht ist der Abstieg zum Avernus: Nacht und Tag ist das Tor zur schwarzen Welt geöffnet; doch deine Schritte zurückzuverfolgen und aufzusteigen zurück zum Licht, das ist Qual, das ist Mühsal . . .« Ich hielt inne und schluckte plötzlich. »Avernus. Das ist Yffern? Die dunkle Anderwelt?«

Morgas nickte. Ihr Blick war kalt und belustigt. »Verängstigt dich das, mein Falke?«

Ich legte meine Hand über die Seite und schüttelte den Kopf. Aber der Kloß saß mir noch immer in der Kehle. Leicht ist der Abstieg, aber die Schritte zurückzuverfolgen . . . Sie schaute mich immer noch an.

»Nun gut, genug für heute«, sagte sie. »Und was hältst denn du von Äneas, mein Falke?«

»Er . . . er verläßt sich auf seine Mutter, die Göttin, und zwar in allem. Ich mag ihn eigentlich nicht. Nicht so sehr wie

CuChulainn oder Connall Cearnagh oder Noise Mac Usliu. Und dennoch . . .«

»Ach, ist es denn etwas Übles, sich auf die Mutter zu verlassen?« sagte sie lachend. Und ich schaute sie an und spürte, wie mein Gesicht heiß wurde.

»Sie war weniger eine Göttin als du«, sagte ich.

»Das hast du schön gesagt! Äneas ist schwach, und auch seine Mutter ist schwach. Dennoch, die Römer betrachten dies als ihr größtes Gedicht. Sie waren keine Künstler. Sie konnten die Tiefe der Dinge nicht verstehen, die Leidenschaften der Seele. Sie haben ein starkes Reich auf dem Blut von Menschen aufgebaut, und sie bauten gute Straßen. Aber abgesehen davon . . . Artus ist übrigens ein halber Römer.«

»Wirklich? Aber ich dachte, alle Römer wären schon vor langer Zeit gegangen.«

»Die Legionen sind gegangen. ›Verteidigt euch selbst‹, hat Honorius den Provinzen von Britannien befohlen. ›Denn wir können euch nicht länger verteidigen.‹ Aber die Römer ließen ihr Vermächtnis zurück, Männer, die gewillt waren, ein gefallenes Reich wiederaufzurichten. Im Süden denken noch viele wie Römer, auch Artus. Deshalb führt er die Britannier gegen die Sachsen: Es ist sein Wunsch, die letzte Feste des Reiches gegen die Barbaren zu halten, und eine Nation verteidigt sich gegen eine andere. Er sieht nicht, daß Britannien genausowenig eine Nation ist, wie die Sachsen eine sind. Es ist eine eigenartige Weise, die Dinge zu sehen, und sie hat viele Schwächen. Ich kenne sie. Ich habe Artus gesehen und kennengelernt.«

Sie wurde still, sie dachte nach, sie lächelte.

»Komm heute nacht hierher«, sagte sie mit leiser Stimme, nach langer Zeit. »Ich habe geplant, dir heute nacht deine Einführung in die wirkliche Macht zu geben. Es ist eine gute Nacht dafür. Ich will dafür sorgen, daß die Finsternis dich annimmt, mein Sohn, und du wirst sehen, warum ich so stark bin. Nach dieser Nacht besitzt du Macht, wie ich.«

Ich hörte es, nickte, verbeugte mich und verließ den Raum, ohne etwas zu sagen. Ich sattelte mein Pferd und machte einen langen Ausritt zum Meer. Ich konnte nicht in Dun Fionn bleiben, aber mit jedem Schritt, den mein Pferd machte, wuchs meine Angst, eine Angst vor etwas, das ich noch nicht kannte. Damals hatte ich schon tief in die Finsternis hineingeschaut, und sie machte mir angst. Ich wünschte mir, so zu sein wie meine Mutter, Macht zu haben und der Furcht zu entrinnen, aber ich fand, daß die Macht noch furchterregender war. Ich wußte nicht, was ich wollte, aber ich würde in der Nacht zu ihr gehen.

Mir wurde klar, daß ich den Pfad kannte, und ich stellte fest, daß ich nach Llyn Gwalch ritt. Nun, warum auch nicht?

Ich erreichte die Stelle, wo der Bach über den Rand der Klippen stürzte und den Kies mit klaren Fingern kämmte. An diesem Tag war ein leichter Nebel über dem Land, der all die sanften Hügel mit einem so weichen Grünton überzog, daß ich den Eindruck hatte, sie lösten sich im milden Himmelslicht auf. Die See trommelte an die Klippe, ein Geräusch, so beständig wie das meines Herzens. Mir war, als ob ich es noch nie gehört hätte.

Ich saß ab und legte meinem Pferd die Beinfessel an. Dann kletterte ich vorsichtig den Pfad hinunter.

Als ich den Strand mit seinem kleinen Teich erreicht hatte, kam mir alles kleiner vor, als ich es in der Erinnerung hatte, und ich begriff, wie lange es schon her war und wie sehr ich gewachsen sein mußte. Aber der Ort war noch immer wundervoll. Meine alten Träume hingen noch darüber und glühten schwach in meinem Innern, mit Farben, die strahlender waren als die Farben der Erde. Der Teich war unendlich tief, still und klar, und er war dunkel durch den vielfarbigen Kies, der gerundet auf seinem Boden lag. Die See krallte sich in den Strand, zischte auf den Steinen und seufzte aus. Ihr Geruch war salzig und stark, wild, unendlich und traurig. Eine Möwe flog über meinem Kopf dahin, sie flatterte und schwebte. Sie schrie ein einziges Mal, und andere Seevögel, die im Nebel verborgen waren, schrien zurück.

Ich ging hinüber zum Teich und kniete mich hin. Ich trank

daraus und studierte dann mein Spiegelbild. Ein Junge, der aussah wie vierzehn oder älter, starrte zurück. Dickes schwarzes Haar, zurückgehalten mit einem Stück abgenutztem Leder. Glatte Haut, noch immer dunkel vom Sommer, ein Gesicht, das in der Form des Knochenbaus leicht an Morgas' Gesicht erinnerte. Ein gedankenverlorenes Gesicht, dessen dunkle Augen meinen offen begegneten. Sie versuchten, in das verwirrte Gehirn zu schauen, das hinter ihnen lauerte. Es war so sehr dunkel darin.

Wer ist dieser Gawain? fragte ich mich. Ein Name, aber was liegt dahinter? Etwas, das über meine Begriffe ging.

Ich lehnte mich auf den Absätzen zurück und schaute zum grauen Himmel auf. Ich erinnerte mich an diese Träume, die ich gehabt hatte. Die Träume, in denen ich ein großer Krieger gewesen war und die Träume, die in der Nacht gekommen waren, das Schwert, das vom Licht flammte, zerfetzte Streifen glühender Farbe und über allem das Lied, das aus dem Nichts aufstieg wie der Klang einer Harfe, die anderswo an einem leeren Tag gespielt wird. Aber sie klingt süß genug, daß ein Mann sein Leben hinter sich läßt, um sie besser zu hören. Ich erinnerte mich daran, wie ich an diesem Ort mit Schiffen gespielt hatte, wie ich sie ausschickte, so weit hinaus in die offene See, und wie ich vom Land der ewig Jungen träumte, von Lughs Halle, mit ihren Wänden, die aus Gold und weißer Bronze gewoben waren, und mit ihrem Dach, das die Schwungfedern von Vögeln deckten. Die See schlug und seufzte an die Küste, und die Vögel kreischten. Ich fragte mich, was wohl geschehen war und wo die Finsternis begonnen hatte. Ich fühlte mich wie ein Mann, der zurück in seine Kindheit schaut, und ich fragte mich, ob man wirklich schon mit vierzehn ein Mann sein konnte und was ich wohl verloren hatte. Ich saß da und hörte den Möwen zu, und ich zog meinen Umhang um mich. Heute nacht würde es zu Ende sein. Heute würde es wahrhaftig zu Ende sein.

Die Nacht war voller Wind und gebrochenem Mondlicht, das in Fetzen durch die Wolken drang, die vor dem Mond trieben und weitergepeitscht wurden. Als ich von der Halle, wo ich jetzt die meiste Zeit schlief, den Hof überquerte und zu den Gemächern von Morgas der Königin ging, schaute ich hinauf auf das erschöpfte Gesicht dieses Mondes und dachte an die alten Gebete, die an ihn gerichtet werden. Juwel der Nacht, Brustjuwel des Himmels . . . wie viele, fragte ich mich, hatten schon in all den Jahren zum Gesicht der Mondgöttin aufgeschaut? Krieger, die in ihrem Licht Überfälle planten, Liebende, die sie anlächelten, Druiden und Magier, die sie anbeteten, Poeten, die Lieder auf sie dichteten, all diese Menschen mußte sie unzählige Male gesehen haben. Dennoch, sicher war es Zufall, ob sie schien oder nicht, und ich konnte keine Hilfe von ihr erwarten. Und vielleicht würde ich auch keine mehr wollen, wenn ich auf meinem Weg zurückkehrte.

Die Luft selbst schien zu vibrieren, als ich das Zimmer meiner Mutter betrat, so, als ob ein Schrei gerade verhallt sei. Der Türbolzen zitterte in meiner Hand wie etwas Lebendiges. Es lag eine Kraft in der Luft, soviel dunkle Gewalt, daß es schwer wurde zu atmen.

Meine Mutter hatte den Raum schon vorbereitet. Der Fußboden war nackt, und die Wandbehänge waren angehoben, so daß kein Licht eindringen konnte. Sie hatte auf dem Fußboden durch die Mitte des Zimmers eine Rinne gezogen, und daneben hatte sie Muster aus weißer Gerste und Wasser gemalt und sie mit Kerzen umstellt. Jetzt stand sie in der Mitte des Raumes, in einem Gewand in Rot, so dunkel, daß es fast schwarz schien. Ihre nackten Arme waren blaß und stark und sahen kalt aus in dem unheimlichen Licht. Ihr Haar fiel um sie her, ein Strom aus leuchtender Dunkelheit, bis zu ihrer Taille. Sie war barfuß und trug keinen Gürtel, denn dies war die Zeit, Knoten zu lösen und keine zu binden. Sie machte ein Zeichen in der Luft, über der letzten Kerze.

Ich spürte, wie eine Schwäche in mir aufstieg, meinen Magen umklammerte, mit eisigen Händen. Meine Knie zitterten.

Dunkelheit durchdrang die Luft, dicht, erdrückend. Ich wollte aufschreien, diese Finsternis mit meinen Händen schlagen, weglaufen, nicht zurückschauen auf das, was vielleicht aus den Winkeln meines Innern hervordrang.

Ich schloß leise die Tür und blieb still stehen. Ich wartete, bis Morgas zu Ende war.

Sie setzte die letzte Kerze nieder und richtete sich auf. Sie war sehr groß, und die Dunkelheit hing um sie wie ein Mantel. Alle Kerzenflammen neigten sich ihr zu, wie Seetang in einem Strudel. Mehr als je zuvor wirkte sie auf mich nicht wie eine Erdgeborene, sondern eine Königin aus einem anderen Reich. Schrecken erfüllte mich, und ich liebte sie. Sie lächelte mich an, als sie mich sah. Es war ein Lächeln, das gedämpft wurde durch das Flackern der Flammen und durch die Dunkelheit, die sie um sich trug, aber es war dennoch ihr Lächeln, still, voller Geheimnisse, voller Triumph.

»Gut«, sagte sie. Ihre Stimme schien aus einer tiefen Leere zu kommen, sie war kälter als das Januareis. »Geh dort hinüber. Steh, sei still, warte und beobachte, was ich treibe.«

Ich gehorchte ihr.

Sie nahm einen Krug mit irgend etwas Rotem, Wein oder Blut, ich war nicht sicher, welches es war. Wenn es nicht Blut war, dann würde Blut dasein, ehe die Nacht zu Ende ging. Morgas goß die Flüssigkeit über dem Muster aus, das sie schon gezeichnet hatte, und sie murmelte seltsame Worte, die ich schon einzeln gehört hatte. Dann zerbrach sie den Krug und legte eine Hälfte an jedes Ende der Rinne. Sie wandte sich mir wieder zu.

»Konntest du dem folgen?«

Ich nickte, denn ich traute meiner Stimme nicht.

Sie lächelte wieder und wandte sich einem der Wandbehänge zu. Genau in diesem Augenblick öffnete sich die Tür.

In Schuld und Schrecken wirbelte ich herum. Ich erwartete, daß Lot mit zornigen Fragen oder mit Bewaffneten hereinbrach. Ich war bereit, gegen ihn zu kämpfen, und meine Hand lag auf dem Dolch in meinem Gürtel.

In der offenen Tür stand Medraut.

»Schließ die Tür«, befahl Morgas ruhig. »Stell dich dorthin, Gawain gegenüber.«

»Was . . .?« fragte ich. Wie konnte Medraut zufällig hier hereingekommen sein? Ich hatte doch so achtgegeben, ihm nichts zu sagen. »Medraut, geh. Jetzt sofort. Dies ist nichts für dich.«

Er schaute mich überrascht an, und dann fixierten sich seine großen, unschuldigen Augen mit wildem Eifer wieder auf das Muster. »Aber Mutter sagte, ich sollte kommen.«

Plötzlich fiel mir ein, daß Medraut aufgehört hatte, über Magie zu sprechen, plötzlich fiel mir seine unerklärte Abwesenheit bei den Waffenübungen auf und tausend andere kleine Dinge, die mir vorher unwichtig erschienen waren. Die Erkenntnis traf mich so hart, daß ich aufschrie. »Nein!«

Er starrte mich an. »Was meinst du damit? Morgas hat auch mich Latein und Zauberei gelehrt. Wir können jetzt alle zusammen lernen. Oh, ich weiß, du willst nicht, daß ich das tu, aber so wird es viel besser sein. Du kannst mir doch die Macht nicht so sehr neiden!«

»Nein!« wiederholte ich. »Das darfst du nicht tun. Du wirst dich selbst vernichten, Medraut. Die Finsternis wird in dein Gehirn kriechen und deine Seele fressen, bis sie alles gefressen hat, was dich ausmacht, dein Wesen. Dann bleibt nur noch eine leere Hülle. Geh, solange du kannst!«

Er errötete. Morgas stand da, das Seil des Wandbehanges in einer Hand, und beobachtete uns. Ihr Blick ruhte auf mir.

»Warum?« fragte mein Bruder. Er wurde wütend. »Du gibst mir nie einen echten Grund. Wenn dies alles so falsch ist, warum bist du dann auch hier? Nur deshalb, weil du nicht willst, daß ich lerne. Du willst mich kleinhalten, für immer, während du weise und mächtig wirst.«

»Medraut, das ist falsch. Es ist ein Irrtum, aber ich selbst bin ja ein Irrtum, und du bist es nicht. Deshalb darfst du es nicht lernen. Bitte, geh, um deiner eigenen Sicherheit willen.«

»Dies ist also ein Irrtum, und Mutter irrt sich auch? Das ist unmöglich. Mutter ist . . .« Sein Blick suchte und fand sie, und sein Zorn wurde zur Anbetung.

»Medraut, verschwinde von hier«, sagte ich noch einmal voller Verzweiflung, obwohl er mir nicht mehr zuhörte. »Heute nacht werden wir einen sehr starken, furchtbaren Zauber ausüben.«

»Deshalb bin ich gekommen«, sagte Medraut. »Auch ich habe gelernt, Gawain.« Und dann redete er in der Sprache der Zauberei. Die uralten Silben sprudelten aus seinem Mund wie das Jammern eines seltsamen Tieres, unzusammenhängend, unglaublich häßlich. Ich konnte es nicht ertragen, zuzuhören, und preßte die Hände über die Ohren. Ich starrte ihn an, und ich spürte, wie mir die Tränen in die Augen schossen.

»Es ist genug«, sagte Morgas. »Medraut wird bleiben.«

Ich schaute sie an, ich war bereit, protestierend aufzuschreien, aber ich konnte nichts sagen. Der Raum wurde kalt, schmerzhaft kalt und dunkel. Die Kerzenflammen schwammen vor meinen Augen, als ob sie meilenweit entfernt wären. Schluchzend kämpfte ich um Atem, in der schwarzen Flut, die mich ertrinken ließ.

Morgas riß den Wandbehang zurück.

Einer der Krieger meines Vaters lag dort, gebunden an Händen und Füßen. Ich hatte gewußt, daß Blut fließen würde. Die Augen des Mannes über seinem geknebelten Mund waren wild vor Angst, und sein Blick irrte im Raum umher, ohne an irgend etwas hängenzubleiben. Ich erkannte Connall von Dalriada.

Ich schrie auf. Ein übler Geschmack war in meinem Mund.

»Er ist zu Lot gegangen und hat ihm von meinem Schwur erzählt«, sagte Morgas. »Ich erfülle ein Versprechen. Wir werden mit ihm tun, wie wir mit dem Lamm im letzten Monat taten. Aber ein Mann ist für diese Dinge besser.« Sie lächelte wieder und schaute Connall an. »Zieht ihn in die Mitte.«

Medraut trat nach vorn. Ich stand da, ich starrte, mir war übel. Connalls Blick begegnete meinem. In seinen Augen lag das Wissen um einen schrecklichen Tod.

Ich schaute Medraut an und dachte an das, was er gesagt hatte. »Dies ist also ein Irrtum, und Mutter irrt sich . . .«

Zuletzt schaute ich zu Morgas hinüber, und zum erstenmal sah ich sie ohne Illusion. Eine Macht, gehüllt in menschliches Fleisch, eine Macht, die schon lange die Seele verzehrt hatte, von der sie gerufen worden war. Eine dunkle Macht, eine Königin der Finsternis. Sie hatte sich die Macht zum Diener für ihren Haß gerufen, und als sie sie beherrschte, da hatte sie auch seine Herrschaft willkommen geheißen. Und jeden Tag war Morgas mehr ein Teil dieser Macht geworden und weniger sie selbst. Es war eine Macht, die Leben und Hoffnung und Liebe trank wie Wein. Alt, über jede Begriffe, undenkbar böse, häßlich, trotz ihrer Schönheit, so stand das Wesen da und starrte mich mit einem schwarzen, unersättlichen Hunger an.

Ich schrie auf, und meine Hand hob sich, um sie abzuwehren, und ich sah, daß ich meinen Dolch gepackt hatte.

Ihr Gesicht veränderte sich, wurde wieder das Gesicht einer Frau, und Zorn spiegelte sich darin. Sie hob die Arme, und die Macht umgab sie, leckte an ihr hinauf wie Flammen.

»Gawain!« rief Medraut. »Was tust du?«

»Hinaus«, sagte ich, und meine Stimme war fest. »Seit Jahren ist dies hier nicht mehr Morgas, die Tochter des Uther gewesen. Du mußt hinaus, solange noch Zeit ist. Wenn du mich liebst, wenn du dein Leben liebst, dann geh!«

Medraut schaute mich an. Dann wandte er sich der Königin der Finsternis zu. Sein Gesicht verzerrte sich verzweifelt – und dann trat er auf Morgas zu, machte noch einen Schritt an mir vorüber und stellte sich neben sie. »Du bist wahnsinnig«, sagte er. »Mutter ist vollkommen. Es ist Vater, der sich irrt. Leg das Messer nieder und komm und hilf uns.«

Ich begann zu weinen. »Sie wird Connall opfern.«

Einen Augenblick lang schaute Medraut bedrückt drein, aber sie berührte seine Schultern, und die Unruhe verschwand aus seinem Gesicht. »Sie ist vollkommen. Er hat sie beleidigt. Er verdient es zu sterben.«

»Eines Tages wird sie auch unseren Vater umbringen.«

Medraut lachte tatsächlich. »Gut! Dann werde ich vielleicht . . . der Nachfolger auf dem Thron! Mutter hat es mir versprochen. Und Artus ist schließlich auch ein Bastard.«

Ich starrte ihn an. Er stand unter ihrer erhobenen Hand, und seine Augen waren wieder wild vor Seelenqual, voll von einem Schmerz, von dem ich nur geahnt hatte. Ich hatte ihn falsch eingeschätzt. Ich hätte begreifen sollen, daß er nicht nur danach strebte, ein guter Krieger zu werden, sondern nach etwas anderem, etwas, das außerhalb seiner Reichweite lag. Es war zu spät, ihm zu helfen.

Ich schaute wieder das Wesen an, das einmal Morgas, die Tochter des Uther, gewesen war. Ich wußte, daß mein Messer ihr nicht schaden konnte. Ich lebte nur, weil sie hoffte, daß ich zu ihr kommen würde. Leicht ist der Abstieg zum Avernus, dachte ich.

Langsam ließ ich die Hand sinken. Medraut lächelte vor Freude, und auch meine Mutter lächelte mich wieder an.

Und dann ließ ich den Dolch direkt auf Connalls Kehle niedersausen. Ich sah den Dank in seinem sterbenden Blick, und ich riß die Tür auf und floh vor der Dunkelheit, die hinter mir aufstieg.

Ich hörte, wie Medraut hinter mir her zur Tür rannte. Sein Ruf klang hinter mir über den Hof: »Verräter! Verräter, Verräter, Verräter . . .« Es lag fast ein Schluchzen darin.

Dann war ich in den Ställen, und mein Pferd stand wartend in seinem Unterstand, bereit, daß ich aufsaß und in fliegender Hast von Dun Fionn floh und von der Dunkelheit, die hinter mir herlief, voll vom Zorn seiner Königin und schwer von dem Wunsch nach meinem Tod. Und ich saß auf, und ich ritt hinaus durch das Mondlicht und die Wolkenschatten, ich ritt fort von Dun Fionn, ich ritt, ich ritt . . .

Die Hufe meines Pferdes schleuderten Steine vom Pfad hoch, und die Festung stand einen Augenblick lang erleuchtet vor dem bleidunklen Himmel, und dann umrundete ich den Hügel, und sie war verschwunden . . .

Verschwunden.

5

Sand und Kies war unter mir, und irgendwo ganz in der Nähe donnerte die See.

Ich hob den Kopf und schaute hinaus über das westliche Meer, das an den schmalen Strand trommelte und zischte und das hinaufflutete zu dem tiefen Teich voll Süßwasser am Fluß der Klippe. Llyn Gwalch.

Die Erinnerung an die vergangene Nacht kehrte zu mir zurück, und ich lag eine Weile still da und bedachte alles. Ich fühlte mich müde, zu müde, um überhaupt etwas zu fühlen, und die Erinnerung war schwer und hart. Nach einer Weile aber begriff ich, daß ich sehr durstig war, und deshalb kroch ich zum Teich hinauf und trank daraus. Das Wasser war sehr kalt, sehr klar und frisch, sehr köstlich. Ich spritzte es mir über den Kopf, als ich meinen Durst gelöscht hatte, und dann ging ich hinüber, setzte mich, lehnte mich gegen die Klippe und schaute hinaus auf die See.

Ich dachte an den wilden Ritt, der mich den Pfad zur Klippe hinabgeführt hatte und auf dem der Dämon der Dunkelheit mich gejagt und beinahe den Rand meiner Seele gefaßt hatte. Ich erinnerte mich daran, daß ich Llyn Gwalch erreichte, absaß und mein Pferd mit einem Schlag auf die Kruppe weiterschickte. Dann war ich die Felsen hinuntergeklettert und hatte mich erschöpft in meinem einzigen Versteck niedergelegt. Und offenbar war es in der Tat ein Versteck gewesen, denn ich war noch immer am Leben und bei Verstand. Ich fragte mich, wie lange das wohl dauern würde, und dann wunderte ich mich darüber, weil es doch scheinbar keine Rolle mehr spielte. Ich fühlte mich schwach und leer, aber nicht krank. Nein, ich fühlte mich besser, als ich mich seit langer, langer Zeit gefühlt hatte. Ich war frei. Selbst wenn ich mein Leben verlor, ich war frei.

Die Sonne war untergegangen, und ihre Strahlen krochen über den Ozean näher. Ich lächelte das Licht an und sagte ihm ein altes Gedicht zum Gruß:

Willkommen, wohltätige, segnende Sonne,
Die du durchquerst die Welten von weit.
Hoch schwebst du auf strahlenden Schwingen,
milde Mutter des Morgensterns.

Ein tauchst du am Abend in Tiefen der See,
Doch entsteigst du stolz wieder den Wogen,
Befreist von Gefahr dich und Finsternis,
In heller Schönheit, Königin hold.

In einem Augenblick schwindeligen Triumphes dachte ich: Ich bin der Sonne gefolgt, der holden Königin. Ich habe meine Schritte vom Avernus zurückverfolgt. Und dann, dicht hinter dem Triumph, kam der Schmerz. Meine Mutter versuchte, mich zu töten. So lebendig, als ob ich es wiedererlebte, sah ich ihre Wut, als ich mein Messer auf Connall niederzischen ließ – den armen Connall. Und ich sah die Finsternis, die aus dem Schatten hinter ihr sprang.

Ich schauderte. Ich konnte nicht zurück nach Dun Fionn. Ich preßte meine Hände zusammen, bis sie schmerzten, und ich versuchte, nicht zu begreifen, was das hieß. Ich würde nie wieder durch diese lichten Mauern in die Burg einreiten, ich würde nie wieder Orlamhs trockenen, höflichen Erklärungen über Metrik und Genealogien zuhören und auch nicht Diurans groben Witzen. In einem einzigen Schlag hatte ich mich von meiner Sippe und meinem Zuhause getrennt, für immer. Selbst wenn ich irgendwann einmal, später, zurückkehrte, ich würde niemals wiedergewinnen, was ich gerade verloren hatte. Ich hatte die Welt der Krieger schon einmal verloren, und jetzt hatte ich auch die andere Welt verloren, nach der ich mich gesehnt hatte. Wenn ich frei war, dann war es die Freiheit der Ausgestoßenen, der Sippenlosen, der Namenlosen, der Heimatlosen. Ich konnte nicht nach Dun Fionn zurückkehren – und daher, wie konnte ich am Llyn Gwalch sicher sein?

Vielleicht, dachte ich, durch Überraschung vom Schmerz abgelenkt, vielleicht herrscht hier eine Macht, die der Macht der Königin widersteht.

Artus fiel mir wieder ein.

Mit Sicherheit hätte meine Mutter ihn schon vor langer Zeit vernichtet, wenn sie dazu in der Lage gewesen wäre. Sie haßte ihn genug. Aber sie war unfähig, ihn zu vernichten, wegen seiner neuen Götter und seines Gegenzaubers, den meine Mutter nicht verstand.

Ich erinnerte mich streng daran, daß Artus meinen Vater geschlagen hatte und daß er meinen Bruder als Geisel hielt. Artus sollte mein geschworener Feind sein. Und ich erinnerte mich an die dauernden Kriege, die Britannien zerrissen, an die Invasionen. Aber Strenge nützte mir nichts. Ich begann an all die Orte zu denken, von denen ich gehört hatte: Camlann, mit seinem dreifachen Wall, das neue Herz von Britannien; Caer Ebrauc, eine große Stadt mit massiven Mauern. Sorviodonum, Caer Gwent, Caer Legion, herrliche Festungen. Klöster, angefüllt mit Büchern und Gelehrsamkeit, große Straßen von einem Ende der Inseln zum anderen, Triumphbögen, so hoch wie Bäume, Mosaiken in den Höfen der reichen Villen, Brunnen und Statuen, Theater und Arenen, Dinge, von denen ich gelesen, die ich aber noch nie gesehen hatte. Britannien, der letzte Rest vom Reich der Römer – außer im Osten. Aber Konstantinopel lag weiter entfernt als die andere Welt, und es war noch unerreichbarer. Britannien, umgeben von Männern, die das Land begehrten, unbesiegt, mitten in der Niederlage. Dort, in diesem sagenhaften Land, hatte der Hohe König Artus Augustus die Standarte mit dem Drachen aufgerichtet, und er wurde von einer Magie geschützt, die Morgas nicht überwinden konnte. Und mir fiel ein, daß Artus, obwohl er durch seine Taten wohl zu meinen Feinden zählte, durch sein Blut mein Onkel war, und das gewann mir vielleicht eine Heimat. Ich war nicht Krieger genug, um mich seinem Heerbann anzuschließen, aber es gab vielleicht etwas, was ich tun konnte, wenn ich ihm dienen wollte.

Ja, ich würde versuchen, nach Camlann zu reisen oder zum Hohen König Artus, wo immer er war, und ich würde ihm meine Dienste anbieten.

Nachdem ich mich dazu entschlossen hatte, starrte ich wieder auf die See hinaus und fragte mich, wie ich es wohl anfangen sollte.

Aus irgendeinem Grund war Llyn Gwalch sicher, wenn auch nur für kurze Zeit. Aber Morgas hatte die finsteren Mächte gegen mich versammelt, und ich wußte, wenn ich wieder die Klippe hinaufkletterte, dann würde ich vernichtet, lange, ehe ich den Hafen im Osten der Insel erreichen konnte. Und selbst wenn ich den Hafen erreichte, was konnte ich tun, um ein Boot zu bekommen? Wenn ich ein kleines Boot stahl, wie konnte ich, auf dem Meer ziemlich unerfahren, die trügerischen nördlichen Gewässer bis zum Land der Pikten überwinden, jetzt, wo der Winter kam? Und ich besaß nichts, um die Überfahrt auf einem größeren Schiff zu bezahlen.

Einen Augenblick dachte ich daran, mit der Geschichte zu meinem Vater zu gehen, aber ich ließ den Gedanken sofort wieder fallen. Es würde Morgas nicht möglich sein, mir zu erlauben, zu meinem Vater zu gehen. Denn ich hätte ihm erzählt, daß sie den Tod eines seiner Krieger verschuldet hatte. Ich fragte mich, was sie ihm jetzt wohl erzählen würde. Daß ich Connall getötet hätte? Wahrscheinlich nicht. Das würde zu viele Erklärungen verlangen. Nein, sie würde so tun, als ob sie von Connalls Verschwinden oder von meinem nichts wüßte, und sie würde einen Weg finden, sich Connalls Leiche zu entledigen. Mein Pferd würde reiterlos zu den Ställen zurückkehren, oder vielleicht fand man es auch, während es auf der Klippe herumwanderte. Meine Sippe würde daraus schließen, daß ich verrückt geworden und am Samhain-Fest die Klippen entlanggeritten war. Und Medraut – er weinte vielleicht. Mir war wieder übel. Wenn ich ihm nur hätte helfen . . . wenn ich ihn nur hätte verstehen können. Aber es war zu spät. Vielleicht war es schon seit langem zu spät. Es war am besten, wenn er mich für tot hielt. Wenn er wußte, daß ich am Leben war – dann würde er mich hassen.

Ich starrte auf das Meer und brütete über all diesen Dingen, ich drehte sie in Gedanken hin und her und verfolgte alle möglichen Ideen. Aber die Antwort – oder vielmehr die Abwesenheit einer Antwort – blieb immer die gleiche. Ich saß in Llyn Gwalch gefangen.

Um die Mittagszeit fühlte ich mich ziemlich hungrig, aber ich war kräftiger, als ich nach dem Aufwachen gewesen war. Hoffnungsvoll schaute ich in dem Teich nach Fischen, aber ich fand keine. Ein paar Austern hingen an den Felsen am Fuß der Klippe, und viele Seevögel nisteten an den Felswänden. Ich zog mich aus und schwamm hinaus, und dann tauchte ich am Fuß der Klippe und sammelte Austern in meine Tunika. Ich hatte schon eine ganze Menge, als ich plötzlich eine Kälte spürte, kälter als das Wasser. Ich blickte auf. Die Sonne schien auf die Wände der Klippe, umhüllt von einem leichten Nebel. Auf halber Höhe zeigte sich auf der Klippe ein Schattenfleck. Ich schaute nach oben, dann wieder zu dem Schatten hinüber, und ich begriff, daß nichts auf der Klippe war, was einen Schatten werfen konnte. Eilig drehte ich mich um und schwamm zurück zum Strand, und die Kälte wurde wieder zu der normalen Kälte der Nordsee im November. Das Wesen, das Morgas beschworen hatte, wartete also auf mich.

Ich legte meine Tunika in die Sonne, wickelte mich in den Umhang, zitterte und aß meine Austern. Sie schmeckten sehr gut, aber ich wußte, daß sie mir nicht immer reichen würden. Ich konnte nicht am Llyn Gwalch bleiben; ich konnte ihn auch nicht verlassen.

Nun, früher oder später mußte ich fort, aber zuerst würde ich mich ausruhen. Ich blickte hinauf zur Sonne. Sie sank schon zum Horizont, und der Nebel wurde unmerklich dichter. Der Winter kam, und die Tage würden kürzer. Ich ließ meinen Blick auf den Strand fallen, auf den klaren Bach, der über die wellengeglätteten Steine hinaus in den Ozean floß, auf den Tang und das Treibholz. Ich lächelte, und ich entschied mich, ein Spielzeugschiff zu machen.

Wie das ging, das hatte ich nicht vergessen. Die Karacke schwamm in Vollkommenheit auf dem Teich. Schade, daß ich kein großes bauen konnte, groß genug, um mich zu tragen. Aber das kleine Ding war schön genug, so wie es war. Ich betrachtete es, wie es den Bach hinuntersegelte, und ich machte mir Sorgen, daß es vielleicht in der Brandung kentern könne. Es machte einen Ruck, als es die Wellen erreichte, rollte, wurde dann von der Strömung gefaßt und begann aufs Meer hinauszugleiten. Ich sah zu, wie es wegtrieb, und ich dachte wieder an die Inseln der Seligen. Plötzlich fragte ich mich, was für Inseln das wohl waren. Die Mächte der Finsternis waren wirklich und besaßen Kraft. Was war mit den Mächten des Lichts? Artus' Magie war stark genug, um Morgas' abzuwehren: Wenn er den Schutz des Lichts erringen konnte, vielleicht konnte ich es dann auch.

Ich war in großer Dunkelheit gewesen, ich war fast darin ertrunken, und der Gedanke an ein Licht, einen Gegner der Finsternis, war süß. Also sprach ich leise in meinem Herzen, während ich zuschaute, wie die kleine Karacke auf den Wellen tanzte, »Licht, wie immer dein Name lautet . . . ich habe mit der Finsternis gebrochen, und sie sucht mein Leben. Aber ich würde dir folgen, wie ein Krieger seinem Herrn folgt. Ich schwöre den Eid meines Volkes, ich will dir dienen vor jedem anderen, solange ich lebe. Schütze mich, wie ein Herr seinen Krieger schützt, und bring mich nach Britannien. Oder laß meinen Schwager, Lugh von der langen Hand, wenn er existiert und wirklich einer meiner Sippe ist, laß Lugh von der langen Hand mir von den Inseln her helfen, zu denen mein Boot reist. Ich bitte dich, hilf.«

Die kleine Karacke glitt weiter über die Wellen, als ob sie

eine Botschaft trüge. Ich sah zu, bis sie aus meinem Gesichtsfeld verschwand.

Die Sonne sank langsam hinab in den Westen, brach sich frei aus dem Nebel, als sie unterging, und sprühte Rotgold auf das Gesicht der See. Schwere Wolken lagen unter ihr, sahen aus wie eine Insel. Dort kam einer der großen Winternebel. Vor dem Morgen würde er hier sein, und es würde kalt werden. Ich sah zu, bis die Sonne ganz fort war, und danach betrachtete ich das Zwielicht, dessen Schattierung vom ersten sanften Grün und Blau immer tiefer wurde. Die See wurde zuerst silbern, dann grau, dann silbern und schwarz, während der Mond über der Klippe aufstieg, eingehüllt in blaßgoldenen Nebel. Ich saß da, übergossen von seinem Licht und halb betrunken davon und von der Schönheit der Erde. Ich sang ihm Lieder, und das Steigen und Fallen der See schien mir zu antworten. Als ich mich am Fuß der Klippe niederlegte, dem trokkensten Teil des Strandes, hatte ich mich kaum in meinen Umhang gehüllt, als ich auch schon einschlief.

Ich wachte um Mitternacht auf, öffnete die Augen und starrte, gefroren vor Schrecken, in die schwarze Dunkelheit. Ein Traum, der mit schwarzen Schwingen durch meine Gedanken gezogen war, verließ mich wieder. Eine üble Erinnerung blieb. Ein Geräusch war dagewesen, der Dämon! Er war in mein Versteck eingebrochen und mußte jetzt auf dem Weg zu mir sein. Er kroch heran. Am besten war es zu wimmern und sich in die Erde zu graben.

Ich setzte mich auf und warf den Mantel zurück. Ich griff nach meinem Dolch, erinnerte mich daran, daß er in Connalls Kehle steckte. Du mußt hinausgehen wie ein Krieger, sagte ich mir.

Aber es war kein Schatten auf dem Strand, und auch kein Hinweis auf die Finsternis. Das Mondlicht war dämmrig vor Nebel, aber ich konnte klar genug sehen, daß ich allein am Llyn Gwalch war. Nur ein Boot lag da, es ruhte Bug voraus auf dem Strand.

Es war ein seltsames Boot, ein wunderschönes. Es hatte einen hochgezogenen Bug, und auch sein Heck war hoch, ganz anders als bei einer Karacke, obwohl es sonst wie eine aussah. Aber es besaß weder Ruder noch Mast noch Steuer, und die Farbe glich keinem Holz und keiner Haut, die ich je gesehen hatte. Es wirkte grauweiß im leuchtenden Nebel. Es war auch kein Wrack, das sah ich. Kissen und Decken waren darin gehäuft. Und dennoch saß niemand darin. Der Kiel lag auf den Steinen, und die Wellen, die ganz still geworden waren, klatschten und rollten hinaus in den Nebel. Ein anderes Geräusch hörte ich nicht.

Ich stand langsam auf und starrte hin. Kein Boot wäre so beim Llyn Gwalch gelandet. Die Strömung des Baches, zusammen mit einem Sog, der oft wild war, schob alles Schwimmende auf die Felsen an der Seite. Ich machte ein paar Schritte auf das Boot zu. Es lag da, halb an Land, halb im Wasser, wie eine bleiche Blüte. Ich bemerkte jetzt, daß es kein Schemen war, den das Mondlicht im Nebel warf, sondern das Boot schimmerte wirklich leicht in der Dunkelheit. Ich fühlte die Magie, die mit ihm verwoben war, sie berührte mein Haar wie eine schwache Brise, und ich blieb stehen und sah zu.

Und dennoch . . .

Es fühlte sich nicht an wie dunkle Magie. Der Zauber war hell und leicht und rein wie eine Möwe, die über den Wellen schwebt. Und obwohl die Dinge anders sein konnten, als sie wirkten, ich hatte an diesem Nachmittag Worte gesprochen, während ich meiner kleinen Karacke zusah, wie sie davonsegelte, und das Schweigen in meinem Herzen hatte zugehört.

Selbst wenn dies nur ein Phantom war, eine Falle, gestellt von dem Dämon, der auf der Klippe lauerte, was konnte denn geschehen, außer daß ich jetzt starb, anstatt später? Ich entschloß mich, und ich ging vorwärts, um meine Hand auf den Kiel des Bootes zu legen. Das Boot war weich, warm, wie etwas Lebendiges, ein ausgebildeter Falke, der voll Eifer, zu fliegen, seine Federn aufplustert. Ich zog meine Schuhe aus, warf sie ins Boot, schob es von den Steinen ab, kletterte hinein, als es ein paar Fuß vom Strand entfernt war.

Während das Boot dort schwamm, während es auf der ruhigen See auf- und abtanzte und ich nach einem Ruder suchte, spürte ich, wie sich über mir etwas regte, und ich blickte auf. Der Schatten lag wieder auf der Spitze der Klippe, jetzt wie der Schatten einer Wolke. Meine Fäuste ballten sich, und wieder sehnte ich mich nach meinem Dolch. Dann fuhr ich zusammen, denn das Boot begann sich von selbst zu bewegen, ganz langsam. Es wandte sich ab vom Llyn Gwalch, bis sein Bug nach Westen zeigte. Es begann, sich über die Wellen vorwärtszubewegen, die im Mondlicht zitterten.

Der Schatten auf der Klippe wurde kleiner, dunkler. Er huschte nach unten an der Felswand, er schwang um Llyn Gwalch herum. Eine kalte Finsternis wischte an mir vorüber, wie ein unsichtbarer Vogel, und das kränkliche, erstickende Gefühl der Nacht, die vergangen war, berührte mich wieder. Aber das Boot gewann an Geschwindigkeit, glitt über die Wellen, und plötzlich fiel mir ein, was man von bösen und offenen Wassern sagt und daß manche Geister die weite See nicht überqueren dürfen. Ich lachte. Die schwarzen Tentakel fielen ab von mir.

Vom Heck aus sah ich zu, wie Llyn Gwalch hinter mir zusammenschrumpfte, zu einem kleinen, blassen Fleck an der Felswand wurde und dann zu einer weichen Stelle im Schäumen der hellen Brandung im Mondlicht. Der Wasserfall des Bachs sah aus wie eine Kette aus Silber, die von der Klippe herabhing – und dann wurde der Nebel dichter, und das Boot glitt hinein, und Llyn Gwalch und die Insel, auf der ich bis jetzt mein Leben verbracht hatte, schwanden vor meinem Blick. Keine Worte des Abschieds fielen mir ein, und ich schaute über den Bug des Bootes nach Westen. Wir gewannen noch immer an Geschwindigkeit. Ich lachte wieder, fühlte den gleichen, überschwenglichen Triumph und die Freiheit, die ich an diesem Morgen gefühlt hatte, und ich sang ein Lied des Triumphes im Krieg. Das Boot sprang vorwärts wie ein williges Pferd, und es glitt weiter, schnell wie eine Möwe oder ein Falke, hinein in den Nebel und ins Mondlicht. Der Schaum glitzerte an seinem Bug, während es den Pfad des Lichtes entlangschwamm, den der sinkende Mond warf.

Ich gähnte, ich begriff, daß ich noch immer sehr müde war. Die Kissen, die ich bemerkt hatte, waren weich und die Dekken aus Seide und Hermelin viel wärmer als mein abgenutzter Umhang. Es war kalt bei der rauschenden Geschwindigkeit über die offene See. Ich legte mich nieder und zog die Decken über mich, und ich flüsterte ein Wort des Dankes für das Boot und für die Macht, die es mir geschickt hatte.

Ich erinnere mich nicht daran, wie ich einschlief, aber das nächste, was ich wieder sah, war das Licht des Sonnenaufgangs, das sich über mich ergoß. Es war heller als jeder Sonnenaufgang, an den ich mich erinnern konnte. Ich lag auf dem Rücken im Boot und starrte hinauf auf die langen Bänder von Farbe, die den Himmel vom Osten bis zum Zenit bedeckten.

Solcher Glanz versprach ein Schicksal von gleicher Schönheit.

Ich setzte mich auf. Das Boot bewegte sich noch immer, aber jetzt ein wenig langsamer. Sein Bug und seine Seiten glühten im Widerschein des Feuers auf dem Wasser. Selbst die See wirkte nicht wie Wasser, das ich je gesehen hatte. Sie war klar, aber gefärbt mit Smaragd und Azur, Farben, strahlender als irgendwelche Farben auf Erden, Juwelentöne mit all ihrer Leuchtkraft, und sie glitzerten im Licht der Dämmerung. Die Sonne warf meinen Schatten vor dem Bug des Bootes aufs Wasser, und wir glitten vorwärts wie auf einer Straße. Während ich zusah, flogen Vögel von Westen her, und ihre weißen und goldenen Schwingen blitzten. Ich schaute eifrig nach vorn, und ich hoffte, das Land zu sehen, von dem sie kamen.

Bald näherten wir uns ihm. Es erhob sich grüngolden aus dem Ozean. Die Sonne traf auf irgendeine leuchtende Oberfläche, und ein reines, klares Licht blitzte auf wie ein Freudenschrei. Wirklich, dieses Land mußte die Ebene des Glücks sein, von dem so viele Lieder sangen. Das Licht hatte mich gehört. Ich hob meine Arme dem Morgen entgegen und sang eins der Lieder über die Inseln, denen ich mich schnell näherte:

. . . Da siehst du das Land, das Silberne,
Dort regnen Drachenstein und Diamant,
Und auf den Sand schleudert die See
aus der glänzenden Mähne gleißend' Geschmeide.

Ich hatte kaum Zeit, mein Lied zu Ende zu bringen, als das Boot sich zu einem weißen Dock hinüberschob, das vom Land ins Meer ragte. Dort hielt es an, seine Reise war vorüber.

Ich stand auf und trat hinaus auf das Dock. Ich warf einen Blick zurück in das Boot, ich hatte ein wenig Angst, es zu verlassen. Aber dann schaute ich zum Land hinüber, zum grünen Gras, zu dem goldsandigen Pfad, der von der Landungsbrücke hinaufführte, zu den hohen Bäumen – Bäumen! Das waren Dinge, die man auf den Orkneys kaum sieht – sie machten schwebende Bewegungen wie Tänzer. Ich begann, den Pfad hinaufzugehen, ich ging ganz langsam und wunderte mich. Aber die lähmende Ungläubigkeit, die man erwarten würde, die fühlte ich nicht. Obwohl alles wundervoll war, wirkte es völlig natürlich wie Dinge, die in einem leuchtenden Traum vorkommen. Später, das war mir klar, mußte das Erstaunen kommen. Aber jetzt war es unmöglich. Diese Insel der Seligen war für mich wirklicher als die Orkneys. Das, was ich verlassen hatte, schien mir wie ein Traum.

Ich ging den Pfad hinauf, ich genoß die Schönheit um mich her. Überall waren Blumen, und keine zwei glichen sich. Ihr Duft mischte sich mit dem Gesang der Vögel, den Klängen der Brise in den Bäumen. Ich ging schneller, dann rannte ich, aus reiner Freude an der Bewegung, und dann umrundete ich eine Kurve im Pfad und blieb stehen, denn ich hatte die Halle gefunden, die der Mittelpunkt dieses Ortes war.

Sie sah ziemlich genauso aus wie in den Beschreibungen. Die Wände waren aus weißer Bronze und Goldfiligran, dicht miteinander verwoben. Sie waren poliert und leuchteten. Das Dach bestand aus Schwungfedern aller Vögel, die je gelebt hatten, von jeder Farbe, und alle Farben vertrugen sich miteinander. Das Dach glänzte fast so leuchtend wie die Sonne.

Ich ging langsam darauf zu, halb angsterfüllt, obwohl ich wußte, daß ich nicht hier gewesen wäre, wenn man mich nicht haben wollte. Ich näherte mich den großen silbernen Türen und klopfte leise an. Sie öffneten sich von selbst, enthüllten die innere Halle, die unbeschreiblich schön ist. Dennoch ähnelte sie einer irdischen Festhalle genug, so daß ich wußte, wo ich meine Augen zu dem Mann erheben mußte, der am hohen Tisch saß, über den anderen, die die Halle bevölkerten. Sie waren alle so schön, daß mir die Tränen in die Augen stiegen, und ich spürte meine Menschlichkeit und meine schmutzigen Kleider, als ob das Gewicht der ganzen Welt auf mir läge. Aber der Mann, der am hohen Tisch saß, der Herr der Halle, lächelte mich an – es war strahlendes, wildes Lächeln. Er winkte mich näher.

Ich durchwanderte schweigend die Halle, die Augen auf die Gesellschaft geheftet, die um mich saß. Ich kann nicht beschreiben und auch nicht erklären, was ich dort sah. Langsam stieg ich aufs Podium und blieb stehen. Ich schaute den Herrn über den hohen Tisch hinüber an, und ich wußte nicht, was ich tun oder sagen sollte.

Er erhob sich und lächelte wieder, und der Gedanke blitzte in mir auf, daß Lot und Agravain wirklich ziemlich genauso aussahen, wie er aussehen würde, wenn das flammende Strahlen in seinem Gesicht nicht so stark wäre.

»Willkommen, Mann meiner Sippe«, sagte Lugh, der Herr der Sonne. »Nimm Platz. Du bist weit gereist, und du mußt hungrig sein.«

Also setzte ich mich an den hohen Tisch in der Halle der Sidhe, und ich aß mit ihnen und trank den süßen, hellen Wein, der wie eine Essenz des Lichts ist. Und ich redete mit Lugh von der langen Hand.

Er fragte mich nach Lot, und ich erzählte ihm von Artus. Er hörte mir zu, dann nickte er. »Das Schicksal hat es bestimmt. Ein neuer Tag erhebt sich erst, wenn der alte gefallen ist.«

»Dient dann also Artus von Britannien dem Licht?« fragte ich.

»Er dient ihm.« Lugh zuckte die Achseln. »Dies ist etwas Größeres, und viel ist darin verwoben. Und das Ende ist mir nicht klar. Auch mein Tag ist vorüber.«

Ich starrte ihn erstaunt an. »Dein Tag, mein Herr? Aber du bist Herrscher hier!«

»Dennoch habe ich auf der Erde, wo mir einst die Macht gehörte, nur noch wenig Kraft. Einst wandte sich der ganze Westen an mich. Jetzt wenden sie sich anderswohin. Mit der Zeit wird das wenige, das mir noch bleibt, vergangen sein, und aus mir wird eine Erinnerung werden, und meine Halle und mein Volk existieren dann nur noch in Geschichten, die man Kindern erzählt. Und mit der Zeit noch nicht einmal mehr das.« Er sprach ganz ruhig, wie von Dingen, die gewiß waren, und ganz ohne Bedauern.

»Soll das Licht dann gelöscht werden?« fragte ich und schaute mich in dieser strahlenden Halle um.

Lugh schüttelte den Kopf. Er lächelte über meine Frage. »Dieses Licht? O nein. Wir werden feiern bis zum Ende der Erde und darüber hinaus. Die Zeit berührt diesen Ort nicht, auch nicht der Tod oder irgendein Kummer. Hier ist es besser als auf der Erde, wo wir einmal lebten.«

»Dann hast du auf der Erde gelebt, wie es in den Liedern heißt?«

»Vor langer Zeit.« Lugh nippte an dem Wein, und seine blauen Augen waren heiß und strahlend wie der Himmel. »Vielleicht dort, wo heute Erin ist. Menschen waren damals nur ein Traum im Osten, weit von meiner Domäne. Hier im Westen wurde ich geboren, aber nicht, wie Menschen geboren werden. Und hier lebte mein Volk, hier entstand die Musik. Meine Mutter war Balurs Tochter, mein Vater Cian, der Sohn von Diancecht, dem Heiler. Wie du selbst, Maienfalke, bin auch ich aus Licht und Dunkelheit geschaffen. Einst wurde mir angeboten, entweder dem einen oder dem anderen zu dienen, und ich wählte das Licht. Eine Zeitlang regierte ich in ihm, obwohl ich wußte, meine Herrschaft würde hart sein und nicht ewig dauern.«

»Du weißt von meiner Mutter Morgas.«

»Ich weiß von einer, die man die Königin der Lüfte und der Finsternis nennt und die zu Morgas wurde. Sie ist eine alte Feindin, und einst gehörte sie zu meinem Volk. Sie sucht die Welt zu zerstören, die sie nicht länger besitzen kann.«

»Aber du hast sie doch einmal besessen.«

Wieder lächelte Lugh. »Einst fuhr ich meinen Streitwagen auf dem Wind von Temair, aber es war nicht das gleiche Temair, wo jetzt der Herr Ui Niaill sitzt. Einst herrschte mein Volk über die Erde, befahl dem Feuer und dem Wasser und der Luft, wie ein König Menschen befiehlt. Aber diese Zeit ist längst vergangen, so daß selbst das Land sie vergißt. Und so sollte es auch sein.«

»Ich habe eine Geschichte gehört«, sagte ich, »in der es hieß, daß die Söhne des Mil nach Erin kamen, als erste Menschen, die seine Küste erreichten. Das geschah vor langer Zeit. Und hier fanden sie die Sidhe, die damals einen anderen Namen trugen. Und es wird erzählt, daß die Söhne des Mil mit den Sidhe kämpften oder daß Gericht gehalten wurde über sie durch Avairgain, dem Poeten von den Söhnen des Mil, und daß Erin den Menschen gegeben wurde.«

»Die zweite Geschichte kommt der Wahrheit näher«, meinte Lugh. »Aber die Angelegenheit wurde nicht von Avairgain entschieden.«

»Wer entschied sie dann?«

»Der Hohe König, das Licht, das ewig leuchtet. Er gab mir mein Königreich, und er nahm es mir wieder und gab es den Söhnen des Mil, und Avairgain der Poet sagte den ersten Menschen, daß dies so geschehen war. Aber die Königin der Finsternis wollte weder mir noch dem Licht noch Avairgain gehorchen, sondern sie wollte das Land für sich selbst behalten.«

»Das Licht, dieses Licht«, sagte ich. »Ich weiß nicht, was damit gemeint ist.«

Er schaute mich sanft und belustigt an. »Wie solltest du auch? Niemand weiß es, wenn er ihm zum erstenmal begegnet. Und du bist gerade erst aus großer Finsternis gekommen. Die

Dunkelheit blendet das Auge. Aber hast du nicht geschworen, ihm zu folgen und ihm zu dienen?«

»Das habe ich.«

»Dann wirst du es bald genug besser kennenlernen. Das Licht ist ein starker Herr, ein großer König und oft ein strenger Meister. Aber es ist auch freundlich. Das Licht braucht Diener und Freunde, und es wird dir mehr Dinge zeigen, die zu tun sind, als du für möglich gehalten hättest. Wenigstens habe ich das festgestellt.«

»Du hast es festgestellt . . . Aber ich dachte . . .«

»Daß ich das Licht wäre? Nein, das ist wirklich nicht so. Viele haben das gedacht, und einst, in Erin, wurde mir als dem Licht gehuldigt. Aber man sucht es jetzt anderswo, an einem besseren Ort. Auf der Erde hat sich viel verändert. Auch ich bin nur ein Diener.«

So redeten wir und tranken den Wein. Ich spürte nicht, wie die Zeit verging. Ich glaube nicht einmal, daß man die Zeit an jenem Ort bemerkt. Vielleicht gehen die, die in der Halle sind, manchmal hinaus auf die Insel – es gibt Lieder von den Pferden der Sidhe, und von den Wagen aus Gold, die über Felder voll Blumen fahren, und von Tänzen und auch von Kriegen –, aber ich glaube, all dies muß ohne die Zeit geschehen, und auch nicht gleichzeitig oder zu früheren oder späteren Zeiten, sondern in einer Folge, die vom Geist festgesetzt wird und nicht vom Wandern der Sonne. Ich kann es selbst mir nicht klarmachen, aber so war es. Als ich eine Weile mit Lugh gesprochen hatte – ich kann nicht sagen: eine Zeitlang –, war das Fest zu Ende, und ein Mann der Sidhe, der zu meiner Rechten am hohen Tisch saß, erhob sich und ging zu einer großen Harfe in der Ecke hinüber. Er spielte darauf. Das Lied besaß alles, was Menschen je geträumt oder gesucht haben und was sie nur einen Augenblick lang begreifen können, ehe es sich auflöst. Es war Licht, Feuer, die reine Ekstase unsterblichen Glücks, völlig ungemischt mit dem Kummer, der die Lieder auf der Erde immer begleitet. Ich hörte zu, und ich hatte das Gefühl, als ob meine Seele sich vom Körper losreißen und davonschweben wollte auf diesem goldenen Wind bis zur äußersten Spitze des Himmels. Ich hörte zu, völlig verloren in den Labyrinthen der Musik, und ich fühlte nichts als die Folge der Töne. Ich hätte ewig so sitzen können, wenn Lugh nicht meinen Arm berührt hätte.

Da begriff ich, daß ich weinte. Ich saß verwirrt da und wunderte mich darüber, und der Harfner spielte weiter. Lugh erhob sich und machte mir ein Zeichen, mit ihm zu kommen. Ich folgte ihm, ich riß mich von der Musik los, und es tat so weh, als ob ich mir das eigene Fleisch aus einer tiefen Wunde gerissen hätte. Wir verließen die Halle, und als die Musik hinter den Mauern schwach geworden war, traf sie mich erst wirklich. Ich setzte mich auf den Boden und weinte vor Kummer. Lugh stand schweigend und geduldig neben mir.

Als mein Schmerz sich in Tränen aufgelöst hatte, ließ er sich neben mir auf die Knie nieder und legte mir die Hand auf die Schulter. »Du hättest nicht so lange bleiben und zuhören sollen«, sagte er sanft. »Die Lieder der Sidhe sind nicht für Menschen. Denn es ist zuviel Schmerz im Glück, und das Feuer brennt zu stark, als daß man es ertragen könnte. Dennoch ist es gut, daß du Taliesin hier hast singen hören. Jetzt weißt du etwas vom Licht. Du mußt dich daran erinnern, und wenn die Finsternis dich umgibt, dann denk darüber nach. Es wird dir helfen, zusammen mit dem, was ich dir jetzt geben will, wenn du es annehmen kannst.«

Da blickte ich zu ihm auf, und er nickte und machte mir wieder ein Zeichen, ihm zu folgen. Wir erhoben uns.

Er führte mich durch einige Korridore hinter der Halle, und es ging nach unten, bis ich das Gefühl hatte, daß wir unter der Festhalle waren. Es war sehr still hier, und die Gänge waren dunkel, abgesehen von dem schwachen Licht, das in den Wänden zu glühen schien, und dem strahlenderen, lodernden Feuer, das Lugh, den Meister aller Künste, umgab. Es war auch schön hier, aber ich spürte eine Ausstrahlung großer Macht wie von einem eingedämmten Feuer. Das Lied in der Halle hatte mich nicht erschöpft, wie es auf der Erde gewesen wäre, und deshalb spürte ich die Kraft, die wie Herzblut an diesem Ort pulsierte.

Lugh blieb vor einer Tür aus dunklem, goldfarbenem Holz stehen, das mit roter Bronze beschlagen war. Er legte die Hand auf den Riegel. Er wandte sich zu mir um.

»Du hast dich sicher gefragt, warum du hierhergebracht wurdest, Maienfalke«, sagte er. Seine Stimme war fast ein Flüstern, aber in ihr lag der gleiche Klang wie in dem stillen Schlag der Kraft, die hinter jener Tür brannte.

»Ja, das habe ich, Herr.«

»Gut, daß du daran gedacht hast, dich zu fragen. Du bist nicht einfach hierhergeholt worden, damit du dieses Land siehst und glücklich bist. Obwohl es nötig war, daß du nach soviel Finsternis Licht siehst. Du wurdest auch nicht zu meiner Halle gebracht, nur damit du dem Dämon entkommen konntest, der dich verfolgte. Obwohl auch das notwendig war. Nein, dafür wurdest du hergebracht: um die Waffen zu erheben, um gegen die Finsternis zu kämpfen, die du vor anderen erkennen kannst. Du bis jetzt fast siebzehn, und das ist das richtige Alter, um die Waffen zu nehmen.«

»Herr«, sagte ich, »es dauert noch ein halbes Jahr, bis ich fünfzehn bin.«

Lugh schüttelte den Kopf. »Während du in meiner Halle saßest, ist der Winter auf der Erde vergangen, und der Frühling und der Sommer, und ein weiteres Jahr danach. Jetzt ist März in Britannien. Wenn du zurückkehrst, dann wird der Mai angefangen haben.«

Plötzlich wurde mir kalt, und ich wandte mich ab. Ich kannte die Geschichten, wie ein Mann zu den Sidhe geht, für eine einzige Nacht. Und bei seiner Rückkehr stellt er fest, daß hundert Jahre vergangen sind. Aber ich hatte nie daran gedacht, daß dies mir geschehen könnte. Fast drei Jahre. Nun, vielleicht war es gut so. Ich würde gewachsen sein, und mein Arm hätte mehr Kraft. Dennoch . . .

Lugh lächelte sehr sanft. »Länger wird es nicht sein, Frühlingsfalke, ich gebe dir mein Wort. Aber, siehst du, du hast sogar das Alter schon überschritten, in dem man die Waffen nimmt. Und wenn du zur Erde zurückkehrst, dann wirst du eine Waffe brauchen, um dich vor den Mächten der Finsternis zu schützen, die deinen Tod suchen. Außerdem hast du im Herzen geschworen, den Hohen König des Lichts als deinen Herrn anzuerkennen. Vergiß nicht, daß ein Krieger für seinen Herrn kämpfen muß.«

Ich nickte.

»Du mußt eine Waffe haben«, meinte Lugh, »und hier werde ich dir eine geben.«

Er öffnete die Tür und hielt sie mir auf, und ich ging langsam in den Raum.

Es war ein einfaches Zimmer, ganz dunkel, außer an der Stelle, wo auf der gegenüberliegenden Wand ein Schwert stand. Licht glühte in tiefen Farben in dem großen Rubin, mit dem sein Knauf besetzt war. Der Schatten des Schwertes fiel in der Form eines Kreuzes dahinter auf die Wand. Ich spürte die Kraft, die in ihm brannte, sie war groß und schrecklich, und ich fühlte, wie eine Welle kalter Angst mich überflutete.

»Herr«, sagte ich zu Lugh, der hinter mir in der Tür stand, »Herr, das ist zu groß für mich. Das ist keine Waffe für Menschen. Es ehrt mich, daß du es für mich gedacht hattest, aber ich könnte solch ein Schwert nicht tragen.«

»Aber es *ist* ein Schwert für Menschen«, sagte Lugh sanft. »Ja, seine Macht ist groß genug, um viele zu vernichten, und es bringt seinem Träger oft Kummer. Aber es ist eine Waffe, wie nur Menschen sie brauchen: meine Art benutzt andere Waffen.«

Ich wußte, daß er recht hatte, aber ich starrte noch immer das Schwert an, das vor der Mauer schlummerte und das auf die Hand wartete, welche es im Feuer ziehen würde. Und was für ein Feuer das sein würde, was für ein verzehrendes Licht.

»Wenn du wirklich dieses Schwert nicht annehmen willst«, sagte Lugh, »dann kannst du es ablehnen. Ich sage dir, du kannst noch immer dem Licht dienen, wenn du es zurückweist.«

Einen Augenblick lang hatte ich den Wunsch, sein Angebot anzunehmen. Aber es war mir unmöglich. Ich konnte nicht ungehorsam dem Licht gegenüber sein, nachdem es mich eben gerettet hatte. Wenn mein neuer Herr wünschte, daß ich das Schwert zog, dann mußte ich versuchen, es zu ziehen. Sicher, so tröstete ich mich, würde das Licht dies nicht wünschen, wenn ich nicht in der Lage war, es zu tun, ohne vernichtet zu werden. Wie auch immer die Wahrheit aussah, ein Krieger mußte seinem rechtlichen Herrn gehorchen. Also schüttelte ich den Kopf. »Ich will versuchen, dieses Geschenk anzunehmen.« Mein Mund war trocken, und meine Hände waren schweißnaß.

Ich konnte Lugh nicht sehen, aber ich spürte sein Lächeln. »Geh also und zieh es.«

Ich ging hinüber zu dem Schwert, und jeder Schritt wurde mir schwer. Mein Tod würde jetzt kommen, wenn ich nicht die Kraft hatte, das Schwert zu heben . . . Ich stand davor, und das Licht, warm und dunkelrot, ergoß sich über mich. Ich fiel auf die Knie.

»Licht«, sagte ich, »mein Herr, Hoher König, die See ist um mich, und der Himmel ist über mir und die Erde unter mir, und wenn ich dir die Treue breche, möge die See aufsteigen und mich ertränken, möge der Himmel zerbrechen und auf mich fallen, möge die Erde sich öffnen und mich verschlingen; so sei es.« Der dreifache Eid war unnötig, das wußte ich. Aber er wurde immer geschworen, wenn man Waffen von seinem Herrn empfing. Ich holte tief Atem, streckte beide Hände aus, schloß sie um das Heft des Schwertes und begann, es zu ziehen.

Es war heiß, heiß wie Flammen, und meine Hände brannten. Das Licht in dem Rubin sprang, wurde stärker, wurde wild und rot, so rot wie Blut, wie das Blut, das in meinen Ohren donnerte und mit seinem Pulsschlag meinen ganzen Körper erschütterte. Ich zog an dem Schwert, und das Licht glitt die entblößte Klinge entlang, es war noch immer rot. Ich spürte meine Hände nur als Zentrum des Schmerzes, ich war sicher, daß sie mir abbrannten. Ich konnte fast riechen, wie sie stanken ... Ich zog das Schwert weiter heraus, und plötzlich war es aus der Scheide, und ich schrie auf, weil das Licht und das Feuer dieses Schwertes plötzlich an meiner Seele entlanglief. Ich verbrannte darin, und ich sah mich selbst, mein ganzes Selbst, enthüllt in diesem Licht. Alle Finsternis, die ich gesehen hatte, lag dort, und alle Finsternis, die ein Teil meiner selbst war, schrie auf und befahl mir, das Schwert fallen zu lassen, ehe es mich erschlug. Und es erschlug mich, denn ich war eingehüllt von seinem Licht, und es war wirklich kein Schwert für Sterbliche ... Aber das Licht wünschte, daß ich es zog. Deshalb hielt ich fest, spürte, wie die Luft weißglühend in meine Lungen zog, wie sie jeden Teil in mir verbrannte: Herz, Seele, verzehrt in einem Licht, das nicht länger rot, sondern brennendweiß war wie das Herz der Sonne. Meine Kraft verließ mich, und ich zog mich in mich selbst zurück, suchte irgendeine Kraft, die mir half, das Schwert in dieser Qual zu halten. Einen Augenblick lang schien es, als ob ich keine Kraft hätte, als ob ich mich in Nichts auflöste, denn jetzt war es zu spät, das Schwert sinken zu lassen ...

Und dann spürte ich, wie plötzlich eine Kraft in mir meine Glieder erfüllte, klar und weißglühend. Sie erfüllte mein innerstes Wesen, das schon lange davon geträumt hatte, wenn ich es auch nicht einmal geahnt hatte. Ich hob das Schwert hoch über den Kopf, so daß die Spitze zum Himmel zeigte, und ich bemerkte jetzt ganz schwach, daß es rein und strahlend brannte wie ein Stern. Ich schrie im Triumph auf, ich wußte nicht, was ich sagte, denn ich hatte gesiegt, und es war mein.

Und dann, ganz plötzlich, war der Schmerz vergangen, und ich kniete vor der leeren Wand, und das Schwert glühte in meinen Händen langsam schwächer.

»Es ist geschehen«, sagte Lugh sehr sanft. »Ich bin froh.«

Ich schaute erst das Schwert, dann meine Hände an. Sie waren überhaupt nicht verbrannt. Ich schaute wieder das Schwert an. Sein Licht war dunkler geworden, nur noch ein Glitzern lag auf der Klinge. Ich drehte mich zu Lugh um, der noch immer still in der Tür stand, umgeben von einem strahlenden, klaren Licht. Er lächelte. »Der Name des Schwertes ist Caledvwlch, das Harte«, sagte er. »Es hatte früher einen anderen Namen, aber jetzt ist es dein, und ein neuer Name wurde ihm verliehen für einen neuen Tag.«

»Es ist mein«, sagte ich noch immer verwirrt. Eine Welle großer Freude überflutete mich. »Mein Herr gab mir Waffen.«

Lugh nickte. »Du bist jetzt Krieger des Lichts. Vergiß das nicht, Maienfalke. Jetzt,« – Lugh durchquerte das Zimmer und half mir auf die Beine – »jetzt ist dein Herr in einen Krieg verwickelt, und du mußt deine Waffe benutzen.«

»Wo ist die Schlacht?« fragte ich. »Und welchem Heerbann soll ich mich anschließen?«

»Die Schlacht wird überall um dich her toben. Und laß dich warnen: Sie wird nicht immer mit dem Schwert gekämpft, selbst mit einem Schwert wie deinem.«

»Ich verstehe, Herr. Ich habe meine eigene Finsternis besiegt, aber ich kann sie nicht vernichten.«

Lugh nickte und lächelte. »Und wenn du daran denkst, dann wirst du weise sein. Die Finsternis kann deinen eigenen Willen benutzen, und du kannst andere benutzen, wenn sie selbst es nicht merken. Du bist in der Finsternis gegangen, und du hast das Licht gewählt, und das Licht ist schwer zu betrügen. Aber unmöglich wird es nicht sein. Auf der Erde gibt es viel Leid, und die Finsternis ist sehr stark –« Er hielt abrupt inne und wandte seinen Blick aus der Zukunft wieder auf die Gegenwart und auf mich. »Was den Heerbann betrifft, so wirst du in der Lage sein, die zu erkennen, die dem Licht dienen. Von Artus weißt du es schon. Geh zu ihm und erkenne ihn als deinen Herrn auf Erden an. Aber zuerst wirst du ihn überzeugen müssen, daß du die Finsternis verlassen hast. Erwarte nicht, daß es leicht wird. Was immer geschieht, ich bin sicher, daß in diesen Tagen auf der Erde große Dinge getan werden, denn es findet ein großer Kampf statt. Wie das Ende aussehen wird, das weiß ich nicht. Ich weiß nur, daß es seltsam sein wird und anders als das, was man erwartet. Aber ich glaube, du wirst ehrenhaft kämpfen. Und jetzt komm.«

Ich folgte ihm aus dem Zimmer, ich trug mein Schwert, und er führte mich durch ein Labyrinth von Korridoren nach draußen. Irgendwie kamen wir auf eine Plattform, dicht unter dem Dach der Festhalle. Wir schauten hinaus nach Westen. Die Sonne ging unter und bedeckte die ganze Welt mit Licht, und es schien mir näher und leuchtender zu sein als auf der Erde. Lugh deutete nach Westen, und ich folgte der Richtung, in die er zeigte. Nur für einen Augenblick schien es mir, als ob ein Licht wie ein neuer Stern hinter der See brannte, hinter dem Horizont. Und in diesem Moment spürte ich, daß ich das Lied in der Halle verstanden hatte, daß ich wußte, wem ich mein Schwert geweiht hatte. Ich fiel auf die Knie und hob das Schwert vor mir auf. Ob das zur Huldigung oder zur Verteidigung geschah, weiß ich nicht. Lugh warf seine Arme hoch, wie im Gebet, und das Licht in mir schien aufzuspringen. Dann berührte die Sonne den Horizont und bedeckte das andere Leuchten, und Lugh wandte sich mir wieder zu.

»Es ist Zeit, daß du gehst«, meinte er sanft. »Vielleicht wirst du eines Tages zurückkehren, wenn die Erde vergangen ist, und dann kannst du das Ende des Liedes hören. Aber bis dann, fürchte ich, werden wir uns nicht mehr sehen. Auch wirst du nie wieder in mein Reich kommen. Daher, Mann meiner Sippe, daher gebe ich dir meinen Segen.« Und er legte die Hände auf meine Schultern, während ich noch immer kniete. »Trag es gut in den Schlachten, die vor dir liegen.« Er half mir auf die Beine, dann umarmte er mich zärtlicher, als mein Vater das je getan hatte. »Wandle im Licht, mein Herz, und wundere dich nicht über das, was geschieht.«

Das Gold und die Bronze in den Wänden der Halle, die untergehende Sonne auf den Federn des Daches, all das löste sich in diesen Klang auf; die Ebenen und Wälder, die Ozeane um die Insel der Seligen, sie alle verschwanden langsam im Wind. Als letztes löste sich Lugh selbst, der jetzt wie Feuer flammte, in einen leuchtenden Nebel auf. Er lächelte noch immer, und das letzte Echo des magischen Wortes trug mich sanft, ganz sanft zur Erde und in den Schlaf.

6

Ein Falke flog in langsamen Kreisen durch die Luft über mir. Ich sah zu, wie er seine Schwingen abkippte, auf dem Wind balancierte und sich dann seitwärts hineingleiten ließ. Ich ließ meine Gedanken mit ihm treiben, ich schwang mich langsam durch den blauen Himmel und beobachtete eigentlich nicht die verschwommenen Erinnerungen, die darunter lagen. Ich fühlte mich leicht, stark, zielsicher. Das war genug.

Nach kurzer Zeit aber begann ich mich doch zu fragen, was geschehen war und warum ich dieses seltsame Gefühl der Zuversicht hatte, und ich schaute in meine Erinnerungen.

Llyn Gwalch. Dorthin war ich geritten, und der Dämon war hinter mir durch die Nacht gekommen. Ich war einen Tag dageblieben, und danach . . . Nein, ein langes Flammen von Farbe und Licht, Schmerz und Freude und Ekstase. Ein Lied, das alles überwältigte, und ein Schmerz, zu tief für Worte. Und ein Eid, ein Versprechen. Die Insel der Seligen. Tir Tairngaire, das versprochene Land, das silberne Land. Das Land der Lebendigen. Eine Menge Namen für dieses Land fiel mir ein. Lugh von der langen Hand – nein, es mußte ein Traum sein. In der Tat, ich hatte auch das seltsame bezauberte Gefühl wie in einem Traum, in welchem die Farben strahlend sind und Zeit und Entfernung sich verändern und fremd und bedeutungslos werden. Llyn Gwalch also. Dort war ich mit Sicherheit gewesen, also mußte ich wahrscheinlich noch hier sein. Später am Tag hätte ich Zeit genug, das Gefühl der Veränderung zu bedenken, aber im Augenblick sollte ich wohl am besten versuchen, etwas zu essen zu finden.

Ich setzte mich auf und gähnte. Ich schaute mich um, wurde starr.

Ich war auf einem Hügel, ich saß in niedrigem Gras und Heidekraut, das ihn bedeckte. Auf einer Seite schwang sich der Hügel sanft nach unten und wieder hinauf in eine ganze Reihe von Hügeln, die gekleidet waren in ein unglaubliches helles Grün des Frühlings. Auf der anderen Seite ging der Hügel in eine Kette von höheren Hügeln über. Der Himmel war unvorstellbar klar und blau, und er schien sich in alle Ewigkeit zu erstrecken.

»Nein«, sagte ich laut. »Das ist unmöglich.« Solche hohen Hügel gab es auf den Orkneys nicht, und auch keine Wälder. Und es war nicht Frühling, sondern Herbst.

Aber die Erde und der Himmel waren ohne Zweifel echt. Ich umklammerte entsetzt meinen Kopf. Wo war ich? Das konnte kein Traum gewesen sein, aber wenn es keiner gewesen war, dann . . . dann hatte auch das andere kein Traum sein können.

»Wundere dich nicht über das, was geschieht«, hatte Lugh gesagt, ehe er mich zurück zur Erde schickte. Ich erinnerte mich deutlich an die Worte, und ich erinnerte mich an sein Gesicht, als er sie gesagt hatte. Ich erinnerte mich an den Raum unter der Halle, an die Qual, die mir das Ziehen des Schwertes bereitet hatte, und an die Freude und die Kraft, nachdem es geschafft war. Das Schwert . . . Meine Hand fiel an meine Seite. Es war da.

Ich schloß meine Hand um das Heft, und es schien hineinzufließen und ein Teil meiner selbst zu werden. Ich hob es, ich schaute es an. Es war wirklich. Die ganze Reise war wirklich gewesen, und die Magie des Lichts war nicht weniger real als die Macht der Finsternis. Ich hatte dem Licht die Treue geschworen, und es, er hatte mir Waffen gegeben. Ich hielt in meiner Hand eine Waffe, die nicht auf der Erde geschmiedet worden war.

Ich lachte und umklammerte das Heft mit beiden Händen. Zweifel und Schrecken verließen mich, ohne eine Spur zu hinterlassen. Ich sprang auf die Füße und hob Caledvwlch der Sonne entgegen.

»Mein Herr, großer König!« schrie ich. »Ich danke dir dafür, und dafür, daß du mich vor meinen Feinden gerettet hast und meinen Eid annahmst!«

Während ich sprach, flammte das Schwert wieder auf, aber diesmal verbrannte es mich nicht. Nein, es schien meine Freude widerzuspiegeln. Ich senkte es langsam und schaute es an. »Und auch dir danke ich, Lord Lugh, Mann meiner Sippe«, fügte ich hinzu. »Für deine Gastfreundschaft.« Das Licht brannte noch eine kleine Weile, dann verschwand es, und es sah so aus, als ob ich ein ganz gewöhnliches, wenn auch sehr schönes Schwert in meinen Händen hielt.

Die Art, wie es gemacht war, hatte ich vorher nicht bemerkt. Es war ein zweischneidiges Schwert, wie ein Mann es vom Pferderücken aus benutzen könnte. Es war etwas länger und schmaler als die meisten dieser Schwerter, und seine Balance war vollkommen. Das Heft war sehr schön: das Querstück, viel länger als bei anderen Schwertern, war eingelegt mit goldenen Spiralen, die sich von jedem Teil zur Mitte zogen und dann verschlungen vom Griff hinauf bis zum Knauf liefen. Der Knauf trug einen Rubin. Als das innere Licht in der Klinge erstarb, fing sie das Sonnenlicht ein, in dem echten Schlangenlinienmuster, das sich auf gutgeschmiedetem Stahl zeigt. Sie war auch scharf: Ich zog die Klinge über meinen Arm, und sie schnitt jedes Haar ab, ohne zu reißen. Dieses Schwert war schon in einem normalen Kampf eine feine Waffe, auch ohne die unbekannten Kräfte, die in ihm lagen.

Als ich nach unten schaute, sah ich, daß auch eine Scheide da war. Diese war sehr einfach. Sie bestand einfach aus Holz und Leder und war an einem simplen ledernen Schwertgehänge befestigt. Ich legte das Schwert nieder und schnallte mir das Gehänge um, dann steckte ich die Klinge in die Scheide und rückte sie gerade. Das Schwert war leicht zu tragen, denn mit ihm fühlte ich mich leichter als ohne es.

Jetzt erhob sich nur die Frage, welchen Weg ich gehen sollte. Ich hatte keine Ahnung, wo ich sein konnte. Lugh hatte gesagt, ich solle zu Artus gehen, und Artus kämpfte wahrscheinlich irgendwo in Britannien gegen die Sachsen. Also war ich wahrscheinlich in Britannien und nicht in Erin oder in Kaledonien – oder in Rom oder Konstantinopel. Britannien aber ist ein großes Land, und es gab in den vielen Königreichen nur wenige, die Fremde von den Orkneys willkommen heißen würden. Nun, wenn Artus gegen die Sachsen kämpfte, dann hatte man mich wahrscheinlich irgendwo in seine Nähe geschickt. Das bedeutete, ich war in der Nähe der Grenze eines der sächsischen Länder. Aber es konnte auch sein, daß ich ganz woanders war. Ein gutgeplanter Raubüberfall konnte vielleicht eine Region treffen, die über hundert Meilen vom Wohnsitz der Räuber entfernt liegt. Und die meisten britischen Königreiche grenzten im Osten an sächsische Länder. Nun, wenigstens sollte ich dann nicht nach Osten gehen. Ich stellte an der Sonne die Richtung fest.

Die Hügelkette lag direkt im Westen. Es sah so aus, als ob man dort schlecht gehen konnte, und ich war nicht daran gewöhnt, große Entfernungen zu Fuß zurückzulegen. Ich sah mich nach einfacherem Gelände um.

Ich blickte wieder in den Himmel. Der Falke, den ich vorher gesehen hatte, war noch immer da. Er kreiste langsam nach Süden. Diese Richtung war so gut wie jede andere. Ich ging los.

Nach drei Schritten mußte ich wieder stehenbleiben. Meine Stiefel kniffen ganz schrecklich. Ich setzte mich nieder, um sie nachzusehen, und da sah ich, daß sie viel zu klein waren. So war es auch mit allem anderen, das ich trug. Mir fiel ein, daß Lugh mir gesagt hatte, zweieinhalb Jahre seien vergangen während meines einzigen Tages auf der Insel der Seligen.

Ich starrte die Stiefel an. Jeder mußte mich für tot halten, vielleicht hatten sie mich sogar vergessen. Es war Spätfrühling. Ich mußte volle siebzehn Jahre alt sein.

Fast gegen meinen Willen fielen mir wieder Geschichten ein, die von denen handelten, die die Sidhe besuchten. Manchmal zerkrümeln solche Reisenden, wenn sie zurückkehren, um ihre Heimat noch einmal wiederzusehen, einfach zu Staub, sobald sie die sterbliche Erde berühren und ihr Alter zurückkehrt. Oder manchmal verändern sie selbst sich auch nicht, aber auf der Welt sind seit ihrem Verschwinden Jahrhunderte vergangen, und sie wandern jahrelang in den irdischen Ländern umher und fragen nach Personen, die schon lange tot und begraben sind. Ich fühlte mich übel. Angenommen, mit mir war das auch geschehen. Angenommen, daß es nicht nur zweieinhalb Jahre waren, sondern zehn, zwölf, hundert Jahre? Angenommen, ich ginge zur nächsten Heimstätte und fragte nach Artus dem Pendragon, und die Leute sagten: Wer? und schauten mich mit seltsamen Augen an?

Nein, sagte ich mir fest. Lugh sprach von zweieinhalb Jahren, und er würde mich nicht betrügen. Jetzt ist Frühling, und zweieinhalb Jahre sind vergangen seit der Zeit, als ich Llyn Gwalch verließ. Und wenn das nicht so ist, dann nur darum, weil das Licht es nicht will, und das Licht ist dein eingeschworener Herr, und du mußt seine Anordnungen akzeptieren und Glauben haben.

Ich schnürte mir die Stiefel auf und zog sie aus. Ich war ja schließlich gewarnt worden, sagte ich mir. Und die Vorteile waren groß. Ehe ich Dun Fionn verlassen hatte, war ich auch schon etwas größer geworden, aber jetzt war ich völlig erwachsen und konnte jedem Herrn in Britannien meine Dienste anbieten – jedem Herrn, der mich haben wollte. Denn ohne Zweifel war ich noch immer ein schlechter Kämpfer.

Dieser Gedanke ließ mich lächeln, wenn auch zittrig. Ich erinnerte mich an Agravain und Lot und all jene, die versucht hatten, mich in Dun Fionn auszubilden. Damals wollte ich noch Krieger werden. Es war hart gewesen, bitter und hart. Jetzt wenigstens wußte ich, welche Straße ich gehen mußte, und ich wußte, daß es gut war, selbst wenn es schwierig werden würde. Der Aufstieg vom Avernus konnte offenbar nicht in einem Schritt zurückgelegt werden. Mir fiel plötzlich das Licht wieder ein, das ich im Sonnenuntergang auf der Insel der Seligen gesehen hatte, und ich mühte mich, mir wieder einfallen zu lassen, was es bedeutete. Ich konnte es nicht. Aber das

Lied in der Halle war noch in meinem Gedächtnis, scharf und strahlend klar. Zu klar: Der Kummer überflutete mich in einer riesigen Welle, gemischt mit Heimweh, und ich hockte mich einen Augenblick lang hin und starrte das Heidekraut an. Es war am besten, daran eine Zeitlang nicht zu denken.

Ich warf die Stiefel beiseite – leicht konnte ich auf diesem Gras barfuß gehen – und begann, den Hügel hinabzuwandern.

Es war ein schöner Tag zum Wandern. Es war warm, ungefähr so warm, wie es auf den Orkneys je wird – obwohl es in Britannien oft heißer ist –, und zuerst löste ich meinen fleckigen Umhang, dann nahm ich ihn ab. Der Himmel war sehr klar und blau, und nur eine ganz leichte Brise fuhr durch das Gras. Lerchen ließen Töne über mir fallen, Kaninchen sprangen nach allen Seiten davon, und einmal, als ich am Rand des Waldes entlangging, scheute vor mir ein Rudel Hirsche auf und rannte in erschreckten Sprüngen davon. Blumen wuchsen hier im Überfluß, Arten, die ich auf den Orkneys noch nie gesehen hatte. Die Wälder wirkten wie ein Wunder auf mich, der ich nie Wälder gesehen hatte, und das Spiel des Sonnenlichtes durch die Blätter schien mir zu herrlich für Worte.

Nach Mittag, als ich durstig wurde, fand ich einen Bach, der aus den Hügeln in den Wald lief. Das Wasser war süß und klar. Nachdem ich getrunken hatte, ruhte ich einen Augenblick dabei aus, und ich badete meine Füße, die schon wund waren. Dann ging ich wieder los, noch immer nach Süden.

Mit dem Lauf des Tages wurden die Hügel niedriger und verschmolzen endlich mit der Umgebung. Der Wald wurde dichter, und so wundervoll er auch war, die Bäume, die so hoch um mich her standen, machten mich unruhig. Langsam wünschte ich mir wieder die offenen Hügel der Orkneys und das Meer. Meine Füße waren zerschnitten und wund, und außerdem wurde ich müde und mußte immer öfter rasten. Den ganzen Tag hatte ich keine Anzeichen einer menschlichen Behausung gesehen, und ich fragte mich, wo in diesem riesigen Land Artus wohl sein könne. Als es Spätnachmittag wurde, fand ich eine Straße.

Sie verblüffte mich. Niemals hatte ich solch ein Ding gesehen. Sie war mit großen Steinen gepflastert, in der Mitte leicht gewölbt, und der Wald war in einiger Entfernung um sie herum gerodet worden – aber seit damals war wieder loses Gebüsch gewachsen. Es war eine Straße, breit genug für den größten Karren und fest genug, um auch den wildesten Regengüssen und auch den kältesten Wintern zu widerstehen. Von den römischen Straßen hatte ich schon gehört, aber ich hatte immer ihre Vorzüge für übertrieben gehalten. Nun, jetzt wußte ich, daß sie der Wahrheit entsprachen.

Diese Straße führte gerade wie ein Speerschaft von Osten nach Westen. Vorsichtig kam ich aus dem Wald auf die Straße, und dann begann ich nach Westen zu gehen. Es war leicht, darauf zu wandern, und ich kam gut vorwärts.

Als die Dämmerung nur noch eine Stunde entfernt war, sah ich Menschen, die über die Straße auf mich zukamen. Die untergehende Sonne stand hinter ihnen, und ich konnte sie nicht klar sehen. Nichtsdestoweniger rannte ich eifrig vorwärts, denn es waren die ersten Menschen, die ich seit meinem Erwachen gesehen hatte – ja, die ersten seit zweieinhalb Jahren. Und nach dem seltsamen Wald und den noch seltsameren Dingen, die davor gewesen waren, brauchte ich dringend Gesellschaft. Außerdem: Menschen, das hieß Häuser, Feuer, Essen. Und noch deutlicher als den Hunger verspürte ich einen eigenartigen Drang, mich anderen Menschen zuzugesellen, eine Sehnsucht nach ihnen, als ob die ganze Menschheit meine Sippe wäre, und ich brauchte ihre Wärme, um mich gegen die ungeheure Macht des Lichtes und der Finsternis zu schützen. Es ist ein seltsames Gefühl, aber immer, wenn ich dem Licht am nächsten gewesen bin, fühle ich mich so, weil ich dann am weitesten von der Menschheit entfernt war.

Die Gruppe bestand aus elf Männern, die drei beladene Pferde führten und eine Kuh vor sich hertrieben. Die Männer waren Krieger. Die Sonne glitzerte auf den Spitzen ihrer Speere, rahmte die ovalen Schilde ein, die sie über die Schultern gehängt hatten, und leuchtete warm auf ihren stahlbesetzten Helmen. Ich blieb stehen und runzelte die Stirn. Die Krieger von den Orkneys tragen keine Helme, und auch keiner von den britischen Kriegern, die sich dem Heerbann meines Vaters zugesellt haben, hatte je einen Helm getragen. Die meisten Krieger betrachten es als feige, einen zu tragen, und außerdem blockiert ein Helm, wenn er nicht sehr gut gemacht ist, nur die Sicht, ohne viel Schutz zu bieten.

Während ich dastand, blöde hinstarrte und dies dachte, rief einer der Krieger mich an. Er brüllte in einer Sprache, die ich nicht kannte. Da begriff ich, daß ich hätte fliehen sollen. Ich kannte Irisch, Britisch, Latein und etwas Piktisch, alle Sprachen, die in Britannien gesprochen werden, außer einer. Die einzige, die ich nicht kannte, war die sächsische Sprache – und Sachsen trugen auch Helme. Aber ich hatte zu lange gezögert, und jetzt war es zu spät zu fliehen. Die Krieger waren schon fast über mir. Ich würde sie bluffen müssen, und ich hoffte, daß die Sachsen ihren Ruf der gedankenlosen Brutalität nicht verdienten. Ich hoffte, daß die anderen Behauptungen über die Sachsen korrekt waren, nämlich, daß es ihnen an Phantasie mangelte und daß sie blöde waren.

Der Sachse, der mich angerufen hatte, wiederholte seine Begrüßung. Ich nickte, in der Hoffnung, daß ich wie ein Idiot wirkte, und ich trat zur Seite, um sie passieren zu lassen.

Es waren alles hochgewachsene Männer, das sah ich jetzt. Und die meisten hatten das seltsam blasse, blonde Haar, das auch zum Ruf der Sachsen gehört. Drei dagegen waren dunkelhaarig. Sie waren sehr gut bewaffnet mit Schwertern, Wurfspeeren und Lanzen und mit den langen Messern, den Saxen, von denen sie ihren Namen haben. Die Pferde waren mit Lebensmitteln beladen: drei Schweinen, Korn und ein paar einfachen Säcken, die entweder Obst oder Gemüse enthielten. Die Gruppe kam auf mich zu, jetzt langsamer, und der Anführer blieb plötzlich stehen und runzelte die Stirn. Er sagte etwas, das auf einem fragenden Ton endete. Ich schüttelte den Kopf.

Er machte noch einen Schritt auf mich zu, zögerte wieder und starrte mich intensiv an. Er machte eine Geste mit der linken Hand. Einer seiner Kameraden bemerkte etwas in ihrer merkwürdigen, gutturalen Sprache, und der Anführer schüttelte zweifelnd den Kopf und stellte eine weitere Frage. Ein seltsamer Klang lag in seiner Stimme, ein Klang der Unsicherheit, fast der Angst. Seine Kameraden hatten die Spitzen ihrer Speere sinken lassen. Ich schüttelte wieder den Kopf.

Der Anführer warf einen Blick auf seine Freunde, dann sprach er britisch. Er hatte einen Akzent, aber ich verstand ihn ganz gut. »Ich said, ich grüße ju, wer immer du seist.« Er zögerte wieder, beobachtete mich, das Weiße in seinen Augen zeigte sich deutlich. Dann fuhr er feindselig fort: »Wer bist ju, und warum reist du diese Straße, so kurz vor Nachtfall?«

»Ich . . . ich gehe, weil ich muß«, sagte ich. »Wenn die Nacht kommt, werde ich anhalten.«

Einer der anderen Sachsen trat zornig nach vorn. Er senkte seinen Speer. »Dat ist keine Antwort, Briton! Wat willst ju im Reich der Westsachsen? Wennst ju ein Höriger seist, wo ist dein Meister? Wennst ju kein Höriger seist, was tust du?«

»Eduin!« sagte der Anführer in besorgtem Ton. Und in der plötzlichen, gespannten Stille, die folgte, musterte er mich wieder, als ob er das nicht mochte, was er sah. Ich stand ruhig da und dachte hart nach.

Der zweite Sachse, Eduin, diskutierte schnell etwas mit dem Anführer durch. Er machte eine Geste nach Osten. Der Anführer sah unsicher aus, kaute auf seinem Schnurrbart, wurde dann wütend und wandte sich von seinem Gesellen wieder mir zu. »Wo ist dein Meister, Briton?« wollte er wissen.

Sie hielten mich also für einen Hörigen, und sie hatten dies das Reich der Westsachsen genannt. Ich suchte alles zusammen, was ich von den sächsischen Königreichen wußte. Es war so leicht, »die Sachsen« zu sagen und dabei an eine Nation zu denken, die ganz Ostbritannien bewohnte. Es war leicht, die Unterschiede zwischen ihnen außer acht zu lassen, die verschiedenen Stämme, die Sachsen, die Angeln, die Jüten, die Franken . . . Aber die Westsachsen hatten Aufmerksamkeit genug erlangt, so daß sich jeder an sie erinnerte. Cerdic war der

König der Westsachsen, und er hatte eine der alten römischen Provinzen genommen, die östliche Hälfte von Dumnonia. In solch einem Gebiet, das neu erobert war oder vielleicht den Eindringlingen aktiven Widerstand leistete, in solch einem Land würde ein Britannier entweder Höriger sein oder Feind. Es war sicherer, hörig zu sein, besonders wenn die Chancen elf zu eins standen und wenn dieser eine noch ein schlechter Kämpfer war.

»Nu, antworte, Briton!« sagte der sächsische Anführer. Wieder lag ein Tonfall in seiner Stimme, den ich nicht verstehen konnte, ein Klang, der fast an Verzweiflung erinnerte.

»Ich . . .« Was konnte ich sagen? »Ich habe keinen Herrn.«

Jetzt senkte auch der Anführer den Speer, und die Spitze war nur einen Fuß von mir entfernt. »Dann bist ju kein Höriger?« fragte er mit sehr leiser Stimme. »Wat dann? Kämpfst ju? Ich fürchte kein . . .«, und er fügte ein sächsisches Wort hinzu. Die anderen Krieger kamen näher heran, senkten die Speere. Einer oder zwei ließen die Schilde vom Rücken gleiten, obwohl sie ganz deutlich das Britisch ihres Anführers nicht verstanden.

Mir wurde klar, daß meine Hand auf Caledvwlchs Heft lag, und erstaunt über mich selbst, versuchte ich, mich zu entspannen und dumm und verwirrt auszusehen. Ich konnte nicht mit dem Schwert gegen sie kämpfen. Ich würde zusehen müssen, ob ich nicht etwas von der berühmten Schläue meines Vaters geerbt hatte.

»Aber ich *bin* ein Höriger, edler Herr!« sagte ich und bemühte mich, einen Unterton des Schreckens in meiner Stimme zu zeigen. Es war nicht schwierig. »Ich – großer Herr, mein Meister ist tot, und ich weiß nicht . . .«

Bei meinen ersten Worten hatte der Sachse erleichtert geschaudert. Jetzt sprach er mit arroganter, aggressiver Selbstsicherheit. »Ju versuchst, zu deinem britischen Hoch-Küning zu fliehen? Nur weilst Artus der Bastard innerhalb hundert Meils ist, rennest ju von deinem Meister und versuchst zu ihm zu kommen.«

»Nein, mein Herr!« schrie ich. »Ich will nur . . . ja, ich laufe weg. Mein Herr ist tot, das sagte ich dir! Und mein älterer Bruder starb mit ihm. Ich fürchte, Herr, daß sie auch mich töten werden. Ich brauche deinen Schutz. Wenn ich zum Hohen König wollte, hätte ich euch dann angerufen, Herr?«

»Er selbst hätte sich verborgen, kämen wir«, sagte Eduin zu dem anderen. »Er ist Frischling eines Hörigen, Wulf, andern gleich.«

Wulf allerdings runzelte die Stirn. »Wie hat dein Herr gestorben? Wer sein sie? Antworte schnell.«

»Es war ein Duell, mein Herr«, erwiderte ich sofort und erinnerte mich an die Geschichten, die einer der Spione meines Vaters erzählt hatte. »Mein Herr tötete einen Mann, vor ungefähr einem Monat. Die Sippe des Mannes hat den Blutpreis angenommen, wegen des Krieges und weil der König es wünschte. Aber dennoch waren sie in ihren Herzen zornig, und als wir über die Hügel zogen, um Land in Besitz zu nehmen, das der König ihm gegeben hatte, sprangen sie ihn aus dem Hinterhalt an und töteten ihn und alle, die bei ihm waren. Mein Bruder, einer seiner Hörigen, war auch dabei, und sie töteten ihn ebenfalls. Ich habe mich hinter einem Busch versteckt, bis sie weg waren, und dann rannte ich. Ich habe Angst, Herr, denn ich weiß, sie werden mich auch töten, damit ich nicht sagen kann, daß sie ihre Eide wegen des Blutpreises gebrochen haben.«

Wulf nickte. Meine Geschichte klang offenbar plausibel. »Wat für Name hat dein Meister? Und wer sind diese Eidbrüchigen?«

Ich ließ den Blick sinken und trat unruhig von einem Fuß auf den anderen. »Mein Herr«, flüsterte ich, »ich wage nicht, es dir zu sagen. Ich bin nur ein Höriger. Sie würden mich umbringen.«

Er studierte mich einen weiteren Moment, dann bemerkte er zum erstenmal das Heft meines Schwertes. Ich hatte ja meinen Umhang wegen der Abendkälte wieder umgelegt. Unglücklich schaute der Sachse mein Schwert an.

»Wes is dat Schwert? Deines Meisters?«

»Ja.«

Er zögerte, wollte danach fragen, hielt dann inne und schüttelte den Kopf. Ich schaute auf die Füße.

»Und ju glaubest, wir können dich schützen?« fragte Eduin sardonisch.

Ich trat wieder unruhig hin und her und betete verzweifelt zum Licht, daß sie mich nicht weiter über Caledvwlch ausfragen möchten.

Eduin lachte rauh. »Will's der Zufall, wir haben keine Not für Briten im Weg. Außer, sie brächten Nutzen. Wat kannst ju?«

Ich erlaubte mir, mich ein wenig zu entspannen. Sei vorsichtig, warnte ich mich. Glücklicherweise mußte ich mit meinen nackten Füßen und der zu kleinen Kleidung wie ein Höriger aussehen, und Sklaven, denen man gebieten konnte, waren selten genug, so daß sie im Grunde wertvoll waren. Wenn ich es so aussehen ließ, als ob ich wertvoll genug sei, dann würden sie mich am Leben lassen, entweder um mich selbst zu behalten oder zum Verkaufen. Wenn ich aber zu wertvoll wirkte, dann würde es schwierig werden zu fliehen, und ich zog vielleicht auch Fragen auf mich, die ich nicht beantworten konnte. Wenn ich aber wertlos erschien, dann würden sie mich wahrscheinlich sofort umbringen. Licht, so dachte ich kurz, warum hast du mich hierherkommen lassen? – Nun, wundere dich nicht über das, was geschieht.

»Können, Herr? Ich kann gut mit Pferden umgehen. Ich habe mich um den Stall meines Meisters gekümmert. Und ich kann ein wenig die Harfe spielen und bei Tisch bedienen.«

Wulf kaute sich auf der Unterlippe, sagte etwas zu Eduin. Er sah noch immer besorgt aus. Eduin antwortete scharf, und Wulf schien sich mit ihm zu streiten. Eduin zuckte die Achseln und sagte etwas, worüber Wulf erzürnt war, und dann wandte er sich mir wieder zu. »Gut, Briton, wir halten ju. Wenn ju versuchst wegzulaufen, schmeckst ju die Peitsche. Sorg für unsere Rosse, und später wirst ju verkauft, einem, der ju kann brauchen, wenn wir die Sippe deines Meisters nicht können finden.«

»Ich danke dir, Herr«, sagte ich und verneigte mich vor ihm. Ich dachte: Später? Wann? Wenn sie die Armee erreichten, von der sie zum Organisieren ausgeschickt worden waren? Sie hatten erwähnt, daß der Pendragon in der Nähe war. Es sah so aus, als ob ich mitten im Kriege steckte. Ich fragte mich, was wohl in Britannien geschehen war, während ich mich im Land der Seligen aufhielt.

Wulf erklärte mich seinen Gefolgsleuten, und die Sachsen übergaben mir die Leinen ihrer Pferde und begannen wieder nach Osten zu gehen, ohne weitere Kommentare abzugeben. Während ich sie betrachtete, wurde mir immer klarer, daß sie wohl eine Gruppe waren, die Vorräte einholen sollte. Ich verfluchte mein Pech, gerade ihnen zu begegnen. Wäre ich auf einen einsamen Krieger oder einen Bauern getroffen, ich wäre wenigstens in irgendeiner Weise über den Ort, an dem ich mich befand, gewarnt worden. Ich hätte die Straße verlassen können – angenommen, ich hätte die Begegnung überlebt – und wäre in Sicherheit weiter nach Westen gegangen. Wie es aber jetzt aussah, so saß ich fest und war in Gefahr. Die Sachsen würden mir mit Sicherheit nicht erlauben, das Schwert zu behalten. Ich konnte nicht verstehen, warum sie mich nicht schon darum gebeten hatten. Und ich mochte auch den Gedanken nicht, was geschehen würde, wenn sie versuchten, es zu ziehen. Das Schwert würde mich verraten. Wie auch immer, ich würde einen Namen angeben müssen für meinen angeblichen Herrn – wenn ich mich nicht sowieso verriet, dadurch, daß ich etwas nicht wußte, was jeder Hörige wissen mußte.

Nun, so tröstete ich mich, es gab sicher einen Ausweg. Sicher würde das Licht nicht mein Leben wegwerfen und mein Schwert in Feindeshand fallen lassen, so kurz, nachdem ich gerettet worden war und Waffen bekommen hatte. Das Licht hatte mich vor Morgas gerettet, sicher konnte es mich auch vor den Sachsen retten. Aber ich hatte Angst. Das Licht hatte mich vor der Finsternis gerettet, ja, aber das war Magie gewesen, die gegen Zauberei arbeitet, und die Sachsen waren eine körperliche Macht, Fleisch, Blut und Stahl. Es war so schnell passiert, daß ich keine Zeit gehabt hatte, irgend etwas zu fühlen. Aber jetzt hatte ich den Wunsch, die Zügel der sächsischen Pferde einfach fallenzulassen und wegzurennen. Es war mir, als ob ich von Morgas' Welt in Lots Welt eingetreten wäre, wo Morgas nur indirekt arbeiten konnte. Und das Licht?

Das Licht ist Hoher König, sagte ich mir. Er hat dich hierhergebracht, er kann dich auch wieder hinausbringen.

Aber die Zweifel blieben, und auch die Angst. Die Sachsen hatten einen schlimmen Ruf.

Wenigstens, so sagte ich mir, ist der Hohe König Artus irgendwo in der Nähe, und er macht Krieg gegen diese Sachsen. Artus, Artus, Pendragon von Britannien. Artus, der gegen die Finsternis kämpft. Als Lugh mir das erzählt hatte, da hatte ich ihn nicht in Frage gestellt, aber jetzt überlegte ich doch. Artus kämpfte, soweit ich das wußte, gegen die Sachsen. Er hatte es wenigstens getan, und er schien es noch immer zu tun. Aber die Sachsen konnten nicht das gleiche sein wie die Finsternis. In den Kriegern, neben denen ich ging, konnte ich nichts Böses spüren, und wenn es dagewesen wäre, dann hätte ich es gewußt. Sie benahmen sich so ziemlich wie jeder andere Krieger. Sie konnten untypisch sein, aber das bezweifelte ich. Die Sachsen hatten zwar den Ruf, gewalttätige, brutale Sklaventreiber und Frauenmißhandler zu sein, und sie galten auch als stumpfsinnig, leichtgläubig, naiv und blöde. Über diese letzteren Charakterzüge der Sachsen wurden viele Witze gerissen – aber während ich Eduins kühles, vorsichtiges Benehmen beobachtete, begann ich zu glauben, daß wenigstens dieser Teil des sächsischen Rufes vielleicht nicht stimmen könne. Und was den Rest anbetraf, so sind alle Krieger gewalttätig. Die meisten sind auch brutal, wenn es notwendig wird, und Krieger aller Nationen sind zeitweise grausam zu Sklaven und Frauen. Absichtlich böse zu sein, das wurde den Sachsen nie zugeschrieben. Nein, sie schienen sogar weniger zur Folter, zu Giftmorden und schwarzer Magie zu neigen als die romanisierten Britannier. Und wenn es Eide betraf, so hielten sie diese sicher besser als andere. Wenn die Sachsen mehr Sklaven hielten, dann hing das wahrscheinlich davon ab, daß die britischen oder irischen Sippen sich so viele nicht leisten konnten oder nicht so viele brauchten wie die sächsischen Dörfer. Und die britischen und irischen Frauen wurden wahrscheinlich einfach deshalb nicht so oft mißbraucht, weil sie es nicht erlaubten, im Gegensatz zu den sächsischen Frauen. Ich konnte nichts davon bemerken, daß die Sachsen Diener der Finsternis waren. Dennoch richtete Artus all seine Kraft auf den Krieg gegen die Sachsen. Wenn er in der Tat dem Licht diente, dann mußte es dafür einen Grund geben.

Mir fiel plötzlich ein, wie meine Mutter meinen Vater benutzt hatte, und der Gedanke ließ mich frösteln. Wenn irgendeine Macht die Sachsen benutzte und wenn diese Macht mich als den anerkannte, der ich war, wenn ich das sächsische Lager erreichte, dann konnte diese Reise leicht in meinem sicheren Tod enden.

Natürlich bedeutete auch jeder Fluchtversuch den Tod, und selbst wenn ich überlebte und den Sachsen entfliehen konnte, welchen Nutzen konnte ich dann Artus bringen? Er brauchte Krieger und keine . . . was immer ich war.

Lugh hatte gesagt: »Wundere dich nicht über das, was geschieht.« Wieder konzentrierte ich meine Gedanken darauf. Das Licht hatte mich gehört und mich gerettet, als ich ohne Worte am Llyn Gwalch mit ihm sprach. Es, er, hatte das Feuer von Caledvwlch gemacht und mir das Schwert gegeben. Das Licht hatte mich zum Königreich der Westsachsen gebracht, aus einer Welt jenseits der Erde. Es war unvorstellbar mächtig, und ich konnte nicht annehmen, daß es nicht wußte, was geschah. Irgendeinen Grund mußte es für dies alles geben. Ich mußte nur warten, auf der Hut sein und stark sein.

Ich seufzte und wandte meine Aufmerksamkeit den Pferden zu.

Die Sachsen hielten bei Sonnenuntergang nicht an, sondern sie stapften stur weiter. Meine Füße waren jetzt taub, und das war Glück, denn sie waren voller Blasen und bluteten. Meine Beine schmerzten nach der ungewohnten Wanderung und fühlten sich bleischwer an. Ich hatte einen wahnsinnigen Hunger und war sehr durstig, aber ich sagte nichts und gab mir Mühe, Schritt zu halten. Die Sachsen boten mir auch keine Hilfe an, und sie warteten nicht. Ich schätzte, daß sie sich einen Sklaven, der nutzlos war, nicht aufhalsen würden, deshalb riß ich mich zusammen, damit ich nicht zurückfiel und sie sich meiner vielleicht entledigten. Das Lager mußte notwendigerweise ganz in der Nähe sein, wenn die Sachsen bei Nacht weitergingen, ohne auch nur zum Essen anzuhalten. Wir würden nicht viel weiter gehen müssen.

Die Sterne standen am Himmel, als wir das Lager erreichten. Es war groß, denn die ganze Armee der Westsachsen lagerte darin. Dementsprechend war es auch erbaut. Hier war früher mit Sicherheit einmal eine alte Hügelfestung gewesen, aber die Römer hatten sie als Militärbasis befestigt und eine Stadt angebaut. Die Sachsen waren in einige der alten römischen Gebäude eingezogen, und sie hatten selbst ein paar neue sächsische Häuser hinzugefügt. Das weite Gelände, das um die Stadt herum gerodet worden war, hatte man zu Äckern gemacht und neu besät. Der Ort beeindruckte mich, selbst in meiner Erschöpfung. Ich hatte noch nie ein Dorf gesehen, um so weniger eine fast römische Stadt. Der Hugel war steil, und Wall und Graben befanden sich in erstklassigem Zustand. Die Festung war offensichtlich gut – und fast der ganze Raum, den diese Wälle umschlossen, war angefüllt von den Häusern der Stadtbewohner oder den Zelten der herbeigerufenen Kriegshaufen und Armeen. Da wir Frühsommer hatten und das Pflanzen vorüber war, hatte man auch die Bauern gerufen, damit sie sich dem Heerbann anschlossen – dem Fyrd, wie die Sachsen ihn nennen. Die Zahl der Männer war riesig. Aber das ganze Lager war gut geordnet und scharf bewacht. Posten standen an den Wällen und auf den Mauern, und einer dieser Posten hielt uns an, ehe er uns erlaubte, in die Festung einzureiten.

Meine Sachsengruppe ging direkt hinüber in einen bestimmten Bezirk des Lagers, wo sie ihre Vorräte abluden. Andere drängten sich um sie herum, stellten Fragen und gratulierten und klopften ihnen auf die Schultern, auf eine Weise, die deutlich machte, daß sie Sippenmitglieder sein mußten. Wulf beantwortete die Fragen, machte eine Handbewegung auf mich zu, und ich fing das Wort »Höriger« auf. Eduin sprach es aus wie einen Witz, und er lachte. Die Sachsen warfen mir einen lässigen Blick zu, schauten mich dann ein zweites Mal an und starrten dann auf Caledvwlch. Ein weiterer Augenblick ungemütlicher Stille entstand, ehe sie die Achseln zuckten und zurück zu ihrem Feuer gingen, über dem ein Schaf brutzelte. Es war fast gar, und es füllte die Luft mit einem Duft, der mir das Wasser im Mund zusammenlaufen ließ. Ich schlenderte selbst zum Feuer hinüber, aber Wulf hielt mich an.

»Erst kümmerst ju dich um die Rosse«, befahl er. »Dar sind sie gebunden. Dar sorgst ju für, nicht nur für diese neuen.«

Ich nickte, obwohl ich den Wunsch verspürte, ihn entweder zu schlagen oder zu weinen. Nur das Wissen, daß Ungehorsam Prügel nach sich ziehen würde, hielt mich zurück. »Ja, mein Herr. Wo ist das Futter?«

Wulf zeigte auf einen Haufen Heu und ging zum Feuer.

Ich versorgte die Pferde. Es waren achtzehn, alle in schlechtem Zustand, und es dauerte eine ganze Weile, bis ich mit ihnen fertig war. Die armen Tiere hatten offensichtlich kein Korn bekommen, seit Monaten, dafür aber viel harte Arbeit. Und das alles ohne auch nur die notdürftigste Versorgung. Als ich endlich alles erledigt hatte, war das Schaf schon bis auf die Knochen verschlungen, und die Sachsen saßen herum, tranken Met und prahlten. Ich wußte, daß sie prahlten, wegen ihres Tonfalls. Irische, britische, sächsische oder bretonische Männer, sie alle prahlen gleich. Sie erzählen sogar die gleichen Geschichten. Ich kroch ganz still an das Feuer heran und schaffte es, einen von den Schafsknochen und einen Becher Wasser zu organisieren, ohne daß man mich bemerkte. Ich zog mich gerade zurück, um zu essen, als ich Wulf wieder auffiel.

»Hier!« rief er. »Hast ju fertig die Pferde?«

»Ja, mein Herr.«

»Rosse sein krank«, sagte einer der anderen Sachsen. Er sprach so schlecht Britisch, daß ich ihn kaum verstehen konnte.

»Nicht krank, mein Herr«, erwiderte ich und versuchte, respektvoll zu klingen. »Aber sie brauchen ordentliche Behandlung, sonst werden sie sehr krank. Und sie brauchen Hufeisen.«

»Wat?«

Wulf übersetzte für mich. Die anderen nickten weise, machten Bemerkungen über die Pferde und tranken noch mehr Met, nachdem ihre Neugier gestillt war. Ich nahm an, daß sie sehr wenig über Pferde wußten, und ich hatte etwas weniger Angst. Ich hatte mich schon gefragt, ob sie ihre Hörigen genauso behandelten wie ihre Tiere.

Ich nagte an meinem Schafsknochen und versuchte, eine Möglichkeit zu finden, hinaus in die Nacht zu schlüpfen, während die Sachsen tranken. Es schien unmöglich. Das Lager war zu wohlgeordnet und zu gut bewacht, und die Posten würden mit Sicherheit auf britische Hörige aufmerksam werden, die bei Nacht versuchten, das Lager zu verlassen. Außerdem wußte ich genau, ich konnte nicht weit kommen, ehe ich zusammenbrach. Vielleicht morgen, dachte ich. Sie werden mir ein Paar Schuhe geben müssen, und wenn ich ausgeruht bin ... »He, du! Briton!«

Ich blickte auf; die Stimme gehörte Eduin. »Herr?«

»Kannst ju Harfe spielen?«

»Ich habe es gesagt, Herr.«

»Dann nimm die Harfe da drüben, bei den Vorräten, und dann spielst ju wat.«

Nun, vielleicht behandelten sie ihre Hörigen wirklich wie ihre Pferde. Ich legte den Schafsknochen hin, und dann humpelte ich zur Harfe hinüber. Die Sachsen, erfreut darüber, daß sie einen hatten, der für sie spielte, lehnten sich erwartungsvoll zurück.

»Was für ein Lied wünschst du zu hören, Herr?« fragte ich Wulf.

»Ein Schlachtenlied. Ein gutes.«

Ich ließ meine Finger langsam über die Harfensaiten wandern, stimmte ein paar davon und überlegte. Ein britisches Schlachtlied, voll vom Tode der Sachsen, würde ihnen kaum Freude machen. Ich wollte aber auch keinen Verdacht erwekken, indem ich irisch sang und damit zeigte, daß ich von einem so fernen Ort stammte wie den Orkneys. Ich entschloß mich endlich zu einem Lied aus Kleinbritannien, über einen Schwertertanz – Feuer! Stahl und Feuer! Eichbaum, Nacht; Erde und Stein, Feuerlicht . . . Sie mochten es. Sie schlugen den Takt mit den Handflächen auf die Oberschenkel, und ihre Augen glänzten in der Dunkelheit. Als ich fertig war, gaben sie mir tatsächlich ein Horn voll Met.

»Spiel ein weiteres«, sagte einer mit einem starken Akzent.

»Welcher Art, Herr?« fragte ich, während ich meinen Met genoß.

»Einen Trauergesang für die Gefallenen, Harfner«, kommandierte eine Stimme aus der Dunkelheit hinter mir. Sie sprach klares, akzentloses Britisch. Die Sachsen sprangen auf wie ein Mann.

»De Küning!« schrie Eduin.

Ich hatte diesen Titel schon einmal gehört, angehängt an die Namen aller wichtigen Sachsen in Britannien.

»Cerdic!« sagte Wulf und fügte eine Grußformel hinzu.

Der König der Westsachsen gab den Gruß zurück und trat ins Feuerlicht. Noch ein anderer Mann stand hinter ihm, aber der war noch ein Schatten.

Cerdic war kein hochgewachsener Mann. Er sah noch nicht einmal wie ein Sachse aus. Er war leicht gebaut und drahtig, und er hatte fuchsrotes Haar und grüne Augen. Sein Bart neigte zur Struppigkeit, und er selbst sah nicht besonders gut aus. Aber er trug seine Macht mit der gleichen lässigen Leichtigkeit, mit der er seinen Umhang trug, zurückgeworfen über eine Schulter. Wie zufällig war der Purpur daran zu sehen.

Cerdic lächelte meine Sachsen an und winkte mit der Hand. Er gebot ihnen damit, sich wieder zu setzen, setzte sich selbst und schaffte es irgendwie, gleichzeitig vertraulich und königlich zu sein. Es war leicht zu glauben, daß er ein großer Anführer war. Aber während das Feuerlicht sich in seinen Augen spiegelte, sah ich in einem dieser plötzlichen kurzen Augenblicke der Klarheit, daß auch in ihm die Finsternis war. Es war ein tobender Hunger, durch den all seine Macht, all seine Talente, all seine Gefolgsleute nicht mehr waren als ein Speerwurf auf sein Ziel. Von demjenigen aber, der hinter ihm stand, schlug mir die Finsternis wie ein schwarzes Feuer entgegen. Es verbrannte selbst die Schatten um ihn her. Dieser andere trat nach Cerdic aus dem Schatten hervor, und er staubte den Boden ab, ehe er sich darauf niederließ. Er war sehr hochgewachsen, und er hatte das blaßblonde Haar und die blaßblauen Augen, die man bei den Sachsen für natürlich hält. Er sah sehr gut aus. Er war Mitte Dreißig und gekleidet wie ein großer Adeliger. Er spürte meinen Blick, der auf ihm ruhte, und spähte in meine Richtung. Einen Augenblick lang trafen sich unsere Blicke, und seiner wurde plötzlich scharf und riß an mir, als ob er etwas verlangte. Ich wandte den Blick ab.

Wulf gab den beiden Neuangekommenen etwas Met, und er sprach sehr respektvoll, als er ihn anbot. Cerdic nippte daran und hob dann die Augenbrauen.

»Guter Met, Wulf Aedmundson«, sagte er, noch immer in Britisch. »Von deinem neuen Gehöft? Ich sagte dir ja, die Niederungen wären gut für Honig. Hast du schon versucht, dort Trauben anzubauen? – Nun, Britannier, spiel, was dir geboten wurde.«

»Ja, Herr«, flüsterte ich, und ich schaute ihn nicht an. »Einen Trauergesang für die Gefallenen.«

Sein Blick war vorher nur über mich geglitten, als ich aber sprach, sah er mich an. Er warf seinem Begleiter einen Blick zu. Der Mund des anderen wurde schmal, und er trommelte mit den Fingern auf die Knie. Cerdic runzelte die Stirn.

Ich strich die Finger über die Saiten, spielte ein kompliziertes Präludium, ohne eigentlich nachzudenken. Sie waren wichtig, diese beiden. Cerdic, Küning der Westsachsa, wie seine eigenen Leute sagen würden, und der andere ... wer immer er sein mochte. Der andere war stark in der Finsternis. Cerdic, so dachte ich, versteht die Finsternis nicht, aber aus Ehrgeiz wünscht er sie zu benutzen. Dieser andere dagegen, der ist wie Morgas.

Einen Trauergesang für die Gefallenen. Es gibt eine Menge Trauergesänge, mehr als Schlachtenlieder. Gesänge für die, die durch die Hand der Sachsen gefallen sind, Männer, unter denen ich jetzt saß. Ich sang ein berühmtes Klagelied, ein langsames, wildes, stolzes Lied, das gemacht wurde, als die südöstliche britannische Provinz von den Sachsen überwältigt wurde. Es war ein altes Lied, in dem die Provinz bei ihrem noch älteren Namen genannt wurde, das Land des Stammes der Canti.

Brachten sie auch den Scharen der Sachsen Schlaf,
Bei den weißen Klippen, weinten auch die Weiber,
War doch der Kampf an Ruhm nicht reich,
Reiten doch die Recken nach Yffern in Schmach.
Auf ihren Auen mästen sich Aare.
Leid ist mir die Ernte, die nun reift.
In der Schlacht mit den Sachsen sie fochten und fielen,
Wir begraben die Helden, hell fließen die Tränen.
Die wehrhaften Canti kehren nicht wieder ...

Cerdic hörte genau zu. Als ich den letzten Ton anschlug, nickte er. »Ein sehr schönes Lied. Und sehr gut gesungen. Im Harfespielen hattest du mehr als nur ein bißchen Übung.«

»Ich danke dir, großer König«, sagte ich mit flacher Stimme. Ich konnte ihm keinen Grund für den Verdacht geben, daß ich mehr war als nur ein ganz gewöhnlicher Höriger. Ich zog mir den Umhang fester um die Schultern, als ob ich die Nacht kalt fände, und hoffte, daß der Mantel mein Schwert bedeckte.

»Spiel noch eins«, befahl Cerdic, und ich gehorchte.

Der König begann mit Wulf zu reden. Er trank seinen Met und achtete nicht mehr auf mich. Aber sein Begleiter, der andere Edle, beobachtete mich noch immer. Seine Lider lagen halb geschlossen über diesen blassen, aber seltsam dunklen Augen.

Ich spielte weiter. Mir war klar, daß ich besser spielte als je zuvor. Vielleicht kam das daher, daß ich das Lied in Lughs Halle gehört hatte, aber vielleicht war es auch einfach die Freiheit vor der Finsternis. Ich wußte, ich konnte jetzt die Musik leben lassen auf den Saiten und im Herzen, etwas, das vielen berufsmäßigen Barden nicht gelingt. Ich wurde unruhig, und ich wünschte, ich hätte genug Vernunft besessen, am Anfang des Abends schon schlecht zu spielen.

Cerdic hatte endlich die Angelegenheit erledigt, wegen der er mit Wulf hatte sprechen wollen, und er erhob sich, um zu gehen. Ich entspannte mich wieder.

Aber als sich sein Begleiter erhob, nickte er mir zu. »Du spielst gut, Britannier«, sagte er. Seine Stimme war kühl, und er sprach langsam. Er zog seine Worte lang, als ob er mich verspottete. »Du spielst gut genug, um dich wertvoll zu machen. Aber nicht so wertvoll, als daß man dir erlauben sollte, ein Schwert zu tragen. Das ist gegen jede Sitte, gegen jedes Gesetz. Gib es her.«

Ich starrte ihn einen langen Augenblick an. Ich war entsetzt, obwohl ich so etwas hätte erwarten sollen. Dem Schrecken dicht auf den Fersen folgte eine unerwartete Wut. Ein Zorn über diesen arroganten sächsischen Zauberer, der mich wie eine Ware behandelte, indem er einfach meinen teuersten Besitz verlangte. Ein Ärger stieg in mir auf über die lässige Unverschämtheit der anderen Sachsen, und hauptsächlich ein Zorn über mich selbst, weil ich Sklaverei und Mißhandlung akzeptierte, anstatt mein Leben für meine Ehre zu geben, wie ich das hätte tun sollen. Ich hob den Blick und schaute dem Zauberer direkt ins Gesicht. Meine Hand fiel auf Caledvwlch. »Das Schwert kann ich dir nicht geben.«

»Du willst es mir verweigern?« fragte er noch immer langgezogen und amüsiert. »Ein Sklave verweigert dem König von Bernicia etwas?«

Das also war er, das mußte er sein: Aldwulf von Bernicia, nach den Berichten der grausamste der sächsischen Könige. Ich blieb stehen und mühte mich, die Beherrschung nicht zu verlieren. Sein Blick war wieder forschend. Seine Augen verlangten etwas von mir. Seine Lippen bewegten sich, und ich erkannte die unausgesprochenen Worte. Meine Hand umkrampfte das Schwert, während ich mich daran erinnerte, wie Morgas sie mir beigebracht hatte.

»Es tut mir leid, großer Herr«, sagte ich, und meine Stimme klang gleichmäßig und selbst für mich zu sanft. »Das Schwert gehört meinem Herrn. Ich kann es nicht irgendeinem anderen geben« – ich versuchte verzweifelt, mich wieder in die Rolle zu drängen, die ich gewählt hatte. Ich erinnerte mich daran, daß ich kein Krieger war – »ich kann es niemandem geben außer meinem Herrn oder dessen Erben.«

Aber der Sachse lächelte, als ob ihn irgend etwas befriedigt hätte. Ich sah, daß ich einen Fehler gemacht hatte und daß er jetzt wußte, was er da von mir verlangt hatte. Mir wurde kalt.

»Du bist also auch loyal«, meinte Aldwulf und lächelte immer noch. »Behalt also das Schwert für den Erben deines Herrn.« Er warf einen Blick zu Cerdic hinüber und sagte irgend etwas auf sächsisch. Cerdic stellte ihm eine scharfe Frage, und ich schnappte die Worte »ein Höriger« auf, worauf einige der anderen Sachsen grunzten. Aldwulf erwiderte lässig etwas und zuckte die Achseln. Cerdic sah nachdenklich aus. Er wandte sich Wulf zu und stellte ihm irgendeine Frage. Darauf antwortete Wulf mit einem langen Satz. Als er fertig war, wandte sich Cerdic mir zu.

»Wulf hat gesagt, mit Pferden kommst du genausogut zurecht wie mit der Harfe, und dein Herr ist nach deinen Erklärungen angeblich heute in einer Blutfehde gestorben, über die du aus Angst keine Informationen geben wolltest. Ich überlege mir, ob ich dich nicht kaufen soll, Britannier. Wie ist dein Name?«

Ich starrte meine Hände auf der Harfe an, und mir wurde übel. Wenn der König mich kaufte, wie konnte ich dann entkommen? Und, da Aldwulf deutlich die treibende Kraft bei diesem Kaufwunsch war, was würde mit mir geschehen, wenn ich nicht flüchtete?

»Gawain.« Ich beantwortete Cerdics Frage mit der Wahrheit.

»Der Name eines Kriegers, nicht der Name eines Hörigen.«

»Ich wurde als freier Mann geboren, Fürst. Mein Herr hat sich nicht die Mühe gemacht, meinen Namen zu ändern, denn er sah, daß ich daran gewöhnt war.«

»Und diesem ermordeten Herrn bist du loyal, aber nicht loyal genug, als daß du nicht wenigstens doch die Fehde erwähnt hättest. Wie lange bist du schon hörig?«

»Drei Jahre, Fürst.« Die Zeit dünkte mich lang genug.

Er sah mich von oben bis unten sorgfältig an. Ich verfluchte meine Dummheit, so gut zu singen und mich wie ein freier Mann zu benehmen und nicht wie ein Höriger. Sei ein Niemand, sagte ich mir. Sorge dafür, daß sie bezweifeln, daß du überhaupt jemand bist. Hier, am Knotenpunkt seiner Macht, kann dieser Mann dich ohne ein Wort vernichten.

»Er singt gut«, sagte Cerdic zu Wulf. »Ich kaufe ihn von dir, wenn der Preis angemessen ist.«

Aldwulf lächelte wieder. Er schaute mich fest an, während Cerdic mit Wulf und Eduin handelte. Nach kurzer Zeit streifte sich Cerdic zwei schwere goldene Armreifen vom rechten Arm und fügte noch einen dritten hinzu. Ein guter Preis. Die meisten Sklaven brachten kaum mehr als die Hälfte davon, heutzutage, wo Menschen billig waren. Cerdic würde soviel nicht bezahlen, nur weil er meinen Gesang mochte – aber das war offensichtlich.

»Nun, Junge, ich bin jetzt dein Herr«, sagte mir Cerdic. »Komm.«

»Ja, Herr. Hast du die Harfe auch gekauft?«

»Dat schenk ich ju, obendrein, Herr«, sagte Wulf. »Als Ehrenzeichen von my Sippschaft für ihren Küning.« Es hörte sich an, als ob er es ernst meinte. Ich fragte mich, was er und Cerdic wohl zueinander gesagt hatten.

Cerdic nickte ein Dankeschön und ging los. Ich stolperte mit der Harfe hinter ihm her, und meine Füße fühlten sich nach der kurzen Rast doppelt wund an.

Der König blieb noch an einem oder zwei anderen Lagerplätzen stehen und bei einem Haus innerhalb der Festung. Ich nehme an, er diskutierte mit den Anführern einflußreicher Sippen. Er verlangte von mir, daß ich etwas sang, um verschiedene Krieger zu erfreuen, und vielleicht auch, um mit seinem neuen Kauf anzugeben. Aber Aldwulf verließ uns schon beim ersten Halt, und ich fühlte mich nach seiner Abwesenheit sehr viel besser.

Es war schon nach Mitternacht, als der sächsische König endlich meinte, es sei Zeit zu ruhen. Wir gingen zu einem schönen römischen Regierungsgebäude, das im Zentrum der Festung stand. Jetzt torkelte ich vor Erschöpfung, und ich blieb noch nicht einmal stehen, um die Mosaiken oder das Marmorbecken im Atrium zu betrachten. Cerdic übergab mich seinen Dienern im Hof mit ein paar kurzen Worten der Erklärung. Dann ging er in seine eigenen Gemächer, um zu schlafen.

Ich stand da und schaute Cerdics Hörige an. Sie schauten zurück, mit einer seltsamen Mischung aus Mißtrauen und Angst – mit dem gleichen Blick, den Wulf mir zugeworfen hatte, als ich seiner Gruppe auf der Straße begegnete. Ich war zu müde, um mich darüber zu wundern, und ich sagte nur: »Ich bin Gawain. Euer Herr hat euch wahrscheinlich gerade gesagt, daß er mich heute nacht gekauft hat, weil ich gut Harfe spielen und Pferde pflegen kann. Ich bin den ganzen Tag gewandert, und ich habe gearbeitet, und deshalb bin ich müde. Wo kann ich schlafen?«

Die Hörigen zögerten. Sie waren meinetwegen immer noch unsicher. Endlich zeigten sie mir den Weg durch das Haus zu den Sklavenquartieren bei den Ställen. Dort brach ich zusammen und schlief augenblicklich ein.

Nach weniger als drei Stunden wachte ich wieder auf. Ich lag noch eine Weile da, schwindelig vor Müdigkeit und völlig steif. Ich fragte mich, warum ich aufgewacht war. Irgendein Traum glitt durch meine Gedanken wie ein silberner Fisch, und dann verschwand er wieder. Ich seufzte, setzte mich auf und griff nach Caledvwlch.

Als meine Hand sich um den Schwertgriff schloß, begann der Rubin zu glühen. Ich saß da und starrte ihn an.

»Gibt es etwas, was ich heute nacht noch tun muß, Herr?« fragte ich laut.

Aber es herrschte nur Schweigen, und der warme Glanz des Schwertes antwortete einem tiefen, fast vergrabenen Feuer in mir.

Ich stand auf, rückte das Schwertgehänge zurecht, das ich vergessen hatte abzunehmen, und ging aus dem Raum.

Die schwarze Masse des Hauses stand über den Ställen vor dem sternenerleuchteten Himmel. Die Stadt war dunkel, und man sah nur die fernen Wachfeuer auf den Mauern. Ich zitterte in der Nachtluft, obwohl es trotz der Frühlingskühle nicht wirklich kalt war. Nein, es lag ein Gefühl in der Luft, das ich erkannte. Ein Gefühl, das vom Haus ausstrahlte. Ich wandte mich wieder dem Haus zu, fand den Weg ins Atrium und ging dann nach kurzem Zögern zu den mit Mosaiken belegten Wohnquartieren der Adeligen. Alle Hörigen schliefen.

Es war dunkel im Haus, es herrschte tiefes Schweigen und eine schwarze Hitze. Aber die unterschied sich von der ähnlichen und doch anderen Eiseskälte bei Morgas. Es wurde mir schwer zu atmen. Eine Minute stand ich da und erlaubte meinen Augen, sich an die Finsternis zu gewöhnen, und dann klammerte ich meine Hand um das Heft meines Schwertes und dachte an das Licht. Ich ging vorwärts, zu der geschlossenen Tür am Ende des Korridors, und ich öffnete sie einen winzigen Spalt, um hineinschauen zu können.

Das erste, was ich sah, war ein Schatten, der vor der Wand hin und her schwang. Erst danach sah ich den Körper, von dem dieser Schatten geworfen wurde. Der Mann war schon tot. Sein Kopf wurde von dem Seil, an dem er gehenkt worden war, grotesk zur Seite gedrückt. Der Mann sah wie ein Brite aus, aber in dem Licht war das nicht so leicht zu sagen. Ich erkannte das Muster, das unter ihm auf den Fußboden gezeichnet war. Es war mit seinem Blut gezeichnet. Ich kannte auch das Muster um die einzelne dicke Kerze, die in der Nähe der Tür stand. Aldwulf von Bernicia kniete vor dem ersten Muster, warf eine Handvoll Runenstäbchen darauf aus und las dann die Worte ab, die gebildet wurden. Cerdic, der an der Seite stand und dessen Augen vom Hunger in seinem Blick strahlten, machte nicht den Eindruck, als ob er verstehen könnte, was die Runen bedeuteten. Und ich – möge das Licht mich schützen – ich verstand.

Ein Schatten schien sich über dem Kopf des gehängten Mannes zusammenzuziehen. Die Leiche schwang schneller hin und her und ließ die Schatten an den Wänden wirbeln. Aldwulf warf die Runen. Er hatte keine große Macht heraufbeschworen, das sah ich, sondern nur einen Boten. »Ein Handel«, sagte Aldwulf laut und sprach in der Sprache der Runen, die er warf. Es war die uralte, eiskalte Sprache der Zauberei. Aldwulfs Stimme war nicht länger weich, sondern rauh und tödlich. Er arrangierte die Stäbchen zu seiner eigenen Botschaft. »Überbringe dies deinem Herrn. Ich will einen Handel.«

Der Körper schwang langsamer. Aldwulf warf die Runen, las still die Antwort, während er kaum die Lippen bewegte, und ordnete die Stäbchen dann neu. »Tod«, las er vor, »für ... Artus, den Hohen König. Für seinen Tod, den Tod. Ein Opfer. Akzeptierbar.«

Die Leiche hörte auf zu schwingen, aber der Schatten lagerte weiterhin darauf. Wieder warf Aldwulf die Runen, und diesmal las er die Antwort laut. »Nicht akzeptabel. Leben eines Sterblichen bedeutet wenig. Unmöglich. Laß mich frei.« Direkt hinter der Schwelle des Gehörs begann ein schwaches Wimmern, so dünn wie eine Messerklinge, giftig, schrecklich anzuhören. Aldwulf legte die Hand über die Runen und sprach laut, noch immer in der alten Sprache: »Es ist kein gewöhnliches sterbliches Leben. Wir haben einen, der vom Stamm der Sidhe sein muß, wenigstens teilweise. Einen Diener des Lichts, dessen Name Gawain ist. Er trägt ein Schwert, das mächtig gegen das Licht ist, das du brauchen kannst.«

Ich schloß die Augen und lehnte mich gegen den Türrahmen. Übelkeit hing über mir wie eine große kalte Hand.

Das Wimmern hörte auf. Der Körper begann wieder zu schwingen, diesmal in einem Kreis, der wilder und wilder wurde. Aldwulf warf die Runen. »Möglich«, las er. »Mit dem Schwert möglich. Töte ... zuerst das Opfer ...«

»Nein«, fügte er hinzu, während er die Runen bedeckte und wieder aufschaute. »Zuerst bring du den Pendragon um, dann wirst du dein Opfer bekommen.«

Das Wimmern begann wieder, und der Körper zuckte an dem Seil, als ob er versuchte, wieder lebendig zu werden. Aldwulf warf die Runenstäbchen hin. »Unmöglich. Brauche das Schwert. Für das Schwert muß getötet werden. Töte.«

»Sehr gut«, sagte Aldwulf. »Aber sag deinem Herrn, wenn er den Hohen König Artus nicht umbringt, nachdem ich ihm das Opfer und das Schwert gegeben habe, dann will ich, der Flammenträger, so viele seiner Art aussuchen, wie ich kann, und ich werde sie vernichten, bis er bedauert, daß er mich betrogen hat. Dich aber vernichte ich zuerst. Bezweifelst du, daß ich die Wahrheit rede, Dämon?«

Die Runen selbst zuckten zu einem neuen Muster zusammen. »Der Handel ... wird geschlossen werden.«

»Also dann in zwei Wochen«, sagte Aldwulf und erhob sich abrupt. Er blies die Kerze aus. Sofort verschwand der Schatten. Der Körper schwang langsam aus. Aldwulf ging zu einer Wand hinüber, so daß ich ihn nicht mehr sehen konnte, und ich hörte, wie er einen Feuerstein anschlug. Kurz danach flammte eine Fackel auf, und Aldwulf ging damit auf die andere Seite des Raumes, um die zweite Fackel an der anderen Wand anzuzünden. Er betrachtete die Leiche und das Muster auf dem Fußboden, dann blickte er zu Cerdic auf und lächelte.

»Siehst du, König der Westsachsen?« fragte er, und seine Stimme war wieder angenehm und weich.

»Deine Macht ist echt, Aldwulf«, erwiderte Cerdic, »aber das hast du mir ja schon bewiesen. Du hast mit Wodan ausgemacht, daß Artus sterben soll?«

»Artus wird sterben, wenn wir das Opfer dargeboten haben.«

»Wodan scheint an toten Menschen viel Geschmack zu finden«, kommentierte Cerdic und musterte die Leiche.

Aldwulf zuckte die Achseln und löschte das Muster mit dem Fuß. »Wenn du meinst, der Preis ist zu groß, dann sag es mir. Aber diesmal ist es nicht nur irgendein Tod, mein Freund, den Wodan sich wünscht. Es geht um diesen jungen Narren, der nicht ganz menschlich ist und der in deinen Ställen schläft. Sie wollen sein Schwert, und er muß tot sein. Das glaube ich. Sonst kann man es ihm nicht nehmen. Wir hatten sehr viel Glück, daß wir ihn gefunden haben.«

Cerdic grunzte. »Das sagtest du schon. Wenn Artus tot ist, dann will ich dir glauben.«

»Was? Nach allem, was ich getan habe, glaubst du mir noch immer nicht. Was ist mit der Flut? Und was ist mit dem Pferd, das ich dir gegeben habe? Und wo wir schon von diesem Pferd sprechen . . .«

»Es ist noch nicht eingeritten«, sagte Cerdic grob. »Nun gut, ich glaube natürlich an deine Macht. Soviel gebe ich zu. Aber man sagt, daß Artus irgendwelche christliche oder druidische Magie hat, die ihn schützt. Wenn er tot ist, und nur wenn er tot ist, dann glaube ich, daß dein Gott stärker ist.«

»Er ist stark«, meinte Aldwulf zuversichtlich. »Er ist sehr stark.«

Ja, die Finsternis ist sehr stark, dachte ich, während ich zurückging zu meinem Platz in den Ställen. Oh, Licht, schütze mich. Ich habe Angst.

Während ich mich im Stall wieder niederlegte, dachte ich, Aldwulfs Dämon ist wahrscheinlich kaum in der Lage, Artus zu töten, wo Morgas gescheitert ist. Ich sah auch nicht ein, wie sie mein Schwert dazu benutzen wollten. Aldwulf mochte mächtig sein, aber er war dennoch schwächer als die Königin der Finsternis. Aldwulf war noch immer sterblich, und Morgas war das nicht mehr. Aber das Wissen, daß Aldwulfs Handel nicht aufgehen würde, nützte mir wenig, wenn Cerdic und Aldwulf mich ihrem Dämon opferten.

Ich klemmte die Unterlippe zwischen die Zähne und unterdrückte den Wunsch, aufzuspringen und schreiend von diesem Ort wegzulaufen. Mich opfern. Das Seil um meinen Hals zu legen und meine Leiche im Kerzenlicht hin- und herschwingen zu lassen, besessen von Dämonen. Ich konnte den Strick um meinen Hals schon fast spüren, ich konnte die schreckliche Finsternis sehen. Mich opfern. Warum? Weil ich dem Licht diente, weil ich ein Schwert besaß und . . .

Und weil ich nicht ganz menschlich war.

Das dachte Aldwulf wenigstens. Und plötzlich wurde mir klar, was der Ausdruck auf Wulfs Gesicht und auf den Gesichtern seiner Sippenmitglieder bedeutet hatte. Es war der gleiche Blick, mit dem Cerdics Diener mich begrüßt hatten. Es war die große Angst, die Angst vor dem Unbekannten aus dem Dunkel, dem Unnatürlichen, dem Übernatürlichen.

Ich setzte mich in der Dunkelheit auf und umklammerte das Heft meines Schwertes.

»Ich bin menschlich«, sagte ich laut. »Mein Blut dröhnt mir in den Ohren. Ich bin krank vor Müdigkeit und Angst, meine Beine schmerzen, meine Füße sind wund und voller Blasen, und meine Kleider jucken und sind zu eng. Ich bin menschlich«, dachte ich und klammerte mich an diese Dinge. Wie konnten die anderen glauben, daß ich es nicht war?

Aber sie glaubten es, sie hatten es alle geglaubt, wenigstens am Anfang. Ich schaute den Rubin im Heft meines Schwertes an, er war so dunkel wie die Nacht, so dunkel wie meine eigene Angst.

Wer bin ich? fragte ich mich verzweifelt. Gawain ap Lot, ein Krieger des Lichts, ja. Aber menschlich! Was ist mit mir geschehen?

Mein König, sagte ich im Herzen, mein König, ich habe Angst. Die Finsternis ist sehr stark, und ich, der ich für dich kämpfen soll, weiß noch nicht einmal, wer ich bin. Ich fürchte mich sogar vor mir selbst. Wie kann ich fliehen? Selbst wenn ich Aldwulf gewachsen bin, Cerdic hat eine Armee, Hunderte von Kriegern, Tausende von Soldaten, Reihen, die vor Stahl starren, und Menschen, die alle Angst vor dem Übernatürlichen haben. Es ist eine solide, weltliche Macht, Stahl und Blut, dem nicht zu widersprechen ist. Und sie glauben nicht, daß ich menschlich bin, und meine Mutter ist die Königin der Finsternis und wünscht meinen Tod.

Meine Mutter. Ich dachte wieder an sie und an alles, was sie mich gelehrt hatte. Wie tief hatte mich das gezeichnet? Tief genug, um Verdacht in Aldwulf zu erwecken, tief genug, um jeden zu entnerven, der mich nur anschaute. Oder vielleicht hatte mich auch der eine Tag – oder die drei Jahre – auf der Insel der Glückseligen verändert, ohne daß ich etwas bemerkt hatte. Vielleicht war ich jetzt etwas ganz anderes, jemand, der unabänderlich fremd geworden ist für seine Mitmenschen.

Und was für ein Land ist dies? fragte ich mich. Weit, weit von zu Hause entfernt. Weit von meinen Verwandten und von meinem Clan, von Menschen, die mich kannten, die mich anlachten und mich schützten und die mich alle für tot halten mußten. Ich wäre auch besser tot, als allein in einem fremden Königreich und einem fremden Gott als Opfer bestimmt zu sein, wie das Connall fast geschehen war . . .

Ich weinte. Ich zitterte still in dem dunklen Stall. Es tut mir leid, mein Herr, mein Hoher König, daß ich dich bezweifelt habe. Du würdest deine Krieger nicht verlassen, du würdest sie nicht sterben lassen, und ich habe kein Recht, vor dem Kampf zu fliehen, nachdem du mich einmal gerettet hast.

Das Licht stieg langsam in meinem Schwert, es glühte, es brannte, es flammte. Ich umklammerte das Heft, stützte meine Stirn auf den Knauf und fühlte, wie das Licht sich in mir bewegte, wie es aufstieg wie eine flutende Musik. Hab Glauben, wundere dich nicht über das, was geschieht.

7

Es war schon spät, als ich am nächsten Tag erwachte. Es war später Vormittag. Cerdics Hörige freuten sich, als ich endlich aufwachte, denn ich war ihnen im Weg. Aber seltsamerweise waren sie nicht gewillt gewesen, mich aufzuwecken. Danach sagte man mir allerdings, daß ich zum Brunnen gehen sollte, um mich zu waschen, und nachdem ich das getan hatte, brachte mir der oberste Hörige ein paar Kleider. Sie waren abgetragen, aber sauber, und sie paßten gut. Auch das neue Paar Stiefel und der Umhang waren in Ordnung. Nachdem ich mich angezogen hatte, fühlte ich mich ein bißchen menschlicher, und ich schlang mir Caledvwlch um die Schulter.

Der oberste Hörige runzelte die Stirn darüber. »Was machst du damit?« fragte er. »Du hast kein Recht, Waffen zu tragen, das mußt du doch wissen.«

Ich zuckte die Achseln. »Niemand hat es mir bis jetzt abgenommen, und solange das nicht passiert, werde ich es behalten.«

Er schüttelte den Kopf. »Dafür kannst du verprügelt werden, ja, man kann dich sogar töten. Bist du noch nicht lange hörig?«

Ich nickte.

»Na gut, dann glaub mir. Es wäre besser, wenn du das Schwert nicht behältst. Gib es dem Herrn.«

»Ich glaube, ich werde es trotzdem behalten«, sagte ich ruhig. »Es bedeutet mir etwas.«

Der alte Mann sah bekümmert aus, aber dann zuckte er die Achseln. »Nun, du riskierst ja die Peitsche, nicht ich. Hättest du gern was zu essen?«

»O ja, sehr gern.«

Er gab mir Haferkuchen mit Honig und Milch, die ich in ganz kurzer Zeit verschlang.

Der Hörige grinste mich an.

»Du hast wohl in letzter Zeit ziemlich wenig zu essen bekommen? Die Krieger, von denen der Herr dich gekauft hat, müssen eine ganze Strecke zurückgelegt haben. Sag mir«, ein Glitzern kam in seine Augen, »warst du beim Pendragon? Wie läuft der Krieg?«

Jetzt, wo das Tageslicht wieder da war und auch mein Appetit, da hatte der Hörige wohl vergessen, wie er sich meinetwegen in der Nacht zuvor gefühlt hatte. Ich lächelte, aber ich schüttelte bedauernd den Kopf, um seine Frage zu beantworten. »Wie der Krieg läuft, das weiß ich nicht. Ich komme von jenseits des Meeres. Ich hatte gehofft, du könntest es mir sagen.«

Er schüttelte den Kopf. »Sie erzählen uns nichts. Aber wir haben Möglichkeiten, es herauszufinden: Wir hören von Bauern, was vor sich geht, oder wir belauschen ein Gespräch – aber wir sind nie sicher, ob das, was wir hören, die Wahrheit ist oder nur ein Gerücht. Manchmal finden wir es nie heraus.« Er stand auf und begann die Schüsseln wegzuräumen. »Mein Name ist Llemyndd, aus dem Teil des Landes, der einmal das östliche Ebrauc war. Ich bin hier der oberste Hörige, der Mundschenk in Cerdics Haus. Mein Vater war derjenige, der in Ebrauc gefangengenommen wurde: Ich selbst bin als Cerdics Höriger geboren. Und du? Du hast gesagt, dein Name ist Gawain, aber was ist mit deiner Sippschaft und deinem Land?«

Ich wollte ihm eben wahrheitsgemäß antworten, als ich plötzlich eine Unsicherheit verspürte. Dieser Llemyndd war vielleicht ganz anders, als er auf mich wirkte. »Wie komisch«, sagte ich. »Der Name meines Vaters ist Llwch« – so war es, wenn man »Lot« ins Britische übersetzte – »aber ich bin aus Gododdin.« Ich konnte fast darauf wetten, daß es in Cerdics Haus keine Hörigen aus einem so weit entfernten Königreich gab, die mich der Lüge bezichtigen konnten. Außerdem hatte ich von diesem Land in Dun Fionn etwas gehört.

Llemyndd pfiff durch die Zähne. »Das ist aber weit weg.«

Ich nickte. »Ich kam vor drei Jahren mit meinem älteren Bruder nach Süden, über das Meer. Wir fuhren nach Gallien, um ein paar von diesen gallischen Kriegspferden zur Zucht zu kaufen. Mein Clan handelt mit Pferden, und wie du wissen mußt, ist die gallische Rasse die beste. Alle Krieger wollten damals Pferde wie die, die der Pendragon besitzt, und mein Clan dachte, es läge sicher ein schöner Profit darin. Und so wäre es auch gewesen, wenn unser Schiff nicht vor der Küste von Ostanglia von einem sächsischen Langschiff aufgebracht worden wäre.«

»Anglia? Das liegt aber weit nach Norden. Wie bist du denn hier heruntergekommen, zwischen die Franken und Sachsen?«

»Ach, der Pirat hat uns nicht sehr geschädigt«, improvisierte ich schnell. »Mein Clan gehört zum Adel, und wir haben uns gewehrt. Aber unser Schiff wurde schwer beschädigt, und wir entschlossen uns, nach Dumnonia zu fahren, an der sächsischen Küste hinunter. Von dort wollten wir dann über Land nach Gododdin reisen. Aber unser Pech wurde noch schlimmer. Ein Sturm kam auf, und wir scheiterten vor den Klippen der Canti. Mein Bruder und ich fanden den Kiel des Schiffes und klammerten uns an. Wir haben gebetet. Am nächsten Morgen, als die Wellen niedriger wurden, schafften wir es, an Land zu schwimmen. Aber wir wurden gefangen, von einem Sachsen aus der Gegend.«

Llemyndd nickte weise und zog mir vorsichtig den Rest der Geschichte aus der Nase. Ich erzählte ihm, was ich auch Wulf und Eduin am vergangenen Tag erzählt hatte, und fügte noch Details hinzu, wie freundlich zum Beispiel mein »Herr« zu uns gewesen sei und wie ich ihn liebgewonnen hätte, obwohl ich die Sklaverei haßte. Und wie die feigen Verräter, seine Feinde, ihn getötet hatten. Es war eine gute Geschichte, und ein paar von den anderen Hörigen kamen herbei und hörten zu, als ich sie erzählte. Alle hatten Mitgefühl, obwohl mich alle mit suchendem Zögern musterten. Sie stellten wohl in Frage, was sie in der Nacht zuvor gesehen hatten.

Mein Verdacht wegen Llemyndd stellte sich als gerechtfertigt heraus. Er versuchte, mir eine Falle zu stellen, testete meine Geschichte mit unerwarteten Fragen. Glücklicherweise wußte er weniger von Gododdin als ich, oder er hätte mich sofort erwischt. Aber endlich, als er zufrieden war, ging er weg, und ich dachte mir gleich, daß er jetzt Cerdic das erzählte, was er von mir gehört hatte. Während mir Cerdics scharfe grüne Augen einfielen, bezweifelte ich, daß der Sachse die Geschichte glauben würde.

Einer der anderen Hörigen des Haushalts schaute Llemyndd mit halbverborgener Bitterkeit nach. Das bestätigte mich in meiner Annahme. Llemyndd gehörte vollkommen Cerdic, und zwar mit Leib und Seele.

»Jetzt weiß der Herr alles«, sagte der Hörige.

»So geht das also«, erwiderte ich.

»In der Tat.«

Die anderen Hörigen sahen unruhig aus. »Still«, sagte einer. »Du redest zuviel, Gwawl.«

Gwawl verstummte. Ein paar weitere Fragen enthüllten mir, daß die Hörigen Llemyndd haßten und fürchteten, und die meisten von ihnen mochten ihren Herrn, Cerdic, auch nicht. Ein paar allerdings hatten auch Gutes von ihm zu sagen. »Der Herr ist fair«, sagte man mir. »Tu deine Arbeit, und er straft dich nicht.« Ich nickte und machte mich daran, zu entdecken, wie meine Lage eigentlich war.

Es dauerte. Die Hörigen wollten am ersten Tag nicht frei mit mir reden, und auch nicht am zweiten. Sie hätten es vielleicht nie getan, wenn die Musik nicht gewesen wäre. Sie sehnten sich sehr nach bekannten Liedern. Die Briten sind das zivilisierteste Volk im Westen, und sie lieben Musik, wie das nur zivilisierte Menschen können. Sie singen ständig vor sich hin, wie auch die Männer von den Orkneys oder die Iren, und jeder wandernde Barde kann sicher sein, daß er willkommen geheißen wird. In Erin oder auf den Orkneys ist es leicht einzusehen, warum Barden und Druiden so wichtig sind. Denn in diesen Ländern sind es die ausgebildeten Barden, die die Gesetze im Gedächtnis haben und sie den Königen vorsagen. Sie sind auch diejenigen, die Stammbäume und Geschichten singen können und die wissen, wann es Zeit ist, Korn zu pflanzen. Aber die britischen Barden haben keine andere Arbeit, als ihre Lieder zu singen, während der Rest in Büchern erledigt wird. Dennoch werden sie nicht weniger geehrt als die irischen Fillidh. Cerdics Hörige konnten singen, wenn sie arbeiteten, und ein paar konnten auch die Harfe spielen. Aber richtige, bardische Musik hatten sie schon seit Jahren nicht mehr gehört. Das erstemal, als ich für sie spielte, weinten sie vor Freude. Für ein Lied erzählten sie mir alles, was ich wissen wollte, alle Geheimnisse ihres Herrn, und sie überlegten nicht, daß sie für das Erzählen bestraft werden konnten.

Aldwulfs Name war ihnen wohlbekannt. Aldwulf Fflamddwyn, Aldwulf, der Flammenträger, so nannten sie ihn. Irgendwie gehörte sein geheimer Name als Zauberer zum Allgemeinwissen in ganz Britannien. Aldwulf wurde von seinen eigenen Männer gefürchtet, während Cerdic geliebt und bewundert wurde. Deshalb hatte Aldwulf außer seinem eigenen Clan nur wenige Krieger in seinem Heerhaufen, und wenn er eine Armee von den Bauern seines Königreiches aushob, dann kam niemals mehr als die normale Anzahl an Männern zustande. Nichtsdestoweniger war Aldwulf reich und mächtig, und da er mit Cerdic verbündet war, stellte er einen gefährlichen Gegner dar. Das Bündnis zwischen den Westsachsen und den fernen Bernicia, etwas, das sowieso schon überraschend war, hatte fast vor zwei Jahren begonnen. Cerdic hatte gegen Artus in einer Serie von Kämpfen Niederlagen erlitten, und darauf hatte er geantwortet, indem er sich mit allen anderen sächsischen Königreichen verbündete. Es war allerdings kein richtiges Militärbündnis, sondern nur eine Übereinkunft zwischen den sächsischen Königen, private Streitigkeiten beiseite zu legen und jedem Sachsen Hilfe und Zuflucht zu bieten, der zufällig Schwierigkeiten mit den Briten in seinem Territorium hatte. Das sächsische Territorium wurde in diesen Verträgen auf mehr als die Hälfte von Britannien ausgedehnt. Einige der sächsischen Könige hatten aber auch Waffenbrüderschaft geschlossen, hauptsächlich im Süden. Aldwulf gehörte nicht dazu, sondern er war mit dem größten Teil seines Heerbanns nach Süden gekommen, um Cerdic Hilfe und Rat zu geben. Er wollte den Hohen König der Britannier daran hindern, nach Norden zu kommen. Anfang April war er angekommen, und mit Geschenken hatte er sich Cerdics Vertrauen erschlichen. Außerdem – so flüsterten es sich die Hörigen zu – durch Magie. Die Hörigen waren in keiner Weise gewillt, mit mir über die Magie zu sprechen, aber sie glaubten alle, daß Aldwulf ein Hexer war. Einer oder zwei der Hörigen – darunter auch einer von Cerdics wenigen Sachsen – erzählten mir verschiedene Geschichten über seine Zauberei, von denen ein paar mit Sicherheit falsch waren. Keiner der Hörigen mochte Aldwulf, und diejenigen, die Cerdic gern hatten, jammerten über den Tag, an dem ihr Herr den bernicischen König kennengelernt hatte.

Cerdic kämpfte jetzt seit fast drei Jahren gegen den Hohen König Artus. Der Krieg war mit jedem Monat für ihn schwerer geworden. Am Anfang, als er die Invasion begonnen hatte, da hatte er großen Erfolg gehabt. Aber Artus' erster Zug, nachdem er seine Macht gesichert hatte, bestand darin, Cerdics Invasionsstreitkräfte von der Flanke her anzugreifen und seine Basis zu plündern. Das war die alte sächsische Küstenfestung von Anderida. Cerdic hatte den größten Teil seiner Vorräte und all seine Beute dort aufbewahrt, und die Verluste waren riesig gewesen. Der Sachse war gezwungen, sich nach Anderida zurückzuziehen, und Artus war weitergezogen zu seinen Siegen gegen andere sächsische Könige. Einen Überraschungsangriff hatte er sogar weit im Norden, in Deira, geführt. Cerdic hatte von dem letzteren gehört und war gegen seine britischen Feinde gezogen, solange der Hohe König – wie Cerdic dachte – noch im Norden weilte. Aber Artus' überschnelle Rückkehr hatte ihn überrascht. Genau an diesem Punkt hatte Cerdic seine Verträge mit den anderen Sachsen geschlossen.

Cerdics Problem bestand darin, daß Artus keine reguläre Armee besaß. Er konnte jedem britischen König befehlen, ihm beizustehen, und deshalb war er in der Lage, den König aus jedem Land, das er besuchen wollte, Bauern und Clansmänner ausheben zu lassen. Die meisten der Könige taten das auch. Artus' Stärke lag in seinem eigenen Kriegshaufen, dem größten und besten in ganz Britannien. Die Hälfte dieser Gruppe bestand aus der berüchtigten Kavallerie, die meinem Vater solche Sorgen bereitet hatte, aber alle aus der Gruppe besaßen mehrere Pferde und konnten weitere borgen, wenn Artus in aller Schnelle Britannien überqueren wollte. Das verlieh dem Pendragon eine Geschwindigkeit und eine Beweglichkeit, die Cerdic auch im Traum nicht hätte erreichen können. Cerdic besaß überhaupt keine Kavallerie, und obwohl er eine sehr große Armee ausheben konnte, waren die meisten der Männer aus Clans, oder sie waren Bauern, die während der Ernte oder während des Säens nicht kämpfen konnten. Außerdem waren sie schlecht ausgebildet und schlecht ausgerüstet, und was das schlimmste war, ihre Disziplin war miserabel. Es dauerte sehr lange, so eine Streitmacht in Bewegung zu setzen. Cerdic hatte natürlich auch seinen eigenen Heerbann, dessen professionelle Krieger von ihm allein abhingen, aber nur mit diesem Heerbann – oder selbst mit dem Kriegshaufen mehrerer anderer Könige – könnte er dem Hohen König Artus kein Gegenspieler sein.

Cerdics Hörige hatten über Artus sehr viel zu sagen. Die britischen Hörigen, selbst die, welche in der Sklaverei geboren waren, bewunderten den Hohen König mit großer Leidenschaft und ergötzten sich daran, die vielen Male aufzuzählen, bei denen Artus die Sachsen besiegt hatte. Sie taten das, obwohl Cerdic jedem verboten hatte, Artus' Namen ohne seine Erlaubnis in seinem Haus zu nennen. Mir schien es, während ich zuhörte, daß Artus' Kriegshaufen an Macht gewinnen müsse, selbst wenn man die angesammelten Legenden abzog oder die Übertreibung der Hörigen. Vernünftigerweise konnte man das auch denken. Wenn ein König in der Schlacht siegreich ist und in seiner Halle Großzügigkeit walten läßt, dann stoßen Krieger zu ihm von allen Teilen der westlichen Welt. Selbst ein paar bekannte sächsische Krieger hatten sich der Runde des hohen Königs angeschlossen. Zweieinhalb Jahre, nachdem Artus seinen Krieg gegen die Sachsen begonnen hatte, mußte er jetzt eine Gruppe von Männern leiten, denen im Westen nichts gleichkam – wahrscheinlich nirgendwo auf der Welt. Sie konnten anscheinend jeweils vier von ihrer Art besiegen, und sie taten das auch regelmäßig.

»Aber in den letzten beiden Jahren«, beklagte sich ein Höriger bei mir, »da hat es wenig zu tun gegeben. Der Herr ruft die Männer und sammelt seine Krieger, und dann sitzt er hier in Sorviodunum – Entschuldigung, Searisbyrig – und schickt Spione und kleinere Gruppen für Überfälle aus. Und der Imperator schickt nur Spione und kleine Gruppen für Überfälle zurück.«

Für Cerdic war das vernünftig, dachte ich. Ein großer Heerhaufen wie Artus' Heer verursacht große Kosten. Da Artus kein eigenes Königreich hatte, mußte er sich auf Tribute von all den anderen Königen aus Britannien verlassen. Aber er hatte den Purpur dadurch errungen, daß er diese Könige besiegte, von denen er jetzt den Tribut nahm, und sie hatten es ihm nicht vergessen. Er brauchte ihre Unterstützung und ihre Armeen gegen die Sachsen, er konnte sie nicht weiter vor den Kopf stoßen, indem er riesige Mengen an Tribut verlangte. Während er kämpfte und die Sachsen besiegte, konnte er sich selbst aus dem Raub versorgen und seine Untertanen dadurch besänftigen, daß er die Beute teilte. Aber wenn die Sachsen sich zurückzogen oder fest in ihren Burgen saßen, zufrieden damit, die Grenzen zu bewachen, dann hing Artus von seinen Untertanen ab. Und wenn sie kein greifbares Zeichen des Sieges sahen, dann waren sie weniger geneigt, ihn zu unterstützen. Cerdic hoffte, die britischen Könige zu einem weiteren Krieg gegeneinander zu provozieren, und ich erfuhr von einem Hörigen, daß es in Britannien Könige gab, die gerne versuchen wollten, den »Bastard« zu entthronen. Botschaften waren zwischen Sorviodunum und diesen Königen hin- und hergegangen. Cerdic verstand etwas von Staatsführung. Unglücklicherweise hatten die meisten seiner Gefolgsleute keine Ahnung davon, und viele, denen er Land versprochen hatte, fühlten sich betrogen und brummten zornig vor sich hin, daß Cerdic Angst hätte. Der Krieg war zu einem Rennen zwischen Cerdic und Artus geworden, und es ging darum, wer zuerst die vollen Armeen zusammenhatte und eine Schlacht bieten konnte. Im Augenblick sah es so aus, als ob Artus vielleicht das Rennen gewann, und Cerdic war wütend und verzweifelt.

In diesen Wochen begann ich den Pendragon zu bewundern. Mehr denn je hörte es sich für mich so an, als ob er ein Herr sei, dem es sich zu folgen lohnte. Gleichzeitig allerdings wuchsen auch meine Sorgen. Artus konnte bestimmt ungeübt Krieger wie mich nicht brauchen, denn die taten ja nichts anderes, als seine schon knappen Vorräte noch mehr verringern.

Andererseits, so sagte ich mir, wann immer ich darüber nachdachte, andererseits konnte ich auch von Aldwulfs Hand sterben, wenn wieder Neumond war. Die Angelegenheit betraf mich dann überhaupt nicht. Und dann warf ich mich auf irgendeine andere Arbeit, damit ich nicht mehr daran denken mußte.

Cerdic stellte mir im Haus keine Aufgaben, und das war gut so. Denn mir wurde bald klar, daß ich nicht wußte, wie man als Höriger arbeiten muß. Ich hatte nicht bemerkt, wie sehr ich es als selbstverständlich hingenommen hatte, der Sohn eines Königs zu sein, wenn auch ein jüngerer, verachteter Königssohn. Es gab gewisse Dinge, die einer aus königlichem Clan nicht tut. Ich stellte fest, daß ich von anderen erwartete, daß sie die Türen öffneten, Dinge holten und Dinge aufhoben. Ich hatte keine Ahnung, wie man einen Fußboden säubert oder ein Strohdach ausbessert, und zuerst war ich wütend, als man mir niedere Arbeiten auftrug. Dauernd mußte ich mich selbst korrigieren. Ich mußte mir sagen, daß diese Diener meine Mitdiener waren. Aber ich konnte sie nicht zum Narren halten. Als ich eines Tages in den Stall kam, hörte ich, wie einer der Pferdeknechte zu einem Hausdiener sagte: »Wenn der ein Höriger ist, dann bin ich der Kaiser Theodosius. Weißt du, was er ...« – und er hielt abrupt inne, als er mich sah. Nein. Es gab nur wenige Arbeiten, die ich als Höriger erledigen konnte. Aber Cerdic erwartete, daß ich bei jeder Tages- oder Nachtzeit bereit war, die Harfe zu spielen, und ich hatte auch meine eigenen Nachforschungen zu verfolgen. Außerdem versuchte ich, Grundkenntnisse in der sächsischen Sprache zu erwerben ... Und dann war da noch Ceincaled.

Als ich an meinem ersten Tag als Cerdics Höriger den Stall verließ, sah ich, daß sich direkt unterhalb des römischen Teils der Stadt auf einem Hügel eine Anzahl von Männern in einem Kreis versammelt hatte. Ich ging hin, um mir das anzusehen. Aldwulf hatte erwähnt, daß er Cerdic ein Pferd geschenkt hätte, um seine Zaubermacht zu beweisen. Cerdic hatte das Tier als Beweis akzeptiert, aber er war nicht in der Lage gewesen, es einzureiten. Als ich mich durch den Kreis drängte und den Hengst sah, der da im Zentrum des Ringes immer wieder stieg, da verstand ich warum.

Keine irdische Stute hatte dieses Pferd zur Welt gebracht. Die Stuten der Sidhe, die in hundert Liedern gepriesen werden, zeigen ihre Unsterblichkeit in jeder Ahnenreihe. Und dieses Pferd war ein Herrscher selbst unter den Pferden der Sidhe.

Er war drei Hände höher als das größte Pferd, das ich je gesehen hatte, und das war ein Riese von einem Ackergaul gewesen. Dieser Hengst war wunderschön: reinweiß und prächtig und kraftvoll wie ein Sturm auf dem Meer. Der weiße Hals war geschwungen wie die Meereswellen, ehe sie brechen, und die Mähne sah aus wie Schaum, der von den Felsen hochgeschleudert wird. Keine Möwe gleitet so leicht über das Wasser, wie diese Pferdehufe die Erde berührten, und kein Seeadler schießt mit solcher Wildheit zu Boden oder mit solcher Freiheit. Die Nüstern des Tieres waren weit gebläht und rot, widerspenstig und zornig. Seine Augen waren dunkel und wild vor Stolz. Bei seinem Anblick hielt ich den Atem an.

Der Sachse, der gerade geworfen worden war, krabbelte aus dem Weg, und ein paar Pferdeknechte aus Cerdics Ställen trieben das Pferd mit Peitschen und flatternden Umhängen zurück ins Zentrum des Ringes. Sie fluchten auf das Pferd.

»Diese Bestie ist ein Mörder«, sagte einer der Hörigen, der ein paar Fuß von mir entfernt stand. »Cerdic kann doch nicht glauben, daß er dieses Biest je zähmen wird.«

»Er ist wunderschön«, sagte ich. Der Mann schaute mich an, mißtrauisch und überrascht. Er erkannte mich und zuckte unsicher die Achseln.

»Natürlich«, sagte er, »und stark und schnell. Er könnte jedes Pferd in Britannien übertreffen, der da. Aber was nützt uns das alles? Er kann ja nicht geritten werden. Du bist neu hier, und woher sollst du es wissen. Aber wir haben seit einem Monat versucht, ihn einzubrechen, und zwar mit Freundlichkeit und mit Schlägen, mit Reiten und mit Aushungern. Aber er ist immer noch nicht zahmer als damals, als Cerdic ihn gerade bekommen hatte. Ich kenne Pferde, und ich sage dir: Dieser Hengst gehört zu der Sorte, die eher sterben, ehe sie gehorchen. Und ehe er stirbt, wird er wahrscheinlich einen von uns mitnehmen ... Paß auf da! He, du! ... Cerdic wird ihm nicht eher einen Namen geben, als bis er ihn geritten hat. Aber wir, aus seinem Haus, wir nennen die Bestie Ceincaled. Das heißt ›rauhe Schönheit‹, denn das ist er mit Sicherheit.«

Es dauerte nur kurze Zeit, bis ich die Wahrheit in den Worten des Mannes sah. Das Pferd versuchte, jeden Menschen zu töten, der ihm nah kam. Es lag keine Bösartigkeit in diesen Versuchen, kein Menschenhaß, wie man ihn bei einem Tier findet, das schwer mißhandelt worden ist. Statt dessen war es eine wilde, reine, elementare Kraft, die keine Unterwerfung duldete. Er war stolz, dieser Ceincaled, aber es war kein Menschenstolz. Es war ein Stolz, wie ihn Falken oder Adler haben. Er war wie die Musik in Lughs Halle: herrlich, aber nicht für Menschen. Ich fragte mich, mit welchem dunklen Bannspruch Aldwulf wohl diesen Hengst gefangengenommen und ihn von der Ebene der Freude in die Gefangenschaft und in den zukünftigen Tod in den Ländern der Menschen gebracht hatte.

Während der nächsten beiden Wochen gab es Zeiten, zu denen ich ein starkes Gefühl der Verwandtschaft mit dem Hengst verspürte. Ich war kein Unsterblicher, aber mein Problem war ähnlich. Ich saß in der Falle, und all meine Bemühungen, zu fliehen, kosteten mich nur Zeit und brachten die Zeit, die für meinen Tod festgesetzt worden war, näher.

Cerdic hatte seinen ganzen großen Kriegshaufen bei sich in Sorviodunum – um den römischen Namen zu benutzen. Es waren dreihundertzwölf ausgesuchte Krieger, die die Festung bewachten. Außerdem hatte er eine Armee von etwa fünftausend – wie immer war die genaue Zahl unsicher. Das Lager war stets auf den Krieg vorbereitet, und fast jeden Tag zogen Gruppen auf Raub aus oder kehrten zurück. Ich dachte daran, aus dem Lager zu entschlüpfen, wenn eine dieser Gruppen zurückkehrte, und eine Zeitlang lungerte ich am Tor herum oder an niedrigen Stellen in der Mauer. Aber dann scheuchten mich die Wachen fort, die Verdacht geschöpft hatten und die daneben auch noch außerordentlich wachsam waren. Ich betrachtete in Gedanken den Wald, durch den ich gewandert war, und ich schaute von der Hügelfestung darüber hin. Ich dachte, es müsse leicht sein, zwischen diesen Bäumen zu verschwinden. Unglücklicherweise aber erstreckte sich der Wald nur nach Nordosten. Im Westen schlossen sich viele Meilen offene Ebene an die Stadt an, aber ausgerechnet im Westen lag auch das nächste britische Königreich. Und ich wurde beobachtet, selbst wenn es eine Möglichkeit gegeben hätte, die Mauern zu überklettern und die Ebene zu überqueren. Niemand verbot mir, in der Stadt umherzustreifen, aber immer schien ein Höriger oder irgendein Krieger in meiner Nähe zu sein. Cerdic wünschte eben nicht, daß sein Opfer entkam. Dies verstörte mich fast so sehr wie die Furcht vor dem Tod und wie meine immer noch ungelösten Ängste vor mir selbst. Ich hatte mich immer nach Einsamkeit gesehnt, und es ging mir auf die Nerven, daß man sie mir verweigerte.

Ich betete zum Licht, aber mein Gott antwortete nicht. Ich bekam den Drang, einfach Caledvwlch zu ziehen und zu versuchen, mich aus der Festung herauszuhauen. Ich wußte, es wäre der sichere Tod, das zu tun, aber wenigstens war es dann ein sauberer Tod, der Tod eines Kriegers. Ich hatte es satt, ein Höriger zu sein. Ich war gefangen, und das Wort hallte mir jeden Tag immer und immer wieder in den Ohren. Bei Nacht träumte ich davon, und ich dachte jeden Morgen daran, ehe mir andere Gedanken kamen. Ich fühlte mich gefangen wie ein Habicht, der irrtümlich in ein Fischernetz geflogen ist und der beim Schlagen der Flügel nur entdeckt, wie schrecklich er festsitzt. Ein Habicht, der seine Kräfte an den Netzschnüren verausgabt.

Mit schreckenerregender Intensität bemerkte ich, wie die Zeit verging. Die Sonne erhob sich am Morgen und bespritzte den Himmel mit Farben, deren Weichheit ich niemals so deutlich bemerkt hatte. Die Schatten wurden kürzer und wieder länger, während die Stunden des Tages vergingen. Bei Nacht beobachtete ich den Mond, der von seiner vollen Größe in sein viertes Viertel ging und der mit jeder Nacht, die verging, immer dünner wurde. Der Mond war mein Freund, mein Verbündeter. Solange er noch schien, würde ich nicht sterben. Aber wenn er den Himmel verließ, wenn er gegangen war, dann wurde alles zu Finsternis.

Manchmal hatte ich das Gefühl, als ob sich auch das Licht selbst zurückgezogen hätte. Nachdem es mich vor Cerdics Plan gewarnt hatte, war es so still geworden wie der Mond. Zwei Wochen sind keine lange Zeit, aber mir schienen die zwei Wochen voller Spannung des Wartens und voller Schrecken vor der Falle endlos, und gleichzeitig hatte ich das Gefühl, als ob sie alle auf einmal vergangen seien. Ich hatte das Gefühl, als ob mein Herr mich verlassen hätte. Ich war auf mich selbst gestellt, und vor mir hatte ich ja auch Angst. Ich kann nicht sagen, warum es mich so entsetzte, mich für nicht menschlich zu halten. Die meisten Menschen würden gern von sich selbst annehmen, daß sie nicht zur Menschheit gehörten – oder sie glauben es wenigstens. Es war nicht die Einsamkeit, obwohl das ein Teil davon gewesen sein mag, denn an Einsamkeit war ich gewöhnt. Vielleicht war es einfach die Angst vor dem Unbekannten. Alle fürchten, was sie nicht verstehen, um so mehr, wenn das Unbekannte ein Teil des eigenen Wesens ist.

So sah ich also zu, wie die Sachsen versuchten, Ceincaled einzureiten, und ich kümmerte mich um das Pferd, als es wieder im Stall stand, um mich von mir selbst zu befreien. Die Reinheit des weißen Hengstes schien die verschiedenen Schrecken abzuwehren und zu verspotten, die mich im Griff hatten. Ceincaleds Schlacht, danach sehnte ich mich, nach der einfachen Hochstimmung einer körperlichen Auseinandersetzung.

Zwei Wochen. Der Mond wurde zu einem winzigen Splitter am Himmel, einem haardünnen Lichtstreifen, und die leeren Flächen zwischen den Sternen waren sehr schwarz. In der nächsten Nacht würde Neumond sein. Die nächste Nacht . . . das war mein letzter Tag, und ich hatte mich für nichts entschieden. Wenn der Abend kam, wenn es noch immer keine Flucht gab, dann würde ich Caledvwlch ziehen und versuchen, Aldwulf und Cerdic zu töten, ehe sie mich umbrachten.

Ich stand wieder in dem Kreis, der Ceincaled umgab, und ich sah zu, wie Cerdic das Pferd zu reiten versuchte. Wieder wurde er abgeworfen. Auf der anderen Seite, vor mir, kaute Aldwulf auf seinem Bart. Er hatte an dem Pferd irgendeine neue Zauberei versucht, um Cerdic zu gefallen, aber seine Bannsprüche waren fehlgeschlagen, und er war blamiert und wütend.

»Beim Wurm«, sagte Cerdic und raffte sich auf. »Ich bin betrogen worden.

Das war er auch. Ich konnte den Preis schätzen, den Aldwulf ihm für das Pferd abgeluchst hatte – ein menschliches Leben, der normale Preis beim Handel mit Yffern –, und während das Leben irgendeines Gefangenen oder irgendeines Hörigen für solch ein Pferd billig genannt werden konnte, so war Ceincaled Cerdic doch genauso nutzlos, als ob er ein lahmer

Karrengaul gewesen wäre, obwohl Ceincaled jedes Pferd im Lager weit hinter sich lassen konnte . . .

Bei der Sonne und dem Wind! Im Geiste benutzte ich Agravains Lieblingsfluch. Ich war blind gewesen! Ich hatte mich in der Nacht meiner eigenen Schatten umgeschaut, und die Sonne war hinter mir gewesen. Wie – so fragte ich mich und fand es selbst sehr komisch – wie hatte ich nur so dumm sein können?

Und war mein anderes Problem auch so einfach? Das fragte ich mich, während ich mich zu Cerdic durchdrängte. All die Fragen nach meiner Identität, würden sie bald in strahlendem Licht klar werden, wenn ich in die richtige Richtung schaute? Mein Hoher König, mein Herr . . .

»Mein Küning«, sagte ich zu Cerdic, der mich bemerkt hatte und mich ohne Begeisterung betrachtete, »könnte ich versuchen, das Pferd zu reiten?«

Cerdic schoß mir einen wütenden Blick zu. Dann schlug er mich, hart genug, daß ich torkelte, um nicht hinzufallen. »Du unverschämter Hund! Sklave, glaubst du, du könntest Erfolg haben, wo ein König versagte? Ich sollte dich auspeitschen lassen!« Ich sah, daß ich den Grad seiner Wut über das Pferd unterschätzt hatte, und ich neigte den Kopf. Ich versuchte zu denken und rieb mir das Kinn.

»Cerdic«, unterbrach Aldwulf plötzlich, »du könntest es ihn ja versuchen lassen.«

»Was?«

»Vielleicht sind sie aus dem gleichen Land, wer weiß? Der Junge hat sich um das Tier gekümmert.« Aldwulfs Gedankengang lag offen vor mir. Ich würde bei dem Pferd Magie benutzen, es zähmen, getötet werden, und dann hätte der König sowohl mein Schwert als auch das Pferd. Aldwulf lächelte sehr zufrieden. Ich glaube, es war sein wunder Punkt gewesen, daß sein herrliches Pferd nicht zu reiten war.

Cerdic schaute mich an und erinnerte sich daran, als was Aldwulf mich bezeichnet hatte. »Nun gut«, sagte er endlich. »Versuch es also.«

»Ich danke dir, Küning Cerdic«, sagte ich leise. »Ich werde mein Bestes tun.«

Cerdic nickte zu Aldwulf hinüber. Ich wandte mich Ceincaled zu. Er war von den Pferdeknechten wieder eingefangen worden und wartete geduldig, während sie ihn festhielten. Er sparte seine Kräfte für den Reiter auf. Ich ging hinüber, dankte dem Mann, der ihn hielt, und nahm die Zügel. Während ich sie hielt, bezweifelte ich plötzlich, daß ich ihn reiten konnte, obwohl mir das noch vor einer Minute so klar erschienen war. Mit Pferden hatte ich immer gut umgehen können, und der Hengst kannte mich jetzt, aber vielleicht nützte mir das gar nichts. Er hatte nichts gegen die Finsternis, die in seinen Reitern war, er wollte überhaupt nicht geritten werden. Ich würde einen Mut brauchen, der seinem glich, um ihn zu halten, und selbst dann starb er vielleicht lieber, als die Niederlage zu akzeptieren. Aber ich mußte ihn reiten, oder ich starb an diesem Abend.

Ich streichelte den weißen Nacken und flüsterte dem Pferd zu. Der Hengst zuckte vor mir zurück, wurde dann still, wartete, bereitete sich auf den Kampf vor. Er war intelligenter als ein gewöhnliches Pferd. Ich hatte zugesehen, wie er sich gegen Cerdic gewehrt hatte, und ich wußte es.

Ich ließ meine Hand über seinen Rücken und seinen Widerrist gleiten, zog den Sattelgurt straffer und sprach singend auf irisch mit ihm. Es war mir gleichgültig, wer mich hörte. Im Herzen bat ich das Licht darum, den stolzen Geist dieses Pferdes für mich zu mäßigen und mir den Sieg zu geben. Dann legte ich meine linke Hand auf die Schulter des Hengstes und sprang auf seinen Rücken.

Die einzige Möglichkeit, das zu beschreiben, was jetzt geschah, besteht darin, daß er explodierte. Die Welt löste sich in einer weißen Wolke von Mähne auf, und Ceincaled kämpfte mit all seiner schrecklichen Kraft und seinem grenzenlosen Stolz. Ich hielt mich sowohl an seiner Mähne als auch an den Zügeln fest, ich packte hart mit den Knien zu und neigte mich über seinen Hals, und ich schaffte es kaum, oben zu bleiben.

Er umkreiste den Ring, er stieg, er ließ sich fallen, und die Zuschauer waren nur noch ein Nebel aus Fleisch, hellen Farben, Stahl und verzerrten Rufen. Ich spürte, daß ich versuchte, den Wind zu reiten oder den Sturm beim Zügel zu halten. Es lag außerhalb der menschlichen Kraft, und jetzt, wo ich meine Kräfte gegen einen Unsterblichen ausprobierte, wußte ich, daß ich nicht mehr als menschlich war. Ceincaled war rein, wild, unglaublich stark. Er hatte keinen Herrn, und er konnte keinen akzeptieren.

Und er war wunderbar.

Ich hörte auf, mir um die Vergangenheit oder die Zukunft Sorgen zu machen, über Gedanken und Gefühle. Aldwulf hängte mich vielleicht auf, oder ich stürzte vielleicht von Ceincaleds Rücken und wurde zertrampelt, gebrochen durch die Wildheit der Kraft, die ich versucht hatte zu beherrschen. Aber sobald ich diese Dinge einsah, wurden sie auch schon unwichtig wie ein abgebrochenes Kartenspiel. Ein süßer Geschmack war hinten in meinem Mund, wie Pfefferminz mitten in einer regnerischen Nacht. Ceincaled sprang wieder auf, eingehüllt in Donner, und Tod und Leben wurden beide unwirklich. Nur noch der süße Wahnsinn, der sowohl das Pferd als auch mich überwältigt hatte, wurde wichtig, der Wahnsinn, der von innen über mich gekommen war und der die Welt veränderte, so daß ich sie nicht länger erkennen konnte.. Es war mir auch gleich. Als ich Caledvwlch gezogen hatte, erkannte ich irgendwie das Licht, aber es war mehr als eine Helligkeit, es war ein flammendes, süßes Gefühl tief innen. Ich liebte Ceincaled, und mitten im Sprung spürte er es und gab meine Liebe zurück, und wir kämpften jetzt nicht mehr gegeneinander, sondern wir flogen, geblendet vor Freude und erfüllt von der gleichen, wilden Kraft.

Ceincaled stieg noch ein letztes Mal und wieherte. Es klang wie eine Herausforderung an die ganze Welt. Dann stand er im Kreis auf allen vier Beinen und verhielt angespannt.

Durch den kämpferischen Wahnsinn, der die Welt scharfkantig, fast gefroren machte, sah ich, wie die Zuschauer mich verwundert anstarrten. Aldwulf runzelte in plötzlicher Unruhe die Stirn, und Cerdics Augen flammten vor Gier.

»Gut«, sagte der König der Westsachsen. Seine Stimme klang, als ob sie von weither käme. »Und jetzt gib mir das Pferd.«

Ich lachte, und er fuhr zusammen. Er wurde rot vor Zorn. Aldwulf, der jetzt begriff, was da passierte, packte Cerdic am Arm. Cerdic drehte sich zu ihm um, eine wütende Frage bildete sich auf seinen Lippen . . .

Ich hatte Caledvwlch gezogen, und das Licht sprang auf. Es war rein und strahlend wie ein Stern. Ceincaled schoß auf Cerdic zu. Jemand schrie entsetzt auf.

Cerdic warf sich zur Seite, rollte, Ceincaleds Hufe verpaßten ihn um wenige Zoll. Aldwulf, der sich zurück in die Menge drückte, war weniger schnell und hatte weniger Glück. Er schrie auf, ehe mein Schwert ihn berührte, er wurde geblendet von seinem Licht. Er kreischte irgendeinen Fluch – und dann heulte er auf, als die Klinge ihn traf. Aber Ceincaled zerriß das Seil, das den provisorischen Ring umgab, und meine Hand wurde zurückgerissen. Aldwulf war nicht tot, obwohl ihm jetzt das linke Auge fehlte. Ich wollte zurück, um ihn zu vernichten, denn er verdiente das. Aber Ceincaled streckte sich im Galopp, und ich vergaß Aldwulf, während ich den Wind schmeckte.

Die römischen Straßen schossen vorüber, undeutlich durch die Geschwindigkeit. Hinter uns rief jemand. Er brüllte: Haltet ihn auf, tötet ihn! Ein Krieger auf der Straße rannte mir in den Weg, fiel auf ein Knie, richtete seinen langen Wurfspeer auf mich. Mein Blickfeld zog sich zusammen, enthielt nur noch ihn, während ich herankam. Ich sah sein Gesicht, das vor Angst und Erregung grinste. Der Schweiß glänzte darauf. Ich sah die Sonne, die auf seiner Speerspitze blitzte, und ich liebte das funkelnde Licht. Ich liebte auch den Mann, und ich wußte, daß Ceincaled nur noch drei Sätze von ihm entfernt war. Ich berührte das Pferd mit meinem Knie, zwang es, ein winziges Stückchen auszuschwenken, und die Speerspitze, die vorwärtsblitzte, verfehlte uns. Mit meiner linken Hand ergriff ich den

Schaft, und mit der rechten schwang ich Caledvwlch. Mein Gehirn war noch immer vernebelt vom Wahnsinn, während das Schwert traf, während es aufflammte. Der Hals des Kriegers sprudelte rot, als er durchschlagen wurde, dann war ich vorbei. Andere kamen, am Tor. Ich tötete den nächsten mit dem Speer, den ich dem ersten genommen hatte, und den Speerschaft des zweiten durchschlug ich und ließ ihn von Ceincaled überrennen. Ich bemerkte, daß ich sang, und ich lachte. Wie konnten sie mich jetzt noch aufhalten? Die Sachsen flüchteten ja! Einer warf einen Speer, aber Ceincaled schwenkte aus, und er verfehlte uns. Mein Pferd lehnte sich in den Galopp, und vor mir waren keine anderen, nur das offene Tor und die römische Straße, die sich nach Westen erstreckte. Wir flogen wie eine Möwe darauf hinunter wie der Falke meines Namens. Die Sachsen waren weit hinter uns. Selbst als sie eine Gruppe zusammenstellten, die uns folgen sollte, waren sie weit hinten. Zu weit, um uns einzuholen, dachte ich tief innen. Zu weit, um uns jemals wieder zu fangen. Wir waren frei.

8

Der Rest des Rennens ist mir nicht klar im Gedächtnis. Es war ein herrlicher Rhythmus, zusammengesetzt aus fliegenden Hufen und Wind, aus den kahlen Hügeln und der Ebene vor und um mich, nachdem wir die Straße verlassen hatten. Ich sang aus reiner Freude, ich lachte, ich liebte die Welt und alle Menschen darin, selbst Cerdic, den ich mit Freuden umgebracht hätte, wenn er dagewesen wäre. Oh, das Licht war ein starker Herr, ein großer Hoher König. Jeder Krieger konnte stolz sein, ihm zu dienen.

Es war Spätnachmittag, und Ceincaled begann ein wenig zu ermüden. Ich brachte ihn in einen leichten Galopp. Wir hatten noch immer eine lange Strecke vor uns, ermahnte ich mich selbst.

Wie lang war der Weg? Ich konnte es nicht einmal schätzen. Die Entfernungen in Britannien waren für mich völlig ungewiß, und ich hatte keine Ahnung, wie weit wir gekommen waren. Bei dieser Geschwindigkeit war es sicher eine große Strecke gewesen. Etwas von dem blendenden, strahlenden Licht in meinem Innern erstarb, und ich schaute um mich.

Ich näherte mich dem westlichen Rand der Ebene. Das Land auf beiden Seiten ähnelte ein wenig den Orkneys, denn es war offen und hügelig. Aber diese Hügel waren breiter und grüner. Als ich die Sonne betrachtete, entdeckte ich, daß ich sowohl nach Norden als auch nach Westen ritt, und mir wurde klar, daß ich das schon seit einiger Zeit getan haben mußte. Schwach erinnerte ich mich noch daran, daß die römische Straße der Kurve eines Hügels folgte und daß Ceincaled im Galopp davon abgewichen war, hinein in die Ebene, nach

Nordwesten. Es war gut, so dachte ich, daß wir auf der römischen Straße nach Westen geritten waren. Denn wenn das nicht der Fall gewesen wäre – und in meinem Wahnsinn hätte es leicht sein können –, dann wäre ich mit Ceincaled nach Osten davongestoben, mitten ins Herz der sächsischen Königreiche. Der Gedanke ließ mich lächeln, und auch der Rest der Ekstase verschwand. Ich verlangsamte Ceincaled zum Trab, und dann wandte ich ihn genau nach Westen.

Dort wurden die Hügel steiler, und bald lag eine dunkle Linie aus Wald vor uns. Ehe wir diesen Wald erreichten, kamen wir an einen Fluß. Es war ein kleiner, schläfriger Fluß, noch dunkel vom Frühlingsschlamm, und er spiegelte friedlich die Eichbäume auf seinem anderen Ufer wider. Ein Stück ritt ich an diesem Fluß nach Norden, bis ich eine Stelle fand, wo das Wasser niedrig genug war. Dort konnte Ceincaled es leicht überschreiten.

Als wir uns dem Wasser näherten, schnüffelte das Pferd interessiert. Ich saß ab und ließ ihn saufen, und ich redete leise mit ihm, während er trank. Er war durstig und schweißnaß, aber unglaublicherweise dampfte er nicht, wie jedes andere Pferd, wenn es irgend etwas in der Art unseres Rennens hinter sich gehabt hätte.

Während ich das Pferd betrachtete, wurde ich auch durstig. Ich kniete beim Wasser nieder und sah, daß ich noch immer Caledvwlch gepackt hielt. Ich lächelte und begann das Schwert in die Scheide zu schieben – und dann sah ich, daß Blut daran war.

Mit einem fast körperlichen Entsetzen fielen mir die Sachsen ein, die mir im Weg gestanden hatten. Ich erinnerte mich daran, wie Aldwulf bewußtlos in den Kreis der Sachsen zurückstürzte, mit dem Schnitt auf der linken Seite seines Gesichts. Mir fielen die anderen ein, die gestorben waren, und ich erinnerte mich daran, wie ich gelacht hatte. Ich ließ das Schwert ins Gras sinken und lehnte mich auf den Hacken zurück. Ich starrte es an, als ob das Töten auf das Konto des Schwertes ging und nicht auf meins. Dann sah ich, daß das

Pferd zuviel trank, und stand auf und zog Ceincaled vom Wasser zurück. Ich führte ihn auf und ab, damit er sich abkühlte. Ich hatte getötet. Ich hatte gerade drei Männer getötet, und einen vierten hatte ich schrecklich verwundet. Und bis jetzt war es mir noch nicht einmal klar gewesen. Nein, ich hatte vier Männer getötet, wenn man Connall mitzählte. Aber das war aus Gnade geschehen, und diesmal . . . diesmal war es eine Schlacht gewesen.

Ich ließ das Pferd zurück zum Wasser, damit es mehr trinken konnte. Lugh hatte mir seinen Segen gegeben, den ich in die Schlachten trug, die vor mir lagen. Konnte der Wahnsinn, der mich überfallen hatte, solch ein Segen sein? CuChulainn, so sagt man, wurde im Kampf auch wahnsinnig, und er war ein Sohn des Lugh. Es gibt Arten von Wahnsinn, die man als göttlich oder heilig bezeichnet. Mein Wahnsinn hatte sich auch so angefühlt. Aber es machte mir angst, daß ich töten konnte, ohne mich darum zu kümmern. Dennoch – konnte ich sagen, daß es falsch gewesen war, auf diese Weise zu fliehen?

Ich reinigte das Schwert im Gras, rieb es an meinem Umhang und schob es wieder in die Scheide. Dann kniete ich nieder und trank aus dem Fluß. Das Wasser schmeckte seiner Quelle entsprechend: langsam und üppig, friedlich. Es war beruhigend, und deshalb setzte ich mich auf das Ufer und betrachtete das Wasser. Ceincaled hatte genug getrunken und watete jetzt im Fluß herum. Er genoß es offenbar. Ich ging zu ihm hinüber und nahm ihm schnell den Sattel ab. Dann rieb ich ihn mit einer Handvoll Gras ab und erlaubte ihm, weiter im Fluß herumzuplantschen. Ich selbst setzte mich wieder hin.

Ich schaute mein Spiegelbild an, das in den Wellen zitterte, die Ceincaled machte. Ich hatte mich verändert, seit ich das letztemal mein Gesicht betrachtet hatte, damals am Teich, in Llyn Gwalch. Es war jetzt ein fremdes Gesicht, gezeichnet von seltsamen Dingen. Die Augen allerdings, deren Spiegelbild auf dem Wasser schwamm, waren noch die gleichen, genauso verwirrt über das, was sie sahen. Aber in meinem Gesicht lag jetzt eine seltsame Intensität, der Ausdruck eines Kriegers, und noch etwas Unheimliches. Ich schüttelte den Kopf und schaute wieder Ceincaled an. Ich, ein Krieger. Ich hatte drei ausgebildete sächsische Krieger getötet und einen sächsischen König verwundet. Aber wie konnte ich, Gawain ap Lot, der schlechteste Krieger auf allen Orkneys, ein völliger Versager, was Waffen betraf, so etwas fertigbringen? Die Sachsen waren durch die Größe und die Geschwindigkeit von Ceincaled verängstigt worden und durch das Feuer, das in meinem Schwert flammte. Wenn das nicht so gewesen wäre, dann hätte man mich sofort getötet. Sicher, das Ganze wirkte wie eine strahlende Heldentat, mit der ein berühmter Krieger vielleicht in einer Festhalle angeben konnte. Aber ich wußte es besser.

Ich wußte was besser? Ich dachte an das wilde, ungebändigte Wesen, das ich noch vor einer Stunde gewesen war, und ich wunderte mich. Ich erinnerte mich an das, was ich in mir selbst gesehen hatte, als ich zum erstenmal Caledvwlch zog, an die Finsternis und danach an die Macht und die Sicherheit, als ich das Schwert hielt. Und ich erinnerte mich an Lughs Warnung. Wie sollte man in diesem Gemisch aus menschlicher Leidenschaft und göttlichem Wahnsinn das Licht von der Finsternis unterscheiden? Der verstörende Gedanke, daß ich nicht ganz menschlich war, kehrte wieder. Aber jetzt wußte ich, daß ich so menschlich bleiben würde wie jeder andere, was immer auch geschah, und selbst wenn ich Ceincaled reiten konnte. Das Pferd hatte mir dies gezeigt. Ich hatte ihn nicht beherrscht, sondern er hatte sich entschlossen, mir zu gehorchen, aus Liebe. Nur ein Unsterblicher konnte diesen Hengst bezwingen, und ich war menschlich. Ich konnte das Tier nur überreden. Dieser Gedanke war tröstlich. Es ist menschlich, ignorant und unsicher zu sein, und das war ich. Ich war nur ein Mann, der Größeres gesehen hat als die meisten Männer. Das Wesen dieser Dinge hatte mich berührt, wie ein Krieger von seinem Dienst berührt wird und ein König – Morgas, Mutter, fragte ich mich, wie tief hast du mich berührt? Aber das war alles, das war die ganze Erklärung.

Ich lachte mein Spiegelbild an. »Du bist wirklich ein richtiger Narr, weißt du das?« fragte ich den Schatten. »Die Antwort lag direkt vor dir, und du hast ihr den Rücken zugedreht. Du machst dir zu viele Sorgen.«

Ceincaled stellte die Ohren nach vorn und lauschte. Dann warf er den Kopf zurück. Ich lachte wieder, stand auf, ging hinüber und packte ihn am Zügel. Er schnaufte, und dann schob er seine Nase in mein Haar und knabberte daran, wie Pferde das so tun.

»Still, du Tapferer, du Strahlender«, sagte ich ihm, »das ist kein Gras. Es hat noch nicht einmal die richtige Farbe.«

Ceincaled prustete, und ich ließ meine Hand über seinen Nacken gleiten. Es war ein Schock, als ich mich daran erinnerte, woher er kam. Armer Ceincaled. Er war herausgerissen worden aus den Wundern dieser Inseln jenseits des Sonnenuntergangs. Er hatte sich Cerdics Gier und Aldwulfs Bannsprüchen unterwerfen müssen, der Peitsche und dem Hunger, dem Gebiß und den Sporen, der Finsternis und dem Tod. Und er hätte nur die Felder voll goldener Blumen kennen sollen, den endlosen Frühling in alle Ewigkeit. Ich riß noch ein Büschel Gras aus und rieb ihn wieder ab. Er war wundervoll. Zu schön für diese Erde. Mit ihm hatte ich meine Freiheit gewonnen. Und jetzt, ganz sicher, würden die Sachsen mich nie mehr wiederfinden, und ich brauchte Ceincaled nicht mehr. Nein, im Gegenteil: Er konnte sogar leicht zum Hindernis werden, denn solch ein Pferd bemerkt man, es fällt überall auf. Hätte ich die Wahl gehabt, ich hätte das Pferd behalten – ich liebte den Hengst, seine Schönheit und seinen stolzen Geist. Aber ich hatte kein Recht, ihm das Geschenk der Freiheit, das er mir gebracht hatte, mit dem Tod zu vergelten, den er erleiden würde, wenn ich ihn behielt. Langsam nahm ich ihm die Zügel ab. Ceincaled stand ganz still, und sein Spiegelbild im dunklen Wasser zitterte leicht. »Geh, mein Freund«, sagte ich ihm. »Du hast deine Freiheit wieder. Geh nach Haus. Vielleicht wird Lugh, der Meister aller Künste, dich reiten, denn ein minderes Wesen paßt nicht zu dir. Du hast gut gekämpft und tapfer, und ich biete dir meinen Dank.«

Ceincaled zögerte, als ob er zuhörte und verstand. Dann warf er den Kopf zurück, schnaubte den Zügel an und stürzte sich in den Fluß. Als er ihn überquert hatte, galoppierte er nach Westen. Ich sah zu, wie er zwischen den Bäumen verschwand. Dann seufzte ich, überquerte den Fluß selbst und hielt mich nach Westen.

Der Wald war nicht so dicht wie der, in dem ich aufgewacht war. Dennoch, er war dicht genug, um die Sachsen in die Irre zu leiten, wenn sie mir noch immer folgten. Das bezweifelte ich allerdings. Cerdic mußte mir Männer nachgeschickt haben, aber ich nahm an, sie hatten nicht herausgefunden, wo ich die Straße verlassen hatte. Und ich hatte die Ebene überquert, die nach Aussagen der Hörigen zwischen Dumnonia und den sächsischen Ländern lag, also war ich jetzt mit Sicherheit auf britischem Gebiet. Es konnte sein, daß sich ein Kriegshaufen in der Nähe befand . . . Nein, der letzte vom König befohlene Überfall war im Norden gewesen, in Powys. Ich war zu weit im Süden, als daß ich mit dem zusammentreffen konnte. Wahrscheinlich war ich sicher. Wenn ich mich ein wenig weiter nach Westen bewegte, dann war ich auf jeden Fall sicher.

Ich wanderte bis zum Einbruch der Dunkelheit – nicht allzulange. Dann hielt ich einfach an Ort und Stelle, wickelte mich in meinen Umhang und schlief unter einer Baumwurzel. Am folgenden Tag wanderte ich weiter, und ich fühlte mich erschöpft und schmutzig.

Ich war noch nicht weit gegangen, als ich eine Straße erreichte. Es war keine römische Straße, sondern ein einfacher, schlammiger Feldweg, der sich über die Kuppen der Hügel zog. Es war leichter, am Rand zu gehen oder durch den umgebenden Busch, denn auf der Straße lag der Schlamm tief und dick. Nichtsdestoweniger folgte ich der Spur nach Süden. Das war ein kleines Risiko, aber ich wollte jemanden finden, der mir sagen konnte, wo Artus war. Das Land war bewohnt, soviel wußte ich, denn ich hatte den Rauch von Herdfeuern am vergangenen Abend gesehen. Ich hielt es aber für sicherer auf jemanden zu warten, der möglichst allein reiste.

Das Risiko, das ich einging, zahlte sich aus. Ich war erst eine halbe Stunde gewandert, als ich auf einen Karren traf, der im Schlamm steckengeblieben war. Der Mann, der sich abquälte, um ihn wieder flottzumachen, war vierschrötig und rothaarig, und er fluchte auf britisch.

»Verdammt! Yfferns Hunde sollen dich niederrennen, Pferd! Kannst du denn nicht stärker ziehen?« brüllte er seine Mähre an. Das Tier ruckte ein paarmal halbherzig an, aber ohne Erfolg. Der Mann fluchte noch ein bißchen und trat gegen eins der Karrenräder. Mich hatte er noch nicht bemerkt.

»Ich grüße dich«, sagte ich, nachdem ich ihm eine Zeitlang zugesehen hatte. »Kann ich dir helfen?«

Der Mann hörte auf zu schieben und wirbelte herum. Er hatte offenbar Angst. Seine Augen weiteten sich, als er mich sah, und seine rechte Hand machte blitzschnell eine seltsame Bewegung. »Wer bist du?« wollte er wissen, und jetzt ließ er die Hand auf seinen Messergriff fallen. »Was willst du?«

»Ich will nichts von dir, und mit Sicherheit nicht dein Leben. Deshalb kannst du die Hand vom Messer nehmen. Ich habe dir nur angeboten, dir mit dem Karren zu helfen.«

Der Mann starrte mich lange und unsicher an. Dann zuckte er die Achseln, fuhr sich mit einer schweren Hand durchs Haar und rollte verärgert die Augen. »Ach! Na, du bist jedenfalls kein Sachse . . . Ob du mir helfen kannst? Nein, bestimmt nicht. Ich bin mit dem Karren hier steckengeblieben, aus reinem Spaß an der Sache. Es macht mir eine Riesenfreude, das Ding wieder aus dem Schlamm zu ziehen.«

Ich mochte diesen Mann. Ich lächelte. »In dem Fall tut es mir schrecklich leid, daß ich dich bei deinem angenehmen Zeitvertreib gestört habe. Ich überlasse dich also deinem angenehmen Spiel.«

Er runzelte verwirrt die Stirn und grinste dann. »Aber, aber. Ich war bloß wütend, und dein Angebot ist äußerst großzügig. Wenn du mir dieses dreimal verdammte Ding aus diesem dreimal verdammten Loch ziehen hilfst, dann kannst du mitfahren. Ich gehe nach Südosten, nach Camlann.«

Camlann! »Ich will selbst dorthin«, sagte ich. »Na, laß mich die Karre mal sehen. Wie tief steckt sie denn?«

Sie steckte sehr tief, in einem Loch, das von einer dünnen Kruste aus trockenem Schlamm verborgen worden war. Es dauerte eine Stunde, in der wir uns abquälten und massenhaft Holz aus dem Wald unter die Räder schoben, ehe der Karren endlich aus dem Loch sprang. Der Fuhrmann stieß einen glücklichen Jauchzer aus, als der Wagen endlich frei war.

»Ein Glück, daß du vorbeigekommen bist«, sagte er. »Allein hätte ich ihn nie da rausgekriegt. Ich hätte zurück zu meinem Hof gehen und meinen Clan um Hilfe bitten müssen, und es ist nicht sicher, heutzutage einen beladenen Karren auf der Straße zu lassen. Wo doch hier die Banditen wimmeln, und die Diebe, und die Sachsen in Din Sarum.« – Noch ein anderer Name für Sorviodunum/Searisbyrig, fiel mir ein. – »Und auf dem Hof gibt es mehr Arbeit, als die Männer leisten können, die wir haben. Wir könnten kaum einen entbehren, damit er einen Karren flottmacht.« Er kletterte in seinen Wagen, löste die Zügel von dem Pfosten, an dem sie angebunden gewesen waren, und winkte mich hinauf. Wir rollten die Straße hinunter, ein Rad auf dem Rand, ein Rad auf der Straße. »Mein Name ist übrigens Sion«, sagte der Mann, »Sion ap Rhys, ein Bauer. Mein Clan wohnt nördlich von hier, in der Nähe von Mor Hafren.«

Mor Hafren, die Mündung des Saefern? War ich so weit nach Norden gekommen?

»Ich bin Gawain«, sagte ich, ohne den Namen meines Vaters hinzuzufügen. Ich würde nur wenig Auskunft geben, so entschloß ich mich, bis ich genau wußte, wie man die Söhne des Königs Lot von den Orkneys in Dumnonia aufnehmen würde.

»Ein guter Name«, sagte Sion nach einer kurzen, unruhigen Pause. »Der Name eines Kriegers. Und du willst nach Camlann?«

»Ja. Wie weit ist es denn? Ich bin noch nie in Dumnonia gewesen.«

Sion zuckte die Achseln. »Heute nacht sollten wir in Ynys

Witren sein. Es ist nicht weit, aber ich will das Pferd nicht antreiben, und ehe wir die westliche Straße erreichen, werden wir noch mehr Zeit damit verbringen müssen, diese verfluchte Höllenkarre aus dem Schlamm zu graben. Hin und wieder glaube ich, daß kein Profit es wert ist, im Frühling zu reisen.«

»Welchen Profit erwartest du denn?«

Er grinste. »Einen beträchtlichen. Das ist Weizenmehl da hinten. Mein Clan hat festgestellt, daß wir am Ende des Winters mehr hatten, als wir brauchten. Deshalb haben wir uns entschlossen, es zu verkaufen. Und wem könnte man das Mehl besser verkaufen als dem Kaiser? Der braucht ja dauernd Vorräte, mit seiner Kriegerschar. Wenn ich den richtigen Mann finde, mit dem ich handeln kann, dann kann ich den doppelten Preis von dem erwarten, was ich in Baddon kriegen würde.«

Den Rest des Tages fuhren wir zusammen, und es machte mir großen Spaß. Sion war redselig und fröhlich, und das war gut so, denn der Karren blieb noch dreimal hängen, ehe wir die »westliche Straße« erreichten, die alte römische Straße. Sion mußte ein dutzendmal jeden einzelnen Zoll dieser Straße Yffern anempfohlen haben, zusammen mit dem Karren und dem Pferd, aber er fluchte mit großem Gleichmut, und das Pferd drehte nur die Ohren zurück, als ob es Sions Flüche für Trostworte hielt.

Lange, bevor wir Ynys Witren erreichten, verschwand der Wald. Dann wurden auch die Hügel flacher, und endlich überquerten wir auf einer Straße, die auf einem Erdwall lag, ein niedriges Marschland. Schmale Flüsse mit tiefem Wasser wanden sich durch die nassen Sumpfgräser. Wir sahen die Stadt Ynys Witren, lange bevor wir sie erreichten. Der große Hügel, auf dem sie erbaut ist, stand über dem Land wie eine Festung. Ynys Witren ist eine heilige Stadt. Sie war schon heilig, ehe die Römer kamen, und sie ist es noch immer, wenn auch jetzt einem anderen Gott. Sie sagen, die erste Kirche in Britannien ist dort erbaut, und das Kloster ist schon seit langer Zeit da.

Ich war sehr beeindruckt von der Straße in die Stadt, und ich versuchte, mir die Arbeit vorzustellen, die dazu nötig gewesen war. Sion bemerkte das, und er fragte mich, ob ich ein Fremder wäre. Er zögerte ein wenig, ehe er das letzte Wort sagte. Ich erzählte ihm, ich sei von den Orkneyinseln. Er war verwirrt. »Von den Orkneys? Wo ist denn das?«

»Die Orkneys, die Innsi Erc, die Inseln im Norden des Piktenlandes«, sagte ich überrascht.

»Ach, die Ynysoedd Erch! Wo Lot König ist, mit der Hexenkönigin. Ein schrecklicher Ort, heißt es, und furchtbar weit weg.«

»Sehr weit weg«, antwortete ich, »aber überhaupt nicht schrecklich.«

»Nun . . . hast du denn jemals den König Lot ap Cormac gesehen? Oder die Königin Morgas, die Tochter des Uther? Von der erzählen sie sich Geschichten, die einem das Blut gefrieren lassen. Ich würde keinem von den beiden gern begegnen, überhaupt nicht, zu keiner Zeit. Mein Sohn natürlich . . .«

Ich lächelte. Er hatte mir schon alles über seinen zwölfjährigen Sohn erzählt, der ein fanatischer Bewunderer von Artus war und der ein Held werden wollte. Er hatte es mir erzählt, mitten in Geschichten von den Schwierigkeiten des Bauernlebens und von einer Blutfehde, in die sein Clan vor zwanzig Jahren verwickelt gewesen war. Sion war wie gesagt ein redseliger Mann.

»Nicht, daß ich die Geschichten etwa glaubte«, fügte Sion hinzu. »Die Männer erzählen sich Geschichten über alles mögliche, und je wunderbarer sie sind, desto interessanter finden sie sie. Auf jedem Marktplatz erzählen sie jetzt Geschichten über den Pendragon, über die man vor zehn Jahren gelacht hätte. Aber weil er jetzt Kaiser ist und die Kirche besteuert, da reißen sich die Narren alle im Bart und glauben die Wundergeschichten. Ich dagegen, ich bin ein Christ, ein Sohn der Kirche, und ich halte nicht viel von solchen Märchen . . .« Er brach ab, warf mir einen Seitenblick zu, verstummte einen Augenblick und fuhr dann fort: »Aber ich hab' mich schon gefragt, wie der König und die Königin von den Ynysoedd Erch wohl aussehen.«

»Ich habe sie gesehen«, gab ich zögernd zu.

»Wirklich? Dann erzähl mir von der Hexenkönigin, der Schwester des Pendragon. Sie ist hier in Dumnonia geboren, aber ich hab' sie noch nie gesehen. Ist sie schön?«

Ich dachte an Morgas. Morgas mit ihrem schwarzen Haar und den Augen, die wie nachtschwarze Seen sind. Morgas, die Königin der Finsternis, die nicht länger menschlich war. Ich schaute auf meine Hände hinab, ich vergaß die Straße und den Mann neben mir, ich vergaß Camlann und ganz Britannien im Schrecken meiner Erinnerungen. Der Rand des Karrens knirschte unter meinen Fingern, als ich ihn packte. Licht, kann ich nie frei sein von ihr?

Sion murmelte irgend etwas und machte das gleiche Handzeichen, das er bei meinem ersten Anblick gemacht hatte.

»Was?« fragte ich und wachte aus meinen Gedanken auf.

»Nichts«, sagte Sion, aber er zügelte sein Pferd und schaute mich an. »Was machst du . . .« Er hielt wieder inne. »Irgendwie bist du seltsam, Gawain.«

»Was meinst du damit?« fragte ich und schaute ihm gerade in die Augen.

Sion schüttelte abrupt den Kopf und klatschte mit den Zügeln, so daß die Stute wieder vorwärtstrabte. »Es ist nur das Licht«, murmelte er. »In dieser Spätnachmittagssonne sieht alles so aus . . . na, tut mir leid.«

Ich lächelte, und meine Finger legten sich auf Caledvwlchs Heft. Es war wenigstens schon etwas, daß es ihm leid tat, weil er mich für nicht menschlich hielt. »Sieh mal da«, sagte Sion und war wieder fröhlich. »Da ist Ynys Witren.«

Wir fuhren jetzt wieder direkt nach Westen, denn die Straße zweigte von der Hauptstraße im Osten der Stadt ab, und die langen Strahlen der Nachmittagssonne ließen die Gebäude aus Lehm und Holz zerbrechlich aussehen, als ob sie über dem Marschland schwebten. Der steile Hügel hätte friedlich aussehen sollen: Statt dessen mußte ich bei seinem Anblick den Atem anhalten. Diese Stadt war sicherlich ein Sitz der Macht, und die Macht war von mehr als einer Art.

Sions kleine Stute strebte eifrig dem versprochenen Stall zu. Um des Pferdes willen wollte Sion in Ynys Witren halten, anstatt nach Camlann weiterzufahren. Es war schwer für die Stute, den beladenen Wagen den ganzen Tag zu ziehen, und der Bauer konnte es sich nicht leisten, das Tier zu überanstrengen. Etwas bedrückt fiel mir ein, daß Ceincaled die ganze Entfernung, die wir an diesem Tag zurückgelegt hatten, in ein paar Stunden hätte schaffen können. Aber Ceincaled hatte das Recht auf Unsterblichkeit. Ich hätte ihn nicht behalten können.

Wir überquerten eine Brücke – Sion sagte, der Fluß hieße Briw – und dann fuhren wir in die »Glasinsel« ein, in Ynys Witren. Der große Hügel erhob sich drohend über uns, und die Festung, die darauf stand, hielt Wacht über dem Marschland. Die Festung gehörte einem niederen Herrn, einem Untertanen des Constantius von Dumnonia. Sion hatte nicht vor, um die Gastfreundschaft dieses Herrn zu bitten, denn der folgte der normalen Sitte, das Gastrecht niemandem außer Kriegern und Handwerkern anzubieten. Gewöhnliche Reisende gingen zum Kloster. Dies lag an der Flanke des Hügels, im Osten der Festung, mitten in einer alten, größtenteils verlassenen römischen Stadt.

Sion fuhr zum Tor, stieg vom Karren und läutete eine Eisenglocke, die an der Mauer hing. Nach ein paar Minuten kam ein Mönch und betrachtete uns durch einen Schlitz im Tor.

»Wer seid ihr und was wollt ihr?« fragte der Mönch verärgert.

»Sion ap Rhys, ein Bauer. Unterkunft für eine Nacht.«

»Ein Bauer?« Der Mönch öffnete das Tor. »Dann seid ihr willkommen. Die Gastfreundschaft von Ynys Witren wird euch kosten . . . Was ist im Wagen?«

»Kosten!« rief Sion. »Was für eine Art Gastfreundschaft ist das?«

»Die Gastfreundschaft von Mönchen, die von einem Tyrannen weit über ihre Verhältnisse besteuert werden!« schnappte der Mönch. »Was ist im Karren?«

»Weizenmehl«, erwiderte Sion mürrisch.

»Es kostet euch einen Sack Weizenmehl.«

»Einen Sack. Einen ganzen Sack. Mann, für einen ganzen Sack Mehl könnte ich zwei Hühner kaufen, um diese Jahreszeit!« sagte Sion.

»Sucht ihr die Kirche auszuplündern, die heilige Kirche, eure Mutter? Meint ihr nicht, daß es Gott freut, wenn man großzügig zu seinen Dienern ist?«

»Ich glaube, es freut Gott, wenn seine Diener großzügig sind. Zehn Pfund Mehl ist mehr, als ich mir leisten kann, aber das biete ich euch.«

»Drei Viertel von einem Sack . . .« begann der Mönch.

Nach kurzer Zeit wurde ausgemacht, daß Sion für einen halben Sack Mehl für sich und seine Stute einen Platz zum Übernachten bekommen sollte.

»Und wer ist da noch im Karren?« wollte der Mönch wissen. »Du kannst mir nicht erzählen, daß er dein Sohn ist. Er sieht dir in keiner Weise ähnlich.«

»Nein«, antwortete ich. »Ich bin nur ein Weggenosse.«

»Du zahlst also dann für dich allein«, sagte der Mönch mit Befriedigung. »Gehört einiges von dem Mehl dir?«

»Nein . . .«

»Warum reist du dann?«

»Ich suche Dienst beim Pendragon.«

Der Mönch riß den Mund auf, dann knurrte er: »Der Pendragon! Artus der Bastard hat schon zu viele Männer, die ihm dienen. Viel zu viele. Und wer ernährt sie alle?«

»Die Sachsen haben das in letzter Zeit getan, dadurch, daß sie ausgeplündert worden sind«, sagte ich. »Und ganz Britannien macht es, wenn kein Krieg ist. Hast du je die Sachsen kennengelernt?«

»Warum sollte ich wohl die Sachsen kennenlernen?« fragte der Mönch und vergaß in seiner Überraschung, wütend zu sein.

»Na, das macht ja nichts. Was willst du von mir verlangen? Ich habe keine Güter.«

»Keine?« Er schaute mich sorgfältig an und entschied sich dann dafür, daß ich die Wahrheit sagte. »Gib mir dein Schwert.«

»Nein.«

»Deinen Umhang.«

Sion begann zu kochen. »Was für eine Gastfreundschaft ist denn das, selbst für Ynys Witren? Du nimmst einem Mann den Umhang ab, der ohne Penny zu dir kommt und der nicht mehr vom Handeln versteht als ein dreijähriges Kind? Ich will für ihn bezahlen.«

»Einen Sack Mehl«, sagte der Mönch schnell.

»Einen halben Sack, wie für mich«, antwortete Sion fest. »Und nicht mehr, du Dieb aus einer Diebeshöhle.«

Der Mönch beklagte sich noch ein bißchen; er sagte, es sei ja gerade so, als ob er darum gebeten würde, die Ausplünderung der Kirche dadurch zu unterstützen, daß er »einem gottlosen Gefolgsmann von Tyrannen« Unterschlupf böte. Aber er wollte das Mehl, und nach einer Weile ließ er uns ein.

»Tut mir leid«, sagte ich zu Sion, während der Wagen durch das Tor rollte. »Es stimmt, daß ich keine Ahnung vom Handeln habe. Du hättest ihn meinen Mantel nehmen lassen sollen; ich bin sicher, daß ich einen neuen in Camlann bekomme. Und so habe ich nichts, womit ich deine Großzügigkeit zurückzahlen könnte.«

Sion zuckte die Achseln, aber er war offenbar erfreut. »Behalt ihn. Du wärst ein Narr gewesen, wenn du einen neuen Mantel für eine Nacht hingegeben hättest. Der Mantel ist mindestens eine Woche wert. Und der Mönch, der war ein absoluter Dummkopf, weil er dein Schwert auch nur erwähnt hat. Ich, der ich nichts von Waffen verstehe, sehe ja sogar, daß man mit diesem Schwert einen Hof mit Herden und allem Drum und Dran kaufen könnte.« Er warf mir einen geschäftstüchtigen Blick zu. Ich fühlte mich wirklich dumm, denn daran hätte ich überhaupt nicht gedacht. »Es ist ja schließlich nur ein Sack Mehl«, fügte Sion hinzu. »Und« – er senkte die Stimme – »die Säcke haben auch nicht ganz die richtige Größe. Sie sind kleiner. Der Trottel hat das noch nicht einmal bemerkt, also hat er uns großzügig bewirtet, ohne es zu wissen. Das ist auch gut und richtig so, denn Mönche sollten, was die Güter der Welt anbetrifft, ja arm sein. Und mit Gottes Hilfe werde ich tun, was ich kann, damit sie das auch sind.«

Wir stellten Sions Stute in den Ställen der Abtei ein, und dann sorgten wir dafür, daß der Karren sicher in der Scheune untergebracht wurde. Anschließend gaben wir dem Bruder Pförtner seinen Sack Mehl. Dann gingen wir in die Kapelle, denn es sah so aus, als ob das Kloster völlig überfüllt wäre, und die Mönche hatten ihre Gäste schon im Vorraum der Kapelle zum Schlafen untergebracht. Sion warf seine Rolle im Vorraum nieder, pfiff durch die Zähne und stampfte in die Kapelle selbst hinein. Nach einem Augenblick des Zögerns folgte ich ihm. Ich hatte noch nie zuvor eine Kirche gesehen, und ich fand sie verwirrend. Direkt hinter der Tür blieb ich stehen und starrte die säulengeschmückte Basilika an und die Schnitzereien an den Wänden. Sion allerdings ging direkt zum anderen Ende und kniete vor dem Altar nieder. Er machte das gleiche Handzeichen, das ich ihn schon zweimal hatte machen sehen, und jetzt erkannte ich es als das Zeichen des Kreuzes. Ich ging auch still zum Altar, stellte mich hin und schaute ihn an.

Es war ein ganz einfacher Altar, und ein Kreuz aus geschnitztem Holz stand dahinter vor der weißgekälkten inneren Wand. Das Tuch über dem Altar allerdings war reich bestickt. Es war bedeckt mit verschlungenen, ineinander verknoteten Mustern, die gefroren wirkten und gleichzeitig bewegt, wie die Muster, die ich mein ganzes Leben lang auf Schüsseln und Spiegeln und Schmuck gesehen hatte. Auch auf diesem Tuch waren Tiermuster, seltsame, geflügelte Wesen, die durch die verschlungenen Knoten schritten, die im Licht der beiden Kerzen auf dem Tisch zu tanzen schienen. Etwas an diesem Ort erinnerte mich an das Zimmer, in dem ich Caledvwlch zum erstenmal gezogen hatte. Hier herrschte das gleiche Gefühl eingedämmter Macht vor, starr und lebendig zugleich wie die Muster auf dem Altartuch. Ich hatte ein Gefühl der Unmittelbarkeit und Nähe, als ob ich in der Nähe eines gewaltigen Herzens wäre, und es herrschte gespannte Stille.

Ich holte tief Atem und schauderte vor Aufregung wie ein nervöses Pferd. Ich zwang mich, die Ruhe zu bewahren. Impulsiv kniete ich hinter Sion nieder, der irgendein lateinisches Gebet murmelte. Ich zog Caledvwlch und hielt es vor mich hin, berührte mit der Schwertspitze den Boden. Das Kreuz des Hefts wiederholte das Kreuz an der Wand. Licht rührte sich in dem Rubin, wurde heller, wurde zur beständigen Flamme, und durch meinen Willen befahl ich ihm, wieder dämmriger zu werden. Ich wußte, ich würde nicht in der Lage sein, Sion oder den Mönchen das Schwert zu erklären. Das Licht verschwand, und ich versuchte, Sions Beispiel zu folgen und zu beten. Bruchstücke verschiedener Lieder schwebten durch meine Gedanken und die alten druidischen Anrufungen der Sonne und des Windes, der Erde und der See. Ich verdrängte diese, denn ich wollte schließlich zu meinem Herrn, dem Licht, sprechen und nicht zu irgendeinem geheimnisvollen unbekannten Gott, der mir neu war. Und dann sprach ich zu ihm, ganz still.

»Ard righ mor, mein König . . . ich will dir meinen Eid halten. Ich habe getötet, seit ich dir Gefolgschaft schwor. Laß das . . . Oh, ich bin ganz verloren und kann es nicht verstehen. Laß es vergeben sein. Mein Herr . . .« Ich hatte plötzlich den Wunsch zu singen, aber ich wußte nicht was. »Mein Herr, ich bin dein Krieger. Befiehl mir. Hilf mir. Laß mich Artus finden, und laß ihn mich in Dienst nehmen. Laß mich . . .« Was? Ich dachte an Morgas, an Lugh, an Ceincaled. »Laß mich deinen Willen wissen, denn dir steht es an zu herrschen. Gott dieses Ortes, wenn du mein Herr, das Licht, bist, dann höre mich.«

Es entstand ein Augenblick des Schweigens. Ein stilles, tiefes Horchen, das sich sehr von der hohen Freude unterschied, die ich vorher kennengelernt hatte. Es war, als ob das aufgewühlte Wasser eines tiefen Sees endlich still geworden wäre, und man konnte jetzt hinab in die unendlichen Tiefen schauen, wie in einen See aus Glas. Im Herzen dieser Stille war ein Licht, ruhig wie die Kerzenflammen, und ein Gefühl wie bei den ersten

Noten eines Liedes. Nur dies spürte ich, und nur einen Augenblick lang. Aber ich wußte, daß mein Gebet gehört worden war, und ich konnte mit ruhiger Seele nach Camlann gehen. Ich stand auf und steckte das Schwert in die Scheide.

Sion drehte sich um, schaute mich an, runzelte die Stirn und grinste dann. »Hast du das Schwert geheiligt?«

»Irgendwie schon.«

»Es ist wirklich gut, wenn man das macht. Wirklich gut. Komm, wir wollen mal sehen, ob es in dieser Räuberhöhle irgend etwas zu essen gibt.«

Im Eingang der Kapelle waren drei andere Bauern und ein Händler, die alle nach Camlann wollten. Sie grüßten uns fröhlich und begannen, sich über die Mönche zu beklagen. Sion gesellte sich ihnen mit großer Leidenschaft zu, und er übertraf sie alle an Deutlichkeit. Keiner der Männer warf mir mehr als einen Blick zu, und dafür war ich dankbar.

Nach kurzer Zeit brachte uns ein junger Mönch das Abendessen in einem Korb, zusammen mit etwas feinem gelben Met, der sehr dazu beitrug, den Zorn der Gäste zu besänftigen. Nach dem Mahl entrollten wir die Strohmatten, die hier für die Reisenden aufbewahrt wurden, und breiteten die Mäntel darauf. Wir wünschten einander gute Nacht und rollten uns zum Schlafen zusammen.

Ich wachte in der Dunkelheit auf, irgendwann um Mitternacht. Ich lag sehr still. Irgend etwas war im Eingang der Kapelle, etwas, das kein Recht hatte, dort zu sein.

Es war sehr dunkel, zu dunkel. Neben mir hatte Sions Atem einen gequälten, rauhen Klang angenommen, als ob er eine Droge genommen hätte. Er schien auch von weither zu kommen. Es war kalt geworden, es herrschte eine leere Kälte, die die Seele erfrieren ließ, und die Luft schmeckte dünn.

Ruhig legte ich die Hand auf das Heft des Schwertes, das ich neben meinen Kopf gelegt hatte. Caledvwlch war warm, und es war meiner Hand so willkommen wie ein Herdfeuer nach einem kalten Winterregen. Ich rollte mich auf die andere Seite, zog die Knie unter mich und machte mich bereit.

Was immer die Kapelle betreten hatte, es war mit Sicherheit da. Ich konnte nichts sehen, aber ich spürte seine Anwesenheit. Es lauerte, es kroch an der Reihe der schlafenden Männer entlang und suchte ... Es war am anderen Ende des Vorraums, von mir aus gesehen. Es war ein pulsierender Kern aus Dunkelheit, Kälte und Verzweiflung. Und es war stark, entsetzlich stark.

Ich wartete auf es, mein Puls dröhnte mir dumpf in den Ohren und schüttelte mich mit der Gewalt meines eigenen Lebens. Ich fühlte mich geteilt; ich hatte den Wunsch, im Schrecken vor dem Ding davonzulaufen, und ich hatte auch den Wunsch, aufzuspringen und es zu vernichten.

Der Schatten war schon halbwegs die Reihe der Männer heraufgekrochen. Er suchte noch. Er suchte mich. Es war nicht der Schatten, den Aldwulf in Sorviodunum heraufbeschworen hatte; er schien sogar zu stark zu sein, als daß Aldwulf ihn geschickt haben konnte. Aber ich wußte, er mußte ihn ausgesandt haben. Er würde Rache wollen für das, was mein Schwert ihm getan hatte.

Ich konnte das Wesen jetzt sehen. Es war ein dunklerer Fleck in der Finsternis, der über dem Fußboden lag wie der Schatten eines Baumes, aber es war nichts da, was diesen Schatten werfen konnte. Ich schluckte, und ich schmeckte wieder die Süße, die dagewesen war, als ich Ceincaled ritt. Ich war froh, daß dieser Dämon gekommen war.

... er war zu Sion hinübergerückt ...

Ich warf meinen Mantel beiseite und stand auf. Ich zog mein Schwert.

Der Schatten hielt an, zog sich in sich selbst zusammen, und einen langen Augenblick herrschte donnerndes Schweigen.

Dann griff es an, wie Morgas' Dämon angegriffen hatte. Ich wurde erdrückt in einer kalten Finsternis, ich stürzte, ich war unfähig zu sehen, unfähig zu atmen. Ich taumelte, Übelkeit erfüllte mich, ich war gefroren bis ins Mark – beim Licht, es war stark! Und, süßes Licht, ich war froh, und ich hob mein Schwert zwischen uns. Hier war ein Feind, der seine Vernichtung wert war! Das Feuer des Schwertes flammte in die Klinge, ließ sie in meinen Händen heiß werden, und die Kälte in meinem Innern verschwand wie ein Blitz. Der Schatten flog über die Wand, zitterte wie der Schatten eines Baums im Sturm. Er strahlte Verwirrung aus, Zorn . . . und Angst. Das hatte ich nicht erwartet. Stahl schadet solchen Wesen nicht, und sie haben keine Furcht vor hilflosen Menschen. Aber das hier war anders.

Ich lächelte und trat vor. »Komm«, sagte ich, und meine Stimme klang seltsam in der Dunkelheit und dem unirdischen Schweigen, das so nah war. »Komm, mein Feind. Du bist gebunden, und du kannst nicht an deinen Ort zurückkehren, ehe du nicht das vollbracht hast, zu dem du gesandt wurdest.

Das Wesen machte ein hohes, dünnes, wimmerndes Geräusch und sprang.

Ich war bereit. Ich ließ Caledvwlch niedersausen, und das Wesen stieß einen tonlosen Schrei aus, schrie noch einmal, wand sich auf dem Boden, aber jetzt vor Zorn. Ehe ich das Schwert wieder heben konnte, war das Wesen über den Fußboden geglitten und hatte mich berührt. Ich stürzte rückwärts. Eine tödliche Kälte und ein intensiver Schmerz krallten sich in meinem Schädel fest, und eine Flut aus Haß, eine schwarze Flut wie der Haß, den ich einmal meinem Bruder Agravain gegenüber verspürt hatte, oder wie der Haß, den Morgas für die ganze Welt verspürte. Ich ertrank darin; ich konnte nicht sagen, welche meine eigenen Gefühle waren, und welche die Wünsche meines Angreifers. Ich wußte nicht, wer ich war oder wo ich war. Alle Zeit, alle Klarheit wurden vom Abgrund der Finsternis verschlungen. In der Verwirrung schien ich mich an irgend etwas zu erinnern: an meine Mutter, gekleidet in Schrecken, die mir befahl. Und dann an Aldwulf, dessen Gesicht von einer blutbefleckten Bandage bedeckt war und der vor den Runen kniete und kreischte: »Komm! Ich brauche irgendeine Macht, die Gawain zerstört, den Diener des Lichts! Komm, nimm deinen Preis!« Und ich hörte denjenigen, der, gefangen im vielgehaßten Licht der Welt, umhergeirrt war und jetzt kam und jetzt sagte: »Wo ist Gawain, der Sohn des Lot, der Sohn der Königin der Finsternis? Ich suche ihn.« Nein. Es war nicht meine Erinnerung, es war die Erinnerung des Dämons. Dies war die Macht, die Morgas in der Nacht des Samhain heraufbeschworen hatte, nachdem ich geflohen war. Die Macht, die mich bis zum Llyn Gwalch verfolgt hatte, um mich zu vernichten. Seit fast drei Jahren war dieses Wesen durch die Welt gewandert und hatte mich gesucht, es war unfähig gewesen, sich wieder zurückzuziehen, bevor es Morgas' Befehl ausgeführt hatte. Und dann hatte Aldwulf gerufen, und es hatte mich wiedergefunden. Der Gedanke, das Erkennen, brachte mich wieder zu mir selbst. Ich war ein Mann, getrennt von der finsteren Macht, und ich hob das Schwert und preßte das Heft gegen meine Stirn.

Der Dämon ließ mich los, kreischte auf und stürzte über den Fußboden. Ich ging auf die Knie und schlug wieder auf ihn los, und das Wesen zuckte wahnsinnig, sprach jetzt mit mir, bettelte im Innern meines Gehirns ohne Worte. Es sagte, es würde mir in allem gehorchen, wenn ich es verschonte. Ich lachte und ließ das Schwert niedersausen.

Der Todesschrei des Dämons erschütterte die Luft. Es war, als ob er den Stoff durchdrang, aus dem die Welt gemacht ist. Dann verklang er langsam, verschwand mit der Kälte und dem Schweigen ins Nichts.

Ich hob das Schwert wieder, ich keuchte, ich suchte nach etwas anderem, gegen das ich kämpfen konnte.

Stille. Das leise Atmen schlafender Männer, jetzt ohne den betäubten, gequälten Klang. Ein Nachtvogel rief draußen, und der Wind rauschte in den Deckenbalken. Ich senkte das Schwert. Das Feuer verlosch, sowohl in der Klinge als auch in meinem Gehirn, und nur noch Frieden blieb.

Mein König, dachte ich. Du bist der größte aller Herren, der glänzendste aller Feldherren. Meinen Dank für das Schwert und für den Sieg. Dann ging ich zurück zu meinem Strohsack, schob Caledvwlch in die Scheide und legte mich. Ich war zu müde, um stehenzubleiben.

Während ich mich niederließ, rührte sich Sion, wachte auf, hob den Kopf. Er schaute nach irgend etwas im Vorraum der Kapelle, zögerte, drehte sich dann unsicher nach mir um.

»Gawain?« flüsterte er.

Ich war schon im Halbschlaf, und ich wollte nicht reden. Deshalb tat ich so, als ob ich fest schliefe. Nach einer Minute zuckte Sion die Achseln und legte sich wieder hin. Ich schloß die Augen. Der Schlaf war wie ein Boot, das träge auf einem riesigen, friedlichen Ozean treibt.

9

Als ich am nächsten Morgen aufwachte, war das Gefühl des Friedens noch da. Sion allerdings schien besorgt. Er pickte an dem Brot herum, das die Mönche zur Verfügung gestellt hatten und brütete. Die anderen Bauern diskutierten über Land und Ernte und das Wetter und schmiedeten Pläne, aber Sion schloß sich der Unterhaltung nicht an. Als er sein Frühstück halb beendet hatte, hörte er auf zu essen. Ein Stück Brot hielt er hochgehoben in der Hand, und er schaute mich fest an. »Ich hatte vergangene Nacht einen seltsamen Traum«, verkündete er.

»So?« fragte ich amüsiert. »Worum ging's denn?«

Sion schaute wieder auf sein Brot, schob es in den Mund und kaute gedankenverloren, ehe er antwortete. »Ein dunkles Ding kam in den Vorraum der Kapelle.«

Meine Belustigung verschwand. Ich starrte ihn an.

Er fuhr fort, ohne mich anzusehen und ohne irgend jemandem einen Blick zuzuwerfen, obwohl die anderen jetzt mit einigem Interesse zuhörten. »Ich hab' gespürt, wie es durch die Tür kam und einen Augenblick stand. Zuerst sah es aus wie ein Schatten, und dann habe ich mit den Augen gezwinkert und sah, was es war. Nun, es sah ein bißchen wie ein Mensch aus. Wie eine Leiche, ganz schwarz und halb verfault. Es kam weiter auf mich zu, es torkelte ein bißchen wie ein Tanzbär, und ich versuchte aufzuwachen, denn beim Anblick des dreimal verdammten Dings brach mir der kalte Schweiß aus. Aber ich konnte nicht aufwachen.«

»Aha«, sagte einer der Bauern, »ich hab' mal einen Mann gekannt, der auch so einen Traum hatte. Als der am Morgen aufwachte, stellte er fest, daß seine Tochter tot war. Es sind schon komische Sachen, solche Träume.«

»In der Tat« meinte Sion. »Aber das war nicht das Ende.« Er sprach mich jetzt wieder an, er weigerte sich, vom Thema abzuweichen. »Du bist doch aufgewacht. Du bist aufgestanden und hast dein Schwert gezogen, und das Schwert flammte auf wie eine Pechfackel, die angesteckt wird. Du hast das Schwert zwischen dich und das verdammte Ding gehalten, und du hast ausgesehen, als ob man dir gerade einen Herzenswunsch erfüllt hätte. Und dann habt ihr beiden angefangen zu kämpfen.« Sion zuckte unruhig die Achseln, beäugte Caledvwlch und fuhr fort, »und dann war es so, als ob du gefroren wärst. Gerade am Anfang des Kampfs. Ich hab' auf die Wand geschaut, hinter dem schwarzen Ding, und dort stand auf einmal eine Frau.«

Ich stellte fest, daß meine Hand irgendwo am Heft meines Schwertes lag.

»Es war eine dunkle Frau, mit einem weißen, ausgehungerten Gesicht und schrecklichen Augen. Sie war schöner als jede Frau, die ich je gesehen habe, aber irgend etwas war an ihr nicht in Ordnung. Solch einen Blick hab' ich schon mal bei einem Stadtbettler gesehen, der in der Gosse verhungerte und den Vorübergehenden Flüche nachrief. Aber bei solch einer stolzen Schönheit wie dieser Frau hab' ich das noch niemals gesehen. Sie sah, wie du gerade das Gespenst aus Yffern bekämpfen wolltest, und da hat sie die Hand ausgestreckt und es berührt. Und dabei hat sich die Dunkelheit verdreifacht. Aber dann blickte sie auf und wurde zornig, und ich schaute hinter mich und sah, daß dort ein Mann stand. Ein Mann mit gelben Haaren, eingehüllt in Licht, und er hob die Hand und verbat der Frau, sich einzumischen.«

Ich saß da und starrte Sion an. Ich wollte etwas sagen, aber mir fiel nichts ein. Ich hatte diesen Mann für einen einfachen Bauern gehalten. Er war auch ein Bauer, aber einfach war er nicht. Menschen sind nicht einfach, und ich hatte vergessen, daß andere außer mir selbst vielleicht auch dem Licht dienen konnten. »Und das war das Ende des Traums?« fragte ich. Selbst für mich klang meine Stimme gepreßt.

Sion schüttelte den Kopf. Die anderen Bauern blickten verwirrt von einem zum anderen, aber Sion ignorierte sie.

»Nein. Aber danach veränderte sich der Traum. Plötzlich stand ich nicht mehr im Vorraum der Kapelle, sondern auf einer riesigen, flachen Ebene voller Menschen. Der Himmel war sehr dunkel im Osten, als ob sich ein Gewitter zusammenbraute. Im Westen sah ich den Kaiser mit seinem Kriegshaufen, und plötzlich riß sich der Drache von seiner Standarte los und erhob sich in die Luft. Er glühte wie heißes Gold, und es sah so aus, als ob ich mitten in einer Schlacht stände. Denn alle Leute auf der Ebene hatten angefangen zu kämpfen. Ganz nah bei mir war ein hochgewachsener Mann, ein Sachse, nach seinem Aussehen zu urteilen. Die linke Seite seines Gesichts war vernarbt, und er hielt eine schwarze Flamme in seiner linken Hand. Der Drachen flog über ihn, ich schloß einen Moment die Augen, und als ich sie wieder öffnete, da war der Sachse tot. Über ihm stand ein junger Mann mit hellem Haar, der eine Fibel trug in der Form eines Löwen. Überall um mich herum wurde gekämpft, aber ich erinnere mich nicht mehr an Einzelheiten. Alles war in Verwirrung.«

Der Händler schnaufte plötzlich und schüttelte den Kopf. »Da hast du recht. Wirrköpfiger Blödsinn. Jeder, der mehr von einem Traum erwartet, ist ein Narr.«

»Ich bin noch nicht fertig«, schnappte Sion. »Laß mich die Geschichte zu Ende erzählen, und wenn du keine Lust hast zuzuhören, dann tu es nicht. – Es wurde immer dunkler, und das Rufen und das Klingen der Waffen wurde lauter. Der Drachen flog immer wieder über die Reihen hin und zurück, und er zog einen Schweif aus Feuer hinter sich her. Dann kam ein Blitz vom Himmel, und ich sah, wie hinter mir die Erde mit Leichen übersät war. Einen bemerkte ich besonders, einen Mann in einem roten Umhang, der tot dalag. Dann kam ein Donnerschlag und eine Finsternis voller Feuer, und ich wandte mich ab, weil ich Angst hatte. Als ich mich wieder umdrehte, sah ich, wie ein Mann dort stand, und er packte mich am Arm. Es war der Sänger des Kaisers, Taliesien – als der Kaiser den Purpur nahm, da habe ich in seiner Armee gekämpft, deshalb erkannte ich den Mann. Aber im Traum trug er einen Stern auf seiner Stirn, und er war der einzige in meinem ganzen Traum, der mich sah. Er sagte: ›Erinnere dich an diese Dinge, Sion ap Rhys, und hab keine Angst. Wenn sie auch schrecklich sind, dir werden sie nicht schaden. Hab Glauben.‹ Also neigte ich den Kopf, und alles wurde dunkel. Und dann« – Sion holte tief Atem – »dann wachte ich auf.« Er zuckte die Achseln. »Aber alles war still, und du schliefst.«

Der Händler lachte über die ganze Sache, und Sion runzelte die Stirn.

»Träume sind seltsam, das ist sicher«, sagte der Bauer, der schon vorher etwas gesagt hatte. »Aber dieser Traum, der hat keinen Kopf und kein Hinterteil. Ich habe noch nie von einem gehört, der in seinen Träumen gegen Teufel kämpft. Aber ein Traum über den Pendragon, der ist deutlich genug. Das Gewitter, das müßten die Sachsen sein. Ich konnte nur nicht feststellen, was sie in deinem Traum machten.«

»Es ist alles Blödsinn«, wiederholte der Händler. »Obwohl du uns mit deiner Geschichte ganz schön gefesselt hast. Ein Mann kann sich doch nicht um Träume kümmern. Ich hab' mal einen Idioten gekannt, der . . .«

Sion stand abrupt auf. »Ich glaube, ich gehe jetzt in die Kapelle und bete.«

»Ja«, sagte einer der anderen Bauern. »Zünde eine Kerze an, und vielleicht kannst du die Mönche eine Messe singen lassen. Das mag es vielleicht abwenden.«

»Was abwenden?« fragte der erste Bauer. Der zweite zuckte die Achseln.

»Ich gehe mit dir«, sagte ich zu Sion.

Er warf mir noch einen seiner ruhigen Blicke zu, und dann nickte er zufrieden. Die anderen schauten mich unruhig an, schüttelten die Köpfe. Einer bekreuzigte sich. Als wir die Bauern verließen, begannen sie flüsternd zu reden, während der

Händler die Geschichte noch einmal zusammenzufassen versuchte.

In der Kapelle war ein Mönch, der die ausgebrannten Kerzen ersetzte. Sion übersah ihn und kniete vor dem Altar nieder. Er machte das Zeichen des Kreuzes und begann, ein lateinisches Gebet zu murmeln. Ich kniete mich ein Stückchen hinter ihm nieder und überlegte. Es war in der Tat ein seltsamer Traum. Wie die Bauern hatte ich keine Ahnung davon, was das meiste bedeutete, aber manches war erschreckend deutlich. Sion wirkte kaum wie ein Prophet, aber ich wünschte mir, ich hätte den Traum besser verstehen können.

»Gloria in excelsis deo«, sagte Sion, als ob er irgend etwas rezitierte, ». . .und Friede auf Erden für alle Menschen, die guten Willens sind . . .« In dieser Art fuhr er noch ein bißchen fort, dann hielt er inne und starrte schweigend das Kruzifix an. Ich wünschte mir, ich könnte seine Religion besser verstehen. Er schien dem Licht zu huldigen, und ich wußte nicht, wie ich das tun mußte. Ich wußte nur genug, um die Gerüchte und die seltsamen Geschichten, die sich um diesen Glauben rankten, nicht mehr ernst zu nehmen, die Geschichten von Kannibalismus und unnatürlichen Orgien, die wir im Haus der Knaben des langen und breiten gehört hatten. Es wäre tröstlich gewesen, wenn ich ein paar schöne Worte wie Sions Worte meinem Herrn hätte sagen können, jetzt, nach dem Sieg der vergangenen Nacht und nach diesem Traum.

Da ich nicht wußte, was ich sagen sollte, zog ich wieder mein Schwert und berührte damit vor mir den Boden, eine Hand auf jede Seite des Handschutzes gelegt. Wieder spürte ich, plötzlich stärker als je zuvor, dieses tiefe, stille Verstehen, diese Aufmerksamkeit. Und wieder hatte ich den Wunsch zu singen. Aber mir fiel nur ein Lied an die Sonne ein, auf irisch.

Heil dir, heller Morgen,
Zerschlagen hast du die Schatten der Nacht.
Freundliche Flamme, schimmernder Sieger,
Ewig junges, jubelndes Licht.

Willkommen sei mir, Wonniger,
Goldenhändig bringst du den Glanz,
Heil dir, Herold des Tages,
Lehnsmann des Lichts, Sendbote der Sonne.

Es schien mir zu passen. Der Mönch war mit den Kerzen fertig und ging, und seine Füße machten leise, stapfende Geräusche auf dem Holzfußboden. Die Tür schloß sich hinter ihm, und wir blieben noch und starrten auf den Altar.

Der Rubin im Heft von Caledvwlch begann zu glühen, er brannte heller; das Licht stabilisierte sich und wurde intensiver, es warf ein klares, rosenfarbenes Licht, heller als die Kerzen. Sion sah, daß das Schwert einen Schatten vor ihm warf und drehte sich um. Er starrte einen Augenblick hin, dann stieß er einen langen Seufzer aus.

»Es ist also wahr«, sagte er. »Ich war nicht ganz sicher.«

»Ich weiß, daß etwas davon wahr ist«, erwiderte ich. »Der Rest aber, der ist für mich unbegreiflich. Ich bin nur menschlich, Sion ap Rhys.«

Sion blies die Backen auf. »Das weiß ich.«

Ich war überrascht und zeigte das auch.

»Ach, ich weiß schon«, erklärte Sion. »In der Tat, gestern habe ich noch anders gedacht. Du kamst aus dem Wald, sozusagen aus dem Nichts, und ich hab' dich einmal angeschaut und zu mir gesagt: ›Der kommt von den Unterirdischen.‹ Aber du warst freundlich und hast mir mit dem Wagen geholfen, und du hast dich ganz mit Schlamm beschmiert, als du den Karren auf dieser Teufelsstraße mit mir flottgemacht hast. Da hab' ich gedacht: ›Vielleicht doch nicht.‹ Den ganzen Weg nach Ynys Witren war ich unsicher. Ich habe Träume, weißt du, und manchmal spürt man auch so etwas. Das kommt bei uns in der Familie vor. Normalerweise übersehe ich solche Dinge – das Übernatürliche läßt man am besten in Ruhe –, aber ich weiß genug, um aufzupassen, wenn etwas Seltsames passiert. Und selbst die Bauern, die spüren, daß du was Komisches an dir hast. Obwohl sie nicht mehr im Gehirn haben als die Schafe der Sachsen. Gestern, als ich diese Hexe erwähnt habe, kurz bevor wir nach Ynys Witren kamen, da war ich fast sicher, daß du zu den Unterirdischen gehörst. Ich hab' gedacht, du hättest menschliche Gestalt angenommen, aus irgendeinem persönlichen Grund. Aber als wir ankamen und du versucht hast, mir gegen einen halben Sack Mehl deinen Umhang aufzudrängen, und als du nachher hinter mir her in die Kapelle gekommen bist und gebetet hast, da wußte ich, du mußtest menschlich sein. Die Unterirdischen, die beten nämlich nicht. Und außerdem kann ich mir nicht vorstellen, daß einer von den Unholden sich wegen einem Karren voll Weizenmehl total mit Schlamm verschmiert. Aber du hast was mit der Anderwelt zu tun gehabt, nicht? Irgend etwas Komisches ist an dir, obwohl es heute weniger stark ist.«

»Ja . . . das habe ich. Aber was ist mit deinem Traum? Hast du schon ähnliche Träume gehabt?«

Sion zuckte die Achseln. »Gelegentlich. Ehe mein Clan die Blutfehde ausgefochten hatte, vor zwanzig Jahren, da hatte ich auch einen Traum. Und ich hatte noch einen, ehe Artus den Purpur nahm, und einen oder zwei andere, in denen es um kleinere Dinge ging. Jedenfalls nichts, was so lang und so verflucht furchterregend war wie das in der letzten Nacht. Sag mir, Gawain, wieviel von diesem Traum hat gestimmt?«

Ich schaute auf das Heft meines Schwertes nieder, das Licht war jetzt verschwunden. »Ich habe in der vergangenen Nacht tatsächlich mit einem Dämon gekämpft, und ich habe ihn umgebracht. Aber für mich sah er nicht anders aus als ein Schatten. Ich kenne den Mann und die Frau, die du dabei gesehen hast. Aber für mich waren sie nicht da. Der Sachse in dem wirren Teil des Traumes, der mit dem narbigen Gesicht und der schwarzen Flamme – das war Aldwulf, der König von Bernicia. Aber wer der Mann war, der gegen ihn kämpfte, das weiß ich nicht. Von dem Rest habe ich auch keine Ahnung.«

»Aldwulf?« fragte Sion. »Ich habe von ihm gehört, aber daß er eine Narbe hat, das hat mir noch keiner erzählt. Im Gegenteil, man sagt immer, er sieht teuflisch gut aus.«

»Jetzt hat er eine Narbe«, sagte ich. »Ich habe sie ihm verpaßt. Und dafür hat er einen Dämon heraufbeschworen und mir nachgeschickt.«

Sions Augen weiteten sich. »Wie kann das sein? Aldwulf von Bernicia soll doch in Din Sarum sei, bei Cerdic und der ganzen sächsischen Armee.«

»Das war er auch, aber – ich war von den Sachsen gefangengenommen worden, und damals hab' ich so getan, als ob ich ein Höriger wäre. Aldwulf hatte ein Pferd gefangen, als Geschenk für Cerdic, eins der Pferde der . . . der Unterirdischen, wie du sie nennst. Ich habe das Pferd gezähmt und Aldwulf damit niedergeritten, ehe mich einer aufhalten konnte.«

Sion schüttelte verwundert den Kopf. »Lieber Gott. So einfach: ›Ich hab' Aldwulf niedergeritten.‹ Na ja. Und wer waren der Mann und die Frau, die ich auch noch gesehen habe?«

Ich zögerte. »Der Mann war Lugh von der langen Hand. Ich glaube, ihr nennt ihn Lluch auf britisch.«

Er starrte mich an, er war verwirrt. »Ein heidnischer Gott?«

»Kein Gott. Und auch kein Mensch. Aber darüber hinaus weiß ich nichts von ihm, außer daß er dem Licht dient. Er war es, der mir das Schwert gegeben hat.«

»Und das Licht, das ist demnach Gott. Na schön, ich verstehe es trotzdem nicht. Und was ist mit der Frau? Ich konnte sehen, daß sie eine Herrin der Finsternis ist, aber welche Verbindung hat sie mit dir?«

»Sie ist meine Mutter«, sagte ich unglücklich. »Es ist Morgas von den Orkneys.«

Sion wurde sehr still. »Die Hexe selbst«, sagte er endlich. »Dein Vater ist also dann König Lot von den Ynysoedd Erch?«

Ich nickte.

»Na«, meinte Sion nach einer weiteren langen Pause. »Heutzutage sind nicht nur Träume sehr seltsam. Du bist nicht derjenige, den ich für den Sohn eines Königs und der Tochter eines Hohen Königs gehalten hätte, besonders nicht, wo diese beiden solch einen schlechten Ruf haben. Als ich gehört hatte, daß die jüngeren Söhne der Königin Morgas . . .« Er brach ab.

Es wurde deutlich, daß er von den jüngeren Söhnen der Königin Morgas gehört hatte, daß sie ebenfalls Hexer waren. Armer Medraut, wenn auch er jetzt diesen Ruf hatte.

»Und du bist nicht der Mann, den ich mir als Propheten vorgestellt hätte«, gab ich zurück.

»Ich, ein Prophet? Rede keinen Unsinn!«

»Was war dieser Traum denn anders als prophetisch? Ich glaube, viele von den Dingen, die du gesehen hast, müssen noch kommen.«

»Es ist nur ein Traum, den man nicht . . . verdammt«, sagte Sion. Er hatte gar nicht daran gedacht, welches Licht der Traum auf ihn selbst warf. Ich lachte. Er starrte mich einen Augenblick an und grinste dann. »Ich bin ein einfacher Bauer«, sagte er, »und ich glaube nicht, daß mir irgend so etwas noch einmal passieren wird. Ich habe keinen Anteil an irgendeiner dieser großen und schrecklichen Schlachten, und ich will auch keinen Teil daran. Heutzutage ist es mühsam genug, einen Hof zu führen, dafür zu sorgen, daß Frieden herrscht und im eigenen Haus alles in Ordnung ist. Trotzdem, ich bin froh, daß mir dies passiert ist, denn wie kann man in solchen Zeiten nicht den Wunsch haben, die Zivilisation zu erhalten, und das Reich, und das Licht von Britannien.« Er runzelte wieder die Stirn. Dann sagte er mit ganz leiser Stimme: »Vergiß mich nicht, Gawain – Herr Gawain, sollte ich wohl sagen. Ich weiß, ich habe dir eigentlich keinen Dienst erwiesen, sondern ich habe dir nur einen Traum erzählt. Aber es würde mich froh machen, wenn ich wüßte, daß in zehn oder zwanzig Jahren der eine von den Männern mitten in der Schlacht sich an mich erinnert, wenn ich hinginge und mit ihm spräche.«

»Es ist nicht wahrscheinlich, daß ich dich oder deinen Traum vergesse«, sagte ich. »Aber ich möchte bezweifeln, daß ich bei diesen Dingen, die noch kommen sollen, irgendeine große Rolle spielen werde.«

Sion warf mir einen völlig ungläubigen Blick zu. »Du spielst eine. Eines Tages, eines Tages erzähle ich meinen Enkelkindern, wie ich dich auf dem Weg nach Camlann getroffen und dir eine Fahrt in meinem Karren angeboten habe, und ich weiß, sie werden mir kein Wort glauben.« Er stand auf und putzte sich den Staub von den Knien. »Sie werden sagen: ›Da ist unser Großvater, der tut so, als ob er früher mal alle Könige in Britannien gekannt hätte, und damit macht er einen Narren aus sich selbst.‹«

Ich schüttelte den Kopf. Die Kämpfe, die ich ausfechten würde, fanden mit Sicherheit an finsteren Orten statt, an Orten, von denen man keinen Ruhm in die sonnenerleuchtete Welt mitbringen kann. »Warum wartest du nicht, bis Artus mein Schwert akzeptiert hat. Dann kannst du ja planen, was du deinen Enkelkindern erzählen willst«, sagte ich. »Vielleicht könntest du ihnen erzählen: ›Ich habe einmal Gawain ap Lot kennengelernt‹, und dann werden sie dir antworten: ›Wen?‹«

Sion schüttelte störrisch den Kopf. »Das werden sie nicht sagen. Willst du jetzt nach Camlann?«

Wir hatten gerade die Kapelle verlassen, als wir den Klang von Rufen und von Pferdegetrappel aus dem Hof der Abtei hörten. Wir warfen einander einen Blick zu und eilten hinaus ins Sonnenlicht. Dort fanden wir die anderen Reisenden, die meisten der Mönche und eine Gruppe von Kriegern, die hinter dem Tor zusammenstanden und brüllten. Es waren ungefähr ein Dutzend Krieger; es waren Briten mit starken Schlachtrössern, und ihre Waffen glänzten.

Einer der Mönche lieferte bei dem Gebrüll den Löwenanteil. Es war der Abt, das erriet ich an der Qualität seiner Kleidung und den Juwelen auf dem goldenen Brustkreuz, das er trug. »Und was noch?« wollte er wissen. »Wir haben von unserer Gemeinde mehr verlangen müssen als das, was ihr uns schon genommen hattet, und wir haben kaum noch genug, um bis zur nächsten Ernte auszukommen . . .«

»Meinst du denn, du kannst uns hier mit offensichtlichen Lügen abspeisen?« fragte einer der Krieger. Es war ein sehr großer Mann, so groß, daß sein Schlachtroß klein wirkte. Sein rotes Haar stand widerborstig in alle Richtungen ab, und seine hellblauen Augen glitzerten gefährlich. Er trug mehr Schmuck, als ich je an einem Mann gesehen hatte, und auch die Farben seiner Kleidung waren leuchtender. »Du hast genug, mehr als genug, du kannst sogar fett davon werden. Und das, ganz ohne deine elendigen Schäflein den doppelten Zehnten zahlen zu lassen. Du brauchst auch nicht jeden Reisenden, der in Erwartung deiner Gastfreundschaft vorbeikommt, gleich auszunehmen. Wenn die Sachsen hierherkämen, dann würden sie alles nehmen, was du hast, bis zur letzten Binse auf dem Boden und bis zum letzten Kerzenleuchter. Bist du denn nicht dankbar, weil wir dir die Sachsen vom Halse halten?«

»Die Sachsen sind nur eine Ausrede, eine Entschuldigung, die der Tyrann uns hier anbietet!« sagte der Mönch wild.

Die Krieger lachten. »Vielleicht ziehst du jetzt die Sachsen dem Kaiser vor«, meinte ein anderer, ein schlanker, dunkelhaariger, einhändiger Mann in einfacher Kleidung. Aber ich glaube, du würdest bald anders darüber denken, wenn der Pendragon aufhören würde, sie zu bekämpfen.«

Der Abt knurrte. »Es ist die Pflicht der christlichen Könige, ihr Volk zu schützen; es ist nicht ihre Pflicht, die Leute auszurauben. Wir können nicht geben . . .«

»So? Ihr habt ihn gehört, Brüder«, sagte der Rothaarige. »Er kann nicht geben. Aber wir können nehmen.«

»Räuber!« schrie der Abt.

»Sei vorsichtig, Cei«, warnte der dunkle Krieger. »Artus hat gesagt, wir dürfen sie nicht drücken, bis sie brechen.«

Cei zuckte die Achseln. »Aber wir könnten sie doch ein bißchen biegen, oder? Vielleicht mit einem kleinen Feuer? Nur einem ganz kleinen, oben auf dem Torhaus?«

Der Abt schaute ihn wütend an, entschloß sich dann, lieber nicht abzuwarten, ob der Krieger es ernst meinte. »Ihr gottlosen Mörder«, sagte er, »wir bewahren da drüben ein paar Vorräte auf. Nur ein paar. Aber es ist alles, was wir haben.«

Der dunkle Krieger warf seinem Kameraden Cei einen bedeutungsvollen Blick zu. »Ja, vielleicht bewahrt ihr dort den Zehnten eurer Güter auf. Wirklich, Theodorus, es tut dir nicht gut, uns anzulügen. Das letztemal hast du gesagt, du hättest kein Gold, und dann bist du zu uns gekommen und wolltest, daß wir das zurückholen, was du zur Aufbewahrung nach Sorviodunum geschickt hattest. Nun gut. Ich nehme an, wir werden uns damit für heute begnügen müssen.« Er wandte sich von dem Abt ab, schaute Sion und die anderen Reisenden an und verkündete: »Der Pendragon hat einen weiteren Sieg errungen, denn in Powys ist er auf eine große sächsische Kampfgruppe gestoßen und hat sie vernichtet. Lob sei Gott.«

Die Bauern brachen in Hochrufen aus. Die sächsischen Überfälle würden jetzt wahrscheinlich etwas nachlassen, und ihre Ländereien und Herden waren sicherer.

»Es ist gut, daß ihr euch freut«, meinte Cei. »Zum Zeichen dafür könntet ihr uns die Karren und Pferde leihen, die ihr habt. Ihr könnt sie in Camlann wiederholen, und man wird euch für die Güter, die ihr gebracht habt, bezahlen.«

Die Bauern verstummten sofort.

»Bei meinem Namenspatron!« sagte Sion zornig. »Ich habe eine gute Ladung Weizenmehl in meinem Karren, und mein bestes Pferd ist eingespannt. Das leihe ich keinem, ehe es nicht bezahlt ist.«

Die anderen Bauern stimmten zornig murmelnd zu. Der dunkle Krieger zuckte die Achseln. »Man wird euch bezahlen. Der Kaiser betrügt euch nicht.«

»Du hast mich mißverstanden«, meinte Sion. »Ich sagte: Ohne Bezahlung leihe ich euch meinen Wagen und meine Ladung nicht.«

»O doch, das wirst du wohl«, sagte Cei. »Du wirst uns die Sachen leihen, zur späteren Bezahlung. Sonst verlierst du einfach alles.«

»Das ist nicht gerecht«, sagte ich und wurde genauso zornig wie die Bauern. »Ich glaube nicht, daß dein Herr so etwas zustimmen würde.«

Der dunkle Krieger hob eine Augenbraue. »Wir brauchen Vorräte«, sagte er sehr ruhig und vernünftig. »Wir brauchen Karren und Pferde, um die Vorräte zu transportieren, denn unsere Wagen und Pferde sind beschädigt oder werden für die

Verwundeten gebraucht. Mein Herr Artus stimmt schon zu. Ihr werdet bezahlt, keine Angst.« Ich starrte ihn weiter zornig an, und plötzlich runzelte er die Stirn und warf mir einen schärferen Blick zu.

Der andere Sprecher für die Krieger, Cei, überhörte den ganzen Wortwechsel und fragte einfach die Bauern: »Wo sind eure Karren?«

Sion spuckte aus und faltete die Arme über der Brust. »Zuerst bezahl mich.« Die anderen Bauern folgten seinem Beispiel und blieben störrisch.

»Gib ihnen jetzt irgendeinen Gegenwert«, schlug ich dem dunklen Krieger vor, »oder wenigstens schreib den Wert der Güter nieder, so daß sie der vollen Bezahlung sicher sein können, wenn sie den Hohen König erreichen.«

Cei starrte mich an. »Wer in drei Teufels Namen bist du denn? Du bist doch kein Bauer. Was hast du hier zu suchen?«

»Mein Name ist Gawain, und ich wollte nach Camlann, um beim Pendragon in Dienst zu treten.«

Cei lachte. »Artus braucht keine Schweinehirten. Am besten gehst du zurück nach da, woher du gekommen bist, und überläßt die Angelegenheiten der Kriege den Kriegern.« Er sagte das wie eine Herausforderung, er sprach, wie Agravain das oft getan hatte.

Der Dunkle rutschte unruhig auf dem Pferd. »Cei, hör auf.«

»Was? Bedwyr, das kann doch nicht dein Ernst sein, daß du diesen niedriggeborenen Unruhestifter verteidigen willst?«

Bedwyr schüttelte zweifelnd den Kopf. »Laß ihn in Ruh. Wenn er die Wahrheit sagt, dann ist er vielleicht bald unser Kamerad.«

»Der? Der ein Krieger? Sieh dir doch mal an, was der auf dem Leib hat! Dem gehört ja noch nicht mal ein Pferd!«

»Trotzdem«, sagte Bedwyr, »laß uns einfach nehmen, was wir brauchen, und dann ziehen wir ohne Kampf ab. Wir müssen Camlann schnell erreichen.«

»Bedwyr, mein Bruder, jetzt hebe nicht wieder den moralischen Zeigefinger. Ich schwöre den Eid meines Volkes, aber ihr Bretonen seid schlimmer als die aus dem Norden, fast so schlimm wie die Iren.«

Bedwyr lächelte. »Ach, bin ich jetzt wieder so schlimm wie die Iren? Da spricht ein wahrer Dumnonier. Ich glaube, ich weiß noch . . .«

»Bei allen Heiligen! Es gibt ja Ausnahmen. Ich gebe zu, daß ich mich bei denen geirrt habe. Gott im Himmel, wie du mir aber auch immer wieder meine Fehler unter die Nase reibst. Warum bin ich nur mit so untreuen Freunden geschlagen?«

Über diese Worte begannen die Krieger zu lachen, und Bedwyr lächelte wieder. »Wirklich, Cei«, fuhr er fort, »du streitest dich zu gerne; hier tut das nicht gut.«

Cei seufzte. »Na schön.« Er drehte sich wieder zu mir um. »Ich will alles vergessen, du dahinten. Und jetzt, ihr Männer, wo sind eure Karren?«

»Wo ist eure Gerechtigkeit?« erwiderte Sion, jetzt etwas unsicher.

»Sei still, Bauer!« schnappte Cei. »Sonst bring ich dir bei, wann du den Mund zu halten hast.«

Meine Hand fuhr an Caledvwlchs Heft. Cei sah die Bewegung und zog sein Schwert. Metall klang, und seine Augen blitzten. Die Krieger wurden still. »Was hast du denn damit vor, mein Freund?« fragte Cei, jetzt mit ganz sanfter Stimme und sehr höflich.

»Cei . . .«, begann Bedwyr, und dann hielt er inne, weil er einsah, daß es nutzlos war.

»Ich habe nicht vor, irgend etwas damit zu tun«, sagte ich, und meine Stimme war auch leise. »Aber ich dulde es nicht, daß du sowohl meinen Freunden drohst als auch ihre Güter stiehlst.«

Cei saß ab und kam näher heran. Er grinste wild. Augenblicklich wurde mir klar, was ich getan hatte, und ich fragte mich, was wohl über mich gekommen war. Wie konnte ich gegen einen berufsmäßigen Krieger kämpfen, einen von Artus' Männern? Das Äußerste, was ich erhoffen konnte, war, daß ich nicht zu schlimm verletzt wurde.

Aber jetzt konnte ich nicht mehr zurück. Etwas von der strahlenden Helligkeit fiel auf mich. Ich zog Caledvwlch. Cei grinste noch breiter und tat einen weiteren Schritt vorwärts.

»Cei! Wer ist es denn jetzt?« kam eine Stimme aus dem hinteren Teil der Gruppe. Die Krieger schauten sich um.

Noch ein weiterer Mann war herangeritten, beladen mit einigen Vorräten aus dem Lager der Mönche. Ceis Gruppe machte ihm Platz. Es war ein hochgewachsener Mann von ungefähr einundzwanzig Jahren, mit langem, goldenen Haar und einem säuberlich getrimmten Bart. Er trug einen purpurgesäumten Mantel, dessen Fibeln aus Gold bestanden, und er strahlte Energie und Kraft aus. Seine heißen blauen Augen glitten leicht über mich und ruhten dann auf Cei. »Wenn dieser Kerl der Herd deines Ärgers ist, dann ist er's nicht wert.«

»Er hat angefangen«, sagte Cei in verletztem Tonfall.

»An dem Tag, an dem ein anderer Streit mit dir anfängt, an dem Tag fließen die Flüsse rückwärts«, sagte der Neuangekommene. »Bei der Sonne und dem Wind, laß uns doch ein einziges Mal Artus gehorchen, einfach die Vorräte einsacken und abziehen.«

Cei hielt inne und warf einen Blick auf mich. Ich steckte Caledvwlch in die Scheide.

Cei seufzte ein bißchen und steckte auch sein Schwert weg. »Na gut. Er ist es wirklich nicht wert. Und außerdem haben wir den Kampf gerade erst hinter uns.« Er schwang sich auf sein Pferd. Der blonde Mann grinste und wendete sein Roß. Die Spannung war verflogen; die Krieger würden nehmen, was sie wollten und dann losziehen.

»Wartet!« rief ich. Die Krieger hielten an, drehten sich um und schauten mich fragend an. Ich lächelte, in mir war ein seltsames Gefühl, halb Freude, halb alter Neid und Bitterkeit – Bitterkeit, die sich schnell auflöste. Nur die Freude blieb.

»Tausendmal willkommen, Agravain«, sagte ich zu dem blonden Krieger.

10

Mein Bruder saß einen Augenblick lang bewegungslos da und starrte mich mit seinem wohlbekannten, heißen Blick an. Dann saß er hastig ab, rannte ein paar Schritte auf mich zu, blieb stehen und ging langsam weiter.

»Es ist unmöglich«, sagte er, und sein Gesicht wurde rot. »Du . . . du bist tot.«

»Wirklich, das bin ich nicht«, erwiderte ich.

»Gawain?« fragte er, »Gawain?«

»Du kennst ihn?« wollte Cei erstaunt wissen. Agravain drehte sich noch nicht einmal um.

»Ich hätte nicht gedacht, daß ich dich so bald sehen würde«, sagte ich. »Ich bin sehr froh.«

Agravain lächelte zögernd, dann strahlte er und packte mich an den Schultern. Er schaute mir ins Gesicht, und dann erdrückte er mich fast in einer gewaltigen Umarmung. »Gawain! Bei der Sonne und dem Wind, ich dachte, du wärst tot. Du wärst schon drei Jahre tot! Ihr Götter, es ist schön, dich wiederzusehen!«

Ich erwiderte seine Umarmung von ganzem Herzen. Ich lachte, und endlich sah es so aus, als ob die dunklen Jahre unserer Kindheit endlich überstanden wären. Wir hatten beide zuviel durchgemacht, als daß wir noch irgend etwas außer Freude über unser Wiedersehen empfinden konnten.

»Was ist eigentlich los?« fragte Cei in völliger Verwirrung. »Warum quasselt ihr denn da auf irisch?«

»Cei!« schrie Agravain, ließ mich los und wirbelte zu seinen Kameraden herum. »Der hier ist mein Bruder, Gawain, der, der gestorben ist – den ich wenigstens für tot gehalten habe!

Ich schwöre den Eid meines Volkes, ich weiß nicht, wie das sein kann, aber er ist es.«

Die Krieger starrten mich verblüfft an, außer Cei, der mir zuerst einen peinlich berührten und dann einen Verzeihung heischenden Blick zuwarf. Aber die Bauern um mich herum zogen sich ein Stück zurück, und die Mönche starrten mich mit wachsendem Mißtrauen an.

»Das ist also der berühmte Agravain ap Lot«, sagte Sion und schaute meinen Bruder an – er war in der Menge der einzige, der das tat.

»Ist er wirklich berühmt?« fragte ich und erinnerte mich an meine alten Sorgen um Agravain, als er zur Geisel wurde. Allem Anschein nach hatte ich mich umsonst gesorgt.

»Na, das hättest du doch aber erwarten können«, grinste Agravain.

»Wo bist du denn gewesen, als wir dich alle für tot gehalten haben, daß du nichts von dem Ruhm deines Bruders gehört hast?« fragte Bedwyr ruhig. Ich schaute auf und begegnete seinem Blick, und ich verspürte Respekt vor ihm.

»Ich bin an einem weit entfernten Ort gewesen«, sagte ich, »und ich habe seltsame Dinge erlebt, zu viele, als daß ich es schnell erzählen könnte.«

»Soso«, sagte Bedwyr, stellte keine weiteren Fragen mehr und schüttelte sich. »Wir haben hier genug Seltsames zu erledigen«, sagte ein anderer der Krieger. »Kommt, wir wollen die Angelegenheit hier beenden und zurück nach Camlann gehen. Artus und die anderen werden bald da sein, und dann gibt es nichts zu essen außer Speckschwarten und Kohl.«

Die meisten Männer der Versorgungsgruppe machten sich jetzt daran, die Güter der Mönche auf die schon beladenen Karren zu schaffen, und als ich darauf bestand, nahmen sie die Menge und die Art der Waren, die die Bauern bei sich gehabt hatten, auf ihre Schreibtafeln auf. Agravain und ich, wir standen da und schauten einander an und suchten nach Worten. Wir wußten nicht, wo wir anfangen sollten. Dann rollten die Karren hinaus in den Hof, und Sion, der seine Mähre eingeschirrt hatte, sprang zögernd vom Wagen herab. »Wirst du dafür sorgen, daß mein Pferd gut behandelt wird?« fragte er mich.

Ich nickte, denn mir wurde klar, daß Sion offenbar zu Fuß nach Camlann weiterwandern sollte. Ich sah ihn vielleicht nicht wieder. Impulsiv nahm ich seine Hand. »Und ich werde mich an dich erinnern, Sion ap Rhys, wenn der Gedanke dich freut. Und wenn ich dich in Camlann nicht sehe, dann denk daran. Wenn du je meine Hilfe brauchst und ich sie dir geben kann, dann gehört mein Schwert dir.«

»Ich danke dir«, erwiderte Sion ruhig. »Und . . . möge Gott dir die Gunst des Kaisers schenken.«

»Und mögest du im Licht wandeln.« Ich kletterte in seinen Wagen und nahm die Zügel. »Ich fahre diesen hier«, sagte ich Agravain. Der nickte, und ich schüttelte die Zügel. Die kleine Stute trabte los, den Hügel hinunter zum Fahrweg. Die Krieger, die die anderen Karren genommen hatten, folgten mir, und Agravain lenkte sein Schlachtroß neben mich. Wir verließen Ynys Witren und wandten uns nach Osten auf die Hauptstraße nach Camlann. »Warum laßt ihr die Bauern nicht selbst die Wagen fahren?« fragte ich Agravain.

»Sie würden zu langsam fahren, und wenn sie in Camlann ankommen, dann treiben sie durch ihre Handelei die Preise in die Höhe. So können wir den allgemeinen Preis für sie bereithalten, wenn sie das Tor erreichen, und dann schicken wir sie gleich weg. Du warst wohl irgendwie mit diesem Mann befreundet; wo hast du ihn denn getroffen?«

»Auf der Straße, gestern.«

Agravain zügelte sein Pferd. »Gestern? Was hat er denn für dich getan, daß er sich solche Freiheiten herausnehmen darf?«

»Er hat mich in seinem Wagen mitfahren lassen, und dann hat er noch die Übernachtung in Ynys Witren bezahlt. Ich hatte nichts, womit ich bezahlen konnte.«

Agravain runzelte die Stirn. »Und dafür gibst du ihm die Hand? Du hättest ihm einfach den doppelten Preis zurückgeben sollen, aber erniedrigen darfst du dich deshalb nicht.

Warum in Gottes Namen hattest du denn nichts zum Bezahlen?«

»In Gottes Namen«, sagte ich. »Bist du Christ geworden, Agravain?«

»Gott behüte!« sagte er und grinste. Dann runzelte er wieder die Stirn. »Du solltest das niedrige Volk nicht so dicht an dich herankommen lassen. Die Kerle wollen dann immer einen Gefallen getan haben.«

Ich seufzte. »Sion ist ein guter Mann. Ich hatte Glück, daß ich ihn getroffen habe.«

Agravains Gesichtsausdruck wurde noch finsterer, aber er zuckte die Achseln. »Na, du kannst dir deine eigenen Freunde auswählen.«

»Ich glaube, dazu ist er sicher in der Lage«, sagte eine ruhige Stimme auf der anderen Seite. Bedwyr lenkte sein Pferd zwischen uns. »Komm, wir müssen uns beeilen. Ich will nicht, daß Artus in Camlann auf sein Siegesfest warten muß.«

Agravain spornte sein Pferd an, und ich drängte gehorsam Sions Stute vorwärts. Aber sie mochte den schnellen Trab nicht mit der schweren Karre. Wir wurden wieder still, und Cei kam heran und ritt neben Bedwyr, während er mir interessierte Blicke zuwarf.

»Ihr habt also Cerdics Bande zerschlagen?« fragte ich, als mir endlich etwas einfiel, das ich sagen konnte. »Das ist gut so, aber ich hätte mir gedacht, seine Räuberbanden bewegen sich zu schnell, als daß selbst der Pendragon sie packen könnte, ehe sie nach Sorviodunum zurückkehren.«

»Es war mehr Zufall als weise Voraussicht«, sagte Bedwyr. »Wir waren gerade auf dem Rückweg von einem Kampf gegen die Ostsachsen, als wir Nachrichten von dieser Räuberbande aus Sorviodunum bekamen, und wir haben sie so eben noch erwischt.«

»Das hatte Cerdic nicht eingeplant«, sagte Cei mit tiefer Befriedigung. »Sie sagen, daß sein Zauberer, Aldwulf Fflamdwyn, ihm immer verrät, wo Artus ist. Aber sogar Aldwulf kann nicht voraussagen, wo Artus sich aufhält.«

»Wir auch nicht«, meinte Agravain, »selbst wenn wir bei ihm sind. Er ist ein großer König, Gawain. Es beschämt mich, daß selbst Vater gegen ihn kämpfte. Wir hätten einen Pakt mit Artus schließen sollen und nicht mit diesen Ochsen aus dem Norden.«

»Na, das ist wenigstens wahr«, meinte Cei, »und es hätte euch auch Zeit gespart.«

»Aber dein Bruder muß es auch glauben, Agravain«, fügte Bedwyr hinzu. »Sonst würde er nicht Dienst bei Artus suchen.«

Agravain machte wieder ein finsteres Gesicht. »Was willst du denn dort tun, Gawain. Artus nimmt nur Krieger und ein paar Ärzte in seinen Heerbann auf. Du könntest natürlich in Camlann wohnen, glaube ich, wenn du nicht planst, wieder nach Hause zu gehen.«

»Ich kann nicht zurück auf die Inseln«, sagte ich, »– aber du, Agravain, wie kommt es, daß du Seite an Seite mit Artus' eigenen Männern kämpfst? Und daß du dabei auch noch Ruhm gewinnst? Ich habe keine Nachrichten von dir gehört, seit sie dich als Geisel nahmen.«

»Ach«, sagte Agravain, »das kam ganz von selbst. Der Hohe König war freundlich zu mir, nachdem Vater und die Männer unseres Clans gegangen waren, und ich bewunderte ihn auch schon ein bißchen, wegen seiner Fähigkeiten im Krieg. Als Feind allerdings habe ich ihn gehaßt.«

»Und trotzdem hat er dich neben seinen Männern kämpfen lassen?«

»Nicht sofort.« Agravain grinste plötzlich Cei an. »Dieser grobprankige Rüpel von einem Dumnonier hatte sich entschlossen, mich die scharfe Kante seiner Zunge spüren zu lassen, und es ist in der Tat eine scharfe Kante. Damals hab' ich wenig genug verstanden, denn mein Britisch war noch immer nicht allzu gut, aber ich habe genug verstanden. Und so kam es, als er eines Tages mit der Runde von einem Raubzug zurückkehrte, daß er in Camlann zu mir sagte: ›Die einzigen, die noch schlechter sind als die Sachsen, das sind die Iren.‹ Ich also auch, und dann hat er meine Faust voll ins Gesicht bekommen. Er hat zurückgeschlagen, und dann waren wir aufeinander, wie Hammer und Amboß. Nur, wie du siehst, er ist größer als ich. Er hat's mir gegeben.«

»Du wolltest aber nicht aufhören«, warf Cei ein. »Gloria deo! Ich war sicher, ich hätte es mit einem Wahnsinnigen zu tun.«

»Und als er mich dann zum fünftenmal niedergeschlagen hatte und ich versuchte, wieder aufzustehen, und als ich mich am Tisch festhalten mußte, da hat er gesagt: ›Du blöder Ire, hast du denn nicht Verstand genug, den Kampf abzubrechen, wenn du geschlagen bist?‹ Und ich sagte: ›Nein. Und ich wünschte, mein Vater hätte es auch nicht getan.‹ Und Cei sagte: ›Du bist ein wilder Barbar, aber bei Gott, Mut hast du genug. Ich nehme meine Worte zurück‹, und dann half er mir auf. Und als der Hohe König das nächstemal Cei die Führung bei einem Überfall übertragen wollte, da meinte Cei: »Dann laß mich Agravain mitnehmen. Es ist die einzige Möglichkeit, ihn aus Schlägereien herauszuhalten.‹«

»Nicht, daß Cei etwa vorgehabt hätte, Schlägereien zu vermeiden«, fügte Bedwyr hinzu. »Im Gegenteil. Es gibt nichts, was er lieber tut, und um so mehr hat er sich gefreut, daß er jetzt einen Freund hatte, der sich mit ihm prügelte.«

»Also habe ich für den Hohen König gekämpft«, schloß Agravain. »Und es gefällt mir gut. Vater hat Nachrichten geschickt, hin und wieder. Er meint, er freut sich darüber, daß ich gut kämpfe. Aber was ist mit dir, Gawain? Seit drei Jahren habe ich nichts von dir gehört, nichts von den Inseln und auch nichts von Britannien oder von anderswo. Wo bist du gewesen?«

Ich wandte unsicher den Blick ab. Ich war es meinem Bruder schuldig, ihm die Wahrheit zu erzählen, aber was er dann mit dieser Wahrheit anfangen würde, das konnte ich noch nicht einmal erraten. Wahrscheinlich würde er sich weigern, sie zu glauben. Dennoch würde ich es ihm erzählen. Aber wie konnte ich vor Bedwyr und Cei von Morgas sprechen? Agravain hätte alles geglaubt, was ich über sie sagte – er kannte sie ja gut genug dafür –, aber für fremde Ohren war das nicht bestimmt.

»Vielleicht solltest du am Anfang anfangen«, schlug Agravain vor, als das Schweigen peinlich wurde.

»Du hast Zeit genug, die Geschichte zu erzählen«, fügte Bedwyr hinzu. »Es sind noch Meilen bis Camlann.«

Ich musterte Bedwyr. Hier, das wurde mir klar, war ein weiterer Mann, der dem Licht diente. Aber er unterschied sich völlig von Sion. Er hatte es als erster gesehen, daß ich mit der Anderwelt zu tun gehabt hatte, und sein Blick war noch immer zweifelnd. Und jetzt warf mir auch Cei einen komischen Blick zu. Nur Agravain merkte nichts. »Agravain«, sagte ich, »ich kann es dir erzählen. Aber nicht jetzt.«

»Bei der Sonne und dem Wind«, rief Agravain aus und benutzte wieder seinen alten Fluch, der für mich voll schwerer Erinnerungen war. »Du bist gerade von den Toten zurückgekehrt, nach allem, was ich wußte, und du willst, daß ich geduldig warte und leichte Konversation mache?«

»Das wäre vielleicht das beste«, sagte ich. »Es handelt sich um eine Familienangelegenheit.«

»Ich habe jetzt eine andere Familie«, erwiderte Agravain und machte eine weitläufige Handbewegung zu den Kriegern um ihn herum. »Und was mich angeht, das geht auch sie an.«

»Wenn du vorhast, dich uns anzuschließen«, bemerkte Bedwyr, »dann wirst du es uns auch erzählen müssen. Für vergangene Untat oder dergleichen wird keine Rache genommen, wenn ein Mann erst einmal in die Runde aufgenommen ist.«

»Gawain soll in die Runde aufgenommen werden?« fragte Agravain. »Das ist genauso unwahrscheinlich, als daß er in einer Blutfehde mitmischt. Er ist kein ausgebildeter Krieger.«

Bedwyr sah gedankenverloren aus. »Vielleicht.«

»Ich bin auch keiner«, sagte ich. »Ich hoffe, ich kann dem Pendragon auf irgendeine andere Art dienen.«

»Artus nimmt nicht viele Männer mit, außer uns«, meinte Cei. »Aber vielleicht macht er eine Ausnahme, wenn du gut reiten kannst.«

»Er war der beste Reiter auf den Inseln«, sagte Agravain. »Er kann sich uns irgendwie anschließen, wenn auch nicht als Krieger?«

»Das hängt von unserm Herrn Artus ab«, sagte Bedwyr.

»Aber wenn du wirklich den Wunsch hast, bei uns zu bleiben, dann haben wir ein Recht zu erfahren, was du getan hast«, sagte mir Cei. »Kurz nachdem Agravain zu uns kam, erhielt er eine Nachricht von den Ynysoedd Erch, in der stand, daß sein Bruder mit dem Pferd von der Klippe gestürzt sei. Er hat damals sechs Wochen getrauert. Alles, was Agravain angeht, geht auch mich an. Also, erzähl uns jetzt alles.«

Ich schaute von ihm zu Bedwyr und Agravain hinüber und zuckte dann die Achseln. »Wie ihr wollt. Aber es ist eine seltsame Geschichte, und ich weiß nicht, ob ihr mir glauben werdet. Und es gibt vielleicht Dinge, die Agravain und ich verstehen, ihr aber möglicherweise nicht. Ich bin kein ausgebildeter Kämpfer, der sich in Duelle und Blutfehden verwickeln läßt, aber dies handelt von der Finsternis . . .«

Der Zweifel in Bedwyrs Blick flammte zu offenem Mißtrauen auf. Agravain zuckte zusammen, wie ein verängstigtes Pferd, das scheut. »Dann hat es etwas mit Mutter zu tun«, flüsterte er.

»Ja«, stimmte ich zu. »Hättest du es lieber, wenn ich warte, Bruder?«

Er wollte schon nicken, aber dann hielt er inne. »Ich hatte gehört, daß du in der Nacht, am Samhain-Fest, ausgeritten bist. Zu den Klippen. Das war ein Wahnsinn, aber es sah dir ähnlich, und ich hatte auch gehört, daß . . .« Er zögerte, und ich sah, daß er mit meinem alten Ruf als Zauberer nur allzu vertraut war. Cei und Bedwyr warfen einander Blicke zu, ihnen war der gleiche Gedanke gekommen.

Dann schnaufte Cei. »Deine Mutter, die berühmte Hexe, und ein altes heidnisches Fest, und das soll ein Grund für dein Verschwinden sein? Ich glaube nicht an solche Dinge. Und ich dachte, du glaubst auch nicht dran, Agravain.«

»Tu' ich auch nicht«, sagte Agravain. Aber er konnte Cei

nicht ansehen. Er glaubte es natürlich doch. Es war unmöglich, Morgas zu kennen und nicht an ihre Macht zu glauben.

»Soll ich weitererzählen?« fragte ich.

»Ja«, sagte Agravain. »Cei und Bedwyr sind jetzt auch meine Brüder, sie haben ein Recht zuzuhören.«

Nun, wenn das so war, dann würde ich den dreien die Geschichte erzählen müssen. Aber ich hatte nicht den Wunsch. Die Geschichte war für Verwandte schmerzlich genug, aber vor Fremden war sie peinlich. »Agravain«, sagte ich, »was hast du über meinen Tod gehört?«

»Nur das, was ich schon gesagt habe. Du wärst in der Samhain-Nacht ausgeritten, und am nächsten Tag hätte man dein Pferd an der Klippe gefunden, ohne Reiter. Niemand hätte erwarten können, daß du zweieinhalb Jahre später wieder auftauchst, achtzehn Meilen von Camlann entfernt, gekleidet wie ein Bauer, und niemand hätte erwarten können, daß du dich gleich mit Cei anlegst – hättest du dir nicht einen anderen aussuchen können? Cei ist der beste Kämpfer zu Fuß in der ganzen Runde.« Cei grinste und nickte zustimmend dazu.

»Und du bist gewachsen! Es ist schon so lange her, seit ich dich zum letztenmal gesehen habe – du bist jetzt siebzehn, und das letztemal warst du – wie alt? Das war vor mehr als drei Jahren. Komm, erklär mir, wie es passiert ist.«

Schweigend fuhr ich den Wagen eine Zeitlang. Ich versuchte, einen rechten Anfang zu finden, und ich betete darum, daß mein Bruder die Geschichte akzeptierte. »Du kannst dich vielleicht noch an einen gewissen Sommer erinnern, vor Jahren, als ich anfing, Latein zu lernen?«

Er ging in Gedanken zurück. »Ja. Es war klug, das zu tun. Hier sprechen sie sehr oft Latein, und ich kann noch immer kein Wort verstehen.«

»Damals hat es angefangen. Wir hatten einen Streit wegen meiner Unterrichtsstunden, und du hast mich einen Bastard genannt und gesagt, ich versuchte, das Zaubern zu lernen.«

Agravain sah überrascht aus. »Wirklich? Daran erinnere ich mich nicht.«

»Das habe ich auch nicht gedacht. Dir hat es damals nicht viel bedeutet. Aber ich war dumm, und mir hat es viel bedeutet. Damals habe ich mich entschlossen, wirklich die Zauberei zu erlernen.« Ich hob meinen Blick von der Straße und begegnete Agravains heißen Augen. »Und ich bin sicher, du hast von diesen Dingen gehört.« Agravain rutschte unruhig auf seinem Pferd herum. Er errötete und wandte den Blick von mir ab. Er nickte. Ich schaute wieder auf die Straße.

»So bin ich zu unserer Mutter gegangen. Und sie hat mich viele Dinge gelehrt. Alle waren schrecklich.«

Agravains Hände umkrampften die Zügel, und jetzt schnaubte sein Pferd und versuchte anzuhalten, und es tänzelte und scheute bei dem unruhigen Riß am Zügel. Agravain entspannte schnell seinen Blick wieder und drängte das Pferd zurück zum Wagen.

»Sie ist sehr mächtig, unsere Mutter, Agravain«, sagte ich drängend. »Sie ist viel stärker als jeder andere auf der Erde, ihre Kraft ist so groß, daß sie kaum noch menschlich ist. Zuerst hat sie ihren Vater gehaßt und ihren Halbbruder Artus, und dann ganz Britannien. Ich glaube, jetzt haßt sie die ganze Welt und hat den Wunsch, sie in der Finsternis ertrinken zu lassen.«

Agravains Pferd tat wieder einen Sprung, legte die Ohren zurück; die Angst seines Reiters übertrug sich auf das Tier.

Bedwyr fiel hinter den Karren zurück und trieb dann sein Pferd neben Agravain, damit das Tier sich beruhigte. Agravain schloß einen Moment die Augen, sein Gesicht wirkte gespannt und weiß. »Nein«, flüsterte er, »das kann sie nicht wirklich wollen.«

»Doch«, sagte ich, und ich hatte den Wunsch, die Hand nach ihm auszustrecken, aber ich wagte es noch nicht. »Du kennst sie doch. Denk nach.«

Er wandte das Gesicht ab, und seine Schultern zuckten ein bißchen. Lange Zeit schwiegen wir, und die Hufe der Pferde klapperten auf dem Weg. Der Karren rumpelte im Sonnenlicht. Die Marschgräser zitterten im Wind. Cei war verwirrt, Bedwyr geistesabwesend.

Nach langer Zeit, gerade bevor wir die Hauptstraße erreichten, entspannten sich Agravains Hände langsam wieder, und er nickte. »Es ist wahr«, sagte er in würgendem Tonfall. »Ich würde lieber nicht an sie denken, Gawain. Aber es ist wahr, bei der Sonne, warum?«

Ich schüttelte den Kopf. Er erwartete keine Antwort.

»Erzähl weiter«, sagte Agravain nach einem weiteren Schweigen, als wir uns auf der Hauptstraße nach Süden gewandt hatten. Ich bemerkte, daß er sich jetzt besser in der Gewalt hatte. Vor drei Jahren hätte er entweder einen Streit mit mir angefangen oder sein Pferd im schnellsten Galopp vorangetrieben.

»Ich sagte, daß unsere Mutter Artus haßte. Sie hat ihn viele Male verflucht, aber ihr Zauber scheint auf ihn nicht zu wirken. Vor zweieinhalb Jahren, am Samhain-Fest, da wollte sie einen anderen Fluch versuchen, um ihn zu töten.«

»Herrgott«, sagte Agravain erstickt. »Was geht unsere Mutter denn Artus an? Was hat er ihr denn getan?«

»Sie haßt ihn. Das weißt du. Und ich glaube, jeder schwarze Zauberer im Westen wünscht den Tod von Artus. Aldwulf Fflamdwyn tut das mit Sicherheit.«

»Was? Oh, ich weiß, sie haßt den Hohen König, aber kann sie ihn . . .«

»Ich glaube nicht, daß sie es kann«, sagte ich.

Er starrte mich einen Augenblick lang ernst an, und ich fühlte, er brauchte ein paar beruhigende Worte. Dann nickte er und entspannte sich. »Gottes Lob, wie sie hier in Britannien sagen. Aber bei der Sonne, sie sollte vernichtet werden. Irgend jemand sollte sie umbringen; auch wenn sie meine eigene Mutter ist. Ich sage trotzdem, daß sie sterben sollte.«

»Vielleicht«, erwiderte ich. »Aber wer könnte sie töten? – Sie wollte, daß Medraut und ich in jener Nacht dabei wären . . .«

»Ich habe gehört, daß Medraut . . . aber ich war sicher, daß das eine Lüge war. Niemand kann ganz sicher sein, daß Medraut ein . . . und es sieht ihm auch nicht ähnlich.«

»Aber es ist wahr«, sagte ich, »obwohl ich das bis zu jener

Nacht nicht wußte.« Wieder dachte ich an Medraut, und es tat mir weh. Sie mußte ihn jetzt schon verschlungen haben. Sie mußte all seine Unschuld und seine Liebe zum Leben aus ihm herausgesaugt haben und ersetzte es durch Haß und Bitterkeit und noch mehr Ehrgeiz. Und es gab nichts, was ich dagegen tun konnte.

Agravain schaute mich an. Sein Blick war gequält. Ich glaube, er hatte seit Jahren versucht, Morgas zu vergessen, genau wie er jahrelang versucht hatte, sie zu ignorieren. Aber das war ihm jetzt klar.

»Kannst du dich noch an Connall erinnern?« fragte ich. »Der Mann aus Dalriada, der eine, der im Heerhaufen unseres Vaters war.«

»Natürlich. Ein tapferer Mann, und sehr loyal. Auch ein guter Kämpfer, das weiß ich noch von unserem Kriegszug in Britannien. Das erstemal, daß ich je in einem Hurenhaus war, hat Connall mich mitgenommen, damals in Din Aidan.«

»Morgas wollte ihn umbringen«, sagte ich, »und, Agravain, ich konnte das nicht ertragen. Sie sollte nicht ihn und Medraut dazuhaben. Also tötete ich Connall schnell und flüchtete, und sie versuchte, mich umzubringen.«

Agravain sah krank aus. »Das ist Wahnsinn. Warum können Menschen nicht einfach mit Schwertern kämpfen, anstatt . . .«

»Die Menschen kämpfen niemals einfach mit Schwertern«, brach Bedwyr ein, »selbst du und Cei, ihr tut das nicht.«

Agravain hielt inne und blinzelte Bedwyr an. »Was soll denn das heißen?«

»Niemand hebt das Schwert ohne einen Grund. Selbst Streitlustigkeit ist eine Art Grund. Am Ende sind die Gründe nie so einfach einzusehen, und sie sind genauso wichtig wie das Schwert selbst.«

»Philosophie«, sagte Cei. »Du liest zuviel, Bedwyr.«

»Die Gründe bleiben trotzdem wichtig«, sagte Bedwyr ungestört. »Erzähl weiter, Gawain.«

»Unsere Mutter hat mich verflucht, und ich bin vor diesem Fluch geflüchtet, ohne darüber nachzudenken, wohin ich ging.

Schließlich kam ich zum Llyn Gwalch – das ist der Platz auf den Klippen, wo ich soviel Zeit verbrachte, als wir noch Kinder waren, Agravain –, und dort ließ ich das Pferd frei. Der Dämon konnte mich nicht dorthin verfolgen. Ich weiß nicht warum . . .« Ich hielt inne. Wie konnte ich Agravain davon erzählen? Es war unmöglich, daß er etwas verstand. Ich verstand es ja selbst nicht.

»Unsere Mutter konnte den Pendragon nicht umbringen«, begann ich, »weil Artus gegen die Finsternis kämpft, mit der Kraft, die auch gegen die Finsternis steht. Als ich dort gefangensaß, da habe ich diese Macht angerufen, weil ich die Finsternis plötzlich haßte und nichts mehr mit ihr zu tun haben wollte. Und einer unserer Vorfahren, der dem Licht dient, hat Hilfe geschickt.«

»Ein Vorfahr?« fragte Agravain in völliger Verwirrung. »Die Geschichte wird schwieriger und schwieriger. Was für ein Vorfahr?«

»Lugh von der langen Hand.«

Agravain schüttelte wieder den Kopf, und ich sah, daß er mir nicht mehr folgen konnte. »Ich weiß nicht, was ich davon halten soll, Gawain. Wenn irgendein anderer mir mit solch einer Geschichte käme, dann würde ich ihn auslachen. Aber du . . .«

»Ich denke, du müßtest ihm glauben«, unterbrach Bedwyr sanft. »Ich glaube nicht, daß ich je zuvor einen Mann gesehen habe, der von der Anderwelt so tief berührt war.«

Agravain starrte seinen Freund an. »Mit meinem Bruder ist alles in Ordnung. Ja, zum Teufel, er ist ein schlechter Krieger, aber das gibt dir kein Recht, ihn zu beleidigen.«

»Ich beleidige ihn ja nicht«, Bedwyr schien leicht amüsiert. »Und ich glaube, er kann sich selbst um seine Ehre kümmern. Gawain, erzähl weiter.«

»Lugh hat ein Boot geschickt, von Tir Tairngaire, auf Drängen des Lichts . . .«

»Was ist dieses Licht, von dem du immer wieder erzählst?« wollte Agravain verärgert wissen. »Die Sonne?«

»Ich glaube, ich verstehe das«, meinte Bedwyr langsam. »Irgendwie ist es schon die Sonne, denn die Sonne ist eine Art Licht, von dem alle anderen Lichter letzten Endes herstammen, durch Reflexion oder durch andere Abhängigkeit. Und das Licht, von dem dein Bruder spricht, ist die Quelle des Guten und der Erleuchtung, und andere Götter sind nur in diesem Licht zu sehen. – Ja, Cei, ich habe das natürlich in einem Buch über Philosophie gelesen. Aber habe ich nicht recht?«

»Ich . . . ich glaube ja«, sagte ich erstaunt. »Ja, wenn ich dich richtig verstanden habe. Ich weiß nichts von Philosophie. Ich weiß nur, daß das Licht ein Boot schickte, und ich stieg ein, und es brachte mich zu den Inseln der Glückseligen.«

»Ach du lieber Gott!« sagte Cei und ließ endlich seinen wachsenden Zorn los. »Wie viele haben das schon behauptet? Und wie viele sind auf diesen Inseln gewesen? Keiner, denn diese Inseln existieren ja nicht, außer in den Liedern der Dichter! Agravain, du bist mein Bruder, aber dieser Bruder da, der mit dir verwandt ist, der ist schon ein komischer Vogel. Die ganze Zeit hat er uns ein Garn gesponnen aus einer Wolke von Lügen, und du hältst alles für wahr. Ich kann das aber nicht. Wenn du genug hast, dann findest du mich weiter vorn.«

»Er lügt nicht, Cei«, sagte Bedwyr.

Aber Cei warf mir nur einen angeekelten Blick zu. »In der Tat. Nein, aber er gibt uns nur eine poetische Fassung der Meinung der Philosophen ab, einen Diskurs über die Summe des Guten oder wie immer du es nennen magst. Für bretonische Mystiker und Philosophen ist das sicher eine nette Geschichte, aber ich bin Dumnonier und Römer, und ich habe genug davon.« Er spornte sein Pferd zum Galopp und verließ uns.

»Fahr fort», sagte Agravain. »Ich hör dir zu.« Aber es war deutlich, daß er Cei langsam zustimmte.

»Ich lüge nicht«, sagte ich.

»Ich habe ja auch nicht gesagt, daß du absichtlich lügst«, sagte Agravain, der sich offenbar entschlossen hatte, sehr ehrlich zu sein. »Aber nach allem, was passiert ist, könnte es doch leicht sein, daß du einen Traum gehabt hast.«

»Ich habe auch gedacht, es wäre ein Traum gewesen, als ich aufwachte und feststellte, daß ich in Britannien war«, sagte ich. »Aber ich hatte noch immer dies.« Ich berührte Caledvwlchs Heft.

Agravain schaute es an, und seine Augenbrauen zogen sich zusammen. »Ein Schwert. Sieht so aus, als ob es eine ganze Menge wert wäre. Und du glaubst, es wäre dir im Land der Verheißung gegeben worden?«

»Ja, es ist von Lugh, vom Licht. Als ich südöstlich von hier aufwachte, nach meiner Rückkehr von Tir Tairngaire, da wußte ich, daß ich nicht geträumt hatte. Ich war auch nicht verrückt geworden, denn das Schwert lag neben mir. Sein Name ist Caledvwlch.«

Agravain starrte es an. Er wurde jetzt wütend, und ich fürchtete die Folgen seines Zorns. »Ein Schwert. Ein gutes Schwert, soweit ich das sehen kann. Zeig doch mal den Rest davon.«

Ich zog Caledvwlch. Seine Augenbrauen fuhren hoch, und er pfiff durch die Zähne. »Oh, es ist in der Tat schön. So ein Schwert hätte ich auch gern. Aber übernatürlich ist es nicht.«

Bedwyr starrte den leuchtenden Stahl einen Augenblick an. Dann wandte er den Blick ab. Er sah offensichtlich doch etwas Übernatürliches darin.

Ich überlegte mir, ob ich das Feuer nicht in der Klinge brennen lassen sollte, um Agravain auch seine Macht zu zeigen. Aber dann entschied ich mich dagegen. Es war zu wild, zu offensichtlich, und es bedeutete auch, daß ich die Macht mißbrauchte. Und außerdem hatte ich nicht den Wunsch, für einen Zauberer gehalten zu werden, und ich kannte die Krieger nicht. Also wiederholte ich: »Lugh hat es mir gegeben.«

Agravain schnaufte. Er lehnte die Geschichte jetzt ab. Vielleicht konnte er sie einfach nicht von mir, von Gawain akzeptieren, seinem schwachen, unwichtigen kleinen Bruder. Dennoch sagte er: »Erzähl weiter. Du bist also mit dem Schwert aufgewacht, östlich von hier, nachdem du – wie lange? – auf den Inseln der Glückseligen gewesen bist.«

»Es waren fast drei Jahre. Mir kam es nur wie ein Tag vor. Aber die Zeit war doch seltsam. Ich wachte in den Hügeln im Grenzland zwischen dem Königreich Dumnonia und dem Land auf, das Cerdic mit Beschlag belegt hat. Und als ich nach Westen wanderte, lief ich direkt in eine sächsische Überfallgruppe hinein, die gerade auf dem Weg zurück nach Sorviodunum war.«

Agravain beruhigte dies; das konnte er glauben. »Konntest du denn keinen Sachsen von einem Römer unterscheiden?« wollte er wissen.

»Ich wußte ja nicht, wo ich war. Nach allem, was passiert war, hätte ich ja auch auf Konstantinopel zulaufen können, obwohl ich das für unwahrscheinlich hielt. Also erzählte ich den Sachsen, ich sei ein Höriger und mein Herr sei in einer Blutfehde gestorben, und sie nahmen mich mit nach Sorviodunum und verkauften mich an Cerdic.«

»Warum sollte der dich kaufen? Hat er etwa den Verdacht gehabt, du wärst ein Königssohn?«

»Das glaube ich nicht. Aldwulf von Bernicia hat es ihm gesagt, und Aldwulf war, wie Bedwyr oder Sion oder die meisten Leute heutzutage, nicht ganz sicher, ob ich menschlich wäre, als er mich zum erstenmal gesehen hat.«

»Das ist ja lächerlich«, sagte Agravain. »Warum sollten die das denn denken? Du hast es doch nicht gedacht, oder, Bedwyr?«

»Dein Bruder hat recht«, meinte Bedwyr. »Ich glaube, du unterschätzt ihn.«

»Ich kenne ihn besser als du«, schnappte Agravain. » . . . erzähl weiter.«

»Aldwulf wollte Artus umbringen, wie ich schon sagte, und er dachte, wenn er mich tötete und das Schwert benutzte, dann könnte er das auch schaffen. Durch Zauberei. Aber er hatte ein Pferd der Sidhe für Cerdic eingefangen, um seine Macht beim Zaubern zu beweisen. Es ist ein Pferd, das jedem anderen Pferd auf der Erde weit überlegen ist. Cerdic hat versucht, es einzureiten, aber er hat es nicht gekonnt. Ich hab's geschafft –

du weißt ja noch, daß ich mit Pferden gut umgehen kann. Dies war anders . . . Und ich hab' das Tier genommen und habe mit ihm Sorviodunum so schnell wie möglich verlassen.«

»Und wo ist das Pferd jetzt?«

»Ich habe den Hengst freigelassen. Er stammte von den Sidhe; ich hatte nicht das Recht, ihn zu behalten. Das war vorgestern, und gestern habe ich den Bauern getroffen, den du nicht magst. Mit ihm bin ich nach Ynys Witren gekommen, und dort bist du heute morgen aufgetaucht.«

»Eine schöne Geschichte«, sagte Agravain zornig. »Sehr schön, in der Tat. Aber du hast ein paar Einzelheiten ausgelassen, Gawain. Was war mit der Hügelfestung voller bewaffneter Sachsen? Aber ohne Zweifel hast du sie dutzendweise umgelegt, als du mit dem Pferd des Königs davongeritten bist.«

»Die Sachsen haben versucht, mich aufzuhalten, aber sie waren einfach nicht schnell genug – nein, ich behaupte ja nicht, daß ich in den Waffen geübt bin. Wir wissen das beide besser. Aber die Sachsen hatten Angst. Sie glaubten nicht, daß ich menschlich wäre, und ich hatte das Schwert.«

»Ach, warum sollten sie denn davor Angst haben?«

»Das Schwert . . . ich glaube, es kann schon furchterregend sein.«

»Gawain«, sagte Agravain, und seine Stimme klang flach und beherrscht, aber sein Zorn war offensichtlich. »Cerdics Krieger sind keine Kinder, die vor einem angeblichen Zauberschwert weglaufen. Und was war mit dem König und Aldwulf von Bernicia? Du hast gesagt, der Fflamdwyn ist ein Zauberer, und das ist auch sein Ruf in ganz Britannien. Hätte der dir nicht dein berühmtes Schwert ruinieren können?«

»Ich glaube nicht, daß seine Macht groß genug ist«, sagte ich. »Ich glaube nicht, daß irgendeiner Caledvwlch löschen könnte, außer demjenigen, der es trägt. Wenn ich mich gegen das Licht stellen würde, denn durch das Licht brennt das Schwert . . . dann verlöre es vielleicht seine Wirkung. Aldwulf war bewußtlos, als ich wegritt. Ich habe ihm das Gesicht verletzt, mit Caledvwlch.«

Agravain zügelte sein Pferd, brachte es zum Stehen. »Und wie viele Sachsen hast du getötet, als du das Lager verlassen hast«, fragte er ruhig.

Ich hielt den Wagen an. Sions Stute blieb gern stehen, ihre Flanken zitterten. »Drei.« Ich wußte, was jetzt kam. »Agravain, ich will ja gar nicht behaupten, daß ich . . .«

»Du hast genug gesagt«, fuhr Agravain mit fester Stimme fort. Die ganze Gruppe der Krieger hielt jetzt, und alle wandten sich auf ihren Pferden um oder fuhren mit ihren Wagen wieder zurück, um zuzusehen, was passierte. »Den ersten Teil deiner Geschichte glaube ich, der zweite ist ein Traum oder irgendeine wirre Vorstellung, die du ehrlich und ernsthaft gehabt hast, aber das letzte . . . das kann nicht mehr sein als eine regelrechte Lüge. Du willst einen sächsischen König niedergeschlagen und drei von Cerdics Kriegern ganz allein getötet haben? Du kannst ja noch nicht einmal einen Speer geradeaus werfen!«

»Agravain, ich habe doch gesagt, es waren nicht meine Fähigkeiten, sondern . . .«

»Also Zauberei? Du hast gesagt, du hättest das aufgegeben, und damit hast du auch recht getan.«

»Nein, das war es auch nicht, nur . . .«

»Dann ist deine Geschichte ein einziges Lügengewebe«, rief Agravain finster aus. »Unsinn, den du zusammengebastelt hast, um dir Ehre zu verleihen, die du ehrlich in der Schlacht nicht erwerben kannst, weil dir der Mut fehlt. Als Krieger bist du hoffnungslos.«

»Ich habe nie etwas anderes behauptet.«

»Und ich werde dir zeigen, wie hoffnungslos du bist.« Mein Bruder schob rücksichtslos all meine Versuche beiseite, das abzuwehren, was jetzt kam. »Steig aus dem Karren aus, und dann werde ich dich lehren, mich nicht anzulügen.«

»Ich leihe dir mein Pferd«, sagte Bedwyr ganz plötzlich zu mir. »Und meinen Speer und meinen Schild. Dann kannst du kämpfen, wie das einem Krieger ansteht.«

Einen Augenblick lang herrschte verblüfftes Schweigen.

»Danke«, sagte ich endlich ganz langsam. »Aber ich fürchte, ich werde deine Waffen entehren.»

»Vielleicht«, meinte Bedwyr, »vielleicht auch nicht.«

»Ich wette, er verliert«, meinte Cei fröhlich. »Ich setze einen goldenen Armreif darauf, daß Agravain ihn niederstößt. Du hast recht, Agravain, wenn du das tust. So eine Geschichte würde keiner glauben, außer einem Bretonen.«

»Ich würde deine Wette ja annehmen«, sagte Bedwyr, »aber ich habe bei Schmuck nicht den gleichen Geschmack wie du. Und ich habe meine Gründe, die Geschichte zu glauben, Cei.«

Agravain machte ein finsteres Gesicht. Er wollte auf die Art mit mir kämpfen, an die er am besten gewöhnt war, nämlich mit den Fäusten. Aber dann entschied er sich, daß auch ein Gefecht gut genug wäre. »Sehr schön. Beeilt euch. Wir müssen Camlann schließlich bald erreichen.«

Ich kletterte aus dem Wagen, band die Zügel an den Eckpfosten, und auch Bedwyr saß ab. Er gab mir seinen Speer und seinen Schild, wickelte einen Lappen um die Speerspitze und sagte mir, ich solle das runde Ende benutzen. Dann reichte er mir die Zügel seines Pferdes, einer großrahmigen, gallischen Kriegsstute. Ich dankte ihm, und ich hatte mich schon auf meine unweigerliche Niederlage eingerichtet. Es würde nur noch ein weiterer Sturz werden, so sagte ich mir. Weh tun konnte es nicht.

Ich bestieg also Bedwyrs Pferd und ritt es in einem engen Kreis, um zu sehen, wie es reagierte. Ich versuchte, sein Temperament auszumachen. Es war ein gutes Pferd, aber natürlich in keiner Weise wie Ceincaled.

Wir verließen die Straße und ritten auf eine Lichtung.

Jetzt, nachdem wir die Marschwiesen hinter uns gelassen hatten, wand sich die Straße durch steile Hügel, die mit gepflügtem Ackerland und Weide bedeckt waren. Das Weideland an der Straße war weich, ein Sturz würde also nicht sehr schmerzhaft werden. Die Krieger der Gruppe bildeten einen Kreis, und sie verstanden eigentlich nicht so recht, was jetzt passierte. Aber sie waren interessiert. Niemand akzeptierte Ceis Wette.

Agravain ritt auf die andere Seite des Kreises, senkte das stumpfe Ende seines Speers und nickte energisch.

»Ich werde dir nicht weh tun«, warnte er mich, »aber du mußt lernen.«

Ich nickte, seufzte und hob den Schild. Er würde wieder fröhlich sein, wenn er mich erst einmal aus dem Sattel gehoben hatte, und der Preis war dafür klein genug. Trotzdem, ich wünschte, er hätte mir geglaubt. Es tat ein bißchen weh, daß er mich so schnell einen Lügner nennen konnte.

Agravain drängte sein Pferd zum Trab, winkelte den Speer an und folgte der Linie des Kreises. Ich machte es genauso und versuchte mich an das zu erinnern, was ich damals so mühsam im Haus der Knaben gelernt hatte. Mein Bruder sah, daß ich bereit war und schwang sein Pferd auf mich zu. Er ließ es nicht galoppieren.

Plötzlich zog sich alles zusammen, und die Zeit selbst schien langsamer zu laufen, als ich Bedwyrs Pferd zum Galopp anspornte und auf Agravain losritt. Das Herz schlug mir wild in der Brust, und ich schwang meinen Speer, völlig aus der Wurfrichtung. Agravain sah das, lächelte und kam voller Zuversicht heran. Die Welt wurde noch kleiner, zentrierte in Agravains Speerspitze und seiner rechten Schulter, und um diese Punkte herum war alles verschwommen. Er hatte mich fast erreicht; ich ließ mein Pferd nur einen halben Schritt ausschwenken, fing seinen Speer mit dem Rand meines Schildes auf und ließ ihn abgleiten, senkte meinen Speer und donnerte ihn gegen Agravains Schulter, schon gespannt für den Aufprall.

Die Zeit nahm ihren normalen Fluß wieder auf, und Agravain stürzte vom Pferd. Seine Augen waren aufgerissen vor Überraschung, und ich zügelte und drehte mein Tier schnell um. Ich senkte meinen Speer, um Agravain zu bedrohen.

Einen Augenblick lang lag er still, dann erhob er sich langsam, rieb sich die Schulter und sah mich in finsterer Verwirrung an. Ich kam wieder zu mir und starrte zurück, zuerst auf

Agravain, dann über sein Pferd hinweg, das jetzt an dem dichten Gras zu knabbern begann. Ich konnte nicht verstehen, was passiert war.

»Wir versuchen es noch einmal«, sagte Agravain laut, »und zwar jetzt.«

»Das war Zufall«, sagte ich. »Ich könnte es nicht noch einmal tun. Ich weiß, du bist der Bessere von uns beiden, Agravain.« Natürlich war er das, denn der Kampf, das war ja seine Welt.«

»Wir tun es noch einmal, verdammt!« schrie Agravain. Er ging hinüber zu seinem Pferd, saß wieder auf, riß wüst am Zügel und ritt hinüber auf die andere Seite des Kreises.

»Cei«, sagte einer der Krieger, »gilt die Wette noch?«

»Wenn du willst«, sagte Cei.

»Schön. Ich hab' auch Armreifen.«

Agravain senkte den Speer. Er begann wieder, um den Kreis herumzutraben. Ich tat das gleiche und wartete darauf, bis er sein Pferd fast rückwärts wandte, umschwenkte und auf mich zukam. Diesmal nahm ich die Zügel plötzlich zurück, während wir uns einander näherten, und brachte Bedwyrs Pferd nach ein paar Schritten rückwärts zum Halten.

Wieder zog sich alles um uns zusammen, und ich spürte noch deutlicher die wilde Leichtigkeit in meinem Innern. Agravain war fast neben mir, und sein Speer, der auf meinen linken Oberschenkel zielte, war dicht dran. Ich schlug ihn mit dem Schild beiseite, wendete mein Pferd und kombinierte das Gewicht des Tieres mit meinem Gewicht hinter dem Speer, den ich in Agravains Seite sausen ließ. Wieder stürzte er; wieder rannte sein Pferd weiter, diesmal in den Kreis der Krieger hinein, wo es eingefangen wurde.

Agravain erhob sich. Er machte jetzt kein finsteres Gesicht mehr, sondern er starrte mich in völliger Verwirrung an, wie ein Mann, der die Sonne im Westen aufgehen sieht. Der Wahnsinn war noch über mir, und ich wollte nicht sprechen. Deshalb saß ich still und unbeweglich, den Speer bereit, und wartete.

Agravain ging hinüber zu seinem Pferd, saß wieder auf und senkte den Speer. Ich ritt zum gegenüberliegenden Ende des Kreises und nickte.

Diesmal kam er sofort auf mich los, in vollem Galopp. Ich schleuderte meinen Speer mit der stumpfen Seite nach vorn, während er herankam, ritt dann weiter und zog Caledvwlch.

Der Speer traf seine Kehle und glitt ab, aber Agravain würde mit Sicherheit einen blauen Fleck haben. Hätte ich den Speer mit der Spitze nach vorn geschleudert, er wäre tot gewesen. Fast stürzte er, als ich ihn traf, aber er riß sich noch rechtzeitig zusammen und hielt seinen Speer gerade. Während wir auf gleiche Höhe kamen, hätte sein Stoß mich durch die Rippen rechts von meinem Schild getroffen, hätte er mich überhaupt berührt – aber ich hackte mit Caledvwlch nach dem Schaft, und der Speer brach durch. Die Zeit gefror. Ich hob das Schwert, noch ehe Agravains Pferd einen weiteren Schritt tun konnte. Das Licht brannte in der Klinge, und ich war erfüllt von einer Kraft, die kaum meine eigene sein konnte. Die Welt sah aus, als ob sie in leuchtenden Stahl geätzt gewesen wäre. Ich ließ alle Kraft in meinen Arm fallen, als ich Agravain mit der flachen Seite des Schwertes schlug. Er stürzte ins Gras. Sein Pferd stolperte langsam an mir vorüber. Er rollte herum und lag still. Ein lastendes Schweigen entstand.

Mein Kopf war wieder ein bißchen klarer, und ich steckte das Schwert in die Scheide. Noch immer lag Agravain bewegungslos da. Der Rest des Wahnsinns verschwand aus mir, und ich saß hastig ab. »Agravain!« Er bewegte sich nicht. Ich rannte zu ihm hinüber. Beim Licht, wie hart hatte ich ihn wohl geschlagen? »Agravain?«

Er schüttelte betäubt den Kopf, dann stemmte er sich mühsam auf die Knie, hielt seinen Arm umklammert, wo ich ihn getroffen hatte. Er starrte mich an. Sein Gesicht war weiß und von Schweißperlen übersät. Er kam mühsam auf die Füße und starrte noch immer. »Lieber Gott«, sagte er ganz langsam, und jedes Wort fiel in den Ring des Schweigens, den die Zuschauer bildeten. »Was ist aus dir geworden?«

»Ich hab' doch gesagt, du unterschätzt deinen Bruder«, Bedwyr kam nach vorn, noch immer ruhig und unerschüttert. »Ich glaube, du wirst einen Platz bei Artus finden, Gawain ap Lot.«

»Aber das Schwert!« sagte Cei. »Hast du das Schwert nicht gesehen? Es hat gebrannt. Er . . .«

»Nur das Schwert?« fragte ein anderer. »Hast du seine Augen nicht gesehen?«

»O Licht!« dachte ich verzweifelt. »Jetzt glauben sie wirklich, daß ich ein Zauberer bin.«

»Er hat Agravain von den Orkneys im fairen Kampf geschlagen, will irgendeiner von euch das bezweifeln?« fragte Bedwyr scharf.

»Ich will es bezweifeln«, sagte Cei direkt. »Das war kein fairer Kampf. Kein normales sterbliches Wesen hätte . . .«

»Es war ein fairer Kampf«, sagte Agravain. Die Krieger hörten sofort auf, mich anzustarren, und warfen statt dessen Agravain finstere Blicke zu. »Es war ein sehr fairer Kampf, und er war schon lange überfällig. Gawain ist kein Zauberer, ich schwöre den Eid meines Volkes darauf. Wenn einer von euch anders denkt, dann bin ich gewillt, heute noch einmal zu kämpfen. Mein Bruder ist ein Krieger. Lieber Gott, bei der Sonne! Ich bin noch nie jemandem begegnet, der so gut war!«

»Es war Zufall . . .«, begann ich, noch immer verwirrt.

»O nein. Du bist besser als ich, und wir wissen es jetzt beide.«

»Ein Sturz wäre vielleicht Zufall gewesen«, stellte Bedwyr fest. »Aber drei Stürze, das ist ein Beweis. Du bist sehr gut, Gawain, vielleicht besser als ich.«

»Das ist absurd. Du bist der beste Reiter in der Runde«, rief Cei aus.

Bedwyr lächelte nur.

Cei schüttelte wild den Kopf. »Ich kapiere überhaupt nichts mehr. Schwerter brennen nicht wie Pechfackeln. Seine Geschichte ist unmöglich, aber wenn sie wahr ist, wo bleiben dann wir? Er ist ein Zauberer . . .«

»Ich habe gesagt, ich will davon nichts mehr hören«,

schnappte Agravain. »Was immer er in der Vergangenheit gewesen ist, mein Bruder ist jetzt ein Krieger.«

»Wie kann ich denn ein Krieger sein?« mischte ich mich ein. »Ich konnte nie kämpfen. Du weißt das doch, Agravain. Du mußt dich doch noch daran erinnern, wie schlecht ich im Haus der Knaben war. Ich konnte ja noch nicht einmal einen Speer geradeaus werfen . . .«

Agravain rieb sich die Kehle, an der Stelle, wo mein Speer ihn getroffen hatte. Aber ich redete hastig weiter. »Jeder wußte, daß ich kein Krieger bin. Vater war enttäuscht über mich, und ich war über mich selbst enttäuscht, so sehr, daß ich mich aus reinem Zorn und aus dem Schmerz meines Versagens schon der Finsternis übergeben wollte. Wie kann ich denn ein Krieger sein?«

»Du sagtest, du hättest Aldwulfs Gesicht damit aufgeschnitten?« Agravain wollte mit dem Arm, den ich getroffen hatte, auf Caledvwlch zeigen. Er zuckte und umkrampfte den verletzten Arm wieder.

»Ich . . . ja, aber . . .«

»Und du hast diese Sachsen umgebracht, als du aus Dinsarum geflohen bist?«

»Ja, aber Agravain . . .«

»Na siehst du.« Er wandte sich zu den anderen um. »Er hat Fflamdwyns gutes Aussehen ruiniert und gegen unsere Feinde gekämpft. Könnt ihr noch bezweifeln, daß er für uns ist?«

»Wir haben nur seine Geschichte, um das zu beweisen«, wandte Cei ein.

»Willst du meinen Bruder etwa der Lüge bezichtigen?« fragte Agravain, versuchte, sein Schwert zu packen, und zuckte wieder zusammen.

Cei hielt inne und starrte meinen Bruder an. Dann seufzte er und zuckte die Achseln. Es war ganz offensichtlich, daß er mich irgendwie für einen Lügner hielt, aber darum wollte er nicht gegen seinen Freund kämpfen. »Ich beschuldige niemanden«, sagte er. »Aber ich werde Artus davon erzahlen.«

Bedwyr nickte. »Und ich werde Artus erzählen, daß ich Gawain glaube.« Die beiden schauten einander noch einen Augenblick an, und dann lächelte Bedwyr sanft. »Du willst nur deinen Armreif nicht verlieren, Cei.«

Cei schaute einen Augenblick verwirrt drein, dann erinnerte er sich an seine Wette. Er grinste zittrig, zog den Armreif vom Handgelenk und warf ihn dem Mann zu, der ihn gewonnen hatte. Dieser Mann schaute den Armreif unsicher an und schob ihn sich dann über. Cei gab Bedwyr die Hand, saß wieder auf, wendete sein Pferd und ritt zurück zur Straße. Langsam folgten die andern, und Bedwyr nahm sein Pferd und seinen Schild von mir zurück und ritt ihnen nach.

»Agravain . . .«, begann ich noch einmal.

»Gawain«, er rieb sich den Arm, zuckte wieder schmerzhaft zusammen. »Bei der Sonne, ich habe tatsächlich einen blauen Fleck da. Bedwyr hat seinen Speer vergessen; wo ist er denn?«

Ich hob ihn auf. Die anderen aus der Gruppe ritten im Schritt auf der Straße dahin; Sions kleine Stute stutzte das Gras am Straßenrand. Agravain fing sein Pferd ein, nahm die Zügel, sehr behindert durch seine Einarmigkeit. Er wollte eben aufsitzen, hielt dann inne, schaute mich wieder an und ergriff mich am Arm.

»Gawain, es tut mir leid«, sagte er.

»Ich bin derjenige, dem es leid tun sollte. Wirklich, ich wollte dich nicht so hart treffen.«

»Das meine ich nicht.« Er sprach plötzlich wieder irisch. »Mir tut leid, daß ich dir das Wort ›Lügner‹ ins Gesicht geschleudert habe. Aber dein ganzes Leben lang habe ich dich ja mit Schimpfworten beworfen, um dich zum Kämpfen zu provozieren, und dann habe ich dich zusammengeschlagen, damit ich mich besser fühlte. Und ich habe so getan, als ob ich dir in den Künsten des Krieges helfen wollte, während ich dich dafür ruiniert habe. Selbst mir habe ich vorgemacht, es wäre großzügig von mir und zu deinem Nutzen. – Sag nichts. Ich weiß, daß es stimmt. Nachdem ich hier als Geisel lebte, ist es mir klargeworden, als ich nicht länger der Erstgeborene und der Anführer bei allem war und als ich einsah, daß Kampf hoffnungslos war, und als ich trotzdem kämpfen wollte. Als sie mir dann sagten, du wärst tot und als ganz Britannien meinte: ›Ein Zauberer weniger‹, da hab' ich verstanden. Da hab' ich mir selbst auch den Tod gewünscht. Ich erinnerte mich daran, wie du mich einmal nach einem Kampf angesehen hast, und ich wußte, es war eine große Schweinerei gewesen, einen Bruder derartig zu demütigen. Und ich hatte es getan, und anschließend war ich jagen gegangen. Hör zu, vielleicht kann ich es nicht wiedergutmachen, aber es tut mir wirklich leid.«

Ich packte ihn an den Schultern. »Mein Bruder, ich habe gesagt, daß ich damals dumm war und daß ich mir die Dinge viel zu sehr zu Herzen genommen habe. Wenn ich in der Lage gewesen wäre, dich anzulachen . . . Aber das ist jetzt vorbei. Vergiß das Ganze.«

Er umarmte mich. Ich spürte, wie seine Brust zuckte, und ich begriff, daß er weinte. Ich weinte auch. »Von jetzt an, Gawain«, murmelte Agravain, »von jetzt an wird alles anders.« Er ließ mich los und schaute mich ernst an. »Ich will von dir prahlen, ehe ich von mir selbst prahle. Von jetzt an wird es nur noch Siege geben.«

Ich konnte nichts sagen, und er fuhr fort: »Nur Siege, Gawain. Vergiß alles, was ich je über deine Fähigkeiten als Krieger gesagt habe. Du wirst ein großer Krieger werden, ein Mann, über den sie Lieder machen.« Er schaute die Straße hinauf und fügte hinzu: »Sie reiten langsamer, unseretwegen. Aber sie lassen uns trotzdem zurück. Komm, hilf mir aufs Pferd. Mein Arm ist noch immer taub.«

Als der Karren wieder stoßend und schwankend die Straße hinunterrollte und als Sions kleine Stute energisch trabte, um die anderen einzuholen, fiel Agravain hinter mir zurück. Ich verstand sehr gut, warum er das tat. Er wollte allein sein mit seinen Gedanken, wie ich mit meinen, und nachdem solche Worte gerade zwischen uns gewechselt worden waren, hatten wir einander sowieso lange Zeit nichts mehr zu sagen.

Ich wußte nicht, was ich denken oder fühlen sollte. Ich hatte Agravain geschlagen, Agravain hatte die Vergangenheit vor mir bereut. Ich hatte Agravain geschlagen, und er hatte gesagt, ich würde ein großer Krieger werden. Früher einmal war das der Höhepunkt meiner Träume gewesen, aber diese Träume hatte ich für die Finsternis aufgegeben, und ich hätte nie geglaubt, daß sie je in Reichweite kommen könnten. Ich hatte den Wunsch, den Karren umzuwenden und von Camlann wegzufahren, so schnell das Pferd galoppieren konnte.

Ich schaute auf das abgenutzte Leder der Zügel, das dunkel war von langem Gebrauch. Meine Hände krampften sich um die Lederriemen. Ich hatte geschworen, daß diese Hände dem Licht dienen sollten. Was hatte Bedwyr über das Licht gesagt? Alle anderen Lichter oder Götter waren nur in ihm zu erkennen. Und ich hatte schon gesehen, daß das Licht tun konnte, was immer es wollte, selbst unter den Sachsen. Mit Sicherheit brauchte er, das Licht, meine Hilfe nicht. Er hätte mir auch Caledvwlch nicht geben oder mich nach Britannien schicken müssen. Agravain hatte mich gefragt, »Warum?«, als ich von Morgas sprach, und ich wußte, er wollte nicht nur wissen, warum sie haßte, sondern auch, warum sie da war, um zu hassen, und ich konnte es ihm nicht sagen. Wenn das Licht Artus gegen Morgas' stärkste Bannsprüche schützte, wenn es mich vor ihr erretten konnte, dann konnte es mit Sicherheit auch die Erde von der Finsternis befreien. Mein Herr, das Licht, brauchte weder mich noch irgendeinen anderen, der in Britannien herumrannte und Krieg machte. Mit einem Gefühl des Schreckens sah ich ein, daß ich den Gedanken an Krieg nicht liebte, und daß es meiner Meinung nach falsch war zu töten. Noch nie in meinem Leben hatte ich so etwas gehört, und dennoch dachte ich wieder an diese drei Sachsen und daran, daß es sicher auch einen anderen Weg gegeben hätte. Und selbst wenn es manchmal richtig war zu töten, so wie ich Aldwulf getötet hätte oder auf andere Weise Connall getötet hatte – wann wäre es je richtig? Und wie konnte es sein, daß ein Mann immer im Recht war? Das Licht, aus seiner eigenen Natur heraus, mußte immer im Recht sein, wenn das, was Bedwyr gesagt hatte, der Wahrheit entsprach. Und ich glaubte Bedwyr. Aber die Welt der Menschen ist gemischt aus Gut und Böse, und es gab keinen einfachen, klaren Kampf, keine einzelne Entscheidung wie die, die ich damals in Dun Fionn getroffen hatte.

Dennoch, Menschen entschließen sich, und sie müssen sich entschließen. Ich hatte in Dun Fionn das Licht gewählt. Medraut hatte die Finsternis gewählt. Von ganzer Seele wünschte ich mir, daß ich ihn hätte aufhalten können, und mir fiel wieder ein, wie er in Morgas' Zimmer stand und sie anbetend anschaute. Wenn ich ihn mit mir aus dem Zimmer gezerrt hätte? Aber er hatte mich »Verräter« genannt, und sein Schrei hatte hinter mir gehallt. Wenn ich ihn wiedersah und wieder mit ihm sprach, konnte er sich dann alles noch anders überlegen? Sicherlich konnte die Finsternis seinen Willen nicht völlig in Ketten legen. – Und dann dachte ich daran, daß das Licht und ich das auch nicht konnten. Aber wer wählte die Finsternis, nachdem er verstanden hatte, was er da wählte? Die Gier, die Furcht, den Haß, der das Glück verschlingt, den Verlust? Und dennoch, manchmal war mir ganz klar, daß wir nicht anders konnten, als der Dunkelheit zu dienen. Und wenn ich für Artus kämpfte, dann würde ich die Wahl treffen müssen, und es war offensichtlich, daß ich nach der Natur der Dinge manchmal falsch entscheiden würde. Ich wollte nicht in der komplexen Welt der Menschen kämpfen. Es war einfacher, in der Anderwelt zu kämpfen.

Ich starrte hinauf zu den Hügeln, die vor uns lagen, und stellte fest, daß Bedwyr die Straße hinab zu mir hinüberschaute. Unsere Blicke trafen sich einen Augenblick; er zügelte sein Pferd und blieb zurück, bis er wieder mit dem Karren auf gleicher Höhe war. »Deine Gedanken scheinen schwer zu sein, Gawain ap Lot«, sagte er mir.

»Sie sind schwer, Herr«, erwiderte ich. »Agravain sagt, aus mir kann vielleicht jetzt ein großer Krieger werden, und auch du hast es gesagt. Ich bin eine Haaresbreite davon entfernt, umzudrehen und zu den Orkneys zurückzukehren. Und das wäre eine Dummheit, die einfach unglaublich wäre.«

Bedwyrs Augen glänzten leicht. »Warum sollte das dumm sein?«

»Ich glaube, du dienst dem Licht«, sagte ich Bedwyr. »Ist es recht, Männer umzubringen und Krieg zu machen?«

»Ach!« Er starrte mich an. »Das weiß ich auch nicht.«

»Aber du bist ein Krieger, und als ich vom Licht sprach, da hast du es besser verstanden als ich.«

»Das möchte ich bezweifeln. Ich kenne nur die Sprache der Philosophie, und deshalb konnte ich es besser beschreiben. Du hast etwas angerührt, Gawain ap Lot, nach dem ich schon oft gefragt habe. Ich konnte nur sagen, was ich selbst weiß, was ich selbst erfahren habe.«

»Dann erzähl es mir, wenn du Zeit hast. Ich bin es leid, immer wieder darüber nachzugrübeln.«

»Ich glaube, das verstehe ich.« Bedwyrs Augen glänzten wieder vor unterdrückter Belustigung. Es war sehr seltsam, dachte ich flüchtig, daß ich mit ihm so leicht reden konnte und daß er so schnell gegen Cei meine Partei ergriffen hatte. Vielleicht kam es daher, daß wir dem gleichen Herrn dienten, und dadurch ergab sich dieses Verständnis.

Mit dem Schildarm, dem Arm, an dem die Hand fehlte, schob er sich das Haar aus dem Gesicht. »Nun gut«, begann er. »Wie Cei schon mehrmals erwähnt hat, bin ich Bretone, und mein Vater besitzt Güter im Südosten – nein, das bedeutet nicht, daß ich aus einem edlen Clan stamme. Im größten Teil von Kleinbritannien sind die Clans weniger wichtig als Landbesitz oder sozialer Stand. Mein Vater ist Curiale – das ist ein Titel. Offiziell darf er den Titel Clarus führen, aber er nennt sich selbst Clarissimus, weil er den Klang des Wortes liebt.« Wieder kam das Glitzern der Belustigung. »Wir lebten in der Nähe der Grenze von Kleinbritannien, und während ich jung war, verging kein Sommer, ohne daß die Franken oder die Sachsen oder die Sueben oder die Goten in unsere Felder einbrachen und uns das Vieh wegtrieben oder Gold von der Verwaltung verlangten. Ich lernte also früh kämpfen, wie auch die Männer hier in Britannien. Außerdem lernte ich lesen, aber das hielt ich für weniger wichtig. In Kleinbritannien, wie in anderen Teilen des südlichen Gallien, werden noch immer die alten Gemeindeschulen für die Kinder aus edlen Familien geführt. Ich ging also hin, und der Grammaticus dort brachte mir die Grundbegriffe der Rhetorik bei. Es war sehr mühselig. Wir hatten aber ein Textbuch, eins für eine Klasse von zwölf Schülern, und es war geschrieben von einem Marius Victorinus, der Philosoph war. Wenn er uns ein Beispiel für die rednerische Ausführung eines Gedankens geben wollte, dann führte er ein Beispiel aus der Philosophie aus. Und was die Diskussion betraf, so beschrieb er eine Debatte über die Summe des Guten – das Hervorragendste in einem Menschenleben. Er hielt das für Philosophie. Ich dachte damals, er müsse ein Narr gewesen sein, denn die Franken kümmerten sich nicht um Philosophie, und mir machte es Spaß, Franken umzubringen. Wirklich, ich genoß es, ich tolerierte es nicht nur. Es machte mir Freude, meine Fähigkeiten zu zeigen. Als ich siebzehn war, sammelte ich ein paar Bauern von den Gütern meines Vaters und nahm sie mit mir. Wir wollten für den Comes armoricae kämpfen, den König von Kleinbritannien, so würde man wohl sagen. Nach ein paar Jahren starb der fränkische König, und der neue König war mit den Goten beschäftigt, und die Kriege schienen eine Zeitlang vorbei zu sein. Da hörte ich, daß der jüngste Sohn unseres Königs, Bran, einen Pakt mit Artus von Britannien geschlossen und eine Expedition geplant hätte. Ich war noch nie in Britannien gewesen, und seit fast einem Jahr hatte ich keine Franken oder Sachsen mehr umgebracht, also nahm ich meine Gefolgsmänner und ging mit Bran.

Ich glaube, du weißt von dieser Kampagne. Du weißt, wie Artus den Purpur gewonnen hat, und deshalb brauche ich dir das nicht mehr zu erzählen. Ich selbst wurde in der Schlacht am Saefern verwundet.« Bedwyr hielt wieder seinen Schildarm hoch. »Der Schlag war eigentlich nicht so schlimm, aber die Wunde wurde brandig, und ich, der keine Angst vor den Sachsen gehabt hätte, ich hatte Angst vor den Ärzten. Ich ging nicht hin, bis ich krank war und getragen werden mußte. Sie nahmen mir die Hand ab, aber von dem Brand hatte ich hohes Fieber, und ich dachte, ich müsse sterben. Ich lag da, in dem Kloster, in das sie mich gebracht hatten, und jetzt hatte ich Zeit, mir darüber den Kopf zu zerbrechen, wie viele Männer ich wohl schon in diese Situation gebracht hatte. Der Gedanke machte mir keine Freude wie früher. All mein Ruhm war mir jetzt nutzlos. Und ich erinnerte mich immer wieder an die philosophischen Erklärungen aus dem Textbuch, und der Gedanke kam mir, daß der Ruhm eigentlich doch nicht die Summe alles Guten ist.

Drei Tage lang schwebte ich zwischen Tod und Leben. Am dritten Tag kam Taliesin, der oberste Barde des Pendragon, zum Kloster – ich weiß noch immer nicht, warum. Als er durch die Reihen der Verwundeten ging, sah es aus, als ob ein Stern auf seiner Stirn brannte, und ich dachte schon, ich sei gestorben. Deshalb rief ich ihn an, und ich sagte ihm, ich sei noch nicht darauf vorbereitet.

Er blieb stehen, kam herüber und kniete neben mir nieder. ›Auf irgend etwas bist du vorbereitet, Bedwyr ap Brendan‹, sagte er, ›aber nicht auf den Tod.‹ Dann wandte er sich zu den Ärzten um und sagte, das Fieber würde nun bald nachlassen. ›Du bedauerst also dein Leben‹, sagte er und wandte sich wieder zu mir. Ich hatte ihn noch nie gesehen, und ich dachte noch immer, er sei der Engel des Todes. ›Von ganzem Herzen‹, sagte ich. ›Du lebst jetzt‹, befahl mir Taliesin, ›und du wirst noch viele Jahre leben. Aber erinnere dich an dein Bedauern, wenn du dich wieder erholst, und ich warne dich, es wird alles anders ausgehen, als du erwartest. Hab Glauben, und wundere dich nicht über das, was geschieht.‹ Damit verließ er mich, und die Ärzte legten mich in ein geheiztes Zimmer und umhüllten mich mit vielen Decken. Das Fieber sank, und ich begann mich zu erholen.«

»Wer ist dieser Taliesin?« fragte ich. »Seine letzten Worte an dich waren genau die gleichen wie Lughs letzte Worte an mich.«

Bedwyr warf mir einen dunklen, ernsthaften Blick zu.

»Wirklich? Ich weiß nicht, woher Taliesin kommt oder wer seine Eltern waren. Niemand weiß es. Er ist ein großer Dichter, und außerdem ein Heiler. Man erzählt sich auch andere Geschichten über ihn, und manche sind sehr seltsam. Aber nichts ist gewiß. Ich weiß, daß er nicht böse ist, und seine Worte damals, die haben gestimmt. Ich erholte mich von meinem Fieber, aber ich erinnerte mich an das, was ich gefühlt hatte, als ich gedacht hatte, daß ich sterben würde. Ich fragte die Mönche, die sich um die Kranken kümmerten, ob sie das Textbuch des Philosophen Victorinus hätten, aber die Mönche hatten noch nie davon gehört. Sie besaßen nur ein paar Bücher, und das waren Evangelien. Also las ich eins von den Evangelien, das von Matthäus, und ich kam zu der Stelle, wo der Christ verraten und zur Hinrichtung weggeführt wurde. Einer seiner Gefolgsleute zog das Schwert, um ihn zu verteidigen, und unser Herr sagte: ›Stecke dein Schwert in die Scheide: Denn diejenigen, die das Schwert nehmen, sollen durch das Schwert umkommen.‹ Da begriff ich, daß es falsch war, zu töten und Kriege zu machen, und ich entschloß mich, nach Kleinbritannien zurückzukehren, sobald ich wieder reisefähig war. Ich wollte dann in ein Kloster eintreten und über das Gute nachdenken. Ich stellte mir vor, daß mein Vater zornig sein würde, aber trotzdem hätte ich nicht nachgegeben. Und deshalb, deshalb weiß ich, was dir Kummer macht.«

»Und warum hast du es dir danach wieder anders überlegt?«

Er lächelte. Es war ein schnelles, aber sehr warmes Lächeln. »Ich habe Artus kennengelernt. Ich hatte ihn schon vorher gesehen, aber nie mit ihm gesprochen. Er kam zum Kloster, um die Verwundeten zu besuchen. Ich saß gerade im Garten: Es war Sommer, ein Sommerabend, und ich versuchte zu lesen. Er trat an mich heran, rief mich beim Namen und erkundigte sich nach meiner Wunde. Dann fragte er, ob ich mich König Bran wieder anschließen wolle. Ich sagte ihm, ich plante nicht, mein Leben als Krieger fortzuführen, sondern ich wolle in ein Kloster eintreten. Artus sagte, Bran hätte Hochachtung vor mir, und er könne es nicht verstehen.

Ich habe Artus dann meine Gründe erklärt, und überraschenderweise verstand er mich. Er hatte sogar von Victorinus gehört – er hatte von ihm in einem Buch von Aurelius Augustinus gelesen. ›Aber in den Ansichten über das höchste Gut stimme ich nicht mit deinem Victorinus überein‹, sagte er mir. ›Glaubst du denn, daß es der Ruhm ist?‹ fragte ich. ›O nein‹, erwiderte Artus, ›aber Augustinus sagte, das Böse ist keine Substanz, sondern eine Abwesenheit, weil es nichts anderes ist als die Leugnung des Guten. Und dies lehrt mich auch mein eigenes Herz, denn ich sehe daran, daß das Böse mit Schwäche beginnt, mit Feigheit und Dummheit, daß es anwächst zu Haß und innerer Leere. Das Gute aber ist aktiv. Es scheint mir deshalb, daß das höchste Gut nicht etwas sein kann, das wie ein Bild an der Wand hängt und darauf wartet, bewundert zu werden. Es muß etwas Lebendiges, etwas Greifbares sein.‹ Und ich antwortete: ›Victorinus sagt, daß das Gute, sprich: Licht, in allen Dingen existiert. Denn wenn das nicht der Fall wäre, dann würde nichts existieren. Aber weil die Menschen es nicht beachten und blind handeln, deshalb schaffen sie Böses.‹ Und Artus: ›Wenn sie nichts anderes tun, außer herumsitzen und nachdenken, dann müssen sie ja Böses schaffen, denn sie können nichts Gutes schaffen.‹ – ›Aber sie finden es vielleicht und erkennen es dann‹, sagte ich. Da stand Artus auf und ging im Garten umher. Schließlich fragte er mich: ›Ist Gerechtigkeit gut? Sie ist aktiv. Sind Ordnung, Frieden, Harmonie gut? Wie steht es mit der Liebe? – Augustinus sagt, die Liebe ist eine Eigenschaft der Menschen, aber keine Eigenschaft Gottes. Ich glaube, wenn dies so wäre, dann wären wir Gott überlegen. Und das ist undenkbar. Denn ich bin sicher, daß diese Dinge gut sind. Die Liebe vor allem.‹ Und ich: ›Die Kirche sagt, Gott, das Gute, hat einmal in Christus geliebt und gehandelt.‹ Und Artus antwortete: ›Ich sage, er tat es damals, und er tut es noch immer, in uns. Sag mir, ist es gut, daß die Sachsen das Land und das Vieh ihrer Nachbarn rauben und daß Männer, Frauen und Kinder hungernd zurückbleiben? Ist es gut, daß nur eine Handvoll von Edelgeborenen in Britannien leben können und daß von denen nur wenige Bücher besitzen? Ist es gut, daß Menschen so wie die Tiere leben müssen, die an nichts anderes denken als an Essen und an Töten?‹ – ›Warum fragst du das?‹ antwortete ich. – ›Das alles ist böse, aber es hat sich ergeben, weil Rom gefallen ist und weil das Reich im Westen zu Ende ging. Was können wir denn anderes tun, als uns in solchen Zeiten vom Bösen fernhalten?‹ – ›Wir können das Reich wiedererrichten‹, sagte Artus und hörte auf, hin- und herzugehen. Er stand da, das Mondlicht leuchtete in seinem Haar – denn jetzt hatte sich der Mond über die Mauern der Abtei erhoben. ›Vor Gott will ich die Zivilisation in diesem Land erhalten, oder ich will sterben, während ich sie verteidige. Denn ich liebe das Gute. Ich glaube, daß ich damit für das höchste Gut der Menschheit kämpfe und nicht für die Philosophie. Was würde dein Victorinus dazu sagen?‹ – ›Victorinus hatte keinen Kaiser, dem er folgen konnte‹, sagte ich. ›Sonst hätte er anders geredet.‹ Und ich kniete vor Artus nieder und sagte ihm: ›Ich habe nur noch eine Hand, mit der ich für dich kämpfen kann. Aber im Namen Gottes, nimm mich in deinen Dienst, und alles, was ich tun kann, das werde ich tun.‹ Er schaute mich einen Augenblick lang überrascht an, denn er hatte nicht begriffen, wie sehr seine Worte mich berührt hatten. Dann nahm er meine Hand und schwor den Eid eines Lehnsherrn, und ich habe seitdem für ihn gekämpft. Ich werde das mein ganzes Leben lang tun, wenn Gott will. Denn jetzt glaube ich, daß das Handeln in dem Wunsch, Gutes zu schaffen, besser ist, als überhaupt nicht zu handeln, selbst wenn unsere Taten falsch sind. Ob wir uns im Ende vor den Augen Gottes rechtfertigen können, das kann ich nicht sagen.«

Ich schwieg lange Zeit. »Das ist kaum tröstlich«, sagte ich endlich.

»Das Leben ist nicht bequem«, erwiderte Bedwyr. »Aber ich glaube trotzdem, daß mehr Freude darin liegt, für das Licht zu kämpfen, als sich zurückzuziehen.«

»Aber der Unterschied zwischen uns und den Sachsen ist nicht so groß«, wandte ich ein. »Auch sie sind Männer, und sie sind uns sehr ähnlich. Ich weiß, du bist Römer, aber ich sehe nicht ein, warum das Reich irgend etwas mit dem Licht zu tun hat. Kein britischer König hat jemals einen elendigen Sklaven zu Tode quälen lassen, um herauszufinden, ob sein Herr Steine auf eine Kaiserstatue geworfen hat. Hier in Britannien sind auch niemals dreitausend Menschen im Theater hingeschlachtet worden, weil sie Lärm machten, wie bei Theodosius, dem Hohen König von Rom. Meine Mutter hat mir davon erzählt, aber es ist wahr, nicht? Und ich habe nie von einem König in Britannien oder in Erin gehört, daß er Hunderte von unschuldigen Edlen zu Tode bringen ließ, nur, weil ihre Namen mit ›Theod-‹ anfingen. Valentinianus hat das getan, wegen eines Orakelspruchs. Theodosius hat er trotzdem nicht erwischt. Außerdem haben die Römer Britannien mit Waffengewalt genommen, genau wie die Sachsen das jetzt versuchen. Ohne Zweifel haben die Menschen damals die Römer genauso wenig gemocht, wie wir jetzt die Sachsen mögen. – Warum lächelst du?«

»Weil du Latein sprichst und lesen kannst und wahrscheinlich Christ bist. Und trotzdem, wenn du nichts dagegen hast, du bist ein Barbar. – Ich will dich nicht beleidigen. Es ist wahr, das Kaiserreich hat viel Böses, viel Elend hinterlassen. Aber kein britischer Edler hat jemals soviel Gutes, soviel Schönheit geschaffen, hat jemals der Welt soviel Wissen, soviel Kunstwerke und Glanz verliehen, wie die Römer das taten. Und kein britischer König hat jemals Krankenhäuser gegründet oder die Klöster beauftragt, sich um die Kranken, die Armen und die Verwaisten zu kümmern. Britische Edle haben auch ihrem Volk nicht geholfen, wenn Hungersnot war oder ein Krieg. Die christlichen Kaiser taten das. Das Kaiserreich ist es wert, daß man um seine Erhaltung kämpft. Daran gibt es keinen Zweifel.«

»Nun gut, dann bin ich eben ein Barbar«, sagte ich und begann zu lachen. »Ihr Südbriten – Entschuldigung, ihr Bretonen –, ihr sagt das immer von den Iren. Ich sehe immer noch nicht ein, was dein Kaiserreich mit dem Licht zu tun hat. Aber nach dem, was du gesagt hast, glaube ich, daß das Reich, das Artus sich vorstellt, wohl anders wäre. Man hat mir ein Schwert gegeben, es ist eine Waffe des Lichtes, aber es ist auch eine Waffe des Krieges. Ich habe keine Angst, daß es mich umbringt, wenn ich es aufhebe. Und wenn dein Christus mit mehr nicht gedroht hat, dann würde ich nicht zögern. Nur . . . beim Licht, es kommt alles zu plötzlich. Ich hätte nie erwartet . . . ich hätte nie geglaubt, daß aus mir ein Krieger würde und daß ich solch eine Wahl treffen müßte.«

»Vielleicht wird es dir klar, wenn du den Kaiser Artus triffst. – Sieh, dahinten liegt Camlann. Wir sind fast zu Hause.«

Camlann ist uralt, viel älter als das Königreich Britannien. Die Festung stand leer und verfiel, solange die Römer regierten. Aber nachdem Londinium an die Sachsen fiel, ließ Abrosius Aurelianus es wieder besiedeln. Artus ließ danach die Festung mit großen Mauern sichern, die an jenem Tag, als wir heranritten, erst halb fertig waren. Während wir uns der Festung näherten, trieb Agravain sein Pferd wieder an und ritt neben mir. Cei fiel zurück und beobachtete mich, als ob er erwartete, daß mir Flügel wuchsen und daß ich wegflog, anstatt die Festung zu betreten. So kam ich nach Camlann, in einem schwerbeladenen Karren, der von einem erschöpften Pferd gezogen wurde, flankiert von drei Kriegern, die mich alle mit völlig verschiedenen Augen betrachteten. Ich hatte meine Hoffnung auf einen Hohen König gesetzt, der abwesend war.

Die Tore waren schon für uns aufgerissen worden, ehe wir sie erreichten, und wir fuhren den steilen Hügel hinauf. Die Krieger riefen den Wachen Grußworte zu und brüllten, sie hätten einen neuen Sieg errungen. Der Hohe König wurde mit dem Rest der Krieger jeden Augenblick zurückerwartet, und Bedwyr wollte, daß die Vorräte aus Ynys Witren ausgeladen wurden, ehe der Pendragon da war.

»Ich will nicht, daß mein Herr sich selbst mit dem Inventar bemühen muß, und er soll auch nicht auf sein Siegesfest warten«, sagte er einem der Diener.

»Ja, sicher«, sagte der Mann und beäugte die Karren mit einigem Eifer. Ich nahm an, daß sie in Camlann knapp an Vorräten waren. »Hast du aus Ynys Witren auch Met mitgebracht?«

»Ich habe gesehen, daß die Mönche dort den besten Met in Dumnonia machen«, erwiderte Cei. »Es ist unwahrscheinlich, daß wir so etwas nicht finden.«

»Gut. Wir haben nur noch das Ale, das wir vom letzten Winter übrig hatten, und mir stand kaum der Sinn danach, dem Kaiser das nach einem Sieg anzubieten.

Die Karren und Pferde wurden in einen Stall gebracht, und ich kümmerte mich um Sions Stute und gab ihr ein bißchen Korn. Ich war mit ihr schon fertig, als Bedwyr eintrat, gefolgt von Cei und Agravain. »Der Kaiser ist fast da«, sagte er mir. »Wenn du mit hinunter zum Tor kommen wolltest.«

Die Runde ritt noch immer heran, als ich zu den Toren ging, um sie zu sehen. Es war eine lange Kolonne, die von Norden kam. Bewaffnete Männer, die ein wenig Vieh trieben, einer oder zwei Wagen, ledige Pferde an langen Zügeln. Sie bedeckten die ganze Straße bis weit in die Ferne, und ihre Waffen glitzerten in der Nachmittagssonne. Vorn trug ein Reiter die Standarte, aus dieser Entfernung wirkte sie wie ein tiefer, goldener Glanz. Hinter ihm kam ein Mann auf einem weißen Pferd. Artus.

Ich dachte an alles, was mit mir bis zu diesem Augenblick geschehen war, ich dachte an meine Mutter und meinen Vater, an Agravain, an Lugh und an die Sachsen. An die körperlichen Kämpfe und die Kämpfe der Seele. Hier kam alles zusammen. Die Kehle zog sich mir zusammen, und meine Augen hefteten sich wie die Augen aller Männer um mich her auf den Mann, der hinter der Standarte ritt.

Die Vorhut des Kriegszuges löste sich von der langsam reitenden Gruppe, die das Vieh trieb. Die Mähnen und Schweife der Pferde und die Umhänge der Männer wehten im Wind, und die Sonne glitzerte durch den Schmutz des harten Rittes auf Waffen, Kettenhemden und Juwelen. Der Pendragon trug den purpurnen, goldbestickten Mantel der römischen Hohen Könige über seinem Kettenhemd. Er ritt gut, und er hielt seinen langen Speer, als ob er wüßte, wie man ihn benutzt. Als er das Tor erreichte, riefen die Bewohner der Festung mit einer Stimme Willkommen zu, und sie brüllten seinen Namen: »Artus!«

Der König lachte und zügelte sein Pferd, und seine Gefolgsleute drängten sich um ihn herum und ergriffen grüßend seine Hände. Ich blieb an der halbfertigen Mauer stehen und starrte ihn an, und ich fragte mich, wie es möglich war, daß so viele Zweifel und so tiefe Gedanken in einem so kurzen, flüchtigen Augenblick zunichte werden konnten. Ich wußte, daß ich irgendwie schon meine Wahl getroffen hatte. Vielleicht damals, als ich aus Dun Fionn flüchtete. Irgendwie hatte ich die ganze Zeit gewußt, daß ich ein Krieger werden würde. Ein Krieger in Artus' Runde.

11

Artus ritt im Schritt den Hügel hinauf, jetzt umgeben von den Bewohnern Camlanns. Er lächelte, er lachte seinen Untertanen zu und winkte ab, wenn sie ihm Glückwünsche über seine Siege zuriefen. Er war damals dreißig, alt genug, um aus solch einer Heimkehr das Normale zu machen, aber er tat es nicht. Für ihn war es immer wieder etwas Neues, etwas Überraschendes. Und so hielt er es sein ganzes Leben.

Als er die Festhalle auf dem Gipfel des Hügels erreicht hatte, saß er mit leichtem Sprung ab, ergriff die Zügel seines Pferdes, ehe es ein anderer tun konnte, und warf einen Blick auf die dichtgedrängte Gruppe der Diener und heimkommenden Krieger, die ihm gefolgt waren. Dann winkte er einem der Diener – dem Mundschenk. Er begann mit ihm zu reden und machte Handbewegungen den Hügel hinab. Ohne Zweifel sagte er ihm, was mit dem Vieh geschehen sollte, das er von den Sachsen geplündert hatte. Der Hausmeister nickte, antwortete dann auf irgendeine andere Frage des Königs. Artus blickte auf, und für den Bruchteil einer Sekunde erinnerte er mich scharf an einen anderen. Jemanden, der den gleichen offenen, grauäugigen Blick hatte. Aber es fiel mir nicht ein, und ich wollte es auch eigentlich nicht wissen.

»Bedwyr!« rief der König.

Bedwyr war irgendwo in der Menge gewesen und tauchte jetzt auf, wie aus der leeren Luft.

»Hier, mein Herr.«

Artus schenkte ihm ein anderes Lächeln, das sich von dem Lächeln für die anderen unterschied. Er streckte die Hand aus. Bedwyr ergriff sie, und Artus umschloß sie auch mit seiner anderen Hand. »Hast du Met aus Ynys Witren mitgebracht?«

»Ja. Und Lebensmittel, die für ein paar Tage ausreichen.«

»Laudate deo! Wieviel ist es denn?«

»Gweir macht gerade Inventur. Und ich habe schon das Siegesfest befohlen.«

»Gut. Ist noch etwas Ale da?«

»Die sauren Reste vom letzten Winter, sonst nichts.«

»Dann werden wir eben damit auskommen. Goronwy, etwas Ale für die Runde. Und Gruffydd bringt die Verwundeten herein. Schickt jemanden hin, damit er alles bekommt, was er braucht . . .« Artus ging in die Halle. Er gab noch immer Befehle an verschiedene Diener aus. Ich folgte mit dem Rest der Menge fast bis zum Hohen Tisch, dann blieb ich stehen. Ich war unsicher, was ich jetzt tun sollte. Alle waren so beschäftigt. Ich konnte noch nichts zum Hohen König sagen. Am besten war es zu warten. Ich stellte fest, daß ich einigen der heimkehrenden Krieger im Weg stand und suchte mir eine ruhige Ecke.

Artus ließ sich am Hohen Tisch auf einen Stuhl sinken, nahm das Horn mit Ale, das ihm von einem Diener angeboten wurde, und tat einen tiefen Schluck.

»Willkommen daheim«, sagte Bedwyr.

»Du auch«, gab der Pendragon zurück. »Wann bist du denn angekommen?«

»Ungefähr vor einer Stunde.«

»Was? Um Gottes willen, Mann, setz dich und trink etwas Ale. Goronwy . . .« Er sprach den Diener mit dem Ale leise an, und der Mann nickte. »So, Bedwyr, und wie geht es dem Abt Theodorus?«

»Der ist noch so unehrlich wie früher. Aber wir haben den Met gefunden.«

»Aha. Und was ist los?«

»Los?«

»Ich will wissen, was dir auf der Seele lastet. War es sehr schlimm in Ynys Witren?«

Bedwyr schüttelte den Kopf. Goronwy kam mit mehr Ale zurück und flüsterte Artus etwas zu, nachdem er Bedwyr das

Horn gegeben hatte. »Verteil also nicht alles«, sagte Artus, offenbar zur Antwort für den Diener. »Sag den Männern, wir sind knapp mit Ale, und sie können alle nur ein einziges Horn haben. Aber heute nacht gibt es reichlich Met.«

Ich hatte noch nie davon gehört, daß ein König knapp an Ale gewesen wäre. Ich kniff die Augen zusammen, aber niemand schien auch nur im mindesten überrascht. »Nun, Bedwyr, und haben die Mönche wieder Steine geworfen und geschrien: ›Tod dem Tyrannen, der unseren guten gelben Met stiehlt? Die Pest über den Drachen und seine Familie, weil wir uns jetzt am Sonntag nicht mehr betrinken können!‹?«

Bedwyr lächelte. »Nein. Es hat keinen Ärger gegeben. Die Mönche waren zwar nicht erfreut, aber sie haben nachgegeben. Mich drückt etwas anderes.«

Artus warf einen Blick die Halle hinunter. »Deine ganze Gruppe sieht so trübselig aus wie Männer am Morgen nach einem Fest. Selbst Cei und Agravain sahen so aus – besonders Cei und Agravain.« Er lehnte sich ein bißchen nach vorn und senkte die Stimme.

Bedwyr schüttelte zur Antwort den Kopf. »Nein, es war kein Blutvergießen, Gott sei Dank. Wo sind Cei und Agravain jetzt?«

»Ich habe sie losgeschickt, damit sie mit dem Vieh helfen. Um die beiden geht es also, wie? Nun gut, wir wollen warten. – Die Mauern sind noch nicht soweit, wie ich das erwartet hatte. Was meinst du denn . . .«

Mehr Männer aus Artus' »Familie« trampelten herein und ließen sich durstig bei ihrem Ale nieder. Sie rissen Witze darüber. Nach kurzer Zeit kamen auch Cei und Agravain, und sie standen herum. Wahrscheinlich suchten sie nach mir. »Hallo!« rief Artus. »Bedwyr sagt, es gibt eine Angelegenheit, die ich entscheiden soll.« Keiner der beiden hatte mich bemerkt, und Cei runzelte unsicher die Stirn, als sie zum Hohen Tisch herankamen. Ich stand auf, unsicher, ob ich mich ihnen anschließen sollte oder nicht. Die Krieger in der Halle hörten auf zu reden und horchten hin.

»Mein Herr«, sagte Cei, »wir möchten, daß du wegen Agravains Bruder eine Entscheidung triffst.«

Artus setzte sich gerade auf. Er stellte sein Horn mit Ale auf den Ständer.

»Welcher Bruder?« fragte er mit sehr leiser, gepreßter Stimme.

Agravain zögerte, er sah leicht überrascht aus. »Mein Bruder Gawain, den ich für tot gehalten hatte. Wir trafen ihn in Ynys Witren, und er ist mit uns nach Camlann gekommen. Er will sich uns anschließen. – Mein Herr, er ist ein sehr guter Krieger. Ich hatte einen Waffengang mit ihm, auf dem Weg von Ynys Witren, und dreimal hat er mich aus dem Sattel gehoben.«

»Mein Herr«, sagte Cei, »es gibt aber einen Grund, ihn der Zauberei zu verdächtigen.«

»Er ist kein Hexer!« schnappte Agravain. »Ich schwöre den Eid meines Volkes darauf. Er ist ein Krieger, und ein sehr guter. Fragt Bedwyr.«

Artus schaute seinen Freund an, und der dunkle Krieger nickte. »Er ist ein guter Krieger, und ich glaube, er ist auch ein guter Mensch. Ich würde beschwören, daß er kein Hexer ist.«

»Ich habe von Gawain, dem Sohn des Lot, gehört«, sagte Artus. »Und was ich gehört habe, das war nicht gut.« Ich schloß die Augen. Meine Hand umklammerte Caledvwlchs Heft. Lugh hatte mich gewarnt, daß Artus vielleicht mißtrauisch sein würde. »Aber du würdest für ihn bürgen, Bedwyr?«

»Ja, mein Herr.«

»Gut.« Artus schaute wieder Cei an. »Ich glaube, die Angelegenheit bedarf einiger Überlegungen, aber ich werde sie mir überlegen. Wo ist dein Bruder, Agravain?«

Agravain wollte antworten, daß er es nicht wüßte, und da zwang ich mich, aus dem Schatten hervorzutreten und stellte mich vor Artus. »Hier«, sagte ich.

Die grauen Augen weiteten sich ein bißchen und fixierten mich. Artus bewegte sich nicht, und sein Gesicht zeigte keinerlei Emotionen. Aber es war, als ob ein Schatten über ihn gefallen wäre, und ich spürte plötzlich, daß das, was ich für neutralen Tonfall gehalten hatte, Kälte gewesen war. Und was ihn jetzt berührte, das war Schrecken.

Ich versuchte, das schneidende, elende Gefühl zu unterdrükken, das plötzlich in mir aufschoß. Schließlich konnte ich mir ja nicht wünschen, daß er berüchtigte Zauberer sofort aufnahm. Und ich besaß diesen Ruf. Ich sah ein wenig wie meine Mutter aus, und vielleicht hatte er sie kennengelernt. Ich hatte ihn an sie erinnert.

Aber etwas in mir flüsterte mir zu: Die Finsternis hat dich bis auf das Mark berührt, du wirst nie von ihr frei sein. Sie hat alles verdorben, was du berührst, alles befleckt, und den Schatten deiner Jugend kannst du nicht davonlaufen.

Ich fiel vor Artus auf die Knie nieder und stand dann wieder auf. Es gibt noch Hoffnung, sagte ich mir. Hierhin bin ich geführt worden. Es muß geschehen.

»Also«, sagte Artus endlich, noch immer in dem neutralen Ton, der nicht neutral, sondern kalt war. »Du bist Gawain ap Lot?«

»Ja, Herr.«

»Ich hatte nichts davon gehört, daß du zu den Ynysoedd Erch . . . zurückgekehrt wärst. Wenn ja, dann hätte man deinem Bruder davon sagen müssen.«

»Ich bin nicht auf die Orkneys zurückgekehrt, Herr Artus. Ich bin erst drei Wochen in Britannien.«

»Mir ist die Geschichte erzählt worden, daß du am Samhain-Fest in die See gefallen bist. Vor mehr als zwei Jahren. Und jetzt tauchst du plötzlich in Ynys Witren auf, überzeugst den Herrn Cei, daß du ein Zauberer bist, und bittest mich darum, in meine Runde eintreten zu dürfen. Was ist an diesen ganzen Geschichten wahr?«

Eine lange Minute stand ich schweigend da. Ich versuchte, mir eine Antwort auszudenken, die leicht zu erzählen war. Aber dann begriff ich, daß die wirkliche Wahrheit die einzig mögliche Antwort war. Ich erzählte meine Geschichte zögernd und im schmerzlichen Bewußtsein, daß Zuhörer da waren.

Manche Dinge ließ ich aus, denn ich konnte mich nicht dazu bringen, von der wahren Tiefe des Bösen in Morgas zu sprechen. Nach einer Weile stellte ich fest, daß ich die Zuschauer übersehen konnte, und konzentrierte mich auf meine eigenen Worte. Ich sagte, was ich sagen wollte. Niemand unterbrach mich.

Als ich fertig war, schüttelte Artus sich. »Eine Geschichte wie die Geschichten der Poeten, sowohl vom Thema als auch von der Erzählkunst her, Gawain ap Lot.«

»Ich weiß. Vielleicht, mein Herr, wenn ich den Wunsch gehabt hätte, zu lügen, dann hätte ich eine Geschichte erzählt, die man leichter glauben kann.«

Darüber lächelte Bedwyr, aber Artus' Gesicht blieb unbewegt. »Vielleicht. Und vielleicht könntest du auch erwarten, daß man dir glaubt, eben weil die Geschichte seltsam ist. Du selbst bist ja auch seltsam. Zugegeben, das ist ein subtiles Spielchen, aber dein Vater ist ja auch ein kluger Mann, und deine Mutter ist . . .« Der Schatten über ihm wurde dunkler, und ich sah, daß er sie irgendwann einmal gekannt haben mußte, denn er sagte flüsternd, » . . .sehr subtil.«

»Herr«, begann ich, und ich hatte Angst und war unsicher, wie er mich empfangen hatte. »Ich bin weder mein Vater noch meine Mutter. Ich habe dir die Wahrheit gesagt. Ich habe zugegeben, daß ich wirklich einmal Zauberei getrieben habe. Aber ich habe sie abgelegt, mich dagegen entschieden, und ich werde nie wieder etwas damit zu tun haben.«

»Warum glaubt dann Cei, daß du ein Zauberer bist? Gewöhnlich glaubt er solche Geschichten nicht.«

»Es war das Schwert«, sagte Cei. »Als er gegen Agravain kämpfte, hat er es gezogen, und es hat gebrannt. Ich schwöre bei Sankt Peter, es hat gebrannt, heller als eine Fackel. Frag alle, die da waren, selbst Bedwyr. Sie haben es gesehen.«

»Es brannte vor Licht«, sagte Bedwyr. »Aber Gawain hat dir ja erzählt, wo er das Schwert empfangen hat.«

»Schwerter tun so etwas nicht«, erwiderte Cei fest. »Ich hätte gesagt, es wäre unmöglich, aber ich hab's gesehen. Es muß also irgendein Zaubertrick des Trägers sein, der es zum Brennen brachte, ein Zauberbann, den er gegen seinen eigenen Bruder ausgesprochen hat.«

Agravain schnaubte. »Er hat keine Sprüche gebraucht, um mich zu besiegen. Selbst ohne das Schwert hat er mich ja zweimal zu Boden gebracht. Und erinner dich daran, daß Gawain schon für uns gekämpft hat.«

»Ja, nach seinen eigenen Erzählungen. Sag mir, Gawain: Wenn du Cerdic gesehen hast, wie sieht er denn aus?«

Ich beschrieb den sächsischen König sorgfältig. Artus nickte und stellte noch ein paar Fragen über die Sachsen und über Sorviodunum, und wie viele Männer dort wären. Ich sah, was er wissen wollte, und gab ihm alle Details, an die ich mich erinnerte. Cei und Agravain trampelten unruhig hin und her.

»Was soll denn das alles?« fragte Agravain endlich. »Das wissen wir doch schon.«

»Aber es ist nicht allgemein bekannt«, erwiderte Artus und lächelte meinen Bruder an. Dann wandte er sich mir wieder zu und hörte auf zu lächeln. »Du bist wirklich in letzter Zeit bei den Sachsen gewesen. Also ist wenigstens ein Teil deiner Geschichte wahr.« Er schaute an mir vorüber, die Halle hinunter. Er schaute ins Nichts. Es war ein weitäugiger, grauer Blick, voll innerem Abstand und unendlich durchdringend.

»Und wenn schon, nur daß du Sachsen umgebracht hast, das beweist noch gar nichts. Sachsen töten Sachsen – was ist mit der Königin Morgas, deiner Mutter? Glaubst du, daß sie schön ist?«

Ich war völlig überrascht. »Ja.«

»Warum?«

Ich schaute verwirrt um mich. »Warum? Herr, warum halten wir etwas für schön? Sie ist so vollkommen und so schrecklich wie der Tod selbst, und das sagen alle, die ihr begegnet sind.«

Unsere Blicke begegneten sich einen Augenblick, und das, was wir gemeinsam hatten, war ein Schatten, eine Kenntnis der Finsternis.

»Deine Geschichte handelt zum großen Teil von der Anderwelt«, sagte Artus endlich. »Und wenn Bedwyr auch viel von dir hält und wenn du auch durch Blutsverwandtschaft mein Neffe bist, sowenig deine Mutter den Gedanken mag, ich glaube nicht, daß ich dir trauen kann.« Mein Herz wollte aufhören zu schlagen, und ich stand auf. Ich starrte ihn an, ich schluckte. »Es steht dir frei, bei irgendeinem anderen König in Britannien in Dienst zu treten, oder du kannst auch auf die Inseln zurückkehren. Aber einen Platz bei mir, den kann ich dir nicht geben.«

Es konnte nicht vorbei sein. Nicht so schnell. Es konnte nicht sein. Es war nicht gerecht. Wie betäubt stand ich mitten in der Halle, starrte noch immer den Pendragon an. Er wandte den Blick von mir ab und nahm sein Alehorn auf.

»Herr, ich protestiere!« schrie Agravain. »Nimm meinen Eid, daß Gawain kein Hexer ist. Wenigstens gib ihm eine Chance, sich zu beweisen. Warte, bis wir Nachrichten von den Sachsen haben. Warte, ob seine Geschichte . . .«

»Mein Herr, laß ihn seine ehrlichen Absichten dadurch beweisen, daß er mit uns kämpfen darf«, drängte Bedwyr. »Ich hab' mich auf dem Weg mit ihm unterhalten. Ich bin sicher, daß er kein Hexer ist . . .«

»Wollt ihr bezweifeln, daß ich einen Menschen richtig einschätzen kann?« fragte Artus kalt und schaute zu ihnen auf.

Sie wurden still. Bedwyr verbeugte sich leicht. »Oh nein, mein Herr«, stammelte Agravain und wurde auch wieder still.

Ich verbeugte mich noch einmal vor dem Hohen König, drehte mich um, ging aus der Halle. Es war vorbei.

»Warte!« rief Agravain und rannte mir nach.

Draußen vor der Halle packte er mich am Arm. »Ich hab' keine Ahnung, was los ist, aber das sieht dem Pendragon nicht ähnlich. Er wird es sich anders überlegen.«

»Er hat sich entschieden«, erwiderte ich.

»Das hat er . . .Aber, Yffern, es sieht ihm nicht ähnlich. Ich verstehe es nicht.«

Es ist verboten, so dachte ich, zuviel von der Finsternis zu wissen. Wie konnte ich einem König wie Artus dienen, wenn ich solche Kenntnis besaß? Aber ich hatte geglaubt, das Licht wollte es. Ich war so sicher gewesen. Wo war jetzt mein Glauben? Was konnte ich tun?

»Hör zu«, sagte Agravain. »Cei und Bedwyr und ich, wir teilen mit zwei anderen ein Haus. Komm und ruh dich dort aus, und Bedwyr wird deinetwegen mit Artus sprechen.«

»Er hat gesagt, er stellt den Hohen König nie in Frage.«

»Das würde er auch nicht vor der ganzen Runde. Aber manchmal stimmt er nicht mit Artus überein und diskutiert mit ihm, und manchmal überlegt Artus es sich dann anders. Der Hohe König hält sehr viel von Bedwyr, er hat ihn zum Führer der Reiterei gemacht – er nennt ihn Magister equitum. Ich hab' dir doch gesagt, sie sprechen eine Menge Latein hier. Komm und ruh dich aus – und außerdem siehst du aus, als ob du gern mal allein wärst.«

»Ja.«

Also brachte mich Agravain zu seinem Haus und ließ mich dort. Er murmelte irgend etwas davon, daß er sein Pferd versorgen müsse. Dafür war ich dankbar. Ich war auch dankbar dafür, daß Agravains Stellung hoch genug war. So mußte er nicht in der überfüllten Festhalle schlafen. Ich setzte mich auf sein Bett und starrte auf den binsenbedeckten Fußboden. Und dann umklammerte ich Caledvwlch.

Aber wofür sollte das Schwert sein? wollte ich still vom Licht wissen. Warum das Schwert, die Macht, der Kampf, die Reise zur Anderwelt, wenn ich am Ende doch nicht kämpfen darf? Du wolltest, daß ich Dienst bei Artus annehme – Lugh hat es mir gesagt. Warum wird es mir dann jetzt verweigert?

Es kam keine Antwort. Ich zog Caledvwlch und schaute es an. Das Schwert blieb stumpf, so stumpf wie meine eigene Verwirrung.

Ich war voller Verzweiflung. Ich war gefangen, auf ewig im Netz meiner Mutter Morgas gefangen, verdammt durch den Weg, den ich in der Jugend eingeschlagen hatte. Aber ich hatte mich ja geweigert, Morgas zu folgen. Ich hatte den Dämon getötet, ich hatte das Licht gefunden – o nein, die Finsternis kann nicht so leicht besiegt werden, aber ich hatte wahrhaftig gesiegt! Das konnte ich nicht bezweifeln.

Ich wurde zornig. Ich steckte das Schwert in die Scheide, stand auf und ging im Zimmer hin und her. Warum sollte Artus mich so schnell ablehnen, und so völlig? Das war nicht gerecht.

Nein, notwendigerweise mußte der Fehler bei mir liegen. Meine Geschichte hatte zuviel mit der Anderwelt zu tun, und halb huldigte ich Morgas ja immer noch, das hatte ich ihm gesagt, als ich ihm antwortete, sie sei schön. Ich setzte mich wieder hin, und wieder betete ich, und wieder fand ich nur Schweigen.

So verging der Nachmittag, und der Abend kam. Agravain kehrte zurück und fragte mich, ob ich etwas zu essen wollte, und ich sagte nein. Er ging zum Fest.

Es gab nichts, was ich tun konnte. Artus hatte mich zurückgewiesen. Oh, ich konnte nicht einfach dasitzen und mir selbst leid tun. Ich mußte handeln. Was hatte Artus einmal nach Bedwyrs Worten über die Tat gesagt? Und wie konnte ich jetzt noch zu einem anderen Herrn gehen, nachdem ich den Hohen König gesehen hatte?

Jetzt, wo mir alles verschlossen war, sehnte ich mich mehr denn je danach, Artus zu dienen. Ich wollte teilhaben an seiner »Familie«, an der Farbe, dem Glanz dieser Runde, an dem Ruhm, gemischt mit der Knappheit des sauren Biers vom letzten Winter. Die »Familie«, die war nicht wie andere Armeen, und der Pendragon war nicht wie andere Könige. Ich saß da und brütete darüber, eingesperrt, hilflos, verzweifelt.

Agravain kehrte vom Fest zurück. Er war mehr als halb betrunken und ziemlich schlechter Laune. Es war auch für ihn ein schwieriger Tag gewesen. Nach einer Weile kamen Bedwyr und die beiden anderen, Rhuawn und Gereint, auch zurück.

»Ich habe mit Artus gesprochen«, sagte mir Bedwyr ruhig. »Er sagt, er kann es nicht riskieren, dich anzunehmen, wenigstens nicht zu solch einer Zeit. Er hat erwähnt, daß er deiner Mutter, Königin Morgas, mißtraut. Du selbst hast ja bezeugt, was sie gegen Artus plant. Aber mehr will Artus nicht sagen. Ich verstehe ihn nicht. Gewöhnlich ist er gewillt, jedem eine Chance zu bieten, sich zu beweisen.«

»Gawain muß dann ein Zauberer sein«, sagte Rhuawn, ein magerer, langgesichtiger Mann.

»Sei still«, sagte Agravain grob. »Ich habe gesagt, er ist keiner.«

Ich erkannte die Zeichen. Mein Bruder brauchte einfach wieder einmal eine Keilerei. Offensichtlich hatte Rhuawn die Zeichen auch erkannt, denn er hielt den Mund.

Endlich kehrte auch Cei zurück. Er war völlig betrunken, aber er hatte sich noch gut in der Gewalt. »Haaa!« rief er aus, als er mich sah. »Noch immer da, was?« Er war sehr befriedigt über sich selbst und über seine Einschätzung. »Ich hätte doch gedacht, du wärst jetzt schon abgehauen wie ein verprügelter Köter. Oder ein verprügelter Falke?« Er keuchte vor Lachen. »Aber verletzte Falken laufen ja nicht, was? Fliegen noch nicht mal. Die . . .die sitzen nur rum. Und brüten. Und glotzen. Genau wie du, haaa!«

»Still«, sagte Bedwyr. »Zu so was gibt es überhaupt keinen Grund.«

»Wenn einer zaubert, dann ist das Grund genug, ihn zu verfluchen«, sagte Cei. »Und ich glaube, unser Herr hat den da gut eingeschätzt!«

Bedwyr schüttelte den Kopf. Er kam herüber zu mir und sagte: »Tut mir leid, Gawain. Du mußt verstehen, daß diese Entscheidung bei Artus nicht das normale ist. Und Cei ist nur so, wenn er betrunken ist.«

»So betrunken bin ich nun auch wieder nicht«, sagte Cei. Er grinste wieder. »Na, Maienfalke, wo bleiben denn deine Zaubersprüche?«

Mir wurde klar, daß auch ich nichts dagegen gehabt hätte, mich mit irgend jemandem zu prügeln, um einen Teil meiner Wut loszuwerden. Es war absurd, und das sah ich auch ein, aber trotzdem . . .

»Laß ihn in Ruhe«, knurrte Agravain.

»Warum?«

»Weil ich dich fordere, wenn du ihn nicht in Ruhe läßt«, erwiderte Agravain schnell. Er würde es tun, und es würde ihm Spaß machen, und ich hielt Cei nicht für zu betrunken zum Kämpfen.

Cei blinzelte ihn an, dann zuckte er die Achseln und verstummte. Ein paar Minuten später allerdings bemerkte er Caledvwlch, das an der Wand lehnte. Er ging hinüber und nahm das Schwert auf. Er hatte es an der Schlaufe des Schwertgehänges angefaßt und schwang es hin und her. Er pfiff durch die Zähne.

»Hör auf!« rief ich, und meine grüblerische Stimmung war augenblicklich verflogen.

»Was? Willst du nicht, daß ich dein kostbares magisches Schwert berühre?«

»Leg es hin«, sagte ich. »Es ist nicht für dich bestimmt.«

»Willst du noch immer sagen, daß es . . .«

»Ja. Meine Geschichte ist wahr, selbst wenn Artus sie nicht glaubt.«

»Lügner«, sagte Cei.

Agravain stand auf und ballte die Fäuste.

Ich konnte es nicht zulassen, daß mein Bruder Streitigkeiten für mich ausfocht, wie gern er das auch tun wollte. »Hör auf«, sagte ich noch einmal und stand auch auf. »Cei, leg mein Schwert hin, ehe du dir selbst damit schadest.«

Er lachte eifrig. »So, endlich bist du also gewillt, dich selbst zu verteidigen. Laudate deum! Ich zeig' dir jetzt mal, wie magisch es ist . . .«

»Nein!« rief ich, als ich sah, was er vorhatte. Aber er hatte schon die Hand um das Heft geschlossen und fing an, das Schwert zu ziehen.

Das schlafende Feuer zuckte einmal auf, wie Wetterleuchten, wie eine Sternschnuppe. Cei kreischte und ließ das Schwert fallen, stolperte rückwärts gegen die Wand. Ich schoß durch den Raum, um die Waffe aufzufangen, die er fallen gelassen hatte. Ich schloß meine Hand um das Heft und zog das

Schwert, ohne nachzudenken. Das Feuer flammte, rein, kühl und strahlend.

»Bist du verletzt?« fragte ich Cei. Der starrte mich an. Er öffnete und schloß den Mund, und er war jetzt völlig nüchtern. »Ich habe gesagt: Bist du verletzt?«

Er schaute seine Hand an. Sie war offenbar leicht verbrannt, wie von einem Sonnenbrand, aber sonst unverletzt.

»Nein«, flüsterte er. »Gott. Gott . . .«

»Bei allen Heiligen«, murmelte Rhuawn.

Ich schaute mein Schwert an und steckte es dann in die Scheide. »Das ist gut«, sagte ich ihnen. »Dieses Schwert ist mächtig, und ich glaube, wenn du es gezogen hättest, es hätte dich umgebracht. Laßt es jetzt in Ruhe.«

»O ja«, sagte Cei. »Das werde ich. Lieber Gott. Ich . . . ich will jetzt schlafen.«

Niemand sagte etwas, als wir uns für die Nacht niederließen. Agravain bestand darauf, daß ich sein Bett benutzte. Agravain schlief auf dem Fußboden.

Ich hielt Caledvwlch in der Dunkelheit fest. Die Macht war wirklich, wirklich genug, um Cei zu verbrennen. Wirklich genug, um Menschen zu töten. Das Licht war wirklich – mein Herr, Licht, wie konnte ich dich bezweifeln? Und das Licht hatte mich hierhergeführt, und ich war gekommen, mit hochgesteckten Hoffnungen. Das erkannte ich erst jetzt, wo meine Hoffnungen vernichtet waren und das Wunder irgendwie doch versagt hatte. Meine Seele schmerzte vor Finsternis.

Ich schloß die Augen und fuhr mit den Fingern über das Heft des Schwertes. Ich fühlte die kühle Glätte der verschlungenen Metallstreifen auf dem Griff und die Härte des einzelnen Edelsteins. Einfacher Stahl, lebloser Stein, und dennoch, es konnte brennen von einem unirdischen Licht, es konnte die Hand verbrennen, die es unberechtigterweise berührte. Ich konnte das auch. Aller Zweifel, alle Unsicherheit wurde weggefegt in diesem weißen Feuer, das jetzt dreimal in mir gebrannt hatte. Und dennoch, warum sollte gerade mir so etwas passieren? Das Licht brauchte weder Männer noch Schwerter.

Nichts, was ich tat, spielte eine Rolle. Ich war aus der Finsternis errettet worden, und das sollte mir eigentlich genug sein.

Ich rollte mich auf dem Bett herum und blickte auf zum Strohdach. Ich ließ das Schwert auf dem Fußboden liegen, wo meine Hand es leicht erreichen konnte. Es sieht alles gar nicht so schlecht aus, sagte ich mir. Es bringt dich nicht um. Du mußt nur anderswo Dienst suchen, und ohne Zweifel gibt es auch viel anderes, das du tun kannst.

Warum ein Schwert? fragte ich mich noch einmal. Warum nicht eine Harfe oder eine Fibel oder einen Ring, wie in manchen Geschichten? Wenn ich kein Krieger sein soll, warum schenkt man mir dann ein Werkzeug des Krieges? Und wenn ich nicht Artus dienen soll, warum soll ich ein Krieger sein? Kein anderer König ist ausgezogen, die Finsternis zu bekämpfen . . .

Die Finsternis. Meine Seele berührte sie endlich und erinnerte mich an Morgas, so deutlich, als ob sie im Zimmer stände. Und die Dinge, die ich von ihr gelernt hatte, arbeiteten in mir wie Hefe. Morgas' Blick fand meinen Blick hinter geschlossenen Augenlidern, und sie lächelte und lächelte. Ich wandte mich im Geiste von ihr ab, und schließlich schlief ich ein.

Ich träumte in jener Nacht, es war der einzige Traum seiner Art, den ich je hatte.

In meinem Traum erhob ich mich vom Bett und öffnete die Tür des Hauses, um nach draußen, nach Camlann zu schauen. Ich sah die gesamte Festung, mit fertigen Mauern, die leuchtend und stark in goldenem Licht glühten. Artus war vor den Toren. Er saß auf einem weißen Pferd, und er hielt eine Fackel in der Hand. Es war die Quelle des Lichtes, das die ganze Festung erfüllte. Ein Mann, den ich nicht kannte, hielt das Pferd am Zügel. Ein dunkelhaariger Mann, auf dessen Stirn ein Stern flammte und dessen Blick von unendlichem Wissen erfüllt war. Artus hob die Fackel, und das Licht sprang über den ganzen Westen von Britannien. Ich sah die ganze Insel, von den Orkneys im Norden bis zu den Klippen im Süden, die

Wälder, Felder, Berge, Flüsse und stolzen Städte. Sie lagen wie eine Kinderzeichnung in der See. Aber der Osten und der Norden waren von einem tiefen Schatten bedeckt. Ich sah Aldwulf, der im Norden stand, und eine schwarze Flamme brannte über seinem vernarbten Gesicht. Cerdic war im Süden und hob den Arm, um den Angriff zu befehlen. Aber auf seinem Gesicht lag ein seltsamer Ausdruck der Verwirrung. Keine Armeen befolgten seinen Befehl, aber ein großer weißer Drache, das Symbol der Königsschaft, erhob sich auf Wolkenschwingen in den Himmel. Im Westen flatterte Artus' Drachenstandarte. Sie wurde zu einem wirklichen Drachen und erhob sich, um dem anderen zu begegnen. Aber ich schaute dem Kampf nicht zu, denn ein Schatten fiel über Artus, und er schrumpfte zu einem Nichts zusammen. Ich blickte auf und sah sie. Sie herrschte im Norden und Osten, die Königin der Luft und der Finsternis, die Herrin der Schatten. Schön war sie in der Wirklichkeit gewesen, aber im Traum verschwand die Wirklichkeit wie ein dämmriger Schleier, und sie flammte in dunklem Glanz über dem Universum. Das Herz stieg mir in die Kehle, und meine schreckliche Liebe zu ihr kehrte zurück. Ich wollte mich ihr zu Füßen werfen und sie um Verzeihung bitten, aber ich griff nach meinem Schwert. Es war nicht da. Sie lächelte, und die Kraft schwand mir, so daß ich an nichts mehr denken konnte als an sie. »So, mein Falke?« sagte sie mit ihrer unendlich weichen, tiefen Stimme. »Der Drache will dich nicht? Das ist sehr dumm von ihm, denn du bist ein großer Krieger.«

Freude erfüllte mich bei diesen Worten, und ich wollte auf sie zulaufen und . . . aber ich zwang mich zurück. »Artus ist frei«, antwortete ich. »Er kann tun, was er will.«

»Natürlich«, flüsterte sie. »Obwohl er mir einmal gehorcht hat. Aber dein neuer Herr erlaubt auch dir, das zu tun, was du willst.« Sie beugte sich nach vorn von ihrem Thron aus Schatten, und ihre Augen tranken mich wie Wein. Ich erinnerte mich mit finster-klarer Deutlichkeit an ein Wort, das sie mich gelehrt hatte, um Geister abzuwehren. Ich flüsterte es, und ein wenig von meiner Kraft kehrte zurück.

Sie lächelte. Es war ein sehr süßes, dunkles, geheimnisvolles Lächeln, das nur für mich gedacht war. »Mein kluger Falke! Ja. Du siehst, warum ich dich umbringen wollte? Das Wort kann gegen mich benutzt werden und für Artus. Damit er die Macht des Hohen Königs in Britannien festigt.«

Ich riß meinen Blick von ihr ab und schaute zurück auf die Insel, auf der ich stand. Artus wirkte sehr klein neben der Königin, und seine Macht war nur sehr lückenhaft. Ich hatte ein wenig Mitleid mit ihm. Ich sah, wie die Schlachtlinien sich formierten. Ich sah, wie ich selbst auf Ceincaled heranritt, die Hand hob und ein Kommandowort rief. Cerdic umklammerte seine Kehle und stürzte zur Erde, und Aldwulf starb völlig verwirrt. Die Sachsen wurden geschüttelt von Seuchen und Hungersnöten, Stürme zerstörten ihre Schiffe, und Artus eroberte ganz Britannien. Er regierte in Camlann, und ich stand neben ihm. Ich war sein vertrauter Ratgeber, geehrt von allen. Mein Vater kam von den Orkneys und wählte mich zum Erben seines Reiches. Das Licht regierte in Britannien.

Ich schaute wieder die Königin an und erwiderte voll ihren Blick. Sie lächelte ein drittes Mal, und ihre Augen waren voller Versprechungen. »O mein Frühlingsfalke«, flüsterte sie, »du warst immer mein Liebling, und jetzt, wo du älter bist . . .Du bist ein starker Feind, viel mächtiger als Artus und ein größerer Zauberer als dieser Narr Aldwulf.«

Ich verspürte tiefen Stolz und eine sengende schwarze Freude, daß sie das sagte. Mehr als je zuvor sehnte ich mich danach, mich ihr zu nähern. Ich konnte Artus zwingen, mich zu akzeptieren! Ich konnte das Wort, das sie mich gelehrt hatte, für das Licht benutzen, anstatt für die Finsternis. Und dann dachte ich an das, was sie mich gelehrt hatte, und ich erinnerte mich an den Blick in Connalls Augen, als er wußte, daß sie ihn töten würde. Das schwarze Lamm fiel mir ein, das unter ihren Händen zuckte, während sie die Zukunft aus seinen Eingeweiden las. Mir wurde wieder schlecht, und ich dachte daran, daß Medraut verloren war. Aber ich brauchte ja nicht die schlimmsten Sprüche zu benutzen, sagte ich mir.

»Wo ist Medraut?« fragte ich die Königin.

»Das spielt keine Rolle.«

»Es ist dein Sohn.«

»Ich habe Pläne für ihn, die dich nichts angehen, mein Falke. Er haßt dich, Gawain, weil du uns verlassen und betrogen hast.«

Ja, er würde mich hassen. Ich sah jetzt, daß sie an ihm arbeitete, daß sie ihn langsam zerstörte. »Und auch du haßt mich«, flüsterte ich.

Sie schüttelte langsam den Kopf, und das schwarze Feuer in ihren Augen war nur ein Rand einer riesigen See. »Du bist zu mächtig, Maienfalke, und zu schön.«

Ein Schwindel überkam mich, und ich griff wieder nach meinem Schwert. Ihre Augen waren das ganze All, das ganze Universum, sie waren der Tod selbst. Wenn ich ihr gleich war, ihr gleich blieb, dann würde sie . . .

»Nein!« schrie ich und warf meinen Arm zwischen uns. Sie blieb stehen, schrecklich in ihrer Macht, und lächelte ein letztes Mal.

»Aber was kannst du sonst tun, mein Sohn?«

Was nur? Die Finsternis war um mich und in mir, und ich konnte noch nicht einmal das Schwert finden, mit dem ich mich wehren konnte. Ich sackte zurück, dachte an Artus, an Bedwyr, an Cei und Agravain, und dann an Sion. Meine Gedanken wirbelten um sich selbst, und dann war ich in Ynys Witren, in der Stille der Kapelle, und plötzlich drehte sich das Universum wieder anders herum, und ich sah die Sonne, und nicht die Schatten. Meine mühsam tastende Hand hatte gefunden, was sie suchte: mein Schwert. Ich zog es und hielt es zwischen mich und die Finsternis.

»Ich werde für Artus kämpfen«, sagte ich, und meine Stimme war fest. »Er kann mir nicht verbieten, ihm zu folgen, selbst wenn er mich nicht akzeptiert. Ich werde für ihn kämpfen, bis er deutlich sieht, daß ich nicht für dich kämpfe. Wie lange ich auch brauche, wie schwierig es auch sein wird, das kann ich tun, und ich werde es tun.«

Ihre Lügen waren offenbar geworden, und ihre Pläne waren wieder gescheitert. Sie hob die Arme, und die Finsternis sprang auf. Aber sie war wieder fern, und ich stand in Camlann. Ich blickte auf und sah Lugh, der im Westen stand, Morgas gegenüber. Er hielt den Arm über die Insel, so daß die Königin sie nicht berühren konnte. Hinter ihm war das Licht zu strahlend, zu leuchtend, als daß man es sehen konnte. Einen Augenblick lang sah ich die beiden einander gegenüberstehen, und dann wurde mein Blickfeld klein. Ich sah die Insel und die beiden Armeen. Ich sah die Runde und mich selbst darin. Die Armeen begannen sich zu bewegen, und Schlachtenlärm war zu hören. Ich begriff, daß ich Dinge sah, die noch kommen sollten, und ich war entsetzt. Ich bedeckte mein Gesicht mit den Armen und schrie: »Nicht noch mehr!«

Plötzlich war Stille.

Schluchzend, um Atem kämpfend, öffnete ich die Augen und sah das Strohdach von Agravains Haus über mir. Alle schliefen. Lange Zeit lag ich still da.

12

Nach langer Zeit drang ein Vogelruf von draußen herein, und dann noch einer. Hinter der Tür war Morgen. Ich setzte mich auf und begrub zitternd das Gesicht in den Händen. Dann erhob ich mich, zog mich an, tastete mich durch das Zimmer und öffnete die Tür.

Der Tau lag schwer auf dem Gras, und die Erde roch feucht und süß. Die ersten Flügel der Dämmerung öffneten sich über der Ebene, über den schwarzen Formen der Hügel. Das Vogellied floß vor und zurück wie Wasser über Steine. Ich schloß die Tür hinter mir und lehnte mich dagegen. Ich sah zu, wie die Sonne im Osten hochkam. Es war voller Tag, ehe ich mich wieder bewegte, und ich tat es, um zu singen. Es war ein berühmtes Lied, ein Lied das man im ganzen Westen singt, und Padraig hat es gemacht, als er nach Erin zog.

Ich erheb' mich heute
Durch des Himmels Macht auf immer
über sieben Mächte:
Der flammenden Sonne Schimmer,
Dem Glanz der Mondnächte,
Des Feuers Glut,
Das Lied im Windeswehen,
Die Tiefe der endlosen Seen,
Die Erde fest und gut,
Und der Felsen sich're Hut.
Ich erheb' mich heute
Durch Gottes Macht, zu leiten mich . . .
Durch die Mächtigste der Mächte.

Die Dreiheit rufe ich,
Einen bekenn' ich, an drei glaube ich,
Den Schöpfer der Schöpfung.

Dann mußte ich lachen, weil ich das Lied nicht richtig verstand, und ich bot mein Schwert dem Morgenlicht dar. »Ich danke dir, mein Herr!« sagte ich laut. Dann fügte ich hinzu: »Und auch dir, für deinen Schutz, mein Ahn. Aber schick mir nicht mehr solche Träume!«

Ich steckte Caledvwlch in die Scheide und fragte mich, ob wohl vom Fest der vergangenen Nacht noch etwas übrig war. Ich hatte sehr großen Hunger, denn ich hatte seit dem vergangenen Morgen nichts mehr gegessen, und seit da hatte ich eine Menge durchgemacht. Ich überlegte mir gerade, wie ich etwas Essen finden konnte, als ich Geräusche im Haus hörte. Ich ging wieder nach drinnen und stellte fest, daß Agravain wach war.

»Da bist du ja!« rief er aus, als er mich sah. Er sah noch müder aus als am Abend zuvor. »Wie lange bist du denn schon auf?«

»Nur kurze Zeit. Ich bin nach draußen gegangen, um den Sonnenaufgang zu betrachten.«

»Das sieht dir ähnlich.« Er schnaufte und musterte mich, dann grinste er. »Bei der Sonne, es ist gut, einen aus der Familie hier zu haben. Aber so, wie du angezogen bist, kannst du nicht rumlaufen. Der Sohn eines Königs kann nicht die Kleidung eines sächsischen Hörigen tragen. Aldwulf hast du eine Narbe zurückgelassen, und dafür hättest du zumindest das Recht auf einen anständigen Umhang. Selbst wenn du nicht zur Runde gehörst. Komm, wir gehen in die Lagerräume und suchen ein bißchen für dich zusammen.«

Agravain zog sich auch an, und wir gingen den Hügel hinauf, an der Festhalle vorbei. Die Lagerräume lagen auf der Westseite des Hügels. Agravain gab sich große Mühe, mich nicht wieder dadurch zu verstören, daß er Artus' Entscheidung erwähnte oder das, was als nächstes geschah. Statt dessen zeigte er mir die Sehenswürdigkeiten von Camlann. Trotzdem fiel mir auf, daß er verzweifelt nach einer Lösung suchte.

Die Lagerräume bestanden aus vielen weit verstreuten Gebäuden, die niedrige Dächer hatten und dunkel waren. Die meisten waren neu erbaut, um das Beutegut des Hohen Königs aufzunehmen. All diese Gebäude legten deutlich Zeugnis davon ab, daß Artus als Feldherr erfolgreich war, denn sie waren mit Haufen von Kleidern, mit Waffen und Schmuck, importierten Töpferwaren, goldenen und silbernen Schalen und Gefäßen aus Horn und Glas wie auch aus Holz, Bronze und Ton gefüllt. Lebensmittel waren nicht viele da, aber man kann beim Plündern im Frühling auch nicht viel finden. Alle Güter waren von den Sachsen genommen worden, entweder aus ihrem eigenen Gebiet oder durch Rücknahme von Beute aus britischen Königreichen. Agravain sagte mir, die Sachen würden meistens verkauft, an diejenigen, die dafür mit Korn oder anderen Lebensmitteln bezahlen konnten. »Der Hohe König zieht allerdings Korn vor«, fuhr er fort, »für die Pferde. Die Kriegspferde der Runde fressen die Ernte eines ganzen Königreichs auf, glaube ich. Dennoch, ich habe mitgeholfen, um all dies zu gewinnen, also kann ich auch helfen, es wieder loszuwerden. Wähle aus, was du willst. Und ich gebe dir noch ein Pferd dazu.« Agravain zögerte, dann endlich begegnete er meinem Blick und stellte seine Frage: »Wohin wirst du gehen?«

Ich wußte nicht genau, wie ich es formulieren sollte. »Ich werde nicht gehen«, sagte ich schließlich ganz einfach. »Ich werde dem Pendragon Artus auf eigene Gefahr folgen, bis er mich akzeptiert. Irgendwann muß er einsehen, daß ich kein Zauberer bin, sondern ein Krieger, der seinen Met wert ist.«

Agravain starrte mich lange an. Dann grinste er wild. »Das ist die Entscheidung eines Kriegers, eine Entscheidung, die ein Lied wert ist! Wirklich, zeig ihnen, daß sie sich alle irren, bring ihnen bei, daß sie dich nicht verleumden können!« Dann hielt er inne und runzelte die Stirn. »Aber es wird schwierig werden. Artus ist ein edler König, und er wird dir seine Gastfreundschaft nicht verweigern. Aber Cei ist jetzt dein Feind. Letzte

Nacht, da hast du ihm angst gemacht, und außerdem hat er sich blamiert. Das erträgt er nicht. Dazu kommt noch, daß er der Befehlshaber des Fußvolkes ist, und er besitzt sogar einen eigenen lateinischen Titel dafür. Er ist ein Mann, den man besser nicht beleidigt – dennoch ist er tapfer und ehrlich und ein guter Freund.«

»Ich muß es versuchen, ob Cei nun mein Feind ist oder nicht. Es ist alles, was ich tun kann.«

Agravain war jetzt viel glücklicher, während wir ein paar neue, »angemessenere« Kleidungsstücke aus den Haufen suchten. Als ich eine gute wollene Tunika und Beinlinge hatte, suchte mein Bruder einen anderen Haufen Kleidung durch, um eine Lederweste wiederzufinden, die er vor anderthalb Monaten gewonnen hatte. Er glaubte, daß sie mir paßte, und außerdem waren ein paar Metallplatten daraufgenäht. Sie paßte, und er drängte sie mir auf. Er sagte, er könne sie verschenken, an wen er wolle. Westen mit solchen Metallplatten sind nicht so gut wie Kettenhemden, aber Kettenhemden sind selten und wertvoll. Agravain besaß nur ein einziges Kettenhemd, und er hätte es mir gegeben, wenn es mir gepaßt hätte.

Außer der Weste fand ich noch einen Schild aus gekälktem Holz mit einem Stahlrand. Er war einfach, aber gut und solide gearbeitet. Und ich nahm einen langen, gut ausbalancierten Speer mit blattförmiger Spitze und fünf Wurfspeere.

»Jetzt brauchst du nur noch einen Mantel«, sagte Agravain mit Befriedigung. »Was für einen . . .«

»Einen roten«, sagte eine fremde Stimme hinter uns.

»Taliesin«, rief Agravain und begrüßte den Mann, der in der Tür stand und uns mit mildem Interesse beobachtete. »Warum einen roten?«

Sprachlos starrte ich Artus' obersten Barden an. Die andere Erinnerung, die ich mit diesem Namen verband, wurde plötzlich ganz klar. Er hatte in Lughs Halle gesungen, auf der Insel der Glückseligen. Und er war es auch gewesen, der in meinem Traum die Zügel von Artus' Pferd gehalten und in Sions Traum mit ihm gesprochen hatte.

Aber er trug jetzt keinen Stern auf der Stirn, und sein Gesicht war menschlich. Es hatte nicht diese beunruhigende Leuchtkraft, die die Gesichter der Sidhe haben – dennoch war er ein sehr gut aussehender Mann. Sein Name – strahlende Stirn –, den man auch dem Morgenstern gibt, war bei ihm nicht fehl am Platze. »Ich kenne dich«, sagte ich.

Aber Taliesin schüttelte den Kopf. »Nein, du hast mich noch nie gesehen, wenn du auch einige von meinen Liedern gehört haben magst. Sie werden ja überall gesungen.«

»Wovon redet ihr?« fragte Agravain.

»Dein Bruder dachte, er hätte mich schon einmal getroffen«, stellte Taliesin freundlich fest und schlenderte in den Raum. »Und ich habe das richtiggestellt. Ich hatte nie das Vergnügen. – Dein Bruder ist ein bemerkenswerter Mann, Agravain.«

»Er ist kein Zauberer«, schnappte Agravain schnell.

Taliesin grinste. »Du bist zu mißtrauisch, mein Freund. Ich habe ja nie behauptet, er wäre einer. Willkommen in Camlann, Maienfalke.«

Ich war sicher, daß ich mich nicht irrte. »Aber was . . .«, begann ich.

»Tut mir leid«, sagte Taliesin schnell. »Ich kann deine Fragen nicht beantworten, noch nicht. Du würdest die Antworten nicht verstehen. Du denkst an einen Traum, den du letzte Nacht hattest und an einen Traum von deinem Freund. Auch daran, was Bedwyr dir von mir erzählt hat. Aber ich kann es nicht erklären. An allem ist etwas Wahres dran – aber das weißt du ja schon. Die Antwort wäre weniger interessant als das Geheimnis, und ich habe es lieber, wenn die Dinge interessant sind. Unglücklicherweise mußt du außerdem die Wahrheit selbst entdecken. Wenn jemand dir etwas erzählt, hörst du dann zu? O nein, du läufst weg, nimmst deinen eigenen Weg, und am Ende fällst du flach auf den Rücken – wie Bedwyr damals, als ich ihn zum erstenmal sah –, und dann sagst du dir, ›Taliesin hatte recht‹. Aber ich bin es leid, immer wieder die Tatsache zu hören, daß ich recht hatte.«

Agravain lachte. »Ach, wirklich. Ich wünschte, ich könnte deine Lieder gut genug verstehen, um dir zu sagen, daß du dich irrst.«

»Aber ich will ja auch nicht, daß sie verstanden werden!« protestierte Taliesin. Er summte eine kleine Melodie und brach dann ab. »Wir Poeten haben dieses Privileg. – Ein roter Mantel ist das Beste. Da liegt einer, mitten auf diesem Haufen da, sogar ein sehr schöner.«

Ich erinnerte mich an Sions Traum. »Ein Mann in einem roten Mantel lag tot.« Ich hatte das Gefühl, als ob ich auf dem Rand einer Klippe in der Finsternis stände, und ich spürte, daß da ein Abgrund war, den ich nicht sehen konnte. Taliesin hörte auf zu lächeln.

»Ich wünsche dir nichts Böses, Maienfalke«, sagte er sanft. Sein Gesichtsausdruck war unergründlich. »Nur, was sein muß, muß sein, und es wird sein. Deine Farbe ist Rot, wie der Drache von Britannien oder wie das Blut, das auf den Schlachtfeldern fließt. Es wird noch da liegen, wenn die Nacht kommt. Wenn der Schilderwall zerbrochen wird und man das Tor der Festung niederschlägt.« Er schüttelte den Kopf. »Das Reich, so wie es jetzt ist, könnte man mit einem Teppich vergleichen, gewebt in vielen Farben, durch viele Entscheidungen. Seine Farbe ist Rot.« Er hielt plötzlich inne, zwinkerte, faßte sich wieder und lächelte. »Und außerdem wird Rot dir stehen. Der Haufen da drüben – und jetzt muß ich Artus suchen und ihm erklären, warum die Mauern noch nicht soweit sind, wie er das erwartet hatte. Vale!« Er rauschte aus dem Zimmer und ließ die Tür hinter sich zuschwingen.

»Bei der Sonne«, sagte Agravain, »was hatte denn das zu bedeuten?«

»Ich wollte dich gerade fragen. Agravain, wer ist dieser Taliesin?«

»Artus' oberster Poet, einer seiner Ratgeber, und gelegentlich auch Reiter unter Bedwyr.«

»Und daneben?«

»Wer weiß? Wer kann das bei Poeten schon sagen? Manchmal, so wie jetzt, sagt er einfach Dinge, die keiner verstehen kann, und manchmal sagt er, irgend etwas wird passieren, und dann passiert es. Vor dem letzten Überfall ist er plötzlich zu einem der Krieger zu Fuß hinübergegangen, zu Macsen ap Valens, gerade als wir losziehen wollten. Er hat die Hand dieses Mannes genommen und gesagt: ›Viel Glück nach dem Ende; Heil und lebe wohl.‹ Und Macsen ist auf diesem Kriegszug gestorben. Manche sagen, Taliesin ist ein bißchen verrückt. Andere erzählen Geschichten davon, wie er . . .«

»Was für Geschichten?«

»Sein Vater wäre ein Gott gewesen, oder ein Dämon. Es kann auch seine Mutter sein, die Versionen sind verschieden. Er hätte aus dem Kessel der Annun getrunken, und er wüßte alle Dinge. Er wäre ein Prophet, ein Zauberer, ein Teufel, ein Heiliger, ein Engel.« Agravain zuckte die Achseln. »Die Priester mögen ihn nicht, wegen seines Rufs, aber wenn er in Camlann ist, dann geht er in die christlichen Messen. Sicher ist nur, daß er ein großer Prophet ist. Urien of Rheged war sein erster Schutzherr, aber Artus hat ihn dazu überredet, nach Camlann zu kommen. Er stammt nicht aus dem Norden. Du hast gehört, wie er ›auf Wiedersehen‹ auf lateinisch gesagt hat – soviel habe ich gelernt. Manche sagen, er stammt aus Gwynedd. Ich weiß, daß er das zweite Gesicht hat, wenn nicht noch mehr . . .« Agravain machte die Geste eines Druiden, ein Handzeichen, das Böses abwenden soll, und senkte die Stimme. »Aber alle Poeten müssen irgendwie berührt sein, sonst wären sie nicht Propheten und Bewahrer des Gesetzes. Niemand kann Taliesin Fragen stellen und dann eine Antwort verlangen, die er versteht. Und keiner will ihn dadurch beleidigen, daß er zu viele Fragen stellt. Denn wenn Taliesin ein Spottgedicht auf dich macht, dann bleibt dir nur noch übrig, dich in dein Schwert zu stürzen. Wo glaubst du denn, daß du ihn schon einmal gesehen hättest?«

»In Lughs Festhalle.«

Agravain wandte den Blick ab und machte wieder sein Handzeichen. »Taliesin sagt aber, er wäre das nicht gewesen.«

»Vielleicht kann es ja auch nicht sein.« Das helle Echo des Liedes klang wieder in meinem Innern. Taliesins Lied. Ich konnte nicht sagen, was es bedeutete, aber einer, der so etwas gemacht hatte, der konnte nicht böse sein.

»Wirklich«, sagte Agravain und schaute wieder zur Tür. »Willst du eigentlich einen roten Mantel?«

Sions Satz klang mir in den Ohren wie ein böses Omen. Ich erinnerte mich daran, wie oft meine Mutter Rot getragen hatte – aber andererseits war es leicht, mit dieser Farbe Stoff zu färben, und viele Männer mochten den leuchtenden Ton. Welchen Faden auch immer Taliesin für mich in seinem Teppich verwoben gesehen hatte, das Muster war durch die Farbe eines Umhangs nicht zu beeinflussen. »Ich mag Rot genauso gerne wie eine andere Farbe«, sagte ich Agravain.

Der ging zu dem Haufen, auf den Taliesin gezeigt hatte, und wühlte sich hinein. »Hier ist er«, sagte er mir. »Es ist ein guter Mantel. Schöne, dicke Wolle.«

Es war ein komisches Gefühl, diese neuen Dinge zu tragen, mit dem Gewicht des Schildes auf der einen Schulter und Caledvwlch an der anderen. Dennoch war das Gewicht irgendwie richtig. Agravain nickte zufrieden. »Jetzt siehst du wie ein Krieger aus, aus königlicher Familie«, sagte er. »Jetzt werden sie besser aufpassen, wie sie dich behandeln. Bist du bereit fürs Frühstück?«

Die Halle war voller Krieger, die die Reste vom Fest der vergangenen Nacht aufaßen. Die Speisen waren auf den Tischen aufgestellt. Ich brachte es fertig, die feindseligen oder nur neugierigen Blicke der anderen Krieger nicht zu beachten, während wir aßen. Das war nicht sonderlich schwierig, denn das Essen war gut, und ich hatte großen Hunger.

Agravain war fröhlicher als in der Nacht zuvor, und er redete während des Essens über Britannien und die Runde. Er hatte sich sehr verändert in den Jahren, in denen ich ihn nicht gesehen hatte. Ich fühlte mich unsicher ihm gegenüber, als ob ich ihn kannte und doch nicht kannte. Aber ich genoß seine Gesellschaft. Von Zeit zu Zeit allerdings bemerkte ich einen anderen Gesichtsausdruck bei ihm, und er war finster. Ich erriet, daß er etwas mit unserer Mutter zu tun hatte. Aber sie war das letzte, über das er sprechen wollte.

Wir waren fast fertig, als wir draußen vor der Halle Gebrüll hörten und dann einen Schmerzensschrei. Alle verstummten, und durch die plötzlich stille Luft kam ein lautes Wiehern, ein Schnauben von einem zornigen Pferd.

»Was in aller Welt . . .?« sagte Agravain.

Aber ich hatte den Ruf erkannt. »Ceincaled!« sagte ich und sprang auf. »Es ist Ceincaled.«

Er war es. Er stand im Sonnenlicht vor der Halle, noch schöner, noch prächtiger, als ich ihn in Erinnerung hatte. Er war wütend, seine Ohren waren zurückgelegt und seine Nüstern gebläht und rot. Ein paar von Artus' Dienern umringten ihn und hielten Seile und gesenkte Speere. Einer der Diener lag am Boden; sein Gesicht war weiß, und er umklammerte seine Magengegend. Andere versuchten ihm aufzuhelfen. Direkt vor dem Pferd stand Artus.

»Herr, sei vorsichtig«, rief einer der Diener. »Die Bestie ist bösartig. Ein Mörder. Sieh nur, was der Hengst mit Gwefyl gemacht hat!«

Artus überhörte sie alle und machte noch einen Schritt auf das Pferd zu. Ceincaled wich zurück, wieherte, schleuderte den Kopf hoch. Artus lächelte. Ein Licht brannte in seinen Augen. Er machte noch einen Schritt vorwärts und streckte die Hand aus, halb bittend, halb befehlend, und er sprach langsam und beruhigend mit dem Tier.

Der Hengst schnaubte, aber seine Ohren zuckten nach vorn. Er betrachtete den König mit stolzen Augen. »Sei still«, sagte Artus. Das Pferd riß den Kopf hoch, schnaubte wieder, stampfte voller Ungeduld. Aber es blieb stehen und bewegte sich nicht, als Artus näher herantrat und seinen Kopf umfing.

»Er ist nicht bösartig«, sagte Artus. »Aber er ist stolz und mißtrauisch. Und er liebt seine Freiheit.«

Ceincaled stampfte und riß den Kopf weg. Aber seine Ohren blieben weiter nach vorn gerichtet; er hörte Artus zu.

Ich ließ die Kante der Tür los, die ich umklammert hatte, und begann wieder zu atmen. »Ceincaled!« rief ich.

Sein Kopf schoß hoch, und er riß sich von Artus' Griff los und kam im kurzen Galopp zu mir herüber. Er stupste mich an die Schulter. Ich ließ meine Hand über seinen Nacken gleiten, und wieder versetzte mich seine Schönheit in Erstaunen. »Ceincaled«, wiederholte ich und fügte auf irisch hinzu: »Warum bist du zurückgekommen, du Leuchtender? Dies ist kein Ort für dich.«

»Bei der Sonne«, flüsterte Agravain hinter mir mit großer Bewunderung. »Was für ein Pferd!«

»Ist es dein Pferd?« fragte Artus und kam heran. Auf seinem Gesicht war ein Ausdruck der Enttäuschung, gemischt mit etwas anderem. »Ich hätte es wissen sollen. Es ist ohne Zweifel das Pferd, das du Cerdic gestohlen hast.«

»Er gehört mir nicht. Wie kann ein Sterblicher solch ein Tier besitzen? Ich habe ihm vor drei Tagen die Freiheit gegeben.«

»Ich glaube nichtsdestoweniger, daß er dir gehört«, erwiderte Artus mit rauher Stimme. Er zögerte, schaute von mir zu dem Pferd hinüber. Er legte die Hand auf die Schulter des Hengstes, schaute mich wieder an, schien irgendeine Beschuldigung brüllen zu wollen und hielt sich dann zurück. »Nun gut, dann nimm ihn und tu mit ihm, was du willst.«

»Aber er ist nicht mein! Ich habe ihn freigelassen.«

»Als CuChulainn starb«, sagte Taliesin, der wie aus dem Nichts aufgetaucht war, »kehrte der Liath Macha, den der Held am gleichen Tag freigegeben hatte, an die Seite seines Herrn zurück, um dort zu sterben. Auch Liath Macha war eines der Pferde der Sidhe, und damit unsterblich.«

»Das ist nur eine Geschichte«, sagte ich. »Und das war auch CuChulainn. Ceincaled ist wirklich. Warum sollte er auf der Erde sterben?«

»Er ist gekommen, um dich zu suchen«, erwiderte Taliesin ruhig. »Pferde sind große Narren, wenn es um ihre Herren geht, und sie folgen ihren Reitern, ohne nachzudenken, weil sie annehmen, daß es dort sicher ist. Selbst unsterbliche Pferde tun das.« Taliesin lächelte und streckte die Hand aus. Ceincaled warf den Kopf hoch und beschnupperte die Hand, und seine Ohren zuckten wieder nach vorn.

Ich schaute das Perd an, und ich dachte an das Wunder, das Land der ewig Jungen und an diese Welt. Mir fiel der Augenblick wieder ein, wo ich Ceincaled zum erstenmal geritten hatte, wo unsere Seelen sich getroffen hatten. Voller Erstaunen hatte mir Ceincaled seine Liebe geboten, und ich wußte, daß Taliesin recht hatte. Ich streichelte den weißen Nacken.

»Du bist ein Narr«, sagte ich meinem Pferd leise auf irisch. »Mein Strahlender, mein Schöner, du bist dumm. Hier wirst du am Ende nichts finden als den Tod.«

Er schnaubte und knabberte an meinem Haar.

»Also dann, wie du willst«, flüsterte ich und senkte den Kopf. Ich hätte um ihn weinen können.

»Du hast also jetzt ein Pferd«, sagte Artus scharf, »und ich sehe, daß dein Bruder Waffen und Kleider für dich besorgt hat. Jetzt mußt du nur noch irgendwo Dienst finden, und dazu solltest du jetzt leicht in der Lage sein.« Er schaute wieder Ceincaled an, und seine Hand krampfte sich um den Schwertgriff. Dann ließ er sein Schwert langsam los. »Vielleicht versuchst du es einmal bei Maelgwyn Gwynedd. Der braucht Krieger.«

Ich wickelte meine Hand in Ceincaleds Mähne und starrte über den Rücken des Pferdes den König an. Artus starrte zurück, mit kaltem, gleichgültigem Zorn, und ich sah plötzlich, daß er glaubte, ich hätte das Pferd mit einem Zauberspruch gebannt. Zur Antwort auf die unausgesprochene Beschuldigung schüttelte ich den Kopf. Artus sah die Geste.

»Dann ein anderer König? Urien will dich vielleicht nicht. Auch der mag keine Zauberer. Aber es bleiben noch Vortipor und Caradoc von Ebrauc . . .«

Ich konnte jetzt genausogut wie zu irgendeiner anderen Zeit meinen Plan bekanntgeben, dachte ich. »Pendragon«, sagte ich ruhig und förmlich, »es ist nicht mein Wunsch, Dienst bei einem anderen Herrn außer dir selbst zu nehmen. Und es ist auch nicht mein Wunsch, mit dem Ruf eines Zauberers hinaus nach Britannien zu ziehen.«

»Deine Wünsche spielen hier keine Rolle. Wenn du ein Krieger bist, dann mußt du einen Herrn finden, der dich unterhält. Und ich werde das nicht.«

»Ich glaube, Herr, daß ich mich irgendwie selbst durchbringen kann. Wenigstens bis zur nächsten Schlacht, wo ich ja Beute machen kann. Ich will dir folgen und für dich kämpfen, ob du meinen Eid nun annimmst oder nicht.«

Die Umstehenden murmelten erstaunt vor sich hin. Artus packte wieder sein Schwert. Einen Augenblick befürchtete ich, daß er die Waffe zog, aber er ließ sie wieder los. Der kalte Zorn in seinem Blick war zur Weißglut geworden. »Du planst gut, Gawain ap Lot«, sagte er mit ruhiger Stimme. »Du weißt, daß ich es nicht zulassen kann, wenn man von mir sagt, daß mein eigener Neffe an meinem Hof herumlungert wie ein streunender Hund. Deshalb muß ich dir Gastfreundschaft bieten. Nun gut. Du kannst hierbleiben und meinen Met trinken und einen Platz in meiner Halle haben. Aber ich akzeptiere dich nicht als einen meiner Krieger. Ich brauche mehr als kräftige Arme oder einen gerissenen Verstand oder Zauberei. Ich brauche etwas, das man Ehre nennt.« Er schaute sich um und sah, daß auch Cei im Kreis der Zuschauer stand. »Da du mir nun einmal dienen willst«, fuhr Artus schnell fort, »laß uns sehen, wie gut du das schaffst. Cei!«

»Mein Herr?« Cei bahnte sich mit den Ellbogen einen Weg durch die Menge; er sah ein bißchen verwirrt aus, und er war noch immer schlaftrunken.

»Du sollst eine Gruppe leiten, die den Tribut von Maelgwyn Gwynedd eintreibt. Nimm dreißig Männer – du kannst sie selbst auswählen –, und Gawain soll mitreiten. Ihr zieht morgen früh ab.«

»Ja, mein Herr, aber . . .«

»Gut. Wenn ihr zeitig fertig sein wollt, dann fangt ihr besser jetzt an.« Der Hohe König schritt durch die Menge davon, und sein Mantel flatterte.

Cei warf mir einen überraschten, dann einen spekulierenden Blick zu, und während er Ceincaled anschaute, pfiff er durch die Zähne. »Jetzt hast du also auch noch ein magisches Pferd zu deinem magischen Schwert, Zauberer. Das ist sehr gut, denn jetzt bekommen wir auch noch die Chance, zu sehen, welchen Nutzen sie dir bringen. Auf dem Weg nach Degganwy wirst du beides brauchen. Besonders ein schnelles Pferd . . .«

»Komm«, sagte Agravain. »Cei hat viel zu tun.« Er drehte sich um und ging zu den Ställen davon. Ich folgte ihm und führte Ceincaled.

Die Ställe lagen auf der Nordseite, neben der Festhalle. Wie die meisten der Lagerhäuser waren sie neu, sehr groß und sehr voll. Aber wir fanden einen leeren Stall, und am Trog gab ich Ceincaled Wasser. Dann schüttete ich ein bißchen Korn in die Krippe und lockte ihn in den Stand. Zuerst mochte er das nicht, denn ohne Zweifel erinnerte er sich an Cerdics Ställe und daran, daß er eingesperrt worden war. Aber schließlich ließ er sich dazu herab, das Korn zu fressen. Ich begann ihn abzubürsten, und Agravain setzte sich auf das Stroh und spielte mit einem Grashalm.

»Bei der Sonne und dem Wind«, sagte mein Bruder nach einer Weile, »ich habe Artus noch nie so zornig gesehen. Selbst als Vortipor von Dyfed uns letzten Sommer im Stich gelassen hat und wir den Sachsen ohne seine Armee entgegentreten mußten, selbst damals hat er nicht so scharf gesprochen wie heute. Es sieht ihm so unähnlich, daß ich noch nicht einmal wütend darüber sein kann, weil er dich beleidigt hat. Aber Degganwy! Und Cei soll die Abteilung auch noch leiten.«

»Was hast du denn gegen Degganwy?« Ich hatte schon von dieser Burg gehört, einer kleinen, unwichtigen Festung in Gwynedd, nordöstlich des uralten Hafens und der königlichen Stadt Caer Segeint.

»Degganwy, dort lauert Maelgwyn die größte Zeit des Jahres«, antwortete Agravain. »Maelgwyn und die Hälfte der Artus-Hasser in Britannien. Kannst du dich noch an Docmail Gwynedd erinnern?«

»Natürlich. Der hat sich lieber umgebracht, als sich Artus zu ergeben.«

»Und ob. Aber Maelgwyn hätte sich nicht umgebracht. Der tut lieber so, als ob er sich ergibt, und greift Artus dann an, sobald er den Rücken dreht. Er ist ein Jahr jünger als ich, und schon jetzt ist er einer der gerissensten Füchse in ganz Britannien. Man sagt von ihm, wenn er alt genug ist, dann kommt er sogar gegen diesen Fuchs Vortipor von Dyfedd an. Er ist zu gerissen, um Artus offen anzugreifen, und den Tribut zahlt er sicher auch. Aber es wird sicher keine angenehme Reise, und Gwynedd, besonders die Arfon-Berge, wimmelt nur so von Räubern und Maelgwyns herumstreunenden Kriegern. Die hassen jeden, der irgend etwas mit dem Hohen König zu tun hat. Artus plant schon seit über einem Jahr, eine Gruppe hinzuschicken, um den Tribut zu holen, weil Maelgwyn immer wieder verspricht, ihn selbst zu schicken, und das nie tut. Manchmal sagt er auch, er hätte den Tribut schon geschickt, und alles wäre an die Räuber verlorengegangen. Aber Bedwyr sollte die Expedition leiten. Und jetzt . . . Cei wird es dir so schwer wie möglich machen, und er ist in der Lage, es dir schwerzumachen, das kannst du mir glauben. Er kann ja auch die anderen Krieger für die Expedition frei auswählen.« Agravain schlug sich mit der Faust in die offene Hand. »Yffern soll sie alle holen! Gawain . . .« Er kaute einen Augenblick auf seinem Schnurrbart und sagte dann: »Vielleicht wäre es besser, wenn du dir Dienst bei einem anderen Herrn suchst. Nur, um dich zu beweisen, ehe du zurückkehrst.«

»Wenn ich mich hier nicht beweisen kann, wie soll ich es dann anderswo tun?«

»Aber Cei wird versuchen, dich zu provozieren, damit du entweder kämpfst oder verschwindest. Du weißt doch noch, daß dich früher jeder herumstoßen konnte.«

»Ich werde versuchen, allen Ärger zu vermeiden, wenn das möglich ist, ohne daß ich die Ehre verliere. Agravain, ich muß mit. Sonst muß ich die Hoffnung aufgeben, jemals für Artus zu kämpfen.« Und möge das Licht mich schützen, dachte ich.

Bedwyr trat eilig in den Stall. Er sah sich um, kam dann herüber und setzte sich neben Agravain. »Es tut mir leid«, sagte er mir. »Ich habe noch einmal mit Artus geredet, aber ich kann ihn nicht überzeugen. Er glaubt, du hast das Pferd mit irgendeinem Bann für dich gewonnen, und darüber ist er wütend. Auch darüber, daß du den Unschuldigen gespielt hast.« Er schaute Ceincaled respektvoll an und fuhr dann fort: »Aber jetzt bin ich sicher, daß ihm noch etwas anderes auf der Seele liegt. Etwas, über das er nicht reden will. Er wollte allein gelassen werden, und als ich ging, da hat er mit sich selbst gekämpft. Es ist etwas . . .« Bedwyr verstummte, suchte nach Worten, um das zu beschreiben, was er gespürt hatte. »Gawain«, sagte er, »schwöre mir, daß du in der Tat die Zauberei aufgegeben hast.«

»Bedwyr!« zischte Agravain, wollte aufstehen und langte nach seinem Schwert.

»Ich schwöre es, beim Licht und bei der Erde, die unter mir ist«, sagte ich Bedwyr.

Einen Augenblick lang schauten wir uns an, und dann seufzte Bedwyr. »Wirklich. Du hast es wirklich. Verzeih mir, wenn ich dich angezweifelt habe. Artus ist sowohl mein Herr als auch mein Freund. Und er ist kein Narr. Gewöhnlich irrt er sich nicht in seiner Einschätzung. Er hat irgendeinen Grund, der ihn vorsichtig macht, aber der Grund muß in ihm selbst liegen und nicht bei dir. Er will nicht darüber reden, selbst nicht mit mir.«

Ich nickte, aber tief innen dachte ich, daß der Grund vielleicht doch in mir liegen konnte. Ich hatte gesehen, daß ich irgendwie noch immer an Morgas gebunden war. Es war, als ob ihr Schatten in mir läge, im Mark meiner Knochen, zu tief, als daß ich ihn abschütteln konnte.

»Vielleicht wäre es besser«, drängte Bedwyr, »wenn du gingst. Such dir einen anderen Herrn – natürlich nicht Maelgwyn. Ich glaube, daß Urien von Rheged dich akzeptieren würde. Er ist kein strahlender König, aber er ist ehrlich und ein guter Kämpfer. Er ist mit deiner Tante verheiratet, und dir wäre er freundlich gesinnt. Man sagt, sein eigener Sohn ist nicht viel wert in der Schlacht, und er hat keine anderen Neffen bei sich in Rheged. Vielleicht wäre das ein guter Platz für dich.«

»Keine schlechte Idee, Gawain«, meinte Agravain. »Dort könntest du schnell vorankommen, und wenn das der Fall wäre, dann könntest du vielleicht in einem Jahr zurückkehren.«

Ich schüttelte müde den Kopf. »Ich bleibe.«

Bedwyr wollte wieder etwas sagen, aber er überlegte es sich anders. Es gefiel ihm nicht, daß ich Artus zornig machte, und deutlich hatte er den Wunsch, seinen Freund zu schützen. Aber er hatte auch das Gefühl, daß ich die Wahrheit sagte. Er spürte meine Entschlossenheit und drängte mich nicht noch einmal, wegzugehen.

Wir saßen eine Weile schweigend da, eingehüllt in unsere Gedanken. Schließlich war Ceincaled mit dem Hafer fertig, den ich ihm gegeben hatte, und kam herüber. Er knabberte an meinem Haar und verlangte Aufmerksamkeit. Ich ergriff seinen Kopf.

»Warum bringst du deinen Liath Macha nicht hinauf auf die Weide?« schlug Bedwyr vor. »Oder noch besser: Verschaff ihm ein bißchen Bewegung. Es ist ein schöner Tag.«

»Er ist kein Liath Macha; er ist weiß, nicht grau«, erwiderte ich. Bedwyr starrte mich verständnislos an.

»Liath«, sagte ich, als mir klar wurde, daß er kein Irisch verstand, »Liath bedeutet grau, und Liath Macha heißt Grauer der Schlacht. CuChulainns Pferde waren ein Grauer und ein Rappe, und beide waren Pferde der Sidhe. Aber der Liath Macha war der Bessere der beiden.«

»Wirklich?« fragte Bedwyr. »Wie ist CuChulainn denn an die beiden gekommen?«

Ich schaute ihn überrascht an.

»Ich bin nur ein Bretone«, meinte Bedwyr mit dem gleichen Glitzern der unterdrückten Belustigung, das ich schon am Tag zuvor in seinen Augen gesehen hatte. »Ich weiß nur wenig von deinem CuChulainn. Ehe ich deinem Bruder begegnete, hatte ich noch nicht einmal seinen Namen gehört. Taliesin kennt wahrscheinlich all die Geschichten, aber der versteht ja auch Irisch. Agravain besteht darauf, daß er selbst die Geschichten nicht anständig singen kann. Wahrscheinlich sagst du wohl das gleiche, oder?«

»O nein, Gawain kann sie erzählen«, erwiderte Agravain sofort. »Fast so gut wie ein ausgebildeter Barde. Nein. Besser. Er läßt die langweiligen Teile aus.« Seine Augen strahlten auf. »Ich habe noch niemanden gefunden, der mir die Geschichten vorgesungen hat, Gawain. Meinst du, du könntest . . .«

Sie waren beide darauf bedacht, auf andere Gedanken zu kommen. Sie suchten überall herum, um eine Harfe zu finden, und dann sagten sie mir, ich solle von CuChulainn singen. Ich selbst war auch dankbar über die Ablenkung, und ich sang die Geschichte von CuChulainns Pferden. Als ich mein Lied beendet hatte, war mein Publikum gewachsen. Außer Agravain, Bedwyr und Rhuawn, dem die Harfe gehörte, hörten auch noch Pferdeknechte und ein paar andere Diener zu. Sie applaudierten, als ich fertig war.

»Du singst gut«, sagte Bedwyr mit leuchtenden Augen.

»Seit damals, als ich dich zum letztenmal hörte, bist du besser geworden«, meinte Agravain. »Viel besser. Sing uns noch, wie CuChulainn gestorben ist.«

Ich zögerte, denn das Lied war schwierig. Aber ich begann die Melodie auf der Harfe, und dann versuchte ich, diese Musik mit den passenden Worten zu begleiten.

Ich war gerade an der Stelle angekommen, wo CuChulainns Feinde es endlich geschafft hatten, den Helden allein in die Schlacht hinauszuziehen. Da hielt ich plötzlich inne, denn ich sah, daß auch Taliesin eingetreten war und zuhörte. Er nickte mir zu, ich solle fortfahren, aber ich hielt inne und bot ihm impulsiv die Harfe an.

Er nahm sie schweigend und begann da, wo ich aufgehört hatte. Er benutzte den alten bardischen Stil, aber irgendwie sang er so, wie ich es nicht für möglich gehalten hätte, so daß jedes Wort eine Rolle spielte. Er fing die Zuhörer in einem Gewebe aus Klängen, so daß sie geduldig auf jede Phrase warteten und dennoch den Wunsch hatten, den letzten Satz noch einmal zu hören. Taliesin schaute niemanden an, und er hielt auch nicht den Blick auf seine Hände an der Harfe geheftet. Er starrte einfach ins Leere. Er spielte nicht die alte Melodie, sondern eine neue, komplizierte. Es war ein dissonanter Donner für die Armeen, voll Wildheit und Zorn. Und davor stand ein klarer, reiner Faden Musik für CuChulainn, eine Melodie, die sich jetzt im Donnern verlor und jetzt wieder auftauchte, bis am Ende der Held seinen Speer niederlegte und sein Lied plötzlich den Lärm der Armeen übertönte. Seine Melodie überstrahlte alles, sie war triumphierend, stolz, völlig sicher. Der letzte, zögernde, hohe Ton kam, der Tod des Helden, und dann war in der Stille das Rauschen der Rabenflügel zu hören, die sich auf dem Schlachtfeld niederließen. Das Lied endete, und es entstand tiefes Schweigen.

Ich vergrub das Gesicht in den Händen, ich hatte geweint wie all die anderen. »Herr«, flüsterte ich Taliesin zu, »ich danke dir.«

Er riß seinen Blick von der Stelle los, die er fixiert hatte, und schaute die Harfe in seinen Händen an, als ob er überrascht wäre, daß er das Instrument hielt. »Ach nein«, erwiderte er. »Für ein einfaches Lied gibt es doch nichts zu danken . . .« Und dann lachte er. »Du hast mich ernsthaft werden lassen, und das sogar zweimal an einem Tag! Willst du meinen Ruf ruinieren? Wirklich, Gawain, da gibt es nichts zu danken. Es ist nur ein Lied, und ich habe es nur gesungen, wie ein Barde es tun sollte. Du selbst kannst ja auch sehr gut singen.«

Es war unmöglich, neben Taliesin einen anderen für gut zu halten, und ich sagte das auch.

»Natürlich!« erwiderte Taliesin, und ein Glitzern stand in seinen Augen. »Aber beleidige mich nicht damit, daß du für mich und die anderen das gleiche Kriterium benutzt. Wessen Harfe ist das?«

Rhuawn nahm sich sein Instrument zurück.

»Du wirst noch mehr Lieder über CuChulainn singen müssen«, sagte Bedwyr. »Es hört sich an, als ob er ein großer Krieger gewesen wäre.«

»So heißt es in den Liedern«, meinte Taliesin. »Er hat seinen Sohn, seinen besten Freund und Hunderte von unschuldigen Soldaten umgebracht. Auch ein paar Ungeheuer und einen Druiden, der ihm einmal geholfen hatte.«

»Er hatte keine andere Wahl, als seinen Sohn und seinen Freund umzubringen!« rief Agravain verärgert.

»Das habe ich auch nicht gesagt. Ich sagte nur, daß er sie umgebracht hat. Ein paar andere dumme Dinge hat er sich auch geleistet. Es gibt sogar eine Geschichte . . .« Und dann erzählte er noch eine unerhörte Geschichte über CuChulainn. Danach schritt er zuversichtlich davon, während seine Zuschauer in hilflosem Gelächter zurückblieben. Ich sprang auf und rannte ihm nach. Er blieb stehen, als er mich sah.

»Ich dachte, du kämst mir wohl nach. Nun, was gibt es?«

»Ich . . .« Ich zögerte und fuhr dann hastig fort: »Agravain und Bedwyr glauben, ich sollte besser nach Rheged gehen.«

»Tun sie das?«

»Das weißt du doch. Du wußtest, was ich in einem Traum gesehen habe, und ich glaube, du weißt, was kommen wird. Du mußt auch wissen, daß ich kein Hexer bin.«

Er seufzte und nickte.

»Dann hilf mir. Warum haßt mich Artus?«

Er schaute mich an und kaute gedankenverloren auf der Unterlippe. »Dafür bist du noch sehr jung«, sagte er leise, mehr zu sich selbst als zu mir.

»Ich bin alt genug. Ich bin siebzehn.«

»Das ist sehr jung. Ich weiß, man erwartet von euch, daß ihr Männer seid, sobald ihr die Waffen genommen habt. Und ihr Männer aus königlichen Clans sollt dann in der Lage sein, mit allem fertig zu werden wie Könige. Aber es ist nicht recht, denen soviel aufzuladen, die noch so jung sind.« Er packte mich an der Schulter. »Hör zu. Ich würde dir gern Antworten auf all deine Fragen geben, aber wie kann ich das? Ich weiß nicht alle

Dinge. Manches sehe ich voraus, aber nur trübe. Ich sehe sie wie durch einen Nebel. Und manches geschieht, manches nicht. Anderes sehe ich klar voraus, aber es paßt in kein Muster. Es hat keine Erklärung. Wie könnte ich es wagen, die Wasser dadurch zu trüben, daß ich eine Frage beantworte und vielleicht dadurch die Zukunft verändere? Und du selbst weißt ja auch irgendwie, warum der Kaiser dich haßt. Eines Tages wird es dir ganz klar werden, aber jetzt kann es noch nicht sein. Du mußt Geduld haben und lernen, mit der Unsicherheit zu leben. Mehr kann ich dir nicht sagen.«

»Gut«, sagte ich mit schwerem Herzen. »Aber soll ich nach Rheged gehen?«

»Deswegen hast du ja schon deine Entscheidung getroffen.«

Das stimmte. »Wer bist du?« fragte ich flüsternd.

Er lächelte ganz sanft. »Ich bin Taliesin, der oberste Barde des Kaisers. Könnte irgendeine Antwort dir etwas bedeuten?«

»Bist du von den Sidhe?«

Aber er antwortete nicht. Er drehte sich nur um und ging weiter. Am Nachmittag fiel mir Sions Stute wieder ein, und ich ging hinüber, um nach ihr zu sehen. Ich stellte fest, daß der Bauer schon gekommen und mit seinem Wagen und seinem Geld am vergangenen Nachmittag wieder abgereist war. Als ich das hörte, fühlte ich mich unsicherer als je zuvor. Fast erleichtert ritt ich am nächsten Morgen mit Cei und einer Gruppe von dreißig Kriegern nach Degganwy. Wenigstens mußte ich nicht an die Schwierigkeiten denken, die noch kommen würden. Auf der Reise gab es schon Schwierigkeiten genug.

Die Fahrt war in der Tat schwierig, besonders der erste Teil. Ceis dreißig Männer waren feindselig und mißtrauisch. Sie benutzten alle vorhandenen Möglichkeiten, um mich zum Verschwinden zu bringen, und Cei war bei allen Versuchen der Anführer. Wenn es eine unangenehme Aufgabe zu erledigen gab, von der Art, die gewöhnlich für Hörige bestimmt ist, wenn welche da sind, dann schob man mir diese Arbeit zu. Ich wurde ganz offen beleidigt, und ansonsten übersah man mich.

Ich war nicht erwünscht, und die Krieger machten das ganz deutlich. Aber ich entdeckte, daß ich mit Worten die Spitzen der Beleidigungen umdrehen konnte und daß ich einen Witz daraus machen konnte, und dadurch verhinderte ich mit Geduld und mit der Vortäuschung, daß ich nichts gehört hätte, einen Zweikampf. Es gab nichts, was ich nicht ertragen konnte – obwohl ich froh war, daß Agravain nicht mit uns ritt. Der hätte sich gezwungen gefühlt, die halbe Gruppe umzubringen.

Wir nahmen die römische Straße von Camlann durch die Hügel, die die Briten Königreich des Sommers nennen. Man sagt, die Anderwelt liegt dich dabei. Dann ritten wir nach Baddon, das die Römer Aquae Sulis nannten, und dann nach Nordwesten über die römische Straße nach Caer Legion. Schließlich ging es wieder nach Westen, in die Arfon-Berge. Es war ein wildes Land, schön und rauh. Auch die Straßen waren dort schlecht. Die Römer hatten lange gebraucht, um den Westen von Britannien zu erobern, und sie hatten ihn auch schnell wieder verlassen. Degganwy lag mitten im rauhsten Teil des Landes. Es war eine kleine Festung, aber sie war sehr stark. Jeder einzelne Mann darin, vom König Maelgwyn angefangen, hegte einen fast greifbaren Haß für uns, und man gab uns nur das Minimum an Gastfreundschaft, das durch den Lehenseid an Artus verlangt wurde. Als wir wieder abzogen, schaffte es Maelgwyn, uns noch um einen Teil des Tributes zu betrügen, denn das Korn, das er uns gab, war mit Häcksel vermischt. Wir entdeckten das erst, als wir Camlann erreichten. Wir hatten es eilig gehabt, Degganwy zu verlassen, denn wenn wir länger geblieben wären, dann stand zu fürchten, daß zwischen unserer Gruppe und Maelgwyns Männern Blut vergossen worden wäre. Maelgwyn hätte dann vielleicht seine Krieger hinter uns hergeschickt und Artus gesagt, unsere Vernichtung sei das Werk von Banditen gewesen.

Die Rückreise war sowohl leichter als auch schwieriger für uns. Als wir die Straße nach Norden mit leeren Wagen hinaufgefahren waren, hatten uns die Räuber nicht belästigt. Auf der Rückreise aber wurden wir dreimal an drei Tagen angegriffen, und zwar durch große Banden. Die Räuber fielen uns aus dem Hinterhalt an, und sie benutzten Bogen – eine Waffe, die kein Krieger anfaßt. Sie versuchten, die tributbeladenen Karren auszurauben, ehe die ganze Gruppe heran war, um sie zu schützen. Bei diesen Angriffen wurden zwei Krieger getötet, und sieben wurden verwundet. Wir mußten die Entfernung verdoppeln, die wir zu reiten hatten, indem wir den Wagenzug immer wieder auf- und abritten, und wir trugen die Schilder am Arm, anstatt über dem Rücken. Ich bezweifele nicht, daß viele Räuber uns nur angriffen, weil wir Artus' Männer waren. Das ganze Land haßte uns. Bei den Klöstern, wo wir hielten, um den Tribut einzutreiben, murmelten die Männer wütend vor sich hin, und sie schleuderten Steine hinter uns her, als wir wieder abzogen. Wir wagten es kaum, auf den größeren Festungen um Gastfreundschaft zu bitten, und wenn wir es doch taten, dann mußten wir unsere Wagen und unsere Rücken schützen.

Aber durch diese vielen Schwierigkeiten wurde alles leichter für mich. Ich kämpfte mit den anderen gegen die Räuber, ich kümmerte mich um die Verwundeten, so gut ich konnte, und ich teilte mit den anderen die Feindseligkeiten, die uns überall umgaben. Unter solchen Umständen wären die anderen Krieger keine Menschen gewesen, wenn sie nicht angefangen hätten, mir zu trauen. Und als wir wieder zurück nach Camlann ritten, da war ich von allen Mitgliedern der Gruppe akzeptiert, außer von Cei. Dem störrischen Cei, wie es in den Liedern hieß. Das war leicht zu verstehen. Im Kampf war er störrisch, gewillt, die Stellung um jeden Preis zu halten, und er hatte niemals Angst. Er verlor auch niemals die Nerven und benutzte seine scharfe Zunge, um seine Kameraden anzutreiben. An sich selbst verschwendete er keinen Gedanken. Er war ein Mann, der in jeder Weise geeignet war, Artus' Infanterie zu befehligen. Aber auch in seinen Ansichten war er störrisch, und dazu gehörte seine Meinung über mich. Das war schade, denn ich hatte gelernt, ihn zu bewundern.

Ungefähr nach drei Wochen erreichten wir Camlann wieder.

Es war ein süßes Gefühl für mich, seltsam, traumartig. Ich ritt durch die Tore als ein Mitglied der Gruppe, der ich als Außenseiter beigetreten war. Es war ein Sieg.

Die Krieger in Camlann sahen mich jetzt auch mit anderen Augen an. Agravain grinste und verlor keine Zeit, mir den Grund dafür zu sagen. Nachrichten von den Vorfällen in Sorviodunum waren durchgedrungen. Durch das Weitererzählen waren die Ereignisse ein wenig verzerrt, denn ich sollte angeblich ein gutes Dutzend Sachsen bei meiner Flucht niedergemetzelt haben, aber der Respekt der Runde war mir sicher.

Nur Artus' Respekt nicht. Cei gab dem Hohen König einen vollständigen Bericht über die Reise ab, über Maelgwyns Streitkräfte und seine Haltung und über die Räuber. Artus machte sich wegen Maelgwyn Gedanken, gab den Verwundeten Geschenke und lobte die Toten, und zu Ehren der Gruppe gab er ein Fest. Sowohl Cei als auch Artus vermieden es völlig, mich zu erwähnen.

Dadurch ließ ich mich allerdings nicht sehr entmutigen. Ceis Gruppe gegenüber hatte ich mich bewiesen, und das war ein großer Schritt vorwärts. Ich hatte angefangen, die Männer kennenzulernen und Freundschaft zu schließen. Bedwyr und Agravain meinten beide, daß ich das Richtige tat – obwohl Bedwyr mehr als je zuvor wegen der Haltung seines Herrn ein ungemütliches Gefühl hatte. Es war mein erster wirklicher Sieg, und ich war überglücklich darüber. Ich war sicher, daß ich mit Hilfe des Lichtes meine guten Absichten beweisen konnte. Ich brauchte nur eine Gelegenheit.

Drei Tage nach dem Fest eröffnete sich mir diese Chance. Die Runde würde ausziehen.

13

Artus und Cerdic waren in einem Wettstreit begriffen, wer als erster den anderen zur offenen Schlacht zwingen konnte. Artus gewann anscheinend, denn Cerdics Gefolgsleute waren wild auf einen offenen Krieg. Jetzt kam die Nachricht, daß Aldwulf mit seinen Gefolgsmännern nach Bernicia zurückgekehrt war und daß Cerdics Männer noch rastloser und noch kampflustiger zurückgeblieben waren. Der Verlust einer Kriegergruppe mußte Cerdic geärgert haben, obwohl er sich das nicht anmerken ließ. Aber man erwartete, daß er in kurzer Zeit den Fyrd ausheben mußte, seine volle Bauernarmee. Und dann würde er auf Camlann ziehen. Artus war nicht gewillt gewesen, sich der ganzen Armee von Cerdic gegenüberzustellen. Denn die war viel größer als die Streitkraft, die Artus aufbringen konnte. Aber jetzt, wo es unvermeidlich schien, entschied er sich, zuerst zuzuschlagen. Damit war ein Risiko verbunden. Aber der Pendragon machte sich auch Sorgen über die Situation im Norden und darüber, was geschehen konnte, wenn Aldwulf zurückkehrte und sein Bündnis mit Deira, dem anderen nordsächsischen Königreich, erneuerte. Artus war gewillt, das Risiko auf sich zu nehmen, um die Hände frei zu haben. Die nordbritischen Königreiche waren schon in Schwierigkeiten. Rheged war noch schwach vom Bürgerkrieg und mußte sich dauernd der irischen Angriffe an den Küsten erwehren. Ebrauc und Elmet führten gerade eine Blutfehde. March ap Meirchiawn von Strathclyde zahlte schon Tribut an Dalriada und war nicht gewillt, gegen die Sachsen im Süden zu kämpfen. Und Gododdin, der alte Verbündete meines Vaters, stand noch immer in bitterer Opposition zu seinen Nachbarn. Die

Nordsachsen hatten schon angefangen, die britischen Nachbarn schwer anzugreifen, und sie hatten auch wieder Ländereien in ihren Besitz gebracht. Sie aufzuhalten, das verlangte einen ausgedehnten Kriegszug, und der war unmöglich, wenn Cerdic stark blieb und wenn ihm Sorviodunum weiter gelassen wurde.

Artus hatte Kontakt mit seinen Unterkönigen, dem Constantius von Dumnonia und dem Eoghan von Brycheiniog, aufgenommen und ihnen geboten, ihre Armeen zur Verfügung zu stellen. Während die beiden den Speer durch ihr Reich tragen ließen und alle Bürger und Bauern zusammenriefen, bereitete sich Artus selbst auf einen der blitzschnellen Angriffe vor, die für ihn so charakteristisch waren. Mit etwas Glück würde Cerdic nicht merken, daß in diesem Fall die Runde Armeen im Rücken hatte, und man konnte die Streitkräfte, die er besaß, in eine Falle locken.

Es war ein schöner Morgen spät im Juni, als wir Camlann verließen und die östliche Straße nach Sorviodunum ritten. Die Sonne löste sich im Morgennebel auf, und der Tag versprach heiß zu werden. Camlann sah fest und sicher aus, wie es so über dem Hitzenebel auf seinem Hügel thronte. Die Felder färbten sich langsam golden, und der Himmel hatte das blässeste Blau. Die Erde duftete stark. Die Runde war bei guter Laune, und die Männer scherzten und sangen und prahlten von den großen Taten, die sie vollbringen würden. Ceincaled schritt leicht dahin, er genoß den Tag und seine eigene Kraft, und ich spürte das. Ich fragte mich, ob man immer dieses Gefühl hat, wenn man in den Krieg ritt, in die Vernichtung, in den drohenden Tod.

Wir folgten der östlichen Straße, bis wir in die Länder der Sachsen kamen. Dann ritten wir über die Ebene. Wir waren bei Nacht unterwegs, als wir Sorviodunum am nächsten kamen, und da das Land nicht dicht besiedelt war, schafften wir es, der Aufmerksamkeit der Sachsen völlig zu entgehen. Wir drängten weiter, konzentrierten uns auf Geschwindigkeit, mitten hinein ins Land der Südsachsen, nach Cantware. Dort plünderten wir die Festung Anderida, die Artus schon einmal genommen hatte, holten heraus, was zu holen war, und brannten soviel von der Festung nieder, wie wir konnten. Dann wandten wir uns nach Norden, verteilten uns über das Land und plünderten es.

Der Sinn der Überfälle, abgesehen von der Beute, besteht darin, dem Feind soviel Schaden wie möglich zuzufügen. Sie sind deshalb eine schwierige Angelegenheit, viel schlimmer als Schlachten, wo Krieger gegen Krieger kämpfen. Bei Überfällen kämpft man oft gegen unbewaffnete Männer, Alte und Frauen, und man vernichtet ihren Lebensunterhalt. Der einzige angenehme Teil besteht darin, die britischen Hörigen zu befreien, die gewöhnlich überglücklich sind und manchmal nach Rache schreien. Gib ihnen Freiheit genug, überlaß ihnen die Waffen ihrer Herren, und gib ihnen die Erlaubnis, die Güter ihrer Herren zu nehmen und zu gehen, und sie richten allen Schaden an, den man sich nur wünschen kann. Artus wollte, daß wir so sanft wie möglich vorgingen, und meistens waren wir auch in der Lage, uns darauf zu beschränken, nur die Ernte anzuzünden und das Vieh wegzutreiben. Wir mußten nicht immer töten. Trotzdem, es ist ein unangenehmes Geschäft.

Wir rissen einen breiten Pfad durch Cantware und begannen uns nach Westen durchzuarbeiten, durch das Königreich der Südsachsen. Cerdic hatte zu der Zeit schon davon gehört, und er versammelte die Armee, die er ausgehoben hatte, und kam hinter uns her. Aeduin, der König von Cantware, war uns näher, aber der hatte seinen Fyrd noch nicht ausgehoben. Er war dabei – wir trafen einen seiner Boten – und wartete auf Cerdic. Wir gruppierten uns wieder, sortierten unsere Beute, ließen die schwereren Güter zurück und drängten nach Nordwesten. Cerdics Armee näherte sich uns von Südwesten auf der Spur der Zerstörung, die wir hinterlassen hatten. Wir waren schon fast auf Cerdics Land. Aber anstatt uns durchzuschlagen, wandte sich Artus nach Norden, bis wir fast den Tamesis-Fluß erreicht hatten. Dort sortierten wir wieder unser Beutegut, ließen sogar das meiste des Viehs frei, was wir weggetrieben hatten, wandten uns dann um und ritten, so schnell wir konnten, nach Westen. Unsere Kundschafter berichteten, daß Cerdic seine Armee geteilt hatte und daß ein Teil davon in der Nähe der südlichen Grenze seiner Länder zurückgeblieben war. Diesen Teil hatten wir umgangen, indem wir so weit nach Norden gezogen waren.

Die sächsischen Könige waren wütend. Wir waren in ihre Länder eingefallen und hatten unendlichen Schaden angerichtet, und wir waren ihnen durch die Hände geschlüpft, während sie versuchten, uns zu fangen. Die drei Könige – Aeduin von Cantware, der König der Südsachsen und Cerdic – besaßen jetzt eine vereinte Streitkraft. Cerdic war möglicherweise entzückt darüber, dachte vielleicht sogar, daß er seinen Wettlauf mit Artus gewonnen hatte. Mit Sicherheit mußte er seine Armee jetzt nach Dumnonia hineinführen. Zahlenmäßig war er unseren Streitkräften gewaltig überlegen, auch wenn er nicht wußte, daß wir die Armeen aufgerufen hatten. Aber Artus hoffte, daß unser Vorteil an Überraschungseffekten und ein Schlachtfeld unserer eigenen Wahl ausreichen würden, um das auszugleichen. Wenn unsere Hoffnung sich als nutzlos erwies, dann würden die Sachsen die Runde vernichten und freie Hand haben, mit Südbritannien anzufangen, was sie wollten. Aber daran dachten wir nicht gern.

Die Runde ritt, so schnell sie konnte, zu dem vereinbarten Treffpunkt der Armeen von Dumnonia und Brycheiniog, und wir stellten fest, daß die Armeen tatsächlich da waren. Das war nicht sicher gewesen, denn einige der britischen Könige hatten in der Vergangenheit ihre Versprechen nicht gehalten.

Wir waren kaum angekommen, und Artus war gerade von seinem übermüdeten Pferd abgesessen und hatte Constantius von Dumnonia umarmt, als auf Befehl des Hohen Königs frische Pferde für die Runde herausgesucht wurden. Die Armeen schlugen das Lager auf. Ich allerdings behielt Ceincaled, denn die Kampagne hatte ihn nicht müde genug gemacht, als daß ich ein neues Pferd brauchte. Und ich glaubte auch, daß ich ihn brauchen würde, wenn wir Cerdics Armee irgendwo in die Falle lockten.

Artus hatte Männer ausgeschickt, die die wichtigsten Straßen bewachen sollten, und von einem dieser Männer kam Nachricht, daß die Sachsen die östliche Straße nach Baddon eingeschlagen hatten. Wir wandten uns direkt nach Süden, und wir marschierten, so schnell wir konnten, um auf die Sachsen zu treffen. Artus regte sich auf über die Langsamkeit der vollen Armee.

Diese beiden Wochen zeigten mir, warum Artus ein so großer Heerführer war. In dem Wirbel von Geschwindigkeit, mit der unsere Kampagne ablief, war er allein völlig ruhig und gleichmütig geblieben. Er war in der Lage, jedes Detail, was man ihm berichtete, voll zu verstehen. Er setzte alle Puzzlestückchen an ihren Ort und fügte sie in seine eigenen Pläne ein. Wenn jemand in seiner Umgebung zu müde oder zu angespannt oder zu verwirrt war, um zu denken, dann blieb Artus fest, sicher und beherrscht. Er kämpfte gut, ohne Böswilligkeit oder Haß, und er verlor nie den Überblick über das, wofür er kämpfte. Niemals, selbst in den schwierigsten Augenblicken nicht, befahl er eine Aktion der Rache oder Grausamkeit. Er war auch nie ungewillt, mit seinen Gefolgsleuten zu sprechen. Das Blut und der Staub und die Erschöpfung beherrschten uns nicht so sehr wie der Gedanke an Artus' Vision. Er war ein König, der einmal in zehn Generationen auftritt oder in zehnmal hundert Jahren. Er verlangte einfach durch sein Dasein das Beste, was seine Diener ihm geben konnten, und wir gaben es gern.

Ich sage »wir«, und dennoch war ich damals nicht in der Lage, mich unter jene einzuordnen, die Artus dienten. Ich wünschte es mir mehr als je zuvor, aber der Hohe König vertraute mir nicht mehr als am Anfang. Ich trieb mich am Rand der Runde herum, ich kämpfte, wenn ich konnte, und ich zerbrach mir den Kopf über den Grund, warum selbst mein Anblick Artus zu erzürnen schien. Ich setzte meine Hoffnungen auf die Schlacht und auf das, was sich daraus vielleicht ergab.

Ich war halb eifrig und halb voller Angst. Vielleicht, so dachte ich, gefiel mir das nicht, was sich nach der Schlacht zeigte. Nichtsdestoweniger war es eine Probe, und ich wartete gespannt darauf. Ich packte meinen Schwertgriff und betete zum Licht, ich möchte mich oder die Runde nicht entehren.

Am Tag vor der Schlacht lagerten wir am Rand der Ebene von Sorviodunum in einem Wald neben einem Fluß, der Bassas hieß. Am Vormittag des nächsten Tages erreichten uns die Sachsen, und wir warteten auf sie.

Artus hatte wie immer alles sorgfältig geplant. Die Straße folgte einer Kurve unterhalb eines Hügels im Süden, und Artus brachte die Reiterei an diesem Hügel in Stellung, verborgen in den Wäldern, die ihn bedeckten. Er setzte die Fußtruppen der Runde, zusammen mit den Kriegern von Constantius und Eoghan, in die Mitte, direkt hinter der Kurve in der Straße selbst. Die weniger gut ausgebildeten Armeen verteilte er im Wald an den Flanken. Die sächsischen Streitkräfte würden, wenn alles gutging, um die Kurve der Straße herum genau in die Fußtruppen hineinmarschieren, und das sollte ihren Schilderwall zerbrechen. Danach würde die Reiterei auf ein Signal hin die dumnonischen Linien durchbrechen, die Sachsen abschneiden und sie zerstreuen.

Ich wartete mit der Reiterei neben Bedwyr und Taliesin. Agravain kämpfte mit den Fußtruppen in der Nähe von Artus. Das zog er noch immer vor. Die Morgensonne war heiß, und wir hatten alle unsere Mäntel schon abgelegt und sie hinter uns über den Sattel gebunden. Das Sonnenlicht filterte durch die Bäume und glitzerte auf dem Metall der Waffen und der Rüstungen. Im Lager hinter uns bereiteten die Diener sich auf ihre Weise für die Schlacht vor. Sie füllten Eimer mit Wasser und machten Wagen bereit. Wir konnten die gebrüllten Befehle und das Knirschen der Joche und Räder hören. Wir waren sehr glücklich, seltsam angespannt und gleichzeitig völlig ruhig. Und wir lachten und scherzten immer wieder, während wir auf die Sachsen warteten. Mir war sehr leicht im Kopf, und eine Zeitlang fragte ich mich, ob ich mich wohl dadurch entehren würde, daß ich ohnmächtig wurde. Ich fragte mich auch, ob die Hitze irgend etwas damit zu tun hatte. Aber irgendwie verspürte ich nicht so sehr Schwäche als eine gewaltige Freude, die noch anstieg, als der ferne Schatten auf der Straße, der sächsische Heerzug, näherzog. Ich blickte auf zum blauen Himmel, und ich hatte plötzlich den Wunsch zu singen. Ich liebte den Himmel, die warm riechende Erde, das Sonnenlicht in den Bäumen. Alle Gefühle schienen mir schärfer und klarer zu sein als je zuvor. Ich liebte die Sachsen auch. Ich fragte mich, wie viele von den Männern neben mir wohl sterben würden und ob ich wohl unter ihnen wäre. Das Leben war süß.

Die Sachsen marschierten in guter Ordnung die Straße herauf. Sie bildeten eine breite Heersäule, die auf den Straßenrand überfloß, und die Sonne glänzte auf ihren Speeren und Helmen. Ihre Kundschafter waren nicht sehr gründlich gewesen, denn die Sachsen beeilten sich, Artus aufzuholen, und sie wußten nicht, daß wir warteten. Sie überquerten den Fluß; und dann schien es, als ob ihre Vorhut irgend etwas gehört oder einen Boten empfangen hätte. Sie begannen haltzumachen. Die hinteren Ränge polterten in die Vorhut hinein, stellten laute Fragen, und Artus und die mittlere Gruppe begannen vorzurücken.

Die Sachsen sahen sie. Einen Augenblick lang herrschte Schweigen. Dann drehte sich die ordentliche Heersäule, und die Armee versuchte auszufächern, um der Bedrohung zu begegnen. Die Anführer brüllten Befehle, die an die hinteren Reihen weitergegeben wurden, und die einfachen Soldaten wirbelten herum und versuchten zu gehorchen. Sie versuchten, eine Panik zu vermeiden und einen Schilderwall zu bilden.

Sie bekamen keine Chance dazu. Die britannische Armee, die zuerst langsam vorgerückt war, schwoll an wie eine Welle vor dem Brechen und sammelte Geschwindigkeit. Die Linien bewegten sich nach vorn, stürzten plötzlich vor, rannten mit ihren Schilden die Straße entlang und hielten sie hoch. Überall ertönten Kriegsschreie, die glitzernden Waffen wurden sofort erhoben, und die Luft blitzte von Wurfspeeren. Alles sah unwirklich aus. Die Reihen schlossen sich, manche Sachsen warfen Speere zurück, wenigstens hier und da, und versuchten noch immer, einen Schilderwall zu bilden. Und dann . . .

Die Reihen trafen aufeinander, mit einem gewaltigen Krachen von Waffen, das die Luft zittern ließ. Die Briten durchbrachen die ersten sächsischen Reihen ohne Widerstand, und die Sachsen fluteten zurück und ließen eine Reihe von Toten zurück, wie die Wellen bei Flut Rippel auf dem Strand zurücklassen. Die Chancen, die gegen uns gewesen waren, glichen sich jetzt aus. Das Brüllen und Schreien der Kämpfenden wurde zu uns zurückgetragen, während wir warteten, und in den Bäumen in der Nähe sang ein Rotkehlchen. Unsere Reiterei drückte sich ein wenig nach vorn, sehnte sich nach dem Kampf. Mir war noch schwindeliger. Ceincaled warf den Kopf hoch und schnaubte. »Es wird ein harter Kampf werden«, sagte Bedwyr nachdenklich. Er stand im Sattel, um einen guten Blick ins Tal werfen zu können. Dann saß er ab. »Sie benehmen sich nicht, wie sie sich benehmen sollten; sieh mal, wie die hinteren Reihen noch immer vorwärts marschieren, an uns vorbei. Sie sind nicht in Panik ausgebrochen, und darauf hatten wir gehofft. Und es ist sehr heiß«, er lachte, als ob das alles sehr komisch wäre, und wir stimmten in sein Gelächter ein.

Artus' Drachenstandarte flatterte im Zentrum der Schlacht. Der Hohe König war jetzt darunter sichtbar, während eine britische Reihe vorrückte. Hin und wieder erkannten wir ihn, erkannten ihn an seinem purpurnen Umhang. Einmal sah ich auch Agravain, der gegen einen Sachsen mit einem goldverzierten Helm kämpfte. Mein Bruder traf den anderen mit dem Speer an der Kehle, schoß dann vorüber, und ich verlor ihn aus den Augen. Die Standarten des Constantius und des Eoghan flatterten rechts und links von Artus, aber hinter ihm. Die »Familie« kämpfte besser als die anderen Heerhaufen.

Jetzt waren die sächsischen Flanken von hinten endlich zu den Anführern vorgerückt und verbreiteten sich im Wald. Sie drängten an uns vorüber nach Nordwesten. Dort trafen sie auf die Armeen aus Dumnonia und Brycheiniog, die unter den

Bäumen waren. Wir konnten nicht sehen, was passierte. Aber es sah so aus, als ob die Sachsen nicht mehr weiterkämen, denn sie tauchten nicht aus den Wäldern auf, um das Zentrum einzukreisen. »Es läuft gut«, sagte Bedwyr, der intensiv zuschaute. »Wir haben sie . . . Nein! Warte.«

Ich sah Cerdic, der plötzlich an einer ruhigen Stelle im Zentrum auftauchte. Er stand auf irgend etwas, so daß jeder ihn sehen konnte. Er brüllte. Ich verstand nicht, was er brüllte, aber ich sah, wie die sächsischen Reihen sich um ihn zusammenschlossen, und wie sie dann mit frischem Mut angriffen und seitwärts von der Straße drängten. Irgendeiner warf einen Speer auf den sächsischen König, aber der sprang wieder herunter und verschwand. Die Schlacht löste sich in Chaos auf. Ich wickelte meine Hände in Ceincaleds Mähne und versuchte zu sehen. Das Zentrum der Schlacht war jetzt am Rand des Waldes auf der anderen Seite der Straße.

»Nein!« zischte Bedwyr, »wir haben sie verloren . . . Nein, wir haben sie noch immer . . . oh, Yffern! Warum bloß mußte Artus ausgerechnet heute zu Fuß kämpfen?« Bedwyrs Pferd tanzte nervös, und er packte den Zügel fester. »Jetzt können wir nicht angreifen. Alles ist in zu großer Verwirrung, und die Sachsen haben ihren Schildwall gebildet. Aber die Waage . . .«

Die Waage pendelte. Trotz ihrer Verluste stürmten die Sachsen, formten einen starken Schilderwall. Und sie hatten die Kraft des britischen Angriffs gebrochen. Die Heere standen Schild an Schild aneinander, die Flutlinie der Kämpfenden bewegte sich nicht weiter vorwärts, sondern stand Ewigkeiten bewegungslos da. Die Briten stolperten ein paar Schritte zurück, drängten dann wieder vorwärts. Die Armeen schwankten wie ein Baum im Wind, wie ein riesiges, keuchendes Tier, das sich abmüht. Es war heiß, sehr heiß. Meine lederne Weste erstickte mich fast, und im Zentrum der Schlacht mußte die Hitze fast unerträglich sein. Mir wurde noch schwindliger, während der Druck in meinem Schädel zunahm. Es steht unentschieden, dachte ich. Es kann sich zur einen oder zur anderen Seite wenden. Licht, laß den Sieg uns gehören!

Aber dann, in dem Augenblick, als es so aussah, daß der Ausgang der Schlacht klar wurde, sah ich die Südflanke, die Dumnonier. Deren Reihen waren durch den sächsischen Vorstoß nach Norden gelichtet worden und begannen zusammenzubrechen. Wenn das geschah, wenn die Sachsen durchkamen, dann konnten sie das Zentrum einkreisen, und . . . Ich schaute zum Zentrum. Dort flatterte der Drache über den stehenden Kriegern. Artus sollte derjenige sein, der uns das Signal zum Angriff gab. Aber der war jetzt fast im Wald. Konnte er die Gefahr von der Flanke erkennen? Das Zentrum rückte vorwärts. Ganz plötzlich. Und wieder sah ich den Hohen König. Hinter ihm schwankte die Standarte. Artus drehte sich um, wirkte klein in der Entfernung. Er packte die Standarte, als sie fiel, und schwang den Arm vorwärts. Sein Kriegsschrei stieg bis zu uns herauf, und die »Familie« rief den Namen ihres Herrn. Sie schoben sich vorwärts . . .

Aber die sächsische Bewegung an der Flanke durchbrach die britannischen Reihen, und die Briten fielen zurück, während sie versuchten, den Schilderwall wieder zu schließen. Sie wurden zurückgezwungen, sie fielen, und dann brach alles in Stücke, und die Sachsen kamen durch. Das Licht ließ ihre Helme aussehen wie die Köpfe vieler Insekten. Ich umklammerte sinnloserweise meinen Speer. Wir konnten sie nicht angreifen, ihre Linie war drei Reihen tief, und sie konnten ihre Lanzen in den Boden stemmen und jeden Reiter vernichten, der es schaffte, den Hagel aus Wurfspeeren zu durchdringen. Dennoch, wenn die Reiterei nicht angriff, dann würden die Sachsen das britische Zentrum einkreisen. Sie würden es vernichten und Artus umbringen . . .

Das war undenklich. Wir alle wußten es. Anzugreifen, gegen den Schilderwall, das bedeutete den sicheren Tod, aber . . .

»Wir greifen an«, sagte Bedwyr ruhig und sprach damit all unsere Gedanken aus. »Sitzt auf!« Er sprang auf sein Pferd, nahm die Zügel auf, schlang sie um seinen Sattelknauf. Den Schild hatte er sich schon an den Arm geschnallt. »Für Artus!« schrie er und spornte sein Pferd vorwärts, zum Galopp.

»Für Artus!« antworteten wir wie ein Mann und folgten ihm.

Das leichte Gefühl im Kopf, das ich schon den ganzen Morgen gehabt hatte, verwandelte sich plötzlich in ein strahlendes Feuer in meinem Gehirn, in die gleiche blendende innerliche Helligkeit. Und sie war mächtiger als je zuvor. Die Mittagssonne stand hoch, Ceincaleds Galopp klang wie Musik, und ich fühlte mich leicht wie Luft, wie Sonnenlicht. Ich drängte das Pferd weiter, ich hatte keinen Gedanken mehr, ich stob an Bedwyr und den anderen vorüber, hinaus aus dem Wald, in die sächsischen Reihen.

Sie hatten Zeit genug, uns kommen zu sehen. Sie begrüßten uns mit Speeren. Ich liebte sie. Dann schleuderte ich meinen eigenen Speer zur Antwort, konzentrierte mich instinktiv auf eine Stelle in der Linie und hoffte, sie zu durchbrechen. Die Welt löste sich um mich auf, es blieb nur ein Licht und eine Ekstase. Ich warf meinen Speer weg und zog Caledvwlch. Die Sachsen, die ihre Stellung hielten, lehnten sich zurück und hoben die Lanzen. Sie schwankten plötzlich, als sie mein Schwert sahen, und ihre Gesichter waren deutlich bleich und lebendig unter ihren Helmen zu sehen. Ich war über ihnen, ich schwenkte Ceincaled zur Seite, um zwei Speeren auszuweichen, und schlug hart und wild zu. Ich wendete mein Pferd an den Reihen und schlug wieder. Ganz undeutlich bemerkte ich Schreie und Kreischen, aber alles kam mir tonlos und sehr fern vor. Die Sachsen bewegten sich so langsam, sie zogen sich zurück, sie zögerten, manche wandten sich um. Und dann waren auch die anderen von der Reiterei über ihnen und schlugen auf sie ein, und sie zerstreuten sich. Wir waren durch die Linien hindurch und wendeten wieder die Pferde, um sie zu vernichten. Ich glaube, ich habe gesungen, das gleiche Lied, das in meinem Schädel brannte. Wir hielten den Sieg in Händen.

Der Rest des Tages verbrannte in dem Feuer, das in mir tobte.

Die sächsische Armee war an zwei Stellen zerschlagen, so sagte man mir später, und sie versuchte sich auf dem gleichen

Weg zurückzuziehen, den sie gekommen war. Aber die Reiterei hatte ihnen den Rückzug auf der Straße abgeschnitten, und zwar an der Brücke. Der Rückzug wurde mehr und mehr zu einer Flucht, einem verzweifelten Rennen durch die Wälder und über den Fluß, und die Soldaten ließen ihre Schilde fallen und warfen die meisten ihrer Waffen weg, damit sie schwimmen konnten. Cerdic schaffte es, die Kontrolle über seine eigene Truppe und ein paar von seinen Männern zu behalten, und zog sich geordnet zurück. Aber da hatten schon die meisten der britischen Streitkräfte die Brücke überquert, und die Reiterei schnitt auch Cerdic ab. Spät am Nachmittag ergab er sich Artus, während die britische Reiterei noch immer die Reste der Streitkräfte verfolgte.

Meine eigene Erinnerung an die Schlacht, wie an die meisten Schlachten, ist sehr begrenzt. Sie ist verwischt durch zuviel Licht, durch scharfkantige Fragmente von Leidenschaft und Taten. Für mich wurde alles erst wieder klar, als der Abend im Osten dunkelte. Bedwyr ritt neben mir heran und ergriff Ceincaleds Zügel.

Ich wußte, daß er den größten Teil des Tages irgendwo in der Nähe gewesen war, und das brachte mich zum Anhalten. Nichtsdestoweniger hob ich mein Schwert, um nach ihm zu schlagen. Er ergriff meine Schwerthand.

»Ruhig«, flüsterte Bedwyr, »die Schlacht ist vorüber.« Ich begegnete seinem Blick. Seine Augen waren dunkel und ruhig, und mein Gehirn klärte sich ein wenig. »Ruhig«, wiederholte er. Ich nahm einen tiefen Atemzug und senkte mein Schwert. Er ließ meine Hand los und betrachtete mich ernst. Ich schaute mich um.

In unmittelbarer Nähe waren keine Sachsen mehr, nur tote Sachsen. Ich erkannte den Ort nicht, es schien mir, als ob ich auf der Ebene wäre. Ein wenig nach Westen, hinter Bedwyr, stand eine Gruppe von Artus' Reiterei, und die Pferde ließen die Köpfe hängen vor Müdigkeit. Die Männer schauten mich mit einer Art Ehrfurcht an.

Ich schüttelte den Kopf, versuchte mein Schwert wegzustekken und konnte irgendwie die Scheide nicht finden. »Wo . . .«, begann ich und hielt dann inne. Erschöpfung rollte über mich wie eine riesige Welle, und ich packte Ceincaleds Mähne, damit ich im Sattel blieb. Meine Seite schmerzte, und ich fühlte mich völlig ausgeleert. Alles sah dunkel aus und anders, als ich es noch vor ein paar Minuten gesehen hatte.

»Wir sind ungefähr drei Meilen südöstlich von der Stelle, an der wir heute morgen waren«, beantwortete Bedwyr meine ungestellte Frage. Fest fuhr er fort: »Und es ist ein harter Kampf gewesen. Cerdic hat kapituliert, und morgen wird er mit Artus Friedensbedingungen aushandeln. Diesen Frieden wird er halten müssen, wenigstens ein oder zwei Jahre. Wir haben Erfolg gehabt. Und jetzt wollen wir zurück zum Lager gehen, uns ausruhen.«

Es war dunkel, als wir das Lager erreichten, aber der Ort kochte vor Fackellicht und Aktivität. Die Toten und die Verwundeten wurden von den Dienern und den Marschbegleitern vom Schlachtfeld hereingetragen. Die Verwundeten trug man zu Ärzten, und die Toten bewachte man gegen Leichenräuber. Männer und Frauen eilten hin und her, brachten Kräuter und heißes Wasser zu den Ärzten, trugen Nahrung für Menschen und für Pferde. Sie führten die müden Tiere zu den Staketen, und sie trugen stille Gestalten auf Bahren zu den Ärzten oder zu den aufgestapelten Leichen hinüber, die auf ihr Begräbnis warteten. Für viele hatte die Schlacht erst angefangen. Ich war froh, daß mein Teil erledigt war und daß ich schlafen gehen konnte. Selbst Ceincaled war müde. Aber er hielt den Kopf hoch. Die Pferde der anderen stolperten blind vor Erschöpfung dahin.

Als wir das Lager betraten, blickten die Arbeiter – Diener, Sklaven, Konkubinen und Frauen und Verwandte der Krieger – auf. Man zeigte auf uns. Manche brachen in Hochrufe aus, und andere nahmen das Geschrei auf. Ceincaled warf den Kopf hoch und sein Schritt wurde wieder elastisch. Einige der anderen Krieger nahmen die Zügel zurück und richteten sich auf. Sie begannen uns anzulächeln. Etwas vom frühen Glanz des Sieges umgab uns, während wir zum Mittelpunkt des Lagers ritten. Dort war die »Familie«, und dort konnten wir unsere Pferde den Pferdeknechten überlassen.

Agravain stand im Mittelpunkt des Lagers und kümmerte sich um ein paar Gefangene, die er einfach stehenließ, als er mich sah. Er rannte herüber, umkreiste das große Lagerfeuer und erreichte mich, als ich gerade mein Pferd zügelte. Er packte mich am Fuß. Er war ungekämmt und schmutzig, Schmier von dem Blut eines anderen war auf seiner Wange, und sein Bart war zerzaust. Aber seine Augen brannten.

»Bei der Sonne und dem Wind und der See, Gawain!« schrie er auf irisch, »ich hab' nie einen gesehen . . . Wenn Vater dich hätte sehen können, er hätte dir für diesen Angriff die Hälfte der Orkneys gegeben. Yffern, er würde sie dir alle geben, bei der Sonne, du hast wie CuChulainn gefochten. Ich schwöre den Eid meines Volkes . . .«

Er wurde überbrüllt von einer Menge von Kriegern und Dienern, die sich jetzt um uns drängten und Glückwünsche und Lobrufe brüllten. Das war zuviel für mich. Zuerst hatte ich mich nur müde und verwirrt gefühlt, aber jetzt konnte ich nur noch schwach den Kopf schütteln.

»Ich glaube wirklich, daß ich wie CuChulainn gefochten habe«, sagte ich zu Agravain, »der ist in der Schlacht verrückt geworden. Und ich . . . ich kann mich gar nicht erinnern . . .« Lughs Segen, dachte ich. Ja, dieser Wahnsinn wurde auch seinem Sohn CuChulainn gegeben. Wieder schüttelte ich den Kopf, um klar denken zu können, und ich wünschte mir, daß all diese Menschen fortgingen. »Ich bin kein göttlicher Held wie CuChulainn, Agravain. Ich bin müde. Kannst du machen, daß sie still sind?«

Agravain ließ meinen Fuß los, wirbelte zu der Menschenmenge herum und brüllte: »Bei Yffern, laßt ihn endlich in Ruhe! Könnt ihr nicht sehen, daß er müde ist? Morgen gibt es noch reichlich Zeit, ihn zu loben.«

Die Menge tat nichts. Agravains Gesicht verfinsterte sich, und er begann zu röhren. Bedwyr drängte sein Pferd ein wenig von der Menge weg – sie folgten ihm noch immer – und sagte leise und deutlich zu Agravain: »Wenn du vielleicht britisch sprechen würdest, dann könnten sie dich verstehen.«

Agravain starrte ihn einen Augenblick an, dann begann er zu lachen. Die anderen Krieger fingen auch an zu lachen, und dann die Diener. Die anderen von der Reiterei glitten von ihren Pferden, die Menge begann sich zu zerstreuen, und alle umarmten einander und gratulierten sich gegenseitig.

Langsam saß ich von Ceincaled ab und nahm seinen Zügel. Das Pferd knabberte an meiner Schulter, schnaubte stolz und zufrieden. Ich rieb seinen schweißnassen Hals und flüsterte ihm ein paar Worte des Lobs und der Dankbarkeit zu. Dann nahm ein Pferdeknecht den Zügel und führte ihn weg. Ich wollte ihm folgen und mich nach meiner eigenen Gewohnheit selbst um das Tier kümmern, aber Agravain packte mich am Arm und zog mich zu dem Zelt hinüber, das wir mit Rhuawn und Gereint teilten. Mir fiel ein, was er als letztes getan hatte, und ich fragte ihn: »Was ist mit deinen Gefangenen?«

»Die Diener kümmern sich schon darum. Eigentlich habe ich nur auf dich gewartet.«

Meine schönen neuen Speere waren fort, und mein Schild, der noch immer angeschnallt an meinem Arm hing, war so sehr zerhackt, daß er nutzlos geworden war. Ich ließ ihn auf den Fußboden fallen, und Agravain half mir aus meinem Wams. Ich murmelte ein Dankeschön und brach auf dem Schlafsack zusammen. In den Sekunden, ehe ich einschlief, begriff ich endlich: Ich hatte es geschafft. Irgendwie war ich mit dem Feuer in meinem Hirn zum Helden der Schlacht geworden und hatte die Runde gerettet. O mein König, sagte ich still, du bist maßlos großzügig zu mir. Das Wiesengras unter mir duftete süß, nach Sonnenlicht und Blumen unter blauem Himmel. Artus würde mich akzeptieren. Ich hatte gewonnen.

14

Ich wachte gegen Mittag des folgenden Tages auf. Ich hätte noch länger geschlafen, aber ich hatte einen wahnsinnigen Durst. Ich blieb still liegen, denn ich hatte Schmerzen überall, und ich versuchte mich daran zu erinnern, warum ich trotz dieser Schmerzen so froh war. Nach einer Weile fiel mir der vergangene Tag wieder ein, und ich setzte mich abrupt wieder auf. Ich fragte mich, ob ich wohl alles geträumt hatte. Aber es war wirklich gewesen, wirklich. Ein paar Minuten lang saß ich da. Ich hatte den Wunsch zu singen, und ich kannte keine passenden Worte, die meine Freude ausdrücken konnten. Ich glaube, es war einer der schönsten Momente meines Lebens.

Außer mir war niemand anders im Zelt. Ich erhob mich, versuchte meine Kleider ein bißchen zurechtzustreichen und ging hinaus, um etwas Wasser zu suchen. Ich bemerkte, daß ich eine Schnittwunde auf den Rippen hatte; dort mußte ein Speer mein Wams durchdrungen haben. Anscheinend hatte ich nicht sehr geblutet, und für solch eine Schlacht, die ich miterlebt hatte, war es nur eine leichte Wunde. Ich sah, daß auch mein rechter Arm mit Blut bedeckt war. Es wäre wohl am besten, dachte ich, die Wunde reinigen zu lassen. Selbst ein kleiner Schnitt kann tödlich sein, wenn er brandig wird. Zuerst, dachte ich, muß ich trinken. Und dann würde ich dafür sorgen müssen, daß man sich anständig um Ceincaled kümmerte. Und natürlich mußte ich Agravain suchen. In der vergangenen Nacht war ich froh gewesen, daß er da war, und er verdiente meinen Dank und meine Aufmerksamkeit. Außerdem, so gab ich mir selbst gegenüber zu, wollte ich auch hören, was er über meinen Kampf zu sagen hatte.

Ich fand einen Diener, der auf einem Schulterjoch zwei Eimer Wasser vom Fluß herauftrug. Ich fragte ihn, ob ich etwas haben könne. Er schaute mich mißtrauisch an.

»Und wer bist du denn wohl, was? Ich bringe dieses Wasser den Kranken, in die Zelte. Dort wird es gebraucht.«

»Oh«, sagte ich, »in dem Fall . . .«

Er warf mir noch einen Blick zu und lächelte dann. »Ach, so sehr wird es nun auch wieder nicht gebraucht. Du bist offenbar ein Krieger. Und wenn du jetzt erst nach der Schlacht aufgewacht bist – dann könnte ich dir schon etwas Wasser geben.«

»Genau«, sagte ich. »Und ich habe sehr großen Durst.«

Er ließ das Tragejoch von seinem Nacken gleiten und reichte mir einen der Eimer. »Trink ein bißchen. Ich glaube, den Rest benutzt du am besten, um dich zu waschen. Du siehst vielleicht aus! Wenn du nichts dagegen hast, wer bist du eigentlich? Du siehst aus, als wenn du mittendrin gewesen wärst.«

Ich nahm einen langen Schluck, ehe ich antwortete. Das Wasser war köstlich. »Mein Name ist Gawain, Sohn des Lot.«

Der Diener stieß tatsächlich einen Schnaufer aus. »Lieber Himmel! Dann warst du wirklich mittendrin! Mein Herr, ich werde meinen Kindern von dieser Sache erzählen, das ist sicher!« Der Mann packte meine Hand und umklammerte sie eifrig. »Wirklich, Herr, du bist der Held des ganzen Lagers!«

»Bin ich das? Ich kann mich gar nicht daran erinnern. Ich weiß nicht einmal genau, was ich eigentlich gemacht habe.«

Der Diener warf mir einen verwirrten Blick zu. »So redet aber kein Krieger.«

»Nun, ich glaube, ich bin noch nicht daran gewöhnt, ein Krieger zu sein.« Aber seine Worte freuten mich sehr. Den besten Kämpfern jeder Schlacht wurden immer besondere Lobreden geschwungen, und obwohl es unwirklich schien, ich hatte solch eine Stellung errungen. Mein Vater würde davon hören, und er würde stolz sein. Artus würde mich akzeptieren. Ich hatte das Gefühl, als ob irgendeine innere Wunde endlich geheilt wäre.

Ich brachte den Eimer Wasser zurück in unser Zelt, das

noch immer leer war. Dort wusch ich mich und zog eine reine Tunika an. Als ich zum erstenmal mein Spiegelbild im Wasser sah, verstand ich den mißtrauischen Blick, den mir der Diener anfangs zugeworfen hatte. Ich war mit Schmutz und getrocknetem Blut bedeckt. Plötzlich hatte ich ein dankbares Gefühl Lugh gegenüber, weil er mir die Gabe des Wahnsinns verliehen und die Erinnerung daran vor mir verborgen hatte, wie das Blut in mein Gesicht gekommen war. Dann erinnerte ich mich schwach daran, wie ich den größten Teil des Blutes in der vergangenen Nacht von meinem Schwert gewischt hatte, und ich nahm es jetzt heraus, säuberte und ölte es und steckte es wieder weg. Und dann, mit einem noch größeren Glücksgefühl, ging ich hinaus, um Ceincaled aufzusuchen.

Er war am besten Platz in der Reihe angebunden worden, man hatte ihn gut gebürstet, ihm Wasser gegeben und ihn mit Korn gefüttert. Aber er freute sich sehr, als er mich sah. Während ich ihn untersuchte, um nachzusehen, ob er irgendwie verletzt war, hörte ich den Pferdeknechten zu, die mir wegen meines tapferen Kampfes gratulierten. Dann tauchte Agravain auf.

Er rief meinen Namen, als er mich sah, rannte herüber und umklammerte mich in einer seiner Bärenumarmungen. Dann trat er zurück und grinste. »Ich hab' mir schon gedacht, daß du hier sein würdest«, stellte er fröhlich fest. »Bei der Sonne, Gawain, die ganze Angelegenheit sieht heute morgen noch genauso glänzend aus wie letzte Nacht.«

Ich schüttelte den Kopf. »Ich kann mich nicht daran erinnern. Was hätte ich auch sonst tun sollen? Bedwyr hat doch den Angriff befohlen, nicht ich.«

»Aber der Angriff wäre ohne dich fehlgeschlagen. Widersprich mir nicht, Bruder. Nimm einfach das Lob an. Du verdienst es.«

Ich grinste zurück. »Beim Licht, es ist ein Wunder. Artus wird mich jetzt akzeptieren.«

»Er wäre ein Idiot, wenn er es nicht täte, und er ist mit Sicherheit kein Idiot. Bei der Sonne und dem Wind! Sie waren in der Mitte und schlugen um sich, sie haben gestochen und geschnitten und geschoben und nichts fertiggebracht. Um die Mittagszeit hat Artus die Standarte selbst gepackt und uns zum Angreifen angefeuert, und wir dachten, wir hätten sie. Und dann hörten wir ein Geräusch, als ob der Himmel einstürzte, und als wir aufschauten, da kam doch tatsächlich die Reiterei heruntergestoben. Bei der Sonne, Artus war wütend – er dachte, ihr hättet nicht warten können –, aber da sah er, was los war. Wir alle glaubten, es könnte nichts mehr gewonnen werden, und die Sachsen lachten sogar und fielen ein bißchen zurück, um uns zuzusehen. Aber dann bist du aus dem Rest der Leute herausgesprengt, und du sahst aus wie CuChulainn. Du hast dieses Schwert gezogen – ich schwöre den Eid meines Volkes, es hat einen Schatten geworfen bis herüber zu mir –, und du hast es geschafft! Du hast ihren Schilderwald durchbrochen, und die anderen kamen hinter dir her und haben sie in Stücke gehauen.«

»Das . . . ja, daran kann ich mich erinnern. Aber, Agravain, was ist im Mittelfeld der Schlacht passiert?«

»Wir haben angefangen, uns die Lungen aus dem Leib zu brüllen und rannten gegen die Sachsen an. Das hat sie zurückgeworfen, bis sie über sich selbst gestolpert sind, um von uns wegzukommen. Und dann mußten ich und ein paar andere hinunter zur Brücke rennen, weil du sie mit deiner Gruppe genommen und dann wieder im Stich gelassen hast und weil Artus nicht wollte, daß die Sachsen über die Straße entkämen. Eine Zeitlang ist da hart gekämpft worden. Aber es war der Angriff der Reiterei, der die Schlacht gewonnen hat, und du warst derjenige, der am meisten geleistet hat. Darüber werden sie Lieder machen, Bruder!«

»Und ich bin froh«, sagte ich, denn wenn ich mehr gesagt hätte, dann hätte die Untertreibung noch schlimmer geklungen.

»Du sagst, du kannst dich nicht erinnern. Was meinst du damit?«

Ich erklärte, und er hörte sorgfältig zu. »Wie CuChulainn«,

sagte er und nickte. »Letzte Nacht habe ich mich schon darüber gewundert. In der Tat, es gibt genug, die in der Schlacht wenigstens ein bißchen verrückt werden.«

Ich nickte und fragte: »Wo ist Artus?«

Agravain überlegte. »Wahrscheinlich redet er gerade mit Unterhändlern von Cerdic und den anderen Sachsen. Oder er schläft. Er ist bis zum Sonnenaufgang wach gewesen.«

»Bis Sonnenaufgang?« Das kam mir unglaublich vor. Besonders, wenn ich mich an die Erschöpfung der ganzen Armee erinnerte. »Was hat er denn gemacht?«

»Ach, er hat versucht herauszufinden, was mit uns allen passiert ist. Aber wir können hingehen und nachsehen, ob er jetzt frei ist.« Agravain tätschelte Ceincaled vorsichtig am Nacken, und das Pferd ließ sich die Liebkosung gefallen. Dann gingen wir los. »Artus versucht immer, ehe er sich ausruht, jedes einzelne Mitglied der Runde aufzusuchen«, fuhr Agravain fort. »Er trifft sich mit Cei und Bedwyr und fragt nach denen, die verletzt wurden, und er versucht herauszufinden, ob die Betreffenden sterben oder schon tot sind oder nur verwundet oder vermißt. Dann geht er in die Krankenzelte und redet mit den Verwundeten, besonders mit den Sterbenden. Und er sorgt dafür, daß die Ärzte alles haben, was sie brauchen, und daß die Verwundeten ordentlich versorgt werden.«

»Er ist ein großer König.«

»Der größte im Westen«, stimmte Agravain zu und lächelte breit. »Und dadurch ist er genau der richtige Herr für einen Krieger wie dich.«

Artus beratschlagte in der Tat gerade mit Emissären der Sachsen, als wir bei seinem Zelt ankamen. Wir gesellten uns zu den Männern, die Einzelheiten für Artus' Entscheidung zu berichten hatten, und warteten.

Bald, so sagte ich mir, würde ich einen Platz gefunden haben. Jetzt hatte ich bewiesen, daß Morgas unrecht hatte, und ich konnte aufhören, zu zweifeln und Fragen zu stellen. Was immer als nächstes geschah, ich hatte jetzt etwas, auf das ich mich verlassen konnte. Ich würde Teil der Runde sein, ein Diener des größten Königs in Britannien. Ich würde dem Mann dienen, der im Zentrum des Kampfes auf dieser Erde stand. Ich sah es schon vor mir: Artus würde mit den Sachsen aus dem Zelt heraustreten, Agravain und mich sehen und zu uns herübereilen. Er würde lächeln, wie er mich noch nicht angelächelt hatte, und er würde meine Hand nehmen . . .

Die Zeltklappe ging auf, und Artus kam heraus, gefolgt von vier sächsischen Edlen und von Bedwyr. Der hielt ihm die Zeltklappe offen. »Es steht also fest?« fragte Artus.

»Die Bedingungen sind schwer«, sagte einer der Sachsen. Ich erkannte ihn als einen von Cerdics Männern. Sein Britisch war hervorragend.

»Das ist Ansichtssache. Ich halte sie für milde. Und du hast das vorhin auch gesagt. Habe ich eure Zustimmung?«

Der Sachse nickte bedrückt. »Morgen vormittag, auf der Straße bei der Brücke. Wir werden den Armring des Thunar mitbringen und den Eid darauf schwören.« Er hielt inne. »Mein Herr wird nicht erfreut sein.«

»Sag ihm, daß ich ihm große Ehre dadurch erweise, wenn ich ihn einen anderen Eid schwören lasse als den Rest meiner Untertanen. Es ist ja deutlich genug, daß euch der dreifache Eid im Namen des Vaters, des Sohnes und des Heiligen Geistes nichts bedeutet.«

»Die Bedingungen sind fair«, sagte ein anderer der Sachsen.

»Für dich vielleicht«, schnappte der erste. »Du sollst ja auch keine Länder abgeben . . .«, und er fügte etwas auf sächsisch hinzu.

»Wenn dein Herr sich weigert, die Bedingungen anzunehmen«, sagte Artus, »dann muß er andere vorschlagen oder wieder kämpfen. Ihr habt freies Geleit aus meinem Lager, edle Herren.«

Die Sachsen verstanden die Andeutung, verbeugten sich höflich und gingen. Ein paar britische Krieger begleiteten sie. Artus seufzte und sah zu, wie sie verschwanden, und dann wollte er sich mit irgendeiner Bemerkung an Bedwyr wenden. Aber da sah er Agravain und mich.

Wieder weiteten sich seine Augen leicht, und der Schatten fiel über ihn. Wieder konnte ich die Finsternis zwischen uns spüren und Artus' Schrecken. Einen Augenblick lang standen wir beide da, als ob wir gefroren wären, und zum zweitenmal brach all meine Hoffnung zusammen. Sie zerkrümelte zu Staub, und mitten in meinen zerstörten Hoffnungen stand ich wie betäubt und voller Bitterkeit da.

Bedwyr folgte dem Blick seines Herrn, sah uns und runzelte die Stirn. Er berührte Artus' Arm, und der Hohe König nickte und ging zu uns hinüber. »Agravain«, sagte er und schlug meinem Bruder auf die Schulter. »Nimm meinen Dank dafür, daß du gestern die Brücke gehalten hast. Das war gut gemacht.«

Agravains Augen leuchteten auf, und er grinste. »Ich glaube, wir haben es geschafft, sie ein bißchen zurückzuwerfen, Herr.«

»Ein bißchen«, erwiderte Artus und lächelte zur Antwort. »Beim Himmel, du hast wie ein Löwe gekämpft, wie ein Wolf, der ein Rudel Hirsche in die Flucht schlägt.«

Agravain grinste noch breiter. »Vielleicht war das wirklich so. Und mein Bruder wird auch gelobt, denn er hat gefochten wie ein Falke. Wie ein Falke, der auf einen Taubenschwarm herniederstößt. Er hat den Schilderwall durchbrochen.« Artus sagte nichts. Er ließ die Hand sinken, und erst da bemerkte Agravain, daß irgend etwas nicht stimmte. »Gawain vor allen anderen verdient dein Lob«, sagte er, jetzt zögernder.

»Er hat meinen Dank«, sagte Artus nach langem Schweigen. »Dafür, daß er gestern überhaupt dabei war.«

Ich verbeugte mich leicht, denn ich traute meinen Worten nicht. In meiner Verwirrung und mit meinen verletzten Gefühlen wußte ich nicht, was ich dann vielleicht sagte.

»Was für eine Art Dank ist denn das?« fragte Agravain, der noch immer nichts verstand. »Herr, Gawain hat die Schlacht für uns gerettet.«

»Und dafür hat er meinen Dank. Ich erwarte, daß er jetzt mit Leichtigkeit einen anderen Herrn in Britannien finden wird.«

»Jeden außer dir selbst«, beendete ich den Satz für ihn.

Der Hohe König schaute mich wieder an. Seine Augen waren wie die Nordsee mitten im Winter. »Ich hätte es lieber gehabt, wenn irgendein anderer den Schilderwall durchbrochen hätte«, sagte er mit sehr ruhiger, gleichmäßiger Stimme. »Mit einer Niederlage wäre ich fertig geworden, aber ein Sieg mit den falschen Mitteln ist schlimmer als eine Niederlage. Ohne meinen Traum ist der Krieg sinnlos.«

»Da stimme ich zu, Pendragon«, sagte ich. »Und ich habe für deinen Traum gekämpft. Wenn ich auch nicht sagen kann, daß ich ihn völlig verstehe. Glaubst du wirklich, daß ich durch Zauberei den Schilderwall durchbrochen habe?«

Er mußte mir gar nicht antworten. Sein Blick reichte aus.

Agravain packte seinen Arm. »Was meinst du damit? Hat Gawain denn gestern nichts bewiesen? Er hat den Dank jeden einzelnen Mannes in der Runde verdient, den Dank von ganz Britannien. Von allen, die die Sachsen fürchten!«

»Ich habe ihm meinen Dank auch gegeben«, sagte Artus, noch immer ruhig, aber mit scharfer Kälte. »Das allein ist schon mehr, als ich ihm geben will. Bitte mich nicht um mehr.«

»Du hast nichts getan! Bei den Göttern meines Volkes, wo bleibt deine berühmte Gerechtigkeit? Gawain hat bewiesen . . .«

»Nichts. Er hat nichts bewiesen, außer daß er Sachsen töten kann. Was wir schon wußten«, schnappte Artus. »Es steht dir nicht an, so mit mir zu sprechen, Agravain ap Lot.«

Agravain wurde rot. »Bei der Sonne! Ich hätte nicht übel Lust, mir einen anderen Herrn zu suchen, zusammen mit meinem Bruder. Einen Herrn, der uns . . .«

»Du kannst nicht gehen. Du bist Geisel, und ich behalte dich, so daß dein Vater seinem Eid treu bleibt.«

Agravain wurde erst weiß, dann rot vor Zorn. Er packte sein Schwert, und ich ergriff ihn am Arm. Artus schaute ihn nur an und bewegte sich nicht, und Agravain ließ langsam die Hand wieder sinken. Er starrte Artus an.

»Warum?« fragte ich.

Der Hohe König wußte, was ich damit meinte. »Das weißt du schon, Sohn des Lot. Du weißt es sehr gut, allzu gut. Und wollte Gott, es wäre anders!« Er drehte sich auf dem Absatz um und ging. Er schritt zurück in sein Zelt, und diejenigen, die noch Dinge für ihn zu erledigen hatten, traten beiseite und wagten es nicht, ihn anzusprechen.

Aber ich wußte nicht, was er meinte, und Agravain auch nicht. Mein Bruder stand da und starrte seinem König nach, während er dauernd seine Fäuste ballte und wieder entspannte.

»Bei der Sonne«, flüsterte er endlich mit würgender Simme. »Daß er das kann, er . . .« Er drehte sich abrupt um. »Gott, warum?«

»Das weiß ich nicht«, meinte Bedwyr müde. Er war bei uns geblieben.

»Still«, sagte ich zu Agravain. »Gegen dich hat er ja nichts. Er war nur wütend über mich.«

»Aber warum?« fragte Agravain zornig. »Du hast ihm doch geholfen, den Sieg zu erkämpfen. Du hast für ihn gefochten, du hast dein Leben riskiert. Welchen Grund hat er denn, zu glauben, daß du es durch Zauberei geschafft hast? Irgendwie hat er dir von Anfang an mißtraut, Gawain. Und viel mehr Grund hätte er gehabt, mich zu hassen. Ich habe die Waffe gegen ihn erhoben, als ich an Vaters Seite kämpfte, aber als ich seine Geisel wurde, da war er großzügig zu mir und hat niemals erwähnt, daß ich Gefangener war, der Sohn seines Feindes. Ehe ich mich der Runde anschloß, hat er mir sogar einen Diener gestellt, der mir Britisch beibrachte, und er hat mich mit aller Höflichkeit und allem Edelmut behandelt. Aber als du kamst, du, der du nie gegen ihn gekämpft hast, als du Dienst bei ihm suchtest und ihm einen großen Sieg errungen hast, da hat er dich weggejagt wie einen streunenden Hund. Ich verstehe das nicht. Ich kann es einfach nicht verstehen.«

»Ich auch nicht«, meinte Bedwyr. »Ich habe in der vergangenen Nacht mit ihm geredet, als er kam und Auskunft über meine Männer haben wollte. Er konnte gar nicht warten, um mich für meine Führung der Reiterei zu loben. Ich kenne ihn jetzt seit Jahren, und ich glaube ... Nein. Es ist nicht unbekannt, daß irgend etwas ihn immer bedrückt hat. Manchmal habe ich ihn vorgefunden, wie er still dasaß und ins Nichts starrte, ganz anders, als wenn er Pläne schmiedet. Aber dann hatte er genau den Blick, den er eben gezeigt hat, und ich wage es dann nicht, mit ihm zu reden. Gawain, bist du sicher, daß du ihn nicht schon einmal gesehen hast?«

»Noch nie.«

»Gestern abend habe ich deinen Namen erwähnt und dich gelobt. Und da hat Artus mir das Wort abgeschnitten. ›Ich kann es nicht‹, hat er mir gesagt. ›Der Mann ist ein Zauberer und der Sohn einer Zauberin. Er hat mir einen Sieg gegeben, aber durch Zauberei, durch Wahnsinn und Finsternis. Ich kann ihn nicht in meine Familie aufnehmen und ihm trauen.‹ Artus war so müde, so unglücklich und so sicher. Agravain, dir gegenüber wird er sich später entschuldigen.«

Agravain nickte. »Aber was ist mit Gawain?«

Ich schaute die beiden an und dachte nach. Irgendwie hatte der Hohe König ja recht. Ich hatte nichts getan, außer Sachsen umzubringen, und der Wahnsinn, der mich überfallen hatte, und das Feuer im Schwert konnten leicht wie Zauberei aussehen – ja, wirklich, für jeden mußte das so wirken. Niemand kämpft mit dem Schwert allein ... das hatte Bedwyr gesagt. Und im Endeffekt waren die Gründe genauso wichtig. Und Artus konnte nicht wissen, welche Gründe ich hatte, für ihn zu kämpfen. Was aber konnte ich tun, um sie ihm zu zeigen? Ich dachte an all das, was ich von der Runde und Artus gesehen hatte. Es war kein gewöhnliches Heer, und das kam nicht nur daher, weil die Krieger so tapfer waren. Ein gemeinsamer Stolz verband sie alle, eine gemeinsame Liebe und eine gemeinsame, halbverstandene Vision. Wie hatte ich glauben können, solch einer Gruppe nur durch Kraft meines Armes beizutreten? Ich war ein Narr gewesen, weil ich gedacht hatte, ich könnte jedes Problem mit der Schwertklinge lösen.

Dann fiel mir der Traum wieder ein, den ich in Camlann gehabt hatte. Wieder sah ich Artus im Schatten der Königin. Wohin ich mich auch wandte, immer tauchte sie auf, als ob alle Schatten ihre Schatten wären. Sie besaß noch immer einen Teil von mir, eingeschlossen in Bande, die mit Blut geschmiedet waren. Ich konnte nicht frei sein, ehe ich ihr nicht wieder von Angesicht zu Angesicht begegnet war, ehe ich nicht das Band trennte oder mich für immer an sie kettete. Wie konnte ich zu Artus sagen: »Ich habe mich von der Finsternis befreit«? Die Finsternis hatte mich ja geformt. Ich hatte sie in der Vergangenheit besiegt, aber nicht durch eigene Kraft. Artus hatte einen Grund für seine Gefühle, und ich besaß nicht die Möglichkeit, seine Meinung zu ändern.

Die Erkenntnis, daß ich wieder verloren hatte, schmerzte mich. Jetzt war vielleicht alles verloren. Vielleicht sollte ich gehen. Wie Artus gesagt hatte, ich konnte leicht Dienst bei irgendeinem König in Britannien finden. Und wenn ich zu Urien Rheged hin . . .

Nein. Hierher war ich geführt worden, auf Artus hatte ich meine Hoffnungen gesetzt. Jetzt zu gehen, das bedeutete die Niederlage, die Aufgabe. Einen Augenblick kämpfte ich mit meinem inneren Schmerz, und dann schob ich ihn beiseite.

»Was wirst du tun?« fragte Bedwyr sanft.

»Ich mache weiter«, sagte ich den beiden. Ich schaute ihnen fest in die Augen.

Auch den Rest des Tages hätte ich noch herumlungern und müßig über allem brüten können, aber ich mußte zu den Krankenzelten. Denn ich hatte noch immer den Wunsch, meine Wunde behandeln zu lassen.

Als ich mich den Zelten näherte, hörte ich ein seltsames Geräusch, ein tiefes Dröhnen wie von einem Bienenstock. Ich blieb stehen und schaute Agravain fragend an. Bedwyr war mit Cei fortgegangen.

»Das sind die Verwundeten«, antwortete mein Bruder lässig. »Sie haben sich jetzt ein bißchen beruhigt. Lieber Gott, aber die Ärzte, die müssen vielleicht müde sein!«

»Was? Du meinst, die arbeiten noch immer, seit gestern abend?«

»Ach, das Schlimmste haben sie schon erledigt. Sie arbeiten in Schichten. Und jetzt, glaube ich, untersuchen sie diejenigen, die noch laufen können und kümmern sich um einige der Männer, bei denen sie gestern abend nicht ganz sicher waren. Weißt du, Männer, die mit einem angeschlagenen Arm ankommen und bei denen sie nicht entscheiden können, ob sie nun amputieren sollen oder nicht. Deshalb lassen sie sie erst einmal eine Weile in Ruhe. Es handelt sich auch um Männer, bei denen nicht sicher war, ob sie sterben würden. Die Ärzte haben sie deshalb liegenlassen und sich um die anderen gekümmert, bei denen ihre Kenntnisse nicht verschwendet sind.« Agravain zögerte. »Um die Wahrheit zu sagen, ich gehe nicht gern in die Krankenzelte, besonders nicht in diesem Stadium der Arbeit. Macht's dir was aus, wenn ich . . .«

»Nein. Ich komme später nach.«

Aber ich tat es nicht. In den Zelten war nicht genug Platz für alle Verwundeten, und diejenigen, die schon behandelt waren, hatte man nach draußen gebracht. Sie lagen auf dem Gras wie Fische nach einem Sturm auf dem Strand. Ihre Gesichter waren kalkig grau, und die Augen waren entweder glasig vor Resignation oder leuchteten unnormal. Manche der Männer waren verbunden, andere nicht. Kein Jäger erschreckt sich über Blut, aber es ist etwas ganz anderes, wenn derjenige, der mit aufgerissenem Bauch und heraushängenden Eingeweiden vor dir liegt, ein Mann ist und kein Hirsch. Es ist schrecklich, wenn man in diesem Zustand, im kühlen Tageslicht der Vernunft, einen Menschen liegen sieht. Die Schwerverwundeten waren ganz still. Hin und wieder stöhnte oder murmelte einer – es war ein furchtbares Geräusch. Und dieses Stöhnen und Murmeln war das Dröhnen gewesen, das ich gehört hatte. Einige Männer lagen still, schlafend oder tot. Andere, die weniger schwer verletzt waren, saßen ein wenig entfernt von den anderen da und redeten leise. Der ganze Ort roch nach Schmutz, Schweiß, Erbrochenem und den ersten Anfängen des Wundbrandes. Es war ein Geruch des Schmerzes. Ich bahnte mir mühsam meinen Weg durch die Reihen der Männer, und ich war jetzt nicht mehr sicher, warum ich eigentlich gekommen war. Einige der Männer sahen mich, während ich vorüberging, und winkten mir müde zu. Einen erkannte ich als einen Krieger aus Ceis Gruppe, und ich ging hinüber zu ihm.

»Wasser«, murmelte er. »Hast du Wasser?«

»Ich . . . ich versuche, dir etwas zu besorgen.« Mehrere der Männer um ihn herum begannen auch um Wasser zu betteln. Ich nickte. Ich hatte plötzlich den Wunsch wegzurennen, und dann fiel mir ein, wie leichtfertig ich an diesem Morgen das für sie bestimmte Wasser verbraucht hatte. Mir wurde schlecht.

Ich ging ins Zelt, stellte mich eine Zeitlang hin und starrte um mich. Einer der Ärzte, der gerade eine Amputation beendete, bemerkte mich. »Na, was willst du denn?« wollte er grob wissen.

»Ich . . . ich hab' nur einen Kratzer. Ich kümmere mich schon selbst darum.«

»Danke. Na, und jetzt, wo du dich entschlossen hast, worauf wartest du noch?«

»Draußen liegen ein paar Männer, die Wasser brauchen.«

»Draußen sind eine Menge Männer, die Wasser brauchen, aber hier drinnen sind noch mehr, die behandelt werden müssen. Ich habe nicht genug Hilfe. Und die Diener brauchen ihren Schlaf. Die Männer da draußen kriegen Wasser, sobald wir etwas mehr aus dem Fluß bekommen können.«

»Soll ich helfen?«

Der Arzt starrte mich an, musterte die reiche Kleidung und das goldbesetzte Schwert. Dann lächelte er langsam. »Eigentlich ja, Krieger – wenn du eine Ahnung hast, wie man mit einem Messer heilt, anstatt zu schaden.«

»Ich hab' es noch nie versucht, aber ich kann es lernen.«

Und ich lernte, bis fast Mitternacht. Nur wenige Krieger wissen von der Schlacht, die in den Krankenzelten geschlagen wird, wenn die Kämpfe vorüber sind. Sie erfahren nur davon, wenn sie selbst es erleben. Es ist eine harte Schlacht, so wild und rücksichtslos wie alles, was einem auf dem Schlachtfeld begegnen kann, und die Schlacht verlangt genausoviel oder noch mehr Kenntnisse als der Kampf auf dem Schlachtfeld. Morgas hatte mich im Gebrauch von verschiedenen Kräutern unterrichtet, und eins ihrer Bücher handelte von den Eigenschaften der Pflanzen. Aber damals hatte ich der Anwendung von Medizin nicht viel Aufmerksamkeit geschenkt. Ich hatte gelernt, das Schwert und das Messer zu benutzen, aber ich hatte kaum bemerkt, daß beides auch dazu benutzt werden konnte, um Leben zu retten. Dies zu erfahren, das war gut.

Kurz vor Mitternacht schob ich mir das Haar aus den Augen und schaute mich um. Ich stellte fest, daß es nichts mehr zu tun gab. Diener und Verwandte der Verwundeten waren damit beschäftigt gewesen, jeden herauszubringen, der das vertragen konnte, und den anderen hatten sie es bequem gemacht. Auch diese Arbeit war jetzt fast beendet.

»Du gehst jetzt besser und ruhst dich aus«, sagte Gruffyd, der Arzt, mit dem ich am Anfang gesprochen hatte. »Es sei denn . . . du hattest doch irgend etwas. Deswegen bist du doch ursprünglich hergekommen.«

»Es ist nichts – nur ein Kratzer. Ich wollte mich nur gegen den Brand schützen.«

»Ein kluger Gedanke. Laß mich mal nachsehen.«

Er schaute sich die Wunde an und schüttelte den Kopf. »Nein, wirklich. Wie kannst du das denn für nur einen Kratzer halten? Das geht ja bis auf den Knochen, da und da.«

»Ja?« Ich war überrascht. »So tief sah mir der Schnitt nicht aus, und er hat kaum weh getan.«

»Nun, er scheint wenigstens nicht viel geblutet zu haben . . . Cadwallon, etwas Salbe und eine Bandage.« Er hielt inne und warf mir einen Blick zu. »Du bist doch nicht etwa ein Berserker?«

»Ein was?«

»Ein Berserker. Das ist ein sächsisches Wort. Damit ist einer gemeint, der im Kampf wahnsinnig wird. Die Kraft verdoppelt oder verdreifacht sich, und diese Leute sind gefährlich.«

»Ich bin wirklich in der Schlacht verrückt geworden. Woher wußtest du das?«

Gruffyd grinste. »Nun, selbst hier drinnen haben wir gehört, daß du auf eigene Faust einen sächsischen Schilderwall angegriffen hast« – wir hatten bei einer schnellen Mahlzeit wenigstens die Namen ausgetauscht – »und das war wahnsinnig genug. Aber abgesehen davon hat die Wunde nicht so viel geblutet, wie das nötig gewesen wäre. Ich habe so was schon mal gesehen, aber nur bei Männern, die in der Schlacht verrückt werden.« Er begann, die Wunde zu reinigen. Es stach. »Wir haben alle möglichen Gerüchte über dich gehört – die Anderwelt und Magie, ganz wilde Geschichten. Aber solchen Unsinn erzählt man gewöhnlich von Männern, die Berserker sind. Da hast du also deine Erklärung.« Er rieb etwas Salbe in die Wunde ein. »Obwohl ich diesen Berserker-Wahnsinn für eine ganz unheimliche Sache halte. Leute, die davon befallen sind, schäumen normalerweise aus dem Mund, und sie können Freund nicht mehr von Feind unterscheiden. Zu anderen Zeiten können sie aber auch ausgesprochen sanftmütig sein.« Er blickte aus zusammengekniffenen Augen zu mir auf.

»Niemand hat mir gesagt, daß ich aus dem Mund schäume. Ich glaube nicht, daß es bei mir das gleiche ist.«

»Die Sache ist gefährlich. Das meine ich wenigstens. Ich habe einmal einen Mann gesehen, der in der Schlacht verrückt wurde, und er torkelte hinterher hier herein, mit Wunden, in die man die Faust stecken konnte. Sagte, er hätte noch nicht einmal bemerkt, wo er sie empfangen hatte. Es war ein Wunder, daß der noch stehen konnte. Eine Stunde später ist er gestorben. Nein, das ist keine angenehme Sache, dieser Wahnsinn.«

»Ich freue mich darüber. Es ist eine Gabe.«

Gruffyd warf mir einen forschenden Blick zu, aber ich hatte nicht den Wunsch, von »der Anderwelt und der Magie« zu sprechen. Also sagte ich nichts. Er legte mir den Verband an. »So, das ist erledigt«, sagte er, richtete sich auf, streckte sich und schaute mich dann wieder an. Vielleicht willst du noch mal zurückkommen und mir helfen, später, nach einer Schlacht. Nein, natürlich nicht sofort nach der Schlacht. Wenn du den Wahnsinn hast, dann brichst du anschließend wahrscheinlich zusammen. Aber später. Ich wäre froh, wenn du wiederkämst. Du hast den Instinkt eines Chirurgen, und das brauchen wir heutzutage.«

»Ich danke dir«, antwortete ich. »Dann werde ich kommen.«

Als ich ging, fühlte ich mich sehr glücklich, und die Worte des Arztes freuten mich mehr als alle Lobreden, die mir die Krieger zuteil werden ließen. Selbst wenn Artus mich abgelehnt hatte, ich hatte in zwei Schlachten gekämpft, und ich hatte gut gekämpft.

Am Vormittag des nächsten Tages kämpfte Artus in einer anderen, ganz privaten Schlacht auf der östlichen Seite der Brücke über den Bassas. Es war ein seltsamer Kampf, bei dem man nicht wußte, wo der Feind war.

Der Hohe König traf Cerdic und die beiden anderen sächsischen Könige in Begleitung der Unterkönige Constantius von Dumnonia und Eoghan von Brycheiniog. Außerdem waren noch vierzig Krieger bei ihm. Jeder der sächsischen Könige hatte ein Dutzend Männer mitgebracht, denn das hatte Artus erlaubt. Also war die Gruppe sehr groß. Dennoch konnte man fest glauben, daß nur zwei Männer da waren: Artus und Cerdic.

Auf Bedwyrs Einladung ging ich mit Artus' Gruppe, aber ich hielt mich im Hintergrund, damit ich nicht bemerkt wurde. Cerdic allerdings ließ seine Blicke über Artus' Männer gleiten, bis er mich sah, und eine Minute fixierte er mich, ehe er Artus anschaute. Der Hohe König hatte währenddessen Cerdic die ganze Zeit gemustert.

Cerdic verbeugte sich im Sattel seiner Fuchsstute und lächelte ein wenig. »Ave, Artorius Augustus, insularus draco, imperator britanniarum«, sagte er auf lateinisch. Und Artus' höchste Titel sprach er in spöttischem Tonfall aus.

»Ich grüße dich, Cerdic, Küning der Westsachsen«, erwiderte Artus. »Es freut mich, daß du meinen Status anerkennst.«

»Ich erkenne deine Kraft an, Imperator«, sagte Cerdic noch immer auf Latein. »Du hast einen Sieg gewonnen.«

»Den du ins Gegenteil zu verkehren gedenkst, vielleicht in ein paar Jahren?«

Cerdic lächelte und wechselte das Thema. »Ich mag diese Bedingungen nicht, die du mir da anbietest.«

Artus lächelte zurück. Ein gewisses Licht leuchtete in seinen Augen. »Dann biete mir deine Bedingungen an, König der Westsachsen. Ich will mein Äußerstes tun, um gerecht zu allen meinen Untertanen zu sein, selbst wenn sie ungehorsam gewesen sind.«

»Das ist genau der Teil der Bedingungen, den ich am meisten mißbillige«, schnappte Cerdic. »Die Westsachsen sind kein Volk, das dem Kaiser der Britannier untertan ist.«

»Alle Provinzen von Britannien sind einem Kaiser untertan«, antwortete Artus. »Wenn du mir nicht untertan sein willst, dann kannst du ja gehen.«

Cerdic spuckte. Das rote Feuer brannte in seinen Augen. »Ich habe mein Volk hierhergeführt, Drache . . .«

»Und ich bin gewillt, das anzuerkennen.«

». . . und es ist mein eigenes Volk, es gehört nicht dir oder irgendeinem anderen Britannier oder Römer.«

»Ich sehne mich nicht besonders danach, König der Westsachsen oder Protektor von Dyfed zu sein. Aber ich bin der Kaiser.«

»Ich habe etwas anderes gehört, aus dem Munde von Britanniern.«

»Außer dir, Cerdic, habe ich noch andere ungehorsame Untertanen«, lächelte Artus wieder, jetzt noch strahlender. »Komm, du weißt, daß du am Ende doch auf meine Bedingungen schwören wirst, genau wie die anderen sächsischen Könige. Warum müssen wir hier länger in der Hitze stehen als notwendig?«

Cerdic runzelte wütend die Stirn, aber ein schwacher Ausdruck der Verwirrung zeigte sich jetzt in seinem Gesicht. »Und ich muß dazu schwören, daß ich deinen Anspruch auf das Imperium anerkenne, daß ich keine Usurpatoren unterstützen und auch keinen Krieg gegen dich führen werde, daß ich meine königlichen Streitkräfte von Searisbyrig nach Winceastra zurückziehen und nicht mehr als zwanzig Mann zur Bewachung der Grenze zurücklassen darf, einer Grenze, die bei Wilton liegen soll? Und ich muß meine Ansprüche auf alle Ländereien westlich dieser Grenze aufgeben und dir jedes Jahr gehorsam Tribut zahlen?«

»Warum nicht? Das meiste des Landes östlich von Sorviodunum ist sowieso dünn besiedelt. Und was deinen Gehorsam betrifft und die Zahlung des Tributs, so wirst du diesen Eid doch nicht besser halten als deine Genossen. Ich aber habe dadurch eine bessere Entschuldigung, Krieg gegen dich zu führen, wenn du ihn brichst.«

Cerdic lächelte fast zur Antwort auf Artus' stille Belustigung. Aber er beherrschte sich. »Und was ist mit meinen Mitkönigen?«

»Wie schon beschlossen, werden sie ihren Eid erneuern, in einer neuen Form. Und sie werden zusätzlichen Tribut für die nächsten paar Jahre zahlen, als Wiedergutmachung für ihren Aufstand.«

Die beiden sächsischen Könige schnauften. Sie hatten seit Uthers Tod keinen Tribut mehr gezahlt, und offensichtlich hatten sie auch nicht vorgehabt, das zu tun. Sollte allerdings Artus' Kampagne im Norden weniger Zeit in Anspruch nehmen, als man erwartete, dann schickten sie vielleicht doch etwas.

»Wenn die sächsischen Völker dem Kaiser untertan sind wie jetzt die britischen Provinzen«, begann Cerdic wieder, »dann sollten sie auch den gleichen Eid schwören.«

»Mir ist klargeworden, daß Sachsen Heiden sind. Es hat für sie deshalb keine Bedeutung, wenn sie bei der Erde, dem See und dem Himmel im Namen des Vaters, des Sohnes und des Heiligen Geistes schwören. Wenn du jetzt deinen Eid brichst, dann wirst du das vor deinen eigenen Göttern verantworten müssen und nicht vor den Göttern von Fremden.«

Cerdic runzelte wieder die Stirn, und diesmal berührte er sein Schwert. Er begegnete Artus' Blick, und lange schaute er ihm in die Augen. Dann lächelte er, aber nicht wie vorher, und ich hatte dieses Lächeln in den beiden Wochen, während derer ich sein Höriger gewesen war, auch nicht gesehen.

»Du bist genau das, was sie immer von dir sagen, Artus ap Uther«, sagte er und sprach jetzt britisch. »Ich begreife nicht, warum du es nötig hast, Zauberer für dich arbeiten zu lassen.«

»Bei mir sind keine Zauberer.«

»Wirklich . . .?« Cerdic schaute wieder zu mir hinüber.

Artus schüttelte den Kopf. »Gawain ap Lot ist nicht mein Krieger.«

Cerdic hob die Augenbrauen. »Nein, wirklich. Ich wünschte, ich könnte bei dieser Behauptung genauso sicher sein. Zauberei verleiht möglicherweise Macht, aber Zauberer sind nicht verläßlich – und gefährlich.«

Ich fragte mich, warum Cerdic und Aldwulf sich wohl getrennt hatten. Anscheinend nicht in Freundschaft, denn Cerdic sprach seine Worte etwas heftig aus.

»Ich bin froh, daß wir in dieser Hinsicht gleich denken. Hast du also noch weitere Bedenken zu meinen Bedingungen?«

Cerdic seufzte und begann, wegen der wörtlichen Fassung des Eides zu handeln. Dann hörte er abrupt auf. »Nein. Warum sollten wir damit weitermachen? Wir wissen beide, daß ich dir den Eid schwören werde und daß ich ihn breche, wenn es mir paßt. Pendragon, wenn ich das nächstemal gegen dich kämpfe, dann kannst du es Aufruhr nennen anstatt Invasion. Ich glaube, du wirst nur einen kleinen Unterschied zwischen den beiden Ausdrücken finden.« Cerdic schwang sich vom Pferd und machte einem seiner Männer ein Zeichen. Der Krieger ritt heran und saß ab, und Cerdic nahm von ihm eine große hölzerne Dose entgegen, die mit Runen bedeckt war. Auch Artus stieg vom Pferd und wartete.

»Das ist Thunars Armreif«, sagte Cerdic. »Wir haben ihn von Thunars Tempel im Nordosten von Gallien hergebracht.

Er ist sehr alt und heilig.« Er öffnete den Kasten und nahm vorsichtig einen gewaltigen Reif aus Gold heraus. Auch dieser Reif war mit Runen bedeckt, und er war schwer. Er maß etwa zwei Handlängen im Durchmesser. Cerdic schaute den Reif einen Augenblick an, und dann lächelte er fröhlich. »Thunar ist ein Krieger, wenn er ein Gott ist. Er versteht genau, was es mit Eiden auf sich hat.«

»Schwöre also den Eid, wenn du Thunars Verzeihung sicher bist.«

Cerdic zögerte und drehte den Reif in den Händen. Dann wandte er sich zu den anderen Königen um und machte ihnen höfliche Handzeichen, damit sie zuerst schworen.

Auch die anderen beiden saßen ab und kamen nach vorn. Es waren Aeduin von Cantware und Eo von den Südsachsen. Beide knieten abwechselnd nieder, zogen das Schwert und schworen auf das Schwert und den Armreif. Sie schworen bei Thunar und Tiw und Wodan, und der Eid war im Prinzip der gleiche wie der, der dem Hohen König von allen anderen Königen geschworen wurde. Die beiden waren älter als Cerdic. Sie waren daran gewöhnt, Eide zu schwören und sie zu brechen. Und Eide, die man den Briten schwor, wurden besonders leicht gebrochen. Bei dem neuen war es schwieriger, aber Thunar hatte ja auch mindestens einmal sein Wort gebrochen, und man konnte ja neue Schwerter kaufen, falls die Waffen, auf die man geschworen hatte, einen in der Schlacht betrogen. Als die beiden anderen fertig waren, zog auch Cerdic das Schwert, trat nach vorn und schaute Artus an, der jetzt den Armreif hielt.

Der Tag war bewölkt, aber in diesem Augenblick brach die Sonne durch die Wolken, und der nackte Stahl an Cerdics Schwert glänzte hell in ihrem Licht, während der Armreif warm aufglühte. Cerdic lächelte breit, aber in seinen Augen war ein dunkles Funkeln, das ich schon gesehen hatte. Ich bekam plötzlich Angst, und ich hörte auf, mir über die Worte der Könige Sorgen zu machen. Ich legte meine Hand auf Caledvwlch.

Aber ehe auch nur jemand denken konnte, machte Cerdic plötzlich einen Schritt nach vorn, hob sein Schwert und setzte die kalte, blitzende Spitze an Artus' Kehle. Constantius von Dumnonia stieß einen Schreckensschrei aus, und Bedwyr senkte den Speer und trieb sein Pferd näher heran. Dann wurde ihm klar, daß er nichts ausrichten konnte, und er zügelte mit bleichem Gesicht sein Tier. Cerdics Gruppe drängte sich mit gezogenen Schwertern vorwärts. Cerdic lächelte; die Finsternis erfüllte ihn, gemischt mit einem seltsamen Strahlen.

»Ich bin heute morgen hierher gekommen, um dich zu töten, Pendragon«, flüsterte er.

Artus war zuerst zusammengezuckt, aber jetzt schaute er Cerdic ruhig über das leuchtende Metall an. Das Licht in seinen grauen Augen weckte mein Erstaunen. »Die meisten meiner Schwierigkeiten wären beseitigt, wenn ich tot wäre«, sagte er im Unterhaltungston.

»Allerdings«, meinte Cerdic. »Und ein Krieg trägt sehr dazu bei, die Moral zu senken. Selbst Wodan, der König unserer Götter, glaubt fest daran. Verstehst du das, Imperator?«

Ich hörte, wie Bedwyrs Atem in der Stille zischte, und ich sah, wie er den Griff an seinem Speer wechselte und sich darauf vorbereitete, ihn zu schleudern, wenn Cerdic sich rührte. Aber Cerdic wandte nicht einmal seinen Blick von Artus ab.

»Wenn du tatsächlich vorgehabt hättest, mich umzubringen«, meinte Artus, »dann hättest du es jetzt schon getan, und zwar schnell.« Er trat beiseite und packte Cerdics Schwerthand.

»Richtig«, sagte Cerdic. Er senkte das Schwert, bis seine Spitze den Boden berührte, und Artus' Hand legte sich auf Cerdics Hand am Heft. »Unglücklicherweise, Pendragon, Bastard oder nicht, unglücklicherweise bist du ein zu großer König und ein zu machtvoller Mann. Artus von Britannien, wir wollen Feinde sein, aber wir wollen nicht wie Wölfe kämpfen.« Er ließ sich auf ein Knie nieder, streckte die linke Hand aus, um die andere Seite des heiligen Armreifs zu ergreifen, und schwor bei Thunar, Tiw und Wodan und bei der Erde, der See und dem Himmel, all seine Eide Artus gegenüber zu halten. Er erkannte ihn als Hohen König von Britannien an, und er nannte sich selbst seinen Untertan.

Artus lächelte, als er den dreifachen Eid hörte, und als Cerdic die Eidesformel beendet hatte, schwor er den Eid zur Antwort. Er schwor, die Rechte seines Unterkönigs nicht zu beschneiden und das Königreich seines Tributpflichtigen gegen alle Feinde und Invasoren zu sichern. Er beendete die Worte mit einem persönlichen Eid: »Und ich schwöre, dein Land zu einem Teil des Reiches von Britannien zu machen und für seinen Fortbestand zu sorgen, in Gerechtigkeit und im Licht, so wahr mir Gott helfe.« Dann ließ er den Armreif los.

Cerdic nahm ihn zurück, steckte sein Schwert wieder in die Scheide. Cerdics Männer wirkten verwirrt, und Artus, der schlaff vor Erleichterung war, kämpfte selbst ein wenig mit seiner Verwirrung.

»Wenn wir uns wiedersehen, Artus Pendragon«, sagte Cerdic, als er sein Pferd wieder bestiegen hatte, »dann hoffe ich, daß alles umgekehrt sein wird. Und bei Thunars Hammer, ich glaube, es wird so sein. Bis dann, leb wohl. Ich bin froh, daß ich dich kennengelernt habe.«

»Wenn es bis dahin dauert, Küning Cerdic, dann werde ich für immer wohl leben – auch ich bin froh, daß ich dich kennengelernt habe.«

Auf dem ganzen Weg zurück zum Lager lächelte Artus.

Ein paar Tage später brachten wir Wagen und luden unsere Verwundeten darauf, und dann kehrte die Runde nach Camlann zurück. Die anderen Könige und Heerhaufen zogen wieder zu ihren Festungen und die Bauern aus den Armeen in ihre Felder. Anderthalb Wochen lang genoß die Runde die Beute und zählte die Lösegelder der Sachsen, verschmerzte die Verluste und erholte sich, und dann ritten wir wieder. Wir ritten auf der Hauptstraße nach Norden, nach Rheged.

15

Die Reise hätte für mich eigentlich angenehm sein sollen. Ich hatte mich in der Schlacht gut geschlagen, und dadurch hatte ich die vollste Anerkennung der Männer der Runde gewonnen. Die Krieger lehnten zwar wie Gruffyd, der Chirurg, meine Geschichten von »Anderwelt und Magie« ab und hielten sie für einen Nebeneffekt des Schlachtenwahnsinns, aber sie boten mir ihre Kameradschaft offen an, mit Bewunderung und ohne Furcht. Zauberische und übernatürliche Ereignisse, so meinten sie, konnte man beim »Wahnsinn« erwarten, aber ich wurde dadurch nicht unnatürlich. Meine Wunde heilte sauber zu und machte mir keine Schmerzen. Das Wetter war schön, und im Glanz unseres Sieges wirkte auch das Land freundlich, durch das wir ritten. Wir hatten keine Eile, wir hielten bei jeder größeren Festung und wurden dort bewirtet. Ich hatte auch Geld. Obwohl ich nicht Mitglied des Heerhaufens war und von dem beträchtlichen Anteil an Raub, den der Überfall ergeben hatte, keinen Anteil beanspruchen konnte, hatten mir sowohl Eoghan von Brycheiniog als auch Constantius von Dumnonia Geschenke gegeben, und einige der edlen Krieger taten das gleiche. Eoghan besonders überhäufte mich mit großen Geschenken und üppigen Lobreden, und er versuchte mich dazu zu überreden, in seine Truppe einzutreten. Ich weigerte mich, und das freute die Krieger um Artus.

Auf dem Weg nach Rheged mußte ich noch zwei weitere Angebote dieser Art ablehnen. Eins kam von Rhydderch of Powys, bei dem wir zwei Tage gewohnt hatten, und das andere kam von Maelgwyn Gwynedd. Der schickte einen Boten an Artus, während wir uns in Dinas Powys aufhielten, und übermittelte viel zu spät und in beleidigendem Ton Glückwünsche zu unserem Sieg. Nachdem der Bote seine Nachricht abgegeben hatte, sprach er mit mir unter vier Augen. Er kritisierte mit gespielter Sympathie Artus' Ungerechtigkeit, ehe er sein Angebot machte. Es gab mir große Befriedigung, dieses Angebot abzulehnen, was bei Rhydderch nicht der Fall gewesen war.

Diese Angebote selbst waren einer der Gründe, warum ich die Reise nicht genoß. Artus wollte mich immer noch nicht, und ich konnte ihm nicht folgen wie ein streunender Hund. Ich war ein Krieger geworden, und ich hatte für Artus gekämpft, aber ein Krieger muß einen Herrn haben. Es bedrückte mich, daß es so leicht war, irgendeinen Herrn außer Artus zu finden. Alle Könige in Britannien brauchten Krieger, besonders solche, die den Angehörigen der Runde Schach bieten konnten. Rhydderch of Powys verdiente seinen Spitznamen »Hael«, das heißt: der Großzügige. Er war, soweit ich das sagen konnte, auch ein großer König und ein guter Herr. Er bekämpfte die Sachsen genau wie Artus, wenn auch weniger spektakulär. Ich wollte eigentlich sein Angebot nicht ablehnen, denn es entsprach seinem Spitznamen.

Ich fühlte mich sehr einsam. Ich gehörte dazu und gehörte doch nicht dazu. Ich wünschte mir, jemand hätte mich verstanden, jemand hätte mir geglaubt, was ich sagte. Vorher, da hatte ich Medraut gehabt. Um Medraut hatte ich insgeheim getrauert, besonders wenn ich versuchte, Agravain das eine oder andere zu erklären. Agravain verstand mich einfach nicht. Ich hatte den Wunsch, mit Bedwyr über seine Philosophie und seine Bücher zu sprechen, aber der war dauernd entweder mit Artus oder mit Cei zusammen, und genau diese beiden mieden mich soweit wie möglich. Mit Taliesin konnte ich stundenlang reden, aber selten sagten wir viel, abgesehen von dem, was er über Lieder zu sagen hatte. So lebte ich, wie Taliesin gesagt hatte, in Unsicherheit und brütete über meinen eigenen Gedanken. Ich dachte über die Männer nach, die ich getötet hatte, und über Artus' Zorn und über Morgas und über die Finsternis. Es war keine angenehme Reise für mich.

Gegen Ende allerdings gefiel es mir mehr, als wir den Hadrianswall überschritten und in Rheged einritten. Die Straße war hier viel schlechter, und die Gegend war dicht bewaldet. Dadurch wurde das Reisen schwierig, aber ich mochte das Land lieber als Südbritannien. Nordbritannien ist nie von den Römern erobert worden, und die Südbritannier nennen die aus dem Norden Barbaren. Sie übersehen die Tatsache, daß die Poeten aus dem Norden grundsätzlich besser sind als die aus dem Süden und daß nordbritische und irische Metallarbeiten in ganz Südbritannien begehrt sind, wann immer gallische Güter nicht zu bekommen sind. Rheged ist wahrscheinlich die stärkste Nation in Britannien. Seit Jahrhunderten ist Rheged immer wieder von Erin aus angegriffen worden, das nur in kurzer Entfernung jenseits der Irischen See liegt. Durch diesen dauernden Krieg wurden die Könige von Rheged gezwungen, starke Festungen zu bauen und sich ein starkes Heer zu halten. Die Clansmänner und Bauern sind harte, langsam sprechende Männer, die immer bereit sind, der Armee beizutreten und zu kämpfen. Jetzt verteidigt sich Rheged nicht nur gegen die Iren, sondern auch noch gegen die Sachsen und die Irisch sprechenden Leute als Dalriada im Norden, die im Land viel Gutes hinterließen und viele Sitten, die mir aus meiner Heimat wohlbekannt waren. Ich liebte dieses Land. Trotz seiner dichten Wälder wirkte es vertraut auf mich, und die Leute waren trotz ihrer Härte freigebig und offenherzig.

An einem kalten grauen Tag im August, in einem schweren Regenschauer, ritten wir zu Uriens königlicher Festung Yreckwydd hinauf. Der nackte Stein und das Holz der Mauern hoben sich scharf gegen den Himmel ab, und die Möwen schrien über der Festhalle, denn Yreckwydd überragt die Irische See wie Dun Fionn im Norden. Ich lauschte dem Klang der Wellen und erinnerte mich an die Festung meines Vaters, an meine Verwandten, an Llyn Gwalch. Mein Herz hämmerte, als ob ich heimkehrte. Ich schaute Agravain an, und auch der grinste. Wir lachten und begannen, auf irisch ein Lied an die See zu singen.

»Diese verrückten Iren«, murmelte Rhuawn und zog sich den Umhang um die Ohren. Wir lachten und sangen noch lauter.

Artus hatte natürlich Boten vorgeschickt. Wir wurden erwartet. Diener, die an den Toren standen, nahmen unsere Pferde in Empfang, und ein großes Feuer knisterte in der Halle. Urien selbst wartete am Tor, er war ein riesiger braunhaariger Bär von einem Mann mit einer lauten Stimme. Er hieß uns warm willkommen und gratulierte Artus zum Sieg. Dann dankte er ihm dafür, daß er Rheged zu Hilfe kam, und bat uns eilig in seine Halle. Er erklärte laut, daß niemand in solchem Wetter draußen bleiben sollte. Die Krieger hängten ihre durchweichten Umhänge am Feuer auf und setzten sich an den Tischen nieder, während Uriens Diener den Met brachten. Die Halle war überfüllt, obwohl Urien ein paar von seinen eigenen Männern hinausgeschickt hatte, damit Platz für uns war. Aber nachdem wir den Met gekostet hatten, vergaßen wir das alles. Nach dem Willkommensbecher folgte ein Fest, und es gab noch sehr viel mehr Met. Die Harfe wurde herumgereicht, und die Krieger sangen prahlerische Lieder über ihre Fähigkeiten und redeten laut darüber, wie sie die Nordsachsen vernichten würden. Taliesin sang ein Lied über die Schlacht am Bassas-Fluß, und man brüllte ihm laut Beifall. Zum erstenmal seit Wochen war mein Herz leicht.

Nach dem Lied rief Urien mich zu sich und gab mir einen Platz zu seiner Linken am Hohen Tisch. Ich sei ja schließlich sein Neffe. Ich dankte ihm, aber ich deutete an, daß auch Agravain sein Neffe war.

»Aber natürlich!« sagte Urien und schnippte mit dem Finger »Das ist der Name des anderen! Ich hab' immer gedacht ›Avairgain‹, und ich wußte, daß das falsch ist.« Urien rief Agravain auch zum Hohen Tisch. »Eure irischen Könige haben anscheinend alle den gleichen Namen. Entweder ist es Niall oder Eoghan oder Laeghaire für alle aus königlichem Clan.« Urien nahm einen tiefen Schluck aus seinem Trinkhorn und schüttelte traurig den Kopf. »Wenigstens hast du einen britischen Namen, Gawain. Und einen Namen, der sehr gut zu dir paßt, wenn Taliesin recht hat. Er hat bisher immer recht gehabt, also gibt es keinen Grund, das noch zu bezweifeln. Dieser Name, den muß dir deine Mutter ausgesucht haben.« Urien übersah völlig, wie Artus, Agravain und ich bei der Erwähnung meiner Mutter still wurden, und schenkte mir noch mehr Met ein. »Du hast einen vernünftigen Vater, weil er eine britische Frau geheiratet hat. Die Schwester meiner Morgan. – Wie siehst du denn die letzte Schlacht?«

»An das meiste erinnere ich mich nicht«, antwortete ich, zögerte und fügte dann hinzu: »Im Kampf überkommt mich ein Wahnsinn, Urien.«

Urien schaute mich einen Augenblick lang verwirrt an, aber dann ließ er das Thema mit einem Achselzucken fallen. »Wirklich? Ich wünschte, ein paar von meinen Kriegern würden auch verrückt in der Schlacht. Ich glaube, Drachen«, sagte er und wandte sich an Artus, »daß du die besten Kämpfer in ganz Britannien gestohlen und den anderen Königen den Rest übriggelassen hast – und außerdem ist dir auch noch mein bester Poet zugelaufen. Das tut mir noch immer leid! Ich werde nie wieder einen Barden finden, der Taliesin ersetzt – und ich werde jetzt langsam zum zahnlosen Löwen. Nein, lache nicht. Wenn du meinen Feldherrn kennenlernst, dann wirst du sehen, daß man darüber nicht lachen kann. Und mein Sohn . . .« Der König hielt inne. Ganz Britannien hatte schon von Uriens Sohn Owain gehört, der nach dem Gerücht ein Schwertheft nicht von einer Schwertspitze unterscheiden konnte. »Nun, wenn ich bessere Krieger hätte oder einen anständigen Feldherrn, noch vor einem Monat, als ich bei Aber yr Haf gegen die Scotti gekämpft habe . . .« Urien begann eine detaillierte Beschreibung dieses Kampfes.

Ich seufzte innerlich und hörte nur halb zu. Uriens Worte klangen, als ob er vorhätte, mir eine Stellung in seiner Truppe anzubieten. Er war mit Sicherheit kein zahnloser Löwe, aber er brauchte mehr Krieger. Und nach dem, was ich bis jetzt gesehen hatte, mochte ich ihn auch. Und mir gefiel Rheged.

Wenn ich bei Urien in Dienst trat, dann konnte ich Ehre gewinnen und trotzdem gegen die Sachsen kämpfen. Ich konnte Aldwulf bekämpfen, einen wirklich gefährlichen Mann, einen Mann, der viel eher mein Feind war als Cerdic. Aber Artus war es, der mit seinem Kampf einen Traum verwirklichen wollte, und wie er selbst gesagt hatte, war der Krieg ohne den Traum sinnlos. Ich beobachtete den Hohen König, als er begann, mit Urien darüber zu diskutieren, was man bei Aber yr Haf hätte tun müssen. Er benutzte Messer und Schüsseln dazu, das Land und die Streitkräfte darzustellen. Das flackernde Fackellicht glänzte auf dem Haar und glitzerte auf dem Gold seines Halsreifens. Sein Gesicht, das dem groben Schlachtplan konzentriert zugewandt war, schien das einzig Beständige in den wabernden Schatten der Halle zu sein. Neben Artus wirkte Urien so stumpf und rauh wie der Tisch aus Eichenholz. Ich nahm einen langen Schluck Met und stellte das leere Horn nieder. Ich betrachtete weiter Artus.

Einen Tag lang blieben wir auf Yreckwydd, ehe wir wieder nach Südosten zogen, um das sächsische Königreich Deira zu überfallen. Urien kam mit uns und nahm zwanzig seiner Männer mit. Die sollten nur eine Ehrenwache darstellen. Denn in Wirklichkeit wollte er beobachten, wie Artus' Truppe focht. Der größte Teil von Uriens Heer wurde zur Wache an den Küsten zurückgelassen.

Wir ritten schnell wie immer. Die Sachsen bemerkten gar nicht, daß wir uns im Norden ihres Landes aufhielten, bis wir schon wieder abgezogen waren. Wir nahmen ein paar hundert Kopf Vieh und Schafe mit und einen großen Teil Beute. Eine Festung, die einem ihrer Häuptlinge gehörte, und einen Teil des Geländes ließen wir vernichtet zurück. Als die Nachricht von unserem Überfall den König von Deira, Ossa Großes Messer, erreichte, war der wütend genug, um sofort einen Gegenschlag zu wagen. Wir waren schon in Ebrauc, als er mit seiner Truppe und den paar hundert Männern, die er in der kurzen Zeit hatte auftreiben können, auf uns anmarschierte.

Wir gaben Caradoc von Ebrauc die Schafe, die wir weggetrieben hatten, und als Gegenleistung erhielten wir die Unterstützung von Caradocs Truppe. Artus glaubte nicht, daß wir Caradoc brauchten, aber der britische König wäre beleidigt gewesen, wenn wir ohne ihn auf seinem Land einen Sieg errungen hätten.

Das Scharmützel – eine Schlacht konnte man es eigentlich nicht nennen – war kurz und wild. Die Fußtruppen trafen zuerst auf die Sachsen, wie gewöhnlich. Es war ein guter Angriff den Hügel hinab, angeführt durch Cei. Der Feind wurde schwer angeschlagen. Und wie gewöhnlich griff die Reiterei von der Flanke an. Die sächsischen Truppen gerieten in Panik, der Schilderwall war zerschlagen, und Ossa und seine Krieger, die geschickter waren, schafften es, sich zu sammeln und zurückzuziehen. Aber sie erlitten schwere Verluste, und wir verfolgten sie bis zur Grenze von Deira. Ich schlug einen sächsischen Häuptling nieder und gewann von ihm ein sehr schönes Kettenhemd. Das freute mich. Der Rest der Beute, auch das, was wir bei dem Überfall genommen hatten, ging nach Yreckwydd.

Sowohl Caradoc als auch Urien waren überrascht über die Geschwindigkeit und Gründlichkeit des Sieges. Es wurde viel gratuliert, und man gab sich große Geschenke, und Caradoc ließ ein Fest ansetzen. Es war ein besonders glanzvolles, und viel von dem sächsischen Hammelfleisch, das wir Caradoc gegeben hatte, wurde verzehrt. Es wurden auch große Mengen Met und Wein getrunken. Taliesin sang von dem Gefecht. Er sang Loblieder über die Lebenden und die Toten. Auch mir widmete er einen Vers: »Ich will das Lob singen dem Gawain – dessen Schwert ein Blitz war, ein Blitz über die Sachsen. Es leuchtete in der roten Flut, der Stolz der Schlacht . . .« Und so weiter. Urien trommelte bei diesem Vers auf den Tisch, und Artus schaute finster drein. Agravain, der das böse Gesicht sah, richtete sich wütend auf, und Cei grinste ihn sardonisch an. Immer wieder warfen die beiden einander während des Abends wilde Blicke zu.

Am folgenden Morgen schickte Caradoc einen Boten an

mich. Als ich Caradocs Gemach betrat, bot er mir eine Stellung in seinem Heer an. Ich lehnte ab.

Er runzelte die Stirn. »Ich habe Geschichten gehört, die mich dazu veranlaßt haben, dir ein Angebot zu machen«, sagte er mir mit seiner trockenen, ruhigen Stimme. Trotzdem hätte ich nicht gedacht . . . Was erhoffst du dir von deiner Ablehnung?«

Ich lehnte mich gegen die Wand und befingerte eine goldene Fibel, die ich im Kampf gewonnen hatte. »Ich erhoffe mir einen Platz in der Runde.«

Caradoc schüttelte den Kopf. Er war ein kurzgewachsener, scharf kalkulierender Mann, der mehr wie ein Mönch als wie ein König aussah. »Ich glaube nicht, daß du einen bekommst. Artus hat irgend etwas gegen dich. In der vergangenen Nacht habe ich mit ihm darüber gesprochen.«

Ich ließ die Hand sinken und stellte mich gerade hin. »Hat er dir gesagt, was er gegen mich hat?«

»Das weißt du nicht? Nein, er hat mir nur gesagt, daß er dich der Zauberei verdächtigt. Ich persönlich halte es für absurd, einen Krieger zu verdächtigen, der sich in der Schlacht bewiesen hat. Ich wäre gewillt, dir den zweiten Platz unter meinem Feldherrn einzuräumen, den Rang eines Tribunen . . .«

»Ich danke dir, Herr. Es ist ein edles Angebot, viel großzügiger, als ich es verdiene. Aber ich will auf Artus warten. Vielleicht ändert er seine Meinung noch.« Ich verbeugte mich vor Caradoc.

Der legte die Finger zusammen, starrte mich einen Augenblick an, lächelte dann trocken und nickte. »Du kannst es dir leisten, zu warten. Das glaube ich wenigstens. Sag mir, ist es nur die Kampflust und die Sehnsucht nach Ruhm, die Männer dazu veranlaßt, Artus ap Uther zu folgen? – Ich frage dies als König, als ein Mann, der mehr Männer braucht und nicht weiß, wie er sie kriegen soll.«

Ich schüttelte den Kopf. »Es ist nicht nur der Krieg und der Ruhm. Bran von Kleinbritannien war gewillt, sein Leben und das Leben seiner Gefolgsleute für Artus zu riskieren, damals, als er noch Uthers Bastard und nicht Hoher König war. Männer gehen zu ihm, weil er Artus ist . . . Er sagt, er will das Kaiserreich wiederherstellen.«

»Du bist kein Römer. Was bedeutet dir das Kaiserreich?«

»Sehr wenig«, gab ich lächelnd zu. »Aber das Reich, das Artus errichten will, bedeutet mir viel. Ich bin gewillt, zu warten und zu hoffen, bis Artus das einsieht.«

Caradoc seufzte. Es war ein kurzer, scharfer Seufzer des Überdrusses. »Das haben mir andere auch gesagt. Sie würden lieber für Artus kämpfen und verhungern, als bei anderen Königen hohe Ehren zu erringen. Und immer sagen sie, er sei ein ›großer Kaiser‹ oder ›er wird das Reich erneuern‹ oder ›er wird das Licht erhalten‹. Nun gut, Gawain von den Orkneys. Viel Glück, während du wartest!« Caradoc erhob sich und reichte mir die Hand. »Aber wenn du deine Meinung noch änderst, ehe Artus seine ändert, oder wenn du Urien nicht so gern folgen möchtest, dann halte ich dir deinen Platz bei mir frei. Du bist ein tapferer Mann und ein guter Krieger, und das hab' ich auch dem Pendragon gesagt. Ich glaube, dein Artus bereitet sich wieder auf die Abreise vor. Ich glaube, du gehst am besten zu ihm.«

Ich verbeugte mich tief und ging. Ich schloß leise die Tür hinter mir.

Da Ossa so bald nach dem ersten Überfall keinen zweiten erwartete, überfielen wir ihn doch ein zweites Mal. Wir nahmen das Gebiet im Süden des ersten Überfalls und konzentrierten uns auf das neubesiedelte Grenzstück. Ossa weigerte sich, den gleichen Fehler zweimal zu machen, und wartete darauf, bis er seine Armee vollzählig versammelt hatte. Dann marschierte er uns entgegen. Aber genau das war ein noch schlimmerer Fehler, denn er ließ seine königliche Festung, Cataracta, unter leichter Bewachung zurück, während er langsam in die Gegend zog, wo wir nach den letzten Berichten sein mußten. Wir aber umkreisten ihn, so schnell wir unsere Pferde treiben konnten, durch Ebrauc, ließen die Beute vom Überfall dort und drangen ins Herz von Deira vor. Wir nahmen Ossas Festung, transportierten all die angehäufte Beute nach draußen und brannten soviel wie möglich von der Festung nieder. Dann zogen wir uns wieder nach Caer Ebrauc zurück. Die Menge der Beute überraschte uns. Ossas Überfälle waren offenbar auch erfolgreich gewesen. Ossa hatte versucht, uns zu folgen, als er hörte, daß wir wieder in Deira waren, aber er kam zu spät nach Cataracta. Es war Erntezeit, und er mußte seine Armee entlassen und versuchen, den Schaden wiedergutzumachen. Auch seine Krieger mußte er beschwichtigen, denn die hatten ebenfalls ihre Güter verloren.

Urien war entzückt.

»Bei der Sonne und den himmlischen Heerscharen«, sagte er zu Artus, als wir wieder in Caer Ebrauc feierten. »Noch diesen Winter wirst du sie geschlagen haben!«

Artus schüttelte den Kopf. »Von jetzt an wird es schwerer werden. Sie wissen, wie schnell wir reiten können. Und ihrer Armee können wir noch immer nichts entgegensetzen. Das wissen sie. Ich glaube, sie haben gelernt, ihre Überfälle nicht zu tief in britisches Territorium hineinzuführen, weil wir sonst zurückschlagen. Aber sie werden sich jetzt schützen, und wahrscheinlich unternehmen sie kürzere Überfälle. Nun, wenn es so weitergeht – dann schaffen wir die Sachsen vielleicht bis zum Sommer.«

Urien lachte. »Zum Sommer? Ich kämpfe jetzt seit Jahren, und ich bin froh gewesen, daß ich mein Eigentum bis jetzt behalten konnte. Ja, du hast gute Krieger, die wissen, wie man einen Krieg führt. Dein Freund Bedwyr scheint mir in der Lage zu sein, die ›Familie‹ ganz allein zu führen« – Bedwyr, der wie immer in der Nähe Artus' saß, lächelte über das Kompliment, aber er machte eine abwertende Geste. »Und Cei ap Cynryr ist ein Mann, der in jeder anderen Truppe Feldherr sein könnte. Und Gereint und Goronwy und Cynan und mein Neffe Agravain, die haben sich ihren Ruhm auch wohl verdient, das ist doch klar. Keiner von meinen Gefolgsleuten kann es ihnen gleichtun. Außerdem muß ich meine Küsten bewachen, oder die dreimal verdammten Iren würden mir die Festung unter dem Hintern wegbrennen.« Urien machte eine Pause und nahm noch einen Schluck von Caradocs Wein. Dann schaute er Artus mit einem Glitzern in den Augen an. »Und Gawain ap Lot, der kämpft so gut, daß die Poeten Lieder darüber machen, auch wenn er nicht zur ›Familie‹ gehört.«

Artus zuckte die Achseln und wechselte das Thema.

Agravain starrte Artus wütend an und hackte dann finster auf das Stück Wildkeule los, das vor ihm lag. Cei wiederum starrte Agravain an, und beide warfen dann einen fragenden Blick auf Bedwyr. Bedwyr war sowohl Ceis als auch Artus' Freund, und Cei erwartete, daß der Bretone sich bei der Debatte um Artus' dauernde Ablehnung meiner Dienste auf seine Seite schlug. Viele der Krieger, die meine Art zu kämpfen bewunderten und die es für gut hielten, daß ich anderen Königen nicht dienen wollte, diskutierten endlos über Artus' Gründe und gaben ihm häufig die Schuld. Dadurch wiederum ergaben sich Zwistigkeiten unter den Kriegern. Bedwyr allein versuchte neutral zu bleiben, und Cei ärgerte sich über diese Neutralität.

»Ja, es ist wahr, Falke der Schlacht«, meinte Urien, während er Artus' Themawechsel ablehnte und sich mir wieder zuwandte. »Wie ist das Scharmützel verlaufen, das einen halben Tagesritt südöstlich von der Grenze stattgefunden hat? Ich war nicht dabei.«

Urien bedauerte es immer, wenn er einen guten Kampf verpaßte. Ich hatte ihm das Scharmützel schon erzählt und fragte mich, ob er mir wohl auch einen Platz in seinem Heer anbieten würde. Offenbar wartete er auf seine Chance, und ich glaube, daß er wie Caradoc Artus privat ein bißchen ausgefragt hatte. Aber offenbar glaubte er die Antworten nicht, die er bekommen hatte. Vielleicht wartete er darauf, daß ich müde wurde und Artus verließ, ehe er sein Angebot machte. Er hatte mir Geschenke gegeben, einen Mantel aus bestickter Seide, importiert aus Italien, und einen sehr schönen Schild mit einem Schildbuckel aus Emaillearbeit. Der Schild war viel zu schön, als daß man ihn benutzen konnte. Urien war ein großzügiger

Mensch, er war offenherzig, er war mutig in der Schlacht, er war loyal und liebte Met, Musik und Frauen. Er war ein guter Mann, ein Mann, dem man trauen konnte. Aber ich wollte ihm nicht folgen. Zu vielen Dingen gegenüber war er blind. Das einzige Land, das er kannte, gehörte seinem eigenen Clan, und er fühlte den Clans gegenüber, die ihm Gefolgschaft leisteten, nur ein bißchen vage Verantwortlichkeit. Auch die Pflichten Artus gegenüber waren ihm nicht ganz klar. Er besaß nichts von Artus' Klarblick, Artus' strahlendem Verstand, nichts von seiner Gewohnheit, sowohl sich selbst als auch seine Besitztümer seinen Zielen zu opfern, und nichts von seiner Höflichkeit und Fröhlichkeit. Auch Uriens Truppe war nicht die »Familie«. Ich kannte die »Familie« jetzt, und es war wirklich eine. Es war eine Gruppe von Brüdern. So mußte es gewesen sein in der Truppe des CuChulainn. Dort wurden Mut und Ehre als selbstverständlich angesehen, und alles war voller Glanz und Lachen. Obwohl Artus mich noch immer nicht akzeptieren wollte, hatte ich nicht den Wunsch, zu gehen.

Urien wäre länger bei uns geblieben, denn er genoß die Kampagne gründlich, aber während wir uns in Ebrauc aufhielten, empfing er schlechte Nachrichten aus Rheged. Sein Feldherr hatte in wirklich spektakulärer Idiotie sich selbst und den größten Teil seiner Truppe von einer Bande Räuber in die Falle locken lassen, die drei zu eins in der Überzahl waren. Der Feldherr verlor fünfzig Mann auf der Flucht. Darüber hinaus häuften sich im Verlauf des Sommers die Überfälle von der See her, und Urien wurde in Yreckwydd gebraucht. Wir schickten ein wenig von der Beute mit ihm zurück.

Artus freute sich sehr über die Beute. Damit würde die »Familie« einige Zeit auskommen, und weil wir Urien und Caradoc so viel hatten abgeben können, konnten wir sie später um Unterstützung bitten, wenn uns die Vorräte ausgingen. Außerdem waren Urien und Caradoc beeindruckt genug gewesen, um uns später ihre Armeen zur Verfügung zu stellen, wann immer Artus darum bat. Die Leute in den Königreichen waren möglicherweise auch beeindruckt genug, um dem Ruf zu den

Waffen zu folgen. Die Runde war stolz auf sich selbst, auf ihre Kraft und auf ihren Ruf. Aber wir waren müde. Es war ein harter Sommer voller Kämpfe gewesen, und der Winter würde uns wegen seiner Ruhe willkommen sein. Unsere Müdigkeit machte uns gereizt, und es gab Streit. Zwischen einzelnen Mitgliedern der Runde kam es fast zu Kämpfen. Artus konnte diese Kämpfe nicht immer verhindern, aber sie störten jeden.

Vielleicht war der nächste Überfall durch diese Müdigkeit und Anspannung ein Fehlschlag. Aber wahrscheinlich versagten wir, weil wir Bernicia angriffen.

Bernicia liegt eigentlich dichter an Rheged als an Deira, aber Ossa von Deira hatte die meisten Überfälle geführt, und deshalb wollte Artus zuerst ihn schwächen. Jetzt, wo sich Ossa zeitweilig ruhig verhielt, wandten wir unsere Aufmerksamkeit Bernicia zu.

Nachdem wir in schnellem Tempo an der Grenze von Deira und Ebrauc entlanggeritten waren, brachen wir in den südlichen Teil des Landes ein. Über die Hügel gab es eine gute Straße, eine Römerstraße, denn wir befanden uns noch immer südlich des Walles. Das ganze Land, das nicht bearbeitet wurde, war dicht bewaldet. Es war voller Seen, und man konnte sich leicht darin verstecken. Es ist auch ein reiches Land: In den zwei Tagen des Überfalls, die wir bis zum Wall brauchten, brachten wir über zweihundert Stück Vieh an uns. Wir waren zuversichtlich, nein, wir waren sicher, daß Aldwulf es nicht wagen würde, uns anzugreifen, ehe er seine Armee zusammenhatte. Und zur Erntezeit würde das einige Zeit dauern, selbst wenn er eine Invasion erwartet hatte.

Dann, am dritten Tag des Überfalls, kam einer unserer Kundschafter in vollem Galopp zu Artus heran. Er zügelte sein übermüdetes Pferd und keuchte die Nachrichten. Aldwulf befand sich innerhalb eines halben Tagesrittes westlich von uns, und es war ihm gelungen, sein Heer zusammenzubringen.

Gleichgültig, wie vorsichtig er geplant hatte oder wie leise er sich bewegte, wir wußten alle, daß Aldwulf dazu eigentlich nicht in der Lage hätte sein können. Wir waren zu schnell von

Caer Ebrauc hergeritten, und er konnte kaum schneller als vor einem Tag die Nachricht von unserer Anwesenheit erhalten haben. Und dann dauerte es noch immer ziemlich lange, eine Armee mit der ihr eigenen Langsamkeit von Gefrin im Norden heranzuführen. Um das zu tun, was er getan hatte, hätte Aldwulf unsere Pläne in dem Augenblick entdecken müssen, in dem wir Caer Ebrauc verließen. Er hätte sofort nach Süden ziehen müssen, indem er seine Armee auf dem Weg einsammelte. Kein Bote kann so schnell reiten. Wir sprachen nicht darüber, aber wir ahnten alle, wie Aldwulf Fflamdwyn unsere Pläne herausbekommen hatte.

Eilig wandten wir uns nach Süden. Aldwulf hatte nicht alle Männer bei sich, die er zusammenbringen konnte, aber seine Armee war trotzdem ziemlich groß. Es waren über fünftausend Mann, und er hatte auch seine eigene Truppe bei sich. Die Runde bestand aus sechshundertdreiundzwanzig, denn einige lagen krank in Caer Ebrauc, und ein paar andere begleiteten Urien mit der Beute nach Rheged. Wir waren daran gewöhnt, gegen die Überzahl zu kämpfen, aber die Sachsen hatten jetzt den Vorteil ihres eigenen Landes, und sie besaßen Alliierte im Süden. Im Norden stand der Hadrianswall, im Osten war die See, und im Süden lauerte Ossa. Wir zogen es vor abzumarschieren. Aber wir waren noch nicht weit nach Süden gelangt, als wir entdeckten, daß Ossa sich uns mit einem Teil seines Heeres und mit seiner ganzen persönlichen Truppe näherte. Die Zahlen waren so, daß wir sie hätten schlagen können, aber dann wären wir Aldwulf zum Opfer gefallen, der uns, nach dem, was die Kundschafter sagten, nach Süden folgte und sich im Westen hielt. Das ganze Land hatte sich gegen uns erhoben, an jeder Straßenwende gab es Hinterhalte, und wir mußten unsere Geschwindigkeit drosseln. Der einzige Fluchtweg, so entschied Artus, war ein Angriff auf den stärksten Feind; wir mußten uns durch die bernicische Armee hindurchschlagen.

Wir kampierten am Fluß Wir, der zwischen uns und den Sachsen lag. Artus rief die Runde zusammen, um uns zu sagen, was wir tun mußten. Eine Weile schwieg er und schaute zögernd seine Krieger an. Dann sprach er ruhig und beherrscht. »Heute um Mitternacht werden wir das Lager abbrechen und Fflamdwyns Armee angreifen.«

Ein Gemurmel wie Wind in den Bäumen flog über die Runde. Dann erstarb es wieder. Der Gedanke an unseren Tod war uns immer nah, er machte uns keine Angst.

Artus lächelte sehr sanft und sehr strahlend. »Wir werden zu Pferd durch sie hindurchreiten, wenn wir es überhaupt schaffen. Also lassen wir das Vieh und die Beute hinter uns. Fflamdwyn lagert auf der anderen Seite des Dubhglas-Flusses, weniger als vier Stunden Ritt. Ohne Zweifel weiß er, daß wir kommen, aber wir werden doch den Vorteil der Dunkelheit haben und, wie ich hoffe, eine große Verwirrung. Wir reiten in Speerspitzen-Formation, die besten der Reiter zuerst, der Rest an den Rändern, und diejenigen, die normalerweise zu Fuß kämpfen, in der Mitte. Wenn die Spitze unseres Speeres durchgeht, dann werden wir entkommen. Aldwulf wird viele von seinen Männern verlieren und den größten Teil seiner Glaubhaftigkeit, während uns im großen und ganzen nichts geschieht. Wenn die Speerspitze aber nicht durchgeht . . .« Wieder schaute er seine Truppe an. »Ich möchte euch nicht deutlich machen, daß es keinen anderen Fluchtweg gibt. Ich möchte euch auch keine Beispiele und Hinweise darauf geben, wie schlecht eure Lage sein wird. Wenn unser Speer bricht, dann werdet ihr sicher töten, ehe ihr getötet werdet, und es wird eine Schlacht werden, über die man in ganz Britannien singt. Seid ein Licht, das gegen die Finsternis leuchtet. Ihr seid meine Krieger, meine geliebten Brüder. Ich weiß, daß ihr euch nicht ergeben werdet.«

Sie brachen noch nicht einmal in Hochrufe aus. Ihr Schweigen war viel mehr Zustimmung als Hochrufe. Artus lächelte noch einmal, ein Licht glänzte in seinen Augen. Die Abendsonne fiel auf ihn und auf den Fluß mit seinen grasigen Ufern und auf den Wald dahinter, der vom Herbst schon halb kahl war. Die Sonne leuchtete über den Reihen der Männer und Pferde mit ihren Rüstungen und Waffen, die von starker Benutzung stumpf geworden waren. Alles war so still wie ein Waldsee mitten an einem Sommertag. Jeder Mann sah aus wie aus Gold geschmiedet, fern der Welt, fern von Zeit und Krieg, eine unsterbliche, unvergängliche Schöpfung. Und der Traum war echt. Und dann brüllte eine von den Beutekühen, ein Pferd wieherte, und der Bann war gebrochen.

»Ich reite an der Spitze der Truppe«, fuhr Artus energisch fort, »und mit mir Bedwyr, Gereint, Cynan, Rhuawn, Maelwys, Llenlleawg, Sinnoch ap Seithfed, Trachmyr, Gwyn ap Esni, Moren ap Iaen, Morfran ap Tegeid und . . .« Sein Blick fiel auf mich, und er hielt inne. Dann fuhr er im gleichen Tonfall fort: »Gawain ap Lot.«

Er fuhr fort und teilte den Rest der Truppe ein. Er gab Befehle für den Abbruch des Lagers und das Zurücklassen der Beute, er gab Anweisung, wo der Fluß zu überqueren war und wo man sich treffen sollte, wenn man getrennt wurde. Aber ich hörte nicht richtig zu. Er hatte mir den Befehl gegeben, mit seinen besten Männern in seiner Nähe zu reiten, an der Speerspitze der Truppe, am Ort der größten Gefahr. Artus war nicht der Mann, so etwas zu befehlen, es sei denn . . .

Ich wartete ungeduldig, bis der König zu Ende geredet hatte. Dann eilte ich zu ihm hinüber. Der größte Teil der Truppe saß noch um ihn versammelt. Fast alle hatten in dem Disput über mich entweder bei Agravain oder Cei Stellung bezogen, und jeder war am Ausgang interessiert.

Artus hatte sich gerade dem Feuer zugewandt, wo er einen Teil von Aldwulfs Vieh zum Essen braten lassen wollte. Aber er sah mich kommen und wartete. Sein Gesicht war noch immer ganz still und ausdruckslos. Ich kannte diesen Blick, und der Ansatz einer Hoffnung starb wieder.

»Herr«, sagte ich ruhig, »du hast mir befohlen, neben dir einen Platz einzunehmen im Gefecht gegen die Sachsen.«

»Das habe ich«, sagte Artus kalt. Es entstand ein Augenblick des gespannten Schweigens, und einer der Krieger sagte fast etwas, aber er entschied sich dann doch anders. »Wenn du willst, dann kannst du ablehnen. Du bist nicht mein Krieger.«

Ich schüttelte den Kopf. »Nein, Pendragon. Es liegt mir nichts daran, abzulehnen.« Plötzlich stieg die Erinnerung an den blutigen und erschöpfenden Sommer, an all die Bitterkeit der ausgelöschten Hoffnungen in mir auf. Ich sagte: »Du weißt, daß ich nicht ablehnen werde. Du weißt, daß ich für dich kämpfe, habe ich dir das nicht schon ein dutzendmal gezeigt? Aber ich will wissen, warum.«

»Ich erkenne Notwendiges«, antwortete Artus. »Wenn meine Truppe überleben soll, dann müssen wir den Schilderwall durchbrechen. Du kannst vom Pferd aus sehr fachmännisch töten, Gawain von den Orkneys, und – ja, ich weiß, daß du kämpfen wirst. Deshalb benutze ich dich, damit du meiner Truppe und Britannien hilfst. Ich wünschte, ich müßte es nicht.«

»Das ist nicht das, was ich hören wollte«, sagte ich schnell und leise. »Warum lehnst du mein Schwert ab und benutzt es doch gleichzeitig?«

»Ich habe gesagt, daß ich nicht den Wunsch habe, es zu benutzen«, erwiderte Artus, und die Kälte wurde scharf und zornig. Agravains Gruppe in der Runde rührte sich und murmelte. Die Luft war dick vor Anspannung. »Warum bist du geblieben? Jeder König in Britannien wäre überglücklich gewesen, dich zu nehmen. Dennoch lungerst du ungebeten um mich her, mit deinem Töten und deinen Zaubereien und dem Fluch deiner Mutter und der Finsternis . . .«

Irgendwie berührte meine Hand das Schwert. »Davon weißt du nichts. Warum bestehst du auf deiner Annahme, daß ich meine Mutter anbete? Wenn ich zaubern könnte, Artus Pendragon, dann würde ich nicht um dich herumlungern und immer weiterstapfen und immer weiterkämpfen – denn im Gegensatz zu dem, was du glaubst, töte ich nicht gern. Dennoch könnte ich ein Werk tun, das ganz Britannien von dir fordern würde, daß du mich akzeptierst. Ich schwöre den Eid meines Volkes, ich hasse die Zauberei, viel mehr als du. Denn ich kenne sie. Tappst du denn völlig in der Finsternis?«

»In Gottes Namen, was willst du also?« brüllte Artus. »Was

hast du denn getan außer töten und meine Truppe zerspalten, seit du zu mir kamst? Ja, du hast Ruhm gewonnen, Reichtümer und Ehre für dich – soll ich dich dafür belohnen? Willst du, daß ich all diese Dinge als rechtens annehme, als gut und edel? Glaubst du denn, ich akzeptiere die Kenntnisse, von denen du sprichst, die Kenntnisse über die Finsternis?«

»Was weißt du von meiner Finsternis?« schleuderte ich ihm ins Gesicht.

»Was weißt du von meiner?« wollte er wissen. »Zuviel vielleicht.« Er richtete sich auf; er war größer als ich, und der Blick seiner Augen war so bitter und kalt, daß er schrecklicher auf mich wirkte als irgendein Zorn. »Jetzt hast du meine Truppe geteilt, so daß ich den Riß kaum noch heilen kann, und dennoch muß ich dich bitten, dein Leben mit mir zu riskieren, an einem Ort, wo keine Zauberei dir helfen kann. Wenn der Schilderwall hält. Und deshalb . . .« Er holte tief Atem, und ich sah mit Überraschung, daß Schweißperlchen auf seinem Gesicht standen. »Wenn wir den Schilderwall durchbrechen und überleben, dann werde ich dein Schwert akzeptieren. Das schwöre ich beim Licht und bei meinem Glauben an die Erlösung. Freu dich, Sohn der Morgas. Du hast gewonnen.«

Und er wandte sich ab und ging weg. Sein Schritt war schnell und leicht, als er in der sinkenden Dämmerung verschwand.

Eine Weile stand ich da und starrte hinter ihm her, selbst als er schon fort war. Agravain kam heran und packte mich an der Schulter, aber ich schüttelte ihn ab. Die anderen Krieger, die fast so betäubt wie ich waren und die die Geschwindigkeit der Entscheidung verwirrte, blieben noch einen Augenblick. Dann gingen sie langsam zu ihren Feuern und unterhielten sich leise.

Ich stand still da, eine Hand noch immer am Schwert. Dann verließ ich das Lager und ging zum Fluß hinüber. Ich setzte mich hin und legte meinen Speer ins Gras. Herbstblumen standen hier und da in struppiger Blüte am Wasser, und der Abendstern ging auf. Er warf ein sanftes, goldenes Licht, das sich im dunklen Wasser widerspiegelte. Der Frieden der Welt schien die tödliche Geschwindigkeit der Kämpfe der Menschen Lügen zu strafen, und auch meine innere Verwirrung. Ich lehnte meine Arme auf die Knie und starrte in die Fluten hinaus.

Artus würde mich akzeptieren, wenn der Schilderwall in dieser Nacht gebrochen würde. Das war es doch, was ich wollte, oder? Immer und immer wieder stellte ich mir diese Frage, und immer antwortete ich mir selbst: »Ja, aber so nicht. Ich will es nicht, wenn seine Ehre ihn dazu zwingt.« Aber was dann? Vielleicht würde ich in der betreffenden Nacht sterben, dann brauchte ich mich nicht zu entscheiden. Aber wenn es nicht mein Schicksal war, wenn ich überlebte, dann würde ich entscheiden müssen. Selbst wenn ich doch starb, ich wollte mit reinem Herzen meinem Tod begegnen.

Im letzten dunklen Glühen des verschwindenden Tageslichts zeigte mir das Wasser mein Gesicht. Es zitterte im Strom. Es war ein Gesicht wie das von Morgas. Immer Morgas. Ich bohrte meine Finger in den Boden, riß die Erde heraus und schleuderte sie, um das Spiegelbild zu zerschlagen. Das Wasser zitterte, aber es wurde wieder still, und das Bild kehrte zurück.

Jetzt nicht nur Morgas' Gesicht, dachte ich, sondern das Gesicht eines Kriegers. Ich ließ die letzten paar Monate vor meinen inneren Augen vorbeiziehen. Ja, ganz ohne Frage. Niemand würde mich jetzt mehr für einen Hörigen halten, einen Barden oder einen Druiden. Das, was aus mir geworden war, stand auf mir geschrieben, und jeder konnte es lesen. Ein Krieger – aber von welcher Truppe, unter welchem Herrn?

Es spielte eigentlich keine Rolle. Ein Krieger ist ein Krieger, und der ganze Krieg ist ein Sport, ein Spiel. Alle Kriege – außer Artus' Krieg, außer dem Krieg des Lichts.

Ich wandte meine Gedanken von meiner verletzten Ehre und Bitterkeit ab, an die ich mich so gewöhnt hatte. Ich sah das an, was wirklich passiert war. War es nicht gut gewesen, wie Artus gesagt hatte, daß ich Ruhm und Ehre und Reichtümer gewonnen hatte, daß ich Gold und Seide und schöne Waffen aus den Händen von Königen entgegennahm, die meine Dienste wollten? Ja, es war gut gewesen, süßen Met zu trinken und den Lobsängen der Barden zuzuhören. Es war schön gewesen, mit glänzenden Waffen im Kettenhemd auf Ceincaled in eine Stadt einzureiten, umflattert von meinem roten Mantel und glänzend vor goldenem Schmuck. Die Mädchen hatten mir nachgewinkt, und ich hatte ihnen zugelächelt. Der Krieg hat zuviel Glanz, zuviel Gold und schnelle Pferde, zuviel scharlachrote und purpurne Seide. Er ist schön, und man vergißt, wozu er da ist. Ich hatte es vergessen.

Ich zog mein Schwert. Man hatte es mir zu einem Zweck gegeben, und ich hatte diesen Zweck vergessen. Ein König hatte mir das Schwert gegeben, und ich hatte den König vergessen, dem ich die Treue geschworen hatte. Meine Hand umklammerte das Heft, fühlte, wie es mir paßte, als ob es ein Teil von mir war.

Artus hatte gesagt, ich hätte die Truppe geteilt. Ich packte das Schwert mit der anderen Hand und hielt es hoch. Ich preßte den kalten Stahl gegen meine Stirn. Ja, all der Streit, all der Zorn, die zerbrechenden Freundschaften, sie waren meine Schuld.

Aber ich hatte einen Teil von mir, der lange leer gewesen war, wieder angefüllt. Ich hatte Sehnsüchte befriedigt, die ich immer gehabt hatte und die ich nie verstand. Ich hatte das gewollt, und ich wollte es noch immer.

Morgas würde darüber erfreut sein, sagte ich mir. Sohn der Morgas, sei froh. Du hast gewonnen. Und jetzt, Gawain von den Orkneys, was wirst du tun? Lugh hat dich gewarnt, denn du hattest deine eigene Finsternis noch nicht besiegt. Aber du hast nicht auf ihn gehört, du hast die Finsternis in dir nicht erkannt. Artus wird dich akzeptieren, weil er zu ehrenhaft ist, um etwas anderes zu tun. Artus. Zuerst hat er dich ungerecht behandelt, aber das war nur ein kleiner Schatten auf seinem strahlenden Charakter. Was wußte ich von seiner Finsternis, von dem Mann innerhalb des Königs, von den Mächten, die ihn trieben, von seinen Zielen? Plötzlich sah ich, daß er menschlich war, unsicher. Ich wußte, daß ich früher nicht für ihn, sondern für mich gekämpft hatte. Ich hatte nichts getan, um sein Mißtrauen auszuschalten. Ich hatte viel getan, um es zu rechtfertigen. Und jetzt hatte ich den Wunsch zu kämpfen, für ihn, für ihn allein.

Licht, Herr, sagte ich still. Mein Hoher König, dem mein Schwert in erster Linie geweiht ist, befiehl mir. Das Schwert ist dein, und das Leben hast du mir gerettet. Du, mehr als Artus, bist derjenige, dem ich diene und für den ich kämpfe. Du bist der eine, dem ich gehorche.

Ich kannte schon die Antwort auf die Frage. Ich stand langsam auf und grüßte den Abendstern mit meinem Schwert. Meine Entscheidung stand fest. Das warme, rote Licht, das ich seit Monaten nicht mehr gesehen hatte, flammte wieder in Caledvwlchs Heft auf und glühte heller und noch zärtlicher, und es erhellte die Dunkelheit um mich. Ich würde für Artus kämpfen, in dieser Nacht. Und wenn Gott wollte, dann brach der Schilderwall. Wenn ich dann noch lebte, dann würde ich zu Urien von Rheged gehen und ihn um einen Platz in seiner Truppe bitten.

Ich ging zum Essen zurück an die Feuer.

Die Mahlzeit ging schnell vonstatten. Niemand hatte Hunger, aber jeder wußte, daß er essen mußte. Außerdem gehörte das Vieh Aldwulf, und die Tiere, die wir nicht aßen, ließen wir frei. Er konnte sie sich wiederholen. Nach der Mahlzeit versuchten wir zu schlafen. Einigen wenigen ist das vielleicht auch gelungen, aber ich konnte nicht schlafen. Kurz vor Mitternacht standen wir auf und brachen das Lager ab. Wir ließen die Beute zurück. Ich ging zur Palisade und sattelte Ceincaled.

»Dies wird das letzte Mal sein«, sagte ich auf irisch zu ihm, während ich mich in den Sattel schwang. »Danach, mein Liebling, gehen wir zu Urien, wenn wir es überleben.«

Er stellte die Ohren auf und stampfte, und ich spürte seinen Eifer und seinen wilden Stolz deutlicher, als ich das in den letzten Monaten gespürt hatte. Ich lachte in mich hinein und fuhr mit den Fingern durch seine Mähne. Wenn wir starben, dann war es eine gute Nacht zum Sterben, und es würde ein guter Tod werden.

Ich ritt zur Spitze der Truppe, und ich trieb Ceincaled nahe an Artus heran. Als alle bereit waren, zogen wir los, ohne daß ein Wort gesprochen wurde. Wir überschritten den Fluß – er war nicht tief – und ritten durch den Wald nach Nordwesten. Wir fächerten uns, damit das Reiten leichter wurde. Die Sachsen lagerten auf der anderen Seite des Dubhglas-Flusses, auf Land, das eigentlich britisch war. Drei Stunden lang näherten wir uns ihnen, dann zogen wir unsere Formation wieder zusammen und ritten vorsichtig weiter, während wir wenige Geräusche machten.

Aldwulf hatte Wachen aufgestellt, aber er brauchte sie nicht. Die Männer in seinem Lager waren schon seit mindestens einer Stunde wach, als wir ankamen. Alles war hell erleuchtet von Fackeln, die auf in den Boden eingerammten Speeren brannten. Wir waren still und ohne Lichter herangekommen, um es zu vermeiden, daß die Sachsen zusätzlich gewarnt wurden. Unsere Augen waren an die Dunkelheit gewöhnt, und das Fackellicht war hell genug, um einen Speer zu zielen. Artus zügelte sein Pferd kurz, als er oben auf dem Hang angelangt war, der zum Fluß hinunterführte. Er deutete auf die Speerspitze, die Strecke, die wir nehmen würden, und sprach leise. Wir alle wußten, was jetzt kam. Wir würden den Hang hinuntergaloppieren, durch die Bäume hindurch, in das Fackellicht hinein. Wir würden den Fluß überqueren und den Schilderwall angreifen, den die Sachsen auf dem anderen Ufer errichten würden.

Artus ließ die Hand sinken und spornte sein Pferd zum Galopp.

Wir folgten schweigend, und außer dem Stampfen der Pferdehufe und dem Klingeln des Zaumzeugs war nichts zu hören. Mein Kopf war leicht, aber es war ein anderer Wahnsinn, und ich fühlte mich voller Frieden.

Zuerst begriffen die Sachsen nicht, was geschah. Sie erwarteten uns, aber es war dunkel, und sie waren schläfrig, und sie erwarteten ein paar Fackeln oder eine Art Kriegsgeschrei oder eine Warnung. Sie hörten den Klang der Pferdehufe und fuhren zusammen, sie packten die Speere und schauten sich verwirrt um. Durch die Dunkelheit, den Wald und ihre lichtgeblendeten Augen konnten sie uns nicht sehen. Ich zog einen Wurfspeer heraus, als wir uns dem Ufer näherten, und schleuderte ihn mit aller Kraft. Verwirr sie. Wirf sie aus der Balance. Andere Speere zischten in die Sachsen hinein, richteten wenig aus, erschreckten aber und machten angst. Die Häuptlinge der Sachsen begannen mit Geschrei den Schilderwall zu bilden, und die Krieger gehorchten, aber zu langsam. Wir kamen aus dem Wald heraus und stürzten uns in den Fluß, das Wasser klatschte hoch und kalt um unsere Beine. Die Fackeln leuchteten und sprangen vor uns hin und her, die Bäume warfen lange Schatten, die wie in einem verrückten Traum hin- und herschwankten. Jetzt waren wir über den Fluß, schleuderten mehr Speere, und manche davon fanden ihr Ziel. Die Pferde schwammen kurz, strengten sich sehr an, ihre Augen rollten, und sie legten die Ohren zurück. Die sächsischen Speere gingen überall um uns herum nieder, und die Pferde galoppierten wieder. Wir kamen an den Schilderwall. Artus grinste. Er hielt seine Lanze gesenkt, um zuzustoßen. Der Schilderwall, der uns gegenüberlag, war drei Reihen dick. Mehr Krieger rannten herbei, um ihn noch zu verstärken. Sie brüllten und rollten wild mit den Augen. Wir näherten uns, griffen schweigend aus dem Nichts eine ganze Armee an, und plötzlich warf Artus den Kopf zurück und schrie: »Für Britannien, meine Brüder! Für mich!«

Und wir antworteten: »Für Artus!« Der Schrei kam von Herzen, und er war einstimmig. Es war ein Klang, der schrecklicher als der Tod war. Ich schleuderte meinen Wurfspeer und zog mein Schwert. Es flammte von weißem Licht, als wir das Ufer erreichten.

Mein alter Wahnsinn erfüllte mich nicht, aber ich brauchte ihn auch nicht. Ceincaled stieg, schlug mit den Hufen um sich, und ich beugte mich über seinen Nacken und ließ mein Schwert niedersausen. Ich kämpfte aus Liebe und um einen Traum, wie Artus. Es waren nur ein paar Augenblicke, nicht mehr. Hätten wir lange genug Zeit gelassen, daß unsere Geschwindigkeit sich verringerte, wir hätten es nicht tun können. Aber die Sachsen hatten Angst. Sie waren verwirrt und unsicher, und ihre Reihen brachen auseinander. Wir töteten sie auf allen Seiten, während wir durchritten, wir rissen ihnen die Fakkeln von den Pfosten und schleuderten sie ins Lager. Alles flammte auf. Wir hackten uns durch die Zeltseile und galoppierten weiter, und wir ließen einen Pfad der Zerstörung hinter uns. Dann stürzten wir uns in die Sicherheit der Wälder, und nur noch ein paar Speere fielen um uns nieder, jetzt, während wir die Nacht über ruhten.

»Gut gemacht«, sagte Artus leise, und dann brüllte er laut vor Freude: »Oh, herrlich gemacht!«

Wir verlangsamten unsere Pferde zu einem leichten Galopp. Wir dachten an die vielen Meilen, die wir noch zu reiten hatten. Hinter uns wurde der Himmel schon bleich vom ersten Grau der frühen Stunden, die den Morgen ankündigen.

16

Fast einen Monat lang hatte ich nicht die Chance, Artus zu sagen, daß ich die Runde verlassen wollte. Im Kampf hatte ich eine Wunde am Bein empfangen, eine schlimme Wunde, die durch den Zwanzigmeilenritt danach noch schlimmer wurde. Dagegen konnte man nichts machen. Wir hatten keine Angst, daß die Sachsen uns folgen würden – sie hatten keine Pferde und würden sich viel zu sehr mit ihren eigenen Verlusten beschäftigen müssen. Abgesehen davon, daß sie auch noch das gestohlene Vieh zurückholen mußten. Aber wir brauchten einen Platz, wo wir bleiben konnten. Mit einer Truppe von der Größe der Runde war solch ein Platz nicht leicht zu finden. Am Ende ritten wir nach Nordwesten, bis wir zu einem Clan kamen, der seinen Besitz in der Nähe des Hadrianswall hatte. Der Anführer war ein Mann namens Ogyrfan. Er war ein hochgewachsener, schwarzbärtiger Mann. In diesen Teilen des Landes besaß er wegen seines Reichtums und eines römischen Titels ein ziemliches Gewicht. Er fürchtete die Sachsen und sehnte sich nach der Wiedererrichtung des Reiches, und deshalb hieß er Artus willkommen. Er gab der Truppe Nahrung und einen Ort, wohin man die Verwundeten bringen konnte. Ich war froh darüber. Ich war schwach vom Blutverlust, und der Schmerz machte mich wirklich krank. Agravain und Bedwyr trugen mich zum Kuhstall – dem einzigen Gebäude, das für ein Lazarett zur Verfügung stand. Dort brach ich zusammen und blieb über eine Woche so liegen. In den ersten paar Tagen hatte ich das Wundfieber, und ich kann mich an nichts erinnern. Als ich mich genug erholte und wieder bei Bewußtsein war, sagte man mir, daß Artus und die Truppe schon abgezogen seien. Sie führten einen neuen Überfall durch. Die Truppe war durch den Sommer geschwächt worden, aber die Gelegenheit, die sich durch die augenblickliche Situation bot, war unwiderstehlich gewesen. Aldwulfs Glaubwürdigkeit bei den anderen Sachsen war, wie Artus vorhergesagt hatte, durch unseren Sieg ernsthaft geschwächt worden. Die Sachsen konnten nicht einsehen, wie dieser Sieg zustande gekommen war, denn Aldwulf hatte den Hohen König in der Falle und war in der Überzahl, und außerdem war er gewarnt worden. Aldwulf hätte uns ja entkommen lassen können. Ossa von Deira beschuldigte Aldwulf dieser Handlung, und seine eigenen Edlen schoben ihm auch die Schuld zu. Seine eigenen Untertanen, die ausgeraubt worden waren und jetzt keine Vorräte mehr hatten, schäumten vor Zorn, gaben Aldwulf allein die Schuld und verließen seine Armee. Die Erntezeit war fast vorüber, und auch Ossas Männer wollten zu ihren Bauernhöfen zurückkehren. Ossa selbst ritt nach bösen Streitigkeiten mit Aldwulf wieder zurück in seine Festung. Der König von Bernicia hatte also nur noch seine eigene Truppe übrig, und die bestand aus wenigen Bruchstücken. Auch er zog sich für den Winter in seine Festung zurück. So war das Land ungeschützt, und Artus griff Bernicia an und raubte es so frei aus, als ob es im Land überhaupt keinen König gäbe. Er vernichtete alle neuen Höfe an der Grenze und nahm Korn und Vieh mit, so daß es ein ganzes Jahr lang für die »Familie« ausreichte. Es blieb sogar noch etwas übrig für Geschenke.

Ich selbst allerdings blieb bei Ogyrfan, bis meine Wunde gut genug verheilt war, um zu reiten. Das dauerte fast einen Monat. Das Gehöft war schön gelegen, und normalerweise wäre ich froh gewesen, daß ich dort meine Zeit verbringen konnte. Das Haus stand in der Nähe des Walls, der sich über die geschwungenen Hügel und Felder wand und auf deren einer Seite er eine Abgrenzung bildete. Ein frischer, schnell fließender Bach strömte an den Häusern vorüber und bewässerte die Weide. Im Süden stieg das Land an, dort waren bewaldete Täler und heidekrautüberzogene Hügel, die mit dem Schatten der Berge verschmolzen. Ogyrfan war ein kraftvoller, intelligenter Mann, der sich den Dienern des Hohen Königs gegenüber unerwartet freundlich zeigte, und Ogyrfan konnte lesen. Er hatte noch nicht einmal etwas gegen die höheren Tributzahlungen einzuwenden, die Artus für angemessen hielt, und er sagte, der Pendragon nähme nur ein paar Kühe, während die Sachsen sie alle nahmen, wenn sie konnten. Das stimmte natürlich, aber eine Wahrheit wie diese hörte man selten von Menschen, die Tribut zahlten. Ogyrfans älteste Tochter, Gwynwyfar, war auch eine angenehme Gesellschaft. Ich hatte eigentlich nie mehr mit einer Frau gesprochen, seit ich Morgas verlassen hatte, denn meiner Mutter wegen hatte ich irgendwie vor allen Frauen Angst. Gwynwyfar brachte mich dazu, anders zu denken. Sie half bei meiner Pflege mit und sorgte auch für die Gesundheit der anderen, und sie kümmerte sich in Vertretung ihres Vaters um den Besitz. Sie war stark genug, um, ohne zu zucken, Gruffyd dem Chirurgen bei der Arbeit zu helfen, und sie war schwach genug, um den Sturm zu fürchten oder über das Lied eines Vogels zu lachen. Gwynwyfar war vielleicht vier Jahre älter als ich; ihr Gesicht umhüllten Massen von tiefrotem, welligem Haar, und sie hatte lächelnde braune Augen. Eine Wärme ging von ihr aus, und sie besaß eine Grazie, die sie schön machte. Sie war auch klug und hatte sogar noch mehr gelesen als ihr Vater. Ich fühlte mich nicht von ihr angezogen, wie ein Mann von einer Frau angezogen wird, aber ihre Wärme berührte mich, berührte eine der Stellen in meiner Seele, die Morgas hatte gefrieren lassen.

Trotz all dieser Dinge war ich ungeduldig. Ich wollte gern weg. Caledvwlch fühlte sich schwer an meiner Seite an, und ich schärfte meinen Speer, bis seine Schneide den Wind verwunden konnte. Ceincaled, der Herr über die anderen Pferde auf Ogyrfans Feldern, rannte am Morgen immer am Zaun entlang und schnaubte weiße Dampfwolken. Er wollte los, nach Rheged, in den Süden, in den Norden, wohin, das spielte gar keine Rolle. Er wollte nur wieder unterwegs sein. Und meine Entscheidung war getroffen.

Endlich kam die Zeit Anfang Dezember, als mein Bein genug verheilt war, daß ich damit reiten konnte. Das Laufen fiel mir allerdings noch immer schwer. Ich schlang mir den Schild über die Schulter, nahm meinen Speer und bestieg Ceincaled. Die meisten anderen Krieger, die auch verwundet gewesen waren, hatten den Hof schon verlassen, und Gruffyd war mit ihnen abgezogen. Ein paar würden noch länger warten müssen. Der Wind war kalt. Er blies von Norden über den Wall und flüsterte von Schnee. Keine gute Jahreszeit zum Reisen. Aber vielleicht würde ich nicht weit reisen müssen. Zuerst nach Osten, um Artus und meinen Freunden meine Entscheidung mitzuteilen, und dann nach Westen, nach Rheged. Oder vielleicht auch nach Norden, dachte ich. Es gab nichts, was mich band. Ich konnte nach Norden gehen, nach Din Eidyn, und dort gab es vielleicht Schiffe, die bereit waren, die Irische See zu bezwingen und mich weiter nach Norden zu bringen, nach Dun Fionn. Nach Hause. Plötzlich überfiel mich das Heimweh, und ich erinnerte mich an meinen Vater und meine Verwandten, an das Schreien der Seevögel über den Klippen, an die hohen Wälle von Dun Fionn und an den Llyn Gwalch an der grauen Nordsee. Lot und mein Clan hatten jetzt bestimmt Berichte von mir, aber sie wußten sicher nicht, was sie denken sollten. Ich hätte eine Botschaft schicken sollen. Morgas würde es wissen, und auch sie stellte einen Grund dar, nach Hause zurückzukehren. Halb an sie gebunden, konnte ich nicht ewig weiterleben, sondern ich mußte mich ihr gegenüberstellen und das Problem lösen. Ja. Nach Norden. Am Piktenland vorüber zu den Inseln der Furcht, meiner Heimat.

»Übermittele dem Kaiser mein Lob und meine guten Wünsche«, sagte mir Ogyrfan. Er war gekommen, um Lebewohl zu sagen, und er zog den Mantel um sich, denn der Wind war kalt.

Ich nickte und grüßte ihn.

»Und ich wünsche dir eine schnelle Reise, Gawain, und achte auch darauf, daß du dein Bein nicht überanstrengst«, fügte Gwynwyfar hinzu. Sie hielt inne und sagte dann lächelnd einen der irischen Sätze, die ich ihr beigebracht hatte. »Slan lead« – lebe wohl.

»Slan lead«, antwortete ich und lächelte zurück. Dann wandte ich Ceincaled der Straße zu. Er tänzelte, warf den Kopf hoch und zerrte an den Zügeln. Er wollte los. Ich rief Ogyrfan und seiner Tochter ein Dankeswort zu und gab dann Ceincaled den Kopf frei. Ich ließ ihn rennen, die Straße hinunter, in den kalten, strahlenden Abend hinein. Wir zogen los, um alle Bande zu durchschneiden, die mich an die »Familie« fesselten.

Und warum sollte ich unglücklich darüber sein? fragte ich mich. Ich bin jung, stark und fähig. Ich habe Ceincaled, ich habe Caledvwlch, und der Herr, dem ich Treue geschworen habe, ist größer als irgendein anderer. Einen Platz bei Artus, nein. Aber ich bin frei, ich bin ein Krieger des Lichts. Und ich gehe nach Hause. Wer könnte sich mehr wünschen?

Ich beugte mich über Ceincaleds Nacken und drängte ihn weiter, und die winterstumpfe Erde rollte hinter mir unter seinen blitzenden Hufen davon.

Es war keine lange Reise. Artus hatte sich nach Norden gewandt und führte einen Überfall an der bernicischen Grenze im mittleren Teil dieses Königreiches durch. Ich überquerte den Hadrianswall und nahm die alte Straße an den Hügeln entlang. Es gibt dort auch eine Römerstraße, die gerader ist. Aber von der alten Straße aus kann man das Land betrachten. Ich folgte ihr den größten Teil des Tages; ich ritt im Trab, und nichts ereignete sich. Gegen Abend begann es zu regnen. Meine Finger froren ein, und der Wind schien mir immer direkt ins Gesicht zu blasen, gleichgültig, wohin die Straße sich wand. Mein Bein begann zu schmerzen, zuerst dumpf, dann bösartig. Als ich den Gipfel eines Hügels erreichte und unter mir das Lager sah, war das ein herrlicher, willkommener Anblick für mich. Die Feuer brannten rotgolden vor dem Schiefergrau der nackten Hügel. In dem dämmrigen Licht konnte ich die Palisaden sehen und eine zusammengedrängte Menge Vieh bei einem Halbkreis von Wagen, die den Sachsen abgenommen worden waren. Ich hielt Ceincaled an und starrte ins Lager hinab. Unten waren die Dungfeuer, und die Männer, die daran saßen, die sangen. Es gab heißes Essen und starken, süßen Met, die Krieger lachten und prahlten von ihren Taten und rissen Witze über die Taten der anderen. Ich wußte, daß es genauso war. Ich war ja ein Teil davon gewesen. Und jetzt war ich da, wo ich auf den Orkneys begonnen hatte, ich beobachtete alles aus der Entfernung.

Sei still, sagte ich mir. Du wirst leicht eine andere Truppe finden.

Und dennoch, wie konnte es eine andere Truppe geben, die der »Familie« ähnlich war, oder einen anderen König wie Artus?

Nun, ich konnte das alles wiederhaben, für diese eine, letzte Nacht. Ich berührte leicht Ceincaleds Flanken, und er begann sich den Weg nach unten zu suchen.

Wir waren nicht mehr als ein paar Fußbreit gekommen, als vor uns eine Gestalt heraussprang und die Arme schwenkte. Ceincaled wich zurück, verdrehte mir das Bein, und ich packte meinen Speer.

»Nein!« schrie die Gestalt. »Häuptling . . . Fürst . . .«

Ich schaute genauer hin und sah, daß es kein Sachse war, der mich aus dem Hinterhalt überfallen wollte. Es war nur eine zerlumpte britische Frau. Eine arme Frau, wenn sie meinte, daß ich wie ein »Fürst« aussah. Ich senkte meinen Speer und hielt Ceincaled an.

»Was gibt's?« wollte ich wissen. Ich wollte endlich ins Lager kommen.

»Fürst, verzeih mir. Ich habe dich auf dem Hügel gesehen, und ich hatte Angst. Aber als du auf das Lager zurittst, da wußte ich, du mußt einer von den Männern des Drachen sein. Deshalb dachte ich mir, ich muß ihn anhalten . . .«

»Wozu?«

Sie kam näher heran und packte meinen Fuß. Sie war etwa Mitte Dreißig, und ihr Haar war grau. Ihr Gesicht zeigte tiefe Falten. Die Frau eines armen Bauern.

»Fürst . . .«

»Was gibt's denn?« fragte ich wieder. »Der Pendragon nimmt keine neuen Diener an, wenn es das ist, was du wissen willst.« Es war unwahrscheinlich, daß sie deshalb in solch einer Nacht hergekommen war, aber möglich war es schon.

»Nein, Fürst. Es geht um meinen Mann. Ich habe gehört, daß es im Lager des Drachen von Britannien ausgebildete Ärzte gibt . . .«

Ich schaute sie mitleidig an. »Ist dein Mann verletzt?«

»Ja, großer Herr. Einige der Sachsen, die der Drache forttreibt, sind zu unserem Haus gekommen und wollten Essen haben. Mein Mann wollte ihnen nichts geben, und sie haben ihn mit der Waffe niedergeschlagen und sind geflohen. Unser Clan kann ihm nicht helfen. Ich habe gehört, daß der Drache fähige Heiler hat . . .«

»Wo ist euer Hof?«

Sie zeigte den steilen Hang des Hügels hinunter, nach Osten. Ich schaute den Westhang hinab zu Artus' Lager, und ich seufzte.

»Wann ist es passiert? Kann man deinen Mann bewegen?«

»Nein, großer Herr. Es war heute, um die Mittagszeit. Die schmutzigen Mörder sind geflüchtet, nachdem sie meinen Mann niedergeschlagen hatten, und sie haben die Pferde mitgenommen. Aber er konnte kein Pferd reiten, er ist zu krank. Und wir haben keine Wagen. Fürst . . .« Sie schüttelte meinen Fuß – »mein Mann ist verletzt. Er wird sterben, wenn ich keinen Arzt finde. Die Ärzte im Lager sagen, sie haben Arbeit zu erledigen und können nicht kommen, und ich müßte meinen Mann zu ihnen bringen. Du hast ein schnelles Pferd. Hilf mir!«

»Nun gut. Zeig mir den Weg zu eurem Hof.«

Sie packte meinen Fuß mit beiden Händen. »Mögen die Götter dich segnen, großer Herr! Möge Christus und alle Götter dich segnen! Es geht dort hinunter, über den Pfad, und dann weiter nach . . .«

»Du mußt mir den Weg zeigen«, wiederholte ich. Pfade auf

dem Land sind unbrauchbar für einen Fremden. »Komm.« Ich streckte die Hand aus. »Mein Pferd kann zwei tragen.«

Sie starrte mich an. »Fürst, ich habe noch nie . . .«

Ich seufzte, saß ab und half ihr hoch – Ceincaled mochte das gar nicht. Er scheute und schnaubte –, und dann saß ich hinter ihr auf. Sie zeigte mir den Weg, und der Pfad war schlecht. Ich brauchte fast eine Stunde, bis ich den Hof erreichte, und die Frau war ungeheuer beeindruckt über die Geschwindigkeit unseres schneckenlangsamen Ritts. Ihre Verwandten warteten schon.

»Aber das ist kein Arzt!« sagte ein alter Mann, der offenbar die Unruhe des ganzen Clans ausdrückte, denn alle nickten und begannen zu murmeln.

»Er ist ein großer Fürst«, sagte die Frau und glitt von Ceincaled herab. »Ich habe ihn auf dem Hügel gefunden, nachdem die Ärzte im Lager schon sagten, sie hätten viele Verwundete zu pflegen und könnten nicht kommen. Er hat ein Pferd, das schnell ist wie der Westwind auf den Bergen« – Ceincaled warf den Kopf hoch und schüttelte den Regen aus der Mähne – »und er will uns helfen, Gwilym zu den Ärzten zu bringen.«

»Gwilym kann nicht transportiert werden«, sagte der alte Mann.

Ich zuckte die Achseln. »Ich habe ein bißchen Ahnung von der Heilkunst. Laßt mich euren Verwandten sehen – und bringt mein Pferd aus dem Regen.«

Sobald ich Gwilym sah, wußte ich, daß es hoffnungslos war. Der sächsische Speer war glatt durch seinen Körper gedrungen, schräg durch die Lungen. Es war ein Wunder, daß er noch immer lebte, aber er würde mit Sicherheit nicht am Leben bleiben.

Die Frau schaute mich hoffnungsvoll an. »Was willst du tun, Fürst?«

Ich schüttelte den Kopf. »Ich glaube nicht, daß ich irgend etwas tun kann.«

Der alte Mann nickte. »Siehst du? Ich habe ja gesagt, zieh den Speer selbst heraus und besorge dir einen neuen Mann, wenn er stirbt. Aber renn nicht im Lager der Krieger herum wie eine Hure.«

Die Frau schaute mich nur an, und in ihren Augen spiegelte sich ihr Schmerz. »Aber du hast doch gesagt . . .«

»Da hatte ich ihn noch nicht gesehen. Männer mit solch einer Wunde sterben gewöhnlich innerhalb einer Stunde.«

»Du hättest ihn darum bitten sollen, einen Chirurgen mitzubringen«, sagte der alte Mann. »Der hier, der nützt uns nichts. Er ist ein Krieger. Was kann der von der Heilkunst wissen?«

»Die Ärzte wollten nicht kommen«, sagte die Frau. »Fürst, er ist mein Mann, er darf nicht sterben! Vielleicht ist es nicht so schlimm, wie du glaubst. Du mußt ihm helfen! Bitte, er ist mein Mann . . .«

Ich betrachtete Gwilym genauer. Er war bewußtlos, und das war sein Glück. Die Wunde sah nicht tödlich aus. Aber das kann man nicht immer genau beurteilen.

»Du mußt ihm helfen!« bettelte die Frau. »Großer Herr, du mußt es wenigstens versuchen!«

»Er kann nichts tun!« schnappte der alte Mann. Im stillen stimmte ich ihm zu, aber die Frau hatte recht. Ich mußte es versuchen.

»Gut. Ich will's versuchen. Bringt mir etwas heißes Wasser, schließt die Tür und heizt das Feuer mehr an.«

Ich versuchte es eine Stunde lang. Ich kämpfte gegen meine Erschöpfung und den Schmerz in meinem Bein und konzentrierte mich auf den Mann. Der Speerschaft, der noch immer in seiner Lunge eingebettet war, hielt ihn am Leben, aber er verlängerte nur seine Lebenszeit und seinen Schmerz. Trotzdem, die Wunde war gerade und sauber, und wenn ich den Speer herausholte, so dachte ich – wenn der andere Lungenflügel nicht verletzt war –, dann lebte er vielleicht. Ich arbeitete. Nach langem Kampf bekam ich das Stück Holz heraus, und eine Weile glaubte ich auch, daß es ging. Aber dann sackte der andere Lungenflügel zusammen und Gwilym starb. Die Frau, die mir geholfen hatte, fühlte, wie sein Herz aufhörte zu schlagen, gerade als er seinen letzten, blutigen Atemzug hustete. Sie packte ihn bei den Haaren und begann ihn darum zu bitten, weiterzuleben. Dann begrub sie ihr Gesicht an seiner Schulter und weinte. Die anderen Frauen des Clans begannen leise zu wimmern, die Kinder heulten und die Männer schrien. Der alte Mann nickte nur und meinte: »Ich hab' ja gesagt, er könnte es nicht.«

Ich fühlte nichts, noch nicht einmal Mitleid. Ich hatte nur den Wunsch, wegzugehen. Ich wusch ein bißchen von dem Blut ab, zog meine Tunika und mein Kettenhemd wieder an und humpelte zur Tür. Niemand sagte ein Wort zu mir, nur einer oder zwei starrten mich haßerfüllt an, denn ihr Verwandter war ja unter meinen Händen gestorben. Ich humpelte eilig hinaus, fand Ceincaled und arbeitete mich über den schmalen Pfad wieder den Hügel hinauf. Als ich Artus' Lager erreichte, waren die Feuer schon niedergebrannt. Mein Bein schmerzte wild, ich war durchweicht und halb erfroren, und ich wünschte mir nichts mehr als ein bißchen starken, warmen Met. Ein Wachposten hielt mich kurz an, aber als er mich erkannte, hieß er mich warm willkommen und fragte mich wegen meines Beines. Ich sagte ihm, es sei verheilt, und ich erzählte ihm auch, wie es den anderen Verwundeten ging. Da ließ er mich durch. Ceincaled wurde abgerieben und blieb haferkauend bei den Palisaden zurück, und ich hinkte zum Hauptfeuer.

Der Willkommen, den mir die Krieger boten, war so begeistert, wie ich es mir nur wünschen konnte. Sie sprangen auf, sie drängten sich um mich herum, sie begrüßten mich leidenschaftlich und fragten nach meinem Bein und warum ich so spät käme. Agravain schenkte mir eine seiner Bärenumarmungen und sagte: »Wirklich, du hast dich jetzt also doch entschlossen, zurückzukehren und dir deinen Met zu verdienen. Willkommen! Hunderttausendmal willkommen zu Hause.«

Ich beantwortete die Fragen, und man gab mir einen Platz neben dem Feuer, etwas Met und etwas Essen. Ich ließ mich dankbar nieder, denn ich war völlig erschöpft. Aber da erst gewahrte ich Artus, der auf der anderen Seite des Feuers mir gegenüber saß. Er sah unwirklich aus im Flimmern der Hitze, und er beobachtete mich kalt. Ich grüßte ihn mit dem Methorn und nahm einen tiefen Schluck.

Artus nickte. »So. Du bist also zurückgekommen, um dir das Versprochene zu holen.«

Mir war nicht danach, meine Entscheidung schon jetzt auszusprechen und den unvermeidlichen Streit auszufechten. Aber es sah so aus, als ob ich es müßte. Ich sah, wie Agravain und mehrere aus seiner Gruppe starr wurden, und ich sah, wie die anderen sie angespannt beobachteten. Ja, es war auf jeden Fall richtig, wenn ich ging.

»Nein, Herr«, antwortete ich ruhig. »Ich bin zurückgekommen, um euch Lebewohl zu sagen. Morgen will ich nach Norden reiten und sehen, ob ich nicht diesen Winter zu den Orkneys zurückkehren kann.«

Agravain zog zischend den Atem ein. »Gawain, was meinst du . . .«

»Was sagst du da?« wollte Artus wissen.

»Was meinst du denn, was du hier eigentlich machst?« fragte Cei wütend.

»Aber Artus hat gesagt, daß er dich akzeptieren will«, meinte Agravain. »Du hast es dir verdient; du hast gewonnen.«

»Artus wird mich akzeptieren, weil er auf ehrenhafte Weise keine andere Wahl hat.« Ich schaute dem Hohen König fest in die Augen.

Der nickte. »Ich streite es nicht ab. Ich habe dein Schwert benutzt, weil ich mußte, und du bist in meinem Dienst verwundet worden. Aber was hoffst du mit diesem Gerede zu gewinnen?«

»Nichts. Jetzt noch nicht.« Ich wünschte mir, daß ich es ihm am nächsten Morgen sagen könnte.

»Du hast dir den Platz bei uns schon tausendmal verdient«, sagte Agravain. »Was soll das heißen, du gehst nach Norden?«

»Ich will nicht akzeptiert werden, nur weil Artus durch seine Ehre dazu gezwungen ist«, sagte ich. »Wenn du willst, dann kannst du ja sagen, ich bin zu stolz dafür.«

»Das verstehe ich überhaupt nicht mehr«, meinte Cei laut.

Seine Stimme war hoch vor Ärger. »Den ganzen Sommer hängst du hier herum und wartest darauf, daß Artus dir einen Platz anbietet. Die Hälfte der Könige in Britannien lehnst du ab. Und jetzt, wo du akzeptiert wirst, da willst du es wieder nicht akzeptieren. Du bist wie ein Falke, der sich große Mühe macht, einen Vogel zu fangen, und der ihn dann nicht frißt. Bei den Hunden von Yffern, die Familie läßt sich so leicht nicht auf die Seite schieben!«

»Willst du denn, daß ich bei euch bleibe? Wenn das der Fall ist, dann bist du wie der gleiche Falke, der den ganzen Sommer versucht, mich zu vertreiben, und dann, wo ich bereit bin . . .«

Cei stierte mich an. »Du beleidigst uns alle, und mich am meisten. Ich hätte nicht übel Lust . . .«

»Was würde das schon nützen?« fragte ich müde. »Wenn wir zu Fuß kämpfen, dann gewinnst du. Wenn wir zu Pferd kämpfen, dann gewinne ich. Jeder weiß das. Wir würden also nichts damit beweisen. Und ich hatte nie vor, dich zu beleidigen. Du bist ein edler, tapferer Mann, und ich wäre ein Narr, wenn ich dich beleidigen wollte.«

Cei zwinkerte, als ob ich ihm eine Ohrfeige verpaßt hätte. »Du bist wahnsinnig.«

Ich zuckte die Achseln. »In der Schlacht ja. – Niemand könnte glauben, daß ich die Familie verlassen will, um eine bessere Truppe zu finden. Es gibt ja keine.«

»Warum willst du dann weg?« wollte Agravain wissen.

»Wenn ich ehrenhaft bleiben will, was kann ich dann anderes tun?«

»Was denkst du damit zu gewinnen?« fragte Artus wieder. »Oder hast du es schon gewonnen? Wirst du jetzt auf die Orkneys zurückkehren und deiner Mutter erzählen, daß der Hohe König von Britannien dir einen Platz in seiner Truppe angeboten hat und daß du diesen Platz ablehnst, wie ein Bauer, der keine faulen Eier kaufen will?« Seine Stimme klang flach, aber sie hatte die Schärfe der kalten Wut.

Mir fiel wieder ein, wie großartig er war, und sein Zorn tat mir weh. Das, verbunden mit meinem Schmerz und meiner

Müdigkeit, zwang mich dazu, deutlicher zu werden, als ich wollte. »Herr«, sagte ich langsam, »ich bin nicht der Diener der Königin der Finsternis. Ich will gehen, weil ich mich dennoch so benommen habe. Ich habe deine Familie geteilt, die Truppe, auf der das Schicksal von Britannien ruht, genau so, wie Morgas sich das gewünscht hätte. Herr, ich kann nicht sagen, daß ich alles verstehe, aber ich werde meinen Herrn, das Licht, nicht betrügen. Es ist einfacher, Hoher König, wenn ich gehe. Du hast mir den Platz jetzt angeboten, und ich habe ihn abgelehnt. Niemand kann sagen, daß du mir unrecht getan hättest, denn es ist mein eigener freier Wille. Die Familie wird wieder zusammenheilen.«

»Aber du bist der beste Reiter der Familie!« sagte Agravain. »Du kannst nicht weg.«

»Ich kann. Und dann werde ich eben der beste Reiter anderswo werden.« Ich schluckte ein bißchen mehr Met und rieb mir mit meiner freien Hand das Gesicht. »Ich werde gehen, und damit basta. Laßt uns von etwas anderem reden.«

Eine lange, lange Minute saßen alle still da und starrten mich an. Ich begann zu essen und versuchte, ihnen nicht in die Augen zu schauen.

Dann durchbrach der Klang einer Harfe die Stille. Ich blickte auf, und Taliesin lächelte mich an. Dann neigte er seinen Kopf über sein Instrument, und die gleichen reinen, hohen Noten zogen sich wie ein silberner Faden durch die Luft. Es war CuChulainns Lied, hörte ich, und es war auch das Lied, das in Lughs Halle gesungen worden war. Es war das starke, klare Lied des Widerstandes, das sich über dem Aufruhr der Schlacht erhob. Der Regen fiel aus der Nacht hernieder und zischte auf den Kohlen des Feuers. Ich hörte der Musik zu, und zum erstenmal verstand ich sie.

Das Lied gab mir die Kraft, die mich den nächsten Tag lang nicht verließ, als ich Ceincaled sattelte, um weiterzureiten. Die »Familie« drängte sich um mich herum und bat mich, nicht zu gehen. Gleichzeitig wünschten mir die Krieger eine gute Reise und gaben mir Geschenke. Artus sah zu. Sein Gesichtsausdruck war unergründlich. Ich hatte ein Packpferd, das ich mit Vorräten und Geschenken belud, die ich in eine Decke eingewickelt hatte. Es tat mir weh, die Krieger anzuschauen, und als ich den Packen auf das braune Packpferd schnallte, mich aufrichtete und das Leitseil nahm, schnürte sich mir die Kehle zu.

In diesem Augenblick kam Gruffyd der Chirurg durch die Menge, und zu meiner Überraschung folgte ihm die Frau der vergangenen Nacht.

»Ärzte kriegen wohl kein Lebewohl, was?« fragte er mich. »Oder hast du Angst, daß ich mir dein Bein ansehe und dir sage, du sollst dich noch eine Woche hinlegen?«

Ich lächelte, ließ das Leitseil fallen, ging zu ihm hinüber und nahm seine Hand. »Selbst wenn du mir sagtest, ich soll mich hinlegen, ich würde trotzdem gehen.«

»Und dein Bein wird dir den ganzen Weg bis zu den Ynysoedd Erch Ärger machen«, sagte er und nickte. »Na, dann spiel doch den Berserker, dann fühlst du's nicht.« Er machte eine Pause und fügte dann mit leiser Stimme hinzu: »Warum gehst du eigentlich?«

»Weil ich muß.«

Die Frau, die die Krieger angestarrt hatte, sagte: »Großer Herr, ich habe nichts verstanden. Wenn ich gewußt hätte, wer du bist, dann hätte ich dich nicht angehalten.«

Ich schaute sie neugierig an. Ich hoffte, daß sie nicht auch noch einen verwundeten Sohn hatte.

Sie richtete sich auf. »Mein Clan ist arm, Fürst, aber wir haben Ehre. Wir lassen diejenigen, die uns eine Freundlichkeit erweisen, nicht ohne Dank abziehen und ohne einen Lohn.« Sie errötete. »Eine Bezahlung kann ich . . . würdest du nicht brauchen. Aber du hast meinen Dank, Gawain von den Ynysoedd Erch, und den Dank meines Clans.«

»Aber ich konnte deinem Mann doch nicht helfen«, sagte ich sehr bewegt.

Sie zuckte die Achseln, wischte sich die Augen und antwortete dann: »Du bist gekommen, und du hast es versucht. Das ist viel.«

Gruffyd schaute von ihr zu mir hinüber. »Sie ist gerade hier angekommen und fragte nach einem dunklen Krieger, der hinkt. Einem Krieger, der einen roten Mantel trägt und einen weißen Hengst besitzt. Ich glaube, ich kann mich von letzter Nacht noch an sie erinnern – ist nicht ihr Mann . . .«

»Er ist jetzt tot«, sagte ich.

»Speer durch die Lungen«, sagte er. »Mir fällt's jetzt wieder ein. Und du hast versucht, da zu helfen? Das war dumm. Selbst ich hätte da in einem solchen Fall nichts mehr ausrichten können.«

»Sie hat es mir nicht gesagt. Und er hatte noch eine Chance.« Ich wandte mich der Frau zu. »Du ehrst mich allzusehr mit deinem Dank, gute Frau. Ich habe nichts getan, und dein Mann ist gestorben.«

Sie zuckte noch einmal die Achseln und zwinkerte schnell. »Du bist gekommen«, wiederholte sie ruhig. »Ich segne deine Straße, Fürst.« Sie machte verlegen einen Knicks und drehte sich um. Sie zwinkerte noch immer die Tränen zurück. Dann ging sie durch die Menge der Krieger hindurch, ohne sich umzudrehen, und begann ihre lange Wanderung nach Hause.

»Was war denn das?« fragte Agravain.

»Du hast es doch gehört.«

»Sonst nichts? Eine bettelarme Bauersfrau und ein Bauer, der schon so gut wie tot war?«

»Sie ist eine ehrbare Frau«, sagte Artus scharf. »Sie ist meilenweit gewandert, in ein bewaffnetes Lager hinein, um sich für einen Heilversuch zu bedanken. Sie ist eine edle, tapfere Frau!«

Agravain starrte ihn überrascht an. »Herr?« Und dann vergaß er die Frau völlig. »Gawain, ich verstehe das nicht, aber . . . bei der Sonne . . .« Er wandte den Blick ab. »Paß gut auf dich auf, mein Bruder. Slan lead.«

»Gott sei mit dir«, sagte Bedwyr leise.

»Ich segne deine Straße«, meinte Gruffyd.

Ich nickte ihnen allen zu und drehte mich dann zu Ceincaled um. Der neigte seinen stolzen Kopf, schnaubte mich sanft an und knabberte an meinem Haar. Ich mußte lächeln. Ich streichelte seinen Hals und nahm die Zügel.

»Nein«, sagte Artus plötzlich mit gepreßter Stimme. »Warte.«

Ich ließ die Zügel wieder sinken und drehte mich um. Der Hohe König stand hinter den anderen. Sein Gesicht war bleich. »Warte«, wiederholte er. Ich fragte mich, ob er mir wohl auch eine gute Reise wünschen wollte.

Artus schüttelte wild den Kopf, als ob er verwirrt wäre. »Gawain. Ich will zuerst einen Augenblick allein mit dir sprechen.«

Ich blieb stehen und starrte ihn an. Dann reichte ich Agravain Ceincaleds Zügel. Artus war schon zu seinem eigenen Zelt hinübergegangen, und ich folgte ihm. Wieder war ich vollkommen verwirrt. Ich wußte nicht, was es noch zu reden gab. Vielleicht hatte er noch immer das Gefühl, daß ihn seine Ehre dazu verpflichtete, meinetwegen etwas zu unternehmen. Ja, das war es wohl.

Im Zelt nahm er einen Krug Wein, schenkte langsam zwei Gläser voll und bot mir eines an. Nach einem Augenblick des Zögerns nahm ich das Glas, blieb stehen und starrte Artus an.

»Nimm Platz«, sagte er und zeigte auf einen Stuhl auf der einen Seite des Zeltes. Ich setzte mich hin, und auch er ließ sich auf sein Feldbett sinken. Er nahm einen Schluck Wein, und dann begegneten sich unsere Blicke.

»Es tut mir leid.« Er sagte es mit flacher, ruhiger Stimme.

Ich starrte ihn verblüfft an. »Herr, es ist nicht nötig, daß du dich durch deine Ehre gezwungen fühlst . . .«

»Vergiß das«, sagte er scharf. »Ach, Yffern . . .« Er stand auf, ging ein paar Schritte bis zur Tür, blieb stehen und drehte sich wieder zu mir um. »Ich habe dich falsch eingeschätzt. Ich habe mich sehr geirrt. Und wenn du noch immer den Wunsch hast, einen Platz in meiner Familie einzunehmen, dann soll er dir gehören.«

Ich hatte das Gefühl, als ob der Himmel einstürzte. »Ich verstehe nicht«, sagte ich endlich.

»Am Ufer des Wir, da hast du mich gefragt, ob ich völlig im

dunkeln tappe«, antwortete Artus ruhig. »Und so war es auch. Es ist eine alte Dunkelheit, eine Finsternis, die ich nicht abschütteln kann, wie sehr ich es auch versuche.« Er drehte sich um und begann, im Zelt hin- und herzugehen. Mit starrem, leerem grauen Blick starrte er zu Boden. »Von Anfang an habe ich deinetwegen mit mir selbst gekämpft. Ich hatte von dir gehört, von deinem Ruf, und ich sah keine überraschenden neuen Gründe, dir zu trauen. Aber das war es nicht, was mich dazu gebracht hat, mich gegen dich zu entscheiden. Nein. Ich wußte, du warst meiner Schwester nah gewesen. Du hast in ihrem geheimen Rat gesessen, und beim Himmel, du siehst auch aus wie sie. Das war alles, was ich brauchte, um gegen dich eingenommen zu sein. Und alles, was du danach getan hast, habe ich mir nach meinem Gutdünken zurechtgedreht, um dich in der Finsternis zu halten, zusammen mit meiner Schwester. Aber auch mich habe ich dadurch im dunkeln gehalten. Und dafür sage ich dir jetzt, daß es mir leid tut. Alles, das Töten, die Art, wie du in der Schlacht kämpfst, die Teilung der Truppe, die du verursacht hast, das Pferd, das du meiner Ansicht nach durch einen Bannspruch eingefangen hast – das alles war zweitrangig und spielte viel weniger eine Rolle für mich als der einfache Gedanke: ›Er weiß es.‹ Das hat mich zornig gemacht. Das hat mich mit solchem Schrecken erfüllt, so daß ich dich nicht . . .«

»Aber was soll ich wissen, Herr?«

»Du weißt natürlich über deinen Bruder Bescheid.«

»Über Agravain? Das verstehe ich nicht. Warum . . .«

»Nicht Agravain. Natürlich nicht. Den anderen. Medraut.«

Unsere Blicke begegneten sich wieder. Seiner war hart und gequält, meiner verwirrt. Er stand plötzlich still, während die Härte aus seinen Augen verschwand und sie sich weiteten. Es war ein gerader Blick des Erkennens. Medrauts Blick.

Artus sank wieder auf sein Feldbett und begann zu lachen. Er machte schreckliche, würgende Geräusche, die fast wie Schluchzer klangen. »Du weißt es nicht. Du hast es nie gewußt. Sie hat es dir nie gesagt.«

Ich spürte Kälte in meinem Magen und einen plötzlichen schwarzen Schrecken. Morgas, Artus' Schwester, und Medraut, der wie Artus aussah – warum hatte ich das nicht schon früher gesehen? – und dann, beladen mit Schrecken, die Worte von Morgas' Fluch, der mir wieder einfiel. »Möge die Erde mich verschlingen, möge der Himmel auf mich fallen, möge die See mich überfluten, wenn du nicht stirbst von der Hand deines Sohnes!«

»Oh, beim Licht . . .«, sagte ich.

Artus richtete sich auf und wurde still. »Und jetzt weißt du es.«

Ich sprang auf die Füße. »Herr, wie war das möglich? Ich habe mir gedacht, daß sie dich irgendwie kennt, aber so etwas . . .«

»Ich habe zugestimmt«, sagte Artus mit rauher Stimme. Wieder starrten wir uns einen langen Augenblick an, und dann sagte er: »Ich wußte damals nicht, wer mein Vater war. Ich schwöre es, bei allem, was mir heilig ist. Ich wußte nicht, daß sie meine Schwester war. Sie . . . sie . . .« Er hielt wieder inne. »Sie kam zu mir, draußen vor der Festhalle, als ich zum erstenmal Ruhm in der Truppe ihres Vaters Uther erworben hatte. Sie wohnte in Camlann, während ihr Mann, Lot, einen Feldzug im Norden von Britannien führte. Sie hatte mich herausgesucht, schon vorher, aber damals . . . ich war betrunken, ich war glücklich. Und sie war schöner als eine Göttin. Ich habe mich nur zu einem Ehebruch herabgelassen. Aber ich habe es getan. Und später fragte mich Uther nach meinen Eltern. Ich hatte nicht darüber geredet – man spricht nicht darüber. Aber ich sagte es ihm, und er erinnerte sich an meine Mutter und war erfreut, daß ich sein Sohn war. Als er gegangen war, um es den anderen zu sagen, da fiel mir Morgas wieder ein. Ich rannte zu ihr herüber – ich wollte sie warnen –, und sie« – er stand wieder auf, und er schaute mich nicht an. In Gedanken durchlitt er wieder die Qualen und den Schrecken des Augenblicks, als er entdeckte, daß man ihn zum Inzest verführt hatte – »sie hatte es gewußt, sie hatte es die ganze Zeit gewußt. Sie begrüßte mich als Artus ap Uther, und sie nannte mich Bruder und lachte, und sie sagte, daß sie mein Kind trug. Und seit damals bin ich nicht mehr in der Lage gewesen, auch nur an sie zu denken, ohne daß mir dieser Augenblick einfällt. Und der Gedanke, daß ein anderer es wußte, ihr Sohn, und daß er es vielleicht mit ihr geplant hatte – den konnte ich nicht ertragen. Ich hatte das Gefühl, daß ich dich loswerden mußte, um jeden Preis.«

»Herr«, sagte ich und starrte ihn mit Schrecken und Mitleid an. »Herr . . .«

»Ja, wirklich. Nur – du warst unschuldig, du wußtest es noch nicht einmal.« Er nahm noch einen tiefen Schluck Wein und stellte den Becher hin. Die grauen Augen fixierten mich wieder. »Du hast es nie gewußt, bis ich es dir sagte.«

Ich ging vor ihm auf die Knie. »Mein Herr, ich . . . ich hätte so etwas noch nicht einmal erraten können. Ich verstehe nicht, warum du mich nicht mit Gewalt fortgeschickt hast. Besonders, nachdem ich die Familie geteilt hatte, nachdem ich getötet hatte und dir deine Siege bitter machte. Verzeih mir. Ich . . .«

»Dir verzeihen? Ich bin derjenige, dem verziehen werden muß. Steh auf. In Gottes Namen, steh auf. Sofort.« Auch er erhob sich. »Vor Monaten schon hätte ich sehen müssen, daß du nicht der bist, für den ich dich gehalten habe. Du hast alles ertragen, was der Krieg und ich auf dich gehäuft haben. Du hast dich nicht beklagt. Und du hast als Chirurg gearbeitet. Davon wußte ich nichts, bis Gruffyd es mir sagte, bis er mich anbrüllte, weil ich ungerecht zu dir war. Er hält sehr viel von dir.« Ich starrte den König erschrocken an. Natürlich. Am Tag nach einer Schlacht war Artus immer beschäftigt, aber er besuchte die Verwundeten in der Nacht, wenn ich meinen Wahnsinn ausschlief. »Ich hätte genug gesehen haben müssen, in den Monaten, in denen du mir gefolgt bist. Ich hätte es begreifen müssen. Und ich hätte Bedwyrs Rat trauen müssen. Ich war ja selbst an die Finsternis gebunden. Aber ich habe darauf bestanden, dir Unrecht zu tun. Und dann, in der vergangenen

Nacht, da hast du gesagt, du willst gehen, weil du die Familie nicht teilen willst. Das klang so, als ob du es ernst meintest. Ich sagte mir, du tätest das nur aus Stolz, aber ich konnte mich nicht überzeugen. Ich wußte es. Ich wußte es genau, daß ich mich irrte. Und dennoch konnte ich mich nicht dazu bringen, das vor mir selbst zuzugeben. Ich hätte es mir ausreden können, aber dann kam diese Frau . . .«

»Was?«

»Die Frau, die mit dem toten Mann. Eine edle, ehrenhafte Frau. Aber von niedriger Geburt, nicht reich oder mächtig. Niemand, der der Dunkelheit folgt, hätte sie auch nur zweimal angeschaut. Aber du hast in einer kalten Nacht, mit einer Wunde, die dich geschmerzt haben muß, einen Umweg gemacht. Du wolltest einem Mann helfen, den du nicht kanntest und dem man nicht helfen konnte.«

»Ich wußte ja nicht, daß er so schlimm verwundet war.«

»Aber als du es wußtest, da hast du trotzdem versucht zu helfen. Du hättest keinen Vorteil davon haben können, du konntest nichts gewinnen. Es war sinnlos, aber ehrenhaft und mitleidig. Danach konnte kein Zweifel mehr bestehen. Du warst das, als was du dich die ganze Zeit bezeichnet hattest. Und ich hatte die Rolle eines Narren und eines Tyrannen gespielt.«

Er kam zu mir herüber und legte mir die Hand auf die Schulter. »Ich habe gesagt, es tut mir leid, und ich sage es noch einmal. Vielleicht hast du nicht länger den Wunsch, einen Platz in meinem Dienst einzunehmen. Dennoch glaube ich, da du mir angeboten hast zu gehen, daß es keine weitere Teilung mehr in meiner Truppe gäbe, wenn ich dich bitte, zu bleiben. Und Cei hast du sehr gründlich entwaffnet.« Er grinste plötzlich, wenn auch ziemlich zittrig. Etwas von dem Licht kam wieder in seinen Blick. »Mit Beleidigungen wird Cei fertig, aber nicht damit, daß man ihm sagt, er sei edel und mutig. Ich glaube, er hofft, daß niemand das herausfindet. Und er schafft es auch, wenn er streitsüchtig genug ist.« Artus wurde wieder ernst. »Deshalb – wenn du noch bleiben möchtest« – er suchte nach Worten – »es gibt Arbeit genug zu tun, mehr als genug. Und ich wäre sehr froh, wenn du bliebest.«

Ich schwieg einen Augenblick, und Artus beobachtete mich mit festem Blick, halb hoffend. Seine Hand lag noch immer auf meiner Schulter, fast, als ob er mich prüfen wollte.

»Mein Herr«, sagte ich endlich, »wenn jemand dir Britannien anböte, wenn das Imperium wieder eingesetzt wäre, und du könntest ganz Erin und Kaledonien und außerdem noch Kleinbritannien haben, und die Straßen nach Rom wären offen – würdest du dann annehmen?«

Artus grinste langsam. Dann umarmte er mich linkisch, noch immer fast prüfend, aber ich begriff, daß er nicht mich prüfte, sondern sich selbst. Ich erwiderte seine Umarmung, dann kniete ich nieder und küßte seine Hand und den Siegelring, den er am Finger trug.

»Herr«, sagte ich, »ich habe mir gewünscht, für dich kämpfen zu können, schon lange, lange. Seit damals, als ich erfuhr, daß du für das Licht kämpfst. Und es wäre besser, gegen die Finsternis kämpfend zu sterben, als lange zu leben und Siege zu gewinnen, die keinen Sinn haben. Wie könnte ich mir mehr wünschen? Von jetzt an wird es nur noch Siege geben.«

»Wenn Gott will. Ich glaube, wir haben irgendwie schon Siege gewonnen. Komm.« Er half mir auf die Beine, umarmte mich noch einmal und verließ dann schnell das Zelt.

Die anderen warteten noch immer bei Ceincaled und dem beladenen Packpferd. Sie diskutierten irgend etwas, aber sie hörten sofort auf, als sie Artus und mich kommen sahen. Artus blieb stehen, betrachtete die Pferde und verkündigte dann ruhig: »Ihr könnt dafür sorgen, daß sie wieder abgeladen werden. Gawain ap Lot hat eingewilligt, zu bleiben und mir den Eid zu schwören. Ich habe ihn dazu gedrängt.«

Agravain schaute Cei an, dann Bedwyr, dann mich. Ich nickte. Da stieß er einen Freudenschrei aus. »Gottes Lob, bei der Sonne!« Er umarmte mich, klopfte mir auf den Rücken. »Ich verstehe überhaupt nichts mehr – du änderst deine Meinung, Artus überlegt es sich anders, du überlegst es dir wieder anders –, aber mir soll's recht sein, solange du nicht wieder von vorne anfängst«, sagte er auf irisch. »Und jetzt haben wir wirklich gewonnen«, fügte er auf britisch hinzu, ließ mich los und starrte Cei an.

Cei zuckte die Achseln und beäugte mich. Dann lächelte er plötzlich. »Es ist eine gute Nachricht. Verdammt, du bist wirklich ein Teufel von einem Kämpfer, Vetter.«

Bedwyr schaute von mir zu Artus hinüber, und dann, als Artus auch nickte, lächelte er langsam. »Ich bin froh.«

»Sehr gut«, sagte Artus trocken. »Es freut mich, daß meine Entscheidung euren Beifall findet. Ihr drei könnt Zeugen sein. Ruft mir die anderen, und dann wollen wir die Eide schwören.«

Es war noch immer kalt, und der Wind ließ die Wolken über den dunklen Himmel jagen und flüsterte in den nackten Ästen der Bäume. Die »Familie«, das war ein Spritzer aus Farbe und Licht auf der öden Landschaft, im Kreis versammelt, um Zeuge zu sein. Artus stand vor seinem Zelt, hoch und gerade, und der Wind riß an seinem purpurnen Umhang. Bedwyr stand zu seiner Rechten, Cei zu seiner Linken, und Agravain war daneben. Ich schaute das Bild an, ich hatte den Wunsch, es für immer festzuhalten. Dann ließ ich mich auf ein Knie sinken und zog Caledvwlch. »Ich, Gawain, Sohn des Lot von den Orkneys, schwöre, dem Herrn Artus, dem Imperator von Britannien, dem Drachen der Insel zu folgen. Ich schwöre, für ihn gegen all seine Feinde zu kämpfen, zu ihm zu halten und ihm zu allen Zeiten und an jedem Ort zu gehorchen. Mein Schwert ist sein Schwert, bis zum Tod. Das schwöre ich im Namen des Vaters, des Sohnes und des Geistes, und sollte ich meinen Eid brechen, möge die Erde sich öffnen und mich verschlingen, möge der Himmel zerbrechen und auf mich fallen, möge das Meer sich erheben und mich ertränken. So sei es.«

Artus streckte die Hand nach dem Schwert aus, und plötzlich fiel es mir wieder ein.

»Herr«, begann ich, »das Schwert kann nicht . . .«

Er überhörte mich und nahm mir das Heft aus der Hand. Er

hob die Waffe. Aber der Blitz sprang nicht heraus, wie das bei Cei gewesen war. Statt dessen entzündete sich das Strahlen in ihm, wurde größer und heller, bis es so aussah, als ob Artus einen Stern in den Händen hielt. Und dann sagte er: »Ich, Artus, Imperator der Britannier, schwöre jetzt, Gawain, den Sohn des Lots, an Waffen und Gütern, getreu und in Ehren zu allen Zeiten und an allen Orten zu unterstützen, bis zum Tod. Das schwöre ich im Namen des Vaters, des Sohnes und des Geistes, und wenn ich meinen Eid brechen sollte, möge die Erde sich öffnen und mich verschlingen, möge der Himmel zerbrechen und auf mich fallen, möge die See sich erheben und mich ertränken. Und es ist mein Wunsch, daß dieses Schwert helfen soll, dem Reich Licht zu bringen, Gott stehe mir bei.«

Das Strahlen verschwand wieder aus der Klinge, als er mir mein Schwert zurückgab. Ich stand auf und steckte es in die Scheide.

»Wart ihr Zeugen?« fragte Artus.

»Wir waren Zeugen«, sagten Cei, Bedwyr und Agravain. Und dann trat Agravain mit breitem Grinsen nach vorn und brüllte auf irisch: »Jetzt ist es wirklich geschafft. Du hast gewonnen! Mein Bruder, ich schwöre den Eid meines Volkes, ich bin froh!«

Der Rest der »Familie« blieb nicht weiter hinter ihm.

Ende

DAS KÖNIGREICH DES SOMMERS

1

Dumnonia ist das zivilisierteste Königreich in Britannien, aber im Januar sieht es im Nordosten nicht zahmer aus als die Wildnis von Kaledonien. Die Felder liegen unter Schnee begraben, und nur die Stoppelspitzen zeigen sich bleich über den Schneewehen. Vom Himmel ist alle Farbe verschwunden, und er scheint auf dem Land zu lasten. Jenseits des bebauten Landes – im Fall meiner Familie jenseits des Flusses Fromm – liegt der Wald. Dunkle Äste und weißer Schnee mischen sich und bilden eine bleigraue Wolke am Horizont, und Meile für Meile herrscht nur Stille, und man hört das Keuchen der Wölfe. Im Sommer tun die Männer und Frauen so, als ob es den Wald nicht gäbe. Man bestellt die Felder und bringt die Ernte zum Markt, die Ochsen ziehen den Pflug, die Pferde den Karren. Aber im Winter steigt die Wildnis, die hinter dem Fluß liegt, groß und drohend in den Gedanken auf. Das Leben ist stiller, und eine Geistergeschichte, über die ein Mann zur Erntezeit noch lachte, kommt ihm plötzlich schrecklich wahrscheinlich vor, denn vor diesem Ozean aus Kälte wirken die Menschen und die Zivilisation sehr klein und unbedeutend.

Mein Vetter Goronwy und ich, wir rissen uns nicht darum, im Januar hinaus in den Wald zu gehen. Aber zufällig brauchte unser Haushalt mehr Holz. Das bedeutete, daß wir mit dem Karren die Furt überqueren mußten, und dazu waren zwei erwachsene Männer nötig. Also waren wir losgezogen und verbrachten die ganze Mittagszeit damit, im lockeren Niederwald Holz zu schlagen. Nur gelegentlich hielten wir inne und warfen einen Blick über die Schultern. Wir waren froh, als der Karren endlich hoch beladen war und wir zurückfahren konnten. Wir überquerten wieder den Fluß und hielten auf dem Heimatufer an, um die Ochsen saufen zu lassen. Goronwy saß da und hielt den Treibstock. Er betrachtete die glatten Rücken der Tiere, die ihre Zeit zum Saufen brauchten, auch wenn wir ungeduldig waren.

Ich schaute über den Fluß zurück. Das Wasser war dunkel vom Winter, und die Nachmittagssonne glitzerte darauf und auf den angehäuften Schneebänken. Die schrägen Strahlen leuchteten wie warme Bronze, aber sie brachten keine Wärme. Das einzige Geräusch auf der ganzen Welt war das Flüstern des Wassers an den Ufern und das Grunzen unserer Ochsen. Es waren drei Meilen bis nach Hause, bis zu unserem Dorf. Drei Meilen bis zu den Kuhställen und den Herdfeuern und den Gesichtern der Menschen. Bei diesem Gedanken hungerte mein Herz danach, aber ich ließ meine Blicke langsam über den schwarzen Fluß gleiten und über die Bäume, die auf dem anderen Ufer standen. Darum sah ich den Reiter, der dort herankam, ehe er mich sah. Ein rotes Leuchten lenkte meinen Blick vom Wasser ab, und dann ritt ein Krieger offen auf das Ufer hinaus und war im hellen Sonnenlicht zu sehen.

Er hatte seinen roten Umhang fest um sich gewickelt; eine Hand streckte sich halb durch die Falten und hielt die Zügel. Gold glänzte von dieser Hand, von der Fibel an seinem Umhang und vom Rand des Schildes, den er über den Rücken gehängt trug. Die Speere, die am Sattel angebunden waren, und das Zaumzeug seines riesigen weißen Hengstes fingen das Licht ein wie Sterne. Er zügelte sein Pferd am Fluß, und einen Augenblick stand das Tier so still wie die Bäume hinter ihm. Es war ein Bild aus Weiß und Feuerrot und Gold. Ich hatte das Gefühl, als ob ich gerade die Augen geöffnet hätte und jetzt ein Wesen aus einem Lied sah, das ich mein ganzes Leben lang geliebt hatte. Eine Gestalt aus einem Traum. Dann wandte der Reiter seine Augen vom Fluß ab und begegnete meinem Blick, und ich kam wieder zu mir. Ich wußte genug, um Angst zu kriegen.

»Goronwy!« Ich packte meinen Vetter am Arm.

»Na, was ist denn jetzt schon wieder . . .« Er folgte meinem Blick und gefror.

Der Reiter wendete sein Pferd und kam am anderen Ufer auf

uns zu. Der Hengst trat vorsichtig auf, leicht und graziös wie eine Katze.

»Hü.« Goronwy stieß die Ochsen mit dem Leitstock an und sprang aus dem Karren. Die Tiere schnauften und gingen rückwärts. Ihr Atem dampfte.

»Glaubst du wirklich, wir können weglaufen?« fragte ich, verärgert über Goronwy, während ich versuchte, das Holz am Herunterrutschen zu hindern, weil der Karren so holperte. »Ochsen – gegen solch ein Pferd?«

»Vielleicht kann er das Wasser nicht überqueren.« Goronwys Stimme war leise.

»Früher hast du immer über die Geschichten von den Unterirdischen gelacht.«

»Ja, zu Hause. Süßer Jesus, schütze uns jetzt!«

»Ach, komm! Es muß ein Reisender sein. Wenn er kein Räuber ist, dann fragt er wahrscheinlich nur nach dem Weg. Und wenn er doch ein Räuber ist, dann sind wir zu zweit. Mehr als den Tod haben wir auch nicht zu fürchten.«

»Den fürchte ich schon genug, auch ohne das andere.« Die Ochsen schwankten vom Ufer fort, und Goronwy sprang wieder in den Karren. »Aber wer reist wohl im Winter? Und so weit von einer Straße entfernt?«

Der Reiter kam an die Furt und wandte sein Pferd zum Wasser. Der Fluß war nicht tief, und das Wasser reichte nicht höher als bis zu den Knien des Tieres. Aber das Pferd warf den Kopf hoch bei der Kälte. Goronwy zischte leise und saß wieder still. Wenn der Reiter das Wasser überqueren konnte, dann war er vielleicht kein Geist. Oder vielleicht doch. Wie auch immer, weglaufen konnten wir nicht.

Er erreichte unser Ufer und ritt hinter uns heran. Und dann sank die Sonne zwischen den Ästen der Bäume und bedeckte uns mit kreuz und quer übereinanderlaufenden Schatten. Ich konnte jetzt besser sehen, als das blendende Glitzern verschwand, und nach der leuchtenden Vision, die der Reiter am Anfang geboten hatte, hätte ich jetzt vor Enttäuschung aufschreien können. Das Pferd hatte einen langen, ausgezackten Riß auf der Brust, seine

Knochen waren durch das Fell zu sehen, und seine Beine und Schultern waren schlammverschmiert. Die Kleidung des Reiters war sehr abgetragen. Der rote Umhang war zerrissen und schmutzig, und die Hand an den Zügeln war violett vor Kälte. Sein schwarzes Haar und sein Bart waren verfilzt und ungepflegt, und er hatte sich offenbar seit langer Zeit nicht mehr gewaschen.

Ich begegnete seinem Blick, und wieder war ich aufgerüttelt. Diese Augen waren dunkel wie die See um Mitternacht, und irgend etwas lag in ihrem Blick, bei dem sich mir die Haare im Nacken aufstellten. Ich bekreuzigte mich, und ich fragte mich, ob Goronwy wohl recht hatte. Mein Vater sagte immer, daß die Geschichten von den Unterirdischen lauter Lügen wären, aber ich – ich hatte noch nie solch einen Blick in einem menschlichen Gesicht gesehen.

Der Reiter lächelte über meine Geste. Es war ein bitteres Lächeln. Er beugte sich nach vorn, um mit uns zu sprechen. Er hatte sein Schwert gezogen, und es über seine Knie gelegt, so daß wir es anschauen konnten, während er sprach. Es war ein schönes, scharfes Schwert.

»Ich biete euch meinen Gruß«, sagte der Reiter. Seine Stimme war rauh, kaum mehr als ein Flüstern. »Was ist dies für ein Land?«

Ich sah, wie Goronwys Hand sich am Treibstock ein bißchen entspannte, und dann bekreuzigte sich auch er, ehe er antwortete. »Dumnonia, Herr. Nicht weit von Mor Hafren. Fragst du, weil du dich verirrt hast?« Er war bereit, ihm den Weg zu weisen.

Der Fremde sagte nichts auf die Frage. Er schaute nur zu den Feldern hinüber, die vor uns lagen. »Dumnonia. Und was ist das für ein Fluß?«

»Der Fromm. Ein bißchen weiter als zwei Meilen von hier mündet er in den Mor Hafren. Herr, so zwölf Meilen östlich von hier gibt es eine römische Straße . . .«

»Ich kenne euren Fluß nicht. Ist das Land dahinter dicht besiedelt?«

»Dicht genug.« Goronwy machte eine Pause. »Baddon liegt nicht weit von hier. Dort sitzt ein starker Herr, und er hat einen Heerbann.«

Der Reiter lächelte wieder bitter. »Ich bin kein Räuber, daß ihr mir mit Königen und Heeren drohen müßt.« Er schaute uns nachdenklich an. »Wie ist dein Name, Mann?«

Goronwy rieb sich das Handgelenk, schaute die Ochsen an, warf dann einen Blick auf das Schwert. »Goronwy ap Cynedd.«

»Aha. Und deiner?«

»Rhys ap Sion«, antwortete ich. Es war vielleicht unklug, Namen zu nennen, aber wir konnten es kaum vermeiden. Ich begegnete wieder dem Blick dieses Mannes, und wieder wurde mir kalt. Ich fragte mich, ob wir wohl unsere Seelen in Gefahr brachten. Aber ich hielt den Reiter für menschlich. Er mußte es sein.

»Also, Goronwy ap Cynedd und Rhys ap Sion, ich brauche für diese Nacht eine Unterkunft, für mich und für mein Pferd. Wie weit ist es bis zu eurem Hof?«

»Herr, unser Hof ist arm . . .«, begann Goronwy ein bißchen unwahrheitsgemäß, denn wir sind einer der wichtigsten Clans in der Gegend von Mor Hafren.

»Ich kann bezahlen. Wie weit ist es?«

»Drei Meilen«, sagte ich. Goronwy starrte mich an. »Wir sind nicht so arm, daß wir die Gastfreundschaft nicht beachten könnten, Fürst.« Goronwy trat mir auf den Fuß, als ob ich zu blöde wäre, zu begreifen, was ich sagte. Aber er trieb die Ochsen weiter und leitete sie auf den rauhen Feldweg, der nach Hause führte. Der Fremde drängte sein Pferd in langsamem Schritt neben uns, und sein Schwert war noch immer gezogen und bereit. Das Heft glänzte golden, und ein rotes Juwel glühte daran.

Ich schaute den Stein an und fragte mich, was wohl als nächstes käme. Der Mann konnte noch immer ein Räuber sein, aber hatte ein Räuber wohl so ein herrliches Pferd und ein juwelenbesetztes Schwert? Er mußte Mitglied irgendeines Heeres sein, der Diener eines Königs, entweder unseres eigenen Königs Constantius oder eines der anderen Könige und großen Herren von Britannien. Wenn er Constantius' Mann war, dann würde er uns wahrscheinlich in Frieden lassen. Aber wenn er einem anderen diente, dann war er schlimmer als ein Räuber. Er hatte gesagt: »Ich kann bezahlen«, aber das hieß nicht, daß er auch bezahlen würde. Nun, wenn er gewalttätig wurde, dann gab es genug Männer in unserem Clan, die mit ihm fertigwerden konnten, selbst wenn er bewaffnet und die meisten von ihnen unbewaffnet waren. Und wenn er menschlich war. Nein, er mußte menschlich sein. Und er hatte ja auch nicht versucht, uns um die Karre und die Ochsen umzubringen. Vielleicht wollte er wirklich nur einen Ruheplatz für die Nacht. Vielleicht war er ein Bote auf der Reise für seinen eigenen Clan und hatte in seiner Hast die Hauptstraße verlassen und sich verirrt. Oder vielleicht war er in letzter Zeit verbannt worden. Wenn er ein Krieger war . . . Ich fragte mich, ob ich ihn wohl dazu bringen konnte, darüber zu sprechen. Eine alte Sehnsucht stieg wieder in mir auf, eine Sehnsucht, die die meisten Clansmänner mit der Kindheit hinter sich zurücklassen. Ich hatte das auch versucht, aber es war mir nicht gelungen. Diese Sehnsucht hatte etwas zu tun mit Gold und Rot und dem Glänzen von Waffen.

»Herr«, sagte ich nach langem Schweigen, »welche Straße wünscht ihr denn morgen einzuschlagen?« Diese Frage war genausogut wie jede andere, um herauszufinden, woher er kam und wohin er ging.

Er beäugte mich mißtrauisch, aber ich weigerte mich, mir angst machen zu lassen. »Das spielt keine Rolle«, sagte er.

»Nun, Herr, wenn du eine Unterkunft brauchst, dann könnten wir dir etwas von den Straßen erzählen, die aus dieser Gegend herausführen.« Goronwy trat mich wieder leise, denn er wagte es nicht, mir offen zu sagen, ich solle den Mund halten und den Mann in Ruhe lassen.

»Straßen spielen für mich keine Rolle.«

»Aber für dein Pferd vielleicht.« Goronwys Tritt hatte mich nur wütend gemacht. »Ich will dir nur zu Diensten sein, Herr. Aber es scheint, dein Pferd würde auch leichter laufen, wenn es gut gefüttert würde.«

Er schaute kalt und stolz auf mich hinab. Dann betrachtete er den geschwungenen weißen Hals seines Hengstes. Mit der Hand, die die Zügel hielt, streichelte er langsam über den Widerrist des

Pferdes, und das Tier zuckte mit den Ohren. »Mein Roß hat noch Kraft genug für einen Angriff«, sagte der Reiter bedeutungsvoll und schaute mich wieder an. Aber ich dachte doch, er machte sich ein bißchen Sorgen um das Tier. »Sag mir, Rhys ap Sion, der mir nur zu Diensten sein will, welchen Weg hältst du denn für ein Pferd am besten?«

Einen Augenblick lang war ich unsicher. Aber ich fing mich wieder. »Es gibt die römische Straße, die von Baddon nach Ynys Witrin führt, an Camlann vorbei – und dann die nach Osten, in das Land der Westsachsen, wenn die Straße keine Rolle spielt. Sie mündet im Süden in die erste Straße ein. Hast du keinen Herrn, Fürst, zu dem du reist?«

Er lächelte wieder sein bitteres Lächeln. »Ich bin ein Mann des Pendragon.«

Goronwy blickte scharf zu ihm auf und hielt den Atem an. Der Pendragon, das war Artus ap Uther, ›Imperator Britanniae‹, nach dem alten Titel. Von seinem Heerbann sagte man, er sei der beste westlich von Konstantinopel. Noch nicht zwei Jahre war es her, seit die sächsischen Eindringlinge in der großen Schlacht von Baddon aufgehalten worden waren, und ihre Streitkraft war für viele Generationen zerschlagen. Das hatte der Pendragon mit seinem Heerbann fertiggebracht, damals und in den Jahren davor. Seit jener Zeit waren einzelne Streiter seiner großen Truppe zurück in ihre eigenen Länder gegangen, manche waren von ihrem König auch dazu eingesetzt worden, die Horden von Räubern im Westen des Landes zu bekämpfen, und manche waren hinüber nach Gallien gegangen, um dort Artus' Verbündeten zu helfen. Viele blieben auch beim Kaiser auf seiner Festung Camlann. Alle Mitglieder seines Heerbanns waren von edler Abkunft und konnten jedem König auf der Insel die Meinung sagen. Sie konnten einen Anteil von dem Tribut verlangen, der Artus von den anderen Herrschern in Britannien gezahlt wurde. Manche von ihnen waren selbst Herrscher. Es konnte kaum erwartet werden, daß einer dieser Männer in unserem Land auftauchte, und das mitten im Winter. Ich dachte an das Gefühl, das ich gehabt hatte, als ich ihn zum erstenmal sah. Er hätte aus einem Lieblingslied stammen können. Wenn er von Artus' Truppe war, dann stimmte das wahrscheinlich auch.

»Dann biete ich dir alle Ehren, Herr«, sagte ich, »ich bin nicht der Mann, der sie dir vorenthält.«

Er schaute mich scharf an. »Du verspürst also keinen Zorn gegenüber dem Pendragon, der deine Steuern erhöht hat?«

»Keine, Herr, für den Kaiser, der die Macht der Sachsen gebrochen hat.«

Er lächelte mit etwas weniger Bitterkeit.

»Wenn du wirklich ein Mann des Pendragon bist, was führt dich dann hierher?« wollte Goronwy wissen, während er mich und den anderen anstarrte.

Der Reiter starrte zurück. Sein Blick war wieder kalt und stolz. »Es geziemt dir nicht, mir Fragen zu stellen, Mann. Kümmere dich um deine Ochsen.« Er wandte den Blick zu dem Weg, der vor uns lag. Innerlich verfluchte ich Goronwy, und ich trat ihn mehrmals für seine Unverschämtheit. Er hatte es geschafft, daß der Reiter wieder verschlossen wurde, als er gerade ein bißchen offener geworden war. Die Anweisung wegen der Ochsen war nicht nur für Goronwy gemeint, das wußte ich. Dennoch hatte Goronwy sicher nicht mehr zu sagen als ich. Mein Vater, und nicht Goronwys Vater, war der Führer unseres Hofes, und mein Vater neigte im allgemeinen dazu, den Kaiser zu unterstützen, wenn auch mit einigen Bedenken. Wenn wir dem Fremden Gastfreundschaft boten, dann fühlte er sich vielleicht unter Freunden und sprach freier. Ich sehnte mich danach, ihn reden zu hören. Wie ein kleiner Junge wollte ich von Artus' Truppe hören, von der Familie, von Schlachten und Königen und dem Kampf gegen die barbarische Finsternis. Ich sehnte mich danach wie ein Kind oder wie ein Mann, der zu dumm ist, um den Unterschied zwischen einer hübschen Geschichte und den Tatsachen zu erkennen. Denn Könige und Krieger waren in aller Wahrscheinlichkeit gewalttätige Männer. Ich hatte solche Dinge schon immer hören wollen, selbst nachdem ich wußte, daß es dumm war, sich so etwas zu wünschen. Selbst, nachdem ich alles gut konnte, was ein Bauer und Clansmann können sollte. Selbst nachdem ich zu alt war, um mir solche Dinge zu wünschen, und obwohl ich gar keinen Grund hatte, sie mir zu wünschen. Ich wollte sogar früher einmal Krieger werden. Aber in diesem Handwerk muß ein Mann seit seiner frühen Knabenzeit ausgebildet werden, und gewöhnlich beginnen Krieger schon mit dem Kämpfen, wenn sie nicht mehr sind als Kinder von vierzehn Jahren. Ja, und sie sterben, bevor sie zwanzig sind. Aber früher einmal hatte ich gedacht, der Tod könnte es vielleicht wert sein, und dieser Mann hier, der brauchte nur einen Fluß zu überqueren, und ich wünschte mir das alles wieder.

Wahrscheinlich war es besser, wenn dieser Fremde nichts erzählte. Ich hatte schon früher mit meinen Sehnsüchten Ärger genug gehabt, und mit der Zeit würde ich sicher auch ruhiger werden. Es gab keinen Grund, den alten Dämon wieder aufzuwecken. Ich war einundzwanzig, nicht alt, aber zu erwachsen, um mich von Kinderträumen verrückt machen zu lassen.

Den Rest unserer drei Meilen legten wir schweigend zurück. Die Sonne ging in den Wolken unter, und die Sterne überzogen sich mit Dunst. Der Wind stand kalt auf unseren Gesichtern, stach uns in die Augen und ließ sie tränen. Der Krieger hüllte sich in seinen Umhang, steckte endlich das Schwert in die Scheide, aber ich bemerkte, daß er die Hand darauf liegen ließ. Meine Zähne klapperten, als wir die langen, niedrigen Gebäude unseres Hofs erreichten und die warmen Feuer und das Essen rochen.

Bei unserem Haus sprang ich aus dem Karren und sagte Goronwy, er solle warten. Er stimmte mit einem Grunzen zu, obwohl er unseren Gast nervös anschaute. Der Fremde verhielt nur ruhig sein Pferd und schaute Goronwy und die Tür an.

Meine Mutter und die ältere meiner Schwestern saßen beim Feuer und kochten. Mein jüngerer Bruder Dafydd saß da und spielte mit dem Hund, während mein Großvater ihm etwas erzählte. Sie schauten alle auf, als ich die Tür öffnete.

Meine Mutter lächelte. »Na, Rhys. Wir hatten schon gedacht, der Wald hätte euch geschluckt. Aber wir haben euch das Essen trotz allem warmgehalten. Habt ihr gutes Holz gefunden?«

»Es ist gut genug. Aber wir haben mehr als Holz gefunden, Mutter. Wo ist mein Vater?«

»In der Scheune. Aber was gibt's denn?«

»Das erfahrt ihr früh genug. Bleibt drinnen.« Bei dieser vielsagenden Bemerkung sprang mein Bruder auf und begann mit Fragen zu bohren. Zwei Vettern kamen aus irgendeiner Ecke herbeigerannt, um herauszufinden, was denn los wäre. Aber ich grinste und drückte mich wieder nach draußen.

Als ich in die Scheune kam, bürstete mein Vater gerade unsere kleine braune Stute, die immer den Karren im Sommer zieht. Er summte leise vor sich hin, und seine dicken Hände waren schnell und sicher und sanft. Ich blieb einen Augenblick stehen, die Hand an der Tür, schaute mir seine vierschrötige Gestalt an und fragte mich, was er wohl tun würde. Mein Vater ist der Oberste unseres Haushalts, unserer Familie. Alle sind Abkömmlinge von Huw ap Celyn, bis in die vierte Generation. Wir zählen alles in allem siebenunddreißig Leute. Unser Clan hat keinen hohen Rang, aber wir sind wohlhabend genug, und überall im Land südlich des Mor Hafren in Dumnonia werden wir anerkannt. Mein Vater könnte bei jedem Streit sprechen und würde gehört werden, und Männer aus anderen Clans und von anderen Höfen kamen und holten sich seinen Rat ein, wenn es um Ernten und Steuern ging und darum, was man gegen die schlechten Angewohnheiten der Nachbarn tun konnte. Er hatte die Politik des Pendragon immer unterstützt, und wenn andere davon redeten, die höheren Tributzahlungen zu verweigern, die für Artus' Heer gebraucht wurden, dann verteidigte er das Reich. Aber das war natürlich ganz etwas anderes, als ein Mitglied dieses Heeres unter Zwang als Gast aufzunehmen. Mein Vater hatte es nie gemocht, irgend etwas unter Zwang zu tun, und wir waren stark genug, um uns eines einzelnen Kriegers zu entledigen. Aber wir waren auch ein christlicher Haushalt, und mein Vater war Christ. Er glaubte an die Gastfreundschaft – innerhalb gewisser Grenzen – und an die Höflichkeit. Ich schloß leise die Tür und ging über den gestampften Lehmboden zu ihm hinüber.

»Na, Rhys, habt ihr das Holz schon eingelagert?« fragte mein Vater, ohne sich umzudrehen.

»Laß einmal das Holz, Vater. Goronwy und ich, wir haben

einen Krieger getroffen. Er sagt, er gehört zu Artus' Familie, und er will eine Unterkunft für die Nacht. Für sich und für sein Schlachtroß.«

Mein Vater legte das Stroh hin, das er als Bürste benutzte, richtete sich auf und drehte sich energisch um. Er schaute mir in die Augen. »Soso. Wo habt ihr ihn denn getroffen?«

»An der Furt. Er hat den Fluß direkt nach uns überquert.«

»Und er kam aus dem Wald? Ganz allein?«

»Ja. Aber er ist nicht ausgerüstet wie ein Räuber.«

»Ist er bewaffnet?«

»Gut bewaffnet, glaube ich. Und ich habe noch nie ein Pferd gesehen, das so schön ist wie seins.«

»Wo ist er denn?«

»Vor dem Haus, bei Goronwy und dem Karren.«

Mein Vater nahm seine Laterne auf und verließ die Scheune. Ich folgte ihm.

Der Krieger saß noch immer auf seinem Hengst und wartete. Und Goronwy sah noch immer unruhig aus. Als wir herankamen, bemerkte ich, daß die Tür einen Spalt offenstand, und das Feuerlicht blitzte hindurch. Meine Familie beobachtete uns.

Mein Vater hob die Laterne hoch und versuchte, das Gesicht der dunklen, berittenen Gestalt zu sehen. Er war angespannt, das fühlte ich, aber sein Gesicht sah im Lampenlicht ruhig und fest aus. Das Licht ließ sein rotes Haar, das schon graue Strähnen hatte, dunkel aussehen, und seine hellblauen Augen lagen im Schatten. Er sah jung und stark aus, fest und voller Autorität.

Der Krieger starrte ihn an. Die Augen glitzerten durch sein struppiges, schwarzes Haar. Dann, ganz langsam, saß er ab und stützte sich mit einer Hand auf den Widerrist seines Pferdes. Die andere hob er halb.

»Sion ap Rhys.« Mit rauher Stimme sagte er den Namen meines Vaters.

»Gawain ap Lot«, sagte mein Vater. »Ach, ich hätte nie gedacht, daß du dich an mich erinnerst.«

»Ich hab' dir doch gesagt, ich würde dich nicht vergessen. Dies hier ist also dein Hof?«

»Ja. Ich bin der Oberste meiner Familie.« Langsam ging mein Vater dichter an den anderen heran. Dann blieb er stehen. »Und wie die Dinge stehen, Herr Gawain, so bist du willkommen und darfst dich wie zu Hause fühlen. Wirklich, meine Familie ist geehrt. Rhys!« Er drehte sich halb zu mir um. »Du und Goronwy, ihr ladet das Holz aus und stellt die Ochsen ein. Herr Gawain« – er wandte sich wieder an den anderen –, »komm ins Haus und ruh dich aus.«

»Mein Pferd«, sagte der andere. »Ich muß mich zuerst um mein Pferd kümmern.«

»Rhys kann . . .«

»Ich sorge selbst für ihn.«

»Na gut. Die Scheune liegt dahinten, Herr. Rhys, als erstes sagst du deiner Mutter, sie soll etwas Besonderes auf den Tisch bringen – ein bißchen von dem Schinken, ja, das zum mindesten. Und Eier – mit Sicherheit Eier. Und auch ein paar von den Äpfeln – ach, sie weiß das sicher besser als ich. Wie ist es mit heißem Wasser? Ja, heißes Wasser. Nun, so geh doch schon!« Er machte sich wieder auf den Weg zurück zur Scheune, und der andere folgte ihm. Er führte sein Pferd, das ein bißchen hinkte.

Ich zögerte. Dann rannte ich zum Haus, keuchte die Anweisungen meines Vaters heraus – unnötigerweise, denn die Lauscher hatten es schon selbst gehört –, rannte zurück zum Karren, sprang hinein und sagte Goronwy, er solle sich beeilen.

»Aber ich verstehe das nicht«, beklagte sich Goronwy, während er die Ochsen antrieb und sie mit schwankenden Schritten zum Holzstoß liefen. »Mein Onkel Sion kennt diesen Krieger?«

Ich schüttelte den Kopf, eher erstaunt als verneinend. Mein Vater hatte viele Dinge über den Pendragon gesagt, über seine Krieger und seine Politik. Aber die seltsamste Geschichte, die er erzählte, handelte davon, daß er einmal, als er Weizen zum Verkauf nach Camlann fuhr, einen jungen Mann im Karren mitgenommen habe, der sich später als Gawain, Sohn des Lot, des Königs von den Ynysoedd Erch, diesen Inseln nördlich von Kaledonien, herausstellte. Die beiden hatten auf dem Weg miteinander geredet, und mein Vater hatte dem anderen für eine Nacht die Unterkunft bezahlt, in Unkenntnis dessen, wer er war. Danach entdeckte mein Vater dann, daß der Junge gerade den Sachsen entkommen war und daß er nach Camlann wollte, um sich der Familie anzuschließen. »Ich wußte, als ich mit ihm redete, daß er einmal ein großer Krieger werden würde«, sagte mein Vater immer, wenn er die Geschichte erzählte. »Und ich habe ihn darum gebeten, mich im Gedächtnis zu behalten, aber das ist der reine Stolz, wenn man von einem berühmten, ruhmreichen Herrn gekannt sein will. Seht ihr, er ist ein großer Krieger. Er war ein guter Junge, als ich ihn kennenlernte. Ruhig, höflich, großzügig – vielleicht ein bißchen unheimlich, aber ... Ich frage mich, ob er sich wohl noch an mich erinnert. Ich möchte es bezweifeln.«

Es war jetzt neun Jahre her, seit mein Vater zum erstenmal diese Geschichte erzählt hatte. Damals war er gerade von der Reise zurückgekehrt, und Gawain ap Lot war noch immer unbekannt. Aber am Ende des gleichen Sommers sprach und sang man in ganz Britannien von ihm. Viele Geschichten von unterschiedlicher Wahrscheinlichkeit wurden von ihm erzählt. Man sagte, er hätte ein Pferd der Überirdischen gezähmt, ein unsterbliches Tier, schneller als der Wind, und niemand könne es reiten außer ihm allein. Man sagte, er hätte ein verzaubertes Schwert, und seine Kraft verdreifachte sich in der Schlacht. Er könne, so sagte man, drei Männer mit einem einzigen Schlag niederstrecken, und nichts könne ihm widerstehen. Der Kaiser schickte ihn mit Vorliebe als Botschafter aus, wegen seiner Höflichkeit und Redegewandtheit. Man sagte, er könne den Bienen durch Höflichkeit den Honig entlocken, und er könne Wasser aus einem Felsen hervorreden. Was immer man auch glauben wollte, er war einer der Besten, wahrscheinlich der Beste, aus Artus' Familie, und das hieß, er war der beste Krieger in Britannien. Und wenn man sich auch allgemein darüber im klaren war, daß er etwas ›Unheimliches‹ hätte, so wurde er doch von Kaledonien bis Gallien bewundert. Und er hatte sich an meinen Vater Sion erinnert, und er würde als Gast in unserem Haushalt bleiben.

»Du hast doch die Geschichte meines Vaters gehört«, sagte ich Goronwy. »Das ist der Herr Gawain ap Lot.«

Goronwy beäugte mich und murmelte irgend etwas. Ich fragte ihn nicht, was er gesagt hatte. Ich wußte genau, daß er mich für ein bißchen verrückt hielt, und vielleicht hatte er auch recht, aber ich war zu aufgeregt, um mich darum zu kümmern. Ich glaube, noch nie ist Holz schneller ausgeladen worden, als ich es damals ausgeladen habe, und als die Karre leer war, überließ ich sie und die Ochsen Goronwy. Es waren schließlich die Ochsen seines Vaters, uns gehörten sie nicht. Ich rannte zurück zum Haus, und als ich feststellte, daß mein Vater und Gawain noch immer in der Scheune waren, rannte ich dorthin. Ich tat so, als ob ich nachsehen wolle, ob sie Hilfe brauchten.

Unsere braune Stute war ausquartiert worden, und der weiße Hengst stand jetzt an ihrem Platz. Mein Vater hatte ein wenig Korn ausgeschüttet, und das Tier fraß, während sein Herr es abrieb. Er tat das langsam und steif, als ob er sehr, sehr müde wäre. Als ich herankam, hielt er inne und fragte mich ruhig, ob ich ihm ein bißchen heißes Wasser aus dem Haus holen könne.

»Du brauchst das Tier nicht zu waschen«, bemerkte mein Vater.

»Er ist verletzt. Ich muß die Wunde sauberhalten«, erwiderte Gawain. »Ruhig, Ceincaled, mein Herz . . .« Er sprach beruhigend mit dem Pferd, in einer Sprache, die ich für Irisch hielt. Die Männer von den Ynysoedd Erch waren ja vor einer Generation oder so aus Irland gekommen.

Ich brachte das heiße Wasser aus dem Haus herbei, und er säuberte damit den Riß an der Brust des Pferdes. Er sprach noch immer irisch mit dem Tier. Ich fragte mich, ob es ihn wohl verstand. Es mochte schon sein, wenn es wirklich eins von den Pferden der Überirdischen war. Groß und stark und schnell genug sah es ja aus.

»Der Riß ist ganz neu«, beobachtete mein Vater.

»Wir haben erst gestern nachmittag gekämpft.« Herr Gawain war mit der Wunde des Tieres fertig und begann, die Hufe zu untersuchen und zu reinigen.

Mein Vater trat verlegen von einem Fuß auf den anderen. »Das Pferd hattest du noch nicht, als ich dich kennenlernte.«

Der Krieger blickte auf, und plötzlich sah er weniger unheimlich aus. Er lächelte fast. »Das hatte ich ganz vergessen. Ja, ich habe ihn freigelassen, nachdem ich auf ihm den Sachsen entkommen war. Aber er war ein Narr und ist auf Camlann wieder zu mir zurückgekommen.«

»Ein Narr?«

»Nun, er ist ja kein Pferd von dieser Erde. Er ist ein Narr, hierzubleiben und sich um meinetwillen von Speeren durchbohren zu lassen.« Er hob einen der Hinterhufe des Hengstes auf und schaute das Eisen finster an. Selbst ich konnte sehen, daß das Metall abgenutzt war. Das Pferd hob den Kopf von der Krippe, warf einen Blick zurück und fraß dann weiter. Gawain seufzte, stellte den Huf hin und stand auf. »Er ist übermüdet.« Er tätschelte die Kruppe des Hengstes. »Vielleicht sollte ich heute nacht hier draußen bei ihm bleiben.«

Mein Vater war beleidigt. »Das wirst du nicht. Habe ich nicht gerade erst meiner Frau gesagt, sie soll ein besonderes Essen kochen? Und alles nur, weil wir dich als Gast haben. Dem Pferd wird's schon gutgehen. Ich glaube, Gawain, du bist viel müder als er.«

Der Herr Gawain starrte ihn an.

»Bei allen Heiligen im Himmel!« sagte mein Vater. »Bist du zu stolz geworden, um meine Gastfreundschaft anzunehmen?«

Gawain warf ihm einen abwehrenden Blick zu. »Nein, Sion ap Rhys, wirklich nicht! Nur . . .« Er hielt abrupt inne und fuhr dann fort: »Nun, ich glaube, das Pferd ist wirklich sicher. Ich danke dir für deine Gastfreundschaft.« Er tätschelte das Tier noch einmal, sagte ihm etwas anderes auf irisch, nahm einige von den Satteltaschen auf. Zu dritt gingen wir den Hügel zum Haus hinauf.

Meine Mutter hatte das Mahl fast fertig: Es gab frisches Brot mit süßer Butter; Äpfel, Käse und starkes dunkles Ale standen schon auf dem Tisch. Ein Topf voll Schinken und Gerstengrütze kochte über dem Feuer, und ich konnte die frischgebackenen Honigkuchen riechen. Alle im Haus umstanden den Herd. Meine Tante mit ihren drei Kindern – ihr Mann war vor ungefähr sechs Jahren gestorben – meine beiden Schwestern, mein Bruder, mein

Großvater und meine Mutter. Die anderen Clansleute, die in den beiden anderen Häusern unseres Hofes wohnten, würden ohne Schinken und Gerste auskommen müssen, und sie würden am nächsten Morgen kommen, um den Gast zu sehen.

Mein Vater stellte alle vor. Der Herr Gawain verbeugte sich höflich. Ein Schweigen entstand, und man trat verlegen von einem Fuß auf den anderen, und dann fragte meine Mutter Gawain, ob er nicht seinen Mantel ablegen und sich vor dem Essen waschen wolle. Es sei noch Zeit, sagte sie, ehe die Suppe gar war. Gawain trat einen Schritt zurück und schüttelte steif den Kopf. Also brachte meine Schwester Morfudd ihm etwas Ale, und man machte ihm Platz am Feuer. Mein Vater packte ein Stück Brot, beschmierte es mit Butter, setzte sich und aß begeistert.

»Es ist am besten, wenn es noch warm ist«, sagte er zu Gawain. Der Krieger nickte und lehnte sich seitwärts gegen den Dachpfosten. Nach einer Weile löste er die Fibel, die seinen Mantel hielt, als ob es ihm warm würde. »Müder als das Pferd«, hatte mein Vater gesagt. Es stimmte. Der Mann sah aus, als ob er jeden Augenblick umfallen könnte. »Wir haben erst gestern nachmittag gekämpft« – es war kein gutes Wetter zum Kämpfen, und auch nicht zum Reisen, wenn es darum ging. Ich fragte mich, mit wem er wohl gekämpft hatte. Im Nordwesten gab es jede Menge Räuber. Selbst im Sommer nahm ich immer einen Speer mit, wenn ich eine Strecke die Straße hinauf mußte.

Die dicke Suppe war gut, und als mein Vater den Segen gesprochen hatte, bekreuzigten wir uns und langten zu. Die Suppe war köstlich, die Honigkuchen schmeckten genauso gut, wie sie rochen, und alle außer dem Gast aßen eifrig. Gawain aß sehr wenig und sehr langsam, obwohl er meiner Mutter sehr schöne Komplimente machte und höfliche Fragen über den Haushalt an sie stellte.

Als wir fertig waren und das Geschirr weggeräumt war, schaute meine Mutter Gawain an und schüttelte den Kopf. »Herr, gib mir doch einen Augenblick diesen Umhang«, bat sie. »Das ist ja ein gewaltiger Riß, den du darin hast. Ich will ihn für dich ausbessern.«

Als er den Kopf schüttelte und protestieren wollte, rümpfte sie die Nase und fügte hinzu: »Der Rest deiner Kleidung könnte auch ein bißchen Flickarbeit und eine gute Wäsche vertragen, Herr. Rhys, warum holst du nicht ein paar von deinen anderen Sachen, so daß ich die des Herrn Gawain waschen kann?«

Ich war ein bißchen schockiert über die Direktheit meiner Mutter, aber der Herr Gawain sagte nur: »Es wäre keine Zeit, sie zu trocknen. Morgen früh muß ich weg.«

»Morgen früh? Na, wenn ich sie ans Feuer hänge, dann können sie am Vormittag trocken sein, und mit Sicherheit kannst du bis dahin bleiben. Aber du mußt länger bleiben, wirklich. Es geht dir nicht gut genug, um in solchem Wetter zu reisen.«

»Es geht mir gut genug. Ich muß früh weg. Zeig mir nur, wo ich schlafen kann.«

»Dann laß mich zumindest den Riß in deinem Umhang flicken. Komm, der Wind pfeift ja durch und kühlt dich aus, und das Schneewasser durchweicht dich. Ich brauche fast überhaupt keine Zeit, um ihn zu flicken.«

Als Gawain sich wieder höflich weigern wollte, packte meine Mutter voller Ärger den Mantel am Vorderteil, löste die Nadel und nahm ihn Gawain einfach ab. Der trat zurück, seine Hand fiel auf das goldene Heft seines Schwertes. Ich bemerkte, daß ein Kettenhemd unter der wollenen Übertunika glitzerte – und dann fiel mir auf, daß die Tunika zerschnitten war und über den Rippen aufriffelte. Die Kanten des Risses waren mit einem dunkleren Rot befleckt. Mein Vater bemerkte es auch.

»Aha«, sagte er überrascht. »Dein Hengst war nicht der einzige, der von einem Speer getroffen worden ist.«

Gawain ging schnell rückwärts zum Dachträger und zog sein Schwert halb aus der Scheide. Die Klinge glänzte mit unnatürlicher Helligkeit im flackernden Licht.

Mein Vater blieb stehen, wo er war. Langsam stieg ihm das Blut ins Gesicht, es wurde dunkel vor Zorn. Meine Mutter schaute ihn an, nicht Gawain. Der Mantel war noch immer in ihren Händen. Ich schaute mich nach einer Waffe um.

»Du hast die Hand auf deinem Schwert«, bemerkte mein Vater

mit gleichmütiger Stimme. Ich kannte diese Stimme: Als ich noch ein Junge war, hatte mein Vater so geredet, bevor er mich verdrosch.

Gawain antwortete nicht, nur seine Augen bewegten sich schnell, überflogen den Raum, fixierten sich auf meinen Vater.

»Du kannst das Ding wegstecken«, sagte mein Vater. »Vor neun Jahren habe ich dich zwei Tage lang kennengelernt, aber ich glaube, daß du damals das Ding in Ynys Witrin geweiht hast. Du solltest nicht allzu bereitwillig mit einer geheiligten Waffe Blut vergießen. Besonders, wenn es sich um das Blut deines Gastgebers handelt.«

Gawain wurde ein bißchen rot. Einen langen Augenblick starrte er meinen Vater an. Dann steckte er abrupt das Schwert in die Scheide. Seine Hand glitt vom Heft und hing locker an seiner Seite.

Mein Vater ging hastig zu ihm hinüber. »Laß mich deine Wunde mal sehen.«

Der Krieger schaute ihn einen Augenblick an, machte dann eine hilflose Geste und begann, die Tunika aufzuknöpfen. Meine Mutter preßte mißbilligend die Lippen fest zusammen und stellte Wasser aufs Feuer.

Es war eine Wunde, die schmerzhaft aussah. Ein Riß quer über die Rippen, auf der rechten Seite. Gawain zog seine Untertunika vorsichtig darüber weg und legte das Kleidungsstück auf sein Kettenhemd. Sein Oberkörper war schon jetzt kreuz und quer mit alten Narben bedeckt, viel mehr Narben, als ich mir wünschte. Die meisten waren auf der rechten Seite seines Körpers. Meine Mutter schüttelte den Kopf, nahm ein sauberes Tuch und begann, den Schnitt zu reinigen. Sie hielt einen Moment inne, und Gawain setzte sich am Feuer nieder. Er war mager, und er zitterte ein bißchen. Der Ausdruck auf seinem Gesicht war schrecklich: Erschöpfung und Beschämung und fast Verzweiflung.

»Warum hast du versucht, das zu verstecken?« wollte mein Vater wütend wissen. »Damit kannst du doch nicht auf Reisen gehen. Du wirst hierbleiben müssen.«

Gawain zuckte die Achseln, verzog bei der Bewegung schmerzhaft das Gesicht. »Ich bin ja schon damit gereist. Den größten Teil des heutigen Tages. Ich . . . na, die meisten . . . Bauern . . . würden einen Mann aus Artus' Familie umbringen, wenn sie das für sicher hielten. Ach, fast jeder auf dieser Seite von Britannien haßt den Hohen König.«

Das Gesicht meines Vaters wurde wieder dunkel vor Zorn. »Ich würde einen Gast nicht umbringen, selbst wenn er mein schlimmster Feind wäre. Selbst wenn er gesund und stark und bereit wäre, mir was anzutun. Ich bin nicht der Mann, einen umzubringen, den ich als Freund kennengelernt habe, gleichgültig, wer sein Herr ist. Und außerdem unterstütze ich den Kaiser.«

Gawain blickte fest zu ihm auf. Dann, ganz langsam, lächelte er. »Verzeih mir. Ich habe nicht nachgedacht, und ich habe mir auch keine Zeit genommen, dich anzuschauen. Du würdest es wirklich nicht tun.« Er holte tief, schluchzend Atem. »Es ist lange, lange her.«

»Seit wir uns kennengelernt haben?«

»Ich war damals noch nicht einmal Krieger. Man vergißt, wie die Menschen sich benehmen. O, Sion, ich bin müde.«

»Dann bleib hier, bis du wieder ausgeruht bist.«

»Ich zahle dir was dafür.«

»Süßer Jesus, hab Erbarmen! Wenn der Tag kommt, daß einer meiner Gäste mich bezahlt, dann will ich meine Felder mit Salz besäen, so wahr mir Gott helfe. Alle Heiligen und Engel sollen meine Zeugen sein.«

Gawain lächelte wieder, und ein Licht schien in seinen dunklen Augen zu glühen. »Ich hatte vergessen, daß es solche Menschen gibt«, sagte er sehr leise, mehr zu sich selbst als zu uns. »Und ich verdiene es nicht. Gott ist wirklich gnädig.«

Ich saß da und schaute ihn an, während er mit gekreuzten Beinen im roten Feuerlicht saß, und meine Mutter verband die Wunde. Er war nicht das, was ich bei einem so ruhmreichen Krieger erwartet hätte. Als ich hinschaute, wurde mir klar, daß er nicht viel älter sein konnte als ich. Sein Gesicht war unter dem Schmutz und dem verfilzten Haar noch immer jung und sehr gutaussehend. Aber es war schon von Schmerz und Enttäuschung gezeichnet. Bis jetzt hatte er soviel älter, so mißtrauisch und so beherrscht ausgesehen. Ich betrachtete meine Familie, den eng geschlossenen Kreis im Halblicht und im warmen Schatten. Ja, hier war es gut. Ich konnte es mir leisten, jung zu sein. Ich hatte eine Heimat, ein schönes Zuhause, einen Ort, der meiner Liebe wert war.

Dennoch, irgend etwas in meinem Herzen bewegte sich wie ein Spatz, der sich in der Scheune gefangen hat und in den Dachbalken herumflattert und nach dem klaren Himmel und dem Wind sucht.

2

Der Herr Gawain schlief sehr lange am nächsten Morgen. Als er aufwachte, nahm er ein Bad, wusch und stutzte sich Haar und Bart, zog ein paar von meinen Sachen an und ging hinaus, um nach seinem Pferd zu sehen. Meine Hosen und meine Tunika hingen locker an ihm, und sie waren auch ein bißchen zu lang. Aber meine Mutter hatte seine eigenen Kleidungsstücke mit Beschlag belegt und arbeitete daran. Sie schüttelte immer wieder den Kopf über ihren schlechten Zustand, während sie nähte.

Der weiße Hengst stand gut untergebracht in unserer Scheune, verzehrte unser Korn und ignorierte all die anderen Tiere, die dort waren, außer unserer braunen Stute. Gawain stritt sich mit meinem Vater wegen des Korns.

»Die Kosten des Korns muß ich tragen, Sion. Schlachtrösser sind teuer in der Haltung. Sie sind ein Luxus für ihren Besitzer. Kein Gastgeber ist verpflichtet, seine Gäste mit Luxusgütern zu versorgen.«

»Ein Schlachtroß ist kein Luxus für einen Krieger, der zu Pferde kämpft. Ich habe das Korn; laß es ihn doch fressen.« Und mein Vater gab nicht nach, trotz der einleuchtenden Argumente des anderen.

Der Krieger überprüfte auch noch einmal die Hufe seines Tieres, und wieder schaute er besorgt drein wegen der Eisen. »Gibt es in der Nähe einen Schmied?« fragte er hoffnungsvoll.

»Um diese Jahreszeit gibt es hier keinen gelernten. Manche kommen vorbei, wenn das Wetter wärmer ist, und stellen an Markttagen ihre Schmiede hier auf. Aber wir könnten dir dein Pferd beschlagen. Mein Neffe Goronwy stellt sich ganz gut dabei an.«

»Das wäre schön. Und könnte er vielleicht auch mein Kettenhemd reparieren?«

»O, das ist schon schwerer. Sehr schwierig, würde ich sagen.«

»Es braucht im Augenblick keine komplette Reparatur zu sein. Nur ein paar Ringe, die von der Seite eingeschlagen werden, damit der Rest zusammenhält. Auf der Reihe, wo der Speer durchgedrungen ist.«

»Du kannst Goronwy ja mal sagen, wie du es haben willst, und dann werden wir sehen.«

Gawain nickte, und wir gingen zurück zum Haus. Vor der Scheune entschuldigte sich mein Vater und ging hinüber zu den Ställen, um sich um das Vieh zu kümmern.

»Wie hat denn der Speer die Eisenringe durchdrungen?« fragte ich neugierig, während wir den Hügel hinauftrotteten. »Ich dachte, ein Kettenhemd schützt einen Mann.«

»Es war ein Wurfspeer.« Ich muß blöde dreingeschaut haben, weil Gawain plötzlich lächelte und erklärte: »Ein Kettenhemd hält auch Wurfspeere ab, vorausgesetzt, du bist nicht zu nah an dem, der sie wirft. Wenn der Schlag flach kommt, hält ein Kettenhemd ebenfalls ein Schwert oder ein Messer ab. Aber eine Lanze oder eine Schwertspitze oder ein harter, gerader Schlag mit einem guten Schwert schneidet durch die Eisenringe wie durch Leder. Man würde mehr von dem Zeug erwarten, wenn man weiß, wie teuer es ist, nicht wahr? Trotzdem, es ist viel besser als das nächstbeste.«

»Wieviel hast du denn für deins bezahlt?« fragte ich neugierig.

»Ich hab' es nicht gekauft. Ich hab' es einem sächsischen Fürsten abgenommen.«

Nachdem er ihn natürlich getötet hatte. Ein harter, gerader Schlag mit einem guten Schwert? Ich schaute mir den juwelenbesetzten Heft von Gawains Schwert an, das auf dem Grau meiner zweitbesten Übertunika glühte. Kriegsausrüstung hat eine Schönheit, die das Glitzern von Stahl und Bronze und das Leuchten bunter Banner mit all meinen Gedanken verwoben hatte, seit damals, als ich zum erstenmal an einem Sommermorgen eine Gruppe von Kriegern die Straße, die von Caer Legion nach

Süden, nach Camlann führt, hatte hinabreiten sehen. Aber letzten Endes waren die Ausrüstung und das Glitzern nur Werkzeug eines Handwerks, und dieses Handwerk bestand darin, zu töten oder getötet zu werden. Warum sollte ich es als wunderbar betrachten? Ich war alt genug, um es besser zu wissen.

Das Schwert war trotzdem wunderschön.

Am Abend aß Gawain etwas mehr als in der vergangenen Nacht. Er dankte meiner Mutter für das Mahl, und zwar in sehr höflichen Worten. Seine Stimme war nicht mehr rauh, aber er sprach noch immer leise. Morfudd, die ältere meiner Schwestern, bemerkte auffallend schnell, wenn er irgend etwas brauchte, und sie beobachtete ihn, bescheiden zwar, aber mit einem Glitzern in den Augen. Ich wußte genau: Später würde sie mit meiner anderen Schwester über ihn reden. Ich verstand, warum Frauen das wohl taten. Plötzlich dachte ich an mein eigenes Gesicht, im Vergleich mit seinem. Es gehörte wirklich nicht zu der Art, die diesen Gesichtsausdruck bei Frauen hervorrief, fürchtete ich. Mein Gesicht erweckte mehr schwesterliche Vertraulichkeit, auch von Frauen, die nicht meine Schwestern waren. Nein, ich war nicht häßlich, aber grobknochig, rothaarig und blauäugig wie mein Vater, und im Sommer hatte ich überall Sommersprossen. Alle behaupteten immer, ich sähe ehrlich aus. Ein ehrlicher Bauer, aus einem einigermaßen wohlhabenden Clan und in einem Alter, in dem man sich mit irgendeiner ehrlichen Ehefrau niederläßt und für den Fortbestand des Clans sorgt. Gawains Gesicht war fein geschnitten. Er hatte hohe Wangenknochen und dunkle Augen, und sein Bart, der jetzt kurz getrimmt war, ließ sein Gesicht noch schmaler erscheinen. Er sah aus wie das, was er war: ein Krieger, und zweimal von königlichem Geblüt. Aber warum sollte ich das Gefühl haben, daß er soviel mehr wert war als ich? Britannien konnte leichter ohne Krieger als ohne Bauern auskommen, und Könige und ihre Clans kommen und gehen, während mein Clan das Land in der Gegend um Mor Hafren schon bebaut hatte, ehe die Römer kamen.

Aber so, wie es in Britannien heute aussah, würden die einzigen Bauern um Mor Hafren Sachsen sein, wenn die Krieger nicht gekämpft hätten. Und ich und mein Clan, wenn wir überlebt hätten und frei geblieben wären, wir würden uns jetzt nach Land in den Bergen von Gwynedd umsehen oder auf der anderen Seite des Meeres, in Kleinbritannien. Der Pendragon hatte uns gerettet, und der Mann, der mir gegenüber auf der anderen Seite des Tisches saß und das Ale ablehnte, das Morfudd ihm anbot, dieser Mann hatte gegen die Finsternis gekämpft . . .

Ich war derjenige, der heute abend nur wenig aß. Meine Mutter warf mir einen strengen Blick zu, während sie meinen Teller wegnahm, einen ›Erzähl-es-mir-mal-später‹-Blick. Ich fragte mich, ob ich das wohl konnte. »Mutter, wenn dieser Krieger wieder wegreitet, dann will ich mit ihm. Ich will Camlann sehen und die Sachsen und den Krieg. Ich will meine Familie verlassen um solcher Dinge willen, die diesen Gawain so verbittert haben.« Nein, es ging nicht. Das war die Bitte eines Kindes, unsinnig und außerdem unmöglich. Daß Gawain gewillt wäre, mich mitzunehmen, war genauso unwahrscheinlich, wie daß meine Mutter mich würde gehen lassen.

Wir setzten uns am Herdfeuer nieder, und Gawain stellte meinem Vater höfliche Fragen über den Hof und den Clan und das Land um Mor Hafren und über die letzte Ernte. Er hörte sehr aufmerksam den Antworten zu. Mein Vater brauchte eine ganze Weile, um das Gespräch auf seine eigenen Fragen hinzulenken. Aber schließlich hatte er es geschafft.

». . . schicken sie auf die Weide, wenn der Schnee nicht zu tief liegt, selbst mitten im Winter. Aber jetzt, jetzt ist es zu kalt, um so was noch zu machen. Sie wollen nicht raus aus dem Stall. Sind in der Hinsicht schlauer als Menschen. Oder wenigstens als manche Menschen.«

»Ich bin dann also nicht schlau?« Gawain sah ernst aus, aber seine Augen strahlten ein bißchen zu hell.

»Du reist zu einer Zeit, wo vernünftige Männer am Feuer sitzenbleiben.«

»Ich sitze ja jetzt an einem Feuer.«

»Aber was mußten wir nicht alles tun, damit du dableibst! Wirklich, Herr Gawain, wann bist du denn losgeritten und warum?«

»Was das Wann angeht: das war Anfang November. Und das Warum – ich bin auf der Suche nach einer bestimmten Frau. Möglicherweise ist sie hier vorbeigekommen, vor acht Jahren im Spätherbst. Eine blonde Frau, die eine braune Stute ritt und der zwei Diener folgten. Einer von ihnen war ein alter Mann, dem ein halbes Ohr fehlte. Die Frau hatte blaue Augen, vielleicht trug sie auch ein blaues Kleid, und sie sprach mit einem nördlichen Akzent.«

»Eine Edelfrau?« fragte mein Vater. »Nein, von so einer Frau habe ich weder etwas gesehen noch etwas gehört. Aber warum suchst du sie denn?«

»Ich . . . ich schulde ihr etwas. Ich hatte nicht die Gelegenheit, es ihr zurückzuzahlen, solange noch Krieg war, und jetzt, wo wir Frieden in Britannien haben, versuche ich, sie wiederzufinden.«

»Mitten im Winter? Wer ist sie denn?«

Gawain senkte den Blick. »Sion, das ist eine komplizierte Geschichte, und auch eine lange. Außerdem ist sie für mich nicht sehr ehrenhaft.«

Mein Vater zuckte die Achseln, fummelte am Fuß seines Hokkers herum und hob ein Stück Holz auf, aus dem er eine Tasse schnitzen wollte. »Wie du meinst. Aber wenn die Geschichte lang ist, dann haben wir heute abend und morgen und so weiter, bis deine Wunde geheilt ist, Herr.« Er hielt inne. Sein Blick begegnete Gawains Augen. »Warum macht dir das alles solchen Kummer?«

Gawain lächelte. »Weil das alles eine bittere Erinnerung enthält.« Wir schwiegen einen Augenblick, und dann fuhr er abrupt fort. »Ich habe diese Frau einmal geliebt, und ich habe ihr weh getan.«

Mein Vater musterte die angefangene Tasse und begann, am Rand herumzuschnitzeln, während er eifrig darum bemüht war, Gawains Blick auszuweichen. »Und du liebst sie noch immer?«

»Gott ist mein Zeuge, ja. Aber ich muß auf jeden Fall ihre Vergebung erlangen. Ich habe nicht darum gebeten, als wir uns trennten, und ich habe ihr großes Leid gebracht.« Wieder entstand ein langes Schweigen. Gawain schaute auf seine Hände. Die langen Finger verflochten sich auf seinen Knien. »Du hast ein

Recht, die Geschichte zu hören, Sion ap Rhys, wenn du es wirklich willst. Und ich habe nicht das Recht, die Angelegenheit zu verbergen, um meinen Stolz zu retten oder eine Ehre aufrechtzuerhalten, die ich an sie verloren habe. Außerdem schulde ich auch dir etwas.«

»Mhm. Du schuldest mir Vertrauen«, sagte mein Vater und begann jetzt richtig zu schnitzen. Das Messer machte ein weiches, schabendes Geräusch. »Ich würde die Geschichte gern hören.«

Gawain blickte auf und schaute ins Feuer, wie Männer das tun, wenn sie die Erinnerungen an ein Ereignis zusammensuchen und nicht wissen, wie sie sie in Worte fassen sollen. Er rieb seine Schwerthand auf seinem Knie langsam hin und her, als ob irgend etwas daran klebte.

»Ich glaube, daß es im Frühling begann, vor acht Jahren«, sagte er. Der Wind rauschte im Strohdach, und die Nadel meiner Mutter glitzerte, während sie nähte. Gawain richtete sich auf und saß bewegungslos da, den Blick noch immer auf das Feuer fixiert. »Vor acht Jahren, im Frühling jenes Jahres, schickte mein Herr Artus mich mit einer Botschaft nach Caer Ebrauc. Der alte König, Caradoc, war gestorben, und sein Neffe, Bran ap Caw, der älteste der zwölf Söhne des Caw, trat seine Nachfolge an. Alle Söhne des Caw waren Artus' Feinde, wegen einer Blutfehde, die angefangen hatte, als mein Herr die Hohe Königschaft an sich riß. Deshalb fürchtete mein Herr, daß Bran vielleicht wieder mit der Rebellion beginnen könne. Das war während unserer Kampagne im Norden, gegen die Sachsen von Deira und Bernicia und die anderen nördlichen Königreiche. Bis da war die Kampagne gut gelaufen, und die Sachsen spürten die Kraft unserer Angriffe, aber dadurch wurden sie nur noch entschlossener, Rache an uns zu üben. Sie waren damals so stark, wie sie nie gewesen waren, besonders nachdem sie sich zusammengeschlossen hatten. Aber wir waren umhergezogen und schlugen sie da, wo sie es am wenigsten erwarteten, und führten Raubzüge durch, daß sie in jenem Winter sogar hungern mußten. Aber wir hätten damals mindestens noch ein weiteres Jahr gebraucht, ehe wir sie dazu zwingen konnten, unsere Bedingungen zu akzeptieren. Die Rebellion eines der britischen Königreiche hätte damals für uns tödlich sein können. Mein Herr mußte also jemanden zu Bran schicken, um herauszufinden, wie es stände, und um sich mit ihm zu versöhnen. Er wählte mich.«

»Du warst damals noch ziemlich jung.« Mein Vater warf ihm einen scharfen Blick zu. »Es war ja erst ein Jahr, nachdem ich dich kennengelernt hatte.«

»Ich war eben achtzehn.« Gawain lächelte. »Aber mein Herr mußte einen seiner besten Krieger schicken, oder Bran hätte sich beleidigt gefühlt. Cei oder Gereint oder meinen Bruder Agravain hätte er nicht schicken können, weil die drei in der Lage gewesen wären, bei dem geringsten Anzeichen einer Beleidigung gegen Artus Bran Wein ins Gesicht zu schütten. Und damit hätte man diesen Mann kaum versöhnt. Bedwyr konnte er auch nicht aussenden, denn der ist Bretone und nur vom niederen Adel – obwohl ein edlerer Mann nie auf der Erde gelebt hat. Aber auch deswegen hätte Bran beleidigt sein können, wenn er es gewollt hätte. Artus sagte mir das, als ich einwandte, daß ich zu jung sei. Er hat mich geschickt.«

»Gawain von der goldenen Zunge«, murmelte Morfudd kokett.

Gawain lachte und warf ihr einen Blick zu. »Als Cei mich zum erstenmal so genannt hat, meinte er das als Witz. Nun, ich zog von König Uriens Festung in Rheged nach Caer Ebrauc, ich und zwei andere aus Artus' Familie. Die Straßen waren schlecht, und wir brauchten ungefähr sieben Tage, obwohl wir alle gute Pferde hatten. Aber die Apfelbäume standen gerade in Blüte, und die Wälder wurden grün. Mein Hengst Ceincaled lief wie die Sonne auf den Wellen. Ich dachte damals, wie schön es war, lebendig zu sein und jung und einer von Artus' Kriegern – das letztere war noch immer neu für mich. Um Bran und Llys Ebrauc machte ich mir keine großen Gedanken. Im Herzen konnte ich einfach nicht einsehen, wie irgendein Mann in Britannien ein Gegner von Artus und seiner Familie sein konnte. Es gibt niemanden wie meinen Herrn Artus, den Hohen König, und kein Feldherr ist so groß in ganz Britannien.

Aber als wir Caer Ebrauc erreichten, begann ich einzusehen, daß Bran am Ende vielleicht doch eine Gefahr darstellen konnte. Seine Stadt gehört zu denen, die die Römer für ihre Legionen erbauten, und sie hat eine gewaltige Mauer, die noch immer stark befestigt ist. Außerdem gibt es sehr viel Platz für Krieger, und das Land um sie herum ist reich und gut bevölkert. Die Stadt hinter der Mauer ist mehr als halb verlassen, wie jede andere Stadt in unserer Zeit, aber sie ist reich genug. Das Heer des Königs wohnt in einer der alten römischen Kasernen, und nicht in einer Festhalle oder in eigenen Häusern. Es ist eine große Gruppe. Die meisten sind Krieger zu Fuß; seine Reiterei ist nicht so gewaltig. Aber es sind doch so fünfhundert ausgebildete, gutbewaffnete Krieger. Und Ebrauc könnte auch bei den Clans, die ihm untertan sind, eine Armee ausheben, während Artus sich dabei auf seine Unterkönige verlassen mußte. Und es ist nicht einfach, sich auf die zu verlassen. Ich ritt also mit größerer Vorsicht in Caer Ebrauc ein, als ich auf dem Weg dorthin gezeigt hatte.

Bran lebte in dem Palast irgendeines längst vergessenen römischen Kommandeurs. Das Gebäude war zum letztenmal vor ungefähr hundert Jahren repariert worden. Ich und die anderen, wir sollten bei Bran wohnen, wie das unserem Rang zukam. Wir hielten vor dem Palast, übergaben unsere Pferde den Stallknechten und versuchten, unser Gepäck irgendwo unterzubringen, ehe wir hineingingen, um mit Bran zu sprechen. Während wir damit beschäftigt waren, uns mit den Dienern zu streiten, kam ein Mädchen aus dem Palast und ging hinüber zu den Pferdeknechten, um dafür zu sorgen, daß die Pferde in die Ställe kamen.«

Er schwieg einen Augenblick und schüttelte dann den Kopf. »Das Sonnenlicht war so klar wie Frühlingswasser über sauberem Sand, und die Tauben gurrten auf den zerbrochenen Ziegeln des Daches. Sie hatte einen Gang wie der Schatten eines Vogels über einem klaren Fluß. Ihr Haar war von der Farbe des Gestirns. Als sie bei den Pferden ankam, spürte sie, daß mein Blick auf ihr lag, und sie drehte sich herum und errötete, als sie sah, daß ich sie betrachtete. Dann packten die Diener sich das Gepäck auf, und man führte uns nach drinnen zum König.

Ich fühlte mich wie eine Harfensaite, die gezupft worden ist. Ich hatte den Wunsch, ein Lied über die Art zu machen, wie sie sich bewegte. Ich glaube, mein Blut sang. Aber ich mußte mich zusammennehmen und mit Bran sprechen.«

»War sie sehr schön?« fragte Morfudd eifrig. Meine Mutter warf ihr einen drohenden Blick zu. Gawain starrte einen Augenblick hin, wandte dann den Blick ab und zuckte die Achseln. »Mir schien sie so. Andere haben mir gesagt, sie sei nicht schön.« Er hielt inne und fügte dann rauh hinzu: »Ihre Nase war zu lang, ihre Zähne zu groß, und sie war so dünn wie ein Zaunpfahl.«

»Aber du hast doch gesagt . . .«

»Ich habe es gesagt! Denn da war immer noch die Art, wie sie sich bewegte, wie sie ihre Röcke hob, um ein Stückchen zu rennen, wie sie dann den Kopf umwandte – und wie das Licht über ihr Gesicht glitt, wenn sie lächelte. Wenn sie stillsteht, könnte man sie unscheinbar nennen, aber wenn sie sich bewegte oder sprach, dann war sie wie eine Lerche über den Hügeln. Sie wirkte schön durch sich selbst, nicht durch die Schönheit, die die Natur schenkt.«

Er schaute wieder ins Feuer, ballte die Fäuste und sprach weiter, als ob es ihm weh täte – und bei einem Mann wie ihm stimmte das ohne Zweifel auch. »Das war alles. Ich wollte sie wiedersehen, und ich glaubte, ich begehrte sie, aber ich war nicht besonders wild darauf, ihren Namen zu erfahren. So sprechen wir über solche Dinge. Ich hatte noch nie . . . Nun, sie gab mir ein großes Gefühl, aber ich hatte nicht daran gedacht, daß auch sie fühlen konnte. Gott verzeih mir, aber ich wollte nur selbst genießen und nichts geben.«

Gawain warf meinem Vater einen geraden, wilden Blick zu, streckte dann seine Hände wieder, rieb sie zusammen und fuhr fort. »Ich ging hinein und redete mit Bran von Llys Ebrauc. Es war ein guter Kampf mit Worten. Immer wieder deutete er tödliche Beleidigungen an, und ich bemühte mich, sie in offene Antworten oder harmlose Kommentare umzudrehen, und wir beide machten pausenlos Andeutungen über gewisse politische Folgen, die das alles haben konnte. Am Ende fragte mich Bran, wie lange ich vorhätte zu bleiben. Mein Herr hatte mir gesagt: ›Bleib, solange es die Situation erfordert‹, und für mich war es deutlich, daß Bran in dieser Situation unaufhörlich beobachtet werden mußte. Also erwiderte ich: ›Mit Eurer Erlaubnis will ich bleiben, bis mein Herr meine Rückkehr befiehlt.‹ Bran mochte das gar nicht. Er wußte, er konnte keine Rebellion vorbereiten, solange ich noch in Ebrauc weilte, und er wagte es auch nicht, mich töten zu lassen – aus Angst vor der Rache meines Herrn. Ich konnte förmlich sehen, wie er nach einem Grund suchte, so daß er sagen könnte, ich hätte ihn beleidigt. Dann konnte er mir befehlen abzureisen. Aber ich gab ihm keinen Anlaß. Also sagte er mir, er würde in der Nacht ein Fest geben, um mich willkommen zu heißen, und all sein Eigentum stände mir zur Verfügung. Und so weiter. Ich war froh, als ich gehen konnte. Aber als ich mich hinlegte, um mich vor dem Fest auszuruhen, mußte ich wieder an das Mädchen denken. Es sah so aus, als ob sie eine von Brans Dienerinnen gewesen wäre: Sie war einfach gekleidet, und sie hatte sich um die Pferde gekümmert. Bran hatte mir seine Gastfreundschaft angeboten, und ich dachte: ›Wenn wir schon eine Zeitlang bleiben müssen, dann werde ich sie in Anspruch nehmen.‹ Ich schlief ein, während ich mich fragte, wie sie wohl aussah, während sie lächelte.

Sie war wirklich beim Fest. Sie kam von der linken Seite der Halle herein, um Wein am Hohen Tisch einzuschenken, und sie trug ein Kleid aus blauer Seide, das mit goldenen Spangen gehalten wurde. Mehr Gold war in ihrem Haar. Bran lächelte sie an und sagte halb lachend: ›Der Mond geht auf!‹ Sie lächelte zurück und füllte sein Glas. Der Mann neben mir flüsterte: ›Das ist Elidan, die Tochter des Caw, die Schwester des Königs.‹

Damit hat es sich, sagte ich mir. Ich konnte meine Zeit mit Dienstmädchen verbringen, wenn mir das Spaß machte, aber Elidan, die Tochter des Caw, die Schwester des Königs, die durfte niemand anrühren, besonders nicht der Feind ihres Bruders.

Sie schenkte den Wein ein und setzte sich neben Bran. Sie nahm den Platz der Königin ein, denn Brans Frau war im Kindbett gestorben. Nach einer kleinen Weile erhob sie sich wieder, um die Gläser erneut zu füllen, und als sie kam, um mir einzuschenken, verschüttete sie etwas Wein. Sie hielt den Atem an und ließ fast den Krug fallen. Ich ergriff ihn von der Seite her, und meine Hand berührte ihre. Mein Blick begegnete ihrem Blick, als ich aufschaute. Sie errötete wieder, und ich spürte das Zittern in ihrer Hand. Der Wein zitterte, hell und dunkel bewegte sich seine Oberfläche.

Ich ließ den Krug los. Nach einem Augenblick füllte sie mein Glas, knickste und ging am Tisch weiter. Ich betrachtete sie, während sie ging, und mein Blut sang wieder.

Wir blieben in Ebrauc, und Bran und seine Leute übersahen uns größtenteils. Manche versuchten Streit anzufangen, aber die beiden Männer, die ich zu meiner Begleitung gewählt hatte, wußten, wie man sich anstellt, als ob man nichts gehört hätte. Vielleicht war es ihnen auch gleich. Dennoch, es war kein angenehmer Ort für uns, und ich wünschte mir leidenschaftlich, wieder im Kampf mit meinem Herrn Artus vereint zu sein. Ich wußte, die Krieger der Familie hatten sich versammelt, sie hatten die Standarte aufgerichtet und waren in den Krieg geritten. Sie waren alle dabei, mein Bruder Agravain, meine Freunde Cei, Bedwyr und die anderen. Und ich saß in Llys Ebrauc herum wie ein Stück Ballast. Ich wußte, Artus wollte, daß ich da war, und es war eine Ehre, daß er mir solch eine Aufgabe anvertraute – aber wir hatten Mai! Ich hätte aus enttäuschtem Tatendrang töten können.

Und dann hatte ich Gelegenheit, Elidan zu treffen, und vergaß alles andere.

Ungefähr eine Woche nach meiner Ankunft ging ich zu den Ställen, um nach dem Pferd zu sehen, und sie war da und betrachtete den Hengst. Ich hatte sie seit dem Fest nicht mehr gesehen. Als ich herankam, errötete sie wieder und ging rückwärts vom Stand des Pferdes weg.

›Du brauchst keine Angst zu haben‹, sagte ich ihr, ›er wird dir nicht weh tun.‹ Sie schaute mich an, neigte ein wenig den Kopf und blieb stehen. Ich ging in den Unterstand hinein und packte Ceincaleds Halfter, und er schnaubte und knabberte an meinem Handgelenk. ›Siehst du?‹ sagte ich dem Mädchen. ›Er ist sehr sanft.‹ Noch immer sagte sie nichts. ›Möchtest du gern mal herankommen und ihn dir ansehen?‹

Sie drückte sich langsam näher, trat auf der anderen Seite des Pferdes in den Stand ein. Ganz vorsichtig streckte sie eine Hand aus und tätschelte seinen Nacken. Er beäugte sie und ließ seine Ohren nach vorn zucken, und sie lächelte. Ich glaubte, ich hätte zum erstenmal im Leben die Augen geöffnet, als ich sie lächeln sah.

›Ist das Ceincaled?‹ fragte sie mit einer tiefen Stimme, die wie die dunklen Töne des Dudelsacks klangen. ›Ist es wahr, daß er einer unsterblichen Rasse angehört?‹

Ich sagte ihr, ja, es stimmt, und als sie mich weiter fragte und wieder lächelte, erzählte ich ihr die ganze Geschichte. Es ist nicht meine Gewohnheit, sie zu erzählen, und mit Sicherheit erzähle ich sie nicht, um jemanden zu beeindrucken. Aber sie war sehr angetan davon, und sie hörte mit leuchtenden Augen zu, und ihre Lippen öffneten sich ein wenig.

›Also bin ich mit dem besten aller Pferde gesegnet‹, sagte ich ihr, als ich mit der Geschichte fertig war, und ehe ich wußte, was ich sagte, fuhr ich fort: ›Aber er braucht Auslauf, wie jedes andere Pferd auch. Kennst du einen guten Platz zum Reiten, Herrin?‹

›Herfydds Wald‹, erwiderte sie, ›das ist ein sehr schöner Ort. Es gibt da offene Wiesen, wo Pferde galoppieren können.‹ Und dann hielt sie inne und fügte hinzu: ›Heute nachmittag bringe ich meine Stute dorthin, wenn du willst, daß ich dir den Weg zeige.‹

›In der Tat würde ich mir das wünschen, und ich wäre dir sehr dankbar‹, sagte ich, ›auch, wenn du mir den Wald zeigen würdest.‹ Leise stimmte sie zu.

Außer Höflichkeit hatte nichts in ihren Worten gelegen, nichts, wodurch man Verdacht hätte schöpfen können. Die ganze Zeit waren ihre Diener dabei. Aber wir konnten reden. Es war ein herrlicher Ritt. Ich kann mich nicht mehr an das erinnern, worüber wir sprachen, nur, daß ich sehr viel redete und sie zum Lachen brachte. Ihr Lachen war wie das Flattern von Vogelschwingen, und meine Gedanken flogen. Als wir nach Ebrauc zurückkehrten, fragte ich sie, ob sie noch andere gute Plätze zum Reiten kenne, denn obwohl ich Herfydds Wald genossen hätte, sei doch Abwechslung etwas Angenehmes. Sie sagte ja, es gäbe noch Bryn Nerth, ein Gelände, das sie mir auch zeigen könne, wenn ich Lust hätte. So ritten wir am nächsten Tag wieder zusammen, und am nächsten, und am nächsten. Die Welt war für mich wie Lachen und Sonnenlicht in den Bäumen, voller Schimmer und tanzendem Licht.

Aber nachdem wir es fünf Tage so gehalten hatten, erschien sie zur ausgemachten Zeit mit einem ernsten, kühlen Gesicht und sagte mir, sie könne an diesem Tage ihre Stute nicht ausreiten. Ich stritt mich mit ihr, aber sie suchte Entschuldigungen und ging. Am Ende ritt ich allein hinaus, ich war sehr zornig. Ich ritt im vollen Galopp, bis Ceincaled schwitzte und gern anhalten wollte, und das dauert sehr lange. Es war deutlich genug zu sehen, warum sie nicht gekommen war. Bran hatte Verdacht geschöpft – er hatte wohl bemerkt, daß diese gemeinsamen Ausritte nicht nur Höflichkeit waren. Er hatte mit Elidan geredet, hatte sie vor mir gewarnt oder ihr befohlen, nicht mehr mit mir auszureiten. Ich sagte mir, ich hätte sie von Anfang an darum bitten sollen, mit mir zu kommen. Es war Wahnsinn, sie zu begehren oder überhaupt die Hoffnungen zu hegen, die in mir waren. Ihr Bruder mochte sie sehr – und sie mochte Bran, wenn man genau hinsah. Selbst wenn ich an irgend etwas Dauerhaftem interessiert gewesen wäre, was nicht der Fall war, selbst dann wäre es unmöglich gewesen. Man kann nicht den Ehebund mit einer Frau schließen, deren Familie mit dem eigenen Herrn verfeindet ist. Und wenn es keine Ehe war, dann hätte Bran gute Gründe gehabt, eine Rebellion vom Zaun zu brechen. Ich schuldete es meinem Herrn Artus, meiner Ehre als Gast und Botschafter und ihrer Ehre als Edelfrau, sie in Ruhe zu lassen.

Ich entschloß mich, nicht mehr als höflich zu sein, und ich hielt meine guten Vorsätze auch, wenigstens eine Woche lang. Aber bei Nacht, in meinen Träumen, hielt ich sie in den Armen, und als ich allein die Harfe spielte, stellte ich fest, daß ich von ihr sang, und ich begann mir zu überlegen, wie wir Bran hintergehen konnten. Viele Möglichkeiten fielen mir ein. Und dann, eines Tages, sah ich sie in einem Gang im Palast. Sie war allein. Ohne nachzudenken, packte ich ihr Handgelenk. ›Ich reite morgen nach dem Mittagmahl in Herfydds Wald‹, flüsterte ich ihr ganz leise ins Ohr. Dann ließ ich sie los und ging weiter, und ich spürte ihre Blicke auf mir, bei jedem Schritt. Nachher habe ich mich dafür verflucht, daß ich das gesagt hatte, und ich entschloß mich, am nächsten Tag nicht in den Wald zu reiten. Aber ich ritt. Eine Stunde oder so verbrachte ich damit, allein umherzureiten, und dann wendete ich verärgert mein Pferd – ich traf sie am Waldrand. Sie hatte nur einen Diener bei sich, einen alten Mann, dem ein halbes Ohr fehlte und dessen Blicke großen Widerwillen ausdrückten.

Ich sprang von meinem Pferd und rannte hinüber, ich ergriff die Zügel ihrer Stute. ›Du bist gekommen‹, sagte ich, es war alles, was ich sagen konnte. Sie schaute ernst zu mir hinab und nickte, dann ließ sie die Zügel los, löste einen Fuß aus dem Steigbügel und sprang von ihrem Pferd. Ich fing sie mitten im Sprung. Der Wind berührte ihr Haar, aber ihre Augen waren still, stiller als der Himmel und die Tiefe. Ich hatte das Gefühl, als ob die Kraft, die das Leben selbst antreibt, uns berührt hätte, als ob wir zwischen Himmel und Erde ständen. Ich konnte ihren Pulsschlag spüren, als ich sie hielt, er flatterte wie das Herz einer wilden Schwalbe. Das Wunder des Gefühls erfüllte mich, und ein großes Staunen. Wir standen da und schauten einander an, und es war, als ob wir in ein Meer voller Licht hineinschauten, in ein Feuer, das hinter der Tiefe der Welt brennt, oder als ob wir einander durch die verschwommenen Schleier irgendeiner Vision anstarrten. Aber sie war da, in meinen Armen, eine schmale, kräftige Gestalt mit ernsten blauen Augen und glattem, blondem Haar. ›Du bist gekommen‹, sagte ich noch einmal und küßte sie.

›Ja‹, sagte sie, ›ich bin gekommen.‹ Sie wandte sich zu dem Diener um und sagte: ›Hywel, könntest du hierbleiben und die Pferde hüten?‹

Der alte Mann nickte unglücklich, und wir gingen zusammen weg, hinein in das grüne Schweigen des Waldes.«

Gawain verstummte, er saß da und stützte den Kopf auf die Arme, er beugte sich nach vorn und starrte auf das Feuer im Herd, das schon niedergebrannt war. Mein Vater zeigte keine Bewegung, sein Schnitzmesser war eine ruhige, leuchtende Linie in seiner Hand. Nur der Wind machte noch immer sein hohles Geräusch im Strohdach.

Morfudd rührte sich zuerst. »Ich glaube, so etwas ist wunderschön«, sagte sie träumerisch. »Wunderschön.«

Gawain richtete sich abrupt auf und warf ihr einen wilden, dunklen Blick zu. »Wunderschön! Ach, König des Himmels, ist das schön? Weib, es war etwas sehr Schreckliches.«

»Du hast sie wohl sehr geliebt«, sagte meine Mutter nüchtern und begann wieder zu nähen. »Und es sieht so aus, als ob sie dich auch liebte. Ihr wart beide jung. So etwas ist schon schrecklich genug.«

»Es war schlimm, daß ich sie liebte«, erwiderte Gawain bitter. »Und um so schlimmer, weil sie mich auch liebte. Aber ich, was habe ich denn geliebt? Ein schönes Gefühl! Lieber Gott, es war mir gleichgültig, ob sie dabei zugrunde ging, und wenn es herauskam, dann wäre das der Fall gewesen. Ich nutzte meinen Vorteil als Gast in Brans Haus aus, ich betrog das Vertrauen meines Herrn, ich betrog sie, und ich betrog sogar meine eigene Ehre. Ich habe die Schwester eines Königs wie eine ganz gewöhnliche Hure behandelt, und es war um so schlimmer, weil sie mich liebte. Danach, nach jenem ersten Mal, hat sie geweint. Sie wollte mir nicht sagen, warum. Das tat sie erst sehr viel später, und da sagte sie: ›Ich habe geweint, weil ich wußte, ich liebte dich soviel mehr, als du mich liebtest. Und es war auch wegen meiner Ehre.‹ Sie hat alles für mich riskiert, und ich . . . Wunderschön – ach! Herr des Himmels, verzeih mir.«

»Du übertreibst«, sagte mein Vater.

»Ich habe ihr großes Unrecht getan.«

»Ja, das hast du wohl. Aber sie brauchte dich ja auch nicht zu treffen. Jedes Mädchen hätte gewußt, was du wolltest, und jedes Mädchen mit einem Funken Vernunft wäre nicht hingegangen.«

Gawain schaute wieder ins Feuer. Er verschränkte die Hände und antwortete nur mit Schweigen.

»Wenn es dir so nahegeht, warum hast du sie nicht geheiratet?« fragte meine Mutter.

Ein Achselzucken. »Später, da wollte ich. Viel später. Zu spät. Nachdem ich ihren Bruder schon umgebracht hatte.«

»Also hat es tatsächlich eine Rebellion gegeben?« fragte mein Vater.

Gawain blickte zu uns auf. »Ich dachte, die ganze Welt wüßte das. Nun, im Norden muß man es wohl deutlicher gespürt haben als hier in Dumnonia.«

»Ich habe gehört, daß du Bran von Llys Ebrauc getötet hast«, gab ich von mir. Gawain warf mir einen fragenden Blick zu. »Es hat ein Lied darüber gegeben«, erklärte ich.

»Bei Rhys kann man sicher sein, daß er sich Lieder anhört«, murmelte mein Vater. »Nun, Bran hat es also herausgekriegt?«

Gawain beugte sich wieder nach vorn. Er stemmte die Ellbogen auf die Knie. Er sprach noch immer sorgfältig, eifrig darauf bedacht, daß wir alle das Schlimme einsahen. »Nein. Die Rebellion hatte nichts damit zu tun. Wir haben unser Geheimnis gut gehütet. Nach dem ersten Mal sahen wir uns eine Zeitlang nicht mehr. Ich war wütend auf sie, weil sie geweint hatte und weil das, was zwischen uns gewesen war, soviel greifbarer und sterblicher war als die Vision, die mir am Anfang davon im Gehirn gespukt hatte. Aber wenig später, nachdem ich lange Zeit darüber und über sie nachgedacht hatte, schickte ich ihr durch ihren Diener Hywel, den alten Mann, eine Nachricht. Hywel war bei ihr gewesen, seit sie geboren war, und er mochte das Ganze überhaupt nicht. Aber sie sagte ihm, sie würde allein reiten, wenn er nicht mitkäme, und ich nehme an, er wollte ihren Ruf schützen, soweit ihm das möglich war. Sie war daran gewöhnt, in Begleitung von nur einem oder zwei Dienern auszureiten – Ebrauc ist sicher genug, so daß eine Frau das in der Nähe der Festung tun kann –, und wir ritten dann zu verschiedenen Zeiten in verschiedene Richtungen aus. Wir trafen uns bei einem vereinbarten Platz und kehrten danach wieder zu verschiedenen Zeiten zurück. Wir waren sehr vorsichtig. So verbrachten wir den größten Teil des Sommers, ungefähr bis Mitte Juli. Dann schaffte es einer von Brans Männern, mit meinem Begleiter Morfran erfolgreich einen Streit anzufangen. Morfran ist ein tapferer Mann, standfest und schnell mit der Zunge. Aber er sieht miserabel aus und ist auch daran gewöhnt, das dauernd zu hören. Das war der Grund, warum ich ihn auf diese Mission mitgenommen hatte. Ich wußte, er würde sich nicht wegen jeder Kleinigkeit in einen Streit einlassen. Dennoch – irgendeine Beleidigung wurde ihm an den Kopf geschleudert, die kein Edelmann ignorieren konnte, und es gab einen Streit. Brans Mann wurde getötet. Bran ließ mich zu sich kommen, befahl mir, vor ihm zu erscheinen, als ob ich sein Mann wäre und geschworen hätte, ihm zu gehorchen. Er verlangte eine Entschädigung, und damit meinte er nicht einen Blutpreis, sondern Morfrans Leben. Ich verweigerte ihm das natürlich, und da hatte Bran eine Entschuldigung gefunden, mir zu befehlen, Ebrauc zu verlassen. Er fügte diesem Befehl noch irgendeinen römischen Rechtsspruch der Verbannung hinzu, wonach ich mit meinen Begleitern getötet werden konnte, wenn wir zurückkehrten. Ich wußte sehr genau, daß Bran, sobald wir weggeritten wären, seine Truppe versammeln und ausrüsten und eine Armee für eine Rebellion ausheben würde.

Ich verbrachte viel Zeit damit, mir zu überlegen, ob ich das Ganze wohl hätte verhindern können, wenn ich auf Morfran oder den anderen besser aufgepaßt hätte. Ich hatte meine Begleiter zwar nicht außer acht gelassen, aber ich hatte von dem Streit nicht eher etwas erfahren, als bis Brans Mann tot war. Ich konnte jetzt nicht mehr sagen, ich hätte es verhindern können, und dennoch weiß ich nicht, ob ich meine Aufgabe besser hätte erledigen können, wenn Elidan nicht gewesen wäre. Ich war zornig über Brans Befehl, und ich war wütend auf mich selbst, als ich losritt. Ich war auch zornig auf Elidan, und dennoch sehnte ich mich danach, sie wiederzusehen und von ihr Abschied zu nehmen. Aber unsere Abreise geschah in Eile, und obwohl ich nach ihr suchte, bis ich fast alle Diskretion außer acht ließ und herumlief und nach ihr fragte, konnte ich sie nicht finden. Wütend verließ ich Llys Ebrauc. Und so zornig war ich auch, als ich Elidan auf der Straße begegnete.

Sie ritt auf ihrer braunen Stute aus dem Wald jenseits der Mauern, und Hywel war bei ihr. Sie trug Blau, und der Wind faßte in ihr Haar, so daß sie aussah wie eine Feder, die in einer frischen Brise weht. Meine Begleiter starrten sie an. Ich hatte ihnen nicht von Elidan erzählt, weil ich Angst gehabt hatte, sie könnten vielleicht Witze reißen, und das in Gegenwart der falschen Leute.

Auf der Straße zügelte sie ihr Pferd, und die Stute kaute auf dem Gebiß und tänzelte am Straßenrand. Elidan tätschelte ihr die Schulter mit einer schmalen Hand.

›Du gehst also‹, sagte sie.

›Ja, ich gehe‹, erwiderte ich, wütender als je zuvor, weil sie so schön war und so mutig. ›Befehl deines Bruders.‹

Sie senkte den Blick und spielte mit den Zügeln. Dann schaute sie wieder auf. ›Dann geh mit Gott, mein Falke‹, sagte sie.

Es tat mir weh, daß sie mich so nannte. Ich hatte sie einmal darum gebeten, es nicht zu tun. Meine Mutter pflegte mich immer so zu nennen, und die Erinnerung daran war bitter. Sie ist sehr schrecklich und fürchterlich, meine Mutter Morgas. ›Mag sein, daß Gott mit mir geht‹, sagte ich, ›denn mit Sicherheit bleibt er nicht hier, bei der Ungerechtigkeit, die in Ebrauc herrscht.‹

Darüber errötete auch sie vor Zorn. Morfran schaute sie an und meinte, wir sollten sie als Geisel nehmen, und da richtete Elidan sich auf und starrte uns alle an. Ich schüttelte den Kopf.

›Ach, wirklich‹, sagte Elidan, ›ich werde keine Geisel sein, mit Verlaub, Herr. Kommt, ich weiß, es wird einen Krieg geben, Gawain ap Lot. Mein Bruder will ihn ja. Es wäre besser, wenn ich als Geisel so etwas verhindern könnte, aber niemand kann einen Krieger daran hindern zu töten. Ihr liebt das Blut zu sehr.‹ Ich wußte nicht, woher sie solche Worte nahm, und ich starrte sie erstaunt an. Sie drängte ihr Pferd dichter an mich heran, und dann beugte sie sich vor, ergriff meine Hand und preßte sie an ihre Stirn. ›Aber ich liebe dich, und ich liebe meinen Bruder, Gawain. Kämpf nicht gegen ihn. Versprich mir, daß du ihm nicht weh tun wirst. Versprich mir, daß du mit deinem Herrn, dem Kaiser, über ihn sprechen wirst. Sag Artus, daß Bran ap Caw, wenn er Frieden schwört, auch Frieden halten wird. Aber versprich mir, daß du Bran nicht umbringen wirst. Das mußt du mir versprechen.‹

Ich riß meine Hand weg. Ich war aufgebracht darüber, daß sie um ihren Bruder so sklavisch bettelte. ›Wenn dein Bruder den verräterischen Narren spielen will, dann ist das seine Sache. Und er muß bereit sein, die Konsequenzen zu ziehen‹, sagte ich. ›Mein Herr weiß viel besser als ich, wie man mit Rebellen fertig wird.‹ Aber als Elidan bleich wurde und mich mit einem seltsamen, kalten Blick anschaute, fügte ich wie zwanghaft hinzu: ›Was mich betrifft, so werde ich ihn nicht umbringen. Ich schwöre bei der Sonne und dem Wind, ich schwöre den Eid meines Volkes, daß ich ihn nicht töten werde. Und ... mein Herr Artus ist gnädig.‹

Sie preßte eine Hand auf ihre Stirn, schob das Haar beiseite, als ob sie Kopfschmerzen hätte, und nickte. ›Gott und seine Heiligen mögen dich schützen, Gawain.‹ Wir schauten einander noch einen langen Augenblick an, und ich versuchte, Worte zu finden, die die Trennung leicht machten. Aber mir fielen keine ein. Also nickte ich nur und drängte Ceincaled weiter, und er fiel in einen kurzen Galopp, und wir ließen sie stehen. An der ersten Kurve der Straße schaute ich zu ihr zurück, zu der stillen Gestalt in Blau auf dem stillen braunen Pferd, und ich dachte daran, was es für eine Frau bedeutete, wenn sie sich so bloßstellte, um Lebewohl zu sagen. Ich wünschte mir, ich wäre freundlicher gewesen.

›Was war denn das für eine Geschichte?‹ fragte Morfran, während er sein Pferd neben mich trieb. Ich schüttelte den Kopf, und er lächelte mich wissend an. ›Ihren Falken nennt sie dich? Die Tochter des Caw, die Schwester des Königs. Sieh mal einer an. Das wäre aber wirklich ein Stein im Schuh unseres Freundes Bran. Du goldenzüngiger Falke, warum hast du uns das nicht gesagt? Das ist so toll, darüber würde ich gern ein Lied machen. Ein Lied über die Gastfreundschaft des Königs Bran von Ebrauc!‹ Und er fing an, Witze über Elidan zu reißen. Mir war das peinlich. Ich war zornig, und nach einer Weile lachte ich auch.«

Gawain hatte mit einem Stück Feuerholz gespielt. Er warf es plötzlich ins Feuer und preßte sich die Handballen auf die Augen. Mein Vater stellte die Tasse hin, legte sein Messer weg und stand auf. Er tat einen Schritt auf unseren Gast zu. »Gawain«, sagte er sanft, »du brauchtest uns diese Geschichte nicht zu erzählen.«

Gawain blickte auf. »Es ist gut, daß ich sie erzählt habe. Es ist richtig, daß meine Schande bekannt wird.«

»Dann erzähl uns heute abend nichts mehr. Es ist spät, und du bist müde.«

»Ja. Und ich danke dir für deine Gastfreundschaft, Sion.«

»Davon haben wir genug. Du kannst gern davon abhaben. Schlaf gut, Herr.«

»Schlaf gut.«

3

Am nächsten Tag schickte mich mein Vater wieder hinaus nach dem Fluß, diesmal sollte ich junge Bäume abhauen, womit wir die Kuhpferche reparieren wollten. Ich glaubte zwar nicht, daß sie repariert werden mußten, aber ich ging. Diesmal mit meinem Bruder Dafydd. Den ganzen Tag dachte ich über unseren Gast und seine Geschichte nach, und ich warf kaum einen Blick auf den Wald. Ich versuchte, mir diese Elidan vorzustellen, die, in blaue Seide gekleidet, aus dem Wald herausritt und aussah wie die Königin der Unterirdischen aus den Liedern. Und dann fiel mir ein, daß sie dünn war und ein bißchen unscheinbar aussah, und es wurde mir unmöglich, an den ganzen Unsinn zu glauben. Nein, das alles mußte ein Unsinn sein, und Gawain machte sich wegen dieser ganzen Angelegenheit viel zuviel Sorgen. Mein Vater hatte immer gesagt, wenn ein Unrecht wieder gutgemacht werden kann, dann sollte man sich sofort damit befassen. Wenn das aber nicht ging, dann sollte man die Geschichte Gott anvertrauen. Gawain ging mir in jeder Hinsicht viel zu weit. Aber Krieger mußten ja so sein. Mir fielen die Geschichten wieder ein, die ich von ihrer Gewalttätigkeit, ihrer Grausamkeit und Oberflächlichkeit gehört hatte, und ich stellte fest, daß die Skrupel unseres Gastes übertrieben und absurd waren. Müde und bis ins Mark durchgefroren kam ich wieder nach Hause.

Ich ging zur Scheune, um mich um die Tiere zu kümmern, und stellte fest, daß Gawain da war. Zu meinem Erstaunen rieb er unsere Stute ab. Ich stand halb erfroren da, die Mistgabel in der Hand, und er drehte sich um und lächelte mich an. Da schloß ich den Mund, der mir offengestanden hatte, lehnte die Mistgabel an die Wand und sagte: »Du solltest das nicht tun, Herr.«

»Ach, ich weiß gut genug, wie man sich um Pferde kümmert. Ich tu' eurem Tier schon nicht weh. Es ist eine nette kleine Stute.«

»Das meinte ich nicht! Du bist . . . na, du bist nicht ganz gesund, und außerdem bist du ein Gast.«

»Diese Arbeit wäre sogar für ein eben entwöhntes Kind nichts besonderes. Um die Stiere kann ich mich allerdings nicht kümmern. Von Vieh habe ich keine Ahnung. Na, doch ein ganz klein bißchen Ahnung von Schafen.« Er wandte sich wieder der Stute zu. Die schnaufte und schloß die Augen. Sein Schlachthengst warf seinen stolzen Kopf zurück und wieherte leise, und sein Herr lachte und redete auf irisch mit ihm. Nachdem ich eine Minute zugesehen hatte, nahm ich meine Mistgabel wieder auf und ging hinaus, um das Vieh zu versorgen. Gawains Skrupel kamen mir nicht mehr ganz so absurd vor.

Nach dem Abendessen war ich müde, und meine Mutter schlug vor, daß ich auf der Stelle zu Bett ging. Aber ich hätte sehr viel müder sein müssen, als eine einzige Tagesarbeit mich machen konnte, ehe ich so etwas tat. Ich setzte mich rechts neben dem Herd nieder und kraulte unsere Hündin hinter den Ohren, während die Gespräche begannen. Hin und wieder grunzte das Tier vor Entzücken und leckte mir wild die Hand, wenn ich auch nur einen Augenblick aufhörte, ihm den Kopf zu kraulen.

»Ich habe über das nachgedacht, was du letzte Nacht erzählt hast«, sagte mein Vater zu Gawain. »Und ich sehe ein, warum du diese Geschichte nicht erzählen wolltest und warum du es dann doch getan hast. Hast du also Bran umgebracht?«

»Ja. Mit Absicht. Und ich hätte ihn verschonen können.« Die Stimme des Kriegers klang sehr gleichmütig.

»In der Schlacht?« fragte mein Vater, dessen Stimme genauso gleichmütig klang.

Gawain nickte. »Ja, aber ich hätte ihn trotzdem verschonen können.«

»Ich habe gehört, daß du in der Schlacht verrückt wirst.«

Gawain hielt inne. »Ja. Aber damals war ich nicht verrückt. Wenigstens nicht so, wie das gewöhnlich der Fall ist. Ich will euch den Rest erzählen, wie ich das versprochen habe.

Die Rebellion hat erst im September begonnen. Davor hatten wir auch schon einige harte Kämpfe auszustehen; es waren keine regelrechten Schlachten, aber endlose Scharmützel. Einen Überfall zu reiten, das ist eine böse Angelegenheit, und auch für die Pferde wird es hart – aber die Kriege meines Herrn sind für die Pferde immer hart gewesen, weil wir uns mindestens zweimal so schnell fortbewegen müssen wie unsere Feinde. Mein Herr hat mir Arbeit gegeben, genug Arbeit, so daß ich keine Zeit hatte, an Elidan und Ebrauc zu denken. In der Tat, ich habe eigentlich überhaupt nicht nachgedacht. Ich habe mich nur gefragt, wann ich wohl das nächstemal schlafen konnte.

Und dann, im September, nahm mich mein Herr beiseite zu einer privaten Unterhaltung. Wir waren auf einem Gehöft in der Nähe Gwyntolants, bei einem Clan, dessen Oberhaupt ein Mann namens Gogyrfan war. Es ist der Vater der Königin Gwynhwyfar. Sein Clan unterstützte uns, und wir hatten den Hof für die Dauer der nördlichen Kampagne als Lazarett benutzt. Die Lady Gwynhwyfar hatte unsere Verletzten besser als ein Arzt gepflegt. Noch ehe die Kampagne zu Ende war, hatte Artus Gwynhwyfar geheiratet. Aber trotzdem ließ er es an Aufmerksamkeit für den Krieg nicht fehlen.

Mein Herr rief mich in das Zimmer, das man ihm zur Verfügung gestellt hatte, und setzte sich an den Tisch. Eine Karte lag dort – bei Artus liegt immer eine –, und er begann, die Straßen zu überprüfen. Ich fragte mich, woher es kam, daß Artus scheinbar immer mehr Energie aufbrachte als ich, und ich wußte, daß er härter arbeitete.

›Bran von Ebrauc hat rebelliert‹, sagte Artus, ›oder er wird es in Kürze tun.‹

Ich ließ mich ihm gegenüber auf den Stuhl sinken und fragte mich wieder, ob ich das wohl hätte verhindern können.

Mein Herr schaute von der Karte auf und sagte mir: ›Genug davon. Deine Schuld war es nicht. Die Frage ist nur, wie man Bran aufhalten kann, ohne daß die Sachsen von seiner Rebellion erfahren. Wir sind gut hundert Meilen von Caer Ebrauc entfernt, aber auf der Straße von Süden können wir es in vier Tagen schaffen, oder in drei Tagen, wenn wir uns genug Mühe geben . . . obwohl wir dann nicht in der Verfassung wären zu kämpfen. Bran hebt noch immer seine Armee aus. Er hofft, uns zu überraschen, indem er in der Erntesaison rebelliert, aber das hat für ihn den Nachteil, daß er länger braucht, um seine Streitkräfte zu sammeln. Sie verteilen sich auch schneller wieder, wenn der Krieg sich hinzieht. All seine Leute hat er bis jetzt sicher noch nicht zusammen, und ich glaube, wir könnten eine Schlacht riskieren.‹ Ich rutschte hin und her, und Artus grinste mich an. ›Ich wünschte, ich wäre auch so wild darauf. Nun gut. Ich plane, morgen nach Ebrauc zu reiten, eine Schlacht zu erzwingen und in zwei Wochen wieder im Norden zu sein. Dann hätten die Sachsen Zeit genug, um zu begreifen, daß wir weg sind. König Urien können wir es überlassen, ein paar eigene Überfälle zu starten, damit wir sie verwirren – aber nur, wenn Bran nicht zu viele Verbündete gefunden hat. Er hat den ganzen Sommer lang Vorräte gesammelt, aber Verbündete . . .‹ Artus schaute finster auf die Karte und begann, alle Königreiche durchzusprechen, die an Ebrauc grenzen. Er fragte mich, wie die verschiedenen Könige und Edelherren Bran und ihm selbst gegenüber eingestellt wären – denn ich war ja bei den meisten von ihnen schon als Botschafter gewesen. Keiner von ihnen, so schien es mir, würde die Krone in einer unsicheren Rebellion riskieren, obwohl wir Grund zur Sorge haben würden, wenn Bran einigen Erfolg hatte. Natürlich gab es andere Könige, wie Maelgwn Gwynedd, die nur allzu eifrig mitmachen würden, aber die waren fern von Ebrauc, und wenn wir schnell genug ritten, würden sie nicht in der Lage sein zu helfen.

›Dann werden wir eine Schlacht erzwingen‹, schloß Artus. ›Aber zum Teufel! Es sieht Bran ähnlich, diesen Zeitpunkt für seine Rebellion zu wählen. Aldwulf hätte sich vielleicht für eine Schlacht entschieden, und wir brauchen nur noch eine weitere, um ihn zu besiegen und zu brechen. Bran muß sich gedacht haben, daß ich nicht gewillt bin, die Kampagne gerade jetzt ruhen zu lassen.‹ Er seufzte und begann, mit dem Finger eine Linie auf der Karte zu verfolgen. Gedankenverloren, mit einem großäugigen, leeren Blick starrte er ins Nichts. Ich wartete.

›Ich will, daß du heute nachmittag losreitest‹, sagte er endlich. ›Die Familie kann vor morgen mittag nicht aufbruchbereit sein, aber du ziehst jetzt los und bringst Bran meine Bedingungen. Gib ihm den Eindruck, daß wir alle noch nördlich des Walls sind und auf seine Antwort warten, ehe wir handeln. Deute an, daß die Familie verstreut ist und daß wir mindestens eine Woche brauchen, bis wir uns wieder versammeln können. Aber versuch, ob du ihn nicht umstimmen kannst. Das mag unwahrscheinlich sein, aber es ist einen Versuch wert. Bran ist ein ehrenhafter Mann, und es ist unwahrscheinlich, daß er einen Herold mit Gewalt abweist, es sei denn – an dem Gerücht über dich und seine Schwester ist doch nichts Wahres, oder?‹ Er schaute mich für den Bruchteil einer Sekunde an. Ich konnte seinem Blick nicht begegnen. Ich starrte auf meine Hände und dann auf den zerschrammten hölzernen Tisch. Ich hatte Morfran und den anderen gebeten, die Sache zu verschweigen, aber trotzdem war es herausgekommen. Wenn das Thema angeschnitten wurde, dann lachte ich und machte einen Witz darüber, und dann wechselte ich das Thema, als ob es sich nur um eine blöde Geschichte handelte. Aber meinen Herrn konnte ich nicht anlügen. ›Na, wie ist es?‹ wollte Artus ungeduldig wissen. Ich schwieg. Er legte beide Hände flach auf den Tisch und schaute mich an. ›Beim Himmel, es ist wirklich was dran.‹ Da schaute ich ihm in die Augen, denn ich wußte, ich verschlimmerte meine Situation noch, wenn ich es nicht tat. Die Schande ging tiefer als eine Speerspitze. Ich hatte meinen Herrn in Ebrauc entehrt, denn ich war ja sein Botschafter gewesen, ausgesandt in seinem Namen. Ich hatte sein Vertrauen enttäuscht. ›Ja‹, sagte ich.

›Warum hast du es mir nicht gesagt?‹ fragte mein Herr, und sein Gesicht war sehr ruhig.

Ich zuckte die Achseln, ich wußte nicht, was ich sagen sollte. ›Du hast mich beschäftigt gehalten. Das Thema ist nicht aufgekommen. Aber wenn du willst, dann gehe ich als dein Botschafter zu Bran.‹

›Ich will nicht, daß man dich umbringt‹, schnappte Artus. ›Ich schicke Rhuawn.‹

›Es ist nicht nötig, einen anderen zu schicken. Bran hatte, als ich wegritt, keine Ahnung von der Sache, und so sollte es auch jetzt sein. Das Mädchen ist nicht so dumm, ihm alles zu sagen.‹

Artus studierte mich. Sein Gesicht war noch immer so ruhig. Ich habe ihn so gesehen, wenn sie ihm nach der Schlacht sagen, wer von seinen Männern tot ist. Ich konnte ihn nicht länger anschauen und tat deshalb, als ob ich die Karte studierte. Ich war wütend und schämte mich, weil er enttäuscht war. ›War sie sehr schön?‹ fragte er endlich, und ich blickte auf und sah, daß sein Gesichtsausdruck weicher geworden war. Ich machte den Mund auf, um nein zu sagen, und statt dessen sagte ich: ›Schön wie eine Birke, wenn der Westwind weht – schön wie eine singende Lerche.‹ Und als ich das sagte, da sehnte ich mich danach, sie wiederzusehen. Ich hätte die ganze strahlende Welt dafür gegeben, ich hätte alles gegeben, und der Handel wäre noch nicht einmal ehrlich gewesen.

Artus lächelte. ›Tatsächlich?‹ Er faltete die Karte langsam zusammen und dachte an etwas anderes – an Gwynhwyfar? ›Dann bist du ein glücklicher Mensch. Glaubst du, daß Bran es wirklich nicht weiß?‹

›Herr, ich bin dessen ganz sicher. Selbst in der Familie glauben es die meisten nicht, und ich möchte bezweifeln, daß Bran überhaupt etwas davon gehört hat.‹

›Dann werde ich dich schicken‹, sagte Artus und erzählte mir, welche Bedingungen er Bran für den Frieden anbieten wollte. Ich verließ danach den Raum, sattelte Ceincaled und wandte ihn nach Süden. Elidan füllte mein ganzes Herz.

Aber als ich nach Caer Ebrauc kam, sah ich nichts von ihr. Bran ließ mich an den Toren seiner Festung warten, und ich wartete meinerseits, bis er aus seinem Palast herauskam, um mit mir zu reden. Er hörte sich mit kaltem Desinteresse die Bedingungen an, die Artus vorschlug, und als ich fertig war, sagte er nur: ›Du bist aus diesem Land verbannt worden. Ich könnte dich töten lassen, weil du zurückgekommen bist.‹ Ich griff nach meinem Schwert, aber er fuhr fort: ›Du bist sehr schnell aus dem Norden gekommen. Sieh zu, ob du nicht schneller zurückkommst. Sag Artus ap Uther, dem Bastard, der Anspruch erhebt auf das Imperium von

Britannien, daß Ebrauc einen eigenen König hat. Bran ap Caw hat mehr Anspruch auf die Stellung des Pendragon als Artus, und er wird seinen Kopf keinem Joch beugen, am wenigsten aber Artus' Joch. Geh, und sag ihm das!‹ Er schrie es mir mit einer Art Entzücken entgegen, und dann zog er sein Schwert und schlug mein Roß mit der flachen Seite der Klinge. Ceincaled stieg, aber ich beruhigte ihn wieder, zog mein eigenes Schwert und grüßte Bran damit. Das Licht, das in der Klinge wohnt, flammte auf, und es brannte wie ein Blitz – dies ist kein gewöhnliches Schwert. Brans Männer wichen zurück. ›Ich will all diese Dinge meinem Herrn, dem Hohen König, erzählen‹, sagte ich, ›und der Ausgang geht zu deinen Lasten, Bran von Llys Ebrauc.‹ Dann wendete ich Ceincaled und setzte ihm die Fersen in die Flanken, und wir flogen die Straße hinab wie ein Falke, der zustößt. Ich war wütend genug, um zu weinen, und all meine Gedanken waren bei Elidan.

Ich ritt nach Norden, bis ich der Familie begegnete, die auf dem Weg nach Süden war, und ich erzählte Artus, daß Bran mich mit Beleidigungen und Prahlereien von den Toren seiner Stadt zurückgewiesen hatte. Mein Herr war nicht überrascht, er seufzte nur und schüttelte den Kopf. Er sagte mir, ich solle beim Troß mitreiten. Schweigend zogen wir dahin. Niemand mochte den Gedanken, die Kampagne im Norden wegen dieser Rebellion fallenzulassen. Die Kämpfe eines ganzen Sommers hatten uns ermüdet, und wir waren nicht wild auf eine regelrechte Schlacht.

Etwa drei Tage, nachdem ich Caer Ebrauc verlassen hatte, kamen wir dort wieder an. Bran war erst wenige Stunden vor unserer Ankunft gewarnt worden. Aber in der Stadt hatte er Platz genug, um größere Armeen unterzubringen, und ihm blieb auch Zeit, die Tore zu schließen und eine Wache auf den Mauern aufzustellen. Wir verbrachten die Nacht im Lager vor den Mauern und fragten uns, was wir tun sollten. Wir konnten keine Belagerung durchführen, ohne die Kampagne im Norden zu verlieren, aber bei uns wußte auch keiner, wie man die Stadt nehmen konnte. Was immer die Römer auch getan haben mögen, niemand bekämpft heutzutage noch eine Stadt.

Am Morgen kam Artus in der grauen Dämmerung aus seinem

Zelt, ging an den Mauern umher und schaute sie an. Dann, während wir im Lager frühstückten, kehrte er zurück und gab den Befehl, daß wir, sobald wir gegessen hatten, abziehen und das westliche Ebrauc brandschatzen und plündern sollten. Damals stand das Korn hoch und reif zur Ernte auf den Feldern, und alle Männer waren bei Bran, da der ja seine Armee aufgerufen hatte. Niemand konnte uns aufhalten.

Es dauerte knapp zwei Tage, ehe Bran mit seiner Truppe aus dreihundert Reitern und zweihundert Kriegern zu Fuß und einer Armee von fünfzehnhundert Mann die Stadt verließ. Wie Artus gedacht hatte, konnte er es sich nicht leisten, die Ernte zu verlieren. Damals zählte die Familie unter sechshundert. Einige von uns führten Raubzüge in abgelegenen Gebieten durch, als Artus die Truppe versammelte, und viele waren in der Kampagne des Sommers getötet oder verwundet worden. Fast die Hälfte von uns waren Reiter, die Chancen standen nicht schlecht.

Wir hielten auf einem Feld, das wir verbrannt hatten, und um uns herum lagen unberührte Felder und Weiden, die im Wind schimmerten und Bran an die Kosten eines Krieges erinnerten. Wir saßen nicht ab, und Bran schaute mit heißen, blauen Augen ins Nichts, während Artus redete. Artus' Bedingungen waren großzügig: Er bot Bran an, die Beute zurückzugeben, die wir genommen hatten, und dafür zu sorgen, daß Korn aus anderen Teilen von Ebrauc in die Gegend gefahren wurde, die wir geplündert hatten. Bran sollte ihm dafür Gefolgschaft schwören und den Tribut zahlen. Aber Bran wartete noch nicht einmal, bis Artus fertig war, sondern sagte: ›Du willst mir also die Güter zurückgeben, die du mir gestohlen hast. Wirst du mir auch meine Schwester wiedergeben?‹

Artus schaute mich überhaupt nicht an. ›Sprich deutlich.‹

›Meine Schwester, sage ich, meine Schwester Elidan, die strahlendste, reinste Frau in ganz Britannien, bis dein Hurenbock von einem Zauberer sie verdorben hat. Kannst du dieses Unrecht wiedergutmachen, Imperator Britanniae? Ich will mich mit dir verständigen, wenn du mir den Mann gibst, den du damals geschickt hast, so daß ich ihn . . .‹

›Genug!‹ sagte Artus. ›Wie früher, als du deine Männer schicktest, damit sie sich mit meinen streiten, suchst du auch jetzt wieder Ausreden und versteifst dich auf einen privaten Ärger als Vorwand für deine Rebellion.‹

›Einen privaten Ärger – einen Vorwand? Wo dein Sendbote aus der Schwester seines Gastgebers eine Hure macht? Ich weiß, daß man dir nicht trauen kann oder irgendeinem aus deiner Truppe. Wahrhaftig! Ich werde meine Frauen schützen müssen, wenn ich mit dir Frieden schließe!‹

›Genug!‹ sagte Artus noch einmal, und Bran hörte auf. ›Du hast diese Rebellion im Sinn, König Bran, seit du an der Macht bist. Und als du meinen Boten vor einer Woche mit Beleidigungen von deinen Toren gewiesen hast, da sagtest du solche Dinge nicht.‹

›Hätte ich es damals gewußt!‹ schrie Bran. ›Dann hätte ich ihn die Spitze meines Schwertes spüren lassen und keine Beleidigungen.‹ Zum erstenmal schaute er mich direkt an. ›Du Bastard einer Hexe, um dich kümmere ich mich, noch ehe der Tag vorüber ist. Merk dir gut, wo ich in der Schlacht reite.‹

Endlich konnte ich ihm antworten. Aber ich gab ihm keine Antwort. Ich fragte nur: ›Wo ist deine Schwester?‹

Er starrte mich an und sagte: ›Ich habe sie eingeschlossen, an einem Ort, wo du sie nicht noch einmal beschmutzen kannst. Trotz all deiner Zauberkünste wirst du heute sterben, wenn meine Schwerthand auch nur ein wenig Kraft hat.‹

›Es sei, wenn meine Schwerthand keine hat‹, sagte ich. Ich fühlte mich völlig ruhig, und ich wußte, ich würde ihn noch an diesem Tag töten. Ich musterte ihn sorgfältig: das braune Haar, der Bart, der von einer alten Narbe gespalten wurde, Augen von der gleichen Farbe wie Elidans Augen. Er ritt einen grauen Hengst, und sein Umhang hatte einen purpurnen Saum. Ich war sicher, ich würde ihn in der Schlacht wiederfinden. Es kam mir völlig vernünftig und notwendig vor, ihn zu töten. Nicht, weil er mich beleidigt hatte, sondern weil er Elidans Bruder war und sich entschlossen hatte, mich von dem abzuhalten, was mein war.

Wir ritten wieder zu unseren Linien zurück. Artus hatte sich seine Befehle schon überlegt. Aber als er Bedwyr – der wie immer die Reiterei leitete – und mich entließ, ergriff er Ceincaleds Zügel und sagte mit leiser Stimme: ›Töte Bran nicht, wenn es nicht sein muß.‹ Ich sagte nichts. Artus schüttelte die Zügel ein wenig, beugte sich im Sattel herüber und zwang mich, ihm in die Augen zu schauen. Dann ließ er los, wendete sein Pferd und ermutigte mit lauter Stimme seine Männer, gut zu kämpfen.

Es war eine Schlacht wie die meisten unserer Schlachten. Artus hatte hügeliges Gelände gewählt, denn die Männer zerstreuten sich hier, und Kriegerzahlen haben weniger Gewicht. Unsere Fußtruppe stand Bran im Zentrum gegenüber, wo er die Fußsoldaten seiner Truppe postiert hatte. Auf jedem Flügel waren sie flankiert von den irregulären Truppen seiner Armee und auf der rechten Seite von seiner Reiterei, die der langgezogenen Linie unserer Reiter gegenüberstand. Unsere Krieger zu Fuß griffen an, ehe Bran bereit war, und sie zwangen seine Kerntruppe, sich zurückzuziehen. Die Armee geriet in Verwirrung, manche seiner Männer versuchten, uns zu umzingeln, und die anderen, die sich vor einem Flankenangriff unserer Reiterei fürchteten, versuchten mit der Kerntruppe den Rückzug. Als Brans Truppe es schaffte, den Rückzug zu verlangsamen, geriet die Armee noch mehr in Verwirrung, und unsere Reiterei griff an. Brans Reiter, die versucht hatten, unsere Fußtruppe von der Flanke anzugreifen, wurden überrascht und auf den rechten Flügel hinübergetrieben.

Ich werde in der Schlacht verrückt, und irgendwie ist das eine Gabe. Ich werde nicht wahnsinnig wie die Berserker. Alles sieht für mich dann so klar aus wie Frühlingswasser auf Sand, und die Menschen um mich her wirken, als ob sie sich langsam und ohne Kraft unter Wasser bewegten. Wenn ich verwundet werde, spüre ich es nicht, denn ich fühle nichts außer einer herrlichen, wilden Freude. Niemals kann ich mich daran erinnern, getötet zu haben, obwohl ich weiß, daß ich getötet haben muß. Meine Erinnerungen sind nur Bruchstücke, wenn der Angriff erst einmal begonnen hat, und so kann ich mich auch jetzt nur an den ersten Teil dieser Schlacht erinnern. Von dem Augenblick, an dem ich meinen ersten Speer geworfen habe, ist alles wie die Erinnerung an einen Traum. Dennoch, manche dieser Fragmente wiederholen sich.

Ich erinnere mich daran, daß ich einen braunhaarigen Mann auf einem grauen Pferd gesehen habe, der sich zu mir durchkämpfte, aber in dem Wahnsinn bedeutete mir das nichts, obwohl irgend etwas in mir sich an ihn zu erinnern schien. Und dann stand ich ihm von Angesicht zu Angesicht gegenüber und kämpfte, noch immer wie in einem Traum. Ich weiß, daß ich auf seine Hand einschlug und daß er aufschrie und sein Schwert fallen ließ, und dann wendete er sein Pferd und ritt im Galopp davon, während er die Hand an die Brust preßte.

Ein Teil des Wahnsinns hatte mich verlassen, und obwohl ich immer noch kaum wußte, was ich tat, trieb ich Ceincaled hinter Bran her. Andere kreuzten meinen Pfad, und ich hieb sie nieder, aber jedesmal schaute ich wieder nach Bran aus.

Es war Spätnachmittag. Nachher stellte ich fest, daß der Angriff der Reiterei Brans Reiterei und seine Armee zerstreut hatte und daß die Truppe kapitulierte, nachdem ihr König vom Schlachtfeld geflüchtet war. Aber vorher, da sah ich nur den Umhang mit dem Purpurstreifen, der hinter einem Hügel verschwand, und ein finsterer Durst war in mir, diesen Umhang blutdurchtränkt zu sehen. Er hatte einen guten Vorsprung, aber es gibt kein zweites Pferd wie meinen Ceincaled, und ich holte ihn schnell ein.

Die Nachmittagssonne lag üppig über den Herbstbäumen, und die Geräusche der Schlacht verschwammen hinter uns, als wir sie hinter dem Hügel zurückließen. Das lauteste Geräusch kam vom Stampfen der Hufe unserer Pferde und vom Klingeln des Geschirrs und vom Keuchen unseres Atems. Er hatte ein gutes Pferd. Es lief weiter, nachdem die meisten Tiere zusammengebrochen wären, aber es konnte nicht ewig weiterrennen. Es stolperte, stolperte noch einmal, und Bran zügelte es, ehe ich ihn erreichte, und sprang ab. Sein Schild hing an seinem rechten Arm. Er packte einen Speer mit der Schildhand. Er grinste mich an – ich sah seine Zähne leuchten. Sein Gesicht war eine Maske aus Blut und Schweiß und Dreck.

›Na, Zauberer‹, schrie er, ›jetzt brennt dein Schwert aber nicht. Versagt die Zauberei vor menschlichem Mut?‹

Ich verstand kein Wort davon. Ich zügelte Ceincaled und glitt zu Boden, das Schwert in der Hand. Ich wollte nur eins: Bran töten. Ich war wahnsinnig, aber es war nicht der Wahnsinn, an den ich gewöhnt war. Nichts war mehr klar, über meinen Augen lag ein roter Schleier, und in meinem Mund war ein salziger Geschmack. Ich schrie auf, heulte wie ein Hund und stürzte auf ihn los.

Den ersten Schlag wehrte er mit seinem Schild ab. Er drehte sich linkisch um, während ich ihn umkreiste und versuchte, an seine rechte, verwundete Seite zu kommen. Ich schlug wieder auf ihn ein und noch einmal, und ein- oder zweimal trafen auch ein paar flache Schläge. Aber er kämpfte. Beim Himmel, er kämpfte tapfer, und kein einziges Mal verließ das wilde Grinsen sein Gesicht. ›Ich . . . habe keine Angst . . . vor deiner Magie‹, sagte er mir und mühte sich schwer, die Worte herauszubringen. Es muß ihm viel bedeutet haben, sie zu sagen. ›Ich bin ein König, ein König . . . Möge Yffern . . . dich verschlingen . . .‹ Sein Schild sackte ein wenig ab, und ich sah meine Chance und stieß zu. Ich trieb mein Schwert durch seine Rippen ins Herz, so daß er auf mich stürzte und starb. Er war still, seine Worte blieben ungesagt. Ich trat zurück und ließ ihn zur Erde fallen. Das feine Leinen seines Umhangs begann sich vom Blut dunkel zu färben. Ich trat die Leiche zweimal hart, dann überließ ich sie den Plünderern und ritt zurück zu Artus und der Familie. So kam es, daß ich einen Mord beging.«

Gawain schwieg sehr lange und schaute ins Nichts. In seinen Augen lag ein alter, müder Schmerz, über den ich nicht nachdenken wollte, und mit dem Daumen der anderen Hand rieb er die Kante seiner Schwerthand. Er beugte sich nach vorn über das Feuer. Meine Hand war im Nackenfell unserer Hündin erstarrt.

Nach kurzer Zeit winselte der Hund und stupste meine Hand an, und Gawain richtete sich auf und schaute hinauf zum Rauchloch. »Und niemand in der Familie sagte deswegen irgend etwas«, sagte er, als ob er nicht aufgehört hätte zu erzählen. »Artus fragte mich, wo Bran wäre, und ich sagte ihm, der Mann sei tot. Artus antwortete nichts, er schaute mich nur an. Nicht wütend, nur . . .

ich weiß nicht. Er hat mir seit damals nicht weniger vertraut, ich schwöre den Eid meines Volkes, er ist der größte aller Herren auf der grünen Erde, und ich verdiene ihn nicht.

Am Tag nach der Schlacht ritten wir nach Caer Ebrauc. Die Leute dort öffneten uns die Tore. Brans Halbbruder Ergyriad ap Caw war vom königlichen Clan zu seinem Nachfolger gewählt worden. Bran hatte seinen Bruder Hueil für diese Stellung vorgesehen, aber Hueil machte dauernd Ärger, und Ebrauc wollte offensichtlich keine weiteren Kriege mehr mit Artus. Ergyriad war zu froh darüber, daß er König war, um diese Stellung seinem Ehrgeiz zu opfern. Er schwor Artus den Lehnseid ohne Widerrede. Artus gab die Beute, die wir genommen hatten, zurück, ließ alle Gefangenen ohne Lösegeld frei und sorgte dafür, daß die Gegenden, die wir ausgeraubt hatten, mit Lebensmitteln versorgt wurden. Ebrauc versöhnte sich mit uns. So war diese Rebellion zu Ende. Mein Herr plante, am nächsten Tag wieder in den Norden zu reiten und auf dem Weg dorthin das südliche Deira zu überfallen. Ich suchte nach Elidan.

Bran hatte gesagt, er hätte sie irgendwo eingeschlossen, aber ich wußte, sie mußte in der Stadt sein. Ich streifte im ganzen Palast herum und drohte den Dienstboten, bis eine von ihnen, eine alte Frau, mir sagte, wo sie war. Ich rannte verzweifelt dorthin, ich verlief mich zweimal auf dem Weg, durch meinen Übereifer. Seit ich Bran getötet hatte, war es für mich so gewesen, als ob die ganze Welt krank und blutlos wäre, und ich war gebrochen von meiner Schwäche und meinem kranken Herzen. Ich konnte nur noch an Elidan denken.

Bran hatte sie in einem kleinen Raum über einem der Ställe des Palastes eingeschlossen. Sie wußte nichts von der Schlacht, bis sie mich sah. Die alte Frau im Palast, diejenige, die mir gesagt hatte, wo Elidan war, hatte ihr einmal am Tag Essen gebracht, aber sonst hatte man sie allein gelassen.

Mit einem einzigen Schlag meines Schwertes durchschlug ich den Riegel vor der Tür und brach in das Zimmer ein, ohne erst zu rufen und mich zu versichern, ob sie da wäre.

Sie stand in einer Ecke des kahlen Zimmers, mit dem Rücken

gegen die Wand, bereit zu kämpfen. Dann sah sie, daß ich es war. Ihr Gesicht leuchtete auf, als ob das Sonnenlicht durch einen See flutet, und alles wurde zu glänzender Farbe. Sie rief: ›Gawain!‹ und rannte durch den Raum in meine Arme. Ich hielt sie fest, ganz fest, ich küßte ihr Haar und ihren Hals, und etwas von dem schwarzen Schmerz verließ meine Seele.

Aber endlich schob sie sich ein wenig von mir fort und blickte zu mir auf, legte die Hände an meine Schultern und begann, mir Fragen zu stellen. ›Wie kommt es, daß du hier bist?‹ fragte sie. ›Hat es eine Schlacht gegeben? Ist mein Bruder in Sicherheit? Hat er Treue geschworen? Wo ist er, und wo ist der Kaiser?‹

Und ich hatte keine Antworten. Ich versuchte, sie wieder an mich zu ziehen, aber sie stemmte die Hände an meine Schultern und lächelte mich mit leuchtenden Augen an. ›Wann war die Schlacht?‹ fragte sie. ›Mein Bruder hat es herausbekommen, und er war sehr zornig. Deshalb hat er mich hier oben eingeschlossen. Ich bin ohnmächtig geworden, als ich hörte, wie er dich von den Toren abgewiesen hat. Und da hat er es bemerkt ... Ist er in Sicherheit?‹

›Was spielt das für eine Rolle?‹ fragte ich.

Sie runzelte die Stirn. ›Er ist mein Bruder. Wie könnte es keine Rolle spielen? Wo ist er?‹

Es gab nichts, was ich sagen konnte. Sie starrte mich an, ihre Augen weiteten sich. ›Er ist doch nicht ... verletzt ... oder?‹

Ich konnte sie nicht anschauen. ›Er ist tot‹, sagte ich ihr.

›Nein, oh nein! Das kann nicht sein. Du hast es versprochen; er kann nicht tot sein.‹

Da fiel mir ein, daß ich es versprochen hatte, und ich war entsetzt. Ich hatte meinen Schwur gebrochen, und bis zu diesem Augenblick hatte ich noch nicht einmal daran gedacht. Ich wurde wütend auf sie, weil sie mich mit diesem Eid gebunden hatte, und damit, so dachte ich, hatte sie mich meineidig gemacht. ›Solche Versprechen sind bedeutungslos‹, sagte ich. ›Es ist unmöglich, sie in einer Schlacht zu halten. Dein Bruder ist auf mich losgestürzt, um mich zu töten. Was sollte ich tun? Ihm mein Schwert anbieten?‹

›Gawain‹, sagte sie, und irgend etwas in ihrem Tonfall zwang mich, sie anzusehen. Ihre Augen waren sehr groß und dunkel geworden in ihrem Gesicht, einem Gesicht, das bleich und elend wie die ganze Welt aussah. Irgend etwas in mir wand sich, hing verzweifelt am Rand eines inneren Abgrundes. ›Gawain, *du* hast ihn doch nicht getötet?‹

Eine lange Sekunde blieb ich still. Und dann war ich wütend, verzweifelt. ›Ja, ich habe ihn getötet‹, brüllte ich sie an. ›Und er hat jeden Zoll meines Stahls verdient. Er war ein Verräter und ein Rebell, ein gewalttätiger Mensch, der dich einsperrt, der uns trennt, der mich beleidigt. Ja, und ich habe ihn umgebracht!‹

›Du meineidiger, mörderischer Lügner.‹ Ihre Stimme klang flach und wild und kalt. ›Du . . . Zauberer. Du bist genau das, was Bran von dir gesagt hat. Oh, mein Bruder. Oh, Bran, Bran . . .‹ Sie wandte sich von mir ab und ging mit festen Schritten zur Mauer. Sie lehnte ihren Kopf dagegen, preßte eine Hand auf den Mund. Ihre Schultern zuckten unter dem dünnen Kleid. Im Stall unter uns bewegten sich die Pferde in ihren Unterständen, und die Tauben gurrten auf dem Dach. Ich stand in der Mitte des Raumes, und das Licht war schwarz in meinen Augen.

›Elidan‹, sagte ich. Sie bewegte sich nicht. ›Heirate mich.‹ Bis zu diesem Augenblick hatte ich nicht daran gedacht, sie zu fragen, aber während ich es tat, sah ich, daß ich mich mit meinem ganzen Herzblut danach sehnte.

Sie wirbelte zu mir herum, ihr Gesicht war verzerrt, aber ihre Augen waren bitter und kalt wie Brans Augen. ›Dich heiraten‹, sagte sie. ›Den Mann heiraten, der meinen Bruder umgebracht hat, während sein Blut noch heiß ist an seinen Händen. Den Meineidigen heiraten, den Lügner . . . Ich wünschte, ich wäre gestorben, an jenem Tag, an dem ich dich zum erstenmal gesehen habe! Laß mich allein!‹

Ich durchquerte das Zimmer mit zwei Schritten und packte sie an den Schultern. ›Das befiehl mir nicht! Alles andere, nur das nicht. Ich schwöre den Eid meines Volkes, Elidan, befiehl mir irgend etwas anderes, und ich werde es tun.‹

›Geh! Laß mich in Frieden trauern. Geh! Ich will dich nie

wieder lebend sehen. Ihr Krieger, ihr seid alle von derselben Art. Ihr denkt an nichts anderes als an euren Ruhm. Es kümmert euch nicht, was für Schmerzen ihr verursacht, wenn ihr nur bekommt, was ihr wollt, und wenn euer Name in einem Lied erwähnt wird. Nun, mich wirst du nicht bekommen. Trotz all deiner Kunstfertigkeit beim Morden, trotz deines guten Aussehens und deinem edlen Blut, du kannst dir eine andere Hure suchen, die dir huldigt. Ich bin Hure genug gewesen ...‹

›Nenn dich nicht so!‹

›Geh!‹ schrie sie und riß den Arm los, um mich zu schlagen. Dann holte sie aus, mit der gleichen wilden Entschlossenheit. Ich ließ sie los.

›Geh‹, wiederholte sie. ›Wenn du wieder in meine Nähe kommst, dann bring' ich mich um, das schwöre ich dir. Und ich breche meine Eide nicht.‹

Ich trat zurück und schaute sie an, und sie stand still da, hoch aufgerichtet und stolz, ihre Lippen waren zum Atmen geteilt, ihre Augen strahlten allzusehr, und ihr Gesicht war naß von Tränen. Ich spürte: Wenn meine Augen sich von ihr trennten, dann würde sich auch meine Seele von ihr trennen. Aber wenn ich ehrenhaft bleiben wollte, dann konnte ich nichts anderes tun. Also tat ich das Schwerste von allem, was ich je getan habe, ich durchquerte den Raum und verließ ihn, und ich schloß die Türe ganz still hinter mir. Während ich den Stall verließ, hörte ich, wie sie das Trauerlied für die Toten begann, und ich ging schneller. Von Stund an habe ich sie nicht mehr gesehen.«

Gawain hielt inne. Ich hatte aufgehört, unserem Hund die Ohren zu krabbeln, und das Tier winselte und stupste mich mehrere Male hoffnungsvoll, bis ich ihm einen Klaps gab. Gawain streckte plötzlich die Hand aus und rief die Hündin, und sie kam herüber, schnüffelte höflich an seiner Hand und ließ sich dann zu seinen Füßen nieder, während er begann, sie hinter den Ohren zu kraulen, wie ich das getan hatte.

Mein Vater runzelte die Stirn. »Mehr hast du um das Mädchen nicht unternommen?«

Der Krieger zuckte die Achseln. »Ich habe den alten Mann,

Hywel, aufgesucht und ihm alles Geld gegeben, das ich bei mir hatte. Ich habe noch mehr von den anderen Mitgliedern der Familie geborgt und ihm gesagt, er solle es ihr geben, und sie solle es benutzen, wie sie wollte. Ich kann mir nicht vorstellen, daß er ihr gesagt hat, woher das Geld kam, denn sonst hätte sie es nicht akzeptiert. Aber ich weiß, sie hat es bekommen. Ich bin zu ihrem Halbbruder Ergyriad gegangen, dem neuen König, und ich habe ihn buchstäblich auf den Knien gebeten, ihr völlige Freiheit zu lassen. Ich mußte ihm Geschenke anbieten. Dafür habe ich von Artus geborgt. Als wir abzogen, habe ich sie von jemandem beobachten lassen, der mir dann sagte, was sie tat. Es sieht so aus, als ob sie am gleichen Tag wie wir die Stadt verlassen hat, noch am gleichen Nachmittag. Sie ritt ihre braune Stute, und sie nahm Hywel und noch einen Diener mit und ein Maultier, das mit Gerät beladen war. Niemand weiß, wohin sie ging, es ist nur bekannt, daß sie sich nach Süden wandte. Von der Beute dieser Kampagne hatte ich einen großen Anteil bekommen, so daß sie sich etwas Land hätte kaufen können. Sie hätte auch Männer bezahlen können, die es für sie bearbeiteten. Ich glaube nicht, daß sie zu einem anderen König gegangen wäre, denn sie liebte den Hof und seine Intrigen nicht allzusehr.«

»Warum suchst du dann nach ihr?« fragte mein Vater. »Wahrscheinlich lebt sie doch bequem und ist glücklich.«

»Ich brauche ihre Vergebung. Ich habe ihr gegenüber ja noch nicht einmal zugegeben, daß ich ihr Unrecht getan habe.«

»Mitten im Winter?« Mein Vater schaute ihn an. »Herr, das Ganze ist ja nobel genug, und ich sehe ein, daß ein Mann wie du so etwas für nötig hält. Aber hättest du sie nicht im Sommer aufsuchen können?«

Gawain lächelte wieder. Er begann, dem Hund mit beiden Händen die Ohren zu rubbeln. »Nie habe ich Zeit gehabt. Vor Baddon lag der Krieg, und seit Baddon habe ich versucht, von meinem Herrn für diese Aufgabe Urlaub zu bekommen. Zuerst hat er mich nach Deira geschickt, dann nach Gwynedd und dann nach Kaledonien. Auf meinem Weg von einem Botenritt zu Aengus MacErc von den Dalriada in Kaledonien, da habe ich eine

Nacht in Caer Ebrauc verbracht. Als ich mich um mein Pferd kümmerte, habe ich mit einem der Diener des Hofes geredet, und der Mann sagte, sie sei seiner Meinung nach nach Ost-Gwynedd geritten, abseits der Straße, in den Arfon-Bergen. Ich überlegte mir das, und ich dachte mir, ich hätte wohl Zeit, dort nach ihr zu suchen. Ich schrieb also meinem Herrn einen Brief und schickte ihn nach Camlann, mit dem Mann, der mich begleitete, und ich ritt dann selbst nach Gwynedd, mit dem Diener, der mir davon erzählt hatte.«

»Ich habe gehört, daß Maelgwn Gwynedd Artus' Feind ist«, stellte mein Vater fest.

»Es stimmt, daß Gwynedd nicht der Freund des Pendragon ist. Aber es gibt keinen Grund, Maelgwn einen Besuch abzustatten, und völlig hilflos bin ich ja auch nicht. Wie auch immer – der Diener von Caer Ebrauc hatte sich geirrt. Sie war nicht da.«

»Mhm. Der Mann wollte wahrscheinlich nur Schutz auf der Reise.«

»Möglich. Er brauchte auch Schutz, denn er stammte aus Gwynedd; aber er hatte vor ein paar Jahren seinen Vetter umgebracht und war dann geflüchtet. Als er allerdings wieder auftauchte, nahm sein Clan ihn zurück. Aber er hatte in Caer Ebrauc im Stall gearbeitet und einen von den Dienern sagen hören, daß sie nach Gwynedd geritten seien. Und Elidan ist durch Caer Legion gekommen, denn ich traf dort einen Mann, der sich an sie erinnerte. Aber in Arfon gab es keine Spur von ihr. Ich habe gesucht, vom Schloß Deggannwy bis zu den Quellen des Saefern, und niemand hatte etwas von solch einer Frau gesehen oder gehört. Also kehrte ich nach Caer Legion zurück und versuchte zu erfahren, wohin sie noch gegangen sein könnte, und . . . Nun, ich habe seitdem gesucht.«

»Ich sehe nicht ein, warum das alles so wichtig war«, sagte Morfudd. Sie war immer unruhiger geworden, während Gawain erzählte, und jetzt warf sie ihm einen lächelnden, leichtherzigen Blick zu. »Na gut, diese Frau war zornig auf dich. Aber du hast für sie gesorgt. Ich sehe nicht ein, warum du noch länger hinter ihr herrennen solltest, es sei denn, du willst sie noch immer heiraten.«

Gawain wandte sich von ihr ab. »Möglich«, sagte er. »Obwohl ich nicht glaube, daß sie mich wollte. Sie ist keine oberflächliche Frau, sondern sie ist stolz. Sie ist gewillt, für ihre Liebe alles zu tun, aber in ihrem Haß ist sie nicht weniger ernst. Kannst du wirklich nicht einsehen, daß alles schrecklich war?«

»Was war denn so schrecklich daran?« fragte Morfudd und warf die Haare zurück. »Du warst verliebt. Oh, ich wäre auch sehr wütend, wenn jemand Rhys umgebracht hätte, oder sogar Dafydd. Aber du hast ja diesen Bran in der Schlacht getötet, und er war ein Rebell, und er hatte versucht, dich zuerst umzubringen. Wenn Rhys das alles getan hätte, ja, wenn er sogar versucht hätte, mich eine Woche lang in den Stall zu sperren, dann wäre ich mit Sicherheit gewillt, dir zu verzeihen, wenn du ihn getötet hättest.«

»Danke«, sagte ich. »Es würde dir tatsächlich guttun, mal eine Woche im Stall eingesperrt zu verbringen.« Aber das murmelte ich nur.

Gawain lächelte nicht. »Ich war ein Gast. Ich war Botschafter, und ich habe meinen Herrn und meinen Gastgeber betrogen. Ich habe Elidan entehrt, ihr mein Wort gebrochen und ihren Bruder ermordet. Ich habe meinem Herrn nicht gehorcht und meinem Gott den Glauben gebrochen. Bei der Sonne und dem Wind! Ich verdiene es, dafür zu sterben.« Gawains Hand lag hart auf seinem Schwertheft, und seine Knöchel wurden plötzlich weiß. »Ich habe meine eigene Ehre verloren, und ich muß zu ihr, das zugeben. Ich habe nicht für das Licht gekämpft, aber wenigstens muß ich die Finsternis verleugnen, oder ich werde nie mehr davon frei sein. Selbst wenn Elidan mit Recht auf mich zornig ist, ich muß es tun. Und wenn sie zornig ist, dann um so besser, denn ich verdiene ihren Zorn.«

»Du gehst zu scharf mit dir ins Gericht«, sagte mein Vater mit gleichmäßiger Stimme.

»Das kann ich gar nicht.«

Ihre Blicke begegneten sich. Der Hund winselte und kroch zu meinem Vater hinüber, um sich dort anzuschmiegen. »Du gehst zu streng mit dir ins Gericht«, wiederholte mein Vater. »Es liegt in der Natur der Menschen, Sünden zu begehen, und nur durch

Gottes Gnade kann ihnen vergeben werden.« Er bekreuzigte sich schnell und fuhr fort: »Du hast in der Schlacht einen Mann getötet, den du nicht hättest töten sollen. Aber es war kein Mord. Du bist nicht an ihn herangeschlichen, sondern du hast ihn im Kampf getötet, in der Hitze der Leidenschaft. Nur sehr wenige Männer hätten anders gehandelt, und sehr viele haben das gleiche getan und lebten anschließend ein friedliches Leben.«

»Das macht die Sache nicht recht.«

»Dein Herr, wie du gesagt hast, hält es auch nicht für richtig, dir die Schuld zu geben.«

»Das liegt daran, daß mein Herr gnädig ist.«

»Die Gnade deines Herrn Artus, soweit ich das gehört habe, erstreckt sich nur so weit, wie es für Britannien sicher ist. Ich glaube nicht, daß er dir so schnell wieder trauen würde, wenn er deine Tat für so tadelnswert halten würde, wie du selbst das glaubst. Ich frage mich, wie ernst sein Befehl wohl gemeint war, Bran ap Caw nicht zu töten. Und ich frage mich, wozu er diesen Befehl wohl ausgesprochen hat. Du sagtest, du verdienst zu sterben für das, was du getan hast. Du hast doch nicht etwa daran gedacht, dir diese Art von Gerechtigkeit selbst zukommen zu lassen, oder?«

Gawain errötete und hob die Hände in einer Geste der Hilflosigkeit. Plötzlich lächelte er wieder. »Du bist ein gerissener Mann, Sion ap Rhys. Nachdem sie mir gesagt hatte, ich solle gehen, bin ich die ganze Nacht auf den Mauern der Stadt umhergewandert und habe mir gewünscht, daß ich nie mehr den Morgen sehe. Aber ich weiß, und ich wußte damals, daß ich mein Leben meinem Herrn und dem Himmel verdanke, und wenn ich beiden noch nützen konnte, dann stand es mir nicht zu, mich so leicht aus dem Staub zu machen.«

»In der Tat. Das gleiche könntest du vielleicht auch auf deine Schuld anwenden. Tu, was du kannst, um alles wieder gutzumachen, und um Himmels willen, bitte das Mädchen auch um Verzeihung. Aber mach dich nicht krank vor Selbsthaß darüber, und reise nicht im Winter. Das tut weder dir noch ihr noch deinem Herrn in irgendeiner Weise gut.«

Gawain lächelte traurig und rieb die Handflächen zusammen. »Vielleicht.« Er blickte auf; die Linien der Müdigkeit, des Schmerzes und der Anspannung verschwanden einen Augenblick lang aus seinem Gesicht, während seine Augen dem Rauch des Feuers folgten. »Vielleicht.« Abrupt sagte er: »Ich würde mein Schwert dafür geben, wenn ich sie noch einmal wiedersehen könnte, Sion. Sie war wie eine Erle, die im Glanz ihrer Blätter dasteht. Ich habe so oft an sie gedacht, seit wir die Sachsen bei Baddon besiegt haben.«

»Hast du irgendwelche Nachrichten, wo sie jetzt sein könnte?« fragte ich.

Er schüttelte den Kopf. »Es gibt einige Straßen, die ich noch hinabreiten könnte. Aber es sind keine wirklichen Möglichkeiten, ich würde es nur zur Sicherheit tun.« Er schwieg noch eine Minute, dann sagte er leise: »Es wäre besser für mich, wenn ich jetzt zurück nach Camlann ginge. Mein Herr, der Hohe König, hat seit November keine Nachricht mehr von mir, und vielleicht braucht er mich. Ich weiß, ich werde sie auf dieser Reise nicht finden. Ich werde warten müssen und es noch einmal versuchen. Morgen reite ich nach Camlann zurück.«

»Nein, erst in einer Woche«, sagte mein Vater. »Bleib bei uns, solange du willst.«

Gawain schüttelte wieder den Kopf. »Ich bin jetzt fast gut genug ausgeruht, um zu reisen, und es ist nicht weit.«

Mein Vater begann zu streiten, und Gawain wehrte sich mit glatten Worten, gespickt mit Dank an uns alle. Beide, mein Vater und er, standen auf, um sich besser ausdrücken zu können. Mein Vater wirkte fest und solide. Seine vierschrötige Gestalt sah unerschütterlich aus. Gawain war schmal und dunkel und elegant, und gleichermaßen unbeugsam. Plötzlich, während ich den Krieger anschaute, kam mir der Gedanke, daß es nicht unerträglich wäre, sein Diener zu sein.

Als ich noch jünger gewesen war, hatte mich allein der Gedanke, Diener sein zu müssen, davon abgehalten, mich irgendeiner Truppe anzuschließen. Und wenn ich meine Tagträume darüber ausgesponnen hatte, dann mußte ich mir immer eine unwahrscheinliche Möglichkeit ausdenken, wie ich solch einer beschämenden Situation entgehen konnte, die für einen Bauern unumgänglich war.

Aber Gawain besaß eine Art Demut, hatte Ansichten, in denen an einem Bauern nichts Unwürdiges war. Vielleicht hielt er auch Diener nicht für unwürdig. Wenn nur . . . aber warum nicht? Der Gedanke machte mir kalt. Vielleicht wollte er gar keinen Diener, aber ich konnte ihm meine Dienste ja anbieten. Es war möglich! Es war tatsächlich möglich. Ich mußte nur unter vier Augen ein paar leichte Worte mit ihm sprechen, dann war ich vielleicht schon mit ihm auf und davon. Wollte ich es wirklich? In meinem Alter war das ein absurder Gedanke, aber . . . würde Gawain mich nehmen?

Selbst wenn er es nicht tat, er kannte vielleicht jemanden in Camlann, der mich nahm . . . Sollte ich es tun?

Trotz meiner Müdigkeit lag ich in dieser Nacht lange wach.

4

Mein Vater überredete unseren Gast, noch drei weitere Tage zu bleiben, und während der gleichen drei Tage dachte er sich andauernd Arbeiten aus, die mich von unserem Hof fernhielten. Ich war sicher, daß er es mit Absicht tat. Zuerst schickte er mich hinaus, um nach den Schafen zu sehen, und sobald ich damit fertig war, schickte meine Mutter mich hinunter zum Fluß, um Sand für den Ofen zu holen. Nachdem der Sand geholt war, stellte sie fest, daß sie etwas Ton brauchte, und so weiter. Ich war immer aus dem Haus, und ich hatte keine Chance, mit Gawain zu reden. Ich fragte mich, ob meine Eltern wohl die Frage kannten, die ich immer wieder in Gedanken neu formulierte. Vielleicht waren sie auch einfach entschlossen, mich von den Unterhaltungen über den Krieg und den Stand der Dinge in Britannien fernzuhalten. Wie Gawain gesagt hatte: Mein Vater war ein gerissener Mann.

Die anderen Familienmitglieder beschäftigten sich mit Gawains Ausrüstung. Meine Mutter flickte seinen Mantel und die anderen Kleidungsstücke, die sie für flickenswert hielt. Einige seiner Sachen riß sie einfach auseinander. Dafür gab sie ihm neue aus unserer Kleiderkiste. Sie versuchte ihn auch zu überreden, noch ein paar zusätzliche Kleidungsstücke anzunehmen und einen neuen Mantel. Aber er weigerte sich mit den wärmsten Dankesworten. Mein Vater und Goronwy stellten eine Schmiedestelle auf, und Goronwy beschlug Gawains Hengst und unsere Stute dazu. Dann flickte er das Kettenhemd mit ein paar flachgeschlagenen Eisenringen. Die anderen aus den Häusern unseres Hofes mochten den Krieger und unterhielten sich mit großer Neugier mit und über ihn und hinterbrachten mir, wie höflich er war. Vom Neffen des Pendragon hatte man das nicht erwartet.

Gawain selbst war auch beschäftigt. Er säuberte und schärfte seine Waffen und bot bei allen Arbeiten seine Hilfe an. Ich selbst drückte mich auf meinen Gängen immer wieder im Haus herum. Aber ich schaffte es kaum, mehr als fünf Worte pro Tag mit ihm zu reden. Und dann kam der Nachmittag des Tages, ehe er abreisen wollte, und ich hatte den Mann kaum kennengelernt. Ich war entsetzt darüber. Fast entschied ich mich, doch nicht mit ihm zu reden – aber ich wußte, ich würde keine zweite Chance mehr bekommen, wenn ich diese vergehen ließ. Ich konnte ja bei meinem Clan bleiben, und vielleicht wurde ich der Anführer unseres Anwesens, nach meinem Vater. Ich konnte heiraten, und ich würde das ohne Zweifel auch bald genug tun, wenn ich ein Mädchen finden konnte, das mich nahm. Ich konnte das Land in der Nähe des Mor Hafren bebauen, als ob die Welt noch so wäre wie damals, zur Zeit meines Großvaters, und als ob Rom nicht gefallen wäre. Und zur Zeit meiner Enkel würde auch noch alles beim alten sein, als ob diese Dinge das Leben selbst wären und nicht nur eine Lebensart. Ich mußte mit. Ich wußte, ich mußte nach Camlann. Aber warum mein Herz mich so überwältigt hatte, das konnte ich nicht sagen. Und um nach Camlann zu kommen, mußte ich mit Gawain reden. Als ich dann von einer Arbeit wieder zurückkam, ging ich noch nicht einmal ins Haus, sondern direkt hinunter zu den Ställen.

Er war da. Er reinigte das Geschirr seines Pferdes und sang auf irisch. Er hatte eine schöne Singstimme, einen kräftigen, klaren Tenor, und er sang gut. Aber er hielt inne, als ich eintrat, und stand schnell auf. Er nahm einen Lappen und wischte sich die Seife von den Händen. »Meinen Gruß, Rhys ap Sion«, sagte er höflich und wartete darauf, daß ich mir das nahm, was ich aus dem Stall holen wollte. Ich kam ein Stückchen näher an ihn heran, blickte zu ihm auf und spürte, wie mein Herz in sich zusammensackte wie ein Weinschlauch, der ein Loch hat. Ich wußte einfach nicht, wie ich, Rhys ap Sion ap Rhys, ihn darum bitten konnte, mich zu nehmen. Ich trat also auf den Füßen hin und her, schaute das Pferd an, das hinter ihm stand, und sprudelte heraus: »Es gibt etwas, um das ich dich bitten will, Herr.«

Ohne ihn anzuschauen, wußte ich, daß er lächelte. »Das ist gut! Jeden Dienst, den ich deiner Familie erweisen kann, will ich dir gern tun, nach all der Freundlichkeit, die ihr mir gezeigt habt.«

Ich trat wieder verlegen von einem Fuß auf den anderen. Das Pferd sah gut aus, und es war viel leichter, das Tier anzusehen als seinen Fürsten. »Herr«, sagte ich noch einmal, denn es bestand keine Hoffnung mehr, ich mußte weiterreden: »Mein ganzes Leben lang habe ich einen großen Hunger nach . . . nach der Welt der Könige und Kaiser gehabt« – und endlich mußte ich auch seinem Blick begegnen – »und ich würde gern mit dir nach Camlann reiten.«

Seine schwarzen Augenbrauen zogen sich zusammen. »Du weißt nicht, was du da redest«, sagte er mir. Ich antwortete nicht. »Ach, die meisten Jungen wollen Krieger werden. Aber das Leben der Krieger ist nicht das, was du vielleicht denkst.«

»Ich bin kein Junge mehr«, deutete ich an. »Bauern altern vielleicht nicht so schnell wie Krieger, aber ich bin einundzwanzig und kein albernes Kind. Und ich glaube, Herr, ich begreife, wie dein Leben aussehen muß, weil ich sehe, welche Spuren es bei dir hinterlassen hat. Ich möchte trotzdem mit.«

Er schaute mich sorgfältig an. Dann lehnte er sich gegen den Unterstand des Pferdes und schüttelte den Kopf. Nach einem Augenblick begann er leise zu lachen.

Darüber wurde ich wütend. »So lächerlich ist das nun auch wieder nicht! Ich weiß, wie man reitet, und ich weiß, wie man sich um Pferde kümmert wie auch um anderes Vieh. Ich kann geradeaus werfen, ich glaube also, daß ich mich schützen könnte, wenn du mir einen Speer gäbst. Ich kann nicht lesen, aber ich kann Latein genauso gut wie Britisch, und auf dem Markt hat mich noch niemand übervorteilt. Ich bin kein dummer Junge, was immer du auch denken magst.«

»Dafür habe ich dich auch nicht gehalten.« Gawain war plötzlich wieder ernst. »Nur . . . ich bin sicher, daß du ein ausgezeichneter Bauer bist. Aber ein Krieger zu sein, das ist eine schwere Aufgabe, und eine bittere. Ich könnte mir vorstellen, daß das Los, einem Krieger zu dienen, noch härter ist.«

»Aber alle Krieger, besonders solche, die Kurierdienste verrichten, haben Diener.«

»Ich niemals. Ich muß zu oft kämpfen, als daß ich einen Diener mit mir nehmen könnte.«

»Ich kann kämpfen«, sagte ich. »Ich bin zwar nicht darin ausgebildet, aber ich kann mich gegen jeden Clansmann von Baddon bis nach Caer Gloeu verteidigen.«

Gawain schüttelte noch einmal den Kopf. »Kannst du einen Speer werfen?«

Ich schaute auf die Wurfspeere, die mit dem Rest seiner Ausrüstung an der Wand lehnten. Alles war schon für morgen vorbereitet. Die Speere waren aus leichtem, gerade gewachsenem Eschenholz gemacht, und ihre Spitzen bestanden aus blattförmig geformtem Stahl. Die Schaftenden trugen Köpfe aus Bronze. Es kam mir nicht besonders schwierig vor, sie zu werfen, es sei denn, man saß zu Pferde. Ich nahm also einen auf und packte ihn an. Er wog ein bißchen mehr, als ich erwartet hatte, aber er schien gut ausbalanciert zu sein. Gawain betrachtete mich, dann zeigte er auf die Wand der Scheune.

»Die Planke da, mit dem doppelten Astloch in der Mitte. Wirf einmal dorthin«, sagte er mir.

Ich verlagerte mein Gewicht, nahm den Arm zurück und warf den Speer. Er schlenkerte ungleichmäßig durch die Luft und schlug in der Nähe des Fußes einer anderen Planke ein. Seine Spitze stand seitwärts heraus. Gawain sagte nichts. Ich nahm noch einen Speer auf und warf den auch, aber das Ergebnis war nicht besser. Ich warf den dritten, ging dann hinüber, zog alle drei heraus und versuchte es noch einmal.

»Das Gewicht muß auf deinem linken Bein sein«, sagte Gawain nach einer Weile. »Dann verlagerst du es nach rechts, wenn du wirfst. Genau so. Aber versuch nicht, mit dem Arm zu werfen. Die Kraft kommt aus der Schulter. Beweg dein Handgelenk überhaupt nicht. Dadurch zittert nur der Speer – so!«

Mein Speer flog endlich geradeaus und steckte auch gerade in der Wand. Ich war glücklich, bis ich bemerkte, wie weit er von der richtigen Planke entfernt war. Gawain ging hinüber und zog ihn heraus, kam zurück und warf dann rasch alle drei Speere in die richtige Planke, direkt neben dem Astloch. Er tat das mit wirklich erstaunlicher Geschwindigkeit. Dann sammelte er sie wieder ein und stellte sie an die Wand, ehe er sich mir zuwandte. Ich wußte: Mein Gesicht war rot. Ich sagte nichts.

»Du weißt wirklich, wie man wirft«, sagte der Krieger. »Ich habe Monate gebraucht, ehe ich so gut werfen konnte. Nun, ich habe langsam gelernt – aber ich kann Speere auch vom Pferd aus werfen, genausogut. Das gleicht sich dann aus. Wenn du anständig ausgebildet worden wärst, dann hättest du einen hervorragenden Krieger abgegeben.«

Ich schaute die Planke an, die ich getroffen hatte. »Wieviel Ausbildung braucht man denn?«

Gawain zuckte die Achseln. »Auf den Orcades – bei den Ynyssedd Erch, heißt das – fangen wir an, wenn wir sieben Jahre alt sind. Die Ausbildung dauert, bis wir vierzehn sind, und Knaben von hohem Rang dürfen dann anfangen, Raubüberfälle mitzumachen. Aber sie brauchen noch immer einige Übung für den Rest ihres Lebens. Außerdem ist der Kampf vom Pferd aus eine ganz andere Angelegenheit.«

Das hatte ich natürlich schon gehört. Krieger beginnen ihre Ausbildung mit sieben Jahren, kämpfen mit vierzehn oder fünfzehn und sterben gewöhnlich, ehe sie fünfundzwanzig sind. Gawain hatte dieses Alter schon überschritten. Und ich war zu alt, um anzufangen. Ich hatte es gewußt, aber ohne diese verfluchte Planke, die mich anstarrte, war mir nie so richtig klargeworden, wieviel diese Ausbildung bedeutete.

»Ich habe nie gesagt, ich wäre ein Krieger«, sagte ich zu Gawain. »Und vielleicht würde ich wirklich in einer Schlacht wie ein Brathähnchen aufgespießt. Aber ich weiß, daß Krieger Diener haben, und Diener kämpfen nicht. Andere Krieger verschonen die Diener.«

»O nein, das tun sie nicht. Diener sind wertvoller Besitz, wenn man sie an den richtigen Mann verkauft«, bemerkte Gawain trocken. Und dann sagte er mit ernster, müder Stimme: »Du bist dein eigener Herr, du stammst aus einem freien, wohlhabenden

Clan. Deine Familie kann man nur ein Geschenk des Himmels nennen. Warum, bei allen Heiligen, solltest du den Wunsch haben, das alles beiseite zu schieben, dich dem Willen eines anderen Mannes unterzuordnen und in ganz Britannien herumzuwandern, wo jeder gegen dich ist?«

»Ich weiß, es ist verrückt, ich weiß.« Ich stand da und suchte nach Worten. »Ich weiß. Nur . . . Herr, Rom ist gefallen, und der Kaiser im Osten hat uns allein gelassen. Wir müssen uns selbst verteidigen. Mein Großvater hat mir davon erzählt, als ich ein Kind war. Ich . . .« Ich kämpfte mit mir, ich versuchte etwas zu erklären, das ich nicht wirklich verstand. »Und dein Herr verteidigt uns. Ja, und wir sind das letzte christliche Land im Westen, das letzte Stückchen des Reiches – und die Kirche tut nichts, und die Könige von Britannien tun nichts, sondern sie tun nur so, als ob die Welt für immer so weitergeht wie jetzt. Aber in Wirklichkeit hat sie sich schon so verändert, daß die letzten Kaiser sie nicht mehr wiedererkennen würden.« Bei diesem Gedanken zersprang irgend etwas in mir, irgendeine Hemmung. Ich stellte fest, daß ich schneller sprechen konnte. »Herr, der Westen liegt in Finsternis. Der Kaiser Artus hat den Sachsen eine große Niederlage beschert, aber noch immer kämpfen wir einen Krieg, noch immer tobt die Schlacht. Ist das nicht wahr? Ist Britannien im Frieden, Herr? Ist die Welt im Frieden?«

»Die Welt wird den Frieden nie kennenlernen«, murmelte Gawain. Aber er betrachtete mich jetzt mit stiller Intensität.

»Nein, natürlich nicht. Aber jetzt weniger denn je. Jetzt tobt ein Krieg zwischen dem Gesetz und dem Chaos, zwischen dem Licht selbst und der Finsternis. Und vielleicht ist Artus wirklich, wie sie sagen, ein gewalttätiger Mann. Aber selbst wenn er so korrupt wäre, wie der König von Gwynedd ihn darstellt, es gehört schon viel dazu, auszuziehen und gegen Tod und Elend zu kämpfen. Es ist besser, als oben in Arfon zu sitzen wie ein Geier, der auf das Ende wartet. Es ist auch besser, als auf einem Bauernhof in der Nähe von Mor Hafren zu arbeiten und so zu tun, als ob die Welt im Frieden wäre!«

Gawains Gesicht war ausdruckslos. Ich holte tief Atem, weil ich nicht wirklich wußte, was ich gesagt hatte, und ich fühlte mich schwach und erschöpft. »Nun«, sagte ich, während ich versuchte, mich wieder zu beruhigen, »ist das ein Grund?«

»Ja. Du hast dich genauso angehört wie mein Herr, der Pendragon.« Gawain seufzte und fuhr sich mit einer Hand durchs Haar, während ich den Mund aufriß. »Es ist ein guter Grund. So ähnlich sah mein Grund auch aus.« Er setzte sich auf das Stroh nieder und deutete mir an, mich neben ihn zu setzen. Ich tat es.

»Du hast einen Grund, dich der Familie anzuschließen, Rhys ap Sion.« Gawain legte einen Arm über die Knie und ließ die Hand schlaff herabfallen. Metallringe glitzerten an seinem Handgelenk, wo das Kettenhemd aus seiner Tunika hervorschaute. »Ich nehme an, jedermann hätte es nötig auf irgendeine Weise für meinen Herrn, das Licht, zu kämpfen. Dennoch stimmt es, daß Artus und seine Familie für dieses Zeitalter auf eine ganz besondere Art dafür kämpfen. Wenn du kein Krieger sein kannst, dann mußt du der Diener eines Kriegers werden. Ich selbst habe nie einen Diener gewollt, aber mit Sicherheit gibt es einen, der einen Diener braucht. Jemanden, der weiß, daß er für das Licht des Himmels kämpft. Nur eins steht gegen dich.«

»Meine Familie«, sagte ich. Ich zitterte. Er hatte zugestimmt, er wollte mich mitnehmen.

»Ich schulde deiner Familie sehr viel.« Gawain nahm einen Strohhalm auf und begann ihn zu spalten. »Ich schulde deinem Vater mehr als nur die Kosten für ein paar Nächte Unterkunft, glaube ich. Er ist ein weiser Mann, dein Vater. Es wäre nicht recht von mir, ihm seinen Sohn zu stehlen. Und ich glaube, er will nicht, daß du gehst.«

»Das glaube ich auch. Aber wenn er zustimmt, wirst du mich dann mitnehmen?«

»Wenn er zustimmt und dich willig gehen läßt, dann habe ich keine Wahl.«

Ich streckte die Hand aus, und nach einem Augenblick des Zögerns nahm sie Gawain.

Als ich losging, um meinen Vater zu suchen, fühlte ich mich weder überglücklich noch völlig verloren.

Meine ganze Familie saß am Herd zusammen, und das Essen war fast fertig.

»Da bist du ja, Rhys«, sagte meine Mutter. »Hast du das Salz mitgebracht?« – Das war ihr letzter Auftrag gewesen – »Du hast dir diesmal aber wirklich Zeit genommen!«

Ich gab ihr das Salz ohne Kommentar und wandte mich an meinen Vater, der neben dem Feuer saß. »Vater, ich muß mit dir reden.«

Etwas in meiner Stimme ließ meine beiden Eltern still werden, und sie schauten einander an.

»Wenn du mit mir reden mußt, dann muß ich zuhören.« Mein Vater ging zu dem Raum, den er mit meiner Mutter und den jüngsten Kindern teilte, und öffnete die Tür. Ich ging hinein, und er schloß die Tür hinter mir und setzte sich aufs Bett. Er schaute mich erwartungsvoll an. Jetzt fiel es mir noch schwerer zu sprechen als unter Gawains Augen.

»Nun, was gibt's denn?« fragte mein Vater.

Es war am besten, es schnell zu sagen. Wenn ich zögerte, dann wußte ich nicht, ob ich es überhaupt sagen konnte. Es ist schrecklich, sich vom eigenen Clan zu trennen, und es wird noch schlimmer, wenn allen deutlich ist, daß diese Trennung nicht leichtherzig geschieht. »Ich habe den Herrn Gawain gebeten, mich mitzunehmen, wenn er fortzieht. Ich habe ihm gesagt, ich möchte der Diener irgendeines Kriegers des Pendragon werden. Gawain will mich mitnehmen, wenn du mich freiwillig gehen läßt.« Mein Vater hatte die Hände zu Fäusten geballt, und ich fügte hinzu: »Vater, zuerst wollte er nicht, daß ich mitkomme. Er versuchte, es mir auszureden. Er sagte, er wollte dir ›deinen Sohn nicht stehlen‹.«

Die Fäuste entspannten sich. Mein Vater schaute mich einen langen Augenblick an, dann plötzlich legte er die Hände ans Gesicht und wandte den Kopf ab. »Wie konnte er mir etwas stehlen, was ich schon verloren hatte? Du bist doch gegangen und hast ihn gebeten.«

Eine schreckliche Rauheit lag in seiner Stimme, und sie schnitt mir ins Herz wie nichts anderes zuvor.

»Und dich bitte ich«, sagte ich, »mich freiwillig gehen zu lassen.«

»Gibt es noch mehr, was du mich hier fragen wolltest?« wollte er mit einer ruhigen Stimme wissen, die ihm sehr unähnlich war. »Gibt es irgend etwas, was du hättest haben sollen und was wir dir vorenthalten haben?«

»Vater«, sagte ich, während ich vor innerem Schmerz zitterte, »du hast mir mehr gegeben, als ich brauchte, das weißt du genausogut wie ich. Nur ... ich selbst habe den Wunsch, mehr zu geben.«

»Hier ist das Land und der Clan. Du kannst ihnen viel geben, und sie brauchen noch mehr. Es ist nicht leicht, einen Hof zu leiten, besonders in diesen Zeiten. Und es ist nichts Kleines, eine Hofhaltung gut zu führen.«

»Aber ich will nach Camlann«, sagte ich. »Das ist eine größere Sache. Es ist die größte Sache in ganz Britannien, und ich will Anteil daran haben. Ich will Gott dienen ...«

»Das kannst du überall tun.«

»Aber in Camlann auf eine ganz besondere Weise.«

»Sie werden unterliegen«, sagte mein Vater mit zitternder Stimme, aber noch immer ruhig und zornig. »Sie versuchen, die Finsternis zu bekämpfen, obwohl sie zuviel Finsternis in sich selbst tragen. Nicht Gawain, auch nicht der Pendragon. Aber glaubst du, die Familie besteht nur aus solchen Männern? Im großen und ganzen kümmern sich die Krieger nicht um die Zivilisation oder um das Licht – o ja, ich weiß, wohinter du her bist. Ich habe den Drang selbst verspürt – aber Krieger, die wollen Beute und Ruhm. Die Zivilisation ist hier, in der Ordnung und dem Frieden dieses Hofes, und nicht in Camlann. Schau dir Gawain an. Er ist ein guter Mann, empfindsam und ehrenhaft, aber selbst in einer so guten Truppe wie der von Artus ist er in ein Verbrechen hineingezogen worden und quält sich jetzt mit Mißtrauen und Zweifeln. Wenn er sich seinem Land und seinem Clan geschenkt hätte, wenn er dort alles in Ordnung gehalten hätte und wenn der Pendragon das gleiche getan hätte, dann hätten wir einen Ort schaffen können, wo dieses Verbrechen nie geschehen wäre.«

»Aber die Sachsen hätten den Hof zerstört«, sagte ich. »Vater, ich muß weg. Vielleicht hast du recht, aber ich muß trotzdem weg.«

Er sprang auf. Er packte mich an den Schultern und schüttelte mich. »Bedeuten wir dir so wenig?«

»O nein, nein.« Ich konnte kaum sprechen, und es war mir schrecklich, daß ich trotz allem immer noch so sehr den Drang verspürte zu gehen. »Ihr bedeutet mir soviel. Aber ich muß gehen. Gib mir deinen Segen auf die Reise.«

Er schaute mir ins Gesicht, und ich sah ihn an. Er hatte ein starkes, kraftvolles Gesicht, wie ich es immer gesehen hatte. Aber es waren jetzt Runzeln darin, und die blauen Augen schauten müde. Er wurde älter. Das war mir nicht aufgefallen.

»Wenn ich dich nicht willig gehen ließe, dann würdest du einfach so weglaufen, nicht wahr?« fragte er.

Mir wurde kalt. Daran hatte ich nicht einmal gedacht. Aber ich nickte. Er hatte ganz recht. Nachdem ich erklärt hatte, warum ich weg mußte, war es unmöglich geworden, nicht mehr zu gehen.

»Also gut. Dann geh, mit meinem Segen. Du bist ein guter Mann, Rhys, und dein Wunsch ist letzten Endes ehrenhaft und gerecht. Vielleicht irrst du dich nicht. Vielleicht sind wir hier draußen nicht stark genug. Vielleicht geht die Sonne wirklich in Camlann auf.« Er legte die Arme um mich und schenkte mir eine seiner Bärenumarmungen. »Aber denk daran, daß wir noch hier sind«, flüsterte er, »und wenn du es je kannst, dann komm zurück.«

Er ließ mich los und schritt abrupt zur Tür, um meine Mutter zu rufen.

Meine Familie war erstaunt und verwirrt. Sie riefen mir Fragen zu, auf die ich die Antwort nicht wußte. Gawain kam aus dem Stall mitten in den Wirbel herein, und sie schrien auch ihm Fragen entgegen. Während des ganzen Abendessen, des ganzen Abends war es das gleiche. »Aber warum, Rhys?« und »Was willst du tun, Rhys?« Ich konnte ihnen nicht die feinen Worte sagen, die ich Gawain gesagt hatte, aber sie hätten mich auch so nicht verstanden.

Meine Mutter weinte leise. Ich glaube, auch sie verstand meine Gründe, denn sie stellte mir keine Fragen. Sie ging nur im Haus herum und packte Dinge für mich ein. Sie tat es schnell und energisch, nichts entging ihr, was ich vielleicht brauchen konnte, und sorgfältig bedachte sie Masse und Gewicht. Die ganze Zeit putzte sie sich die Tränen ab. Meine Schwestern waren aufgeregt und klagten dauernd, meine Vettern wurden plötzlich sehr stimmgewaltig und neigten dazu, mich zu beschuldigen, was mein Vater meistens verhinderte. Mein Bruder Dafydd war begeistert, stand jedem im Weg, packte einen Besen und drohte allen, sie damit aufzuspießen.

Ich glaube, niemand schlief gut in dieser Nacht. Ich weiß, daß ich selbst noch lange wach lag, nachdem selbst der allerletzte im Haus eingeschlafen war. Ich horchte auf die Holzscheite, die im Feuer knisterten und zusammenbrachen, ich horchte auf den Wind im Strohdach und auf die gleichmäßigen Atemzüge meines Bruders neben mir. Ich dachte an mein ganzes Leben und fragte mich, ob ich jemals wieder nach Hause zurückkommen würde. Ich betete ein wenig, wie man das so tut. Aber ich weinte nicht. Wegen dieses Abschieds kamen mir keine Tränen, so weh er mir auch tat. Und vielleicht schmerzte es am meisten, daß ich keine Tränen hatte.

Der nächste Tag war feucht und kalt. Die Wolken hingen tief, blaß und geschwollen, und in der Ferne wirkten die Hügel wie Platten aus grauem Stein. Die Sonne war noch nicht ganz aufgegangen, als wir losritten, und die Erde war still. Alle Bewohner des Hofes kauerten vor der Scheune, um uns Lebewohl zu sagen. Mein Vater sattelte das dreijährige Fohlen unserer Stute, einen kleinen, zottigen grauen Wallach namens Llwyd, und dann reichte er mir die Zügel, ohne eine Bemerkung über sein Geschenk zu machen. Gawain band den größten Teil unseres Gepäcks hinter Ceincaleds Sattel fest, und dann verstellte er den Riemen, der ihm den Schild auf dem Rücken festhielt. Er hatte seinen roten Mantel wieder umgehängt, und im frühen Licht sah er so seltsam und unirdisch aus wie in jenem ersten Augenblick, als er am Fluß erschienen war. Er wandte sich meinem Vater zu.

»Ich stehe tief in deiner Schuld, Sion ap Rhys«, sagte er mit seiner weichen Stimme. »Jeder Dank, den ich dir anbieten kann, klingt seicht und nutzlos.«

Mein Vater zuckte die Achseln und kratzte sich den Bart. »Ich habe nicht mehr getan, als dir die ganz gewöhnliche Gastfreundschaft anzubieten, Herr.«

»Du hast sehr viel mehr getan als das.« Gawain zögerte, zog sein Schwert. Er ließ sich auf ein Knie in den Schnee sinken, so elegant wie ein niederstoßender Habicht. Er hielt das Schwert mit dem Heft meinem Vater entgegen. »Wenn dieses Schwert jemals dir oder den Deinen von Nutzen sein kann, Sion ap Rhys, wenn ich es dir dann verweigern sollte, dann möge der Himmel einstürzen und auf mich fallen, möge die See sich erheben und mich überfluten, möge die Erde sich auftun und mich verschlingen. Sei mein Zeuge.«

Mein Vater starrte ihn an, hob langsam die rechte Hand und legte seine Fingerspitzen auf den Rubin im Knauf des Schwertes. Die Klinge glühte, als ob irgendein strahlendes Licht von ihr reflektiert würde – aber es war kein Licht da. Dieses Bild grub sich in meine Gedanken ein, so daß es manchmal in mir aufsteigt, bei Dingen, die weder mit Gawain noch mit meinem Vater etwas zu tun haben. Der Krieger in Gold und Rot, kniend auf dem Boden, und mein Vater in seinem grauen, selbstgesponnenen Wollgewand, der den Treueschwur akzeptiert, halb beschämt, halb voller Sicherheit. Eine stolze Demut und ein demütiger Stolz, und das Schwert, in dem das Licht brennt, zwischen ihren Händen.

Dann ließ mein Vater seine Hand sinken, Gawain stand auf und steckte das Schwert in die Scheide. »Benutze es, um meinen Sohn zu schützen«, sagte mein Vater mit etwas rauher Stimme. Gawain nickte und bestieg seinen Hengst. Er richtete die Wurfspeere aus, die an der Seite des Tieres angebunden waren, und prüfte, daß sie leicht zu erreichen waren.

Ich schluckte und versuchte, meiner Familie Lebewohl zu sagen. Es kam sehr traurig heraus, und ich war froh, als ich auf mein Pferd klettern konnte. Es hatte alles zu lange gedauert, dieses Lebewohlsagen, so dachte ich. Manche Dinge sollte man so schnell wie möglich erledigen, so schnell man die Worte herausbringen kann.

Gawain verbeugte sich noch ein letztes Mal im Sattel, wendete dann Ceincaleds Kopf und ritt den Hügel hinunter, weg vom Hof. Ich gab Llwyd einen Tritt, und das Pferd fuhr zusammen, scheute und trottete hinter dem Hengst her. Ich schaute nicht zurück zu meiner Familie. Erst als wir den nächsten Hügel hinter uns hatten und das Haus nicht mehr zu sehen war, schaute ich zurück. Ich drehte mich nur lange genug um, daß ich den Anblick in mich aufnehmen konnte. Der Hang des Weidelandes, die blassen Stoppeln auf dem schneebedeckten Feld, das Grau des Waldes hinter dem Fluß, unter dem bleiernen Himmel, und die Strähnen aus Rauch, der bewegungslos in der feuchten Luft hing – Rauch, den ich schon so viele Male gesehen hatte, wenn ich von der Arbeit des Tages heimkam, heim an den Herd. Ich wandte meinen Blick auf den grauen Morgen, der vor mir lag. Gawains Mantel stand wie ein Spritzer aus Rot vor dem schweren Himmel.

»Macht sich verdammt auffällig«, murmelte ich, um die trübe Stimmung aus meinem Herzen zu vertreiben.

Der Krieger blieb stumm. Wir ritten weiter zu der alten Römerstraße, die nach Süden führt, nach Ynys Witrin, und die darüber hinaus weiterführt nach Camlann.

5

Um die Mitte des Morgens erreichten wir die Römerstraße. Gawain zügelte sein Pferd, als wir auf die Straße einbogen, und schaute sich um. Ceincaled warf den Kopf hoch, Atemluft dampfte um ihn herum, und er war still. Ich hielt Llwyd an und blickte auch die Straße hinunter. Ich hatte sie schon gesehen, und sie schien mir jetzt noch weniger sehenswert als gewöhnlich. Sie folgte einer geraden Linie mitten über die Kurve des Hügels, und früher einmal war neben ihr zu beiden Seiten gerodetes Gelände gewesen, das jetzt wieder mit Gebüsch zugewachsen war. Die Straße sah kalt und verlassen aus, und im Schnee, der sie bedeckte, waren keine Spuren. Aber es war eine gute Straße. Gawain allerdings schaute sie weiter an.

Der Wind war kalt, und ich sah keinen Grund, einfach dazusitzen und zu leiden. »Herr«, sagte ich nach kurzer Zeit, »das ist die Straßc.«

Er warf mir einen schnellen Blick zu. »Oh, in der Tat, so ist es. Nur ... hättest du etwas dagegen, noch eine Tagesreise nach Norden zu reiten, ehe wir uns nach Camlann wenden? Es wäre gut, noch einen Weg zu überprüfen, den sie vielleicht genommen haben könnte.«

Ich schaute nach Süden die Straße hinunter und rieb meine Hände zusammen. Ich verstand, warum niemand im Winter reiste. »Wir reiten dorthin, wo du hinwillst, mein Herr.«

»Ich bin nicht dein Herr. Du bist noch ein freier Mann. Nur ...« Er schaute nach Norden.

Er wendete Ceincaled nach Norden und drängte das Tier zu einem Trab. Er ritt eifrig los, und ich folgte ihm mit sehr viel größerem Zögern.

So fünfzehn Meilen ritten wir nach Norden, ohne daß sich irgend etwas ereignete, was bemerkenswert gewesen wäre. Nur, es begann zu schneien. Ich hatte einen guten, warmen Mantel und warme Kleidung, aber meine Ohren und Füße und Finger gefroren langsam. Llwyd, der an bessere Behandlung gewöhnt war, wurde störrisch und zeigte üble Laune. Er scheute wegen nichts und versuchte, sich zur Seite wegzudrücken und nach Hause zu gehen. Ich hatte alle Händevoll zu tun, um nicht die Beherrschung über ihn zu verlieren. Gawain schien die Kälte nicht zu bemerken und ritt leicht voran. Er gab ein schnelles Tempo vor, trotz des Schnees.

Am frühen Nachmittag erreichten wir Caer Ceri. Das ist eine alte, ummauerte Römerstadt. Ein- oder zweimal war ich schon dort gewesen, als für unseren Haushalt Tauschgeschäfte erledigt werden mußten und der Markt in Baddon wegen der Sachsen geschlossen war.

Caer Ceri lag allerdings verlassen, als wir herankamen, und der Marktplatz war nur von einer Herde Schafe bevölkert. Ich nahm an, wir würden hier halten und uns an irgendeinem warmen Herd ein Essen kaufen. Ich hatte mich seit den letzten fünf Meilen schon darauf gefreut, von dem Pferd abzusitzen, das ich seit dem Herbst nicht mehr geritten hatte, und mich neben einem warmen Feuer niederzuhocken und warmes Essen zu mir zu nehmen und heißes Ale zu trinken. Aber Gawain ritt ohne Pause direkt durch die Stadt und wandte sich dann nach links, auf die westliche Straße nach Powys. Als die Mauern hinter uns versanken und er Ceincaled wieder zum Traben brachte, wurde mir klar, daß er nicht die Absicht hatte, sich irgendwie vernünftig zu verhalten. Ich mußte mich also mit der kalten Wurst zufriedengeben, und mit den Haferkuchen, die mir meine Mutter zum Mittagessen mitgegeben hatte. Beides war steifgefroren. Ich bot Gawain, der das Essen mit Dank und einiger Überraschung annahm, auch etwas an, und wir kauten langsam, während wir ritten.

Llwyd wurde müde, denn er war genausowenig daran gewöhnt, geritten zu werden, wie ich ans Reiten gewöhnt war. Ich begann mir Sorgen zu machen. Wenn mein Pferd nun lahm wurde oder sich übermüdete, wo konnte ich dann ein anderes bekommen?

»Herr«, sagte ich zu Gawain, »wieviel weiter willst du heute noch kommen?«

»Bis nach Caer Gloeu, oberhalb der Bucht des Safern. Es sind noch zehn Meilen oder so, glaube ich.«

Das war eine ganz schöne Strecke für einen kurzen Wintertag. Es würde fast dunkel sein, wenn wir die Stadt erreichten. Wir hatten jetzt schon zwanzig Meilen hinter uns gebracht, nach meiner Schätzung. Ich erinnerte mich an all die Lieder, die ich über Artus' Kampagnen gehört hatte. Der war auch von einer Küste Britanniens in einem Stück bis zur anderen geritten. Es sei hart für die Pferde gewesen, hatte Gawain gesagt. Sehr hart, dachte ich, und auch hart für die Krieger.

»Herr, mein Pferd ist nicht daran gewöhnt, so weit zu laufen. Llwyd ist diesen Winter, seit es angefangen hat zu schneien, nicht mehr geritten worden.«

Gawain hielt an, saß ab und schaute sich Llwyd an. Er überprüfte die Beine und Hufe des Wallachs, richtete sich dann auf und rieb die Hände zusammen. »Er braucht die Übung, das ist wahr«, meinte er. »Aber er wird nicht lahm werden, und übermüdet sein wird er auch nicht – obwohl er sich vielleicht dafür halten wird. Er hat doch Ponyblut, oder?«

Ich gab das zu, und Gawain nickte und bestieg wieder sein Schlachtroß. Ceincaled wirkte so ausgeruht wie am Morgen. Wir ritten weiter, und ich fühlte mich durch den Krieger so gründlich überstrahlt wie Llwyd durch das Roß des Kriegers. Und dabei hatte ich mich immer für einen guten Reiter gehalten.

Caer Gloeu war eher zwölf Meilen von uns entfernt als zehn, und die Sonne, eine dämmrige Kupferscheibe, die halb in Wolken erstickte, ging unter, als wir ankamen. Es schneite noch immer in Schauern. Ich war durchgefroren, und alles tat mir weh. Llwyd stapfte mit hängendem Kopf voran, ihm war es inzwischen gleich, wo wir waren. Mir war es nicht gleich: Ich wollte das heiße Ale immer noch.

Caer Gloeu war etwas größer als Caer Ceri, aber genauso

verlassen. Fast hätte die gleiche Schafherde sich auf dem Marktplatz herumtreiben können. Gawain hielt Ceincaled in einer Straße an, die an einer Seite des Marktplatzes einmündete, und saß bewegungslos, wie wartend, da. Ich zog die Schultern hoch und fühlte mich sehr elend war und wütend. Ich war zu müde, um mir Gedanken darüber zu machen, ob wir aus irgendeinem Grund herumstanden oder nur nach einer weiteren Straße suchten.

Nach ein paar Minuten öffnete sich die Tür eines der alten Häuser, und ein Mann trat heraus. Er hielt einen Speer in der Hand und zog sich einen Umhang um seine Schultern. Auf seiner Schwelle blieb er stehen und warf uns einen starren, feindseligen Blick zu. Das war offenbar genau das, was Gawain erwartet hatte, denn er saß ab und ging zu dem Mann hinüber. Beide Hände hielt er in Schulterhöhe, so daß der Mann sie sehen konnte.

»Ich brauche einen Platz, wo ich die Nacht über bleiben kann. Für mich, meinen Diener und unsere Pferde.« Seine Stimme war ruhig, aber sie war klar genug, so daß man sie auf dem ganzen Platz hören konnte. Der Stadtbewohner starrte uns weiter an und hielt den Speer wurfbereit. Er war ein hochgewachsener, schwammiger Mann mit dünnem, braunen Haar und ohne Bart. Mir warf er aus schmalen Augen einen Blick zu.

»Dein Diener«, sagte er zu Gawain. Plötzlich wurde mir klar, daß es meine Aufgabe gewesen wäre, um Gastfreundschaft zu bitten. Zu spät. Ich sah schon wie ein Trottel aus, und Gawain fuhr fort zu reden.

»Ja, für meinen Diener und unsere Pferde. Die Pferde werden Korn brauchen. Ich kann bezahlen, Mann.«

Daraufhin spuckte der Mann aus, aber er senkte den Speer und nickte. »Nur für eine Nacht?«

»Nur für diese eine Nacht.« Der Mann nickte noch einmal, und Gawain kam zu den Pferden zurück und packte Ceincaleds Zügel. Der Stadtbewohner deutete uns mit einer Handbewegung an, ihm zu folgen, und wir gingen die Straße hinunter. Dann durchschritten wir ein Gäßchen und kamen auf einer schmaleren Straße wieder zurück zu einer Tür, die ich für die Hintertür am Haus dieses Mannes hielt. Wir wurden dann in einen baufälligen

Stall geführt, der sehr zugig und schmutzig war. Ein kleiner Esel und eine Kuh standen da, und ein paar Hühner und ein Schwein nahmen den Platz ein, der nicht mit Holz und Gerümpel angefüllt war. Gawain schaute sich um und bat den Mann darum, die Kuh anderswohin zu stellen. Wir brauchten ja Platz für die Pferde. Unser Gastgeber meckerte ein bißchen, fluchte herum und tat dann, was ihm gesagt wurde. Gawain begann schweigend, den Stall aufzuräumen, während der Stadtbewohner herumstand und ihn mißtrauisch beobachtete. Ich war wütend. Jeder anständige Mensch würde seine Gäste nach drinnen bringen, ans Feuer. Er würde ihnen heißes Ale anbieten und sie nicht dazu bringen, seinen dreckigen Stall aufzuräumen.

Nachdem ich mich entschlossen hatte, mich von jetzt an auch wie ein Diener zu benehmen, saß ich steif ab. Meine Beine zitterten, als sie den Boden berührten, und ich mußte mich an Llwyds Schulter stützen, ehe ich in eine Ecke des Stalles gehen konnte, um frisches Stroh und das Korn zu holen. Unser Gastgeber versuchte, uns weniger Korn zu geben, als die Pferde brauchten, und ich mußte mich mit ihm streiten. Er behauptete, wir seien Erpresser und vertrauten auf die Kraft unserer Arme, um damit durchzukommen. »Aber dies ist eine Stadt«, sagte er mir. »Wir haben eine Zivilregierung, eine römische Regierung, und wir sorgen dafür, daß die Gesetze eingehalten werden. Hier könnt ihr keine Bürger ausrauben.« Ich nahm an, daß seine römische Regierung aus dem Abschaum aller Bürger bestand, die bereit wären, jede Erpressung zu begehen, auf die sie sich einigen konnten. Der Mann ekelte mich an, und dann fragte ich mich, ob er sich wohl auch so benommen hätte, wenn ich als Bauer und nicht als Diener eines Kriegers gekommen wäre.

Wir brachten die Pferde unter und ließen sie im Stall zurück, wo sie hungrig das Korn kauten. Llwyd bekam kaum solches Futter zu Hause, aber wenn er weiter soviel laufen sollte, dann würde er es brauchen.

Das Haus unseres Gastgebers war genauso schmutzig wie sein Stall, und außer seiner Frau und zahlreichen Kindern enthielt es auch noch Hühner. Kein Hofbesitzer meiner Bekanntschaft hätte sich an solch einem Ort wohlgefühlt oder den Schmutz auch nur geduldet, aber in Städten liegen die Dinge eben anders. Heutzutage leben nur noch wenige Menschen in ihnen, denn nur die sehr Reichen und die Handwerker können es sich erlauben. Das Haus unseres Gastgebers war angefüllt mit trocknender Keramik und nassem Ton, er war also offenbar Töpfer. Ich nahm einen der Teller auf und untersuchte ihn. Er war kein sehr geschickter Töpfer. Trotzdem knurrte er mich an und sagte mir, ich solle seine wertvolle Ware in Ruhe lassen. Nun, sie war wahrscheinlich wertvoll genug. Töpfer können sich gewöhnlich recht gut durchbringen.

Die Frau des Töpfers hatte offenbar angefangen, Grütze zu machen, sobald ihr Mann eingewilligt hatte, uns über Nacht bleiben zu lassen. Jetzt setzte sie uns die Grütze vor. Sie war klumpig und schlecht gekocht, und weder Fleisch noch Eier waren darin. Schon nach dem ersten Löffel stellte ich die Schüssel wieder hin. Das war zuviel für meine schlechte Laune.

»Da wir ja bezahlen, könntest du uns vielleicht ein bißchen Fleisch geben«, schlug ich der Töpfersfrau ruhig vor. Sie schaute mich so überrascht an, als ob eins ihrer Hühner sie angesprochen hätte, als sie feststellte, daß sie gemeint war. »Vielleicht auch ein Ei«, fügte ich hinzu.

Gawain schaute ebenfalls überrascht von seiner Grütze auf. Offenbar war er gewillt gewesen, das klumpige Zeug ohne ein Wort hinunterzuwürgen. Aber ich war nicht in der Stimmung, mich durch irgendeinen um das heißersehnte Mahl betrügen zu lassen. »Bring uns Brot, mit Butter, versteht sich. Und auch Käse!«befahl ich und knallte meine Schüssel auf den Tisch. »Und wenn du Schinken hast, dann bring den auch. Und Ale. Heißes Ale. Mein Herr und ich, wir sind den ganzen Tag geritten, und wenn du meinst, wir geben uns am Ende dieses Tages mit lausiger Grütze zufrieden, dann irrst du dich aber gewaltig.«

Die Frau warf einen nervösen Blick zu ihrem Mann hinüber. Eins ihrer Kinder kicherte. Gawain hustete hinter der Hand, schaute mich nicht an. Der Töpfer wurde rot im Gesicht. »Ich habe es gar nicht nötig, euch Gastfreundschaft anzubieten!«

knurrte er. »Jeder Bastard von einem Krieger glaubt doch, er regiert die Erde. Na, ihr regiert sie nicht, und du, du bist ja noch nicht einmal ein Krieger, du *Domestik*. Ich lasse mir von Lakaien keine dummen Redensarten gefallen. Ich . . .«

»Mein Herr ist aber ein Krieger, und mit einem Bastard hat er nichts zu tun«, sagte ich, und ich wollte dem Kerl gerade auch noch sagen, daß er Gawain ap Lot, den Neffen des Pendragon, den Sohn des Königs von den Ynyssedd Erch, vor sich hätte, und so weiter und so weiter, als mir auffiel, daß Gawain mich bestürzt anschaute. Mir fiel ein, daß er dem Töpfer gegenüber keinerlei Namen erwähnt hatte. Aber – ich hatte nicht vor, mein heißes Ale und meinen Schinken aufzugeben. »Mein Herr ist zufällig ein sehr guter Krieger, und ich hoffe, du wirst das nicht am eigenen Leibe erfahren«, beendete ich meinen Satz. Es kam mir so leicht vor, diesem Mann zu drohen.

»Wir sind hier in einer Stadt! Wir haben hier eine Regierung!« sagte der Töpfer. Aber er sah unsicher aus.

»Natürlich. Und du bist unser Gastgeber, selbst wenn du dafür bezahlt wirst«, erwiderte ich. »Und da du ein zivilisierter Mensch bist und ein Gastgeber, mußt du uns auch zivilisiertes Essen bieten.«

Die Frau rannte plötzlich weg und holte das Essen. Gutes weißes Brot, Butter, Käse und Schinken. Sie begann, das Ale heiß zu machen. Ihr Mann fluchte uns noch eine Zeitlang an, dann murmelte er noch, und dann schwieg er endlich. Gawain warf mir einen Blick zu, den ich nicht deuten konnte – Ironie? Ärger? Belustigung? Aber das Essen war köstlich, die Mühe hatte sich gelohnt, und mir war es egal, wen ich beleidigt hatte.

Als Gawain mit seinem Brot und Schinken fertig war, fragte er, ob der Töpfer und seine Familie schon lange in Caer Gloeu lebten. Ja, gab der Mann mürrisch zu, er lebte hier schon lange. Sei er denn schon seit acht Jahren hier? wollte Gawain wissen.

»Ich habe mein ganzes Leben in Caer Gloeu verbracht«, sagte der Töpfer. »Was soll die Frage?«

»Ich will nur folgendes wissen: Irgendwann im Spätherbst vor acht Jahren ist möglicherweise eine Frau diesen Weg geritten.

Eine schmale, blonde Frau, wahrscheinlich auf einem braunen Pferd und vielleicht in einem blauen Kleid. Sie hatte zwei Dienstboten bei sich, einer davon war ein alter Mann, dem ein halbes Ohr fehlte.«

Der Töpfer hörte aufmerksam zu. Dann schüttelte er den Kopf. »Hab' nie so 'ne Frau gesehen. Was für 'ne Sorte Hure war sie denn, wenn sie so üppig gereist ist? Muß was ganz Tolles gewesen sein.«

»Sie ist keine Hure.« Gawains Stimme war noch immer ruhig, aber sie klang kalt und schneidend. Der Töpfer schaute ihn an und bekreuzigte sich plötzlich. Der dunkle Krieger sah gefährlich aus und sehr unheimlich, obwohl er ganz still dasaß, den leeren Teller auf dem Knie. »Sie ist eine Dame aus hoher Familie.«

»Na, ich hab' sie jedenfalls nich' gesehen. Hab' auch keinen von ihr reden hören, jemals.«

»Weder hier in der Stadt noch auf der Straße nach Norden noch im Westen, auf der anderen Seite des Safern?«

»Wenn sie da vorbeigekommen ist, dann hab' ich nie von ihr gehört.«

Gawain schaute ihn einen Augenblick ruhig an und seufzte dann. Die ganze Reise kam mir plötzlich unsinnig vor. Caer Gloeu liegt zwischen Powys, Dumnonia und der südlichen Wildnis von Elmet. Jemand, der in irgendeins dieser Länder will, bleibt wahrscheinlich über Nacht in Caer Gloeu, und eine Frau, die allein reist, nur von ein paar Dienern begleitet, wäre wahrscheinlich aufgefallen. Unser Gastgeber schien mir nicht zu lügen, also war es offensichtlich, daß Elidan nicht nach Caer Gloeu gekommen war. Wir konnten uns am Morgen zurück auf den Weg nach Camlann machen. Ich war erleichtert. Aber Gawain war offensichtlich enttäuscht. Er nahm noch einen Schluck von seinem heißen Ale und stellte dann den Becher hin.

»Ich danke dir.« Er sagte das tatsächlich, und ich war verblüfft. Der Töpfer auch, denn er zwinkerte uns verwirrt an, als ob er einen Geist gehört hätte. Gawain fuhr gelassen fort: »Mein Diener und ich, wir werden im Stall schlafen, bei unseren Pferden. Hast du ein paar Decken für uns?«

»Du kannst hier drinnen schlafen, beim Herd«, sagte der Töpfer. »Da brauchste nich' viele Decken. Da brennt 'n gutes Feuer.«

Der Krieger warf einen Blick auf das qualmende Feuer und sagte: »Wir werden in den Ställen schlafen.«

Ich wollte wild protestieren. Der Gedanke daran, hinauszugehen in den zugigen, dreckigen Stall – gerade jetzt, wo ich anfing, wieder warm zu werden – weckte in mir den Wunsch, jemanden zu schlagen. Aber das konnte ich nicht, und deshalb bearbeitete ich den Töpfer, damit wir gute Decken bekamen. Am Ende schaffte ich es, ihn dazu zu zwingen, uns einen Teppich zu geben. Aber glücklich war er darüber nicht.

Als Gawain gesagt hatte, wir würden bei unseren Pferden schlafen, da hatte er das auch gemeint. Wir richteten uns für die Nacht tatsächlich im Stall ein, neben der Krippe. Aber es war gar nicht so kalt. Gawain begann sein Schwertgehänge abzuschnallen, und er legte das Schwert so, daß er es in der Nacht erreichen konnte.

»Warum konnten wir denn nicht im Haus bleiben?« fragte ich.

»Ich vertraue ihnen nicht.« Gawain sagte das ganz einfach. Er runzelte die Stirn, löste die Befestigungen an seinem Kettenhemd, zog es aber nicht aus. »Auf diese Weise können wir uns und die Pferde gleichzeitig bewachen.«

Das war vernünftig, wenn man sich vorstellen konnte, daß dieser Töpfer seine Gäste mit einem Messer erstach, um zwei Pferde und ein paar wertvolle Waffen zu bekommen. Aber wer tat so etwas schon? Oder würde der Töpfer das doch tun, wenn er glaubte, daß wir vielleicht loszogen, ohne ihn zu bezahlen? Er haßte uns ja sowieso. Dieser Gedanke machte mir angst. Nicht so sehr wegen der Gefahr, sondern wegen dem großen Mißtrauen, das für einen solchen Gedanken nötig war. Aber der Töpfer . . . Es konnte ja sein.

»Hätte ich da oben vielleicht nicht so laut schimpfen sollen?« fragte ich Gawain, weil mir plötzlich klar wurde, daß mein Benehmen vielleicht fragwürdig gewesen war.

Der Krieger lachte. »Das weißt du besser als ich.« Wir legten uns nieder und zogen uns Umhänge und Teppich über. »Ich hätte so was jedenfalls nicht gesagt«, fügte mein Begleiter nach einem Augenblick hinzu. »Aber das Ale hat gutgetan in einer solchen Nacht. Schlaf gut.« Das Stroh rauschte, als er nach seinem Schwert tastete, und das Pferd verlagerte in der Dunkelheit über uns sein Gewicht. Ich wußte, Gawain würde augenblicklich aufwachen, wenn jemand in den Stall kam. Hier war es sicher. Allerdings nicht bequem. Der Fußboden war hart und kalt, selbst durch das Stroh, und mir taten sowieso schon alle Knochen weh. Wahrscheinlich, dachte ich, werde ich schlecht schlafen . . . und schlief schon bei dem Gedanken ein. Ich schlief die ganze Nacht, ohne einen einzigen Traum. Ein zu langer Ritt bei schlechtem Wetter sorgt für guten Schlaf.

Als ich am nächsten Morgen erwachte, sickerte dämmeriges Sonnenlicht durch einen Riß im Dach und hinterließ einen Fleck aus Licht auf dem Stroh in der Nähe meines Kopfes. Einen Augenblick lag ich mit offenen Augen da und versuchte herauszukriegen, was ich in einer Scheune machte. Dann fiel mir ein, daß ich ja von zu Hause weggegangen war, und ich setzte mich ruckartig auf. Mein Kopf knallte gegen die Krippe, die über mir war, und die beiden Pferde hörten einen Augenblick lang auf zu fressen und schauten mich an. Dann kauten sie weiter an ihrem Korn.

Ich setzte mich ein zweites Mal auf, diesmal vorsichtiger, und zog Umhang und Tunika gerade. Gawain war nicht da. Ich nahm den Teppich und die Decke auf und faltete sie, um sie unserem Gastgeber zurückzugeben. Gerade als ich aufstand, kam Gawain aus der Hintertür des Hauses.

»Guten Morgen«, sagte er lächelnd. »Du bist ein Langschläfer, Rhys. Unsere Gastgeberin hat schon Frühstück gemacht.«

Ich war bereit fürs Frühstück. Meine Knochen schmerzten von der Feuchtigkeit und Kälte des Stalles und vom Ritt des vergangenen Tages, und warmes Essen am Feuer kam mir wie ein Geschenk des Himmels vor. »Das freut mich«, sagte ich mit Hingabe. Ich nahm den Teppich auf und hängte ihn mir über den Arm.

Gawain fingerte an seinem Umhang herum. »Hast du eine Extrafibel?« fragte er mich.

Ich hatte eine ganz unten in meinem Reisesack. Es war eine einfache, bronzene Spange, identisch mit der, die meinen eigenen Umhang zusammenhielt. Ich wühlte die Spange heraus. Der Krieger dankte mir und steckte sich den Mantel damit fest. Anscheinend hatte er seine eigene Fibel verloren, und ich wunderte mich darüber. Mir war seine Mantelspange aufgefallen. Sie war wertvoll, wenn ich das beurteilen konnte. Es war hart, daß er meine brauchte, die sicher nicht ein Zehntel seiner eigenen wert war, aber für mich war sie wertvoll genug. Dennoch – er tat mir einen großen Gefallen, weil er mich nach Camlann mitnahm. Ich sollte also großzügig mit meinen Besitztümern sein.

Der Morgen hatte offenbar die Laune unseres Töpfers gebessert, denn er war fast freundlich. Seine Frau hatte zum Frühstück Brot mit Ei und Würstchen bereitgehalten. Gawain hatte schon gegessen, er blieb im Stall, um sich um sein Pferd zu kümmern. Also ließ ich mich allein nieder und aß meine Eier. Das schadete meiner Begeisterung nicht. Der Töpfer lehnte mir gegenüber an der Wand und summte tatsächlich vor sich hin. Er drehte irgend etwas in der Hand. Ich war mit meiner Mahlzeit fast fertig, ehe mir klarwurde, daß das, was er da in den Fingern hielt, Gawains Fibel war.

Ich wußte, der Töpfer hätte die Brosche nicht stehlen können. Das bedeutete, das Gawain sie ihm als Bezahlung überlassen hatte. Aber die Bezahlung lag viel zu hoch, besonders wenn man die mürrische Art des Töpfers berücksichtigte. Kein Wunder, daß der Kerl jetzt fröhlich war. Er hatte in der Tat einen sehr guten Handel abgeschlossen. Mir allerdings gefiel der Gedanke nicht, daß ein schmieriger Städter von Gawains Großzügigkeit profitierte. Gedankenverloren aß ich meine Eier auf und stellte den Teller hin. »Ich sehe, mein Herr hat dir seine Fibel gegeben.«

Der Töpfer grinste.

»Du kannst mir das Wechselgeld geben«, sagte ich. Er beäugte mich und tat so, als ob er nicht verstände, was ich meinte. »Na, du glaubst doch nicht, mein Herr hätte im Sinn, daß du dich von dem mästest, was er auf dem Schlachtfeld gegen die Sachsen gewonnen hat, oder?«

»Er hat sie mir gegeben.« Aber es lag ein Winseln der Verteidigung im Tonfall des Mannes. Er hatte keinen Augenblick geglaubt, daß Gawain ihm tatsächlich die Brosche hatte schenken wollen.

»Natürlich. Er hat sie dir gegeben, und du kannst mir mehr Vorräte geben, damit ihr Wert ausgeglichen wird. Oder, wenn du das vorziehst, kannst du mir auch die Fibel zurückgeben, und ich gebe dir den Gegenwert für deine Gastfreundschaft – na, den Gegenwert für die Gastfreundschaft einer Nacht, denn für deine würde ich kein krankes Huhn geben.«

»Aber dies ist eine kleine Brosche. Die ist keine Henne wert.«

»Keine Henne wert!« Ich frage mich, ob der Mann mich wohl für einen Verrückten hielt. »Mann, damit könntest du einen Ochsen kaufen. Ganz leicht! Das ist irische Goldarbeit! Und das sind Granate, echte Steine, und kein gallisches Email.«

»Na, da war ja auch noch das Korn für die Pferde. Dieses Kriegspferd, das verschleudert Korn regelrecht. Mein teures Korn.«

»So teuer nun auch wieder nicht. Alles, was du uns und den Pferden gegeben hast, ist zusammen nicht mehr wert als einen mickrigen Kapaun.«

»Es ist mindestens ein Schwein wert!«

»Na, die Brosche ist ja auch einen Ochsen wert. Und du selbst gibst zu, daß deine Güter soviel nicht wert sind. Gib sie her.«

Ein gerissener Blick kam in seine blassen Augen. »Willst du sie deinem Herrn stehlen?«

Ich versuchte, gleichmütig auszusehen, obwohl sich bei den Unterstellungen dieses Mannes mein Magen umdrehte. »Wenn du das meinst, dann ruf ich ihn, und du kannst es ihm ins Gesicht sagen.«

Das Glitzern verschwand wieder aus seinen Augen. Zögernd legte er die Brosche auf den Tisch. »Was willst du mir denn geben?«

Daran hatte ich nicht gedacht. Ich schaute die Fibel einen Augenblick an, nahm dann meine eigene Bronzespange ab und legte sie neben die andere. »Das hier.«

»Das? Dafür würde ich noch nicht einmal ein Dutzend Eier geben.«

Wir handelten eine Weile, und schließlich akzeptierte der Mann meine Bronzefibel und einen Bronzering und gab mir Gawains Fibel zurück, zusammen mit einer Flasche von seinem Ale. Ich sammelte meinen Gewinn ein, und dann befestigte ich meinen Umhang mit Gawains Fibel.

»Möge es dir wohl ergehen«, sagte ich zu dem Töpfer und stand auf.

»Vale«, erwiderte er. Er sprach – wie ein echter Stadtbewohner – Latein. Dann fügte er hinzu: »Du bist ein Bauer, nicht wahr?«

Ich blieb an der Tür stehen. »Das war ich.«

»Ich hab's gewußt. Nur Bauern, und dann auch nur solche, die einen eigenen Hof und einen eigenen Clan haben, feilschen so hart. Gott schütze Britannien vor solchen Kerlen!«

Ich grinste und ging hinaus in den Stall. Der Töpfer wußte, er hatte das schlechtere Ende des Handels erwischt.

Gawain hatte schon beide Pferde gesattelt und wartete. Nach kurzer Zeit waren wir aufgesessen und ritten aus der Stadt. Die Sonne stand noch immer tief und glitzerte mit juwelenhaftem Strahlen auf dem neuen Schnee. Aber im Westen hingen noch Wolken, und ich nahm an, wir würden bald neuen Schnee bekommen. Jeder Schritt, den Llwyd machte, tat mir weh, aber trotz allem war ich fröhlich. Ich wartete darauf, daß Gawain die Früchte meines Handels bemerkte.

Nach nicht allzu langer Zeit tat er das auch. Kurz nachdem wir die Straße nach Caer Ceri erreicht hatten, direkt außerhalb der Mauern von Caer Gloeu, runzelte er plötzlich die Stirn und zügelte sein Pferd. Sein Blick war auf die Brosche fixiert.

Ich grinste innerlich, aber auf meinem Gesicht war ein ernsthafter Ausdruck. »Hättest du gern deine Fibel zurück, Herr? Ich hab' sie heute morgen für dich wiedergefunden.«

»Wo hast du sie . . . Ich hatte sie doch dem Töpfer gegeben.«

»Das weiß ich. Ich hab' mich nur gefragt, warum. Der hätte ja einen Ochsen damit kaufen können, und statt dessen verdiente er eine ordentliche Tracht Prügel.«

Gawain rieb sich das Kinn. »Wirklich? Ich wußte nicht, daß die Fibel soviel wert ist. Ach, ich weiß, ich hab' ihn überbezahlt, aber was soll's? Ich stehe im Dienst des Pendragon, und es ist ehrenhaft für mich, frei von dem zu geben, was ich besitze. Sonst habe ich ja auch kein Gold mehr, außer dem Schmuck, der an Ceincaleds Geschirr ist.«

»Du hast nicht gewußt, daß sie soviel wert ist? Wie hast du sie dann bekommen?«

»Von einem Sachsen, den ich vor ein paar Jahren getötet habe. Und jetzt wird dieser Töpfer in seiner schlechten Meinung über die Krieger gefestigt. Hast du ihm gesagt, ich würde ihn umbringen, falls er dir die Fibel nicht zurückgibt? Das war falsch.«

Das war also der Dank dafür, daß ich ihm Geld gespart hatte. »Ob ich ihm gedroht habe? Na, weiß Gott, der Kerl hätte es verdient. Aber nein, ich habe ihm meine Fibel und einen Ring gegeben, und er gab mir diese Nadel und eine Flasche Ale. Ich habe ihn natürlich übervorteilt, und der Mann ist jetzt noch damit beschäftigt, darüber nachzudenken, daß Krieger schlauer sind, als er gedacht hatte. Wenigstens denkt er, daß sie schlaue Diener haben.«

»Du hast mit ihm gehandelt?«

»Wie sonst kann man denn Dinge kaufen?«

Gawain schaute mich an. Nein, er würde nie handeln, das wurde mir jetzt klar. Er würde immer geben, selbst wenn er hungern mußte, und von den Verbündeten oder Feinden seines Herrn würde er nehmen, ohne zu bezahlen.

»Nun«, sagte ich und seufzte ein wenig, weil die Menschen so verschieden sind, »für solche, die nicht Krieger sind, ist das Handeln die einzige Art zu kaufen, und Leute, die nicht handeln, sind dumm. Ich habe unserem Töpfer gesagt, ich wolle das Wechselgeld von deiner Bezahlung abholen, und dieses« – ich hob die Flasche Ale – »wie auch die Brosche kann ich dafür herzeigen. Unser Gastgeber flucht jetzt auf das Handelsgeschick der Bauern. War das falsch?«

Gawain schüttelte den Kopf. »Du hast ihm nicht gedroht, aber fluchen tut er wohl trotzdem?«

»Ich hab' ihn ausgenommen wie eine Gans. All das Essen, all das Korn für die Pferde gegen eine Bronzefibel und einen Ring, der noch nicht einmal ein halbes Dutzend Eier wert ist!«

Gawain warf mir den gleichen forschenden Blick zu, den ich schon in der vergangenen Nacht bei ihm gesehen hatte, und plötzlich brach er in Gelächter aus. »Ach du lieber Himmel! Es ist wunderbar, es ist ein Wunder! Eine Flasche Ale auch noch? Ich sehe einfach nicht, wie du das geschafft hast, aber, Rhys, du hast es gut gemacht.«

Ich grinste zurück. Ich dachte das auch. »Also«, sagte ich, »hier ist deine Fibel wieder, und du kannst mir meine geben.«

Er schüttelte den Kopf, warf eine schmale Hand hoch. »O nein. Du hast einen wunderbaren Handel abgeschlossen. Deshalb gehört sie dir.«

Ich schaute die Fibel an, die rot und golden auf meinem einfachen wollenen Mantel glänzte. Ein Ochse wäre ein kleiner Preis dafür. Ich konnte mir einfach nicht vorstellen, wie ich ganz lässig so etwas Wertvolles trug. Es kam mir skandalös vor. »Das wäre nicht anständig, Herr. Du hast sie in der Schlacht gewonnen, und ich habe sie nur einem Narren abgeschwatzt. Nimm sie zurück.«

Aber Gawain schüttelte wieder den Kopf. »O nein. Deine hält meinen Umhang schon, und wenn sich irgendeiner daran stört, dann kann ich eine bessere in Camlann besorgen.« Er berührte Ceincaleds Flanken mit den Absätzen, und das Pferd brach in einen fließenden Trab. Ich trat Llwyd, bis er in die gleiche Gangart fiel. »Nie im Leben habe ich gesehen, wie ein Städter übervorteilt wurde, außer wenn er mit dem Schwert gezwungen wurde, den Tribut zu zahlen, und das ist keine angenehme Sache. Wenn wir Camlann erreichen, dann gebe ich dir einen Ring, damit du wieder einen hast, und – bei der Sonne! – allein die Geschichte ist viel mehr wert.«

Einen Ring, dachte ich, wollte ich gar nicht. Ich wollte auch nicht die Brosche. Aber ich hatte sie jetzt. Nun, ich konnte sie ja immer noch gegen eine weniger auffällige eintauschen. Oder, wenn ich einen fand, dem ich trauen konnte, dann konnte ich sie ja auch nach Hause schicken. Oder sogar ... Manchmal brachte mein Vater selbst Korn zum Verkauf nach Camlann, und dann konnte ich ihm die Fibel geben, vielleicht mit ein paar Geschenken für die anderen. Das war eine gute Idee.

An diesem Tag ritten wir nicht weniger Meilen als am Tag zuvor. Wir schafften den ganzen Weg nach Maeldyfi zum Kloster. Gawain wäre, glaube ich, nach Baddon geritten, wenn er allein gewesen wäre, aber Llwyd war müde und konnte mit dem Kriegshengst nicht Schritt halten. Heute war es noch kälter als am Tag zuvor, und gegen Mittag begann es zu schneien. Wieder aßen wir im Reiten, und dazu kam noch, daß mir heute die Knochen noch mehr schmerzten. Aber mein Herz war sehr viel leichter. Ich war für meinen Herrn kein Ballast mehr – wenigstens war es mein Herr, bis wir Camlann erreichten. Dort mußte ich dann einen anderen finden. Ich konnte einen Städter beim Handeln übervorteilen, was mein Herr nicht konnte, und Ale und Wurst und Weizenkuchen, die wir zum Mittagessen aßen, hatte ich auch besorgt. Ich konnte nicht nur nach Camlann gehen, ich war dort auch nützlich.

Die Mönche in Maeldyfi, wo wir die Nacht verbrachten, waren daran gewöhnt, Reisenden Unterkunft und Verpflegung zu bieten, aber sie wollten »eine Spende« haben, und das hieß bei ihnen, daß sie soviel wie möglich aus den Reisenden herauspreßten. Allzu viele Klöster in Britannien treiben dieses Spiel. Ich habe gehört, daß die Klöster in Irland anders sind, seit damals Patricius den rechten Glauben dorthin brachte. Einen oder zwei irische Mönche habe ich kennengelernt, die freiwillig nach Britannien ins Exil gekommen waren und in ihrer Liebe zu Christus den Wunsch hatten, sich von allem zu trennen, was ihnen vertraut war, und ihr Leben Gott zu weihen. Die meisten britischen Mönche weihen ihr Leben dem Wohlstand ihrer Gemeinschaft, und sie übersehen Gott soviel wie möglich. Mein Vater pflegte wegen der Mönche immer den Kopf zu schütteln und versuchte doppelt so eifrig, sie zu übervorteilen. Er täte das zu ihrem eigenen Guten, sagte er dann immer – er erleichterte sie um einige überflüssige Besitztümer. Er erklärte mir dann immer, das sei nicht die Schuld der

Kirche, sondern die Schuld der Männer, die die Kirche führten. Wo auch immer der Fehler liegen mag, die Mönche versuchen immer mehr, ihren Gästen für die Gastfreundschaft einer einzigen Nacht mehr abzunehmen als Bauern oder Städter. Manche Leute, die durch die Kerzen und den Gesang in ehrfürchtige Stimmung versetzt sind, zahlen das auch. Ich sorgte dafür, daß wir in Maeldyfi nicht zuviel bezahlten. Natürlich zum eigenen Nutzen der Mönche. Ich mußte ihnen zwar meine zweite Tunika geben, aber dafür bekam ich Brot und Käse für das Mittagessen des nächsten Tages wie auch Unterkunft für die Nacht und Korn für die Pferde. Gawain hatte keine zweite Tunika abzugeben – meine Mutter hatte seine für nicht flickenswert befunden –, und verlegen versprach er mir eine bessere als die alte, wenn wir Camlann erreichten.

Die Mönche waren hungrig nach Neuigkeiten aus der Welt, denn im Winter hatten sie nur wenige Besucher. Sie behandelten uns viel gastfreundlicher als der Töpfer. Aber Gawain war bei den Mönchen genauso mißtrauisch wie bei dem Städter, und wieder bestand er darauf, bei den Pferden zu schlafen. Mir fiel ein, daß der Pendragon im allgemeinen bei den Mönchen nicht beliebt war. Er hatte darauf bestanden, daß sie den Krieg entweder dadurch unterstützten, daß sie Tribut zahlten, oder dadurch, daß sie die Sachsen bekehrten. Da die Mönche wegen des großen Risikos nicht gewillt waren, die Sachsen zu bekehren, zahlten sie. Und sie haßten. Gawain, das bemerkte ich, vermied es wieder, seinen Namen oder seinen Dienstherrn zu erwähnen.

Früh am nächsten Morgen verließen wir Maeldyfi. Wir nahmen die Straße nach Süden Richtung Baddon, das etwa achtzehn Meilen von Maeldyfi entfernt liegt. Die Ländereien meiner Familie liegen so fünfzehn Meilen westlich der Straße und ungefähr genauso weit nördlich von Baddon. Ich begann nach dem wohlbekannten Feldweg Ausschau zu halten, der nach Hause führte, und ich hatte ein seltsames Gefühl, als wir die gleiche Straße wieder hinabritten, die wir erst vor ein paar Tagen hergekommen waren. Diesmal wußte ich, daß sich alles verändert hatte und daß ich mein Pferd nicht mehr auf den Feldweg lenken würde.

Gawain begann zu singen, nachdem wir Maeldyfi verlassen hatten. Nach einer Weile hielt er mit seinen Versen inne und ließ sein Pferd langsamer gehen, bis es neben meinem war. Er sagte nichts, und ich war genug mit meinen eigenen Gedanken beschäftigt, also stellte ich keine Fragen. Später am Morgen, ungefähr um die Zeit, als ich zum erstenmal an Mittagessen zu denken begann, brachte Gawain plötzlich sein Pferd zum Galoppieren und hielt auf den Wald zu, der neben der Straße lag. Erstaunt zügelte ich Llwyd und schaute hinter Gawain her, und erst jetzt sah ich den Pfeil, der aufrecht im Schnee auf der Straße steckte. Einen Augenblick lang verstand ich nicht, wo er hergekommen war. Dann dachte ich: »Banditen«, und schaute wieder zu Gawain hinüber.

Das Gebüsch war neben der Straße geschlagen worden, und Gawain war schon halbwegs bis zur Reihe der Bäume gekommen. Sein weißer Hengst sah wie ein Falke aus, der auf eine Schwalbe niederstößt, er brach rechts und links aus, um dem Bogenschützen kein Ziel zu bieten, ein herrliches Bild der Geschwindigkeit. Seine Mähne tanzte wie Licht auf dem Wasser. Jemand schrie, und dann stolperte eine Gestalt aus dem Wald und stürzte. Ein Speer – Gawains Speer – ragte aus ihm hervor. Ich glaube, ich habe geschrien. Ich weiß, ich muß Llwyd die Hacken in die Seiten geschlagen haben, und ich bin auf den Kampf zugeritten, obwohl ich nicht wußte, was ich tun sollte. Aber irgendwie glaubte ich, ich müßte ihm Einhalt gebieten, als ob es sich um einen Streit unter meinen Vettern gehandelt hätte. Aber es rannten jetzt noch andere Männer aus dem Wald. Sie brüllten. Es waren Männer in zerfetzten Umhängen, die Wurfspeere und Bogen bei sich hatten. Noch ein weiterer torkelte zurück, aufgespießt auf einen Speer. Dann kam etwas wie ein Blitz und fegte über den Horizont. Gawain hatte sein Schwert gezogen, und es flammte von Licht.

Noch mehr Geschrei ertönte. Ich glaube, einige der Räuber haben wohl versucht zu fliehen, aber sie hatten keine Chance. Einzelne versuchten zu kämpfen, aber es war nutzlos.

Llwyd rannte wie ein Pferd in einem Alptraum. Er kroch geradezu über den Schnee. Aber endlich erreichte ich den Rand des Waldes und wußte noch immer nicht, was ich tun sollte. Blut und sterbende Männer waren anscheinend überall. Ihre Augen starrten zu mir auf, reflektierten die Morgensonne. Später begriff ich, daß nur sechs Räuber in der Gruppe gewesen waren, aber in dem Augenblick, als ich am Waldrand ankam, schienen es mir mindestens fünfzig zu sein. Die Schatten, die das brennende Schwert warf, schwangen wild über den Schnee.

Ein Mann drückte sich gegen einen Baum und hielt seinen Speer bereit. Ich hatte Zeit, ihn anzuschauen. Sein Gesicht war weiß über dem braunen Bart, aber seine Augen waren schrecklich dunkel, und er hielt den Blick auf das Schwert geheftet. Gawain schwang sein Pferd herum, und der Hengst kam wieder zurück, so herrlich wie Feuer und Wind. Er stieg und flog auf den Räuber zu.

»Nicht!« schrie ich, denn ich konnte es nicht mehr ertragen. »Herr, nicht!« Und irgendwie trieb ich mein Pferd an Gawain heran und ergriff seine Schwerthand.

Gawains Kopf fuhr herum, als ich schrie, und unsere Blicke begegneten sich, als ich sein Handgelenk packte. Während ich ihn anschaute, wurde mir angst und bange. »Ich werde verrückt in der Schlacht«, hatte er gesagt. Trotz all seiner Worte, die er dazu gesagt hatte, dachte ich an Berserker, an Männer, die aus dem Mund schäumen und wie Hunde toben, wenn sie kämpfen. Ich hatte gedacht, er hätte das mit seinen Worten gemeint. Aber Gawain war kein Berserker. Er lächelte, und sein Lächeln war nicht wild oder ironisch, sondern es drückte eine Art ekstatischer Freude, ja, sogar Liebe aus. Ein Licht, eine Begeisterung lag auf seinem Gesicht, die ich auf einem anderen menschlichen Gesicht noch nie entdeckt hatte. Seine Hand war hoch erhoben, um den Schwertschlag auszuführen, und ich wußte, es bedeutete ihm nichts, ob er tötete oder nicht. Denn in diesem Wahnsinn war der Unterschied zwischen Tod und Leben dünner selbst als die Schneide eines Schwertes. Er konnte mich töten, wo ich stand, und es noch nicht einmal bemerken. Irgendwie war es nicht die Todesgefahr, die mich entsetzte, sondern die völlige Fremdheit in seinen Augen. Ich wußte, als ich diesen Blick sah, warum Menschen, die Engel gesehen haben, sich so sehr fürchten.

»Gawain«, sagte ich. Seine Schwerthand, die ich umfangen hielt, bewegte sich nicht, aber seine Lippen teilten sich, als ob er etwas sagen wollte. »Mein Herr«, wiederholte ich.

Langsam schwand der Glanz aus seinen Augen, und eine Art erstaunter Verwirrung zeigte sich darin. Er senkte den Blick, das Lächeln verschwand aus seinem Gesicht, und er blickte nach unten. Sein Arm entspannte sich, und ich ließ seine Hand los. Das Licht war aus dem Schwert verschwunden, es war jetzt nur noch ein Stück scharfkantiges Metall, das kalt in der Wintersonne glänzte.

Gawain senkte das Schwert, bis es auf den Boden zeigte. Dann trieb er sein Pferd von dem Räuber weg, ohne mich anzuschauen. Der Bandit starrte ihn an, senkte den Speer. Dann, ganz plötzlich, schleuderte er die Waffe beiseite und warf sich aufs Gesicht in den Schnee. Er begann um Gnade zu betteln und sprudelte seine Bitten heraus. Ich schaute mich um und sah, daß um uns her im Schnee nur Leichen waren. Fünf Leichen.

»Setz dich«, sagte mein Herr mit gleichmäßiger Stimme. Der Räuber rappelte sich auf. »Komm, setz dich.« Der Mann erhob sich auf die Knie und starrte uns an. Seine Lippen zitterten, sie waren blau vor Kälte. »Warum hast du uns eben auf der Straße töten wollen?«

Der Mann leckte sich über die Lippen. »Um Geld«, sagte ich. Der Mann nickte zustimmend mit dem Kopf.

»Großer Fürst«, sagte er, »ich habe kein Land.«

»So, du hast kein Land? Dann solltest du dir ein anderes Handwerk suchen als das Morden. Welches ist dein Clan?«

Er leckte sich die Lippen wieder. »Ich habe keinen.«

»Weil du verbannt worden bist, weil man dich aus deiner Familie ausgestoßen hat, weil du einen Verwandten ermordet hast?«

Er starrte uns an, wackelte dann wieder mit dem Kopf. Die meisten Räuber sind aus ihrer Familie ausgestoßen.

Gawain seufzte. »Gibt es einen Grund, warum ich dich nicht töten sollte?«

»Großer Fürst, ich bin ein armes Schwein. Ich bin hilflos. Und du, du bist der Herr Gawain ... Ja, ja, ich habe deinen Diener so sagen hören, und wer sonst hat solch ein Schwert und solch ein Pferd und kämpft so gewaltig? Ist es recht, großer Herr und Meister, daß ein Falke eine Schmeißfliege schlägt?«

»Ja, wenn die Schmeißfliege ihn belästigt. Steh auf. Komm, steh jetzt auf. Ich werde dich nicht töten.« Der Räuber stand auf und zitterte. »Deine Begleiter hier, die sind tot. Hast du noch andere in deiner Bande?«

»Nur noch einen, Fürst. Er ist krank.«

»Dann nimm das, was du an Beute hast, und nimm auch diesen Leichen weg, was du willst. Kauf Ochsen damit. Genug Land liegt brach. Und wenn du nicht Bauer werden willst, dann such dir ein Handwerk, du und der andere. Die Sachsen sind besiegt, Mann, und mein Herr, der Pendragon, sendet schon Männer aus, die die Wölfe jagen sollen, Wölfe wie du, die an den Straßen lauern. Hast du mich gehört?«

»Ich höre dich, großer Fürst.«

»Dann danke deinem Gott, daß du noch lebst, und unternimm etwas, damit du nicht noch einmal so in Bedrängnis gerätst, in einem Kampf, wo alle Chancen gegen dich stehen. Noch einmal wird man dir keine Gnade zeigen.« Gawain wendete Ceincaled und ritt im Galopp davon. Ich folgte ihm. Ich schwieg und wunderte mich. Ich hatte schon geglaubt, daß ich Gawain kannte. Ich hatte ihn für einen sanften, übersensiblen Menschen gehalten, der tapfer, ehrenhaft und viel zu verantwortungsbewußt ist. Ich hatte vergessen, was ich als erstes über ihn erfahren hatte: daß er der tödlichste Reiter in ganz Britannien war, Artus' Schwerthand auf fast zahllosen Schlachtfeldern. Ich sagte mir, während ich hinter ihm herritt und seinen roten Mantel anschaute, daß diese Tödlichkeit seine Sanftheit und Selbstbeherrschung nur um so größer machte. Aber mir war übel. Trotz all der Lieder, die ich gehört hatte, war mir nie klargeworden, was es bedeutet, Männer im Kampf sterben zu sehen, und die Blicke der fünf Leichen brannten noch immer in meinem Gehirn wie glühende Kohlen.

Eine halbe Stunde ritten wir so, und dann ließ Gawain sein Pferd neben mir laufen. Er trug noch immer das nackte Schwert in der Hand, und Blut war an der Klinge. Er hob mir das Heft in einer kleinen Geste entgegen. »Rhys, hast du irgendwas, womit ich mein Schwert säubern könnte?«

Schweigend hielt ich an, saß ab und holte aus meinem Packen ein Tuch, das meine Mutter mir zum Reinigen des Pferdegeschirrs eingepackt hatte. Gawain saß auch ab, rieb sein Schwert mit Schnee und trocknete dann die saubere Klinge mit dem Tuch meiner Mutter. Er ließ das Schwert zurück in die Scheide gleiten. Das Gold und der Rubin des Hefts glitzerten, während er mir das Tuch zurückreichte. Nur ein ganz kleiner Fleck von Menschenblut war auf dem Stoff. Ich schaute den Fleck einen Augenblick an, steckte dann das Tuch wieder in meinen Packen und stieg auf mein Pferd. Ich nahm Llwyds Zügel, und dann bemerkte ich, daß Gawain noch stand und ein wenig die Stirn runzelte.

»Hast du irgend etwas?« fragte er.

Ich umklammerte die Zügel fest, und Llwyd wurde unruhig und scheute ein wenig zur Seite. Gawain ergriff ihn am Zügel, und das Pferd wurde plötzlich sehr nervös und legte die Ohren zurück. Es rollte die Augen und schnaubte. Ich konnte den Grund erkennen.

»An deiner Hand ist auch Blut«, sagte ich zu ihm. Gawain warf einen Blick auf die Hand und ließ sie vom Zügel sinken, so daß der Geruch mein Pferd nicht mehr beängstigte. Er bückte sich, nahm noch etwas Schnee auf und säuberte auch seine Hände.

»War es das?« fragte er, ohne mich anzuschauen.

Ich wußte nicht, was ich sagen sollte. Ich schaute auf die Zügel, und Gawain trocknete seine Hände am Umhang ab, rieb sie dann zusammen, um sie zu wärmen, und wickelte sie in den Stoff ein.

»Herr«, sagte ich endlich, »ich habe noch nie gesehen, wie ein Mann getötet wurde. Aber gerade habe ich gesehen, wie du fünf Männer umgebracht hast. Ich bin ein Narr, denn ich weiß, sie hätten uns umgebracht, und ich wußte auch von Anfang an, daß du schon viele getötet hast. Trotzdem, es macht mich krank, sie tot zu sehen, und du wischst dein Schwert ab und lächelst.«

Gawain schaute mich einen Augenblick gedankenverloren an. Dann ging er hinüber zu seinem Pferd und sprang ganz leicht in den Sattel. »Und es waren auch arme Kerle, nicht?« Er zog sich den Mantel um die Schultern, und das Schwert verschwand unter seinen Falten. Dann nahm er mit festen Händen die Zügel. »Es waren Gesetzlose, aus Elmet, die im Norden gehungert haben. Deshalb kamen sie nach Süden und hofften, es hier besser zu treffen, wo die Straßen besser befahren, aber nicht so befahren sind, daß sie gefährlich wären. Es waren kaum gleichwertige Gegner für mich, es waren Männer, die kaum eine Chance hatten.«

Ich hatte schon von Leuten aus dem Norden gehört, die im Winter nach Süden kamen, um hier zu rauben. Also nickte ich. Wenn mein Vater im Winter reisen mußte, dann mied er fast immer die guten Straßen. Ja, ich hatte sogar gehört, daß Reisende von Räubern auf den südlichen Straßen ermordet worden waren. Leute aus Familien, die ich kannte. »Herr, ich weiß, die Räuber müssen schon oft Unschuldige umgebracht haben. Es war ihnen auch gleichgültig, ob der Kampf fair war oder nicht.«

»Aber uns sollte es nicht gleichgültig sein.« Gawain berührte Ceincaleds Flanken und ritt im Schritt los. Er starrte die Straße hinunter. Er sah müde aus. »Wenn ich für meinen Herrn, den Pendragon, und für Britannien und für das Licht kämpfen soll, dann sollte es mir nicht gleichgültig sein.« Er schaute mich wieder an. Er lächelte ein wenig, er sah fast fragend aus. »Und dennoch: Es ist nicht recht, sie weiterhin morden zu lassen, wenn ich es verhindern kann. Ich habe den Mann heute laufenlassen. Vielleicht tötet er heute nachmittag jemand anderen, weil er heute morgen nicht gestorben ist.«

Ich schaute Llwyds Hals an und verflocht meine Finger mit seiner groben Mähne. Wenn der Bandit heute nachmittag jemanden umbrachte, war ich zum Teil dafür verantwortlich, denn ich war derjenige, der Gawain davon abgehalten hatte, den Räuber zu töten. Was war, wenn jemand, den ich kannte, jemand aus einem Hof in der Gegend, diese Straße benutzen mußte? Was war, wenn jemand aus meiner Familie das sein sollte? »Aber vielleicht kauft der Mann auch ein paar Ochsen. Hier ist Land genug, das bearbeitet werden muß.«

»Vielleicht auch nicht.« Gawain schaute wieder die Straße hinunter. »Nun, ich habe die anderen fünf getötet, und den letzten habe ich in Schrecken versetzt. Vielleicht reicht das. Ich sehe nicht, wie ich etwas anderes hätte tun können, als sie zu bekämpfen.«

Das stimmte. Er hätte nicht einfach still dasitzen und es den Räubern erlauben können, uns beide umzubringen.

»Ich weiß nicht«, sagte Gawain abrupt. »Ich bin jetzt an das Kämpfen und Töten gewöhnt. Ich denke mir nicht viel dabei, es sei denn, jemand fragt mich. Und ich erinnere mich auch nicht daran, wen ich getötet habe. Nur Bran. An den erinnere ich mich. Aber den habe ich auch aus persönlichen Gründen umgebracht, und die anderen töte ich, weil ich muß. Ein Diener des Lichts gab mir ein Schwert, und es ist dazu da, benutzt zu werden. Wenn die Finsternis zurückgeschlagen werden soll, dann doch sicherlich mit dem Schwert, oder nicht? Ich bin bereit, für meinen Herrn zu töten, zu ordnen und zu verteidigen, und dennoch weiß ich nicht, ob es wirklich recht ist. Aber ein anderer Weg steht mir nicht offen. Deshalb muß ich kämpfen und dem Himmel das andere anvertrauen.«

Aus irgendeinem Grund fühlte ich mich ungeheuer getröstet. »Du bist im Recht. Wenn ich für die Zivilisation kämpfen will, dann sollte ich mich wohl am besten an alles gewöhnen. Verzeih mir, mein Herr.«

Gawain warf mir einen seltsamen Blick zu, dann lächelte er. Ich lächelte zurück. Unter einem klaren Himmel ritten wir weiter. Die Sonne stand in der Mitte des blauen Bogens, und der Schnee glitzerte um uns her. Gawain begann zu singen, ein langsames, melancholisches Lied auf irisch, und seine Stimme klang reich und klar in der Stille, die über dem Wald lastete. Eine seltsame Welt, dachte ich, und die Menschen darin sind das seltsamste. Eine komplizierte Welt, wo Handeln vielleicht falsch handeln bedeutet und wo nicht zu handeln noch schlimmer ist. Es würde dauern, bis ich mich daran gewöhnt hatte.

6

Gawain wollte jetzt nach Camlann, und von Maeldyfi hatte er vor, bis nach Ynys Witrin zu kommen, das gute fünfzig Meilen entfernt lag. In Ynys Witrin konnten wir von dem Herrn des Ortes Gastfreundschaft fordern, und er würde sie dem Neffen des Pendragon auch gezwungenermaßen reichlich anbieten. Aber Llwyd war müde, er konnte nicht mehr so schnell, und die Entfernung war zu groß – so sagte ich wenigstens. Schließlich verbrachten wir die Nacht auf einem Bauernhof, ungefähr zehn Meilen südlich von Baddon. Mit dem Bauern war schlecht handeln. Er war nicht gewillt, auch nur irgendein Teil von unseren Gütern anzunehmen, bis Gawain den goldbesetzten Stirnriemen von Ceincaleds Geschirr abmachte. Da bot der Bauer uns mehr, als wir brauchten, denn er wollte noch mehr Gold. Ich nahm zwei bronzene Armreifen und einen silbernen Ring zum Ausgleich – kein besserer Handel, als der andere sich erhofft hatte – und Gawain knotete ein Stück Seil ein, um den Stirnriemen zu ersetzen. Aber er war nicht erfreut darüber. Lieber hätte er seine ganze eigene Ausrüstung verkauft, als das Geschirr des Pferdes anzurühren.

Am nächsten Tag ritten wir weiter nach Camlann. Kurz nach Mittag erreichten wir die Festung. Am Vormittag bogen wir von der Römerstraße auf die unbefestigte Straße ab, die durch Ynys Witrin führt und durch die Sumpfwiesen. Über die unregelmäßigen Hügel, die den Horizont ausfüllen, kamen wir gut voran. Das Land um uns her war dicht besiedelt. Es gab keinen Wald, und die Felder waren gut bestellt. Es war wieder ein strahlender, klarer Tag, und Schafe und anderes Vieh waren auf den Weiden. Dadurch bekam das Land einen fröhlichen, bewohnten Anblick, der uns nach der langen Straße und dem Wald sehr willkommen war. Während wir nach Westen ritten, nahm Camlann langsam über den Hügeln der Umgebung Form an. Es schien größer zu werden, während wir näher herankamen. Gawain drängte sein Pferd zum Trab, dann zum kurzen Galopp, und das Pferd bewegte sich mit leichtem Schritt und aufgerichteten Ohren. Ceincaled wußte genau, wohin er ging. Llwyd war nicht so begeistert, aber er folgte dem anderen Tier. Er hatte sich daran gewöhnt.

Die Festhalle war deutlich vor dem Himmel zu sehen. Sie bekrönte den großen Hügel. Erst als ich sie bemerkt hatte, erkannte ich auch die Mauern und die Ringwälle und Grabenbefestigungen der Festung. Aber die Wälle waren gewaltig genug, als wir herankamen, und die Mauern waren in gutem Zustand, anders als die Mauern der Städte, die ich schon gesehen hatte. Auch das Tor war neu, und nur ein einziger Wachturm stand darüber. Es war aus Eiche und Eisen gebaut. Aber es öffnete sich schon, ehe wir herangekommen waren, und Gawain zügelte sein Pferd direkt dahinter, um die Wachen zu begrüßen. Sein Hengst tänzelte, weil er wirklich nach Hause wollte. Ich nahm Llwyd zurück, der von seinem Lauf schwitzte. Beide Wachen, die am Tor postiert waren, kamen vom Wachturm herunter und riefen Gawain zu.

»Hunderttausendmal willkommen zu Hause!« sagte einer von ihnen. »Wir haben uns schon gefragt, wen wir aussenden könnten, um deinen Tod zu rächen. Dein Bruder sagte, nein, es sähe dir ähnlich, im Winter zu reisen. Aber als es um die Rache für dich ging, da war er der Eifrigste von allen.«

Gawain lachte. »Wirklich? Das sieht meinem Bruder ähnlich. Geht's ihm gut? Auch meinem Herrn Artus? Und der Königin?«

Ja, ja, es ging ihnen allen gut, und es gäbe auch Neuigkeiten. Gewisse Dinge seien passiert, und Cei hätte zu Agravain gesagt – »aber das hörst du ja alles noch früh genug« –, der Wachposten unterbrach sich selbst – »und der Tag ist zu kalt, um herumzustehen und zu reden. Ich sehe dich heute abend, beim Fest.«

»Gibt es ein Fest heute abend?«

»Jetzt ja. Denn es gibt jetzt keine Ausrede mehr wie in den

letzten zwei Wochen. Oh, wer ist denn der Kerl, den du da bei dir hast?«

»Mein Diener. Rhys ap Sion.«

Der Wachposten zog eine Augenbraue hoch und schaute mich an, als ob ich ein neuerworbenes Pferd wäre. »Gawain der Goldenzüngige hat einen Diener angenommen? Hast du denn vor, am Ort zu bleiben?«

Gawain lachte einfach. Ich war bereit, dem Wachposten zu sagen, daß das gar nicht stimmte und daß ich in Camlann einen anderen Herrn finden wollte. Aber der Mann fuhr fort: »Gut für dich, Diener. Viel Glück! Ich hoffe, du liebst es zu reisen.«

Gawain lachte noch einmal, wünschte dem Posten eine gute Wache und ließ Ceincaled den steilen Hügel im kurzen Galopp hinauflaufen.

Camlann ist eine gewaltige Festung. Siebenhundert Männer sind in Artus' Familie, und fast vierhundert davon schlafen in der Festhalle, während die anderen Häuser innerhalb der Festung haben. Einige der Männer sind verheiratet und haben ihre Familien in Camlann. Außer diesen Kriegern haben auch noch die Diener und ihre Familien in der Festung ihr Zuhause und neben ihnen die Ärzte, Schmiede, Zimmerleute und Maurer, die Pferdeknechte, Ausbilder und Pferdezüchter und all die Handwerker, die innerhalb der Festung angesiedelt sind. Es werden auch einige Felder angebaut, und Vieh weidet auf den Feldern ringsumher. Schafherden, ein paar Schweine und Hühner werden in Camlann selbst gehalten, und auch Gemüse wird dort gezogen. Der Rest der Nahrungsmittel – all das Korn und ein großer Teil des Fleisches – muß eingekauft werden. In einer Festung dieser Größe verbraucht man sehr viel Korn, denn Schlachtrösser brauchen mehr Korn als normale Reitpferde. Es verlangt sehr viel Aufmerksamkeit, damit die Vorräte hereinkommen. Reichtum muß dasein und ein sicherer Markt, so daß die Leute ihre Waren antransportieren können. Von den anderen Königen in Britannien muß ständig die Tributzahlung einfließen, und die anderen Könige ihrerseits nehmen Tribut von den Clans, die ihnen untertan sind. Das bedeutet, daß der Frieden durch die Autorität und Macht des

Kaisers gesichert werden muß. Aber diese Macht und Autorität und dieser Frieden existierte, und Camlann war nicht nur riesig, sondern es gedieh. Ich schaute mir die Menschen an, denen wir auf dem Weg den Hügel hinauf begegneten. Ein Mädchen ging vorsichtig durch den Schnee und trug einen Korb voll Eier. Ein paar Jungen rannten vorüber und schleuderten einander mit wildem Kriegsgeschrei Schneebälle zu. Ein Mann hackte Holz. Zwei Frauen standen in einer Tür und tauschten Klatsch aus. Die meisten der Menschen winkten oder riefen uns fröhliche Worte zu, und ich dachte an die Trübseligkeit und Bitterkeit von Caer Ceri und Caer Gloeu. Ich wußte, daß ich doch recht hatte, wenn ich nach Camlann wollte.

Die Ställe in Camlann schließen sich an die Festhalle an, und dorthin ritten wir zuerst. Wieder wurde Gawain mit Freuden begrüßt. Als wir absaßen, wurde ihm sehr viel auf die Schulter geklopft, und Scherze wurden ausgetauscht. Ich kannte keinen, und alle waren zu beschäftigt, um sich um mich zu kümmern. Also lungerte ich herum und lächelte, um anzudeuten, daß mir das alles gefiel.

Gawain reichte Ceincaleds Zügel einem der Pferdeknechte und sagte: »Du kannst dich nur dieses eine Mal um ihn kümmern, Celli. Ich will meinen Herrn begrüßen und meine Brüder. Ceincaled hatte heute morgen schon ein bißchen Korn, aber in den letzten Monaten habe ich ihn hart rangenommen, und mehr Futter würde ihm nichts schaden. Ach, du weißt das ja selbst. Aber er braucht einen neuen Stirnriemen, einen guten, wenn einer da ist.«

Der Pferdeknecht nahm die Zügel des Tieres, als ob sie mit Diamanten besetzt wären, und grinste. Gawain nahm sich die Satteltaschen und hängte sie über die Schulter. Ich beeilte mich, das gleiche mit meiner Ausrüstung zu machen. Einen Augenblick stand ich da, während ich Llwyd am Zügel hielt, und versuchte mir zu überlegen, was ich mit meinem Pferd machen sollte. Dann erinnerte sich Gawain wieder daran, daß ich da war, und stellte mich noch einmal als »Rhys ap Sion, meinen Diener« vor. Wieder wurden mir neugierige Blicke zugeworfen, aber jemand nahm mein Pferd. Gawain ging mit schnellem, eifrigem Schritt aus dem Stall. Er hinkte nur ein wenig. Ich mußte fast rennen, um mit ihm Schritt zu halten, obwohl er seine Speere und seinen Schild wie auch sein Gepäck trug und das Kettenhemd noch auf dem Leib hatte, das keine leichte Last ist.

Die Halle in Camlann hat ein hohes Dach, und im Sommer nisten unter den Balken die Schwalben. Fackeln, die in Haltern an den Wänden stecken, brennen selbst bei Tag, und im Winter halten die Feuer in den Herdgruben, die in der Mitte der Halle liegen, den Ort warm. Es ist immer dämmerig darin, und gewöhnlich glitzert es, denn es ist voller weißgekälkter Schilde, die an den Wänden hängen, und es sind Speere da und Krieger, die Schmuck tragen. Als wir eintraten, war der riesige Raum halb voller Männer, die irgendein Brettspiel oder Würfel spielten, sich unterhielten oder einem Harfner zuhörten. Die schläfrige, bequeme Atmosphäre herrschte dort, die Winternachmittagen eigentümlich ist. Niemand bemerkte uns eigentlich, als wir hereinkamen. Gawain stellte seine Satteltaschen neben der Tür ab und lehnte seine Speere sorgfältig daneben. Während er seinen Schild abschnallte, schaute jemand herüber, sprang dann auf und rief: »Gawain!« Sofort waren alle auf und umringten uns.

Die Begeisterung des Willkommens, den uns die Wachen am Tor geboten hatten, wirkte hier auf einmal ziemlich mäßig. Ein paar Begrüßungen allerdings waren auch hier besonders heftig. Ein hochgewachsener Mann mit leuchtendem goldenen Haar und Bart und brennenden blauen Augen schob sich zwischen den anderen Kriegern durch und warf die Arme um Gawain. Er rief etwas auf irisch. Mein Herr umarmte ihn auch und begann mit ihm in der gleichen Sprache zu sprechen. Das einzige Wort, das ich verstand, war der Name »Agravain«, und mir wurde klar, daß dies sein Bruder sein mußte. Die beiden sahen sich nicht sehr ähnlich. Nach dem, was ich gehört hatte, benahmen sie sich auch nicht ähnlich, und Agravain war bekannt und berühmt als Fußkämpfer.

Während Gawain hastig auf seinen Bruder einredete, lungerte ich an der Tür herum und lächelte, um anzudeuten, daß mir alles noch immer gefiel, obwohl ich so langsam die Begrüßungen satt hatte. Ich fragte mich, ob uns wohl jemand Essen anbieten würde, denn seit der Morgendämmerung hatten wir keins mehr gesehen. Nach kurzer Zeit bemerkte ich einen leichtgebauten, dunkelhaarigen, ernst aussehenden Mann, der uns beobachtete. Er war unauffällig gekleidet. Nur eine silberne Kette um seinen Hals zeigte seinen hohen Rang an. Ich lächelte, und er lächelte zurück und kam herüber zu mir.

»Meinen Gruß«, sagte er höflich. »Suchst du jemanden, Mann?«

»Noch nicht, Herr. Ich bin Gawain ap Lots neuer Diener, und ich warte darauf, daß er alle endlich begrüßt hat.«

Der Mann schaute mich mit Interesse an. »Gawains Diener. Das ist bei Gawain sehr unerwartet.«

»Das habe ich auch schon gehört. Eigentlich, Herr, bin ich nur zeitweise sein Diener. Er hat mir gesagt, er würde mir in Camlann eine Stellung besorgen, als ich ihn darum bat, mich hierherzubringen.«

»Du hast ihn drum gebeten?«

Ich stellte fest, daß ich grinste. »Nun, Herr, er hat bei meiner Familie gewohnt, also habe ich die Chance genutzt. Ich wollte schon immer hierherkommen.«

»In der Tat«, begann der andere, und er hätte mich noch mehr gefragt, aber Gawain riß sich von der Menge los und umklammerte den Arm meines Gegenübers.

»Bedwyr«, sagte er. »Hier bist du also. Wie geht es dir?«

Ich starrte den Mann an und versuchte zu glauben, daß er der war, der er sein mußte. Allerdings fehlte ihm die Schildhand. Bedwyr, der Mann, den der Kaiser zu seinem Feldherrn gemacht hatte, nachdem er schon jahrelang Führer der Reiterei gewesen war. Bedwyr, der engste Ratgeber des Pendragon. So ruhig, so unauffällig hatte ich ihn mir nicht vorgestellt.

Er lächelte Gawain an. Es war ein tiefes, frohes Lächeln, das bis zu seinen Augen ging. »Alles ist in Ordnung. Camlann ist noch immer das gleiche. Aber wie geht es dir? Hast du gefunden, was du gesucht hast?«

Mein Herr hörte auf zu lächeln, und er schüttelte den Kopf. »Noch nicht. Es muß noch einmal versucht werden.«

Bedwyr warf ihm einen bedächtigen Blick zu. »Dann sieh zu, daß es im Sommer versucht wird. Ich glaube, diese Winterreise hat dich erschöpft.«

Gawain lachte. »Das liegt nur daran, daß ich von zu Hause weg war. Wo ist mein Herr Artus?«

»In seinem Zimmer. Er redet mit einem Boten aus Gallien über die hiesige Situation und über Handel. Wenn du ihn sprechen willst – die Unterredung ist nicht dringend.«

»Ich werde auf ihn warten. Wo ist denn Cei?«

»Der jagt. Es war ihm langweilig.«

»Das kann ich mir vorstellen. Es ist ja keiner da, mit dem er kämpfen kann.«

Agravain drängte sich wieder durch die Menge zu Gawain hinüber und packte ihn am Ellbogen. »Da du auf Artus warten willst, mußt du mit mir ein Glas Wein trinken und uns sagen, wo du gewesen bist.« Er zog seinen Bruder zum nächsten Tisch hinüber und rief nach Wein. Bedwyr schaute wieder mich an.

»Warum wolltest du denn hierherkommen, Gawains Diener?« fragte er mich.

Ich schaute ihn an. Er war ruhig und gelassen und widmete mir seine Aufmerksamkeit. Ich sprudelte heraus: »Herr, ich wollte dem Licht dienen.«

Bedwyr nickte gedankenvoll. »Ein sehr guter Grund. Willkommen also in Camlann.« Er drehte sich um und schlenderte hinüber zu dem Tisch, wo Gawain jetzt vor einem Glas Wein saß, umringt von Freunden. Sein Bruder redete auf ihn ein. Ich folgte zögernd. Gawain blickte auf, um Bedwyr willkommen zu heißen, dann bemerkte er mich und stellte eilig sein Glas hin. »Rhys! Dich hatte ich ganz vergessen. Agravain, das ist mein neuer Diener, Rhys ap Sion.«

»Ein Diener?« Agravain schaute mich wild an. »Gut. Ich hab' dir schon vor Jahren gesagt, du brauchst einen. Versteht er was von Pferden?«

»Um Ceincaled soll er sich nicht kümmern«, sagte Gawain

lächelnd. »Das tut niemand außer mir selbst. Ob das nun ziemlich ist oder nicht. Aber Rhys ist ein kluger Mann, mein Bruder. Er übervorteilt beim Handeln sogar Städter, daß sie hinterher fluchen und die Klugheit und den Geschäftssinn der Krieger des Pendragon bewundern.«

»In deinem Fall irren sie sich aber.« Dennoch schien der andere erfreut über den Gedanken zu sein, daß Städter übervorteilt wurden. »Na, Diener, dann geh, und hol deinem Herrn was zu essen.«

Ich schaute mich um und fragte mich, wohin ich wohl gehen mußte, um das zu tun. Ich fragte mich auch, warum Agravain mir das aufgetragen hatte, aber Gawain nahm die Füße von der Bank und rief aus: »Aber nein. Komm hierher, Rhys, und trink einen Schluck Wein. Agravain, er ist ein riesiges Stück geritten, und das in schlechtem Wetter, seit er sich mir angeschlossen hat. Und er ist noch nie in Camlann gewesen. Soll er denn jetzt herumrennen?«

Agravain zuckte die Achseln, brüllte nach einem anderen, der das Essen holen sollte, und ich, der ich gezögert und mich nach dem Herrn Bedwyr umgeschaut hatte, kam näher und setzte mich auf die Bank zu Gawains Füßen. Ich fühlte mich sehr fehl am Platze. Ein magerer Krieger mit einem langen Gesicht reichte mir einen Becher Wein, und Agravain begann wieder von all dem zu erzählen, was die Krieger der Familie getan hatten, seit sein Bruder weggeritten war. Ich hielt den Becher vorsichtig und schaute ihn an. Glas, wie Wein, ist ein großer Luxus, und keins von beiden wird heutzutage noch in Britannien hergestellt. Der Becher war blaugrün, und auf seiner Oberfläche lag ein Glanz, und der rote Wein schimmerte purpurn durch das Glas hindurch. Ich nippte das Zeug sehr vorsichtig und versuchte mich zu entscheiden, ob es mir nun schmeckte oder nicht. Ich hatte noch nie Wein getrunken, außer manchmal ein wenig bei der Messe, aber der Meßwein war nicht heiß, und er war auch nicht mit Gewürzen versetzt gewesen.

Agravain und die anderen Krieger redeten weiter, von Gawain durch eifrige Fragen angefeuert. Ein Diener kam und stellte eine Platte voller Fleisch und Brot vor meinen Herrn; der brach sich eine Kante von dem Brot ab, spießte ein Stückchen Fleisch mit dem Messer auf und schob dann die Platte in meine Richtung. Er nickte zu dem, was irgendein anderer sagte. Ich warf einen Blick um mich, sah, daß niemand mich im geringsten beachtete, und begann zu essen. Das Fleisch war geröstetes Wildbret, aufwendigere Nahrung, als ich gewöhnt war, und es schmeckte sehr gut.

Nach kurzer Zeit erzählte Gawain seinen Freunden ein wenig von seiner eigenen Reise. Der größte Teil seiner Geschichte bestand aus einem Bericht über seine Mission in Kaledonien, und er brachte es fertig, seine Irrfahrt auf der Suche nach Elidan nur sehr kurz anzuschneiden, ohne das Mädchen zu erwähnen. Von meinem Vater allerdings sprach er. Er hätte einen Kampf mit ein paar Räubern gehabt, sagte er, und deshalb wäre er gezwungen gewesen, sich Schutz für die Nacht zu suchen. Davor hatte er offensichtlich unter freiem Himmel geschlafen, und wahrscheinlich hätte er das auch weiterhin getan, wenn ich nicht dagewesen wäre. »Also ritt ich fort, durch den Wald. Ich dachte, es wäre wohl sicherer, wenn ich Dumnonia erreichte, und zufällig traf ich dann an einer Furt auf Rhys. Seinen Vater hatte ich schon kennengelernt und wußte, daß er ein guter Mann war. Also blieb ich fünf Tage auf seinem Hof. Sie sorgten dafür, daß mein Pferd beschlagen wurde, und sie flickten auch meinen Mantel. Sie boten mir eine Gastfreundschaft, um die Reisende nur beten können, und Sion ap Rhys weigerte sich, irgendeine Bezahlung anzunehmen, obwohl ich sie ihm immer und immer wieder angeboten habe.« Erstaunte Blicke wurden auf Gawain geworfen. »Sion ap Rhys, das ist ein Mann, so großzügig wie ein König, ja, großzügiger als ein König wie Maelgwyn.«

Agravain schnaufte. »Also hast du seinen Sohn zum Diener verlangt?«

Gawain schaute mich an und lächelte, wie über einen geheimen Witz. »O nein. Sein Sohn hat mich zum Herrn verlangt.«

»Ja, das sieht dir ähnlich«, kommentierte Agravain und runzelte die Stirn. Aber sein Blick ruhte mit entzücktem Stolz auf seinem Bruder. Ich fragte mich, ob Dafydd mich wohl auch so anschauen würde, wenn ich nach Hause kam, und ich zitterte.

»Und du wirst deinen Diener genauso behandeln, wie du dein Pferd behandelst«, schloß Agravain.

»Das hoffe ich nicht. Rhys mag nicht allzu gerne Hafer, nicht einmal in der Grütze.« Gawain grinste mich an.

Agravain schüttelte den Kopf und fuhr fort, und ich lauerte darauf, die Erklärung für seine Bemerkung zu hören. Aber genau in diesem Augenblick brüllte jemand an der anderen Seite der Halle: »Gawain!« und mein Herr warf fast die Bank um, so hastig stand er auf.

»Mein Herr«, sagte Gawain. Er ging den Mittelgang der Halle hinauf. Er rannte fast dem Mann entgegen, der gerade eingetreten war. Als die beiden sich gegenüberstanden, umklammerte der andere Gawains Unterarm, und Gawain nahm seine Hand, küßte sie und preßte sie an die Stirn.

»Das freut mich wirklich«, sagte der Neuangekommene. »Endlich! Hunderttausendmal willkommen zu Hause! Wir haben dich schon seit Weihnachten erwartet; wo bist du denn gewesen? Wenn du es den anderen schon erzählt hast, dann wirst du es mir wiederholen müssen. Macsen« – sagte er zu einem Diener gewandt, »heute abend müssen wir ein Fest feiern. Geh, sag der Hohen Frau, daß Gawain zurück ist, und bitte sie, alles vorzubereiten. Sieh zu, ob du Taliesin finden kannst, und frag ihn, ob er das Epos schon fertig hat, an dem er arbeitet. Hast du gefunden, was du suchtest, Gawain?«

Gawain schüttelte den Kopf. »Es war eine kalte Spur, die sich in den Bergen von Arfon verlor. Es war ein Wort, das ich nicht wiederfinden konnte, und die Suche danach war bitter. Mein Herr, es ist gut, wieder zu Hause zu sein.«

»Und dennoch wirst du wieder suchen.« Die Stimme war ruhig, sie verlieh diesem öffentlichen Ort eine private Atmosphäre. Und sie klang überhaupt nicht forschend.

»Mit deiner Erlaubnis, mein Herr.«

»Wenn du mußt. Aber nicht mehr im Winter und allein.«

Darüber lächelte Gawain. »Wenn du besorgt darüber bist, daß ich allein gereist bin, Herr, dann wird es dich freuen zu erfahren, daß ich einen Diener gefunden habe.«

Ich war aufgestanden, sobald ich Gawain den anderen »Herr« hatte nennen hören. Und als der Mann Gawains Geste folgte und mich anschaute, da tat ich mein Bestes, um mich tief zu verbeugen. Es gelang mir nicht besonders gut. Der andere schaute mich abschätzend an, und ich schaute ihn an. Er war hochgewachsen, nicht besonders schwer gebaut, und sein hellblondes Haar begann an den Schläfen zu ergrauen. Er trug den Bart kurz geschnitten, nach alter römischer Art. Er hatte graue Augen, die weit auseinanderstanden, und sein Blick schien weiter zu reichen als bis zu dem, auf das er fixiert war. Um den Hals trug der Mann einen goldenen Halsreifen, und sein Umhang war aus kaiserlichem Purpur. Aber er brauchte den Purpur nicht, um sich als Kaiser und Pendragon von Britannien auszuweisen. Er war ein Mann von der Art, die so daran gewöhnt sind zu befehlen, daß sie es unbewußt tun, er gehörte zu den Menschen, denen man ohne nachzudenken gehorcht.

»Du bist Gawains Diener?« fragte mich Artus. »Wie ist dein Name, Mann?«

»Rhys ap Sion, großer Herr. Vom Clan des Huw ap Celyn.«

»Vom Clan des Huw ap Celyn. Du lebst in Dumnonia, nicht? Oben, am Mor Hafren?«

»Ich . . . ja, großer Herr.« Ich war erstaunt darüber, daß er das wußte. Artus lächelte, eine Sekunde der Freude über mein Erstaunen.

»Auch ich bin durch Geburt Dumnonier«, erklärte er, »und jedesmal zur Erntezeit bekommen wir Weizen aus der Nähe von Mor Hafren.«

Das wußte ich, denn mein Vater fuhr jedes Jahr zur Erntezeit mit dem Wagen nach Camlann, und auch ein paar andere Hofbesitzer aus unserem Gebiet taten das. Sie verkauften Weizen, aber ich hatte nicht erwartet, daß der Kaiser das wußte. »Mein Vater, Sion ap Rhys, baut ein bißchen von diesem Weizen an, großer Herr, und er ist froh, wenn er es an den Pendragon verkaufen kann, genauso froh wie ich, weil ich hier bin.«

Artus grinste plötzlich. »Gut gesagt, Mann. Du wirst keine Schwierigkeiten haben, wenn dein Herr dich auf eine Reise mitnimmt.« Er setzte sich an den Tisch, nahm ein Glas Wein und nickte den anderen zu, sich auch zu setzen. »Und, was die Reisen betrifft, da muß ich mit dir sprechen«, sprach er jetzt wieder Gawain an. »Was die Reise nach Kaledonien betrifft, da gibt es noch ein paar Dinge, die du mir weiter erklären sollst. Lieber Gott, du brauchst keine Angst zu haben; ich werde dich noch nicht dahin zurückschicken.«

»Dafür danke ich dir, dieses eine Mal. Mein Pferd braucht eine Ruhepause.«

»Weniger als du. Freu dich. Bis der Frühling kommt, werde ich dir nichts anderes mehr zu tun geben, als Briefe zu schreiben, und außerdem sollst du mit Botschaftern konferieren, Irisch in gutes Latein und gutes Latein in Irisch übersetzen und dich um dein Pferd kümmern. Mein Freund, du warst ein Narr, als du mir den Treueeid geschworen hast.«

»Das sehe ich anders. Soll ich also keine Rechnungen führen, deine Bücher nicht in Ordnung bringen und dir auch bei den neuen Bauplänen keinen Rat geben? Wie verläuft denn die Arbeit?«

»Wenn du willst, dann werde ich dich auch das noch tun lassen, ausgenommen das Führen der Rechnungsbücher. Gwynhwyfar sagt immer wieder, daß alle die Bücher völlig durcheinanderbrächten, sie macht es jetzt selbst. Aber die Baupläne – nun, nach dem Tauwetter beginnen wir mit dem neuen Lagerhaus. Ich habe mich entschlossen, es nicht neben das alte zu setzen, sondern weiter unten am Hügel zu bauen . . .«

»In der Nähe von Gereints Haus?«

»Nein, weiter östlich . . .« Nach ein paar Minuten war Artus es leid, das geplante Gebäude mit weinfeuchtem Finger auf die Tischplatte zu zeichnen, und sprang auf, während er Gawain anbot, ihm zu zeigen, was er meinte. Der Gedanke, in der Festung herumzulaufen, machte mir im Augenblick allerdings keine große Freude, denn meine Beine waren von dem unendlich langen Ritt noch immer schmerzhaft und verkrampft. Ich bot Gawain statt dessen an, unsere Ausrüstung überall dahin zu bringen, wo er es wünschte. Agravain meinte überraschend, er wolle mir das Haus zeigen, das er mit seinem Bruder und einem anderen berühmten Krieger teilte. Während also Artus, Gawain und Bedwyr losgingen, um den Bauplatz zu besichtigen, nahm ich die beiden Satteltaschen auf und begann, die Speere einzusammeln.

Agravain beobachtete mich ungeduldig und rief endlich aus: »Diener meines Bruders, du hast ja überhaupt keine Ahnung, wie man einen Speer trägt! Sieh mal zu.« Er nahm die Speere auf, aber ich konnte nicht den geringsten Unterschied entdecken. Dann ging er energisch weg. Ich fummelte herum, ergriff den Schild und rannte hinter ihm her. Ich ließ fast eine der Satteltaschen fallen, während ich losrannte, um ihn wieder einzuholen.

Das Haus war sehr hübsch. Es war solide aus Lehm und Flechtwerk erbaut, die Wände waren säuberlich gekälkt, und das Strohdach war dick. Es stand östlich von der Halle, und von der Tür aus konnte man die Burg von Ynys Witrin sehen, die wie ein Wachturm über der feuchten Ebene stand, die an die sächsischen Königreiche grenzt. Im Haus allerdings war alles in schrecklicher Unordnung. Bettzeug, Kleidung und Waffen lagen überall verstreut. Später fand ich heraus, daß Agravain bis zum vergangenen Jahr einen Diener gehabt hatte, aber dann war der Mann an einem Fieber gestorben, und niemand hatte seitdem das Haus wieder gereinigt. Ich stellte die Satteltaschen ab und fragte mich, wo ich wohl alles hinräumen sollte. Agravain lehnte mit tiefer Zufriedenheit die Speere an die Wand.

»So«, sagte er. »Und jetzt, Rhys, oder wie immer dein Name auch ist ...«

»Ich heiße Rhys.«

»Wie immer du auch heißen magst, du bist der Diener meines Bruders, und es gibt ein oder zwei Dinge, die ich dir sagen werde.«

Das wunderte mich. Er schaute mich an, während er sich die Knöchel der einen Hand rieb.

»Ich nehme an, du hast meinen Bruder dazu überredet, dich als Diener anzunehmen. Gut und schön, er braucht einen Diener. Er tut immer Dinge, die ein Krieger nicht tun sollte, und er kümmert sich gar nicht um sich selbst. Aber was er braucht, das ist ein Diener. Ein Mann, der tut, was ihm gesagt wird, und der keine

Allüren hat. Du bist nach Camlann gekommen, als ob du dich für eine Art Gast hältst, und die ganze Zeit hast du am Tisch gesessen wie der edelste Krieger oder ein König selbst. Mein Bruder wird dir solches Benehmen nicht verbieten. Er neigt sogar dazu, dich so gut zu behandeln, wie er sein Pferd behandelt – wenn ich ihn auch nur ein bißchen kenne. Um dich wird er sich besser kümmern als um sich selbst, einfach weil du von ihm abhängst. Es ist eine Ehre, ihm zu dienen, Diener, vergiß das nicht.«

Ich schluckte den Zorn hinunter, der mir in die Kehle gestiegen war, und nickte. Ich versuchte, so dreinzuschauen, als ob die Ehre mich beeindruckt hätte.

»Und hör zu, Diener« – Agravain trat zu mir herüber und packte den Ausschnitt meines Mantels, während er ihn drehte, so daß ich kaum noch Luft bekam. Er drückte mich gegen die Wand. »Mein Bruder wird nichts tun, um dich für Unverschämtheiten zu bestrafen. Aber wenn du ihm schlecht dienst und ihn leer ausgehen läßt, während du im Luxus lebst, wenn du seine Höflichkeit ausnutzt – dann sorge ich dafür, daß du so oft verprügelt wirst, wie du es verdienst. Hast du mich verstanden?«

»Ich habe dich verstanden«, krächzte ich. Der Wunsch stieg in mir auf, ihm zu sagen, daß ich ein freigeborener Clansmann war, ein Diener aus freier Wahl. Ich hatte den Drang, ihm zu sagen, daß ich ihm seine Privilegien ins Gesicht werfen und einfach gehen konnte. Aber der Gedanke, daß ich das wirklich konnte, brachte mich dazu, daß ich den Mund hielt. Ich hatte gewählt, und ich hatte nicht erwartet, daß alle Krieger wie Gawain oder Bedwyr waren.

»Gut«, sagte Agravain und schlug mich ins Gesicht, nur um zu unterstreichen, was er meinte. Ich hatte die Faust schon oben und war bereit, ihn zurückzuschlagen, ehe mir einfiel, daß er vielleicht alles mögliche tun konnte, wenn ich ihn schlug, und daß er ein ausgebildeter Krieger war. Außerdem hatte ich gewählt . . . Ich zwang meine Hand, sich wieder zu entspannen. Glücklicherweise hatte Agravain nichts bemerkt. Er schlug mich noch einmal, diesmal mit der flachen Hand, und ließ mich dann los. Ich begann, meinen Mantel wieder glattzustreichen.

»Wo hast du diese Brosche her?« wollte Agravain plötzlich wissen.

Meine Hände erstarrten. »Mein Herr hat sie mir gegeben«, sagte ich und versuchte, mit gleichmütiger Stimme zu sprechen. »Er hat sie einem Städter als Bezahlung für Unterkunft überlassen, und ich habe sie durch Feilschen wieder zurückgewonnen. Dein Bruder hat mir gesagt, ich kann sie behalten.«

»Das ist keine Fibel für einen Diener. Gib sie her.«

Ich hatte das Schmuckstück auch nicht für passend gehalten, aber von Agravain ap Lot würde ich mir das nicht sagen lassen. »Herr, mein Herr hat mir gesagt, ich kann sie behalten. Wenn ich sie weggeben würde, dann wäre das ungehorsam.«

»Du kannst sie mir geben. Ich bin sein Bruder.«

»Das tu ich auch – wenn er es mir sagt.«

Agravain packte einen der Speere am Schaft und hielt ihn mit der Spitze nach unten, wie eine Keule. »Bei der Sonne! Du wirst tun, was dir gesagt wird.«

»Ja, Herr. Mir wurde gesagt, ich soll sie behalten.«

»Habgieriger Narr.« Agravain starrte mich noch einen Augenblick länger an, und ich bereitete mich auf eine weitere Tracht Prügel mit dem Speer vor. Aber er senkte die Waffe. »Ich werde mit meinem Bruder darüber reden. Er sollte solche Dinge nicht verschenken.« Agravain schleuderte den Speer beiseite. »Bring dieses Haus in Ordnung«, warf er mir an den Kopf und schritt hinaus. Ich setzte mich auf eins der niedrigen Betten. Ich zitterte vor Wut, und aus reinem Ärger schlug ich immer wieder mit der Faust auf die Matratze.

»Das hättest du erwarten sollen«, sagte ich laut vor mich hin. Aber es nützte alles nichts. Ich hatte es nicht erwartet. Ich war immer in der Lage gewesen, für mich selbst einzustehen. Ja, gewöhnlich war ich immer der Sieger in einem Streit, auf den ich mich einließ. Aber jetzt konnte mich jeder hochgeborene Hund so behandeln, wie er Lust hatte, und ich würde lächeln und »Ja, Herr« sagen müssen. Gawain und, so schien es mir, auch Bedwyr und der Kaiser waren freundlich genug, mich ehrenhaft zu behandeln. Aber ich hatte das starke Gefühl, daß die Agravains häufiger waren. Ich knallte meine Faust noch einmal auf das Bett und verletzte mir die Hand an dem harten hölzernen Bettrahmen.

Während ich dasaß, meine Handknöchel in den Mund nahm und den Bettrahmen und die zerstampfte Matratze anschaute, mußte ich lachen. Noch immer lachend strich ich das Bettzeug wieder glatt, stand auf und versuchte, irgendeine Ordnung in die Unordnung zu bringen, die im Raum herrschte.

Als Gawain in der Dämmerung ankam, hatte ich es geschafft, alles an seinen Ort zu bringen. Ohne Zweifel an den falschen Ort, aber es war unwahrscheinlich, daß all die Gegenstände einen richtigen Platz hatten. Es war harte Arbeit, denn ich war nicht mehr daran gewöhnt als die Krieger, aber ich bekam langsam das Gefühl, daß ich den Kampf gewann.

Gawain öffnete leise die Tür, schaute sich überrascht im Raum um und warf mir dann einen fragenden Blick zu.

»Dein Bruder hat mir gesagt, ich soll hier Ordnung schaffen«, erklärte ich.

»Aha«, Gawain schloß die Tür, ging hinüber zum Feuer, nahm eine Kerze und zündete eine Hängelampe an. Ein warmer Glanz fiel in das kleine Zimmer, und Gawain blies die Kerze aus. Er hielt das glühende Ende noch immer erhoben, drehte sich um und schaute mich an. Sein Blick war ein bißchen traurig, während er aufmerksam mein Gesicht durchforschte.

»Wie oft hat mein Bruder dich geschlagen?« fragte er ruhig.

Ich starrte ihn an.

»Ach, komm, du willst mir doch nicht sagen, daß du eine Schramme im Gesicht hast, weil du gegen die Tür gelaufen bist, oder?«

Ich zuckte die Achseln. »Er hat mich nur einmal geschlagen, aber sehr fest.«

Gawain seufzte und setzte sich. Er drehte die Kerze in den Fingern. Der Docht beschrieb einen kleinen roten Kreis, während er herumwirbelte. »Agravain ist gekommen und hat mir gesagt, ich soll Dienern keine wertvollen Fibeln schenken. Er hat mich auch vor Unverschämtheit gewarnt. Es tut mir leid, wenn ich dir Ärger gemacht habe.«

Ich schaute Gawain an, während er das Ende seiner Kerze anstarrte, und sein feingeschnittenes, mageres Gesicht sah müde und besorgt aus. Plötzlich, ohne an seinen Namen und an seine Verdienste zu denken, mochte ich ihn sehr.

»Er hat die Fibel erst bemerkt, nachdem er mich geschlagen hatte«, meinte ich. »Herr, manche Männer reden mit den Fäusten, und ich hatte es erwartet, als ich dich darum gebeten habe, mitzudürfen.«

Gawain schüttelte den Kopf. »Agravain ist ein guter Mann. Er hat nur das Gefühl, daß er ... seine Stellung und seinen Stand vertreten muß. Außerdem weiß er nicht, wie man mit Menschen redet.«

Ich dachte, daß Agravain vielleicht für diejenigen ein guter Mann war, die er für »Menschen« hielt, aber ich hatte das Gefühl, daß nur ein winziger Teil der Menschheit dazugehörte. Dennoch nickte ich zur Antwort auf Gawains Bemerkung. »Mein Herr, darüber brauchst du dir keine Sorgen zu machen. Mit meinen Vettern hatte ich schlimmere Auseinandersetzungen.«

»Aber Agravain schlägt hart zu, und du konntest ihn nicht zurückschlagen.«

»So hart schlägt er nun auch wieder nicht.«

»O doch. Ich kann mich noch an seine Prügel erinnern. Sehr deutlich.«

Auf meinen überraschten Blick fügte Gawain hinzu: »Ich war nicht immer ein guter Krieger, weißt du. Und Agravain ist mehr als drei Jahre älter als ich. Er weiß, wie man beleidigt. Ich hatte nicht daran gedacht, als ich zustimmte, dich mitzunehmen.«

»Herr«, sagte ich verärgert, »die Tatsache, daß ein Mann das Gefühl hat, seinen Stand deutlich zu machen, und zwar auf meine Kosten, ist kein Grund für mich, nicht hierzubleiben.«

»Aber es gibt andere, die sich vielleicht genauso benehmen. Da ist ja noch Cei. Ich weiß, er stößt Diener aus Prinzip herum. Und er lebt hier, in diesem Haus.«

Ich hatte von Cei gehört. Wenn Gawain sich Ruhm als der beste Krieger in Artus' Kavallerie erworben hatte, dann war Cei ap Cynyr der beste in der Infanterie. Über ihn gab es fast so viele

Lieder wie über Gawain, und in den meisten wurde erwähnt, daß er eine schwere Hand und ein wildes Temperament besaß. Wenn ich bei Gawain in Camlann blieb, dann würde es vielleicht ein bißchen ermüdend werden, im gleichen Haus mit Cei und Agravain zu leben. Aber andererseits ... »Herr, wenn ich gar nicht hier wohne, was spielt es dann für eine Rolle, wo Cei lebt oder Agravain, wenn es darum geht?«

Gawain blickte schnell von der Kerze auf, deren Docht endlich aufgehört hatte zu glimmen. »Was? Du willst doch nicht zurück nach Hause?«

»Nein. Aber du hast gesagt, du würdest mir in Camlann einen anderen Herrn suchen.« Gawain schwieg. »Du hast mir gesagt, du wolltest keinen Diener.«

»Ach ja. Das hab' ich wohl.« Er warf die Kerze ins Feuer, stand auf, lehnte sich gegen die Wand und sah zu, wie sie brannte. »Das hatte ich ganz vergessen.« Sein Blick wandte sich vom Feuer ab, und er sah mich an. »Wärst du denn gewillt, nicht zu einem anderen Herrn zu gehen? Würdest du bei mir bleiben?«

Ich holte tief Luft und fummelte an der Mantelschließe herum. Ich kannte meine eigenen Wünsche gut genug. Dafür, daß ich diesen Mann erst seit einer Woche oder so kannte, wußte ich genau, daß ich ihm mein Leben und meine Ehre anvertrauen konnte. Ich wußte, daß es nicht abwürdigend oder unehrenhaft war, ihm dienen zu müssen, daß ich mit Sicherheit in der Lage sein würde, viel für das Licht zu tun. Und es würde harte Arbeit werden, mit noch mehr langen Reisen und noch mehr kalten Nächten in Ställen – wahrscheinlich auch unter freiem Himmel. Ich würde wenig Essen bekommen und lange Stunden arbeiten müssen und reichlich Feinde haben. Aber ich wünschte es mir, weiß Gott. Und außerdem mochte ich den Mann.

»Mein Herr«, sagte ich, »ich wäre gewillt, es zu tun. Ich habe nicht vor, etwas zu tun, wofür dein Bruder mir Prügel angedroht hat, und ich habe auch nicht vor, deine Höflichkeit auszunutzen. Du bist nicht für mich verantwortlich, nur weil du mir versprochen hast, mich hierherzubringen.«

»Meine Höflichkeit! Mann, das ist wohl kaum eine Höflichkeit. Ich biete dir ein hartes Leben. Wenn du irgendeinem anderen Herrn dientest, dann hättest du es leichter. Nein, ich tue es nur, weil du ein guter Diener und ein guter Mann bist und weil ich dich gern im Rücken hätte.«

Ich fragte mich, was ich wohl getan hatte, um diese Beschreibung zu verdienen, abgesehen davon, daß ich einen Städter übervorteilt hatte. Aber ich grinste. »Soweit ich das sehe, Herr, ist es eine Höflichkeit. Es ist also abgemacht? Ich bleibe bei dir?«

»Es ist abgemacht.« Er kam schnell vom Kamin herüber und streckte seine Hand aus, und ich ergriff sie. Er lächelte, und ich grinste zurück. Agravain hin oder her, ich hatte meinen Platz gefunden.

7

Wir blieben ungefähr anderthalb Monate in Camlann, ehe wir wieder losritten. Ich glaube, es war wahrscheinlich die längste Zeit, die Gawain auf einmal dageblieben war. Der Krieg und Artus' Missionen hatten ihn früher beschäftigt gehalten. Und, wie Artus versprochen hatte, war in diesen anderthalb Monaten viel Arbeit zu tun. Anders als die meisten der anderen Krieger konnte Gawain lesen und schreiben, sein Latein war ausgezeichnet, und er konnte Sächsisch und Irisch genausogut wie Britisch und war mit dem Spinngewebe der britischen Angelegenheiten vertraut genug, so daß er sich, ohne verbündete oder feindliche Parteien zu verletzten, in jedes Gewirr von Pakten und Feindschaften hineinarbeiten konnte. All das war Artus sehr nützlich, und Artus, so entdeckte ich, sparte nicht an dem, was seinen Zielen nützte. Sich selbst schonte er am wenigsten. Andererseits verlangte er nie mehr von seinen Gefolgsleuten, als diese ihm geben wollten. Artus war ein Mann, der einem Traum folgte, der Vision, daß das Kaiserreich in Britannien wieder aufgerichtet wurde. Das Reich sollte all die Barbaren in sich aufnehmen, und er wollte eine neue Ordnung schaffen in Gerechtigkeit und Frieden. Um das zu vollbringen, warf Artus sein ganzes Leben in den Kampf und das Leben der Menschen, die ihn umgaben. Er hatte die Gabe, anderen Männern deutlich zu machen, was er meinte, und die ganze Festung wußte klar und deutlich, daß wir dabei waren, einer Welt, die dunkel wurde, eine christliche Zivilisation entgegenzusetzen. Die meisten der Menschen in Camlann hätten es allerdings anders ausgedrückt. Aber die Idee war herrlich.

Nicht alle Krieger mußten so hart arbeiten wie Gawain. Die meisten von ihnen wußten nur, wie man kämpft, und wenn sie nicht kämpften, dann spielten sie Würfel, jagten oder langweilten sich. Agravain und Cei waren in dieser Gruppe, und nachdem ich sie kennengelernt hatte, fand ich sie manchmal ein bißchen beschämend, hin und wieder erzürnend, aber im ganzen erträglich. Ja, ich mochte Cei sogar, obwohl seine Wutanfälle schlimmer waren als die Agravains und obwohl er eine schärfere Zunge hatte. Er war ein sehr hochgewachsener, rothaariger, muskelbepackter Riese mit einem dichten roten Bart, und er trug mehr Schmuck als jeder andere Mann in der Familie. Die Art, wie er seine Diener behandelte, entsprach genau dem, was ich immer von ihm gehört hatte, aber von Natur aus war er nicht so bösartig. Er hatte es gern, wenn man ihm widersprach, obwohl er gelegentlich mit Prügeln drohte und sie hin und wieder auch austeilte, wenn man zu weit ging. Er stritt sich gerne, und beim Handeln war er großartig. Wegen der Art, wie ich die Gegenstände im Haus eingeräumt hatte, kam es zwischen uns zu herrlichen Streitereien. Er hatte einen ätzenden Humor und ein feines Gefühl für Sarkasmus, aber er verstand auch zu lachen.

Agravain war völlig anders. Er versuchte in der Tat, seinen »Stand klarzumachen«. Anscheinend hatte er das Gefühl, er müsse diesen Stand um jeden Preis verteidigen. Ich fragte mich, ob diese Angewohnheit vielleicht etwas damit zu tun hatte, daß er ursprünglich einmal als Geisel für den Friedenseid seines Vaters nach Camlann gekommen war. Es gab wenig, was er nicht für seine Freunde tun würde und besonders für seinen Bruder, aber für alle anderen rührte er keinen Finger, und er wich auch keinen Viertelschritt von dem hohen, ruhmreichen Standpunkt eines Kriegers und erstgeborenen Sohns eines Königs ab. An manchen Tagen brütete er vor sich hin, oder er bekam einen Tobsuchtsanfall wegen der eingebildeten Andeutung eines schiefen Blicks. Das geschah natürlich nur bei seinen Untergebenen und nicht bei den anderen Kriegern. Die einzige Möglichkeit, dann mit ihm fertig zu werden, bestand darin, ihm zu geben, was er wollte. Trotzdem, nach dem ersten Tag ließ er mich in Ruhe. Ich nehme an, daß Gawain eine ernste Unterredung mit ihm hatte, wenn auch weder Gawain noch Agravain das jemals gesagt haben.

Ich war froh, daß man mich meiner Arbeit überließ, denn ich hatte mehr als genug Arbeit, um immer beschäftigt zu sein. Um das Haus mußte ich mich kümmern: Das Feuer mußte brennen, und der Raum mußte sauber und ordentlich gehalten werden, und hin und wieder war das Dach zu reparieren. Außerdem nahmen Agravain und Cei an, daß ich natürlicherweise, da ich ja dort lebte, auch all ihre persönliche Arbeit zu erledigen hätte, zusätzlich zu dem, was Gawain von mir verlangte. Ich mußte dafür sorgen, daß ihre Kleidung zur Wäscherin gebracht wurde. Ich hatte ihre kleinen Wünsche nach diesem und jenem zu erfüllen, und ich hatte ihre Waffen und ihre Rüstung in gutem Zustand zu halten. Ein anderer Diener, Amren, zeigte mir, wie das zu tun war. Um die Pferde kümmerten sich die Pferdeknechte. Das war eine große Erleichterung. Aber Llwyd mußte trotzdem geritten werden und manchmal auch Agravains und Ceis Pferde. Gawain ließ nur sehr selten irgendeinen an Ceincaled heran, und, um die Wahrheit zu sagen, er machte mir von allen dreien am wenigsten Arbeit.

Wenn ich meine Krieger versorgt hatte, dann gab es in der Festung noch immer sehr viel zu tun. Weil die Familie so lange in ganz Britannien herumgewandert war, hatten nur wenige der Krieger persönliche Diener, und die Diener, die in Camlann arbeiteten, waren nur für eine kleinere Gemeinschaft ausreichend. Nur hundertfünfzig Männer und ungefähr hundert Frauen waren für die ganze Festung da, und wir waren alle beschäftigt. Die öffentlichen Orte wie die Halle und der Wachturm und die Lagerräume mußten saubergehalten werden, Vieh war zu schlachten und Häute zum Gerben vorzubereiten. Die Küchen mußten versorgt werden, es war Met anzusetzen und so weiter, und so weiter. Aber die Arbeit war mir nicht unangenehm, wie ich das am Anfang gedacht hatte. Das Angenehme an der Arbeit als Diener besteht darin, daß sie anders als Bauernarbeit in Gesellschaft erledigt werden kann und daß man sich dabei unterhält. Ich stellte fest, daß die anderen Diener in Camlann gute Gesellschaft waren. Vielleicht zwei Drittel von ihnen waren früher entweder Städter gewesen oder sie stammten aus einer langen

Ahnenreihe von Dienern. Aber auch eine ganze Anzahl von Bauern wie ich selbst waren darunter, Bauern, die ihr Land an die Sachsen verloren hatten, nicht anderswo hatten siedeln können oder wollen. Sogar ein paar Sachsen waren darunter, Männer, die bei einem Überfall gefangengenommen worden waren und die um ihr Leben geschworen hatten, dem einen oder anderen Herrn zu dienen. Die anderen kamen aus jedem Teil von Britannien, selbst von jenseits des Meeres, aus Kleinbritannien. Ihre Geschichten zu hören, das war genauso schön, als ob man einem Lied lauschte.

Der Haushalt in Camlann stand unter der Aufsicht der Königin Gwynhwyfar. Sie war eine schlanke, braunäugige junge Frau, hell wie eine Kerzenflamme, warm und leuchtend. Sie hatte Massen von rotem Haar. Es schien, als ob sie nie stillsaß und als ob sie immer wußte, wo jeder Mann und jede Frau des Haushaltes war und was er oder sie gerade tat. Sie schien auch nie zu gehen, nein, sie rannte. Manche sagten, sie tanzte. Sie entschied, wieviel Wolle wir hatten und wieviel wir noch kaufen mußten, und sie bestimmte, wieviel jeder brauchte. Sie sorgte dafür, daß Vieh in der richtigen Menge geschlachtet wurde und daß wir genug Korn hatten. Sie befahl größere Reparaturen wie Dachausbesserungen, und sie führte alle Bücher. Ihre Anweisungen wurden von Gweir ap Cacwmri ausgeführt, der sich praktisch um alles kümmerte, und von seiner Frau Tangwen, die alles beherrschte, Gweir eingeschlossen.

Es würde Wochen dauern, all die anderen Diener zu erwähnen. Amren, der mir zeigte, wie man Waffen instand hält, war Bedwyrs Diener und Bretone wie sein Herr. Er war in Gallien gereist, ehe er bei Bedwyr in Dienst ging, und konnte Geschichten vom Süden erzählen. Von Lugdunum und Massilia und von den Schiffen, die nach Rom und Karthago reisen. Er erzählte die ganze Nacht, wenn man es zuließ. Dann war da noch Aegmund, ein Sachse aus Deira. Aegmund hatte am Anfang des Sachsenkrieges, vor dreizehn oder mehr Jahren, dem Herrn Rhuawn die Treue geschworen, als Rhuawn zum erstenmal mit auf einen Überfall ritt. Nach der Schlacht von Baddon ließ Rhuawn Aegmund frei und bot ihm

Hilfe an, wenn er in sein sächsisches Königreich zurückkehren wollte. Aber Aegmund war Christ geworden, hatte geheiratet, besaß ein Zuhause und wollte bleiben. Noch andere waren da – aber genug davon. Es reicht, wenn ich erzähle, daß im großen und ganzen trotz Cei und Agravain und ihresgleichen Camlann ein schönerer Ort war, als ich mir erhofft hatte. Es tat mir nur leid, als Gawain mir sagte, daß wir wieder auf Reisen gehen sollten.

Es war ein Tag Mitte Mai, kühl und regnerisch. Ich saß in einem der Lagerräume und kälkte einen Schild, und mein Herr suchte mich dort, um mir zu sagen, daß wir am Morgen losreiten sollten.

Verwirrt legte ich den Pinsel hin. »Wohin soll es denn gehen, Herr? Und wie lange?«

»Nur nach Gwynedd.« Gawain hockte sich neben mir nieder und musterte den Schild mit Interesse. Die Wochen seit unserer Ankunft hatten ihm gutgetan. Der hungrige, bittere Ausdruck auf seinem Gesicht war fort, aber es zeigte sich noch immer deutlich eine Art Rastlosigkeit. Er trug einen goldenen Halsreif, und der Kragen seines Mantels war aus geprägtem Leder. Sein Gewand war sehr schön, so daß er königlicher als gewöhnlich aussah, und selbst in einer Tunika aus grober Wolle konnte er ziemlich königlich aussehen. Nichtsdestoweniger nahm er jetzt den Kalkpinsel auf und schaute finster den Topf mit der Farbe an. »Wessen Schild ist das?«

»Der von Constans«, sagte ich automatisch und fragte mich, was jetzt wohl kommen würde.

»Du solltest das nicht tun.« Gawain tauchte den Pinsel in die Kalkfarbe und begann den Schild zu betupfen. »Ich habe dir doch gesagt, du machst sowieso schon viel mehr von der Arbeit als nur deinen Anteil.«

»Na, Macsen mußte heute noch mehr Stroh für das Hallendach suchen, und Constans wollte, daß der Schild diese Woche fertig wird. Was ist dagegen einzuwenden, wenn ich Hilfe anbiete? Jetzt nimm du mir nicht die Arbeit ab. Hast du gesagt, wir reisen nach Gwynedd?«

Er nickte, während er sorgfältig um den Schildbuckel herummalte. »Nur nach Gwynedd.« Gwynedd wurde beherrscht von Artus' größtem Feind, König Maelgwyn ap Docmail, und das ganze Königreich war ein Refugium für alle, die den Pendragon haßten. ›Nur‹ nach Gwynedd.

»Wie lange?« fragte ich.

Er zuckte die Achseln. »So lange wie nötig.« Die Kante des Pinsels berührte den Schildbuckel und hinterließ einen weißen Schmier darauf, und Gawain sah sich nach etwas um, womit er ihn reinigen konnte. Ich nahm einen Lappen und putzte den Fleck selbst ab. Gawain ließ sich auf die Hacken sinken. »Mein Herr plante, in diesem Frühling jemanden zu Maelgwyn zu schicken. Wir haben nur zwei Drittel des Tributs bekommen, der uns vom letzten Jahr aus Gwynedd zusteht. Wie gewöhnlich. Es war notwendig, daß wir uns mit dem Mann auseinandersetzen. Und jetzt gibt es noch etwas Neues, wegen der Gäste, die er hat. Die Angelegenheit wird dringend. Mein Herr will, daß wir sofort abreisen.«

»Gäste? Noch mehr Gesetzlose?«

»Nein – wenigstens scheinen die Berichte das nicht anzudeuten.« Gawain lächelte, aber er streckte den rechten Arm, der über seinen Knien lag, weit aus, so daß seine Finger das Heft seines Schwertes berührten. »Einer der Männer meines Herrn in Caer Segeint schickt Nachricht, daß Fremde den Hafen erreicht hätten. Sie kamen in Karacken, und man erlaubte ihnen, die Schiffe hoch auf den Strand zu ziehen. Pferde und Wagen wurden bereitgestellt, um sie nach Degannwy zu bringen. Die Besucher sprachen Irisch.«

Ich stieß den Atem in einem kleinen Zischen aus. »Aengus aus Dalriada? Aber sicher würde doch noch nicht einmal Maelgwyn ein Bündnis mit einem König aus Erin schließen!«

»Warum nicht? Er haßt Artus noch mehr als die irischen Räuber. Aber Aengus könnte es sein. Wir werden es bald genug herausfinden. Mein Herr will Maelgwyn mit der Tatsache beeindrucken, daß er beobachtet wird und daß Artus schnell handeln kann.« Gawain begann wieder, den Schild zu bemalen. Es nützte nie etwas, ihm die Arbeit zu verbieten.

Ich starrte ihn an. Alles in mir spannte sich, und ich versuchte, meine Hand, die den Putzlappen hielt, zu entkrampfen. »Wird Maelgwyn uns nicht ... Ist das nicht gefährlich?«

Gawain hielt einen Augenblick inne, dann schüttelte er den Kopf. »Maelgwyn wird uns kaum töten lassen, wenn du das meinst.« Er fuhr fort zu pinseln. »So ein Mord würde mit Sicherheit herauskommen, und Artus würde ihn dafür vernichten. Maelgwyn ist vorsichtig. Er ist ein gerissener Fuchs von einem Mann. Er geht nie unnötige Risiken ein. Er wird versuchen, irgendeine Möglichkeit zu finden, uns zu überlisten.«

Ich wußte, daß Gawain recht haben mußte. Er wußte sehr viel über die Art, wie Könige sind, sehr viel mehr als ich. Aber während meiner ganzen Kindheit hatte ich Geschichten von Grenzkämpfen mit Gwynedd gehört, und der Gedanke gefiel mir nicht, daß ich unter Feinden leben sollte. Nur, so sagte ich mir, warum bist du sonst hergekommen? Du wolltest doch für das Licht kämpfen, und jetzt hast du eine Chance. Die Feinde des Kaisers schmieden Pläne gegen ihn, und du und dein Herr, ihr seid bereit mitten unter sie zu reiten, wie der große Constantin in den Liedern ... Trotzdem mochte ich die ganze Sache nicht. Aber ich befahl mir, mich auf diese Chance zu stürzen, und ich fragte: »Um welche Zeit willst du morgen abreisen?«

»So früh wie möglich. Eine Stunde vor Sonnenaufgang wäre richtig. Ich möchte Caer Gwent gerne noch vor der Nacht erreichen.«

»Aber es sind gut fünfzig Meilen, auf der anderen Seite von Mor Hafren!«

»Dann lassen wir die Pferde eben laufen, und die Fähre bringt uns am Abend hinüber. Und wenn dein Pferd zu müde ist, dann kannst du immer noch in Caer Gwent das Pferd wechseln.«

Ja, in solchem Fall konnten wir in einer Festung übernachten. Auf dieser Reise brauchten wir nicht unter freiem Himmel zu schlafen. Und der Schnee war vergangen, obwohl es noch keineswegs warm war. Es würde nicht unerträglich werden.

Gawain bemerkte den sauren Ausdruck auf meinem Gesicht und meinte: »In Caer Gwent werden sie dein Pferd gut behandeln, und auf dem Heimweg kannst du ihn dann wieder mitnehmen.«

Es sah ihm ähnlich, an so etwas zu denken. Ich seufzte. »Ich tu' es also. Was werden wir brauchen? Wünschst du mit leichtem Gepäck zu reisen?«

»So leicht wir können, aber nimm genug mit, um zu beeindrukken. Ist der Schild mit dem emaillierten Schildbuckel in gutem Zustand?«

»Ich habe ihn erst letzte Woche gesäubert.«

»Dann nehme ich den mit. Und meinen anderen Schild, falls wir kämpfen müssen. Rhuawn kommt auch mit. Auf solch einer Mission braucht man mindestens zwei Krieger. Wir nehmen ein Packpferd für uns drei mit, und in Caer Gwent wechseln wir die Pferde. Du solltest deswegen noch mit Rhuawns Diener Aegmund reden.«

»Kommt Aegmund auch mit?« fragte ich hoffnungsvoll. Ich mochte den Mann.

Aber mein Herr schüttelte den Kopf. »Nein. Ein Diener ist genug. Außerdem ist der Mann ein Sachse und kann nicht gut genug reiten, um sein Leben zu retten.« Gawain malte mit schwungvoller Handbewegung über die letzte freie Stelle des Schildes und lehnte sich zurück, um sein Werk zu betrachten. Dann legte er den Pinsel hin und stand auf.

Ich stand ebenfalls auf und rieb mir die Hände mit dem Putzlappen, als ob ich die Arbeit getan hätte.

»Wenn du mich brauchst, ich gehe hinüber, um mit Bedwyr zu reden und dann mit meinem Bruder. Danach versorge ich mein Pferd«, informierte mich Gawain. Ich nickte, und er schlug mir auf die Schulter und humpelte davon.

Ich stand einen Augenblick still, und der Putzlappen war noch immer in meinen Händen. Im Geiste machte ich eine Liste von all den Dingen, die erledigt werden mußten. Als erstes, so entschloß ich mich, würde ich Macsen suchen und ihm sagen, daß ich weitere Teile von Constans' Ausrüstung nicht mehr in Ordnung bringen konnte.

Am Abend hatte ich alles fast fertig. Aegmund war mir eine

große Hilfe dabei. Er war entsetzt über den Gedanken, an einem einzigen Tag von Camlann nach Caer Gwent zu reiten, obwohl sein Herr Rhuawn nur genickt und gesagt hätte, er hielte das für eine gute Idee. Als wir beide zu packen begannen, waren wir ein bißchen unsicher, was wir tun sollten. Wie packt man für drei Männer, wenn man nur ein Packpferd hat, das für eine schnelle Reise nur leicht beladen werden soll und trotzdem genug trägt, damit es einen guten Eindruck macht und damit die Vorräte auf unbestimmte Dauer reichen? Am Ende brachten wir allerdings doch einiges zustande, und ich hatte ein triumphierendes Gefühl, während ich die letzte Schnalle am Packen festzog.

»Und eine Stunde vor Sonnenaufgang, morgen früh«, sagte Aegmund schadenfroh, »da bist du schon auf und reitest los. Falls ich aufwachen sollte, werde ich an dich denken.«

»Falls. Sehr unwahrscheinlich, mein Freund, sehr unwahrscheinlich. Erst nach Sonnenuntergang werden wir Caer Gwent erreichen. Ich wünschte, du kämst auch mit.«

Aegmund schüttelte den Kopf. »Nein. Obwohl ich mir um euch viele Gedanken machen werde. Na, Gott sei mit dir.«

»Das wird er wohl müssen, wenn ich auf dieser Reise wach bleiben soll. Aber ich wollte es ja.«

Aegmund grinste, und wir ließen den schweren Packen auf das Mäuerchen vor dem Stall unseres Packpferdes rutschen. Alles war bereit für den Morgen. Wir drehten uns um und wollten den Stall verlassen, aber da sahen wir, daß der Pendragon selbst auf uns zukam. Das schwache Licht unserer Lampe glitzerte auf seinem goldenen Halsreif. Wir verbeugten uns beide respektvoll und traten für ihn zur Seite, aber als er zu uns kam, blieb er stehen.

»Aegmund«, sagte er lächelnd, »ich hatte gehofft, du wärst noch hier. Ich habe ein Geschenk für Cynyr, den Herrn von Caer Gwent. Es ist oben in der Halle. Frag die Königin danach. Es ist nur ein Becher, Mann. Du kannst ihn leicht noch oben in das Gepäck kriegen.«

Aegmund grinste, sagte: »Ja, min Küning«, einen seiner seltenen sächsischen Ausdrücke, und lief davon, um das Geschenk zu holen.

Ich war bereit, mich zu verbeugen und auch zu verschwinden, aber Artus schnippte mit den Fingern, um meine Aufmerksamkeit zu erlangen, und sagte: »Rhys, ich möchte einen Augenblick mit dir sprechen.«

»Wie du willst, Herr«, sagte ich überrascht.

Artus ging ein Stückchen in den Stall hinein, und nach einem Augenblick des Zögerns folgte ich ihm. Er blieb bei Ceincaleds Box stehen, beugte sich hinein und schaute das Pferd an. »Weißt du«, fragte er mich leise, »wo Degganwy ist?«

»In den Bergen von Arfon«, sagte ich.

Artus schnalzte dem Pferd mit der Zunge zu, und Ceincaled kam herüber und schnüffelte an seiner Hand. Artus ließ seine Hand auf dem Widerrist des Tieres ruhen. Es war eine starke, viereckige, aber dennoch empfindsame Hand, und ein Amethystring glühte purpurn am Ringfinger. »Hat Gawain dir die Geschichte von der Tochter des Caw erzählt?«

Mir fiel plötzlich ein, warum Arfon so bedeutend war. »Ja, großer Herr«, sagte ich, und da ich das Gefühl hatte, daß meine Antwort eine Erklärung brauchte, fügte ich hinzu: »Ich glaube, es war so eine Art Beichte.«

Artus lächelte darüber. »Gawain sehnt sich danach, Buße zu tun, und zwar mehr, als gut für ihn ist.« Die Hand rutschte von der Schulter des Pferdes und ruhte auf der Zwischenwand des Stalls. Das Licht erlosch in dem Amethyst, als er aus dem Umkreis der Lampe genommen wurde. Der Kaiser drehte sich um und schaute mich einen Augenblick an. »Ich glaube, du magst Gawain irgendwie«, sagte er mir.

»Großer Herr . . .«, sagte ich wieder überrascht, und dann fuhr ich fort: »Er ist ein guter Mann.«

»Dann will ich frei sprechen.« Artus kreuzte die Arme über der Brust und lehnte sich gegen die Wand. »Ich habe deinem Herrn einmal befohlen, Bran von Llys Ebrauc nicht zu töten, und zwar nicht etwa, weil mir besonders daran lag, Brans Leben zu retten, sondern weil ich Gawain kannte. Ich wußte, daß er zu stolz ist, um das Wissen leicht zu ertragen, daß er aus Haß getötet hat. Wenn du die Geschichte kennst, dann weißt du auch, wie der Befehl befolgt wurde. Gawain ist hart gegen sich selbst und besteht noch immer darauf, diese Frau zu suchen. Ich kann ihm keinen anderen Befehl geben, nämlich, sie zu vergessen. Es gibt Dinge, die man nicht befehlen kann. Aber kein König hatte je einen besseren Krieger, als ich einen in Gawain habe. Ich will nicht, daß er zu hart gegen sich selbst ist. Ich will auch nicht, daß er die Frau findet.«

Der Pendragon sah die Frage in meinem Gesicht, denn er lächelte. »Ich habe die Frau nur einmal gesehen, aber nach dem, was ich gehört habe, und nach dem, was ich von ihren Brüdern weiß, möchte ich bezweifeln, daß sie gewillt wäre zu verzeihen. Ihr Vater Caw starb im Kampf für den König, seinen Bruder, als ich das Imperium übernahm. Es war noch auf dem Schlachtfeld, denn ich hatte den Wunsch, die Freundlichkeit des königlichen Clans von Ebrauc zu erringen. Ich habe gesehen, daß Caw mit vollen Ehren begraben wurde, und da gab ich all seine Güter an seinen Clan zurück, zusammen mit einem hohen Lob auf seinen Mut und Ausdrücken meines guten Willens. Es ist begreiflich, daß Kinder den Mann hassen, der ihrem Vater den Tod gebracht hat, aber die Kinder des Caw setzten sich über den Willen des königlichen Clans hinweg und gaben mir viele stolze Reden zur Antwort und den Wunsch nach Rache. Sie sagten, die Schwachen und die Feiglinge mögen ein Unrecht verzeihen, aber der Ruhm der Edlen ist es, sich zu rächen. Sie waren tapfere Männer, die Söhne des Caw. Sie waren ihren Freunden treu, aber unversöhnlich ihren Feinden gegenüber. Sie sind noch immer Feinde, wenigstens die, die noch leben. Und gleichgültig, was ich mache, sie wollen sich nicht versöhnen lassen. Ich glaube nicht, daß Elidan, die Tochter des Caw, sich in diesen Dingen von ihren Brüdern unterscheidet.« Er verschränkte wieder die Arme, und sein Blick ging ins Nichts, wie manchmal, wenn er nachdachte. »Wenn Gawain sie findet und sie ihn wieder beschuldigt – dann wird es noch schlimmer sein als zuvor.«

»Wäre es nicht trotzdem besser als Unsicherheit?« fragte ich.

Artus' Blick fiel wieder auf mich, und er lächelte schnell. »Möglicherweise, möglicherweise aber auch nicht. Ich will dich nicht darum bitten, ihn daran zu hindern, sie wiederzusehen, wenn sie tatsächlich irgendwo in Arfon ist. Ich bitte dich nur um folgendes: Wenn dein Herr dir befiehlt, bei Rhuawn zu bleiben oder nach Camlann oder Degganwy oder irgendeine andere Festung zurückzukehren, während er nach der Tochter des Caw sucht, dann gehorche ihm nicht. Sag ihm, ich hätte dir das aufgetragen, wenn er den Grund dafür wissen will. Laß es nicht zu, daß er sie allein sieht, und kümmere dich um ihn. Wenn er jemanden bei sich hat, dann legt er sich selbst die Zügel ein bißchen strenger an.«

Ich dachte daran, wie mein Vater befohlen hatte, sein Schwert zu meinem Schutz einzusetzen, und jetzt trug man mir auf, Gawain zu schützen. Darüber mußte ich lachen.

»Großer Herr«, sagte ich und hielt dann inne, während ich entschied, daß sein lateinischer Titel passender wäre. »Imperator Artorius, ich hätte selbst schon dazu geneigt, das zu tun, was du mir aufgetragen hast, wenigstens was das Alleinreiten betrifft. Ich bin froh, daß ich jetzt den Befehl dazu habe.«

Artus lächelte langsam. »Allerdings, ein sehr unverschämter und wenig unterwürfiger Diener. Ausgezeichnet!« Er gab dem Pferd einen Klaps auf den Widerrist und ging dann den dunklen Stall hinab. Die Frühlingssterne blitzten durch ein Gitter aus Wolken, und Aegmund kam mit dem goldenen Becher und einer Laterne wieder den Hügel herab. Das Lampenlicht warf einen warmen, butterblumengelben Glanz vor dem dunklen Himmel.

Es war mehr als eine Stunde vor der Dämmerung, als wir am nächsten Morgen losritten, und Camlann lag unheimlich still unter dem blassen Mond. Jeder sprach nur flüsternd, während wir die Pferde sattelten und sie aus dem Stall ließen. Ihre Hufschläge klangen laut in der Stille, und das Klingeln ihres Geschirrs wurde von der feuchten Luft gedämpft. Der Kaiser Artus und die Königin Gwynhwyfar sagten uns Lebewohl; sie waren halb unsichtbare Gestalten in der Dämmerung. Und dann saßen wir auf und trabten aus der Halle den Hügel hinunter zum Haupttor und dann hinaus auf die Straße.

Wir nahmen nicht den normalen Weg hinunter nach Ynys

Witrin, um der römischen Straße nach Norden zu folgen. Statt dessen ritten wir einen der alten, unbefestigten Feldwege entlang, der über die Hügel direkt von Camlann nach Norden führte. Die Straße überquerte den Briw-Fluß, und danach nahmen wir eine kleinere römische Straße nach Norden, um die Fähre zu erreichen. Die kleine römische Straße reicht nicht ganz bis dorthin, sondern nur hinauf in die Hügel, wo der Aesce seine Quellen hat. Die Straßen waren auf diese Weise die ganze Zeit schlecht, aber wir hatten gute Pferde, und wenn wir über Ynys Witrin geritten wären, hätten wir einen Umweg von fünfzehn Meilen nach Osten gemacht, den wir auf einer anderen Straße nach Westen wieder hätten zurückreiten müssen.

Wir kamen schnell voran, denn wir trabten beständig. Ich schlief noch halb, während ich auf Llwyds Rücken hockte und an mein warmes Bett dachte. Ich verfluchte Aegmund, der jetzt in seinem Bett lag und fragte mich vage, warum es notwendig war, an einem einzigen Tag so weit zu reiten.

Wir überschritten den Briw ungefähr sieben Meilen von Ynys Witrin entfernt. Das Wasser war kalt und reichte bis zu den Bäuchen der Pferde, so daß wir fast auf unseren Beinen sitzen mußten, um zu vermeiden, daß wir durchweicht wurden. Es war noch immer dunkel, obwohl der Mond schon niedrig stand und es im Osten grau wurde. Als wir den Fluß hinter uns hatten, warf Ceincaled den Kopf hoch und wieherte laut und klar und triumphierend. Gawain lachte. »Ein herrlicher Tag für eine Reise!«

Ich grunzte.

Während wir die gewundene Straße hinaufritten, ging der Mond unter, und die ganze Erde wurde grau. Vögel und Tiere des Landes um uns her begannen sich zu rühren. Dann ging langsam die Sonne auf, glühte feurig und riesengroß über den flachen Ebenen. Ich schaute sie an und dachte: »Schlechtes Wetter«, sagte aber nichts.

Als wir den Aesce erreichten, sangen die Vögel, und die nassen Gräser leuchteten bernsteingelb und silbern. Gänse schrien über uns am Himmel und strömten zu den Marschen, und vor uns lag die riesige Masse der Hügel blaugrau und grün.

»Ein schönes Land«, sagte Rhuawn. »Ich frage mich, ob die Geschichten wohl wahr sind.«

Gawain zuckte die Achseln. »Dieser Teil von Dumnonia wird ›Königreich des Sommers‹ genannt. Das ist einer der gebräuchlichsten Bezeichnungen, die wir im Süden für die Anderwelt haben. Man sagt, daß Männer Türen in die Hügel gefunden haben und daß sie durch diese Türen in seltsame Welten hineingewandert sind, wo die Unterirdischen Feste in Hallen feiern, deren Dächer aus Silber und den Federn von Vögeln bestehen. Es gibt auch noch die allgemein erzählten Geschichten von Leuten, die aus den Hügeln gerettet werden, und die Geschichten von denen, die eine Nacht dort verbringen und anschließend feststellen, daß hundert Jahre vergangen sind. Man sagt noch vieles mehr.«

»Ich habe gehört, das Königreich des Sommers soll schöner als die Erde selbst sein«, murmelte Rhuawn.

»So ist es«, meinte Gawain. »Und dennoch bin ich nicht sicher, daß es sich völlig von der Erde unterscheidet.«

Rhuawn warf ihm einen festen, ernsten Blick zu. Gawain wandte Ceincaled nach Westen und folgte dem Aesce, um die Abzweigung zu finden, die uns durch eine Schlucht in die Berge führte. Wir ließen die Pferde im Schritt gehen, damit sie sich von dem schnellen Trab ausruhen konnten, und ihre Hufe klangen weich auf dem feuchten Boden, während der Fluß neben uns gurgelte. Gawain schaute die Hügel an. Seine Augen waren sehr dunkel, aber eine Art Licht brannte darin. Nach ein paar Minuten begann er zu singen. Zuerst auf irisch, und dann nach kurzer Zeit das gleiche Lied noch einmal auf britisch. Es war ein seltsames Lied, denn es strömte eine Stille aus, die fast beängstigend war, obwohl das Lied süß und wunderschön war.

Das Schimmern der See, auf der du segelst
des Strandes strahlendes Weiß
in Gelb und Blau – so weit du schaust
dehnt sich luftig das leuchtende Land.

Die Felder und Fluren, für Scharen geschaffen
voll blühender Blumen in vielen Farben
silbern der Strom, von Gold die Gefilde
heißen den Fahrenden freudig willkommen.

Vorbei am wehenden Laub des Waldes
schwimmt das Schiff, an Hügeln vorüber
es neigen sich Zweige, fruchtbeladen
wo der Bug die Wellen bricht.

Bäume leuchten, geschmückt mit Blüten
süß umweht dich der Duft der Rebe
ohn' jeden Fehl und unvergänglich
zeitenlos ragt das gold'ne Geäst.

Die Sonne berührte die Berge, die im Norden lagen, und das Grün wurde zu Smaragd, während das Blaugrau der nackten Bäume von der Feuchtigkeit in silbernen Lichtern blitzte. Rhuawn schüttelte gedankenverloren den Kopf.

»Das ist ein seltsames Lied. Worum geht es denn darin?«

Gawain lächelte, und ein Teil des Glanzes verließ seinen Blick. »Es ist ein Lied von einem Mann, der in das Land der ewigen Jugend gesegelt ist, so nennen wir das Königreich des Sommers auf den Orcades. Man sagt, wenn man weit genug nach Westen segelt, dann erreicht man es. Das Lied heißt ›Die Reise des Bran MacFebal‹.«

»Ach ja, ich erinnere mich wieder. Du hast schon einmal ein Stück davon gesungen.«

»So ist es. Dieser Teil kommt später. Als Bran die Segel gesetzt hatte, traf er den Sohn des Lir – den sie in Erin einen Gott nennen –, der in einer Kutsche über die See fuhr. Der Sohn des Lir sang dieses Lied, um anzudeuten, daß die See nicht nur eine trostlose Ebene ist, sondern ein fruchtbares Königreich, wenn man Augen hat, zu sehen . . . Wir sollten jetzt nach rechts abbiegen, dann können wir dem Aesce in die Hügel folgen.«

Wir durchritten den Aesce und ließen unsere Pferde wieder

traben. Die Weidenbäume waren gelb und grün, und die Luft war fast warm. Fast. Ich dachte daran, wie man die bittere, salzige Ebene der See befährt und dann einen fruchtbaren Wald findet, in der vollen Schönheit des Frühlings. Wie man die ganze vernünftige Welt wie eine andere Welt sieht. Mich fröstelte. Eine Welt – so glänzend wie ein Traum, wirklicher als beim Wachen, in welche die Menschen vielleicht in einem nachdenklichen Augenblick hineinschlüpften. War Gawain dort gewesen? Ich hatte einige Lieder gehört, in denen das bestätigt wurde, und man sagte, daß sein Pferd und sein Schwert aus dem Königreich des Sommers stammten, der Insel der Äpfel, dem Land der Jugend oder wie man die Anderwelt sonst noch bezeichnete. Eine Welt, die irgendwo unter oder hinter unserer Welt lag und die unerwartet über uns hereinbrechen konnte, die aber immer für jene da war, die Augen für sie hatten.

Ich zitterte wieder, aber diesmal vor Kälte, und ich fragte mich, ob es in der Anderwelt wohl wärmer war. Ich kuschelte meine kältewunden Finger in den Umhang und umklammerte den Leitzügel des Packpferdes fester.

Der Aesce fließt durch eine große Schlucht in die Ebene, begrenzt von zackigen, hohen Klippen, die den Himmel zerreißen. Wir mußten absitzen und einen Teil des Weges neben den Pferden hergehen, denn der Fluß, der von den Frühlingswassern angeschwollen war, hatte einen Abschnitt des Pfades überflutet. Wir wurden alle bis zu den Knien von dem eiskalten Wasser durchweicht, und Rhuawn rutschte ab und war naß bis zur Taille. Am oberen Ende der Schlucht blieben wir stehen, um uns die Stiefel wieder anzuziehen und unsere Kleider auszuwringen, aber dann saßen wir wieder auf und ritten in schnellem Trab weiter. Bald erreichten wir unsere römische Straße. Wir waren etwa fünfzehn Meilen von Camlann entfernt.

Unser Mittagessen nahmen wir im Sattel ein, und wir hatten jetzt schon im Norden den Ciw erreicht, der westlich von Baddon in den Afen einmündet. Jetzt begann der Himmel sich zu bewölken, und am Nachmittag kam der Regen. Ein wilder Märzwind schleuderte uns die Tropfen ins Gesicht. Uns machte es eigentlich nichts aus. Rhuawn erzählte eine außerordentlich lange und komplizierte Geschichte von einem Mann, der den Nordwind in einem Fischernetz gefangen hatte, und was ihm alles damit passierte. Wir lachten schallend darüber.

Als wir den Afen überquerten, mußten wir die Pferde ein paar Schritte schwimmen lassen, denn der Fluß führte Frühlingshochwasser, und anschließend waren wir noch nasser als durch den Regenschauer. Wir trabten schnell, damit die Pferde warm blieben, und ihre Flanken dampften. Schon vor einiger Zeit waren wir von der römischen Straße abgekommen, und der Weg war gewunden und schlammig, aber trotzdem kamen wir gut voran und erreichten bald die Hauptstraße westlich von Baddon, nicht weit hinter dem Afen. Dieser Straße folgten wir direkt zu der Bucht, von wo man eine Fähre über den Mor Hafren zur Küste von Powys und nach Caer Gwent nehmen kann.

Wir erreichten die Fähren am Abend und holten einen Fährmann von seinem Abendessen weg, damit er uns übersetzte. Die See war rauh, sie glänzte weiß in der Dunkelheit und roch stark nach Salz. Unsere Pferde standen mit gesenkten Köpfen da, zu müde, um nervös zu sein, außer Ceincaled. Als wir am westlichen Ufer in Powys an Land gingen, war ich ziemlich seekrank und stritt mich nicht mit Gawain, als der dem Fährmann als viel zu hohe Bezahlung einen goldenen Armreif gab. Dann hieß es wieder aufsitzen, und wir trieben unsere Pferde noch eine weitere Meile bis nach Caer Gwent. Aber dort waren Feuer, und es gab heiße Bäder und heißes Essen, warme Betten und einen warmen, höflichen Willkommensgruß.

Am nächsten Morgen präsentierten wir Cynyr, dem Herrn von Caer Gwent, Artus' Geschenk, und er bedankte sich sehr hübsch. Er bat uns, doch ein paar Tage zu bleiben. Gawain lehnte die Einladung für uns ab, und so versorgte man uns nur mit frischen Pferden – außer Gawain, der keins wollte und keins brauchte. Über die große römische Straße ritten wir nach Westen, nach Gwar Uisc. Mein neues Pferd neigte dazu, Unsinn zu machen. Von Llwyd hatte ich mich nur mit leisem Bedauern getrennt. Ich wußte, Cynyr würde ihn gut behandeln lassen, und irgendwelche

Arbeiten, die er dem faulen Tier abringen konnte, durfte er auch gern mit Llwyd verrichten. Auf dem Heimweg würde ich mein Pferd dann wieder abholen.

An diesem Tag ritten wir nicht so weit, denn wir konnten erst in Caer Legion, im Norden, wieder die Pferde wechseln. Wir überquerten den Uisc-Fluß an der Brücke bei Gwar Uisc, und dann ritten wir durch Powys nach Norden. Die Nacht verbrachten wir auf einem Bauernhof in der Nähe eines Flusses, und früh am nächsten Morgen ging es weiter. Drei Tage, nachdem wir Caer Gwent verlassen hatten, erreichten wir Caer Guricon, direkt hinter der Grenze von Gwynedd. Sowohl Caer Gwent als auch Caer Guricon sind alte römische Städte, aber die Unterschiede zwischen ihnen sind erstaunlich. In Caer Guricon waren weniger Menschen als in jeder anderen römischen Stadt, die ich schon gesehen hatte, und die wenigen, die dort lebten, hausten dicht gedrängt um das Gebäude herum, das der örtliche Herr als Festhalle benutzte. Aber der größte Unterschied bestand nicht darin, sondern in der Feindseligkeit. Der Herr gab uns die Gastfreundschaft, die wir forderten, denn das war unser Recht als Krieger des Kaisers. Aber er gab sie mit wütenden Blicken und widerwilliger Miene. Niemand in der Stadt, von den Kriegern des Herrn bis zu den Dienern in der Halle, richtete ein Wort an uns, und sie starrten uns alle still und bösartig an, so daß wir die Zähne zusammenbissen. Der Herr wollte, daß wir blieben und mit seinen Kriegern in der Festhalle schliefen, aber Gawain bestand auf einem eigenen Haus. Schließlich gab man uns ein kleines, schmales Stadthäuschen, dessen Dachziegel zerbrochen waren und das seit langer Zeit nicht mehr gekehrt oder gereinigt worden war.

Gawain schaute sich darin um und lachte. »Nun, Vetter«, sagte er zu Rhuawn – Mitglieder von Artus' Familie nennen einander Vetter, wenn sie sich nicht gerade Bruder nennen –, »wir sind wieder in Gwynedd.«

»Und ärgerlich ist es auch«, erwiderte Rhuawn. »Sollen wir Wache halten?«

Am Ende hielten wir keine Wache, sondern ließen uns im mittleren Raum des Hauses nieder. Gawain zerrte seine Schlafmatte vor eine der Türen, während Rhuawn seine Matte zu der anderen hinüberruckte, und niemand schlief mitten im Raum, falls die Feinde sich entschlossen, irgend etwas auf uns fallen zu lassen. Wenn ich nicht so müde gewesen wäre, dann hätte ich, glaube ich, überhaupt nicht schlafen können, und so, wie es war, brauchte ich eine Stunde, um endlich einzudösen. Die ganze Zeit erwartete ich heimliche Schritte, die sich ins Haus schlichen. Aber nichts geschah. Niemand erwartete das auch eigentlich. Es war nur klug, in Gwynedd gewisse Vorsichtsmaßnahmen zu ergreifen.

So früh wir konnten, verließen wir den Ort am nächsten Morgen. Es folgte ein harter Tagesritt, und nach Einbruch der Dämmerung erreichten wir Caer Legion. Die Stadt war ein wenig gastfreundlicher als Caer Guricon, und wir wechselten dort die Pferde – alle, außer Gawain, der Ceincaled behielt. Am nächsten Morgen, unserem sechsten Tag, seitdem wir Camlann verlassen hatten, ritten wir nach Westen, nach Arfon. Die Höhen der Berge waren noch immer weiß vom Winterschnee, während ihre Flanken grün und grau schimmerten. Die Sonne berührte ihre Gipfel, die vom Eis blitzten, und die Strahlen glühten auf Nebeln, glitzerten auf Bächen und Wasserfällen. Ich konnte den Blick nicht abwenden. Von Arfon erzählen sie die gleichen Geschichten wie vom Königreich des Sommers, und man sieht leicht warum.

Am Spätnachmittag verließen wir die römische Straße. Wir trieben unsere Pferde hart an und folgten einem Bergpfad nach Süden. Es war der letzte Schritt unserer Reise, die Straße nach Degganwy selbst. Die Sonne ging schon unter und färbte die Berge rosa und lavendelfarben. Ich war müde genug von der Reise, um hellwach zu sein, aber ich fühlte mich wie ein Seil, das zu straff angezogen ist und das bei jeder Berührung zittert. Bei jeder Kurve in der Straße erwartete ich fast, daß ich aus der Welt hinausritt und feststellte, daß der Schnee auf den Bergen von Arfon zu Apfelblüten wurde und die Bäume zu Silber. Endlich umrundeten wir einen Knick in der Straße und sahen Degganwy weit in der Ferne liegen. An dieser Festung war nichts Römisches. Es war erbaut worden, ehe Claudius den Osten von Britannien eroberte, ja sogar ehe Julius Caesar seine Invasion gestartet hatte. Die Legionen von Rom hatten die Berge von Arfon niemals wirklich erobert, trotz all der Jahrhunderte und all der Legionen, die in Britannien gewesen waren, trotz all ihrer Straßen und Städte und all ihrer Disziplin. Während ich die grünen, im Zwielicht dunkel gefärbten Hänge um mich her anschaute, wollte mir einfach nicht in den Kopf gehen, daß irgend jemand, selbst Artus, mit Gedanken des Krieges nach Arfon einreiten und seine Truppe intakt und lebendig wieder herausführen konnte. Ohne Zweifel war auch Maelgwyn Gwynedd dieser Gedanke gekommen und hatte ihn dazu gebracht, seine königliche Festung aus der römischen Hafenstadt von Caer Segeint hier hinauf in die Berge zu verlegen.

Es war völlig dunkel, als wir Degganwy erreichten und an den Toren Einlaß verlangten. Die Wachen ließen uns warten und beobachteten uns mit genau demselben bösartigen Blick, den ich jetzt in Gwynedd schon erwartete. Einer von ihnen trabte zurück zur Festhalle, um dem König Maelgwyn zu melden, daß ein paar Botschafter des Pendragon gekommen seien. Die Sterne strahlten schon, als der Wachposten zurückgeschlendert kam und den anderen sagte, sie sollten die Tore öffnen und uns einlassen. Wir ritten auf unseren stolpernden Pferden den Hügel hinauf zur Halle mit ihren Lichtern und ihrer Musik. Die Ställe waren eine niedrige Masse am Boden angekauerter Gebäude, eine kurze Strecke unterhalb der Halle.

Gawain schwang sich vor den Ställen von Ceincaled herab und ergriff den Zügel des Hengstes, während er mit einem von Maelgwyns Pferdeknechten zu reden begann. Rhuawn und ich saßen auch ab. Wir streckten unsere steifen Beine, und ich fing an, das Gepäck des Pferdes zu überprüfen, das wir von Caer Legion mitgebracht hatten. Eine Gruppe Männer kam mit Fackeln von der Festhalle herunter, und ich freute mich darüber, denn jetzt hatte ich Licht, um sehen zu können, ob noch alles in Ordnung und fest auf dem Rücken des kleinen Tieres festgeschnallt war. Ich drehte mich zu Gawain um und erwartete seine Anweisung.

Der beendete seine Unterhaltung mit dem Pferdeknecht und

wandte sich der Gruppe mit den Fackeln zu. Er war bereit, zu fragen und zu erklären, in seiner ruhigen, redegewandten Art. Aber, noch halb in der Bewegung, erstarrte er und stand bewegungslos wie ein Waldtier, das ein Raubtier gesehen hat. Das Licht der Fackeln glühte auf seinem roten Mantel und seinem goldenen Schmuck, aber ein unheimlicher Ausdruck lag plötzlich auf seinem Gesicht, so daß er kaum noch menschlich aussah. Seine Augen waren sehr groß, seine Lippen hatten sich halb geöffnet. Mit einer Hand hielt er noch immer den Zügel seines Pferdes, die andere war erhoben und vorwärts gestreckt, in einer eingefrorenen Geste. Mir wurde kalt, und ich war erschüttert, ihn plötzlich so verändert zu sehen. Aber ich wollte mir nicht das anschauen, was er anschaute. Ich warf einen Blick auf Rhuawn, der verwirrt aussah, dann auf die anderen mit den Fackeln und endlich auf das, was Gawain anstarrte.

Während ich meinen Blick auf die Frau heftete, die dort im roten Glanz der Fackeln stand, war mein erster Gedanke, daß sie Gawain sehr ähnlich sah. So sehr, wie eine Frau einem Mann ähnlich sehen kann. Die Verwandtheit der Züge muß noch deutlicher gewesen sein, als er jünger war. Sie hatte den gleichen zierlichen Knochenbau, die gleiche hochrückige, gerade Nase und den gleichen schmalen, ausdrucksvollen Mund. Ihr Haar, das mit Gold in ihrem Nacken festgesteckt war, hatte das gleiche tiefe Schwarz, und ihre Augen ... Aber als ich ihre Augen sah, da hatte ich das Gefühl, daß sie ihm doch nicht allzu ähnlich sah. Wie Gawains Augen waren sie schwarz, aber es war ein Schwarz, das alles Licht um sich her zu trinken schien und allem die Farbe nahm, das sie umgab. Sie waren schwarz genug, um das Leben zu trinken, wie ein durstiger Mann einen Becher Wasser hinunterstürzt, und sie würde es tun, und dazu würde sie lächeln. Sie stand sehr gerade da, sie trug ein tiefausgeschnittenes rotes Gewand, und ihre bleichen Arme waren nackt. Sie war außerordentlich schön, alterslos, und lächelte. Aber sie schaute niemanden an außer Gawain. Langsam, sehr langsam ging sie vorwärts, und ihr Schatten flatterte im Fackellicht, und noch immer regte sich mein Herr nicht.

»Mein Falke«, sagte sie mit dunkler, sanfter Stimme, »freut es dich nicht, deine Mutter zu sehen?«

Gawain senkte die erhobene Hand und richtete sich langsam auf, als ob es ihn Mühe kostete. Und dann verbeugte er sich voller Grazie. »Hohe Frau, ich hatte nicht erwartet, dich hier zu finden.«

Sie stieß ein dunkles Lachen aus. »Wirklich nicht. Aber jetzt sind wir in angenehmem Familienkreise. Du und dein Bruder und dein Vater und ich.«

»Mein Vater? Und mein Bruder – Agravain ist in Camlann.«

Sie lachte wieder. »Agravain! Hast du vergessen, daß du zwei Brüder hast? Dein anderer Bruder hat sich sehr danach gesehnt, dich wiederzusehen.«

»Medraut.« Gawains Gesicht war ausdruckslos. »Ach so.« Er hob den Kopf ein wenig und sprach jetzt mit anderer Stimme, stolz und kalt. »Ich bin zu Maelgwyn ap Docmail gekommen, dem König von Gwynedd, als Botschafter des Artorius Augustus Caesar, Imperator Britanniae, insularum draco.«

»In der Tat. Maelgwyn ist in der Halle und feiert mit deinem Vater. Willst du kommen und ihn jetzt begrüßen?« Sie kam noch einen Schritt auf ihn zu, und ihr Blick ließ nie sein Gesicht los. »Dein Vater wird trotz allem, was du getan hast, ohne Zweifel dennoch froh sein, dich zu sehen. Ich selbst bin froh, dich zu sehen, mein Frühlingsfalke. Sehr froh ...« Ihre Stimme wurde noch dunkler. Ich konnte nicht denken und mich nicht bewegen, und das Fackellicht wirkte dämmerig und farblos. Sie kam noch einen Schritt näher, und ihre Augen starrten wie die Augen einer Katze. Dann, ganz plötzlich, stieg Ceincaled und schrie auf. Er riß seinem Herrn die Zügel aus der Hand. Einen Augenblick stand das Pferd wie ein Turm auf den Hinterbeinen, wild und weiß und leuchtend. Dann ging es mit zurückgelegten Ohren und gebleckten Zähnen auf die Frau los. Sie warf sich zur Seite, und einige der Männer, die mit ihr gekommen waren, zogen die Schwerter. Gawain rief etwas und rannte hinüber, um die Zügel seines Pferdes zu ergreifen.

Die Dame stand vom Boden auf, drehte sich um und ging

zurück zur Halle, ohne ein weiteres Wort zu sagen und ohne ihren Sohn auch nur noch einmal anzusehen. Gawain hielt Ceincaleds Kopf und streichelte den Nacken des Hengstes. Sowohl das Pferd als auch der Mann zitterten.

Rhuawn riß nach einem Augenblick der Erstarrung am Zügel seines eigenen Pferdes und führte es in den Stall. Ich nahm mein Pferd und das Packpony, und Gawain folgte uns mit Ceincaled, während er noch immer dem Tier beruhigende Worte zuflüsterte.

Wir fanden Unterstände für die Tiere, rieben sie ab und gaben ihnen etwas Korn. Unsere Pferde langten sofort zu, aber Ceincaled rührte sich unruhig. Er wieherte leise, als Gawain ihn verließ, und er schrie laut auf, als wir den Stall verließen, so daß Gawain sich umdrehte und ein paar irische Worte rief, die wohl »Beruhige dich« heißen mußten. Wir schauten zur Festhalle hinüber.

»Ich verstehe nichts«, sagte Rhuawn endlich und sprach Latein, so daß Maelgwyns Männer ihn nicht verstehen konnten. »Diese Frau ist deine Mutter, die Königin der Orcades, die Tochter des Kaisers Uther?«

»Illa est«, erwiderte Gawain müde. »Sie ist es. Und der König von Gwynedd schmiedet keine Pläne mit Aengus von Dalriada oder mit irgendwelchen Leuten von Hibernia, sondern mit Lot Mac Cormac von den Orcades, meinem Vater. Oder nein, er plant etwas mit meiner Mutter. Denn als ich Dun Fionn verließ, da stammten schon fast alle Pläne von ihr, und ich kann mir vorstellen, daß sie jetzt alles macht. Mein Vater ist ein starker Mann, aber sie ist subtiler, sie wird länger dauern als er.«

»Ich habe es gehört, und jetzt glaube ich es«, sagte Rhuawn sehr langsam. »Ich habe gehört – aber sei sanft mit mir und verzeih mir, daß ich dir davon spreche –, daß die Königin von den Orcades eine große Hexe ist.«

Gawain nickte. »Das ist sie. Durch ihre Zauberkünste hat sie sich selbst zu einer Königin der Finsternis gemacht. Und sie haßt meinen Herrn Artus bitterlich, viel bitterer als Maelgwyn Gwynedd.«

Rhuawn warf Gawain einen festen Blick zu. »Obwohl sie die Schwester des Pendragon ist?«

»Ich glaube, es kommt eher daher, weil sie die Halbschwester des Pendragon ist, und nicht trotzdem. Ihre Mutter war die eheliche Frau des Pendragon Uther, während Artus' Mutter irgendein Landmädchen war. Aber das spielt keine Rolle. Wir müssen herausfinden, was sie und Maelgwyn geplant haben, und denn müssen wir es Artus sagen und sie aufhalten. Die beiden sind gefährlicher als Cedric und die Sachsen.«

Rhuawn nickte gedankenverloren, und wir gingen den Hügel hinauf, begleitet von einigen von Maelgwyns Dienern, die schon gewartet hatten.

Wenn Freunde in der Halle gewesen wären, dann wäre es eine Freude gewesen einzutreten. Sie war erfüllt von Musik und Licht und Wärme, von dem reichen Duft bratenden Fleisches und starkem, warmem Met, der nach der kalten, wilden Luft der Bergdämmerung dreifach willkommen war. Es war eine kleine Halle, nicht mehr als fünfhundert hatten darin Platz, aber Maelgwyns Truppe war nur mittelgroß, sie zählte nicht mehr als vierhundert Männer. Außerdem hatte er nur selten viele Gäste. Aber das Gebäude wirkte sowohl groß als auch unfreundlich, als wir den Mittelgang hinaufgingen und alle Blicke auf uns gerichtet waren. Die Musik hörte auf, als wir hereinkamen, und der Wind im Strohdach, das Knistern der Feuer und unsere eigenen Schritte waren die einzigen Geräusche. Gawain ging hoch aufgerichtet und stolz, er hielt den Kopf hoch und hatte den Mantel von der linken Schulter zurückgeworfen, um das Heft seines Schwertes zu zeigen. Der Schild mit dem emailverzierten Buckel glänzte auf seiner anderen Schulter. Er ignorierte die starrenden Blicke völlig. Auch Rhuawn sah ruhig aus, aber ich war nahe genug, um zu sehen, wie fest seine Hand das Schwert umklammert hielt. Ich hatte kein Schwert, das ich umklammern konnte, und ich hatte auch nicht den Wunsch, daß diese barbarischen Edlen sahen, wie nervös ich war. Also warf ich, während ich die Halle hinaufging, einen Blick auf die Gesichter der Männer, die am Hohen Tisch saßen.

Maelgwyn hatte natürlich die Mitte des Tisches inne, er schaute die Halle hinunter auf seine Truppen. Er war ein leichtgebauter

Mann mit kupferrotem Haar und einem dünnen Bart. Er trug einen purpurnen Umhang, das war mehr, als sein Stand ihm erlaubte. Um sein Haar lag ein goldener Reif. Der Purpur stand ihm nicht. Er tat so, als ob er mit dem Mann zu seiner Linken redete, aber irgend etwas an der Haltung seines Kopfes sagte mir, daß er uns die ganze Zeit anschaute. Das paßte zu ihm, er war ein Mensch, dem ich auf einem Marktplatz nicht trauen und ihm auch nicht meine Schafherde zum Hüten geben würde. Er sah niedriger aus, als sein Ruf als großer Feind das andeutete; ein elender kleiner Intrigenschmied, der nur zufällig König war.

Der Mann zu seiner Rechten war von ganz anderer Art. Obwohl auch der nicht übermäßig groß war, so überragte er Maelgwyn doch deutlich, und irgend etwas sagte mir, daß sein Haar einmal wie heißes Gold ausgesehen haben mußte. Jetzt war es grau, und das Gesicht war hager und faltig, seine Augen lagen tief in den Höhlen. Aber diese Augen waren noch immer von einem wilden, heißen Blau. Sie waren wie Agravains Augen. Ich glaubte nicht, daß Agravain seinem Vater so sehr glich, wie Gawain seiner Mutter ähnelte, aber es konnte kein Zweifel sein, daß Lot sein Vater war. Mir fielen die Tage wieder ein, vor mehr als zwölf Jahren, als jede Bewegung des Lot Mac Cormac, des Königs von Ynysoedd Erch, eine Quelle des Klatsches und der Debatte in jedem Königreich von Britannien gewesen war. Damals hatten viele britische Könige nichts unternommen, das nicht von Lot in Dun Fionn befohlen war. Jene Tage waren zu Ende gegangen, als Artus in Britannien das Imperium an sich gerissen und Lot, der in der Schlacht besiegt worden war, dazu gezwungen hatte, Frieden zu schwören und Geiseln auszuliefern. Man konnte noch immer sehen, daß Lot einmal ein großer Mann gewesen war. Als wir uns allerdings dem Hohen Tisch näherten, fiel mir auf, wie müde er jetzt aussah und wieviel älter als seine Frau.

Wir blieben vor dem Hohen Tisch stehen, und die größte Feuergrube glühte warm in unserem Rücken. Gawain bot Maelgwyn seinen Gruß, indem er sein Schwert zog und es mit dem Heft voran ihm entgegenhielt. Maelgwyn drehte sich endlich um und brach seine gespielte Unterhaltung ab. In diesem Augenblick drehte sich auch der Mann zu seiner Linken um. Das war ein junger Krieger, ungefähr in meinem Alter. Sein blondes Haar war heller als Lots Haar, sein erster Bart lag wie weiche, glänzende Daunen auf seinen Wangen, seine Augen waren von einem klaren Grau. Er war sehr hübsch, und er lächelte grüßend. Es war ein angenehmes Lächeln. Ich fragte mich, wer er war und was er hier machte, aber nur ganz kurz. Gawain sagte zu Maelgwyn: »Maelgwyn ap Docmail, König von Gwynedd, Grüße sendet dir der Pendragon, Artus ap Uther, der Hohe König von Britannien und dein König.«

Maelgwyn trommelte mit den Fingern auf den Tisch. Nach einem peinlichen Augenblick des Schweigens sagte er mit glatten Worten: »Es freut mich, die Boten meines Herrn, des Pendragon, begrüßen zu können, besonders wenn sie angeführt werden von einem so berühmten Edlen wie dir selbst, Herr Gawain. Alles, was mein ist, Herr, ist auch dein.« Er machte einem der Diener eine Handbewegung, und zu seiner Rechten und Linken am Hohen Tisch wurden zusätzliche Plätze freigemacht. »Alles, was meine Gastfreundschaft dir bieten kann, ist dein. Du wärst mir willkommen, Herr Gawain, um deine königliche Familie allein.«

Jemand in der Halle lachte, schwieg aber abrupt. Wieder herrschte Schweigen in der Halle, außer dem Knistern des Feuers und dem Winseln eines Hundes.

Gawain verbeugte sich leicht und sagte mit einer Glätte, die Maelgwyns Ausdrucksweise noch übertraf: »Und ich bin willkommen, so hoffe ich, um des Herrn willen, der mich hierhersandte, und durch dessen Dienst ich die Ehre errang, die ich jetzt besitze. In der Tat ist es mir eine Freude, entgegen meinen Erwartungen hier meine Familie zu treffen. Dich, meinen edlen Vater, grüße ich im eigenen Namen und nicht im Namen meines Herrn Artus, und in gleicher Weise grüße ich auch meine Vettern und meinen Bruder.«

Lot beugte sich nach vorn; sein heißer Blick lag auf seinem Sohn. Er leckte sich nervös über die Lippen, aber er sagte nichts. Der blonde junge Mann lächelte wieder. Gawain schaute ihn einen Augenblick direkt an, und das Lächeln verging. Der junge

Mann wandte den Blick anderswohin. Mein Herr hob das Schwertheft und verbeugte sich noch einmal, ehe er die Waffe in die Scheide steckte und um den Tisch herumging, um seinen Platz neben seinem Vater einzunehmen, zu Maelgwyns rechter Hand. Rhuawn schlenderte zur Linken hinüber, und ich folgte ihm eilig, denn ich hatte nicht den Wunsch, noch einen Augenblick länger in der Mitte zu stehen.

Ein paar Diener kamen und gingen am Tisch, und ich entriß einem eine Flasche Met und beeilte mich, Rhuawn und Gawain einzuschenken. Andernfalls hätte ich am unteren Ende der Halle bei Maelgwyns Dienern sitzen müssen. Nach dem Met brachte ich es fertig, auch eine Platte mit Fleisch zu erwischen und die anzubieten; Gawain allerdings aß nichts. Ich brachte die Platte zurück zu einer stillen Ecke an der rechten Seite und setzte mich mit der Platte und den Resten des Mets nieder. Das Fleisch war Lamm, mit viel Minze und Petersilie angemacht, und es schmeckte sehr gut. Ich saß da und aß und beobachtete meine beiden Krieger, die deutlich bereit waren, dem Essen zuzusprechen. Ich war nahe genug, um zu hören, über was sie sprachen, und ich war deutlich von uns dreien derjenige, der sich am wohlsten fühlte.

Maelgwyn begann die Unterhaltung damit, daß er Gawain und Rhuawn über die Gesundheit und die Pläne jedes einzelnen in Camlann ausfragte. Er hörte aufmerksam zu und bot immer wieder ermutigende Kommentare an, als ob er ein großer Freund Artus' sei. Lot sagte nichts. Der junge blonde Krieger, der jetzt neben Rhuawn saß, bediente Rhuawn höflich. Er bot ihm Wasser und Salz an und lauschte aufmerksam allem, was Rhuawn zu sagen hatte. Gawain schaute er überhaupt nicht an.

Nach einer Weile gingen Maelgwyn die Fragen aus, und die Unterhaltung am Hohen Tisch versickerte langsam. Die anderen in der Halle waren noch immer laut genug. In der Stille am Hohen Tisch beugte sich Lot plötzlich nach vorn, schüttelte den Kopf, als ob er schwindelig wäre, und fragte Gawain: »Und was ist mit deinem Bruder Agravain?«

Gawain hob sein Methorn und betrachtete es. »Auch der ist in Camlann, und es geht ihm gut.«

»Ist er glücklich dort?«

Mein Herr zuckte die Achseln. »So glücklich das geht, solange ihn das Wetter zum Stillsitzen zwingt. Du weißt, daß er nicht gern müßig herumsitzt. In einem Monat oder so wird mein Herr Artus ihn wahrscheinlich aussenden, um Räuber zu jagen, und dann wird er glücklich sein.«

»Dein Herr Artus.« Lot legte das Kinn in die Hand und schaute Gawain an. Sein Gesicht war auch mir zugewandt, während er das tat, und ich konnte sehen, daß seine Augen schmal und wild schauten. »Dein Herr Artus. Ist es wahr, daß du diesem Bastard von einem Feldherrn den dreifachen Eid der Treue geschworen hast?«

»Es ist wahr, ja.« Gawain setzte sein Horn in den Ständer und blickte zu Lot auf. »Für ihn und für das Ziel, dem wir dienen, werde ich leben und sterben.«

Lots Mund zog sich zusammen. Seine Lippen zuckten, als ob er Schmerzen hätte, aber er sagte nur: »Und Agravain?«

»Er hat nicht geschworen.« Gawain zögerte, dann fügte er hinzu: »Und dennoch würde auch er kämpfen und sogar sterben für meinen Herrn Artus.«

Lots Hand ballte sich zur Faust, er entspannte sich dann wieder. Er legte die Hand flach auf den Tisch.

»Aber er hat es nicht geschworen. Gut.« Er warf Gawain einen langen Blick zu, lächelte dann. Es war ein Lächeln wie die Sonne auf einer Welle im Sommer. »Du hast dich verändert, seit du ... Dun Fionn verlassen hast. Sie sagen, du wärst der beste Krieger in Artus' Familie.«

Gawain lächelte zurück. »Nur zu Pferd. Agravain kann mir noch immer Lektionen darüber erteilen, wo ich meinen Speer hinzusetzen habe, wenn ich zu Fuß kämpfe.«

Lot lachte. »Die Pferde, die Pferde! Das ist immer bei Artus unser Verderben gewesen. Oh, seine Männer kämpfen gut zu Fuß, aber die Kavallerie bricht die Armeen, und ich höre, daß du in diesen Tagen den Angriff leitest.«

»Da wir ja im Frieden sind, braucht in diesen Tagen niemand mehr den Angriff zu leiten.«

»Aber du hast ihn angeführt, was ich nie von dir erwartet hätte. Gut! Laß uns ein Lied hören über unsere Schande und Artus' Ruhm! Über die Reiter des Hohen Königs.«

Einer von Maelgwyns Sängern begann ein Lied zur Harfe, und er sang von einer der Schlachten Artus'. Es war ein Lied, das sicher nicht oft in dieser Halle gesungen wurde. Für den Rest des Abends wurde Gott sei Dank wenig gesagt.

Zu einer unvernünftig späten Stunde war das Fest zu Ende, und man geleitete uns zu einer kleinen Hütte, die Maelgwyn für uns hatte richten lassen. Dabei entschuldigte er sich für die Ärmlichkeit der Unterbringung. Degganwy, so schien es, war überfüllt, und so mußte es auch sein, wo der König und die Königin von den Ynysoedd Erch und ihr Gefolge dort hineingestopft waren. Unsere Hütte hatte nur einen einzigen Raum mit zwei niedrigen Betten, aber sie war sauber und warm und hatte ein eigenes Feuer.

Gawain ließ sich auf ein Bett fallen, stemmte die Ellbogen auf die Knie und legte den Kopf in die Hände. Rhuawn nahm nach einem Augenblick des Zögerns das andere Bett und fing an, seine Wickelgamaschen aufzuschnüren. Da ich offensichtlich auf dem Fußboden schlafen sollte, begann ich auszupacken.

Nach kurzer Zeit setzte sich Gawain auf und richtete das Feuer für die Nacht her. Rhuawn zog sein Kettenhemd aus, packte es in Ölhaut und stampfte dann das Bett ein paarmal, ehe er sich hinlegte und das Schwert über seinem Kopf zurechtrückte. »Sollen wir Wache halten?« fragte er Gawain.

Mein Herr schüttelte den Kopf. »Es hat keinen Sinn, eine Wache gegen das aufzustellen, was wir jetzt fürchten müssen. Wir müssen schlafen und Gott vertrauen, daß wir wieder aufwachen.«

»Es besteht also Gefahr.«

»Große Gefahr.« Gawain setzte sich wieder und schnürte seine Übertunika auf. »Ich . . . Meine Mutter hat versucht, mich zu töten, als ich Dun Fionn verließ.«

»Ja. Ich hatte davon gehört.« Rhuawn rollte auf den Bauch und schaute seinen Freund an. »Sag mir, hat sie es mit Zauberei versucht?« Gawain zog seine Tunika aus, und dann nickte er, während er sie faltete.

»Na, ich hab' nie geglaubt, daß ich einmal gegen Teufel kämpfen müßte. Mir ist immer gesagt worden, das sei das Privileg der heiligen Engel.« Er lächelte. »Ich passe da nicht hinein.«

Gawain lächelte und schüttelte den Kopf. »Vetter, ich bin froh, daß du da bist.« Er sah sich nach einer anderen Ölhaut für sein Kettenhemd um, und ich reichte ihm eine aus dem Gepäck.

»Wirst du zurück nach Camlann reiten, sobald dein Pferd ausgeruht ist?« fragte Rhuawn.

Gawain hatte das Kettenhemd schon halb ausgezogen. Er erstarrte. »Zurückreiten? Warum sollte ich?«

Rhuawn zuckte die Achseln. »Ich hätte keine Lust, gegen mein eigen Fleisch und Blut zu kämpfen und gegen meinen eigenen Vater. Trotz aller Loyalität zu unserem Herrn, ein Mann kann sich nicht gegen seinen Clan stellen.«

Gawain nahm das Kettenhemd schnell ab. »So ist das nicht.« Rhuawn und ich schauten ihn beide an, und er breitete die Hände aus. »Es stellt sich für mich nicht die Frage, ob ich mich für meine Familie gegen Artus' Familie entscheide. Ich muß wählen zwischen Dunkelheit und Licht, und ich bin für Artus.« Als Rhuawn noch immer nichts sagte, fuhr er fort: »Siehst du denn nicht, daß dies das Werk meiner Mutter ist? Mein Vater hat Britannien nie betreten außer damals, wenn einer seiner Verbündeten ihn zum Kampf rief. Und dann kam er an der Spitze einer Armee. Er plante nur und diktierte Briefe und hörte sich seine Spione an. Aus eigenem Willen wäre er nicht hier, bei einem fuchsgesichtigen Intriganten wie Maelgwyn. Und weil es das Werk meiner Mutter ist . . .« Er holte tief Atem. »Hört zu. Die Sachsen wollen unsere Länder. Gut. Und wir versuchen, sie davon abzuhalten, diese Länder zu erobern. Aber die Sachsen haben nicht den Wunsch, das Land leer zu sehen, verschlungen von der Wildnis, während die Menschen fliehen und verhungern oder voll Angst umherirren. Das wünscht sich meine Mutter. Wenn die Sachsen das Licht in Britannien löschen, dann werden sie ein eigenes Licht anzünden. Aber meine Mutter will, daß alles in der Finsternis ertrinkt. Sie will Rache. Kann man damit Frieden schließen?«

»Warum sollte sie sich so etwas wünschen?« fragte ich.

»Vielleicht hat sie es sich zuerst nicht gewünscht. Aber jetzt will sie es. Ich weiß es. Niemand kennt sie so gut wie ich. Vielleicht kennt mein Bruder Medraut sie gut, aber ich glaube, nicht so gut. Sie hat mir die Zauberei beigebracht. Das ist meine Schuld, denn ich habe sie darum gebeten, als ich noch jung war. Aber daher weiß ich auch, welche Wünsche sie hat. Ihr Wunsch ist es, die ganze Welt zu trinken, ihr den eigenen Willen aufzuzwingen und alle zu brechen, die sich nicht verzehren lassen. Ich kenne sie ... Warum glaubst du, ich spreche Britisch mit einem dumnonischen Akzent, während Agravain sich so anhört, als ob er eben erst Erin verlassen hätte? Ich habe viel Zeit mit ihr verbracht.«

»Dein Bruder Medraut spricht auch Britisch mit einem dumnonischen Akzent«, bemerkte Rhuawn leise. Ich begriff, daß der blonde junge Krieger Medraut gewesen sein mußte. »Er scheint mir ein guter Mann zu sein.«

»O Gott! Der arme Medraut. Ich weiß nicht, wie es jetzt mit ihm steht, ob er ihr entkommen ist oder nicht. Aber wenn er nicht entkommen ist, dann wird sie ihn aufbrauchen, wie sie meinen Vater aufgebraucht hat. Wir müssen sie bekämpfen, Rhuawn.«

Rhuawn tätschelte sein Schwertheft. »In dem Fall, Bruder, laß uns mit ruhigem Gewissen schlafen. Denn wir werden unsere Kraft brauchen, wenn es zum Kampf kommt.«

»Ein guter Rat, mein Herr.« Ich deutete an: »Du selbst hast gesagt, daß Maelgwyn uns wahrscheinlich nicht töten würde, und das ist noch immer seine Festung. Schlaf.«

Gawain seufzte und legte sich hin, aber seine Hand lag weiterhin auf seinem Schwert, dessen verhüllte Klinge neben ihm lag. Ich entschloß mich, mir den Rest des Auspackens bis zum Morgen aufzuheben, und ich machte es mir vor der Hüttentür bequem. Dann blies ich die Lampe aus. Mit ein paar Decken, die unter mir lagen, war der Fußboden nicht allzu hart, und ich war in jedem Fall zu müde, um mir Sorgen darüber zu machen, ob Morgas von den Orcades selbst sich wohl durch das Rauchloch zu uns herniedergelassen hatte, mit einem halben Dutzend Dämonen in ihrem Gefolge.

Aber ich träumte in dieser Nacht. Ich träumte, daß ich mich

durch einen riesigen, schwarzen Ozean kämpfte und verzweifelt um mich schlug, daß ich auf ein Licht zuhielt, welches immer wieder vor mir zurückwich. Nach einer Ewigkeit schien es mir, daß meine Füße auf soliden Stein auftrafen, und ich stand auf und torkelte auf das Licht zu, das heller glühte wie ein Stern, der zur Erde gekommen ist. Aber gerade, ehe ich das Licht erreichte, verschwand es in einem Donnerschlag, und ich sah nur Medraut ap Lot, der ein nacktes Schwert in der Hand hielt und lächelte.

8

Vielleicht kam es von den Alpträumen, aber ich wachte am nächsten Morgen sehr früh auf und fühlte mich müde und bedrückt. Das Feuer war niedergebrannt, und im Haus war es sehr dunkel. Meine beiden Krieger schliefen noch. Ich zog mich an und ging zur Tür. Der Morgen war neblig und kalt. Ich schaute wieder ins Haus zurück. Rhuawn wandte den Kopf vom Licht ab und brummelte. Ich bemerkte, daß Gawains Finger sich noch immer um das Schwert klammerten, aber er lächelte, als ob seine Träume besser wären als meine. Ich seufzte und ging hinaus, während ich die Tür hinter mir schloß.

Ich wünschte mir ein bißchen heißes Wasser, womit ich mich waschen konnte. Wahrscheinlich mußte es möglich sein, einen Topf zu finden, in dem man es direkt in unserer eigenen Hütte anwärmen konnte. Ich hatte keine Lust, mit Maelgwyns ganzer Truppe in der Halle in Wettstreit zu treten – wenn sie sich überhaupt wuschen, ich war da nicht ganz sicher. Auch das Frühstück konnte man in der Halle einnehmen, aber es wäre schöner, Brot und Speck in der Küche zu holen und es in der eigenen Hütte zu essen. Sowohl für das Wasser als auch für das Essen mußte ich Maelgwyns Diener angehen, und ich mußte die Küche finden.

Nachdem ich mich dreimal im Nebel und in der unbekannten Festung verlaufen hatte, fand ich endlich mein Ziel hinter der Halle. Ein paar Diener lungerten in dem niedrigen Raum herum, kochten Wasser und kneteten Brot, aber anscheinend gab es hier niemanden, der die Aufsicht führte. Außerdem hatte keiner den Wunsch, mir Aufmerksamkeit zu schenken. Jeder, auf den ich zuging, schien sich plötzlich an irgend etwas zu erinnern, was er noch zu tun hatte, und verschwand oder starrte mich blöde an, als ob er meinen dumnonischen Akzent nicht verstehen könnte. Verärgert setzte ich mich direkt vor das Hauptfeuer, wo ich jedem im Weg war.

Nach kurzer Zeit kam ein rundliches, recht hübsches, flachshaariges Mädchen mit einem großen Kupferkessel am Arm zum Feuer heranmarschiert. In dem Kessel war Wasser, und er hatte für mich genau die richtige Größe. Ich beäugte ihn begehrlich.

Das Mädchen blieb vor mir stehen und starrte mich an. »Rück mal rüber, wenn es dir nichts ausmacht«, befahl sie. Ich fuhr zusammen: Sie hatte einen irischen Akzent.

»Für wen ist dieser Kessel?« fragte ich.

»Für die Königin«, erwiderte sie kurz.

Maelgwyn war nicht verheiratet, also gab es in Degganwy nur eine Königin. Zögernd gab ich meinen Anspruch auf den Kessel auf und rückte weg. »Woher hast du den Kessel?« fragte ich sie.

»Ein Huhn hat ihn im Gebälk gelegt, nachdem es sich beim Kupferschmied erschrocken hatte«, sagte das Mädchen. »Wer bist du überhaupt?«

»Ich, Weibsbild, bin Rhys ap Sion, der Diener des Herrn Gawain. Wir brauchen einen Kessel.«

»Ach, wirklich?« sagte das Mädchen. Sie hängte den Kessel über das Feuer und trat zurück. Sie stemmte die Hände auf die Hüften. »Und was willst du mit dem Kessel?«

Ich grinste. »Wir wollen für deine Henne ein Nest zum Brüten machen. Komm, wer führt hier die Aufsicht? Mein Herr braucht ein bißchen heißes Wasser zum Waschen, wenn er aufwacht.«

Sie zuckte die Achseln. »Es gibt hier einen alten Mann namens Saidi ap Sugyon – ihr Briten habt so komische Namen –, der soll angeblich in der Küche was zu sagen haben.«

»Wo ist er denn?«

Sie warf den Kopf hoch. »Na, der wird im Bett liegen. Der steht erst mittags auf, und sobald es dämmert, geht er wieder zu Bett. Solange er aber wach ist, beklagt er sich darüber, daß er müde ist. Ich werde mich nicht darum kümmern, daß ich mich um ihn kümmern soll, und die anderen Diener kümmert es auch nicht.«

»Aber mich bekümmert, daß er nicht hier ist, wo ich ihn brauche. Wo schläft er denn?«

»Sein Haus steht direkt hinter der Küche. Aber ich würde ihn nicht aufwecken, sonst wird er wütend und knapst dir was vom Brot ab.«

»Das kann er gern mal probieren, aber Erfolg wird er nicht damit haben«, prahlte ich und verbeugte mich leicht vor dem Mädchen, ehe ich durch die Küche davonschritt.

Es dauerte nur einen Augenblick, da rief meine irische Dienstmagd: »Hallo! Rhys ap Sion!«

Ich blieb stehen. Sie stand noch immer am Feuer und schaukelte ein bißchen hin und her. »Du gehst ja in die Festhalle, Rhys ap Sion, Diener des Herrn Gawain. Saidis Haus ist hinter der Küche, in der anderen Richtung.« Sie schenkte mir ein selbstzufriedenes Lächeln. »Komm, ich zeig es dir selbst.« Sie trippelte davon, und ich folgte ihr. Ich fühlte mich absolut lächerlich.

Saidi ap Sugyon war ärgerlich darüber, daß er aufgeweckt wurde. Er fluchte über mich, beklagte sich über sein Alter und seine Gesundheit, beklagte sich über die aus dem Süden, die Iren und den Pendragon, aber schließlich sagte er mir, ich könne jeden Kessel nehmen, den ich für richtig hielte, und damit zur Hölle fahren. Das Dienstmädchen kicherte mich an, als wir wieder in die Küche kamen, also brachte ich sie dazu, mir auch noch zu zeigen, wo die Kessel und die Lebensmittel waren. Ich nahm noch ein Extrabrot mit, zusätzlich zu dem, was wir zum Frühstück brauchten, falls es nötig wurde.

Während ich zurück zu unserem Haus ging, machte ich meine Überlegungen wegen Degganwy. Ich hatte den Verdacht – und später wußte ich es ganz sicher –, daß die Festung schlecht geführt wurde. Die Diener waren vom Mundschenk abwärts überarbeitet und unterernährt. Und vom Mundschenk abwärts trösteten sie sich auch damit, daß sie stahlen und betrogen, wann immer sie konnten. Hinterher erpreßten sie sich dann gegenseitig mit ihren Betrügereien. Deshalb war jeder schlecht ausgerüstet und fühlte sich elend. Eier verschwanden, ehe sie für einen Kuchen gebraucht wurden; Messer und Töpfe verschwanden ständig und tauchten oft, niemand wußte wie, zum Verkauf an einem Markttag wieder auf. Eine Frau fing an, einen Mantel zu weben, und wenn sie halb fertig war, dann entdeckte sie, daß keine Wolle mehr zu kriegen war. Und wenn sie dann doch noch Wolle erwischte, dann gab es keine Farbe oder nur die falsche Farbe dafür. Maelgwyns Krieger wußten, was vor sich ging, und schlugen die Diener häufig, und die Diener prügelten sich gegenseitig und betrogen noch mehr. Dennoch, irgendwie lief die ganze Geschichte trotzdem bemerkenswert gut, denn alle schoben ihren Ärger auf den hohen Tribut, den Artus verlangte, und hielten die Kriege des Pendragon gegen die Sachsen für die Wurzel all ihrer eigenen, elenden kleinen Schwierigkeiten. Jeder fürchtete seinen Nachbarn und seinen Vorgesetzten, und keiner wagte es, seine Unehrlichkeit bis ins Extrem zu führen. Deshalb war Degganwy eine starke Festung, aber für keinen bot sie viel Freude. Ihre Stärke lag nur in der Gegnerschaft, wie ich sie sah, und keinen Augenblick lang herrschte Einigkeit oder ein freundlicher Gedanke, der sie mit einem zivilisierten Ort wie Camlann verband.

In Degganwy hatte ich mehr Freizeit als in Camlann. Man kannte mich als den Diener des Herrn Gawain, und als solcher hatte ich am Leben der Festung keinen Anteil. Deshalb hatte ich nur die beiden Krieger und ein einziges Haus zu versorgen, dazu die Pferde aus Caer Legion. Rhuawn half mir damit. Gawain war zuerst sehr beschäftigt damit, Maelgwyn zu bedienen oder gelegentlich mit seinem Vater zu reden. Er schrieb Artus am Nachmittag unseres ersten Tages in Degganwy einen Brief, in dem er ihn informierte, wie die Situation war. Er verließ Degganwy zu Pferd, und er hatte das Blatt Pergament unter seinem Hemd verborgen. Er sagte den Wachen am Tor, er müsse dem Pferd Bewegung verschaffen. Ich bin nicht sicher, wie der Brief Artus erreichte. Der Kaiser hat Männer in Gwynedd, die ihm über Maelgwyns Truppenbewegungen berichten, und Gawain wußte, wo er eine Botschaft hinterlassen konnte, obwohl er mit keinem dieser Männer direkt sprechen konnte, ohne ihr Leben in Gefahr zu bringen. Jedenfalls kam er ohne den Brief zurück. Dann verbrachte er auch noch Zeit damit, sich mit Maelgwyn oder Maelgwyns Männern zu unterhalten, mindestens einmal am Tag. Die Tributzahlungen wurden festgesetzt – Maelgwyn gab zu, er müsse wohl ›einen Fehler gemacht haben‹, und im nächsten Jahr würde er zusätzlich zahlen, um das auszugleichen –, aber von dem, was Lot und Morgas mit Maelgwyn privat besprachen, erfuhren wir sehr wenig. Es schienen keinerlei Vorbereitungen für einen Krieg zu laufen: Keine Boten kamen von den Ynysoedd Erch oder ritten dorthin, und auch die verschiedenen Fürsten von Gwynedd sandten keine Nachrichten. Niemand sammelte Vorräte, es gab keine langen Ausritte der Truppen ins Land hinein – aber deutlich genug war zu sehen, daß zwei solch wichtige Könige sich nicht trafen, wenn sie nicht irgend etwas dieser Art im Sinn hatten.

In all seinen Unterhaltungen mit Maelgwyn oder mit den Kriegern von den Inseln vermied es Gawain sehr gründlich, mit seiner Mutter oder seinem jüngeren Bruder zusammenzutreffen. Wenn seine offizielle Arbeit erledigt war, ritt er gewöhnlich hinaus in die Berge und kehrte erst bei Nacht zurück. Wenn er anwesend war, dann war er ziemlich entnervend. Ja, er war stets untadelig höflich und irgendwie gewillt, allen Wünschen nachzukommen, und er war sogar in der Lage, zu Maelgwyn charmant zu sein. Aber ich hatte nie das Gefühl, daß er wirklich dabei war und daß es ihn kümmerte, was die anderen sagten. Er hatte sich an einen schrecklich stillen Ort hinter seinen Augen zurückgezogen, und von der ersten Nacht an weigerte er sich, bei irgendeinem Menschen die Vorsicht fahrenzulassen. Ich bemerkte vage, daß es vielleicht die Anwesenheit seiner Mutter in Degganwy war, die ihn verstörte, aber mir gefiel das nicht. Ich begriff auch nicht, warum er seinem Bruder aus dem Weg ging. Rhuawn und ich stimmten darin überein, daß Medraut ein erstaunlich liebenswürdiger Mensch war.

An unserem zweiten Tag in Degganwy kam ich in den Stall, um mich um die Pferde zu kümmern, und stellte fest, daß Rhuawn und Medraut an der Tür eines Stalles standen und ein Tier aus Maelgwyns Bestand begutachteten.

»Diese Bergpferde sind einfach zu klein«, sagte Rhuawn gerade. »Und sie haben keinen Widerrist – schau dir dies mal an!

Nichts, woran man sich in einer Schlacht festhalten könnte. Das erstemal, wenn dein Speer irgend etwas trifft, fällst du runter, und wenn nicht, dann sitzt du zu niedrig, um den Speer irgendwie zu deinem Vorteil zu benutzen. Nein, Maelgwyn wird den südlichen Königen mit seiner Kavallerie nie ein Gegner sein, es sei denn, er kauft ein paar Tiere aus Gallien.«

»Andererseits«, erwiderte Medraut lächelnd, »fallen diese südlichen Pferde, diese gallischen Kriegsstuten, in hügeligem Gelände über die eigenen Beine. Aber diese kleine Stute hier, die könnte dich mitten im Winter den steilsten Berg hinauftragen oder bei einem Angriff im Schlamm bergab galoppieren. Zeig mir eine Reitertruppe des Südens, die das schafft!«

»Wir haben's geschafft, in der Familie.« Rhuawn streichelte seinen Schnurrbart. »Es ist nicht leicht, aber wir haben es einmal geschafft, im Norden. Einmal haben wir sogar einen Angriff bergab geritten, über einen Fluß und das gegenüberliegende Ufer hinauf, mitten in einen sächsischen Schilderwall hinein. Natürlich hat dein Bruder den Angriff geführt . . .«

Medraut lachte. »Gawain, der könnte den Nordwind satteln, wenn er Lust dazu hätte. Er hat das immer gekonnt. Er ist derjenige, der mich reiten gelehrt hat, wirklich. Obwohl ich nie so gut sein werde wie er.«

»Bei Kavallerieangriffen gibt es keinen auf der ganzen Erde, der so gut ist.«

Medraut lächelte wieder. »Das glaube ich dir gern. Natürlich, als er . . . Dun Fionn . . . verlassen hat, da wußte niemand, was er für ein Kämpfer ist. Aber seit damals habe ich die Lieder gehört. Seltsam, ein Lied dieser Art über einen Bruder zu hören, den man seit Jahren nicht mehr gesehen hat. Warum überläßt Artus ihm nicht den Befehl über die Reiterei?«

Rhuawn drehte sich um und lehnte sich gegen die Box. Dann bemerkte er mich. Er unterbrach die Unterhaltung und rief: »Oh, Rhys, ich hab' dein elendiges Vieh schon versorgt. Herr Medraut, das ist Gawains Diener Rhys ap Sion. Ein guter Mann.«

Ich verbeugte mich ein bißchen, und Medraut ap Lot richtete sich auf, lächelte breit und winkte mich zu ihm hinüber. Mein

Traum blitzte mir einen Augenblick lang im Kopf, aber Träume sind flüchtige Dinge und bedeuten gewöhnlich gar nichts. Also ging ich hinüber und lehnte mich gegen die Stallwand.

»Also«, begann Medraut wieder, »warum gibt der Pendragon meinem Bruder nicht das Kommando über die Reiterei?«

Rhuawn gähnte. »Weil er so ein wilder Kämpfer ist. Gawain wird verrückt in der Schlacht, und er haut dann jeden mitten durch, der vor ihm ist. Wenn er je in der Schlacht getötet wird, dann kommt es sicher daher, daß jemand ihn von hinten mit einem Wurfspeer trifft. Niemand wird ihn je Mann zu Mann schlagen. Niemand. Und was den Befehl über andere in einer Schlacht angeht – wenn er erst einmal angefangen hat zu kämpfen, dann versteht er kein Britisch mehr, und er kennt selbst seine besten Freunde nicht. Bedwyr, der behält unter allen Umständen einen klaren Kopf. Er ist ein Philosoph und kann den ganzen Schlachtplan im Kopf behalten, und er sieht, wo alle sind und wo jeder hin muß. Der kann selbst Gawain befehlen.«

Medraut schaute gedankenvoll drein. »Er wird also wirklich verrückt? Das erklärt vielleicht . . .« Er hielt inne.

»Was?« fragte Rhuawn.

Der andere lächelte. »Ach nichts. Wie zeigt sich denn seine Verrücktheit? Ich hab' noch keine Chance gehabt, mit ihm zu reden, und ich weiß sowieso nicht, was ich ihn fragen könnte. Es ist schwer, einem älteren Bruder solche Fragen zu stellen.«

»Mhm. Kann ich mir vorstellen. Na, er . . . er wird einfach verrückt. Er reißt sein Schwert heraus und reitet alles nieder, was gerade vor ihm ist. Er fühlt noch nicht einmal, wenn er verwundet wird. Erst hinterher bemerkt er es. Dann bricht er gewöhnlich zusammen. Aber während der Schlacht hat er die Kraft von drei Männern und bewegt sich schneller, als man denken kann.«

Medraut hatte einen sehr intensiven Blick. Er nickte. »Bricht hinterher zusammen. Ja . . .«

»Er ist kein Berserker«, warf ich ein. Irgendwie dachte ich, daß Rhuawn Medraut den falschen Eindruck von Gawain schilderte. »Ich würde noch nicht einmal sagen, daß er ›verrückt‹ ist, wenn das nicht das Wort wäre, das er selbst benutzt.« Ich zögerte und suchte nach einer Möglichkeit, um die Ekstase zu beschreiben, die ich während des Schlachtenwahnsinns auf seinem Gesicht gesehen hatte.

Aber Medraut nickte und sagte: »Natürlich«, und begann wieder über Pferde zu sprechen. Es war angenehm, in seiner Gesellschaft zu sein, besonders, wenn man die Feindseligkeit der anderen in Degganwy betrachtete. Es machte mir Spaß zuzuhören.

Nach einer Weile wandte sich die Unterhaltung der Musik zu, und Medraut bat uns, am nächsten Nachmittag in sein Haus zu kommen und einem der irischen Harfner zuzuhören; sowohl Rhuawn als auch ich akzeptierten bereitwillig. Mir schmeichelte es, daß ich auch eingeladen war, und ich freute mich, daß Rhuawn nicht zu den Männern gehörte, die sich dadurch beleidigt fühlten, daß Medraut auch mich gefragt hatte.

Der Herr Medraut wohnte mit ein paar anderen Kriegern von den Ynysoedd Erch in einem Haus, das sehr viel größer und feiner als unseres war, wenn auch genauso überfüllt. Es lag neben einem weiteren Haus, wo die Königin allein wohnte. Der König teilte ihr Zimmer nicht, was mich überraschte, aber Medraut gab deswegen keinen Kommentar ab.

Als wir ankamen, war allerdings keiner der anderen Krieger anwesend, und Medraut erklärte, sie seien in Maelgwyns Halle und spielten Würfel. »Und leider ist dort auch der Harfner und spielt Lieder zum Rhythmus des Knöchelspiels. Aber wir haben hier eine Harfe, wenn du sie spielen kannst. Ich kann es wenigstens ein bißchen.«

Rhuawn konnte es auch ein bißchen (ich überhaupt nicht), und wir ließen uns am Feuer nieder. Ich setzte mich ein wenig abseits, weil ich verlegen war. Medraut klopfte an die Wand, und nach einem Augenblick öffnete sich die Tür des Nachbarhauses, und das irische Dienstmädchen aus der Küche erschien.

»Ach, da bist du ja, Eivlin«, sagte Medraut. »Hat meine Mutter noch immer etwas von dem gallischen Wein da drinnen herumliegen?«

»Ja, die Herrin hat noch welchen, aber . . .«

»Dann sei ein braves Mädchen und hol ihn. Komm, das sind Gäste.«

Sie zuckte ein wenig die Achseln und wandte sich zum Gehen, aber sie hob eine Augenbraue in meine Richtung, die mir deutlich sagte: »Was machst du hier als Gast eines Kriegers?« Sie kam mit einem Krug Wein und drei Bechern zurück und schenkte uns allen ein. Ich konnte diese Dinge noch immer nicht besonders beurteilen, aber ich hielt den Wein für gut. Eivlin tat das offenbar auch, denn sie gab mir nicht soviel davon, und sie ließ den Krug nur sehr zögernd neben Medraut stehen.

Medraut nahm einen Schluck von seinem Wein, stellte dann den Becher beiseite und begann, die Harfe zu stimmen.

Als Mitglieder von adeligen Clans hatten natürlich sowohl Medraut als auch Rhuawn das Harfespielen erlernt, und beide waren gut. Medraut sang ein paar Lieder über irgendeinen hochberühmten irischen Helden namens CuChulainn – »aber Gawain sang die Lieder gewöhnlich besser«, meinte Medraut – und Rhuawn antwortete mit einem Lied über Macsen Wledig, und mit einem noch älteren Lied über Pyderiap Pwyll. Sie reichten sich gegenseitig abwechselnd die Harfe und nippten den Wein, während sie zuhörten, und der feuchte Nachmittag war vergessen.

Nach einer Weile rief Medraut Eivlin zurück und befahl ihr, Brot und Käse aus der Küche zu holen. Da wurde ihr Blick besorgt, und ich fragte mich, ob sie wohl etwas zu tun hatte, von dem wir sie abhielten. Ich bot mich an, mit ihr zu gehen – ich mußte sowieso meinen Kopf wieder klarkriegen –, und überrascht akzeptierte sie die Hilfe.

Es dauerte ziemlich lange, bis wir den Käse gefunden hatten. Jemand hatte am gleichen Morgen den großen Käselaib gestohlen, und Saidi ap Sugyon, der tatsächlich einmal auf war, hatte keine Lust, einen neuen Laib anzuschneiden. Ich drohte ihm mit Medraut, Rhuawn, Gawain, der Königin von den Orcades und mit meinen Fäusten, und endlich gab er nach. Triumphierend zogen wir ab. Eivlin lachte.

»Ich bin froh, daß du mitgekommen bist, Rhys ap Sion«, sagte sie. »Wirklich, ich hätte ihm auch mit meiner Herrin und dem

Herrn Medraut gedroht, aber dieser verschrumpfte Hammel macht sich aus denen nicht mehr als aus seinem eigenen Herrn. Du dagegen, du behandelst ihn nach Bauernart.«

»Ich bin ja auch einer«, sagte ich.

Sie hob wieder die Augenbrauen. »Wirklich? Hast du dein Land verloren?«

Ich schnaufte. »Dazu würde man aber eine erstklassige Armee brauchen, um meinem Clan das Land zu nehmen. Nein, ich bin hier, weil . . .«, ich konnte ihr, glaube ich, kaum das Durcheinander meiner Gründe erklären – »weil ich für den Pendragon bin und weil ich meinen Herrn Gawain mag.«

Über diese Erklärung, daß ich aus freiem Willen Diener war, sah sie sehr verblüfft aus. Also fragte ich sie, ob sie als Dienstmagd geboren sei.

Sie warf den Kopf zurück. »Irgendwie schon. Mein Vater ist aus seiner Familie ausgestoßen worden, und er war in Lebensgefahr, deshalb ist er aus Erin geflüchtet. Mich hat er mitgenommen. Auf den Orcades hatte er keine Verwandten, also ist er hingegangen und hat sich einen Dienst bei König Lot gesucht.«

»Wofür haben sie ihn denn ausgestoßen?« fragte ich, ehe mir etwas Besseres einfiel. »Er hat seinen Bruder umgebracht«, sagte sie knapp. Sie nahm mir den Käse ab und öffnete die Tür zu Medrauts Haus, ehe ich begreifen konnte, was sie da gesagt hatte.

Medraut und Rhuawn hatten aufgehört zu singen und unterhielten sich. Eivlin legte das Brot und den Käse energisch hin und rauschte ins nächste Zimmer. Ich setzte mich und dachte über den Brudermord nach. Sie sagen, daß auf denen, die so etwas tun, ein Fluch lastet, der sich auch auf die Nachkommen erstreckt. Arme Eivlin. Ich fragte mich, wie alt sie damals wohl gewesen war.

Rhuawn schnitt sich geistesabwesend eine Scheibe Brot und etwas Käse ab und aß. Er hörte Medraut zu, der über das Harfespielen redete.

». . . dreiundzwanzig größere Lieder muß man lernen, und die Familiengeschichten, die noch schlimmer sind . . .« Rhuawn schnaufte und nickte heftig. »Alles muß im bardischen Stil erzählt werden, der so drückend ist wie ein Sommernachmittag und sehr viel weniger entspannend. Gawain mochte den bardischen Stil, aber er hat ihn nie gesungen. Er pflegte mir die Geschichten immer direkt zu singen, und das war wunderschön.«

»Ja, er ist ein guter Harfespieler«, stimmte Rhuawn zu.

Medraut lachte. »Ich dachte früher einmal, er sei gut in allem. Aber ... hast du auch einen älteren Bruder?«

Rhuawn schüttelte den Kopf. »Nein.« Er grinste. »Aber ich hab' einen jüngeren Bruder, deshalb kann ich es mir vorstellen.«

Medraut lächelte, aber es war ein verletztes Lächeln. »Dann ist Gawain natürlich ... weggegangen. Jahrelang haben wir geglaubt, er sei tot: Kein Wort haben wir von ihm gehört. Und dann kamen die Berichte, daß er in Britannien lebte und für Artus kämpft und daß er großartig kämpft. Zuerst haben wir es nicht geglaubt, aber schließlich mußten wir. Ich weiß nicht, warum er gegangen ist, es sei denn ... Meine arme Mutter hat sich sehr große Sorgen gemacht.«

Rhuawn und ich saßen sehr still. Wir waren verlegen. Medraut schaute uns scharf an. »Ja, das hat sie wirklich. Kommt, ihr glaubt doch nicht all diesen Blödsinn, daß sie eine Hexe ist, oder? Sie ist einfach eine kluge Frau, und deshalb mißtrauen ihr die Männer.«

Ich dachte daran, wie sie uns am ersten Abend entgegengekommen war, und mir schauderte. Rhuawn hustete und fragte nach der Harfe. Nachdem wir eine Weile der Musik gelauscht hatten, wurde Medraut wieder fröhlicher.

Als wir zu unserem Haus zurückkehrten, wurde es schon dunkel, und Gawain saß mit untergeschlagenen Beinen auf dem Fußboden und schaute ins Feuer. Er blickte auf und nickte uns zu, als wir hereinkamen, aber das war alles. Rhuawn setzte sich auf das Bett.

»Ein sehr angenehmer Nachmittag. Wie ist es dir ergangen?«

Gawain zog langsam mit einer langfingrigen Hand Muster auf dem Boden. »Maelgwyn sagt nichts mehr. Und die Berge sind wunderbar im Frühling.«

»Wirklich?« Gawain sagte nichts. »Wir verbrachten den Nachmittag mit deinem Bruder, Rhys und ich. Das nächste Mal könntest du mitkommen, anstatt allein in den Bergen herumzureiten.«

Gawain blickte ruckartig auf. »Mit Medraut? Was habt ihr bei Medraut gemacht?«

»Hauptsächlich haben wir Harfe gespielt. Er hat eine ganze Menge von dir erzählt.« Rhuawn machte eine Pause, dann fuhr er vorsichtig fort: »Vetter, ich glaube nicht, daß dein Bruder viel von dem weiß, was deine andere Familie macht. Er redet, als ob ihr früher einmal sehr eng befreundet gewesen wärt. Es gibt keinen Grund, dich ihm gegenüber so kalt zu benehmen, wie du das getan hast.«

»Medraut weiß, warum ich Dun Fionn verlassen habe.«

»Er hat etwas anderes gesagt.«

»Ja? Dann hat er gelogen.«

»Vetter, er ist kein schlechter Mensch. Ich fand ihn sehr höflich, sehr angenehm und großzügig.«

Gawain warf uns einen langen, dunklen Blick zu, und dann zuckte er die Achseln. »Als ich Dun Fionn verließ, hatte er ... gewisse Schritte in Richtung meiner Mutter unternommen.«

»Könnte es nicht sein, daß er es sich anders überlegt hat?« fragte ich. »Du sagtest doch, du selbst hättest die Zauberei verleugnet.«

Gawain rieb sich müde mit den Händen das Gesicht. »Ich weiß nicht«, sagte er nach langer Pause. »Vielleicht. Aber er wußte, warum ich gegangen bin ... Ihr meint, ich sollte mit ihm reden?«

Wir sagten es ihm. »Dann werde ich mit ihm reden. Unter vier Augen. Und jetzt gehe ich und versorge mein Pferd.« Er erhob sich und verließ uns. Er verschwand im kalten Zwielicht.

»Er hat gerade erst sein Pferd versorgt«, murmelte Rhuawn. »Mit diesem Tier verbringt er mehr Zeit als mit seinen Freunden und Verwandten.« Rhuawn packte einen Strohhalm von der Matratze und warf ihn zornig ins Feuer. Es stimmte, und auch ich ärgerte mich. Aber ich sagte nichts.

Die nächsten paar Wochen vergingen auf die gleiche Weise. Ich sah Medraut ap Lot ziemlich oft, und er und Rhuawn wurden Freunde und gingen zusammen auf die Jagd. Gawain allerdings erwähnte seinen Bruder nicht mehr, bis endlich Rhuawn das

Thema wieder aufgriff. Und da sagte er sehr kalt: »Ich habe mit ihm geredet. Ihr irrt euch sehr, wenn ihr glaubt, daß noch ein Rest Liebe zu mir in ihm übrig ist, und ich glaube, er ist vertraut mit den Plänen meiner Mutter.« Und als Rhuawn den Kopf schüttelte und protestierte, bestand Gawain darauf. »Er sucht euch nicht auf, weil ihm das Licht am Herzen liegt. Ich bitte dich, Vetter, sprich nicht mit ihm. Ich traue seinen Motiven nicht.«

Aber weder Rhuawn noch ich konnten das von Medraut glauben. Ich meinte, daß mein Herr mit seinem Bruder gestritten haben mußte, als sie miteinander sprachen. Das war ja verständlich, nach einer so langen Trennung und nach einem Wiedersehen unter solchen Umständen.

Ich hatte jetzt mehr zu tun als am Anfang. Bei einem weiteren Besuch bei Medraut mußte Eivlin, das Dienstmädchen, wieder die eigene Arbeit liegen lassen, um Dinge für uns zu holen, und so hatte ich ihr wieder meine Hilfe angeboten. Während wir von der Festhalle mit einem Krug Wein zu Medraut zurückgingen, wandte sie sich mir zu und fragte tiefernst: »Hast du keine Angst vor dem Fluch?«

»Vor welchem Fluch?« fragte ich, obwohl ich selbst über den Fluch nachdachte, der auf Brudermord lastet.

»Sterne des Himmels! Na, vor dem Fluch, der wegen der Tat meines Vaters auf mir lastet. Was glaubst du denn, was ich noch für andere Flüche mit mir herumtrage?«

»Ach, den Fluch. Ich glaube nicht an Flüche.«

Sie blieb stehen und starrte mich an. Während sie die Hand auf die Hüfte stemmte, legte sie den Kopf zurück und schaute zu mir auf. »Ich habe also einen Dummkopf vor mir? Du glaubst nicht an den Zauber von Blut und Eisen?«

Ich legte auch den Kopf zurück und rief aus: »Ich bin ein Christ aus einem christlichen Königreich, und wenn Blut und Eisen einen Fluch tragen, dann wird er durch Blut und Wasser wieder aufgehoben. Ich habe keine Angst vor Zaubereien.«

»Noch nicht einmal vor der Zauberei meiner Herrin?« fragte sie sehr ruhig. Mir wurde kalt, und ich schwieg. »Du glaubst es also doch.« Sie ging wieder weiter.

Ich eilte hinter ihr her. »Deine Herrin kann einen schon erschrecken, aber das ändert nichts an meinem Glauben, und kein Fluch ist stärker als die Macht des Christus. Es würde mich nicht kümmern, wenn dein Vater all seine Brüder und auch noch seine Eltern umgebracht hätte.«

Sie zitterte. »Deine christlichen Zaubereien sind so mächtig? Ich hatte gehört, sie wären . . . und du bist wirklich ein Christ?« Ich nickte, und sie blieb wieder stehen und schaute mich mit verschlossenem Gesicht an. »Ist es wahr, daß ihr Blut trinkt?«

Ich war schockiert. Ich hatte zwar gewußt, daß die Ynysoedd Erch ein barbarisches, heidnisches Königreich waren, aber das, was sie da gerade ausgesprochen hatte, war unglaublich. »Ihr heiligen Engel, nein! Wo hast du denn das gehört?«

»Na, jeder sagt es doch. Du meinst, es ist nicht wahr?«

»Natürlich nicht. Uns Christen sind keine Zaubereien erlaubt, geschweige denn das Trinken von Blut oder so etwas.«

Sie zuckte die Achseln. »Nun, ich hatte gehört, die Christen haben einen Ritus, bei dem sie kleine Kinder töten, das Fleisch essen und das Blut trinken. Alle Diener in Dun Fionn sagen das. Ich habe es für eine Zauberei gehalten, die genauso schlimm ist wie die Zauberei meiner Herrin. Und in der Tat, es klang mir auch wahrscheinlich, denn sie hat seit Jahren versucht, den Pendragon umzubringen, und es ist ihr nicht gelungen. Wenn die Christen aber keinen Zauber kennen, dann kann meine Herrin ihn nur nicht töten, weil er so weit entfernt ist. Es muß einfach so sein. Es sei denn, jemand schützt Artus. Bist du sicher, daß es nicht solche Rituale gibt und daß du auch nichts von ihnen gehört hast?«

In einem Augenblick der Einsicht wußte ich plötzlich, woher sie den Gedanken hatte. »Wir haben ein Geheimnis, ein Ritual, an dem ich teilgenommen habe«, sagte ich ihr, »aber wir nehmen Brot und Wein, und nicht Fleisch und Blut. Wenigstens sieht es wie Brot und Wein aus. Meine Mutter hat das Brot schon manchmal dafür gebacken. Aber wir sagen, wenn die Verwandlung stattfindet, dann ist es wirklich Fleisch und Blut.«

»Ach«, sagte Eivlin. »Und ich hatte gedacht, es wäre eine mächtige Zauberei. Na gut.«

»Der Ritus ist mächtig«, sagte ich fest. »Es ist ein Wunder . . .«

»Und wegen diesem kleinen Abendessen« – sie schnippte verächtlich mit den Fingern –, »wegen dieser Zauberei, die gar keine ist, glaubst du nicht an Flüche? Wirklich, du bist dumm.«

»Ich habe keine Angst vor Flüchen«, sagte ich und biß die Zähne zusammen, und ich versuchte, ihr die Sakramente zu erklären und Jesus und seinen Sieg über Tod und Hölle. Das führte mich dazu, darauf zu bestehen, daß er sowohl ein Gott als auch ein Mensch sei, und ich verstrickte mich in meinen Thesen und brachte den ganzen Glaubensinhalt durcheinander. Eivlin beäugte mich skeptisch und machte ätzende Bemerkungen, und endlich gab ich verärgert auf. Ich zog mich zu der Behauptung zurück, daß ich vor irgendeinem Fluch keine Angst hätte.

»Das sagst du«, meinte sie. »Und dennoch hast du Angst vor meiner Herrin. Wirklich. Und vor mir wirst du auch Angst haben, weil ich verflucht bin, und mit Sicherheit wirst du mir in Zukunft aus dem Weg gehen.«

»O nein. Hab' ich dir nicht heute meine Hilfe angeboten? Was deine Herrin angeht – hattest du gesagt, du müßtest heute das Bett andersherum drehen? Nun, mit der schweren Arbeit will ich dir helfen.«

Sie hob die Augenbrauen, aber in mildem, besänftigtem Tonfall erlaubte sie es mir. Ich half ihr also, und danach mußte ich ihr noch bei weiteren Arbeiten helfen, um ihr meinen Mangel an Furcht gegenüber Flüchen zu beweisen. Zuerst war ich wütend, aber dann freute es mich, daß ich ihr etwas bewies. Erst am Ende des Nachmittags bemerkte ich ihr wohlgefälliges, hinterlistiges Lächeln und schöpfte langsam Verdacht, daß sie mich zum Narren hielt.

Nichtsdestoweniger half ich ihr während der nächsten paar Wochen, wann immer sie mich darum bat, um ihr zu beweisen, daß ich ihr nicht aus dem Weg ging und vor ihrem Fluch keine Angst hatte und auch nicht vor Morgas von den Orcades. Ich hatte vor, mich irgendwann einmal von ihr zurückzuziehen, aber Eivlin war trotz ihrer rundlichen Schönheit viel gerissener als jeder andere, dem ich je begegnet war. Auf einem Marktplatz wäre sie zu fürchten gewesen. Sie konnte so überzeugend sein wie ein Roßtäuscher, und sie war zweimal so scharfsinnig. Die einzige Person, die ihr je die Zügel anlegen konnte, war ihre Herrin. Gelegentlich sah ich auch Morgas, und beim zweiten Blick mochte ich sie nicht mehr als beim ersten. Sie achtete überhaupt nicht auf mich, abgesehen von der ersten scharfen Frage an Eivlin, aber Eivlin wirkte immer gedrückt und leise, wenn die Königin in der Nähe war, und stets schwieg sie eine Weile, selbst wenn ihre Herrin gegangen war.

Dennoch, als ich das Zimmer der Königin gesehen hatte und Eivlin half, aufzuräumen, fand ich keine Hinweise darauf, daß die Königin Zauberei ausübte. Ein paar Bücher lagen herum, aber sonst nichts, und ich konnte nicht entscheiden, was das für Bücher waren. Medraut bestand darauf, sie sei keine Hexe, und der Ruf, den sie hatte, sei nur üble Nachrede. Der pure Neid. Hervorgerufen dadurch, daß sie schön und intelligent und fähig in Regierungsangelegenheiten war. »Es kommt auch daher, daß sie manchmal eine gewisse Ausstrahlung hat. Mein Bruder sieht hin und wieder genauso aus.« Dennoch, ich meinte nicht, daß Morgas und Gawain sich irgendwie ähnlich waren, obwohl sie beide unheimlich wirkten. Ich wußte, daß Medraut sich irrte. Wahrscheinlich, so sagte ich mir, spricht er nur aus, was er gerne glauben würde.

Als ein paar Wochen vergangen waren, entschloß Rhuawn sich, darauf zu drängen, daß Gawain und Medraut anständig miteinander redeten und ihre Differenzen ausräumten. Er bat Medraut eines Nachmittags herüber in unsere Hütte und hielt ihn lange dort, ohne Gawain vorzuwarnen. Der größte Teil des Nachmittags war angenehm wie gewöhnlich. Er verging in entspannter Unterhaltung. Dann öffnete sich die Tür, und Gawain erschien. Hinter ihm lag das Zwielicht, und es regnete, und das Haar meines Herrn klebte ihm vor Nässe am Kopf. Er selbst triefte und sah müde aus. Aber er warf nur einen Blick auf Medraut, und beide erstarrten. Einen Augenblick lang dachte ich, Gawain wolle wieder rückwärts hinaus in den Regen gehen, unter irgendeinem Vorwand. Rhuawn stand hastig auf, grüßte Gawain und bot ihm Met an. Gawain schaute ihn noch nicht einmal an, sondern er stand nur da und starrte Medraut an.

Medraut starrte zurück. Die beiden Gesichter, das dunkle und das helle, waren so still wie der Himmel, und nur ihre Augen waren strahlend und kalt. Dann, zwischen einem Augenblick und dem nächsten, schritt Gawain durch das Zimmer, stellte sich vor seinen Bruder und schaute zu ihm hinab. Die offene Tür ließ den nassen Geruch der Nacht ein, und der Regen tropfte von seinem Mantel auf den Fußboden.

»Was machst du hier?« Gawains Stimme war ruhig, aber irgend etwas in seinem Tonfall sagte mir, daß Gefahr drohte.

Medraut richtete sich vor dem Feuer auf, stellte sich hin, wischte die Holzasche von seiner Schulter und lächelte zögernd. »Ich wurde hierhergebeten, Bruder. Wenn du mich nicht willst, dann gehe ich.«

Gawain warf Rhuawn einen Blick zu und dann mir. »Wahrhaftig, du wurdest gebeten. Aber was hast du gemacht, Medraut?«

Der andere lächelte nervös und bedauernd. »Ich habe Harfe gespielt, wie du es mir einmal beigebracht hast. Was ist daran falsch?«

»Das ist es nicht, was ich meinte.« Gawain musterte seinen Bruder mit festem Blick. Etwas Wasser rann aus seinem Haar und lief ihm die Wange hinunter. Es glitzerte wie rote Bronze im Feuerlicht. »Medraut.« Seine Stimme hatte sich verändert und war ernst geworden. »Früher einmal wolltest du sein wie CuChulainn, voll Kraft und Fähigkeiten. Voll Mut und Ehre. Ich habe gedacht, du könntest einmal ein zweiter CuChulainn werden. Ist das alles nichts für dich, außer einem Flüstern in der Dunkelheit und der Hoffnung und einem purpurnen Mantel im Tageslicht?«

Nur einen Augenblick lang glaubte ich, ich sähe etwas Seltsames in Medrauts Gesicht. Es war eine kalte, bittere Finsternis, die sich hinter seinen Augen zeigte. Aber das war nur für einen Augenblick, und dann lächelte er wehmütig und schmerzhaft, und ich bezweifelte, ob ich überhaupt etwas gesehen hatte. »Noch immer unnachgiebig?« fragte er Gawain. »Bedeuten wir dir nichts, deine Familie und dein Heimatland, das du einmal geliebt hast? Hast du uns verkauft um ein weißes Pferd und ein Schwert und einen Platz hinter dem Pendragon?«

»Zuerst dem Licht, nicht Artus. Und es war der Mühe wert, trotz allen Kummers. Wie ist es mit deinem Handel, Medraut?«

Medraut ging schnell zur Tür, packte sie und blieb stehen, die Hand auf dem Riegel. »Ich kann hier nichts tun.« Er schaute seinen Bruder nicht an, und seine Stimme klang gepreßt von irgendeinem inneren Schmerz. »Wenn du noch immer Lust hast, Rhuawn, dann können wir morgen jagen gehen. Gute Nacht, Gawain.« Er schlüpfte hinaus und schloß die Tür hinter sich.

Rhuawn starrte Gawain zornig an, aber er sagte nichts.

Gawain seufzte, nahm die Nadel von seinem Mantel und hielt ihn einen Augenblick in der Hand. Das Rot des Stoffes leuchtete lebendig vor seiner schmalen, dunklen Gestalt. Zögernd setzte er sich, schaute Rhuawn an und dann mich.

»Ihr dürft Medraut nicht glauben«, sagte er endlich. »Was immer er plant, es ist nicht zu eurem Besten.«

Rhuawn sagte nichts. Ich wußte nicht, was ich sagen sollte. Mein Herr hatte seinen Bruder nicht schön behandelt. Aber nach einer Weile bot ich Gawain etwas Met an, nur um das Schweigen zu brechen. Einen Augenblick glaubte ich, er würde weiter über Medraut reden, aber er nahm nur den Met, fuhr sich mit einer schmalen Hand durch sein nasses Haar und nippte langsam das heiße Getränk.

Am folgenden Tag, als ich zu Eivlin ging und an ihre Tür klopfte, rief sie nicht sofort: »Komm herein!«. Ich wartete einen Augenblick, dann klopfte ich noch einmal. Diesmal rief eine Stimme: »Herein.«

Ich drückte die Tür auf und blieb auf der Schwelle stehen. Morgas von den Orcades saß dort. Sie hatte mir den Rücken zugekehrt und band ihr schwarzes Haar mit einem goldenen Band auf. Sie trug nur ein Gewand aus purpurrotem Leinen, durch das jede Linie ihres Körpers sichtbar war, und sie saß da und schaute in einen Bronzespiegel. Ich konnte ihr Gesicht im Spiegel sehen, und die offene Tür und meine eigene Gestalt waren im Spiegelbild eingefroren. Die Augen ihres Spiegelbildes begegneten meinem Blick, und ihr Mund zog sich zusammen. Sie drehte sich um. Ich ließ meinen Blick auf ihrem Spiegelbild ruhen, und ich gebe zu, ich hatte Angst, ihr ins Gesicht zu sehen.

»Was tust du hier?« Ihre Stimme war weicher als eine Wollgrasflocke, aber so kalt, daß mir das Mark in den Knochen gefror.

»Eivlin«, keuchte ich. »Ich . . . ich wollte ihr helfen, das Dach auszubessern.«

»Deine Hilfe ist nicht notwendig. Geh! Nein, warte.« Sie erhob sich und kam auf mich zu, und ich mußte meinen Blick vom Spiegel abwenden. Ich wünschte von Herzen, ich wäre anderswo, und ich fragte mich, warum ich jemals von zu Hause weggegangen war. Ich kann es nicht erklären, aber diese Frau ließ mir das Blut in den Adern gefrieren. »Du bist doch Gawains Diener, nicht?«

»Ja, große Königin«, murmelte ich.

Sie lächelte süß. »Es ist sehr großzügig von dir, daß du uns bei unseren Angelegenheiten helfen willst. Wie ist dein Name?«

Ich leckte mir die Lippen. Ich hatte nicht den Wunsch, irgend etwas auszusprechen, was ihr vielleicht Macht über mich und die Meinen gab. Aber ich mußte sagen: »Rhys ap Sion, Herrin.«

»Rhys ap Sion.« Sie spielte mit einem goldenen Anhänger, der um ihren Hals hing, und ihr Blick war auf meine Augen fixiert. Mir war schwindlig, und innerlich wand ich mich. Aber ich erinnerte mich meiner Prahlereien gegenüber Eivlin, und ich schaffte es so eben noch, zurückzustarren.

Sie ließ den Anhänger fallen. »Es ist sehr großzügig. Weiß dein Herr, mein Sohn, was du hier tust?«

Ich nickte, dann schüttelte ich den Kopf.

»Vielleicht hat er es dir befohlen«, sagte sie, noch immer lächelnd. »Ich glaube, so war es wohl.« Sie streckte die Hand aus und legte sie auf meine Schulter. Dann beugte sie sich vorwärts; ihre Lippen teilten sich leicht, und sie lächelte noch immer. »Er darf gern wissen, was immer du siehst. Sag ihm das. Aber sei gewarnt, ich liebe es nicht, ausspioniert zu werden, Rhys ap Sion, und ich liebe auch diejenigen nicht, die das tun . . . Gut.« Sie ließ den Arm sinken. »Eivlin ist heute den ganzen Tag in der Küche. Vielleicht kannst du sie dort finden.«

Ich verbeugte mich tief und ging. Als ich aus der Tür trat, stieß ich fast mit Maelgwyn von Gwynedd zusammen. Er knurrte mich an und holte aus, und ich duckte mich, während ich die Bewegung in eine Verbeugung und eine gemurmelte Entschuldigung verwandelte. Dann schritt ich davon, so schnell ich konnte. Aber hinter mir hörte ich, wie er Morgas begrüßte, und ich hörte ihr tiefes Lachen, während ein Blick über die Schulter mir zeigte, daß sie die Tür schloß. Sein Arm hatte um ihrer Hüfte gelegen.

Ich ging halbwegs bis zur Küche, dann blieb ich stehen auf dem reinen Gras, und der klare Himmel war über mir. Gawain hatte gesagt, Morgas sei es, die die Pläne schmiedete, und wahrhaftig, der verwelkte alte König Lot sah auch nicht so aus, als ob er dazu fähig sei. Lot stammte aus einer Welt der Armeen und Verbündeten, aber Morgas war subtiler. Morgas beherrschte die Gedanken ihrer Verbündeten und unterwarf sie nicht einem bestimmten Ziel, sondern sich selbst. Gleichgültig, wer wen eingeladen hatte, sie schlief mit dem König von Gwynedd, und sie würde ihm diktieren, was er zu tun hatte. Die Ynysoedd Erch waren einfach zu weit entfernt – und deshalb war sie nach Gwynedd gekommen, um sich ein Werkzeug zu suchen. Lot Mac Cormac hatte wahrscheinlich keine Ahnung von ihren Plänen, aber es gab möglicherweise andere, die Bescheid wußten ...

Ich wandte mich von der Küche zu den Ställen, in der Hoffnung, Gawain zu finden.

Zufällig war er nicht dort, sondern auf dem Übungsplatz in der Nähe. Er warf vom Pferd aus Speere auf ein Ziel. Ceincaled schoß über das Feld, so leicht wie eine Schwalbe, und Gawain schien ein Teil von ihm zu sein. Er warf die Speere gerade und mit sicherer Hand. Es war ein herrlicher Anblick, aber ich war nicht in der Stimmung, mich hinzusetzen und ihn zu bewundern.

»Herr!« rief ich. Er warf mir einen Blick zu, wendete dann Ceincaled in einem leichten Halbkreis und galoppierte zu mir herüber. Vor mir zügelte er das Pferd und beugte sich vornüber. Er stemmte den Ellbogen aufs Knie und hörte mir zu.

»Herr«, wiederholte ich, »hast du in der nächsten Stunde irgend etwas zu tun? Es gibt etwas, über das ich mit dir reden muß.«

Er seufzte. »Nein, nichts Dringendes. Maelgwyn hat heute morgen zu tun. Nur . . . muß es sein?«

Ich schaute ihn verärgert an. »Ja. Unter vier Augen.«

Er richtete sich auf. »Na, in dem Fall . . . Braucht dein Pferd Bewegung?«

Bald hatte ich meinen elenden Klepper aus Caer Legion gesattelt, und wir ritten hinaus in die Berge. Es war Ende April, und der Schnee war schon geschmolzen. Die ganze Erde war grün und nebelig, und die Bäche rauschten. Ich mußte an die Zeit der Saaten denken und an das grüne Korn und an die jungen Lämmer und die Kälber, die es jetzt zu Hause zu versorgen galt. Der Frühling bringt eine Menge Arbeit, aber er ist eine wunderschöne Jahreszeit.

Gawain summte geistesabwesend eine Weile vor sich hin, und er sang auch ein wenig auf irisch. Ich versuchte, meine Gedanken zusammenzunehmen, und ich fragte mich, wie ich sie ihm wohl vermitteln sollte. Schließlich war sie seine Mutter, und Krieger töten wegen übler Bemerkungen über die Mutter.

»Herr«, sagte ich endlich.

»Also«, erwiderte Gawain, »du willst über meinen Bruder reden?«

Ich war erstaunt. »O nein, Herr. Über deine Mutter.« Und ich erzählte ihm, was Morgas an diesem Morgen zu mir gesagt hatte, und daß ich gesehen hatte, wie Maelgwyn zu ihr ging, »um zu reden.«

Gawain hörte mich geduldig an, und als ich endlich zögernd innehielt, sagte er: »Du glaubst, sie begeht Ehebruch mit Maelgwyn?«

»Herr« – ich holte tief Atem –, »mit allem Respekt, ja, das glaube ich.«

Zu meiner Überraschung lächelte er bitter. »Sie tut es, selbst wenn du es bezweifelst.«

Ich hielt mein Pferd an. »Du weißt davon?«

Er nickte und machte mit offenen Händen eine Geste. »Ich kenne meine Mutter. Und ich habe Maelgwyn beobachtet. Die ganze Festung weiß es, obwohl sie vor uns natürlich dergleichen nie erwähnen würden. Sie ist in der Angelegenheit ganz offen gewesen. Maelgwyn könnte mir fast leid tun, wenn ich nicht noch mehr Mitleid für Lot hätte.«

Mein Gesicht fühlte sich heiß an, und ich schaute zwischen den Ohren meines Pferdes durch. Daß ich in solcher Hast und mit solcher Dringlichkeit mit so abgestandenen Nachrichten zu meinem Herrn gekommen war! »Lot weiß es auch?« fragte ich.

»Er wußte es wahrscheinlich schon, ehe er auf den Inseln die Segel gesetzt hat.« Ich blickte abrupt auf, und er fügte schnell hinzu, während er mich nicht anschaute: »Nein. Es ist ihm nicht gleichgültig. Er könnte dem nicht zustimmen – nur, er kann ihr nicht länger irgendeinen Wunsch verweigern, der ihr gerade in den Sinn kommt. Er kann nichts mehr selbst entscheiden, Rhys. Er hat noch immer Wünsche, er hat noch immer einen Willen, aber er kann nicht handeln. Er ...« Gawain streckte mit einer müden Bewegung die Hand in die Luft. »Er ist dahingewelkt. Er ist jetzt nur noch ein Schatten, ein Geist unter seinen eigenen Kriegern, ein Gespenst, das starrt und nicht sprechen kann. Ich kann hingehen und mit ihm reden, ich kann ihm erzählen, wie die Dinge stehen mit Agravain und mit mir selbst, und er freut sich über dieses und jenes, aber handeln« – seine Hand ballte sich krampfhaft –, »er ist wie eine Puppe. Und er ist auch derjenige, der einmal der Schild seines Volkes war, das Bollwerk seiner Truppe, der Anführer von tausend Speeren. Er war der Herr von Dun Fionn auf den Orcades und allen Inseln im Norden und Westen von Kaledonien. Er war Herrscher durch seine eigene Kraft, durch seinen Scharfsinn und seinen Mut! Lieber Himmel, wie sie ihn benutzt hat!« Er ließ die Hand auf seinen Schenkel sinken, hob sie dann noch einmal und richtete die Finger mit Anstrengung aus. Er rieb über das abgenutzte Leder der Zügel und schaute zu den Bergen hinüber. Ceincaled warf den Kopf hoch und ging weiter. Die Hufe unserer Pferde dröhnten in ständigem Rhythmus auf der Erde.

Ich saß ganz still. Ich wußte, daß ich nichts sagen konnte und daß es am besten war, ihn eine Zeitlang in Ruhe zu lassen. Es überraschte mich nicht mehr, warum er soviel Zeit allein verbrachte, und ich begriff auch, warum er sich in sich selbst zurückzog, wenn er in Degganwy war. Er hatte schon genug Sorgen, ohne daß Rhuawn und ich ihm noch zusätzliche Schwierigkeiten machten. Jesus, was für eine Familie! Ausgenommen Medraut konnte mein Herr es sich gut leisten, den ganzen königlichen Clan von den Ynysoedd Erch zu verlieren.

Abgesehen von Medraut . . . Und Gawain nahm an, daß auch Medraut schlecht war. Er stand der Königin nah und folgte ihrem Pfad. Medraut allerdings bestand darauf – obwohl er es nie in diesen Worten ausdrückte –, daß Gawain seine Familie gleichgültig war und daß ihm natürliche Zuneigung völlig fehlte. Gawain sei grausam und hauptsächlich mit seiner eigenen Ehre beschäftigt. Nun, Medraut verstand einfach die Umstände nicht.

Aber konnte es sein, daß er in seiner Stellung wirklich nicht Bescheid wußte?

Ich stellte fest, daß ich die beiden Brüder miteinander verglich. Gawain, das wußte ich, war vollendet höflich und redegewandt. Weil ich gesehen hatte, wie er mit Maelgwyn und seinen Edlen umging, wußte ich, daß er sehr überzeugend sein konnte, wenn er es darauf anlegte. Medraut hatte ein doppeltes Maß der gleichen Redegewandtheit, und er besaß dazu noch einen noblen, liebenswürdigen Charme, einen sehr realen und mächtigen Charme. Ich konnte nicht glauben, daß er so war, wie Gawain ihn beschrieb, und dennoch wünschte ich mir plötzlich, daß ich Irisch verstand und Lots Diener über Medraut ausfragen könnte, um zu sehen, ob dessen Taten zu seinen Worten paßten. Nein, ich mochte Medraut, ich war sicher, man würde gut von ihm berichten . . .

Andererseits war ich trotzdem nicht ganz so sicher. Die Art, in der er Eivlin behandelte, fiel mir plötzlich wieder ein. Gleichgültig, was sie gerade tat, er erwartete von ihr, daß sie die Arbeit sofort fallen ließ, wenn er ihr sagte, sie solle laufen und irgend etwas holen. Wirklich, ursprünglich hatte ich dem Mädchen genau aus diesem Grund meine Hilfe angeboten. Mit beunruhigender Deutlichkeit hatte ich auch gespürt, daß er sie besser als die meisten anderen Diener behandelte. Und dennoch, so sagte ich mir, es bedeutete wenig, daß ein Adliger die Gefühle der Diener nicht bemerkt. Medraut war aus königlichem Geschlecht, und er hatte seine privilegierte Stellung nie verloren wie sein Bruder. Er konnte einfach annehmen, daß Diener dazu da waren, ihm alles zu erledigen, und deshalb war er wohl auch verärgert, wenn sie es nicht taten, weil er es nicht anders kannte. Ich mochte Medraut. Es gab irgendeine Möglichkeit, da war ich ganz sicher, durch die man beweisen konnte, daß sowohl Gawain als auch Medraut die Wahrheit sagten, und das ganze Problem bestand nur in einem Mißverständnis.

Dennoch, es war vielleicht gut, wenn ich Eivlin über Medraut ausfragte. Vielleicht sollte ich sogar darum bitten, daß sie mir übersetzte, was Lots andere Diener zu sagen hatten.

Ich wandte meinen Blick wieder zu Gawain hinüber. Der hatte sich nach seinem Gefühlsausbruch etwas beruhigt und lehnte sich jetzt im Sattel zurück, während er die Arme auf der Brust kreuzte. Ich räusperte mich. »Herr, da du ja weißt, daß Morgas . . . mit Maelgwyn intrigiert« (schließlich war das ja das wichtigste), »weißt du, was sie planen? Weißt du auch nur irgend etwas?«

Er seufzte ein wenig und zuckte die Achseln. »Sie haben Briefe geschrieben, von denen einige nach Norden geschickt wurden. Soviel weiß ich. Aber es ist unwahrscheinlich, daß sie einen offenen Krieg wagen, wenigstens jetzt noch nicht.« Er zögerte, aber dann sagte er ruhig: »Ich hätte dir und Rhuawn erzählen müssen, daß wir soviel wissen. Aber ich konnte es nicht. Ich fürchte, ich bin im vergangenen Monat ein schlechter Gesprächspartner gewesen. Verzeih mir. Sie hat mich abgelenkt, meine Familie, und dann hat es ja auch noch diesen Ärger wegen meines Bruders gegeben.«

Ich nickte, um mein Mitgefühl anzudeuten, und ich biß mir auf die Zunge, damit ich nicht weiterhin Fragen wegen Medraut stellte. Er richtete sich auf und zog die Zügel ein wenig an, und Ceincaled stellte die Ohren nach vorn.

»Hier ist ein schöner Hang«, sagte Gawain. »Warum galoppieren wir nicht?« Er berührte die Flanken seines Hengstes und sauste davon, und ich trat mein eigenes Tier, bis es ihm folgte.

Wir ritten von der Festung aus direkt nach Norden in Richtung der Hauptstraße, die von Osten nach Westen führt. Die höchsten Bergspitzen blieben links hinter uns. Das Land war wild, aber ein großer Teil des Geländes schien nur verlassen zu sein, und im Sommer wurde es als Weideland benutzt. Es war ein schönes Land, wenn auch nicht reich, und der Tag war gut dazu geeignet, Degganwy zu verlassen und sich draußen in der klaren, sauberen Luft aufzuhalten. Nach kurzer Zeit lenkte Gawain von dem Weg ab, dem wir gefolgt waren, und änderte die Richtung, als ob er das Tal zwischen zwei großen Hügeln erreichen wollte. Wir ließen die Pferde wieder im Schritt gehen. Gawain warf einen Blick zu mir zurück, lächelte und zügelte sein Pferd, bis ich ihn eingeholt hatte.

»Rhys«, sagte er, »kannst du auf Bäume klettern?«

Ich öffnete den Mund und klappte ihn dann wieder zu wie ein Fisch. »Was? Ich meine – ja, das kann ich. Natürlich gewöhnliche Bäume, keine Eschen. Aber . . .«

»Das ist gut. Selbst schaffe ich das nicht so besonders. Auf den Inseln hatten wir nicht allzu viele Bäume.« Er lächelte wieder und erklärte: »Dort steht ein Baum, wo einer von den Männern meines Herrn hier in Gwynedd die Briefe und Nachrichten hinterläßt, die mein Herr mir schickt. Aber man muß klettern, um den Platz zu erreichen, und, wie ich schon sagte, ich kann nicht so gut klettern.«

Wir ritten noch ein Stückchen weiter, und dann stellte Gawain sich im Sattel auf und spähte zu irgend etwas hinüber. Er ließ Ceincaled nach rechts gehen. Bald kamen wir zu einem Waldrand, und dort stand riesengroß und alles beherrschend ein gewaltiger Eichbaum. Mein Herr zügelte sein Pferd und saß ab. »Das ist er«, sagte er und starrte einen der Äste an. »Und dort ist auch eine Botschaft.«

Ich schaute den Ast an. Für mich sah er wie ein Ast aus. »Woher weißt du das?«

Er schaute zu mir herüber. »Als wir von der Straße abbogen, lag dort ein Zweig Stechpalme. Das bedeutet, daß ich den Baum aufsuchen soll. Wenn die Botschaft dringend ist, dann liegt auch noch ein Fichtenzweig dabei. Wenn ich die Nachricht habe, nehme ich die Zweige weg.« Er legte eine Handfläche an die Eiche und schaute wieder zu ihr auf. »Kannst du da hinaufklettern?«

Der Baum hatte breite Äste, die ein Stück vom Boden entfernt waren. Aber eine riesige Astgabel war in Reichweite. »Aber sicher.« Ich sprang vom Pferd und kletterte. Es war genau wie bei den Apfelbäumen auf den Obstwiesen unseres Clans. »Wohin stecken sie denn den Brief?«

»Wo der große Ast eine Gabel bildet, rechts von dir, ist eine Höhlung . . . Ja, dort.«

Ich beugte mich nach vorn und suchte die Höhlung mit der Hand. Etwas Stacheliges war darin. Ich zog es heraus; es war ein Kiefernzapfen. Ich nahm ihn in die andere Hand und langte noch einmal hinein: nur rauhe Eichenrinde und die feuchten Blätter des letzten Jahres.

»Es ist nichts da«, sagte ich Gawain.

»Nichts? Was hast du denn in der Hand?«

»Nur einen Kiefernzapfen.«

»Das ist die Nachricht. Bist du sicher, daß nichts Weiteres darin liegt?«

Ich sagte, ich sei sicher, und er befahl mir, wieder herabzuklettern. Als ich ihn erreicht hatte, nahm er den Kiefernzapfen und drehte ihn in den Fingern.

»Willst du ihn aufbrechen?« fragte ich, beeindruckt durch die Klugheit dieses Systems.

Er schüttelte den Kopf. »Nein. Das bedeutet nur, Artus hat meinen letzten Brief empfangen.« Er seufzte, warf den Kiefernzapfen in den Wald und ging zurück zu Ceincaled. »Ich hatte auf mehr gehofft.«

Ich sah ein, daß man beim Empfang eines Briefes aus solcher Entfernung irgendein Zeichen geben muß, daß der Brief sein Ziel erreicht hat. Aber das System kam mir trotzdem sehr kompliziert vor. Ich sagte das auch.

»Das muß so sein«, meinte Gawain. »Jede Nachricht geht auf ihrer Reise durch mehrere Hände, und jeder einzelne der Männer könnte von Maelgwyn oder irgendeinem anderen Herrscher gekauft sein. Er könnte auch getötet werden, und dann wäre die Nachricht verloren. Diejenigen, die die Briefe befördern, wissen nicht, was sie bei sich tragen. Der Mann, der den Kiefernzapfen dort hinlegte, hatte nur den Befehl, genau das zu tun. Es gibt noch ein paar andere Zeichen; Artus und ich haben sie ausgemacht, ehe wir abreisten.«

Plötzlich begriff ich, daß Gawain mir sehr viel anvertraute. Wenn ich Maelgwyn erzählte, was ich wußte, dann würde er die Eiche bewachen lassen und die Boten aufgreifen. Vielleicht konnte er dann durch ihn auch die anderen von Artus' Gefolgsmännern in Gwynedd ausfindig machen. Aber selbst wenn ich nichts sagte, es würde für mich einfach sein, die Nachrichten verschwinden zu lassen oder auszutauschen. Wenn Medraut mir sagte, ich solle irgend etwas dort hinlegen, dann konnte ich seinen Brief in die Höhlung legen und einen Stechpalmenzweig auf dem Weg zurücklassen. Gawain würde dann denken, Artus hätte ihm aufgetragen, seinem Bruder gegenüber freundlicher zu sein.

Aber ich konnte es nicht tun. Gawain mußte das gewußt haben, weil er mir bisher getraut hatte. Obwohl ich dachte, es wäre eine schöne Sache, wenn mein Herr mit Medraut ein bißchen sanfter umginge, so konnte ich doch keinen Verrat und keine Tricks anwenden, um ihn dazu zu bringen. Das wäre ja das gleiche, als ob die Sanftheit überhaupt nicht existierte. Und dann, als ich den Gedanken noch nicht zu Ende gedacht hatte, bemerkte ich plötzlich, daß ich Medraut doch nicht so ganz traute. Ich würde erst einmal abwarten müssen. Ja, ich würde abwarten.

9

Als wir etwa eine Stunde später nach Degganwy zurückkehrten, ging ich, um Rhuawn zu suchen. Ich mußte lange ausschauen, aber schließlich fand ich ihn. Er war bei Medraut, und die beiden saßen zusammen in einer stillen Ecke der Festhalle in der Nähe des Feuers und spielten abwechselnd Harfe. Beide blickten auf, als ich zu ihnen herüberkam, und Medraut lächelte und deutete mir an, ich solle Platz nehmen. Ich setzte mich und lehnte mich gegen eine der Bänke. Rhuawn sang ein langes Lied zum Lob des Frühlings: »Wo Krieger in all ihrer Pracht vor ihrem Hohen Herrn leuchten«.

Als Rhuawn geendet hatte, nahm Medraut die Harfe. Er begann, müßig vor sich hinzuklimpern, wie Männer das so tun, ehe sie sich für ein Lied entschieden haben. Die Töne klangen wie leise Wellen, wie der Wind auf einem Teich.

»Solche Lieder haben wir auch auf irisch«, sagte er zu Rhuawn. »Es gibt eins, das angeblich von einem großen Feldherrn stammt, von Fionn MacCumhail. Es ist das längste und langweiligste der ganzen Liederschar, deshalb muß es natürlich jedermann auswendig lernen.« Er spielte noch ein bißchen, und die Tonfolgen glitten unter seinen Fingern ineinander, während er träumerisch ins Feuer starrte. »Mein Bruder ist im Frühling geboren«, sagte er nach einer Weile, »in diesem Mai wird er siebenundzwanzig.« Eine Art Melodie begann sich aus der Musik herauszukristallisieren, dann verschwamm sie wieder. »Ich frage mich, ob ich ihm wohl ein Geschenk geben könnte.«

Rhuawn schnaufte. »Ich glaube nicht, daß du ihm was schenken solltest. Und wenn du es doch tätest, dann würde er es wahrscheinlich nicht von dir annehmen.«

»Ich könnte ihm vielleicht dadurch zeigen, daß er mir nicht gleichgültig ist.«

»Ich glaube nicht, daß er sich darum kümmern würde. Er hört mir gar nicht zu, wenn ich versuche, bei ihm für dich zu sprechen. Er hält sich sehr zurück.«

Medraut lächelte Rhuawn warm an. »Ich danke dir sehr für deine Anstrengungen. Es ist gut, bei so etwas einen Freund zu haben ... Aber wirklich, ich glaube, er mißversteht mich nur. Wenn ich geduldig und großzügig bleibe, dann sieht er wenigstens, daß ich nicht sein Feind bin.«

Rhuawn zuckte die Achseln. »Wenn das geschieht, dann schwimmen die Falken, und die Lachse fliegen.«

»Mein Bruder kann schwimmen, und sein Name heißt ›Falke‹. Ich frage mich ...«

Rhuawn richtete sich auf und beugte sich nach vorn. Er streckte die Hand aus, um seine Worte zu unterstreichen. »Dein Bruder wird störrisch bleiben. Er hat mir das schon deutlich gemacht, überdeutlich. Ich weiß nicht warum, aber er ist gegen dich und wird seine Meinung nie ändern.«

Ich öffnete den Mund, um irgend etwas zu Gawains Verteidigung zu sagen, aber Medraut sprach schon. »Ich kann seine Freundschaft einfach nicht aufgeben. Er ist mein Bruder.«

»Er hat dich verlassen. Er hat Artus den dreifachen Eid geschworen, und der ist ihm wichtiger als seine eigene Familie. Er erzählt den Leuten, daß du und deine Mutter der Zauberei verfallen seien, und er trampelt auf eurer Ehre herum. Ich an deiner Stelle hätte keine Bedenken, ihn seine eigene Schande entdecken zu lassen.«

Ich starrte Rhuawn erstaunt an. Aber Medraut schüttelte den Kopf. »Es ist nicht Gawains Schuld.« Er hörte einen Augenblick auf, Harfe zu spielen, und begann dann noch einmal in einem anderen Rhythmus. Er fuhr fort: »Hör zu, Rhuawn. Ich will dir etwas erzählen, was mir eingefallen ist.«

Rhuawn hörte aufmerksam zu. Ich preßte den Mund zusammen und kaute auf meiner Unterlippe, um mich daran zu erinnern, daß ich den Mund halten wollte.

»Es handelt sich um diesen Schlachtenwahnsinn, der Gawain befällt und von dem du mir erzählt hast.« Medrauts Harfe klang beständig weiter. »Als mein Bruder noch jung war, soweit ich mich erinnere, kannte er so etwas nicht. Er hatte früher immer Streit mit Agravain, und Agravain hat ihn jedesmal geschlagen. Er hat nie ein Anzeichen von Schlachtenwahnsinn gezeigt. Das erste Mal, daß ich davon hörte, wurde es in Liedern gesungen, und es stand in Berichten aus Britannien.

Als Gawain Dun Fionn verlassen hat, ist er ganz plötzlich gegangen. In einer stürmischen Nacht nahm er sein Pferd und galoppierte über die Klippen nach Westen. Er sagte – ich habe es gehört, Rhuawn –, daß unsere Mutter versucht hätte, ihn in jener Nacht zu töten. Er hat sogar gesagt, daß ich« – er zögerte und kämpfte mit sich –, »daß ich bei ihr gewesen wäre und ihr zugestimmt hätte. Ich aber weiß, daß so etwas nie geschehen ist. Der ganze Gedanke ist Wahnsinn. Ich soll meinen Bruder umbringen wollen? Lange Zeit hat mich das verwirrt. Ich konnte einfach nicht begreifen, warum mein Bruder, der mir immer so nahegestanden hat, so etwas sagen sollte. Und dennoch glaube ich, daß er das alles für wahr hält. Weiterhin habe ich gehört, daß er erzählt, er sei in die Anderwelt gereist, nachdem er Dun Fionn verlassen hat. Er erzählt auch noch andere Unwahrscheinlichkeiten. Ich glaube, daß er vielleicht zum erstenmal einen solchen Anfall von Wahnsinn hatte, als er weggeritten ist, daß er fieberte und Visionen hatte und daß sein Hirn seit damals vom gleichen Dämon verwirrt ist. Siehst du, es ist nicht Gawains Schuld, wenn er mich für seinen Feind hält. Es ist nur diese Krankheit.«

Ich hatte nach einer Möglichkeit gesucht, durch die man beweisen konnte, daß beide Brüder die Wahrheit sprachen. Hier war meine Möglichkeit. Wahnsinn und Irrtum – und man konnte nicht bestreiten, daß Gawain in der Schlacht wahnsinnig wurde. Es war plausibel, sehr plausibel, und dadurch konnte man die Situation erklären.

Und dennoch war ich sicher, daß es eine Lüge war.

Aber Medraut glaubte ganz deutlich an seine Theorie. Er neigte den Kopf über die Harfe, und die Töne klangen weiter.

Rhuawn rieb mit einer Hand sein Schwertheft. »Meinst du das wirklich?« fragte er Medraut. »Wenn es so ist, dann hat er schrecklich zu leiden.«

»Welche andere Erklärung gibt es noch?« fragte Medraut.

»Daß damals doch etwas passiert ist«, sagte ich. Beide Krieger schauten mich an, und ich wandte meine Blicke Medraut zu. Sein Harfenspiel verstummte einen Augenblick, wurde dann fast zu einer Melodie, und dann fuhr er in einer anderen, wilderen Tonart fort zu spielen. Das Klimpern war eine höllische Ablenkung. »Es könnte ja sein, daß du nichts davon wußtest«, gab ich zu. »Oder daß du dich nicht daran erinnerst.«

»Aber ich würde es wissen«, sagte Medraut einfach. Seine grauen Augen waren groß und ernst.

»Natürlich hätte er's gewußt«, schnappte Rhuawn. »Rhys, seine Erklärung ist vollkommen vernünftig. Ich habe den Schlachtenwahnsinn nie so gemocht, weil er nicht immer nur im Kampf vorkommt. Manchmal werden die sächsischen Berserker in einer Festhalle wahnsinnig und morden ein halbes Dutzend ihrer Kameraden hin. Wenn jemand die Berserker-Krankheit hat, dann wird sie mit der Zeit auch immer schlimmer, so habe ich gehört.«

»Mein Herr ist nicht wahnsinnig«, schnappte ich zurück. »Du mußt ihn doch im Kampf erlebt haben. Du weißt, daß er kein Berserker ist.«

Rhuawn schaute einen Augenblick lang unsicher drein. Medraut spielte weiter auf der Harfe. »Ich habe Gawain in der Schlacht gesehen«, sagte Rhuawn langsam. »Er ist ein sehr großer Krieger, aber er ist unkontrollierbar. Und hinterher bricht er zusammen, genau wie die sächsischen Berserker.«

»Ich habe nicht gesagt, daß Gawain wahnsinnig ist«, fügte Medraut eilig hinzu. »Nur . . . hin und wieder ergreift es ihn. Er ist krank.«

»Wenn du sein Gesicht gesehen hättest, wenn es über ihn kommt, dann könntest du das nicht glauben«, sagte ich eindringlich.

»Nun, ich habe zu solch einer Zeit noch nie sein Gesicht gesehen, das ist wahr . . .«, begann Medraut.

»Ich habe gesehen, wie er kämpft, und es ist die einzige Erklärung dafür, daß er Medraut so behandelt. Wann hast du denn je sein Gesicht gesehen, wenn der Wahnsinn über ihn kommt, Rhys? Niemand wagt es dann, ihm in die Augen zu schauen.«

»Als wir nach Camlann kamen, begegneten wir auf der Straße ein paar Räubern, und er hat sie getötet. Aber selbst im Schlachtenwahnsinn ist er noch bei Bewußtsein. Nur . . . nur . . . ach, ich kann's nicht sagen. Aber dein eigener Diener Aegmund hat mir Geschichten von den sächsischen Berserkern erzählt, wie sie aus dem Mund schäumen und heulen wie die Wölfe. So ist Gawain überhaupt nicht.«

»Aber es muß das gleiche sein«, erwiderte Rhuawn. »Keiner kann sagen, was Gawain in seinem Wahnsinn sieht.«

Das konnte ich auch nicht beantworten, und ich starrte ihn einfach an.

»Es ist schwer, so etwas von dem eigenen Herrn zu glauben«, sagte Medraut, noch immer zögernd. »Und weiß Gott, es ist auch schwer, so etwas von dem eigenen Bruder zu glauben, aber ich habe keine andere Erklärung. Ich weiß, Gawain sehnt sich nach Ruhm und Ehre – und welcher Krieger, der seinen Met wert ist, tut das nicht? Aber er würde deswegen nicht Lügen über meine Mutter und mich verbreiten. Nein, er glaubt an etwas, das aus seinem Wahnsinn herrührt, und weil er es glaubt, hat er Ruhm bei Fremden gesucht, anstatt bei seiner eigenen Familie. Man muß natürlich dem Pendragon alle Ehre erweisen« – Medraut nickte Rhuawn zu –, »aber mein Bruder hat sein eigenes Fleisch und Blut verlassen, um Artus zu dienen, und das ist etwas, woran ein rechter Mann nie denken würde. Als er aber Artus seinen Eid geleistet hatte, den die politische Notwendigkeit zu unserem Feind gemacht hat, da konnte er nicht anders, als seinen Irrtum weiter verteidigen. Und jetzt glaubt er, daß meine Mutter und ich für irgendeine große Finsternis kämpfen – mein Vater auch, nehme ich an –, während er und der Pendragon für irgendein Licht kämpfen. In Wirklichkeit will mein Vater nur Macht in Britannien haben, genau das gleiche, was der Pendragon auch will. Meines Vaters Rechte sind genauso gut wie die des Pendragon. Er hat die eheliche Tochter eines Hohen Königs geheiratet, und er ist der ehelich geborene König aus einem königlichen Clan. Obwohl er aus Irland stammt, während der Pendragon – ich sage das nicht, um ihn zu verunglimpfen, denn ich bewundere ihn in der Tat sehr dafür, daß er es überwunden hat –, obwohl Artus nur einer von Uthers Bastarden ist. Gesetzlich hat er keinen Clan und ist somit auch nicht in der Lage, die Stellung des Pendragon einzunehmen. Artus ist Hoher König, wie wir alle wissen, und er ist auch ein großer König. Das ist eine Tatsache. Aber es ist nicht so, als ob er für das reine Licht steht, während mein Vater und meine Mutter, die ihm einmal Gegner in einer guten Sache gewesen sind, zwangsläufig für die Finsternis stehen. Solche Gedanken passen gut in ein Lied und verleihen ihm Eleganz, aber was haben sie zu tun mit der Welt, in welcher wir leben? Mein armer Bruder verwechselt Britannien mit dem Land der Jugend, dem Königreich des Sommers. Ach, bei der Sonne, ich habe ihn in diesen Jahren vermißt. Ich habe mich immer und immer wieder gefragt, wann ich ihn wiedersehen würde. Jetzt sehe ich ihn und stelle fest, daß er noch immer wahnsinnig ist und mich haßt. Wenn er nur von seiner Krankheit frei wäre und heimkehren könnte!«

Unfähig, sich zu beherrschen, wandte Medraut all seine Gedanken der Harfe zu. Endlich spielte er eine Art Melodie, eine seltsame Klangfolge in Moll. Ich saß verwirrt da und fragte mich, wie sehr meine Welt wohl noch zusammenbrechen würde. Es stimmte ja wirklich: Artus' Recht auf das Imperium von Britannien war nur sehr klein. Konnte der Kampf, den ich so deutlich gesehen hatte, der Kampf zwischen Licht und Finsternis, nur ein Zusammenstoß zwischen unehrlichen Königen sein? Der Gedanke war solide, leicht zu begreifen, ohne irgendwelche unbestimmbaren Begriffe, ohne Welten innerhalb von Welten, die davon abhingen. Und wenn es stimmte, dann waren Medraut und Morgas ganz unschuldig und Gawain völlig im Irrtum begriffen, und ich mit ihm. Medrauts Harfe klang weiter, und ich suchte verzweifelt nach Worten, versuchte, einen Ausweg zu finden.

»Mein Freund«, sagte Rhuawn, »du hast recht. Es ist eine Krankheit, die über ihn gekommen ist. Ich wünschte bei Gott, daß er davon geheilt wäre, denn es ist schrecklich, wenn ein Mann sich von seinem eigenen Clan und seinem eigenen Fleisch und Blut getrennt hat. Ich habe das von Anfang an geglaubt, und jetzt, wo ich sicher bin, daß du unschuldig bist ... Aber was kann man tun? Gibt es irgendeine Behandlung gegen den Wahnsinn?«

Medraut holte tief Atem. Seine Augen waren sehr strahlend. »Ja. Es gibt mehrere Behandlungen gegen Wahnsinn.« Seine Stimme war sanft. »Man kann über sie nachlesen, in Büchern, in Werken, die von gelehrten römischen Doktoren geschrieben wurden. Aber ihm, ihm gegenüber könnte ich das nicht erwähnen. Er würde sich nie von mir helfen lassen, obwohl ich mich danach gesehnt habe, die Behandlungsmöglichkeiten an ihm auszuprobieren.«

»Diese Methoden«, sagte Rhuawn langsam, » ... könnte ich dir helfen?«

»Wärst du gewillt?« fragte Medraut überrascht.

Still kämpfte ich mit Medrauts Argumenten und versuchte den Fehler daran zu finden. Aber meine Gedanken waren verwirrt, ich konnte das Ganze nur anstarren und denken, wie plausibel, wie außerordentlich vernünftig das alles klang.

»Aber natürlich«, sagte Rhuawn. »Gawain hat mir einmal im Kampf das Leben gerettet, und meine Treue gehört ihm, außerdem hege ich Freundschaft zu ihm und zu dir. Auf Ehre, ich will ihm zu einer Heilung verhelfen, auf jede Weise, die du mir zeigen wirst.«

»Unsere Hilfe würde er nicht annehmen«, sagte Medraut. »Wir könnten ihn nicht überzeugen, daß er sich irrt, und wahrscheinlich würde er nur denken, ich hätte irgendeine Zauberei gegen sein Leben gerichtet. Wenn wir auch nur irgend etwas andeuten, dann wird er an seinen Herrn schreiben, und Artus würde auf ihn hören.«

»Artus traut Gawain mehr als seiner eigenen rechten Hand«, sagte Rhuawn. »Und außerdem kennt er die Situation nicht.«

»Wenn ich also Gawain eine Medizin gebe, würdest du das vor dem Hohen König geheimhalten?« fragte Medraut fast bittend. »Es würde nicht sehr lange dauern.«

Rhuawn streckte die Hand aus. »Ich will dir bei jeder Behandlung helfen, die du planst, und Artus werde ich beruhigen, indem ich ihm berichte, daß es uns allen gutgeht.«

Medraut nahm seine Hand und umklammerte sie froh. Dann schaute er mich an. »Wirst du dich uns auch anschließen?« fragte er.

Ich leckte mir über die Lippen und versuchte einen Ausweg zu finden. Dann schaute ich Medraut an. Er sah demütig und ernst und gleichzeitig aufgeregt aus. Das half mir nicht weiter. Er mußte sich irren. Er irrte sich – aber wo lag der Fehler?

»Vielleicht hat Gawain dir von mir erzählt. Oder von dem Kampf, der seiner Phantasie nach stattfindet. Ich weiß, er kann sehr überzeugend sein. Aber denke gut nach. Überleg's dir, ob meine Erklärung nicht wahrscheinlicher klingt als die Phantasien, die er für dich gesponnen hat.«

»Komm, Rhys«, warf Rhuawn ein. »Wir nennen ihn ja nicht umsonst Gawain mit der goldenen Zunge. Medraut dagegen, der spricht von wirklichen Dingen.«

»Wirst du uns helfen?« fragte Medraut noch einmal.

Ich leckte mir wieder über die Lippen. Wo, wo, wo lag der Fehler?

Plötzlich blitzte in meinen Gedanken ein Bild auf. Gawain kniete vor meinem Vater und bot ihm sein Schwert an. Niemand hatte er damit beeindrucken wollen, er hatte keinen Vorteil damit erreichen können. Die Geste war ein reines Geschenk gewesen, wie das, was Gawain Artus und Artus Britannien gab. Es war wirklich. Diesem Bild folgten schnell andere: Mein Herr lachte vor Bewunderung und sagte mir, ich könne die Brosche behalten. Er half mir, ohne nachzudenken, bei einer Arbeit, die seinem Rang nicht anstand. Er redete ernsthaft mit Artus. Er sang das unirdische Lied in den Marschen im Königreich des Sommers. Ich ließ meine halberhobene Hand wieder sinken. Es gab keine Frage mehr. Medraut log, er hatte die ganze Zeit gelogen. Während Gawains Redegewandtheit und Höflichkeit wirklich waren, Ausdruck seines ganzen Lebens, hatte Medraut nur Worte. Feine Farbe über verfaultem Holz. Selbst ohne Lots Krieger zu fragen, wurde mir plötzlich klar, daß ich Medraut noch nie gesehen hatte, wie er etwas Höfliches, Edles oder Freundliches tat, außer wenn er etwas dadurch gewinnen konnte. Ich konnte die beiden Brüder jetzt nebeneinanderstellen und ihre beiden Ansichten von der Welt, und es gab keine Frage mehr, wem ich glauben sollte.

»Nein«, sagte ich. »Ich werde nicht helfen.« Dann stand ich abrupt auf und schaute sie beide an. »Ich werde nicht helfen, weil mein Herr nicht wahnsinnig ist. Auch nicht verwirrt. Und du, Rhuawn, du weißt es auch. Aber du findest Medrauts Worte wahrscheinlicher und bequemer zu glauben. Ich will keinen Anteil haben an gewissen ungenannten Dingen, die unternommen werden, um ihn ›zu kurieren‹. Das sind Dinge, vorgeschlagen von einem, der seinem Ruf nach ein Zauberer ist und der dich dazu gebracht hat, seinem Feind, deinem Herrn, dem Kaiser Artus, alles zu verschweigen.«

Rhuawn sprang wütend auf. »Beschuldigst du mich der Untreue gegen meinen Herrn Artus?«

»Das mag sein, wie es will. Deinem Freund Gawain gegenüber bist du untreu. Noch vor einem Monat war er dir Vetter und Bruder, und jetzt bist du bereit, das alles zu vergessen. Du vergißt, daß er dein Leben gerettet hat, im gleichen Moment, wo du davon redest. Du vergißt das alles wegen ein paar Worten von einem Mann, den du erst kürzlich kennengelernt hast. Einem Mann, der offen zugibt, daß ›politische Notwendigkeit‹ ihn zum Feind deines Herrn macht, und dessen Mutter eine berühmte Hexe ist. Wir sind hierhergekommen, um seinen Vater daran zu hindern, Pläne zu schmieden. Sag mir, daß ich lüge!«

Rhuawn schlug mich ins Gesicht. Der Schlag war hart genug, daß ich zurücktorkelte. Ich stolperte über eine Bank, stürzte und knallte mit dem Kopf auf den Fußboden. Eine Sekunde lang wurde die Welt schwarz, und dann krabbelte ich herum, bis ich es endlich geschafft hatte, mich mühsam aufzurichten. Ich umklammerte meinen Schädel.

»Du vergißt, welche Stellung du hast«, sagte Rhuawn. »Ich könnte dich dafür umbringen, daß du es wagst, so mit einem Krieger zu reden. Du brauchst eine Tracht Prügel, damit du dich daran erinnerst, was du bist. Ein Diener. Diener tun, was ihnen gesagt wird. Sie geben keine Widerrede. Man hat dich mehr geehrt, als dir zusteht, und das hat dich stolz gemacht.« Er tat einen Schritt vorwärts, zog sein Schwert und hielt es so, als ob er mich mit der flachen Seite der Klinge schlagen wolle.

Medraut, der jetzt auch aufgestanden war, fiel ihm in den Arm. »Nein, du darfst ihn nicht verprügeln, Rhuawn. Er ist Gawains Diener, nicht deiner.«

»Aber Gawain verprügelt ihn ja nicht.« Rhuawn hielt inne. Ich stand auf. Die Festhalle schwankte mir um den Kopf. Undeutlich bemerkte ich, daß ein paar andere auf der anderen Seite des Raumes uns anstarrten, aber ich war zu wütend, um mich darum zu kümmern. Ich wünschte mir, daß Rhuawn auf mich loskäme, selbst mit seinem Schwert. Ich hatte den Drang, ihn zu schlagen. Nur ein einziges Mal.

»Wenn Rhys es für richtig hält, die Wahrheit nicht zu glauben, dann ist das keine Bosheit, sondern nur mißverstandene Treue«, sagte Medraut. »Wir brauchen uns nicht davon behindern zu lassen. Wenn wir meinen Bruder heilen können, dann wird Rhys sich schon freuen, da bin ich ganz sicher. Komm, laß ihn in Ruhe.«

Da wurde mir klar, daß Medraut sich Rhuawns Hilfe für irgendeinen finsteren Plan bemächtigte. Er hatte gehofft, daß auch ich meinen Teil darin erfüllen würde, aber ich war nicht so wichtig. Rhuawn war wichtig ... Um Artus in Sicherheit zu wiegen? Ich schaute Rhuawn an. Der schäumte noch immer. Jetzt konnte ich nicht mit ihm reden. Ich ließ meine Blicke in der Halle umherwandern, drehte mich dann um und ging davon. Ich hielt mir noch immer den Hinterkopf, massierte die Stelle, wo mein Kopf auf den Fußboden aufgeschlagen war. Medraut und Rhuawn setzten sich hinter mir wieder, und ich hörte wieder Medrauts leise Stimme.

Einer von Maelgwyns Kriegern grinste, als ich die Halle verließ. »Na, hast du genug von der Gesellschaft deiner Vorgesetzten?« Die anderen lachten. Ich hatte den Drang, auch diesen Kerl zu schlagen, aber noch dringender mußte ich Gawain finden. Ich mußte ihn finden und warnen.

Er war nicht im Haus. Anstatt draußen herumzulaufen und nach ihm zu suchen, setzte ich mich hin und befingerte meinen Hinterkopf. Eine herrliche Beule hatte ich da. Mit den Zähnen hatte ich mir auch den Mund verletzt, und ich spülte mir das Blut mit etwas abgestandenem, schon einmal gekochtem Wasser ab. Dann setzte ich mich auf das Bett und wartete auf Gawain. Ich hatte noch nicht lange da gesessen, als es an die Tür klopfte. Ich rief »Herein« und sorgte dafür, daß ich ein Messer zur Hand hatte. Aber es war nur Eivlin.

Sie schaute sich mit einigem Interesse im Zimmer um, kam dann herüber und baute sich vor mir auf. Sie stemmte die Hände auf die Hüften. »Wahrhaftig, ich hoffe, dem anderen geht es schlechter als dir«, sagte sie.

Ich starrte sie an und wischte mir den Mund. Ich nehme an, meine Lippe war geschwollen, und, da, ich blutete ja auch. »Was willst du?« fragte ich sie.

»Nun, ich dachte, du hättest mir versprochen, heute beim Dachreparieren zu helfen! ›Was willst du?‹ sagt der Kerl, frech wie Dreck.«

»Ich bin in dein Haus gegangen, und deine Herrin hat mich rausgeschmissen. Ich glaube nicht, daß sie heute viele Leute um sich haben will.«

Eivlin nahm die Hände von den Hüften und kreuzte sie vor der Brust. »Vielleicht war das so«, sagte sie in einem anderen Tonfall. Dann fügte sie hinzu: »Wirklich, ich habe heute in der Küche gearbeitet wie ein gewöhnliches Küchentrampel. Aber jetzt ist meine Herrin fertig – sie ist ausgegangen, auf die Falkenjagd, mit Maelgwyn Gwynedd. Ich bin froh, daß du mir hilfst, Rhys.«

»Dann laß das Dach warten. Ich muß mit meinem Herrn eine Angelegenheit besprechen.«

»Eine wichtige Angelegenheit?« begann sie ganz locker, und ich schnitt ihr das Wort ab.

»Ja, eine sehr dringende Angelegenheit.«

Sie stand da und starrte mich einen Augenblick an. Dann plötzlich setzte sie sich neben mich und nahm meinen Kopf in die Hände. »Ach, du hast aber einen harten Schlag erhalten«, sagte sie, während sie meinen Hinterkopf sehr sanft berührte. Sie schaute sich um, sah den Kessel mit dem abgekochten Wasser und nahm ihn auf. Dann holte sie ein Taschentuch aus ihrer Rocktasche und weichte es ein. »Laß mich die Beule verbinden.«

Ich grunzte, aber ich ließ sie gewähren. Sie machte es energisch, aber sanft. »Also ich frag' mich, mit wem er sich wohl gestritten hat«, sagte sie. »Mit Saidi ap Sugyon?«

Darüber mußte ich lächeln. »Traurigerweise nicht. Was noch trauriger ist, es war gar kein Streit. Ich habe nur fast eine Tracht Prügel bekommen.«

Sie zischte zwischen den Zähnen durch. »Doch nicht von deinem Herrn? Mußt du deshalb mit ihm reden?«

»Nein, es war nicht mein Herr. Es war natürlich nicht Gawain. Es war ein anderer Krieger.«

»Mögen Sie alle verdammt sein, die ganze Bande, mit ihren Schwertern und schweren Händen«, sagte Eivlin bitter und ohne eine Spur von Spott. Ich schaute sie scharf an.

»Geh nicht so leicht mit deinen Flüchen um. Die Hölle, das ist ein schrecklicher Ort. Dorthin schickt man keinen Menschen, wenn man nicht genau weiß warum. Und manche verdienen es auch nicht.«

»Mögen sie trotzdem alle verdammt sein.« Eivlin ließ ihre Hände in den Schoß sinken und schaute mich kalt an. »Sie denken an nichts anderes als an sich selbst und an das, was ihnen Spaß macht.«

»Mein Herr ist anders«, sagte ich. »Und ich kenne weitere Männer, die gut sind.«

Sie zuckte die Achseln und seufzte. »Dann habe ich nie welche kennengelernt.«

Ich packte sie am Handgelenk, damit sie mir zuhörte, und fragte: »Was ist mit Medraut, dem Bruder meines Herrn?«

»Dem!« sagte sie und hielt dann abrupt inne. Ihr Gesicht war plötzlich verschlossen. »Na, wie du schon sagst, er ist der Bruder deines Herrn.« Sie stand auf, machte sich von mir los, und ich ließ ihre Hand fahren. »Du wartest also hier auf deinen Herrn«, sagte sie, während sie mir noch immer den Rücken zukehrte.

Ich nickte, dann begriff ich, daß sie mich nicht sehen konnte, und sagte: »Ja.«

»Na, und erwartest du ihn bald?«

Das war das Problem: Es dauerte wahrscheinlich noch lange. »Noch vor der Nacht wird er zurück sein, wenn nicht schon bei Sonnenuntergang.«

»Und es wäre dir gleich, daß er jetzt bei Medraut ist?«

»Ist er das? Was tut er denn dort?« Ich sprang auf die Füße, und ein kleiner Schmerz durchschoß meinen Kopf. Eivlin drehte sich um und packte meinen Arm, während ich zusammenzuckte.

»Faß das nicht an! Der Herr Gawain redet gerade mit dem Herrn Ronan MacSuibhne, einem von Lots Kriegern. Es geht um eine politische Angelegenheit. Ronan ist ein Mitglied des königlichen Clans, und deshalb wohnt er bei Medraut. Es sieht so aus, als ob dein Herr ihn schon gekannt hätte, ehe er nach Britannien kam, und er hofft wohl, jetzt etwas von ihm zu erfahren, weil Medraut nicht da ist.«

»Ach«, sagte ich, »ist das alles? Na, dann gehe ich hin und suche ihn dort auf. – Vielleicht will ich auch mal nachsehen, wieviel Dachreparatur anschließend notwendig ist.«

»Mit dem Kopf kannst du keine Dachreparatur machen«, riet Eivlin. »Du hast eine herrliche Beule auf dem Hinterkopf, und das Dachdecken macht dich nur schwindelig.«

Wir machten uns auf den Weg durch die Festung. Eivlin ging neben mir und plauderte über die Küche und die Narren, die dort arbeiteten. Sie brachte mich zum Lachen, und das brachte meinen Kopf zum Schmerzen, aber ich mußte einfach lachen, auch wenn es weh tat. Als wir endlich das Haus erreichten, das niedrig und breit an der Mauer der Festung stand und ein faules Dach hatte, machte Eivlin einen kleinen Knicks und öffnete die Tür. »Du gehst zuerst hinein, denn du hast ja Kopfschmerzen«, sagte sie.

Ich lächelte sie an. Ich mochte sie sehr. Dann trat ich ein.

Ich hörte nur eine sanfte Bewegung hinter der Tür, und dann, ehe ich Zeit hatte, den Kopf umzudrehen, zersplitterte die Welt in lauter Schmerzen. Zuerst wurde alles rot, dann dunkel, als ich unter dem Schlag des Mannes hinter der Tür niederstürzte.

Ich bin nicht sicher, wann ich aufwachte. Es konnte nicht allzu lange gedauert haben, höchstens eine Stunde, aber das spielt keine große Rolle, denn ich wurde sofort wieder ohnmächtig, als ich irgendwie angestoßen wurde. Mein Kopf schmerzte höllisch, und außerdem war mir übel, und ich wünschte mir von Herzen, daß die Welt verschwand und mich allein ließ. Statt dessen wurde ich abwechselnd klar und bewußtlos, als ob ich wieder auf dieser dreimal verdammten Fähre gewesen wäre, auf dem Weg von Camlann nach Caer Gwent und nach Degganwy. Ich konnte Stimmen hören, die mein Gehirn zuerst verstand und dann wieder nicht verstand, und alles bewegte sich viel zu sehr. Als ich die Augen öffnete, konnte ich nichts sehen.

Aber endlich, nach langer Zeit, so schien es mir, hörte das Stampfen und Stoßen auf, noch ein paar Rucke folgten, und dann fühlte ich Hände, die mich an den Schultern packten und mich hochzogen. Die Dunkelheit wurde zu Licht, und ich stellte fest, daß ich stand, oder vielmehr hing ich zwischen zwei Männern und starrte blöde das Pferd an, von dem sie mich gerade heruntergehoben hatten. Jemand hinter mir sagte: »Bringt ihn nach drinnen«, und dann zerrte man mich zu einer elenden kleinen Hütte, die ich kaum erkennen konnte, und ließ mich auf eine Matratze fallen. Und dann war Gott sei Dank alles still, und ich konnte mich hinlegen und ruhen und die Augen schließen, so daß mein Kopf weniger schmerzte.

Nach einer weiteren kleinen Weile kam noch jemand und schaute meinen Kopf an, und dann reichte er mir einen Becher voll Wasser. Ich war durstig und trank gierig, wenn auch langsam, bis ich das Gesicht der Frau, die den Becher hielt, irgendwie erkannte. Eivlin. Ach so.

Und dann begriff ich, daß sie mich angelogen und betrogen hatte. Daß sie mich in eine Falle gelockt hatte, die Medraut für mich bereithielt. Natürlich, so sagte ich mir stumpfsinnig, warst du ein Trottel, weil du ihr so schnell geglaubt hast. Du warst ein verfluchter Narr, daß du direkt in Medrauts Haus hineingetrampelt bist. Du hättest wissen sollen, daß es nicht in Medrauts Interesse war, dich frei laufen zu lassen, damit du Gawain warnen kannst. Und dennoch, diese Eivlin hätte ... Ich hörte auf zu trinken und wandte den Kopf von ihr ab.

Sie begriff, was das hieß, und sagte: »Oh, Rhys, es tut mir so leid. Es tut mir wirklich leid. Ich wußte nicht, daß sie dir weh tun würden. Bitte, trink doch noch ein bißchen. Danach fühlst du dich besser.«

Aber ich wollte nichts von ihr, am allerwenigsten ihre Sympathie. Ich knirschte mit den Zähnen und schaute sie nicht an. Nach einer Weile ging sie weg.

Es konnte nicht allzuviel später gewesen sein, als jemand herüberkam und mich mit Gewalt aufsetzte. Ich schaute Medraut ap Lot an.

Als er sah, daß mein Blick sicherer wurde, nahm er die Hand von meiner Schulter und lächelte. »Du bist also wieder unter die Feinde zu zählen«, sagte er leichthin. »Gut. Mutter hat eine Verwendung für dich, der du auch meiner Meinung nach gut dienen wirst.«

»Geh weg«, stöhnte ich hoffnungsvoll. Ich hielt mich nicht für in der Lage, mit ihm fertig zu werden.

Er lachte nur. »Fühlst dich wohl nicht gut, was? Dir geht's bald wieder besser.« Dann wurden seine schönen Augen schmal, und er sagte wild: »Ich bin froh, daß alles so gelaufen ist, was immer Mutter auch sagt. Es paßt mir nicht, wenn ich mich unverschämten Dienern gegenüber großzügig benehmen muß.«

»Und mir paßt es nicht, wenn mich verräterische Intrigenschmiede anlächeln«, erwiderte ich.

Aber er lächelte nur noch einmal. »Dieser Schluß ist, glaube ich, ziemlich neu. Bis heute morgen hast du mich für einen guten Edlen gehalten. Gib's zu.«

»Ich habe es geglaubt, bis ich angefangen habe, dich mit deinem Bruder zu vergleichen. Ja, so war es«, sagte ich.

Das traf ihn doch. Er schlug mich, und mein Kopf knallte gegen die Wand. Prompt wurde ich wieder ohnmächtig. Nach ein paar Minuten kam ich mühsam wieder zu mir, und Medraut war noch da. Mir war sehr schlecht, und ich lehnte mich gegen die Wand. Ich wünschte mir, er würde verschwinden.

»Mein Bruder ist ein Narr«, zischte Medraut, »und ein Verräter an der Königin, unserer Mutter. Er hatte die Chance, die Macht zu gewinnen, die sie ihm angeboten hat, und statt dessen hat er Artus gewählt. Er hat uns alle verkauft, er zürnte uns und rannte weg. Er war der Ehre nicht würdig, die sie ihm gegeben hat. Er ist ein Narr, ein verräterischer, oberflächlicher ...« Medraut hielt inne und stand abrupt auf. Ich schaute ihn ohne Begeisterung an und verbiß mir die Bemerkung, die mir auf der Zunge lag.

»Du allerdings«, fuhr Medraut in einem anderen Tonfall fort und lächelte wieder sein angenehmes, offenes Lächeln, »du hast Glück. Mutter wünscht mit dir zu sprechen. Ich werde ihr sagen, daß es dir bereits wieder gut genug geht, um zu antworten, und sie wird diesen Ort mit dem Glanz ihrer Anwesenheit beehren.«

Ich wünschte mir, sie würde irgendeinen anderen Ort beehren, aber Medraut schritt davon. Er rief einem anderen Mann, der neben der Tür saß, irgendeinen Befehl zu. Ich schaute mich zum erstenmal um. Der Ort, der in Kürze vom Glanz der Königin von den Orcades erleuchtet werden sollte, schien mir eine von diesen Hütten zu sein, die Schafhirten benutzen, wenn ihre Herden auf der Sommerwiese sind. Vier Wände aus Lehm und Weidengeflecht, ein einfacher Lehmfußboden mit einer Feuergrube in der Mitte und als Bett ein Haufen Heidekraut, auf dem ich saß. Einer von Lots Kriegern hatte auf einem dreibeinigen Hocker neben der Tür Platz genommen und beobachtete mich ohne Interesse.

»Sprichst du Britisch?« fragte ich ihn ohne viel Hoffnung. »Loquisne latine?« Er starrte mich einfach an. Ich stöhnte und legte mich wieder.

Mein Kopf dröhnte. Mir war noch immer schlecht, und ich fühlte mich im großen und ganzen verwirrt. Morgas von den Orcades würde kommen und mir Fragen stellen. Und mir fiel nichts Besseres ein, als darum zu beten, daß ich ihr passende Antworten geben konnte und nicht nachgab. Also tat ich das. Während ich betete, fragte ich mich, ob ich die ganze Angelegenheit wohl hätte vermeiden können. Na, da war ja auch noch Rhuawn. Der war kein schlechter Mensch. Ich wußte, daß er unter normalen Umständen ein großzügiger, ausgeglichener

Krieger war, wenn es einen gab. Hätte ich ruhiger mit ihm geredet oder wenigstens unter vier Augen, dann hätte er mir vielleicht zugehört. Es sei denn ... Ich fragte mich, was wohl mit Medrauts Harfenspiel war. Zauberei? Wenn das der Fall war, dann hatte es bei mir nicht gewirkt, und es hätte auch auf Rhuawn nicht wirken sollen.

Aber selbst wenn Rhuawn Medraut unterstützte, dann hätte ich wohl den Mund halten sollen. Das glaubte ich jetzt. Ich hätte so tun sollen, als ob ich zustimmte, und wenn ich dann den Plan kannte, dann hätte ich gehen können, um meinen Herrn zu warnen. Das wäre sehr viel besser und sehr viel weniger riskant gewesen. Hätte ich mich doch nur ein bißchen beherrscht, wäre ich ein bißchen vernünftiger gewesen! Der gesunde Menschenverstand war doch immer meine starke Seite gewesen, das sagten alle. Ich stöhnte noch einmal, und ich entschloß mich, in Zukunft vorsichtiger zu sein – wenn ich eine Zukunft hatte, was keineswegs sicher war.

Mit Entschlüssen ist es merkwürdig. Vor noch nicht drei Monaten hatte ich mich entschlossen, aktiv für das Licht zu kämpfen. Ich hatte einen fremden Gast darum gebeten, mich nach Camlann mitzunehmen. Und jetzt lag ich hier und wartete darauf, ausgefragt zu werden, und Gott allein wußte, welche Fragen mir gestellt würden. Eine berüchtigte Hexe würde mich ausfragen. Ich dachte darüber nach, ob ich wohl den nächsten Morgen noch erlebte. Der Gedanke ließ mich zittern. Nie wieder die Gesichter meiner Lieben zu sehen, nie wieder ein warmes Herdfeuer im eigenen Haus, das auf mich wartete, nie wieder erntereife Felder oder Ochsen, die den Pflug zogen, nie wieder die Lerchen singen hören. In einem fremden Land zu sterben, ohne daß irgendeiner etwas davon wußte.

Andererseits hatte ich meine Wahl getroffen, und das in aller Ehrlichkeit. Also hatte es keinen Zweck, darüber nachzudenken, was vielleicht hätte sein können. Jeder muß irgendwann einmal sterben, und es ist ein guter Tod, für das Licht zu sterben, aus Treue zu einem guten Mann. Es hätte auch anders sein können, ich hätte ja bei Medraut den Mund halten können – aber ich hatte geredet, und weil ich wußte, wie ich war, konnte ich auch nicht sicher sein, ob ich den Mund hätte halten können. Also schob ich all die unnützen Gedanken beiseite und begann wieder zu beten.

Als ich draußen Hufschläge hörte, schob ich mich hoch, setzte mich und bekreuzigte mich. Dann wartete ich. Es war dunkel im Zimmer geworden, und mir wurde klar, daß draußen Nacht sein mußte. Ob es aber die Nacht des gleichen Tages war, an dem ich auf den Kopf geschlagen wurde, das wußte ich nicht.

Medraut betrat den Raum zuerst. Er hielt eine Lampe, die zur Abdämpfung der Flamme eine Platte aus Horn hatte. Er warf mir kaum einen Blick zu, hob die Laterne hoch und trat an der Tür beiseite.

Morgas drang in den Raum ein wie eine Flutwelle. Sie trug einen langen, dunklen Reisemantel über ihrem roten Gewand, und für meine stillen, müden Augen sah es so aus, als ob sie die ganze Nacht im Schlepp hinter sich herzog. An der Tür stand sie sehr still und schaute auf mich hinab. Sie lächelte ein wenig, aber ihr Blick ließ mir das Herzblut gefrieren. Ich nahm mich zusammen und starrte zurück.

»Zünde das Feuer an«, befahl sie, ohne den Blick von mir abzuwenden.

Ich sah, wie Eivlin sich hinter ihr hervordrückte, zum Feuer schlüpfte und mit dem Zunder herumfummelte. Es machte mich krank, sie anzuschauen, und ich sah genau hin. Sie war sehr bleich und vermied es sorgfältig, die Augen auf mich zu richten.

Der Zunder brannte an, und ein bißchen mehr Licht flammte auf. Eivlins Haar leuchtete wie reife Weizenfelder im Wind. Die Schatten sprangen hoch, dann wurden sie im Lampenlicht ruhig, während das Feuer sich ins Holz fraß. Morgas öffnete die silberne Spange an ihrem Reisemantel und ließ ihn von den Schultern gleiten. Medraut fing ihn auf und reichte ihn dem Wachposten, mit einem kurzen Befehl auf irisch. Der Posten verbeugte sich leicht und ging. Die Königin schaute weder ihn noch Medraut an, sondern machte nur mit der rechten Hand eine kleine Geste. Medraut warf einen Blick um sich, hängte die Laterne an einen Dachbalken, nahm dann den dreibeinigen Hocker, den der Posten benutzt hatte, und rückte ihn näher ans Feuer. Er trat zu mir herüber, packte mich am linken Arm und zerrte mich hoch. Alles verschwamm mir vor Augen, und ich spürte eine Welle der Übelkeit, aber ich stolperte an die Stelle, zu der Medraut mich zerrte, ließ mich auf den Hocker sinken und schaute die Königin an.

Sie kreuzte die Arme über der Brust. Ihre Arme waren nackt; das reiche, dunkelrote Gewand war davon abgeglitten. Sie sahen sehr weiß und stark aus. Ich hätte ihr fast lieber in die Augen schauen können, als ihre Arme zu sehen, aber ich versuchte, starr vor mich hinzublicken und ihr keine Aufmerksamkeit zu schenken. Eivlin, das bemerkte ich aus den Augenwinkeln, hatte sich wieder an die Wand gedrückt und dort hingehockt. Sie sah blaß und elend aus.

»So«, sagte Morgas endlich, und ihre Stimme war sehr sanft und kalt, »du glaubst also nicht, daß mein Sohn Gawain wahnsinnig ist.«

Ich hatte nicht erwartet, diese Geschichte noch einmal zu hören. Ich preßte den Mund fester zusammen und starrte ins Leere.

»Nun, vielleicht hast du recht.« Das Gewand der Königin rauschte, als sie sich bewegte. »Vielleicht hast du wirklich recht. Aber morgen ist das vielleicht anders.«

Ich mochte die Worte nicht, die sie sagte. Hatte sie vor, Gawain wahnsinnig zu machen? Konnte sie das überhaupt? Er hatte gesagt, sie hätte versucht, ihn durch Zauberei zu töten. Der Versuch war fehlgeschlagen, das war deutlich zu sehen. Vielleicht würde es ihr einfach wieder mißlingen.

Aber vielleicht auch nicht.

»Schau mich an, Sklave«, sagte Morgas. Ich schaute. Ihre Augen waren noch kälter und schwärzer, als ich sie in Erinnerung hatte, und ich hatte das Gefühl, als ob ich mitten im Winter schwimmen müßte. Aber ich begegnete ihrem Blick. Ich wollte einfach keine Angst haben. Und besonders wollte ich meine Verräterin Eivlin nicht sehen lassen, wieviel Angst ich hatte.

»Du wirst bei der Behandlung helfen, die Medraut meinem

Sohn gegen seinen Wahnsinn verabreichen wird«, stellte Morgas fest.

Ich biß die Zähne zusammen. »Hohe Frau, das werde ich nicht.«

»Ob du nun willst oder nicht, durch deine Hilfe wird es getan werden, und zwar morgen. Lebendig oder tot, du wirst helfen.«

Ich konnte mein Herz sehr laut hämmern hören, und mir war wieder schlecht. Aber diesmal kam es nicht von dem Schlag auf den Kopf. Ich schluckte mehrmals. Ich hatte einmal eine Geschichte von einem Mann gehört, der Hexen in die Hände fiel, der es aber schaffte, ihnen zu entschlüpfen. Später träumte er, daß sie kamen, ihm die Kehle durchschnitten und sein Herz herausrissen. Sie tranken sein Blut und verstopften die Wunde mit einem Schwamm. Er träumte auch, daß sie ihm befahlen, fürchterliche Dinge zu tun. Er mußte Gräber und Friedhöfe ausrauben. Und er träumte, daß er diese Dinge tat. Am nächsten Morgen wachte er in seinem eigenen Bett auf und zitterte und war froh, daß alles nur ein Traum war. Er war glücklich, daß er weiterreisen konnte. Und dann, als er an einer Quelle anhielt, um zu trinken, fiel ihm ein Schwamm aus der Brust, und er brach tot zusammen. »Nicht mehr Blut war in ihm als in einer ausgebluteten Ente.« Meine Schwester Morfudd hatte die Geschichte mit Genuß erzählt, und ich hatte gelacht. Aber ich wußte nicht, über was. Während ich jetzt Morgas' Augen anschaute, war ich ganz sicher, daß sie, wenn nicht so etwas, dann doch etwas in der Art tun konnte. Lebendig oder tot, hatte sie gesagt, lebendig oder tot würde ich ihr bei dem helfen, was sie mit Medraut gegen Gawain vorhatte. Irgend etwas tief in mir, der Stoff, aus dem mein Fleisch und Blut gemacht war, begann mir zuzuschreien, all das zu tun, was sie mir befahl. Wenn ich meinen Herrn, ob lebendig oder tot, doch verraten mußte, dann war es doch sicher besser, es lebendig zu tun! Dann wenigstens konnte ich ihm hinterher helfen. Dann würde sie mir das Herz nicht mit der kräftigen weißen Hand herausreißen, so daß ich hinterher tot zusammenstürzte, wie der andere . . .

»Hohe Frau«, sagte ich, »gleichgültig, zu was du meinen Körper zwingen kannst, ich werde dir nicht bei deinen Plänen helfen. Und glaube nicht, daß du mich durch den Schrecken, den du ausströmst, zwingen kannst, dir zu gehorchen. Eins weiß ich, trotz all deiner Zauberei kannst du weder meine Seele in die Verdammnis stürzen noch deine eigene retten.« Und ich legte den Kopf zurück und schaute ihr in die Augen.

Zu meiner Überraschung hatten sie meine Worte getroffen. Ihr Gesicht errötete ein wenig, und das Lächeln erstarrte einen Augenblick. Aber irgend etwas zitterte in ihrem Blick, eine entsetzliche, quälende Einsamkeit und ein krankhaftes, wildes Begehren. Sie tat einen schnellen Schritt auf mich zu und packte mich am Haar. Sie riß mir den Kopf zurück und beugte sich über mich, bis ihr Gesicht nur noch wenige Zoll von meinem entfernt war.

»Gut gebrüllt!« Ihre Stimme war fast ein Zischen. »Behalte also deine Seele. Aber dein Gehirn, das werde ich haben, und auch deinen Körper. Zu meinen Zwecken. Und Hirn und Körper kann ich haben, Sklave. Ich kann.« Sie schleuderte mich wild von sich und richtete sich abrupt wieder auf. Der Stoß beförderte mich vom Hocker auf den Fußboden, und ich verbrannte mir das Bein am Feuer, ehe ich mich auf Hände und Knie aufrichten und wegkriechen konnte. Morgas, Medraut und Eivlin sahen zu, wie ich mich mühte. Die ersteren beiden amüsierten sich fast, aber ein Blick auf Eivlin zeigte mir, daß sie mit hochgezogenen Knien an der Mauer saß, sich auf die Lippen biß und unendlich unglücklich aussah. Ich fragte mich, was sie wohl dachte.

Während ich mich hinhockte, kam ich zu dem Schluß, daß ich auf dem Boden sicherer war. Ich schaffte es, Morgas wieder anzuschauen. Noch immer brachte ihr Anblick mir den schwarzen Schrecken, aber ich hatte jetzt nicht mehr soviel Angst vor ihr. Ich wußte, ihre Macht war begrenzt. Ich wußte außerdem plötzlich, daß ich wohl sterben konnte, aber trotzdem den Glauben behielt. Und dieses Wissen war ein Sieg.

Morgas' Gesicht war wieder ausdruckslos. Es wirkte totenblaß, abgesehen von ihren schrecklichen Augen. Sie begann in ihrer normalen, weichen Stimme weiterzusprechen. »Morgen früh wirst du zurück nach Degganwy gehen. Du wirst deinen Herrn um eine Unterredung bitten, fern von der Festung. Du wirst ihn hierherbringen und sagen, daß es hier etwas gibt, was er sehen muß. Du wirst ihm raten, sein Pferd draußen festzubinden. Wenn du ihn in dieser Hütte hast, dann bitte ihn um sein Schwert. Sag ihm, du willst darauf schwören. Wenn er es dir gegeben hat, aus freiem Willen, dann wirst du es, so weit du kannst, durch die Tür nach draußen werfen, und wenn er versucht, es wiederzuholen, dann wirst du ihm die Tür versperren. Dann kommen Medraut und Rhuawn und bitten ihn, und deine Arbeit ist erledigt.«

»Ich könnte das nicht tun, selbst wenn ich gewillt wäre«, sagte ich. »Gawains Schwert ist eine Waffe aus der Anderwelt, und alle sagen, es verbrennt die Hand von jedem, der versucht, es zu ziehen. Das Schwert hat sogar einen Namen aus der Anderwelt.«

»Sein Name ist Caledwlch«, warf Medraut ein. »Möge es bald zerschmettert werden! Aber es verbrennt die Hand nicht, wenn es freiwillig gegeben wird. Du wirst tun, was man dir befohlen hat.«

»Sei still«, sagte ihm Morgas sehr sanft und liebenswürdig. Medraut hielt inne, so abrupt wie ein Fuchs, wenn er die Hunde hört. Schweigend drückte er sich wieder zurück zur Wand. Mir wurde klar, daß er Angst vor der Königin hatte, und mein eigener Mut wuchs.

»Es spielt keine Rolle, ob das Schwert meine Hand verbrennt oder nicht«, sagte ich Morgas. »Ich will dir nicht helfen. Versuch es mit Rhuawn – aber seiner Hilfe kannst du auch nicht allzu sicher sein, sonst würdest du mich nicht fragen. Kann es sein, daß er nach deinem Plan im Irrtum befangen bleiben muß? Nun, dann versuch deine Zaubereien an mir, wenn du glaubst, sie wirken. Aber ich sage dir, daß ich Christ aus einem christlichen Königreich bin. Ich bin der Diener eines guten Herrn, eines großen Kaisers und des höchsten Gottes. Ich demütige mich nicht vor einer, die nur Königin von den Orcades ist.«

Medraut zuckte leicht zusammen, als ob er vorwärts stürzen und mich schlagen wollte, aber er beherrschte sich und schaute Morgas an. Sie lächelte nur wieder. »Noch einmal schöne Worte. Aber sag, was du willst. Trotz all deiner Herren und Götter kann ich jetzt mit dir machen, was ich will. Und ich will, daß diese Dinge geschehen, und ich werde dich dazu zwingen. Medraut!«

Sie hob träge einen Arm und streckte den Zeigefinger aus, einen dünnen, feingliedrigen, kräftigen Finger, wie Gawain sie besaß.

Medraut war nur zu bereit. Er kam eilig heran, packte mich, setzte mich wieder auf den Hocker und band mir die Arme auf dem Rücken. Aus den Augenwinkeln schaute ich Eivlin an. Sie hockte an der Tür, die Hand auf den Mund gepreßt, und ihre blauen Augen waren groß vor Elend. »Ich wußte nicht, daß sie dir weh tun würden«, hatte sie am Nachmittag gesagt. Zum erstenmal brach mein Zorn auf sie zusammen. Es war deutlich: Sie freute sich nicht über das Ergebnis ihres Verrats. Konnte ich glauben, daß sie mich nicht die ganze Zeit angelogen hatte wie Medraut, sondern daß sie nur dem Befehl ihrer Herrin gefolgt war, ohne Fragen zu stellen, aus reinem Schrecken? Mein Blick lag jetzt voller auf ihr, und sie schaute mir direkt in die Augen. Sie nahm die Hand herunter und starrte mich mit angstvollen Augen an, und ihre Lippen bewegten sich leise. Ich wandte schnell den Blick ab. Aber ich konnte jetzt glauben, daß sie nur ein Werkzeug gewesen war, voller Angst und ohne Kenntnis der Umstände. Es war tröstlich zu wissen, daß ein Mensch wie Eivlin existierte und daß sie nicht nur dazu da war, um andere zu betrügen. Dennoch, sie war ein Werkzeug.

Morgas wollte auch mich zu einem Werkzeug machen, um Gawain zu verraten, wie Eivlin mich verraten hatte. Medraut war jetzt mit meinen Händen fertig und band auch meine Beine an die Beine des Hockers. Ich biß die Zähne zusammen und wartete.

Morgas löste die goldenen Bänder, die ihr Haar zusammenhielten, und es fiel über ihre Schultern und ihren Rücken. Sie ließ die Finger hindurchgleiten und warf den Kopf zurück. Ihr Haar war sehr schwarz.

»Schön«, bemerkte ich und versuchte, ein wenig von meinem Schrecken loszuwerden und Medraut zu ärgern, indem ich eine unverschämte Bemerkung machte. »Ziehst du jeden Morgen die grauen Haare aus?«

Sie machte sich nicht die Mühe zu antworten. Sie breitete nur die Hände aus und sang irgend etwas, den Anfang eines Ritus.

Es ist mir nie möglich gewesen, anderen genau zu erzählen, was während der nächsten paar Stunden geschah. Nicht, daß es so schmerzhaft oder so widerwärtig gewesen wäre, daß man nicht davon sprechen kann – es hat ein bißchen weh getan, und es war unangenehm, aber nicht mehr als eine kleine Übelkeit. Ich fand es noch nicht einmal schändlich oder ekelerregend – obwohl mir damals wie heute, weiß Gott, heiß wird, wenn ich daran denke. Aber meine Erinnerung daran ist verschwommen, und – um die Wahrheit zu sagen – ich habe mir auch nie große Mühe gegeben, mich daran zu erinnern. Denn solche Dinge tun niemandem gut, weder dem, der sie erlitten hat, noch dem, der sie hört. Ich kämpfte gegen Morgas. Sie sang und warf Gegenstände ins Feuer, sie zeichnete Muster und versuchte, mich mit ihren Blicken zur Unterwerfung zu zwingen. Ich biß die Zähne zusammen, verkrampfte meine Hände hinter dem Rücken und kämpfte härter. Sie fuhr fort mit den Zaubereien, ich hatte das Gefühl, als ob ich im Traum lebte, als ob ich in einem schwarzen Ozean kämpfte, und eine betäubende Kälte trieb mich nach unten und versuchte mich zu ersticken. Ich dachte an meine Familie und unseren Hof, ich stellte mir vor, wie das Vieh im Stall aussah und die Schwalben unter dem Dach. Ich dachte an Camlann. Ich dachte sehr oft an Gawain, den ich nicht betrügen konnte. Ich dachte an sie alle auf einmal, hielt sie fest wie die Worte eines Gebetes. Alles, was ich vom Licht wußte, von der Ordnung, der Freude und der Liebe. Und ich schaute mit zusammengebissenen Zähnen Morgas an und gab nicht nach.

Aber sie fuhr fort, machte immer weiter und weiter, und ich bekam das Gefühl, daß ich erstickte und nach Atem ringen mußte. Die Bilder in meinem Gehirn verwischten an den Kanten, wurden kalt. Ich flocht meine Finger in die Seile, die um meine Handgelenke lagen, und ich spürte, daß meine Handflächen glatt vom Schweiß waren. Die dämmerige kleine Hütte schwamm vor meinen Blicken, und das Feuer wirkte verwischt, wie abends, wenn man es vor dem Einschlafen anschaut. Alles war unwichtig, ging mich nichts mehr an. Es machte mir Schwierigkeiten, mich an Namen zu erinnern – wer war denn der Kaiser? Und mein Bruder? Und mein Herr? Ich hatte das Gefühl, als ob ich von allen weit entfernt war, und mein Leben war noch eine Haaresbreite vom Tod entfernt. Fast schien es so, als ob ich aus dieser dämmerigen Hütte in Gwynedd einfach hinaustreten konnte in ein ganzes, strahlendes, wundervolles Universum, in das Königreich des Sommers aus Gawains Lied. Es war mir, als ob die hölzernen Wände plötzlich Blätter bekommen würden, wenn ich nur hinschaute, und als ob die Vögel von Rhiannon zu singen anfingen. Aber auch dieses Gefühl bekämpfte ich. Es war notwendig – warum? – daß ich mich wehrte, denn irgend jemand – wer wohl? – würde Schaden erleiden, wenn ich das nicht tat. Mein Kopf sank auf die Brust; ich hob ihn wieder und schaute Morgas an. Ihr Blick schlug gegen mich, wie Wellen gegen eine Klippe schlagen. Eine zerfallende Klippe. Aber ihr Gesicht tropfte vor Schweiß, ihr Haar war wild und unordentlich. Sie hielt mit beiden Händen einen langen Dolch, und die Klinge war mit Blut beschmiert. Es war mein Blut, und es war schon eine Weile her, aber ich schaute es gleichgültig an. Nichts spielte mehr eine Rolle. Nur noch aushalten ... aushalten ...

»Du wirst die Falle für ihn aufstellen«, sagte sie zum tausendsten Mal, »und dann, dann endlich werden wir uns an ihm gerächt haben, Medraut und ich. Und wenn sein Gehirn zerstört ist, dann geben wir ihn Rhuawn zurück, der ihn zu Artus bringen wird. Und Medraut wird mitreisen, sehr liebevoll, sehr besorgt. Und dann! Rhuawn gehört in gewisser Hinsicht uns, Gawain wird ein groberes Werkzeug sein, und andere werden folgen. Medraut wird sie bringen. Genauso wie andere Maelgwyn in seinem geheimen Bündnis folgen werden, wie sie warten werden, bis die Familie sich untereinander bekämpft. Dann ist der Schilderwall gebrochen, und die Tore der Festung werden zerschmettert werden! Dann wird Artus sterben.«

Sie stand da, strahlend vor Dunkelheit, voll entsetzlicher Schönheit. Sie war sich grauenhaft sicher. Aber nichts, was sie sagte, schien außerhalb der Enge dieser Hütte viel zu bedeuten.

Ich starrte sie an, und ich war unfähig, zu denken oder irgend etwas zu fühlen.

Sie begann triumphierend zu lächeln und hob den Dolch. Die Wände flackerten wie eine Kerze im Wind. Ich stemmte meine Absätze gegen den Fußboden und starrte wie betäubt zurück. Morgas schien die Decke zu berühren, wie eine schwarze Welle, die sich aufbäumt und brechen will.

»Medraut!« sagte die Königin. »Jetzt!« Ich lehnte mich zurück, ich war kaum noch in der Lage, sie zu sehen. »Medraut!« Die Flut ebbte ein wenig ab. Dumpf bemerkte ich, daß Morgas Blicke um sich warf. Ich ließ mich auf dem Hocker zusammensinken. »Medraut! Wo bist du?« Die Königin senkte den Arm, und nur der Dolch blitzte, während er sich bewegte. Dann wandte sie sich ab, ging zur Tür und verließ die Hütte. Ich konnte noch nicht einmal denken, daß sie hinausgegangen war, um ihn zu suchen. Ich konnte überhaupt nicht denken. Die Welt vor mir war ganz dunkel, und ich hatte das Gefühl, als ob jene andere Welt darunter und um mich her lag. Ich schaute ins Nichts, ich wartete darauf, daß alles um mich her zu blühen begann.

Die Tür öffnete sich wieder, aber es war nicht Morgas. Es war Eivlin. Irgendwie erkannte ich sie, selbst in dieser Finsternis. Sie schoß durch die Hütte, ließ sich hinter mir auf die Knie fallen, und im nächsten Augenblick spürte ich ihre harten, verzweifelten Schnitte an den Seilen. Ich fuhr fort, die Wand anzustarren. Ich konnte weder verstehen, noch kümmerte mich das, was geschah – dennoch erinnere ich mich ganz genau daran.

Sie hatte meine Arme befreit, dann mein rechtes Bein. Mein rechter Fuß war eingeschlafen, und ich rollte die Zehen ein, bis sie schmerzhaft kribbelten. Die halb gespürte Musik in der Luft klang leiser, verschwand. Ich schüttelte den Kopf.

Die Seile, die mein linkes Bein hielten, gaben nach. Eivlin sprang auf, packte meinen rechten Arm und riß mich hoch. Ich stand auf, schwankte, fragte mich, was passiert war. Eivlin bückte sich, hob etwas auf, das sie hingelegt hatte, als sie die Seile zerschneiden wollte. Es war ein Schwert. Sie zog sich meinen rechten Arm über die Schulter und schleppte mich halbwegs zur

Tür. Dann brachte sie mich hinaus. Der Mond schimmerte auf der Schwelle, und die Nachtluft war feucht und kalt. Ich blieb stehen und schaute das liebliche Licht an.

»Komm weiter!« zischte Eivlin und zerrte wild an meinem Arm. Ich begann vorwärts zu stolpern. Ein Stückchen von der Hütte entfernt war ein kleines Pony angebunden. Es mußten auch Pferde dagewesen sein, sagte mir irgend etwas, und ein Wachposten hätte sie bewachen müssen. Aber jetzt stand nur das einzelne, zottige Bergpferdchen da. Eivlin löste blitzschnell die Zügel und packte das Tier am Kopfgeschirr.

»Komm weiter!« zischte sie noch einmal. »Steig auf.«

Mir war noch immer nicht ganz klar, was mit mir passierte. Ich versuchte aufzusitzen, wurde schwindelig und mußte mich erst einmal gegen die Seite des Ponys lehnen. Ich preßte die Hände über die Augen, um meinen Blick zu klären. Dann legte das kleine Tier die Ohren zurück und sah erfreut aus, und ich mußte lachen. Eivlin rief wütend etwas auf irisch aus und versuchte, mich mit Gewalt in den Sattel zu heben. Schließlich schaffte ich es, mit ihrer Hilfe hinaufzuklettern. Eivlin nahm die Zügel, schlang sie um den Arm, warf einen eiligen Blick über die Schulter zurück – und erstarrte. Ich schaute auch hin, und ich sah Morgas, die vor der Hütte stand.

Irgend etwas rührte sich in mir. Schwindelig lehnte ich mich vom Pony nach vorn und packte das Schwert, das in Eivlins bewegungsloser rechter Hand war. Eivlin preßte sich gegen die Seite des Ponys.

Morgas begann langsam auf uns zuzugehen.

Ich hob das Schwert, als ob es ein Beil wäre, und bemerkte zum erstenmal, daß es Medraut gehörte. Ich würde kämpfen, dachte ich – und dann bemerkte ich, daß ich diesmal nicht an Händen und Füßen gebunden war. Ich packte Eivlins Haar und preßte meine Hacken in die Flanken des Ponys. Es schnaubte, scheute, so daß ich fast hinunterfiel, und lief. Eivlin wurde hinterhergezerrt. Sie kam plötzlich wieder zu sich und torkelte hinter dem Tier her. Sie zitterte wie ein verängstigtes Kaninchen.

»Ihr werdet sterben!« schrie Morgas hinter uns. »Beide. Du,

Füchsin, wirst sterben vor dem Abend des kommenden Tages. Und auch er wird sterben, dein Liebhaber, und bald genug!«

Ich brachte das Pony zum Traben und schaute zurück. Morgas folgte uns nicht. Sie rief nur. »Glaubst du, du kannst nach Deganwy zurück? Maelgwyns Männer werden dich für mich festhalten.« Ihre Stimme erhob sich, wurde zu einem Kreischen der Wut. »Geht, unter allen Umständen! Und du, du hast seinen Tod nur verzögert, dummes Ding. Dein eigener Tod ist dir sicher. Geh!« Eivlin riß am Zügel des Ponys und begann zu rennen, und das Pony trabte ein bißchen schneller.

Ich konnte die Wärme des kleinen Tieres zwischen meinen Beinen spüren, und ich fühlte die Glätte des abgenutzten Leders an Sattel und Geschirr. Eivlins Haar wirkte im Mondlicht bleich. Ich blickte auf. Der Mond war leicht verschwommen, ein Frühlingshalbmond wie ein gelber Apfel. Und der Nachthimmel war tief und weich, überzogen von leichtem Nebel. Die Berge lagen um uns, stille, schwarze Schatten, und nur ein paar ferne Spitzen schimmerten noch vom letzten Schnee. Durch den Geruch von Pferd und Leder spürte ich den Duft des nassen Grases, und die Luft sagte mir, daß die Dämmerung nicht mehr weit war. Etwas in mir stürmte in den Himmel, flatterte wie eine Lerche, während mir klar wurde, daß ich gegen alle Erwartung und Wahrscheinlichkeit tatsächlich noch lebte und bei Verstand war. Kopfschmerzen und alles. Ich hatte den Wunsch zu singen, aber das einzige Lied, das mir einfiel, war Gawains Lied über die Anderwelt, gemischt mit Kirchenliedern von zu Hause. Es war alles ganz lächerlich, weil mir die Worte nicht einfielen. Ich mußte lachen, und als ich erst einmal angefangen hatte, konnte ich nicht mehr aufhören. Eivlin schaute mich scharf an, ihre Augen glänzten in dem dämmrigen Licht. Ich lachte noch lauter, und der Schmerz schoß mir dabei durch den Kopf.

»Das hat nichts zu sagen«, brachte ich endlich keuchend heraus, um sie zu beruhigen. »Morgas hat mir nicht den Verstand gestohlen. O Eivlin, Eivlin, was hast du mit Medraut gemacht? Und was ist mit dem Wachposten?«

»Darüber gibt es nichts zu lachen!« Ihre Worte klangen scharf und unglücklich. »Medraut ist hinausgegangen, um nachzusehen, warum ich so lange brauchte, um Feuerholz zu holen. Da hab' ich ihm mit einem Stück Holz auf den Kopf gehauen. Ich weiß nicht, ob er lebt oder tot ist. Was Ronan angeht, den Posten, dem hab' ich schon anfangs gesagt, daß meine Herrin will, er soll die Pferde nach Degganwy zurückbringen und bei Sonnenaufgang wiederkommen. Und er müßte ein Pferd zurücklassen. Ach, ich konnte ihm noch nicht einmal sagen, wofür das Pferd wäre – aber er hat auch nicht gefragt. Er ist sofort losgeritten. Er war sowieso nicht glücklich darüber, daß er da war. Dann bin ich zurück zur Hütte gegangen und hab' hinter der Tür gewartet, bis meine Herrin herauskam. Dann hab' ich sie auch auf den Kopf gehauen, aber ich konnte nicht so fest schlagen, weil ich Angst vor ihr hatte.«

»Du hättest sagen sollen: zwei Pferde. Dann hätten wir wegreiten können wie die Herren der Welt. Eivlin, du bist der Siegelring an der Hand der Mutigen, du schmückst die Erde, wie der Mond die Nacht schmückt . . .«

Ich wollte ihr noch weitere Lieder sagen, aber sie schnappte nur: »Genug davon. Wir müssen weit, weit weg sein, wenn es Morgen wird.«

Ich fummelte nach den Zügeln, begriff, daß Eivlin sie hatte, und schlang mir statt dessen die Mähne des Pferdchens um die Hände. Trotz des Kopfschmerzes, der Zauberei und der Flucht war ich leichtköpfig genug, daß ich galoppieren wollte. Mit Eivlin vor mir auf dem Sattel. Als ob das Pony mit uns beiden hätte galoppieren können. »Wohin?« fragte ich und beherrschte mich.

»Nach Caer Segeint! Caer Legion! Egal wohin! Aber wir müssen zuerst die Hauptstraße finden, und dann mußt du wegreiten, so schnell du kannst.«

Ich wollte fragen: »Und was ist mit dir?« als mir ein Gedanke kam und ich fragte: »Was ist mit meinem Herrn?«

Sie blieb stehen. Das Pony machte noch einen Schritt, blieb dann auch stehen und warf verärgert den Kopf hoch. Eivlin starrte zu mir auf. »Dein Herr? Ich verkaufe doch nicht mein eigenes Leben, um das Leben deines Herrn zu retten. Laß deinen Herrn selbst eine Möglichkeit finden zu entkommen.«

Ich runzelte die Stirn. »Ich war in Gefahr, weil ich Gawain nicht verraten wollte. Wie kann ich jetzt weglaufen und ihn Morgas ausliefern?«

»Ach, Rhys. Morgas kann doch jetzt nicht mehr den gleichen Plan haben. Du bist ja weg, und Medraut ist tot.«

»Wir wissen nicht, ob Medraut tot ist. Ich würde meinen Kopf verwetten, daß er nicht tot ist. Und sie haben noch immer Rhuawn.«

»Meine Herrin hat gesagt, daß dein Herr Rhuawn nicht länger traut. Komm, er ist nicht mehr in Gefahr als du. Und was ist schon ein einziger Herr? Du kannst genug andere Männer finden, denen du dienen kannst, oder du kannst auch zurück zu deinem Clan. Hast du meine Herrin nicht gehört? Wir können nicht wieder nach Degganwy. Maelgwyns Wachen würden uns nicht durch das Tor lassen.«

Meine Vernunft sagte mir, daß sie wegen Degganwy recht hatte. Trotzdem war ich bereit, allein dafür zu kämpfen. Obwohl ich zu krank war, um auch nur ein Stückchen zu laufen. Eins aber wußte ich: »Ich werde Morgas nicht mit Gawain machen lassen, was sie will«, sagte ich, »er muß gewarnt werden.«

»Bist du denn wahnsinnig! Willst du unser Leben für diesen Krieger wegwerfen, diesen Kerl, der nur unsere Arbeitskraft ausnutzt?«

»Er ist mein Herr, und ich diene ihm, weil ich es selbst so wollte. Er ist meine Treue wert. Ich mag Gawain. Ich würde ihn sogar meinen Freund nennen, wenn man einen Herrn seinen Freund nennen kann. Er muß gewarnt werden. Und außerdem bin ich sein Diener. Wenn ich fliehe, wo er mich am meisten braucht, wo bleibt dann mein eigenes Ehrgefühl?«

Eivlin schüttelte den Kopf. »Das stimmt ja gar nicht. Rhys, meine Herrin hat entsetzliche Macht. Wir müssen sehr weit weg. Du jedenfalls, denn ich weiß, daß meine Herrin mich durch einen Fluch töten wird, vor dem Abend des kommenden Tages. Genau wie sie gesagt hat. Bei der Sonne, bei der Erde und dem Himmel und der See, bei deinem eigenen Gott, Rhys, laß es nicht zu, daß ich um nichts sterbe. Wenn wir zurück nach Degganwy gehen, dann wirst du sterben, ihn wirst du nicht warnen können, und Morgas wird mich umbringen, obwohl ich nichts erreicht habe. Laß uns eilen. Komm, wir müssen die Straße erreichen, ehe es hell wird. Morgas wird mit Sicherheit Lots Männer hinter uns herschicken, insgeheim.« Sie riß wieder am Zügel, und das Pony trottete weiter.

Wieder tastete ich nach den Zügeln. Ich wollte das Tier anhalten. »Eivlin, mein Herr muß gewarnt werden. Was meinst du damit, Morgas wird dich durch einen Fluch töten? Das kann sie ja nicht. Wir müssen meinem Herrn eine Botschaft überbringen . . .« Ich hielt plötzlich inne, weil mir einfiel, was ich gesehen hatte – war das erst heute morgen gewesen?

Auch Eivlin blieb wieder stehen, und das Pony riß ungeduldig am Zügel. »Aber ich werde sterben!« sagte sie zornig und unter Tränen. »Und auch du wirst sterben, und alles um diesen Krieger, der nicht auf sich selbst aufpassen kann! Aber wenn wir müssen . . .«

»Wir müssen nicht«, sagte ich. »Gawain hat einen Ort, wo für ihn Nachrichten vom Kaiser hinterlegt werden. Wir könnten dort eine Nachricht hinterlassen. Der Platz ist auf dem Weg zur Hauptstraße.«

Eivlin schaute mich an. Erst erstaunt, dann voller Hoffnung. Sie begann, schweigend weiterzugehen.

Die Welt war grau, wie immer vor der Dämmerung, als wir die große Eiche mit der Astgabel erreichten. Die ersten Vögel zirpten schon, noch halb im Traum. Die Aufregung der Flucht war vergangen, und mein Kopf schmerzte fürchterlich, wenigstens genug, daß ich mich krank fühlte. Ich war auch müde. So müde, daß ich unter einem Baum hätte zusammenbrechen und eine Woche lang nicht wieder aufstehen können. Ich schaute die Eiche an. Ich hatte Eivlin gesagt, sie solle einen Fichtenzweig an der Weggabelung zurücklassen, wo wir abgebogen waren. Gawain hatte ja gesagt, Fichte stände für eine dringende Botschaft. Ja, Fichte für eine dringende Botschaft, Stechpalme für eine normale.

»Es ist die Höhlung an der Stelle, wo der große Ast vom Stamm abzweigt«, sagte ich Eivlin. Sie ließ die Zügel fallen und lief zum

Baum hinüber. Dann schaute sie hinauf. »Kannst du klettern?« fragte ich hoffnungsvoll.

Sie schaute mich an, als ob ich gefragt hätte: »Kannst du fliegen?«, und Gawain hatte ja gesagt, daß es nicht viele Bäume auf den Inseln gäbe. Die Bäume, die da waren, wurden wahrscheinlich öfter von Jungen als von Mädchen erklettert, nahm ich an. Müde rutschte ich vom Pony und torkelte zu dem Baum hinüber. Ich wußte nicht, ob ich ihn ersteigen konnte. Aber ich konnte es versuchen.

»Auf was willst du die Botschaft denn schreiben?« fragte Eivlin.

»Schreiben?« sagte ich, und plötzlich wurde mir klar, daß ich gar nicht wußte, wie ich eine Nachricht hinterlassen sollte. »Ich kann nicht schreiben!« rief ich aus.

»Ach, wirklich! Er kann nicht schreiben, aber er hat diesen Riesenumweg gemacht, um eine Nachricht zu hinterlassen! Ich dachte, alle Briten könnten schreiben, wenigstens alle diejenigen, die Latein sprechen.«

»Vielleicht können es die meisten Städter, aber ich bin ein Bauer«, sagte ich. »Wo sollte ich wohl schreiben lernen? Kannst du schreiben?«

Sie schnaufte nur. Ich schloß daraus, daß das Schreiben auf den Ynysoedd Erch nicht gebräuchlich war.

Ich starrte die Eiche an und zerquälte mir den schmerzenden Kopf nach einem rettenden Gedanken. Ich hatte noch nie wirklich schreiben wollen, aber jetzt wollte ich es. Nur, es hatte keinen Sinn, zu wünschen. Ein Kiefernzapfen bedeutete, daß Gawains Brief empfangen worden war, aber womit konnte man sagen: »Hüte dich vor Rhuawn. Medraut und Morgas haben versucht, mich umzubringen, und sie wollen versuchen, dich in den Wahnsinn zu treiben«?

Gawain mußte wissen, daß die Botschaft von mir kam. Das hieß, daß ich etwas aus meinem Besitz hinterlassen mußte. Die Brosche. Daran würde er sich erinnern. Mit zitternden Fingern machte ich sie los und wog sie in der Hand. Medraut und Morgas waren die wirkliche Gefahr. Was hatte ich von denen? . . . Eivlin hielt noch immer das Schwert.

»Eivlin, gib mir Medrauts Schwert.« Sie zögerte, während sie mich fragend anschaute, und ich sagte: »Ich weiß sowieso nicht, wie man es richtig benutzt, und du hast auch keine Ahnung. Also bringt es uns keinen Nutzen.«

»Es ist Geld wert. Das wirst du brauchen.«

»Die Nachricht ist mir wichtiger.« Eivlin reichte mir zögernd das Schwert. Ich wog es in der Hand. Es war in der Tat ein gutes Schwert, denn nach der Zeit, die ich in Camlann verbracht hatte, wußte ich schon eine Menge über Schwerter. Die Klinge war schmal und aus feinem Stahl gearbeitet. Ich schaute sie an, dann die Brosche. Dann steckte ich die Schwertklinge durch den Ring der Fibel, unter der mittleren Nadel hindurch. Ich verbog die Fibel dadurch ein wenig, aber ich hatte Hoffnung, daß die Bedeutung dadurch klar wurde. Und jetzt – wie sollte ich ihn vor Rhuawn warnen? Ich tastete an meinem Gürtel herum, aber von Rhuawn besaß ich nichts. Rhuawn war Dumnonier. Gab es etwas, das typisch für Dumnonier war, was ich benutzen konnte? Nein, ich war ja auch Dumnonier. Das ging also nicht.

Ich stand da, und meine Füße wurden naß vom Tau. Mir war kalt, und ich fühlte mich krank und schläfrig, während ich versuchte, eine Antwort aus meinem müden Gehirn herauszuholen. Und die Vögel sangen schon lauter. Das Pony stampfte.

Rhuawn war Mitglied der Familie. Die Familie war . . . war . . . Mitglieder der Familie trugen manchmal einen Zweig Weißdorn an ihren Mantelschließen, um sich an Baddon zu erinnern, wo der Weißdorn geblüht hatte, als sie die Sachsen zurücktrieben. Mir fiel plötzlich ein, wie Bedwyrs Diener Amren mir die Geschichte vom Weißdorn bei Baddon erzählte, als ob Amren dagestanden hätte. Ich schaute mich um.

»Eivlin«, sagte ich, »ich brauche einen Zweig Weißdorn.« Sie starrte mich an. »Er ist ein Teil der Nachricht.«

»Dann will ich ihn dir bringen. Du kannst schon mal den ersten Teil deiner . . . Nachricht in die Höhlung legen.«

»Dann hilf mir hinauf. Ich glaube nicht, daß ich klettern kann.«

Mit etwas Mühe und einem großen Schwindelgefühl schaffte ich es, mich in die Astgabel hinaufzuhangeln, und Eivlin ging, um den Weißdorn zu suchen. Ich lehnte mich gegen den Ast, um mich eine Minute auszuruhen.

»Rhys. Rhys. Wach auf.« Ich öffnete die Augen und stellte fest, daß der Osten schon in blassem Rosa glühte. Evilin stand unter der Eiche, und weiß in ihren Armen lag ein blühender Weißdornzweig. Eivlin sah so wunderschön aus wie ein Frühlingstag. Ich murmelte irgend etwas, und dann reichte sie mir den Weißdorn. Ich schlang den Zweig um das Schwertheft, legte dann das Ganze in die Höhlung am Ast. Das Schwert stand ein Stück hervor, also bedeckte ich es mit ein paar von den alten Blättern, so daß es nicht glänzte, und sprang herab. Als ich auf den Boden auftraf, brach ich zusammen, und Eivlin half mir wieder auf.

»Ich brauche Schlaf«, sagte ich ihr.

»In der Tat, wenn du schon einschläfst, während ich nur zum anderen Ende der Wiese und zurück gehe, dann brauchst du wirklich Schlaf. Aber zuerst müssen wir die Hauptstraße erreichen.« Sie half mir wieder auf das Pony, und es ging weiter.

Als wir die Hauptstraße erreichten, war es schon Vormittag, und die Sonne hatte den Tau getrocknet. Wir fanden eine Böschung und führten das Pony von dort auf eine Lichtung, die man von der Straße aus nicht sehen konnte. Eivlin brach ein bißchen Heidekraut und kehrte die Böschung, unnötigerweise, wie ich dachte, so daß jemand, der uns folgte, nicht mehr sehen konnte, daß wir dort die Straße verlassen hatten. Eivlin schien sicher zu sein, daß Morgas uns ein paar von Lots Kriegern nachsenden würde. Ich stieg mühselig von dem Pony ab und legte mich. Mein Kopf dröhnte, aber trotz all meiner Müdigkeit fühlte ich mich nicht sehr schläfrig. Eivlin kam wieder zurück und legte sich neben mich.

»Wir dürfen uns nicht lange ausruhen«, flüsterte sie. »Noch diesen Nachmittag müssen wir weg sein. Und bitte, wach vor dem Abend auf, Rhys, ich will mit dir reden, ehe ich sterbe.«

»Du wirst nicht sterben«, sagte ich verärgert. »Warum solltest du denn sterben?«

»Meine Herrin wird einen Dämon schicken, der mich umbringt«, sagte Eivlin einfach. »Ach, ich weiß, du wirst mir sagen, daß sie auch versucht hat, deinen Herrn zu töten, und es nicht schaffte. Aber dein Herr kann vielleicht gegen Dämonen kämpfen. Sie sagen ja alle, sein Schwert hat magische Kraft. Ich kann nicht kämpfen. Ich war schon verflucht, noch ehe ich geboren war, verflucht wegen der Tat meines Vaters.«

»Du wirst nicht sterben«, wiederholte ich. »Morgas ist nicht die einzige Macht in dieser großen Welt. Eivlin, wenn du so sicher bist, daß du sterben wirst, warum hast du mich dann überhaupt gerettet? Deine Herrin würde mich dann genauso sicher töten.«

»Es war meine Schuld, daß du in Gefahr warst«, sagte sie mit ganz leiser Stimme. »Meine Herrin hat mir befohlen, dich zu Medrauts Haus zu führen und dir zu sagen, daß dein Herr dort wäre. Ich wußte, daß sie nichts Gutes mit dir im Sinn hatte, und trotzdem habe ich dich dorthingebracht und dir ihre Worte gesagt. Und dann« – sie hielt den Atem an –, »dann hatte sie vor, schreckliche ... schreckliche Dinge zu tun. Und ich sollte ihr helfen. Und als sie anfing, da sagte ich mir: ›Eivlin, hier ist der einzige Mann, der sich um deinen Fluch nicht kümmert. Hier ist ein Mann, kein Krieger, sondern ein einfacher Mensch wie du. Er hat dir aus freiem Willen geholfen. Er hat so eine Art zu reden und so ein gewisses Lächeln. Und deinetwegen, weil er dir vertraut hat, soll er tot und verdammt sein.‹ «

»Aber sie konnte mich ja nicht verdammen«, fiel ich ihr ins Wort. »Töten kann sie mich, aber das andere, das liegt außerhalb ihrer Macht.«

Eivlin zuckte die Achseln. Ich spürte ihre Bewegung durch das Heidekraut. »Ja. Aber ich wußte, daß sie dich auf fürchterliche Weise töten würde, und ich konnte es nicht ertragen. Also bin ich gegangen und hab' Ronan gesagt, er soll die Pferde nach Hause bringen. Dann hab' ich Medraut auf den Kopf gehauen und dich losgeschnitten. Es ist besser, wenigstens ehrlich zu sterben. Und du sagst immer wieder, daß du ein Christ bist und eigene Zauberei hast. Deshalb kann dir ihre nichts anhaben. Ich glaube, du wirst ihr entkommen.«

Ich drehte den Kopf um und schaute sie voll an. Tränen waren auf ihren Wangen und machten helle Rinnsale auf dem Schutz in ihrem Gesicht. Ihr blondes Haar war schlaff, verdreckt und wirr. Für mich war sie schöner als irgendeine andere Frau auf der ganzen Erde.

»Du wirst nicht sterben«, sagte ich und stemmte mich auf einem Ellbogen hoch. »So wahr Gott im Himmel gerecht ist, du wirst nicht sterben. Glaub mir . . .« Ich streckte linkisch die Hand aus und berührte ihre Schulter, nur um sie zu trösten. Und plötzlich kam sie in meine Arme und begann zu weinen. Ich hielt sie fest; sie legte den Kopf an meine Schulter und schluchzte laut, während ich ihr Haar streichelte und beruhigende Laute von mir gab. Trotz all der Gefahr, trotz all der Müdigkeit, trotz all meiner Schmerzen und meiner Krankheit, dieser Augenblick war einer der schönsten und erfülltesten meines Lebens.

10

Eivlin schlief weinend in meinen Armen ein, und ich schlief kurze Zeit später. Ich hatte wach bleiben und sie noch eine Zeitlang festhalten wollen, aber es dauerte nur Minuten, bis ich schnarchte. Als ich aufwachte, lag die späte Nachmittagssonne schwer auf der Lichtung und der Straße dahinter, und Eivlin war nicht neben mir. Ich setzte mich auf und sah mich um. Weder Eivlin noch das Pony waren da. Ich erlebte einen Augenblick des wahnsinnigen Schreckens. Ich dachte, Morgas hätte einen Dämon geschickt und Eivlin sei fort – aber dann versuchte ich mir vorzustellen, was ein Dämon wohl mit einem Pony wollte, und die schlimme Minute verging.

Ich stand vorsichtig auf. Mein Kopf schmerzte noch, aber nicht mehr so schlimm. Ganz leicht befingerte ich den hinteren Teil meines Schädels. Ich fühlte eine große Beule, die von verkrustetem Blut bedeckt war. Die mußte von Medrauts Schlag stammen, wenn Medraut wirklich derjenige gewesen war, der mich geschlagen hatte. Darüber saß eine kleinere Beule, die ohne Zweifel von dem Aufprall auf den Boden stammte, nachdem Rhuawn mich geschlagen hatte. Meine Schwester Morfudd pflegte immer zu sagen, daß ich einen dicken Schädel hätte. Nun, bei solcher Behandlung brauchte ich auch einen. Ich fragte mich, wie Medrauts Kopf sich wohl anfühlte.

Dann krachte es leise in den Büschen. Meine Hand fuhr zum Messer, und ich glitt rückwärts ins Gebüsch. Aber es war Eivlin. Sie führte das Pony. Ich seufzte vor Erleichterung und trat wieder ins Licht.

»Du hast mir angst gemacht. Ich bin aufgewacht und stellte fest, daß du weg warst«, sagte ich ihr.

»Hab' ich das?« Sie schob sich eine Haarsträhne aus den Augen und lächelte. Sie hatte sich das Gesicht gewaschen und das Haar sorgfältig geglättet, und in der Schließe ihres Kleides steckte eine wilde Rose. Sehr hübsch sah sie aus. »Ich wollte nur ein bißchen Wasser für das Pony besorgen.«

»Für uns auch, hoffe ich.«

»Aber sicher. Direkt unten am Hügel ist ein Bach. Komm, ich kann dir dort das Blut abwaschen.«

Ich machte ein paar zögernde Schritte vorwärts, und sie wartete und hielt mir die Hand hin. Ich nahm sie und fühlte mich gleichzeitig verlegen und voller Freude. Wir gingen zum Bach hinunter und ließen das Pony angebunden an einem Busch zurück.

»Du siehst sehr hübsch aus«, sagte ich Eivlin. Mir war wieder eingefallen, daß meine Schwester solche Bemerkungen auch gern mochte.

»Ja?« fragte sie in dem Tonfall, der bedeutet: »So, du hast es also bemerkt.«

»Wirklich«, erwiderte ich. Eivlin lächelte zufrieden und tastete mit den Fingern nach der Rose, um zu sehen, ob sie auch nicht abfiel.

Der Bach kam aus den Bergen. Er strömte schnell über ein felsiges Bett, und das Wasser war so kalt, daß einem die Zähne weh taten. Nachdem ich getrunken hatte, wusch Eivlin mir den Kopf, und es tat weh und machte mich wieder schwindelig, obwohl sie sehr sanft war. Als sie damit fertig war, setzten wir uns ein paar Minuten und schauten den Bach an und horchten, wie er gurgelte.

Eivlin seufzte und lehnte sich an mich. »Es ist ein schöner Tag zum Sterben«, sagte sie leise. »Ich könnte fast froh sein. Ich bin froh. Endlich bin ich von ihr weg, und du bist bei mir. Und es ist eine schöne, ehrbare Art zu sterben.«

»Du träumst doch nicht noch immer davon?« sagte ich verärgert. »Ich hab' dir doch gesagt, du wirst nicht sterben.«

Sie legte nur den Kopf an meine Schulter und streichelte meine Handfläche. Ich ärgerte mich noch ein bißchen mehr.

»Du wirst nicht sterben«, wiederholte ich. »Warum glaubst du denn, daß du wohl sterben solltest?«

»Meine Herrin hat es gesagt.« Sie setzte sich gerade auf. Ich wünschte, sie hätte das nicht getan.

»Na, deine Herrin hat auch gesagt, ich würde sterben, aber du scheinst das nicht zu glauben.«

»Ach, du! Du hast dich doch stundenlang gegen ihre Zaubersprüche gewehrt, sogar in ihrer Anwesenheit. Sie hatte gedacht, es würde leicht sein, dich zu beherrschen. Sie dachte, es wäre alles in einer halben Stunde erledigt. Aber am Ende war sie so müde, daß sie uns noch nicht einmal umbringen konnte, als sie uns fliehen sah.«

»Vielleicht heißt das, daß ihre Zaubersprüche doch nicht das sind, was du glaubst.«

»O nein, das stimmt nicht! Rhys, ich habe sie gesehen . . .« Eivlin hielt inne, dann fuhr sie ruhiger fort: »Und außerdem bin ich von Geburt an verflucht, und ich war ihre Dienerin. Für sie ist es nichts, mich umzubringen. Sie braucht nur mit den Fingern zu schnippen. Und ich habe keinen eigenen Zauber, der mich schützt, wie du.«

Einen Augenblick lang fragte ich mich, was sie damit meinte. Dann verstand ich. »Wenn du den Christus meinst, dann kannst du auch geschützt sein, wenn du glaubst. Du, wir können beim ersten Kloster oder bei der ersten Einsiedelei halten, zu der wir kommen, und du kannst getauft werden. Vielleicht redest du dann nicht mehr vom Sterben.«

»Was? Was ist denn das, taufen?«

»Es ist . . .« Mir fiel wieder ein, wie katastrophal meine Erklärungen der anderen Sakramente auf sie gewirkt hatten. »Es ist so eine Art Zauberei, womit man sich von alten Flüchen befreien kann.«

Eivlin schaute mich zweifelnd an. »Ist es ein komplizierter Zauberspruch? Kannst du ihn? Braucht man viel Blut dazu?«

»Ich könnte dich schon taufen, nehme ich an. Ich glaube, es ist erlaubt. Aber es ist besser, wenn ein Priester das tut.«

»Einer von deinen christlichen Druiden.«

»Nein, ein Priester ist, na, macht ja nichts. Aber Blut braucht man dafür überhaupt nicht. Es ist nur notwendig, daß du an Christus glaubst – ich habe dir ja schon von ihm erzählt, nicht wahr – und dann gießt man Wasser über deinen Kopf.«

»Wo ist denn dabei ein Zauber?«

»Na, es ist kein richtiger Zauber, es ist ein ... nun, das Wasser bedeutet, daß der Fluch abgewaschen wird. Bei mir ist das gemacht worden, als ich noch ein Baby war. Meine Mutter sagt, ich hätte wie am Spieß gebrüllt, aber ich kann mich natürlich nicht daran erinnern. Ich habe gesehen, wie meine Vettern getauft wurden.«

Eivlin seufzte und schob sich eine Haarsträhne aus dem Gesicht. »Ich sehe zwar nicht, wie das gegen meine Herrin schützen sollte, aber wenn du glaubst, es ist ein starker Zauber, dann wirkt es vielleicht doch.«

Ich dachte an Morgas, und trotz meines gut auswendig gelernten Katechismus fragte ich mich, ob Eivlin wohl mit ihrer Angst recht hatte. Sakramente waren keine Zaubersprüche, und wie wertvoll sie vielleicht auch für ihren geistlichen Zustand sein mochten, konnte ich sicher sein, daß sich dadurch irgend etwas an der Wirkung von Morgas' sehr starker irdischer Magie änderte? Dennoch sagte ich Eivlin mit fester Stimme: »Es ist ein Zauber gegen Morgas. Du wirst nicht sterben.«

Eivlin schaute mich fest an. Dann seufzte sie und stand auf, während sie den Rock glattstrich. »Vielleicht. Aber wir müssen weg, damit wir einen von deinen Priestern finden. Es ist schon spät.« Zögernd stand auch ich auf, und wir gingen zurück zu der Stelle, wo wir das Pony zurückgelassen hatten. Es knabberte eifrig jeden Grashalm ab, den es erreichen konnte, als ob es nicht den größten Teil des Tages schon gegrast hätte.

»Jetzt bist du dran mit Reiten«, sagte ich zu Eivlin. »Ich kann gehen.«

»›Ich kann gehen‹, sagt der Kerl, und das mit einer Beule auf dem Kopf, so groß wie meine Faust! Wirklich, das wäre ja noch schöner. Du wirst nicht gehen, du reitest, und du versuchst, dich zu erholen, verstanden?«

Ich protestierte, aber nicht sehr überzeugend. Mein Kopf schmerzte wirklich, und die paar Schritte den Hügel hinauf hatten ihn wieder zum Dröhnen gebracht. Der Vorteil meiner Krankheit bestand darin, daß ich nicht bemerkte, wie hungrig ich war, obwohl meine letzte Mahlzeit das Frühstück am vergangenen Tag gewesen war. Aber ich fragte mich, wie Eivlin sich wohl fühlte, und ob sie ein Abendessen bekommen hatte. Sie war die ganze Zeit gegangen, und es war bestimmt nicht gut für sie.

Wir nahmen die Straße nach Westen. »Wir gehen nach Caer Segeint«, sagte Eivlin energisch. »Das ist eine große Stadt, wo es einen Hafen gibt, das weiß ich genau. Ich hab' ja die Nacht dort verbracht, als wir in Gwynedd ankamen. Wenn meine Herrin Botschaften dort hingeschickt hat, dann kann man irgendwelchen Boten dort gut aus dem Weg gehen, und die meisten Männer, die dort wohnen, verbringen ihr Leben mit nichts anderem.«

Ich stimmte ihrem Plan zu, obwohl ich lieber nach Caer Legion gegangen wäre, das ich kannte. Aber ich sah Eivlins Gründe ein, und ihr Plan schien mir vernünftig. »Und wenn wir Caer Segeint erreicht haben, was dann?« fragte ich.

Sie schwieg einen Augenblick. »Vielleicht könnten wir das Pony verkaufen und in einem Boot die Küste hinunterfahren?«

Ich stöhnte innerlich. »Wieviel würde das kosten?«

»An welche Art Boot bist du denn gewöhnt? Ich selbst kenne ein bißchen was von Karacken, aber das ist auch alles.«

»Dann bist du besser dran als ich. Ein einziges Mal in meinem Leben bin ich in einem Boot gewesen, auf der Überfahrt von Dumnonia nach Caer Gwent. Und das hat mir überhaupt keinen Spaß gemacht. Wir müssen einen Fährmann und ein Boot mieten, und ich weiß genau, ich könnte es mir in keiner Weise leisten.«

»Du bist nur ein einziges Mal in einem Boot gewesen? Aber . . .«

»Ich stamme nicht von den Inseln. Der Hof meiner Familie liegt in der Nähe des Mor Hafren, und das einzige Wasser, das wir überqueren müssen, ist ein Fluß. Ich glaube, wir sollten mit dem Pony die Küste nach Dyfed hinunterreiten und dort im Namen des Kaisers Schutz suchen. Dyfed steht nicht allzu freundlich mit

Gwynedd, und dort haben sie sich so oft gegen Eindringlinge aus Erin wehren müssen, daß sie alle Leute hassen, die Irisch sprechen – bei dir werden sie eine Ausnahme machen müssen.«

Eivlin schüttelte den Kopf. »Dann geht die Reise zu langsam. Diejenigen, die meine Herrin hinter uns hergeschickt hat, werden uns mit Sicherheit einholen, wenn wir mit nur einem einzigen Pony versuchen, bis nach Dyfed zu kommen. Haben wir genug für ein Pferd?«

Ich überprüfte all meine Besitztümer. Drei bronzene Armringe, einer davon mit Emailschmuck, und ein goldener Ring, den Gawain mir in Camlann geschenkt hatte. Und dann war da noch mein Mantel – vielleicht war der warm genug, um ihn zu verkaufen. Wenn wir dem Pony ein Geschirr aus Seilen machten und das aus Leder verkauften und wenn wir ohne Sattel ritten, dann hatten wir vielleicht genug, um ein Pferd zu kaufen. Aber dann blieb nichts mehr übrig für Lebensmittel. Ich seufzte. »Wir können schnell reisen und nicht essen, oder wir können unser Brot und Ale haben und eine langsame Reise.«

»Ist das so? Vielleicht können wir ein Pferd stehlen.«

»Stehlen? So etwas werden wir nicht tun.«

»Ach, Rhys, wir brauchen ein Pferd. Komm, wenn du willst, kannst du ja dafür sorgen, daß der Besitzer des Pferdes hinterher bezahlt wird.« Mir gefiel der Gedanke nicht, ein Pferd von irgendeinem armen Bauern zu stehlen, aber vielleicht hatte sie recht. Einen Augenblick lang kämpfte ich mit meinem Gewissen und fragte mich, was mein Vater wohl dazu gesagt hätte.

Wenn er an meiner Stelle wäre, dann würde er das Pferd nehmen, meinte ich schließlich.

»Nun gut. Wenn wir ihn anschließend bezahlen. Aber glaubst du nicht, wir könnten denjenigen aus dem Weg gehen, die Morgas geschickt hat? Wenn die Straße nach Süden so leer ist wie diese hier, dann können wir auf weite Entfernung sehen, ob jemand kommt. Lange, bevor er uns erreicht.«

»Es sei denn, Medraut kommt.« Eivlin wurde sehr ernst.

»Du glaubst also nicht, daß er schwer verletzt ist?« fragte ich hoffnungsvoll.

Eivlin schüttelte den Kopf. »Wenn er krank ist, dann findet meine Herrin eine Möglichkeit, ihn schnell zu heilen. Und auch er kann Zauberei dazu benutzen, uns zu finden . . .«

Das klang wie die Wahrheit. »Dann werden wir ein Pferd stehlen müssen. Oder zwei Pferde. Wir lassen dann das Pony zurück. Und wir können noch hoffen, daß sie nicht schon an uns vorbei sind.«

Eivlin nickte. »Vielleicht brauchst du nur ein Pferd«, fügte sie leise hinzu.

»Du wirst nicht sterben, weißt du noch? Komm, wir wollen uns beeilen und sehen, was wir vor der Dunkelheit finden können.«

Der Nachmittag war einer dieser langen, müden Nachmittage des Frühlings, bei denen einem klar wird, daß der Sommer nicht mehr weit ist. Die Berge waren alle grün, und blau in der Entfernung. Nirgendwo war mehr Schnee zu sehen. Wenn das Land zu unserer Rechten flacher wurde, dann sahen wir die Irische See, die ruhig und blaugrau im Sonnenlicht lag. Eivlin schaute das Meer wehmütig an. Sie mochte die Idee mit dem Boot noch immer lieber.

Es ist seltsam, aber trotz der Tatsache, daß wir um unser Leben liefen, in einem fremden Land, müde, hungrig, krank in meinem Fall und voller Angst vor dem Tod in Eivlins Fall, trotz allem waren wir fröhlich wie die Heidelerchen. Der Nachmittag war wunderschön, und es schien uns, als ob er ewig dauern würde. Wir waren entkommen, wir waren frei, wir liebten uns, warum sollten wir nicht glücklich sein? Der Anblick der See brachte Eivlin dazu, Geschichten von den Ynysoedd Erch zu erzählen, und ich antwortete mit Geschichten von meiner Familie. Wir lachten wie ein paar Idioten auf einer Kirchweih. Langsam, ganz langsam glitt die Sonne den Himmel hinab, schien schräg in unsere Augen und ließ die Schatten hinter uns länger werden.

»Und deshalb«, schloß Eivlin eine ihrer Geschichten ab, »kämpfte Eoghan einen großen und mächtigen und schrecklichen Kampf gegen Ronan, um sich für das Bootsrennen zu rächen, und er besiegte ihn gründlich. Denn abgesehen von Medraut ist er der beste Kämpfer in Lots Truppe.«

»Medraut ist also wirklich ein guter Kämpfer, was?«

»Bei der Sonne! Seit damals, als er zum erstenmal zur Ausbildung das Haus der Knaben betreten hat, wirkte er wie ein Windhund unter Haushunden. Wenigstens sagen das alle Krieger. Und dennoch ... Er kämpft nicht viel. Diejenigen, die er benutzen will, bezaubert er, und durch sie zwingt er dann die anderen Krieger, ihm zu gehorchen. Sie haben alle Angst vor ihm, denn er kann mit ein paar Worten den Ruf eines Mannes ruinieren und alle anderen gegen einen einzelnen aufhetzen, und dann ist da auch noch die Zauberei. Einmal, wirklich, da hat er ...«

Eivlin hielt abrupt inne und blieb stehen. Sie starrte nach vorn.

»Da hat er was?« fragte ich.

»Rhys ...« sagte sie. Ich schaute auch vorwärts. Ich konnte nichts sehen als die leere Straße, die in der Abendsonne dalag. Ich fragte mich, ob sie wohl etwas auf der Lichtung vergessen hätte, wo wir geschlafen hatten.

»Was ist denn?«

»Was los ist? Siehst du es denn nicht?« Ihr Blick war starr, sie hatte den Kopf zurückgelegt, so daß die Schatten in der Höhlung ihrer Kehle zitterten.

Ich schaute wieder hin. Wieder konnte ich nichts als die Straße sehen. Aber Eivlins Hand zitterte, und das Pony legte die Ohren zurück und begann unruhig hin- und herzutreten. Es schnaubte.

»Es ist nichts da«, sagte ich. »Komm weiter.«

Eivlin machte ein wimmerndes Geräusch und tat einen Schritt zurück. »Ein Schatten«, flüsterte sie. »Da ist etwas auf der Straße.«

»Da ist nichts. Bei dieser Sonne sind doch alle Schatten hinter uns.«

»Nein! Ein Schatten, noch einer. Bei der grünen Erde!« Sie wirbelte herum und ließ die Zügel des Ponys fallen. Das Tier schnaubte und bäumte sich halb auf, und ich packte die Zügel und preßte die Knie zusammen. »Rhys!« schrie Eivlin. »Es ist auch hinter uns!«

»Eivlin, da ist ja nichts. Eivlin!« Sie hörte mir nicht zu. Ich glitt vom Pony herab und packte ihren Arm. »Da ist doch nichts.«

»Der Fluch meiner Herrin. Er hat uns gefunden. Oh. Es kommt näher. Rhys, hilf mir!«

Ich packte ihre Schultern. »Es ist nur ein Schatten. Sie versucht dir Angst zu machen.«

Eivlin warf plötzlich die Arme um meinen Hals und preßte ihr Gesicht an meine Schulter. »Laß sie nicht an mich heran! Hilf!« Ihre Arme spannten sich, bis ich kaum noch atmen konnte, aber ich hielt sie fest. Und dann wurde sie starr. Sie warf sich von mir zurück und begann zu schreien. Ich packte ihre Arme. Sie versuchte sich von mir loszureißen. Ihre Augen starrten entsetzt auf nichts, sie waren so weit aufgerissen, daß das Weiße rund um das Blau zu sehen war, und ihr Gesicht sah aus wie bei einer Frau, die tödliches Fieber hat. Das Pony wieherte laut, stieg und riß sich los. Seine Augen rollten. Ich ließ Eivlin mit einer Hand los und versuchte, die Zügel zu packen, aber ich verfehlte sie, und das Pony schoß die Straße hinunter. Eivlin schrie weiter. Es war ein fürchterliches, hohes, rhythmisches Heulen. Schaum zeigte sich an ihren Mundwinkeln.

»Gnädiger, heiliger Christ!« schrie ich laut. »Eivlin, Eivlin, hör doch zu!«

Sie kämpfte wilder. Sie schaffte es fast, sich loszureißen. Sie schlug mit der freien Hand nach mir. Es war mir, als ob wir mitten in einer würgenden schwarzen Wolke kämpften, und ich spürte wieder den gleichen, ekelhaften Schwindel, den ich beim Anblick von Morgas auch gehabt hatte. Eivlin trat und kratzte, und ihre Schreie wurden zu kurzem Kreischen, das mir noch mehr Angst machte.

»Eivlin!« sagte ich noch einmal, aber ich wußte, daß nichts, was ich sagte, sie erreichen konnte. Eine Wut kam über mich, daß Morgas in der Lage war, so etwas zu tun. Ich schaffte es, Eivlins andere Hand wieder zu ergreifen. Morgas hatte kein Recht, weder im Himmel noch auf Erden. Sie hatte überhaupt kein Recht. Ich zerrte Eivlin zum Rand der Straße hinüber. Was immer ich tun konnte, das würde ich tun.

Am Straßenrand war in einem Graben etwas Wasser. Es war ein flacher Tümpel von den Regenfällen des Frühlings. Ich zerrte

Eivlin dorthin. Sie kämpfte mit mir. Ich trat ihr die Beine unterm Leib weg, und wir stürzten beide ins Wasser. Sie richtete sich platschend wieder auf, sie keuchte und kreischte. Ich ließ einen ihrer Arme los, nahm mit der Handfläche etwas Wasser auf und goß es über ihren Kopf. »Eivlin«, sagte ich, »ich taufe dich im Namen des Vaters, des Sohnes und des Heiligen Geistes. Und zum Teufel mit dir, Morgas!«

Eivlin stieß einen einzigen langen, hohen Schrei aus und holte aus. Sie traf mich an der Schläfe. Eine Sekunde lang wurde die Welt rot, und ich ließ sie los. Sie krabbelte davon, brach zusammen, richtete sich ein paarmal halb auf und platschte wieder ins Wasser. Sie lag still da, mit dem Gesicht nach unten.

Ich stolperte zu ihr und drehte sie um, so daß sie atmen konnte. Ihr Kopf fiel schlaff zurück; ihre Augen standen halb offen und waren glasig. Mir war übel bis ins Mark. Ich zitterte wieder, mir wurde klar, daß ich schluchzte.

Ich kniete in dem Tümpel und zog ihre Schultern auf meine Knie. Ich lehnte ihren Kopf an meinen Arm. Ich betete. »Herr, lieber Gott, laß sie nicht tot sein!« Ich wiederholte die Worte immer und immer wieder. Ganz vorsichtig legte ich meine Finger in die Grube, wo ihr Kiefer an die Kehle angrenzte. Die Haut war naß und kalt, und Ewigkeiten lang spürte ich nichts – dann, ganz schwach, schlug ihr Puls unter meinen Fingerspitzen. Ich schloß die Augen, fühlte, wie der Strom ihres Lebens noch einmal langsam wallte, noch einmal, Pause, noch einmal. Sie lebte noch. Danke, Gott.

Aber sie konnte jede Minute sterben. Ich mußte einen Platz finden, wo es Wärme, Feuer und Essen gab und Menschen, die sich um sie kümmerten. Ich mußte weg vom Sonnenuntergang und von der leeren Straße. Ich schaute zum Straßenrand auf, versuchte mich zu erinnern. Ja, das Pony war anscheinend nach Westen gelaufen. Gut. Wenn es nach Osten gerannt wäre, dann wahrscheinlich bis nach Degganwy in seinen eigenen Stall. So aber würde es anhalten und auf seinen Herrn warten. Ponys sind gesellige Tiere.

Ich richtete Eivlins schlaffe Gestalt auf und hievte sie mir über die Schulter wie einen Mehlsack. Dann stand ich auf. Sie war nicht leicht. Sie war außerdem tropfnaß und glitschig vom Schlamm. Na, ich ja auch. Wenn nur das Pony nicht so weit gelaufen war. Ich torkelte den Hang hinauf an die Straße.

Als ich hundert Schritte gegangen war, dröhnte mein Kopf fürchterlich, und mir war schlecht. Offenbar konnte ich sie nicht weit tragen. Verdammter Medraut, oder wer auch immer der Kerl gewesen war. Verdammt sollte er sein, daß er so fest zugeschlagen hatte. Aber ich konnte nichts anderes tun als weiterlaufen und um Kraft beten.

Ich hatte Glück. Es dauerte nicht allzulange, bis ich das Pony wiederfand. Es stand mitten auf der Straße und zitterte, und es hatte die Ohren flach an den Kopf gelegt. Es scheute vor mir, aber es rannte nicht weg. Ich legte Eivlin nieder und ging zu dem Tier hinüber. Es trabte ein Stückchen weg und beäugte mich. Ich schoß auf es los, und es scheute. Ich stürzte fast und mußte still stehenbleiben. Ich hielt mir den Kopf. »Sei still«, sagte ich laut zu mir. Tiere sind angespannt und fürchten sich, wenn die Menschen es tun. Ich streckte also die Hand aus und begann, dem Pony beruhigend zuzureden. Schließlich ließ das kleine Tier mich an die Zügel heran, und ich tätschelte seinen Hals. Es stellte sogar die Ohren wieder nach vorn. Ich führte es zu Eivlin hinüber, hob sie auf und legte sie dem Pony auf den Rücken. Ihr Haar hatte sich aus der Spange gelöst und war ihr übers Gesicht gefallen. Ich strich es zurück, und dann gingen wir weiter. Ich hielt die Zügel des Ponys mit einer Hand und balancierte Eivlin mit der anderen auf dem Sattel. Die Sonne war fast untergegangen, aber es war noch hell. Ein Teil von mir bestand aus Wut gegen Morgas, aber ich begann zu beten, um Kraft, damit ich weitergehen konnte, und um einen Ort, wo ich anhalten konnte. Hauptsächlich betete ich, daß Eivlin nicht sterben mußte. Die Hufe des Ponys klapperten gleichmäßig vorwärts.

Die Straße wurde zu einer Nebelspur von mir, zu einem Ort, wohin ich meine Füße setzen konnte. Der Kopfschmerz blendete mich fast. Das müde Pony war störrisch und nervös. Ich mußte mit ihm reden, sowohl meinetwegen als auch seinetwegen.

»Komm weiter«, sagte ich. »Nur noch ein Stückchen, dann suche ich dir einen Platz in einem schönen Stall und haufenweise Korn und auch ein bißchen Roggenschrot, weil du so ein braves Tier gewesen bist. Komm weiter . . .« Die Sonne sank, aber der Himmel im Westen war noch hell. Eivlin sah im Halblicht gespenstisch aus. Ich hatte den Drang, stehenzubleiben und ihren Puls zu fühlen, aber andererseits hatte ich Angst anzuhalten. »Komm weiter . . .«, sagte ich dem Pony.

Und dann kam ein Blitz, ein Zischen, ein dumpfer Schlag, und ein Wurfspeer stand aufrecht vor uns auf der Straße.

Ich hielt an und starrte das Ding mit leerem Blick an. Ich hatte das Gefühl, als ob ich wie ein Kind weinen könnte, vor reinem Zorn. Nicht nur, daß Medraut uns jetzt einfing. Aber nach so einer schrecklichen Strapaze war es einfach nicht recht. Das Pony schnaubte und legte die Ohren an.

Ich drehte mich um und schaute hinter mich. Die Straße lag da, leer, wild und öde. Der Speer mußte von der Seite gekommen sein. Sie mußten auf uns gewartet haben.

Ich biß die Zähne zusammen, lehnte Eivlins Kopf gegen den Nacken des Ponys, so daß sie nicht herunterfallen konnte, und ging vorwärts, um den Speer aus dem Boden zu ziehen. Ich umklammerte ihn hart, damit meine Hände nicht so zitterten, und brüllte: »Wenn ihr den zurückwollt, dann kommt und holt ihn euch!«

Schweigen. Die Berge lagen grün und still um uns her.

Dann sah ich an einem Hang eine schnelle Bewegung. Ich richtete den Speer auf. Es war am besten, ihn als Lanze zu benutzen; so daß er nicht verschwendet wurde.

Die Bewegung kam wieder, und es zeigte sich, daß eine Gestalt zwischen den Bäumen den Hang heruntergelaufen kam. Der Läufer erreichte den Fuß des Hanges und stürzte auf die Straße. Ich hatte plötzlich den Drang, mich auf die Straße zu setzen und zu lachen oder auch zu weinen. Es war nur ein kleiner Junge, ein weißblondes Kind, das nicht älter als acht oder neun Jahre sein konnte.

Der Junge rannte hinaus auf die Straße und schaute mich mit

herausfordernden Blicken an. Es waren erstaunlich dunkle Augen unter dem blassen Haar. »Hab ich dir Angst gemacht?« fragte er hoffnungsvoll.

Ich setzte die Speerspitze auf den Boden und schüttelte den Kopf. Ich wagte es nicht, zu sprechen. Der Junge kam ein paar Schritte näher.

»Bist du krank?« fragte er besorgt. »Ist etwas nicht in Ordnung?«

»Nein, nein. Ich bin nicht krank. Aber sie ist krank. Wo wohnst du, Kleiner?«

»Ach so.« Der Junge schaute Eivlin an. »Seid ihr in den Fluß gefallen? Ihr seid ja durchweicht.«

»Nein, nein. Aber diese Frau ist sehr krank, und man muß sie schnell an einen warmen Ort bringen. Wo wohnst du?«

»In der Abtei Sankt Elena, in der Nähe des Klosters Opergely«, erwiderte er schnell. »Meine Mutter ist eine Nonne. Die Nonnen wissen Bescheid bei Kranken. Ich zeig' dir den Weg. Ich kenne hier alle Abkürzungen.«

Ich erinnerte mich an die »Abkürzungen«, die kleine Jungen gewöhnlich lieben. Hastig sagte ich: »Ich hoffe, der Weg ist nicht zu schwierig für das Pony. Oder für die Frau. Sie ist krank.«

Der Junge sah enttäuscht aus, aber er nickte. »Ich kenne den Weg, den Pater Gilla immer mit seiner Stute reitet. Den zeig' ich dir, Herr.« Ich reichte ihm den Wurfspeer, und er schoß vor uns her. »Hier entlang.«

»Wie heißt du?» fragte ich und folgte ihm.

»Sie nennen mich Gwyn. Ich habe keinen Vater.«

»Gwyn.« Das hieß »hell«, natürlich wegen seines Haares. Der Bastard einer Nonne. Und er warf gerne Wurfspeere auf Reisende. Gott sei Dank. Und er lebte in einer Abtei, wo jemand wußte, wie man Kranke behandelt. Ich hätte fast überglücklich darüber sein können, daß seine Mutter ihr Keuschheitsgelübde besudelt und einen Bastard bekommen hatte und daß sie ihn mit den anderen Waisen aufzog, die die Menschen notwendigerweise in einer Abtei abgaben.

Mein kleiner Führer leitete mich einen unebenen Feldweg

entlang, der von der Hauptstraße abzweigte und zum Meer führte. »Das ist ein wunderbarer Weg für Pferde«, sagte er mir. »Manchmal läßt Pater Gilla mich seine Stute reiten, wenn er für die Schwestern die Messe liest. Ich darf noch nicht zur Messe, weißt du. Bist du ein Krieger, Herr?«

»Weder ein Herr noch ein Krieger«, sagte ich und betrachtete meine Füße. Rede mit dem Jungen. Achte nicht auf die Kopfschmerzen. »Ich bin nur ein Diener. Mein Name ist Rhys ap Sion.«

»Aber du bist nicht von hier. Du hast einen Akzent.«

»Ich bin aus Dumnonia.«

»Aha! Hast du Camlann schon gesehen? Alle Nonnen in der Abtei sagen, daß in Camlann Teufel sind.«

Das sah ihnen ähnlich. Klosterbewohner, und dazu noch in Gwynedd. Die waren mit Sicherheit Artus' Feinde. »Ich bin Diener in Camlann«, sagte ich fest. »Und Teufel sind keine da. Wenn du Teufel sehen willst, dann versuch es mal in Degganwy.«

Der Junge war erfreut. »Ich habe auch nicht geglaubt, daß in Camlann Teufel sind. Meine Mutter sagt, alle Krieger sind Teufel, aber ich finde Krieger ganz toll. Ich will auch Krieger werden, wenn ich groß bin. Hast du den Kaiser gesehen?«

»Ja.«

»Wie sieht er denn aus? Die Nonnen sagen, er ist ein Teufel und ein Verräter, und er hat Pferdefüße. Sie sagen auch, daß er mit Steuern alle ruinieren will.«

»Nein, ich fürchte, er hat keine Pferdefüße. Der Kaiser Artus ist – nun, er ist ungefähr so groß wie ich, und sein Haar hat ungefähr die Farbe von deinem Haar, und . . .«

»Trägt er einen purpurnen Mantel? Und eine Krone? Hywel hat ein Bild von einem Kaiser in einem Evangelienbuch gemalt, und er hat gesagt, man könnte sehen, daß es ein Kaiser ist, weil nur Kaiser purpurne Mäntel tragen dürfen.«

»Er hat einen purpurnen Mantel. Ich hab' noch nie gesehen, daß er eine Krone trägt. Aber er ist ein guter Mann, höflich und gerecht, und ein sehr großer König.«

Gwyn biß sich auf die Unterlippe, und seine seltsam dunklen

Augen glänzten. »Ich würde ihn gern mal sehen. Hast du seine ganze Familie gesehen? Manchmal kommen Barden vorbei und singen Lieder, und dann bitte ich sie immer darum, auch Lieder von Kriegern zu singen. Aber meine Mutter läßt sie nicht. Sie verdrischt mich, wenn sie rauskriegt, daß ich die Barden darum gebeten habe.« Ziemlich verschämt fuhr er fort: »Ich weiß, ich bin böse, weil ich meiner Mutter nicht gehorche – aber hast du sie wirklich gesehen? Gawain, und Bedwyr, und Cei, und . . .« Der Junge hielt plötzlich inne und spähte mir besorgt ins Gesicht. »Du bist krank!«

Ich war krank. Der ›wunderbare Weg für Pferde‹ war, soweit ich das beurteilen konnte, von vorne bis hinten aus steilen Hügeln zusammengesetzt. Es war dunkel, und ich stolperte immer wieder über verschiedene Dinge, bis ich es vor Kopfschmerzen kaum noch ertragen konnte.

»Ist es noch viel weiter?« fragte ich und meine Stimme war rauh.

»O nein, nein. Laß mich dein Pony nehmen, Rhys ap Sion. Dann lehnst du dich gegen das Tier und gehst langsam, und ich frage dich auch nichts mehr. So.« Er nahm zuversichtlich die Zügel, und ich ließ mich zusammensinken und lehnte meinen Unterarm auf das Pony. Ich stützte Eivlins Kopf mit meiner Schulter. Sie war warm. Das freute mich. Sie konnte noch nicht tot sein, denn die Nacht war kühl.

Wir gingen immer weiter und weiter, und ich konnte nur blind einen Fuß vor den anderen setzen. Ich war schon weit darüber hinaus, noch an den Weg zu denken. Ich fragte mich nur vage, warum jemand einen Jungen, der noch so klein war wie Gwyn, ganz allein in solch einem wilden Land herumstreifen ließ. Aber offenbar kannte er den Weg sehr gut, er mußte ihn schon öfter gegangen sein. Ein netter kleiner Kerl, trotz seiner unwürdigen Eltern. Er hielt sich ganz still, um mich nicht zu stören, obwohl er offenbar so aufgeregt war, daß er mich mit Fragen nur so bombardiert hätte. Und er wollte ein Krieger werden, wenn er groß war. Nun, in dem Alter hatte ich das auch gewollt. Ein guter kleiner Bursche. Wie weit konnte diese Abtei noch von der Straße sein?

Gwyn blieb stehen, und ich stolperte fast in ihn hinein. Als ich den Blick hob, sah ich eine dunkle Masse von Gebäuden, und das bernsteingelbe Lampenlicht glühte vor dem Tor und in zwei oder drei Fenstern. Ich war zu erschöpft, um irgendwelche Gefühle zu haben.

»Rhys ap Sion« sagte Gwyn nervös, »siehst du meinen Wurfspeer?«

»Ja.«

»Könntest du sagen, es ist deiner? Weißt du . . .« Er hielt inne, schaute mir ins Gesicht und fuhr leidenschaftlich fort – »ich darf ihn eigentlich nicht haben, und meine Mutter würde sich sehr aufregen. Ich bin heute nach dem Unterricht weggerannt, deshalb kriege ich sowieso meine Prügel. Aber Mama würde weinen, wenn sie wüßte, daß ich dieses Ding habe!«

Ich grinste fast. Er lief also gerne weg. »Aber sicher. Du kannst sagen, daß du ihn für mich trägst.« Ich dachte an noch etwas anderes und fügte hinzu: »Und erzähl ihnen nicht, daß ich Diener in Camlann bin. Darüber regen sie sich vielleicht auf.«

Er nickte, führte das Pony weiter, blieb dann wieder stehen.

»Aber du gibst mir doch hinterher den Speer wieder zurück, oder?«

»Aber klar.«

Er nickte beruhigt und führte uns zum Tor der Abtei Sankt Elena. Er stellte sich auf die Zehenspitzen, um zu klopfen, und schlug mit großer Begeisterung an das Eichentor. Nach einer Minute öffnete sich eine Klappe in der Tür, und ich konnte ganz kurz ein bleiches Gesicht erkennen. Dann schwang das ganze Tor auf, und eine schmale, magere Frau kam mit blitzenden Augen heraus.

»Gwyn!« schimpfte sie. »Du bist schon weg seit heute mittag, und . . . oh.« Sie sah Eivlin, mich und das Pony und blieb stehen und starrte uns an.

»Das ist Rhys ap Sion«, verkündete Gwyn stolz. »Er ist sehr krank, und das Mädchen ist noch kränker. Ich habe sie auf der großen Straße gesehen. Er läßt mich seinen Speer tragen.« Gwyn warf mir einen verschwörerischen Blick zu, den die Nonne bemerkt haben müßte, wenn sie mich nicht angestarrt hätte.

»Schwester«, sagte ich und versuchte, meine wirren Gedanken zu sammeln, »der Junge sagt die Wahrheit. Um Christi willen, gebt uns die Gastfreundschaft der Abtei, oder diese Frau stirbt vielleicht.« Sie starrte mich weiter an. »Ich gebe dir alles, was ich habe«, fügte ich verzweifelt hinzu, »und ich diene einem reichen Herrn, der dir noch mehr geben kann. Aber, so wahr du gerettet bist, laß uns ein und sorg dafür, daß man sich um sie kümmert!«

»Ja . . . ja natürlich. Ja. Lieber Gott! Kommt herein. Gwyn, lauf und hol Schwester Teleri – ja, und such auch deine liebe Mutter. Oh, gib mir den Speer!« Gwyn gab widerstrebend die Waffe ab. »Deine arme Mutter hat sich Sorgen gemacht. Geh sofort!« Er schoß davon, und die Frau ließ mich in die Abtei ein.

Jetzt geschah alles schnell. Das Pony wurde in einen Stall geführt, und mich brachte man in eine Küche. Hinter mir gingen die Frauen, die Eivlin trugen. Eine kleine, braunhaarige, rundliche Frau in mittlerem Alter erschien aus dem Nichts und begann, sich mit Eivlin zu beschäftigen. Sie schüttelte den Kopf.

»Sieht nicht gut aus«, sagte sie und wandte sich an eine andere Frau, die offenbar ihre Helferin war. »Fast ertrunken. Du!« – die Frau wandte sich an mich. »Was ist mit diesem Mädchen passiert?«

»Ich . . . mhm . . .«

»Ist ja völlig durchweicht, das arme Kind. Seid ihr schiffbrüchig?«

»Nein, sie ist naß geworden, als ich sie getauft habe.«

»Du hast was? Das war aber nicht nötig, daß du so gründlich warst. Außerdem hättest du einen Priester fragen sollen.«

»Das konnte ich nicht! Sie lag im Sterben, oder sie wurde vielleicht auch wahnsinnig, und ich hatte Angst um sie.«

»Wahnsinnig? Fieber hat sie aber nicht.«

»Es war ein Fluch.«

»Was?« Die Frau beäugte mich. »Na, lassen wir das erst mal. Du bist selbst krank, und was du da redest, ergibt auch keinen Sinn. Bist du mit dieser Frau verheiratet?«

»Verheiratet?« Ich zwinkerte verständnislos. »Nein. Ich . . . ich . . . liebe sie . . .«

»Wirklich.« Sie sagte es ein bißchen ätzend. »Na, dann benimm dich in diesem Haus mit mehr Respekt. Du bleibst hier, und dieses arme Kind bekommt ein heißes Bad und ein warmes Bett – ich glaube, wir können sie in Myfanwys Zelle legen. Ja, da ist ein Feuer. Komm mit«, rief sie ihrer Helferin zu. Sie hob Eivlin ganz leicht mit beiden Armen auf.

»Warte!« sagte ich. »Wer bist du?«

»Ich bin Schwester Teleri, Ärztin für dieses Haus. Ich glaube, du wirst das respektieren.« Sie rauschte aus dem Zimmer, und ihre Helferin folgte ihr mit einer Laterne.

Ich setzte mich beim Feuer nieder und lehnte mich gegen die Wand. Na, diese Teleri schien zu wissen, was sie machte, und es gab nichts mehr, was ich für Eivlin tun konnte.

Jemand schüttelte mich am Arm. Ich versuchte, ihn wegzuschieben, und dann öffnete ich die Augen. Mir wurde klar, daß ich geschlafen hatte. Erschöpft schaute ich mich um. Teleri war wieder da.

»Wie geht es Eivlin?« fragte ich.

»Wenn das der Name deiner ... Freundin ist – sie ist sehr krank und sehr schwach. Aber eigentlich sollte sie sich erholen. Und jetzt: Was ist los mit dir?«

»Mit mir? Ich bin nicht sehr krank. Ich bin nur vor ein paar Tagen auf den Kopf geschlagen worden – nein, so lange ist es noch nicht her – es war ... gestern nachmittag?« Ich mußte einfach innehalten. Es konnte doch nicht erst gestern gewesen sein?

»Mhm. Laß mich mal sehen. Ach, komm schon.« Teleri packte mich am Haar, zog meinen Kopf nach unten und untersuchte sehr sanft die Beulen. »Mhm. Du bist genauso krank wie deine Freundin. Sieh mal!« Das sagte sie zu ihrer Helferin. Ich schaute mir die andere Frau aus den Augenwinkeln an. Die sah nur das an, was Teleri ihr zeigte. Sie war hochgewachsen, dünn, blond, mit langem Gesicht. »Hast du seine Augen gesehen?« fragte Teleri. Die andere nickte. »Pupillen erweitert, keine Blickschärfe. Man hat das nach Kopfverletzungen. Wir wollen ihn mal reinigen, ihn ins Bett legen und dafür sorgen, daß er drinbleibt. Komm mit.«

Teleri und die andere Frau hievten mich auf die Beine. Ich fragte mich, ob die Helferin wohl Gwyns Mutter war, diejenige, nach der die Frau am Tor auch geschickt hatte. Denn ihr Haar hatte fast die gleiche Farbe wie Gwyns Haar.

Teleri arbeitete sehr energisch und sanft und plauderte dabei die ganze Zeit über Kopfverletzungen. Sie beschrieb ihrer Helferin all die fürchterlichen Folgen, die sie schon gesehen hatte. Aber mir war das egal. Endlich brachten sie mich in eine ruhige Klosterzelle, gaben mir jede Menge Wolldecken und sagten mir, ich solle still liegen.

»Kümmere dich um Eivlin«, sagte ich zu Teleri. »Sie darf nicht sterben.«

»Na, aber wirklich! Komm«, sagte sie zu ihrer Helferin. »Laß ihn schlafen.« Sie huschten aus dem Zimmer und nahmen die Laterne mit. Ich lag still in der warmen, ruhigen Dunkelheit. Ich muß um Eivlin beten, dachte ich, und während ich das dachte, schlief ich ein.

11

Ich wachte auf, als die Morgensonne sich durch das Fenster auf mein Gesicht ergoß, aber ich rollte auf die andere Seite und schlief wieder ein. Ich wachte noch einmal auf, als wegen irgend etwas in der Abtei die Glocken läuteten, aber energisch hielt ich die Augen geschlossen. Nach einer Weile allerdings hörte ich Schritte, und die Tür des Raumes quietschte leise auf. Ich seufzte, öffnete die Augen und setzte mich.

Gwyn stand erstarrt in der Tür. Seine dunklen Augen waren groß vor Reue. »Hab ich dich aufgeweckt?« fragte er traurig.

»Nein. Ich war schon wach.«

»Ach so.« Er schloß die Tür hinter sich und lächelte ein kleines, scheues Lächeln. »Fühlst du dich besser?«

»Sehr viel besser. Weißt du, wie es Eivlin geht?«

»Wem?«

»Eivlin. Der Frau, die so krank war.«

»Ach die! Die schläft noch.« Er dachte einen Augenblick nach und fügte dann hinzu: »Teleri hat meiner Mutter erzählt, sie hätte noch nie so was gesehen, und das Mädchen rührt sich überhaupt nicht. Aber es wäre eigentlich gar nicht schlimm bei ihr. Teleri sagt, sie hofft, daß deine Freundin bald aufwacht.«

»Ich auch«, sagte ich mit Gefühl. »Ich auch.«

Gwyn schaute mich an. »Ich will für sie beten«, sagte er endlich. »Pater Carnedyr hat mir aufgetragen zu beten, wenn ich meine Lektionen nicht lerne, und ich bete dann einfach für sie.«

»Dank dir«, sagte ich. Gwyn trat verlegen von einem Fuß auf den anderen.

»Ich sollte meine Lektionen eigentlich bald machen«, sprudelte er heraus, »aber . . .«

»Komm, setz dich«, sagte ich und mußte grinsen, trotz allem. Ich hätte ja genau das gleiche getan.

Er setzte sich neben mich auf das Bett. »Erzähl mir von Camlann! Reiten dort alle mit ihren Schlachtrössern überall herum? Ist die Festhalle mit Gold gedeckt, wie Teged sagt?«

»Die Halle hat ein Dach wie jede andere Halle, aus ordentlichem Stroh. Und keiner reitet die ganze Zeit ein Schlachtroß. Und mit Sicherheit reiten sie mit den Schlachtrössern nicht überall herum. Aber . . .«

Gwyn lächelte. »Das wäre ein Durcheinander, wenn sie überall damit herumritten! Einmal bin ich auf Pater Gillas Stute ins Refektorium geritten, und ich hab' so getan, als ob es eine Festhalle wäre. Das Pferd hat die Tische umgestoßen, und eine Menge Krüge sind dabei zu Bruch gegangen. Dafür hab' ich dreimal Prügel gekriegt – oh. Tut mir leid. Pater Carnedyr sagt, ich falle anderen immer in die Rede, und dafür sollte ich auch Prügel kriegen. Aber – ist die Königin sehr schön?«

Er wollte alles wissen; er konnte kaum stillsitzen, um mich anzuhören. Kaum hatte ich drei Sätze gesagt, da sprudelte er schon wieder mit neuen Fragen heraus. Nicht, daß er keine Manieren gehabt hätte, aber er war einfach intelligent und begeistert. Er wollte ein Krieger werden, das sagte er mir noch einmal ganz im Vertrauen, obwohl: »Meine Mutter sagt, ich soll Priester werden.« Aber Hywel hätte ihm den Speer gegeben, und er übte jeden Tag damit; und ob er mir auf der Straße wirklich angst gemacht hätte? Ich war froh, daß er da war. Ich hatte keine Möglichkeit, über Eivlin oder das Schlimme nachzudenken, das uns passiert war. Der Kleine gab mir fast das Gefühl, als ob ich zu Hause wäre. Ich erzählte ihm schöne, glänzende Geschichten von Camlann. Ich erzählte noch immer, als sich die Tür wieder öffnete und Teleris Helferin mit einem Tablett in der Hand dastand, auf dem Essen war.

Gwyn, der sich eifrig nach vorn gebeugt und mich mit glänzenden Augen angeschaut hatte, stand abrupt auf. Sein Gesicht wurde wieder traurig. »Er war schon wach, Mama«, sagte er der Frau. »Wirklich, ich hab' ihn nicht aufgeweckt.«

Die Frau stellte das Tablett ab.

»So. Aber er ist ein kranker Mann, mein Liebling, und du hättest nicht herkommen sollen, um ihn mit deinen Fragen zu belästigen. Warum bist du nicht in der Schulstube?«

Gwyn rutschte hin und her.

»Er ist gekommen, um sich nach mir zu erkundigen«, warf ich eilig ein. »Weil er ja derjenige gewesen ist, der mich gefunden hat, fühlte er sich verantwortlich. Und ich hab' mich gefreut, daß er mir Gesellschaft geleistet hat.« Gwyn warf mir einen dankbaren Blick zu.

Die Frau begann zu lächeln, aber sie unterdrückte das Lächeln, obwohl ihre Augen glitzerten. »Es ist gut, daß du dich um diesen armen Mann kümmerst, mein Herz. Aber du mußt dran denken, daß er Ruhe braucht – und du brauchst Lektionen. Jetzt raus mit dir. Pater Carnedyr wartet sicher schon.«

Gwyn war anscheinend nicht erfreut über den Gedanken, daß sein Schulmeister auf ihn wartete, aber er strahlte wieder, als ich sagte: »Danke, daß du gekommen bist. Wenn es deiner Mutter nichts ausmacht, dann komm später wieder.« Er schaute die Frau an, und sie nickte zustimmend, also rannte er fröhlich los. Die Frau lachte, als er weg war, und machte sorgfältig die Tür zu.

»Gwyn ist dein Sohn?« fragte ich sie.

»Ja, mein Sohn«, sagte sie. »Möchtest du etwas essen?«

»Ich danke dir. Er ist ein sehr netter Junge.«

Sie seufzte und schob sich eine Strähne ihres gelben Haares aus den blauen Augen. Ihre Geste war so graziös wie das Wehen eines Weidenbaums. »Er ist ein lieber Junge, aber er ist wild. Ich hoffe, er hat dich nicht ermüdet.« Ich schüttelte den Kopf, und sie nahm das Tablett auf und brachte es herüber. Das Essen bestand aus einer Schale Haferbrei mit Honig, aus Brot, Butter und frischer Milch. Es duftete wunderbar. »Gwyn ist klug. Er lernt seine Lektionen gut, und er ist sanfter als ein Tag im Juni. Aber er hat Phantasie und zuviel Temperament, und immer läuft er weg. Eines Tages wird er Schwierigkeiten haben.«

»Er sagt, daß du aus ihm einen Priester machen willst.«

»Das sollte er auch werden. Er ist klug genug, und Priester zu sein, das ist ein edler Beruf. Wir brauchen viele Priester in diesem Zeitalter. Jenen, die diesem Beruf folgen, bietet er eine eigene Ehre, einen eigenen Ruhm.«

Ich sagte nichts, sondern begann den Haferbrei zu essen. Er war köstlich.

»Du magst wohl den Gedanken nicht«, beobachtete sie. »Nun, viele Männer mögen ihn nicht. Gwyn will Krieger werden. Ich bitte dich, unterstütze ihn nicht darin, und erzähl ihm auch keine Geschichten, die seinen Wunsch fördern.«

Ich schaute überrascht zu ihr auf, den Löffel mitten in der Luft. Sie stand gerade und ruhig an der Wand, lächelte ein wenig, war einfach gekleidet. Aber ihr Tonfall hatte etwas Befehlsgewohntes. Ich fragte mich, woher sie wohl stammte. Nach ihrem Akzent zu urteilen, war sie nicht in Gwynedd geboren.

»Alle kleinen Jungen hören gern solche Geschichten«, sagte ich, »und ein Lied kann auch nichts schaden. Dadurch wünscht sich ein Junge nur, tapfer zu werden, und das ist nichts Böses.«

»Das ist nichts Böses, nein. Aber Lieder können einen Jungen auch dazu bringen, Krieg und Streit zu lieben und Gold und Körperkraft über Tugend und Ehrlichkeit zu setzen. Die Lieder reden viel vom Glitzern der weltlichen Macht und wenig von Freundlichkeit, Frieden und Adel der Seele. Ich möchte nicht, daß mein Sohn sie hört . . . Ich sage dir das, weil du ihm von Camlann erzählt hast.«

Ich schaute vorsichtig den Haferbrei an. Ich war verlegen. »Nun . . . er hat mich drum gebeten.«

»Und du bist dagewesen?«

»Ich war dort Diener.«

Sie schwieg einen Augenblick und betrachtete mich. Dann sagte sie: »Es ist deine eigene Angelegenheit, wem du treu bist. Aber ich muß dich darum bitten, meinem Sohn davon zu schweigen. Ich habe schon genug Ärger mit Gwyn, ohne daß er auch noch die Truppe eines Mannes bewundert, den ich für einen Usurpator und Tyrannen halte. Und ohne daß er vielleicht sogar dort hinläuft.«

»Artus ist ein sehr großer König«, sagte ich verletzt. »Er ist ein

Mann, dem der Schutz seines Volkes am Herzen liegt und der Ordnung und Gerechtigkeit schaffen und verteidigen will. Viele seiner Krieger sind gute Männer.«

»Fandest du das? Dann denkst du anders als ich.«

Ich schluckte. »Du bist sehr streng, Herrin.«

Sie bemerkte nicht, daß ich den Titel benutzte, sondern schüttelte nur langsam den Kopf und schaute mir in die Augen. »Ich habe einen Grund. Gwyns Vater war ... ist ... ein Krieger.«

»Oh«, sagte ich. »Hat er ... er hat doch nicht dein Gelübde entehrt?«

Sie schüttelte wieder den Kopf. »Nein, damals hatte ich noch kein Gelübde abgelegt. Alles, was ich verloren habe, war meine Ehre – obwohl das weiß Gott ein schlimmer Verlust ist.« Sie ging zum Fenster und schaute hinaus. »Ich bitte dich ja nur, daß du meinem Sohn keine Geschichten mehr von Kriegen und Kriegern erzählst«, sagte sie sanfter.

Das war vernünftig, denn er war ihr Sohn, und sie trug die Verantwortung. Außerdem war es genauso unwahrscheinlich, daß er ein Krieger wurde, als daß ich einer wurde. Also stimmte ich zu und aß schweigend meinen Haferbrei, während ich mich fragte, wer sie wohl war.

Als ich fertig war, wandte sich die Frau vom Fenster ab, lächelte wieder und versuchte mich zu erleichtern. »Komm, laß mich einmal deinen Kopf ansehen.« Ich ließ sie. Sie schaute sich die Beulen an, strich dann etwas Salbe darauf und verband mich. Als sie fertig war, trat sie zurück und wischte sich die Hände.

»Wie geht es Eivlin?« fragte ich sie. »Der Frau, mit der ich gekommen bin.«

»Sie schläft noch. Wir halten sie warm und machen es ihr bequem.«

Ich schwieg einen Augenblick. »Wird sie wieder aufwachen?« fragte ich.

Anstatt zu antworten, schaute sie mich fest an. »Ist dir das so wichtig?«

»Ja.« Ich mußte wieder das sagen, was ich schon in der vergangenen Nacht gesagt hatte. »Ich liebe sie.«

Die Frau schaute mich noch einen Augenblick an, lächelte dann in einer Art, durch die mir klar wurde, daß sie mir vorher mißtraut hatte. Es war ein warmes, offenes Lächeln, das ihr Gesicht atemberaubend schön machte. »Du sprichst die Wahrheit«, sagte sie. »Verzeih mir – in diesen dunklen Tagen wird Frauen soviel Böses angetan, daß man dazu neigt, mißtrauisch zu sein, wo es nicht angebracht ist. Du . . . deine Freundin hat Glück.« Sie hob wieder das Tablett auf. »Und jetzt«, sagte sie energisch, »jetzt mußt du im Bett bleiben und dich ausruhen. Teleri sagt, das ist die beste Behandlung gegen Kopfverletzungen.«

»Also bleibe ich im Bett.« Obwohl das ohne Gwyn auf die Dauer zum Verrücktwerden sein würde. Und falls Gwyn kam, würde es schwierig werden, das Thema Camlann nicht anzuschneiden. »Wirst du mir einen Priester schicken, der mir das Sakrament reicht?« Gwyns Pater Gilla schien ein netter Mensch zu sein.

Darüber lächelte sie wieder. »Ich will mit Pater Carnedyr reden, wenn er den Kindern ihre Lektionen erteilt hat. Teleri wird wahrscheinlich später auch kommen, und mit ihr kannst du auch reden, denn das ist es doch, was du willst, nicht? Du kannst Teleri sagen, daß ich – Elidan, meine ich – sich um den Priester kümmert . . . Was hast du?«

Elidan.

Nach all der langen Zeit, die mein Herr gesucht hatte, war ich derjenige, der sie gefunden hatte, durch Zufall. Aber sie mußte es sein. Wenn sie das Gelübde abgelegt hatte, nachdem Gwyn geboren war, oder kurz vor seiner Geburt, dann waren es jetzt acht Jahre oder so . . . genau die richtige Zeit . . .

Und das bedeutete, daß Gwyn Gawains Sohn war. Es erklärte auch, wie Bran Elidans wohlgehütetes Geheimnis herausbekommen hatte. Lieber Gott.

»Herrin«, sagte ich, »ich habe deinen Namen schon einmal gehört.«

Sie war erstaunt, und einen Augenblick dachte ich, hatte sie auch Angst. Aber wenn sie Angst hatte, dann verbarg sie das schnell. Nur ihre Augen wurden ein wenig schmaler, während sie sagte: »Möglich. Mein Name ist nicht allzu häufig, aber unbekannt ist er auch nicht. Ich weiß nur nicht, wo du von mir gehört haben könntest. Ich bin nur eine Schwester der Abtei Sankt Elena.«

»Deren Vater Caw hieß, und deren Bruder einmal König von Ebrauc war.«

Ihr Gesicht erstarrte. »Das ist Unsinn«, sagte sie sofort, während sie sich faßte. »Du hast von einer anderen gehört.«

»Herrin, ich wußte, daß man glaubte, du wärst irgendwo in Arfon, und dein Akzent stammt aus dem Norden. Gleichgültig, wie sehr du versuchst, die Sprache von Gwynedd nachzuahmen. Und du mußt zur rechten Zeit dein Gelübde abgelegt haben. Warum solltest du abstreiten, daß du Elidan, die Tochter des Caw, bist?«

Sie stellte eilig das Tablett ab. »Nun gut«, gab sie zu und biß sich auf die Lippen. Sie richtete sich auf und fuhr ruhiger und mit großer Würde fort: »Ich bin Elidan, die Tochter des Caw. Aber ich habe die Welt verleugnet und alle Dinge der Welt, und ... ich habe Feinde. Du darfst mich nicht an die Welt verraten.«

»Das ist keine Frage, wenn es um die Welt im ganzen geht, Herrin. Aber ich fürchte, ich muß es meinem Herrn sagen.«

»Deinem Herrn? Wessen Diener bist du denn?«

»Der Diener Gawain ap Lots. Er hat dich gesucht, Herrin.«

»Nein!« schrie sie. »Nicht ihm ... Nein, ich will ihn nie wiedersehen. Ich habe geschworen, eher zu sterben! Du ... hör zu, er hat mich betrogen, er hat mich angelogen, er ist eidbrüchig geworden und hat meinen Bruder ermordet. Er hat mich entehrt, mich und mein Haus. Ich habe geschworen, ihn nie wiederzusehen. Sag ihm, ich halte meine Eide!«

Ihr Zorn und ihr Schrecken machten mich einen Augenblick lang sprachlos. Dann kam mir der Gedanke, daß Gawain, wäre er dagewesen, zu ihren Füßen niedergekniet und ihr zugestimmt hätte. Das wiederum machte mich wütend. »Er hat dich schlecht behandelt«, sagte ich, »aber so schlecht nun auch wieder nicht. Bei jedem Streit gibt es zwei Seiten, und deine Unehre war deine wie seine Schuld.«

Bei diesen Worten verschwand der leidenschaftliche Blick aus ihren Augen, und sie schaute mich kalt an. »Ich habe mich vergessen. Natürlich bist du nur sein Diener. Ohne Zweifel hat er dir irgendeine hübsche Geschichte erzählt, in der ich alle Schuld hatte. Aber so war es nicht . . .«

»Er hat mir die Geschichte erzählt, aber er hat sich die Schuld gegeben. Das einzige, was er nicht auf sich laden konnte, war, daß er dich mit Gewalt gewonnen hat.«

»So also trage ich die Schuld, wie eine willige kleine Hure? Das haben sie wenigstens in Caer Ebrauc gesagt. Mein Bruder war freundlicher: Er hat geglaubt, man hätte mich bezaubert.«

»Du bist nicht dumm, Herrin. Du kannst nicht glauben, daß er irgendeinen Bann über dich ausgesprochen hat. Und wenn du damals geglaubt hast, daß er ein Zauberer wäre, dann macht das die Sache noch schlimmer.«

»Aber er war so wunderbar!« rief sie, hielt dann inne und preßte die Hände auf den Mund. Ich starrte sie an, und sie senkte die Hände wieder, während sie mich mit neuem Zorn anstarrte. »Ja, ich habe es gesagt, und so war es auch. Und er war von edler Geburt und berühmt. Berühmt in ganz Britannien, obwohl er nicht älter war als ich. Jedes Mädchen in Caer Ebrauc seufzte, wann immer sein Name erwähnt wurde. Aber er schaute nur mich an, als ob ich in seinen Augen mehr als die ganze Welt wäre. Lieber Gott! Er brauchte keine andere Zauberei als seine Augen und seine Worte. Dir will ich es bekennen. Ich wünschte damals, ich hätte ihm meine Seele geben können. Wie konnte ich ihm irgend etwas in der strahlenden Welt verweigern? Aber ihm war es nichts. Er nahm, was er wollte, schwur mir einen Eid und ritt davon. Dann brach er den Eid und tötete meinen Bruder. Er hat mich benutzt. Aber ich bin auch aus keiner unedlen Familie, und ich werde mich nicht wieder benutzen lassen. Er verdient es, zu sterben!« Ihre Stimme klang scharf vor Schmerz, aber ihre Augen waren wild, sie schauten verletzt, aber klar und tränenlos. Ich erinnerte mich an das, was der Kaiser Artus von ihr gesagt hatte, nämlich daß sie nicht verzeihen würde.

»Herrin«, sagte ich hilflos, und dann entschloß ich mich, weiter zu drängen. »Herrin, mein Herr hat sich fast umgebracht, als er dich beim letztenmal verließ. Also muß er die gleichen Gefühle gehabt haben. Nein, das hat er mir nicht gesagt. Er hat es nur zugegeben, als man ihn darauf ansprach. Ich habe ihn kennengelernt, weil er allein, mitten im Winter, in ganz Britannien nach dir gesucht hat, einfach um dich um Verzeihung zu bitten.«

Einen Augenblick lang starrte sie mich ungläubig an. »Um mich um meine Verzeihung zu bitten?« Ihre Hände ballten sich, entspannten sich wieder. »Um mich um Verzeihung zu bitten? Wie ... Nein. Wie kann er so etwas von mir erwarten? Ich bin nicht so schwach und zerbrechlich, daß ich ihm wieder um den Hals falle, wenn er mir das nächstemal winkt. Ich werde nicht zu ihm sagen: ›Gut, es war alles nichts. Ich will dich heiraten.‹ Er wollte mich heiraten. Nachdem er meinen Bruder getötet hatte. Ich hätte sterben sollen, am ersten Tag, an dem ich ihn sah, wie er nach Llys Ebrauc ritt, die Sonne im Rücken. Und möge ich wirklich sterben, wenn ich ihn wiedersehe und ihm meine Verzeihung schenke.«

»Aber er hat alles bitterlich bereut!« bettelte ich. »Und – in Christi Namen, Gwyn ist sein Sohn!«

Bei diesen Worten wurde ihr Blick kalt wie der Blick im Januar. »O nein. Gwyn nicht«, sagte sie, flach, aber mit größerer Kraft als bisher. »Gwyn ist mein Sohn. Gawain wird mir mein Kind nicht wegnehmen. Ich will nicht, daß mein Gwyn aufwächst und ein Krieger wird, in irgendeiner Festung, zu seiner eigenen Vernichtung. Ich will mit meinen nackten Händen gegen Gawain kämpfen, wenn er versuchen sollte, mir Gwyn wegzunehmen.«

»Du willst es lieber zulassen, daß man dein Kind den Bastard einer Nonne nennt?« wollte ich wissen und versuchte, aus dem Bett zu steigen, um sie anzusehen.

»Ja, ja, es ist viel besser, der ›Bastard einer Nonne‹ zu sein, als der ›Bastard eines Kriegers‹! Du dummer Narr von einem Diener, hast du denn noch nicht gelernt, daß Menschen an den Höfen grausam sind, gefährlich und grausam? So wahr die Erde unter mir ist und der Himmel über mir und die See um mich, ich will nicht, daß mein Sohn seinen Vater kennenlernt!«

Während die Worte ihres Eides in dem kleinen Raum klangen, flog die Tür auf, und Teleri rauschte herein. Sie blieb an der Schwelle stehen und schaute von mir zu Elidan, dann wieder zu mir. Sie kam ganz ins Zimmer und schob mich mit einer Hand zum Bett zurück. »Du«, sagte sie. »Setz dich und sei still. Du solltest nicht herumlaufen und deine Ärzte anbrüllen. Also Elidan, was ist denn hier los?«

Elidan starrte sie an, holte tief Atem, der fast wie ein Schluchzen klang, und schüttelte den Kopf. »Er ... er ist der Diener von ... von Gwyns Vater.«

Teleris Augenbrauen schossen hoch, und sie starrte mich voller Erstaunen an. »Tatsächlich?«

»Und er sagt, sein Herr sucht nach mir.«

»Das stimmt«, sagte ich. Mein gesunder Menschenverstand kehrte zurück, und ich sah, daß sie mich leicht zwingen konnten zu gehen. Mein Magen krampfte sich zusammen. Das war ja alles gut und schön für mich, aber für Eivlin war es undenkbar. Außerdem wurde mir klar, daß Elidan einen Grund hatte, ihre Entdekkung zu fürchten, und daß ich nicht gerade taktvoll gewesen war. »Es ist wahr, daß ich sein Diener bin«, meinte ich, »aber mein Herr ist in der Angelegenheit nicht so schuldig, wie diese Dame gedacht haben mag. Und er hat die Art, wie er sie behandelt hat, sehr bitter bereut. Ich habe ihr gerade erzählt, daß er mitten im Winter in ganz Britannien nach ihr gesucht hat, um sie um Verzeihung zu bitten. Ich könnte schwören, daß er ihr nichts Böses will, und mit Sicherheit auch nicht diesem Konvent.«

»Ach, wirklich?« sagte Teleri. »Das Reisen mitten im Winter ist eine harte Buße für jeden Mann – aber das spielt hier keine Rolle. Es kümmert mich nicht, Elidan, wessen Diener dieser Mann ist. Er ist krank, und unsere Aufgabe ist es, die Kranken zu heilen. Damit hat es sich, selbst wenn er seinen Herrn tatsächlich über uns bringt.«

»Ich habe Angst um meinen Sohn«, sagte Elidan.

»Ach. Deinen Sohn. Ja.« Teleri runzelte die Stirn. »Aber, meine Liebe, was kann man da tun? Du kannst doch nicht vorschlagen, daß wir diesen großen Ochsen zum Sterben rauswerfen.«

Elidan errötete. »Ich . . . aber nein, ich mache keinen Krieg mit Dienern. Nur . . . Rhys ap Sion, du schuldest uns etwas für die Hilfe, die wir dir und deiner Freundin haben angedeihen lassen. Schwöre, daß du meinen Namen deinem Herrn gegenüber nicht erwähnen wirst, wenn du ihn wiedersiehst. Schwöre das auf dein Seelenheil.«

»Wie kann ich solch einen Eid schwören? Mein Herr Gawain wird mit Sicherheit die Suche nach dir fortsetzen.«

»Wie war der Name deines Herrn?« fragte Teleri mit einem anderen Tonfall.

»Gawain ap Lot.«

Elidan wandte sich abrupt ab und ging zum Fenster. Sie hielt sich am Fensterbrett fest, und ich sah, wie ihre Knöchel weiß wurden, so hart packte sie zu.

»Du hast mir nie den Namen deines Liebsten gesagt«, sagte Teleri zu ihr. »Du hast mir nie gesagt, daß er der Neffe des Kaisers ist.«

»Ich hatte keinen Grund«, meinte Elidan müde. »Und ich hatte Angst, daß die Schwestern mich vielleicht zurückweisen würden, wenn sie wußten, wie mächtig meine Feinde sind.«

»Wir hätten dich nicht zurückgestoßen, wenn dein Liebster der Kaiser selbst gewesen wäre. Aber ich sehe jetzt ein, warum du Angst hattest. Solch ein Mann bringt vielleicht eine ganze Truppe her, um dich wegzuholen, und wenn wir uns an unseren König wendeten, dann wäre das genau dasselbe, als wenn ein Fuchs Schutz bei einem Drachen sucht.«

»Gawain würde so etwas nie tun«, protestierte ich.

»Ich habe auch einmal geglaubt, daß Gawain nie einen Eid brechen würde«, erwiderte Elidan. »Aber er hat es getan, und mein Bruder ist tot. Jetzt weiß ich nicht mehr, was er tun würde. Wenn ich zurück zu meinem Clan ginge, zu meinem Halbbruder Ergyriad, dann würde er sich freuen, daß sich alles so gut ergeben hat. Ergyriad wäre geehrt, wenn Gawain mich heiratete. Aber ich will nicht. Ich kann ihm nicht vergeben. So tief will ich nicht sinken.«

»Gawain möchte nur mit dir sprechen«, sagte ich drängend. »Er ist ein guter Mann, der beste Herr, den ich mir wünschen könnte. Wenn du nicht genug Christenliebe hast, um ihm zu verzeihen, dann solltest du ihm das wenigstens ins Gesicht sagen!«

»Ich habe sehr viel von Gawain ap Lot gehört – wer hat das nicht?« meinte Teleri vorsichtig. »Und ich habe gehört, daß er mehr mit der Anderwelt zu tun gehabt hat, als sicher oder ziemlich ist. Es gibt Geschichten von seinem magischen Schwert, seinem Zauberpferd und seinem Schlachtenwahnsinn. Aber ich habe auch gehört, daß er freundlich ist, daß er die Schwachen schützt und Gott fürchtet. Ich weiß nicht. Es ist schwierig, irgendeiner Sache sicher zu sein, die mit dem Kaiser zu tun hat, wenigstens hier in Gwynedd. Denn es gibt Menschen genug, die jedem, der sie hören will, böse Geschichten erzählen. Aber wenn er ein einfacher Mann wäre, mein Kind«, und sie ging hinüber und stellte sich neben Elidan, »dann würde ich sagen, verzeih ihm und vergiß ihn.«

Elidan sagte nichts. Sie starrte nur aus dem Fenster.

»Ich schwöre dir, mein Herr wird dir nichts tun«, wiederholte ich noch einmal. »Aber wenn du mir nicht glaubst – na, du wirst ja doch tun, was du willst, und nichts kann dich aufhalten. Aber Eivlin, Eivlin hat damit nichts zu tun. Sie ist eine tapfere Frau und sehr ehrenhaft. Ich habe sie auch nicht entehrt, also braucht ihr keine Angst zu haben, sie hierzubehalten. Und wenn ich sie noch nicht geheiratet habe, dann heißt das nicht, daß ich es nicht tun werde.«

Meine letzten Worte überraschten mich, denn ich hatte daran überhaupt noch nicht gedacht. Und dennoch, ich konnte mir eine viel schlimmere Frau vorstellen, aber keine bessere. Plötzlich war ich still, während ich mir den Gedanken durch den Kopf gehen ließ.

Teleri schnaufte, dann lachte sie. »Das war gut gesprochen! Aber niemand von uns bedroht deinen Liebling. Natürlich wird sie bleiben, bis es ihr besser geht, und du auch, denn ich kann noch nicht mal für einen dicken Ochsenschädel garantieren, wenn er so herumrennt wie du. Elidan, hast du dir heute morgen seinen Kopf schon angesehen?«

Elidan preßte die Handballen auf die Augen und nickte. Teleri schwieg wieder. Ich war sicher, daß Teleri als Bauerntochter aufgewachsen war.

»Er ist schon ein bißchen besser«, sagte Elidan, während Teleri die Beulen untersuchte. »Ich glaube es wenigstens. Aber du hast recht, er muß bleiben, und wir können keine Eide verlangen, wenn er sie nicht leisten will. Wir können ihn nicht für das Verbrechen eines anderen bestrafen.«

Teleri nickte und befestigte den Verband wieder. »Viel besser heute. Ein guter, dicker Schädel.«

»Das sagt meine Schwester auch«, bemerkte ich. »Wie geht's Eivlin?«

Elidan kam zum Bett herüber und setzte sich. Sie sah erschöpft aus. »Sie könnten wir nicht wegschicken. Eigentlich sollte es ihr gutgehen. Sie hat kein Fieber. Sie friert nicht und zittert auch nicht. Sie ist nicht verletzt und hat auch keine Anzeichen von Krankheiten. Aber sie fühlt nichts, sie reagiert auf nichts, und ihr Herz schlägt sehr langsam und ungleichmäßig.«

Teleri preßte einen Augenblick lang Elidans Hand und lächelte sie an. Ich schaute die Frau an und verstand, warum Gawain sie geliebt hatte. Sie ließ sich nicht vom Haß das Gefühl für Humor verdunkeln, und sie hatte den Mut, sehr viel für das zu riskieren, was sie wollte. Willenskraft und Adel schimmerten durch sie hindurch wie ein Stein durch die Flut eines Flusses. Sie war unnachgiebig. Aber sie würde auch unnachgiebig bleiben, so dachte ich, wenn Gawain kam und sie bat. Artus hatte recht gehabt. Die Kinder des Caw hielten es für eine Unehre, zu verzeihen.

»Wirklich, wir wollten dich deswegen auch fragen«, sagte Teleri energisch. »Was ist mit diesem Mädchen passiert, daß sie so ist? Und keinen Unsinn über Flüche!«

»Aber das war der Grund«, sagte ich. Elidans Gesicht blieb ruhig und ausdruckslos, aber Teleri lehnte sich zurück. Sie hob wieder die schmalen schwarzen Augenbrauen. »Es hört sich an wie Blödsinn, aber es ist wahr«, bestätigte ich. »Mein Herr hat nichts zu tun damit, das dürft ihr nicht glauben. Eivlin war

Dienstmädchen der Königin Morgas von den Ynysoedd Erch. Morgas und König Lot sind in Degganwy und schmieden Pläne mit Maelgwyn Gwynedd. Mein Herr ist dort hingeschickt worden, als Botschafter des Kaisers. Morgas hatte etwas gegen meinen Herrn vor und wollte mich dabei benutzen, aber Eivlin half mir zu entkommen, als sie mich gefangen hatten, und dafür hat die Königin sie verflucht.«

»Du erzählst da seltsame Dinge«, bemerkte Teleri. »Also gut, ein Fluch. Und was war das mit der Taufe, wovon du da gefaselt hast?«

»Eivlin war nicht getauft. Sie ist in Erin geboren und auf den Inseln aufgewachsen. Als sie anfing zu schreien, daß Schatten sie angriffen, da hab' ich mir gedacht, es könnte vielleicht helfen. Und sie hat ja auch aufgehört zu schreien. Sie ist ohnmächtig geworden, so, wie sie jetzt ist.«

»Mit Sicherheit macht sie weniger Krach«, Teleri musterte gründlich mein Gesicht. »Aber du scheinst diese Geschichte wirklich zu glauben.«

»Wie könnte das anders sein, wo ich sie doch erlitten habe?«

Sie sah gedankenvoll drein. »Ich habe nie viel von Geistergeschichten gehalten. Trotzdem kann ich dich keinen Idioten nennen, denn ich habe so eine Krankheit noch nie gesehen. Aber . . .«

»Aber es geht einem gegen den Strich, so was zu glauben. Schwester, ich glaube es selbst nicht gern. Wenn es um das Kämpfen geht, dann ziehe ich wirkliche Dinge Schatten auf einer leeren Straße vor. Aber Morgas' Macht ist wirklich und gefährlich, ich habe Grund, das zu glauben.«

»Wenn es mit Zauberei zu tun hat, dann erklärt das auch, warum Gawain hier ist«, sagte Elidan bitter.

»Herrin, wenn du glaubst, daß Gawain dem Teufel huldigt, dann kennst du ihn überhaupt nicht. Aber seine Mutter und sein Bruder Medraut und Maelgwyn Gwynedd und alle anderen in Degganwy wollen Gawain vernichten. Das ist ein Teil des Planes gegen den Kaiser. Und wenn sie es schaffen und wenn sie den Kaiser auch vernichten, wie lange wird Britannien dann noch sicher sein? Gnädiger Heiland, dies ist ein Kampf des Lichtes gegen die Finsternis, nicht ein Märchen, um euer Mitgefühl zu gewinnen!«

»Hör auf!« befahl Teleri und hielt die Hand hoch. »Du gehst zu weit. Ich« – sie stand geschmeidig auf –, »ich neige dazu, dir zu glauben, wenn du sagst, das Mädchen leidet unter einem Fluch. Gott verzeih mir dafür, daß ich so etwas glaube. Ich werde Pater Gilla eine Messe für sie lesen lassen, und wir können alle beten. Das ist natürlich kein Heilmittel, das ich normalerweise nehmen würde, aber wenigstens wird es nichts schaden. Darüber hinaus weiß ich nicht, was ich tun soll. Wenn sie nicht aufwacht, dann wird sie verdursten, denn wir können sie nicht dazu bringen, irgend etwas zu schlucken. Was den Rest deiner Geschichte anbetrifft – deinen Herrn, und König Maelgwyn und den Kaiser und diese berühmte Hexe Morgas von den Orcades –, all das wollen wir beiseite lassen. Die Kämpfe zwischen Königreichen gehen über unsere Begriffe. Unsere Aufgabe ist es, die Kranken zu heilen, die Waisen aufzunehmen, Bücher zu schreiben und die Felder zu bestellen. Das hat unsere Abtei stets getan, und das werden wir auch weiterhin tun, wenn Gott will.«

Dazu konnte ich nichts mehr sagen, ich nickte mit dem Kopf und dachte über Eivlin nach, und dann über Gawain. Hatte er meine Botschaft bekommen? Hatte er sie verstanden? Konnte er irgend etwas in der Angelegenheit unternehmen?

»Vielleicht«, sagte ich langsam, »vielleicht darf mein Herr Gawain wenigstens wissen, was es mit Eivlin auf sich hat.«

»Nein!« schrie Elidan. »Er darf nicht hierherkommen. Er darf nicht wissen, daß Gwyn existiert.«

»Elidan, wenn diese Geschichte wahr ist, dann liegt das, was geschehen ist, außerhalb unserer Macht. Es wäre eine schwere Sünde, ein unschuldiges Mädchen sterben zu lassen, aus Angst vor diesem Mann, der sie vielleicht heilen kann. Wenn er Hilfe bringt, dann muß er kommen.«

»Aber was ist mit dem Leben meines Sohnes? Was, wenn er mir meinen Sohn wegnimmt?«

»Erzähl ihm nichts von Gwyn. Halte das Kind geheim. Wenn du dem Mann nicht verzeihen kannst, dann tu es nicht. Aber ich kann nicht glauben, daß er dich zu irgend etwas zwingt, und du mußt an das Leben dieses Mädchens denken.«

»Natürlich«, sagte Elidan nach einer Weile. »Möge es zum Besten sein! Rhys ap Sion, wenn du glaubst, Gawain kann dem Mädchen helfen, dann bring ihn her. Ich will mit ihm reden. Aber, um deines Seelenheiles willen, erzähl ihm nichts von meinem Sohn.«

Ich zögerte. »Ich weiß nicht einmal, ob ich Gawain erreichen kann«, murmelte ich und ging der Angelegenheit aus dem Weg. »Ich kann nicht einfach zurück nach Degganwy. Die Wachen würden mich am Tor nicht durchlassen. Wenn ich Gawain aber doch erreiche . . .«

»Schwöre mir, daß du Gwyn nicht erwähnen wirst. Ich vertraue dir, das mußt du doch einsehen.«

Ich schaute sie an. Wenn sie Gawain vergab, dann entließ sie mich vielleicht auch aus diesem Eid. Wenn sie es nicht tat, oder wenn sie ihm nur mit Worten verzieh . . . Dann war es wahrscheinlich besser, daß Gawain nie etwas von der Existenz seines Sohnes erfuhr. Er konnte wegen des Kindes sowieso nichts unternehmen. Er konnte es kaum von Elidan wegreißen. Sie hatte gesagt, sie würde mit bloßen Händen kämpfen, um den Jungen zu schützen, und ich glaubte ihr. Sie tat, was sie für richtig hielt. Und wenn Gawain wußte, daß Gwyn sein Sohn war, wenn er ihn nicht behalten durfte, dann bedeutete das für ihn nur noch eine weitere Last an unverdientem Elend.

»Ich schwöre, daß ich Gwyn Gawain gegenüber nicht erwähnen werde, es sei denn, du selbst gibst mir die Erlaubnis«, sagte ich Elidan und schaute ihr in die ernsten Augen. »So wahr Gott mir helfe, und alle Heiligen und Engel. Ich schwöre es auf mein Seelenheil.«

»Dann sag Gawain, er soll kommen. Ich werde mit der Äbtissin Maeri reden und ihr die Situation erklären. Ich will sie bitten, dich zu unterstützen und dir alle Hilfe zu geben, denn ich glaube an deine Geschichte von Morgas' Zauberei. Es ist recht für uns, daß wir uns ihr entgegenstellen.«

»Ich danke dir«, sagte ich.

»Gut!« Teleri stemmte die Hände auf die Hüften. »Gut gemacht! Und jetzt, wo du dich entschlossen hast, die Hilfe dieses Herrn zu suchen, wie können wir ihn erreichen?«

»Ich werde gehen«, sagte ich. »Ich kann versuchen, in der Nacht über die Mauern von Degganwy zu klettern. Unmöglich ist es sicher nicht.«

»So etwas wirst du nicht tun«, erklärte Teleri. »Du wirst hierbleiben und dich ausruhen.«

»Du kannst einen Boten mit einem Brief aussenden«, schlug Elidan vor. »Der darf durch das Tor, und er kann so tun, als ob er irgendwas in der Festung verkaufen will.«

»Ich kann nicht schreiben«, sagte ich.

Elidan lächelte. »Dann diktier es einer von uns. Dies ist eine Abtei. Wir lehren hier das Schreiben. Pater Gilla kann die Botschaft hineinbringen, wenn er dazu gewillt ist. Seine kleine Stute ist das beste Pferd, das wir haben. Ich werde mit ihm reden, und du kannst heute nachmittag den Brief diktieren.«

»Aber jetzt schläfst du«, fügte Teleri hinzu. »Du siehst aus, als ob du Ruhe brauchen könntest.«

Sie rauschte aus dem Zimmer. Sie blieb nur einmal stehen und bückte sich, nahm das Tablett auf und trug es hinaus. Elidan folgte ihr, ohne sich noch einmal umzudrehen.

Ich seufzte und legte mich. Ich schaute die Decke an. Es gab zu viele Dinge, über die ich nachdenken mußte, und Ruhe fand ich keine. Jedesmal, wenn ich es schaffte, meine Gedanken von Eivlin loszureißen, während ich mir sagte, daß meine Sorgen ihr auch nichts halfen, stellte ich fest, daß ich an Gawain dachte. Vielleicht war es absurd, ihn um Hilfe zu bitten. Vielleicht brauchte er selbst Hilfe. Er war umgeben von Feinden, und nur Rhuawn war eine trügerische Hilfe. Ich wußte, daß Rhuawn auf Gawains Seite gegen Maelgwyn war, aber Medrauts subtilere Gegnerschaft war ihm entgangen. Rhuawn war ein guter Mann, aber sie hatten ihn beschwatzt, und es war unwahrscheinlich, daß er wieder zur Besinnung kam, es sei denn, Medraut tat etwas Dummes. Es sei denn, Eivlin hatte Medraut mit dem Stück Feuerholz schwer verletzt. Der Schlag konnte Morgas' Pläne vielleicht für eine

Weile verzögern. Ich konnte Eivlin darin vertrauen, daß sie hart zugeschlagen hatte, und Medrauts Kopfschmerzen waren vielleicht schlimmer als meine. Vielleicht fühlte sich sogar Morgas nicht wohl. Das war ein aufmunternder Gedanke, und schließlich schaffte ich es, mich zu entspannen und einzuschlafen.

Vielleicht kam es von meiner Kopfverletzung, aber ich hatte Alpträume.

Es schien mir, daß ich Morgas von den Orcades sah. Sie stand in einem kleinen, dunklen Zimmer, flocht ihr Haar in einem seltsamen Muster und sang. Nach einer Weile konnte ich durch ihren Gesang ein Wimmern hören, schwach zuerst, dann immer lauter. Es wurde zu einem Geheul, das ohne Rhythmus in einer fremden Sprache gebrüllt wurde.

Morgas hielt inne mit ihrem Lied und lachte. Ihre Zähne glänzten weiß, als sie vor Freude den Kopf zurückwarf. Ihr Bild schwand, und der heulende Gesang wurde lauter. Ich sah eine Beerdigungsprozession, die in der Dunkelheit dahinzog, und rote rauchende Fackeln schwankten darüber. Mitten im Fackellicht wurde ein Katafalk getragen, mit einer stillen Gestalt darauf, die von einem Umhang bedeckt war. Ganz plötzlich wurde der Ring der Trauernden durchbrochen, und Agravain ap Lot stürzte in die Mitte und warf sich neben der Bahre weinend nieder. Er vergrub sein Gesicht in dem Umhang. Das Ganze löste sich auf, das Heulen wurde schwächer, und ich bemühte mich, näher heranzukommen. Ich wollte wissen, wer auf der Bahre lag, denn ich hatte schreckliche Angst. Ich hatte fürchterliche Angst, daß es Gawain war. Aber der Gesang schwand, bis nur noch ein schwaches Gebrumm zu hören war, wie vom Wind. Auch das Fackellicht verlöschte. Ich sank in einen schwarzen Ozean, während ich mich noch immer vorwärts kämpfte. Dann kam ein Donnerschlag, und ich öffnete die Augen und sah Medraut. Er lächelte.

»Mir scheint er gesund zu sein«, sagte Medraut mit glatten Worten. Ich schaute hinter ihn und sah, daß er mit Teleri redete.

»Du kannst ihn nicht mitnehmen«, sagte Teleri. Ihre Hände waren verkrampft, und ihre Augen strahlten zu hell. »Um Gottes willen, erwartest du denn, daß wir ihn dir einfach übergeben?«

»Ich erwarte, daß ihr tut, was ich euch sage, oder ich sorge dafür, daß eure Abtei bis auf die Grundmauern verbrannt wird ... Steh auf!«

Ich setzte mich. Ich war ungeheuer verwirrt. Ich war im gleichen Zimmer in der Abtei Sankt Elena, und es war Nachmittag. Die gleichen Binsen lagen auf dem Fußboden, die steinernen Wände bestanden aus den gleichen rauhen Steinen. Es war kein Traum: Medraut stand wirklich vor mir.

Er lächelte noch einmal. Ich bemerkte, daß sein Kopf verbunden war. »Ich hab' dir gesagt, du sollst aufstehen.«

Ich stellte mich hin und wickelte das Bettzeug um mich. Ich hatte nur meine Unterkleidung an, denn die Nonnen hatten meine Tunika und meine Hosen mitgenommen.

Medraut lachte über mich. »Bringt ihm seine Kleider, und beeilt euch«, befahl er Teleri.

»In Christi Namen, du kannst ihn nicht mitnehmen!« sagte sie.

Ich war wach genug, um es besser zu wissen. »Doch, das kann er. Und er wird die Abtei niederbrennen, wenn du ihn nicht läßt. Geh besser.«

Fast tat sie es nicht. Sie starrte mich einen langen Augenblick an und drehte die Hände ineinander. Aber dann wandte sie sich um und rannte aus dem Zimmer. Medraut lachte wieder, schaute sich um und setzte sich bequem aufs Bett.

»Du hast ausgezeichnete Pflege gefunden«, bemerkte er. »Die hier heilen dich vielleicht nicht so schnell wie meine Mutter, aber ohne Zweifel ist die Behandlung angenehmer. Wo ist der andere Sklave, das Weibsstück, das für diese Sache verantwortlich ist?« Er berührte seinen Verband.

»Sie ist tot«, sagte ich ihm und betete darum, daß er es nicht besser wußte. »Sie ist gestern gestorben. Kurz vor Sonnenuntergang. Sie hat angefangen zu schreien, und dann ist sie auf der Straße niedergestürzt. Sie ist tot.«

»Das habe ich mir gedacht.« Er zog ein Knie hoch und schlang die Arme darum. Sein blondes Haar fing die Nachmittagssonne ein, und sein weicher, junger Bart glänzte in seinem Gesicht. Gold leuchtete an seiner Mantelschließe und an seinem Halsreif. »Mutter verteidigt ihre Ehre. Die kleine Füchsin hätte es nie wagen sollen, sich ihr zu widersetzen. Ich hoffe, sie hat gelitten.«

Ich sagte nichts. Ich hoffte, daß Teleri Eivlin nicht erwähnt hätte, und ich hoffte auch, daß Medraut weder von Elidan noch von Gwyn etwas wußte oder etwas spüren konnte. Teleri kam mit meinen Kleidern zurück, und ich zog mich schnell und schweigend an.

Medraut stand auf und strich seinen Mantel glatt. Eine Hand ruhte leicht auf seinem Schwert, und ich starrte die Waffe an. Entweder besaß er zwei Schwerter mit identischen Heften, oder er hatte irgendwie das Schwert zurückbekommen, das Eivlin ihm abgenommen hatte. Er bemerkte den Blick und blitzte mir sein fröhliches Lächeln entgegen.

»Ja. Ich hab' es wieder.« Er tätschelte das Schwertheft. »Ein nützliches Ding. Ich könnte dir noch mehr davon zeigen.«

Ich hatte nicht unbedingt den Wunsch, noch mehr davon zu sehen. Mir war übel. Hatten er oder Morgas mich irgendwie verfolgt und die Botschaft vor Gawain gefunden? Oder war die stille Gestalt aus meinem Traum in der Tat Gawain gewesen?

Es hat keinen Zweck, sich auf Träume oder Gefühle zu verlassen. Was immer auch mit meiner Botschaft geschehen war, es änderte nichts an der Tatsache, daß ich still mit Medraut gehen mußte. Ich durfte keine Aufmerksamkeit in der Abtei erregen, und ich mußte mich darauf vorbereiten, das Ganze noch einmal zu durchkämpfen. Ich war froh, daß der Gedanke mich betäubte. Denn wenn das nicht der Fall gewesen wäre, dann hätte ich, glaube ich, den Raum nicht verlassen können, ohne auf die Knie zu fallen und ihn anzubetteln, mich zu verschonen. Und das hätte vielleicht eine Katastrophe bedeutet. Das Ende, so sagte ich mir energisch, liegt überhaupt nicht in unseren Händen. Wir können nur tun, was wir für Recht halten, und Gott das andere anvertrauen.

Medraut stellte sich neben die Tür und machte Teleri und mir mit einer Handbewegung klar, daß wir zuerst gehen sollten. Teleri passierte ihn stolz und energisch, ohne ihn anzuschauen. Als ich hinter ihr herging, schlug mich Medraut voll auf das Ohr.

Ich torkelte gegen die Tür, schlug mit der anderen Seite meines Kopfes an den Türrahmen und stürzte am Boden auf die Knie. Teleri schrie auf. Medraut bückte sich und zerrte mich an meiner Tunika wieder hoch.

»Und das«, sagte er mit wildem Blick, »das ist dafür, daß du weggelaufen und meine Mutter mit Schande bedeckt hast. Die volle Bezahlung kann ich dir nicht geben, Sklave, dazu hat nur sie das Recht. Aber vergessen ist es nicht.«

Die Welt wirbelte in Spiralen um mich her, so daß ich die Augen schloß und bis zehn zählte. Dann schaffte ich es, wieder auf den eigenen Füßen zu stehen. Medraut ließ mich los. »Zeig uns den Weg nach draußen«, befahl er Teleri, die erstarrt dastand und die Hand erhoben hielt. Ob sie zuschlagen oder helfen wollte, wußte ich nicht genau. Ihre Augen blitzten, und sie widersprach fast, aber sie schaffte es, sich zu beherrschen. Wir gingen aus der Abtei hinaus.

Ein Dutzend berittene Krieger wartete im Hof auf Medraut. Aus dem Augenwinkel bemerkte ich eine kleine Gruppe von Nonnen, die an der Mauer zusammengedrängt standen, und Gwyn war auch da und starrte die Männer mit vor Ehrfurcht weit aufgerissenen Augen an. Mein kleines Pony war draußen und gesattelt, und auf Medrauts Befehl saß ich müde auf. Ich ließ mir die Hände binden, während ein anderer das Pony an die Leine nahm. Medraut schwang sich auf sein eigenes Pferd, einen eleganten, langbeinigen Grauen. Er nickte den Nonnen zu. »Es ist gut, daß ihr so vernünftig wart.« Dann nahm er die Zügel. »Ihr habt nur diesen einen unverschämten Diener verloren und nicht euer Heim und euer Leben.«

»Was macht ihr mit Rhys?« brüllte Gwyn. Plötzlich schoß der Junge von der Mauer heran und stürzte sich zwischen die Pferde. Jemand schrie. Medraut riß sein Schwert heraus.

»Was ist das für ein Bengel?« wollte Medraut wissen. »Einer von euren Bastarden?« Er schaute die Nonnen verächtlich an.

Elidan trat aus der Gruppe heraus und ging zu ihrem Sohn. »Er gehört mir«, sagte sie, und ihre Stimme war ruhig und sehr klar.

»Er hat mir den Weg hierher gezeigt«, sagte ich und wagte es nicht, einen von den beiden anzusehen. »Er ist noch zu jung, um Verstand zu haben.« Ich wagte es nicht, daran zu denken, was Medraut und Morgas wohl mit dem Kind machen würden.

»Aus dem Weg, Bengel, oder ich schneide dir die Ohren ab«, sagte Medraut mit freundlicher Stimme.

Gwyn starrte ihn an. »Was für ein Krieger bist du denn?« wollte er wissen. »Wenn ich erwachsen bin, dann komme ich und kämpfe gegen dich. Du kannst Rhys nicht einfach so mitnehmen. Er ist krank. Teleri und Mama sagen es beide. Mama!« Sie hatte ihn erreicht und packte ihn am Ohr. »Mama, er kann das nicht!«

»O doch«, meinte Elidan. »Und die Bastarde von Nonnen werden nie Krieger, wofür man Gott danken sollte. Denn du wirst nie in Versuchung sein, brutal und vulgär zu werden.«

Medraut war zuerst zu überrascht, um zu reagieren. Elidan zerrte Gwyn beiseite. Der Junge protestierte. »Aber Mama, er ist doch . . .«

»Er ist ein Hund, aber wir haben keine Macht.« Sie schob Gwyn aus dem Weg.

Medraut zog sein Schwert. Der Stahl machte ein raspelndes Geräusch. Elidan wandte sich ihm zu, graziös wie eine Hirschkuh, und hob den Kopf. Ihre Augen waren klar und strahlend vor Verachtung. Ich hatte den wilden Drang, irgend etwas zu tun, um Medraut abzulenken. Ich wollte sie auslachen, darauf hindeuten, wie lächerlich ihre Geste war. Aber sie war nicht lächerlich. Elidan wußte genau, was sie tat. Durch die Reinheit ihres eigenen Muts und ihrer Ehre machte sie Medraut unmöglich. Sie zeigte allen, daß seine Handlungsweise übel war, und sie ließ es auch ihn sehen. Jetzt lächelte sie über sein Schwert, während sie die Gefahr völlig mißachtete, in der sie schwebte. Sie war erstaunlich schön.

Medraut fluchte unartikuliert. Er wußte, was sie getan hatte. Dann schlug er seinem Pferd die Hacken in die Flanken und ritt auf sie los. Er benutzte nur die flache Seite des Schwertes, aber der Schlag traf sie am Kopf, und sie stürzte. Medraut brachte sein Pferd zum Galoppieren und ritt davon, ohne sich umzudrehen. Ich riskierte einen Blick, als jemand mein Pony am Zügel riß und mich hinter den anderen herzog. Gwyn schrie, aber Elidan hatte sich auf den Knien aufgerichtet. Über ihre Stirn strömte Blut, und dann legte sie die Arme um ihren Sohn und tröstete ihn. Sie schaute mich über seine Schulter an, ihr Blick strahlte noch immer, aber er war jetzt voller Hilflosigkeit und tiefem Kummer. Langsam schüttelte sie den Kopf.

Der Weg von der Abtei in die Hügel kam mir viel kürzer vor als die qualvolle Wanderung nach unten. Medraut bestand darauf, im schnellen Trab zu reiten, was ungefähr die schnellste Gangart war, die mein Pony schaffte. Als wir die Hauptstraße erreichten, befahl er einem seiner Männer, mit einer Botschaft vorauszureiten. Sie sprachen irisch, und ich verstand nichts von dem, was sie sagten, außer einem einzigen Wort: »Riga«. Ich hatte schon gelernt, daß dies das Wort war, das die Männer von den Ynysoedd Erch benutzten, wenn sie von Morgas redeten. Riga, »die Königin«. Der Bote nickte Medraut zu, rief seinen Kameraden einen Gruß zu und brachte sein Pferd zum Galoppieren. Er stob davon, um Morgas zu suchen und ihr zu sagen, daß Medraut mich wieder eingefangen hätte. Wir anderen folgten ihm auf der Straße im gleichen stoßenden Trab. Mein Kopf, der schon besser gewesen war, begann wieder zu dröhnen. Ich starrte mit leerem Blick voraus und versuchte, die Männer um mich her nicht zu sehen und auch nichts zu fühlen. Daß ich jetzt wieder zu Morgas zurück mußte, nachdem ich so viel durchgemacht hatte. Nach all den Strapazen! Wenn ich darüber nachdachte, dann begannen meine Hände zu zittern, und es wurde unerträglich.

Aber wenigstens war Eivlin in Sicherheit – wenn sie weiterlebte. Ach, Iffern sollte Morgas und Medraut und all die anderen verschlingen. Eivlin hatte ihr Leben riskiert, um mich zu retten. Und jetzt starb sie wahrscheinlich, aber sie war nicht mehr Morgas' Werkzeug. Auch ich würde das nicht sein. Und dennoch, ich war fast fertig gewesen, als Eivlin hereinkam, um mich zu retten. Morgas war dem Erfolg sehr nah gewesen. Ich erinnerte mich noch an ihr triumphierendes Lächeln.

Aber vielleicht brauchte sie mich jetzt nicht mehr zu ihrem Plan gegen meinen Herrn. Wenn Gawain tot war, dann würde Morgas mich nur für meinen Ausbruch strafen wollen. Wenn Gawain tot war. Ich hatte keinen Grund, das zu glauben, außer einem Alptraum – einem Alptraum und Medrauts Schwert und der ganzen Situation. Was machte Rhuawn? Glaubte er Medraut noch immer? War er bereit, mit Medraut nach Camlann zurückzureiten und Morgas bei Maelgwyn zu lassen, und ... Was hatte Morgas gesagt? »Andere werden Maelgwyn in seinem Bündnis beitreten, und sie werden darauf warten, bis die Familie miteinander im Streit liegt. Dann wird der Schilderwall gebrochen sein, und die Tore der Festung werden fallen. Dann wird Artus sterben.« All die Ordnung und Einigkeit, all die Kraft und das Lachen, alles Licht sollte fallen und gebrochen sein. Und nichts würde bleiben, nichts außer einer Wildnis, die einmal ein Königreich gewesen war.

Ich schaute die Straße hinab. Konnte ich mich kopfüber vom Pony werfen und mir den Hals brechen? Sich selbst töten, das ist eine Sünde, aber da ja nichts mehr vor mir lag außer einem qualvollen Tod, mußte so etwas in Gottes Augen zu rechtfertigen sein.

Ich konnte es nicht tun. Es war der reine Wahnsinn, es nicht zu tun, aber ich konnte noch nicht einmal ernsthaft daran denken. Ich blieb schweigend sitzen und ballte die Hände in den Fesseln, und ich schaute die Berge an, die ruhig und freundlich in ihrem Frühlingsgrün dastanden.

Wir ritten nicht nach Degganwy, sondern wir bogen auf einen anderen Weg, der tiefer in die Berge führte. Irgend etwas an diesem Weg kam mir bekannt vor, und ich erinnerte mich wieder, daß ich den Pfad mit Eivlin im Mondlicht hinabgeritten war. Ich hatte unkontrollierbar gelacht, aus Freude darüber, daß wir entkommen waren. Jetzt schickte Medraut die Hälfte seiner Männer nach Degganwy, und die anderen trabten den schmalen Pfad einzeln hintereinander hinauf. Wir ritten in den letzten Strahlen der Nachmittagssonne. Wir hatten die Reise in kurzer Zeit geschafft. Mein kleines Pony schwitzte von der schnellen Gangart. Ich schwitzte auch, aber mir war kalt, so kalt, als ob wir Februar hätten anstatt April.

Wir sahen die Schäferhütte vor uns, und Medraut wandte seine graue Stute zu dem Platz unten am Hügel, wo auch vorher die Pferde angebunden gewesen waren. Dort stand jetzt ein Pferd, eine nußbraune Stute mit feinem Geschirr. Morgas' Pferd. Ich schloß die Augen, ich war nicht gewillt, das weiterhin zu sehen. Wir hielten an.

»Sitz ab«, befahl mir Medraut. Ich glitt vom Pferd, blieb stehen und schaute meine gebundenen Hände auf der dicken Mähne des Ponys an. Das Tier warf seinen Kopf hoch, seine Flanken bebten. Medraut gab seinen Männern ein paar Befehle, wieder auf irisch, und wandte sich dann an mich. »Los«, befahl er. Ich holte tief Atem, drehte mich um und ging mit ihm.

Alle Krieger blieben bei den Pferden, außer einem. Derjenige, der mitkam, war der gleiche Ronan, der vorher Wache gestanden hatte. Es war fast mehr, als ich ertragen konnte, und ich biß mir auf die Zunge.

Wenn der Ritt von St. Elena hierher mir kurz vorgekommen war, dann schien der kurze Fußweg den Hügel hinauf jahrelang zu dauern, und als wir die Tür erreichten, war ich soweit, daß ich hätte schreien können. Ich biß mir fester auf die Zunge und schmeckte mein eigenes Blut. Medraut öffnete die Tür und schob mich zuerst hinein.

Morgas stand im Raum, dunkel in Gold und Rot. Aber noch ein anderer war dort, jemand, der hinter der Tür stand, denn ihr Blick war dorthin gerichtet. Ich sah, daß es so sein mußte, während ich einen Schritt hinein machte, und Medraut folgte mir. Und dann knallte die Tür plötzlich zu, Ronan vor dem Gesicht. Medraut wirbelte herum. Seine Hand lag am Schwert, sein Gesicht war erstaunt, und ich drehte mich auch um. Gawain stand vor der nackten hölzernen Tür, sein Schwert war wie ein Feuerstreif in seiner Hand, sein Kettenhemd glänzte. Sein Blick war fest auf Morgas' Augen gerichtet, und sein Gesicht war ausdruckslos.

Ronan polterte hinter uns gegen die Tür und rief wütend etwas auf irisch. Ohne Bewegung gab Gawain mit leiser Stimme irgendeinen Befehl auf irisch. Das Poltern hörte auf, und Ronan fragte etwas.

Morgas nickte; ihr Blick bewegte sich nicht. Sie wiederholte, was Gawain gesagt hatte. Ein langes Schweigen entstand. Dann hörte ich Ronans Schritte, die sich entfernten, und die Luft in der Hütte lag dick und still.

»So«, sagte Gawain endlich, und seine Stimme klang kühl. »Du hattest also keine Ahnung, wo mein Diener sein könnte.«

»Warum ist der hier?« wollte Medraut wissen und schaute Morgas an. Er lockerte das Schwert in der Scheide, bereit anzugreifen. Morgas sagte nichts, und nach einem Augenblick des Zögerns drückte Medraut sich an sie heran.

Gawain tat einen schnellen Schritt nach vorn und packte mich an der Schulter. Dann führte er sein Schwert mit einem einzigen schnellen Streich, der meine Fesseln halb durchschnitt. »Rhys. Geht's dir gut?« Seine Stimme hatte wieder einen Ausdruck: Besorgnis. Ich zitterte. Einen schrecklichen Augenblick lang hatte ich geglaubt, Morgas hätte ihren Plan gegen Gawain durchgeführt und Erfolg gehabt. Aber das war deutlich nicht der Fall, und ich war zu verwirrt, um nachzudenken.

»Mir geht's gut«, stammelte ich. »Aber du . . . du bist nicht tot.«

»Natürlich nicht. Warum sollte ich das sein?« Ich schüttelte den Kopf, unfähig zu erklären, und entschloß mich, nicht wieder einem Traum zu vertrauen. Gawain schüttelte mich leise an der Schulter und tat noch einen weiteren Schritt nach vorn, so daß ich hinter ihm stand.

»Herrin«, sagte er zu Morgas, »ich habe meinen Diener gefunden, und ich will dich jetzt nicht länger bemühen. Wir wollen gehen.«

Unglaublicherweise lächelte sie. Es war ein Lächeln, das ich nicht mochte, ein intimes, geheimes Lächeln, das an Gawain allein gerichtet war. »Du hast gewonnen, mein Falke«, sagte sie ganz, ganz leise. »Nie hätte ich es geglaubt, früher. Immer habe ich gedacht, du wärst ein Narr: zuerst, weil du benutzt werden konntest, und danach, weil du die Macht ablehntest, als sie dir angeboten wurde. Jetzt sehe ich, daß du weiser bist als ich.« Sie kam näher. Medraut starrte sie verwirrt an. Gawain stand bewegungslos da; er schaute sie nur an wie in der ersten Nacht, als wir nach Degganwy kamen.

»Dadurch mag ich dich noch lieber«, fuhr die Königin fort. »Alle Männer, die ich gekannt habe, und alle meine Söhne, sie sind immer schwach gewesen. Ich bin sehr froh, mein Frühlingsfalke, daß du stärker bist . . .«

»Mutter!« sagte Medraut mit qualvollem Flüstern. Sie drehte sich nicht um, sondern machte nur noch einen Schritt auf Gawain zu und lächelte dieses Lächeln. Mir sträubte sich das Haar.

»Herr«, sagte ich, »laß uns gehen.«

Er schien mich nicht zu hören. Er schaute Morgas an. Die Spitze seines Schwertes sank langsam nach unten, und sie kam näher.

»Und dennoch hätte ich mehr von dir erwartet, mein zweiter Sohn. Geboren, nicht um Lot zu erfreuen und auch nicht für meine Pläne, sondern nur für mich allein.«

Gawain trat zurück, rannte fast in mich hinein. Ich packte seinen Arm. »Herr, hör ihr nicht zu.«

Sie kam näher, sie hob die Arme, als ob sie ihn umarmen wollte. Ihre Augen waren zu fürchterlich, als daß ich sie anschauen konnte. Gawain bebte. Er hob das Schwert und drehte es seitwärts, so daß die Schneide auf Morgas zeigte.

Vielleicht brachte er sie um. Vielleicht auch nicht. Wenn er sie tötete, seine Mutter – was würde aus ihm werden? Große Angst überkam mich. Und wenn er sie nicht tötete, dann kam sie, um ihn für sich zu gewinnen. Ganz deutlich zerrte sie all das hervor, was sie an dunklen Erinnerungen aus seinen frühesten Jahren noch in seinem Herzen zurückgelassen hatte. Was immer er auch für sie empfand, er konnte ihr nicht einfach mit seinem Willen widerstehen. Er wurde von ihr in einen unheiligen Mord hineingerissen, oder in eine noch schlimmere Liebe, und ich konnte alles deutlich sehen, als ich sie anschaute.

Morgas trat noch einen Schritt näher, und ich wandte den Blick ab. Gawains Schwert hob sich ein wenig, und ich wußte, daß er zuschlagen würde.

»Mutter«, sagte Medraut. Sie schaute ihn nicht an, nur Gawain. Das Schwert schwang um eine Haaresbreite zurück, und ich packte das Handgelenk meines Herrn mit beiden Händen.

Er machte eine wilde Bewegung, mit der er fast seine Hand losriß, aber ich hielt fest. Morgas bewegte sich nicht. Gawain wirbelte herum und schaute mir ins Gesicht. Seine Augen waren weit aufgerissen und wütend und dunkel.

»Gawain«, sagte ich. »Herr, laß uns gehen. Hier gibt es nichts mehr zu tun.« Er wirbelte zurück und schaute Morgas an.

»Komm«, drängte ich. »Es gibt noch anderes zu erledigen, und wir dürfen keine Zeit verlieren.« Ich tastete hinter mir nach dem Türriegel. Morgas runzelte die Stirn.

»Was muß erledigt werden?« fragte Gawain wie ein Mann in einem Traum.

Ich riskierte es. »Ich habe Elidan gefunden – und darüber hinaus ist noch die Arbeit da, die dein Herr dir gestellt hat.«

Seine Finger wurden weiß am Schwertgriff. »Elidan?« Er starrte mich an. »Hör auf!« sagte Morgas.

»Herrin«, meinte Gawain, während er sich wieder fing. »Rhys hat recht. Hier gibt es nichts mehr zu tun, und anderswo wäre sehr viel zu tun.«

Morgas ging mit finsterem Gesicht zu Medraut zurück, aber sie drehte sich nicht um. Sie hob eine schmale, bleiche Hand und hielt sie mit der Handfläche nach oben, während die Finger auf Gawain zeigten.

»Du wirst nicht gehen«, sagte sie. »Medraut, hilf mir.«

Gawain warf einen langen, traurigen Blick auf Medraut. Dann schaute er wieder Morgas an. Medraut ließ sich auf ein Knie nieder und hielt das Heft seines Schwertes mit beiden Händen. Die Spitze zeigte vor seiner Mutter und ihm selbst schräg nach oben. Er schaute Morgas nicht an, sondern er biß sich in wilder Erregung auf die Unterlippe, so daß sie blutete.

»Wollt ihr es so haben?« fragte Gawain sehr ruhig. Fast hätte er noch mehr gesagt, aber er beherrschte sich. Er richtete sich auf, hob sein Schwert und hielt es mit der Spitze nach unten. Seine rechte Hand lag auf dem Heft, und seine linke Hand umklammerte die nackte Klinge. Er hob es, bis das Griffkreuz auf gleicher Höhe mit seinen Augen war. Ein Licht rührte sich im Stahl, und der Rubin im Knauf begann mit tiefem Strahlen zu glühen.

Medraut warf einen Blick auf Morgas, dann auf Gawain. Er schien sich zu sammeln. Das Gesicht der Königin war angespannt, bleich, ihre Augen waren unergründlich und viel zu groß. Langsam hob sie die andere Hand und legte sie mit der Handfläche nach unten auf die Hand, die sie schon ausgestreckt hatte.

Ich packte den Türriegel, bereit, die Tür aufzureißen. Aber Gawain bewegte sich nicht, deshalb blieb ich nur auf meinem Platz und wartete. Das Schweigen wurde dichter.

Morgas breitete die Finger aus und bewegte die Hand ein ganz klein wenig. Ihr Gesicht war wie ein Blitz, lebendig und unmenschlich vor Anspannung. Wie mit großer Anstrengung zog sie ihre Hände ein wenig auseinander. Ich hörte meine eigene Stimme keuchen. Dunkelheit kochte zwischen ihren Händen, tropfte heraus und schwärzte die Dämmerung des Raumes. Ich schloß die Augen, öffnete sie wieder. Die Finsternis quoll noch immer aus den schmalen Händen der Königin. Sie tropfte nach unten, an der Klinge von Medrauts Schwert entlang, und floß auf den Fußboden, häufte sich in einer dunklen Masse um Medrauts Knie.

Das Schwert in Gawains Händen begann heller zu brennen, ein tiefer roter Glanz lief vom Heft zur Klinge zu einem fast weißen Glühen.

»Glaubst du wirklich, daß das reicht?« flüsterte Morgas. Ihre Stimme klang in der Stille wie der erste Hauch des Windes, der die Luft vor einem Gewitter durchfährt. Er brachte alles zum Zittern. Morgas' Finger krümmten sich um die Finsternis, rollten sich mit großer Anstrengung ein, bis sie wie Krallen aussahen. »Schau! Ich bin Königin und Herrscherin der Luft und der Finsternis, und die ganze Erde wird mein Reich sein. Alles Fleisch wird mir gehorchen. Glaubst du, daß eine stählerne Klinge ausreicht, um mich zurückzuhalten? Narr!« Sie warf den Kopf zurück, und ihr Haar wirbelte durch die Nacht und schien die Schwärze einzusaugen und sie umherzuschleudern.

Ich sah, wie Gawain sein Schwert fester packte. Die nackte Klinge schnitt ihm in die linke Hand. Das Strahlen wurde tiefer. »Die Finsternis hat nicht allein die Herrschaft auf der Erde«, sagte er, und seine Stimme war rauh vor Anstrengung. »Durch das Licht wurde dieses Schwert geformt, und durch das Licht wird es halten, nicht als Stahl, sondern als das Ebenbild eines Willens.«

Morgas breitete mit einer wilden Bewegung die Arme aus, und völlige Finsternis verschlang die Hütte und den Boden unter unseren Füßen. Ich konnte den Türriegel nicht mehr fühlen, und ich konnte auch nicht mehr sagen, wo wir waren. Es schien mir, als ob wir in der Luft hingen oder als ob wir durch einen riesigen Abgrund hinabstürzten, der alles Leben und alles Licht aufsaugte. Ich fummelte vor mir herum und fand Gawains Schulter. Trotz aller Finsternis konnten wir noch immer Morgas sehen, als ob sie das Zentrum der schwarzen Nacht wäre, obwohl sie geisterhaft bleich wirkte. Sie stand am Rand des Abgrunds vor uns, qualvoll nah und ungeheuer fern. Gawains Schwert brannte noch immer, so deutlich wie ein Herdfeuer in einer Winternacht oder eine Kerze auf einem Altar. Aber seine Schulter unter meiner Hand war verkrampft vor Anstrengung, war so hart und kalt wie ein Stein.

»Und was ist Licht?« fragte Morgas, die Königin. Ihre Stimme war dünn und kalt, nicht mehr die Stimme einer Frau, nicht mehr die Stimme eines Menschen. »Alle Dinge begannen in Dunkelheit, und alle Dinge werden in die Finsternis zurückkehren, wenn du auch deinen kurzen Augenblick am Rand des Abgrunds kämpfen willst. Alle Dinge sind berührt und durchdrungen von Dunkelheit. Sieh, wie in dieser Zeit die Finsternis die Welt umgibt: Rom ist gefallen, und der ganze Westen ist Rom gefolgt. Kann ein wenig Licht hoffen, in Camlann zu überleben? Die Finsternis hat die Herzen aller ergriffen, die für das Licht kämpfen. Das Herz Rhuawns, deines Freundes, hat auf die Finsternis gehört. Artus, dein Herr, ist ihrer Eingebung gefolgt. Sie hat einen Platz in deinem eigenen Herzen. Alles muß zurückfallen an die Finsternis, es muß brechen und dorthin zurückkehren, woher es kam. Die Nacht kommt, und kein Tag wird sein. Licht ist Illusion! Die Finsternis allein ist wahr und stark. Wisse das!«

Einen Augenblick lang schien das Licht aus Gawains Schwert schwächer zu werden, blasser. Es schien nichts mehr zu beleuchten. Ich spürte, wie er sich bewegte, wie er sich bereitmachte zu kämpfen. Ich hatte den Drang, ihn anzuschreien, ihm zu sagen, den Kampf aufzugeben und zu fliehen. Wenn es noch einen Platz gab, an den wir fliehen konnten. Aber ich konnte mich weder bewegen, noch konnte ich sprechen. Mein Körper schien gefesselt von Ketten aus Eis, und meine Gedanken waren voll Dunkelheit. Lieber Gott, dachte ich, laß mich nur noch einmal die Sonne sehen, ehe ich sterbe. Laß noch etwas dasein außer der Finsternis. »Und Gott sagte: ›Es werde Licht‹, und es ward Licht«, erwiderte Gawain. Seine Stimme klang klar und stark und froh. »Wenn Rom auch gefallen ist und wenn auch Camlann fällt, wenn ich und Artus und Rhuawn auch erschüttert wurden durch die Finsternis in unseren Seelen, so kannst du dennoch nicht die Sterne erschüttern oder den Märzwind zurückrufen, wenn der Frühling die Bäume mit seinem Hauch berührt. Das Licht ist der Erstgeborene der Schöpfung, durch Licht und im Licht wurde die Welt erschaffen, und die Finsternis ist nur das, was vom Licht beleuchtet wird. Die Finsternis ist nicht Kraft, sondern die Abwesenheit der Kraft.«

Morgas warf die Arme über den Kopf, und die Schwärze bewegte sich um sie her wie Wasser. Die Augen der Königin waren weit aufgerissen und glänzten unnatürlich. Medrauts Schwert bewegte sich auf und ab wie ein schmaler Schatten, und ich sah ihn undeutlich. Ich sah, daß er jetzt auf beiden Knien vor Morgas am Boden kauerte. Mit hoher, flacher Stimme schrie die Königin in einer seltsamen Sprache Silben, von denen ich nie geglaubt hätte, daß eine menschliche Zunge sie formen konnte. Es waren Geräusche, bei deren Klang ich mir die Ohren verstopfen wollte. Gawain taumelte, fiel auf die Knie. Seine Augen glänzten im Licht des Schwertes, sein Gesicht war verschmiert von Schweiß und Tränen. Ich hockte hinter ihm. Ich hatte Angst, aufzustehen, mich zu bewegen, zu atmen. Ich betrachtete Gawains Hände, die am Schwert zitterten, und sah, wie das Blut von seiner linken Hand über die Klinge tropfte. Das Licht flackerte.

Morgas schrie wieder. Ich sah, daß Medrauts Kopf wie von Erschöpfung gebeugt war, aber er hielt noch immer das Schwert hoch. Seine Arme zitterten, als ob sie ein schreckliches Gewicht hielten. Während Morgas sprach, flutete die Nacht über uns wie eine Welle, die sich aufbäumt und bricht. Einen Augenblick lang, der mir wie eine Ewigkeit schien, konnte ich nichts mehr sehen. Nichts außer einem ganz schwachen Glanz, wo das Schwert gewesen war, und der Glanz verebbte, als ob er sich in die Finsternis zurückzog.

Aber er verschwand nicht. Er wurde heller, wurde wieder schwächer, flammte auf, begann wieder zu strahlen. Ich spürte, wie Gawain erstarrte, seine Kraft sammelte, sich erhob. Die Finsternis ebbte zurück, rieselte davon, und mit Schrecken wurde mir klar, daß ich den gestampften Lehmfußboden der Hütte sehen konnte. Ich hätte diesen Augenblick nicht für den herrlichsten Rosengarten auf der grünen Erde hergegeben.

Die Königin streckte die Hände aus, die Handflächen auf Gawain gerichtet. Ihr Mund bildete Worte, die ohne Klang herauskamen. Aber das Licht rührte sich wieder in der Klinge, wurde hell und klar, das Dunkelrot strahlte rosa, glühte fast weiß. Die Königin schaffte es, noch ein letztes Mal aufzuschreien, aber die Dunkelheit schwand. Medraut stieß einen Schluchzer aus und brach auf dem Boden zu Füßen seiner Mutter zusammen. Sein Schwert fiel vor ihm auf die Erde, und die Dunkelheit verschwand. Der Raum füllte sich mit pulsierendem Licht aus dem Schwert, mit Licht, das wie Sonnenstrahlen durch unruhige Wasser dringt.

Gawain zog seine linke Hand weg. Seine Handfläche war blutig von der Klinge des Schwertes. Dann senkte er den rechten Arm, und das Schwert stand wieder gerade. Das Licht verebbte in einer flachen Welle auf dem Stahl.

Morgas senkte die Arme und starrte uns über Medrauts bewegungslosen Körper an. Ihr rotes Gewand war zerknittert, und die Winkel ihrer Lippen und Augen wirkten welk. Zum erstenmal sah ich Falten in ihrem Gesicht und Weiß in ihrem Haar, und ich wußte, daß sie wie jede andere Frau alt wurde. Ich wandte mich ab und öffnete die Tür. Der Wind aus den Bergen fuhr über die Heide, und die letzten Strahlen des Sonnenuntergangs zeichneten die Berge nach.

Gawains Hand legte sich für einen Augenblick auf meinen Arm. »Laß uns gehen«, sagte er ruhig, und dann, zu Morgas gewandt: »Mutter, ich wünsche dir Gesundheit.«

»Nein!« schrie Morgas. Sie stolperte vorwärts, fiel fast über Medraut. »Nein!« schrie sie noch einmal verzweifelt. Ich wandte ihr den Rücken zu und trat aus der Tür, und Gawain folgte mir schweigend.

»Nein, nein!« schrie sie wieder, und dann begann sie zu schluchzen. »Verlaß mich nicht, ich bitte dich! Noch immer bin ich mächtig, ich kann mich erholen – gib mir Zeit, nur ein paar Tage . . .« Und ich dachte plötzlich, daß sie nicht mehr mit uns sprach, sondern mit einem Dämon, dem sie lange gedient hatte. Aber ich schaute mich nicht um. Hinter mir schloß Gawain sanft die Tür.

12

Wegzureiten war nicht so einfach, wie ich angenommen hatte. Neben Morgas hatten Medrauts sechs berittene Krieger wie eine unbedeutende Einzelheit gewirkt, aber als wir draußen waren und die Straße anschauten, die nach Hause führte, wurde mir klar, daß sechs bewaffnete Männer nie unbedeutend sind. Wir waren erst ein kleines Stückchen den Hügel hinabgegangen, als Ronan uns sah und uns Befehle auf irisch gab. Wir sollten wohl anhalten und zurückgehen. Gawain stieß einen hohen, klaren Pfiff aus, und Ceincaled galoppierte über den Hügel zu ihm hinüber, während Gawain mit dem anderen zu reden begann. Ich hätte erwarten sollen, daß der Hengst in der Nähe war. Medrauts Männer sprangen auf die Pferde, und Gawain kämpfte gegen sie, ehe auch nur einer von uns Zeit hatte nachzudenken. Der Kampf wurde allerdings nicht wild durchgestanden. Medrauts Männer waren von Anfang an nervös, und als Gawain Ronan mit einem Speer traf und dann sein Schwert zog und einen anderen niederhieb, wendeten die übrigen ihre Pferde und flohen. Für mich war schon zuviel geschehen, als daß ich noch viel denken oder fühlen konnte. Ich packte einfach Ronans Schlachtroß beim Zügel, saß auf und ritt hinter Gawain her. Die ersten Sterne gingen schon im Osten auf. »Herr«, sagte ich nach ein paar Minuten, »wir nehmen den gleichen Pfad, den die Krieger der Königin genommen haben. Wie weit willst du sie verfolgen?«

Er schüttelte den Kopf. Er sah erschöpft aus, hager vor Müdigkeit und Anstrengung – kein Wunder nach dem, was in der Hütte geschehen war. »Wir verfolgen sie gar nicht. Sie haben Freunde in Degganwy. Laß sie schnell die Festung erreichen. Wir müssen einen Platz finden, auf dem wir heute nacht lagern können.«

Ich nickte. Dann fragte ich: »Wie hast du mich gefunden? Was ist in Degganwy passiert?«

Er hob die linke Hand in einer Geste des Protests, und dann runzelte er die Stirn, weil Blut daran war. »Bitte«, sagte er, während er die Hand senkte und sie anstarrte. »Es ist schon spät. Es gibt nicht viel zu fragen und zu antworten, und wir sollten es beide jetzt nicht tun. Der Morgen kommt noch früh genug.«

Wir ritten nicht sehr weit in dieser Nacht. Wir bogen nach Norden auf die Straße nach Degganwy ab, und dann ritten wir zur Hauptstraße, denn wir vertrauten nicht darauf, daß man uns in der Festung willkommen heißen würde. Aber kurz vor der römischen Straße bogen wir wieder auf einen Seitenweg ab und fanden im Wald einen guten, geschützten Platz zum Lagern. Dort machten wir ein Feuer und ließen die Pferde grasen.

Die Luft war von einer scharfen Kälte, und es schien feucht im Wald zu sein. Ich erwartete nicht, daß ich gut schlief. Aber ich konnte auch nicht daran denken, in der Nähe auf einem Bauernhof Schutz zu suchen. Etwas von Gawains Vorsicht hatte sich auch mir mitgeteilt, und ich konnte der ganzen Welt nicht mehr trauen. Ich dachte an meine Familie, und plötzlich fühlte ich mich furchtbar einsam. Morgas war besiegt, Gawain lebte noch, und es war alles zuviel für mich gewesen. Diese gewaltigen Konflikte waren zu absolut, zu weit entfernt von dem Stoff, aus dem mein Leben bestand. Ich wollte nach Hause, ich sehnte mich nach den Kuhställen und den Feldern, die von der neuen Saat grün waren, ich sehnte mich nach der Wärme des Herdfeuers und den Stimmen und Gesichtern meiner Familie. Ich war krank vor Heimweh nach ihnen. Als wir dort in dem Wald in Gwynedd saßen, zwischen den riesigen Bergen, die um uns her brüteten, da dachte ich an all das Wohlbekannte und sehnte mich von ganzem Herzen danach, nach Hause zu gehen.

Gawain kam mit den Satteltaschen zum Feuer herüber, und das Heft seines Schwertes fing für einen Augenblick das Licht ein, als ob es wieder von selbst zu brennen anfangen wollte. Was, so fragte ich mich, hatte ich damit zu tun? Da war er, von königlichem Geblüt, Morgas' Sohn, perfekt benutzt sowohl in gefährlichen Schlachten als auch im Kampf der Geister. Er gehörte da hinein. Ich paßte nicht hierher, und ich wollte nach Hause. Einfach gesagt, ich war müde.

Gawain stellte das Gepäck hin und ließ sich neben dem Feuer zu Boden sinken. »Ich habe ein bißchen Käse und Brot da«, bot er mir leise an. »Auch etwas Ale. Ich weiß, du magst es gern.« Er öffnete seinen Packen und reichte mir das Ale.

Einen Augenblick schaute ich die Flasche an, und ich hatte den Drang, entweder zu lachen oder zu schluchzen. »Danke, mein Herr«, sagte ich endlich. Er lächelte und begann, das Brot und den Käse auszupacken.

Es war kein großartiges Mahl. Ich hätte gutes rotes Fleisch essen können, und der Käse war ein trauriges Zeug. Aber ich stellte mir vor, wie Gawain es mit süßen Worten Saidi ap Sugyon in der Küche von Degganwy abgeluchst hatte, und ich war verblüfft darüber, daß er das Ale überhaupt hatte. Saidi mußte ihn dazu gebracht haben, es zu bezahlen. Wenn ich dabeigewesen wäre – nun, Gawain war Gawain, und ich konnte deswegen nicht böse mit ihm sein. Ich genoß das Mahl. Jedes Essen hätte im Augenblick köstlich geschmeckt.

Trotz meiner bösen Ahnungen schlief ich fest, obwohl ich, als ich aufwachte, feststellte, daß mein Nacken steif war und daß meine Glieder von der Feuchtigkeit schmerzten. Meinen Kopf durchzog hin und wieder ein leiser Schmerz. Nun, dagegen gab es eine besondere Kur: Man mußte sich bewegen. Ich stand auf, und ich fand, daß Gawain gerade die Pferde sattelte. Er schenkte mir ein Lächeln und begrüßte mich, und ich schaffte es, ihm zu antworten, ohne grob zu werden. Die Sonne war eben aufgegangen und zog die kalten, feuchten Nebel aus den Bergen. Ich war froh, als ich wieder auf meinem Pferd saß und hinaus auf die Straße trabte. Die Bewegung wenigstens wärmte mich. Gawain reichte mir Reste von Brot und Käse, und ich hackte mir von beidem ein Stückchen ab. Ich mochte das Essen noch weniger als in der Nacht zuvor, aber ich hatte Hunger. Gawain war offenbar auch hungrig, denn er aß auf, was ich ihm gegeben hatte, und das hatte ich eigentlich nicht erwartet.

Wir erreichten die Hauptstraße sehr schnell und brachten unsere Pferde einen Augenblick zum Stehen. Wir schauten die Straße entlang, wie sie im Nebel verschwand. Die Morgensonne strahlte verschleiert im Osten, und die Luft würde sich wohl in kurzer Zeit klären.

Gawain seufzte und wandte den Blick von der Straße ab. Er schaute mich an. »Rhys«, sagte er, dann hielt er inne.

»Herr?«

»Gestern hast du gesagt, du hättest Elidan gefunden.«

Ja, das hatte ich wohl. Ich hatte es ganz vergessen. »Ja, Herr. Sie lebt in der Abtei St. Elena, dem Schwesternhaus des Klosters Opergely.«

»In einer Abtei?«

»Sie ist Nonne geworden, Herr. Ich habe sie gefunden, weil Eivlin von der Königin verflucht wurde und krank war, und wir sind nicht weit gekommen. Die Abtei St. Elena lag am nächsten und bot uns Schutz.« Ich durfte Gwyn nicht erwähnen, daran erinnerte ich mich selbst.

»Wer ist Eivlin?«

Mir wurde klar, daß er ja gar nicht wissen konnte, daß sie existierte. Ich suchte ein bißchen nach Worten und versuchte zu erklären, und wir bogen auf die Straße ab und folgten ihr nach Westen, unter meiner Führung. Dann erzählte ich ihm einfach, was alles seit dem Streit mit Rhuawn passiert war, bis zu dem Zeitpunkt, an dem Eivlin zusammengebrochen war. Ich schloß meine Geschichte mit den Worten: »Also setzte ich sie auf das Pony, und wir gingen weiter, bis wir jemanden von St. Elena trafen. Der zeigte uns den Weg zur Abtei. Elidan arbeitet dort im Siechenhaus, zusammen mit einer anderen Schwester. Eivlin schlief noch, als Medraut kam, um mich zurückzuholen, und sie wachte auch nicht auf, was immer die Heilkundigen mit ihr anstellten. Ich hatte vorgehabt, Herr, dir einen Brief zu schicken und dich darum zu bitten, zu kommen und zu versuchen, ob du ihr irgendwie helfen kannst.«

»Natürlich«, sagte Gawain. Er schaute voller Freude nach Westen, und seine Augen strahlten. »Opergely liegt an der See, und du sagst, St. Elena ist in der Nähe?« Er brachte Ceincaled zum Galoppieren. »Elidan! Sie noch einmal wiederzusehen! Hast du mit ihr gesprochen?«

Ich trat mein Tier wild, damit es Schritt hielt, und ich wurde wütend. Elidan, Elidan, aber es war ja Eivlin, die verletzt war. Eivlin, die ihr Leben riskiert hatte. »Ja. Aber kannst du Eivlin helfen?«

Er zuckte die Achseln, bemerkte meinen Blick und ließ Ceincaled wieder gehen. »Ach, es muß dir eine große Sorge sein.«

»Das sollte es auch. Sie hat mir das Leben gerettet, und ich habe vor, sie zu heiraten.«

Sein verblüffter Blick wurde langsam zu einem fröhlichen Lächeln. »Das ist es also. Dann freue ich mich für dich, Vetter.« Er schaute wieder die Straße an. »Wahrscheinlich kann ich dir helfen. Oder viel mehr kann ihr dadurch geholfen werden, daß ich da bin, mit meinem Schwert. Ich weiß es nicht. Ich habe so etwas noch nie getan. Aber du kannst Hoffnung haben, und ich will alles tun, was ich kann. Trotzdem, sieh mir nach, Rhys, daß ich krank danach bin, Elidan zu sehen. Was hat sie zu dir gesagt?«

Er sagte nicht mehr als die Wahrheit, wenn er mir versprach, sein Möglichstes für Eivlin zu tun, das wußte ich. Aber er sehnte sich nach Elidan, und er würde sich um wenig mehr kümmern. Seine Frage war schwer zu beantworten, und eine Weile brütete ich vor mich hin und rieb einen Fleck auf dem Sattel. Schließlich schaute ich ihn wieder an. Er beobachtete mich wie der Falke seines Namens, der einen Eindringling beobachtet. Es war am besten, seinem Blick offen zu begegnen und nur die Wahrheit zu sagen. »Sie war . . . zornig, verängstigt, als sie herausfand, daß ich dein Diener bin. Aber sie hat mich nicht für das büßen lassen, was du vor acht Jahren getan hast. Dennoch hat sie dir nicht verziehen, und ich glaube, in ihrer Phantasie denkt sie sich die Dinge noch schlimmer, als sie eigentlich sind. Sie trauert über ihre Ehre, die sie ihrer Meinung nach verloren hat. Sie sagt, sie wird dir nicht vergeben, aber sie will mit dir sprechen.«

»Oh.« Er wandte den Blick ab. Selbst ohne daß ich ihre bitteren Anschuldigungen wiederholte, war es schlimm genug. Nach einer

Weile sagte er: »Nun, ich werde sie trotzdem um Verzeihung bitten, und es wird trotzdem süß sein, sie wiederzusehen. Geht es ihr gut? Wirkt sie glücklich?«

»Sie befindet sich in ausgezeichneter Gesundheit, und wenn ich alles richtig verstanden habe, dann wird sie wahrscheinlich die nächste Äbtissin des Klosters. Ich glaube, sie ist mit ihrem Leben zufrieden, und sie wirkt glücklich genug.«

Das freute ihn. »Ich hatte befürchtet, man würde sie ihr ganzes Leben dafür tadeln. Für die Schwester eines Königs ist es etwas Fürchterliches, daß sie bekanntermaßen mit dem Mann geschlafen hat, der ihren Bruder umgebracht hat. Gut. Ich bin froh, daß du sie gefunden hast.« Er wurde still, und er begann über das zu brüten, was ich gesagt hatte.

Zufrieden mit ihrem Leben, dachte ich, während ich ihn anschaute. Ich erinnerte mich an das unterdrückte Lächeln, das sie Gwyn geschenkt hatte, als ich sie kennenlernte. Nun, irgendwie ging es ihr gut, sie hatte es bequem, und ganz deutlich liebte sie ihren Sohn. Ihr Leben war weniger ruiniert als das Gawains, dachte ich. Aber sie gab sich selbst ja auch nicht die Schuld für das, was geschehen war, und er tat es. Ich fragte mich, wie Gawain wohl Gwyn finden würde und welchen Eindruck er bei dem Jungen hinterlassen würde. Einen sehr guten, ohne Zweifel.

Vielleicht änderte Elidan auch ihre Meinung, wenn sie Gawain wiedersah. Sie hatte ihn ja einmal sehr leidenschaftlich geliebt.

Gawain rieb wieder die Schwerthand an seinem Schenkel, und ich war sicher, daß er alles, was er getan hatte, im Licht dessen betrachtete, was ich ihm gerade erzählt hatte. Ich wußte, er würde bald zusammen mit Elidan zu dem Schluß kommen, daß seine Tat unverzeihlich war. Gott schütze mich vor solch einem Gewissen. Teilweise, um ihn abzulenken, und teilweise, weil ich es wissen wollte, fragte ich: »Wie kam es eigentlich, daß du mit Morgas zusammen warst, als Medraut mich zurückbrachte, Herr? Hast du meine Botschaft gefunden?«

Er kam wieder zurück in die Gegenwart. Er war bereit, höflich zu sein. »Deine Botschaft? Ach, das Schwert und die Fibel. Ja. Hier.« Er tastete unter dem Kragen seines eigenen Umhangs und zog die gleiche Fibel heraus, die noch immer ein bißchen verbogen war. Ich nahm sie, löste den Knoten, mit dem ich meinen Umhang festgebunden hatte, und sicherte den groben Wollstoff mit der Nadel. Das war viel besser.

»Hast du denn alles verstanden? Komm, Herr, sag mir, was in Degganwy passiert ist.«

Er zuckte die Achseln, tätschelte Ceincaleds Hals und dachte einen Augenblick nach, ehe er zu erzählen begann. »Ich war besorgt an dem Abend, als du verschwunden bist«, sagte er endlich. »Degganwy ist ein übler Ort, und vieles hätte geschehen sein können. Ich fragte Rhuawn, ob er dich gesehen hätte, und der war verärgert und unruhig. ›Er hat sich mir gegenüber unverschämt benommen‹, sagte Rhuawn, ›deshalb habe ich ihm einen Schlag versetzt. Wahrscheinlich ist er deswegen weggelaufen.‹ Und er sagte mir, ich solle dich deswegen verprügeln.« Gawain lächelte traurig. »Ach, dieser Rhuawn. Er ist ein guter Kerl, tapfer und ehrbar und großzügig, aber er ist zu sehr der Clansmann und zu sehr der Krieger, und das verzerrt seine Sicht der Dinge. Ein paar von Maelgwyns Kriegern sagten mir, Rhuawn hätte dich im Streit niedergeschlagen, aber niemand hätte dich seitdem wieder gesehen. Ich habe nicht gedacht, daß du weggelaufen wärst, aber ich konnte nichts tun. Dennoch mißtraute ich Rhuawn. Medraut hatte ihn angelogen, immer wieder und wieder, und ich wußte nicht mehr, was Rhuawn dachte oder fühlte. Medraut hat auch dich angelogen, aber ich glaubte, dir könnte ich weiterhin vertrauen . . .« Er bemerkte meinen Blick und fügte hinzu: »Nun, du gehörst auch nicht zu denen, die hinter der Hand etwas planen oder sich feingeschliffene Rechtfertigungen von Unwahrheiten anhören. Und vielleicht ist ein Krieger, der oft zu fremden Königen geschickt wird, mit der Zeit in der Lage, ein Gesicht zu zeigen, das nicht ihm gehört. Selbst wenn er an sich ehrlich ist, mißtraut er dann all seinen Kameraden. Also mißtraute ich auch Rhuawn. Früh am nächsten Morgen verließ ich die Festung, weil ich dachte, du wärst vielleicht auch gegangen. Ich hoffte, du hättest mir eine Botschaft hinterlassen. Und dann fand ich die Nachricht. Das Schwert und die Fibel sprachen eine deutliche

Sprache: Medraut hatte dich bedroht. Eine Zeitlang habe ich aber den Weißdorn nicht verstanden. Ich saß auf dem Baum und drehte den Zweig in den Händen und fragte mich, was du damit wohl meintest. Und dann fiel mir der blühende Weißdorn bei Baddon ein, und der Kriegsschrei und der brechende sächsische Schilderwall, und ich wußte, daß du Rhuawn meintest.« Er schaute mich an, und ich nickte. Er fuhr fort: »Dadurch verdunkelte sich die Sonne für mich. Ich kenne Rhuawn schon seit sehr vielen Jahren, und ich mag ihn seit dem ersten Tag, an dem ich der Familie beitrat. Obwohl ich ihm mißtraute, habe ich nicht geglaubt, daß er sich mit Medraut zusammentun würde, um dich zu töten oder zu verzaubern ...«

»Das hat er auch nicht. Ich wollte nur, daß du dich vor ihm hütest.«

»Das sagst du jetzt. Aber als ich die Nachricht fand, dachte ich, er schmiedete Pläne gegen uns, zusammen mit Medraut und meiner Mutter. Ich warf den Weißdornzweig weg und stampfte ihn in den Boden, und dann ritt ich im Galopp zurück nach Degganwy und nahm die Brosche und das Schwert mit.

Zuerst ging ich zu Rhuawn. Er war noch immer in unserem Haus. Ich öffnete leise die Tür und stellte fest, daß er auf dem Bett saß und einen Speer schärfte. Er begrüßte mich fröhlich, aber ein bißchen gezwungen. Ich schloß nur die Tür und schaute ihn an, bis er mich fragte, was ich hätte. Dann zeigte ich ihm das Schwert und die Fibel, und ich erzählte ihm, wie ich sie gefunden hatte. Er nahm das Schwert in die Hände, drehte es um, schaute die Brosche an. Ich sagte: ›Ein Zweig Weißdorn war um das Schwert gebunden, und ich habe angenommen, daß der für dich stand. Willst du behaupten, daß du nichts davon weißt?‹ Er legte das Schwert wieder hin, ein bißchen zu schnell. ›Ich weiß nichts davon. Wo ist Medraut?‹ ›Ich weiß es nicht‹, erwiderte ich, ›und es ist mir auch gleich. Wo ist Rhys?‹ Und dann warf Rhuawn mir vor, daß mir mein Bruder und mein eigener Clan gleichgültig seien. Und ich sagte ihm, daß mein Bruder Schlimmes gegen mich im Schilde führte und daß er, Rhuawn, sich ihm zugesellt hätte und Artus und mich selbst betrog.« Gawain hielt inne. Dann fügte er hinzu: »Dafür muß ich ihn um Verzeihung bitten. Aber ich war sehr wütend. Er wurde auch wütend, aber sein Zorn war mit Angst gemischt. Er sagte: ›Du bist wahnsinnig‹, und ich wußte nicht, was er meinte . . .«

»Das hat Medraut uns eingeredet«, sagte ich. Ich hatte ihm die Einzelheiten des Streits nicht erzählt. Er warf mir einen scharfen Blick zu, und ich meinte: »Medraut sagte, die Sache mit der Finsternis sei eine fixe Idee bei dir. Geboren aus dem gleichen Wahnsinn, der dich in der Schlacht überkommt. Es hörte sich alles sehr plausibel an.«

»Das war es also. Rhuawn weigerte sich, mit mir zu reden. Ich fragte ihn wieder wegen des Weißdorns aus, und wieder sagte er, die ganze Nachricht sei ein zweischneidiger Blödsinn, und es wäre unmöglich, die Nachricht auszulegen. Jeder hätte die Brosche stehlen und dort hinbringen können. Ich glaube nicht, daß er selbst seine Worte glaubte, aber seine Ehre stand auf dem Spiel, weil ich ihn des Verrats beschuldigt hatte. Schließlich sagte ich ihm, ich wollte Medraut aufsuchen. Wütend bestand er darauf, sich mir anzuschließen.

Medraut kam erst am Nachmittag zurück. Ich glaube, meine Mutter muß hart gearbeitet haben, um seinen Kopf zu heilen, und dann ist sie gegangen, solange es noch Nacht war. Sie hielt sich schon in der Festung auf, und er kam allein zurück. Wir erwischten ihn, ehe er sich in sein Haus schleichen konnte, als er sein Pferd in den Stall führte. Ich gab ihm das Schwert und sagte: ›Das ist wohl deins.‹ Er nahm es, starrte es an, und ich glaube, er machte sich Sorgen. Aber dann lächelte er und versuchte charmant zu sein. ›Ja, wirklich, es ist meins‹, sagte er. ›Ich hab' es gestern nachmittag verloren. Ich hab' es gesucht. Wo hast du es denn gefunden?‹ Ich sagte es ihm, und er schüttelte den Kopf. ›Und Rhys war nicht dort?‹ fragte er mich. ›Sehr merkwürdig.‹ Dann schaute er Rhuawn an und sagte: ›Rhys wollte die Festung verlassen und hatte am Tor einen Streit mit ein paar von Maelgwyns Männern. Sie sind ihm gefolgt, um ihn aufzuhalten. Ich hörte davon und ritt hinter ihm her, aber die Männer glaubten, er sei unverschämt zu ihnen gewesen, und sie wollten Rhys nicht herausgeben. Es kam zu einer Schlägerei. Ich wurde auf den Kopf getroffen, und ich weiß nicht, was danach mit Rhys passiert ist. Vielleicht hat einer von Maelgwyns Männern dies hier zurückgelassen.‹

Rhuawn hörte sich die Geschichte aufmerksam an, und nach einem Augenblick nickte er eifrig. Ich sah, daß er sie akzeptierte. Aber ich fragte Medraut, welche von Maelgwyns Männern dafür verantwortlich waren. Er nannte ohne Zögern Namen, aber er konnte mir dabei nicht in die Augen schauen. Da wußte ich, daß er log. Aber innerhalb einer Stunde konnte er die Männer, die er mir genannt hatte, dazu bringen, seine Lüge zu bestätigen, und es gab nichts, womit ich ihn aufhalten konnte. Also ließ ich ihm sein Schwert und sagte ihm, ich glaubte seine Geschichte nicht. Ich ging, und ich ließ Rhuawn dort. Degganwy allerdings war jetzt nicht mehr sicher für mich, und im Herzen beschloß ich fortzureiten, sobald ich das tun konnte, ohne Maelgwyn zu beleidigen.

Dann allerdings kam in der Nacht Agravain aus Camlann an, und . . .«

»Agravain?« fragte ich erstaunt.

Gawain nickte müde. »Agravain wollte schon kommen, als mein Herr Artus zum erstenmal Nachricht von mir erhielt. Er wollte unseren Vater sehen. Artus zögerte zuerst, es ihm zu erlauben, denn er hatte Angst, daß man Agravain dazu bringen könnte, seine Treue zu teilen. Dennoch gab mein Herr schließlich nach, und Agravain ritt von Camlann nach Degganwy, so schnell sein Pferd ihn tragen konnte. Er kam in der Nacht an. In der Festhalle war es sehr laut und ekelhaft, denn Maelgwyns Männer und die Krieger meines Vaters stritten sich, und reichlich Met floß, was den Streit noch unterstüzte. Aber als Agravain noch in die Halle stürzte, war es, als ob man in einem dunklen Zimmer eine Lampe anzündet. Agravain war bei Lots Truppe immer beliebt gewesen, und alle murmelten freudig erregt, als er hereinkam. Aber mein Bruder achtete auf niemanden, außer auf Lot. Er ging direkt zu ihm hinüber, und sie umarmten sich, wie Freunde sich nach einer Schlacht umarmen, wenn jeder geglaubt hat, der andere sei tot und von den Wölfen zerrissen. Aber Lot und

Agravain haben sich immer nahegestanden. Ihr Leben hat den gleichen Rhythmus, und sie hatten an den gleichen Dingen Freude. Als Artus für den Frieden meines Vaters Agravain als Geisel verlangte, da war das für Lot ein schwerer Kummer, etwas, wodurch die Erde Farbe verlor.« Gawain zögerte. Dann fuhr er fort: »Mein Vater hatte immer vor, Agravain nach seinem Tod zum König über die Inseln zu machen, und der königliche Clan und die Truppe hatten ihn immer geliebt. Er war genau das, was ein Krieger sein sollte. Und jetzt ... Ich weiß nicht, was werden soll. Aber nachdem er unseren Vater umarmt hatte, wandte er sich an mich, und dann begrüßte er alle Männer in der Truppe mit großer Freude. Mein Vater ließ ihn zu seiner Rechten sitzen und rief nach einem Harfner. Es war gut, meinen Vater so froh zu sehen. Er wurde wieder mehr, wie er früher gewesen war. Er begann, Agravain nach Artus zu fragen und dann nach all unseren Schlachten, und dann redeten die beiden über den Krieg und die Jagd und lachten zusammen. Aber Medraut verließ uns, kurz nachdem Agravain angekommen war. Er verbeugte sich vor Lot und sagte, sein Kopf schmerzte von dem Schlag, und er müsse sich hinlegen. Mir gefiel es nicht, daß er ging, und ich war sicher, er wollte Morgas sagen, daß Agravain gekommen war, wenn sie es nicht schon wußte – aber andererseits klang es wahrscheinlich, daß sein Kopf schmerzte, und ich hatte nicht den Wunsch, die Festhalle zu verlassen.

Mein Vater und Agravain verließen die Halle auch früh. Sie wollten reden. Mein Vater hatte die Hand auf die Schulter meines Bruders gelegt. Ihre Fröhlichkeit war so scharf und leuchtend wie eine Schwertklinge, und es war mir eine tiefe Freude, sie anzuschauen. Ich war nie in der Lage gewesen, so zu sein, wie mein Vater mich wünschte, aber Agravain ... Ach, es war sehr schön. Also sah ich, wie sie gingen, und ich lächelte dabei, und es war das letztemal, daß ich meinen Vater lebend sah.«

Ich starrte Gawain entsetzt an. Er schaute, ohne sich umzudrehen, die Straße hinunter und tippte sich mit den Fingern seiner schmalen, kräftigen Hand auf die Knie.

»Herr ...«, sagte ich.

Er schüttelte den Kopf. »Es ist besser so. Lieber Gott, Lot konnte so nicht weiterleben. Er war ein stolzer, starker Mann, und er wußte, wem er verfallen war. Es war besser für ihn, jetzt zu sterben als in ein paar Jahren. Es war am besten, daß er vor den Ereignissen gestorben ist, die stattgefunden haben.« Ich wandte den Blick von ihm ab. Ob man einem Vater nun nahesteht oder nicht, ob es eine gute Zeit ist oder nicht, wenn ein Vater stirbt, dann fehlt ein Stück von der Welt eines Mannes. Gawain konnte nicht fühlen, was ich gefühlt hätte, wenn es mein Vater gewesen wäre, aber trotzdem fühlte er etwas, und ich glaube nicht, daß er von mir irgendwelche Worte deswegen hören wollte.

Er begann weiterzuerzählen. »Agravain war bei ihm, als es passierte. Mein Bruder sagte, Lot hätte mitten in einem Satz innegehalten, seinen Kopf umklammert und aufgeschrien. Dann sei er gestürzt. Agravain versuchte, ihm zu helfen. Dann rannte er zurück in die Festhalle, um mich zu holen, aber keiner von uns konnte noch etwas tun. Und es war ein Gefühl von Finsternis in diesem Raum, das einem das Herzblut gefrieren ließ, und mein Vater lag steif und grau an der Feuerstelle. Ich weiß, wie es kam, daß er so schnell gestorben ist.«

»Morgas?« Er schaute mich noch immer nicht an, aber er nickte. Sein Gesicht war starr und ohne Ausdruck. »Aber warum?«

Er zuckte die Achseln. »Ich glaube, sie hat befürchtet, daß Agravain in ihrer Affäre mit Maelgwyn Schwierigkeiten schaffen könnte. Und außerdem war Agravain Medrauts Rivale in dem Spiel um die Loyalität der Truppe und die Nachfolge auf den Thron der Orcades. Aber ich bin genauso sicher, daß sie das Leben meines Vaters ausgelöscht hat, wie ich sicher bin, daß die Sonne aufgeht oder untergeht. Wenn ich schneller gedacht hätte, als Medraut die Halle verließ! Aber er war tot. Wir legten ihn auf eine Bahre, um ihn zu betrauern. Wir sangen den Coronach – das ist eine irische Klage – bei Fackellicht, fast die ganze Nacht. Agravain war wie wahnsinnig: Er warf sich neben der Leiche nieder und schwor . . . Was ist denn?«

»Nichts«, sagte ich. »Nur ein Traum. Erzähl weiter.«

Er warf mir einen festen, ernsten Blick zu. »Ich weiß, daß auch dein Vater Träume hatte. Ich wäre dir dankbar, wenn du mir deinen Traum erzählen könntest.«

»An dem Tag, nachdem dein Vater gestorben ist, habe ich geträumt, daß ich die Königin sah, wie sie einen Bann aussprach. Und dann sah ich eine Beerdigungsprozession mit einer zugedeckten Leiche auf einer Bahre, und Agravain hat getrauert. Ich dachte, du seist der Tote. Aber erzähl weiter.«

Gawain nickte. Er war jetzt offensichtlich ruhiger als ich. »Agravain schwor, daß derjenige, der bei dem Mord an Lot seine Hand im Spiel hatte, von seinem Schwert sterben sollte, und Lot sei der größte König in ganz Erin und ganz Britannien und auf allen Inseln.«

»Und Artus?«

»Artus ist kein König, er ist Hoher König«, erwiderte mein Herr, und ein sehr schwaches Lächeln berührte seine Lippen. Dann verschwand es wieder. »Nun, wir blieben die ganze Nacht auf. Als die erste Sonne die Welt wieder atmen ließ, nahm Agravain mich beiseite. Das war gestern morgen. Ich hatte das Gefühl, als ob der Tag aus feinem, strahlendem, brüchigem Glas sei und jeden Augenblick zerbrechen könne. An Agravains Blick erkannte ich, daß es ihm gleich war, ob die Sonne aufging oder ob sie für immer von der Erde verschlungen wurde. ›Mutter hat das getan‹, sagte er. Ich schüttelte den Kopf. ›Versuch nicht, es abzustreiten oder wegzuerklären. Du weißt genauso sicher wie ich, daß sie ihn getötet hat, sie und unser weißhaariger Bastard von einem Halbbruder . . .‹ «

Ich war ein bißchen schockiert. »Kann Agravain nicht akzeptieren, daß Lot auch Medrauts Vater war?«

Gawain warf mir einen sehr verwunderten Blick zu. »Aber er war es ja nicht. Jeder weiß das.«

Ich fühlte mich dumm und verwirrt. »Ich wußte das nicht. Warum sagst du das?«

»Alle haben es immer gewußt. Medraut ist in Britannien geboren. Mein Vater führte einen kleinen Krieg im Norden, und er ließ meine Mutter am Hof ihres Vaters, des Pendragon Uther, zurück. Mein Vater war nicht da, vom Mai bis zum Dezember, und Medraut ist im nächsten Juni geboren worden. Außerdem ...« Er unterbrach sich scharf.

»Weißt du, wer sein Vater ist?« fragte ich noch erstaunter.

Gawain sagte nichts. Er schüttelte den Kopf.

»Aber du weißt es doch«, sagte ich drängend.

»Ja, ich weiß es. Aber laß es auf sich beruhen, Rhys. Ach, nicht, daß ich dir nicht traue. Aber ich darf das Geheimnis nicht preisgeben.«

»Aber wer ... Weiß Medrauts Vater es denn?«

»Ja. Aber er kann nichts tun. Morgas hatte immer Pläne für Medraut. Ich glaube nicht, daß Medraut es weiß, und er ist so auch glücklicher. Laß es auf sich beruhen.«

Schweigend ritten wir ein Stückchen weiter. Ich versuchte mich mit der Tatsache vertraut zu machen, daß alle immer gewußt hatten, daß Medraut ein Bastard war. Und dann, aus irgendeinem seltsamen Grunde, dachte ich an den Kaiser Artus. Sein glattes blondes Haar und seine weit auseinanderstehenden grauen Augen fielen mir ein. Aber nein, Artus war Morgas' Halbbruder – es war unmöglich.

»Agravain hat sehr wild gesprochen«, fuhr Gawain fort. »Ich begann, um ihn zu fürchten. Unsere Mutter hat ihn nie gemocht, und er ist hilflos gegen sie, er könnte ihr nichts entgegensetzen. Die anderen aus der Truppe unseres Vaters wußten es. Es ist seltsam: Ich hätte schwören können, daß Medraut die Truppe befehligen konnte, wie er wollte, aber jetzt wurde mir deutlich, daß die meisten Männer Agravain gefolgt wären, hätte es Morgas nicht gegeben. Sie hatten Morgas nie gemocht, sondern nur große Furcht vor ihr gehabt. Genug Männer haben sich ihr entgegengestellt, und anschließend sind sie von der grünen Erde verschwunden. Keiner wagt es mehr, sich ihr zu widersetzen. Aber sie haben es immer gehaßt, von einer Fremden, einer Hexe, beherrscht zu werden, und Medraut stand ihr zu nah, als daß sie es gern gesehen hätten. Viele der Männer hatten vor Jahren an Agravains Seite gekämpft, und sie wollten loyal sein. Aber sie hätten es nicht gewagt, ihn gegen Morgas zu unterstützen.

Maelgwyn Gwynedd kam auch, um Lots Leiche zu sehen, und er befahl den Leuten in der Festung Degganwy allgemeine Trauer, aus Mitgefühl. Aber es war deutlich zu sehen, daß er sich über den Tod unseres Vaters freute, und er erwartete, die Truppe und den Besitz unseres Vaters zur freien Verfügung zu erhalten. Agravain wollte ihn sofort umbringen. Es ist gut, daß Maelgwyn kein Irisch spricht, oder es hätte auf der Stelle einen Kampf zwischen den Truppen gegeben. So aber konnte ich Agravain beruhigen und ein paar Stunden bei ihm bleiben. Endlich versprach ich ihm, ich würde mit unserer Mutter reden, und ich nahm ihm das Versprechen ab, nicht eher zu handeln, bis ich das getan hatte.

Ich hatte vorgehabt, sie zu besuchen, seit mir klargeworden war, daß Medraut und Rhuawn mir wegen der Geschehnisse mit dir keine Auskunft geben würden. Aber ich suchte sie an einem öffentlichen Ort zu erwischen. Ich wußte, ich mußte jetzt mit ihr privat sprechen. Medraut war verschwunden – ich nehme an, er holte dich gerade. Ich wußte nicht, was ich tun sollte.

Dann, am Spätnachmittag, kam Rhuawn und suchte mich. Ich ließ Agravain eine Weile allein und redete statt dessen mit Rhuawn. Er warf mir einen sehr seltsamen Blick zu und sagte: ›Ein paar aus deiner Familie kümmern dich also doch?‹ Ich erwiderte: ›Sie liegen mir alle am Herzen, soweit das bei jedem einzelnen geht. Aber manche sind meine Feinde. Medraut hat mich gehaßt, seit ich die Inseln verlassen habe, und unsern Herrn Artus haßt er noch länger. Warum hast du auf ihn gehört?‹ Rhuawn wurde wieder kalt. ›Medraut ist weder dein noch mein Feind‹, sagte er. ›Er hat Degganwy verlassen, aus Kummer über den Tod deines Vaters. Aber er schickte eine Botschaft, in der er sagt, daß er Rhys gefunden hat.‹ ›Wo?‹ fragte ich. ›In einer Schäferhütte, oben in den Bergen. Rhys ist verletzt. Medraut sagt, er will, daß du kommst. Ich kann dir heute abend den Weg dorthin zeigen.‹

Ich stimmte fast zu. Ich war müde, und durch den Tod meines Vaters hatte ich den Wunsch, Medraut zu sprechen. Es ist wahr, daß wir einander einmal nahegestanden haben. Wahrscheinlich haßt er mich deswegen jetzt so tief, weil er wirklich das Gefühl hat, ich hätte ihn betrogen. Und Rhuawn bat mich, mit ihm zu kommen, und ich hatte mich schon entschlossen, mich meiner Mutter zu stellen. Warum also sollte ich Medraut allein fürchten? Aber als ich schon sagen wollte, daß ich mitkäme, hatte ich plötzlich das Gefühl, daß Rhuawn zu still war. Ich erinnerte mich an deine Botschaft. Ich schaute Rhuawns Gesicht an, und es war mir, als ob ich darin ein fremdes Gesicht reflektiert sah, so wie der Boden eines Teiches durch den strahlenden Spiegel des Wassers hindurchschimmert. Anstatt also zuzustimmen, sagte ich: ›Vielleicht komme ich mit. Sprich heute abend noch einmal mit mir.‹ Rhuawn warf mir einen kalten Blick zu und ging ohne ein weiteres Wort, und ich ging wieder zu Agravain. Du hast mir gesagt, daß Rhuawn nicht so schuldig ist, wie ich zuerst gedacht hatte, und jetzt weiß ich nicht, wieviel er begriffen hatte, als er mir den Vorschlag machte. Ich weiß auch nicht, wieweit er Medraut glaubte. Am Tag zuvor hatte ich ihm ein paar sehr bittere Dinge gesagt, und ich weiß nicht, wie weit mein Zorn ihn getrieben hatte. Denn böse ist er nicht.«

»Er hätte dich nicht verraten dürfen«, sagte ich. »Er kannte dich seit Jahren, durch dein Leben und deine Taten. Medraut kannte er nur durch seine Worte und nur ein paar Wochen lang. Es kann vorkommen, daß ein Mann von glatten Worten in die Irre geleitet wird, aber, bei allen Heiligen im Himmel, wenn er auch nur einen Funken Verstand hat, dann sollte er nicht so weit gehen, einen vernünftigen Freund des Wahnsinns zu zeihen.«

Gawain schüttelte nur den Kopf. »Rhuawn ist ein guter Mann. Wie auch immer, als er gegangen war, dachte ich einen Moment nach und entschloß mich, selbst zu sehen, was los war. Wie du weißt, bin ich sehr oft umhergeritten, und ich kannte mehrere Schäferhütten, die Rhuawn vielleicht gemeint haben konnte. Früher am Tag hatten sie gesagt, du hättest die Festung verlassen. Das hieß, daß der Platz, an den sie dachten, wahrscheinlich im Norden lag, in der Nähe der Hauptstraße. Ich dachte noch ein wenig darüber nach und erzählte dann Agravain, was ich vorhatte. Ich bereitete mich auf einen langen Ritt vor. Und an der zweiten

Schäferhütte, die ich fand, war das Pferd meiner Mutter angebunden. Den Rest kennst du. Aber, Vetter ...« Er zügelte Ceincaled plötzlich und packte mich mit der Schwerthand am Unterarm, so daß ich auch anhalten mußte. Er schaute mir sehr ernst in die Augen und sprach langsam und ruhig: »Ich schulde dir sehr viel. Der Schatten meiner Mutter hat über meinem ganzen Leben gelegen, aber jetzt bin ich frei davon. Dennoch, wenn du mich nicht davon abgehalten hättest, sie zu töten, dann hätte sie mich für immer damit gebunden. Das allein sichert dir meine Dankbarkeit für ein ganzes Leben. Aber du hast den ganzen Kampf aufgenommen, obwohl es nicht dein Kampf war, und du hast gefochten und gelitten und den Glauben behalten, als ...«

»Gawain, mein Herr, um Gottes willen, nicht mehr davon! Wenn es darum geht, Menschen zu retten, dann hast du mich soviel öfter gerettet als ich dich. Und wenn der Kampf zwischen Licht und Finsternis nicht mein Kampf ist, wessen Kampf ist es dann? Ich habe noch nie gehört, daß nur Krieger die Erlaubnis haben, Gott zu dienen. Ich habe nicht mehr getan, als ich hätte tun sollen.« Und ich schaute auf den Fleck im Sattelleder hinab, um seinem Blick aus dem Weg zu gehen. Ronan oder Ronans Diener hätte den Sattel eigentlich reinigen sollen.

Gawain drückte leicht meinen Arm und ließ ihn dann los. »Wirklich?« Ich blickte auf, so gleichmütig, wie ich konnte, und er lächelte. Dann gab er plötzlich Ceincaled die Sporen, und das Pferd begann zu galoppieren. Ich trat mein ziemlich mißmutiges Pferd, damit es ihm folgte. Gawain rief zu mir zurück: »Wie weit ist es noch bis zur Abtei? Ronans Tier soll angeblich ein Schlachtroß sein. Wir könnten schneller vorwärts kommen.«

Aber wir kamen gut voran, und kurz nach Mittag erreichten wir St. Elena. Ich hatte fast die Abzweigung verpaßt, aber eine hohe Esche fiel mir wieder ein, und wir ritten den gewundenen Pfad hinab, den Pater Gilla mit seiner Stute immer benutzte.

Wir mußten wiederholt an das hohe hölzerne Tor klopfen, ehe das kleine Fensterchen in den Planken sich öffnete und ein schmales, braunäugiges Gesicht hinausspähte. »Wir haben keinen Platz für Reisende«, sagte die Frau.

»Und wir suchen eure Gastfreundschaft nicht«, meinte ich. »Aber meine Freundin Eivlin ist krank und liegt bei euch, wie ich selbst auch, bis gestern nachmittag . . .«

»Sancta Maria mater . . .! Du bist derjenige, den sie gestern hier weggeholt haben, diese schrecklichen Krieger. Wie kommt es, daß du wieder da bist?«

»Mein Herr hier, der hat mich gerettet. Er ist gekommen, um meiner Freundin Hilfe zu bringen. Du kannst Schwester Teleri fragen, wenn du an meinen Worten zweifelst.«

Das Gesicht verschwand, und das Fenster schloß sich. Wir warteten eine Weile, während wir beim Tor standen, und Gawain beugte sich auf Ceincaled nach vorn und stemmte einen Arm auf die Knie. Schließlich wurde das Fenster wieder aufgeschlagen, und das scharfkantige, dunkle Gesicht von Teleri spähte hinaus.

»Rhys! Du bist es ja wirklich.«

»Ich bin es, heil und ganz. Und ich habe meinen Herrn gebracht.« Teleri schaute zum erstenmal auf den Mann hinter mir, und ihr Blick wurde starr. Gawain sprang vom Pferd, blieb einen Augenblick stehen, um die Balance nicht zu verlieren, und verbeugte sich dann leicht.

Das Tor öffnete sich. »Kommt also herein.« Teleri musterte Gawain mit starkem Interesse, aber sie redete mit mir. »Deiner Eivlin geht's nicht besser. Zu dieser Frage hast du ja gerade den Mund aufgerissen, nehme ich an. Ach, Mann, ich bin froh, dich heil wiederzusehen, und es freut mich, daß du diesen wilden irischen Teufeln entschlüpft bist. Kann dein Herr dem Mädchen helfen?«

Ich zuckte die Achseln. Gawain, der gerade durch das Tor eingetreten war, schaute sich um und antwortete dann für mich. »Es ist möglich, aber nicht sicher. Ich will es versuchen.« Er hielt inne, und dann stellte er ernst seine eigene Frage. »Mein Diener Rhys hat mir gesagt, daß die Herrin Elidan, die Tochter des Caw, eine eurer Schwestern ist.«

»So ist es«, sagte Teleri flach. »Willst du das Mädchen Eivlin jetzt sehen?«

Er nickte. »Ja. Wo kann ich mein Pferd lassen?«

Ceincaled und mein Kriegsroß blieben im Hof stehen, und wir folgten Teleri in ein Gebäude mit einem tief herabgezogenen Dach. Eine ganze Anzahl von Nonnen hatte sich schon um uns versammelt, und sie starrten alle Gawain an. Sein roter Umhang und seine Kriegsausrüstung machten ihn sehr auffällig. Aber er nickte denen, die an ihm vorübergingen, nur höflich zu und übersah die neugierigen Blicke. Wahrscheinlich war er daran gewöhnt.

Man hatte Eivlin in eine der Nonnenzellen gebracht. Sie lag, in Decken gewickelt, auf dem Bett, und sie sah sehr blaß und leblos aus. Nur ihr Haar lag ausgebreitet auf der Matratze, und ein Sonnenstrahl berührte es und verlieh ihm die Farbe reifen Weizens. Es schnitt mir ins Herz, sie so zu sehen, und ich blieb in der Tür stehen, so daß Gawain fast in mich hineinrannte. Ich starrte Eivlin an.

Teleri, die schon am Bett stand, schaute sich ungeduldig um. »Nun hör auf, sie anzustarren wie ein Ochse, und komm herein«, schnappte sie. »Natürlich nur, wenn du wirklich sehen willst, ob dein Herr ihr helfen kann.« Ich fuhr zusammen und kam herein. Ich stellte mich an die Seite. Gawain trat ans Bett. Er fiel auf ein Knie nieder, nahm Eivlins Handgelenk und legte dann den Rükken der anderen Hand auf ihre Stirn. Er schaute sie angestrengt an.

»Fieber hat sie nicht«, sagte er Teleri.

»Wahrhaftig? Das habe ich sofort herausgefunden.« Teleri stemmte die Hände auf die Hüften. »Nein, man kann nichts bei ihr finden, außer daß sie weder aufwacht noch sich rührt, egal, was wir tun. Rhys sagt, er hat sie getauft, und ich habe gehört, daß die Taufe der Tod der Sünde ist. Wenn das stimmt, dann hat dieser Tod aber sehr gründlich bei ihr stattgefunden.«

»Hast du versucht, ihr heißen Met mit Minze zu geben?« fragte Gawain.

Teleri sah verblüfft aus und ließ die Hände sinken. »Ja, haben wir. Eine ordentliche Schockbehandlung, das weckt gewöhnlich die Schläfer auf. Aber sie kann nicht schlucken, und gerührt hat sie sich auch nicht.«

»Ihr Herz schlägt sehr schwach.«

»Und wird schwächer. Ich glaube, du hast ein paar Kenntnisse in der Heilkunst.«

»Ja, ein wenig. Hauptsächlich über die Behandlung von Wunden.« Gawain nahm seine Hand von Eivlins Handgelenk und schaute ihr ins Gesicht. »Ich habe mit Gruffyd ap Cynan gearbeitet, nach den Schlachten meines Herrn Artus – natürlich nur, wenn ich selbst nicht verwundet war.«

»Tatsächlich?« fragte Teleri. Ein anderer Klang war in ihrer Stimme, einer, der sich gefährlich nach Respekt anhörte. »Nun, das ist ein Arzt, von dem ich schon viel gehört habe.«

»Seine Kunst ist groß.« Gawain schob eine Haarsträhne aus Eivlins Gesicht und drückte ihre Hand an sein Schwert. Er runzelte wieder die Stirn.

Teleri kam einen Schritt näher heran, kniete dann neben ihm nieder und strich sich das Gewand glatt. »Dein Diener Rhys ap Sion glaubt, daß dieser Schlaf das Ergebnis eines Fluches ist. Ich habe keine Ahnung von Flüchen, und als Krankheitsursache mag ich sie absolut nicht. Aber wenn das nicht stimmt, dann weiß ich nicht, warum sie nicht aufwacht.«

»Es ist ein Fluch. Jetzt allerdings ist die Kraft des Fluches vergangen, und nur der Schlaf bleibt noch. Die Finsternis hat sie sehr hart und tief getroffen, ehe sie verschwand, und das Leben hat sich sehr weit von ihr entfernt. Dennoch . . .« Er kaute auf der Unterlippe und zog dann sein Schwert. Teleri schaute ihn scharf an. Eine Hand hob sie, um Gawains Schwerthand zu packen. Er lächelte ein wenig, fast entschuldigend. »Ich möchte etwas versuchen. Ich weiß nicht, ob es hilft. Aber dieses Schwert ist keine gewöhnliche Waffe, deshalb könnte es sein.« Teleri senkte die Hand, während sie ihn noch immer mißtrauisch musterte.

Gawain legte die flache Seite des Schwertes auf Eivlins Stirn. Sie rührte sich nicht. Er packte das Schwert am Heft, rückte es zurecht, rieb sich mit der anderen Hand nervös über den Mund. Ich trat noch einen Schritt näher heran, um zu sehen, und ich schaute Eivlins bleiches Gesicht unter dem kalten Stahl an. Gawain neigte den Kopf. Seine Schultern sackten zusammen.

Langsam begann das Schwert zu glühen. Ich hörte Teleri keuchen, es klang laut in dem kleinen Zimmer, aber ich schaute nur Eivlin an. Das flackernde, wäßrige Licht rann am Rand des Stahls entlang und bildete eine sehnenschmale Linie auf der Mitte der Klinge. Es zentrierte sich im Heft zu einem tiefen Rosa.

Gawain ließ die freie Hand auf den Schenkel sinken und spannte sich. »Lux«, sagte er klar, fast zu sich selbst, »domine, miserere . . .« und, während er die Sprache wechselte: »O ard righ mor . . .« Er streckte die Schultern, und das Licht schoß durch das Schwert und flammte in weißem Glanz. »Erleuchte unsere Finsternis, Herr, wir bitten dich . . .«

»Amen«, sagte Teleri verwundert. Ich hörte sie kaum, denn in diesem Augenblick holte Eivlin tief Atem. Ich ließ mich hinter den anderen beiden zu Boden sinken und streckte mich zwischen ihnen durch, während ich ihre Hand ergriff. Ihre Finger waren kalt, aber ein Funken durchfuhr mich wie der zuckende Funke, der einen manchmal in kaltem, trockenem Wetter durchfährt. Gawain packte das Heft des Schwertes mit beiden Händen. Schweiß strömte in seinen Bart, und er warf den Kopf zurück, während sein Blick sich auf nichts fixierte. Er sagte etwas auf irisch, ich glaube, es war ein Gedicht. Seine Stimme sang fast. Eivlins Brust hob sich, und ich dachte, die Farbe kehrte in ihre Wangen zurück.

»Eivlin!« sagte ich, und sie öffnete die Augen. Sie schaute über die Schwertklinge zwischen den anderen beiden hindurch und sah mich.

»Rhys!« antwortete sie und schob das Schwert weg, während sie sich aufsetzte. Das Licht blitzte auf, und Gawain neigte den Kopf. Er ließ die Klinge zu Boden sinken. Er hielt das Heft schlaff mit beiden Händen.

»Rhys!« wiederholte Eivlin und stieg aus dem Bett. »Was ist denn hier los? Du mit deinem Kopf, du solltest nicht einfach so aufsein. Was hast du mit dem Pony gemacht?«

»Eivlin.« Das war alles, was ich sagen konnte.

»›Eivlin, Eivlin‹, sagt der Kerl. Aber was ist denn bloß passiert? Wo sind wir? Ich hatte einen Alptraum und einen schönen Traum, und dann weckst du mich aus dem zweiten einfach auf mit deinem ›Eivlin, Eivlin‹, und wir sind mitten in der Wildnis. Ach, wie geht's deinem armen Kopf?«

Teleri lachte, und Eivlin schaute sie zum erstenmal an. Dann ließ sie den Blick zum erstenmal zu Gawain hinübergleiten. Ihre Augen weiteten sich, wirkten sehr blau. Und dann schaute sie wieder mich an. »Es war gar kein Alptraum, was?« sagte sie. Sie begann ein bißchen zu zittern, und ich stand auf und legte die Arme um sie. »Meine Herrin hat einen ... einen Dämon ... aber ich bin am Leben! Wir leben beide, und der Dämon ist weg! Hast du diesen christlichen Zauber ausgeübt?«

»Ja, hab' ich«, erwiderte ich.

Teleri warf mir einen sehr zweifelnden Blick zu und stand dann energisch auf. »Der Mann sagt, er hat dich getauft. In einer ziemlich ungewöhnlichen Art, wobei ihr beide fast ertrunken seid. Das wird gar nicht verlangt. Und dann hast du zwei Tage lang geschlafen. Du hättest für ewig weiter geschlafen, wenn dieser Herr dich nicht aufgeweckt hätte.«

Eivlin schaute wieder zu Gawain hinüber und wurde purpurrot. »Ich danke dir, Herr Gawain ap Lot.«

Gawain blickte auf. Dann erhob er sich langsam und steckte das Schwert in die Scheide. »Der Dienst, den ich dir erwiesen habe, ist klein im Vergleich mit dem großen Geschenk, das du mir und meinem Diener Rhys gegeben hast. Du hast dein Leben riskiert, um dich der Königin, meiner Mutter, entgegenzustellen.«

Das Rot auf Eivlins Gesicht wurde noch dunkler. »Ich hab' ihn nicht für dich gerettet, sondern für mich.«

»Ich weiß. Er hat mir schon gesagt, daß ihr heiraten wollt.«

Eivlin wirbelte zu mir herum, und ich spürte, wie mein Gesicht heiß wurde. »Ach, wirklich, Rhys ap Sion? Und wann hast du mich gefragt, ob ich dich heiraten will?«

»Ich ... na, es ist mir nur so rausgerutscht, als ich mit meinem Herrn geredet habe.«

»Du solltest so etwas nicht sagen, ohne zuerst zu fragen. Ich bin es doch, die du heiraten willst, und nicht dein Herr.«

»Ich, ich ... Heißt das, daß du nicht willst?«

»Hab' ich das gesagt?« Sie schaute stolz an die Wand und kreuzte die Arme über der Brust. »Denk doch mal selbst drüber nach, wie es ist, wenn man dir sagt, du sollst heiraten, und du weißt es noch nicht mal. Wirklich!«

»Verzeih mir. Willst du also?« Ich hatte nicht vorgehabt, sie das so grob zu fragen, aber ich mußte es tun, um sie zu besänftigen.

Sie warf mir einen sehr strahlenden Blick zu. »Mag sein.« Und dann warf sie die Arme um mich und sagte: »Ach Rhys, Rhys, mein Lieber, ich bin am Leben!« Sie begann zu weinen. Ich strich ihr über das Haar und vermied es sorgfältig, weder Teleri noch Gawain anzuschauen.

Teleri hüstelte. »Das Mädchen sollte was zu essen kriegen.« Eivlin machte keine Bewegung. Ich wollte das auch nicht. Teleri seufzte. »Na gut, dann suche ich Elidan, und wir bringen ihr etwas.«

»Elidan«, sagte Gawain. Ohne aufzublicken spürte ich, wie seine Augen Teleri anschauten.

»Ja, deine Herrin Elidan«, sagte Teleri. Und dann fügte sie ziemlich traurig hinzu: »Du darfst mit ihr sprechen, aber ich glaube nicht, daß sie lange mit dir reden will.«

»Wenn sie mir nur kurze Zeit widmet, das ist genug.«

Teleris leichte Schritte verzögerten sich in der Tür, und ich wußte, daß sie nickte. Dann klangen sie im Korridor und entfernten sich. Ich blickte auf. Gawain war zur Tür hinübergegangen und lehnte dort, während er hinausschaute. Ich konnte meine Aufmerksamkeit wieder Eivlin widmen.

Eivlin hatte aufgehört zu weinen und wollte jetzt wissen, wo wir waren und was passiert war. Ich kam bis zu der Geschichte mit Medraut, als Gawain erstarrte und zur Seite trat. Teleri war mit einem Tablett voller Essen zurückgekehrt. Hinter ihr betrat langsam Elidan das Zimmer.

Teleri stellte das Essen am Bett ab. Elidan stand nur ruhig und hoch aufgerichtet da und schaute Gawain an.

Der ließ sich mit einer fließenden Bewegung auf ein Knie sinken. »Herrin.«

Sie schaute ihn an, und ihre Augen wurden ein wenig schmaler.

»Herr Gawain.« Sie warf einen Blick zu uns hinüber. »Ich bin froh, daß du dieses Mädchen heilen konntest.«

»Es ist Grund genug zur Freude. Aber, Herrin, nach dir habe ich in ganz Britannien gesucht. Gewähre mir die Gunst, das auszusprechen, was ich dir schon vor langer Zeit sagen wollte.«

Ihr Gesichtsausdruck änderte sich nicht. »Du willst mich um Verzeihung bitten – oder das sagt wenigstens dein Diener.«

»Ja.« Er neigte den Kopf, und seine Hand umklammerte den Schwertgriff.

Eivlin starrte erstaunt hin, warf mir dann einen schnellen Blick zu. Ich schüttelte den Kopf. Ich wollte mich nicht rühren; wir hatten damit nichts zu tun, und ich glaube, wir alle spürten es.

»Herrin«, begann Gawain, als Elidans Schweigen zu schwer zu ertragen wurde, »ich weiß, daß ich dir unrecht getan habe. Ich habe deine Liebe, die ohne Preis war, wie etwas Wertloses behandelt. Ich habe Unehre über dich gebracht, vor deiner Familie und deinem Königreich. Ich habe dir einen Eid geschworen und ihn gebrochen, und ich habe deinen Bruder getötet, indem ich mich über deinen Befehl und den Befehl meines Herrn hinwegsetzte. All dies ist wahr, und ich habe es nötig, sie zu bereuen. All das hat mir Kummer bereitet, seit mir zum erstenmal klar wurde, was ich getan hatte. Es hat mich bitterer geschmerzt als irgendeine Wunde. Und weil du es nicht wußtest, deshalb hatte ich das Gefühl, ich müsse es dir sagen. Ich müsse dir sagen, daß ich wußte, wie übel ich an dir gehandelt hatte, und daß ich ...« Er hielt inne.

»Was wolltest du sagen?« fragte Elidan.

»Daß ich dich damals liebte, und daß ich dich jetzt liebe. Ich bitte dich, daß du aus eigenem Edelmut das Unrecht verzeihst.«

»So etwas ist kein Edelmut«, sagte Elidan. Ihre Stimme klang gleichmäßig, aber rauh vor Anspannung. Sie ballte die Hände, entspannte sie wieder, holte tief Atem. »Ich hätte nicht geglaubt, daß ich dich wiedersehen würde, nachdem du Caer Ebrauc verlassen hattest. Ich hätte nie geglaubt, daß du dein Verbrechen bereust. Ich glaube dir jetzt, daß du es bereust, und ... es hilft mir. Dennoch ...« Sie wandte sich von ihm ab, lehnte sich an die Wand. »Als ich erfuhr, daß du mich betrogen hattest, da dachte ich, ich sollte zu meinen Bruder Hueil gehen und ihn um Rache bitten. Aber ich wußte, daß diese Bitte ihn vernichten würde, wie der Wunsch nach Rache Bran vernichtet hatte. Deshalb konnte ich es nicht tun. Gegen meinen eigenen Wunsch habe ich das Unrecht ertragen, ohne zurückzuschlagen. Ich habe die Unehre auf mich genommen und Caer Ebrauc verlassen. Langsam habe ich dazu gefunden, die Schande als meine eigene Buße auf mich zu nehmen, weil ich mit dem Mörder meines Bruders geschlafen hatte. Ich habe mich daran gewöhnt, hilflos zu sein. Du mußt dich auch daran gewöhnen.«

»Herrin . . .«

»Nein!« Sie wandte sich ihm wieder zu, und Tränen waren jetzt auf ihrem Gesicht. »Nein! Ich habe einmal gesagt, ich würde mich eher umbringen, ehe ich dich wieder in meine Nähe lasse. Und obwohl ich den Eid nicht so ernst genommen habe, weil ich jetzt mit dir rede, so habe ich ihn doch nicht gebrochen und werde ihn auch nicht brechen, ich bin nicht deine Herrin. Ich bin Elidan aus der Abtei St. Elena, und ich ich habe nichts mit dir zu tun.«

Da blickte er zu ihr auf, und in ihrem Gesicht regte sich nichts. Sie biß sich auf die Lippen, als ob sie Schmerzen hätte, sie hob die Hände, als ob sie sie vor das Gesicht legen wollte, und zwang sich dann, sie wieder zu senken. »Nein«, wiederholte sie, diesmal flüsternd, »dich zu sehen, das ist wie ein Messer in meinem Herzen, und es zwingt mich dazu, mich an Dinge zu erinnern, die ich lieber vergessen will. Liebe, zu viel Liebe, und Verrat und bittere Ironie und Mord und Unehre. Geh!«

»Ich weiß, daß dies alles wahr ist«, erwiderte Gawain mit leiser Stimme. »Ich werde gehen, wenn du es wünschst. Aber kannst du nicht gnädig sein?«

Sie schüttelte den Kopf. »Ich kann nicht schwach sein. Ich werde dir nicht noch einmal glauben, ich werde dich nicht noch einmal annehmen. Einmal habe ich dir vertraut, und ich wurde betrogen. Ein zweites Mal soll man mich nicht zum Narren halten. Es ist eine Lüge. Die Welt ist eine Lüge, ihre Schönheit ist Verrat. Ich habe ihr einmal getraut, und ich werde es nicht noch einmal tun. Die Ehre, die ich noch habe, will ich behalten. Laß alles andere untergehen, so elend und übel es ist. Ich muß stark sein. Ich bin die Schwester eines Königs, die Tochter von Königen . . .« Sie stieß einen langen Schluchzer aus und schaute ihn verzweifelt an. »Um Gottes willen, geh!«

Gawain neigte noch einmal den Kopf. »Wie du willst.« Er stand auf und sagte ruhig: »Rhys, ich warte bei den Pferden auf dich. Wenn du mit Eivlin verabredet hast, wann ihr abreisen wollt, dann komm heraus und sag es mir, und wir bereiten alles vor. Elidan . . .« Er hob eine Hand und ließ sie dann wieder sinken. »Ich wünsche dir Freude.« Er verneigte sich, und mit dem Gruß waren alle im Raum gemeint. Dann ging er. Die Stille war schwerer als ein Grabstein.

Elidan setzte sich auf das Bett und vergrub das Gesicht in den Händen. Ihre Schultern zitterten wieder.

»Du bist eine Närrin«, sagte Teleri.

Die andere schüttelte den Kopf.

»Kind, du liebst ihn ja noch, und er liebt dich bis zur Abgötterei. Was willst du denn, daß du dich weigerst, ihm zu verzeihen?«

»Ich liebe ihn«, sagte Elidan mit erstickter Stimme. »Ich hatte nicht geglaubt, daß das noch so wäre. Ich dachte, alles in mir sei tot, aber . . . Gott, lieber Gott, wie kann man der Welt vertrauen? Und was würde mein Clan sagen?«

»Dein Clan!« Ein Unterton der Verachtung lag in Teleris Stimme. »Was spielt das für eine Rolle?«

Elidan blickte auf. Ihr Gesicht war naß, aber ihre Augen blickten schrecklich entschlossen. »Man kann mit der Welt nicht Frieden machen.«

»Wenn man Übles nicht vergeben kann, wie soll man dann leben?«

»Ich muß stark sein«, sagte Elidan zu sich selbst und überhörte Teleri. »Gott sei Dank bin ich stark . . . Die Bosheit der Welt ist die Wahrheit der Welt. Laß sie zurückfallen in die Nacht, woher sie gekommen ist!«

Ihre Worte erinnerten mich plötzlich an eine andere Stimme, eine dünne, kalte, unmenschliche Stimme, die sagte: »Alles muß in die Finsternis zurückfallen . . . Licht ist Illusion, die Dunkelheit allein ist wahr und stark.« Die Erinnerung ließ mich zittern. »Herrin«, sagte ich langsam, »es ist nicht sehr christlich, so etwas zu sagen.«

Sie stand auf. Ihre Augen blickten eiskalt, obwohl sie noch naß von Tränen waren. »Sei still«, sagte sie, und ihre Stimme klang so wie die Stimme einer Königstochter. »Laß mich in Ruhe!« Und dann floh sie aus dem Zimmer. Sie knallte die Tür hinter sich zu.

Teleri schaute die geschlossene Tür an. Ihr Gesicht wirkte müde und alt und sehr traurig. »Und vor was hast du dich wohl in Ehre verborgen, das frage ich mich«, flüsterte sie zu sich selbst. »Du weißt es, armes Kind, aber du willst trotzdem nicht nachgeben. Du willst alles von dir fernhalten, aber du hast dich nur selbst eingesperrt. Kind, wirst du jemals wieder herauskommen?« Sie schüttelte den Kopf. Dann wandte sie sich an Eivlin. Ein Schatten der Energie, die sie gewöhnlich ausstrahlte, war wieder da. »Komm. Ich habe dir ein paar Würstchen gebracht und Haferkuchen mit Honig. Du mußt sie alle essen, denn du brauchst dringend Essen und Trinken.«

Eivlin schüttelte den Kopf. Sie starrte noch immer die geschlossene Tür an.

»Iß deine Haferkuchen und trink von der Milch«, befahl Teleri. »Es hat keinen Zweck, mir zu widersprechen.«

Die Milch wurde getrunken, und die Haferkuchen wurden schweigend verzehrt. Nachdem Eivlin zu essen begonnen hatte, entdeckte sie, daß sie hungrig war. Teleri bemerkte, daß ich das Essen betrachtete. Sie seufzte und ging, und dann kam sie mit mehr zurück. Sie hatte auch ein kleines Päckchen bei sich. »Für deinen Herrn«, sagte sie und reichte es mir. Ich dankte ihr, und ich wollte ihr mehr sagen, als mir im Augenblick einfiel. Ich begann zu essen. Trotz all der starken Gefühle und hohen Verpflichtungen auf der Erde muß man trotzdem essen, und es war schon lange her, daß ich bei Tagesanbruch Brot und Käse gegessen hatte.

Als Eivlin den letzten Rest Honig mit einem Stückchen Haferkuchen vom Teller wischte, fragte ich sie endlich, wann sie abreisen wolle.

»Sofort.« Sie steckte sich den Krümel in den Mund und wischte sich die Hände ab.

»Ach, sei nicht albern«, sagte Teleri. »Noch vor einer Stunde bist du dem Tod nah gewesen.«

»In der Tat. Vielleicht war ich das. Aber jetzt geht es mir wieder gut, durch deinen Gott und Rhys' Herrn Gawain. Deshalb bin ich bereit.«

Teleri schüttelte den Kopf. »Auf der Straße würdest du bloß ohnmächtig werden.«

»Aber nein. Ich habe eben gegessen, und ich werde ja auf einem Pferd reiten. Mir fehlt nichts mehr, weil der Fluch überwunden ist. Ich fühle mich besser als je zuvor, und Rhys will ja auch jetzt weg.«

»Ich habe nichts gesagt«, wandte ich ein.

»Und warum solltest du das wohl, wo du doch die Tür anglotzt wie eine Kuh, die nach ihrem Kalb brüllen will? Du hast doch keine Lust, mit mir hierzubleiben und zuzuschauen, wie dein Herr alleine wegreitet.«

»Ich mach' mir Sorgen um ihn«, gab ich zu. »Er hatte Besseres verdient.«

Eivlin schaute mich einen Augenblick ernst an. Dann zuckte sie die Achseln. »Das glaube ich auch. Er muß ein guter Mann sein.«

Ich biß mir auf die Lippen und stand auf. »Eivlin, es dauert nur eine Weile. Wenn du willst, dann können wir in einem Monat oder so zum Hof meines Clans zurückkehren und uns dort ansiedeln. Du wirst dort meine ganze Familie um dich haben und den schönsten Hof in der Nähe des Mor Hafren, und alles, alles wird gut werden.«

Ihre Augen leuchteten auf. »Es ist herrlich, wenn man einen Clan hat. Es ist wunderbar, keine Ausgestoßene zu sein und keinen Fluch tragen zu müssen. Aber jetzt hör mir zu. Mit Sicherheit weiß ich noch nicht alles, was passiert ist. Du sagst, es ist tagelang her, du sagst, er hat dich von Medraut befreit und meine Herrin besiegt – das war eine große Leistung –, und jetzt will er auf unbekannten Wegen davonreiten. Aber ich kenne dich gut genug, um zu wissen, daß du ihm folgen wirst, um so mehr, weil man ihn verletzt hat. Und ich lasse es nicht zu, daß du mich hier zurückläßt. Wenn ich mir ein Pferd stehlen und heimlich hinter dir herreiten muß, dann werde ich das tun. Wenn du in ein feindliches Land reiten willst, ohne die Sicherheit, daß du lebendig und unversehrt zurückkommst, dann schwöre ich bei der Sonne und dem Wind – nein, ich schwöre bei Christus –, daß ich mit dir komme. Wir reisen sofort ab.«

Teleri schüttelte den Kopf. »Keiner von euch sollte abreisen. Rhys ap Sion, ich habe nicht vergessen, daß du eine Kopfverletzung hast. Du brauchst Ruhe genauso dringend wie sie.«

»Und Gawain?« fragte ich. »Wenn ich hierbleibe, was muß ich dann zu Elidan sagen?«

Teleri runzelte die Stirn. »Das wäre auch noch zu bedenken.«

»Ich glaube nicht, daß ich ihr gegenüber besonders taktvoll sein kann. Ich glaube, sie handelt sehr unüberlegt.«

»Ich glaube auch nicht, daß der Takt deine starke Seite ist«, stimmte Teleri trocken zu. »Aber was ist mit diesem Mädchen?«

»Ich komme mit. Mich wird man nicht so leicht los.«

Teleri kreuzte die Arme über der Brust und schaute Eivlin finster an. Eivlin starrte unverschämt zurück und kreuzte die Arme mit der gleichen Bewegung. Teleris Lippen zitterten, und einen Augenblick lang versuchte sie sich zu beherrschen. Aber endlich gab sie nach und lachte. Sie setzte sich auf das Bett neben Eivlin und tätschelte ihr den Arm. »Du bist viel weniger krank als starrköpfig, Mädchen. Aber ich, ich war in deinem Alter genauso stur. Ich hab' mich den Schwestern angeschlossen, obwohl meine ganze Familie ›nein!‹ geschrien hat. Es schadet nichts, wenn man am rechten Ort starrsinnig ist. Geht also, und wenn du deinen Mann hier geheiratet hast, dann sorg dafür, daß ihr beiden nicht gleichzeitig stur seid. Denn ich glaube, ihr wärt in der Lage, euch so zu benehmen, daß die Nordsee im Februar wie ein ruhiger See dagegen wirkt. Rhys, geh, sag deinem Herrn, daß wir herauskommen, sobald ich ein paar Sachen für Eivlin zusammengesucht habe.« Als ich den Mund aufriß, schnaufte sie und fuhr mich an: »Na los.«

Ich ging. Ich wunderte mich. Wenn ich Teleri so angeschaut

hätte wie Eivlin, dann hätte ich sie von gar nichts überzeugen können, da war ich ganz sicher. Aber Eivlin starrte sie nur unverschämt an, und alles ging glatt. Wie die Nordsee im Februar, was?

Gawain wartete, wie er versprochen hatte, bei den Pferden. Er stand da, gegen die Mauer der Abtei gelehnt, und streichelte müßig Ceincaleds Hals, während der Hengst an Gawains Haar knabberte. Als Gawain mich kommen sah, richtete er sich auf, gab dem Pferd einen Klaps auf den Widerrist und humpelte auf mich zu.

»Wir können jetzt alle zusammen wegreiten – oder sobald Eivlin mit Teleri herauskommt«, sagte ich ihm.

»Aber sie war ja dem Tod nah. Sie kann einfach noch nicht reisebereit sein.«

»Aber sie sagt, sie will jetzt weg, und wenn sie ein Pferd dafür stehlen müßte. Ich glaube, es geht ihr gut genug. Die Schwäche kam von Hunger und Müdigkeit, und der Hunger sollte sich eigentlich sehr gebessert haben. Da wir aber von Hunger sprechen, Teleri hat mir das hier für dich gegeben.« Ich hielt ihm das Päckchen hin.

Er blinzelte es an und machte keine Bewegung, um es zu nehmen. »Aber ihr solltet hier noch ein paar Tage bleiben. Ich kann allein zurück nach Degganwy reiten, und ihr könnt später nachkommen.«

»Nach Degganwy?« Ich starrte ihn an. »Ich dachte, das wäre zu gefährlich.«

»So wäre es auch gewesen, wenn wir gleich nach Ronans Freunden angekommen wären. Politische Rücksichten kümmern die Truppen wenig, wenn einige aus ihren Reihen gerade erst gefallen sind. Aber jetzt sollte alles wieder ruhiger sein. Maelgwyn hat wohl weniger Gründe, meinen Tod zu wünschen, denn meine Mutter ist besiegt, und Agravain ist da, um die Krieger zu beruhigen. Ich muß zurück, um mich um Agravain zu kümmern. Er wußte, daß ich vielleicht ein paar Tage wegbleibe, aber er wird keine Ruhe haben, bis ich wieder zurück bin. Ich habe Angst, er könnte Maelgwyn vielleicht etwas Falsches sagen.«

Das klang vernünftig. Und Degganwy war wohl auch sicher

genug. Nun ... »Also gut, dann gehen wir alle nach Degganwy«, sagte ich. Gawain schaute zweifelnd drein.

»Herr, es ist nicht weit, und Eivlin kann mit mir reiten. Wenn dein älterer Bruder in Degganwy Gefolgsleute hat, dann ist es dort sicherer als hier in Sankt Elena. Medraut kennt diesen Ort, und wenn er noch lebt, dann verfolgt er uns vielleicht hierher.«

Gawain schüttelte den Kopf. »Das würde er wohl nicht tun. Ich bezweifle, daß er sich lange auf irgend etwas konzentrieren kann. Das Bildnis seines Gottes ist zerbrochen, zusammen mit der Macht meiner Mutter.«

»Wie du meinst. Aber wir reiten mit, trotz allem. Eivlin und Teleri kommen in einer Minute heraus.«

Gawain schüttelte müde den Kopf, versuchte wieder etwas einzuwenden, lächelte dann plötzlich ein leichtes, fast bedauerndes Lächeln und hob die Hände. Er gab mir nach. Ich hatte den Drang, seine Schultern zu umfassen und mit ihm zu reden, wie ich mit meinem Bruder oder meinen Vettern geredet hätte. Ich hatte den Drang, ihn seinen Schmerz aussprechen zu lassen. Aber ich wußte, er würde es nicht tun. Er würde sich nur hinter seiner aufmerksamen Höflichkeit verstecken. Also nickte ich und steckte Teleris Päckchen voller Haferkuchen in die Satteltaschen von Ronans schlechtgelauntem Kriegspferd.

Teleri und Eivlin nahmen sich Zeit. Ich hatte das ungemütliche Gefühl, daß Teleri eine Ausrüstung an Kleidern für alle Wetterbedingungen und für alle Straßenverhältnisse zusammensuchte, und ich konnte mir vorstellen, wie Eivlin fröhlich alles einpackte. Nun, Gawain würde sicher nicht mehr sehr lange in Degganwy bleiben wollen, und wenn wir mit ihm reisten, dann brauchten wir alles, was Teleri zum Schenken einfiel. Schließlich tauchten die beiden Frauen aus dem Gebäude auf, und sie trugen, wie ich erwartet hatte, einen riesigen Packen. Mit einiger Mühe schaffte es Gawain, das Bündel so auf Ceincaleds Rücken festzuschnallen, daß es für ihn nicht unmöglich wurde, seine Speere noch herauszuziehen.

Teleri sah, wie Gawain die Speere untersuchte, schnippte dann mit dem Finger und wandte sich an mich. »Wir haben noch immer den Speer, den du damals mitgebracht hast, als du herkamst«, sagte sie. »Willst du ihn jetzt zurückhaben?«

Ich schaute sie verständnislos an.

»Komm, du weißt doch, den Speer, den du Gwyn hast tragen lassen!«

»Ach so! Das ist sein Speer. Gwyn wollte nicht, daß die anderen erfuhren, daß er einen Speer besaß. Und deshalb habe ich gesagt, es wäre meiner. Vielleicht könntest du ihn Gwyn zurückgeben – heimlich.«

Teleri preßte die Lippen zusammen, aber ihre Augen blitzten, und sie nickte. Ich erklärte Gawain vorsichtig und beiläufig: »Gwyn ist der Junge, der mir den Pfad hierher gezeigt hat. Er ist einer von den Kindern, die in der Abtei aus Mildtätigkeit großgezogen werden. Er soll Priester werden, deshalb wollen wir natürlich nicht, daß er mit Speeren spielt.«

Gawain nickte und prüfte noch einmal die Befestigung des Gepäcks. Teleri schoß mir einen schrägen Blick zu, sagte aber nichts. Sie verstand, was ich tat und warum.

Nachdem alles festgebunden war, wandte sich Gawain an Teleri und verbeugte sich. »Schwester Teleri, ich glaube, wir drei schulden dir viel.«

Sie schnaufte. »Dafür, daß ich dieses Mädchen und ihren Ochsen von einem Mann geheilt habe? Was soll eine Frau, die sich als heilkundig bezeichnet, denn sonst tun? Aber ich glaube, du hattest vor, mir dafür zu danken.«

Er lächelte. »Ich habe es wirklich vor, wenn du erlaubst. Die meisten Menschen in dieser Abtei würden sich überlegen, wem wir Treue geschworen haben, und dann wären sie automatisch unsere Feinde. Außerdem habe ich eine deiner Freundinnen verletzt. Die Schuld, die auf uns lastet, ist deshalb um so größer. Ich kann nicht von Bezahlung reden, aber . . .« Er zog die goldenen Armreifen von seinem Handgelenk und bot sie ihr an. »Wenn du diese nehmen willst, als Zeichen meiner Dankbarkeit, dann wäre ich geehrt.«

Teleris Augenbrauen schossen hoch, und sie starrte die Armreifen an; das war wohlbegründet, denn sie waren schwer und eine ganze Menge wert. Sie streckte langsam die Hand aus und nahm einen. »Den will ich behalten«, sagte sie, und während sie noch einen nahm: »Und diesen gebe ich den Schwestern für die Dinge, die ich euch gegeben habe. Die anderen behalte, Herr. Möglicherweise wirst du Geld brauchen. So. Jetzt geht, und Gottes Segen sei mit euch. Ich wünsche euch eine gute Reise.«

Gawain ließ den letzten Armreifen wieder über sein Handgelenk gleiten und verbeugte sich noch einmal und saß auf. Ich ergriff Teleris Arme, sagte ihr meinen Dank, küßte sie – was sie überraschte – und kletterte auf Ronans Pferd. Teleri umarmte Eivlin und half ihr vor mir in den Sattel. Dann öffnete sie das Tor, und wir ritten hinaus.

Wir hatten noch nicht die Hauptstraße erreicht, als wir uns noch einmal verabschieden mußten. Gwyn stürzte aus dem Wald. Er hatte ein Schwert bei sich, das aus zwei Stöcken bestand, und brüllte entzückt: »Rhys! Du bist in Sicherheit!«

Gawain zügelte Ceincaled hastig, denn das Pferd scheute bei der Bewegung. »Ist das der Junge, der dich nach Sankt Elena geführt hat?« fragte er mich.

»Ja, Herr«, sagte ich und schaute ihn nicht an. Wenn nur Gwyn seine Mutter nicht erwähnte.

»Bist du geflüchtet?« fragte Gwyn begeistert. »Habt ihr gekämpft?«

Gawain saß hochgewachsen und elegant auf seinem herrlichen Hengst, und er lächelte den schmutzigen, leidenschaftlichen Jungen an. »Ja, es hat einen Kampf gegeben«, sagte er. »Und Rhys und ich sind entkommen. Dein Name ist Gwyn, glaube ich.«

Der Junge schaute Gawain zum erstenmal voll ins Gesicht, und seine dunklen Augen weiteten sich. Ich konnte sehen, daß er, wie ich damals, das Gefühl hatte, ein Lied sei lebendig geworden. Der Junge machte eine tiefe und außerordentlich ungeschickte Verbeugung. »Jjj-ja, großer Fürst. Bist du Rhys' Herr, ein großer Krieger, aus der Familie?«

»Ich bin Rhys' Herr, ich bin Gawain ap Lot. Ich glaube, ich muß dir dafür danken, daß du meinem Diener den Weg gezeigt hast.«

Gwyns Gesicht strahlte auf wie eine Fackel. »Das war überhaupt nichts, Herr Gawain.« Und fast flüsternd fügte er hinzu: »Rhys, du hast mir aber nicht gesagt, daß du ihm dienst.« Er drückte sich näher an mich heran und blickte dann zu Eivlin auf. »Und deiner Freundin geht es auch besser, und alles ist also gutgegangen!« Er packte meinen Fuß und strahlte mich an. »Rhys, hat dein Herr dich gerettet, und hat er die bösen Krieger getötet wie in den Liedern? Mit seinem feurigen Schwert?«

Ich schüttelte den Kopf. »Nicht alle. Nur ein paar.«

Dieser Gedanke entzückte ihn. »Ich wünschte, ich wäre dabeigewesen. Ich kann auch Speere werfen. Ich hätte schon gegen sie gekämpft, als sie gekommen waren, aber . . .« Sein Gesicht wurde lang. Mir fiel ein, wie Elidan unter Medrauts Schlag mit der Fläche des Schwertes niederstürzte.

»Vielleicht, wenn du älter bist«, sagte ich.

»Ich hätte gegen sie gekämpft«, sagte Gwyn leidenschaftlich. »Ich wünschte, sie hätten mich gelassen. In der vergangenen Nacht hatte ich Alpträume. Ich hab' geträumt, sie hätten schreckliche Sachen mit dir gemacht und mit Mama.«

»Das tut mir leid«, sagte ich verlegen.

Er lächelte wieder. »Es war nicht so schlimm. Ich habe geschrien, so daß alle aufgewacht sind, und Mama hat mir warme Milch gegeben und mir vorgesungen, bis ich wieder eingeschlafen bin. Das hat sie nicht mehr getan, seit ich ganz klein war.«

Gawain lachte, und Gwyn schaute ihn an und wurde wieder verlegen. »Ich bin froh, daß du ihn gerettet hast, Herr Gawain.«

»Du kannst auch froh sein, daß er mich gerettet hat, denn das hat er wirklich.« Gwyn warf mir einen höchst beeindruckten Blick zu, und dann heftete er seine schwarzen Augen wieder auf Gawain. Mein Herr beugte sich nach vorn, stützte einen Arm auf die Knie. »Ich glaube, du hast einen Speer verloren, als du Rhys geholfen hast.«

Gwyn nickte bedauernd. »Es war ein guter. Hywel hat ihn mir gegeben. Ich kann zwar noch andere machen, aber ich weiß nicht, wie man die Spitzen richtig schneidet.«

»Vielleicht bekommst du den alten zurück, wenn du nach Hause gehst.« Gawain zog einen seiner Wurfspeere aus der

Halterung und hielt ihn Gwyn hin. »Aber falls du ihn nicht wiederbekommst, nimm einfach diesen.«

Gwyn nahm ihn ganz langsam. Er wagte es kaum, zu atmen. Er umklammerte den Schaft ganz fest. »Danke, Herr Gawain.« Er machte noch einen weiteren Verbeugungsversuch.

»Geh gut mit ihm um«, sagte ich. Meine Stimme klang zu rauh; na, es war besser, als wenn sie gezittert hätte. »Übe damit. Werde ein guter Krieger, und dann komm nach Camlann. Der Kaiser Artus selbst war auch ein Bastard und ist in einem Kloster aufgewachsen. Du siehst, es geht doch.«

Gawain warf mir einen überraschten Blick zu. »Lerne auch gut«, riet er Gwyn. »Priester zu werden, das ist etwas Edles, und ich habe gehört, du sollst einer werden.«

Gwyn zuckte bei dem Gedanken die Achseln und streichelte den Speer. »Ich werde Krieger. Glaubst du wirklich, es kann sein?« fragte er mich ernst.

»Ja«, sagte ich fest. »Aber nur, wenn du daran arbeitest.«

Gawain lächelte und nahm die Zügel. »Nun, dann wünsche ich dir alles Glück der Welt, und du sollst willkommen sein in Camlann, wenn du dort hinkommst. Noch einmal meinen Dank.« Er berührte Ceincaleds Flanken, und das Pferd trabte davon. Ich folgte ihm. Ich ritt an Gwyn vorüber, der uns mit strahlendem Gesicht beobachtete und seinen Speer umklammerte. Als wir den Pfad ein Stückchen hinaufgeritten waren, hörte ich hinter uns ein triumphierendes Geheul, und als ich mich umdrehte, sah ich, wie Gwyn den Pfad hinunterrannte.

Gawain lächelte noch immer. »Das ist ein tapferer, mutiger kleiner Kerl. Aber du kannst doch nicht wirklich glauben, Rhys, daß er eines Tages nach Camlann kommt.«

»Vielleicht doch.« Ich schaute meinen Herrn nicht an. Aber ich spürte seinen neugierigen Blick, deshalb fügte ich hinzu: »Ich mag den Jungen, nach dem, was ich von ihm gesehen habe. Ich glaube, wenn er in Sankt Elena bleibt, verschwendet er seine Zeit. Es macht mich wütend.«

Gawain nickte noch einmal. Nach der Art, wie sein Lächeln verschwand, während wir weiterritten, konnte ich beurteilen, daß er wieder an Elidan dachte. Verbittert dachte ich daran, daß er sein Leben lang diese Bürde tragen würde, und noch bitterer war der Gedanke an Gwyn. Aber darauf gab es keine Antwort. Die Welt ist ein Durcheinander, und irgend etwas geht immer schief. Und im ganzen, wenn ich es recht bedachte, dann wäre ich lieber Gawain als Elidan. Ich glaubte nicht, daß sie jetzt noch vergessen konnte, und wie Teleri gesagt hatte, sie sperrte sich ein, um die Welt auszusperren, und ihr Geist war zu frei, um mit diesem engen Raum zufrieden zu sein.

13

Das zweite Mal, das wir in Degganwy einritten, war genauso wie das erste Mal. Es war wieder dunkel, als wir ankamen, und Maelgwyns Wachen ließen uns wieder am Tor warten. Eivlin machte eine spöttische Bemerkung und grinste denjenigen an, der zu Maelgwyn geschickt wurde, und das brachte den Mann dazu, nicht schneller, aber steifer wegzugehen. Ich legte ihr den Arm fester um die Taille. Er hatte eigentlich keinen Grund, erst mit Maelgwyn zu reden. Vielleicht taten die Männer das nur, um uns zu ärgern. Eivlin lehnte sich ein bißchen in meinen Armen zurück und lächelte zufrieden. Sie wenigstens schien durch die Reise nicht ermüdet zu sein. Nachdem ich es geschafft hatte, Gawain dazu zu bringen, etwas von Teleris Haferkuchen zu essen, hatte ich Eivlin den Rest gegeben, so daß sie keinen Grund hatte, vor Hunger schwach zu werden.

Maelgwyns Wache kehrte zurück, und noch ein Krieger war bei ihm. Der Posten nickte, und man erlaubte uns, durch das Tor einzureiten. Aber der andere Krieger packte Ceincaleds Zügel, sobald wir drinnen waren. Er redete Gawain auf irisch an.

»Was sagt er?« fragte ich flüsternd in Eivlins Ohr.

Sie legte den Kopf zurück und schaute mich an. »Er bittet darum, daß dein Herr sofort mitkommt, um mit dem Herrn Agravain zu reden ... Er sagt, Agravain hätte sich vergangene Nacht in seinem Zimmer eingeschlossen und seitdem mit niemandem mehr gesprochen.«

Gawain fragte den anderen aus, und der antwortete. Eivlin fuhr fort zu übersetzen: »Dein Herr sagt, er kommt sofort mit, aber er fragt, ob meine Herrin oder sein anderer Bruder auch dort sind. Brenainn – so heißt der Krieger – sagt, daß Medraut da ist, aber auch der hat sich seit der vergangenen Nacht in sein Zimmer eingeschlossen. Meine Herrin ist noch nicht zurück. Brenainn hat Angst. Er sagt, er mißtraut Maelgwyn.«

Ich mochte das alles nicht. Agravain, sowenig ich ihn auch mochte, bot uns noch immer eine gewisse Sicherheit, wenn er die Beherrschung behielt. Aber es sah nicht so aus, als ob es mit seiner Beherrschung im Augenblick weit her wäre. Ich hatte geglaubt, Morgas sei gründlich besiegt, aber was war, wenn sie sich erholt hatte? Ich mochte es auch nicht, daß Medraut sich ins Zimmer eingeschlossen hatte und dort Gott weiß was tat. Und dieser Fuchs Maelgwyn Gwynedd hielt noch immer Degganwy und alle Ländereien fest in der Hand, und all seine Männer haßten noch immer Artus und die Familie. Es war vielleicht besser, Vorsicht walten zu lassen und uns zu versichern, ehe wir die Festung betraten.

Gawain allerdings dankte dem Krieger und ließ Ceincaled den Hügel hinauftraben. Das Tier hielt den Kopf hoch. Ich seufzte und folgte.

Agravain hatte offenbar eins der Vorzimmer zur Festhalle bekommen, eine ehrbarere Behausung als unsere Hütte, wenn sie wahrscheinlich auch weniger bequem war. Wir mußten durch die Halle, um das Zimmer zu erreichen. In dieser Nacht war kein Fest, sondern Maelgwyn und ein paar von seinen Kriegern saßen trübsinnig am Hohen Tisch herum und tranken. Gawain hielt an, ritt dann die Halle hinauf und begrüßte den König.

Maelgwyn lächelte unangenehm. »So, du bist also zurück, genau wie mein Posten berichtete. Und auch noch mit deinem Diener. Ja, ja, ein paar an diesem Tisch werden Geld verlieren.« Jemand kicherte, und Maelgwyn beäugte seine Krieger bösartig. »Ich selbst auch. Man hat hoch gewettet, daß du nicht zurückkehren würdest. Wo ist die Herrin, deine Mutter, die Königin?«

Gawain schüttelte den Kopf. »Das weiß ich nicht. Zuletzt habe ich sie gestern gesehen. Frag meinen Bruder Medraut.«

Maelgwyn schmunzelte. Mir wurde klar, daß er betrunken war. »Genau das hätte ich auch getan, aber niemand kann deinen Bruder Medraut irgend etwas fragen, genausowenig wie deinen

Bruder Agravain – oder deinen Vater Lot. Obwohl der vielleicht von einer anderen Sorte ist. Eine sehr stille Familie. Geht eure Sache gut? ... Sag mir, ist es wahr, daß du ein Zauberer bist?«

»Es ist nicht wahr«, Gawain fuhr ihn fast an.

»So. Weißt du, ich hatte mich das schon gefragt. Du und deine Mutter, zerstritten und beide ... Du solltest eigentlich doch ein Zauberer sein. Du siehst ihr so ähnlich, und ich glaube, deine ganze Familie ist verhext. Aber wenn du deine Mutter siehst, dann sag ihr, ich warte. Ja? Aber jetzt willst du ja mit deinem Bruder reden, mit deinem älteren Bruder, weil du mit dem jüngeren sowieso nicht redest. Tu das.«

Gawain verbeugte sich mit eiskalter Höflichkeit und schritt davon, um Agravain zu suchen.

Die Tür an der Seite der Festhalle war allerdings verschlossen. Mein Herr klopfte, klopfte noch einmal. Keine Antwort. Er rief: »Agravain?« Schweigen. Ich trat auf den Füßen hin und her, ich wollte gerade vorschlagen, daß ich mit Eivlin anderswo hinginge, als mir wieder einfiel, daß wir in Degganwy nicht sicher waren. Schade. Ich hatte keine Lust, Agravain entgegenzutreten, wenn er wieder einmal schlechte Laune hatte.

Gawain rief noch einmal. Nach einem Augenblick kam ein Geräusch, und dann ein kalter, kurzer Befehl auf irisch.

»Geh weg«, übersetzte Eivlin. Ich nickte. Ich hatte es erraten.

»Agravain. Ich bin's. Was ist denn los?«

»Gawain?« kam es durch die Tür.

»Wer sonst?«

Ein Fluch, Schritte, die Tür wurde aufgeworfen, und Agravain stand da und starrte uns an. Er bot keinen angenehmen Anblick. Über einer sehr zerknitterten Tunika trug er ein Kettenhemd, und in der Hand hielt er ein nacktes Schwert. Sein leuchtendes Haar und sein Bart waren verfilzt und schmutzig, seine Augen waren blutunterlaufen und trugen dunkle Ringe. Er hatte sich die Unterlippe zerbissen, und das Blut war auf Kinn und Wangen verschmiert. Er starrte Gawain an, als ob er ihn nicht erkannte.

»Agravain!« Mein Herr trat ins Zimmer und packte seinen Bruder an den Armen. »Gott im Himmel, was ist denn passiert?«

»Ich hab' sie umgebracht«, sagte Agravain mit rauher, flacher Stimme. »Ich hab' sie umgebracht, Gawain. Aber sie hat's verdient. Sie . . . sie . . . o Gott, wo bist du gewesen?«

»Das ist egal, Mann, setz dich doch. Rhys, such uns etwas Met.«

Gawain führte seinen Bruder ins Zimmer. Ich stand noch einen Augenblick vor der Tür, dann rannte ich, um den Met zu holen. Eivlin schaute die beiden an, dann mich. Und dann hob sie die Röcke und folgte mir. Sie rief: »Rhys! Warte!« Ich blieb stehen und wartete, bis sie mich eingeholt hatte, und dann gingen wir zusammen. Wir sagten nichts.

Saidi ap Sugyon in der Küche war nicht sehr erfreut, uns beide wiederzusehen. Aber er hatte es gelernt, besser nicht mit uns zu streiten. Er gab uns den Met und auch etwas Brot und Schinken, den ich forderte. Wenn Agravain sich seit der vergangenen Nacht eingeschlossen hatte, dann mußte er hungrig sein. Aber in meinem Gehirn wiederholten sich immer wieder die Worte: »Ich hab' sie umgebracht.« Niemand mußte mir sagen, wen er meinte, aber . . . Ich schaute Eivlin an, die die Stirn gerunzelt hatte und das Brot trug. Ihr Vater war verflucht gewesen, weil er seinen Bruder getötet hatte, aber dies hier, das war noch schlimmer.

Als wir wieder im Zimmer waren, hatte Gawain seinen Bruder dazu überredet, sich hinzusetzen und das Schwert wegzulegen. Er selbst saß neben ihm. Er redete ruhig und freundlich auf irisch mit ihm. Agravain antwortete in ein paar unzusammenhängenden Worten auf britisch. Mein Herr blickte auf und nickte, als ich hereinkam, also suchte ich ein paar Becher und schenkte den Met ein. Agravain leerte seinen Becher sofort, während Gawain seinen unberührt hinstellte. Ich hielt das, was Agravain tat, für besser.

Agravain starrte mich wild an. Dann warf er einen Blick auf das Schwert. Gawain fiel ihm in den Arm und schüttelte ihn wieder. Er sagte: »Alles in Ordnung. Rhys ist unser Diener. Er hat nichts Übles vor.«

Agravain schauderte und legte den Kopf in die Hände. Ich drückte mich an ihn heran, schnappte seinen leeren Becher und füllte ihn wieder. Als ich ihn Agravain reichte, leerte er ihn genauso schnell wie den ersten. Dann starrte er auf den Boden, während er das leere Gefäß mit beiden Händen umklammerte. Ich hatte Angst, ihn zu stören. Gawain machte mir ein Zeichen, also reichte ich ihm die Flasche Met, und er schenkte seinem Bruder noch mehr ein.

Agravain nahm aus dem dritten Becher nur zwei Schlucke, ehe er wieder zu Gawain aufschaute. »Warum hast du so lange gebraucht?«

»Ich mußte etwas erledigen, was mir wichtig war. Und ich hatte ja Ronan getötet, weißt du. Ich konnte nicht sofort zurückkommen. Aber du mußt mir erzählen, was geschehen ist.«

Agravain begann wieder zu zittern. »Ich hab's doch gesagt. Ich hab' sie umgebracht.«

»Du hast unsere Mutter getötet.« Gawains Stimme war klar und ruhig, als er die Tat aussprach.

»Ja. Ja. Sie ... ich ... Sie hat Vater ermordet. Du weißt, daß das stimmt. Sie hat mit diesem fuchshaarigen Bastard Maelgwyn die Hure gespielt, und deshalb hat sie Vater ermordet.«

»Agravain.« Gawains Hand umklammerte das Handgelenk seines Bruders. Er wirkte beruhigend, aber seine Stimme war rauh vor Schmerz. »Du hattest mir versprochen, daß du warten würdest, daß du erst handeln würdest, nachdem ich mit ihr geredet hatte.«

»Nun, du bist doch gegangen, um mit ihr zu reden.«

»Aber du wolltest warten, bis ich zurück war, bis du Bescheid wußtest! Es war nicht nötig. Was hast du getan?«

»Ich hab' sie getötet. Sie hat es verdient.«

»Du hast dich selbst vernichtet. Nein, nein, sei still. Trink noch etwas Met.«

»Ich bin hiergewesen und hab' darauf gewartet, daß du zurückkommst. Zuerst hatte ich vor, mich umzubringen, aber dann sagte ich mir: Nein, warte auf Gawain. Glaubst du, sie werden mich aus der Familie ausstoßen?«

Gawain schüttelte den Kopf. »Das ... ach so. Nein, ich glaube nicht. Möglicherweise machen sie dich sogar trotzdem zum König und sagen, daß Morgas nicht zum Clan gehörte. Du hättest dann also nicht eine von deinem eigenen Blut getötet. O, mo brather . . .«

»Sprich britisch! Wenn ich versuche, darüber auf irisch zu sprechen, dann werde ich wahnsinnig. Ganz bestimmt. Es ist noch nicht lange genug her, als daß man darüber auf irisch nachdenken könnte.« Er nahm einen großen Schluck Met und schaute seinen Bruder an. Sein Gesichtsausdruck war jetzt ruhiger. »Ich habe den Fluch auf mich geladen, nicht wahr? Sie sagen, es ist fürchterlich, die eigene Mutter zu töten. Aber sie hat es verdient.«

»Aber du hattest es nicht verdient, Agravain. Warum hast du gehandelt?«

Er warf den fast leeren Becher Met durch den Raum. »Du bist ausgeritten, um sie zu suchen. Und ich sagte mir: ›Da bin ich, zu feige, um zu wagen, was mein Bruder wagt, zu ängstlich, um auch nur an sie zu denken.‹ Und dann wurde mir klar: ›Ja, jahrelang habe ich Angst gehabt, an sie zu denken, ich hatte sogar Angst, sie anzuschauen, ganz zu schweigen davon, sie zu bekämpfen. Aber sie hat meinen eigenen Vater ermordet, sie hat ihn aufgebraucht und ihn weggeworfen, und dann hat sie ihn ermordet.‹ Also stieg ich auf mein Pferd und ritt aus. Ich fand eure Spur, die die Hauptstraße verließ. Als es dunkel war, fand ich die Schäferhütte, und sie war dort. Zusammen mit Medraut, aber der schlief. Sie sah sehr seltsam aus, als ob das Alter sie berührt hätte oder als ob ihre Zauberei sie verließ. Sie schrie und bettelte und weinte und heulte. Und ich hab' sie umgebracht. Medraut war schon fast wach, ehe ich . . . das Schwert führen konnte. Also mußte ich es tun, oder er hätte mich aufgehalten. Ich hab' sie getötet und rannte nach draußen, und dann bin ich hierhergekommen, um auf dich zu warten, aber sie hat es verdient.«

Gawain sagte nichts; er umarmte nur seinen Bruder. Agravain legte den Kopf auf Gawains Schulter und umklammerte seine Arme. Seine Schultern zuckten, während er zu weinen begann. Ich wußte, daß dieser Raum kein Ort für Eivlin oder mich war, ob es nun gefährlich für uns war, in Degganwy umherzulaufen, oder nicht. Ich berührte sie am Arm, und wir schlüpften hinaus. Wir schlossen die Tür hinter uns.

Als mir endlich klar wurde, daß ich gar nicht wußte, wohin ich gehen sollte, hatte mich die Gewohnheit zu der Hütte geführt, die Maelgwyn uns gegeben hatte. Na, der Ort war so gut wie jeder andere. Ich öffnete die Tür. Rhuawn war nicht da, und der Raum brauchte eine gründliche Reinigung. Ich ging hinüber zum Kamin und zündete das Feuer an, während Eivlin sich auf das Bett setzte und den halben Laib Brot in Scheiben schnitt, den sie aus der Küche mitgenommen hatte. Der Tag war eigentlich zu warm, als daß man hätte heizen müssen. Aber die Flammen und die leisen, knisternden Geräusche des Feuers wirkten beruhigend. Als es gut brannte, setzte ich mich neben Eivlin und legte den Arm um sie. Zusammen sahen wir zu, wie der Rauch aufstieg. Ich versuchte, nicht an Agravains Gesicht zu denken. »Was für ein Mann war eigentlich dieser Agravain?« fragte Eivlin nach kurzer Zeit.

Ich nahm ein Stück Brot und dachte darüber nach. »Ein wahrer Krieger von der Art, die du so haßt. Wild, launenhaft, hitzig, aber fröhlich und großzügig denen gegenüber, die ihm gleichgestellt sind. Ein wilder Kämpfer, ein wilder Säufer und ein Mensch, der felsenfest daran glaubt, daß man Diener verprügeln muß, damit sie nicht zu hochnäsig werden. Gott verzeih mir, aber ich hab' ihn nie gemocht.«

»Und jetzt hat er meine Herrin umgebracht, seine eigene Mutter. Und der Gedanke an diese Tat wird sich in sein Herz einfressen, wie der Brand sich in eine Wunde einfrißt.«

Ich nickte. »Mein Herr hatte recht. Agravain hat sich selbst vernichtet. Eivlin, mein Herz, es ist bitter, daran zu denken. Er hat es wirklich nicht verdient. Genug Edles war in ihm: Mut, Ehrlichkeit, große Treue zu denen, die er liebte. Du kennst den königlichen Clan und die Truppe von den Inseln. Glaubst du auch, daß man ihn aus seiner Familie ausstoßen wird?«

»Ach nein. Die Krieger haben Agravain immer zurück gewollt, und sie sprachen von ihm, wann immer sie Angst vor Morgas hatten. Und der königliche Clan hat Morgas immer gehaßt, obwohl sie von allen noch mehr gefürchtet als gehaßt wurde. Man wird schnell mit Entschuldigungen bei der Hand sein für diesen Herrn, jetzt, wo meine Herrin tot ist.«

Gut. Dann konnte er nach Hause gehen und bei seinem Clan sein. Die Truppe würde ihn ehren, und vielleicht würde er in ein paar Jahren sogar König werden. Aber ich hatte in seinen Augen eine wahnsinnige, elende Qual gesehen. Ich war sicher, daß es nicht mehr als ein paar Jahre dauern würde. Ein Fluch? Nein, dachte ich, wenigstens nicht im Sinne irgendeines schwarzen Zauberspruches, der Eivlin fast getötet hatte. Aber die Frau, Morgas, war seine Mutter gewesen, und er hatte sich nie mit ihr verstanden. Und jetzt hatte er sie ermordet und konnte sich nie wieder mit ihr verständigen. Morgas war tot. Ich erinnerte mich an ihre schrecklichen Augen und ihre sanfte Stimme. Selbst im Tod konnten diese Augen noch immer das Leben einsaugen. Die Finsternis war noch anwesend, und sie war nicht weniger wild und drohend, weil Morgas von den Orcades tot war.

Die Tür der Hütte wurde aufgerissen, und ich fuhr aus meinen brütenden Gedanken auf. Ich sah Rhuawn. Er starrte erstaunt zurück, und dann grinste er. »Rhys! Du bist also in Sicherheit. Das freut mich. Und du bist die Dienerin der Königin, Eivlin . . .«

Ich stand auf. Ich putzte mir die Brotkrumen von der Tunika. Eivlin stand auch auf und beäugte Rhuawn mißtrauisch. »Viel Gesundheit, Rhuawn«, sagte ich.

Er nickte energisch. »Aber was ist mit dir passiert? Wie bist du zurückgekommen? Ich sage dir, Rhys, in den letzten paar Tagen war alles so wirr wie in einem Alptraum. Ich habe gehört, daß auch Gawain wieder da ist. Ich sagte es Medraut durch die Tür – er hat sich ins Zimmer der Königin eingeschlossen und will mit niemandem reden. Vor ein paar Tagen hat er gesagt, du hättest Ärger mit Maelgwyns Männern gehabt . . .«

»Rhuawn . . .« unterbrach ich ihn.

Er runzelte die Stirn. »Komm. Ich weiß, ich hab' dir einen Schlag versetzt und ein paar harte Worte an den Kopf geworfen, als du unverschämt geworden warst. Aber trag mir das nicht mehr nach.« Er ließ sich auf das andere Bett fallen und winkte locker mit der Hand, damit wir uns auch wieder setzten. Während er sich nach vorn beugte und die Hände zwischen die Knie klemmte, fuhr er fort: »Du warst unverschämt, aber, weiß Gott, du hast aus

Treue so gesprochen. Du hast nicht die Schuld daran, daß du die Situation mißverstanden hast, und mir ist der Kragen geplatzt, und ich bin weiter gegangen, als ich vorhatte. Ist alles wieder gut?« Er streckte die Hand aus und lächelte ein wenig. Nach einem Augenblick des Zögerns schlug ich ein. Ob er nun in Medrauts süße Reden eingesponnen war oder nicht, Rhuawns Entschuldigung war ehrlich gemeint.

»Es ist alles gut, wenn es dir gutgeht, Herr. Obwohl ich glaube, daß ich die Situation wohl verstanden habe.«

Sein Lächeln verschwand, aber er zuckte die Achseln. »Wie du meinst. Aber komm, erzähl mir, was passiert ist. Ich weiß nicht, ob ich auf der festen Erde stehe oder auf dem Meer. Medraut sagte, er hätte ein paar von Maelgwyns Männern abgewehrt, die ein bißchen zu hastig waren in dem Versuch, dich am Verschwinden zu hindern. Bist du ihnen entkommen?«

Ich schüttelte den Kopf. »Es gab keine Möglichkeit, ihnen zu entfliehen, denn sie waren gar nicht da. Ich bin allerdings entkommen, aber ich bin Medraut entkommen und der Königin Morgas und einem Krieger, den sie als Wachposten bei den Pferden stehen hatten. Das war Eivlin zu verdanken.«

Rhuawn runzelte die Stirn und begann mit der Schwerthand auf sein Knie zu klopfen. »Bist du wegen Medraut noch immer so unvernünftig?« fragte er.

»Herr, ich sage nichts anderes als die Wahrheit. Medraut ist ein Zauberer und ein Lügner. Er hat dich bezaubert und fast auch mich, er hat mich glauben gemacht, daß er es ehrlich meint. Er und die Königin hatten einen Plan gegen deinen Herrn, den Kaiser, und deshalb mußte mein Herr Gawain zuerst aus dem Weg geräumt werden. Deshalb hat Medraut uns ausgewählt, um uns seine Lügen zu erzählen . . .«

Aber Rhuawn schüttelte den Kopf. »Das ist Unsinn. Ich mag Medraut ap Lot. Und seit Jahren weiß ich, daß Gawain eine Art Wahnsinn hat.«

»Du hast aber auch gewußt, daß Morgas eine Hexe ist.«

»So sagt man. Aber es ist viel vernünftiger zu glauben, daß dieser üble Ruf nur von neidischen Gerüchten stammt.«

»Herr, das kannst du nicht glauben! Denk nur einen Augenblick an sie.«

Er hielt inne. Er wurde unsicher. Dann schüttelte er wieder dan Kopf. »Das ist Unsinn. Warum sollte ich auf einen weggelaufenen Diener hören?«

»Weil ich die Wahrheit sage. Und ich schwöre dir jeden Eid darauf, den du mir vorsagst.«

Er musterte mich, dann schaute er Eivlin an. Sie nickte zum Zeichen, daß sie mich unterstützte. Rhuawn stand abrupt auf und ging zum Feuer. Kein dummer Kerl, dachte ich, sondern im Grunde ein guter Mensch. Gefangen in seiner eigenen Verwirrung.

»Wenn ich dir glaube, dann ist Medraut ein subtiler, verräterischer, gefährlicher Intrigant.« Er hatte einen Stock gefunden und stocherte damit wild im Feuer herum. »Und ich, ich bin ein Narr.«

Ich wollte ihm schon zustimmen, aber es war besser, ihn das nicht hören zu lassen. Er sollte seine Stellung behalten, die sorgfältig eroberte Stellung eines wichtigen Kriegers. »Kein Narr, Herr. Nur ein Mensch, der ehrlich genug ist, um auch andere für ehrlich zu halten, und erfahren genug, um von Hofintrigen zu wissen und die Worte und Pläne der Männer zu bedenken, anstelle ihrer Taten und ihres Charakters. Das ist keine Unehre.«

»Aber in anderen Worten, Rhys, bin ich doch ein Narr.« Sein Stock hatte Feuer gefangen, und er nahm die Spitze aus den Flammen und sah zu, wie sie brannte. »Aber es gibt gute, vertretbare Gründe dafür, beiden Seiten zu glauben.«

»Du kennst Gawain seit Jahren. Denk an seine Taten und seine Persönlichkeit anstatt an Gründe.«

Rhuawn schüttelte den Kopf. »Aber ich mag Medraut. Er ist viel, viel weniger anderweltlich als Gawain, er achtet mehr auf seinen Clan und seine Stellung. Oder so sah es wenigstens aus. Du bist mir eigentlich nie wie ein Lügner vorgekommen, Rhys, aber ... du könntest dich irren. Gawain ... ja, er ist genauso großzügig, so nobel und höflich wie jeder andere, den ich kennengelernt habe, und dennoch ...«

»Gawain hat unsere Mutter ermordet.« Die Stimme sauste auf

uns nieder wie ein Schwertstreich, und wir wirbelten alle herum. Medraut stand in der Tür und beobachtete uns. Wir hatten ihn nicht kommen hören.

Nichts war wild an ihm, nichts erinnerte an Agravains Erscheinung. Er war fast zu ruhig, er war gut gekleidet, in einen Mantel mit Purpurstreifen, und das goldbesetzte Schwertgehänge trug er genau im richtigen, eleganten Winkel. Aber seine Augen strahlten zu sehr, und sie waren sehr, sehr kalt. »Na?« fragte er und redete niemanden besonders damit an. »Ein schöner Wahnsinn, nicht, Rhuawn? Das Schwert auf den Hals deiner eigenen Mutter niedersausen zu lassen und es dann wieder in die Scheide zu stecken, ganz blutig von der Quelle deines eigenen Lebens.«

»Was sagst du da?« fragte Rhuawn, entsetzt über die Worte.

Medraut lächelte, strahlend, voller Spott. »Ich dachte, ich hätte mich deutlich ausgedrückt.« Er ließ die Hand vom Türrahmen sinken und schlenderte ins Zimmer. »Gawain und Agravain haben gemeinsam Morgas von den Orcades umgebracht, die Tochter des Pendragon Uther, ihre Mutter und meine. Sie haben sie getötet, weil sie dachten, sie hätte ein Verhältnis mit Maelgwyn.«

»Agravain hat sie getötet«, sagte ich. Rhuawn starrte mich schockiert an. Medrauts klare graue Augen fixierten mich, und wenn man ihn anschaute, fror man genausosehr, als wenn man Morgas anschaute. »Agravain hat sie getötet, weil sie Lot durch Zauberei ermordet hat.«

Medraut lachte. »Agravain! Ein wimmerndes Hündchen, ein Feigling, den man schon nach seiner Geburt hätte ertränken sollen! Wenn sie bei Sinnen gewesen wäre, dann hätte sie ihn mit einem Fingerschnippen von der Erde auslöschen können. Oh, er hat vielleicht das Schwert gehalten, aber das Herz, das die Tat geschmiedet hat, und das Gehirn, das sie geplant hat, die gehören Gawain. Mögen die Hunde von Iffern sein Herz und Hirn verschlingen, in alle Ewigkeiten, von denen wir träumen können, schlafend oder wachend. Er hat sie umgebracht.«

Rhuawn schüttelte verwundert den Kopf. »Rhys.« Und ruhig fuhr er fort: »Rhys, ist das wahr?«

»Agravain hat die Königin getötet«, bestätigte ich. »Er hat es getan, um seinen Vater zu rächen. Gawain war da, ehe Agravain ankam, aber er hat nur mit Morgas geredet und ist wieder gegangen. Ich war dabei, und ich ritt mit Gawain weg. Auch Medraut war da. Mein Herr hat sie nicht umgebracht, obwohl es leicht und wünschenswert für ihn gewesen wäre, das zu tun.«

»Nein.« Medraut legte eine Hand flach an die Wand und schaute mich starr und strahlend an. »Nein. Er hat meine Mutter nur zerbrochen, sie beiseite geschleudert. Und dann ist er gegangen. Er hat ein paar Männer aus der Truppe meines Vaters getötet, seine Vettern. Dann ist er weggeritten, mit dir. Warum sollte ich mich mit dir streiten? Ich bin gekommen, um dich zu fragen, wo er ist.« »Er redet mit Agravain.«

»Und zusammen waschen sie die Hände in ihrem Blut und freuen sich. Sie sagen, wie wohlgetan das alles war und daß jetzt die Erde frei ist von einer großen Zauberin. Rhuawn!« Medraut wirbelte zu ihm herum, sein Gesicht war bleich, aber seine Augen strahlten noch mehr. »Ich habe dir gesagt, er wäre wahnsinnig. Siehst du, was passiert ist, nachdem wir ihn nicht unschädlich gemacht haben? Mord, Mord an seiner Familie, Mord an seiner eigenen Mutter, meiner Mutter, neben deren Schönheit die ganze Welt blaß und unbedeutend aussah. Meine Mutter, die befahl, und dann verneigten sich die Sterne am Himmel! Sie ist tot. Oh, bei der Sonne, dem Blut und dem Schwert, und . . . Aber so ist es besser. Er hätte sonst noch Schlimmeres getan. Sie hat mit ihm geredet, und er hätte noch Schlimmeres mit ihr gemacht, aber . . .« Seine Worte erstarben in einem Schmerzensschrei und er stand bewegungslos da und kniff die Augen zusammen. Er spielte den Schmerz für Rhuawn. Es sah wirklich genug aus und viel überzeugender, als er je geschauspielert hatte. Rhuawn ging zu ihm hinüber, nahm ihn am Arm.

»Komm, setz dich«, sagte Rhuawn. »Es ist fürchterlich, ich weiß, wenn man innerhalb von drei Tagen beide Eltern verliert. Dennoch, Vetter, man muß weiterleben. Rhys, besorg ihm etwas zu trinken.« Als ich mich nicht bewegte, riß Rhuawn den Kopf hoch und starrte mich an. »Glaubst du jetzt noch immer Gawain?«

»Ich war dabei«, sagte ich. »Gawain hat sie nicht getötet. Und ich bin sicher, sie hätte ihn getötet oder Medraut, wenn sie gedacht hätte, es könne ihr helfen.«

»Du lügst!« Medraut sprang wieder auf. »Mich hätte sie nie umgebracht. Sie hat es mir gesagt. Mich nicht! Sie, sie ... Gott, aber ich werde dich töten und Gawain und Artus. Besonders Artus ...«

»Still. Mein Herr Artus hat nichts damit zu tun.« Rhuawn war verwirrt. »Rhys, hol ihm etwas zu trinken. Medraut, mein Herr Artus ist nicht dein Feind.«

Medraut schaute ihn an und begann zu lachen. Ich ging, um Met zu holen, und Eivlin kam mit.

Saidi ap Sugyon war diesmal noch weniger erfreut, als er uns sah, aber er gab uns eine weitere Flasche Met. Ich nahm die Flasche und zwei weitere Becher und ging zurück zur Hütte, aber Eivlin sagte ich, sie solle Gawain suchen und ihm sagen, was passiert sei. Agravain mußte jetzt eigentlich ruhig genug sein, um schlafen zu können, wenn er nicht total betrunken war. Und bei Medraut war ich nicht sicher. Dem war alles zuzutrauen.

Außer dem Zischen des Feuers war in der Hütte nichts zu hören, als ich zurückkam. Medraut hatte offenbar nicht den Wunsch, sich trösten zu lassen. Rhuawn hockte wieder vor dem Feuer und stocherte mit seinem Stock darin herum, während Medraut auf dem Bett saß und wieder entspannt und beherrscht aussah. Den Blick hatte er auf den Boden geheftet, und die Finger krallten sich lose um das Heft seines Schwertes. Als ich hereinkam, warf Rhuawn seinen Stock ins Feuer, nahm mir die Flasche Met ab und schenkte sich und Medraut einen Becher ein. Medraut warf einen Blick auf den angebotenen Trunk, also stellte Rhuawn den Becher vor ihn hin und ging wieder zum Feuer.

Gawain kam nur ein paar Minuten später. Eivlin drückte sich hinter ihm herein. Er blieb in der Tür stehen und wartete.

Medraut stand langsam auf. Seine Hand lag noch immer am Schwert, und sein Blick war unerschüttert. Gawain begegnete ihm gleichmütig, obwohl auch seine Hand zum Schwertgriff glitt. »Medraut.« Er sprach den Namen sehr sanft aus. »Du wolltest mich sehen.«

»Rhuawn.« Medraut wandte den Blick noch nicht ab. »Ich will mit meinem Bruder unter vier Augen sprechen.«

»Natürlich.« Rhuawn ging zur Tür, blieb dann stehen. »Vetter, wenn du mit uns nach Camlann kommen willst, mein Herr Artus bietet jedem reiche Gastfreundschaft. Dort wäre ein Platz für dich. Und Freunde, ich selbst darunter. Es wäre für dich vielleicht gut, einmal ein anderes Land zu sehen und die Vergangenheit zu vergessen . . . Ich warte unten am Hügel. Ruf, wenn du Hilfe brauchst.«

Medraut nickte, aber er schaute ihn nicht an, und Rhuawn drückte sich an Gawain vorbei nach draußen.

Eivlin schaute mich an. Ihr Gesicht war bleich. Als ich nickte, folgte sie ihm nach draußen und schloß die Tür hinter sich. Ich blieb. Vielleicht gab es nur wenig, was ich tun konnte, aber unten am Hügel zu warten, die Entfernung schien mir einfach zu groß.

Gawain warf einen Blick auf mich und runzelte ein wenig die Stirn. »Es ist nicht nötig, Rhys.« Ich kreuzte die Arme über der Brust und lehnte mich beim Feuer an die Wand. »Dann laß also deinen Hund bleiben und dich bewachen«, sagte Medraut. »Es ist unwichtig, ob er oder irgendein anderer hört, was wir sagen.« Er holte tief Atem, und das Gold glitzerte auf seinem Schwertgehänge und seinem Halsreif. »Ich wollte nur sehen, was du zu der Wahrheit, der einfachen Wahrheit zu sagen hast. Du hast Mutter umgebracht.«

»Ich?«

»Ja, du. Oh, ich weiß, Agravain hat das Schwert geführt. Aber wenn du sie nicht mit dem anderen Schwert gebrochen hättest, mit deinem Schwert, dann wäre sie noch am Leben. War es süß für dich, das Herrlichste zu vernichten, was die Welt je getragen hat?«

»Medraut. Es war nicht süß, sondern sehr bitter – und dennoch, ich habe sie nicht getötet.«

»Tod und Niederlage, das ist das gleiche, besonders für sie. Und die Schuld hast du auf dich geladen, ob du ihr nun ausweichst oder nicht. Ich weiß es. Das ist es, was ich dir sagen wollte.« Er war unendlich kalt und von ruhiger Eleganz.

Gawain trat langsam an ihn heran. Er blieb stehen, als er nur noch einen Fuß von ihm entfernt war. Auch er war völlig ruhig, aber es war die Ruhe, die über einen Kranken kommt, wenn der Schmerz so groß und so ermüdend ist, daß er aufhört, dagegen anzukämpfen. Seine Stimme war ganz fest. »Vor Gott schwöre ich dir, daß mein Herz, als ich euch verließ, keine Böswilligkeit gegen euch empfand. Früher hätte ich sie vielleicht getötet, aber du selbst hast gesehen, was daraus wurde. Medraut, sie ist tot. Und du hast gesehen, noch ehe wir am Ende gegen sie kämpften, wie wenig du ihr bedeutetest. Laß sie. Es war ein langer, dunkler Traum, Bruder, aber jetzt ist er zu Ende. Wenn du aufwachen willst, ist die Nacht vorbei.«

»Die Nacht ist wirklich, und dein Tag ist nur eine Täuschung. Was ich Rhuawn sagte, das ist wahr. Du bist wahnsinnig, Bruder, du jagst einer Illusion nach und vernichtest die Wirklichkeit. Eines Tages werde ich dein Camlann einnehmen, ich werde deinen Herrn Artus und deine geliebte Familie besiegen und alles in Stücke schlagen, und dann bekommt die Nacht, was ihr zusteht.«

»Dann wirst du das Schönste und Leuchtendste in diesem dunklen Westen zerbrechen. Vergiß die Finsternis, Medraut. Einmal hat dein Herz an anderen Dingen gehangen. Ich weiß, du hast einmal anderes geliebt als die Macht und Morgas. Medraut, ich habe an dich gedacht. Seit ich gegangen bin, habe ich immer und immer wieder an dich gedacht und mich gefragt, was sie wohl mit dir machte. Ich habe gebetet, daß du dich befreien könntest. Kannst du jetzt nicht aufwachen?«

»Ich bin aufgewacht. Sie ist tot. Und was die Liebe angeht, Bruder, ich habe dich einmal geliebt. Deshalb hasse ich dich jetzt um so mehr.« Medrauts Mund verzog sich wieder zu diesem spöttischen Lächeln, und seine Augen glitzerten. Sein Haar leuchtete im Lampenlicht. Neben ihm wirkte Gawain wie ein Schatten. »Aber vielleicht sollte ich gehen und deinen süßen Traum vom Licht anschauen, Bruder. Ich glaube, das werde ich wohl. Ich will Rhuawns Angebot akzeptieren. Ich will nach Camlann gehen, um meinen Vater zu besuchen.«

Gawains Augen weiteten sich nur ein bißchen, aber ein Edelstein blitzte an seinem Halsreif, als er zu schnell Luft holte. Medraut bemerkte es und lachte.

»Ja, meinen Vater. Ich weiß es jetzt, wie du siehst. Mutter hat es mir erzählt. Nachdem Agravain sein Schwert benutzt hatte.« Er schlug hart auf das Heft seines eigenen Schwertes, hart genug, um sich weh zu tun, aber kein Schmerz zeigte sich in seinem Gesicht. Nur ein intensiver Blick, der fast verzweifelt wirkte. »Agravain hatte Angst, weißt du, und er machte seine Sache schlecht. Und dann bekam er noch mehr Angst und rannte hinaus. Ich war gerade aufgewacht aus dem Scheintod, in den deine Zaubereien mich geschickt hatten, aber ich kam zu ihr. Er hatte fest zugeschlagen, von der Basis ihres Halses durch das Schlüsselbein, fast bis zum Herzen. Aber sie lebte noch. Und sie sprach mit mir. Sie sagte, sie hätte mich immer geliebt, nur mich, und niemanden außer mir. Das hat sie gesagt, hörst du!« Gawain schüttelte traurig verneinend den Kopf. »Sie hat es gesagt. Und dann sagte sie noch: ›Und jetzt erfülle unsere Pläne, wenn du mich liebst. Geh zu deinem Vater.‹ Und ich sagte: ›Der Mann, den sie meinen Vater nennen, ist tot. Wen also meinst du?‹ Und sie lächelte.« Zum erstenmal verließ Medrauts Blick das Gesicht seines Bruders, und er starrte zur Tür, in die Nacht. »Sie hat dieses Lächeln gelächelt, bei dem einem das Herz stehenbleibt, dieses Lächeln, das niemand mehr sehen wird. Aber als sie sprach, da sprudelte ihre Stimme vom Blut. Sie sagte: ›Zu deinem wirklichen Vater, der dich in Britannien zeugte, in jenem Sommer, als Uther Pendragon war. Geh zu meinem Bruder Artus nach Camlann. Geh zu deinem Vater.‹ Zuerst wußte ich nicht, was sie meinte. Aber dann verstand ich, und sie wußte, daß ich verstanden hatte. Sie starb lächelnd. Und dann ... dann habe ich Holz um die Hütte gelegt und es angezündet und zugesehen, wie es brannte, bis nur noch Asche da war. Sie ist tot, meine Mutter. Soll ich jetzt zu meinem Vater gehen?« Er lächelte wieder, aber das Lächeln wurde zu einer Grimasse des Schmerzes. Seine Schultern zuckten, seine Hände waren geballt, aber die ruhigen, kalten Augen waren wieder auf Gawain geheftet. Mir war übel.

»Medraut!« Gawain hob in hilflosem Mitleid eine Hand.

»Tod euch allen!« flüsterte Medraut, und dann erhob er die Stimme zu einem Schrei der Qual und Wut. »Tod und Untergang euch allen, ihr Verräter, ihr mörderischen, raubenden, ehrabschneiderischen ...« Der Schrei wurde zu einem wahnsinnigen Kreischen, und dann drehte er sich um und stürzte aus dem Zimmer in die Nacht. Die Tür knallte hinter ihm zu.

Gawain schaute die Tür an, seine Hand war noch immer erhoben. »Medraut«, flüsterte er, und dann senkte er langsam die Hand. Seine Finger schlossen sich, streckten sich wieder. »Medraut.« Ich konnte mich nicht bewegen. Das Feuer zischte laut in der Stille, und die Schatten flackerten um den Herd.

Nach einer Minute setzte sich Gawain auf das Bett. Er sah mich an. Nach einem weiteren Augenblick sagte er: »Es ist wahr«, und seine Stimme war sehr ruhig.

»Artus ist sein Vater?«

»Ja.«

»Inzest? Wo Artus ihr größter Feind war wie auch ihr Bruder?«

»Ja.« Gawain nickte müde und rieb sich mit einer Hand über den Schenkel. Er schaute ins Feuer. »Mein Herr wußte damals nicht, daß er Uthers Sohn ist. Erst etwa einen Monat später, als er für den Pendragon irgendeinen kleinen Feldzug führte und seine Sache gut machte, zog er Uthers Aufmerksamkeit auf sich. Als Uther ihn in seiner Truppe suchte, entdeckte man, daß mein Herr Uthers Sohn war. Meine Mutter wußte es schon vorher. Das war der Grund, warum sie ihn verführte.« Er schaute mich wieder an und sagte einfach und ruhig: »Du wirst niemandem etwas davon erzählen. Es würde meinem Herrn schaden.«

»Sie werden es erraten, wenn er nach Camlann geht. Er sieht wie Artus aus.«

»Wenn sie nur raten, dann schadet es nicht. Gerüchte kann man ignorieren.«

»Aber wird Medraut nach Camlann gehen? Kann er das? Du weißt es, und du kannst Artus sagen, daß er uns alle vernichten will.«

»Der Hohe König muß jedem Edlen, der anklopft, seine Gastfreundschaft bieten. Er kann sie mit Sicherheit nicht seinem Sohn verweigern oder dem Bruder des Königs von den Orcades. Artus wollte mich nach Hause schicken, als ich am Anfang zu ihm kam, aber er konnte es nicht. Medraut wird nach Camlann gehen. Und er wird viele Freunde dort finden, obwohl er in sich selbst ohne Freund bleiben wird.« Gawain stützte die Ellbogen auf die Knie und rieb sich mit den Händen über die Stirn. »Maelgwyn wird uns jetzt ziehen lassen, aber er wird weiterhin seine eigenen Pläne schmieden. Agravain geht nach Hause, nach Dun Fionn auf den Orcades. Wir waren einer Meinung, daß dies das beste wäre. Die Truppe ruft ihn wahrscheinlich während der nächsten paar Tage zum König aus, und die anderen aus dem Clan bestätigen ihn ohne Zweifel, wenn er heimkommt. Zuerst werden wir natürlich Artus besuchen, und Agravain will ihm die Treue schwören. Aber er wird sterben, Rhys. Was er getan hat, wird ihn umbringen. Und . . .« Er preßte die Hände auf die Augen. »Und . . .« Seine Schultern begannen zu zucken, als ob irgend etwas in ihm brach, und er stieß ein leises, gequältes Schluchzen aus.

Ich stand noch an der Wand und schaute ihn an. »Wir können nach Hause gehen, zu meinem Clan«, hatte ich Eivlin gesagt. Und wenn ich ihn verließ, in seinem Kummer, dann konnten wir das auch tun. Er war vorher ohne mich ausgekommen, und ohne Zweifel konnte er das auch wieder.

Aber es ist die Tat eines Feiglings, von einem Leidenden wegzugehen. Ich ergriff seinen Arm. »Mein Herr.«

Er blickte auf. Sein Mund war schmal vor Schmerz, und seine Augen sahen dunkel und erschöpft aus.

»Mein Herr«, wiederholte ich und ergriff seine Schulter. Er nahm mein Handgelenk, wandte den Blick auf und begann zu weinen; es waren stille, hoffnungslose, herzzerreißende Schluchzer, die halb erstickt klangen, als ob er Angst hätte, seinen Schmerz hören zu lassen. Ich hielt seine Schulter umfaßt. Es gab nichts, was ich sagen konnte.

Am Ende konnte ich nicht viel mehr tun, als ihn davon zu überzeugen, daß er noch etwas von dem Met trinken und dann schlafen solle. Er konnte nicht über seinen Schmerz reden, und er konnte auch nicht laut weinen oder viele Tränen vergießen. Ich wußte, am nächsten Tag wäre er wieder höflich und ziemlich kühl, aufmerksam Agravain gegenüber, bereit, mit Maelgwyn Wortduelle auszufechten wegen der Reise nach Camlann und dem Tribut, der dem Kaiser zustand.

Als er schlief, nahm ich den Met und ging hinaus, um Eivlin zu suchen.

Sie wartete noch immer unten am Hügel, obwohl Rhuawn weg war. Sie saß da, die Knie angezogen, und schaute den Mond an. Ich trat hinter ihr heran, blieb stehen und betrachtete das Mondlicht in ihrem Haar.

»Eivlin?« sagte ich.

Sie drehte sich um. Das Licht glitt über ihr Gesicht und schimmerte in ihren Augen, und ein Lächeln verlieh ihr wunderbare Schönheit. »Rhys.« Sie klopfte auf das Gras neben sich, und ich trat heran und setzte mich.

»Ist das Mondlicht nicht wunderschön, da drüben auf den Bergen?« fragte sie. »Aber auf der See, da sieht es noch schöner aus. In Dun Fionn, da kann man von den Klippen aufs Meer schauen, und man sieht die Wellen ganz aus Silber und mit Schaumkronen, und die Wellentäler sind schwarz und bewegen sich.« Sie starrte hinauf zum Mond, einem wachsenden Mond in einem tiefblauen Himmel. »Wie weit es doch von uns entfernt ist, das Juwel der Nacht. Ich frage mich, ob der Mond uns wohl sehen kann.«

Ich schüttelte den Kopf. »Hättest du gern etwas Met?«

Sie lächelte und warf den Kopf zurück. »Ach, alle haben ja etwas getrunken, ja.«

Ich schenkte ein, und wir tranken zusammen, während wir wieder den Mond anschauten. »Eivlin«, sagte ich, als die Becher leer waren.

Sie schaute mich an; ihre Lippen standen ein wenig offen, und ihr Blick war sanft. »Du willst mir sagen, daß du nicht zurückkannst zu deiner Familie und deinem Hof«, bemerkte sie ruhig.

Ich zwinkerte. »Ja ... nein. Ich kann jetzt nicht dorthin zurück.«

»Weil du ihn gern hast?«

»Das auch. Aber mehr, weil er mich jetzt braucht.« Ich zog mir einen Grashalm aus der Erde und musterte ihn beim Mondlicht. Ich konnte die Falte in der Mitte sehen, und all die zarten kleinen Linien seines Wachstums. »Weißt du, er hatte früher nie einen Diener, bis ich kam und ihn darum bat, mich nach Camlann mitzunehmen. Er hat eine verdammt stolze Demut, die ihn dazu bringt, daß er immer jemandem zu Diensten ist. Entweder Artus oder Agravain oder Elidan oder sonst jemandem. Immer konnte man sich auf ihn verlassen, aber er, er konnte sich auf keinen verlassen. Also habe ich angefangen, Dinge für ihn zu erledigen, ohne darauf zu warten, daß er mich darum bittet, und weil er höflich und freundlich ist, machte er Raum für mich. Und jetzt, jetzt ist es soweit, daß er sich auf mich verläßt. Jetzt braucht er mich. Jetzt ganz besonders. Lieber Gott, er hat genug durchgemacht, und jeder andere wäre gebrochen. Ich kann nicht weg. Ich habe mich ihm angeschlossen, mich kümmert das, was in Camlann passiert, ich stecke zu tief drin, als daß ich mich jetzt noch zurückziehen könnte. Recht oder Unrecht, jetzt kann ich nur noch für das Licht leben und Gott bitten, daß Camlann Medraut übersteht und das, was vor uns liegt. Ob wir Erfolg haben oder nicht, ob wir tatsächlich das Licht am Brennen halten, ich habe nicht die Wahl. Ich muß dabeibleiben.« Ich ließ den Grashalm fallen und dachte darüber nach, an was ich mich da gebunden hatte. Ich mußte auch an Morgas' Worte denken.

Eivlin nahm meine Hand. Sie hielt sie in ihren beiden Händen. »Wenn das die einzige Wahl ist, mein Herz, dann ist es wenigstens eine gute. Und er ist ein guter Herr.«

Ich nahm ihre Hände und umfing sie ganz fest, während ich mich ihr zuwandte. Jetzt kam das Schlimmste an der Sache. »Ich will trotzdem, daß du mitkommst. Vielleicht ist das nicht die Welt, in die man hineinheiraten sollte und in der man Kinder großzieht, aber wenn du es könntest . . .«

»Wenn ich es könnte! Hör dir den Kerl mal an! Glaubst du, du kannst mich so einfach wegschieben, Rhys? Laß deinen Clan das ganze Land auf beiden Seiten des Mor Hafren bebauen, und sollen sie da Wurzeln schlagen. Ich komme mit dir. Und zwar immer. Ohne mich zu fragen, hast du einfach gesagt, du würdest mich heiraten. Und jetzt sage ich dir, ohne daß du mich fragst, ich will dich heiraten. In alle Ewigkeit.« Sie hielt inne und fügte dann energisch hinzu: »Aber du mußt dafür sorgen, daß wir in Camlann unser eigenes Haus kriegen, und sorg auch dafür, daß es ein gutes ist. Dein Herr sollte in der Lage sein, das zu schaffen, und es ist das mindeste. Ich will Herrin meines eigenen Hauses sein, wenigstens wäre das eine ganz tolle Sache.«

»Ja«, sagte ich und grinste sie an. »Ja. Das wäre wirklich eine ganz tolle Sache.«

DIE KRONE VON CAMELOT

1

»An Gwynhwyfar, Tochter des Ogyrfan, Augusta, Kaiserin von Britannien«, begann der Brief, »von Menw, Sohn des Cynan, dem Fürsten aus der edlen Sippe der Söhne des Maxentius; ich grüße Dich vielmals. Nun, Cousine, jetzt hast Du sicher auch gehört, daß Dein Vater tot ist, und Du weißt, daß ich in der Herrschaft über unsere Sippe sein Nachfolger bin. Du darfst nicht erwarten, daß ich – wie er – Dir nach dem Munde rede und unser eigenes Schicksal den Verlauf nehmen lasse, den es mag. Ich habe vor, unseren Besitz und unser Vermögen zu mehren, was Du, trotz all Deiner Beteuerungen, daß Du uns liebst, und trotz Deiner Tugend niemals getan hast.

Als wir zum letztenmal miteinander redeten, hast Du mir gesagt, ich spräche wie ein Bettler, und hast mir befohlen, dieses Thema Dir gegenüber nie wieder zu erwähnen. Jetzt aber bin ich der Fürst und Herr von Deinem eigenen Fleisch und Blut, und obwohl Du über unserem Stand geheiratet hast, kann ich das jetzt von Dir fordern und muß nicht länger bitten. Die Ländereien, von denen ich sprach, könntest Du leicht für uns gewinnen. Dein Mann, der Kaiser, liest Dir jeden Wunsch von den Augen ab – so sagt man jedenfalls –, und Du mußt nur dafür sorgen, daß er die Angelegenheit unserem König gegenüber erwähnt, damit Ergyriad uns alles gibt, was wir verlangen, seien es auch Menschenleben anstatt von Ländereien.

Wenn Du uns diesen Dienst verweigerst, dann mach Dir nicht die Mühe, noch einmal zu schreiben. Ich werde wissen, daß Du geruht hast, nicht mehr Teil unserer Sippe zu sein, und wenn ich hier nur irgendwelche Macht besitze, dann sorge ich dafür, daß man Dich dementsprechend behandelt. Du bist nicht besser als wir, gleichgültig, wie hoch Du in der Welt aufgestiegen sein magst, und Du hast kein Recht, Reichtümer und Ehren für Dich zu behalten, die Du mit Deiner Familie teilen solltest. Akzeptiere, daß Du eine von uns bist, tu, was wir fordern, und ich will die Vergangenheit vergessen. Falls Du aber den kaiserlichen Purpur Deinem eigenen Blut vorziehen solltest, dann mußt Du dafür leiden.«

Ich legte den Brief auf den Tisch und starrte ihn an. Dann preßte ich die Handflächen gegen die Augen, als ob das den dumpfen, brennenden Schmerz darin lindern könnte. Wenn ich stillsitzen konnte, wenn ich weder denken noch fühlen konnte, auch nur für eine kleine Weile, dann vielleicht würden Zorn und Schmerz mein Herz nicht so sehr pressen.

Ich erinnerte mich an die Zeit, da ich meinem Vetter Menw gesagt hatte, er spräche wie ein Bettler. Vor drei Jahren hatte ich meinen Mann zu einem Besuch bei den nördlichen Königen begleitet, und wir hatten beim Besitz meiner Sippe die Reise unterbrochen und vorgehabt, eine Woche oder so zu bleiben. Es war das erstemal, daß ich zu Hause gewesen war, seit ich Artus geheiratet hatte und mit ihm nach Süden geritten war, um seine Burg für ihn zu verwalten. Mein Vater war meilenweit geritten, um mich zu empfangen, und er behandelte mich wie die gesegnete Mutter Gottes, die ganze Zeit, solange ich da war. Er hatte es immer genossen, mich zu verwöhnen – ich war sein einziges Kind, und meine Mutter war gestorben, als sie mir das Leben schenkte. Also hatte er niemand anderen, den er verwöhnen konnte. Menw hatte recht, als er das sagte. Und dennoch – darum ging es nicht. Er hätte fähig sein müssen, das einzusehen.

Als ich zwei Tage zu Hause gewesen war, bot Menw mir an, mich zum Haus eines alten Freundes zu begleiten, den ich besuchen wollte. Ich hätte statt dessen auch ein paar von Artus' Kriegern mitnehmen können, aber ich war gerührt, daß mein Vetter sich anbot, und stimmte sofort zu. Als wir noch klein waren, hatte er mich immer irgendwie unterdrückt, und ich glaubte, daß er das wiedergutmachen wollte. Aber kaum waren wir vom

Gehöft losgeritten, als er auch schon anfing, ganz deutlich von der Macht zu sprechen, die ich als Frau des Kaisers haben mußte, und es wurde mir ungemütlich. Ich hatte diese Geschichte schon von zu vielen Bittstellern gehört, als Vorwort zu allzu vielen Bitten um Gerechtigkeit, Geld oder Rache, um es nicht sofort zu erkennen. Und tatsächlich, auf dem Rückweg zügelte Menw sein Pferd auf einem Hügel und schaute über das Land, und in seinen Augen lag ein berechnender Blick.

»Schön!« bemerkte er.

Ich nickte. Die Dämmerung lag purpurn über den Hügeln, und die sanften Sterne des Sommers stiegen im Osten über dem Gehöft empor. Im Norden sprang die Römische Mauer hinter uns in den Sonnenuntergang auf, der die Grenzen des Alten Reiches verbrannte.

»Das Land da«, fuhr Menw fort und zeigte nach Südosten, »gehört nur zum Teil nicht uns.« Sein Tonfall verlieh den Worten »nicht uns« eine eigentümliche Bedeutung, und als ich ihn scharf anschaute, sah ich, daß er ein hinterlistiges, bedeutungsvolles Lächeln zeigte. Menw war ein großer Mann mit dichtem, dunklem Haar und schweren Augenbrauen, und das Lächeln stand ihm sehr schlecht.

»Wolltest du irgend etwas sagen?« fragte ich und hoffte, daß meine Kälte ihn entmutigte.

Aber er schien erfreut, und er schlug mir ganz offen eine Intrige vor, wie man das Land des Nachbarn durch offizielle Urkundenfälschung und durch Betrug erlangen konnte. »Niemand wäre überrascht«, sagte er mir. »Durch dich sind wir nicht nur von Adel und von römischer Herkunft, sondern wir gehören auch zur Sippe des Kaisers. Die Söhne des Hueil sind kaum mehr als Bauern, und noch dazu rebellische – wußtest du, daß sie in Brans Rebellion mitgefochten haben? Und sie sind unehrlich, und sie wiegen falsch, wenn sie handeln, und sie sind keinem von Nutzen. Wir haben mehr Recht auf das Land als solche wie die.«

»Aber was haben sie getan, das verbrecherisch genug wäre, sie der Ländereien ihrer Väter zu enteignen?«

Er schaute verblüfft drein. »Was meinst du damit, was sie getan haben? Es geht darum, was sie sind – und was wir sind.«

»Die Gesetze sind deutlich, Menw. Ich kann dir nicht helfen.«

Sein Blick wurde finster. »Du meinst, du hast nicht den Wunsch, uns zu helfen.«

Ich schüttelte den Kopf. Aber es hatte keinen Zweck, so zu tun, als ob ich ihn mißverstanden hätte und glaubte, daß er nur einen rechtlichen Rat haben wollte. Er wußte, daß ich ihn verstanden hatte, und zornig behauptete er jetzt, das Wohlergehen meiner Familie sei mir gleichgültig. Es hatte keinen Zweck, ihm von den Banden der Gerechtigkeit und der Gesetze zu erzählen; er wollte nicht mehr begreifen, als daß es ein Band gibt, das jeden an seine Sippe bindet. Schließlich wendete ich einfach meine Stute und ritt weiter zum Gehöft hinüber, aber er weigerte sich, das Thema fallenzulassen, und ritt hinter mir her. Er schrie, wir brauchten das Land. Da erst sagte ich ihm, er spräche wie ein Bettler. Da drängte er sein Pferd gegen meines und packte meinen Arm, und sein Gesicht war dunkel vor Zorn, und ich mußte meine Stute anhalten, aus Angst, von ihrem Rücken gerissen zu werden.

»Du selbstsüchtige Füchsin! Was willst du mit all diesen Reichtümern und Ehren? Große Dame, die du sein magst, Kinder hast du nicht, an die du sie weitergeben kannst. Wenn ich dein Mann wäre, dann würde ich dich verstoßen und irgendeine Schlampe heiraten, die mir einen Erben schenken kann. Ich würde dich sofort verstoßen, hörst du? Und wenn er dich verstößt, dann wirst du deine Sippe brauchen. Denk besser darüber nach, wen du einen Bettler nennst, ›edle Dame‹!«

Ich schlug ihm ins Gesicht, entriß ihm meinen Arm, und dann, da ich weder mir noch ihm darin trauen konnte, mehr zu sagen, spornte ich mein Pferd in den Galopp. Er galoppierte hinter mir her und brüllte, aber mein Pferd war schneller als seins, und er kam mehrere Minuten, nachdem ich meine Stute im Hof zum Halten gebracht hatte, am Gehöft an. Ich wartete, bis er abgesessen war, und stieg dann selbst herunter. Ich warf ihm die Zügel meiner Mähre zu, als ob er ein Pferdeknecht wäre, und sagte: »Erwähne dieses Thema nie wieder«, und ließ ihn zurück. Er hielt das schwitzende Pferd, starrte mich an, und seine Augen leuchteten vor machtlosem Haß.

Und jetzt war mein Vater tot, und Menw war Fürst unserer Sippe. Vater, dachte ich, und versuchte noch immer, es zu verstehen. Ich hatte erst in der vergangenen Woche von seinem Tod gehört, und ich glaubte es noch immer nicht so recht. Es ist schwer zu glauben, daß jemand tot ist, wenn man fern von ihm gelebt hat. Der andere hat dann keinen Teil im Muster unseres eigenen Lebens, und man vermißt ihn nicht bei den alltäglichen Dingen. Es schien mir, als ob ich nur nach Hause gehen müßte, und er würde dort warten, genauso jung und stark wie in meinen frühesten Erinnerungen, und noch nicht einmal gebeugt und schwach, wie er bei diesem schrecklichen letzten Besuch gewesen war. Aber mein Vater wartete nicht mehr. Er würde nie wieder zu Hause auf mich warten. Und jetzt, nach diesem Brief, konnte auch ich überhaupt nicht mehr nach Hause gehen.

Ich nahm meine Hände von den Augen und starrte den Brief an. Zu Hause. Das war ein seltsamer Name für das ferne Gehöft im Norden, das ich vor elf – nein, zwölf Jahren verlassen hatte, um in dieser Festung Camlann zu wohnen. Ich versuchte, mich noch daran zu erinnern. Das Haus war vom Urgroßvater meines Großvaters erbaut worden, der sein Land vom Kaiser Theodosius empfangen hatte, dem letzten der römischen Kaiser, der starb, als das Reich noch stand. Dieser Vorfahr – der Maxentius, nach dem wir uns benannten – war ein Militärbeamter der britischen Provinz Valentia gewesen. Er hatte das erstemal, als die Provinz fast von den Sachsen überrannt worden war, tapfer für Theodosius gekämpft, und unsere Ländereien waren sein Lohn gewesen. Er hatte das Haus aus grauen Feldsteinen erbaut, teilweise in der römischen, teilweise in der britischen Art. Sein römisches Atrium war von meinem Urgroßvater mit einem Strohdach versehen worden und wurde dadurch zu einer Halle, und der gleiche Großvater hatte auch den Mosaikfußboden im Atrium ausgegraben und statt dessen dort eine Feuerstelle errichtet. Die Feuerstelle hatte noch immer einen Rand aus gemusterten Fliesen: Ich konnte mich daran erinnern, daß ich auf ihnen gespielt hatte, als ich noch klein war, während die älteren Mitglieder der Sippe am Feuer saßen und sich unterhielten. Mein Vater hatte mir einmal gesagt, daß das Mosaik einen Mann darstellte, der auf einem feurigen Streitwagen durch die Sterne fuhr, und ich pflegte mir früher immer vorzustellen, wie dieses Bild wohl ausgesehen hatte. Der Gedanke rührte mich. Ich war nicht sicher, wie ein Streitwagen aussah – manchmal stellte ich mir das Fahrzeug wie einen Karren vor, manchmal auch wie eine Art Schubkarre –, aber immer konnte ich mir vorstellen, wie es im Feuer über den weiten Himmel fuhr, an den Winden des Himmels vorüber und an den Sternen. Ich spielte, wenn ich auf meinem Pony hinaus in die Hügel ritt, immer, daß ich den Streitwagen fuhr, oder auch manchmal, wenn wir mit unserem Karren vom Gehöft nach Süden fuhren, um Korn zu holen.

Das Land um unser Haus war wild und schön und dünn besiedelt. Das nächste Gehöft lag drei Meilen entfernt und die nächste Stadt – Caer Lugualid an der Küste – einen vollen Tagesritt. Einmal waren näher bei uns andere Städte gewesen. Die Römische Mauer zog sich ungefähr eine Meile von unserem Gehöft vorüber, und in Abschnitten an dieser Mauer entlang lagen die Ruinen von Städten und Garnisonen, die alle schon lange aufgegeben waren. Von der Zeit an, wo ich alt genug war, um ein Stück zu reiten, zog ich immer mit einigen meiner Vettern dorthin und suchte nach Schätzen in den Ruinen. Wir krabbelten unter den eingestürzten Dächern entlang und gingen durch die grasüberwucherten Straßen. Lange Zeit akzeptierte ich die Ruinen, genauso einfach, wie ich die Hügel akzeptierte. Und ich wunderte mich nur über das, was ich in ihnen fand – eine zerbrochene gläserne Flasche, die vom Alter schillerte; eine Kupfermünze mit dem Kopf eines uralten Kaisers; eine winzige Bronzestatue von einem Gott. Aber als ich ein bißchen älter wurde, fing ich an, mich zu fragen, wie es wohl gewesen war, als diese Städte noch voller Menschen waren, wie sie wohl in einem Land gelebt hatten, wo jetzt nur noch so wenige lebten, und wohin sie alle gegangen waren. Eines Tages fragte ich meinen Vater.

»Sie haben das Reich geschützt, mein kleiner Liebling«, sagte er mir. »Es waren Soldaten wie unser Vater Maxentius, die an der Mauer stationiert waren, um Britannien gegen die Sachsen zu verteidigen. Und wie sie gelebt haben – nun, der Kaiser ließ ihnen von Süden her mit den Schiffen Korn bringen. Hunderte von Schiffen brachten es nach Caer Ebrauc, die Küste herauf, dorthin, wo unser König Caradoc heute lebt, und von dort wurde es zu all den Menschen gebracht, die an der Mauer lebten. Und die Schiffe brachten nicht nur Korn, mein Mädchen, sondern auch die Schätze, nach denen du immer suchst. Glas und Gold und Seide und feine Färbemittel und Gewürze aus dem Osten, den ganzen Weg von Konstantinopel, wo der Kaiser regiert.«

»Aber Uther Pendragon ist der Kaiser«, deutete ich an, »und er wohnt nicht in Kon . . . in der Stadt, die du genannt hast, sondern in Camlann, in den Südländern.«

»Uther Pendragon ist der Kaiser der Provinzen von Britannien, das ist wahr. Er ist König über die anderen Könige von Britannien, und ihm fällt hauptsächlich die Aufgabe zu, Britannien gegen die Sachsen zu verteidigen. Aber einmal gab es ein Reich, das über die ganze Welt verbreitet war, und alle Provinzen von Britannien zusammen bedeuteten nur seine westliche Grenze. Und der östliche Teil des Reiches ist noch stark, und er wird von Konstantinopel beherrscht, das liegt so weit weg, daß ein Schiff von jetzt bis zum Michaelistag segeln könnte und es doch noch nicht erreicht hätte.«

»Warum regiert dieser Kaiser dann nicht auch noch Britannien? Und was ist mit all den Menschen an der Mauer passiert?«

»Er hat früher nicht von Konstantinopel aus regiert; er regierte von Rom aus. Die Menschen an der Mauer, Gwynhwyfar, haben die Mauer und Britannien verlassen und sind ausgezogen, um Rom zu verteidigen. Aber sie haben versagt. Und weil sie versagten, gibt es in Rom keinen Kaiser mehr, nur noch einen in Konstantinopel und einen in Camlann.« Und mein Vater erklärte mir alles, was mit dem Fall von Rom zu tun hat. Ich war jung: Ich hatte diese Geschichte noch nie gehört. Aber mein Vater war ein gelehrter Mann und besaß Bücher der Geschichte und Philosophie, aus denen er einiges über die Zeitspanne und die Welt außerhalb der kleinen Gegenwart wußte, in der wir jetzt lebten. Ich war beeindruckt. Ich hatte gelernt zu lesen, zusammen mit meinen Vettern, denn wir waren von Adel und römischer Herkunft. Mein Vater bestand darauf, daß wir lesen lernten, aber bis dahin war meine Kenntnis des Geschriebenen auf einfache Botschaften und auf Rechnungen beschränkt gewesen, zusammen mit der Fähigkeit, stotternd ein Evangelium zu lesen, das zwischen Nachrichten und Rechnungen steckte. Die Geschichte von Rom traf mich wie eine Vision. Ich konnte die Mauer oder die Fliesen um die Feuerstelle oder meine Sammlung von Kleinigkeiten aus den Ruinen nicht mehr ansehen, ohne daß das riesige Imperium vor meinen inneren Augen aufstieg wie die Welt, die sich beim Aufleuchten eines Blitzes enthüllt. Mit der Hilfe meines Vaters fing ich an, mich durch die engbeschriebenen Seiten seiner Bücher zu kämpfen, bis mir die Augen schmerzten.

Ich glaube, daß dies die wichtigste Erinnerung an zu Hause ist: das Zimmer meines Vaters mit seinem Teppich aus Wolfsfell und seiner kupfernen Lampe, ich selbst neben meinem Vater sitzend, sein Arm um mich, und wir beide gebeugt über irgendein Buch, das offen vor uns auf dem Tisch liegt, während wir mit komplizierten lateinischen Abkürzungen kämpfen und uns gegenseitig über unsere Fehler auslachen. Mein Vater war ein einsamer Mann gewesen, bis ich ein Interesse an seinen Büchern zeigte. In einem sanfteren Zeitalter hätte er vielleicht ein Gelehrter sein können. Und wäre er ein unwichtiges Mitglied der Sippe gewesen, dann hätte er sie vielleicht verlassen und Mönch werden können. Aber sein Vater hatte ihn dazu bestimmt, die Fürstenwürde nach ihm zu übernehmen, und die Sippe hatte ihn bestätigt. So konnte er nur sein Bestes geben, um der schweren Verantwortung nachzukommen und sich dabei nicht schuldig zu fühlen, wenn er Zeit mit seinen Büchern verbrachte. Er hatte niemanden außer mir, mit dem er darüber reden konnte. Meine männlichen Verwandten waren nicht sonderlich am Lesen interessiert, abgesehen von dem, was offensichtlich nützlich war. Das war eigentlich auch nicht überraschend. Wir waren von Adel, und das bedeutete, daß sie immer damit beschäftigt waren, die Kunst des Krieges zu lernen, während sie gleichzeitig die Aufgabe meistern mußten, sich um unsere Ländereien zu kümmern. Gelegentlich ritten die Älteren davon und kämpften für unseren König Caradoc von Ebrauc, und dann kamen sie zurück und gaben an mit ihren Leistungen und erweckten in den Jüngeren den Neid. Was meine weiblichen Verwandten anbetraf, so mußten sie spinnen und weben und nähen lernen und schlachten und kochen und das Vieh gegen viele verschiedene gewöhnliche Krankheiten zu heilen und Käse und Met zu machen und Bienen zu halten und hauszuhalten und die Dienstboten zu beaufsichtigen und sich um die Kontobücher des Gehöftes zu kümmern. Ich mußte die gleichen Dinge lernen, aber ich rannte immer schamlos weg, besonders vor dem Kochen und Haushalten (es machte mir Spaß, buchzuführen und – Gott helfe mir – die Dienstboten zu beaufsichtigen), und mein Vater strafte mich nie dafür, obwohl er das vielleicht hätte tun sollen. Manchmal sagte er zögernd: »Gwynhwyfar, du solltest eigentlich beim Geflügel helfen«, und dann antwortete ich: »Natürlich, Vater, aber könntest du mir zuerst erklären . . .«, und zwei Stunden später erklärte er dann noch immer.

Manchmal schämte ich mich, weil ich der Arbeit aus dem Weg ging, und ich schämte mich noch mehr dafür, meinen Vater auf diese Weise zu manipulieren, und dann entschloß ich mich, in der Zukunft braver zu sein, und arbeitete sehr hart an Dingen, die ich am meisten verabscheute. Aber immer rührte sich dann in mir wieder die Bewunderung oder das Erstaunen bei dem Gedanken an die Vergangenheit, und ich ging zurück zu den Büchern und suchte die Antwort für eine Frage, und ich blieb und beantwortete zwanzig Fragen, während die kleinen Sorgen des Tages in den Jahrhunderten versanken.

Unsere Sippe war immer ziemlich beschäftigt. Der größte Teil unseres Landes war nur für Schafszucht zu gebrauchen, aber Weizen bekamen wir von abhängigen Sippen weiter im Süden, und Vieh und Pferde züchteten wir auf den Weiden in den Tälern. Die Ländereien, die mein Vetter Menw jetzt begehrte, waren gutes Land für Vieh. Aber wir brauchten diese Gebiete nicht, um reich zu werden. Unsere Familie war immer eine der wichtigsten Familien im Norden von Ebrauc gewesen. Im Süden und im Westen, selbst im Norden auf der anderen Seite der Grenze, in Rheged, wurden wir respektiert, geehrt und gefürchtet. Über den Osten sprachen wir nicht, als ich noch jung war, denn dort lag das sächsische Königreich Deira, aus dem jederzeit Banden von Kriegern auf Raubzug hervormarschieren konnten, um Gehöfte niederzubrennen und Vieh wegzutreiben. Ein östlicher abhängiger Nachbar erlitt solch ein Schicksal in einem schlechten Winter, und wir konnten nur sehr wenig tun, um den Überlebenden zu helfen. Manchmal wurden im Flüsterton Berichte weitergegeben, daß dieses oder jenes Gehöft genommen worden sei und welche Todesfälle, Vergewaltigungen und Brutalitäten die Opfer erlitten hätten. Manchmal tauchten Elendsgestalten auf und bettelten bei unserem Haus, halb verhungert und verzweifelt. Sie hatten Land und Lebensunterhalt an die Sachsen verloren. Es wurde schlimmer, als ich älter wurde. Solange Uther Pendragon Kaiser blieb, gab es noch eine Art Ordnung, aber als er starb, da fochten die Könige von Britannien darüber, wer ihm nachfolgen sollte, und sie waren zu beschäftigt mit ihrem Kampf, um sich viel darum zu kümmern, daß die Sachsen aus dem Land gehalten wurden.

Dann, im Herbst meines einundzwanzigsten Jahres, ritt der neue Kaiser Artus mit seinen Männern vom Osten herein und ließ eine zerschlagene sächsische Armee hinter sich. Er bat meinen Vater um Gastfreundschaft und um einen Platz, wo er seine Verwundeten lassen konnte.

Ich war beim Hören dieser Geschichte immer voll Ehrfurcht. Ich hatte Berichte von ihm gehört, solange ich mich erinnern konnte. Zuerst war er nur der Leiter des kaiserlichen Heerbannes unter dem alten Kaiser gewesen, aber dann, als der Bürgerkrieg ausbrach, war er der einzige gewesen, der weiterhin gegen die Sachsen kämpfte. Aber nachdem der Krieg sich mehrere Jahre lang hinzog und nachdem im Süden eine massive sächsische Invasion stattgefunden hatte, da forderte Artus den kaiserlichen Purpur für sich selbst und besiegte die anderen, die den Titel des Kaisers gewinnen wollten. Artus hatte kein verbrieftes Recht darauf. Er war zwar der Sohn des Kaisers Uther, aber er war ein Bastard von einer unbekannten bäuerlichen Mutter und ein Mann ohne Sippe, eine Waise, die aus Erbarmen in einem Kloster aufgezogen worden war. Zuerst war ganz Britannien empört darüber, daß er den Thron bestiegen hatte. Aber er war ein unvergleichlicher Heerführer. Er verteidigte nicht nur die Grenzen von Britannien gegen sächsische Invasionen, sondern er drang tatsächlich in die sächsischen Länder ein und brachte sächsische Könige dazu, ihm Tribut zu zahlen und sich dem Imperium zu unterwerfen. Viele der britischen Könige haßten ihn weiterhin wegen seiner niedrigen Geburt, und die Kirche nannte ihn einen Antichristen und Teufel, weil er die Kirche mit Steuern belegte, um seinen Krieg gegen die Sachsen zu bezahlen. Aber mein Vater sagte: »Mir macht es nichts aus, wenn er ein Teufel ist, solange er wie ein Engel Gottes regiert.« Und ich fing an, Artus auch zu unterstützen. Als er also eines grauen Morgens bei unserem Gehöft auftauchte und sein ganzer Heerbann hinter ihm zog, da sparte mein Vater nichts und niemanden, um ihn willkommen zu heißen.

Ich wurde von einer meiner Tanten wachgerüttelt, man erzählte mir unzusammenhängend, was los war, und befahl mir, zu kommen und zu helfen. Ich ging hinaus in die Dämmerung und fand den Hof voller bewaffneter Männer auf großen Pferden, die aus dem Nebel herausragten. Ihre Speere sahen aus wie ein Wald im Winter. Ich sah meinen Vater in der Mitte des Hofes und eilte zu ihm hinüber. Er redete mit einem hochgewachsenen blondhaarigen Mann, der aufblickte, als ich herüberkam. Seine Augen hatten die Farbe des Nebels. »Ach, da bist du ja«, sagte mein Vater. Er klang ruhig, aber ich wußte, daß er sehr aufgeregt war. »Dies ist meine Tochter Gwynhwyfar, mein Fürst. Sie ist ein vernünftiges Mädchen. Du kannst ihr die Verantwortung für die Verwundeten übertragen.« Und mir sagte er in gedämpftem Ton: »Das ist der Kaiser, mein Mädchen. Er hat gerade Fflamddwyn besiegt. Meinst du, wir könnten die Verwundeten in den Kuhstall bringen? Im Haus ist für alle kein Platz.«

Ich hatte angenommen, daß Artus im mittleren Alter wäre. Ich hatte ihn mir als einen grauen, hageren alten Krieger vorgestellt, der den kaiserlichen Purpur so ungeschickt trägt wie die Krähe in der Fabel die gestohlenen Pfauenfedern. Aber er war kaum dreißig, sein Haar und Bart hatten die Farbe des Weizens vor der Ernte, und seine Augen sahen aus, als ob sie die Sonne hinter sich hätten. Als ich herausstammelte, daß wir für die Verwundeten nur einen Kuhstall hätten, da lächelte er und sagte: »Das ist genug«, und dann rief er verschiedene Männer aus dem Nebel wie ein Zauberer, der sie aus der Luft ruft, und sagte mir, ich sollte ihnen auftragen, was sie zu tun hätten. Natürlich sagten mir die Männer letzten Endes, was ich zu tun hatte, und Artus schritt herein, als es halb getan war und als die meisten Verwundeten versorgt waren, um nachzusehen, daß es ihnen gutging. Er hatte sich schon um die anderen gekümmert.

Ich hatte schon früher Verwundete gesehen, in solchen Zeiten. Aber ich hatte noch nie so viele gesehen, die so frisch aus der Schlacht kamen. Ich war verwirrt, entsetzt, ich schaffte es kaum, Artus' Chirurgen zu sagen, wo die Verbandsstoffe waren, oder den Dienern vernünftige Befehle zu erteilen. Die Welt außerhalb unseres Gehöftes, der Rest des Imperiums meiner Träume, war über uns hereingebrochen wie ein Sturm.

Artus blieb nicht lange. Er war eifrig darauf aus, seine Kampagne gegen die Sachsen fortzuführen, ehe der Winter die Straßen unpassierbar machte. Aber er ließ seine Verwundeten bei uns und bat darum, unser Gehöft zu einem seiner Stützpunkte machen zu dürfen, und er versprach mit einem Glänzen trockenen Humors, sich selbst zu versorgen und nicht von uns zu borgen. Das war wichtig. Wie willkommen er uns auch war – sein Heerbann, die ›Familie‹ des Pendragon, zählte fast siebenhundert ausgebildete Krieger, und dazu kamen noch Ärzte, Pferdeknechte, Waffenmeister und ein paar Dienstboten und mehr als zweimal diese Zahl an Pferden. Man brauchte ein Königreich oder zwei, um sie alle zu versorgen, und die meisten Königreiche von Britannien waren berüchtigt dafür, daß sie zum Unterhalt des Heeres nur sehr zögernd beitrugen. Zum Ergebnis neigte die ›Familie‹ dazu, sich zwar hauptsächlich vom Plündern der Sachsen zu ernähren, aber auch Vorräte von da zu nehmen, wo sie sie finden konnte. Die meisten Männer in der Stellung meines Vaters hätten ihr Äußerstes getan, den Kaiser dazu zu überreden, seine ›Familie‹ anderswo hinzuführen – denn man kann sich einem Kaiser nicht direkt verweigern. Aber mein Vater zögerte nur einen Augenblick, ehe er Artus' Vorschlag, einen Stützpunkt zu bilden, zustimmte. Es war offensichtlich, daß Artus diese Zustimmung überraschte, und er war mehr als nur ein bißchen erfreut.

Während des nächsten Jahres war der Kaiser mit größeren Unterbrechungen immer wieder auf unserem Besitz und führte seinen Feldzug gegen die nördlichen sächsischen Königreiche fort. Er konnte den Feldzug nicht beschleunigen, denn seine Streitmacht war viel kleiner als die Heere, die die sächsischen Könige aufbieten konnten. Also wagte er es nicht, sich den Sachsen in der offenen Schlacht zu stellen. Statt dessen versuchte er, sie durch Raubzüge zu ermüden, und tauchte immer plötzlich auf, wenn sie glaubten, er sei hundert Meilen weit entfernt, und den größten Teil ihrer Armeen nach Hause geschickt hatten. Wenn Artus glaubte, die Zeit sei reif, dann würde er seine britischen Unterkönige darum bitten, ihre Armeen zusammenzurufen und eine offene Schlacht gegen die Sachsen zu wagen, aber lange Zeit waren sie dafür zu stark. Artus hatte diese Taktik mit einigem Erfolg gegen die südlichen Sachsen angewendet, aber er erzählte uns, daß sie nicht geschlagen waren, wie wir gedacht hatten, sondern nur aufgehalten. »Es wird weitere drei oder fünf Jahre dauern, bis sie richtig befriedet sind«, sagte er. Auf späteren Besuchen hatte er Zeit, mit uns zu reden. Er sprach hauptsächlich über das Reich. Die Sachsen zu besiegen, das war für Artus nur der erste Schritt zum Ziel, das Reich zu bewahren. Seine klösterliche Erziehung hatte ihn gezwungen, Bücher zu lesen, und er wußte, daß das Reich einmal mehr gewesen war als nur ein Mann in einem purpurnen Umhang, der eine Streitmacht anführte, um die Sachsen zu vernichten, wenn sie zu oft angriffen. Artus hatte über den Wert des Friedens nachgedacht und über unparteiische Gerechtigkeit, und er konnte sich vorstellen, wie es sein würde, in einer Welt zu leben, die nicht dauernd im Krieg mit sich selbst lag. Er und mein Vater redeten bald locker und eifrig miteinander. Wenn Artus vom Reich redete, dann leuchteten seine Augen, und wenn er einen neuen Gedanken gedacht hatte, dann war er unfähig stillzusitzen, sondern sprang auf und schritt im Zimmer umher, und sein purpurner Mantel flatterte. Und dann blieb er plötzlich stehen, wenn er wußte, was er sagen wollte. Ich beobachtete ihn immer und dachte an den Mann auf dem Mosaik, das ich nie gesehen hatte, an den Mann, der den Streitwagen aus Feuer lenkte. Einen Streitwagen wie Artus' Reich, das hoch gefährdet durch die dunklen Ruinen des Westens wirbelte. Ich betete nur, daß dieser Streitwagen nicht zwischen den Winden zerbrach.

Wäre ich ein Mann gewesen, ich hätte Artus wahrscheinlich gebeten, mich in seinem Heer zu dulden. Wie die Dinge aber standen, konnte ich nur dafür sorgen, daß unser Besitz gut geführt wurde, damit er als Stützpunkt für ihn nützlich war, und ich konnte zuhören, während er mit meinem Vater redete – gelegentlich vergaß ich dabei die Bescheidenheit, die man von einer unverheirateten Frau erwartete, und mischte mich ein. Einmal, bei seinem dritten Besuch, stellten Artus und ich fest, daß wir allein miteinander sprachen, während mein Vater uns beobachtete. Wir hielten beschämt inne, und ich meinerseits fürchtete mich plötzlich. Wir betrachteten einander aus einem großen Schweigen heraus. Danach sattelte ich meine Stute und ritt hinaus zur Mauer, unvorsichtigerweise allein in dem grauen Nachmittag. Ich ließ das Pferd im Schritt an den zerfallenen Befestigungen entlanggehen und versuchte, vernünftig zu sein. Warum sollte der Herr Artus, Augustus, Kaiser von Britannien, Notiz von der Tochter eines unbekannten nördlichen Adligen nehmen? Ich würde vernünftig sein, beschloß ich, und nach und nach würde auch die Enge, die sich um mein Herz schloß, wenn er mich anschaute, verschwinden.

Aber als ich zum Gehöft zurückkehrte und meine Stute auf die Weide ließ – in den Ställen war kein Platz für sie, denn sie waren voll von Artus' Männern –, da begegnete ich Artus wieder. Er sah mich, wie ich den Sattel zurücktrug, und eilte zu mir herüber und nahm ihn mir ab. Dann, während er den Sattel über seinen Arm hängte, runzelte er die Stirn, schaute mich an und sagte: »Du mußt eine ganze Strecke weit geritten sein, Lady Gwynhwyfar. Die Satteldecke ist feucht. Für eine Frau ist so etwas nicht sicher, bei solchen Zeiten und so nah der Grenze. Besonders du solltest das nicht tun.«

»Warum besonders ich, mein Fürst?« fragte ich, ehe ich nachgedacht hatte.

Einen Augenblick lang starrte er den Sattel an, dann blickte er plötzlich auf und schaute mir direkt ins Gesicht. Ohne Antwort wandte er sich ab und brachte den Sattel in die Ställe. Er legte ihn an seinen Platz. Ich blieb draußen stehen, und mir wurde klar, daß es nicht mehr nötig war, sich mit mir selbst auseinanderzusetzen, und ich hatte plötzlich noch mehr Angst.

Nach der Ernte heirateten wir, im Jahr nach Artus' erstem Besuch. Mein Vater konnte über die Ehe nur froh sein. Er hatte meinen Wert sehr hoch angesetzt, und deshalb war ich bis zum Alter von zweiundzwanzig Jahren unverheiratet, bis zu einem Alter, wo die meisten Frauen schon zwei oder drei Kinder haben. Aber jetzt war er der Schwiegervater eines Kaisers, und auf seltsame Weise bestätigte sich so auch die Liebe meines Vaters zu mir und bewies gleichzeitig seine Hingabe an das Alte Reich. Mein Vater war stolz und glücklich. Aber sein Schmerz ging tiefer als die Freude, denn ich ließ ihn allein. Ich ging nach Süden, nach Camlann, mit einer Eskorte von Verwundeten und Krüppeln, die Artus aus dem Krieg nach Hause schickte. Ich sollte Artus' Burg für ihn führen und Vorräte auftreiben, während Artus seine Kampagne im Norden zu Ende führte.

Menw hatte mit bitterem Neide von den ›Reichtümern und Ehren‹ gesprochen, die ich empfangen hatte. Aber weiß Gott, die Ehren waren in den ersten Jahren selten, und was die Reichtümer betraf, so hatte ich es schwer, genug zusammenzukratzen, um die Leute in der Festung und die Armee am Leben zu halten. Die meisten Könige von Britannien haßten uns noch immer als Usurpatoren, und sie weigerten sich, Tribut zu zahlen. Unsere Verbündeten mußten wir mit Geschenken bei der Sache halten. Artus plünderte bei den Sachsen – seine Beute waren Vieh und Korn, Schafe und wollene Kleidung, Waffen, Harnische und Kochtöpfe –, und das alles war sehr nützlich. Gelegentlich schickte er mir unverletzte Männer, die ich zu verschiedenen Königen schicken konnte, um den Tribut einzutreiben – aber es war eine verzweifelt harte Zeit! Anfangs war ich wie ein Eindringling in seiner Burg – eine aus dem Norden unter Menschen aus dem Süden, eine Frau von zweiundzwanzig Jahren, die plötzlich Befehl über Männer hat, die schon seit den Zeiten des Kaisers Uther in Camlann dienten. Dazu kam noch, daß es im ersten Jahr eine schlechte Ernte gegeben hatte, und Lebensmittel waren knapp. Ich erinnerte mich an einen von Artus' grimmigen Briefen an mich aus jenem ersten Winter: »Das Bündnis mit Urien nutzt sich sehr ab. Er fängt an, darüber zu klagen, daß er heutzutage noch nicht einmal seine eigenen Krieger unterhalten kann. Ich werde ihn in ein paar Monaten brauchen, ihn und seine Armee: Mach ihm ein Geschenk von sechshundert Stück Vieh und irgend etwas Goldenem – ich hab' all meine eigene Beute an Ergyriad gegeben. Wir haben nichts zu essen und leben vom Land. Die Pferde sind krank. Zehn Männer haben Fieber: Ich hoffe, daß es sich nicht verbreitet. Bitte Urien, irgend etwas zu schicken – besonders Korn –, damit wir in Yrechwydd versorgt sind, denn ich habe den Männern gesagt, daß es dort Nahrung gibt. Wir werden in drei Wochen da sein.« Und ich, die ich die Diener in Camlann gezwungen hatte, von gekochtem Kohl zu leben, schrieb wie wahnsinnig an jeden König zwischen Camlann und Caledonien, um das verfluchte Vieh zusammenzukriegen, und ich entrang einem Kloster ein goldenes Kruzifix. Es klappte. Artus bekam die Verpflegung, und sein Feldzug konnte weitergehen bis zu seinem schließlichen Erfolg. Aber die Kosten – die Kosten! Könige und Kirche beleidigt – im nächsten Jahr weniger Tribut und in Camlann ein dumpfer Zorn, der alles vergiftete. Man kann es einem Mann nicht übelnehmen, daß er böse ist, wenn er einen Monat lang von Kohl gelebt hat und dann zusehen muß, wie sechshundert Stück fettes Vieh nach Norden geschickt werden, aber nicht zu seinem eigenen König, sondern zu einem reichen Verbündeten. Nach einem entsetzlichen Tag, als ich wirklich befürchtete, daß die Hälfte der Diener weglaufen und die Bauern der Umgebung ausrauben würden, da mußte ich mich in das leere Haus einschließen und weinen, bis mir übel war. Ich war allein, fern von meiner Familie und von meinem neuen Mann, und die Leute in Camlann schienen mich zu hassen. Ich weiß nicht, wie ich diesen ersten Winter überlebt habe, und der Winter, der danach kam, war noch schlimmer. Das war das Jahr, in dem ich mein Kind verlor, das einzige Kind, das ich je getragen habe. Vielleicht hatte ich zu schwer gearbeitet, oder vielleicht war mein Körper auch immer falsch gebaut gewesen, aber ich verlor das Kind, einen Jungen, im sechsten Monat mit sehr viel Schmerz und Blut. Einen Monat lang war ich sehr krank danach.

Der Krieg im Norden endete; Artus kam zurück und führte

Krieg im Süden, das ganze zweite Jahr unserer Ehe. Der Feldzug dauerte noch einmal vier Jahre und endete schließlich in einem Sieg. Wir arbeiteten zusammen am Frieden und glaubten, daß sich jetzt all unsere Hoffnungen erfüllten. Wir glaubten, jetzt würde alles gut werden. Aber die Hoffnung, die mir am teuersten gewesen war, zog sich langsam zurück, und als ich dreißig war, mußte ich mir selbst gegenüber endlich zugeben, daß irgend etwas nicht stimmte. Ich würde nie empfangen. Ich war unfruchtbar und würde unfruchtbar sterben. Es war etwa ein Jahr später, daß Menw mir meine Kinderlosigkeit ins Gesicht warf und ich ihm den Schlag austeilte, den er als Unehre betrachtete und den er nie verzeihen würde.

Reichtümer und Ehren. In diesen Jahren des Friedens mochten wohl einige Dinge da sein, die Menw unter diesem Namen erkennen würde. Die meisten der Könige, die uns gehaßt hatten, waren jetzt mit uns versöhnt, und selbst die Kirche reagierte weniger heftig. Die Sachsen zeigten auf mancherlei Weise, daß sie anfingen, sich als ein Teil des Reiches zu fühlen und nicht mehr wie beleidigte und besiegte Feinde. Der Tribut kam regelmäßig herein, und wir waren in der Lage, die Truppe auszuschicken, um Räuber von den Straßen Britanniens hinwegzufegen und den Handel und die Ordnung zu schützen. Aber selbst jetzt lag wenig Bequemlichkeit darin, den Purpur zu tragen. Es war, als ob man versuchte, auf einer Schwertschneide zu gehen. Und es gab jetzt neue Probleme – zersplitterte Bündnisse und Schlimmeres. Es gab Streit innerhalb der Truppe. Ich wünschte mir manchmal, daß wir noch in den Jahren des Krieges wären, wo es wenigstens offene Feinde gegeben hatte und einfache Lösungen auf die Probleme.

Ich hatte keine Zeit, dazusitzen und einen Brief anzustarren. Genau an diesem Nachmittag mußte ich Korn kaufen, um die Festung zu versorgen – ohne Zweifel warteten die Kornverkäufer schon darauf, daß ich herauskam und mit ihnen feilschte. Ich mußte ein Fest für die Boten der Könige von Elmet und Powy arrangieren. Ich mußte einen Teil Wolle aus den Lagerhäusern an die Weber der Burg ausgeben, wenn die ganze ›Familie‹ zeitig Wintermäntel haben sollte. Bald, wenn nicht schon heute, mußte ich einen neuen Vorrat an Eisen für die Schmiede besorgen, denn wir hatten schon seit einiger Zeit keins mehr gekauft, und bald gab es vielleicht eine Eisenknappheit. Ohne Zweifel warteten auch einige Bittsteller darauf, angehört zu werden. Und es erhob sich noch die Frage, was unser Bote dem König von Kleinbritannien sagen sollte.

Dennoch saß ich da und starrte den Brief an und las ihn noch einmal. Wenn du den kaiserlichen Purpur deinem eigenen Blut vorziehst, dann mußt du dafür leiden. Es war typisch für Menw, den Satz so zu formulieren, dachte ich bitter. Ein extremer Satz, ein gewalttätiger Satz.

Ich hatte nie damit gerechnet, wieder nach Hause zu gehen. Selbst als ich wußte, daß ich Artus nie ein Kind, einen Erben schenken konnte, da wußte ich, daß er sich nicht von mir scheiden lassen würde. Während des langen Krieges gegen die Sachsen hatte er sich auf mich verlassen, und oft hatte er mir sogar sein Leben anvertraut. Wir hatten uns, solange der Krieg dauerte, selten gesehen, und seit dem Frieden waren wir im allgemeinen zu beschäftigt, um von irgend etwas anderem zu reden als von den Sorgen des Reiches, aber das Band zwischen uns ging so tief wie das Leben selbst. Artus und ich, wir kannten einander, wie nur solche Leute sich kennen, die sich bis zum äußersten füreinander verausgabt haben, und Artus hätte sich eher das Herz herausgeschnitten, als mich zu verstoßen.

Nein, ich hatte nie damit gerechnet, nach Hause zu gehen. Aber mein Zuhause hatte immer hinter mir gestanden, war immer eine Möglichkeit für mich gewesen. Das Haus und die Hügel, die Römische Mauer, die sich in den Westen hineinzog, und die gemusterten Fliesen um die Feuerstelle. Obwohl ich den Purpur meinem Blut vorgezogen hatte, obwohl ich dafür gelitten hatte, so war es doch irgendwie mein Blut, mein Zuhause und mein ganzes Wesen, das den Purpur gewählt hatte. Von allem jetzt abgeschnitten zu sein, das war, als ob mein Vater noch einmal starb.

Und wenn ich Menw seine Bitte abschlug, dann konnte ich

nie mehr nach Hause gehen. Ich wäre dann so gut wie sippenlos, ausgestoßen aus meiner Familie. Der größte Teil der Sippe stand auf Menws Seite, und sie alle glaubten, daß ich mehr für sie tun sollte. Außerdem war ich schon lange weg. Sie würden sich Menw nicht entgegenstellen, um mich zu unterstützen.

Es war am besten, es hinter sich zu bringen. Ich nahm den Brief auf, erhob mich vom Schreibpult und warf ihn ins Feuer. Er faltete sich langsam auseinander, wickelte sich um die Kohlen, und die Tinte dunkelte, während das Pergament braun wurde, und hob sich scharf und klar und absolut davon ab. Dann fraßen sich die Kohlen hier und da durch, und die Tinte wurde dunkel bis zur Unleserlichkeit, während die Luft voll vom Gestank nach verbranntem Leder war.

Meine Augen brannten, und ich wischte sie mit dem Handrücken und stellte fest, daß meine Hand zitterte. Aber es war jetzt vorbei, und das einzige, was ich tun konnte, war getan. Ich mußte zurück an die Arbeit und durfte nicht mehr darüber brüten.

Ich nahm den hellen Frühlingsumhang auf, den ich über einen Stuhl gehängt hatte, als ich mich hinsetzte, um den Brief zu lesen. Dann hob ich meinen Spiegel auf, um nachzuprüfen, ob ich würdig und beherrscht erschien, wie das einer Kaiserin zukam. Ich sah statt dessen, daß ich weinte. »Es ist der Rauch«, sagte ich laut zu mir, aber ich mußte den Spiegel wieder hinlegen und einen Augenblick stehenbleiben und mit mir ringen. Ich ging ins Nebenzimmer. Ich fand den Wasserkrug und wusch mein Gesicht. Das kalte Wasser kühlte meine heißen Augen, und ich fühlte mich ruhiger, als ich zurückging und wieder in den Spiegel schaute. Besser. Ich konnte es mir nicht leisten, Schwäche zu zeigen – nicht jetzt, wo Camlann in solcher Spannung war.

Mehr Weiß zeigte sich in meinem Haar, das bemerkte ich geistesabwesend, als ich nachschaute, ob es sich nicht gelöst hatte, als ich mir das Gesicht wusch. Nun, rotes Haar paßt nicht zu purpurnen Mänteln. Ich drehte den Purpurstreifen meines eigenen Umhangs nach innen, so daß er sich nicht so sehr mit meiner Haarfarbe biß. Wenn mein Haar weiß wurde, dann konnte ich wenigstens aufhören, auf solche Dinge zu achten. So, das war jetzt das Bild von der Frau, die ich sein mußte: noch immer jünger aussehend als vierunddreißig, das dichte Haar streng zurückgekämmt und hinten am Kopf aufgesteckt, die goldene Halskette, die Reichtum verkündete. Beherrscht und von guter Haltung. Meine Augen waren rot, und ich konnte die Linien der Anspannung nicht von meinem Gesicht glätten, obwohl ich mein Spiegelbild anlächelte und versuchte, es anzulügen. Aber wahrscheinlich würde niemand etwas bemerken, wenn ich mich selbstsicher benahm. Ich holte tief Atem und ging hinaus.

Das Haus, das Artus und ich teilten, lag neben der Festhalle von Camlann auf der Westseite. Es hatte drei Räume: einen äußeren Raum für Besprechungen mit einer Feuerstelle – ein Schlafzimmer und einen Raum zum Waschen. Die Diener, die sich darum kümmerten, wohnten am Fuß des Hügels im Norden, so daß wir ganz für uns waren, obwohl wir bei Nacht selbst Holz und Wasser holen mußten. Das Haus schaute nach Norden, und man konnte von dort den am dichtesten besiedelten Teil der Festung sehen: die Straße vor den Toren, die an den Ställen vorbei zur Festhalle führte. Die Halle bedeckte den Gipfel des Hügels. Sie stand östlich des Zentrums im gemauerten Hof. Die Hänge des Hügels sind im Osten sehr steil, und die Häuser an dieser Seite kleben im Winkel an diesem Hang. Als ich in der Tür des Hauses stand, blickte ich hinaus auf die zusammengedrängten Häuser am Straßenrand, wo die Hühner im Staub scharrten, und auf die Ställe, die sich am Nordhang ausbreiteten, wo ein paar Pferde an der Longe trainiert wurden und in der Sonne auf dem Übungshof im Kreis liefen. Weiter unten am Hang wurden die grünen Flecken zwischen den Häusern größer, und die riesige graue Masse der Mauern durchbrach das Muster – festgesetzter Stein mit einer hölzernen Zinne darüber. Die Tore wurden von einem einzigen Wachturm geschützt, aber weil jetzt Friedenszeiten waren, standen sie offen. Dahinter streckte sich die Straße in die

Ferne; sie wandte sich nach Osten durch das Flickenwerk der Felder, des Ödlands und der Weiden und durch die umgepflügten Äcker. Es war April, und die Schwalben, die aus dem fernen Süden zurückkehrten, fingen schon an, auf ihren Schwingen Kreise um das Dachgebälk der Festhalle zu ziehen, während Löwenzahnblüten das Gras bedeckten und die Apfelbäume, die hier und da verstreut standen, Knospen zeigten. Am Morgen hatte es geregnet, aber jetzt stand die Sonne am Himmel, und alles glitzerte. Das Licht war so scharf, daß es in die Seele zu schneiden schien. Hier war Camlann, hier war meine Burg, das starke Herz des Reiches. Ich holte noch einmal tief Atem, dann wandte ich mich ab und ging an der westlichen Mauer der Halle hinab nach Süden, wo die Lagerräume waren.

In der Burg herrschte gewöhnlich am Ende des Winters Kornknappheit, und manche Bauern, die feststellten, daß sie etwas übrig hatten, nutzten das aus, um das alte Korn zu einem hohen Preis zu verkaufen. Eine Anzahl von Bauern war an diesem Morgen angekommen, und man erwartete von mir, daß ich mit ihnen um ihre Produkte handelte. Der Haushofmeister hätte es auch tun können, aber der konnte schlecht feilschen, und er zog auch keinen Nutzen aus den Informationen, die wir von den Bauern über den Zustand der Dinge auf dem Land erhalten konnten. Solche Berichte waren aber unschätzbar für mich. Wenn es darum ging, große Mengen von Gütern später im Jahr zu kaufen, dann setzte der Preis, der in Camlann gezahlt wurde, den Preis für den ganzen Süden fest, und die Menge, die Camlann nahm, regelte das Angebot überall. Es war also sehr wichtig für mich, zu wissen, was außerhalb der Burg passierte, genauso wichtig wie das, was drinnen geschah.

Ein halbes Dutzend Karren war an den größten Speicher herangefahren, und ihre Besitzer – schmallippige, unabhängige freie Bauern – saßen in einer Reihe auf den Karren und schauten sauer drein, weil ich zu spät kam. Normalerweise machte es mir Freude, mit ihnen zu handeln, denn auch ihnen machte das Feilschen Spaß, und sie übten es wie eine Kunst. Jetzt aber fand ich das alles zum Wahnsinnigwerden, und ich wünschte, ich hätte einfach einen vernünftigen Preis nennen und es hinter mich bringen können. Statt dessen sprachen wir von der Menge des Saatgetreides, das den Bauern zur Verfügung stand, und von dem Betrag, für den das Korn auf einem gewöhnlichen Markt verkauft werden konnte. Es ging um den Mangel und dann wieder um den Überfluß an Korn in Camlann und auf dem Land, um den Wert der Waren, die Camlann als Gegenleistung für das Korn bot, um den Mangel oder den Wert dieser Waren und um die Kosten. Als wir uns schließlich der wichtigen Frage näherten, ob die Bauern Bezahlung in Vieh, Wollstoffen oder Metall wünschten und wieviel davon, da kam der Führer des Fußvolks der ›Familie‹, Cei ap Cynyr, an der Mauer der Halle entlanggestürmt, sah mich und arbeitete sich zu mir durch. Cei war ein sehr großer Mann, der größte in der ›Familie‹. Er besaß eine gewaltige Masse von sandrotem Haar und trug immer große Mengen auffallenden Schmucks und leuchtendgefärbte Kleidung, so daß es unmöglich war, ihn zu übersehen, selbst wenn er friedlich gestimmt war. Aber jetzt war er deutlich aufgeregt und in Wut. Ich bereitete mich darauf vor.

»Dieser goldenzüngige, ölige Bastard!« schrie er und schob einen Bauern beiseite. »My Lady, du mußt mit Rhuawn sprechen und ihn dazu bringen, daß er mir eine Entschuldigung bietet, oder ich kämpfe gegen ihn – ich schwöre es bei meinem Schwert –, und ich schone ihn nicht. Trotzdem ist es nicht seine Schuld, sondern die Schuld dieses heimtückischen Wiesels von den Ynysoedd Erch.«

Ich nahm seinen Arm und führte ihn eilig beiseite. Ich wußte, wer das ›heimtückische Wiesel‹ war, aber es war besser, die Bauern, die Außenseiter, nicht wissen zu lassen, um was es bei den Streitigkeiten innerhalb der ›Familie‹ ging – obwohl jetzt schon der größte Teil von Britannien wissen mußte, daß Artus' unbesiegbare, früher auch unteilbare Streitkraft von gewalttätigen Parteien auseinandergerissen wurde. Der Streit ging jetzt schon lange genug, so daß er berüchtigt geworden war. Fast seit der Zeit, als das ›Wiesel‹ in Camlann angekommen war.

»Was hat Medraut denn jetzt getan?« fragte ich.

Cei spuckte aus. »Ach, er hat nichts getan – wenigstens nicht direkt. Würdest du das von ihm erwarten? Nein, der redet nie einem Mann offen ins Gesicht. Er läßt hinter seinem Rücken irgendeine erlogene Geschichte fallen und läßt einen anderen dafür kämpfen.«

Die Bauern schauten bei diesen Worten sehr interessiert drein, und ich machte beruhigende Handbewegungen. Medraut ap Lot war der jüngste Sohn der Königin Morgas von den Orkneyinseln, die auf britisch die Ynysoedd Erch genannt werden, die »Inseln der Furcht«. Medrauts Mutter war die legitime Tochter des Kaisers Uther und Artus' Halbschwester. Medraut hatte seine Mutter angebetet, und sie hatte gewollt, daß er nach dem Tod ihres Mannes König der Inseln wurde, obwohl man überall glaubte, daß er nicht der Sohn ihres Mannes war, sondern geboren aus einer ehebrecherischen Affäre. Aber Morgas war tot, ermordet von ihrem ältesten Sohn Agravain aus Rache für eine ihrer Intrigen und um ein Gerücht, nach dem sie mit dem Tod ihres Mannes zu tun hatte. Die königliche Familie der Inseln hatte Agravain zu ihrem neuen König gemacht, trotz des Mordes. Die Königin war ihrem Ruf nach eine Zauberin gewesen, und die königliche Sippe hatte sie nicht geliebt, obwohl sie zuviel Angst vor ihr hatten, um ihr irgend etwas abzuschlagen. Vor Medraut fürchteten sie sich nicht so sehr, und Medraut war nach Camlann gekommen, während der neue König, sein Bruder, der lange für Artus gekämpft hatte, zurückkehrte und die Inseln beherrschte. Medraut war sehr verbittert gegen Agravain. Aber der unmittelbare Grund des Streits war im allgemeinen sein anderer Bruder, Gawain, der auch in Camlann lebte und einer von Artus' vertrautesten und geschätztesten Gefolgsleuten war. Gawain wurde von Medraut anscheinend noch mehr gehaßt als Agravain, obwohl er keinen Teil an dem Mord gehabt hatte.

Und der größte Teil der Streitereien fand zwischen Medrauts Freunden und Gawains Freunden statt, zu denen auch Cei gehörte.

Cei warf einen Blick zu den Bauern hinüber und senkte die Stimme. »Rhuawn hat angefangen, Gawain für den Tod der Zauberin von den Ynysoedd Erch die Schuld zu geben. Er wiederholt die Geschichte jetzt seit Jahren wie einen Katechismus, so daß die Hälfte der ›Familie‹ glaubt, Gawain hat seine Mutter ermordet – als ob die Hexe es verdient hätte, überhaupt am Leben zu bleiben! Von wem kann die Geschichte stammen, außer von Medraut? Ach, es ist eine alte Geschichte; so alt, daß ich sie mir schweigend anhören muß und nichts sage. Aber als Rhuawn es wagte, zu behaupten, daß Gawain die Verhandlungen mit Kleinbritannien behindert und absichtlich dem Friedensschluß da drüben im Weg steht, wegen irgendeines eingebildeten Schwachsinns – als ich gehört habe, wie Rhuawn das zu seinen Freunden sagte, da ging ich hin, noch während er redete, und sagte ihm, er sei der Schwachsinnige, wenn er solches Gefasel glaube. Und Rhuawn sprang auf, die Hand am Schwert, und nannte mich einen blinden, störrischen Narren, der nicht sehen könne, was vor seinen Augen läge, und er beschuldigte mich, dem Kaiser zu schmeicheln, daß er Falschheiten glaube – und das in der Gegenwart von vier anderen! My Lady, ich könnte Artus darum bitten, von Rhuawn eine Entschuldigung zu fordern, aber ich will den Mann nicht demütigen. Du kannst ihn überreden, sich zu entschuldigen – tu es, um Gottes willen, oder ich kämpfe morgen gegen ihn, und obwohl er ein Narr ist, habe ich nicht den Wunsch, ihn zu versehren.«

Ich nickte. Mir war übel. Dieser Streit war typisch. Ich hatte schon zu oft zu viele Krieger dazu überreden müssen, sich zu entschuldigen, und ich konnte die Tatsache nicht mehr verschleiern, daß meine Sympathien vollkommen bei Gawain lagen. Das bedeutete, daß es für mich immer schwieriger wurde, auch Mitglieder von Medrauts Partei für mich zu gewinnen – und Rhuawn gehörte zu Medrauts Partei.

Krieger neigen dazu, die besten Jahre mit Streitereien zu vertun. Es wird ihnen beigebracht, eine Beleidigung oder eine Schwäche als Unehre zu betrachten, und das einzige Mittel, was es gegen Unehre gibt, ist das Schwert. Sie streiten sich meist im Winter, wenn sie auf engem Raum zusammenleben – die dreihundert Mann, die in unserer Halle schliefen, hatten mehr Platz als die meisten – und wenn sie wenig zu tun haben. Im Sommer können sie in den Krieg ziehen, wenn es Kriege zu kämpfen gibt, oder sie können auch Räuber bekämpfen und Geleitschutz bieten oder wenigstens auf die Jagd gehen. Dann sind sie gewöhnlich friedlich. Aber die Streitereien in Camlann waren ernster. Sie legten sich nicht mit dem warmen Wetter. Jahrelang waren sie ständig schlimmer geworden, und die normalen Methoden, mit denen man sie ausräumte – Schmeichelei und Bitten auf beiden Seiten –, funktionierten weniger und weniger gut. Ich fürchtete um die Zukunft.

»Wenn Rhuawn sich entschuldigt«, sagte ich Cei, »dann mußt du ihn um Entschuldigung dafür bitten, daß du ihn schwachsinnig genannt hast.«

»Muß ich das, beim Himmel? Er ist schwachsinnig, weil er solche Verleumdungen glaubt!«

»Die Verleumdung ist Gawains Angelegenheit. Wenn jemand ihn ins Gesicht beschuldigt, dann kann er eine Entschuldigung verlangen, und wir können dafür sorgen, daß er sie auch bekommt, wenigstens, was die Verhandlungen mit Kleinbritannien betrifft. Es ist aber nicht deine Angelegenheit, Rhuawn für Gawain zu bekämpfen, edler Herr. Laß Gawain seine Ehre selbst bewachen. Er ist ja nicht gerade hilflos.«

»Er ist zu höflich. Und niemand wird ihn ins Gesicht beschuldigen, wenn er ihn auch bekämpfen muß: Entweder entgeht Gawain deshalb den Beleidigungen, oder er dreht sie um.«

»Es ist trotzdem seine Angelegenheit. Und wenn du nicht den Wunsch hast, gegen Rhuawn zu kämpfen, edler Herr, dann wirst du dich entschuldigen müssen.« Ich sagte das schärfer, als ich das meinte, denn ich wurde langsam ungeduldig.

Cei fing wieder an, zu protestieren. Aber einer der Bauern, der auch ungeduldig geworden war, kam herüber und schlug einen Preis für sein Korn vor und fragte, ob er akzeptabel sei. Es war zuviel Geld, und ich wußte es, aber ich schnappte: »Vielleicht«, und ging zurück, um alles zu erledigen. Cei lungerte hinter mir herum wie eine große, rote Gewitterwolke und wartete darauf, daß ich fertig wurde.

Als wir uns endlich auf einen Preis geeinigt hatten – und der Preis war noch immer zu hoch, da ich nicht in Stimmung war, geduldig zu feilschen, und diese südlichen Bauern lassen sich beim besten Willen nicht übers Ohr hauen –, da wurde ich noch von einem Bittsteller abgelenkt. Ein Junge, der in einem der Karren gesessen hatte, sprang heraus und kniete vor mir nieder.

»Was gibt's denn?« fragte ich müde.

»Edle Königin«, begann er und schaltete dann auf ein erstaunlich gutes klassisches Latein um. »Hohe Frau, ich bin gekommen in der Hoffnung, einen Platz im Dienst des Kaisers zu finden.«

Ich hatte irgendeine Klage über eine Nachbarsippe erwartet, und ich schaute den Bauern an, in dessen Karren der Junge gesessen hatte, und war überrascht. »Ist das nicht dein Sohn?«

Der Bauer schüttelte den Kopf. »Nein, Hohe Frau. Ich habe ihn nur von Baddon mitgenommen. Aber er ist ein guter, freundlicher Junge. Hör ihn an.«

Ich seufzte und schob eine lose Haarsträhne zurück. Noch eine Bitte um Dienst in Camlann. Immer kamen Leute und boten sich an, jedes nur vorstellbare Handwerk bei uns auszuüben, und viele akzeptierten wir auch. Aber viele nahmen wir nicht. Ich hatte jetzt keine Lust, die Fähigkeiten dieses Jungen abzuwägen, nachdem ich den Brief gelesen hatte und Cei drohend hinter mir aufragte. Aber ich befahl mir, stark, nobel zu sein, und lächelte den Jungen an. Cei schnaufte ungeduldig.

»Was für einen Platz meinst du, junger Mann?« fragte ich auch auf Latein und musterte ihn. Er sah aus, als ob er ungefähr dreizehn wäre – für dieses Alter war er von mittlerer

Größe, und er besaß eine Masse blasses Haar, das ein schmales Gesicht umrahmte, und ein paar erstaunlich dunkle Augen. Er war kein Bauernjunge, entschied ich. Sein Latein war zu gut, und in seinem Gesicht lag eine nervöse Feinfühligkeit, die für einige Erziehung sprach.

»Ich . . . bei deiner geheiligten Freundlichkeit, ich bin gewillt, fast alles zu tun. Aber ich möchte lernen, ein Krieger zu sein.«

Cei schnaufte wieder. »Junge, mach der Hohen Frau keinen Ärger. Geh zurück zu deiner Familie, und lauf in Zukunft nicht mehr weg.«

Der Junge errötete, dunkles Rot überzog sein Gesicht. »Ich . . . ich . . .« stammelte er.

Ich lächelte noch einmal, um ihm Sicherheit zu geben. »Wie ist dein Name?« fragte ich. »Und wo wohnt deine Familie? Du bist eigentlich zu jung, um auf eigene Faust Dienst zu suchen.«

»Sie nennen mich Gwyn«, sagte er. »Den Namen meines Vaters kenne ich nicht. Und ich habe keine Familie, abgesehen von meiner Mutter. Und sie lebt in einem Kloster in Elmet. Gnädige Königin, ich bin gewillt, fast alles zu tun, wenn du mich hierbleiben läßt und ich zum Krieger ausgebildet werde. Ich weiß, daß ihr hier Knaben zu Kriegern ausbilden lassen müßt. Alle Söhne der großen Krieger – wie dieser Herr hier«, er schenkte Cei ein nervöses, bittendes Lächeln, »müssen auch Krieger werden. Sicherlich wäre es keine Belastung, wenn noch ein weiterer zu ihnen stößt?«

»So ist er also der Bastard einer Nonne, aufgezogen bei Nonnen«, sagte Cei. »My Lady, schick ihn weg. Wir haben schon mehr Diener, als wir ernähren können, und wir brauchen nicht noch einen halberwachsenen Träumer von einem Nonnenbastard.«

Als Cei anfing zu reden, war der Junge noch roter geworden, aber am Ende seiner Worte wurde er weiß. Er sprang auf die Füße, fing an, eine Antwort zu stammeln, und schwieg dann. Er blinzelte elend. Offenbar war er wirklich der Bastard einer Nonne, und er mußte ein Träumer sein, wenn er sich so sehr wünschte, ein Krieger zu werden, daß er gewillt war, das Zuhause, das er besaß, zu verlassen und allein nach Camlann zu gehen und sich anzubieten, ›fast alles‹ zu tun, um die Kunst des Krieges zu lernen.

»My Lady«, begann Cei wieder und kam zurück zu dem Thema, das die ganze Zeit seine einzige Sorge gewesen war, »wie kann ich mich Rhuawn gegenüber entschuldigen, nach all seinen Verleumdungen?«

Aber mir tat der Junge jetzt leid. »Du bist zu alt, um noch Krieger zu werden«, sagte ich ihm sanft, und ich ignorierte einen Augenblick Cei und die Bauern. »Die meisten Jungen beginnen mit ihren Übungen im Alter von sieben bis neun.«

»Aber ich habe ja damals angefangen, edle Dame, auf eigene Faust!« schrie der Junge und glitt wieder ins Britisch zurück. »Und ein Mönch im Bruderhaus beim Konvent meiner Mutter, der hat mich auch gelehrt – siehst du, der war früher Krieger. Nur – ich muß noch mehr wissen.«

»Sei stille, Junge«, schnappte Cei, aber ich hob die Hand und gebot ihm zu warten.

»Kannst du lesen, Gwyn?« fragte ich.

Der Junge nickte eifrig. »Ja, edle Dame. Und ich kann schreiben, Buchschrift und auch Kursiv. Meine Mutter wollte, daß ich Priester werde, und hat dafür gesorgt, daß ich schreiben lerne. Sie hat es mir selbst beigebracht.«

Ich schaute Cei an und hob eine Augenbraue. »Selbst hier gibt es eine Knappheit an Dienern, die lesen können«, sagte ich. »Ich könnte einen Schreiber brauchen, der die Inventare niederschreibt und für mich Buch führt.«

Cei zuckte die Achseln. »Wie es dir gefällt, my Lady. Es ist Zeitverschwendung, irgendeinem kleinen Priester-Bastard aus einem Konvent die Kunst des Krieges beizubringen, aber wenn du einen Schreiber brauchst, dann behalte ihn um Gottes willen. Wirst du mit Rhuawn sprechen?«

»Du magst bleiben«, sagte ich dem Jungen. »Geh in die Halle und frage nach Gweir, dem Haushofmeister. Der kümmert sich um dich. Und heute abend werde ich meinen Herrn

Artus bitten, dir einen Platz als Diener zuzuweisen. Ja, Cei, ich werde mit Rhuawn sprechen, aber ich verspreche ihm, daß du dich auch entschuldigst, wenn er es tut. Ihr guten Leute«, sagte ich zu den Bauern, »wenn ihr mit mir kommen wollt, dann sorge ich dafür, daß ihr den Preis für euer Korn bekommt.«

Die Bauern waren zufrieden. Cei brummelte zustimmend, und Gwyn war überglücklich. Als nächstes mußte ich also mit Rhuawn sprechen – obwohl ich, solange ich noch in den Lagerräumen war, auch wegen der Wolle für die Weber nachsehen mußte. Und dann kam noch das Fest am Abend.

Ehe der Nachmittag halb vorüber war, sprach ich mit Rhuawn, und schließlich überredete ich ihn, sich bei Cei zu entschuldigen. Aber ich wußte, daß keiner der beiden Krieger damit zufrieden sein würde. Ihre Versöhnung würde sein, als ob man zwei Stücke von einer zerbrochenen Schüssel zusammenpreßte; sie hielten vielleicht, wenn man sie vorsichtig behandelte, eine Weile zusammen, aber der Bruch war noch immer so tief und ungeheilt wie zuvor. Am Anfang hatte Rhuawn mir gar nicht zugehört. Er hatte mich nur mit einer Art Mißtrauen gemustert und mir höfliche, bedeutungslose Antworten gegeben. Am Ende unserer Unterhaltung war er wärmer geworden und sagte mir, er bedaure seine harten Worte. Aber Ceis Beleidigung sei für einen ehrenhaften Mann zu schwer zu ertragen gewesen und so weiter, und so weiter.

Aber als ich wieder den Hügel hinauf zur Halle ging, erinnerte ich mich immer wieder daran, wie anfangs sein Blick von mir seitwärts abgeglitten war. Das Mißtrauen wuchs. Ich konnte jetzt kaum noch die Kluft zwischen den beiden Parteien überbrücken, und wenn alles so weiterging wie bisher, dann würden Rhuawn und seine Freunde mich bald als Feind betrachten. In der Tat – mir war bewußt, daß Gerüchte um mich kreisten, daß Unterhaltungen plötzlich verstummten, wenn ich herankam. Nur, bis jetzt waren keine Gerüchte über mich geglaubt worden.

Als ich mich den Küchen näherte, wo ich die Vorbereitungen zum Fest in der Nacht überprüfen wollte, rief jemand meinen Namen. Artus' Zweiter im Kommando, der Feldherr und Führer der Reiterei, Bedwyr ap Brendan, eilte auf mich zu.

»My Lady Gwynhwyfar!« rief er noch einmal. »Mein Herr Artus schickt mich, dich zu suchen. Er will vor dem Fest heute nacht noch eine Besprechung führen über die Situation in Kleinbritannien.«

Ich blieb stehen und versuchte, meine Gedanken zu ordnen. Ich stieß meine Pläne für den Nachmittag über den Haufen. »Nun gut, Herr«, sagte ich nach einem Augenblick, »aber ich muß zuerst in der Küche noch ein paar Anordnungen treffen, oder es wird heute abend kein Fest geben.«

Er nickte und lächelte und paßte sich meinen Schritten neben mir an. Als Artus' Feldherr war Bedwyr natürlich auch bei der Besprechung, also hatte er nichts anderes zu tun, als auf mich zu warten.

Bedwyr war ein vielschichtiger Mann. Er war Artus' bester Freund, wie auch der beste Freund von Cei. Aber er unterschied sich von Cei, wie das bei einem Menschen nur möglich ist, und er war auch anders als die meisten anderen Krieger. Er kleidete sich einfach, ohne die bunten Farben oder den Schmuck, den die Krieger lieben. Er hatte sehr dunkles, braunes Haar und braune Augen, und er trug seinen Bart kurz geschnitten. Gewöhnlich war sein Gesichtsausdruck ruhig und aufmerksam. Sehr wenig entging ihm. Er war Bretone und stammte aus dem Südosten von Kleinbritannien, aus einer edlen Familie von römischer Herkunft. Er hatte auch eine römische Erziehung genossen, denn das Römische ist in Gallien stärker als in Britannien. Aber er hatte nicht viel darauf geachtet. Er schloß sich dem Heer des Bran an, dem jüngeren Sohn des Königs von Kleinbritannien, der Artus' Verbündeter wurde. Dort gewann er schnell Ruhm und Autorität, denn er war ein gefährlicher Reitersoldat, und er hatte die Klarheit der Gedanken, die Selbstbeherrschung und die Macht der Persönlichkeit, die einen Mann im Krieg zu einem Feldherrn macht. Als sein Herr Bran die See überquerte, um Artus in seinem Kampf gegen die Könige von Britannien um den Purpur zu helfen, da war Bedwyr einer seiner Kapitäne. Aber er wurde in der Schlacht verwundet, in der Artus die Krone gewann, und verlor seine Schildhand – seit damals schnallte er im Kampf seinen Schild fest an den Arm. Diese Begegnung mit dem Tod hatte seiner früheren Rücksichtslosigkeit ein Ende gesetzt. Er wurde bekehrt zu der Philosophie, die er als Junge gelesen hatte, und nahm sich vor, nach Kleinbritannien zurückzukehren und Mönch zu werden. Statt dessen begegnete er Artus, und nach einer einzigen Unterhaltung hatte er sich entschlossen, daß es besser wäre, für Gott zu kämpfen, als in einem Kloster über ihn nachzudenken. Ein paar Dutzend Krieger waren ihm gefolgt und hatten den Eid auf Artus geschworen, und Bran hatte wehmütig bemerkt, er sei nach Britannien gekommen, um Artus zum Titel zu verhelfen und nicht zu seinen eigenen besten Kriegern. Aber Artus lächelte und machte Bedwyr zu seinem Führer der Reiterei.

Dennoch, selbst als Leiter von Artus' Kavallerie und später, als Artus diesen Posten nicht mehr besetzte, als Feldherr hatte Bedwyr seine philosophische Distanz beibehalten. Er war ein sehr guter Mensch, und nie seit seiner Bekehrung waren niedrige oder grausame Handlungen von ihm bekannt geworden. Er hatte eine Leidenschaft für die Ehre, aber als ich ihm das erstemal begegnete, schien mir das seine einzige Leidenschaft zu sein. Ich fand ihn kalt. Er war niemals unhöflich, aber er hatte mir nur sehr wenig zu sagen, und er schaute mich nicht einmal lange an. Nachdem ich einige Zeit versucht hatte, mich mit ihm anzufreunden, und das nicht erreichte, nahm ich an, daß Bedwyr wie viele Philosophen mit Frauen wenig im Sinn hatte. Ich fand das um so ärgerlicher, als er nur vier Jahre älter war als ich und keineswegs ein graubärtiger Weiser. Es verwirrte mich, daß so viele andere, die ich liebte, ihn auch liebten. Und ich fing an, ihm seine Kälte mit einem – gleichermaßen höflichen – Widerwillen heimzuzahlen.

Als allerdings Medraut in Camlann ankam und die Streitereien begannen, da entschied ich, daß die Burg diese stille Feindschaft zwischen der Frau des Kaisers und seinem Feldherrn nicht tragen konnte, und wieder einmal bemühte ich mich, freundlich mit ihm zu sein. Lange Zeit erlebte ich wieder keine Fortschritte – und dann, eines Nachmittags, über irgend etwas ganz Trivialem, lächelte Bedwyr mich an. Sein Lächeln veränderte sein Gesicht in einer Weise, die ich noch niemals bemerkt hatte, denn niemals zuvor hatte ich ein Lächeln von ihm empfangen. Die dunklen Augen waren warm und freudig, sein Blick war mit einer Aufmerksamkeit auf mein Gesicht geheftet, die nicht mehr ruhig und gedankenvoll war, sondern lebendig und eifrig. Dann sah ich, daß ich mich die ganze Zeit geirrt hatte: Er war nicht kalt. Seine Distanz – das war der Schutz eines stolzen, ehrenhaften Kopfes gegen ein leidenschaftliches Herz. Er war einmal hart und gewalttätig gewesen, hatte sich von Launen beherrschen lassen, und jetzt war er entschlossen, nur noch seinem Verstand zu trauen. Ich entschied, daß seine philosophische Ehre ihn dazu geführt hatte, Frauen zu meiden, so daß er kaum wußte, wie man mit ihnen reden muß. Aber niemals war er bewußt mein Feind gewesen. Ich fing an, ihn zu mögen, und er hatte aufgehört, kalt und förmlich bei mir zu sein. Mit der Zeit vertraute ich ihm, wie Artus ihm vertraute. Das war das einzig Gute, das sich aus Medrauts Anwesenheit in Camlann ergab.

Bedwyr wartete, während ich der Frau des Haushofmeisters ein paar Anweisungen wegen des Festes gab, und führte mich dann aus den Küchen fort. »Mein Herr Artus muß jetzt schon einige Zeit auf uns warten«, bemerkte er ohne Aufregung. »Wo bist du gewesen, my Lady. Ich hatte erwartet, dich in den Lagerräumen zu finden, und in der Tat, man sagte mir auch, du wärst dort hingegangen.«

Ich seufzte. »Ich hab' die Lagerräume verlassen, um Rhuawn zu besuchen – ja, noch ein Streit. Mit Cei!«

»Ach! Und wird Rhuawn sich entschuldigen?«

»Ja. Wie auch Cei. Aber Gott weiß, wie lange der Frieden dauert.« Und ich dachte wieder an Rhuawns Blick, der mir auswich, und an das Mißtrauen und an den Verdacht.

Bedwyr schaute mich eine Weile an und sagte dann: »Und?«

»Und? Ich mach' mir Sorgen um die Zukunft. Bald wird es mir nicht mehr möglich sein, Rhuawn noch mehr Entschuldigungen abzulocken und irgendeinem anderen von . . . seiner Partei. Was aber den Streit selbst betrifft, so war er nicht schlimmer als all die anderen Streitereien.«

»Nun gut. Aber besorgt siehst du dennoch aus, my Lady, und mehr als bei den anderen Streitereien.«

Ich ging ein paar Schritte weiter, ehe ich ihn anschaute. Sein Blick lag auf meinem Gesicht; er wartete. »Ja, ich mache mir Sorgen«, sagte ich ihm. »Aber es geht um eine persönliche Angelegenheit.«

Sein Gesichtsausdruck wurde klar. »Um deinen Vater. Verzeih mir. Ich hätte es wissen und meinen Mund halten sollen.«

»Selbst du kannst dich nicht an alles erinnern, edler Herr. Da gibt es nichts zu verzeihen.«

»Hast du seit damals von deiner Sippe gehört?«

Er versuchte, mir den Kummer um den Tod meines Vaters zu lindern, indem er mich daran erinnerte, daß ich noch eine andere Familie hatte. Er versuchte, freundlich zu sein. Und ich verwirrte ihn, als ich abrupt stehenblieb und die Hände zusammenkrampfte und mit mir selbst kämpfte. Ich war müde, dachte ich, aber ich würde nicht schwach werden und mich meinem Kummer und meinem Zorn nicht so unterwerfen. Im vergangenen Monat hatte es soviel zu tun gegeben, und die Stimmung in der Burg war so verbittert, daß ich oft zu angespannt gewesen war, um Schlaf zu finden.

»My Lady?« Bedwyr war stehengeblieben und schaute mich an. Er betrachtete mich mit Sorge.

Ich machte eine abwehrende Handbewegung. »Ich habe einen Brief von meinem Vetter Menw bekommen. Er . . . wir haben uns vor Jahren gestritten. Er ist jetzt das Oberhaupt der Sippe. Er . . .« Ich hielt inne, denn ich schämte mich dafür, daß Menw einen Betrug verlangt hatte, und ich schämte mich, ihn beschuldigen zu müssen, meinen eigenen Vetter. Ich wollte nicht von diesem Brief reden.

Bedwyrs Kinn wurde fest. Er drehte sich um und ging weiter, und er schaute mich nicht an. Ich ging mit. »Du solltest es engstirnigen Menschen nicht erlauben, dich zu bekümmern, my Lady«, sagte er.

»Leichter gesagt als getan, Herr Bedwyr. Wie die meisten philosophischen Ratschläge.«

Er schaute mich wieder an, und er lächelte nicht. Er ließ sich auch nicht von meinen Versuchen ablenken, ihn zu zerstreuen. Halb unwillig fing ich an, ihm von dem Brief zu erzählen.

Wir waren bei meinem Haus, ehe ich fertig war. Die Frühlingssonne stand noch hoch, obwohl der Nachmittag schon halb vergangen war, und das Licht fiel warm und schwer auf unsere Köpfe und Flanken. Im Haus spielte jemand Harfe, und die sanften Töne zogen klar und fließend in die Stille, als wir stehenblieben und ich meine Erzählung schnell zu Ende brachte. Bedwyr und ich schauten einander an.

»Das war tapfer, Lady«, sagte er leise. »Kein Zweifel – es war sehr bitter, von zu Hause ins Exil zu gehen, aber es war tapfer. Wenn Zeit wäre – aber unser Herr wartet.«

Artus wartete in der Tat. Er saß da und starrte ins Feuer, und er hatte die Füße gegen den Rost gestemmt. Herr Gawain ap Lot, der der Botschafter in Kleinbritannien sein sollte, war auch anwesend. Er war derjenige, der die Harfe gespielt hatte. Artus konnte nicht spielen, denn das Harfespiel ist eine edle Kunst, die man in Klöstern wie in dem, wo er aufgezogen wurde, nicht unterrichtet. Aber er hörte gern zu. Als Gawain uns sah, stellte er die Harfe schnell hin und stand auf, um uns zu grüßen, und Artus richtete sich auf, nahm die Füße vom Rost und deutete uns mit einer Handbewegung an, daß wir Platz nehmen sollten.

»My Lady«, sagte Gawain und neigte den Kopf. Dann nahm er meine Hand und lächelte mich und Bedwyr an. »Und Bedwyr – wir glaubten schon, du wärst bis nach Ynys Witrin geritten, so lange hast du gebraucht, bis du da warst.«

»Lady Gwynhwyfar hat einen Streit zwischen Rhuawn und Cei geschlichtet«, sagte Bedwyr ruhig und nahm seinen Platz zu Artus' Rechten ein.

Artus zog die Mundwinkel schmerzlich nach unten und schaute mich an. »Noch ein Streit?«

Ich nickte und ließ mich müde auf meinem Platz am Schreibpult nieder, Artus gegenüber. Gawain setzte sich wieder, und alles Lächeln war vergangen. Er starrte ins Feuer. Er wußte, um wen es bei dem Streit gegangen sein mußte. Ich betrachtete ihn einen Augenblick, wie er sehr dunkel und still in seinem scharlachroten Mantel dasaß, mit seinem juwelenbesetzten Schwert, und wie seine schwarzen Augen durch die Flammen in eine andere Welt zu schauen schienen, wie immer, wenn er bekümmert war. Er hatte in letzter Zeit abgenommen. Teilweise war das seinen Reisen zuzuschreiben – er war erst in der vergangenen Woche aus Kleinbritannien zurückgekehrt, und weder die Verhandlungen noch die Reise waren leicht gewesen. Aber die Situation in Camlann mußte für ihn fast unerträglich sein. Ich sehnte mich danach, diese Zurückgezogenheit, diesen unirdischen Abstand zu überbrücken und den Schmerz zu lindern und ihn zu bemuttern. Aber das war unmöglich. Er war nur vier Jahre jünger als ich, und er war schwierig zu bemuttern. Wie Cei gesagt hatte – er war zu höflich. Ich mußte zusehen, wie er die Feindschaft ertrug, die sein Bruder gegen ihn erzeugt hatte, und konnte nichts sagen.

Und es ist jetzt nicht nur die Feindschaft gegen ihn, fügte irgend etwas in meinem Unterbewußtsein hinzu. Eines Tages wird es die Feindschaft gegen mich sein und selbst gegen Artus. Medraut wird die Menschen in der Burg gegen uns wenden. Und es wird bald sein, bald.

Ich schaute meinen Mann an, der darauf wartete, daß ich über den Streit berichtete. Schon jetzt schmerzte ihn der Zwist genausosehr, wie er Gawain schmerzte, denn er liebte die ›Familie‹ noch mehr als sein Reich, wenn das überhaupt möglich wäre, und die Teilung der Familie bedeutete ihm ständige Qual.

»Cei hat eine Bemerkung gehört, die Rhuawn einem seiner Freunde gegenüber machte«, sagte ich Artus, »und dann hat er Rhuawn deswegen einen Narren genannt. Rhuawn gab die Beleidigung zurück. Es wurden keine Schwerter gezogen und keine Schläge ausgeteilt, und sie haben sich darauf geeinigt, sich wieder zu versöhnen.«

Artus nickte. Aber seine Augen waren kalt und bitter. »Was war das für eine Bemerkung?«

Ich zögerte und schaute Gawain an.

»Tut so, als ob ich nicht hier wäre«, sagte Gawain und warf uns ein halb ironisches Lächeln zu. »Ich habe die Bemerkung nie gehört, und ich brauche deshalb gegen niemanden zu kämpfen.«

Ich zögerte wieder – aber schließlich betraf diese Bemerkung ja genau das Problem, weswegen wir zusammengekommen waren. »Er hat dich beschuldigt, die Verhandlungen mit Kleinbritannien absichtlich zu behindern. Es tut mir leid.«

Gawain schüttelte den Kopf. Er berührte kurz das Heft seines Schwertes, mehr, um sich zu versichern, als im Zorn. Dann faltete er die Hände um die Knie und starrte wieder ins Feuer. Er fühlte sich verantwortlich für die Streitigkeiten und hatte Artus einmal gebeten, ihn von der ›Familie‹ wegzuschicken, damit Streit vermieden würde. Artus hatte sich geweigert.

»Wir können nichts mehr tun, um dieses Mißverständnis auszuräumen«, sagte Artus und schaute seinen Krieger an. »Wir schicken dich ja schon zurück nach Kleinbritannien. Niemand kann sagen, daß ich dir mißtraue.« Gawain nickte, aber er sah nicht glücklicher aus.

»Und die Anschuldigung wird noch mehr entkräftet, wenn wir eine Einigung mit Macsen erreichen können. Gehen wir also jetzt zum unmittelbaren Thema über.« Er heftete seinen Blick auf Gawain, bis der Krieger aufblickte, wehmütig lächelte und zustimmend den Kopf neigte. »Erzähl uns noch einmal, was Macsen behauptet.«

Macsen war der König von Kleinbritannien in Gallien. Sein Königreich war ursprünglich von Britannien her besiedelt worden und deshalb eng an Britannien gebunden und den gleichen Gesetzen unterworfen. Es genoß auch die gleichen Privilegien. Solange Macsens jüngerer Bruder Bran noch König war, hatte es Frieden gegeben, denn Bran war Artus' Verbündeter gegen die meisten Könige von Britannien, als Artus Anspruch auf den Thron erhoben hatte. Aber Bran und sein Bruder Macsen waren lange Zeit Rivalen gewesen, und als ihr Vater starb, da war es fast zu einem bewaffneten Konflikt zwischen den beiden gekommen. Nur Brans Bündnis mit Artus und Artus' Macht hatten damals den Krieg verhindert, und Bran hatte die Wahl zur Königswürde gewonnen, die Macsen für sich beanspruchte. Jetzt war Bran tot, gefallen bei einem Grenzkonflikt mit den Franken im vergangenen Herbst, und Macsen wurde an seiner Stelle erwählter König der königlichen Sippe von Kleinbritannien. Verständlicherweise war er Artus gegenüber feindselig eingestellt, und das ganze Gewebe des Gesetzes und der Sitte, das Britannien und Kleinbritannien verband, war jetzt in Gefahr. Wir hatten Gawain als Botschafter zu Macsen geschickt, sobald das Wetter die Reise zuließ, und er hatte sich Macsens Behauptungen und Rechtfertigungen zwei Wochen lang angehört, ehe er zurücksegelte, um sich mit uns wegen der Antworten und Zugeständnisse, die wir machen wollten, zu besprechen. Gawain war als Botschafter unschätzbar. Er war von königlicher Geburt und mußte deshalb überall in Ehren empfangen werden. Er war an einem intrigenreichen Hof aufgewachsen und fand sich ohne Schwierigkeiten durch jedes Labyrinth aus politischen Intrigen hindurch. Er konnte lesen und sprach ein gutes Latein, wie auch Britisch, Irisch und Sächsisch, und in allen vier Sprachen war er ein beredter Unterhändler. Aber bei Macsen hatte das alles nichts genützt, und ich konnte nicht anders – ich hatte den Verdacht, während wir wieder Macsens Forderungen durchgingen und unsere möglichen Antworten, daß Gawain auch auf dieser Mission bestenfalls einen begrenzten Erfolg erreichen konnte. Es war unwahrscheinlich, daß Macsen einen Krieg mit uns riskierte, aber ohne Zweifel würde er jeden Trick anwenden, um seinen Willen zu bekommen. Und wenn Gawain gezwungen wurde, zu weiteren Besprechungen zurückzukehren, dann würden die Beschuldigungen gegen ihn wachsen und Kraft gewinnen und damit auch die Frage: »Warum unternimmt Artus nichts?« Und die vielsagende Antwort darauf: »Artus wird betrogen. Artus ist ein Narr. Artus ist parteiisch und blind.« Mir schauderte.

Die Besprechung war zu Ende. Wir hatten uns geeinigt, daß Gawain in zwei Tagen wieder nach Kleinbritannien reisen würde, und er und Bedwyr gingen. Artus und ich konnten uns für das Fest am Abend vorbereiten. Ich fing an, mein Haar zu lösen, denn es sollte ein offizielles Fest sein, auf dem ich eindrucksvoll aussehen mußte. Ich band mir das Haar mit Gold auf. Artus schaute mich müde an.

»Soviel über König Macsen«, sagte er. »Obwohl ich in der Tat glaube, daß wir den Ärger mit ihm genausowenig hinter uns haben wie den Ärger mit diesem Fuchs Maelgwyn von Gwynedd. Gwynhwyfar, mein Herz, mir wird speiübel beim Gedanken an diese Könige.«

Ich suchte meinen Kamm, fand ihn. »Unglücklicherweise können wir diese Könige nicht absetzen.«

Er schnaufte. »Jeder Versuch hätte zur Folge, daß wir abgesetzt werden. Und sie haben ein Recht auf ihre Königreiche.« Er stand auf und ging rastlos im Raum umher. Dann blieb er stehen, stützte die Hände auf den Tisch und fragte in die Luft: »Was soll ich nur tun?«

Ich wußte, daß er nicht mehr an Macsen von Kleinbritannien oder an irgendeinen anderen König dachte. Ich hatte den Unterton des Schmerzes schon gehört. Öfter und öfter während des vergangenen Jahres war er nachts starr und schweißbedeckt aufgewacht und hatte gerufen: »Morgas!« Es war immer Morgas, immer seine tote Halbschwester, die seine Alpträume erfüllte, und nie der wahre Grund seiner Alpträume, Morgas' Sohn Medraut. Aber es gab einen Grund dafür, und in der Nacht, als er hörte, daß Morgas tot war, hatte er ihn mir erzählt. Er hatte es niemand anderem gesagt, noch nicht einmal Bedwyr. Gawain wußte es, aber das kam daher, daß Morgas auch seine Mutter gewesen war, und Artus hatte früher angenommen, daß er alles wußte.

»Was soll ich nur tun?« fragte Artus wieder und wandte sich

von der Mauer ab. »Ich muß Dinge beweisen, die offensichtlich sein sollten, ich muß beweisen, daß ich Gawain traue, Gawain, bei dem auch der schlimmste Tyrann keine Untreue vermuten würde. Und wenn ich eine Lüge durch eine öffentliche Geste widerlegen könnte, wenn ich sie widerlegen könnte, ohne ihr die Substanz zu geben, die ihr die Anerkenntnis geben würde, dann wäre ich auch nicht besser dran. Denn zehn weitere Lügen sind aufgetaucht. Und dennoch – ich kann ihren Ursprung mit nichts bekämpfen. Denn er redet nicht von Verrat, und er leugnet, daß er die Gerüchte ins Leben gerufen hat, mit einem Gesicht von vollkommener Unschuld. Er benutzt selbst meine eigenen Fragen gegen mich. Wenn ich ihn doch ins Exil schicken könnte! Aber aufgrund welcher Anklage?«

»Ich dachte, wir hätten uns entschlossen, den Sturm so gut wie möglich durchzustehen«, sagte ich.

»Ich habe mich entschlossen. Bedwyr stimmte mir zu, du und Gawain nicht. Schick ihn auf die Inseln, hast du gesagt, selbst wenn es aussieht wie ein verbrecherischer Bruch der Gastfreundschaft. Aber dafür ist es jetzt zu spät. Er hat Freunde.«

»Er hat Freunde.« Ich legte den Kamm nieder; er fühlte sich in meiner Hand sehr schwer an. »Es wäre auch nicht mehr sicher, ihn auf die Inseln zu schicken. Sein Bruder ist ... krank.«

Der älteste Sohn der Morgas, Agravain ap Lot, König der Orkneys seit dem Tod seines Vaters, war in der Tat ein gebrochener Mann. Sein Muttermord hatte ihn vernichtet, und jetzt, nach allem, was man hörte, trank er sich zu Tode. Sein Vater hatte noch sehr viel Macht über das Piktenland und die westlichen Inseln wie auch über die Orkneys gehabt, aber diese Macht schlüpfte jetzt durch Agravains schlaffe Finger, und seine Sippe und seine Landsleute waren nicht erfreut darüber. Medraut auf die Inseln zu schicken, jetzt, wo sie so reif waren für Intrigen, das wäre für uns genauso gefährlich wie grausam gegen Agravain, der schließlich Artus' Gefolgsmann gewesen war und tapfer viele Jahre lang für ihn gefochten hatte und schon genug litt.

»Selbst wenn es sicher wäre, könnte ich ihn nicht ins Exil schicken. Ich habe nichts, was ich gegen ihn vorbringen kann. Gwynhwyfar, wie hast du gewußt, daß so etwas passieren würde? Du hast mich gewarnt, schon in der ersten Nacht, als er kam.«

Ich dachte an Medraut, wie er in der ersten Nacht gewesen war. Er hatte am Hohen Tisch gesessen, während des Festes, das wir zur Begrüßung seines Bruders, des neuen Königs Agravain, gegeben hatten. Er hatte einen safranfarbenen Mantel getragen, und das Fackellicht hatte sich in seinem blonden Haar gefangen und es leuchten lassen. Er war ein schöner junger Mann – von mittlerer Größe wie sein Bruder Gawain, stark, elegant, ein guter Reiter und ein fähiger Krieger. Die meisten seiner Gesichtszüge waren wie Gawains – oder wie Morgas', nehme ich an –, die gerade Nase und die feingemeißelten Wangenknochen, die gleichen schmalen, langfingrigen Hände. Aber seine weit auseinanderstehenden grauen Augen und der feste Unterkiefer erinnerten an Artus, und ich hatte in ihm die gleiche leidenschaftliche Hingabe gespürt, die ich bei meinem Mann so gut kannte. Aber diese Hingabe hatte einem ganz anderen Ziel gegolten, da war ich sicher. Und selbst wenn Medraut lächelte, hatte ich mich gefürchtet.

Ich schüttelte den Kopf. Dann stand ich auf, ging hinüber zu meinem Mann und legte die Arme um ihn. Er bewegte sich nicht; nur sein Herz schlug gleichmäßig an meinem. »Ich hab' es nicht gewußt«, flüsterte ich an seiner Schulter. »Ich hatte nur Angst. Ich weiß nicht warum. Du und Bedwyr, ihr wolltet Gründe, und ihr hattet recht. Es wäre ungerecht gewesen, ihn zu verdammen, ohne ihn vorher anzuklagen.«

»Du hattest auch Gründe.« Artus löste sich von mir und sank in den Sessel. »Du hast genug mit Menschen zu tun gehabt. Ich sollte dir trauen, wenn du sagst, daß jemand lügt. Und ich hätte auch Gawain zuhören müssen – er kennt Medraut besser als irgendein anderer. Aber ich dachte, er hätte den Tod seiner Mutter noch nicht genug verwunden, um klar zu denken, und ich dachte, du wärst übervorsichtig und vielleicht eifersüchtig. Und ich war entschlossen, ein Risiko einzugehen. Das hätte ich nicht tun sollen. Der Einsatz ist zu hoch.«

»Du hättest ihn auch nicht einfach ablehnen können. Er ist dein Sohn.«

Artus zuckte zusammen und wandte den Blick von mir ab. Er lehnte sich gegen den Tisch und starrte den Rauchfleck an, den die Lampe an der Wand hinterlassen hatte. Medraut war sein Sohn, geboren aus einer Blutschande, die er vor sechsundzwanzig Jahren mit seiner Schwester Morgas begangen hatte. Er hatte damals nicht gewußt, daß sie seine Schwester war; er hatte auch nicht gewußt, wer sein Vater war. Sie war eine verheiratete Frau gewesen, die bei ihrem Vater, dem Kaiser, wohnte, solange ihr Mann im Krieg im Norden von Britannien kämpfte. Und Artus war einer von den Kriegern ihres Vaters gewesen, ein Bastard, der in einem Kloster aufgewachsen war und der durch Fähigkeit und Glück sich einen Platz im kaiserlichen Heer erkämpft hatte. Sie hatte ihn mit Aufmerksamkeiten bedacht, ihn verfolgt, ihm gesagt, ihr Mann sei grausam, und schließlich hatte sie ihn in einer Nacht nach dem Fest zu Ehren seines ersten Sieges verführt. Er war damals achtzehn gewesen. Kurz danach hatte er entdeckt, daß Uther sein Vater war, und von Morgas erfuhr er, daß sie es die ganze Zeit gewußt hatte. Der schwarze Schrecken dieser Entdeckung hatte ihn seit damals verfolgt.

Artus hatte mir dies erzählt, als er hörte, daß sie tot war, und er hatte gesprochen, als ob er sich diese Geschichte ausriß wie ein monströses Krebsgeschwür, das in seinem Fleisch vergraben lag. Ich hatte geweint, aber seine Augen waren trocken geblieben. Er war grausam gegen sich selbst. »Ich wußte, was sie vorhatte, als ich aus der Halle kam und sie im Schatten warten sah«, sagte er. »Und ich habe mitgemacht. Ich erlaubte nur den Ehebruch, aber das war genug. Und dieser eine Augenblick der Zustimmung wird sich über mein ganzes Leben erstrecken, und wenn Gott gerecht ist, dann dauert er in alle Ewigkeit. Jetzt ist sie tot, und ich kann sie nicht mehr bekämpfen, kann . . . ihr nicht mehr entrinnen.« Er nahm den Brief auf, der die Nachricht enthielt, starrte ihn an und sagte still, so still, daß ich ihn kaum hörte: »Ihr Sohn – unser Sohn – hat sie angebetet.«

Und dennoch, als Medraut in Camlann aufgetaucht war, hatte er mehr verwirrt als feindlich gewirkt. Wir wußten von Gawain, daß Morgas Medraut das Geheimnis seiner Geburt erzählt hatte, und Gawain hatte darauf bestanden, daß sein Bruder jetzt Artus' tödlicher Feind sei. Aber Medraut wirkte eher verwirrt: Er war sehr verbittert gegen seinen Bruder, aber unsicher, was er jetzt tun sollte, wo seine geliebte Mutter tot war. Das hatte Artus die Hoffnung gegeben, er könne Medraut vielleicht für sich gewinnen. Gawain hatte uns gesagt, Medraut sei einmal ein freundliches Kind gewesen, und sie hätten sich in der Jugend sehr nahegestanden. Gawain selbst hatte seiner Mutter Morgas einmal gehuldigt, aber danach hatte er sich aus ihrem Griff befreit. Artus hatte gehofft, Medraut könne vielleicht das gleiche tun. Vielleicht hatte er sogar gehofft, den Schatten der Morgas durch ihren Sohn zu bekämpfen und ihr zu entrinnen. Jedenfalls hatte er Medraut einen Platz in Camlann zugewiesen. Und ich konnte es ihm nicht übelnehmen, daß er nach diesem Kind seiner Feindin hungerte, nach dieser goldenen Jugend. Ich hatte ihm keinen Sohn geschenkt, überhaupt kein Kind. Vielleicht lag sogar ein Stückchen Wahrheit in seiner Annahme, daß ich Medraut fürchtete, weil ich eifersüchtig auf ihn war. Ich konnte das nicht glauben, aber in solch einer Angelegenheit war es auch leicht, daß ich mich selbst belog. Artus' Feindin hatte ihm einen Sohn aus Haß geschenkt, während ich, die ich meine Augen und mein Gehör dafür gegeben hätte, ein Kind zu tragen, unfruchtbar war.

Ich saß auf der Kante des Tisches, nahm Artus' Hand und hielt sie in meinen beiden Händen. Mein Herz schmerzte wieder um ihn, und ich war sehr müde. »Mein Liebster«, sagte ich, »wir haben uns entschlossen, diesen Sturm durchzustehen. Wir haben schon Schlimmeres ertragen. Quäl dich nicht damit.«

»Es wird bald Kämpfe geben. Meine Männer fangen vielleicht an, sich gegenseitig wegen Medraut umzubringen. Was soll ich dann tun?«

Ich wußte es nicht. Ich konnte nur seine Hand halten und sie pressen, bis der dunkle Traum getrübt wurde und er mich wieder anschaute. Dann küßte ich seine Hand und den Ring an seinem Finger, den Siegelring, auf dem der kaiserliche Drache eingeschnitten war.

Er stieß einen tiefen Seufzer aus, und die gespannten Muskeln entspannten sich ein wenig. Er streckte die Hand aus und strich mir das Haar aus dem Gesicht. »Mein Herz«, sagte er, »ja, wir mögen es vielleicht überleben. Alles kann vielleicht noch gut werden.« Er erhob sich, küßte mich und fügte hinzu: »Aber jetzt gibt es ein Fest für die Botschafter. Wir müssen uns darauf vorbereiten.«

Ich nickte und kämmte mein Haar fertig. Ich fühlte mich so erschöpft, als ob ich den ganzen Tag auf der Reise verbracht hätte, auf schlechten Straßen.

Das Fest war prächtig und glanzvoll, und die Botschafter der Könige von Elmet und Powys wurden so großartig unterhalten, wie das einem kaiserlichen Hof zukam. Unsere siebenhundert Krieger füllten nur die halbe Festhalle, und der Rest der Plätze wurde von den Frauen der Verheirateten eingenommen – wir hatten die Sitte, nach der Frauen in der Halle nicht zugelassen sind, fallengelassen, wenigstens bei manchen Gelegenheiten. Auch der Troß der Botschafter war dabei und Priester und Machthabende und Bittsteller aus ganz Britannien. Fackeln in den Halterungen an den Mauern erleuchteten die Halle, und die beiden großen Feuerstellen an jedem Ende schickten Licht und Wärme zum hohen Dach hinauf. Die weißgekälkten Schilde an der Wand leuchteten, und die Tische waren voll vom Glitzern des Schmucks und der Waffen und der gestickten Umhänge, während die Halsbänder der schlanken Kampfhunde hier und da das Licht selbst unter den Tischen einfingen. Es gab Rindfleisch und Wild, Schweinefleisch und Lamm und wilde Vögel zu essen und Met und Wein, der aus Kleinbritannien importiert war, bis die Halle in Kreisen zu wirbeln schien. Und es gab Musik, Lieder von Artus' oberstem Barden Taliesin, den man den großen Poeten von Britannien nannte, und auch von anderen Sängern, bis die Tische zu den Tönen der Harfe zu schweben schienen.

Cei und Rhuawn versöhnten sich beim Fest, still, aber öffentlich. Artus gewährte drei Bitten, eine Bitte um Gnade für einen Verbrecher, eine um gerechte Schlichtung einer Fehde und eine für den Knaben Gwyn, der seinen Platz in Camlann bestätigt haben wollte. Ich ließ ihn hereinrufen, und er stand vor dem Hohen Tisch und sah sehr dünn und sehr furchtsam aus. Artus lächelte ihn sanft an.

»Mein Herr«, sagte Cei, der sich an seinen Ärger vom Nachmittag erinnerte und wegen der erzwungenen Versöhnung gereizt war, »warum schickst du diesen Jungen nicht nach Hause und suchst der Kaiserin statt dessen einen richtigen Schreiber? Der Junge ist nur ein Bastard aus einem Kloster, und wahrscheinlich ist er weder mit der Feder noch mit dem Schwert von Nutzen.«

Artus musterte Cei scharf, und einer seiner Mundwinkel zuckte. Die schwarze Stimmung des Nachmittags war vergessen. »Cei«, sagte er im gleichmäßigen Tonfall, »ich bin auch ein Bastard aus einem Kloster.«

»Du bist ein Kaiser, und du warst nie etwas anderes«, erwiderte Cei, ohne mit der Wimper zu zucken. »Ich wußte, daß du fähig bist, das Reich zu führen, schon damals, als du zum erstenmal nach Camlann kamst, lange bevor du Anspruch auf den Purpur erhobst.«

Artus lächelte. »Das war mit ungewohnter Höflichkeit gesprochen, alter Freund, aber nichtsdestoweniger war es eine Lüge. Wer war es denn, der mich ›den Mönch‹ nannte, als ich am Anfang Dienst bei Uther nahm? Ja, und du hast mich sogar niedergeschlagen, als ich an diesem Namen Anstoß genommen habe! Und, ja, ich danke dem Herzen, das die Vergangenheit so außer acht lassen kann. Junge, du bist hier willkommen. Du wirst der Kaiserin Gwynhwyfar helfen, wie sie es für nötig sieht, und du darfst den Rest deiner Zeit damit verbringen, mit den anderen Jungen der Burg zu üben. Hör zu, Herr Gereint, denn du wirst ihn ausbilden müssen! Sie benutzen am Vormittag den Hof hinter den Ställen. Geh morgen früh zu ihnen, wenn die Kaiserin nichts für dich zu tun hat.« Gwyn errötete vor Freude und verbeugte sich sehr tief. Seine Augen glänzten. Er war ein lieber Junge, dachte ich, und ich wünschte ihm alles Glück der Welt. Wahrscheinlich würde er es auch brauchen, denn die anderen Jungen würden einen fremden Eindringling kaum willkommen heißen, der sich in ihren festgefügten Kreis drängte.

Ich erhob mich und schenkte am Hohen Tisch den Wein ein, wie ich das bei jedem Fest tat, selbst bei den Feiern, von denen die meisten Frauen ausgeschlossen waren – es ist eine Ehre, und die Männer haben es gern. Die Botschafter lächelten und neigten die Köpfe, als ich ihnen einschenkte. Ich wußte, was sie an mir sahen – das purpurgesäumte Kleid aus weißer Seide, das ich trug, das Gold und die Perlen, das zuversichtliche Lächeln, die Dame der ruhmreichen Festung, die das Herz des Reiches war. Eine Lüge, und auch die Pracht des Festes eine Lüge, die wir ihnen erzählten, ohne ein Wort zu sprechen. Die brüchige Pracht von Eis, das bald zerbricht. Frost auf dem Gras, der mit der Morgensonne schmilzt. Und dennoch, die bittere Wahrheit der Zwietracht, der fremden Feindseligkeiten und der inneren Schwäche konnten vielleicht noch verschwinden, und nur der Glanz würde bleiben. Wer konnte dann noch sagen, daß alles eine Lüge war?

Dennoch, in dieser Nacht, als ich in mein eigenes Haus zurückkehrte und die Asche von Menws Brief in der Feuerstelle sah, wurde mir schlecht beim Gedanken an mich selbst. Ich wünschte mir verzweifelt, ehrlich sein zu können, zu weinen, wenn ich bekümmert war, offen Liebe und Haß zu zeigen, dem Reichtum, der Ehre und Schwertschneide der Macht zu entgehen. Aber Artus war schon im Bett und schlief den Schlaf der Erschöpfung. Er trug eine schwerere Bürde als ich, und er brauchte seine Ruhe. Also kroch ich still neben ihm ins Bett, um ihn nicht aufzuwecken.

2

Ich besuchte am nächsten Tag den Herrn Gawain ap Lot, ehe er nach Gallien abreiste. Er hatte ein Haus an der Ostseite der Halle, auf dem steilen Hang des Hügels, aber von dort hatte man einen schönen Blick auf Ynys Witrin und die Marschen. Wenn er in Camlann war – was wegen seines Wertes als Botschafter selten vorkam –, teilte Gawain das Haus mit Cei. Wenn Gawain nicht da war, brachte Cei seine Geliebte und ihre Kinder ins Haus, damit sie bei ihm wohnten, denn es gefiel ihm nicht, allein zu sein. Krieger sind an enge Quartiere gewöhnt, in der Halle oder auf Feldzügen, und sie lieben die Einsamkeit nie. Cei hätte es wahrscheinlich vorgezogen, die meisten Nächte in der Halle zu verbringen, aber sein Rang und seine Wichtigkeit verboten das, genau wie es ihm dadurch verboten war, seine Geliebte zu heiraten. Sie war eine fette, fröhliche Wäscherin namens Maire, und sie war jetzt schon seit einigen Jahren Ceis Geliebte. Sie war eine Witwe mit vier Kindern, von denen die beiden letzten von Cei waren. Sie hielt sich im Haus auf, als ich ankam. Sie war damit beschäftigt, Gawains Diener Rhys packen zu helfen, während Gawain auf der Schwelle saß und einen Speer schärfte. Ihr drittes Kind, Ceis rundlicher zweijähriger Sohn, saß auf der anderen Seite der Schwelle, lutschte am Daumen und starrte den Wetzstein an, der rhythmisch über das leuchtende Metall der Speerspitze glitt.

Konzentriert auf seine Arbeit bemerkte Gawain mich nicht, bis ich fast an der Tür war. Aber als die Morgensonne meinen Schatten vor ihm auf den Boden warf, blickte er auf, legte den Wetzstein hin und erhob sich.

»My Lady«, sagte er, »hundertmal willkommen.«

Ceis Sohn packte den Wetzstein und fing an, hoffnungsvoll damit auf die Schwelle zu schlagen. »Nein!« sagte Gawain und suchte nach einem Ort, wo er den Speer anlehnte. Ich kniete nieder und nahm dem Kind den Wetzstein ab.

»Das darfst du nicht«, sagte ich ihm. »Der Stein zerbricht dann.«

Das Kind stieß ein wütendes Geheul aus und versuchte, den Stein wieder zu packen.

»Cilydd!« sagte seine Mutter und tauchte böse aus dem Haus auf. »Du bist ein böser Junge! Ach, ich grüße dich vielmals, edle Dame – Cilydd, sei still, stör die Dame nicht.«

»Cilydd ist wie sein Vater: Er spricht alles offen aus«, sagte Gawain und lächelte. »Da.« Er nahm einen anderen Stein auf, ein Stück gewöhnlichen Feuerstein, und klopfte damit auf die Schwelle. Cilydd hörte auf zu heulen und blinzelte Gawain an. Der bot ihm den Stein, und der Junge nahm ihn und fing an, damit gegen den Türpfosten zu klopfen. Der Krieger richtete sich auf und wischte den Staub von den Händen. »Noch einmal willkommen, my Lady«, sagte er und hob die Stimme, damit ich ihn über dem Klopfen hören konnte. »Aber ich fürchte, mein Haus ist im Augenblick nicht bereit, dich willkommen zu heißen.«

»Ach, großer Herr, wir können auch gehen«, sagte Maire fröhlich.

»Es würde nicht viel ausmachen, wenn du gehen würdest«, sagte Gawains Diener Rhys, der auch aus dem Hause auftauchte. »Denn drinnen steht immer noch alles auf dem Kopf. Du bist jetzt oft genug ein- und ausgezogen, Maire. Man könnte glauben, daß du es inzwischen besser beherrschst.« Maire grinste und wackelte mit dem Kopf, und Rhys, der es ihr jetzt gegeben hatte, verbeugte sich vor mir. »Ich grüße dich, edle Dame.«

»Es tut mir leid, daß ich dir keine bessere Gastfreundschaft bieten kann, my Lady«, sagte Gawain, »aber wenn du hereinkommen magst, dann gibt es wahrscheinlich etwas Wein.«

»Nein. Ich danke dir. Gawain, ich muß mit dir sprechen. Vielleicht könnten wir zu den Mauern hinuntergehen – es sei denn, du mußt dich jetzt auf deine Reise vorbereiten.«

»Ich bin der letzte, der sich auf die Reise vorbereiten muß. Im Gegenteil, ich stehe hier nur im Weg – nicht, Rhys? Es ist ein schöner Morgen, my Lady. Laß uns spazierengehen.« Er lehnte den Speer an den Türpfosten, schaute dann Ceis Sohn und dessen Feuersteinhammer an und reichte die Waffe statt dessen an Rhys weiter. Ich gab Rhys den Wetzstein, den ich noch immer in der Hand hielt, und Gawain und ich wanderten den Hügel hinunter. Es war wirklich ein schöner Morgen. Das klare Wetter des vergangenen Tages setzte sich heute fort, und die Sonne stand strahlend in einem weichen Himmel. Die Luft war warm genug, daß mir mein Frühlingsmantel zu schwer wurde. Gawain trug keinen Umhang, und heute war er auch zur Abwechslung einmal ohne Kettenhemd. Deshalb ging er leichtfüßig. Seine rote Tunika hing locker, und ich konnte das Ende einer Narbe sehen, die sich zu seinem Schlüsselbein hochzog. Er hatte viele Narben.

»Du scheinst heute froh zu sein«, sagte ich, um die Unterhaltung in Gang zu bringen und weil er wirklich fröhlich wirkte – in letzter Zeit etwas Seltenes. »Rhys übrigens auch. Freust du dich, daß du Camlann verlassen kannst?«

»Camlann zu verlassen – darüber bin ich weder erfreut noch mißvergnügt, Lady. Aber ich bin froh, denn Rhys' Frau hat in der vergangenen Nacht ihr Baby bekommen, und ihr und dem Kind geht es gut.«

»Wunderbar. Ich muß die beiden besuchen. Ist es ein Mädchen oder ein Junge?«

»Ein Mädchen. Und Rhys freut sich auch darüber, denn jetzt hat er sowohl einen Sohn als auch eine Tochter.«

»Darüber bin ich sehr froh. Wird Rhys also jetzt mit dir nach Gallien reisen?«

Gawain schüttelte den Kopf. »Ich hab' ihm befohlen, hierzubleiben. Er hatte vor zu bleiben, bis seine Frau entbunden hatte, und es ist nicht nötig, die Pläne zu ändern. Er sagt jetzt, daß er mit will, weil es ihr gutgeht, aber es ist nur allzu deutlich, daß sein Herz bei ihr bleibt. Und ich möchte auch den Rest von ihm nicht von ihr wegzerren.«

Ich war ein bißchen enttäuscht. Rhys war ein einfacher, ehrlicher Bauernsohn, der mit beiden Füßen auf der Erde stand, und auf seine Weise war er so sehr Idealist wie Artus. Als er Gawains Diener geworden war, da hatte er mir damit einen Stein von der Seele genommen. Gawain war geistesabwesend genug, um seine Mahlzeiten zu vergessen, und ehrenhaft genug, daß er es vorziehen würde, sich eher betrügen zu lassen, als einem Schwächeren gegenüber auf seinen Rechten zu bestehen. Ohne Rhys hätte er sich ohne Zweifel überarbeitet. Ich wollte ihm befehlen, sanfter mit sich selbst zu sein, ich wollte ihn bemuttern, wie das erstemal, damals, als ich ihn kennenlernte. Da hatte er flachgelegen, im Delirium, zwischen den anderen Verwundeten, die Artus im Kuhstall meines Vaters zurückgelassen hatte, beim erstenmal, als er zu meinem Haus kam. Gawain hatte mich mit den dunklen Augen eines verwundeten Tieres beobachtet und war zusammengezuckt, als ich in seine Nähe kam. Die meisten verwundeten Männer mögen es, wenn sie von Frauen gepflegt werden. Das erinnert sie an ihre Mütter, und sie fühlen sich sicherer. Vielleicht hatte ich Gawain auch an seine Mutter erinnert, und der Gedanke an Morgas hatte ihn erschreckt. Jedenfalls hatte ich ihn bemerkt, ihm ganz besonders viel Wärme gezeigt, bis endlich die Vorsicht plötzlich und völlig verschwand und Dankbarkeit und Freundschaft Platz machte. Aber er war zu stolz, um viel von einem anderen zu nehmen. Er hätte sein Herzblut für mich oder für irgendeinen von seinen Freunden gegeben, aber ich konnte ihm nicht sagen, er solle nicht so hart arbeiten. Also sagte ich nur: »Ich hoffe, deine Reise wird nicht zu lange dauern.«

»Es ist unwahrscheinlich, daß sie lange dauert.« Sein Lächeln verschwand. Er wußte genausogut wie ich, daß Macsen für jede Frage, die wir gelöst hatten, andere Fragen aufbringen würde und daß er zu weiteren Konsultationen nach Camlann würde zurückkehren müssen.

»Darüber wollte ich mit dir sprechen«, sagte ich ihm. »Wahrscheinlich wirst du in einem Monat zurück sein.«

Er nickte, runzelte ein wenig die Stirn und fixierte seinen Blick auf mein Gesicht.

»Obwohl du offiziell nichts gehört hast, kennst du doch dieses neue Gerücht. Wenn die Verhandlungen sich hinziehen, dann wird das Gerücht wachsen. Und während es wächst, wird es zu einem Angriff auf Artus wie auf dich. Sie haben angefangen, sich gegen ihn zu stellen, diese Gerüchte. Immer öfter wird angedeutet, daß er ein Narr ist, daß er auf Schmeicheleien hört und parteiisch und ungerecht ist. Hör zu: Ich will, daß du das Thema der Verhandlungen heute abend auf den Tisch bringst – denen zu Gehör, die den Gerüchten glauben. Wenn einer von den Leuten dich daraufhin zur Rede stellt, dann appelliere an Artus und laß es ausräumen. Ich habe heute morgen mit Artus darüber gesprochen, und wir sind übereingekommen, daß damit die Gerüchte vielleicht sterben.«

Der finstere Blick wurde tiefer. »Ich könnte natürlich heute abend in der Halle davon sprechen. Aber ich glaube nicht, daß man mir darauf antwortet. Und wenn ich zur Verteidigung aufgefordert würde – my Lady, ich habe nicht den Wunsch, gegen jemanden zu kämpfen. Wenn ich herausgefordert würde, dann wird die Herausforderung vielleicht so formuliert, daß es mir unmöglich wäre, die Angelegenheit durch eine Bitte an Artus zu erledigen. Ich würde dann kämpfen müssen.«

»Artus könntest du immer ansprechen. Niemand hätte den Verdacht, daß du Angst hast.«

»Sie werden sagen, daß ich mich davor fürchte zu töten. Oder – noch wahrscheinlicher – daß unser Herr Artus mich davon abhält zu kämpfen, so daß ich nicht töte, weil er der Art, wie ich mich in der Schlacht benehme, nicht traut. Und es liegt auch ein bißchen Wahrheit darin. Ich weiß selbst nicht, was ich vielleicht tun würde.«

Gawain war in der Schlacht einer Art Wahnsinn verfallen, durch den er seine Handlungsweise nicht mehr beherrschen konnte. Er betrachtete diesen Wahnsinn als Geschenk des

Himmels. Medraut hatte viel Gerede darum aufgebaut. Er sagte, sein Bruder sei verstört, und es wäre wahrscheinlich, daß er jederzeit zum Berserker würde. Ich hatte diesen berühmten Wahnsinn noch nie erlebt, und sicherlich hatte ich auch noch nie eine Spur von Verrücktheit bei Gawain entdeckt. Aber der größte Teil der Familie hatte schon neben ihm gekämpft, und alle waren mehr als gewillt, Medrauts Geschichten zuzuhören.

»Hast du wirklich Angst davor?« fragte ich Gawain. »Hast du je gegen deinen Willen getötet – zum Beispiel bei einem Scheingefecht?«

Er zögerte. »Nein. Nein, ich glaube nicht, daß ich dabei töten würde . . . Aber selbst wenn ich niemanden umbringe, ich will nicht gegen einen Mann aus der ›Familie‹ kämpfen.«

»Das will ich auch nicht. Aber ich will, daß das Thema offen ausgesprochen wird.«

»Wenn das geschieht und wenn ich um Schlichtung bitten kann und wenn Artus sich dann für mich erklärt, dann wird er die Schuld nur auf sich übertragen.«

»Das wird aber dazu beitragen, die Sache endlich auszufechten. Gawain, die Zeit ist gegen uns. Medraut hat langsam gearbeitet. Zuerst hat er sich gegen Agravain ausgesprochen, als Muttermörder, und dann gegen dich. Er hat eine Partei um sich versammelt. Und jetzt wird ständig Artus' Fähigkeit in Frage gestellt, und Medraut trägt die Maske der Unschuld, der man Unrecht getan hat, wenn es offensichtlich wird, daß Artus ihm mißtraut und nicht glaubt. Wenn wir aber die Sache vorwärtsdrängen, wenn wir ihn dazu bringen, daß er Artus jetzt beschuldigt, ehe seine Gefolgsleute völlig von seinen Gedanken vergiftet sind, dann können wir ihn vielleicht weiter treiben, als seine Freunde das wünschen. Wir könnten ihn vielleicht sogar bei einem Verrat ertappen und ihn nach irgendwo ins Exil schicken und die ›Familie‹ wieder vereinigen. Aber wenn wir ihn selbst die Zeit bestimmen lassen, dann wird er uns vernichten. Ist das nicht sein Ziel?«

»Ja. Aber du hast eins der Dinge vergessen, die er getan hat, my Lady. Er weiß, daß du seine Feindin bist. Er sagt, du stecktest mit mir unter einer Decke. Vielleicht sagt er sogar, wir wären ein Liebespaar – verzeih mir! Ich glaube, er hat das vielleicht sogar schon angedeutet. Wenn Artus mich unterstützt, dann wird man sagen, daß du dahintersteckst, daß Artus schwach ist, ein betrogener Ehemann, den seine Frau beherrscht. Es wäre alles sehr häßlich.«

»Es wird auch häßlich werden und schmerzhaft. Aber noch schlimmer würde es sein, wenn wir zögern. Wir müssen es hinter uns bringen.«

»Es gibt noch etwas, das Medraut vielleicht tun würde«, sagte Gawain sehr ruhig. Er warf einen Blick um sich, um festzustellen, daß niemand in der Nähe war und uns hören konnte. Aber wir hatten bereits die Mauern erreicht und gingen daran entlang, und auf einer Seite war offener Platz und auf der anderen nur die rauhe Masse der Steine. »Vielleicht klagt er meinen Herrn Artus der Wahrheit an.«

»Es wird trotzdem Zeit brauchen, bis man die Wahrheit akzeptiert«, erwiderte ich nach einer Pause. »Und wenn wir Erfolg haben, dann wird Medraut diese Zeit nicht haben.«

Gawain schwieg eine Weile und ging mit gesenktem Kopf. Er starrte die Gräser an. Schließlich nickte er. »Nun gut«, sagte er mit müder Stimme. »Da du glaubst, daß es wahrscheinlich nützen würde – und es ist sehr wahrscheinlich, daß mich danach niemand mehr herausfordern wird.« Er lächelte wie zur Entschuldigung.

»Ich danke dir.« Ich nahm seine Hand und preßte sie. »Und du brauchst auch gegen niemanden zu kämpfen. Ich stimme dir zu, daß es am allerschlimmsten wäre, wenn du ein Mitglied von Medrauts Gruppe töten würdest.«

Er lächelte wieder und neigte den Kopf. Ich hatte gewußt, daß er tun würde, um was ich ihn bat, und ich hatte auch gewußt, daß er es widerwillig tun würde. Ich war diejenige, die mit ihm geredet hatte, und nicht Artus, denn Artus hätte er sofort gehorcht. Mir allerdings erlaubte er, ihn zum Gehorchen zu überreden. So war es für ihn leichter. Aber ich verlangte auch Schwieriges von ihm. Er wußte, daß er trotz meiner beruhigenden Worte vielleicht doch einen Zweikampf ausfechten mußte, und er konnte nur hoffen, daß er nicht gezwungen sein würde zu töten. Ich wußte, wie bitter ihm der Gedanke sein mußte, das Schwert gegen ein Mitglied der ›Familie‹ zu ziehen. Ich schaute sein müdes Gesicht an und wünschte, ich hätte das nicht von ihm verlangen müssen. Aber das ist eine weitere der bitteren Regeln der Macht: Diejenigen, die freigebig sind, müssen gebeten werden, immer und immer wieder zu geben, bis sie nichts mehr übrig haben, während Geizkragen, die jeden Tropfen ihres Reichtums und ihrer Kraft horten, reich und in Frieden bis zu ihrem Tod leben. Vielleicht wird Gott allen Gerechtigkeit widerfahren lassen, aber auf der Erde finden sie keine.

Wir kamen jetzt zu einer der Treppen, die an der Innenseite der Mauer lagen, und stiegen auf die Zinnen hinauf. Die Mauern waren jetzt in Friedenszeiten nicht bewacht, und die Zinnen erstreckten sich leer zu beiden Seiten in einer Kurve um den Hügel. Wir drehten uns um und schauten zurück nach Camlann, das sich lebendig und stark aus dem Rauch der Morgenfeuer erhob.

Ich warf einen Seitenblick auf meinen Begleiter. Es war hart, daß man Cei vom Streit zurückhalten mußte, wo er diese Zwistigkeiten doch so leicht nahm, und daß Gawain ermutigt werden mußte, sich ihnen zu stellen. Aber es würde nichts nützen, daß Cei stritt, während Gawain es vielleicht schaffte, die Situation zu lösen ... Er sah aus wie sein Bruder Medraut, der Grund seines Kummers. Man sagte, er sähe seiner Mutter Morgas sogar noch ähnlicher, dieser nachweislichen Zauberin. Blut ist etwas Seltsames. Es kann so mit sich selbst im Streit liegen ... Ich dachte an meinen Vetter Menw und schob den Gedanken schnell beiseite. »Gawain«, sagte ich, denn an einem hellen Morgen wie heute konnte ich von solchen Dingen reden, »deine Mutter – war sie schön?«

Die Frage schien ihn nicht zu überraschen, aber seine Hand glitt zum Heft seines Schwertes, und seine Augen weiteten sich ein wenig, wie immer, wenn Morgas erwähnt wurde. Er sah dann aus, als ob er aus den Höhlen der Berge hervorgekommen wäre, wo die Unterirdischen wohnen, und die meisten Leute, die ihn in solcher Stimmung erleben, bekreuzigten sich.

»Sie war furchterregend«, sagte er leise, aber schnell.

»Aber war sie auch schön?«

Er schwieg. Sein Daumen rieb müßig über das goldene Kreuzstück am Heft seines Schwertes. »Ich weiß es nicht«, sagte er schließlich. »Ich habe immer gesagt, sie ist schön, um zu erklären, was denen passierte, die sie sahen. Dennoch, als ich mich ihr entgegenstellte – zweimal, das erstemal, als ich die Inseln verließ, und noch einmal, ehe sie starb –, da kam sie mir nicht schön vor. Nein. Wenn die See und die Erde schön sind, dann hätte sie es nicht sein können. Aber sie anzusehen, das quälte die Seele, und niemand, der sie einmal gesehen hatte, konnte sie vergessen.«

»Aber warum? Selbst jetzt, wo sie tot ist, beeinflußt sie uns. Artus und Medraut fürchten sie noch immer. Und Agravain ...« Ich hielt mitten im Satz inne. Es war nicht freundlich, Gawain an seinen Bruder zu erinnern.

»Es war die Kraft ihres Hasses und die Kraft ihres Willens«, sagte er sehr langsam, aber noch immer leise. »Es war ihre Zauberei. Die war wirklich, denn ich habe Grund, das zu wissen. In ihr ... es war, als ob sich in ihr diese Welt und die Anderwelt trafen.«

»Du redest von ihr, als ob sie eine Art Dämon gewesen wäre.«

Er wandte den Blick ab. »Vielleicht war sie das.«

Ich streckte meine Hand aus, um seine zu berühren und ihn in die wirkliche Welt zurückzurufen – aber dann unterbrach ich mich wieder. Statt dessen drehte ich mich um und schaute hinaus über die Felder außerhalb der Mauer, hinter dem Ring des Walles an der Festung. Das nächste Feld war braun und wund, ganz neu zerfurcht vom Pflug. Dahinter grasten Schafe auf einer Weide, und die jungen Lämmer tanzten in der Sonne. Weit hinten erhob sich der Hügel von Ynys Witrin blaugrün und geheimnisvoll über dem tieferen Grün der Marschen. Der

Hügel schien über dem kultivierten Land zu schweben. Ich begriff, woher er seinen Namen hatte: Insel von Glas. Aber jetzt brachte mich dieser Name dazu, an die Schlösser in den Märchen zu denken, die Türme aus Glas, die nach der Sage zwischen dieser Welt und der nächsten liegen, umgeben von Nebel, Fackellicht und Meer. Es sind die Tore nach Yffern oder ins Königreich des Sommers, in die Hölle oder in den Himmel. Die Märchen erzählen, daß diese Welt und die nächste einander durchdringen. Man kann über ein wohlbekanntes Feld wandern, so wird erzählt, und plötzlich findet man, daß es fremd geworden ist. Und wenn man sich umdreht, dann entdeckt man, daß alle wohlbekannten Dinge verschwunden sind. Es heißt auch, daß die Welt so ist, wie das Herz sie haben will, daß die Realität so flüssig ist wie Wasser, daß man die Hand durch seine kühle Oberfläche strecken und eine tiefere Wirklichkeit berühren kann, wie einen Felsen unter der Oberfläche eines Baches. Hatte Morgas wohl solch eine Wirklichkeit gefunden, um den Strom der Welt durch die Macht ihres Willens und die Kraft ihres Hasses zu stören?

Ich holte tief Atem und fühlte das Holz der Zinne über der Mauer warm und wirklich unter meiner Hand. Zuviel Poesie, zuviel Märchen, sagte ich mir. Und dennoch, meine Frage war beantwortet. Selbst im Tode umgab uns Morgas' Einfluß: Vielleicht begriff ich auch einen Teil des Grundes dafür. Vielleicht hatte ich ihn schon seit langer Zeit gekannt.

»Wir müssen Medraut aus Camlann entfernen«, sagte ich laut, und Gawain, der sich umdrehte, um mich anzuschauen, nickte.

Die unmittelbare Anstrengung, alles voranzutreiben, nützte allerdings nichts. Gawain brachte das Thema der Verhandlungen am Abend in der Halle auf, und er tat alles, was er konnte, um Rhuawn und die anderen von Medrauts Gruppe zu irgendeiner Reaktion zu bringen. Aber sie gaben ihm überhaupt keine Antwort darauf, sie flüsterten nur hinterher miteinander. Am nächsten Tag reiste Gawain nach Gallien ab. Er stand im Mittelpunkt des Disputs, und wir wagten es nicht, einen anderen dazu zu bringen, die Angelegenheit schneller voranzutreiben.

Am gleichen Tag besuchte ich die Frau von Gawains Diener Rhys, und ich brachte ihr ein goldenes Amulett für das neugeborene Baby. Ich fand Eivlin schon wieder auf den Beinen, und die allgegenwärtige Maire half ihr. Maire hatte das eigene Baby dabei, aber der Rest ihrer Kinder war nicht da, wahrscheinlich paßte ihre Älteste, ein zehnjähriges Mädchen, auf sie auf. Beide Frauen hießen mich willkommen und zeigten mir das neue Baby mit großem Stolz, und das war auch gerechtfertigt, denn es war ein süßes, gesundes kleines Mädchen.

»Wir haben sie Teleri genannt, nach einer Nonne, die einmal freundlich zu uns war«, erklärte Eivlin, während ich dem Baby meinen Finger zum Spielen anbot. »Allerdings hoffe ich wirklich, daß dieses hier keine Nonne wird und auch nicht so starrköpfig wie ihre Namensschwester – oder wie du, du nichtsnutziger kleiner Fuchs!« Das sagte sie zu ihrem Sohn, ihrem ersten Kind, der nachdenklich die Finger in den Mund steckte und sie durch die Finger hinweg anlächelte. »Ach, nun sieh dir den an! Als ob er nicht heute morgen die ganze Sahne von der Milch abgeleckt und dann zu Mittag nichts gegessen hätte! Na, Sion, Mama ist zu müde, um dich jetzt dafür durchzuhauen, aber weißt du, was dein Vater sagt, wenn er nach Hause kommt?«

»Er gibt mir ein paar Nüsse«, mutmaßte der Junge durch die Finger. »Er hat's versprochen.«

»Das tut er allerdings, denn er ist ein Narr und verwöhnt mir den Jungen«, sagte Eivlin kummervoll. »Und ich tu's ja auch, und das ist um so schlimmer.«

Maire lachte. »Ach, der ist nicht verwöhnt. Bist du verwöhnt, Sion?«

Sion schüttelte den Kopf.

»Du mußt jetzt ein braver Junge sein und auf deine kleine Schwester aufpassen.«

Sion strahlte sie an und nickte.

»Er hat sich eine Schwester gewünscht«, erklärte Eivlin. »Einen Bruder hätte er zwar lieber gehabt, aber jetzt will er nur noch mit Teleri spielen. Oh ja, es wird eine Aufgabe werden, und eine Quälerei und eine schwere Arbeit, ihn davon abzuhalten, die Kleine mit seinen Umarmungen zu erwürgen.«

»Nach wem hast du Sion benannt?« fragte ich und fühlte mich bei diesen Frauen ungeschickt und unsicher. Der größte Teil meiner Aufgabe bestand darin, Camlann zu verwalten, ich hatte mit Staatsangelegenheiten zu tun und deshalb mit Männern. Eivlin und Maire lebten in einer anderen Welt. Ich stellte oft fest, daß ich anderen Frauen wenig zu sagen hatte.

»Sion? Der ist natürlich nach Rhys' Vater benannt. Rhys ist ein Rhys ap Sion, und sein Vater ist ein Sion ap Rhys, und dessen Vater war ein Rhys ap Sion.«

»Und wer war denn dessen Vater?«

»Ein Sion ap Huw«, sagte Eivlin bedauernd. »Trotzdem, der Bruder dieses Huw hieß Rhys, also ist der Name alt genug, und außerdem ist es ein guter Name. Still, mein Kleines«, sagte sie zu dem Baby. »Siehst du das hübsche Ding, das die edle Dame dir gebracht hat?« Der leere, unfixierte Blick des Babys nahm von dem goldenen Anhänger, den Eivlin über seinen Kopf hängen ließ, keine Notiz. Eivlin steckte es dem Kleinen in die Hand, und die winzigen rosigen Fingerchen falteten sich in schwacher Anstrengung halb darum, genau wie sie sich um jeden Gegenstand klammerten, den sie berührten. Dann schlossen sich die verschwommenen Augen, und das Kind schlief wieder ein.

»Du mußt müde sein«, sagte ich zu Eivlin. »Ich gehe jetzt und lasse dich ausruhen.«

»Du bist sehr großzügig, edle Dame. In der Tat, es ist wunderschön, wenn man Besuch von einer Kaiserin bekommt! Ich danke dir.«

Ich zwang mich zu lächeln und entschuldigte mich. Ich lehnte Maires Angebot ab, von dem Weinkuchen und dem frischen, eben gemachten Käse zu probieren, den sie entzückt sei, der Kaiserin anzubieten. Ich ging wieder den Hügel hinauf und kämpfte mit meiner Seele. Ich wollte keine Kaiserin sein, die für die Untertanen ihres Mannes großzügig und stark war. In diesem Augenblick sehnte ich mich verzweifelt danach, die Frau eines einfachen Mannes zu sein und eigene Kinder zu haben.

Als ich an den Ställen vorüberging, sah ich Bedwyr, der ein Pferd trainierte, einen zweijährigen braunen Wallach, mit dem er an der Longe arbeitete. Als er mich sah, schlang er die Zügel um einen Zaunpfahl und kam auf mich zu. Ich zwang mich zum Lächeln.

»My Lady! Ein schöner Tag«, rief er beim Herankommen, und die Wärme eines Lächelns lag in seinen Augen.

»Ein wundervoller Tag«, gab ich zurück. Ich lächelte wieder und wollte vorübergehen. Ich wollte mit niemandem reden.

»Was gibt es denn?« fragte er, und die Wärme verschwand aus seinem Blick, und Sorge tauchte darin auf.

»Nichts, Herr Bedwyr. Ich bin in Eile, das ist alles. Werde ich dich heute abend in der Halle sehen?«

Aber er hatte mich erreicht und faßte meinen Arm. Er schaute mein Gesicht prüfend an. »Du bist fast den Tränen nah, my Lady«, bemerkte er in dem gleichen Tonfall, den er auch für die Worte: »An deinem Kleid hängt ein loser Faden« benutzt hätte. »Lady Gwynhwyfar, kann ich dir irgendwie helfen?«

Ich schüttelte den Kopf, zog meinen Arm weg und ging weiter den Hügel hinauf. Er kam hinter mir her. »Wenn ich dir Hilfe geben kann, dann zögere nicht, mich darum zu bitten«, sagte er. »Wenn es um deinen Vetter geht, wenn du Hilfe haben wolltest . . . my Lady, ich könnte von meinem Herrn Artus Urlaub erbitten, nach Norden reiten und mit ihm für dich reden. Ich verspreche dir, wenn es in deinem Namen zu Kämpfen käme, dann würde ich ihn nicht töten.«

Ich blieb erstaunt stehen. »Gnädiger Himmel, nein! Herr Bedwyr, du bist sehr großzügig, aber . . . ja, ich danke dir. Es ist freundlich, es ist mehr als freundlich! Aber bring dieses Thema nicht wieder auf. Ich bitte dich, vor Artus und der Welt. Und daß du für mich sprechen willst . . . das ist edel, aber nicht weise. Denn wie könnte ich anschließend noch mit meiner Verwandtschaft reden? Ich . . .« Ich hielt überwältigt inne. »Ich danke dir. Aber es war nicht der Brief meines Vetters, der mir Sorgen machte, Herr. Es war . . . etwas anderes.«

»Komm und trink etwas Wein mit mir«, bot er an. »Du bist müde, und es wird besser sein, wenn du dich einen Augenblick ausruhst.«

Ich ging mit ihm zu seinem Haus, und er schenkte mir einen Becher Wein ein und fügte eine gleiche Menge Wasser hinzu. Sein Haus lag auf der Westseite der Festhalle, in der Nähe meines Hauses. Da er der Feldherr war, hatte er alle drei Räume für sich. Das Gebäude war meinem Haus sehr ähnlich, aber einfacher. Das paßte mehr zu seinem Geschmack. Der einzige Schmuck war ein Regal mit Büchern beim Schreibpult, an welchem ich saß, während ich den Wein trank. Er saß beim Feuer und schaute mich an.

»Danke«, sagte ich und schaffte es, meine Stimme wieder zu beherrschen. »Es war etwas ganz Dummes. Ich hätte es nie zulassen sollen, mich davon quälen zu lassen.« Ich hatte vor, nichts weiter zu sagen, sondern die Unterhaltung auf die Bücher oder auf die Politik zu bringen. Aber unter seinen ruhigen, besorgten Augen stellte ich plötzlich fest, wie ich sagte: »O Bedwyr, ich wünschte, ich könnte Kinder haben!«

Er sprang auf, wollte auf mich zukommen, blieb dann stehen und schaute mich an. Ich preßte die Hände vors Gesicht, zog sie über die Augen, um den Druck dort zu erleichtern. »Ich bin nur müde«, sagte ich. »Man fühlt es manchmal. All die Kriege, all die Beratungen und Parteien. Und manchmal wünschte ich mir, ich wäre eine ganz gewöhnliche Frau – ach, ich weiß, ohne Zweifel würde ich solch ein Leben hassen. Nur . . . wenn ich ein Kind hätte, wenn Artus einen Sohn hätte . . . er hätte Medraut niemals vertraut, wenn er von mir einen Sohn gehabt hätte, und wir hätten eine Zukunft, wenn es jemanden gäbe, der das Reich erbt, wenn wir gegangen sind . . . Und ich hätte so gern ein Baby, mein eigenes Kind . . .«

»Still«, sagte er, und dann kam er durch das Zimmer zu mir herüber, beugte sich linkisch über mich und tätschelte mir verlegen mit dem Stumpf seines Schildarms den Rücken. Ich brach in Tränen aus, und er legte die Arme um mich, während ich mich an seine Schulter lehnte und schluchzte. Die ganze Zeit schämte ich mich bitterlich dabei.

Nach einer Weile zog ich mich von Bedwyr zurück und trocknete meine Augen. Er lehnte sich gegen das Schreibpult, und sein Arm lag noch um meine Schulter, und er betrachtete mich noch mit Sorge. Ich griff nach dem Weinglas, nahm noch einen Schluck Wein und schaffte es zu lächeln. »Verzeih mir«, sagte ich. »Das war sehr schwach und dumm von mir.«

»My Lady!« protestierte Bedwyr. »Weiß Gott, du trägst das Gewicht von Camlann. Ist es da seltsam, daß du manchmal müde wirst? Ich bin geehrt, daß du mich gewählt hast, um dich auszusprechen.« Ich lachte ein bißchen, wischte mir wieder die Augen. »Wirklich, ich bin geehrt!« sagte er mit einiger Heftigkeit. »Gib dir nicht selbst die Schuld, edle Dame. Es gibt niemanden von uns, der nicht manchmal von seinen Sorgen niedergedrückt wird, und es gibt nur wenige, die so viele Sorgen haben wie du.«

»Aber nicht alle von uns imitieren deswegen einen Springbrunnen«, erwiderte ich.

»Richtig. Die meisten Krieger, von denen man fordern würde, das zu ertragen, was du erträgst, würden einen ihrer Kameraden wegen eines beiläufigen Wortes oder wegen eines Witzes mit dem Schwert anfallen. Springbrunnen sind da harmloser.«

Ich lachte und wischte mir noch mal das Gesicht. Ich rieb mir die Hände an meinem Kleid trocken. »Für deinen Umhang aber nicht, edler Herr. Ich kann sehen, daß ich den Mantel genauso gut durchweicht habe wie ein Gewittersturm.«

Er warf einen Blick auf den feuchten Fleck an seiner Schulter und lächelte dann. Das Lächeln erleuchtete sein Gesicht von innen. Ich erwiderte das Lächeln und erhob mich dann zittrig.

»Ich muß jetzt gehen, Herr«, sagte ich ihm. »Heute nachmittag soll ich den Tribut des nächsten Jahres mit dem Botschafter aus Elmet besprechen, und vorher muß ich mir noch ein paar Bittsteller anhören. So müssen wir also eine Weile weinen und uns dann trennen wie Liebespaare in einer Ballade. Ich danke dir für den Wein und dafür, daß ich deine Schulter benutzen durfte.«

»Ich bin dein Diener, my Lady«, gab er ernst zurück. Er öffnete die Tür für mich. Als ich draußen stehenblieb, um mich zu verabschieden, fügte er hinzu: »My Lady, du solltest weniger von dir verlangen und weniger hart arbeiten.«

»Leichter gesagt als getan, Bedwyr. Merkwürdig, daß dieses Sprichwort auf so viele von deinen guten Ratschlägen paßt! Aber ich danke dir. Wahrhaftig.«

Ich spürte, wie sein besorgter Blick mir den ganzen Weg bis zur Halle folgte. Ich schämte mich, daß ich vor ihm zusammengebrochen war. Und dennoch, ich fühlte mich jetzt besser. Es ist manchmal nützlich zu weinen. Es befreit einen, und hinterher kann man sich auf andere Dinge konzentrieren. Und, wie man so sagt: Geteilter Schmerz ist halbe Bürde. Aber ich wünschte mir, ich hätte mit Artus darüber sprechen können. Dennoch, auch er hatte Bürden genug und mehr als genug. Ich konnte mich nie so recht dazu bringen, ihm gegenüber meine Kinderlosigkeit zu erwähnen. Darin hatte ich deutlich versagt, obwohl er sicher auch an diesem Kummer trug. Aber darin wenigstens sprach Medraut die Wahrheit.

Am nächsten Tag gab es wieder fast ein Duell, aber danach wurde es in Camlann vergleichsweise ruhig. Das kam allerdings nicht daher, daß irgendein Problem gelöst wurde, sondern weil Artus es schaffte, ein paar von den streitsüchtigsten Kriegern in verschiedene Richtungen auseinander zu schicken. Eine Gruppe begleitete einen Wagenzug mit Material für die Arbeiten an den Deichreparaturen im sächsischen Königreich der Ostangeln, und die anderen gingen nach Dyfed, um eine Schlichtung des Streites um Ländereien durchzusetzen. Medraut selbst wurde in Camlann zurückgehalten. Wir konnten ihm nicht so weit trauen, ihn mitziehen zu lassen – weder mit seinen Freunden noch mit seinen Feinden.

Gawain kehrte in der zweiten Maiwoche aus Kleinbritannien zurück. Er sah krank aus und abgearbeitet bis auf die Knochen. Die Verhandlungen mit Macsen waren genauso verlaufen, wie ich das erwartet hatte: Ein oder zwei Forderungen waren befriedigt worden, aber fünf weitere waren jetzt an ihrer Stelle erhoben worden. Außerdem hatte Gawain all seine Fähigkeiten benutzen müssen, um zu verhindern, daß er selbst in ein Duell mit einem Krieger aus Macsens Heer verwickelt wurde, der ihn absichtlich provoziert hatte. Hätte Gawain gegen den Mann gefochten und gewonnen – und er hätte nicht verloren –, dann hätte Macsen nach dem Gesetz Klage gegen ihn erheben können und durch ihn gegen uns. Er hätte damit zukünftige Verhandlungen blockieren können. Artus erzürnte das alles, und anstatt Gawain zurückzuschicken, schrieb er Macsen einen höflichen Brief, in dem er verlangte, daß Macsen einen eigenen Botschafter schickte, der die Punkte besprach, die noch erledigt werden mußten. Außerdem befahl er Gawain, in Camlann zu bleiben, und vermied es, ihm irgendeine Arbeit zu geben. Er wollte, daß der Krieger sich ausruhte, aber noch mehr wünschte er sich, die schmorende Unruhe in Camlann endlich bloßzulegen und auszuräumen. Irgendwie funktionierte sein Plan auch, denn der Konflikt flammte offen auf, kurz nachdem die zerstrittenen Parteien aus Dyfed und East Anglia zurückkehrten. Dennoch wurden nur wenige Probleme gelöst.

Ich machte gerade Inventur bei der Wolle in den Lagerräumen, als Medraut hereinkam, auf der Suche nach mir.

Ich war an den aufgestapelten Ballen von verschiedenem Gewicht und Farbton entlanggegangen und hatte die Wolle überprüft, während mein Schreiber Gwyn hinter mir herkam und die Menge jeder Sorte auf einem Wachstäfelchen notierte. Die Schafe der Gegend waren neulich geschoren worden, und ich mußte wissen, wieviel Wolle ich noch für die Burg kaufen mußte. Deshalb mußte ich mein Inventar auf den neuesten

Stand bringen. Der Lagerraum war ein langes, schmales Gebäude und fensterlos. Die Wollballen waren bis zum Dach aufgestapelt, und das Sonnenlicht drang in staubigen Streifen durch die Balken. Viele der älteren Ballen lagen schon lange auf Lager; sie waren eng gepackt, zusammengepreßt und dick vom Staub bedeckt. Ich mußte mich bücken und stochern, um herauszufinden, was für Wolle es war, und meine Hände bedeckten sich mit Wollfett, und meine Lungen füllten sich mit Staub. Dann öffnete sich die Tür am anderen Ende des Lagerraums, eine Flut von blendendem Sonnenlicht strömte herein, und Medraut stand darin wie die Statue eines römischen Gottes. Ich hörte auf, Ballen zu zählen, und richtete mich auf.

»Edler Herr?« fragte ich und versuchte, nicht zu husten.

Er schlenderte müßig durch die Tür, trat aus dem Sonnenschein und kam das schmale Gebäude herunter. Vor mir blieb er stehen. Er machte eine leichte Verbeugung und schaute mich dann mit Artus' großen grauen Augen an und mit einem angedeuteten Lächeln an den Mundwinkeln. Er war wie immer makellos gekleidet. Sein kurzer Bart war säuberlich gestutzt, und er wirkte elegant, beherrscht, unverwundbar. »My Lady«, sagte er mit pflichtbewußter Sorge in seiner weichen, angenehmen Stimme. »Der Herr Goronwy ist bei einem Zweikampf verletzt worden, und der Kaiser will, daß du dich sofort an seiner Pflege beteiligst.«

»Ach du lieber Gott«, sagte ich. Ich wischte mir die schmutzigen Hände an der Schürze ab, die ich trug, riß dann das Ding los und warf es auf einen der Ballen. Medraut schaute nach unten, nicht ganz schnell genug, daß ich nicht den Ausdruck der Befriedigung in seinem Blick entdeckt hätte. »Wie schwer ist er verletzt? Mit wem hat er gekämpft?«

»Sehr edle Dame, wie sollte ich wissen, wie schwer er verletzt ist? Ich war nicht dabei. Man sagte mir, er sei zum Hause Gruffydds des Chirurgen gebracht worden. Ich hoffe, er ist nicht sonderlich verletzt, denn er ist mein Freund.« Er hielt noch einen Augenblick inne und fügte dann hinzu: »Der Feldherr, Herr Bedwyr, war derjenige, der ihn verwundet hat.«

»Bedwyr?« fragte ich und starrte Medraut an. Ich konnte mir nicht vorstellen, daß Bedwyr in ein Duell verwickelt wurde. Dennoch würde Medraut so etwas nicht aus der leeren Luft holen. Jetzt nickte er, noch immer mit diesem schwach angedeuteten Lächeln. Goronwy war einer seiner Gefolgsleute, seiner angeblichen Freunde. Aber Medraut freute sich darüber, daß es ein Blutvergießen gegeben hatte, wenn ich ihn richtig einschätzte, und es machte ihm nichts aus, wessen Blut vergossen worden war – obwohl er ohne Zweifel Bedwyrs Blut dem Blut Goronwys vorgezogen hätte. »Wo ist Artus?« fragte ich und unterdrückte einen plötzlichen Widerwillen gegen Medraut.

»Bei Goronwy im Haus Gruffydds des Chirurgen, edle Königin. Habe ich die Ehre, dich dorthin zu begleiten?«

»Nein. Ich danke dir. Ohne Zweifel sollte der Herr Goronwy nicht von allzu vielen Besuchern gestört werden. Gwyn, laß das jetzt. Herr Medraut, entschuldige mich.« Ich knickste leicht vor ihm – die höflichste Form, die mir einfiel, ihm zu sagen: »Ich will deine Gesellschaft nicht mehr«, und eilte aus dem Raum. Gwyn warf Medraut einen verängstigten Blick zu und rannte hinter mir her.

»Du brauchst nicht mitzukommen«, sagte ich dem Jungen, während wir durch die heiße, trübe Nachmittagssonne liefen. »Heute nachmittag brauche ich dich nicht mehr. Du kannst zu den Waffenübungen gehen – oder wird heute nachmittag geritten?«

»Wir reiten, edle Dame«, sagte er. Er hörte sich absolut elend an.

»Aber was ist denn?« fragte ich ihn und bemerkte zum erstenmal seinen Kummer.

Er blieb stehen und musterte mich mit seinen seltsamen dunklen Augen. In der kurzen Zeit, die er sich in Camlann aufhielt, hatte ich ihn sehr liebgewonnen. Er war ein ruhiger, freundlicher Junge mit sehr viel Mut. Er erduldete die Abneigung und Grausamkeit der anderen Jungen in Camlann mit geduldiger Zähigkeit, und er arbeitete bei den Waffenübungen mit einer Entschlossenheit, die nie nachließ. Einmal hatte ich ihn weinend in einer Ecke im Stall gefunden, aber er hatte sofort die Augen getrocknet und abgestritten, daß er einen Grund zu weinen hatte.

»Edle Dame ...« sagte er jetzt hastig, »ich weiß, ich bin ein Niemand – ein absoluter Niemand. Aber du solltest dem Herrn Medraut nicht vertrauen. Es ist seine Schuld, daß Bedwyr gegen Goronwy gefochten hat.«

Ich schaute ihn überrascht an. »Du scheinst dir da sehr sicher zu sein.«

»Jeder weiß es«, erwiderte Gwyn. »Goronwy ist Herrn Medrauts Freund, und der Herr Bedwyr ist Herrn Gawains Freund. Warum sonst sollten sie also miteinander kämpfen?«

Ich legte meine Hand auf seine Schulter und fühlte die Knochen durch die einfache Tunika. Gwyn hatte sehr schnell gelernt. Aber er war ja auch ein intelligenter Junge. »Warum haßt du Medraut so?« fragte ich sanft.

»Er ... er hat einmal meine Mutter geschlagen.«

»Was? Wie war denn das möglich? War er auf irgendeinem Feldzug?«

»Es war damals im Konvent, in Gwynedd. Seit Jahren hatte ich deswegen Alpträume.«

»Aber du hast doch gesagt, daß deine Mutter in einem Kloster in Elmet sei.«

Gwyn errötete. »Ach so.« Er schaute auf die Füße. »Ich wollte nicht sagen, das Kloster wäre in Gwynedd gewesen, denn die Klöster dort stecken voller Verrat. Ich hatte Angst, du würdest mich hier nicht akzeptieren, wenn ich gesagt hätte, ich käme aus Gwynedd. Bitte, edle Dame, sag es keinem anderen, daß ich in Wirklichkeit aus Gwynedd komme. Die anderen sagen dann ... du erzählst es ihnen doch nicht, oder?«

»Natürlich nicht. Aber was ist damals passiert?«

»Medraut kam mit ein paar von seinen Gefolgsleuten zum Kloster, um ... um etwas zu holen, auf das er kein Recht hatte. Meine Mutter versuchte, ihn zu beschämen, damit er verzichtete, aber er hat sie mit der flachen Seite seines Schwertes geschlagen und ist davongeritten, ohne sie noch einmal anzusehen. Er hat sie geschlagen, zu Boden geschlagen, und sie hat geblutet. Ich sah, daß Medraut weder Ehre noch Scham hat, und ich hab' mir geschworen, daß ich eines Tages ein Krieger werde und ihn herausfordere. Aber als ich hierherkam, da hab ich ihn stolz und mächtig vorgefunden, und viele Krieger folgen ihm wie . . . wie Hunde, die auf Häppchen warten. Und er tut nichts, außer seinen Bruder Gawain in Streit zu verwickeln und ihn zu verleumden. Ich habe die Leute reden hören . . . my Lady, die Leute reden, wenn ich dabei bin, denn sie glauben: ›Er ist nur ein Knecht, also muß er auch ein Narr sein.‹ Ich weiß, was Medraut zu seinen Gefolgsleuten sagt, und es sind alles Lügen. Der Herr Gawain«, sagte er mit offensichtlicher, verzweifelter Intensität, »der Herr Gawain ist ein großer, guter Krieger. Er ist der beste, der allergrößte Krieger in Camlann. Wenn ich so sein könnte wie irgendeiner von ihnen, dann möchte ich wie Gawain sein. Du darfst nicht glauben, was der Herr Medraut von ihm sagt. Ich weiß, daß ich nur der Bastard einer Nonne bin, wie der Herr Cei das sagt. Aber bitte, bitte, glaub mir, my Lady. Du darfst Medraut nicht vertrauen.«

Ich überdachte das, was Gwyn gesagt hatte, und entschied bedauernd, daß er mir nichts erzählt hatte, das mir nützen konnte. »Still«, sagte ich ihm. »Wir glauben nicht, was Medraut von Gawain sagt.« Ich drehte mich um und fing an, den Hügel weiter hinaufzugehen.

»Warum läßt du ihn dann hierbleiben?« rief Gwyn aus und rannte hinter mir her. »Der sagt, du würdest ihn wegschicken, wenn das, was er sagt, falsch ist. Und viele Leute glauben ihm. Und er sagt, der Kaiser ist umgeben von Schmeichlern und weiß nicht, wem er trauen soll, und er sagt, du, edle Dame, wärst die schlimmste von den Schmeichlern – oh, verzeih mir! Ich wollte nicht . . .«

»Ich weiß, was Medraut erzählt, Gwyn«, sagte ich ihm, ohne wegzuschauen. »Aber, siehst du, wir können ihn nicht fortschicken. Herrscher können nicht die Leute einfach wegschicken, ohne sie vorher irgendeines Verbrechens anzuklagen, und wir haben nichts, dessen wir ihn anklagen können. Und er hat jetzt seit einigen Jahren für Artus gekämpft. Wir müssen so tun, als ob wir ihn übersehen, und hoffen, daß wir die Stürme durchstehen, die er aufbringen mag. Aber hab keine Angst, mir zu erzählen, was Medraut sagt. Wenn es etwas Wichtiges ist, dann will ich, daß du es mir augenblicklich berichtest. Es würde mir helfen, und auch dem Kaiser. Und wir können nur hoffen, daß Medraut nichts findet, um seine Beschuldigungen zu untermauern, und irgendwann einmal wird er dann aus Mangel an Beweisen aufgeben müssen, so daß die Männer sehen, wie er wirklich ist. Aber erzähl niemandem, was du mir gerade gesagt hast, Gwyn. Offiziell ist Medraut einer von uns, und wir vertrauen ihm. Es darf nicht von mir berichtet werden, daß ich etwas anderes gesagt habe, sonst werden viele Leute glauben, daß Medraut recht hat und daß ich seine gerissene Feindin bin.«

»Ja, my Lady«, flüsterte Gwyn. »Aber der Herr Gawain . . .«

»Niemand, der Gawain gut kennt, wird Medrauts Beschuldigungen glauben. Aber komm, warum bewunderst du ihn so, Gwyn? Du kannst ihn nur selten gesehen haben.« Ich drehte mich zu dem Jungen um und schaffte es zu lächeln.

Diese Ablenkung funktionierte. Er errötete ein bißchen. »Ich habe ihn immer bewundert – aus den Liedern, weißt du. Und ich hab' ihn einmal in Gwynedd gesehen. Ich dachte damals, er sieht wie ein Engel Gottes aus. Er ritt auf seinem Pferd vorüber und sah aus wie das Wort Gottes in der Apokalypse . . . Es gibt ein Bild davon in einem Evangelium, das ich abgeschrieben habe, my Lady. Aber Gawain ist höflich, selbst zu Menschen wie mir, und er bemerkt uns. Neulich« – das Rot in seinem Gesicht wurde tiefer –, »neulich hat er mir gesagt, wie ich vom Pferd aus den Speer werfen muß, und er hat mir selbst gezeigt, was ich falsch gemacht hatte. Und er war so freundlich! Und er sagt, daß ich gut reiten kann.«

Er lächelte wieder. Diesmal war es ein wirkliches Lächeln. Ich konnte mir vorstellen, wie Gwyn Gawain in Gwynedd gesehen hatte: ein kleiner Junge, der mit Liedern und illuminierten Evangelien aufgewachsen ist und den riesigen weißen Hengst, das Gold, das Scharlachrot und das Glitzern der Waffen in Flügeln aus Licht verwandelt und etwas, das um soviel größer ist als die Welt, als seine eigenen Hoffnungen. Nun, er hätte für seine Heldenverehrung auch schlimmere Männer aussuchen können. Es sprach sehr für Gwyn, daß er die Sanftheit und Höflichkeit genausosehr bewunderte wie die Macht der Waffen. »Gereint, der Reitmeister, sagt auch, daß du gut reitest«, bemerkte ich. »Und er glaubt wie ich, daß ein ausgezeichneter Krieger aus dir wird, wenn du weiterhin so schnell lernst wie bisher.«

»Ich . . . ich danke dir, hochedle Dame«, stammelte er, und seine Augen leuchteten. Er wirkte so durchsichtig wie Frühlingswasser, dieser Junge, und er konnte seine Gefühle nicht besser verbergen, als er fliegen konnte.

»Dann geh und übe reiten, hochedler Krieger, und morgen früh bringen wir das Wollinventar zu Ende. Gut so?«

»Sehr gut, my Lady«, erwiderte er, ergriff meine Hand und preßte sie an seine Stirn, ehe er losrannte. Ich konnte wieder lächeln, wirklich lächeln, während ich eilig zu Gruffydds Haus hinüberging.

Der Chirurgus wohnte auf der Nordwestseite der Halle, auf halbem Weg den Hügel hinab. Von Geburt stammte er aus Caer Ebrauc, und er hatte dort einige Erziehung genossen. Dazu kam noch eine Ausbildung in der Chirurgie von denjenigen, die in der Stadt die Kenntnisse der lange verschwundenen römischen Legionen noch bewahrt hatten. Als er volljährig wurde, war er einem Kloster beigetreten und lernte dort ein bißchen Physik, die seine Kenntnisse in der Chirurgie unterstützte, aber er hatte Streit mit seinem Abt bekommen, und man hatte ihn gezwungen, das Kloster zu verlassen. Kurz nach dem Tod des Kaisers Uther, ehe Artus selbst Anspruch auf den Purpur erhob, war er zu ihm gestoßen. Gruffydds war ein vernünftiger, hartköpfiger Mensch, der niemals ein gutes Wort oder eine unfreundliche Tat für andere zustande brachte. Als ich sein Haus betrat, goß er gerade mit finsterem Gesicht irgendeinen klebrigen Sirup in einen Becher Wein. Goronwy, der Verletzte, lag auf einem Bett. Sein Schwertarm war ihm über die nackte Brust gebunden, und seine Flanke und die Schulter waren bandagiert. Sein Gesicht über dem schwarzen Bart wirkte bleich, und er schwitzte.

Gruffydds nickte und grunzte, als er mich sah, aber er grüßte mich nicht. Er gab Goronwy den Becher in die linke, unverletzte Hand: Der Wein schwappte, weil seine Hand zitterte. Er schluckte ein bißchen von dem Trank und zog ein Gesicht.

»Trink alles«, riet ihm Gruffydds. »Es betäubt den Schmerz – nein, so.«

»Ich kann selbst trinken. Ich hab' schon vor Jahren meine Mutter verlassen. Wenn es den Schmerz betäubt, warum hast du es mir dann nicht schon früher gegeben?«

»Ich hab' dir vorhin schon was gegeben. Jetzt gebe ich dir noch mehr. Ich wollte, daß du noch ein bißchen bei Sinnen bist, solange ich an dir arbeite. Denn wie leicht wäre es, einen Nerv durchzuschneiden, wenn man solch eine Wunde reinigt, und das unter einem gebrochenen Schlüsselbein. Gloria Deo! Bist du wild darauf, deinen Arm zu verlieren? Als ob du nicht schon deine Dummheit genug damit bewiesen hättest, daß du einen Zweikampf ausgefochten hast!«

»My Lady«, sagte Artus, der aus den Schatten neben dem Bett auftauchte. Ich hatte ihn bis zu diesem Augenblick nicht bemerkt, und mein Herz hämmerte plötzlich. Er nahm einen Augenblick lang meine Hände und preßte sie. Die Linien um seinen Mund und um seine Augen traten stark hervor.

»Medraut hat mir gesagt, du wärst hier und wolltest mit mir reden«, sagte ich.

Er nickte und ließ meine Hände los. »Ich hab' ihn auf dem Weg hierher getroffen und ihn zu dir geschickt.«

»Medraut!« sagte Goronwy und versuchte, sich hinzusetzen. »Er weiß also davon? Jetzt schon?«

»Ich kann mir vorstellen, daß die halbe Burg Bescheid weiß,

wie du mit dem Herrn Bedwyr gefochten hast, Goronwy«, erwiderte ich mit flacher Stimme.

»Ah.« Goronwy fiel wieder zurück auf das Bett. »Gut. Wenn du ihn siehst, sag ihm, daß ich seine Gesellschaft sehr begrüßen würde. Seinetwegen habe ich ja gekämpft, und wäre er anwesend gewesen, dann hätte er selbst gekämpft. Die Angelegenheit betrifft also ihn.«

Gruffydds grunzte. »Ich habe hier zu sagen, ob es dir gut genug geht, um Besucher zu empfangen, oder nicht. Und ich sage, daß du niemanden empfangen wirst. Nicht vor morgen.«

Goronwy versuchte wieder, sich hinzusetzen, stöhnte und fiel zurück. Gruffydds nahm ihm den Becher ab, schenkte noch etwas Wein hinein und fügte noch etwas Sirup hinzu. »Nimm das«, befahl er. »Das bringt dich zum Schlafen.« Goronwy nahm es ohne Widerrede.

»Warum hast du gegen den Herrn Bedwyr gekämpft?« fragte Artus, sobald der Becher leer war. Seine Stimme war ruhig und gelassen. Nicht einmal ich, die ich ihn so gut kannte, konnte die Anspannung darin entdecken.

Goronwy blinzelte ihn an. »Mein Herr, er . . . sein Speer sei verdammt! Er hat gesagt, ich wäre ein Lügner!«

»Hat er das? Warum?«

Goronwy blinzelte noch einmal. Die Droge fing an zu wir ken, was Artus ohne Zweifel einkalkuliert hatte. »Er hat gesagt, ich . . . nein, zuerst haben wir über den Herrn Gawain geredet, Herr. Morfran ap Tegid und Constans und ich. Wir waren in der Halle. Und ich hab' gesagt, daß du Gawain nicht zurück nach Gallien schickst, weil du den Verdacht hast, daß er schlecht mit König Macsen verhandelt. Aber Morfran meinte . . . er sagte: ›Beim Himmel, das ist falsch‹, und du hättest Gawain nicht geschickt, weil er krank ist. Und Constans meinte, das könne er glauben, und Gawain sei in der Tat krank – im Gehirn, weil er seine Mutter umgebracht hat. Er hat eine schnelle Zunge, dieser Constans! Und Morfran wurde sehr ruhig und bekam einen unsicheren Blick, und dann hat er gefragt, ob Medraut das gesagt hätte, und Constans fragte, warum er es wissen wollte – und in diesem Augenblick kam der Herr Bedwyr heran – er hatte unten in der Halle gesessen, ein Stück entfernt von uns –, und Bedwyr sagte, Gawain sei nicht krank, sondern du, mein Herr, wünschtest, daß er sich ausruht. Und niemand bezweifle seine Treue. Und ich hab' gesagt, das wäre falsch. Denn es gäbe viele, die das bezweifelten, und mit Grund. Und Bedwyr nannte mich einen Lügner. Wie kann ein ehrenhafter Mann so etwas ertragen? Ich hab' ihn auf der Stelle zum Kampf herausgefordert. Er hat nichts gesagt und nur genickt. Und dann gingen wir hinaus in den Hof bei den Ställen und sattelten unsere Pferde und haben uns darangemacht. Aber sein Speer sei verdammt! Beim allerersten Angriff, ehe ich nur einen guten Schlag landen konnte, stößt er mich unter den Arm und schlägt mich vom Pferd, so daß ich jetzt nicht mehr in der Lage bin, für Monate gegen irgend jemanden zu kämpfen. Und, mein Herr – es ist doch wahr, daß du Gawain mißtraust, oder nicht?«

»Ich vertraue Gawain mehr als meinem eigenen Schildarm«, erwiderte Artus mit ruhiger Stimme. »Und Bedwyr vertraue ich mehr als meiner Schwerthand. Du hast müßigen Gerüchten zuviel Glauben geschenkt, Goronwy.« Er nahm dem Krieger sanft den Becher ab. »Hör zu, Vetter. Dieser Streit innerhalb meiner ›Familie‹ schmerzt mich so tief, wie deine Wunde dich schmerzt. Ich wünsche, daß der Streit endet.«

Goronwy blickte zu ihm auf und blinzelte noch immer schläfrig. Er klemmte die Unterlippe zwischen die Zähne. »Aber nach alledem traust du Gawain immer noch? So sehr? Er ist ein Muttermörder!«

»Vetter, auch das ist falsch. Denkt einen Augenblick nach, denkt an die Art, in der du zum erstenmal die Geschichte vom Tode der Königin Morgas von den Inseln gehört hast. Zuerst – waren sich da nicht alle einig, daß die Königin von den Händen des Herrn Agravain gestorben wäre? Und du hast auch gehört warum. Denk außerdem an Gawain. Du kennst ihn schon genausolange wie ich, du hast neben ihm gekämpft, von hier bis nach Kaledonien. Denk daran, wie oft er uns im Kampf gerettet hat und wie wohl er uns auf Botenreisen gedient hat und wie lange es dauert, bis er sich mit jemandem streitet – selbst mit dem niedrigsten Diener. Kannst du wirklich glauben, daß er wahnsinnig ist oder – noch schlimmer – verräterisch? Und kannst du glauben, daß ich es nicht wissen oder handeln würde, wenn es doch so wäre? Bin ich denn ein Narr? Goronwy?«

Goronwy schaute mich plötzlich an. Sein Blick war unsicher. Dann wandte er die Augen wieder zu Artus, in einem Ausdruck völliger Verwirrung. Artus beugte sich nach vorn und nahm seine Hand. Er umklammerte sie. »Vetter«, sagte er, »wieder denkst du an die wilden Gerüchte. Aber denk einmal daran, was du selbst getan und gesehen hast und was du weißt. Du weißt, wer und was ich bin, und du kennst Gawain und Bedwyr.«

Goronwy schaute ihn weiter in Verwirrung an.

»Wirst du dich mit dem Herrn Bedwyr versöhnen?« fragte Artus nach einem kurzen Schweigen.

»Mit Bedwyr? Ja, sein Speer sei verdammt. Wenn er den Ausdruck ›Lügner‹ zurücknimmt.«

»Das wird er tun. Aber du darfst nicht wieder deine Freunde gegen ihn aufbringen.«

»Wenn du es wünschst, Herr, dann will ich diesen Streit für mich behalten.«

»Ich wünsche es. Ausgezeichnet, Vetter. Schlaf jetzt!« Artus legte Goronwys Hand aufs Bett, wo sie sich langsam ballte und sich dann entspannte. Mein Mann betrachtete seinen Krieger einen Augenblick mit grimmigem Gesicht, drehte sich dann um und verließ den Raum.

Im Nachbarzimmer lag Gruffydds' Küche und auch der Platz, wo er seine Drogen präparierte. Artus lehnte müde an dem schweren Tisch, während Gruffydds die Tür schloß. Dann fragte Artus: »Und Bedwyr ist unverletzt?«

»Vollkommen. Er war derjenige, der Goronwy hierhergebracht hat. Goronwy ist auch nicht sehr verletzt – abgesehen von dem gebrochenen Knochen. Er sollte sich schnell erholen.«

Artus nickte. Dann sagte er mit leiser Stimme: »Er soll Medraut nicht empfangen. Verhindere das auf jede Weise, die dir zur Verfügung steht: Sag Medraut, daß er schläft oder daß er zu schwach ist, um Besucher zu empfangen. Bedwyr aber mußt du erlauben, ihn zu besuchen.«

»Das will ich tun, Herr. Und ich werde auch Rhuawn fernhalten und all die anderen aus Medrauts Partei, damit Goronwy eine Chance bekommt, wieder zu Verstand zu kommen.« Einen langen Augenblick begegnete er Artus' festem Blick, und dann fügte er hinzu: »Das ist doch dein Wunsch, oder nicht, Herr?«

Artus nickte. »Ja. Aber – wenn du es tust, dann mach es nicht zu offensichtlich.«

»Keine Angst. Aber ich bearbeite ihn auch selbst. Ich will sehen, ob ich ihm die Verleumdungen nicht ausreden kann.«

Artus fuhr fort, ihn mit Blicken zu fixieren. Gruffydds fügte abwehrend hinzu: »Gawain ist mein Freund, und es paßt mir gar nicht, wenn ich höre, daß er von einem goldenen Wiesel wie Medraut Verräter genannt wird.«

»Die ganze Geschichte ist sehr übel, aber Goronwy ist ein guter Mann, trotz allem. Was immer du sagst, fang keine weiteren Streitereien an! Wir können nur hoffen, daß sich alles mit der Zeit von selbst erledigt und daß jemand Gawain direkt darauf anspricht.« Nach einem weiteren Augenblick nickte Gruffydds, und Artus seufzte und rieb sich über den Mund. »Gut. Wenn du irgend etwas für Goronwy brauchst, wenn du willst, daß er anderswohin verlegt wird, dann haben die Diener Befehl, dir zu helfen. Gwynhwyfar, Bedwyr wartet sicher schon in unserem Haus.«

Bedwyr saß auf dem Rand des Schreibpultes und las ein Buch. Er legte es schnell hin, als wir eintraten, stand still und wartete. Blut war an seiner Tunika und an seinem Umhang, Goronwys Blut, und sein Gesicht war hart und bitter.

Artus durchquerte schnell den Raum und packte Bedwyr an den Schultern. »Es war gut«, sagte er, und die Grimmigkeit fiel plötzlich von ihm ab. »Es war gut, mein Bruder. Aber geh deinetwegen nicht solch ein Risiko ein. Ich könnte es mir eher leisten, Goronwy und Morfran zusammen zu verlieren, als dich zu verlieren.«

Bedwyrs Gesichtsausdruck entspannte sich, und er umklammerte Artus' Arm. »Es gab keine andere Möglichkeit, den Streit abzubrechen«, sagte er. »Wenn ich nicht dazwischengetreten wäre, dann hätte Morfran gegen Goronwy gekämpft, und einer von den beiden wäre sicher getötet worden.«

Artus nickte, schüttelte ihn ganz leicht, ließ ihn dann los und setzte sich ans Pult. »Ich habe Goronwy gerade gesagt, daß ich Gawain mehr vertraue als meiner linken Hand – und dir mehr als meiner rechten. Und ich bete zu Gott, daß sich das herumspricht. Da du derjenige warst, der gegen Goronwy gekämpft hat, glaubt diese Partei vielleicht, daß ihr Anführer mich angreift und nicht Gawain. Aber, Gott des Himmels! Ich kann jetzt auf nichts mehr trauen. Nichts geht über seine Macht, Worte ins Böse zu verdrehen.«

Niemand mußte fragen, wer ›er‹ war.

»Es wäre genauso schlimm gewesen, wenn du Gawain zurück nach Gallien geschickt hättest«, sagte ich. »Vielleicht geht es nicht um ihn, aber ich glaube, Medraut haßt ihn.«

Artus nickte schwer. »Und niemand hat Gawain bis jetzt direkt herausgefordert. Er ist schon seit zwei Wochen zurück und macht den Schwierigkeiten den Hof, und noch immer hat ihn niemand herausgefordert.«

Bedwyr schüttelte den Kopf. Er trug einen Sessel für mich ans Feuer und setzte sich dann wieder auf die Pultkante.

»Rhuawn hat vor zwei Tagen Gawain ein paar wilde Dinge ins Gesicht geschleudert«, sagte ich. »Aber nichts war dabei, was Gawain uns hätte melden können, damit wir es abweisen. Gawain wollte nicht sagen, mit was man ihn beleidigt hatte. Er meinte nur, er hätte gegen Rhuawn kämpfen müssen, wenn er von seinen Worten Notiz genommen hätte. Also verdrehte er ihre Bedeutung zu einem Witz und ging dann.«

»Es ist noch immer der alte Streit, nur deutlicher, unmittelbarer.« Artus stand auf, ging hinüber zum Feuerplatz und lehnte sich an die Wand. Er starrte in die tote Asche der Feuerstelle. »Dennoch muß mehr daran sein, sonst hätte jemand Gawain herausgefordert.«

»Eine Zeitlang wird es jetzt ruhiger sein«, sagte Bedwyr.

Artus rührte sich nicht. Seine großen grauen Augen starrten ins Nichts, ich wußte in einem plötzlichen impulsiven Schmerz, über was er jetzt nachdachte.

»Vielleicht solltest du Gawain irgendwo hinschicken«, schlug ich vor, um ihn von dem Alptraum abzulenken. »Du könntest ihn auf eine Mission schicken, nach Ebrauc – oder, noch besser, auf die Inseln –, mit einer Eskorte aus einigen von Medrauts Gefolgsleuten und einigen seiner eigenen Freunde. Vielleicht wäre er dann in der Lage, die Probleme zu lösen.«

Artus schüttelte den Kopf, ohne mich anzusehen. »Nein. Wenn jemand ihn auf der Reise herausforderte, dann wäre er nicht in der Lage, uns zur Schlichtung anzusprechen. Er würde kämpfen müssen. Und wenn jemand getötet würde, dann wären die anderen aus Medrauts Partei nach seinem Blut aus – Gott verhindere es, aber vielleicht gäbe es sogar auf dem Weg eine richtige Schlacht. Nein. Es gefällt mir nicht, daß alle zögern, Gawain auf irgendeine Anschuldigung herauszufordern, in der ich vielleicht urteilen könnte. Dadurch deutet man an, daß sie schon jetzt meiner Gerechtigkeit mißtrauen. Vielleicht ... vielleicht glauben sie auch schon an andere Gerüchte. Sie schreitet jetzt schnell fort, diese Krankheit. Viel schneller, als ich geglaubt hatte. Ich muß Medraut wegschikken ... aber wohin, um Gottes willen? Ich wage es nicht, ihn als Boten auf den Weg zu senden.«

»Schick ihn nach Gwynedd, damit er die Probleme wegen des letzten Tributes mit Maelgwyn bespricht«, schlug Bedwyr vor. »Er wird es nicht wagen, uns bei Dingen zu betrügen, die wir überprüfen können – wie Tributzahlungen. Und er kann Maelgwyn kaum mehr zu unserem Feind machen, als er schon ist. In der Tat – wenn er Maelgwyn zu sehr unter Druck setzt, dann fängt der König vielleicht an, ihm zu mißtrauen, und er hat dann einen Verbündeten weniger.«

Artus' Hand, die an der Wand ruhte, ballte sich langsam. »Wenn ich ihn zu Maelgwyn schicke . . . er ist bereit, das Geheimnis zu verraten. Er wird es Maelgwyn erzählen.« Sein Blick ging über den grauen Hauf aus Asche hinweg, in eine tiefere Dunkelheit, und sein Gesicht wirkte faltig und alt. Seine Stimme war zu einem Flüstern geworden.

»Herr?« fragte Bedwyr ebenfalls flüsternd und schaute Artus intensiv an. Er kannte das Geheimnis nicht, aber er kannte Artus schon seit vielen Jahren, viel zu lange, um diesen Schatten, der über ihm hing, nicht zu bemerken oder diesen starren Blick in die blinde Dunkelheit zu erkennen.

Artus schaute ihn plötzlich an. Sein Gesichtsausdruck war bitter. »Meine Frau weiß es.«

Ich blickte hinab auf meine Hände, die gefaltet im Schoß lagen. Ich sah das purpurne Glänzen des Amethysts in dem Siegelring, den ich trug, und den geschnitzten, kaiserlichen Drachen. Ich wollte Bedwyrs dunklem, fragenden Blick nicht begegnen. Aber ich fühlte ihn, als er sich wieder an Artus wandte.

»Und?« fragte Artus sehr leise, als ob er mit sich selbst spräche. »Du solltest es wissen. Du bist mein Feldherr.«

»Ich bin dein Freund«, erwiderte Bedwyr ganz ruhig. »Und dein Diener.«

Die zwei Paar Augen begegneten sich und schauten einander an. Bedwyrs Blick war ernst, mit einer offenen Demut, zufrieden mit dem, was Artus ihm sagen würde. Artus' Blick war hart und kalt, wie er selbst kalt war, verzerrt vom Schmerz einer Erinnerung.

Dann seufzte Artus und öffnete seine Hände in einer Geste der Niederlage. »Du bist mein Freund und Bruder. Und ich weiß, daß du mir folgen wirst, selbst wenn du es weißt. Aber ich sage dir jetzt, daß ich es für nicht gerecht halte, wenn du es weißt. Ich will es akzeptieren, weil ich muß – aber Gerechtigkeit ist es nicht, und es war nicht gerecht von mir, es so lange zu verheimlichen. Medraut . . .« Er hielt inne und holte tief und schluchzend Atem, »Medraut ist mein Sohn.«

Bedwyr starrte ihn an. Ich sah zu, wie die Bedeutung von Artus' Worten langsam über sein Gesicht zog, wie sich zuerst seine Augen vor Schrecken verdunkelten und wie dann nach und nach alles Blut sein Gesicht verließ. Er erhob sich, versuchte zu sprechen, hielt inne, und die Fingerspitzen seiner einen Hand ruhten auf der Oberfläche des Pultes. »War es – deine Schwester?« fragte er endlich.

»Ja.« Artus stand völlig still, fast ruhig, nur seine Augen waren lebendig und strahlend und schrecklich. »Hast du jemals bemerkt, daß er mir gleicht?«

»Ich . . . er ist dein Neffe. Ich dachte, deshalb sei es so.«

»Er ist mein Neffe und mein Sohn. Er ist geboren aus der Blutschande, die ich mit meiner Schwester Morgas begangen habe. Nach allen Traditionen der Kirche bin ich in Ewigkeit verdammt.«

»Er hat es nicht gewußt!« sprudelte ich heraus, unfähig, länger zu schweigen. »Er hat nicht gewußt, wer sein Vater war. Und sie hat es geplant, um uns zu vernichten.«

»Still, still«, sagte Artus und schloß die Augen halb im Schmerz. Dann schrie er, während er sich mit plötzlicher Wildheit zu mir umdrehte: »Glaubst du denn, daß das die Sache ändert?«

Plötzlich kehrte die Farbe in Bedwyrs Gesicht zurück. »Herr, es gibt keinen Grund, Lady Gwynhwyfar anzuschreien.«

Artus nickte, setzte sich dann plötzlich am Feuer nieder, als ob seine Kraft ihn endlich verlassen hätte. Er bedeckte das Gesicht mit den Händen. Ich sprang auf und ging zu ihm hinüber, kniete neben ihm, hielt ihn in den Armen. Aber er war völlig bewegungslos. Morgas hatte ihn tiefer verwundet, als daß ich ihn hätte heilen können. Bedwyr stand beim Pult, betrachtete uns und sagte nichts.

Nach einer langen Minute senkte Artus die Hände und begegnete wieder dem Blick seines Feldherrn. »So«, sagte er mit flacher, erschöpfter Stimme, »jetzt hab' ich es dir gesagt. Aber die Geschichte wird bald im Umlauf sein. Du sollst wissen, daß sie wahr ist. Ach, wenn du willst, dann füge deinem Wissen das hinzu, was Gwynhwyfar dir gesagt hat: Ich hab' es nicht gewußt. Es war . . . vor langer Zeit.«

Bedwyr neigte zustimmend den Kopf, eine Bewegung, die einer tieferen Verbeugung voranging, denn er sank in die Knie und zog sein Schwert. Er bot es Artus mit dem Heft voran. »Herr«, sagte er in einem Tonfall, der so ruhig und ausdruckslos wie Artus' Tonfall war, »vor vielen Jahren hab' ich dir dies gegeben. Hätte ich damals gewußt, was du mir heute gesagt hast, so hätte ich auch nicht anders gehandelt.«

Artus starrte ihn an, erhob sich dann, machte sich von mir los und berührte das Heft des Schwertes. Ich glaubte, er wollte Bedwyr auf die Füße helfen und ihn umarmen, aber er tat es nicht. Er stand nur da und schaute den Krieger an. »Ich danke dir«, sagte er endlich. »Setz dich.«

Er kehrte zu seinem Platz neben mir zurück, und Bedwyr erhob sich bebend. Er steckte sein Schwert in die Scheide und setzte sich nieder. Artus holte noch einmal tief Atem und führte die Besprechung mit ruhiger Stimme fort. »Du siehst also: Ich fürchte, Medraut wird bald anfangen, die Geschichte zu verbreiten. Daher will ich ihn nicht nach Gwynedd schicken oder zu irgendeinem anderen König, der wie Maelgwyn in der Lage wäre, solch eine Geschichte als Waffe gegen uns zu benutzen.«

»Medraut könnte es Maelgwyn selbst erzählen, ohne Camlann zu verlassen«, sagte ich in die Stille hinein. »In einem Brief.«

Artus drehte den Kopf um und schaute mich an. Sein Gesicht war kaum einen Fuß von meinem entfernt, aber seine Augen schienen mich aus großer Entfernung zu betrachten.

»Schick ihn nach Gwynedd«, sagte ich. »Mein Lieber, einige der Männer werden ihn jetzt anzweifeln. Wenn er abwesend ist, gleichgültig wo, dann verfliegt sein Zauber. Und wenn er die Geschichte Maelgwyn erzählt, dann wird sie weniger schaden, als wenn sie einem König erzählt würde, der unser Feind ist.«

»Aber er wird gern nach Gwynedd gehen wollen. Er hat schon mit Maelgwyn gesprochen; wir wissen das. Solch eine Geschichte würde er keinem Brief anvertrauen. Er wird sie auf seine eigene Art erzählen wollen, indem er seinen Weg mit Andeutungen und Gerüchten vorbereitet und ihn damit beendet, daß er vorgibt, daß der König selbst verletzt werden soll. Lieber Gott, ich kann ihn schon fast hören.«

»Mein Liebster . . .«, fing ich wieder an und streckte die Hand aus, um ihn zu berühren.

Aber er sprang auf, schritt zur Tür, drehte sich um und schaute zu mir zurück. »Das beste für mich wäre, abzudanken. Nein, sei still. Wenn ein anderer an meiner Stelle wäre, jemand, der von alledem nicht berührt ist, dann wäre alles gut. Und warum sollten Camlann oder du oder ganz Britannien für meine Sünde zahlen? Warum sollte jemand dafür leiden außer mir? Es kommt nur daher, daß ich Kaiser bin, daß ich den Purpur widerrechtlich genommen habe. Wenn ich abdanken könnte . . .«

»Herr!« riefen Bedwyr und ich zusammen aus.

Er schüttelte zornig den Kopf. »Es wäre das beste. Aber es gibt niemanden, den ich zu meinem Nachfolger ernennen könnte und den man überall akzeptiert. Am Ende würde es einen Krieg geben, noch einen Krieg. Und alles würde so enden wie damals, als ich die Macht ergriffen habe, und ohne Zweifel würde ich die Macht wieder ergreifen.« Er schlug hart mit der Hand gegen die Wand, hielt dann inne und umfaßte sie mit der anderen Hand. »Ich kann nichts anderes tun als weitermachen.«

»Artus!« rief ich und erhob mich mit steifen Knien. Das Herz tat mir weh, denn er wollte weder Trost noch Hoffnung von mir annehmen, und dennoch hatte er sich dazu entschlossen, weiterzukämpfen.

»Nein! Gwynhwyfar, dein Mitleid ist ein Tadel für mich. Siehst du das nicht ein? Muß ich so offen reden? Es ist meine Schuld, meine! Laßt mich für eine Weile allein. Ich werde ausreiten – ja, ich werde Medraut und Rhuawn als Begleitung mitnehmen und versuchen, ob ich nicht irgend etwas von ihren Plänen ausforschen kann. Bedwyr, du mußt Goronwy besuchen. Nimm den Ausdruck ›Lügner‹, den du ihm gegeben hast, zurück, dann ist er wieder versöhnt. Und schweig über den Streit. Sollte sich irgend etwas anderes ereignen, dann bin ich bei Sonnenuntergang zurück.« Er öffnete die Haustür, blieb dann stehen und schaute noch einmal zurück. »Verzeiht mir«, sagte er sehr ruhig, und dann war er fort. Bedwyr und ich schauten einander in tiefem Schweigen an, und wir sahen die Verlassenheit, die in unseren Augen lag.

»Du hast es gewußt – wie lange schon?« fragte Bedwyr endlich.

»Nur vier Jahre«, antwortete ich.

»Und sonst weiß es niemand?«

Ich schüttelte den Kopf, schaute mich um und setzte mich dann in den Sessel am Feuer, den Artus gerade verlassen hatte. Die Wärme seines Körpers war noch immer daran, und ich sehnte mich nach ihm, ganz plötzlich und ganz schrecklich. »Nur Gawain«, sagte ich zu Bedwyr. »Artus hat es ihm erzählt, ehe Gawain ihm Gefolgschaft geschworen hat. Artus dachte, Gawain wüßte es schon, und er hatte ihn deswegen schlecht behandelt.«

»Das war also der Grund.« Bedwyr fuhr mit dem Finger über die Linie seines Schwertheftes, hob dann eine Falte seines Umhangs auf und starrte einen Blutfleck an, der darauf war. »Wenn ich das gewußt hätte . . .«

»Was?«

Er ließ den fleckigen Stoff wieder fallen. »Nichts. Was hätte ich schon tun können? My Lady, ich würde für keinen anderen kämpfen als für Artus. Ich hätte mein Schwert schon vor Jahren an den Nagel gehängt, wenn ich aufgerufen worden wäre, einem anderen Herrn außer ihm zu dienen. Was er getan hat, das ist nicht weniger als ein Wunder. Er hat für das Licht gefochten, wo alle anderen nur für sich allein kämpften. Kein Gott würde ihn für das strafen, was er unwissend begangen hat. Es ist ein Werk der Hölle, um uns alle zu schwächen.«

»Gawain«, sagte ich müde, »Gawain glaubt, die Königin Morgas war eine Art Dämon.«

»Beim Himmel – ihr Herz muß schwärzer gewesen sein als das Herz eines anderen Sterblichen, daß sie so etwas getan hat. Kann Artus sich wirklich vorstellen, daß jemand anders besser regieren könnte als er? Selbst jetzt, selbst wo er Kaiser ist, sind wir kaum in der Lage, an dem festzuhalten, was das Alte Reich war. Was würden wir tun ohne ihn?«

Ich schüttelte den Kopf. Meine Hand ballte sich, und ich fühlte die Linie des Siegelrings an meiner Handfläche. »Ich glaube, daß wir bis auf den heutigen Tag nichts anderes getan haben, als einen Windschutz aus Sträuchern gegen den Sturm zu bauen«, sagte ich, »und seit dem Frieden haben wir versucht, ein Feuer dahinter anzuzünden. Aber ich dachte, wir hätten genug Feuer, um die Welt zu erleuchten, hier in Camlann, wenn wir Zeit genug haben. Nur Medraut wird unseren Windschutz niederreißen, wenn wir es zulassen. Artus weiß es, und er glaubt, es ist seine Schuld. Aber du hast recht, ohne ihn haben wir nichts als die Dunkelheit und die Stürme und die Könige von Britannien, die um einen purpurnen Umhang gegeneinander kämpfen. Artus will das nicht geschehen lassen.«

»Ich bitte Gott, daß es nicht geschieht.« Bedwyr schaute mich wieder an, kam dann zu mir herüber, kniete vor mir nieder und nahm linkisch meine Hände. Er küßte sie. »Hochedle Dame . . . du brauchst mir nicht zu sagen, daß er dich mehr als alle anderen liebt. Wenn jemand ihn trösten kann, dann bist du es.«

»Ich habe es versucht. Aber er will keinen Trost. Er wird die Festung halten, aber für diese Tat wird er sich auch strafen, und ich kann ihn nicht daran hindern.«

»Versuch es noch einmal, my Lady.« Sein Gesichtsausdruck war ernst und zärtlich. »Du bist nicht feige. Ich weiß, daß du weiterkämpfen würdest, selbst wenn der Kampf hoffnungslos wäre. Und er ist jetzt alles andere als hoffnungslos.«

Meine Sehnsucht, seine Freundlichkeit, Artus' Schmerz. Ich war wie gelähmt von zu vielen Gefühlen, und ich konnte doch nicht mehr fühlen. »Ich bin ... mit Recht getadelt, Herr«, brachte ich heraus. »Nun gut. Und was dich selbst betrifft, so verdienst du das Vertrauen, das er dir schenkt. Du verdienst es von mir genausosehr wie von meinem Herrn. Wenn ich dir so danken sollte, wie deine Freundlichkeit es verdient, dann würde ich nie aufhören können, dir zu danken.«

Er schaute mich noch einen Augenblick länger in völligem Ernst an, und dann küßte er noch einmal hastig meine Hände. Er stand auf, schaute mich an und verbeugte sich. »Ich muß gehen und Gawain suchen. Ich muß ihm sagen, was passiert ist. Gott schütze dich, my Lady.«

»Und dich auch, edler Herr.«

Als er gegangen war und ich das Haus für mich allein hatte, legte ich das Gesicht in die Hände und bemühte mich, ruhiger zu werden. Sei still, still ... Ich konnte die Brise im Strohdach hören und das hohle Geräusch, das der Wind unter den Balken machte. Ich hörte ferne, unverständliche Stimmen, die weit unten am Hügel riefen. Da. Meine Haut fühlte sich heiß an, und ich stand auf und ging ins nächste Zimmer. Ich fand einen Krug mit Wasser. Ich spritzte mir das Wasser an die Stirn und an die Wangen. Aber die Ruhe floh mich. Ich hatte das Gefühl, als ob ein Feuer unter meinem Herzen in diesem Gewebe aus Schmerz und Hilflosigkeit angefangen hatte zu brennen, und ich konnte es nicht so leicht auslöschen. Obwohl ich über Bedwyr froh war. Er war freundlich gewesen ...

Ich hielt inne und starrte in den Wasserkrug. Bedwyr. Was hatte ich gefühlt, als er meine Hände küßte? Was für ein Zeichen hatte er vor mir in der Luft gemacht, um mein Herz an sich zu ziehen, wie Artus das tat?

»O Gott«, flüsterte ich, und die Lippen meines Spiegelbildes bewegten sich entsetzt im Wasser. Nicht dies, nicht jetzt, nicht, wo ich soviel anderes zu tun hatte! Wie war nur diese Gefahr an mich herangekrochen, daß ich sie bis jetzt nicht bemerkt hatte? Ich war sicher gewesen in meiner Liebe zu Artus. Oh, natürlich sind manche Männer attraktiv, und der Körper findet sie anziehend. Aber das ist etwas, was man leicht weglachen kann und was nicht ernst zu nehmen ist. Ich hatte niemals einen anderen Mann außer Artus geliebt, ich hatte nie geglaubt, daß ich das konnte. Es gab viele, die ich zu meinen engen Freunden zählte, und Bedwyr hatte auch dazu gehört. Aber jetzt war ich überrascht worden, hineingelockt in ein anderes Gefühl, ein Gefühl, das tiefer ins Herz biß.

Ich dachte noch einmal daran, wie er mich angeschaut hatte, so zärtlich und ernst. Ich dachte an die eilige Berührung seiner Lippen auf meinen Fingern ... Ich konnte sie noch immer fühlen wie einen Ring aus unsichtbarem Gold. Ich ballte meine Hände zu Fäusten und preßte sie auf die Augen. Der Gedanke an diesen Ausdruck in seinen Augen, an sein seltenes, warmes Lächeln schmolz meine Seele in mir. Und es hatte auch ihn getroffen, es hatte ihn genausogut überrascht, dessen war ich sicher.

»O Gott«, sagte ich noch einmal. Meine Stimme klang seltsam.

Ich wischte mir die triefenden Hände an meinem Kleid ab und ging zurück in das Besprechungszimmer. Das Buch, das Bedwyr gelesen hatte, als ich ins Haus trat, lag noch auf dem Pult. Ich nahm es auf, um es wegzustellen – alles, um mich von dem aufgewühlten Gefühl in mir abzulenken. Es war die Aeneis, und als ich das Buch aufhob, klappte es am Anfang des vierten Kapitels auf:

At regina gravi iandudum saucia cura
vulnus alit venis et caeco carpitur igni ...

Aber inzwischen die Königin, schweren Schmerzes verwundet,
nähret die Wunde mit Blut, und ein blindes Feuer ergreift sie ...

Ich warf das Buch auf den Fußboden und starrte es an. Die unglückliche Dido, die in Aeneas verliebt war, der nach Rom wollte. Verliebt, verliebt, verliebt. Ich hatte nicht bemerkt, wie sie kam, und jetzt, wo ich sie sah, war es zu spät: Die Liebe packte mich wild, bittersüß, unwiderstehlich. Und ehebrecherisch, verräterisch, vernichtend.

Mit zitternden Händen nahm ich das Buch wieder auf. Ich glättete die geknickten Seiten und stellte es zurück an seinen Platz im Bücherregal. Dann blieb ich einen Augenblick stehen, und ich legte die Handflächen flach auf das kühle, narbige Holz des Pultes. »Nun gut«, sagte ich laut und fühlte das Schlagen meines Blutes in den Ohren. Es war geschehen; ich liebte Bedwyr. Aber dennoch, Artus ... ich schloß die Augen und dachte an meinen Mann. An die Augen, die mit einem Blick Schweigen befehlen oder von reiner Freude glühen konnten, an den zuversichtlichen Schritt, die Kraft seiner Hände und die leidenschaftliche Macht seiner Vision. Mein Mann, mein Liebster, und wenn er manchmal, unter der Bürde des Reiches, mich nicht hören wollte – nun, ich hatte das immer erwartet. Aber Bedwyr – nein, diese Wunde würde ich nicht mit meinem Blut nähren. Ich würde auch nicht mehr mit dem Feldherrn reden, es sei denn, die Umstände verlangten es.

Ich drehte mich um und stolperte aus dem Raum. Ich blieb in der Tür stehen. Der Tag war dunkel geworden, und Wolken spuckten ein paar kleine Regentropfen. Ich mußte ... ich mußte mit den Dienern reden, ich mußte dafür sorgen, daß ein paar von ihnen erfuhren, was Artus über Gawain gesagt hatte, so daß das Gerücht seiner Worte sich ruhig und natürlich verbreitete, zusammen mit der Geschichte von dem Streit. Ja. Und was Bedwyr betraf ...

Am besten war es, überhaupt nicht an ihn zu denken.

3

Am nächsten Morgen beendete ich mit Gwyn das Inventar der Wolle, als Gawain auf der Suche nach mir in den Lagerraum kam. Er lächelte, als er uns sah, nickte Gwyn zu und verbeugte sich leicht vor mir. »My Lady, ich würde gern mit dir reden, wenn du frei bist.«

»Ist es dringend?« fragte ich mit müder Sorge.

»Ach nein. Es kann warten – wann wirst du hier fertig sein?«

»Wir sind jetzt fast fertig. Wenn du willst, daß ich in die Halle komme, wenn ich fertig bin, oder in dein Haus . . .«

»Mach dir keine unnötige Mühe. Ich will hier warten, wenn ich nicht im Weg stehe. Kann ich irgendwie helfen?«

»Überhaupt nicht.«

»Schade. Ich fühle mich wie ein Pferd, das auf die Weide geschickt worden ist, wo es nichts anderes zu tun hat, als zu grasen und zuzusehen, wie seine Kameraden arbeiten. Ich hatte nicht geglaubt, daß dreißig so alt ist . . . he, Gwyn! Wie machst du dich denn beim Reiten?«

Gwyn, der Gawain mit leuchtenden Augen betrachtet hatte, stammelte eifrig seine Antwort. »Ich k-kann das Ziel jetzt aus dem Galopp treffen, seit du es mir gezeigt hast, edler Herr. Aber den Ring kann ich noch nicht aufheben, und die anderen haben mir gesagt, ich müßte es jetzt eigentlich können. Gestern hab' ich's versucht, und dann bin ich heruntergefallen, und dem Pferd hat es nicht gepaßt.«

Gawain lachte. »Hast du wieder den nußbraunen Dreijährigen geritten? Das Tier ist ein halbes Pony und hat nicht mehr Widerrist als ein Maultier. Außerdem noch weniger Ausbildung. Man kann nicht das ganze Gewicht auf eine Seite des

Pferdes verlagern, es sei denn, das Pferd ist daran gewöhnt. Was hat denn der Braune gemacht, als du dich über seinen Nacken gebeugt hast? Ist er plötzlich stehengeblieben und hat überrascht dreingeschaut?«

Gwyn lachte zurück. »Wie eine Henne, der man die Schwanzfedern ausrupft. Er ist, sobald ich das linke Bein hochgenommen hatte, einfach stehengeblieben, und dann bin ich heruntergefallen. Er hat mich beschnüffelt, als ich auf dem Boden lag, und er schaute sehr verwirrt drein. Aber die anderen hatten mir alle gesagt, ich sollte es doch mal versuchen.«

»Wahrscheinlich wollten sie dich nur herunterfallen sehen – und bei dem Tier gibt es ja auch nichts, woran man sich festhalten kann, wenn man abrutscht. Wenn du ihn aber an das Kunststück gewöhnen könntest und ihm beibringst weiterzulaufen, während du es machst, dann könntest du die Übung noch einmal wiederholen und sie alle überraschen.«

»Das wäre herrlich! Wie macht man eigentlich . . . oh. Das tut mir leid, my Lady. Es waren drei Ballen Grün, nicht?«

»Dreimal Grün einfach, zweimal doppelt. Vielleicht könnte der Herr Gawain dir heute nachmittag beibringen, wie man vom Pferd aus einen Ring vom Boden aufhebt. Aber warum in aller Welt willst du eigentlich so etwas können?«

»Wenn man das kann, dann wird man mit einem Gegner fertig, der gestürzt ist, oder man kann ein fallengelassenes Schwert aufheben«, antwortete Gawain sofort.

»Und wenn man mit dem ganzen Körper auf der einen Seite des Pferdes reiten kann«, fügte Gwyn eifrig hinzu, »dann kann man das Pferd während eines Angriffs als Schild benutzen. Der Feind sieht einen möglicherweise noch nicht einmal, oder er wirft keinen Speer, wenn er das Pferd will.« Gwyn schaute Gawain ernsthaft an, empfing ein zustimmendes Nicken, wurde dann wieder nüchtern und sagte: »Aber ich könnte den Herrn Gawain belästigen. Wirklich, edler Herr, ich weiß, du hast dich um viel wichtigere Dinge zu kümmern als um so etwas.«

»Ich habe der Kaiserin gerade gesagt, ich hätte mich um

nichts zu kümmern, weder um große noch um kleine Dinge. Und ich habe eine neue Fuchsstute, die ich für den Kampf ausbilden will. Ich bringe sie hinaus auf das Feld hinter den Ställen. Komm, wenn du willst – natürlich nur, wenn die Lady Gwynhwyfar nichts anderes für dich zu tun hat.«

»Heute nachmittag nicht«, antwortete ich sofort, erfreut darüber, daß Gwyn von seinem Helden das Reiten lernen würde. »Ich brauche noch die Liste von den Frauen, die für uns weben sollen, und die Mengen von jeder Farbe, die sie brauchen. Aber das kannst du heute abend für mich aufschreiben. Gut, Gwyn, dreimal Grün einfach, zweimal doppelt; und . . .«, ich zählte schnell, »fünf Schwarz, ungefärbt, einfach . . .«

Gwyn kritzelte hastig die Mengen mit seinem Stylus hin, verlegen, aber kompetent. Er achtete sorgfältig darauf, daß er Gawain nicht anschaute. Wir beendeten die Inventur, überprüften das Resultat, und dann sagte ich Gwyn, er solle eine saubere Kopie davon machen und schickte ihn dazu weg. Gawain schaute hinter ihm her und lächelte.

»Das ist ein kluger Junge«, sagte er mir. »Außerdem ein waghalsiger.«

»Er hält sehr viel von dir.«

Diese Worte brachten mir einen schnellen Blick ein. »Wirklich? Ich nehme an, er ist in die Lieder verliebt. Es war tapfer hierherzukommen und noch tapferer, zu bleiben. Die meisten der anderen Jungen in der Festung sind grausam zu ihm, obwohl das wahrscheinlich zu erwarten war.«

»Er erträgt es sehr gut. Bald werden sie müde sein, ihn zu ärgern, und dann kann er Freunde gewinnen. Aber ich bin froh, daß du ihn einige Zeit unterrichten willst.«

»Ach, das. Das ist eine Freude. Ich weiß noch, wie es ist, wenn man von anderen Kindern verachtet wird, und es kommt ja auch etwas dabei heraus, wenn ich ihn unterrichte. Aber obwohl Gwyn ein schnellerer Lerner ist, als ich es je war – das ist nicht das, was ich mit dir besprechen wollte.«

Ich machte eine Geste zur Tür, und er öffnete sie vor mir.

Er folgte mir hinaus in die sonnige Morgenluft. »Cei hält sich in meinem Haus auf. Er ist in einer fürchterlichen Stimmung«, sagte mir Gawain. »Sollen wir wieder zu den Mauern hinuntergehen?«

Wir gingen. Es war ein schöner Tag, in der Vollkommenheit der ersten Junitage. Die Lerchen sangen über Camlann, und Kinder spielten vor den Häusern, wo die Frauen am Dach die Wäsche aufhängen und über die Nachbarinnen klatschten. Wir gingen, ohne zu reden, den Hügel hinunter, denn der Tag war zu schön, um ihn so früh mit Sorgen zu belasten. Dann stiegen wir auf den Wall und schauten hinaus über die Felder, das Land, das vorher rohe Erde gewesen war, grünte jetzt – es war silbern vom Weizen und schimmerte im Wind. Gawain blieb stehen, lehnte sich an die Zinnen, und ich stellte mich neben ihn. Mir war, als ob die Brise die zugeballten, vielfältigen Sorgen von meiner Seele wegwehen und sie über das reiche Land verstreuen mußte. Es würde gar nicht alles so schrecklich werden: Das Schlimmste würde nicht geschehen. Camlann hatte den Bürgerkrieg und die sächsischen Kriege überstanden; es hatte die Armut und die Feindseligkeit und den Neid überstanden, und es war stark. Sein Leben ging weiter, beständig wie ein Pulsschlag, trotz aller Zweifel und Unsicherheiten seiner Herrscher. Gleichgültig, wen ich liebte oder haßte, Camlann würde mir immer Aufgaben bieten, kleine, neue Sorgen, die die größeren vernichteten. Vielleicht – nein, sicher – würde Camlann uns am Ende retten.

»Gestern habe ich mit meinem Bruder Medraut gesprochen«, sagte Gawain ohne Vorwarnung.

Mein Augenblick des Friedens verschwand so plötzlich wie eine Forelle, die man im Schatten eines ruhigen Teiches sieht. »Du hast mit ihm über Goronwys Zweikampf gesprochen? Du warst allein mit ihm?«

»Ja, wir waren allein. Und wir haben über den Zweikampf gesprochen, und . . . über andere Dinge. Dich und mich, und meinen Herrn, den Hohen König.« Gawain sagte immer ›Hoher König‹ für ›Kaiser‹. Das war seine irische Erziehung.

»Hat er dir viel erzählt?«

»Sehr wenig. Er ist uns ausgewichen.«

»Ach, wirklich! Hast du anderes erwartet?« Ich wandte mich verbittert von ihm ab und beugte mich über die Zinnen.

»Nein, ich glaube nicht. Aber ich mußte mit ihm reden. Ich weiß schon lange, was er vorhatte, aber jetzt fängt er wirklich an. Er hat es erreicht, daß Blut vergossen wurde. Also bin ich in sein und Rhuawns Haus gegangen, und als die beiden mit meinem Herrn Artus vom Ausritt zurückkamen, da habe ich ihn begrüßt und ihn gefragt, was er als nächstes vorhätte.« Gawain zuckte die Achseln. »Rhuawn protestierte dagegen und sagte gewisse zornige Worte, aber Medraut schickte ihn weg. Dann hat er selbst mit mir gesprochen, in sehr bitteren Worten.« Er schaute hinunter auf den Wall und den Graben vor den Zinnen und auf die grünen Gräser, die der Wind beugte. Das Unheimliche kam wieder über ihn, und ich merkte, daß er nicht das sah, was vor seinen Augen war, sondern etwas Tieferes, Seltsameres. »Er hat keine Freude an der Dunkelheit, der er dient. Er geht seinen Weg in blindem Schrecken, wie ein Mann in einer dunklen See, wo er weder Boden unter den Füßen noch Luft zum Atmen hat. Aber es kümmert ihn nicht. Er will nur zerstören, was er haßt, und er lebt vom Haß allein.« Gawain hielt inne, dann sagte er: »Einmal war er anders. Als wir beide noch Kinder waren – aber das sind Dinge, die dich nicht bekümmern müssen, my Lady. Als er damit fertig war, mich und die ›Familie‹ zu verfluchen, da hat er mir gesagt, er will die Geschichte seiner Geburt verbreiten. Er hat das nicht so deutlich ausgedrückt, aber ich glaube, er hat vor, den Botschaftern der Könige von Britannien Andeutungen zuzuflüstern, und wenn die Gerüchte dann außerhalb von Camlann überall durchgedrungen sind, dann will er seinen Freunden und Gefolgsleuten ihre Fragen mit weiteren Andeutungen beantworten. Außerdem erfindet er jetzt auch Verleumdungen gegen Bedwyr, denn Bedwyr war es ja, der gegen Goronwy gekämpft hat. My Lady, er muß aufgehalten werden.«

»Das alles hat er dir gesagt?«

Gawain blickte zu mir auf. Er war jetzt wieder menschlich und lächelte bedauernd. »Vor mir verstellt er sich nicht, my Lady. Wir kennen einander zu gut, und wir sind uns zu ähnlich. Aber er haßt mich sehr, weil er glaubt, daß ich ihn und unsere Mutter betrogen habe. Er will mich mit Ausdrücken reizen, die er versucht hat, mir anzuheften: Verräter, Wahnsinniger, Muttermörder. Als er sah, daß diese Worte keinen Eindruck bei mir machten, da fing er an, davon zu prahlen, was er vernichten wollte. My Lady, ich habe schon früher darauf gedrängt, und jetzt dränge ich wieder darauf: Er muß weggeschickt werden.«

»Wohin würdest du ihn denn schicken? Er kann Briefe schreiben, wo immer er ist.«

»Wenn er weit weg ist, werden Briefe weniger ausrichten. Schick ihn zurück auf die Inseln.«

Ich starrte hinunter auf die Mauer. »Artus wollte auch, daß er Camlann verläßt. Aber er will ihn nirgendwo hinschicken. Er hat den Verdacht, daß Medraut bereit ist, diese Geschichte zu erzählen.«

»Er hat den Verdacht? Wie kann er das?«

Ich schüttelte den Kopf. »Die Gefühle, die Artus bei dieser Geschichte hat, sind empfindlicher als die Hörner einer Schnecke oder die Tentakel der Seeanemone. Und die Zeit ist reif. Medraut könnte nach diesem Zweikampf leicht an Boden verlieren, denn Artus hat die Gründe, die Goronwy verteidigte, widerlegt. Medraut braucht etwas Neues. Aber er wagt es nicht, in der ›Familie‹ seine Geschichte offen zu erzählen, denn man wird ihm nicht glauben. Deshalb will er sie zuerst außerhalb von Camlann verbreiten. Wie könnten wir ihn zurück auf die Inseln schicken? Ihn ins Exil zu verbannen, wenn man ihm kein Verbrechen nachweisen kann, ohne Vorwarnung, das würde eine Kluft in der ›Familie‹ aufreißen, die wir vielleicht niemals wieder schließen können.«

»Ich weiß nicht«, sagte Gawain müde. »Ich habe keine Antwort. Ich weiß nur, daß ich für uns alle fürchte, falls Medraut fortführt, was er begonnen hat. Laß ihn zurückgehen nach

Dun Fionn, und laß ihn sehen, was aus Agravain geworden ist. Vielleicht bekümmert es ihn. Mir tut es weh.«

Gawain war im Sommer zuvor, nachdem er seine Botenfahrt in den Norden beendet hatte, auf die Orkneys gesegelt, und er war nach Camlann zurückgekehrt und hatte weiterhin über dem Schicksal seines älteren Bruders gebrütet. Es sah so aus, als ob Agravain den größten Teil der Zeit betrunken wäre, und er hatte schreckliche Alpträume, wenn er nüchtern zu Bett ging. Er war in den paar Jahren seit Morgas' Tod schnell gealtert. Er wurde zu einer Gestalt, die die nördlichen Könige verachteten, und er war verbittert, weil er es wußte. Jetzt blickte Gawain wieder auf, sah den Ausdruck in meinem Gesicht und schüttelte den Kopf.

»Denk nicht darüber nach«, sagte er mir. »Es gibt nichts, was man tun kann. Ich wußte, daß es passieren würde, nachdem er sie umgebracht hatte.«

Wieder schaute er hinaus über die Felder und sprach mit leiser Stimme. »Wie ich auch wußte, daß Medraut von ihr dazu getrieben wurde, diejenigen zu vernichten, die ihre Feinde gewesen waren. Seltsam, wie ihr Schatten sich unter uns hält. Agravain und Medraut, beide werden davon verzehrt . . . und Artus. Und jetzt lebt der Schatten mitten in Camlann und frißt an uns allen. Wie ich mir wünsche . . .« Seine Worte verwehten, und er fuhr fort, wie der Falke, dessen Name er trug, brütend über das Feld hinauszuschauen.

Ich legte meine Hand auf seine Schulter. »Was wünschst du dir?« fragte ich leise.

Er lächelte wehmütig und löste sich aus seiner trüben Stimmung. »Ich wünschte mir, daß ich die Lady Elidan geheiratet hätte und daß es mehr in meinem Leben gäbe als Schlachten und Botenreisen. Ich wünschte, ich hätte ein Stückchen von einem ganz gewöhnlichen Leben, zu dem ich mich wenden, in dem ich ausruhen könnte. Ich schwöre den Eid meines Volkes, ich beneide Rhys und Cei um ihre Kinder.«

»Ich auch«, antwortete ich leise. Er schaute mich scharf an, nahm dann meine Hand von seiner Schulter und küßte sie.

»Verzeih mir, my Lady. Ich weiß, daß du mehr erträgst als ich, und ich hatte nicht vor, mich zu beklagen.«

»Mein Bruder«, sagte ich, »du klagst weniger als ein Heiliger und mit Sicherheit weniger als ich.«

Ja, tatsächlich – plötzlich fühlte ich mich durch ihn beschämt. Sein Verhältnis zu seiner Familie war schon seit langer Zeit genauso gespannt wie mein Verhältnis zu meiner Sippe. Das kam erstens daher, daß er ihrem traditionellen Feind Artus diente, und zweitens, weil er vor vier Jahren gezwungen gewesen war, einen seiner Vettern umzubringen, der für Königin Morgas gekämpft hatte. Das war ein Verbrechen, für welches er aus seiner Sippe ausgestoßen werden konnte, aber da sein Bruder Agravain König war, hatte man die Angelegenheit mit ein paar Vergeltungsriten übergangen. Dennoch, er war nicht willkommen auf den Inseln. Ich hatte wenigstens Artus. Gawain hatte einmal eine leidenschaftliche Liebesgeschichte mit der Schwester eines nördlichen Königs erlebt: Der Bruder des Mädchens hatte gegen Artus rebelliert, und Gawain hatte ihn getötet. Die Lady Elidan, die Tochter des Caw, war von königlicher Geburt. Sie hatte dem Mörder ihres Bruders nie verzeihen wollen, und sie hatte es ihm auch gesagt. Noch Jahre nach dem Tod ihres Bruders, als Gawain sie in dem Kloster in Gwynedd, in welches sie sich zurückgezogen hatte, ausfindig gemacht hatte, hielt sie energisch an ihrem Wort fest und weigerte sich, Gawain zu verzeihen oder weiterhin etwas mit ihm zu tun zu haben. Er gab sich alle Schuld für das, was geschehen war, und er war ja auch der Schuldige gewesen. Er hatte bei ihr gelegen, als er als Artus' Bote Gast ihres Bruders gewesen war, und er hatte ihr einen Eid geschworen, ihrem Bruder nicht zu schaden, und er hatte ihn gebrochen. Aber er war sehr jung gewesen und voll verzweifelter Liebe. Ihr Bruder war in der Schlacht getötet worden, und Gawain liebte sie noch. Ich glaube, die meisten Frauen hätten ihm verziehen. Da ihm aber nicht verziehen worden war, achtete er wenig auf die Anstrengungen anderer Frauen, ihn anzuziehen. Nicht nur, daß er Elidan noch immer liebte, sondern er hatte ihr auch weh getan, und er fürchtete sich noch immer davor, auch einer anderen weh zu tun. So blieb ihm nichts: keine Eltern, keine Sippe, keine Frau, keine Kinder, und selbst seine Kameraden in der ›Familie‹ stritten sich darüber, ob er ein Wahnsinniger oder ein Verräter war. Vergleichsweise hatte ich Glück, sehr viel Glück.

»Es wäre besser, wenn du dich öfter beklagtest«, sagte ich ihm, noch immer beschämt wegen meiner eigenen Schwäche. »Wir haben dich zu hart arbeiten lassen, mein Freund. Diese Ruhe, die wir dir jetzt gönnen, hast du mehr als verdient.«

Er lächelte sanft und ironisch. »Ich bin also ein erschöpftes Schlachtroß, das vor der Zeit auf die Weide geschickt wird. Nun, ich kann nicht sagen, daß es nicht schön wäre, nur wenig zu tun zu haben, selbst jetzt, wo in der Festung alles auf Schwertes Schneide steht und die Hälfte von denen, die meine Freunde waren . . .« Er hielt sich davon zurück, noch eine Klage über die Auswirkungen von Medrauts Verleumdungen hervorzubringen, und schloß statt dessen: »Genug davon. Ich wollte Artus erzählen, was Medraut gesagt hatte, aber ich habe ihn gefunden, wie er in einem der Tortürme saß und nach Westen starrte, und ich hielt es dann für besser, ihn nicht zu stören. Wenn er schon ahnt, was Medraut tun will, dann ist es nicht überraschend, daß er gedankenverloren ist. Aber du kannst meinem Herrn Artus sagen, was ich dir erzählt habe, und sag ihm auch, daß ich gewillt bin, ihm in jeder Weise zu dienen, wenn er den Wunsch haben sollte, mich zur Bewachung Medrauts mitzuschicken, entweder auf die Inseln oder irgendwo anders hin. Und es tut mir leid, daß ich an einem so schönen Morgen so grimmig gesprochen habe.«

»Gawain, mein Freund, du weißt, daß es nötig war. Mach dir also nicht die Mühe, dich dafür zu entschuldigen. Ich werde es Artus sagen, wenn er frei ist. Und jetzt, Gawain – wolltest du nicht mit einem Pferd arbeiten?«

Ich hatte an diesem Nachmittag viel zu tun: Die Frühlingsaussaat und die Tauschgeschäfte waren größtenteils schon erledigt, und die Arbeiten des Sommers hatten noch nicht wirklich begonnen. Gawain ging mit mir wieder den Hügel hinauf zur Halle, und wir versuchten, über neutrale Dinge zu reden. Dann ging er, um sich etwas zu essen zu holen, ehe er mit seinem Pferd arbeitete. Ich war nicht hungrig. Ich wanderte rastlos in der Burg umher, gab den Dienern unnötige Ratschläge und besuchte dann eine Freundin. Es war eine meiner wenigen Freundinnen – Enid, Gereint ap Erbins Frau. Es gab so wenige Frauen, mit denen ich reden konnte, daß ich gewöhnlich unsere Unterhaltungen genoß. Aber jetzt war Enid trüber Stimmung, und sie konnte nichts als klatschen. Ich war angespannt und scharfzüngig. Wir waren beide erleichtert, als ich wieder ging.

Ich ging zurück zu meinem eigenen Haus, ins Schlafzimmer, um allein zu sein. Ich setzte mich auf das Bett. Camlann ist stark, hatte ich an diesem Morgen gedacht, ehe Gawain mir seine Neuigkeiten berichtet hatte. Aber an dem Tag zuvor hatte ich Bedwyr gesagt, Camlann sei nur ein Windschutz gegen die Stürme, ein zerbrechlicher Schutz für das schwache kleine Feuer, das wir angezündet hatten, und dieses Bild gab die Wahrheit deutlicher wieder. Vor zwanzig Jahren – was war Camlann da gewesen? Die Festung des Kaisers von Britannien, eines Mannes, der nur dem Namen nach Kaiser war und der nur wenig mehr Autorität besaß als irgendein kleiner Unterkönig. Und hundert Jahre davor?

Ein Hügel, überwuchert von Gräsern, bewohnt von Füchsen und Kaninchen mit leuchtenden Augen und Hasen. Die großen Städte der Gegend waren damals Baddon und Searisbyrig-Aquae Sulis und Sorviodunum. Junge Männer und Frauen konnten sich damals noch daran erinnern, wie die römischen Legionen endlich aus dem Süden abzogen, und vielleicht hatten sie sogar geglaubt, daß Rom noch immer stark war. Es hatte damals noch gestanden – Rom, die Ewige Stadt, wie diejenigen, die sie liebten, sie genannt hatten. Sie hatten nicht gewußt, wie nahe sie der Dunkelheit schon gewesen waren. Ich dachte an die zerfallene Mauer im Norden und die nackten Hügel dahinter. Diese Mauer, dieser Wall war Wirklichkeit gewesen: Camlann war nur sein eigener Schatten und versuchte, die wenigen kleinen Stückchen zu beschützen, die noch blieben. Camlann war nicht stark. Medraut beschwor einen Sturm herauf, der die Festung zerbröckeln lassen konnte.

Wir saßen in der Falle. Medraut hatte uns von jeder Seite Fallstricke gelegt, und die Zeit drängte dicht hinter uns her wie ein Jäger mit seinen Hunden. Ich sah keinen Ausweg, genausowenig wie Artus, der mit seinen großen Augen in die trübe Zukunft starrte, oder wie Bedwyr mit seinem Aufruf nach Mut und noch einer blinden Schlacht. Es gab keinen Weg außer einem – und den konnte ich nicht zulassen. Mehrmals während der letzten vier Jahre hatte ich daran gedacht, seit Medraut nach Camlann gekommen war. Und immer hatte ich angeekelt den Gedanken beiseite geschoben, denn ich wußte, daß er falsch war.

Und dennoch, dachte ich, so kann es nicht weitergehen. Medraut würde uns mit diesen Streitereien vernichten. Er hatte es geschafft, daß in der ›Familie‹ Blut vergossen worden war, und nur Bedwyrs schnelles Handeln hatte den Tod verhindert. Was Medraut plante, war noch mehr: Kampf zwischen meinem Mann und seinem Reich. Unehre für Artus, Haß in der ›Familie‹ und Rebellion und Bürgerkrieg in ganz Britannien. Den blutigsten Krieg, den es gab, und den grausamsten. Vielleicht konnten wir die Verleumdungen überstehen; vielleicht konnten wir Medraut zwingen, irgendeinen Fehler zu machen – aber diese Möglichkeit rückte mit jedem Tag, der verging, in weitere Ferne. Medraut besaß Tatsachen, und er wußte, wie man überredet und Gefolgsleute gewinnt. Ich hatte Angst, wie damals, als er nach Camlann kam. Wir alle waren erschöpft durch den Streit, die Anspannung und die dauernden Überlegungen, wie wir unsere Zukunft schützen konnten. Und es konnte alles so einfach, so leicht zu Ende gehen, wenn Medraut ganz ruhig starb.

Mit ungemütlicher Deutlichkeit erinnerte ich mich an einen Vorfall, der sich vor Jahren ereignet hatte. Damals hatte ich Gruffydd dem Chirurgen geholfen, einen fiebernden Mann zu behandeln. Gruffydd hatte diesen Mann in seinem eigenen

Haus untergebracht wie jetzt Goronwy. Ich erinnerte mich daran, wie er sich über den Mann beugte, seinen Puls zählte und unzufrieden murmelte. Dann ging er zu seinem Medizinschrank und holte von dem Regal ein Gefäß herunter, einen blauglasierten Tontopf, auf den ein zackiges ›H‹ eingekratzt war. Er goß etwas von der dunklen Flüssigkeit, die in dem Topf enthalten war, in einen Becher mit Wasser und gab ihn dem Patienten. Dabei erklärte er mir, daß von dem Trank der Herzschlag langsamer würde und das Fieber sank.

»Was ist es denn?« hatte ich gefragt.

»Eibe«, hatte er knapp erwidert.

»Aber das ist ja ein Gift!«

Er hatte genickt und geschnauft. »Viele Dinge sind giftig – wie zum Beispiel Met in großen Mengen. Aber soviel«, er legte einen Finger gegen die Seite des Topfes, »soviel ist eine passende Dosis für einen großen Mann, der Fieber hat, wie unser Freund hier. Soviel kann Leben retten. Die halbe Menge davon wäre für einen kleinen Mann oder eine Frau. Und soviel«, und er legte einen zweiten Finger neben den ersten, »soviel bringt Schlaf, und manchen sogar den Tod. Noch mehr aber«, er nahm den Topf auf und stellte ihn wieder auf das Regal, »vier Finger oder mehr davon werden auf jeden Fall jeden umbringen, und viele sind schon daran gestorben. Diejenigen, die es allerdings heimlich benutzt haben, mußten es in Met oder starkem Wein auflösen, denn es hat einen bitteren Geschmack.«

»Wie lustig«, sagte ich. »Und was ist mit Krötenblut, wenn man jemanden heimlich vergiften will?«

Gruffydd schnaufte noch einmal, unterdrückte ein Lachen und erwiderte: »Ein Ammenmärchen. Krötenblut kann niemanden vergiften, und ich glaube, es muß schon bei manch einem Essen den Geschmack verdorben haben.«

Ich würde Goronwy bald besuchen müssen, um zu sehen, wie gut er sich erholte, und um eine gerechte Besorgnis für ihn zu zeigen. In Gruffydds Haus konnte ich mich so frei bewegen wie in meinem eigenen. Es würde leicht sein, so leicht, diesen Topf von dem Regal zu holen und vier Finger breit von der

Flüssigkeit in eine Flasche zu gießen – eine Flasche wie zum Beispiel die leere Parfümflasche aus italienischem Glas, die ich unter dem Bett stehen hatte. Und dann, das nächstemal, wenn ich am Hohen Tisch beim Fest einschenkte, konnte ich die Flüssigkeit in einen Schlauch mit Met mischen und ihn Medraut zu trinken geben. Nein, keinen Schlauch Met. Dann mußte ich ja den Rest wegwerfen, und das wäre zu offensichtlich und zu gefährlich. Besser war es, zu warten, bis im Krug nur noch genug Met für eine Person übrig war, und dann mußte ich die Droge hinzufügen und Medraut einschenken. Wenn es spät am Abend war und wenn er genug getrunken hatte, um den Geschmack nicht mehr zu bemerken. Wenn die Feuer niedergebrannt waren und die Fackeln flackerten und auch die anderen viel getrunken hatten und nichts merkten, wenn ich in der falschen Reihenfolge ausschenken mußte. Niemand würde Gift vermuten, wenn jeder beim Fest Met getrunken hatte. Und Medraut würde nach Hause gehen, als ob er zuviel getrunken hätte – er würde ein bißchen torkeln. Und am nächsten Tag würde man ihn tot finden – schmerzlos im Schlaf verstorben. Und niemand würde in der Lage sein, zu sagen, ob er einfach für eine heiße Nacht zuviel Met getrunken hätte oder ob er an einem plötzlichen Herzstillstand gestorben wäre (was selbst jungen Männern passieren kann) oder an irgendeiner schnell wirkenden Krankheit. Er würde eine großartige Beerdigung bekommen, alle in der Burg würden trauern, und er würde niemals wieder Sorge bereiten. Seine Geschichte würde für immer unerzählt bleiben, und seine Verleumdungen würden endlich still schweigen. Wir könnten den Bruch in der ›Familie‹ heilen, wir könnten das Reich erneuern. Es wäre der Gipfel der Narrheit, alles, wofür wir gelitten und geblutet hatten, das letzte Licht im dunklen Westen, das in Qual und Anstrengung vor dem Zusammenbruch unserer Zivilisation gewonnen worden war, wegen eines einzigen Mannes in Strömen von Blut ins Nichts weggleiten zu lassen.

Ich sprang auf und preßte die Hände auf den Mund. »Das ist die Verdammnis«, flüsterte ich durch die Finger und hörte den verzerrten Klang der Worte in der stillen Luft des leeren Zimmers. Verdammnis. Es war böse. »Du sollst nicht töten. Kein Mörder gewinnt das ewige Leben«, verkündeten die Schriften.

Artus nannte den Mord ›Den Trick der Tyrannen‹. Bedwyr sagte, keine Notwendigkeit, kein äußerer Umstand könne es rechtfertigen, daß man eine Todsünde beging. Beide, und Gawain auch, bezweifelten manchmal, ob es gerechtfertigt war, selbst in der Schlacht zu töten. Dennoch hatten sie alle getötet ... Aber nein, keiner von ihnen würde jemals einen Mann bei einem Fest vergiften. Solch eine Tat trug nicht nur die ewige Verdammnis in sich, sondern auch die zeitliche Verdammung von all denen, die ich am meisten liebte, deren Meinung ich am höchsten schätzte. Und sie hatten recht. Wie konnte man – wie konnte ich – einen Mann unter dem Deckmantel der Gastfreundschaft vergiften, ihn keines Verbrechens beschuldigen, ihm keine Warnung geben, keine Chance der Selbstverteidigung oder der Reue? Es war ekelhaft, grausam, unehrenhaft, verräterisch, entsetzlich: Wie konnte ich nur?

Und dennoch ... welchen anderen Weg gab es?

Es war die Verwundbarkeit dessen, was ich liebte, die mich so quälte. Mein Mann, meine Freunde litten jetzt. Und das war nur der Anfang. Und es war nicht das Schlimmste. Nicht nur, daß wir leiden würden, sondern die Zukunft würde auch leiden. Oder übertrieb ich die Gefahr in meiner Angst? Was wollte Medraut denn? Macht für sich selbst? Wahrscheinlich. Er hatte König der Orkneys werden wollen, und er ärgerte sich darüber, daß sein Bruder gewählt worden war. Ohne Zweifel wäre er statt dessen gerne Kaiser. Dieser leere Blick, den ich bei ihm bemerkt hatte, wenn er meinte, daß niemand ihn beobachtete, heftete sich manchmal auf die goldene Drachenstandarte in der Halle. Aber nein, das war es nicht, was ich fürchtete. Es gab viele andere in Britannien, die auch gerne Kaiser gewesen wären. Was ich von Medraut fürchtete, war mehr. Es war etwas, das ich anfangs nicht hatte benennen können, selbst vor mir nicht. Es war der Wind aus der Finsternis, die reine Kraft der Vernichtung, die um der Vernichtung willen geschieht. Ich hatte nie die Königin Morgas von den Orkneys gesehen, aber ich wußte, was sie mit dem Leben derjenigen gemacht hatte, die sie berührte. Und ich war sicher, daß Medraut ihr noch immer ergeben war, daß er ihrem Haß die Treue hielt. Wer und was ein Mann ist, das bemerkt man an vielen Dingen, und nur wenige haben mit dem zu tun, was er sagt. Es sind seine Taten – kleine Taten mit wenig Bedeutung, oft etwas Triviales wie ein grobes Wort zu einem Diener. Es sind die Freundschaften und die Art, wie die Freundschaft erhalten wird, und die Wahl der Worte, der Gesten, der Blicke. Es sind alles Dinge, die an sich unwichtig sind, wenn man sie aber zusammen nimmt, schaffen sie Verdacht und schließlich Sicherheit. Ich war sicher, daß Medraut vorhatte, uns zu brechen, zu vernichten, aus Rache für seine Mutter. Und ich wußte, daß er uns in der Hand hatte, und wir konnten ihn weder freundlich stimmen noch harmlos machen.

Ich hatte genug von sorgfältig abgewägten Gründen und präziser Gerechtigkeit. Unser Standpunkt war nicht vernünftig, und auch Medrauts Standpunkt nicht. Und das Bedürfnis, zu schützen, das ich spürte, war nicht vernünftig. Aber ich wußte, daß mein Schrecken vor einem Mord nicht gegen die Gewalt dieses Bedürfnisses aufkommen konnte. Ob es Recht war oder nicht, ob ich dafür leiden würde oder nicht – ich wußte mit kalter Sicherheit, daß ich es tun würde: Ich würde versuchen, Medraut zu vernichten.

Wie ich es schaffte, weiter zu arbeiten, weiter zu lächeln während der nächsten drei Wochen, das weiß ich nicht. Nur die Macht der alten Gewohnheit hielt mich aufrecht. Mein Herz zitterte in mir, wie ein Hase, wenn die Hunde nach ihm suchen. Meine Absicht, zu morden, lag wie ein kaltes, schwarzes Gewicht in mir. Ich stahl das Gift, aber dann versuchte ich, mir selbst vorzumachen, daß ich es nicht benützen würde – dennoch konnte ich es nicht wegwerfen. Was Bedwyr betraf, so tat es mir weh, ihn anzusehen, und ich ging ihm aus dem Weg, soweit mir das möglich war. Nach den ersten paar Tagen verschwand sein verwirrter Blick, und er fing an, mir auch aus dem Weg zu gehen. Er verstand. Ich fragte mich, wie lange er wohl schon gewußt hatte, was er fühlte? Ich hatte den Verdacht, daß er es länger wußte als ich. Ich sehnte mich danach, mit ihm zu reden – viele Male. Ich ließ mir immer wieder Dinge einfallen, die ich zu ihm sagen wollte, und dann fiel mir ein, daß ich nichts sagen durfte, und meine Gedanken waren gequält. Artus hätte es bemerkt, aber seine Sorgen lagen anderswo. Goronwy, der sich von dem Zweikampf erholte, schwankte in seinem Bündnis, und manche anderen Krieger mit ihm. Artus traf sie häufig, und er hoffte, ihre Treue wiederzuerlangen. Eine Zeitlang glaubte er, er hätte wenigstens Goronwy zurückgewonnen. Aber dann schafften wir es nicht mehr, Medraut von ihm fernzuhalten, und er wurde wieder unsicher und hörte sich die Gerüchte wieder an. Und es gab mehr Gerüchte als je zuvor, in denen jetzt Gawain, Bedwyr und ich in einer Verschwörung gegen Medraut vereint waren, ihn bei Artus verleumdeten und versuchten, Goronwy zu ermorden. Artus entschloß sich, Medraut als Teil einer Eskorte für Macsens Botschafter nach Kleinbritannien zu schicken, wenn der Bote zu seinem Herrn zurückkehrte.

Dieser Bote kam in der dritten Woche des Juni in Camlann an. Er war ein niederer Krieger des Königs, von unedler Geburt. Sein Status war für Artus eine fast so direkte Beleidigung wie seine Worte und sein Benehmen. Nichtsdestoweniger spielten wir korrekt unsere Rolle und veranstalteten diesem Boten ein Fest mit der üblichen Pracht. Zu diesem Fest trug ich meine Flasche mit der gestohlenen Eibentinktur.

Macsens Bote hatte seiner Eigenschaft entsprechend den Platz zu Artus' linker Hand inne (es wäre übermäßig höflich gewesen, ihn zu Artus' Rechten zu setzen; schon so war er verlegen genug), und Medraut saß neben ihm. Der Botschafter verlangte während des zweiten Ganges Wein. Es war ein förmliches Fest, und keine Frauen waren in der Halle anwesend. Ich trat also erst jetzt ein und schenkte am Hohen Tisch den

Wein ein. Ich setzte mich neben Artus zu seiner Rechten nieder. Ich hatte die gläserne Phiole mit dem Eibengift unter meinem Gürtel festgebunden; es war ein breiter, hoher Gürtel, mit Gold bestickt. Das Gift war nicht zu sehen. Aber ich konnte es an meiner Seite fühlen wie ein Stück Eis, das mich langsam durchkühlte. Ich hatte rasende Kopfschmerzen.

»Du bist bleich, my Lady«, sagte Bedwyr, der ein Stückchen weiterrückte, damit ich mich setzen konnte.

»Mein Kopf«, sagte ich ihm. »Ich hab' das Gefühl, als ob er sich im nächsten Augenblick spaltet.«

»Was?« fragte Artus und brach die Unterhaltung mit dem Boten ab. Der Bote schaute verwirrt drein, beschämt und verlegen, und so hörte ich auf, mir die Schläfe zu reiben, lächelte und hob mein Glas für den Mann.

»Du bist wirklich bleich«, sagte Artus leise zu mir. »In letzter Zeit hast du dich überanstrengt, mein Herz. Geh jetzt zu Bett, wenn du willst. Ich entschuldige dich.«

»Nein, nein«, protestierte ich. »Nach einem Glas Wein verschwindet der Schmerz wahrscheinlich, und wir sollten zweimal so höflich sein, wenn Macsen unhöflich ist.«

Artus schaute mich einen Augenblick lang fest an, dann nahm er unter dem Tisch meine Hand, preßte sie und wandte sich wieder an den Boten. Ich warf einen Blick zu Bedwyr hinüber, der mich noch immer mit tiefer Sorge beobachtete und sich dann hastig und energisch auch dem Boten zuwandte.

Die ›Familie‹ war gereizt von all den Gerüchten, und viele der Männer tranken mehr als genug, während einige mißmutig und nüchtern blieben. Medraut trank nicht viel: Als ich kam, um sein Glas das drittemal nachzufüllen, sah ich, daß er den zweiten Becher, den ich ihm eingeschenkt hatte, kaum angerührt hatte. Er lächelte mich an, als ich den Becher anstarrte, und es war ein sehr wissendes, sehr bitteres Lächeln. Die Pupillen seiner Augen waren zusammengezogen zu harten, kalten, schwarzen Punkten. Das machte mir Angst, obwohl ich so tat, als ob ich lächelte, und weiterging. Sein Blick folgte mir, noch immer mit diesem kalten, wissenden Ausdruck.

Es ist unmöglich, sagte ich mir, während ich mich wieder hinsetzte. Er kann es einfach nicht wissen. Irgendwie mußte ich meine galoppierende Phantasie zügeln. Irgendwie . . . ich wagte es, zu lachen, und ich hatte das Gefühl, als ob ich hart daran wäre zu schreien. Wenn nur die Nacht vergehen wollte! Hier saß ich und wartete darauf, daß ich einen Mann umbringen konnte, der drei Plätze weiter an meinem Tisch saß, und ich fühlte die Phiole mit dem Eibengift eisig an meinen Rippen brennen, während mir mein auserwähltes Opfer von Zeit zu Zeit ein kaltes, wissendes Lächeln zuwarf. Ich konnte das Vorhaben noch aufgeben . . . die Welle der Erleichterung, die mich bei diesem Gedanken überflutete, war größer, als ich für möglich gehalten hatte. Aber nein, nein. Ich konnte jetzt nicht mehr zurück. Es ist nur meine Phantasie, sagte ich mir. Und es war die Phantasie, die die Fackeln so rot brennen ließ und das halbe Glas Wein, das ich getrunken hatte, stärker wirken ließ als den strengsten Met. Der Raum flutete um meinen hämmernden Kopf, und ich mußte nach Luft schnappen. Ich verdoppelte meine Anstrengungen, witzig und fröhlich zu sein, und ich spürte, wie etwas von der Gereiztheit um mich her sich auflöste, während ich lachte und noch einmal Wein einschenkte. Aber die ganze Zeit merkte ich, wie Medrauts Augen mich beobachteten, bis ich den Drang hatte, aus der Halle zu rennen.

Endlich war das Mahl beendet, und die Gesänge begannen. Unser oberster Poet, Taliesin, fing damit an, indem er von einer uralten Schlacht sang, den Eroberungszügen des Kaisers Konstantin. Und es wurde still in der Halle. Sie tranken Met und lauschten. Taliesin hielt inne, als er in seinem Lied erzählt hatte, wie Konstantin den Purpur gewann und zum Kaiser von Rom ausgerufen wurde. Er bat um Wein. Der Botschafter forderte mehr Met am Hohen Tisch. Ich erhob mich und ließ noch ein Faß zum hinteren Teil der Halle bringen. Als ich meinen Krug gefüllt hatte, sang Taliesin wieder. Diesmal handelte das Lied von einer Schlacht in unseren sächsischen Kriegen; es war ein Klagelied auf Owein ap Urien, den Sohn eines verbündeten Königs. Es war eins von Taliesins eigenen Liedern, und die Halle war still wie der Schnee, und alle waren eingehüllt in die Melodie, die in schnellen, unruhigen Kreisen schwebte, in den wilden Schmerz, der an die Worte gekettet war. Die Fakkeln waren niedergebrannt, wie ich das vorausgesehen hatte. Medraut trank noch immer nicht viel, aber ich schätzte, daß er jetzt genug getrunken hatte. Es war Zeit.

Ich begann am anderen Ende des Tisches und schenkte den herben gelben Met ein, bis nur noch ein Becher voll im Krug übrig war. Dann, fern vom Fackellicht, tastete ich unter meinen Gürtel.

»Seine Speere waren schneller als die Schwingen der Dämmerung . . .« sang Taliesin.

Die Flasche, die so kalt gewirkt hatte, war warm unter meinen Fingern. Ich fummelte den Stopfen heraus und goß schnell die Eibentinktur in den Krug. Dann verschloß ich die Phiole wieder und steckte sie zurück unter den Gürtel. Ich trat nach vorn, und die Musik war um mich herum, und ich lächelte, und ich stellte fest, daß Medrauts Glas leer war.

Taliesin sang:

Fflamddwyn zu fällen
war für Owein ohne Müh,
schläft jetzt die Schar von Lloegyr,
rot lastet der Morgen auf ihr,
und die nicht flohen vom Felde,
waren kühner mehr als klug . . .

Ich füllte Medrauts Becher und ließ den letzten Tropfen aus dem Krug rinnen. Dann, wie im Traum, ging ich zurück zu den Dienern, um mehr Met zu holen. Ich schenkte auch bei den anderen am Tisch sehr sorgfältig ein und vergoß keinen Tropfen. Aber als ich mich wieder hinsetzte, stellte ich fest, daß ich bebte. Ich hatte Angst, meinen Becher aufzunehmen, weil er zeigen konnte, wie sehr meine Hand zitterte. Aber Bedwyr philosophierte gerade mit Gawain, und Artus diskutierte die Politik mit dem Boten, und niemand bemerkte etwas. Jetzt blieb mir nur noch zu warten. Ich hatte ein Gefühl, als ob ich jeden Augenblick in Tränen ausbrechen könnte, und ich wünschte mir verzweifelt, alles wäre vorüber, es wäre schon Morgen, und sie kämen, um uns zu sagen, daß Medraut . . .

»Herr«, sagte Medraut, stand auf und lächelte Artus an. Er hielt den Giftbecher in der Hand.

Artus blickte von seiner Unterhaltung mit dem Boten auf und nickte dann Taliesin zu. Die Musik hörte auf, und in der Halle, wo man die Musik vermißte, war es sehr still. Ich konnte hören, wie die Feuer brannten, wie die Fackeln knisterten und wie das Blut dumpf in meinen Ohren pochte. Ich hielt mich an der Tischkante fest und starrte Medraut an. Ich konnte kaum etwas fühlen. Medraut stand gerade und schlank da, das Licht glitzerte auf seinem blonden Haar und seinem Bart, und die Schatten fingen sich in den Falten seines purpurgesäumten Mantels. Der Becher, den er hielt, war aus Bronze, eingelegt mit Silber, und er schien in seiner Hand zu brennen wie die Sonne um die Mittagszeit.

»Herr«, wiederholte er noch immer im gleichen lockeren Tonfall, und seine klare Stimme war in der Stille der Halle zu hören.

»Herr Medraut«, antwortete Artus im gleichen Tonfall, nur, seine Stimme war tiefer und rauher, weil er an diesem Abend so viel geredet hatte. »Was willst du mir sagen?«

Medraut lächelte wieder. »Vieles, was mir während meines Lebens begegnet ist, wenn du es mir erlaubst. Aber sicher, mein Herr, wäre es das beste, wenn ich dir zutrinken würde, auf deine Gesundheit, ein langes Leben und eine lange Regierungszeit. Nur widerstrebend würde ich das allerdings mit diesem Becher tun.« Er hob ihn leicht. »Obwohl ich meine, dem Kaiser Gesundheit und ein langes Leben zu wünschen, das wäre passend für den letzten Atemzug. Aber es wäre nicht passend, mit Gift auf so etwas zu trinken.«

Ein Keuchen, ein Gemurmel lief durch die Halle, hörte wieder auf. Ich schloß die Augen, spürte, wie Artus neben mir erstarrte, fühlte, wie seine grauen Augen sich auf Medraut fixierten, wußte, daß Unsicherheit und Zweifel in ihm aufwallten. Lieber Gott, dachte ich, laß mich jetzt sterben, hier, auf der Stelle. Laß mich meine Entehrung nicht erleben ...

»Ich verstehe den Sinn dieses Witzes nicht«, sagte Artus, und seine Stimme war ruhig, trug aber weit. »So schlecht ist der Met nun auch wieder nicht.«

Diese Worte brachten schwirrendes, nervöses Gelächter hervor, und dann herrschte plötzlich wieder Stille. Meine Augen öffneten sich von selbst, und ich sah, daß Medraut noch immer stand, den Becher noch immer erhoben hielt, und daß die Bitterkeit in seinem Gesichtsausdruck wuchs.

»Der Met, Herr, ist ausgezeichnet. Aber der Eibensaft hat einen bitteren Geschmack. Es ist doch Eibensaft, oder nicht, Lady Gwynhwyfar?«

Artus sprang auf. Seine Hände stemmten sich gegen den Tisch. »Du meinst das ernst! Was sagst du da, Mann, um die Kaiserin auf diese Weise zu beschuldigen?«

»Sie versucht, mich zu vergiften!« Medraut rief es. »Sie ist ein eifersüchtiges, intrigantes, treuloses Weib!« Er knallte den Becher auf den Tisch. »Eine Frau, deren Hand gegen mich gerichtet war, seit ich hierher kam, und die mit meinem wahnsinnigen Bruder Pläne gegen mich geschmiedet hat. Paß auf dich auf, Pendragon, oder sie schmiedet auch Pläne gegen dich! Dieser Becher ist schwarz vom Gift, das sie mit eigener Hand eben hineingegossen hat.«

»Beim König des Himmels, du lügst«, sagte Artus, ohne die Stimme zu heben. Aber er benutzte sie wie eine Schwertschneide. »Ich weiß nicht, ob das, was du sagst, Verleumdung ist oder der Witz eines Wahnsinnigen, Medraut ap Lot. Aber du sollst wissen, daß es Verrat ist, und ich will nichts mehr davon hören, wie auch die anderen hier, die die Freundlichkeit der Kaiserin kennen.« Zerfetzte Hochrufe klangen auf, meine Freunde sprangen auf die Beine, und zur Antwort kam zorniges Gebrüll. Artus hob die Hand, stand über mir, hochgewachsen und kalt und wütend, und die Stille, die von der langen

Gewohnheit des Gehorsams aufgezwungen wurde, flutete zurück. »Dein Witz ist von schlechtem Geschmack, Medraut. Setz dich hin und schweig.«

»Es ist kein Witz, Herr, es ist ein versuchter Mord. Sieh die Kaiserin an, diese hochedle Dame, die höchst freundliche und hervorragende Gwynhwyfar. Sieh sie an, wenn du meine Worte bezweifelst! Sie weiß, daß ich die Wahrheit sage!«

»Sei still!« schrie Artus, und selbst Medraut zuckte zusammen. »Die Lady Gwynhwyfar hat sich den ganzen Abend nicht wohl gefühlt, und welche Frau wäre nicht entsetzt darüber, wenn sie sich so verleumdet hörte? Du sagst, dieser Becher ist vergiftet? Gib ihn mir.«

»Herr!« krächzte ich, bekam keine Luft, hob die Hand, um nach ihm zu greifen.

»Es ist unwichtig, mein Herz. Ich glaube ihm nicht«, sagte Artus und schob mich beiseite. »Das ist also der Becher, Medraut, der schwarz von Gift ist?«

»Herr«, sagte Medraut, der jetzt unsicher geworden war, »willst du es wirklich riskieren ...«

»Ich riskiere gar nichts. Gib mir den Becher. Da ich dein Herr bin und dein Kaiser, gib ihn her.«

Langsam, mit starrem, verwundertem Blick, gab Medraut ihm den Becher. Artus blieb einen Augenblick stehen und hielt ihn fest, und seine Augen waren furchterregend. Der Amethyst an seinem Finger brannte in tiefem Purpur auf der Bronze.

»Mein Herr«, sagte ich noch einmal und versuchte, ihn aufzuhalten. Aber sein Fuß bewegte sich unter dem Tisch und trat fest auf meinen, obwohl er mich nicht anschaute.

»Dein Giftbecher, Medraut«, sagte er, »ist nichts als ein Becher voller Lügen und billigem Geschwätz. Ich schenke dem nicht mehr Glauben als all den anderen Geschichten, die hier in Camlann erzählt werden, in denen dein Bruder zum Verräter gestempelt und ich zu einem schwachen Narren gemacht werde, der von einem intrigierenden Weib an der Nase herumgeführt wird. So!« Er setzte den Becher an die Lippen. Ich versuchte zu schreien, stellte fest, daß jeder Klang in meiner

Kehle gefroren war. Artus trank langsam, seine Hand bedeckte die Bronze völlig. Er hob auch die andere Hand an den Becher, als ob er ihn zu schwer fände, aber er trank ihn aus und stellte ihn leer auf den Tisch. Ich umklammerte die Tischkante, bis meine Finger schmerzten.

»Es ist alles in Ordnung damit, Medraut«, sagte Artus ruhig und lächelte über Medrauts Wut und Verwirrung. »Nichts ist auszusetzen an dem Met oder an der Ehre meiner Frau. Dein Witz war wüst und überhaupt nicht amüsant. Du hast meine Erlaubnis, dich zu entfernen. Taliesin!« Der oberste Poet verbeugte sich. »Musik. Es ist mir gleich, was du singst. Irgend etwas, damit diese betrunkenen Narren still sind.«

Taliesin schlug die Saiten seiner Harfe an, und Artus nahm seinen Platz wieder ein. Er betrachtete Medraut noch immer mit einem kalten Lächeln. Medraut starrte zurück, bleich vor Schrecken, aber nur einen Augenblick lang. Dann fing er an zu lachen, laut, so daß es die Musik übertönte. Noch immer lachend verbeugte er sich ganz tief und verließ die Halle. Artus schnippte mit den Fingern und reichte den leeren Becher einem Diener. »Mehr Met«, befahl er, und der Diener verbeugte sich und huschte davon.

»Herr«, flüsterte ich.

»Still!« zischte er kaum hörbar.

»Artus, er war vergiftet. Ich hab' ihn vergiftet. Laß schnell Gruffydd holen und ein Brechmittel. Es ist noch nicht zu spät . . .«

»Ich habe es nicht getrunken. Verstehst du? Ich hab' nur einen Mundvoll oder so geschluckt. Den Rest habe ich in meinen Ärmel geschüttet. Sieh!« Er drehte seinen rechten Arm unter dem Tisch herum, und ich sah, daß die Innenseite des Ärmels seiner Tunika vom süßen Met durchweicht war. Dann erinnerte ich mich an einen Trick, den er mir einmal gezeigt hatte, eine Möglichkeit, der Trunkenheit auf dem Fest eines anderen Herrschers aus dem Weg zu gehen: Man hielt den Becher hoch oben am Rand und goß den größten Teil seines Inhalts über die Handfläche in den Ärmel.

Ich spürte, wie mir die Tränen kamen, und ich hustete, um sie zurückzuhalten und um das Würgen in meiner Kehle zu unterdrücken. »Aber . . .«

»Um Gottes willen, lächele. Tu so, als ob es nur ein böser Witz gewesen wäre. Ewiger Gott, du willst doch nicht, daß sie Verdacht schöpfen, oder? Komm, jetzt tu so, als ob du an meiner Schulter vor Erleichterung kicherst . . . so.«

Ich preßte mich an ihn. Der Met an seiner Tunika sickerte in mein Kleid, und ich nahm mir vor, ehe ich aufstand, nachzusehen, daß man es nicht sah. Ich wußte, daß Artus lächelte, aber während ich meinen Kopf an seine Schulter preßte, spürte ich den bitteren Zorn in ihm, den Zorn über den Verrat. Und ich mußte noch mehr darum kämpfen, die Wellen der hysterischen Erleichterung und des Schmerzes zu beherrschen.

Ich sorgte dafür, daß die Reste des Festes entfernt wurden, ehe ich an diesem Abend heimging. Das Fest ging bis tief in die Nacht, also war es sehr spät, als ich ins Haus zurückkehrte. Wolken glitten über die Sterne, und die Burg war sehr still, abgesehen vom Rauschen des Windes im Strohdach. Das Haus war eine Oase aus Lampenlicht: Gold flutete über den sauber gekehrten Feuerplatz mit seinen leuchtenden Kacheln und der rauchgeschwärzten Wand, über die innere Tür, und das Bett mit seinen gelben und weißen Wolldecken und die abgenützte Öllampe aus rotem Ton, die von der Decke hing. Artus wartete. Er stand am Bücherregal und trug noch seinen Purpurmantel. Die Drachen, die auf dem Kragen eingestickt waren, glänzten. Sein Gesicht kam mir verschlossen vor, wie ich das noch nie erlebt hatte, und seine Augen waren bitter und kalt.

»Setz dich«, befahl er und zeigte auf das Bett. Ich setzte mich. Ich war zu müde und zu bekümmert, um zu sprechen. »Du hast versucht, meinen Sohn zu ermorden.«

Ich schluckte, schluckte noch einmal. Ich konnte nicht antworten.

»War es Eibensaft?« fragte er. »Wo hast du ihn her? Hast du ihn von irgendeinem aus der Stadt gekauft? Oder hast du ihn selbst gebraut?«

»Gruffydd der Chirurg benutzt ihn gegen Fieber«, sagte ich zu Artus und stellte fest, daß meine Stimme leise und unerregt klang. »Ich hab' es von ihm gestohlen.«

»Dann weiß er nichts davon? Gut. Hast du es irgendeinem gesagt?«

»Niemandem.«

Artus setzte sich auf das andere Ende des Bettes. Ich sah, daß er fröstelte. Ich sehnte mich verzweifelt danach, zu ihm zu gehen und ihn in die Arme zu nehmen, aber ich konnte es nicht. Wieder konnte ich nur dasitzen und warten. »Gut«, wiederholte er. »Woher Medraut wußte, daß der Becher vergiftet war, ist also ein Geheimnis. Denn ich hätte den Geschmack nie bemerkt. Wenigstens hat er niemanden, der seine Geschichte bestätigt. Wir werden nicht in aller Öffentlichkeit entehrt, und er hat sich lächerlich gemacht. Ich kann ihn jetzt sogar wegschicken. Ich könnte ihm Verrat anhängen – aber dadurch würden sich mehr Probleme ergeben, als gelöst werden.« Er hielt inne, starrte mich wieder an, und dann brach die Kälte, und sein Gesicht verzerrte sich vor Schmerz.

»Um Gottes willen, Gwynhwyfar – warum?«

»Du weißt doch warum!« rief ich zurück, als ob ich ihn anflehte. Aber ich wollte nicht betteln, ich wollte nicht sagen: »Ich hab' es für dich und für Camlann getan« – denn dadurch wurde es nicht weniger böse, und es war schamlos zu betteln.

»Aber es war infam, es war tyrannisch! Es war die Tat eines Feiglings, eines Zauberers, eines falschen Weibes. Es entehrt uns alle.«

»Es entehrt nur mich. Und ich bin eine Frau, Artus. Ich wußte, was ich tat und was du davon halten würdest. Vielleicht denke ich genauso darüber. Aber nichtsdestoweniger habe ich gedacht, es wäre das Risiko wert gewesen. Und ich wünsche mir noch immer, daß ich Erfolg gehabt hätte.«

Nur für den Bruchteil einer Sekunde flackerte etwas in seinen Augen auf, und ich sah, daß ich seinen Zorn falsch eingeschätzt hatte. Er war nicht zornig darüber, daß so etwas in seiner Halle versucht worden war, sondern er wünschte sich auch, daß ich Erfolg gehabt hätte, und die Erkenntnis dieses Wunsches in sich selbst war für ihn eine bittere Schande. Er sah, daß ich es sah, und wir starrten einander einen langen Augenblick an – in völligem gequälten Einverständnis. Dann stand Artus wieder auf und zog den Umhang noch fester um sich. Er zitterte noch immer. »Du«, sagte er langsam, »du, eine Möchtegern-Mörderin. Eine böse Stiefmutter. Oh, sie werden Geschichten davon erzählen, das ist sicher.« Seine Zähne begannen zu klappern, und er schlug mit der Faust gegen die Wand. Dann kippte er den Topf mit wilden Rosen um, der auf dem Nachttisch stand, und Wasser und Blumen fielen auf das polierte Holz. Er schlug darauflos, immer und immer wieder, zerquetschte die Rosen und trieb sich ihre Dornen in die Hand. Ich sah entsetzt zu, unfähig zu sprechen. Er hörte auf und schaute mich an, und seine Finger krümmten und streckten sich im Wasser auf der Pultplatte. »Fast hätte ich es getrunken. Ich konnte so etwas von dir nicht glauben. Von jedem anderen ja, aber nicht von dir. Oh, der Teufel soll diese Kälte holen!«

Mir wurde klar, was das für eine Kälte war, und ich sprang abrupt auf. »Artus, es ist der Eibensaft. Wieviel hast du getrunken?«

»Ich hab's dir doch gesagt. Nicht mehr als ein oder zwei Schluck. Genug, um die Kälte zu fühlen, aber nicht genug, daß es mir schaden könnte . . . Bleib weg.« Ich blieb mitten auf dem Fußboden stehen. »Für heute abend habe ich genug von deiner Zärtlichkeit, my Lady.«

»Artus«, sagte ich. Die Tränen, die ich früher am Abend beherrscht hatte, sprangen jetzt in meine Augen. Ich konnte sie nicht mehr aufhalten. »Artus, verzeih . . . Darum kann ich dich nicht bitten. Es tut mir leid. Ich wünschte, ich hätte den Becher ausgetrunken. Du frierst – bitte, laß mich helfen. Oh, es war böse, das weiß ich ja. Nur, bitte . . . du weißt, daß ich dich liebe.«

Er antwortete nicht. Er wandte sich ab, verkrampfte seine verletzten Hände und zitterte noch immer. »Geh schlafen«, befahl er mir mit grober Stimme. »Wir dürfen ihnen auch nicht den kleinsten Fetzen einer Bestätigung dieser Geschichte geben. Medraut mag andeuten, daß ich das Gift nicht getrunken habe, aber wir werden ihm keinen Beweis dafür liefern. Geh zu Bett. Gott, ich wünschte, ich hätte alles getrunken. Die Welt wäre dann sehr viel leichter zu ertragen. Geh schlafen! Und um Gottes willen, hör auf zu weinen.«

Ich entkleidete mich schweigend und schluckte die Tränen. Erst, als ich ins Bett geklettert war, wandte er sich zu mir um, löschte die Lampe, zog die Stiefel aus und stieg neben mir hinein, noch immer voll bekleidet. Er lag da, den Rücken mir zugewandt, und zitterte, und ich schaute hinauf zum Strohdach und versuchte, nicht zu weinen. Die Nachtstunden krochen langsamer vorüber, als Segel am fernen Horizont der Welt entlangkriechen, und langsamer als ein Wurm, der über die Blätter einer Rose kriecht.

Nach einer Ewigkeit des Elends schätzte ich nach Artus' Atem, daß er schlief. Ich glitt nah an ihn heran, legte meine Arme um ihn, um ihn zu wärmen. Im Schlaf zog er sich nicht vor mir zurück, sondern preßte seinen Kopf an meine Schulter. Aber als die graue Dämmerung unter den Balken hereindrang und als ich anfing, endlich einzudösen, da wachte Artus auf, schleuderte meine Arme weg und stampfte nach draußen in den Tag. Ich rollte mich in dem leeren Bett zusammen, den Kopf an die Knie gelehnt, und weinte, weinte bitterlich. Denn ich hatte Artus weh getan, obwohl niemand anderer ihn trösten konnte, ich hatte meinen Anspruch auf seine Liebe und die Erlösung meiner Seele verloren, und ich hatte trotzdem nichts gewonnen.

4

Ich war entschlossen, mich am Tag nach dem Fest genauso zu benehmen wie gewöhnlich, denn alles andere hätte neuen Gerüchten Nahrung gegeben. Deshalb hielt ich mich an den Plan, den ich gemacht hatte, und verließ das Haus am Vormittag, um mit ein paar freien Bauern der Burg über die Ernte zu sprechen, die in den umliegenden Feldern heranwuchs. Ich ließ Gwyn rufen, damit er die Kornmengen niederschrieb, die die Bauern erwarteten. Der Junge war besorgt, unaufmerksam und bekümmert während der ganzen Angelegenheit, und ich benahm mich wahrscheinlich nicht viel besser. Den ganzen Tag hatte ich böse Kopfschmerzen – das kam vom zu vielen Weinen. Aber ich hatte lange Jahre der Erfahrung hinter mir, die Gwyn fehlten. Ich mußte nicht lange nachdenken, um all die angemessenen Fragen zu stellen und all die angemessenen Glückwünsche und Beileidsbezeugungen auszusprechen. Ich hab' vielleicht sogar die Bauern angelächelt, obwohl mein Herz weit entfernt war von solch einem maskenartigen Lächeln.

Ich beendete das Geschäft mit den Freibauern und entließ sie wie auch Gwyn. Ich trug dem Jungen auf, von der erwarteten Kornmenge dieser Ernte eine Reinschrift zu machen und sie in eins von meinen Rechnungsbüchern zu legen. Die Bauern verbeugten sich und gingen in einer Reihe davon, aber Gwyn zögerte. Er fing an, auch wegzugehen, drehte sich dann aber um und rannte zurück. Neben meinem Stuhl fiel er auf die Knie nieder und ergriff meine Hand.

»Es war eine ekelhafte Lüge, edle Dame, und niemand, der Verstand besitzt, hat sie geglaubt«, sagte er mir wild. »Und alle erwarten, daß Medraut angeklagt wird, die kaiserliche Majestät zu verleumden, und daß man ihn verbannt. Wird er ins Exil geschickt werden?«

»Der Kaiser wird ihn wahrscheinlich aus Camlann entlassen«, sagte ich stoisch, und dann, während ich mir ein ziemlich vages Lächeln abzwang, »danke, Gwyn.«

Er preßte meine Hand an seine Stirn und ging dann weg, während er seine Wachstafel schwang und wild die Stirn runzelte. Bei seinem unverdienten Vertrauen fühlte ich mich noch schlimmer. Es vertiefte meine Schande. Und dennoch, die Worte des falschen Trostes bekamen von anderen ein Echo. Goronwy, der sich jetzt von dem Zweikampf erholt hatte, trat beim Mittagsmahl unter irgendeinem Vorwand an mich heran und sagte mir mit lauter Stimme, wie widerlich der Witz gewesen wäre und wie er hoffe, daß man Medraut des Verrats anklagen würde. Ich war froh, daß er sich anscheinend endlich von Medraut und seiner Gruppe losgerissen hatte, aber ich wünschte mir, er hätte einen besseren Grund dafür gehabt.

Am Nachmittag traf ich Gawain, und die Unterhaltung verlief ganz anders.

Ich wollte die Kornmengen, die Gwyn am Morgen niedergeschrieben hatte, mit ein paar anderen Zahlen vergleichen, und ich entdeckte, daß der Junge die Reinschrift nicht fertig geschrieben hatte. Ich ging ihn suchen, um von ihm die ursprüngliche Wachstafel zu holen, und fand ihn im Hof hinter den Ställen. Er und Gawain übten mit Gawains Fuchsstute das richtige Verhalten in der Schlacht, und Gawain gab Gwyn gute Ratschläge dazu. Diese Unterrichtsstunden waren regelmäßig geworden, und sowohl Gawain als auch Gwyn schienen sie sehr viel Freude zu machen, obwohl ein paar von den anderen Jungen in der Burg Gwyn um so mehr dafür ablehnten, daß er einen Freund unter den großen Kriegern hatte. Nichtsdestoweniger waren für Gwyn Gawain und die Fuchsstute mit der Zeit wichtiger geworden als Gereint, der Reitlehrer, und der maultierartige nußbraune Wallach. Als ich herankam, stand Gwyn mitten im Hof und hielt die Peitsche, während Gawain die Stute im weiten Kreis um ihn herumritt. Endlich waren sie in ihren Übungen jetzt dabei angekommen, den Ring aufzuheben.

»So«, sagte Gawain gerade, »diesmal lasse ich sie im kurzen Galopp gehen. Wenn sie verzögert, solange ich nicht im Sattel bin, benutz die Peitsche nicht, es sei denn, du mußt. Brüll sie zuerst an; sie weiß jetzt, was das bedeutet.«

Gwyn nickte ernst, und Gawain setzte dem Pferd die Fersen in die Flanken, damit es galoppierte. Die Fuchsstute war ein wunderschönes Tier, ein Nachkomme aus der Verbindung einer von Gereints Stuten und Gawains Schlachthengst Ceincaled. Sie lief so leicht wie ein Hirsch. Gawain ritt sie noch einmal im Kreis herum, und Gwyn drehte sich auf dem Absatz um, damit er dem Vorgang folgen konnte. Dann ließ Gawain den Kopf nach unten sinken, neben den Hals der Stute, und verlagerte das Gewicht auf die rechte Seite. Mit einer Hand packte er gleichzeitig Zügel und Mähne. Die Ohren der Stute zuckten zurück, als er ihr etwas zuflüsterte, aber sie verlor nicht an Tempo. Gawain zog das linke Bein hoch, hakte sein Knie um den Sattelknauf und schien plötzlich zu fallen. Die Stute verzögerte; Gwyn brüllte, und sie legte wieder Tempo zu. Gawain, der jetzt mit dem Kopf nach unten hing, griff mit dem rechten Arm auf den Boden, seine Finger schleiften einen Augenblick über das Gras. Dann, irgendwie, auf wunderbare Weise, saß er wieder aufrecht im Sattel und lachte und hielt zwischen Daumen und Mittelfinger einen goldenen Ring. Er warf ihn in die Luft, zügelte die Stute und ritt im Trab zu Gwyn hinüber.

»Soviel also für eine Übung, von der mein Bruder Agravain immer sagte, sie wäre nur gut genug für fahrendes Volk auf dem Jahrmarkt.«

»Herr, es war wunderbar!« sagte Gwyn warm. »Gereint muß mindestens zwei- oder dreimal probieren, und er kann es nicht so . . . nicht so . . .«

»Nicht? Er wird wohl alt. Er konnte es früher besser als ich. So, jetzt versuch du es mal.« Er sprang aus dem Sattel, nahm die Zügel und reichte Gwyn den Ring. Gwyn nahm ihn, stand einen Augenblick da und tätschelte der Stute die Schulter und flüsterte ihr zu, und dann sprang er in den Sattel. Er nahm die Zügel und schaute sich um, und da erst sah er mich. Sein Gesicht wurde lang.

»Edle Dame«, rief er. »Brauchst du mich jetzt?«

Ich zögerte. Ich wollte nicht hier herumstehen und Gawain Lügen erzählen, aber ich konnte es auch nicht über mich bringen, Gwyn ausgerechnet in diesem Augenblick wegzuzerren. »Du kannst kommen, wenn du mit dem Ring fertig bist«, gab ich zurück. »Es geht nur um die Ernteliste.«

Gwyn nickte. Er war wieder glücklich. Aber Gawain schaute mich ernst an. »My Lady«, sagte er, »vielleicht möchtest du einen Augenblick bleiben und zusehen?«

Wieder zögerte ich. Und dann, weil Unsicherheit schlecht aussah, ging ich über den Hof und stellte mich zu ihnen, obwohl ich wünschte, ich könnte das Lügen bis morgen oder bis zum nächsten Tage oder bis zur nächsten Woche verschieben. »Stehe ich euch hier im Weg?« fragte ich.

»Aber nein«, erwiderte Gawain. »Aber stell dich auf meine linke Seite, denn möglicherweise muß ich die Peitsche benutzen, wenn die Möwe vergißt, gleichmäßiges Tempo zu halten.« Er schnalzte dem Pferd mit der Zunge zu, und die Stute stellte die Ohren auf und drehte sie dann wieder rückwärts, um auf Gwyn zu horchen. Der Junge lächelte stolz und wendete das Pferd und ließ die Stute in den Kreis laufen, der schon in das Gras auf dem Hof eingetrampelt war.

»Soll ich den Ring hier niederlegen?« rief er uns zu. »Ja, genau da. Aber nimm dir Zeit, und sorg dafür, daß der Ring in der bequemsten Entfernung liegt.«

Gwyn nickte, und nach einem Augenblick der gesammelten Konzentration wendete er die Stute und ließ sie im Schritt um den Kreis herumgehen, um festzustellen, ob die Entfernung wirklich passend war.

»My Lady«, sagte Gawain mit leiser Stimme, »gestern abend . . .« Er zögerte, schaute mich an, und seine dunklen Augen waren unergründlich.

»Es war ein böser Witz«, sagte ich und wappnete mich.

Er schaute noch einmal schnell weg. »So sagt Medraut jetzt selbst, und man wiederholt es überall in der Burg, wenn auch unsicher. Medraut deutet an, daß Tieferes dahinter liegt, noch während er das abstreitet. Und dennoch hat Artus den Becher ausgetrunken, und es ist ihm nichts geschehen, obwohl manche behaupten, es sei ein Wunder.«

»Medraut unter anderem auch?«

»Nein, my Lady.« Gawain sah mich wieder an. »Ich habe es von Gruffydd, dem Chirurgen gehört. Er hat es mir im geheimen gesagt, mir allein.«

»Gruffydd? Aber er . . . ich dachte, er sei Medrauts Feind.« Ich unterbrach mich, wandte mich ab und kämpfte um Haltung. Gwyn hatte den Kreis jetzt vollendet und hakte sein Knie um den Sattelknopf und übte vorsichtig die ersten Stufen des Fallenlassens. Den Ring hielt er mit der Hand umklammert.

»Er ist Medrauts Feind. Er glaubt, es wäre eine ehrenhafte, ja sogar eine heldenhafte Tat, meinen Bruder zu vergiften. Er sagte mir, wenn das in der Tat dein Plan gewesen wäre, dann sei es ein vernünftiger und mutiger Plan gewesen, und er wünschte, er wäre gelungen. Und er sagte mir auch, er hätte bemerkt, daß aus seinem Lagerraum ein Teil der Eibenmixtur verschwunden sei. All dies sagte er mir natürlich streng unter vier Augen. Gruffydd kann den Mund halten.«

Gwyn ließ sich aus dem Sattel sinken, legte den Ring ins Gras und richtete sich dann mit einer Bewegung wieder auf, die schon jetzt von der Übung geglättet war. Er wandte sich zu Gawain um und strahlte, und Gawain nickte. Gwyn ließ die Stute traben.

»Nimm dir Zeit«, rief Gawain ihm zu. »Wenn du zu eilig bist oder aus Unsicherheit zögerst, dann ist alles ruiniert.« Gwyn nickte.

»Warum erzählst du mir das?« fragte ich flüsternd.

»My Lady . . . my Lady, ich habe Mitleid mit meinem Bruder Medraut. Früher einmal . . . früher einmal war er so wie

Gwyn. Es hat mich tief geschmerzt, ihn so verzerrt zu sehen und in solchem Haß. Wenn ich wüßte, daß einer meiner Freunde sich dazu gedrängt gefühlt hätte, ihn zu vergiften, dann würde ich ... es würde mich bekümmern. Aber ich kann es verstehen. Vielleicht wäre es sogar, wie Gruffydd sagte, vernünftig und mutig. Ich bin kein Herrscher. Ich kann es nicht sagen.«

»Gawain ...« begann ich, und dann fiel mir nichts mehr ein, was ich noch sagen wollte. Er schaute mich an und wartete, und derselbe ernste Ausdruck lag in seinem Blick, und endlich erkannte ich den Ausdruck als Mitleid.

»My Lady, ich weiß, daß du dich für so etwas niemals leicht entscheiden würdest oder ohne Qual. Du würdest es dir auch nicht wünschen, außer aus den reinsten Motiven. Aber jetzt, wo es fehlgeschlagen ist ... he! Zurück dahinter!« denn Gwyn hatte die Übung versucht, und die Stute war in Trab verfallen, als er sich aus dem Sattel niedersinken ließ. Sie galoppierte jetzt wieder, und der Junge richtete sich mühsam auf und schaute bedrückt drein.

»Ich hab' den Ring nicht gekriegt«, sagte er Gawain.

»Beim ersten Versuch. Du selbst, mein Vetter, hast gesagt, daß Gereint mindestens zwei- oder dreimal versuchen muß, und könntest du, kleiner Welpe, ein besserer Reiter sein als er? Komm, versuch's noch einmal ... My Lady«, er senkte die Stimme wieder, »gleichgültig, was geschehen ist, ich bin dein Freund und Diener wie immer.«

»Mein Bruder und Herr«, erwiderte ich, »Gawain, daß ich nicht Medrauts Mörderin bin, das habe ich nur der Vorahnung deines Bruders und Artus' schnellem Handeln zu verdanken, denn der eine verweigerte den Becher, und der andere goß ihn in den Ärmel aus. Aber im Herzen bin ich genauso schuldig, wie ich schuldig wäre, wenn ich deinen Bruder umgebracht hätte. Trotzdem wünsche ich mir noch immer, ich hätte es geschafft. Es tut mir leid. Ich verdiene nichts von dir, weder deine Freundschaft noch deinen Dienst und sicherlich nicht diese Freundlichkeit.«

»Du hast meine Liebe und meinen Gehorsam viele Jahre lang und für vieles verdient, was du für mich getan hast. Und ich habe schon gesagt, daß ich verstehe, warum du so etwas tun wolltest. Ich trage nicht die Verantwortung für das Reich, also steht es mir nicht an, zu beurteilen, ob dein Plan gerecht war. Hätte ich davon gewußt, ich hätte dagegen gearbeitet, hätte sogar Medraut gewarnt – obwohl er wahrscheinlich genug Zauberei geerbt hat, um es selbst vorherzusehen. Mit Giften ist er sehr vertraut. Er ist fähig, sich davor zu schützen. Und da der Versuch fehlgeschlagen ist, trägst du keine Schuld daran.« Er hielt inne, sah zu, wie Gwyn sich noch einmal nach dem Ring aus dem Sattel sinken ließ, die Zeit verpaßte und zu spät zupackte und fast stürzte, während er sich herumdrehte und danach langte. Dann erhob er sich unsicher wieder in den Sattel, mit leeren Händen. »Macht nichts, Vetter«, rief Gawain. »Sie läuft jetzt besser. Versuch's noch einmal!« Und dann, mit leiser Stimme, »My Lady, du darfst die finsteren Gedanken und den Kummer nicht nähren. Deine Kraft wird jetzt gebraucht. Die größten aller Herrscher haben Schlimmeres geplant und es dann auch durchgeführt. Denk an die römischen Hohen Könige, die unser Herr Artus so bewundert . . . Was sagt Artus dazu?«

»Er wußte nichts davon«, sagte ich ruhig. »Ich hab' es nicht gewagt, ihm davon zu erzählen. Ich wußte, er würde dagegen sein.«

Gawain schaute mich einen Augenblick lang fest an, und ich mußte fortfahren: »Ich habe ihn verletzt. Vielleicht wird er mich nie wieder lieben.«

Er schaute mich noch immer an, offen und ungläubig.

»Er hat ja einen Grund dafür! Ich habe hinter seinem Rükken einen Mord geplant. Ich hab' ihn verraten – ich habe sein Vertrauen in meine Ehre verraten. Und ich habe ihn in seinen Augen entehrt und ihn gezwungen, zu lügen und leere Gesten zu machen. Ich hab' versucht, etwas durchzuführen, das er sich halb selbst wünschte, das er aber nie versucht hätte.«

»Ich kann nicht glauben, daß er dich haßt. Sein erster Gedanke galt dem Schutz deines Namens.«

»Nein«, erwiderte ich müde, und meine trockenen Augen schmerzten wieder bei dem Gedanken. »Er wollte Medraut abwehren und uns schützen – Camlann, das Reich. Nicht mich. Und so sollte es auch sein.«

»Ich glaube nicht . . . oh, gut gemacht, Mo Chara!« Denn Gwyn hatte sich triumphierend auf den Ring niedergesenkt und wendete jetzt die Stute und hielt den Ring strahlend und siegreich in der Hand. Er glitt von dem schwitzenden Pferd herab und gab ihn Gawain mit einer Verbeugung.

»Hast du mich gesehen, edle Dame?« fragte Gwyn hoffnungsvoll.

»In der Tat. Das hast du wunderbar gemacht, Gwyn.«

Er lächelte entzückt, stand einen Augenblick da, als ob er fast platzte, weil er etwas sagen oder brüllen wollte, beherrschte sich dann und fragte: »Soll ich jetzt die Listen holen, edle Dame, und die Rechnungsbücher?«

Er hatte seinen Blick auf mich geheftet, und Gawain warf mir den gleichen fragenden Blick zu, während eine Hand am Zügel des Pferdes lag. Die beiden Augenpaare waren gleich dunkel.

»Zuerst kannst du das Pferd in den Stall bringen«, sagte ich Gwyn, denn ich wußte, daß er das wollte. »Selbst ich weiß, daß der Reiter sich darum zuerst kümmert. Wenn du fertig bist, dann bring die Liste und die Bücher in mein Zimmer.«

Gawain lächelte sehr sanft, nahm dann meine Hand und berührte damit seine Stirn. Es war die gleiche Geste, die auch Gwyn benutzt hatte, aber Gawain meinte sie ganz anders, und ein Schrecken vor dieser Geste erfüllte mich. Ich wußte, was er wußte, aber er unterwarf sich mir trotzdem. Daß er es wußte, machte mich frei, und er blieb mein Freund . . . aber ich hatte ja nie ein Recht auf Freundschaft gehabt, weder auf seine noch auf die Freundschaft irgendeines anderen. Niemand hat das. Auch das war Freiheit, wenn auch eine bittere Freiheit, wo ich selbst keine Rolle mehr spielte und nur noch in der edlen Haltung eines anderen existierte. Ich war dankbar, dankbarer, als ich sagen konnte.

»Ich danke dir viele Male für deine Freundlichkeit, my Lady«, sagte Gawain. »Wenn du noch weiter mit mir sprechen willst, bin ich dein Diener, wie immer.«

Ich nickte und ließ die beiden allein, damit sie sich über die Stute und Gwyns Reitkünste unterhalten konnten. Der blonde Kopf und der dunkle neigten sich über den glatten Rücken des Pferdes.

Artus erteilte an diesem Tag Medraut den Befehl, Camlann zu verlassen. Er beschuldigte ihn keines Verbrechens, sondern schrieb nur einen Brief, der darauf lautete, daß Medraut auf die Orkneys zurückgeschickt wurde und daß alle Personen, die den Brief lasen, ihm Hilfe auf der Reise bieten sollten. Artus ging dann mit Bedwyr und Cei zu Medrauts Haus, und sie präsentierten ihm das Dokument. Medraut begrüßte sie mit lächelnder Höflichkeit. Er entrollte und las den Brief und tat so, als ob er erstaunt sei. Cei erzählte mir anschließend davon. »Er hat gesagt: ›Für welches Verbrechen werde ich denn ins Exil geschickt?‹ Als ob er von solch einem Richtspruch noch nie gehört hätte und sich nicht denken könne, was er eigentlich getan hatte. Außer, daß er vielleicht die Kühe mit Steinen beworfen hätte. Aber unser Herr wollte das dumme Gerede nicht hören. ›Weil du von königlichem Geblüt bist und wegen deiner Stellung hier‹, hat er gesagt, ›deshalb hat man dich keines Verbrechens angeklagt, obwohl du genug Geschichtsbücher gelesen hast, um zu wissen, daß die Beleidigung der Majestät ein Schwerverbrechen ist und daß die Majestät beleidigt ist, wenn man die Frau des Kaisers absichtlich beleidigt. Wie auch immer, ich klage dich nicht an. Außerdem wirst du nicht ins Exil geschickt, sondern nur zurückgesandt. Dein Eigentum und dein Rang in Britannien sind sicher, zusammen mit all deinen Rechten und Privilegien, außer dem Recht hierzubleiben. Du darfst morgen abreisen. Nimm so viele Pferde, wie du willst, und wenn du frische Reittiere brauchst, dann kannst du sie von den Königen von Britannien fordern.‹ Medraut fing daraufhin an, seine leuchtende Unschuld darzustellen, aber unser Herr Artus fuhr fort und sagte: ›Cei reist mit dir.‹ Und ich hab' ihn angegrinst, und da hielt er den Mund. Mein Herr Artus hatte mir das gerade gesagt, my Lady, und so sehr ich auch gegen diesen Aal Medraut bin, ich bin froh genug darüber, daß ich ein Auge auf ihn halten kann. Und es wird schön sein, Agravain wiederzusehen, wie sehr er sich vielleicht auch in den letzten Jahren verändert hat. Aber, my Lady, du solltest dafür sorgen, daß Medraut nicht alles mitnehmen kann, was Artus ihm für seine Reise angeboten hat. Er hat Gold ausgeschüttet, als ob Medraut ein verbündeter König wäre und nicht so etwas wie ein Verbrecher.«

»Natürlich«, erwiderte ich, »Medrauts Freunde sind jetzt, wo ihr Anführer ohne eine Verhandlung weggeschickt wird, wütend genug. Wenn er aber offensichtlich gut behandelt wird, dann kann er von ihnen und von den Königen in Britannien weniger Ärger verlangen. Und wenn du neben ihm reitest, dann kann er die Reise auch nicht für weitere Intrigen benutzen.«

Cei grunzte.

Die beiden ritten in der Tat am nächsten Morgen los, mit einer Eskorte von drei anderen, die sie bis Ebrauc begleiteten. Von dort würden Medraut und Cei zu Schiff auf die Inseln fahren. Ich machte mir fortwährend Sorgen, bis wir hörten, daß sie tatsächlich angekommen waren. Ich machte mir Sorgen, ob Medraut wohl auf dem Weg wieder irgendeinen Ärger vom Zaun brechen würde oder ob er Cei in einen Zweikampf hineinlocken würde oder ob Cei auf eigene Faust einen Kampf anfing – er liebte ja das Kämpfen – und ob er, wenn er irgendeinen Krieger aus dem Norden getötet hatte, dann von irgendeinem König aus dem Norden selbst getötet würde. Aber die Reise verging offensichtlich ohne Zwischenfall, und eine kurze Notiz in Ceis eigener mühseliger Handschrift informierte uns darüber, daß das merkwürdige Paar Dun Fionn auf den Inseln erreicht hatte. Da allerdings hatte ich schon wieder andere Dinge, um die ich mir Sorgen machen mußte.

Die ersten paar Wochen nach dem versuchten Mord waren noch schlimmer als die Wochen davor. Artus, der in der Öffentlichkeit mir gegenüber so aufmerksam wie früher war, konnte sich privat noch nicht einmal dazu bringen, mit mir zu reden. Das Schweigen wuchs zwischen uns; bei Nacht lagen wir Seite an Seite im Bett, als ob die halbe Welt uns trennte. Am Morgen wachte ich auf und stellte fest, daß Artus mich mit verkniffenem, hageren Gesicht beobachtete, und wenn ich mich dann vor meinen Spiegel setzte, fand ich den antwortenden Ausdruck der Schuld und des Elends noch immer an mich geheftet. Ich mußte ihn sorgfältig von meinem Gesicht glätten, ehe ich mich der Welt gegenüberstellen konnte. Ich haßte es, unschuldig zu tun, ich haßte es mehr und mehr, während die Tage vergingen und die wilden Spekulationen in der Burg nach und nach neuen Geschichten und neuem Klatsch wichen. Zuerst wurde natürlich von dem einen oder anderen jede mögliche Erklärung vorgebracht: Ich hatte den Becher vergiftet, aber Artus sei durch ein Wunder verschont geblieben; Medraut hatte den Becher vergiftet, um mich zu belasten, aber Artus hatte entweder geschickt das Gift beiseite geschafft oder sei wie durch ein Wunder . . . Oder der Becher war gar nicht vergiftet, sondern ich oder Medraut seien von Artus dazu verleitet worden, es doch zu glauben, oder auch noch von einem Dritten. Manche Leute glaubten sogar unsere offizielle Erklärung, daß es nur ein Witz mit Untertönen war, die nach Hochverrat klangen. Ein paar Freunde von Medraut errieten sogar die Wahrheit. Und alle Interpretationen von dem, was geschehen war, wurden endlos diskutiert und besprochen, während ich mich um meine Aufgabe kümmerte und versuchte, ungerührt zu erscheinen, als ob überhaupt nichts geschehen sei. Zeitweise hatte ich den Wunsch, in der Halle aufzustehen und ihnen die Wahrheit entgegenzuschreien, einfach, um von den endlosen unausgesprochenen Fragen frei zu sein. Aber schließlich waren alle möglichen Erklärungen gesucht und gefunden worden, und die aufgeregten Fragen ebbten ab. Medrauts Abreise hatte die Spannung sehr verringert. Viele seiner früheren Gefolgsleute fingen ohne seine Anwesenheit, durch die sie angestiftet wurden, an, wieder selbst zu denken, und sie entschlossen sich zu der Ansicht, daß er zu weit gegangen war. Das wurde offensichtlich, als es nach einer Weile trotz all der ursprünglichen Fragen und all der Streitereien keine Zweikämpfe mehr gab und weniger persönliche Zerwürfnisse. Ich bemühte mich sehr hart darum, ein paar von Medrauts Freunden, die jetzt schwankten, zu überzeugen, daß sie ihrem ausgewiesenen Anführer mißtrauen müßten, und je erfolgreicher ich damit war, desto mehr haßte ich mich anschließend. Mein Leben war eine Lüge, wie mein Lächeln, und ich wünschte mir von Herzen, daß ich nie nach Camlann gekommen wäre, sondern daß ich statt dessen irgendeinen fetten Bauern aus dem Norden geheiratet hätte und dabei gestorben wäre, ihm fette Kinder zu gebären. Die Heldinnen aus den Liedern haben es gut, denn sie können aus Kummer oder Schande sterben. In Wirklichkeit ist man aber in der Lage, viel mehr Elend und Leid zu ertragen, als einem wahrscheinlich vorkommt. Wenn einem das Leben nichts mehr wert ist, wenn die Welt nur noch wie eine große, korrumpierende Falschheit aussieht, wenn selbst die Liebe flach und zwecklos wirkt – dann schleichen dennoch die Stunden ständig weiter, und man fährt fort, diese Stunden mit den täglichen Kleinigkeiten auszufüllen. Das Beste, was ich zustande brachte, war ein Fieber.

Im Juli hatten wir schwere Regenfälle, aber am Ende des Monats kam eine Zeit des heißen, sonnigen Wetters. Die Luft war von Fiebern erfüllt. Ich bekam auch eins, lag ein oder zwei Tage im Bett, fühlte mich dann besser, stand auf und versuchte, mit den Vorbereitungen für die Ernte anzufangen. Das brachte natürlich das Fieber zurück, und diesmal schlimmer. Ich war gezwungen, wieder ins Bett zurückzugehen. Sobald ich in der Lage dazu war, ließ ich Gwyn rufen und diktierte ihm Briefe und Listen – die Erntezeit nimmt keine Rücksicht auf menschliche Schwächen. Am Ende der zweiten Woche des August kam Bedwyr und fragte, wie viele Kornvorräte zum Futter für die Reitpferde in diesem Winter zur Verfügung stehen würden.

Ich hatte seit jenem Fest nicht mehr mit ihm gesprochen. Ich hatte von Gawain erfahren, daß Bedwyr Bescheid wußte. Er hatte nah genug bei Artus gesessen, um dessen Trick mit dem Becher zu bemerken, und hinterher hatte er mit Artus darüber gesprochen. Was Artus zu ihm gesagt und was er zu Artus gesagt hatte, daran mochte ich nicht gern denken: Denn dann mußte ich mich vor beiden schämen. Ich wünschte mir mehr als je zuvor, Bedwyr aus dem Weg gehen zu können, aber als Feldherr überlappten sich seine Aufgaben auf vielen Gebieten mit meinen, und so konnte ich ihm nicht immer aus dem Weg gehen.

Jetzt war ich schon in der Lage, im Bett zu sitzen, und ich fühlte mich sogar erholt, obwohl ich es noch nicht wagte, das Haus zu verlassen. Ich hatte Angst, daß dann das Fieber wiederkäme. Aber ich war angekleidet, und ich hatte sogar das Bett an eine andere Stelle rücken lassen, damit ich zum Lesen das beste Licht hatte. Ich prüfte gerade ein paar Listen, die Gwyn mir dagelassen hatte, als ich das gedämpfte Geräusch eines Klopfens an der äußeren Tür hörte. Ich rief: »Herein«, und nach der unvermeidlichen Pause: »Hier herein!« Aber ich war überrascht, als Bedwyr die innere Tür öffnete und auf der Schwelle stand und stehenblieb, damit seine Augen sich an das Licht gewöhnten.

»Edler Herr«, sagte ich zur Begrüßung. Trotz meines Herzenswunsches, ihm aus dem Weg zu gehen, war ich froh, ihn dort stehen zu sehen. Er sah aus wie immer – offen und ernst. Er wandte sich aber von meinem Blick ab, und darüber wurde ich genauso verlegen, genauso angespannt, und ich war nicht sicher, wie ich ihn empfangen sollte.

Um den Bruchteil einer Sekunde zu spät verwandelte er den Seitenblick in eine Verbeugung, so daß ich nicht überzeugt war. Dann schloß er die Tür hinter sich. »My Lady, es tut mir leid, wenn ich dich belästigen muß, während du krank bist. Aber niemand anders scheint in der Lage zu sein, mir zu sagen, wieviel Korn wir wohl diesen Winter haben werden oder wie viele Pferde wir damit füttern können.«

»Ach«, sagte ich, »ach ja.« Ich durchsuchte die Listen in der

Hoffnung, die Antwort zu finden und ihn loszuwerden. Dann wurde mir klar, daß ich keine von den notwendigen Listen bei mir hatte, und ich mühte mich, mir ins Gedächtnis zu rufen, was darauf stand.

Bedwyr bemerkte meine Verwirrung und fügte schnell hinzu: »Es ist nicht dringend. Ich muß es nur bald wissen, denn nächste Woche will ich die Pferde, die wir nicht hierbehalten, auf die Winterweide schicken. Aber heute muß ich es noch nicht wissen.«

»Ich glaube, wir werden genug für zweitausend Pferde haben«, sagte ich ihm. »Oder auch ein bißchen mehr. Sagen wir, drei Pferde für jedes Mitglied des Heerbanns. Genauer kann ich es dir jetzt allerdings noch nicht sagen. Wahrscheinlich kann ich dir morgen nachmittag eine etwas bessere Schätzung geben.«

Er nickte, aber anstatt zu gehen, blieb er da und schaute mich an. »Gott lasse dich schnell gesund werden, my Lady«, sagte er nach einem Augenblick. »Du wirst sehr vermißt.«

»Ich habe mich schon fast erholt«, sagte ich und versuchte zu lächeln. Aber das Lächeln ging daneben. Bedwyr war kein Fremder, war niemand, den man durch Anspannung von ein paar Muskeln im Gesicht leicht hinters Licht führen konnte. Im Gegenteil – es war einfacher, vor Artus einen Kummer zu verbergen als vor seinen ruhigen Augen. Ich fühlte mich erschöpft und elend, und ich konnte sehen, daß er es wußte. Ich spürte, wie mein Gesicht heiß wurde vor Scham über meine Lügen, meine vielen Lügen. Aber ich konnte es nicht ertragen, ehrlich mit ihm zu sprechen und zusätzlich zu Artus' Zorn und Bitterkeit auch noch seine Verachtung zu spüren. »Morgen bin ich wahrscheinlich schon wieder auf«, beendete ich schnell den Satz.

»Treib dich nicht zu sehr, my Lady. Viel hängt von dir ab.«

Es verging wieder eine Minute des Schweigens, während wir einander anschauten, und ich wünschte mir verzweifelt, daß er ging und mich mit meinem Elend allein ließ. Dann fügte er entschlossen hinzu: »Unser Herr Artus vermißt deine Hilfe.«

Ich blickte hastig weg. Diese Sanftheit, wo ich Zorn erwartet hatte, verwirrte mich. »Tut er das?« fragte ich und wollte einen Tonfall der uninteressierten Frage anschlagen. Aber ich hörte mich nur flach und verbittert an. Diese zusätzliche Dummheit, dieser Mangel an Beherrschung bei mir, widerte mich an. Ich biß mir auf die Lippe und mußte die Tränen zurückblinzeln. Nach einer Krankheit kommen sie viel zu schnell.

Da machte Bedwyr zwei schnelle Schritte auf mich zu und nahm meine Hand. »Lady Gwynhwyfar«, er sank auf die Knie, damit er sich nicht über mich beugen mußte, »verzeih mir meine Unverschämtheit, so mit dir zu sprechen, aber ich muß sprechen. Dein Mann liebt dich tief, auch wenn er jetzt erzürnt über dich ist. Seit Medraut im Exil ist, haben wir miteinander gesprochen, und es ist so deutlich zu sehen wie der weite Himmel. Er sehnt sich nach ein paar Worten, die dich wieder mit ihm versöhnen, aber er weiß nicht, was er sagen soll. Ich bitte dich, my Lady, quäl dich nicht so. Sprich mit ihm, versöhne dich. Du bist geschickter in solchen Dingen als er, und es wird euch beide trösten.«

Ich zog meine Hand weg und biß mir auf die Lippe, bis ich Blut schmeckte.

»Warum sagst du mir das? Ich hab' alle Gesetze gebrochen, nach denen du und Artus lebt, im Namen eures eigenen Zieles. Deshalb hab' ich euch verraten. Und ich kann es weder vor Artus noch vor Gott bereuen, denn ich wünsche mir noch immer, ich hätte Erfolg gehabt und Medraut wäre in der Hölle. Wie kann ich mich also mit Artus versöhnen? Und du – du mußt mich genauso verachten. Lüg mich nicht an, Bedwyr. Ich habe die Lügen satt; ich würde deinen Haß weiteren Lügen vorziehen.«

Er begegnete meinem Blick einen Augenblick mit einem Ausdruck des Schreckens und neigte dann den Kopf fast bis auf das Bett. »My Lady«, flüsterte er, »wie könnte ich dich hassen oder verachten? Wenn das, was du getan hast, noch hundertmal schlimmer wäre, dann würden mich trotzdem deine Güte und deine Gnade zwingen, dich zu lieben. Selbst gegen meinen Willen, und . . .« Er brach abrupt ab, starrte auf die Decke, ballte die Hand in ihren Falten. Ich berührte verwundert seine Schulter, und er blickte auf, und bei diesem Blick stieg mir das Herz in die Kehle.

»Du darfst nicht glauben«, nahm er nach einer Pause das Wort wieder auf, »daß unser Herr dich verachtet. Er ist nur um so mehr bekümmert, weil er dich so liebt und ehrt – und weil er Medraut fürchtet. Er schämt sich selbst, weil er Medraut gezeugt hat und jetzt wünscht, daß er tot wäre. Er ist mit sich selbst genauso im unreinen wie mit dir. Glaub mir, selbst um dir eine Freude zu machen, würde ich in diesen Dingen nicht lügen.«

Bei diesen Worten fing ich ernsthaft an zu weinen, und dann nieste ich und bekam einen Hustenanfall, denn nach dem Fieber hatte ich mich erkältet. Bedwyr reichte mir eins der Tücher, die an der Bettkante hingen, und setzte sich dabei aufs Bett. Ich wischte mir das Gesicht ab und putzte mir die Nase und schaffte es, die Tränen im Schach zu halten.

»Es tut mir leid, Bedwyr. Ich weine anscheinend immer, wenn du freundlich zu mir bist. Wenn Artus so denkt, wie du es mir gesagt hast, warum sagt er es mir dann nicht selbst? Nein, du hast gesagt, er hofft auf irgendein Wunder, das uns versöhnt. Um uns beide zu trösten. Und ich soll diese Versöhnung herbeiführen? Herr des Himmels, muß ich ihn wirklich anlügen und ihm erzählen, daß ich bereue, wo ich nicht bereue, und muß ich ihm sagen, daß ich froh darüber bin, weil Medraut am Leben ist?« Ich sprach von Gott, aber ich schaute Bedwyr an, seine dunklen, mitfühlenden Augen.

»Du mußt nur sagen, daß es falsch gewesen wäre, my Lady. Ich weiß, daß du das auch glaubst. Artus geht es mehr darum, dich zurückzugewinnen, als das Richtige oder Falsche in diesem Fall zu beweisen.«

Ich lachte bitter, hustete, nahm ein anderes Tuch. »Ach, und ist das alles? Und glaubst du wirklich, es wäre so einfach? Daß ich einfach ein paar Worte sage, und alles ist wieder gut? Nein, tut mir leid. Dein Rat ist wie immer gut und wahr und schwierig zu befolgen. Mein Freund, mein Herz, ich danke dir. Aber kannst du selbst vor dir dieses Verbrechen, das ich begehen wollte, rechtfertigen – obwohl du mich mit solcher Freundlichkeit behandelst?«

Sein Gesicht wirkte angespannt und gequält, aber seine Augen leuchteten intensiv, wärmten mich sehr nach so viel kaltem Elend. »Solche Rechtfertigungen bedeuten mir nicht viel. Du hast aus einem Übermaß an Liebe gehandelt, um das Reich um jeden Preis zu bewahren. Wie kann ich sagen, daß du dich geirrt hast? Sicher, ich weiß, es ist ein Verbrechen, einen Menschen zu vergiften. Aber dich zu rechtfertigen oder dich zu verdammen – das steht mir nicht an. Und die Tat ist ja auch nicht geschehen. Dazu ist es mir schwer gewesen, dich zu sehen, wie du deinen Kummer verbirgst, und doch zu wissen, daß er dich von innen frißt.« Er griff wieder nach meiner Hand und berührte sie mit seinen Lippen.

»Gwynhwyfar, ich weiß, daß du dich selbst verdammst, aber niemand hat das Recht dazu, außer Gott, der allein die Herzen wägen kann. Gwynhwyfar, hab Erbarmen mit dir selbst.«

»Soll ich so weitermachen, als ob ich nichts getan hätte, als ob alles unwichtig gewesen wäre? Soll ich zufrieden auf das Jüngste Gericht warten?«

»Was sonst kann man denn tun, außer sterben? Wir müssen mit unseren Sünden leben. Man wählt zwischen mehreren Übeln und erträgt diese Wahl. Ich . . . ich hab' mich einmal entschieden, daß es böse sei zu töten, selbst in der Schlacht. Artus zeigte mir, daß es auch böse sein kann, nicht zu handeln, wenn dadurch etwas von Wert gerettet werden kann. Selbst, wenn die Tat das Töten beinhaltet. Ich mußte ihm zustimmen. Aber sie sind noch da, all diese Toten. Ich kann das Blut von meinem Schwert wischen, aber niemals von meinem Herzen. All diese Menschen, die ich für das Reich getötet habe, für das Licht, sie sind so tot, als ob ich sie nur aus Haß umgebracht hätte oder um mir selbst zu beweisen, daß ich ein besserer Krieger bin als sie. Du dagegen hast niemanden umgebracht.«

Ich schüttelte den Kopf und starrte ihn an. Seine Ruhe war verschwunden. Jetzt war die Leidenschaft an seine Oberfläche getreten und damit der Schmerz. Er beugte sich nach vorn und umklammerte hart meine Hand, während er sich auf den Stumpf seiner Schildhand stützte. »Es ist einfacher, als man erwarten sollte. Es macht, wenn man dabei ist, wenig Eindruck. Hinterher, hinterher erinnert man sich daran und denkt anders darüber. Aber die einzige Alternative, die wir hatten, bestand darin, es zuzulassen, daß andere getötet werden, und wenn dabei kein Blut am Schwert bleibt, dann bleibt doch mehr Blut auf der Seele, wenigstens vor Gott. Was du getan hast – was du tun wolltest –, das zählt im Himmel weniger als die Verbrechen, die ich wissentlich begangen habe, die Morde, die Verstümmelungen, den Schmerz, die Witwen und Kinder, die nach dem Tod ihrer Väter und Männer verhungern, die verbrannten Felder und die geplünderten Städte – all das habe ich mit dieser Hand getan.« Er zog sie aus meinen Fingern und hielt sie vor mich hin: Seine Schwerthand hatte Schwielen von der Waffe, den Speeren und den Zügeln. Sie war auf dem Handrücken vernarbt von Übungskämpfen und den Zufällen des Krieges. Er betrachtete diese Hand mit einem Maß an Schmerz und Schrecken, der mir das Herz zerriß. Ich nahm die Hand und küßte sie. Er schaute mich an, als ob er vergessen hätte, daß ich da war, als ob er mich noch nie gesehen hätte. Er zog seine Finger über meine Lippen und berührte die Tränen, die noch an meinen Wangen hingen. Er glättete mein Haar und packte dann meine Schulter. Er beugte sich vorwärts und küßte mich.

Jeden Augenblick der nächsten Stunde nahm ich mir vor, aufzuhören, zu sagen: »Nicht weiter.« Aber ich tat es nicht. Es war süß, so süß, daß ich mir immer noch eine Minute davon wünschte, ehe ich in die Kälte und die Einsamkeit und die fruchtlose Sehnsucht nach Artus zurückkehrte, in die Schande und die Anspannung und die herannahende Dunkelheit. Ohne Zweifel hatte auch Bedwyr vor aufzuhören, aber auch er sagte nichts. Keiner von uns sagte ein Wort, bis es vorüber war und wir Seite an Seite dalagen und wußten, daß wir Artus betrogen hatten und alles, wofür wir lebten. Da drehte ich mich zur Wand und fing wieder an zu weinen.

Bedwyr richtete sich auf dem Ellbogen auf und streichelte mein Haar und meine Schulter. Er flüsterte: »Still. Es ist meine Schuld, nur meine Schuld. Still.«

»Nein, nein. Meine Schuld. Oh, warum haben wir das getan?«

»My Lady, meine süße Gwynhwyfar, ich liebe dich. Ich habe dich immer geliebt. Ich hab' versucht, mir etwas anderes einzureden, als ich sah, daß mein Herr dich auch liebt. Aber ich konnte das nicht ewig glauben. Ich hab' mich so lange nach diesem Augenblick gesehnt . . . ich hätte nie hierherkommen sollen. Du warst krank und bekümmert, und du konntest nicht anders. Es ist meine Schuld.« Die sanfte Hand glitt tiefer, und ich zitterte. Ich setzte mich abrupt auf und schaute ihn an.

»Es spielt keine Rolle, wessen Schuld es war. Artus darf es nicht wissen. Es würde ihm zu weh tun. Und wir dürfen es nie wieder tun.«

Er starrte mich noch einen Augenblick an und wandte sich dann ab. Er setzte sich auf und schwang die Beine über die Seiten des Bettes. »Du hast recht. O himmlischer Gott!« Er beugte sich voller Schmerz vornüber und umklammerte den Stumpf seines Schildarms. »Was habe ich getan? Die Frau meines Herrn, in seinem eigenen Bett –«

»Wir dürfen es nicht wieder tun!« sagte ich dringlicher. »Du mußt irgendwo hingehen, weit weg – bis wir dies ein wenig vergessen haben und bis ich wieder mit Artus versöhnt bin.«

Er nickte und drehte mir weiterhin den Rücken zu. Er saß noch immer tief gebückt. Das graue Licht, das durch die Balken fiel, berührte seinen Rücken und zeigte eine lange Narbe, die an seiner rechten Flanke hinauflief. Artus hatte ähnliche Narben. Alle Krieger zu Pferd haben sie – man kann nicht kämpfen und sich gleichzeitig selbst verteidigen.

»Es ist auch meine Schuld«, sagte ich zu Bedwyr.

Er schüttelte den Kopf, noch immer, ohne mich anzusehen.

»Ich liebe dich«, sagte ich. Die Worte wirkten bedeutungslos. »Ich liebe Artus, aber auch dich.«.

Er langte nach unten und tastete nach den Hosen, die er vor nicht so langer Zeit beiseite geworfen hatte. Er zog sie an, und als er stand, drehte er sich um und schaute mich an. Er mußte die Hose hochhalten, den er konnte den Gürtel mit einer Hand nicht befestigen. Wäre das in einem Märchen vorgekommen, ich hätte lachen müssen. Aber seine Augen waren sehr dunkel vor Schmerz, und die Haut um seinen Mund war straff gespannt.

»Du mußt zu Artus gehen«, sagte ich, während ich verzweifelt nachdachte. »Bitte ihn darum, dich nach Kleinbritannien zu schicken, um mit König Macsen zu sprechen. Artus muß jemanden hinschicken, und er ist entschlossen, nicht wieder Gawain auszusenden.«

Ein bißchen von dem Schmerz ebbte ab. »Ja«, sagte er nach einer Minute. »Ich kannte Macsen, als ich seinem Bruder Bran diente. Ich könnte mit ihm reden. Obwohl mein Herr mir vielleicht nur widerwillig erlaubt, eine Zeitlang das Land zu verlassen . . . Aber ich könnte es dringend machen, und ich könnte den Wunsch äußern, meine Familie wiederzusehen und mich um die Güter zu kümmern. Sicher wird er mir dafür Urlaub geben.« Er sah sich nach seiner Tunika um, hob sie auf, zog sie mit dem Schildarm über den Kopf. Ich stand auf und befestigte den Gürtel für ihn, dann band ich die Bänder an seiner Tunika und wiederholte sorgfältig die Knoten, die sein Diener normalerweise machte. Er ließ mich alles tun und packte dann mein Handgelenk.

»Gwynhwyfar.« Seine Stimme nahm wieder den gewohnten ruhigen Ton an, aber Schrecken und Verwirrung verliehen ihr noch immer eine scharfe Kante. »My Lady, du weißt jetzt, daß ich dich liebe, und ich bin vernichtet. Ich habe meinen Herrn verraten. Ich weiß noch nicht einmal, ob ich es bereuen kann, denn ich begehre dich noch immer – aber genug davon. Wenn das, was wir getan haben, je entdeckt würde, dann laß mich dafür büßen. Es wäre ein deutlicher Fall des Verrats, aber mein

Herr würde wahrscheinlich den Urteilsspruch von Tod auf Verbannung umändern. Das könnte ich ertragen. Ich könnte es nicht ertragen, wenn du für mein Verbrechen leiden müßtest, denn es ist meine Schuld – nein, es ist wahr! Ich schwöre dir, ich würde deine Entehrung deutlicher fühlen als meine eigene. Ich weiß, daß du der Strafe nicht völlig entgehst, auch wenn es nie entdeckt wird, aber vielleicht kommst du leicht davon, wenn du nicht versuchst, für mich zu sprechen oder die Schuld auf dich zu nehmen. Wenn du es doch tätest, würden wir beide mehr leiden. Und bekümmere dich nicht zu sehr darum. Es ist meine Schuld.« Einen Augenblick lang verließ ihn seine Selbstbeherrschung, und er küßte mich noch einmal hart auf den Mund.

Als er mich losließ, sagte ich nichts, sondern ich suchte ihm nur sein Schwert und schnallte es ihm an. Ich half ihm auch mit den Stiefeln. Erst als er in der Tür stand, flüsterte ich: »Gott schütze dich.« Er neigte den Kopf und war fort. Eine lange Minute schaute ich die Tür an, dann ließ ich mich auf das Bett fallen. Ich kroch unter die Decke und lag da und zitterte und erinnerte mich daran, bis zum Abend, als ich endlich einschlief.

Am gleichen Abend sprach Bedwyr mit Artus und reiste noch innerhalb der Woche nach Kleinbritannien ab, trotz der Tatsache, daß er da schon meine Erkältung gefangen hatte. Ich blieb im Haus, bis er fort war, und danach ging es mir wieder gut genug, daß ich mit den Erntearbeiten weitermachen konnte.

Ich bemühte mich auch, die Versöhnung mit Artus herbeizuführen. Trotz allem, was danach geschehen war, mußte ich zugeben, daß Bedwyr recht hatte. Ich strafte meinen Mann genauso wie mich selbst dadurch, daß ich mich noch immer in Schuld und Schmerz vergrub. Und es nützte niemandem etwas. Ein paar Tage, nachdem Bedwyr abgereist war, kam ich, nachdem ich das Aufräumen nach einem Fest beaufsichtigt hatte, zurück und war entschlossen, mit Artus zu sprechen.

Das Haus war dunkel, als ich mit dem schwachen Binsenlicht, das mir in der Halle den Weg beleuchtet hatte, eintrat. Als ich das Schlafzimmer betrat, sah ich, daß Artus schon im Bett lag. Aber er zuckte zusammen, als das Licht über ihn fiel, und ich wußte: Er war noch wach, obwohl er mir den Rücken zukehrte und sich nicht bewegte. Ich wußte, er versuchte der schmerzhaften Stille zwischen uns aus dem Weg zu gehen, und er hatte Angst. Ich stellte das Licht in den Halter neben dem Bett und zog mich schweigend aus. Ich fragte mich, was ich wohl sagen sollte, und ich wünschte mir, ich hätte es verschieben können. Fast hätte ich das Licht ohne ein Wort ausgelöscht. Aber ich setzte mich einen Augenblick auf das Bett, schaute Artus an und berührte seine Schulter. »Es tut mir leid«, brachte ich heraus und hörte, wie rauh und unsicher meine Stimme klang. »Es war eine böse Absicht. Es tut mir sehr leid.« Und plötzlich dachte ich nicht an Medraut, sondern an Bedwyr, der dort lag, wo jetzt Artus war. Ich dachte an den Betrug, der größer war, als Artus wußte.

Er drehte sich um und schaute mich seltsam an – nicht kalt, sondern verwirrt. Er ergriff meine Hand, die auf seiner Schulter lag, und schaute sie an. Er musterte den geschnittenen Siegelring und sah dann mein Gesicht wieder an. Im Zimmer war es dunkel, denn das Binsenlicht flackerte und war fast ausgegangen. Artus seufzte.

»Es tut mir leid«, flüsterte ich noch einmal.

»Ich weiß«, erwiderte er. »Aber siehst du denn nicht, daß mehr nötig ist als eine Entschuldigung? Diese Tat . . . Medraut hat uns verkrüppelt.«

»Ich wollte, daß wir ihm entrinnen.«

Er zog meine Hand an seine Lippen, und sein Blick suchte meine Augen. »O mein Herz, wenn wir das nur könnten. Aber diese Tat, diese – sie entehrt dich. Ich weiß, daß du das akzeptieren wolltest, für das Reich. Aber ich kann es nicht akzeptieren. Und Medraut ist mein Sohn – meine Schuld.«

»Bitte«, sagte ich. Ich konnte nicht vernünftig mit ihm reden. Bei dem, was zwischen uns war, bedeutete Vernunft nichts.

Er berührte mein Gesicht und streichelte mein Haar zurück. »Du frierst«, sagte er nach einem Augenblick. »Komm, geh zu Bett und schlaf.«

Als ich unter der Decke war, legte er seinen Arm um mich, und ich lag sehr still und wagte es nicht, mich zu bewegen. Mein Herz schrie nach ihm, aber es war ein Anfang.

Das Schweigen wich langsam. Aber die Ernte ist eine Zeit, bei der viel zu tun ist, und da Bedwyr fort war, mußten Artus und ich einander öfter besprechen als gewöhnlich. Über den Angelegenheiten des Reiches hatten wir es gelernt, einander zu vertrauen: bei empfangenen und ausgegebenen Tributzahlungen, bei der Ausstattung eines Heeres, bei den Plänen der Könige. Durch die Arbeit jetzt wurde unser Vertrauen erneuert. Schließlich konnten wir sogar privat wieder frei miteinander sprechen und sogar lachen. Die letzte Barriere fiel Anfang Dezember, als Cei von den Orkneys zurückkehrte und die Nachricht von Agravains Tod brachte.

Vielleicht hätten wir es erwarten sollen. Wir hatten schon lange gewußt, daß es Agravain nicht gutging, und im Herzen hatte ich immer Angst davor gehabt, was Medraut auf den Inseln vielleicht tun würde. Nichtsdestoweniger kam die Nachricht wie ein Schock. Cei brachte sie ganz frisch: Er war mit der ersten Flut, noch am Tag, an dem Agravain starb, von den Inseln abgesegelt und mit einer Geschwindigkeit von Ebrauc weitergeritten, daß er eine Spur von zuschanden gerittenen Pferden hinter sich zurückgelassen haben mußte. Der Wind kam vom Norden, was sehr gut für die Reise war, und deshalb hatte er die ganze Strecke in einer Woche und sechs Tagen zurückgelegt. Er kam an einem kalten Dezembersamstag um Mitternacht an und brach sofort in unser Haus und brüllte, es sei dringend. Draußen schneite es ein bißchen, nasse Flocken, vermischt mit Regen. Cei war am gleichen Morgen von Caer Ceri losgeritten und hatte in Baddon die Pferde gewechselt. Er hatte ein graues Gesicht vor Erschöpfung und zitterte vor Kälte. Sobald Artus Übertunika und Umhang umgeworfen hatte, machte er sofort Feuer im Besprechungszimmer, während ich Cei etwas Wein einschenkte und mehr Wein ans Feuer stellte. Cei allerdings wartete nicht so lange, bis er seinen nassen Mantel ausgezogen oder mehr als einen Schluck aus dem Becher genommen hatte, ehe er heraussprudelte: »Agravain ist tot. Er hat ihn umgebracht. Dieser glattzüngige Bastard hat seinen Bruder ermordet.«

Ich ließ fast den Krug mit Wein fallen. Artus erstarrte einen Augenblick, während er an der Feuerstelle kniete und ein Stück Feuerholz in der Hand hielt. Ich wußte, daß das Feuer knisterte und das Wasser vom Strohdach tropfte, es mußten Geräusche dagewesen sein, aber ich kann mich an keins mehr erinnern, nur an eine große Stille. Dann legte Artus das Stück Holz ins Feuer, stand auf, zog einen Stuhl heran und machte Cei eine Handbewegung, damit er sich auch setzte. Cei tat es, machte seinen Mantel auf und hängte ihn zum Trocknen über die Stuhllehne.

»So – und was ist passiert?« fragte Artus ruhig. »Agravain ap Lot ist tot?«

»Jetzt vor fast zwei Wochen. Eines Morgens ist er kalt im Bett gefunden worden, ohne eine Wunde an sich. Aber Medraut hatte in der Nacht davor mit ihm getrunken, und Medraut ist ein Teufel und ein Gefolgsmann der Teufel, und er weiß, wie man Männer umbringt, ohne Spuren zu hinterlassen. Ich bin nicht der einzige, der das meint, Herr. Der königliche Heerbann von den Inseln hat es immer geglaubt. Es sind Hunde, diese irischen Krieger, eine Rotte Hunde, die jedem die Hand lecken, der sie schlägt. In dem Augenblick, als wir ankamen, fingen sie schon an, vor Medraut zu Kreuze zu kriechen, obwohl sie etwas anderes vortäuschten, wenn Agravain anwesend war.«

»Dann unterstützen die Krieger also jetzt Medraut?«

»Ja, die Schweine! Medraut hat sie früher angeführt, und vielleicht hätten sie ihn auch zum König gemacht, wenn seine Mutter noch lebte, denn sie hatten wegen dieser Hexe alle Angst um ihre Seele. Agravain mochten sie lieber, denn er war der Sohn seines Vaters und ein Mann, der neben ihnen gekämpft hatte, aber Agravain ... war nicht mehr er selbst.« Die wütende Entrüstung verschwand einen Augenblick, und Cei fuhr in einer seltsamen verletzten Stimme fort, die ihm gar nicht ähnlich war. »Und was das schlimmste daran ist, Herr, es tat einem im Herzen weh, ihn anzusehen. Er war nicht er selbst. Ich hab' meinen Aufenthalt verlängert, um ihm zu helfen – du hast ja den zweiten Brief bekommen –, ich hab' versucht, ihn vor dem zu warnen, was passierte. Die meiste Zeit war er zu betrunken, um irgend etwas zu begreifen, und wenn er nüchtern war, dann war ihm eigentlich immer alles gleich. Daß ein Krieger, ein König und der Sohn eines Königs, so gebrochen sein kann, so verschreckt und unsicher! Und er war mein Freund – ein Mann, der in der Schlacht mein Schild war, und er war mir wie ein Bruder. Vergiftet, in seinem eigenen Haus, von dem glattzüngigen Bastard einer Hexe! Gott im Himmel! Wir müssen Gerechtigkeit für ihn erlangen – wir müssen ...«

»Still«, sagte ich. »Erzähl uns die ganze Geschichte, und dann ruh dich aus, denn du bist übermüdet. Hier, der Wein ist jetzt heiß.«

Er stellte seinen Becher hin, und ich füllte ihn mit dampfend-heißem, honiggesüßten Wein. Er nippte ein bißchen, paßte wegen der Hitze auf und umfaßte den Becher mit seinen vor Kälte geröteten Händen. »An der Geschichte ist nicht mehr viel dran«, sagte er jetzt müde. »Wie ich sagte, ist Agravain tot aufgefunden worden, und zwar an dem Morgen, nachdem er bis spät in die Nacht mit Medraut getrunken hatte. Ich wachte auf und hörte sie jammern und heulen. Ein paar von der königlichen Familie, die Medraut hassen, auch wenn sie es nicht wagen, das offen auszusprechen, sind hereingekommen und haben mir die Neuigkeiten erzählt, ehe Medraut es konnte. Sie haben mir zu einem Schiff verholfen und mich zum Hafen gebracht, ehe der Tag zu alt wurde. Sie wollten wissen, was du tun würdest; ich hab' ihnen gesagt, ich sei sicher, daß dieser Mord dich erzürnen würde. Sie meinen, sie können sich Medrauts Wahl zum König nicht entgegenstellen, aber wenn du den Wunsch hast, mit ihnen Kontakt aufzunehmen, dann müßtest du eine Botschaft an Eoghan, den Schiffszimmermann im nördlichen Piktenland, aussenden – ich glaube, Eoghan ist einer ihrer Spione. Ich war froh, daß sie mir geholfen haben, Herr, denn ich hatte nicht den Wunsch, auf der Insel zu bleiben, wenn Medraut König ist.«

»Ist es sicher, daß sie ihn zum König machen?« fragte Artus.

»Niemand wagt es, sich ihm entgegenzustellen. Er kann den Thron haben, wenn er ihn will, und es ist ganz sicher, daß er ihn will. Mein Herr, Kaiser von Britannien, sollen wir den Krieg erklären?«

»Nein.«

Als Cei zornig vom Stuhl hochsprang, hob Artus die Hand und schaute ihn an. Es war der ruhige Blick, den ich so gut kannte, der Blick, mit dem er etwas befahl, was ihm widerstrebte, was er aber für unumgänglich hielt – eine Hinrichtung, eine Aufgabe, die diejenigen, die sie erledigten, das Leben kosten konnte. Cei erkannte den Blick auch, und obwohl er Artus überragte, schien er vor ihm zusammenzuschrumpfen. Langsam setzte er sich wieder.

»Aufgrund welcher Vorkommnisse könnten wir denn den Krieg erklären?«

»Medraut wird seinem Bruder ohne Zweifel eine glänzende Bestattung bieten und außerordentlich um ihn trauern. Dann wird er nach Süden eilen und mir Gefolgschaft schwören. Wir können nichts beweisen. Und wenn ich mit diesen Feinden von Medraut Verbindung aufnehme, die ihm weder offen entgegenzutreten wagen noch bekannt werden lassen wollen, daß sie von mir Nachrichten erhalten haben, was soll ich ihnen dann sagen? ›Ermordet ihn, und ich will euch belohnen?‹ Das ist schändlicher als Gift, und viel weniger wahrscheinlich könnte es Erfolg haben. Nein. Wir müssen uns vorbereiten auf das, was Medraut als nächstes plant.« Er machte eine Pause; dann fügte er mit sanfterer Stimme hinzu: »Geh zu Bett, Cei. Ich werde deine Kraft brauchen.«

Cei nickte. Er stellte seinen leeren Becher hin und stand

langsam auf. Dann hielt er inne, und es fiel ihm offenbar etwas ein. Seine Erinnerung berührte meine.

»Er teilt ein Haus mit Gawain«, sagte ich. »Er sollte Agravains Bruder diese Geschichte heute nacht nicht erzählen müssen.«

Cei nickte. »Ganz recht, my Lady. Es ist eine zu bittere Nachricht. Ich habe nach Gawain geschickt, als ich angekommen bin, damit ich nur einmal reden muß. Ich weiß nicht, wo er . . .«

Die Tür öffnete sich plötzlich, und Gawain trat ein. Sein Gesicht war sehr ruhig, aber einen Augenblick lang konnte ich ihn nicht erkennen. Er sah unirdisch und geistesabwesend aus. Offensichtlich hatte er seit einiger Zeit draußen gestanden, denn der Schnee schmolz in seinem Haar und hatte die Schultern seines Umhangs durchweicht. »Ich bitte um Entschuldigung«, sagte er mit nur leicht rauher Stimme, während er sich vor mir und Artus verbeugte. »Ich war draußen. Ich habe gehorcht. Aber ich habe erraten, was passiert ist, als dein Bote mich geweckt hat, Cei. Ich hatte Angst hereinzukommen. Vetter, es ist ein langer Weg zu den Inseln, und du solltest besser schlafen. Es braucht keine Worte mehr. Mein Herr, Lady Gwynhwyfar, gute Nacht.« Er hielt Cei die Tür auf. Cei bekreuzigte sich, nachdem er ihn eine Minute lang angestarrt hatte, nahm dann seinen Umhang auf, zog ihn über die Schultern und ging hinaus. Gawain verbeugte sich noch einmal leicht und glitt zurück in die Nacht. Der Riegel, der sich wieder ins Schloß schob, gab ein leises Klicken von sich, und dann war Stille.

Artus riß seinen Blick von der Tür los. Dann setzte er sich schwer in Ceis leeren Stuhl und starrte lange Zeit ins Feuer. Ich setzte mich auf den Boden neben ihn. Nach einer Weile legte er den Arm um mich, und ich lehnte meinen Kopf an seinen Schenkel. Das Feuer knisterte, und der Rauch, den der Schnee im Raum zurückhielt, brannte in unseren Augen. »Mein Herz«, sagte Artus endlich, »vielleicht hattest du damals recht.«

»Es ist böse, jemanden zu vergiften.«

»Aber jetzt hat Medraut seinen Bruder vergiftet, meinen Krieger.«

»Vielleicht ist es nicht wahr. Agravain ist lange krank gewesen.«

»Und du glaubst, es war ein natürlicher Tod?«

»Nein.«

Artus fuhr mir mit der Hand durchs Haar und drehte mein Gesicht dann zu sich hin. »Es tut mir leid«, sagte er mit sehr leiser Stimme. »Und trotzdem, es muß böse gewesen sein. Wenn wir solche Dinge tun, dann sind wir nicht besser als unsere Feinde. Nur, ich habe großen Schmerz um Agravain und um Gawain – und um uns alle. Gwynhwyfar, mein Herz, es wäre besser für dich gewesen, wenn du mich nie kennengelernt hättest. Dann wäre der Weg der Tugend wie eine römische Straße gewesen, wo wir jetzt . . . Furchen durch die pfadlosen Wellen ziehen. Meine Freude, es tut mir leid.«

Danach mußten wir einander umarmen, denn um uns waren nur die Stille, die Dunkelheit und der Wind.

5

Gawain hatte seinen Bruder Agravain geliebt. Unter allen Umständen hätte sein Tod ihn tief geschmerzt, aber daß der Tod wahrscheinlich von seinem eigenen Bruder verursacht worden war, das machte alles noch schlimmer. Ich erinnerte mich daran, wie Agravain und Gawain vor Jahren in Camlann am Tisch gesessen hatten und wie sie sich sprudelnd auf irisch unterhielten: Agravain goldenhaarig mit heißen blauen Augen, zornig, aufgeregt über irgend etwas, das jemand zu ihm gesagt hatte; Gawain ruhiger, seinen Bruder mit geduldiger Zärtlichkeit und einem Hauch von Belustigung betrachtend. Agravain hatte bei den Leistungen seines Bruders immer eine Art besitzergreifende Freude empfunden und war gewaltig stolz auf ihn. Gawain behandelte Agravain fast, wie er ein sensibles Kind behandelt hätte – schützend verteidigte er die gelegentlich auftretenden Wutausbrüche und seine Gewalttätigkeit –, denn Agravain war schon immer schnell in Wut zu bringen und überempfindlich bei Beleidigungen. Dennoch hatte ich aus ein paar Worten, die jeder gesagt hatte, entnommen, daß früher einmal ein enges Verhältnis zwischen Gawain und Medraut bestanden hatte, wobei Agravain der Außenseiter war, der potentielle Feind. Was Gawain jetzt dachte, konnte sich jeder selbst zusammenreimen: Er benahm sich wie immer, wenn er Kummer hatte – er weigerte sich höflich, mit irgend jemandem darüber zu sprechen, und verbrachte den größten Teil seiner Zeit zu Pferd oder beim Harfespiel oder beim Brüten. Aber als Medraut von den Orkneys einen Brief schickte und über Agravains Tod jammerte und versprach, sich in seiner neuen Königswürde mit Artus zu verbünden, da bat Gawain darum, als

Botschafter auf die Inseln geschickt zu werden. Vernünftigerweise schlug Artus das ab. Es war nicht nötig, und Gawain war der letzte, den man Medraut anvertrauen konnte. Statt dessen antwortete Artus per Brief, der König der Orkneys sei willkommen, und er könne Camlann in Frieden besuchen.

Noch ehe Medraut den Brief empfangen haben konnte, schickte er einen zweiten, in dem er aussprach, er hoffe im nächsten Frühling oder Frühsommer nach Camlann zu kommen, wenn sein Königreich besser zur Ruhe gebracht wäre und man leichter reisen könne. Artus war damit zufrieden, so lange zu warten. Er schickte eine Botschaft an Eoghan, den Schiffszimmermann im nördlichen Piktenland, der den Brief an diejenigen von Medrauts Vettern weiterleiten sollte, die mit ihrem neuen König unzufrieden waren. In diesem Brief drückte er aus, er trauere um Agravain, aber Medraut sei sein Neffe, und würde als solcher empfangen werden. Der Brief war so abgefaßt, daß er keine Schwierigkeiten verursachen konnte, wenn er in Medrauts Hände fiel, aber er drückte genauso deutlich aus, daß nichts unternommen werden würde, wenn man Medraut stürzte.

Die Verbannung, mit der Artus Medraut belegt hatte, durfte langsam in Vergessenheit geraten. Sie war über einen Privatmann ausgesprochen worden, und man durfte es nicht zulassen, daß sie die Verbindung mit einem wichtigen alliierten Königreich behinderte. Also warteten wir und wußten, daß im Frühling oder im Frühsommer des nächsten Jahres das Ringen wieder beginnen würde.

Es war ein seltsamer, bittersüßer Winter. Das Jahr war naß gewesen, mit viel Schnee und noch mehr Regen. Die Strohdächer der Halle und der Häuser wurden dunkel und schwer, und die Räume füllten sich selbst bei einem heißen trockenen Feuer mit Rauch. Aber eine Art Waffenstillstand herrschte jetzt in der ›Familie‹. Medraut, der verbündete König im fernen Dun Fionn, war ein anderer Mann als Medraut, der Krieger in Camlann, selbst für seine Freunde. Fremde Könige – damit hatte die ›Familie‹ nichts zu tun, es sei denn, sie neigten zum Krieg mit uns. Medraut hatte auf die Treue der Männer keinen weiteren Anspruch. Ja, es war nicht mehr so, wie es einmal gewesen war, nicht wie damals, während der Tage des Krieges oder während der ersten Jahre des Friedens, als Camlann fast wie ein neues Rom ausgesehen hatte. Damals wußten wir noch, daß wir uns auf einen Kampf eingestellt hatten, den die ganze Welt verloren hatte und den wir gewannen. Wir hatten gekämpft, wie nie ein anderer je gekämpft hatte, weder um die Macht noch um Gold und Ruhm, sondern um das Licht zu bewahren, das Reich – das Wissen und die Gerechtigkeit, das Gesetz und den Frieden. Dieser Kampf hatte unserem Leben eine Art Überschwang verliehen, selbst in allen Schwierigkeiten, in all der Gewalttätigkeit und allem Schmerz. Jetzt war der Frieden alt, wohlbekannt, selbstverständlich, und die Schlachten waren alle gekämpft. Jetzt waren Haß und Mißtrauen auf leisen Sohlen bei uns eingedrungen. Dennoch gab es Zeiten, wo es so aussah, als ob wir noch unschuldig wären und als ob uns noch alle Wege offenständen. Wir hielten Feste in der Halle, wir feierten Weihnachten und das neue Jahr viele Tage hintereinander. Der Glanz war größer als damals, während des Krieges oder kurz danach. Alles glänzte und glitzerte, und es sah so aus, als ob die Bänke selbst in der unteren Halle von Juwelen flammten. Taliesin sang von großen Dingen, die von uns und anderen vollbracht worden waren, bis die Männer von der Musik wie vom Met schwindlig waren, betäubt vom Ruhm der Vergangenheit und eifrig darauf bedacht, ihn zu genießen.

Es gab aber auch Zeiten, wo Camlann abgesehen von den großen Festen vom Rest der Welt abgeschnitten schien, als ob es auf halbem Weg zum Himmel läge: Das waren die klaren Wintertage, an denen der Schnee dick auf dem Boden lag und ich von meiner Tür aus die Felder bis in die weite Ferne sehen konnte – noch weiter selbst als Ynys Witrin, das wie Glas und Silber im Licht schimmerte. Die Kinder der Burg rannten dann schreiend umher und warfen Schneebälle, und manchmal ritten die Krieger ihre Pferde im vollen Galopp über die Hügel, aus der reinen Freude der Geschwindigkeit. Es war ein Fest aus stampfenden Hufen, weißen Atemwolken und zurückgeschleudertem Schnee, und im Vorübersausen klingelte das Geschirr und blitzte das Lächeln des Reiters. Drinnen bei den rauchigen Feuern sangen die Frauen am Webstuhl und die Handwerker an der Werkbank – oder sonst versammelten sich Freunde und Familien und lachten und stritten. Für mich gab's nicht viel zu tun; ich konnte mich jeder Gruppe anschließen, die sich zu Gesprächen oder Musik versammelt hatte. Der Winter ist eine stille Zeit: Die Ernte ist eingebracht und gelagert, alles ist überprüft und aufgezeichnet, der Tribut ist eingezogen. Das Reisen wird schwierig, also gibt es nur wenige Bittsteller, die um Gerechtigkeit ansuchen, und Boten, die auszusenden sind, warten gewöhnlich, bis der Frühling die Straßen auftaut und die See beruhigt, ehe sie zurückkehren. Ich hatte also Zeit – Zeit, die ich mit Artus verbringen konnte, in der ich Lieder hörte, in der ich Bücher las, die ich im Sommer zuvor von reisenden Händlern gekauft hatte und die jetzt auf dem Regal lagen und auf mich warteten. Aber selbst mitten in diesem ruhigen Winter spürte ich, daß es die Ruhe vor dem Sturm war – dennoch war ich entschlossen, das Beste daraus zu machen. Und, so sagte ich mir, sehr wahrscheinlich können wir den Sturm durchstehen, wenn er kommt. Noch haben wir Kraft.

Etwas, das mich weiterhin schmerzte, war Gawain. Die Feste des Dezember und des Januar vergingen, und er blieb höflich und distanziert und brütete über den Tod seines Bruders. Nur wenn er Gwyn unterrichtete, schien er fröhlicher zu werden.

Der Junge kam jetzt sehr gut in Camlann zurecht. Er hatte die anderen Jungen der Burg in der Fertigkeit mit den Waffen eingeholt, und jetzt fingen die anderen an, ihn zu akzeptieren. Er wuchs schnell, und es sah immer aus, als ob er zu groß für seine Kleider sei, aber er verlor mit seiner hohen Stimme nicht wie viele andere Jungen sein sanftes Benehmen.

Eines Tages allerdings, Anfang Februar, als Gwyn und ich die Rechnungen des nächsten Monats in der Halle durchgingen, betrat ein Mönch das Gebäude und schaute sich um, als ob er jemanden suchte. Gwyn erkannte den Mann sofort.

»Es ist Pater Gilla aus dem Kloster Opergelei, in der Nähe der Abtei meiner Mutter!« sagte er mir in großer Aufregung, während ich den Mönch zweifelnd musterte – Klosterbrüder neigten dazu, Artus stark abzulehnen, und es war selten, daß wir einen Mönch mit irgendeinem Auftrag oder irgendeiner Klage in Camlann sahen. »Er bringt mir sicher eine Nachricht. He! Pater Gilla, hier bin ich!«

Gwyn schrieb an seine Mutter, wann immer er einen Händler oder einen Reisenden finden konnte, der nach Gwynedd ging und den Brief mitnahm. Die meisten Reisenden taten das gern, denn solch ein Brief sicherte ihnen eine Unterkunft für die Nacht und eine Mahlzeit von der dankbaren Mutter. Gwyn hatte einmal einen Brief zurückbekommen, aber auch der war von einem Reisenden gebracht worden, der zufällig dort gewesen war. Ich hatte angenommen, daß die Mutter des Jungen zornig auf ihren Sohn war, weil er gegen ihren Wunsch weggelaufen war, um die Kunst des Krieges zu lernen, und daß es daher kam, daß sie ihm nicht öfter geschrieben hatte. Niemals war ein Bote mit einem Brief ausgeschickt worden, und ich hatte plötzlich Angst wegen des Jungen, und das um so mehr, als der Mönch nähertrat und ich sein Gesicht sah. Gute Nachrichten laufen auf zwei Füßen, sagt man, aber schlechte Nachrichten haben Flügel – und außerdem tragen gute Nachrichten keine Miene wie Pater Gilla.

Gwyn begriff das auch, als der Mönch zu uns herantrat, und seine anfängliche Aufregung wich der Besorgnis. »Aber ... was ist denn?« fragte er.

Der Mann schaute mich nervös an, und dann ließ er den Blick zu Gwyn hinübergleiten und wandte sich ab. Der Mönch war ein kleiner, blonder, zierlich gebauter Mann, dessen einfaches schwarzes Gewand an den Ellbogen abgenutzt und geflickt war. Es sah aus, als ob er nicht gern sprechen wolle.

»Ist etwas passiert?« wollte Gwyn wissen. »Ist Mama krank? Pater, sag es mir. Was ist los?«

Der kleine Mann schaute endlich den Jungen direkt an, und dann umarmte er ihn. »Mein Kind«, stammelte er und fuhr dann hastig fort, als ob er es hinter sich bringen wolle: »Gwyn, mein Junge, ich habe schlechte Nachrichten, wirklich schlechte. Deine Mutter ... sie wollte, daß ich komme. Sie sagte, wenn sie ... sie wurde krank, vor drei Wochen. Sie bekam ein Fieber, und zuerst wünschte sie sich, du wärst bei ihr ... aber du weißt ja, welchen Kummer es ihr gemacht hat, daß du hierher gelaufen bist, wo sie dich doch für die Priesterschaft vorgesehen hatte – aber sie sagte, sie hätte dir verziehen und daß es besser sei – wirklich, das waren ihre Worte –, daß es gut sei, weil du hier bist ...«

»Pater, was ist passiert?« unterbrach Gwyn. »Sie hatte ein Fieber – geht es ihr besser?« Gilla blinzelte ihn voller Jammer an. »Sie ... sie hat doch nicht ... sie ist doch nicht ...?«

»Sie ist tot, Kind«, sagte der Mönch. »Sie ist vor einer Woche und fünf Tagen gestorben, an einem Freitag. Sie gibt dir ihren Segen.«

»Nein«, sagte Gwyn. Er wandte sich von dem Mönch ab, übersah meine ausgestreckte Hand und setzte sich auf eine der Bänke. Er stützte den Kopf in die Hände.

»Es war ein schnell wirkendes Fieber«, fuhr der Mönch nach einem Augenblick fort. »Die ersten paar Tage ist sie aufgeblieben, und dann ist sie beim Mittagessen am Sonntag Epiphanias umgefallen und hat sich ins Bett gelegt. Ein paar Tage später ist sie gestorben. Sie ist sehr friedlich gestorben, nachdem sie den Brief geschrieben hatte. Sie war gewillt, diese Welt zu verlassen, sie hatte es eilig in die nächste. Sie segnet dich, und sie wünscht dir alle Freude ...« Seine Worte ebbten wieder ab, unsicher und kummervoll starrte er Gwyn an.

»Wo ist der Brief?« fragte Gwyn.

»Was?«

Der Junge hob den Kopf. Seine Augen waren zu strahlend, aber auf seinem Gesicht waren keine Tränen. »Der Brief. Du hast gesagt, sie hätte mir einen Brief geschrieben.«

Pater Gilla errötete. »Nein, nein, das hat sie nicht. Doch, sie hat einen Brief geschrieben, aber nicht an dich. Sie schrieb einen Brief an den Herrn Gawain ap Lot, an den, der nach deinen Angaben freundlich zu dir gewesen ist. Sie hat den Brief versiegelt und ihn mir gegeben. Vielleicht ist noch ein anderer Brief darin, unter dem Siegel, im Umschlag. Wir können ihn Gawain ja jetzt geben und sehen.«

»Ach«, sagte Gwyn, »an den Herrn Gawain. Damit er mich beschützt. Nein. Ich . . . ich will jetzt niemanden sehen. My Lady.«

»Gwyn«, ich wollte auf ihn zugehen, ich sehnte mich danach, meine Arme um ihn zu legen, aber er warf die Hände vor mir hoch.

»My Lady« wiederholte er, »bitte, sorge für Pater Gilla, damit er Gastfreundschaft genießt. Er ist ein guter Mensch und ohne Verrat. In seinem eigenen Kloster besitzt er einen hohen Rang, und er war immer freundlich zu mir. Pater, bitte, ich will später mit dir sprechen, aber jetzt . . .« Er drehte sich plötzlich um und rannte aus dem Gebäude.

Gilla schaute hinter ihm her und blinzelte noch immer. »Armer Junge«, sagte er, »armes, verwaistes Kind. Und ich kann nicht hinter ihm hergehen, das hat er noch nie zugelassen, selbst damals nicht, als er noch klein war.«

»Er wird später mit dir sprechen wollen«, sagte ich. »Pater, laß mich für dich einen Platz zum Ausruhen finden und laß mich dafür sorgen, daß du zu essen und zu trinken bekommst. Du mußt nach deiner Reise müde sein.«

»In der Tat, obwohl mein armes Pferd ein bißchen Pflege nötiger hat. Lady, ich danke dir für deine Freundlichkeit – ich weiß noch nicht einmal deinen Namen . . .«

»Gwynhwyfar, Tochter des Ogyrfan«, sagte ich, und als er mich anstarrte, lächelte ich und fuhr fort: »Du siehst also, ich habe die Macht, dir hier gastliche Aufnahme zu sichern und dafür zu sorgen, daß dein Pferd gut behandelt wird.«

Er verbeugte sich sehr tief. »Ich hatte nicht gedacht, daß du es wärst, edle Königin. Ich dachte, Königinnen tragen Purpur und Gold. Obwohl Gwyn in seinen Briefen oft von dir geschrieben hat. Ich danke dir. Aber zuerst muß ich den Herrn Gawain ap Lot finden, damit ich ihm den Brief von der ehrwürdigen Mutter, der Äbtissin, geben kann.«

»Gwyns Mutter war Äbtissin?« fragte ich überrascht. »Das hat er nie erwähnt.«

»Aber sie war eine sehr große Äbtissin! Eine Frau von Adel, weise und mutig. Vor vierzehn Jahren ist sie nach St. Elena gekommen, und es war schon fast ihre Zeit, Gwyn zu gebären. Sie ist geblieben und hat die Gelübde abgelegt. Vier Jahre ist sie jetzt Äbtissin gewesen, und nie haben wir eine bessere gehabt.« Er machte eine Pause, sammelte sich und fügte hinzu: »Ich muß ihren Brief dem Herrn Gawain ap Lot geben. Könntest du mir freundlicherweise sagen, hochedle Dame, ob dieser Herr jetzt hier ist und wo er sein könnte?«

Ich hatte zufällig bemerkt, daß Gawain im Hof hinter den Ställen den Speerwurf übte, und ich sagte es Gilla. Ich begleitete ihn – und sein Pferd, das er an einem Pfosten vor der Halle angebunden und stehengelassen hatte – zu den Ställen, wo ich dafür sorgte, daß sich jemand um das Tier kümmerte. Und dann gingen wir zum Hof, wo ich ihm Gawain zeigte. Aber es war kaum nötig, besonders auf ihn hinzuweisen. Er warf seine Speere vom Pferd aus, und sein weißer Schlachthengst, der aus hundert Liedern berühmt war, hob sich von den anderen Pferden ab wie ein Schwan von einer Schar Gänse. Gilla ging hinaus in den Hof und winkte und rief mit schwacher Stimme, und dann blieb er stehen und wartete, während Gawain noch ein paar Speere auf das Ziel warf. Ich fing an, mit einem der anderen Krieger zu sprechen, der zufällig auch da war, und erzählte ihm von Gwyn. Müßig sah ich zu, wie Gawain den letzten Speer warf, das Pferd wendete, im leichten Galopp zu Gilla hinüberritt und vor ihm seinen Hengst zügelte. Sie sprachen miteinander, ich sah es aus dem Augenwinkel. Ich wußte, daß Gwyns Mutter in ihrer Entscheidung, an Gawain zu schreiben, eine gute Wahl getroffen hatte. Der Krieger hätte unter allen Umständen viel für Gwyn getan, und der Brief würde ihn dazu bringen, noch mehr zu tun.

Trotzdem – es tat mir weh, wenn ich an den Jungen dachte, der jetzt so litt, dem der Schmerz neu und der Gedanke an den Tod ungewohnt war. Gwyn war in seiner Weigerung, Trost anzunehmen, genau wie Gawain ... Gilla hatte Gawain den Brief gegeben, und er las ihn.

Plötzlich wirbelte die imposante Gestalt auf dem weißen Pferd herum und galoppierte davon. Gilla blieb wild gestikulierend stehen. Ich starrte überrascht hin, denn solche Unhöflichkeit sah Gawain nicht ähnlich. Ich hatte nicht viel Zeit hinzustarren, denn der Krieger galoppierte herüber, und der Schnee flog in großen nassen Klumpen von den glänzenden Hufen seines Hengstes. Es zügelte das Tier scharf, und der Hengst tanzte und bog den Nacken und kaute auf dem Gebiß.

»My Lady«, sagte Gawain und brüllte, damit er durch das ungeduldige Schnauben des Pferdes zu hören war, »wo ist Gwyn?«

»Laß ihn im Augenblick allein«, gab ich zurück, »er hat gerade Nachricht bekommen, daß seine Mutter tot ist, und er will genauso ungern mit jemandem davon sprechen, wie du das tun würdest.«

»Oh, ich weiß, ich weiß! Aber wo ist er?«

»Was gibt es denn?« wollte ich wissen, denn Gawain war so erregt, wie ich ihn noch nie gesehen hatte.

Er wedelte mit der Rolle Pergament. »Dieser Brief ... um der Liebe Gottes willen, my Lady, wenn du weißt, wo er ist, dann sag es mir!«

Das machte mir angst. Ich weiß nicht, was ich dachte – vielleicht war die Tatsache, daß der Brief an jemand anderen gerichtet war, ein Zeichen für Gwyn, daß seine Mutter ihm doch nicht verziehen hatte, daß er weggelaufen war, und daß er vielleicht in seiner Verzweiflung etwas Schreckliches tun würde und daß seine Mutter das wußte – ich weiß es nicht. »Er ... er geht manchmal zu einem Platz in den Ställen ... ich will es dir zeigen.«

Gawain sprang sofort von seinem Pferd, half mir in den Sattel und sprang hinter mir wieder auf. Er preßte dem Tier die

Fersen in die Flanken, und wir flogen den Hügel hinauf. Wir ließen die anderen Krieger und Pater Gilla mit aufgerissenen Mündern zurück.

Inmitten der Stallgebäude glitten wir vom Pferd, und Gawain faßte die Zügel des Hengstes, blieb stehen und entrollte den Brief wieder. Er starrte ihn an, las im flüsternden Ton ein paar Zeilen, senkte ihn dann und blickte hinauf ins Nichts. Sein Pferd schnaufte und schnupperte an seinem Haar, und er tätschelte geistesabwesend seinen glatten Nacken.

»Was ist denn?« fragte ich wieder, jetzt, wo ich Zeit zum Nachdenken gehabt hatte, weniger verängstigt.

Er schüttelte den Kopf. »Dieser Brief . . . my Lady, ich bin froh, daß du bei mir bist.« Seine Erregung hatte nachgelassen, aber er wirkte fast furchtsam. »Denn er könnte mich hassen, und es könnte vielleicht doch nicht wahr sein, und ich habe fast Angst, die Frage zu stellen. Wo, glaubst du, hält Gwyn sich auf?«

Ich nahm die andere Seite des Zügels und führte das Pferd zu seinem eigenen Stall. Gawain ließ los und folgte mir, während er den Brief umklammert hielt. Das Pferd hatte einen Stand an der westlichen Wand der Ställe, bei einer der Leitern, die hinauf auf den Heuboden führten. Ich öffnete die Tür des Standes und ließ das Pferd hineingehen und seine Krippe untersuchen. Gawain schloß die Tür und beugte sich dann über die untere Klappe, während er mich erwartungsvoll anschaute.

»Gwyn kommt manchmal hierher«, sagte ich flüsternd. »Ich hab' ihn schon einmal oder zweimal vom Heuboden rufen lassen. Gwyn! Gwyn, bist du da?«

Über uns war ein raschelndes Geräusch zu hören.

»Ich muß mit dir reden«, sagte Gawain laut.

Noch ein Rascheln, und dann kletterte Gwyn vom Heuboden die Leiter herunter und blieb unten stehen. Seine Augen waren rot und geschwollen, und er schaute uns in wortloser Verärgerung an. Ich war sehr froh, ihn zu sehen.

»Bitte, edle Dame, edler Herr«, sagte er, »ich würde jetzt lieber allein sein. Es ist sehr freundlich von euch, aber, bitte . . .«

Gawain starrte ihn an, wie gebannt. »Gwyn«, sagte er hastig, atemlos, »dieser Brief . . .« Er tat ein paar Schritte auf den Jungen zu und hielt inne und streckte ihm die Rolle Pergament hin.

»Bittet sie dich darum, mich zu schützen?« fragte Gwyn. »Tut mir leid, Herr, ich weiß, es ist unverschämt, und ich weiß auch, daß ich nur ein Bastard bin. Aber ich hab' ihr geschrieben, wie freundlich du zu mir gewesen bist, und sie muß gedacht haben . . . Bist du böse darüber? Sie will ja nur, daß ein Mächtiger mich schützt. So sind Mütter.«

Gawain errötete. »Ja. Natürlich. Sie . . . Gwyn, wie lautete der Name deiner Mutter?«

»Elidan. Hat sie den Brief nicht unterschrieben? Sie ist – sie war Äbtissin in St. Elena.«

Ich hörte, wie ich mit einem Keuchen den Atem anhielt, denn ich verstand jetzt endlich, was da geschehen war.

Gawain verkrampfte die Hand um das Pergament und zerdrückte es. Er schloß sekundenlang die Augen, öffnete sie dann und schaute den Brief wieder an. Er glättete ihn sorgfältig, als ob er Angst hätte, daß das Pergament sich in Luft auflöste. »Und sie kam aus dem Norden«, flüsterte er.

»Ja. Schreibt sie das?«

»Nein. Sie war die Tochter von Caw und die Schwester von König Bran von Ebrauc. Ich wußte, daß sie sich in einer Abtei in Gwynedd niedergelassen hatte. Ich hab' sie dort einmal getroffen und sie um Verzeihung gebeten, aber sie hat mir ihre Verzeihung verweigert. Ich hab' dich auch gesehen, glaube ich, aber ich wußte damals nicht, daß du ihr Sohn warst. Warum hast du mir erzählt, daß deine Mutter in Elmet lebt?«

Gwyn starrte zurück, er war jetzt gründlich verwirrt. »Weil die Klöster in Gwynedd so voller Verrat stecken, und ich wollte nicht, daß die Leute das erfahren. Aber meine Mutter war nicht die Schwester eines Königs.«

»Sie war es doch, denn ich . . . hab' sie damals gekannt. Sie hat an mich geschrieben. Sie hat es geschrieben, als sie starb. Sie verzeiht mir. Sie sagt, sie bedauert alle Schmerzen, die sie mir verursacht hat – mir, der ich sie angelogen, der ich ihren Bruder ermordet habe! –, und sie empfiehlt mir ... ihren Sohn.« Er hielt inne, seine Stimme brach im letzten Satz. »Sie hat mir nie gesagt, daß sie einen Sohn hatte. Ich wußte das nie. Gwyn. Du mußt wissen. Ich ... hab' deine Mutter einmal geliebt. Es war unehrenhaft, schändlich. Ich bin auf eine Mission geschickt worden, und ich habe die Schwester meines Gastgebers verführt. Danach, als ihr Bruder sich gegen meinen Herrn auflehnte, habe ich ihr geschworen, daß ich ihm nichts zuleide tun würde, und dann hab' ich ihn getötet. Ich habe sie gebeten, mich zu heiraten, aber danach konnte sie es nicht mehr. Und ... sie hat mir nie gesagt, daß sie ... daß wir einen Sohn hatten. Ich bin dein Vater. Kannst du mir verzeihen?«

Gwyn wurde so bleich wie das zerknitterte Pergament. Er starrte Gawain an. Gawain gab den Blick lange Zeit zurück, dann ließ er sich auf ein Knie fallen und hob die Hände in einer schwachen, hilflosen Geste.

»Hochedler Herr! Nicht!« rief Gwyn. Er rannte zu Gawain und versuchte, ihn wieder hochzuziehen. »Nicht vor mir, edler Herr!«

Gawain schüttelte den Kopf und blieb knien. »Du hast das Recht, mir zu vergeben oder mich zu verdammen.«

Gwyn trat einen Schritt zurück, blinzelte und sagte dann mit neuer, ruhiger Stimme: »Laß mich den Brief lesen.«

Gawain reichte ihn ihm. Der Junge stand sehr gerade im grauen Licht des Stalles und las den Brief mit leiser, klarer Stimme:

»Elidan, Tochter des Caw und Äbtissin von St. Elena, an Gawain, Sohn des Lot. Ich sterbe, so sieht es aus, und die Dinge, die mir einmal wichtig schienen, scheinen mir jetzt weniger wichtig. Für Gott spielt es keine Rolle, daß ich von Adel bin oder daß ich stark genug war, um nicht zu verzeihen. Ich verzeihe dir jetzt dafür, daß du mir Unrecht getan hast. Verzeih du mir den Schmerz, den ich dir verursacht habe. Es wäre besser gewesen, wenn ich früher nachgegeben und dich geheiratet hätte – aber es ist eine üble Welt, und das, was hätte sein können, ist jetzt nur noch Qual. Ich empfehle dir jetzt das Kind an, das ich getragen habe, deinen Sohn. Er ist nach deinem Namen Gawain getauft worden, aber sein ganzes Leben lang haben wir ihn Gwyn gerufen. Ich wollte, daß er Priester wird, aber das Schicksal ist stärker als ich, und es ist jetzt ein Jahr her, seit er nach Camlann ging. Und, das weiß ich aus seinen Briefen, er hat dich kennengelernt und fängt schon an, dich zu lieben . . .« Gwyn zögerte, errötete und kämpfte sich dann weiter: »Kümmere dich um ihn und schütze ihn mit friedlichem Herzen, denn ich schwöre vor Gott, dem ich bald gegenübertreten muß, daß er dein Sohn und meiner ist und niemand anderes Kind. Und endlich kann ich froh darüber sein, daß er zu dir gegangen ist, denn es ist recht, daß er seinen Vater kennt und daß du ihn kennenlernst. Gottes Segen sei mit euch beiden. Glaub mir, daß ich dich geliebt habe. Leb wohl.«

Der Junge senkte den Brief und schaute Gawain wieder an. »Du?« rief er, und die erzwungene Ruhe war verschwunden. Er war jetzt leidenschaftlich und ungläubig.

Gawain nickte.

»Aber . . . du? Jeder andere . . . Hast du sie geliebt?«

Zum erstenmal, daß ich mich erinnern konnte, war Gawains Gesicht offen und völlig ungeschützt und verwundbar. Es war verzerrt von Schmerz und Angst, und um die Augen herum hatte es den wehen Ausdruck, der von plötzlichem Schmerz kommt. »Ich hab' sie geliebt«, sagte er. »Als ich sie liebte, da wußte ich nicht, wie sehr ich sie liebte. Aber es war dennoch schändlich.«

Gwyn schaute den Brief wieder an. Er biß sich auf die Lippe und fing an, ihn einzurollen. Es dauerte lange. Seine Hände zitterten. »Du«, sagte er dabei, »ich habe nie gewagt, auch nur davon zu träumen, daß du es sein könntest. Ich wußte – nun, schon vor langer Zeit habe ich erraten, daß sie . . . meinen Vater geliebt hat. Ich weiß noch, wie sie schreckliche Dinge von ihm erzählte, als ich klein war, aber manchmal in der Nacht, da hat sie geweint. Und die anderen Schwestern flüsterten darüber und sagten, sie sei noch immer in ihn verliebt. Aber sie wollte mir niemals von meinem Vater erzählen, selbst als ich älter war und sie fragte. Ich hab' nie verstanden, warum jemand sie verlassen konnte. Und trotzdem hast du sie nicht geheiratet.«

»Sie konnte den Mörder ihres Bruders nicht heiraten. Als es zu spät war, da wollte ich sie heiraten, und sie sagte, sie würde sich umbringen, wenn ich wieder in ihre Nähe käme. Und ich wußte nie, daß sie einen Sohn hatte.« Schweigen. »Beim Hohen König des Himmels, kannst du mir verzeihen?«

Gwyn schaute ihn wütend an. »Natürlich. Dir könnte ich alles verzeihen. Ich könnte dir sogar verzeihen, wenn du sie nicht wirklich geliebt hättest, wenn du alles mit Absicht getan hättest. Ich habe geglaubt, du wärst wie St. Michael in den Evangelien, der Drachen niederreitet. Weißt du das denn nicht? Nur das . . . und sie ist tot – meine Mutter ist tot, und ich war nicht da. Ich hab' sie verlassen, um ein Krieger zu werden, und jetzt segnet sie mich und verzeiht mir, aber sie schreibt nicht an mich. An dich hat sie geschrieben, weil . . . weil du derjenige warst, der . . .« Er brach ab und schnappte nach Luft und versuchte, die Schluchzer niederzuwürgen. Gawain sprang auf und nahm den Jungen in die Arme, und er fing an zu weinen. Er lehnte sich an seinen Vater. Gawain war auch in Tränen. Endlich begriff ich, daß ich überflüssig war, drehte mich um und rannte hinaus. Die graue Welt da draußen vernebelte sich um mich, und ich hob die Hand und stellte fest, daß auch mein Gesicht naß war. Es war wunderbar, es war schrecklich, und dennoch – selbstsüchtiges Elend! –, Gawain hatte einen Sohn, und ich war unfruchtbar.

Gawain unternahm schnell Schritte, um Gwyn zu legitimieren. Unglücklicherweise war seine Stellung in seiner eigenen Sippe mehr als unsicher. Das alte Verbrechen des Mordes an einem Familienmitglied, das geruht hatte, solange Agravain König und Oberhaupt der königlichen Familie von den Inseln gewesen war, konnte jetzt jeden Augenblick von Medraut wieder ausgegraben werden. In den kurzen Monaten, seit Medraut

König geworden war, hatte niemand so etwas erwähnt, aber Gawain konnte nicht versuchen, seinem Sohn königlichen Status zu verschaffen, ohne seinen eigenen zu riskieren und wahrscheinlich zu verlieren. Da er allerdings unverheiratet war, konnte er Gwyn nach den Gesetzen des Reiches zu seinem legitimen Erben erklären und ihm dadurch gesetzlich den Stand seines Sohnes und Artus' Großneffen zuweisen. Dazu präsentierte Gawain ein paar Tage, nachdem er den Brief empfangen hatte, Gwyn bei einem Fest und schwor vor Artus, daß dies sein Sohn sei, von der Mutter, Elidan, Tochter des Caw, auf den Namen Gawain getauft. Er bat Artus, ihn als seinen Sohn und Erben anzuerkennen. Artus fragte, ob jemand etwas dagegen vorzubringen hätte, und als niemand sprach, rief er die ›Familie‹ zu Zeugen davon aus, daß Gawain ap Gawain von jetzt an als zum Adel zugehörig und als sein eigenes Familienmitglied zu betrachten sei. Zum Zeichen dessen schnitt er Gwyn eine Haarlocke ab, wie ein Pate das tun würde, und befahl dann dem Jungen, sich neben seinen Vater an den Hohen Tisch zu setzen. Vater und Sohn nahmen unter den Hochrufen von Gawains Freunden ihre Plätze ein, und ich schenkte für alle am Hohen Tisch Wein ein. Artus lächelte während dieser Zeremonie wie auch ich. Aber Gwyn schaute sehr ernst drein. Gawain wirkte ruhig, aber er beobachtete Gwyn, als ob er Angst hätte, daß der Junge einer von den Unterirdischen sei und beim Hahnenschrei verschwinden könne. Gwyn nahm einen Schluck Wein, an den er nicht gewöhnt war, und fing an zu husten. Er setzte das Glas ab und wurde rot. Aber als er sah, wie wir ihn anlächelten, da lächelte er plötzlich zurück, und sein ganzes Gesicht war überflutet von reiner Freude. Er hob Artus und mir sein Glas entgegen.

»Das ist ein Sohn, wie ihn sich jeder Mann wünscht«, sagte Artus in dieser Nacht, als wir allein zusammen in unserem Haus waren. »Gawain kann sich glücklich schätzen.«

»In der Tat«, sagte ich. Ich saß beim Feuer und löste mein Haar. »Ich werde Gwyns Hilfe vermissen.«

Artus lächelte und betrachtete mich. »Du meinst, du wirst

seine Gesellschaft vermissen. Aber es wird leicht genug sein, einen anderen Schreiber zu finden. Kinder bekommt man weniger leicht.«

Ich hörte auf zu kämmen und drehte mir eine Haarlocke um den Finger, als ob ich eine wirre Stelle darin entdeckt hätte. Es waren noch immer nicht allzu viele graue Haare darin, aber ein paar. Kinder bekam man allerdings weniger leicht. Und ich nehme an, für einen Mann ist ein Kind, das man im sechsten Monat verliert, nicht wirklich ein Kind. Ich hatte meinen Sohn, ehe ich ihn verlor, einmal unter dem Herzen gespürt, und ich wußte damals, daß er wirklich war. Aber Artus war damals auf einem Feldzug gewesen; er war zwar danach zurückgekommen, sobald er konnte, als ich noch immer sehr krank war, und er hatte versucht, mich zu trösten. Aber selbst damals konnte ich sehen, daß er nicht verstanden hatte. Nur – verstand er jetzt?

»Artus«, sagte ich, »hast du schon daran gedacht, eine andere Frau zu nehmen?«

Er lächelte mich an. »Bist du denn gestorben, mein Liebstes? Ich dachte, selbst ich würde so ein Vorkommnis bemerken.«

»Ich scherze nicht. Es gibt andere Trennungen als den Tod, und wenn die Kirche sie auch nicht billigt, sie sind doch dem Gesetz und der Sitte wohlbekannt. Viele Adlige lassen sich voneinander scheiden. Und du bist nicht zu alt, um ein Kind zu haben.«

Das Lächeln war völlig verschwunden. Er sprang auf, kam herüber und packte meine Schultern. Er hockte sich nieder, damit er mir ins Gesicht schauen konnte. »Sei nicht dumm«, sagte er grob. »Willst du dich denn von mir scheiden lassen?«

Ich kannte sein Gesicht besser als mein eigenes: die weit auseinanderstehenden grauen Augen, den Schnabel von einer Nase, die schmalen Lippen mit dem graugestreiften kurzen Bart, die kräftigen Züge, den schnellen Wechsel der Gesichtsausdrücke. Ich konnte seinem Blick nicht so ehrlich begegnen, wie er meinem begegnete, und während ich die Augen senkte, berührten seine Hände meine Finger. Die Tiefe von dreizehn

Jahren war zwischen uns, das Gewicht der Gewohnheit, des langen Vertrauens, erfüllt, betrogen und verziehen. Es waren tausendmal tausend winzige Dinge, unwichtige Erinnerungen, die übliche Erwartung dessen, was der andere wohl denkt, sagt, tut, träumt. »Nein«, sagte ich endlich. »Nein, natürlich nicht. Aber wenn es je eine Hoffnung gegeben hat, daß ich dir nach dem Krieg einen Sohn gebären würde, dann gibt es jetzt keine mehr, und es hat auch seit langer Zeit keine mehr gegeben. Und du brauchst einen Erben. Eine andere Frau schenkt dir vielleicht ein Kind.«

»Und was würdest du tun? Und was das betrifft – was würde ich tun? Meinst du denn, eine andere Frau könnte deinen Platz einnehmen? Ich bin nicht Herr dieser Burg – du bist diejenige, die hier herrscht. Ich schwöre beim Gott des Himmels – wenn je ein Mann mir gedient hätte, wie du mir gedient hast, und ich ihn beiseite schieben würde, wie ich das deiner Ansicht nach mit dir tun soll, dann würde ich sofort der undankbarste König in ganz Britannien genannt werden, und meine Männer würden mich alle verlassen, um sich einen anderen Herrn zu suchen, der sie besser belohnt.«

»Sie würden so etwas nicht erzählen und auch so etwas nicht tun, wenn du dich von mir scheiden ließest.«

»Nein, für eine Frau würden sie es wohl nicht tun. Aber ich. Und deshalb . . . Gwynhwyfar, ich will keine andere Frau. Ich hab' keine andere mehr gewollt, seit ich mich in dich verliebte. Würdest du denn wollen, daß ich die hohlköpfige siebzehnjährige Tochter irgendeines Königs heirate und mit ihr zufrieden wäre, während du . . . was tätest? In ein Kloster gehen? Irgendeinen von meinen Kriegern heiraten? Ich würde jeden Krieger umbringen, der sich dazu hergäbe!« Er fing an, wieder zu lächeln. Er fing an, das Thema wieder wie einen Witz zu betrachten. Ich mußte plötzlich an Bedwyr denken und zitterte.

»Du brauchst einen Erben. Es ist alles schön und gut, wenn du von mir und dir redest, aber zum Wohl des Königreichs brauchst du einen Erben.«

»Nein. Ich brauche keinen Erben. Ach, mein Liebling, du

hast recht, ich wünschte, wir hätten Kinder, deine Kinder. Aber es ist besser ohne sie. Jetzt stirbt die Tatsache, daß ich den Purpur einfach genommen habe, mit mir.« Ich fing an zu protestieren, aber er ließ mich mit einem harten, energischen Kuß verstummen. »Wenn ich sterbe«, sagte er, »dann wird das Imperium wieder an die Sippe meines Vaters zurückgehen. Ein Nachfolger aus dieser Sippe wird vor dem Gesetz das Recht auf den Thron haben. Und ich kann jeden innerhalb von vier Generationen von Kaisern zu meinem Nachfolger bestimmen, und wenn ich die Angelegenheit korrekt erledige, dann wird er auch als solcher anerkannt. Ich könnte Gereint ap Erbin wählen oder Constans aus der Familie – und Maelgwyn Gwynedd hat einen Anspruch . . .«

»Maelgwyn!« rief ich zornig aus.

Er lachte. »Nein, nicht Maelgwyn, da stimme ich dir zu. Er regiert Gwynedd schlecht genug. Ihm würde ich das Reich nicht geben. Und die anderen sind auch nicht dazu geschaffen, so große Macht auszuüben. Nur jetzt, jetzt – wer weiß? Seit Gawain Gwyn legitimiert hat, kann Gwyn auch als Mitglied der königlichen Familie betrachtet werden. Er ist ein Abkömmling vom ältesten legitimen Kind meines Vaters Uther. Ja, Morgas hat in eine andere Sippe eingeheiratet – aber wenn Gwyn nicht Mitglied der königlichen Familie von den Orkneys ist . . .« Er ließ meine Schultern los und stand auf. Seine Augen strahlten auf vor Erregung. »Meine Mutter war nicht von edlem Blut, aber Gwyns Mutter war eine Tochter des Caw, aus der königlichen Familie von Ebrauc. Das könnte sehr nützlich sein; vielleicht könnten dadurch endlich die Feindseligkeiten abgeschafft werden.« Er fing an, im Raum hin und her zu gehen. »Nun ja, er ist ein Bastard aus einem Kloster, genau wie ich. Aber mein Vater hatte eheliche Kinder und konnte mich nicht legitimieren. Die Leute werden bald vergessen, daß an der Geburt des Enkels von Caw und des Urenkels von Uther Pendragon etwas nicht stimmt. Wenn wir ihn vor dem Gesetz von der königlichen Sippe von Britannien akzeptieren lassen, dann hätte er einen sehr starken Anspruch auf den Thron.

Nicht viele Leute würde dagegen sprechen. Wußtest du –« er wandte sich zu mir um und stellte mir eine Frage, die offensichtlich mit dem, was er gerade gesagt hatte, nichts zu tun hatte, »daß der Kaiser Augustus ein Großneffe von Julius Caesar war? Es ist die gleiche Verwandschaft wie bei Gwyn und mir ... Aber das sind alles Träume und wilde Spekulationen.« Er kam wieder zu mir zurück, zog mich hoch und preßte mich an sich. Ich lächelte, weil er froh war und hoffnungsvoller, als ich ihn seit langer, langer Zeit gesehen hatte. Ich spürte, wie sich in meinem Herzen die Hoffnung erhob, wie ein Krokus, der im Frühling die braune Erde beiseite schiebt.

»Laß die Zukunft bis morgen warten«, sagte Artus und lächelte mich mit dem alten Lächeln des Entzückens an. »Und erzähl mir nichts mehr von diesem dummen Gedanken von anderen Frauen.«

Gwyn wurde im März dieses Jahres vierzehn, und deshalb bekam er seine Waffen – die besten, die Gawain finden konnte. Er schwor Artus den dreifachen Eid der Gefolgschaft. Er zog in das Haus ein, das Gawain mit Cei teilte und wo noch reichlich Platz war. Cei, der früher einmal den Jungen mit ätzendem Spott bedacht hatte, sagte mir jetzt, er »käme gut mit ihm zurecht«, obwohl Gwyn am Anfang kühl geblieben war. Die Spannung, die Medraut in der ›Familie‹ erzeugt hatte, war während des Winters weitgehend abgeebbt. Jeder wirkte ruhiger. Das Geflüster gegen Gawain war nicht mehr zu hören, sowohl wegen des Mangels an Beweisen als auch, weil es schwierig ist, jemanden zu hassen, der wirklich glücklich ist. Denn Gawain war unendlich glücklich – so sehr, daß man ihn nur mit seinem Pferd über das Übungsfeld reiten sehen mußte, damit man es wußte. Er hatte einen Sohn – das Kind seiner heißgeliebten Elidan. Er hatte ihre Verzeihung für die Schuld, die ihn so lange gequält hatte. Er lebte jetzt für mehr als nur für Schlachten und Reisen als Botschafter. Gwyn seinerseits, nachdem er es mit Schwierigkeiten fertiggebracht hatte, seinen Helden als seinen Vater zu akzeptieren, entwickelte einen gewaltigen Stolz auf seinen Vater. Und die beiden hatten in der Tat sehr viel gemeinsam. Der Liebe und der Bewunderung stand also nichts im Wege. Es stimmte zwar nicht, daß sie sich niemals trennten, aber sie waren mit Sicherheit oft zusammen. Sie machten mit ihren Pferden Übungsritte, Gawain auf seinem weißen Hengst und Gwyn auf der Fuchsstute, die ihm Gawain jetzt offiziell geschenkt hatte. »Ich hatte sowieso vor, sie dir zu geben«, stellte Gawain fest, während er seinem Sohn die Zügel reichte, »schon vor dem Brief.« Wenn sie dann über die Hügel ritten, dann redeten die beiden von Büchern und Schlachten, von fremden Ländern und alten oder neuen Liedern. Nachdem es Gwyn einmal gelernt hatte, bewies er, daß er die Kunstfertigkeit seines Vaters an der Harfe geerbt hatte, und er hatte schon ›vor dem Brief‹ versucht, Irisch zu lernen. Aber er war nicht nur eifrig darauf bedacht, irische Lieder zu lernen, sondern er hoffte wie sein Vater, noch viele fremde Königreiche besuchen zu können. »Das nächstemal, wenn ich irgendwo hingeschickt werde, dann mußt du mit mir kommen«, sagte ihm Gawain. »Vielleicht geht es nach Gallien. Bedwyr ist den ganzen Winter dort gewesen, aber ich bezweifele, daß selbst jetzt alle Probleme dort gelöst sind.«

Sie waren es nicht. Von Dezember bis April hörten wir nichts von Bedwyr, wegen des harten Winters und weil die Händler nicht gewillt waren, ihre Schiffe auf der rauhen See in Gefahr zu bringen. Im späten September hatten wir einen Brief von ihm empfangen, der in der ersten Woche dieses Monats nach seiner Ankunft in Macsens Burg geschrieben worden war, und ein weiterer kam Anfang Dezember, in dem er berichtete, daß ein paar von Macsens Ansprüchen geregelt worden wären. Aber es hätten sich bereits andere ergeben. Als der Frühling die See ruhiger machte, bekamen wir noch einen Brief. Der war kurz nach dem zweiten, den wir empfangen hatten, geschrieben worden. Aber den Winter über hatte er bei einem unserer Mittelsmänner in einem bretonischen Hafen gelegen und auf ein Schiff gewartet. Dieser Brief enthielt schlechte Nachrichten: Macsen wäre in allen Punkten, die besprochen würden, unbeweglich geblieben und hätte bei Bedwyr ohne Unterlaß darauf gedrängt, seinem Bündnis mit Artus abzuschwören und statt dessen als Macsens Feldherr in Kleinbritannien zu bleiben.

»Als ich die Stellung, die er mir anbot, ablehnte«, schrieb Bedwyr, »wurde der König zornig und nannte mich einen Verräter an meinem Heimatland. Er wollte keins meiner Argumente für die Einheit des Reiches anhören. Er sagte, das Reich sei tot und solle auch tot bleiben. Er hat sehr darauf bestanden, bis ich dachte, es sei besser, ihn zu verlassen und den Winter auf dem Besitz meiner Familie im Südosten zu verbringen, wohin ich morgen reisen werde. Ich will im Frühling nach Britannien zurückkehren, sobald die Straßen und die Winde es zulassen – es sei denn, du entscheidest anders, mein Herr. Ich sehe aber keinen Sinn darin, zu bleiben, denn ich kann mit Macsen nicht verhandeln.«

Artus stimmte zu. Es sei das beste, wenn Bedwyr sich nicht mehr mit Macsen träfe. Er schrieb ihm und befahl seine Rückkehr. Also kam Bedwyr im Mai nach Camlann zurück, und sobald er ankam, wurde mir klar, daß das, was sich an jenem grauen Nachmittag im August zugetragen hatte, nicht vorüber war, wie ich geglaubt hatte.

Es war ein wunderschöner Frühlingsnachmittag; ich kam in irgendeiner Angelegenheit in die Halle, und ich fand eine kleine Gruppe von Männern, die herumstanden und unseren Feldherrn mit lauter Stimme willkommen hießen. Artus war bei ihnen und hielt Bedwyrs Hand umfaßt. Bedwyr stand müde von der Reise bei ihnen, unscheinbar gekleidet und unglücklich. Ich hatte ihn manchmal während der Monate, die er fort gewesen war, vermißt. Aber ich glaubte, daß die zerstörerische Liebe gestorben sei, und ich vermißte ihn nur, wie man einen mitfühlenden Freund vermißt. Dennoch – irgendwie spürte er meine Anwesenheit unter den anderen und blickte auf. Er suchte mich mit den Augen. Er lächelte nicht, als er mich sah, aber etwas sprang zwischen uns, wie eine lose Saite an einer Harfe, die plötzlich straff angezogen wird, die einen Ton gibt und andere Töne mit ihrem Klang ertränkt. Daran, daß mein Herz wild schlug, merkte ich, daß ich noch immer an ihn gebunden war, und ich wußte mit plötzlichem Schrecken, daß es für ihn noch schlimmer war, daß er mich keinen Augenblick während seiner Abwesenheit vergessen hatte. Ich wußte es, ohne viel mehr als einen Blick. Also fing ich wieder an, ihm aus dem Weg zu gehen.

Anfang Juni schickten wir Gawain und Gwyn an Bedwyrs Stelle nach Kleinbritannien. Wir waren dazu gezwungen, denn die ungelösten Probleme fingen an, uns Sorgen zu bereiten. Macsen hatte auf den Wein, den seine Leute exportierten, einen Zoll erhoben, der hoch war. Es war ein Geld, das üblicherweise im Handel mit barbarischen Staaten verlangt wird, nicht aber beim Handel mit anderen Provinzen des Reiches. Dadurch waren von verschiedenen Händlern Klagen laut geworden, wie auch von den Adligen, die sie belieferten. Schmuggler tauchten auf. Manche dieser Schmuggler waren gefangen und von Macsen hingerichtet worden, und jetzt belagerten uns ihre Familien mit Bitten um Rache, Gerechtigkeit und den Blutpreis. Mehrere Flüchtlinge vor der Justiz in Britannien hatten sich in aller Ruhe in Kleinbritannien niedergelassen, ungeachtet aller vorangegangener Pakte. Das erzürnte die Sippen, die sie geschädigt hatten, und die schlossen sich mit ihren Bitten um Gerechtigkeit den Schmugglersippen an. Gawain und Gwyn reisten also mit Ankündigung scharfer Gegenmaßnahmen ab: ein Handelsembargo und das Angebot auf Asyl für alle bretonischen Flüchtlinge.

Gawains Diener Rhys reiste auch mit. Nur zögernd trennte er sich von seiner Frau und seinen Kindern. »Schließlich«, sagte er mir, während wir die Ausrüstung für die Reise zusammenstellten, »schließlich braucht Gawain mich jetzt nicht mehr. Diesmal wird er sich nicht überarbeiten, nicht, wo sein Sohn dabei ist.«

»Meinst du nicht?« fragte ich zweifelnd. »Vielleicht arbeitet er zweimal so hart, damit Gwyn stolz auf ihn ist.«

Rhys schnaufte. »Vielleicht – aber er würde Gwyn nie so arbeiten lassen, und ich kann mir nicht vorstellen, daß Gwyn seinen Vater allein arbeiten läßt. Und er wird auch dafür sorgen, daß er gut behandelt wird, so daß es auch Gwyn gutgeht. Die Vaterschaft ist etwas Ausgezeichnetes, denn dadurch nimmt ein Mann Notiz von dem, was er tut.« Rhys grinste und fügte wehmütig hinzu: »Ich wünschte, ich hätte sein Gesicht gesehen, als er es herausfand« – denn Rhys hatte seltsamerweise seit Jahren über Gwyn Bescheid gewußt. Er hatte von der Lady Elidan persönlich alles über den Jungen erfahren, aber sie hatte ihn schwören lassen, daß er in dieser Angelegenheit schwieg. »Obwohl ich etwas gesagt hätte«, erzählte er mir, als er mich über sein Wissen informierte und darum bat, daß ich ihm erzählte, was passiert war, »ich hätte etwas gesagt, wenn ich geglaubt hätte, die beiden würden es nicht selbst herausfinden.«

»Ich glaube, du wirst feststellen, daß du noch immer gebraucht wirst«, sagte ich zu Rhys. »Macsen wird es Gawain nicht leichter machen als Bedwyr, und Gawain wird dann einen Diener brauchen, dem er trauen kann.«

Rhys seufzte und fuhr sich mit der Hand durchs Haar. »Das ist allerdings wahr. Und es ist ja auch nicht so, als ob ich ungern gehe – nur, Eivlin soll das Baby im Oktober bekommen, und ich wäre dann gern zur Hand. Mein Herr würde mich sicher vorher zurückschicken, wenn die Verhandlungen sich wie beim letztenmal hinziehen, aber ich würde lieber die ganze Zeit hierbleiben. Mit unseren beiden gesunden Kindern haben wir Glück gehabt, und Eivlin geht es auch jetzt gut. Trotzdem – es könnte doch gefährlich werden. Aber andererseits habe ich immer gewußt, daß ich im Dienste Gawains sehr oft würde reisen müssen, und jetzt ist es zu spät, sich noch darüber zu beklagen – und vielleicht ist die Angelegenheit ja auch bald erledigt.«

Sie war es nicht. Angesichts des Handelsembargos nahm Macsen den Zoll zurück, wollte sich aber auf keinen Blutpreis für die Schmuggler, die er hatte hinrichten lassen, einigen. Er stritt ab, daß es überhaupt Flüchtlinge gab. Briefe gingen über den Ozean hin und her; unsere Abgesandten kehrten spät im

Juli zu Verhandlungen zurück und segelten dann wieder hinüber, und noch immer zogen sich die Verhandlungen hin. Macsen gab in einem Punkt nach und entdeckte dann plötzlich fünf andere, an die er sich hängte. Im September wurde eine grobe, wenig zufriedenstellende Einigung erreicht, und die Gruppe kehrte zurück. Wir hätten sie auch gleich wieder losschicken können, aber wir hatten jetzt andere Dinge, an die wir denken mußten.

Im gleichen Frühling schrieb Medraut und verschob seine Reise nach Camlann. Er erklärte, er hätte ein paar häusliche Schwierigkeiten, die es nicht litten, daß er abwesend war. Gleichzeitig erfuhren wir von den unzufriedenen Mitgliedern seiner Sippe, daß Medraut einigen von ihnen mißtraute und daß sie Angst hätten. Sie fragten an, ob Artus ihnen Asyl bieten und zwischen ihnen und ihrem Vetter Medraut richten wolle. Artus schrieb zurück und erklärte, er sei gewillt, ihren Fall zu entscheiden, könne aber ein Asyl ohne Bedingungen nicht versprechen. Ehe sie diesen Brief hätten empfangen können, bekamen wir Nachricht, daß fünf Mitglieder der königlichen Sippe und etwa zwanzig andere aus verschiedenen edlen Sippen der Inseln des Verrats gegen den König angeklagt waren. Die fünf wurden aus der Sippe ausgestoßen und ins Exil geschickt, die zwanzig wurden hingerichtet. Die fünf, die mit ihren Dienern ins Exil geschickt wurden, legten in einer zwanzigrudrigen Karacke, mit Gütern beladen, von den Orkneys ab, aber sie waren kaum außer Sicht des Landes, als sich ein wilder Sturm erhob. Das Schiff havarierte an den Klippen des nördlichen Piktenlandes, und alle außer einem der Passagiere ertranken. Dieser Mann gehörte zu den fünf Adligen. Sein Name war Diuran MacBrenainn, und er war Feldherr von König Lot gewesen. Gawain kannte ihn als einen vernünftigen und gerechten Menschen, der der königlichen Sippe leidenschaftlich und treu ergeben war. Dieser Mann hatte es geschafft, sich am Kiel des Schiffes festzuklammern, und wurde schließlich an Land gespült. Er arbeitete sich bis zur Werft des Eoghan durch, wohin er vorher die Nachrichten zur Weiterleitung an Artus geschickt hatte. Hier wohnte er beim Schreiber auf der Werft und schickte eine Nachricht an Artus: einen elenden, nur halb leserlichen Brief, der offensichtlich in großer Hast diktiert worden war. Darin beschuldigte Diuran Medraut des Mordes an Agravain und des Mordes an den anderen im Schiff durch Zauberei. Diuran bat Artus »bey demm glauben an den Goth, selbigem du huligestt«, ihm Hilfe zu schicken und die Armee von Inselbewohnern zu unterstützen, die »die Ercendy-Inselnn vom son des Infernos« befreien sollten.

Artus schickte einen Kurier nach Norden, mit etwas Gold, um den Mann in seiner Lage zu unterstützen, und mit einem vorsichtig formulierten Brief, in dem Diuran nach Camlann eingeladen wurde. Er wurde auch gebeten, seinen Fall den anderen Königen von Britannien vorzutragen. Aber der Kurier kehrte mit dem Gold zurück, das erstaunlicherweise nicht angerührt worden war, und auch mit unserem Brief. Darin eingeschlossen war ein Brief von dem Schreiber der Werft. Offensichtlich hatte der auch den ersten Brief geschrieben, denn sein Stil in schlechtem Latein war der gleiche. Er verkündete in seiner Epistel, daß Diuran in der Woche, ehe unser Brief ankam, an einem Fieber gestorben sei.

»Ich habe ihm das Gold angeboten«, sagte unser Bote, »denn er war ein armer Mann und hat für das Begräbnis des anderen mit seinem eigenen Geld bezahlt. Aber er wollte es nicht. Er war ein seltsamer kleiner Mann.«

Trotz allem hielten Medrauts ›häusliche Schwierigkeiten‹ offenbar an, denn er verschob seinen Besuch noch einmal und ließ eine weitere Gruppe von Adligen hinrichten. Dann erklärte er einigen von den westlichen Inseln, die zu König Lots Gebiet gehört, sich aber unter Agravain abgesetzt und sich dem Schutz des Königs von Dalriada unterstellt hatten, den Krieg. Medraut segelte mit einer großen Armee zu ihnen hinüber, kämpfte mehrere kurze, scharfe Gefechte und besiegte sie. Ihr Verbündeter, Aengus von Dalriada, machte keine Anstalten, ihnen zu helfen. Medraut war mit Artus verbündet und außerdem mit Aengus' schärfstem Feind, Urien von Rheged, verwandt, und ohne Zweifel waren Aengus die westlichen Inseln nicht das Risiko eines Krieges mit den größten Mächten von Britannien wert. Wie auch immer, Medraut hatte freie Hand bei den Bewohnern der Inseln, und er zeigte keine Gnade. Er setzte die herrschenden Familien ab, ließ die Männer hinrichten und übergab die meisten der Frauen den neuen Clans, die er an ihre Stelle setzte. Die alten Herrscherfamilien waren, wie er sagte, des Verrats an ihm selbst und an Agravain schuldig.

Diese erfolgreiche Kampagne brachte Medraut mehr Unterstützung auf den Orkneys, denn seine Leute bewunderten seine militärischen Fähigkeiten und freuten sich darüber, daß sie die westlichen Inseln und die Furcht ihrer Nachbarn wiedergewonnen hatten. Im August schrieb Medraut wieder an uns, mit dem Inhalt, daß er jetzt Zeit habe, seinen verschobenen Besuch zu machen, und daß er im September, nachdem er in seine Festung Dun Fionn zurückgekehrt sei und dort alles in Ordnung gebracht habe, abreisen würde. Aber er schickte diesen Brief von der Werft des Eoghan im nördlichen Piktenland und fügte eine Notiz hinzu, die uns verstörte.

»Die Ärgernisse, die durch die laxe Herrschaft des armen Agravain aufgetreten sind, haben weite Verbreitung gefunden«, schrieb er. »Auf dieser Werft habe ich einen Schreiber gefunden, einen Padraig Mac Febail, wahrscheinlich den einzigen schreibkundigen Mann im Piktenland, der ausgerechnet diese Fähigkeit zum Verrat benutzt hat. Ich habe den Mann zu mir bringen lassen und fand bei der Befragung heraus, daß er, abgesehen davon, daß er meinen Feinden half, auch sein Kloster in Erin verlassen hatte – ohne Zweifel wegen irgendeines Verbrechens. Ich habe ihn deshalb hinrichten lassen, da seine Bösartigkeit sich so lange ausgewirkt hatte. Warum ich dir das erzähle, Herr? Nur zum Beispiel dessen, wie hier alles steht. Ich bin sicher, daß du meinen Standpunkt verstehst und mir vergibst, daß ich so lange brauche, bis ich kommen kann, um dir meinen Eid zu schwören.«

Es bekümmerte mich, an diesen Schreiber zu denken, der so

sorgfältig die Botschaften, die die Adligen von den Orkneys ihm mündlich übermittelt haben mußten, aufgeschrieben und in sein umständliches Latein übersetzt hatte. Der Schreiber selbst hatte im Exil gelebt, aber dennoch hatte er es irgendwie geschafft, Diuran nach dem Schiffbruch zu helfen, und er hatte das Gold zurückgeschickt, ohne etwas davon zu nehmen, um das Begräbnis zu bezahlen. Ich konnte mir vorstellen, wie er entdeckt wurde, wie ihn die Krieger des Königs vor Medraut zerrten, wie er unter dem kühlen, verachtungsvollen Lächeln verhört und schließlich mit einem lässigen Befehl in den Tod geschickt wurde, nicht so sehr um ihn zu strafen, sondern um Artus das Ausmaß von Medrauts Wissen zu zeigen.

»Meine Mutter hat auch in dieser Art regiert«, sagte Gawain, als er von Gallien zurückkehrte und Artus ihm den Brief zu lesen gab. »Alle auf den Inseln hatten Angst, wenn mein Vater ins Feld zog, denn ihre Regierung lastete schwer auf den Leuten. Aber sie war gerissener. Sie hatte ein Gespür dafür, was man tun konnte und was nicht, und die Leute hatten vor ihr mehr Angst, als sie je vor Medraut Angst haben werden.« Er schaute wieder den Brief von seinem Bruder an, hob dann den Blick und runzelte die Stirn. »Das wird nicht das Ende von Medrauts Schwierigkeiten sein.«

Auch nicht das Ende unserer Schwierigkeiten, dachte ich.

6

Anfang Oktober segelte Medraut mit zwei Schiffen und fünfzig Mann in Caer Gwent ein. Weil er in Frieden kam und im Namen des Kaisers, bot ihm Cynyr, der Herr von Caer Gwent, seine Gastfreundschaft an. Er schickte Artus Nachricht, er sei da und verlange eine Eskorte, damit das Land durch die Größe seiner Leibwache nicht in Schrecken versetzt würde. Artus selbst ritt nach Westen, um ihn nach Camlann zu begleiten. Er nahm auch fünfzig Mann mit. Er ließ mich und Bedwyr zurück, um die Burg zu verwalten.

Es war schwierig für mich geworden, Bedwyr aus dem Weg zu gehen, selbst ehe Artus losgeritten war. Am Anfang, als der Feldherr eben aus Gallien zurückgekehrt war, hatte er sich genausosehr bemüht, mir aus dem Weg zu gehen. Aber seine Anstrengungen waren erschlafft. Als der September kam, suchte er regelrecht Gelegenheit, um mich zu sehen. Einmal tadelte ich ihn dafür; er wandte den Blick ab und flüsterte: »Ich tu das nicht mit Absicht«, und dann, ganz langsam, wanderte sein Blick zu mir zurück, und er fügte hinzu: »Ich kann nicht anders.« Das beschämte mich. Bedwyr war von Natur aus ernst und nicht leicht zur Liebe zu bewegen. Aber wenn er sich verpflichtet hatte, dann war er treu und beständig, und deshalb litt er. In den Liedern leiden die Männer immer auf diese Weise, aber in Wirklichkeit vergessen die meisten die Liebe viel leichter. Bedwyr dagegen wurde fast krank davon. Mager und erschöpft war er aus Kleinbritannien zurückgekehrt, und mager und erschöpft blieb er auch. Er konnte nicht mehr frei mit Artus sprechen, was meinen Mann verwirrte. »Ich weiß nicht, was mit Bedwyr los ist«, vertraute er mir einmal abends an.

»Seit er aus Gallien zurück ist, wirkt er grimmig und still wie eine Grabsäule. Glaubt er denn, daß ich wütend bin, weil er gescheitert ist oder weil Macsen versuchte, ihn zur Untreue zu bewegen? Da sollte er mich aber besser kennen.«

Ich sagte nichts. Ich wußte nur zu gut, daß Bedwyr vor Artus von Schuld gequält wurde, und vielleicht auch von der Eifersucht. Ich konnte nichts sagen, selbst als Artus böse wurde. Jedesmal, wenn ich Bedwyr sah, erinnerte ich mich an diesen süßen, schrecklichen Nachmittag, und manchmal lag ich nachts wach und horchte auf Artus' ruhige Atemzüge neben mir, und ich sehnte und schämte mich. Manchmal begegnete mein Blick bei einem Fest Bedwyrs Blicken, und wir wußten ohne Worte, wohin unsere Gedanken sich gewandt hatten, und dann spürte ich, wie mein Gesicht heiß wurde, und ich drehte mich um und tat so, als ob ich mit einem anderen redete. Aber ich fühlte seine Anwesenheit wie ein strahlendes Licht, das Schatten um mich her warf. Also versuchte ich, dem Feldherrn nur in der Öffentlichkeit zu begegnen. Ich hatte Angst, als Artus verkündete, er wolle sich mit Medraut in Caer Gwent treffen, und ich drängte ihn, statt dessen Bedwyr zu schicken.

»Du beeilst dich, ihn zu treffen, als ob ihr beide einen Zweikampf auszufechten hättet«, sagte ich. »Aber du bist Kaiser, und er ist nur der Herrscher von ein paar Inseln am Rand der Welt. Außerdem ist er offiziell ein verbündeter Untertan. Du hast die stärkere Position. Laß ihn das spüren, und laß den Rest der Welt es sehen. Laß ihn zu dir kommen.«

Aber Artus stand nur in der Tür des Besprechungszimmers und drehte mir den Rücken zu und starrte nach Westen und befingerte das Heft seines Schwerts. »Warum sollte ich es Medraut erlauben, die Rolle eines Untertanen und Verbündeten zu spielen, wo wir doch beide wissen, daß er im Reich mein Gegner ist?« wollte er verbittert wissen. »Laß ihn und die ›Familie‹ und den Rest von Britannien sehen, daß ich mich ihm gegenüberstelle, und laß sie begreifen, daß es für sie eine Frage der Wahl ist. Außerdem will ich selbst sehen, wie er sich bei meinen Untertanen aufführt. Vielleicht hat er Cynyr von Caer

Gwent seine Geschichte schon erzählt. Ich kann dann sehen, was Cynyr von dieser Geschichte und von mir hält.«

»Mein Liebster, wenn er es Cynyr erzählt hat, dann werden wir es früh genug aus unseren anderen Quellen erfahren. Wenn du es selbst sehen willst, dann tust du dir nur weh.«

»Ich will es wissen! In Gottes Namen – soll ich denn hier stehenbleiben wie eine Statue in der Nische und alle Vorübergehenden anlächeln, während sie flüstern: ›Na, er sieht ja gut aus, aber eigentlich ist er ein Bastard, der Bastarde mit seiner eigenen Schwester zeugt, und ein Usurpator‹? Nein!«

»Aber Artus . . .«

Er wirbelte herum und schaute mich an. »Ich reise morgen nach Caer Gwent, und damit ist alles gesagt.«

Ich wandte den Blick von den kalten Augen ab und nickte.

Ich spürte, wie die Härte diesen Blick verließ, und blickte auf, als ich glaubte, er sei vergangen. Artus zuckte zusammen, wollte anscheinend eine Entschuldigung vorbringen, hielt dann verlegen inne. Er zuckte die Achseln. »Ich muß mich also darum kümmern. In ein paar Stunden . . .« Er drehte sich um, schaute noch einmal über die Mauern nach Westen und ging dann den Hügel hinunter. Sein Purpurmantel flatterte, und seine Hand lag am Schwert.

Er war tatsächlich ungeduldig. Den ganzen Sommer hatte er sich auf Medrauts Ankunft vorbereitet und auf das langsame Anwachsen der Gerüchte, die ihn entehrten und erniedrigten und die dem Abscheu und Haß der Welt sein am schmerzhaftesten gehütetes Geheimnis enthüllten. Er konnte es soeben noch ertragen und hoffen, die Macht lange genug festzuhalten, um einen angemessenen Nachfolger zu finden. Aber daß Medraut dauernd seinen Besuch verschob, daß der Kampf, auf den er sich vorbereitete, Woche um Woche verschoben wurde, diese Ungewißheit zerrte an seinen Kräften. In der Öffentlichkeit ließ er wenig davon durchblicken – er konnte es sich nicht leisten. Aber es wurde immer schwerer, ihn zu erreichen, und er wurde immer gereizter. Manchmal verlor er völlig die Geduld – gewöhnlich mit mir. Das sah ihm gar nicht ähnlich. Ich kannte ihn am besten, und bei mir konnte er es sich leisten, ehrlich zu sein. Aber wenn sein Zorn mit ihm durchgegangen war und er mich angebrüllt hatte, dann war es jedesmal schwerer für mich, ihm wieder näherzutreten. Beschämt zog er sich dann vor mir zurück. Und ich brauchte ihn mehr und mehr, während der Herbst dahinging. Die Ernte ist immer eine ermüdende Jahreszeit, fordert immer mehr, als man eigentlich geben kann. Ich wachte dann morgens auf und hatte das Gefühl, daß ich kaum genug Kraft zusammenraffen konnte, um aufzustehen, und mein Mann schaute mich müde an und wagte es nicht, sich für irgendeine Szene vom Abend zuvor zu entschuldigen, und er rührte mich auch nicht an. Und der größte Teil des Tages bestand dann aus wahnsinniger Arbeit. Ich eilte hastig in der Burg umher und prüfte und zählte Waren, die für den Winter eingelagert wurden, ich veranlaßte Zahlungen, empfing Tribute, hörte Bittsteller an, organisierte, brachte die Rechnungen in Ordnung, kümmerte mich um Leute – und hin und wieder spürte ich Bedwyrs Blick wie ein sengendes Feuer.

Sagt, ihr Weisen:
Was ist Sehnsucht?
Aus welchem Stoff – ist sie gewebt,
der vom Gebrauch – niemals verschleißt?

Gold nutzt sich ab – und selbst das Silber,
Seide zerreißt und Samt zerfranst,
aller Schmuck altert bald;
Sehnsucht lebt, sie schwindet nie.

Sehnsucht, Sehnsucht – weiche ein wenig,
meine Brust mir nicht beenge!
Stiehl dich von der Seite des Bettes –
laß den kurzen Schlaf mir kommen!

Das ist ein allgemein bekanntes Lied, aber wochenlang ging es mir durch den Kopf, bis ich es von Herzen satt hatte.

Ja – nachdem Artus fort war, passierte es auf eine Weise, die so deutlich zu sehen war wie der Verlauf von Flutwassern in einem trockenen Bachbett, und genauso unaufhaltsam. Zwei Tage lang benahmen Bedwyr und ich uns steif und geistesabwesend, sprachen gestelzt und förmlich miteinander und machten eine letzte, wilde Anstrengung gegen den demütigenden Verrat, dem wir beide nah waren. Dann, am dritten Tag, waren wir allein zusammen im Besprechungszimmer. Wir beredeten, wie die Tributzahlungen eingeteilt werden sollten.

»Ich kann weitere dreihundert Stück Vieh unter Bewachung zu dem Hof in der Nähe von Llefelys Stein schicken«, sagte Bedwyr, »aber dann werden wir mit Vieh knapp sein, oder nicht, edle Dame? Maelgwyn Gwynedd hat uns fünfzig Kühe weniger geschickt, als er versprochen hatte.«

»Ich habe einkalkuliert, daß er uns siebzig Kühe weniger schicken würde, edler Herr, also haben wir noch Spielraum.«

Er schaute mich überrascht an.

»Was ist denn daran so wunderbar«, fragte ich. »Maelgwyn versucht doch jedes Jahr, uns mit dem Tribut zu betrügen; es wäre erstaunlich, wenn er es nicht täte. Während des Krieges hat er oft damit Erfolg gehabt. Im Frühling schicken wir ihm dann wieder wie üblich ein paar Leute hin, um den ›unglückseligen Fehler‹ zu korrigieren – und vielleicht werden wir ihn diesmal dazu bringen, die Kosten für ihre Reise zu bezahlen.«

»Und du kannst ausrechnen, um wieviel er uns betrügen will?«

»Natürlich. Wir setzen die Tributzahlungen nach der Größe der Ernte fest. Maelgwyns Tribut hat die Menge der Ernte weniger fünfzehn oder zwanzig Prozent und plus eine Menge, die danach angesetzt wird, wie schwierig er sich in diesem Jahr betragen hat. Wenn er sich zu viele andere kleine Übertretungen hat zuschulden kommen lassen, dann wird er nervös und ein bißchen ehrlicher.«

Bedwyr lachte, und ich lachte mit. Dann sah ich, daß er mich wieder mit diesem eigentümlichen Licht in den Augen anschaute, und ich hörte auf zu lachen. Er wurde sehr ernst, streckte sich aus und ergriff meine Hand. Ich wandte mich ab.

»Aber . . . wir müssen noch zweihundert Stück Vieh in der Nähe haben . . .« begann ich unsicher. Seine Hand auf meiner wirkte wie die Wärme eines Feuers auf einen Blinden, viel wirklicher als das Augenlicht.

»My Lady . . .« flüsterte er.

»Du mußt die Schafe von den südlichen Weiden wegtreiben lassen, mit einem Wachposten oder zweien, damit sie die anderen Weiden erreichen . . .«

»Gwynhwyfar.«

Ich hörte auf, mich zu bemühen, und schaute ihn an. Der Puls meines Blutes machte mich schwindlig: Ich spürte ihn in jedem Zoll meines Körpers. »Wir dürfen es nicht«, sagte ich. »Es ist ein Betrug, es ist die schlimmste aller Sünden.«

»Bitte«, wisperte er, »nur noch dieses eine Mal.« Er rückte näher an mich heran, und seine Hand glitt meinen Arm hinauf.

Ich schloß die Augen und versuchte zu beten. »Aber denk doch daran, was passieren würde, wenn Medraut das entdeckte. Denk daran, wie er sein Wissen benutzen könnte.«

»Nur noch einmal, nur noch einmal. Bitte. Ich kann so nicht leben. Ich kann nicht mehr denken, weil ich an dich denke. Ich kann weder schlafen noch ruhen. Meine Liebste, ich kann es nicht ertragen.« Er war jetzt neben mir, legte den Arm um mich und berührte meine Brust.

Ich wollte aufstehen. Statt dessen sagte ich nur mit schwacher Stimme: »Aber du mußt es ertragen.«

»Bitte. Nur noch einmal.« Er küßte mich. Danach konnte ich nicht mehr denken; als er sich von mir losmachte und mich anschaute, hielt ich ihn fest und nickte weinend.

Als es vorbei war, schworen wir uns wieder, daß dies das Ende sein müsse, daß es nicht wieder passieren dürfe. Aber wenn man zweimal unfähig gewesen ist, einen Vorsatz einzuhalten, dann fängt man an, Fehlschläge zu erwarten. Und aus dieser Erwartung ergeben sich weitere Niederlagen. Wir hielten unseren Entschluß weniger als einen Monat ein, ehe wir ihn bei einer neuen Krise wieder brachen. Danach hofften wir, daß die Sehnsucht durch viele Liebesstunden sich erschöpfen würde, aber wir erreichten nur, daß wir einander unentbehrlich wurden. Und bei wiederholten Sünden wird das Gewissen, das zuerst noch empfindlich ist, nach und nach unempfindlich und findet Entschuldigungen, und man hört auf, sich besonders davon bewegen zu lassen. Nach einer Zeit war es uns sogar möglich, uns Artus gegenüber natürlich zu benehmen. Aber das kam später; zuerst hätte er etwas bemerkt, wenn er nicht selbst zu angespannt gewesen wäre, zu deprimiert, um mit seinen Freunden natürlich zu sprechen.

Artus kehrte mit Medraut an einem goldenen Oktobermorgen zurück, in der Woche, nachdem er abgereist war. Einer der Wachposten kam eine Stunde vor Mittag vom Tor und sagte mir, man hätte die Gruppe kommen sehen. Ich ging mit ihm zurück zum Tor und stieg auf den Torturm, um Ausschau zu halten. Bedwyr war schon da; er hielt auf seinem Pferd vor dem Tor und wartete darauf, Artus zu begrüßen und das militärische Kommando wieder abzugeben, das ihm Artus zeitweilig verliehen hatte. Er nickte mir zu, als ich ankam, aber nicht mehr. So lange wenigstens konnten wir unseren Entschluß einhalten.

Der Himmel war wolkenlos und hatte einen harten Glanz wie blaues Email, und die Bäume an den Rändern der Felder wirkten im Sonnenlicht wie aus Bronze gegossen. Die Felder selbst allerdings waren öde, denn die Ernte war eingebracht, und die Erde wirkte stoppelig und grau oder schwarz vom jährlichen Abbrennen. Über ihnen hing der Rauch von den Feuern wie ein Nebel. In der Ferne erhob sich Ynys Witrin hoch und grün über den dunklen Marschen; die Stadt schien über der Hauptstraße zu schweben, auf der eine lange Reihe von Reitern in gleichmäßigem Trab vorwärts rückte. Die Reiter waren schon nah genug, als ich auf den Turm stieg, so daß ich ein paar einzelne Gestalten ausmachen konnte. Ich sah, daß Artus' fünfzig Krieger mit Medrauts Leuten gemischt waren, wegen der größeren Sicherheit. Zwei Gestalten ritten Seite an Seite an der Spitze der Reihe, einer trug einen Purpurmantel und ritt ein bekanntes graues Pferd, der andere steckte in einem Umhang, der mit Safran gefärbt war, und trug einen goldenen Halsreifen. Er ritt einen schönen Fuchs. Es waren Artus und Medraut. Als sie näher kamen, wartete ich darauf, daß die Reihe schneller ritt, daß sie im kurzen Galopp, mit einem Klingeln von Geschirr und mit blitzenden Waffen und Schmuckstücken in einer Kurve zum Tor gestoben kam, wie Artus das immer in der Freude der Heimkehr tat. Aber die Reihe behielt ihren langsamen, ungleichmäßigen Trab bei, und während sie noch näher kam, sah ich, daß Artus' Schultern wie gegen die Kälte hochgezogen waren, während Medraut den Umhang über eine Schulter zurückgeworfen hatte und mit gleichgültiger Grazie zu Pferde saß. Schon jetzt war der Schatten auf uns gefallen; schon jetzt hatte Medraut eine Kälte auf das Herz gelegt.

Ich stieg vom Turm hinab und ging wieder den Hügel hinauf zur Halle. Während Artus' Abwesenheit hatte ich keine außergewöhnliche Macht, ich hatte ihm an den Toren nichts zu übergeben, und niemand erwartete, daß ich Medraut in Camlann willkommen hieß, nicht nach der Art, wie er die Burg verlassen hatte. Und ich hatte den Wunsch, den unvermeidlichen Kummer um ein paar Stunden aufzuschieben.

Natürlich sah ich Medraut beim Mittagsmahl in der Halle. Er verbeugte sich steif, und ich nickte gleichermaßen steif mit dem Kopf. Aber ich konnte sehen, daß ihm seine Königschaft gut bekommen war. Er wirkte schlanker als je zuvor, elegant und königlich in dem safranfarbenen Mantel mit dem Gold um den Hals und an den Fibeln seines Mantels und an den Armen und Fingern. Er hatte auch noch das gleiche lässige, einschmeichelnde Lächeln – das Lächeln, das mich schon vor langer Zeit verstört hatte und das ich mittlerweile haßte. Aber er sah auch mehr wie Artus aus, als das früher der Fall gewesen war, und mir wurde klar, daß er seinen Bart und sein Haar in der gleichen Art trug, die Artus eigentümlich war.

Nach dem Mahl, als Artus vorgeblich von der Reise ausruhte, erzählte er mir, was in Caer Gwent passiert war. »Medraut hat angefangen, seine Geschichte zu verbreiten, wie ich gedacht hatte«, meinte er sehr ruhig. Er sah älter aus als seine dreiundvierzig Jahre, und er hockte zusammengesunken beim Feuer wie ein alter Mann, dessen Blut dünn geworden ist. »Cynyr von Caer Gwent hat sie mit Sicherheit gehört. Nein, er hat nichts gesagt – aber er schaute mich an und dann Medraut, und dann sah er mich wieder an, die ganze Zeit, die ich da war. Und er war sehr still. Gewöhnlich klatscht er wie ein Barbier, aber diesmal war er ruhig. Und außerdem – du weißt ja, daß ich am Sonntag in Caer Gwent war? Als wir zur Messe gingen, da gab Cynyr irgendeine Entschuldigung ab und wollte nicht an der heiligen Kommunion teilnehmen. Auch da hat er mich angesehen. Er hat Angst, sich vor Gottes Augen zu beschmutzen, indem er die Kommunion nach einem Mann einnimmt, der mit seiner Schwester geschlafen hat.« Artus lachte bitter. »Und seine Männer haben es gehört, und meine Männer werden es wohl von denen gehört haben. Ich konnte nicht sagen, ob Medraut einfach dort und jetzt ein Gerücht losgelassen hat oder ob er es schon seit Monaten verbreitet und unsere Spione es einfach nicht gehört haben. Aber es hat sich jetzt festgesetzt, und er braucht selbst nichts mehr zu sagen – wenigstens nicht direkt. Er kann einfach warten, bis jemand ihm Fragen stellt. Hast du bemerkt, wie er sich das Haar geschnitten hat? Er ist schon bereit, den Kampf ernsthaft anzufangen. Aber er will es mir gegenüber immer noch nicht zugeben: Als ich ihn traf, da bestand er nur aus Lächeln und Verbeugungen und Höflichkeiten. Bei ihm kann man irgendwie nicht richtig durchkommen. Ich weiß nicht, wie ich mich gegen ihn wehren soll, jetzt genausowenig wie früher.« Artus rieb die Hände und hielt sie über das Feuer. Sein Siegelring glänzte. »Wenn die Könige von Britannien dieses Gerücht glauben, dann haben sie eine Entschuldigung für einen Aufstand. Ein Bastard-Kaiser ist schon schlimm genug, aber ein Kaiser, der sich des Inzests schuldig gemacht hat – das wird das Land vergiften, das wird den Zorn Gottes auf uns ziehen, das werden wenigstens die Kirche und meine Feinde behaupten. Wie lange können wir durchhalten?«

Ich schüttelte den Kopf. »Medraut kann noch immer nichts beweisen. Wir können es noch immer abstreiten, möglicherweise mit Erfolg. Vielleicht können wir die Macht behalten, bis unser Leben zu Ende geht.«

Er blickte auf und lächelte – es war ein kleines Halblächeln voll ironischer Belustigung. »Wirklich? Komm, meine Liebste, du bist klüger. Medraut ist kein Narr, und es mangelt ihm auch nicht an Geschicklichkeit. Vielleicht hat er, wenn er wirklich an die Macht gelangt, eine zu schwere Hand, aber er spielt auf der Unzufriedenheit von Britannien genauso meisterhaft wie sein Bruder auf der Harfe. Und er hat Saiten genug: Unzufriedene, rachsüchtige Könige wie Maelgwyn Gwynedd, den Neid der Kirche, die Langeweile meiner eigenen Krieger. Unsere Kriege mit den Eindringlingen sind zu Ende, aber das Reich ist nicht völlig wiederhergestellt, wie wir versprochen hatten, und die Enttäuschung darüber brennt in Britannien wie ein Stoppelfeuer, das nur darauf wartet, daß es aufflammen kann. Das einzige, was gebraucht wird, ist ein fähiger Anführer, der alles leitet. Medraut kann uns zerbrechen – oder er kann uns für die Macht einen solchen Preis zahlen lassen, daß wir besser tot wären. Die Macht ist es nicht wert, wenn man Tyrann sein muß, um sie auszuüben, oder wenn man das eigene Volk vernichten muß. Nein, wir müssen aushalten, solange das in Sicherheit möglich ist, und dann abdanken. Das Problem besteht noch immer darin, einen Mann zu finden, dem wir die Macht übertragen können – einen, dem ich zutraue, daß er gerecht regiert, und der stark genug ist, sich gegen Medraut zu behaupten. Und noch immer ist niemand da.«

»Es wäre sehr gefährlich abzudanken«, deutete ich an.

Er schenkte mir das gleiche müde Lächeln. »Denn dieses Reich, das wir erobert haben, ist eine Art Tyrannei«, zitierte er aus einer Sammlung von Sprüchen berühmter Männer, deren Namen ich zum größten Teil noch nie gehört hatte. Artus hatte dieses Buch aus dem Kloster mitgebracht, in dem er aufgezogen worden war – »Es war vielleicht falsch, die Tyrannei aufzurichten, aber es ist mit Sicherheit gefährlich, sie wieder loszulassen. Was hat dieser Spruch aber mit uns beiden zu tun? Wir haben das Reich nicht übernommen, um in Sicherheit zu sein, und wir haben oft genug den Tod dafür riskiert.«

»Ich meinte, es wäre gefährlich für das Reich. Die Könige von Britannien kennen dich, und wenn sie nicht an deine Gerechtigkeit glauben, dann glauben sie wenigstens, daß du ein fähiger Feldherr bist. Vielleicht wären sie gewillt, deinen Nachfolger zu bekämpfen, besonders wenn er jung wäre, wo sie gegen dich nicht kämpfen würden.«

Er seufzte und legte den Kopf in die Hände. »Du hast natürlich recht. Es gäbe vielleicht Krieg, ehe ich es mir leisten könnte abzudanken. Und wenn ich dann besiegt würde und Medraut die Macht ergriffe – nein, ich muß darauf vertrauen, daß Gott das wenigstens nicht zuläßt.« Er schaute wieder ins Feuer und fuhr so leise fort, daß ich ihn kaum hören konnte. »Und dennoch, diese Dunkelheit habe ich selbst verschuldet. Ich selbst bin verantwortlich dafür, daß Medraut existiert. Auch die Unruhe im Königreich ist meine Schuld, denn ich habe meine Macht durch Waffengewalt und gegen das Gesetz erworben, und es ist nicht überraschend, daß ich Feinde habe. Ich dachte damals, ich täte das Rechte, aber vielleicht war es in Gottes Augen eine genauso große Sünde wie der Inzest.«

»Nein«, sagte ich und legte die Hand auf seine Finger.

Er schüttelte sie ab. »Die Zerstörung kommt aus unserem Innern und aus meinem Innern. Die Sachsen konnten uns nicht besiegen, aber wir selbst vernichten jetzt das Reich. Es ist der Bruch in der Familie, der Fehler von innen. Früher habe ich gedacht, daß nur die Schande und die Unehre unerträglich wäre, wenn es bekannt würde, daß ich meine Schwester geliebt habe. Jetzt scheint mir das unwichtig. Denn es geht nur mich etwas an. Aber das andere, das ist der Untergang des Westens, die Dunkelheit, die über uns kommt. Warum müssen wir das Licht so lieben, wenn wir doch seine Zerstörung herbeiführen müssen?« Er schaute mich bei dieser Frage an und hob die Stimme, als ob ich vielleicht die Antwort wüßte. Das Feuer knisterte leise auf dem Herd.

»Meine Liebste, wir haben noch nicht verloren«, sagte er endlich. »Und du selbst hast gesagt, daß wir Gott vertrauen müssen. Sicher wird er es nicht zulassen, daß die Dunkelheit uns besiegt. Wir haben zuviel, wofür wir kämpfen müssen, um der Verzweiflung freie Bahn zu lassen.«

Er seufzte. »Ich bin müde.« Er rieb sich das Gesicht. »Ich kämpfe jetzt den größten Teil von dreißig Jahren, und ich fange an, noch nicht einmal mehr an den Sieg zu glauben. Und daß ich dafür verantwortlich bin . . . aber du hast recht. Wir haben sehr viel, für das wir kämpfen müssen. In der Tat, es ist ein Glück, das Viele lieben zu können und dafür zu kämpfen. Es wäre feige und unedel, aufzugeben, ehe der Kampf angefangen hat.« Er erhob sich und küßte mich, und dann stand er da und preßte mich an sich. Er trug noch immer sein Kettenhemd, und ich konnte die Kettenglieder unter seiner Tunika fühlen und die Kraft seines Körpers, die darunter lag. Ich dachte an Bedwyr und an meinen Wunsch, schwach zu sein, und ich schämte mich bitterlich.

»Gwynhwyfar«, sagte Artus, »ich verdiene dich nicht. Verzeih mir, daß ich zornig auf dich gewesen bin – und daß ich es ohne Zweifel wieder sein werde, denn ich bin sehr müde und habe schweren Kummer.«

»Ach, mein Liebster«, sagte ich, und mehr fiel mir nicht ein. Aber Worte waren auch nicht wirklich nötig.

In dieser Nacht, beim Willkommensfest, schwor Medraut Artus den dreifachen Eid der Gefolgschaft. Er kniete in der Mitte der Halle unter dem Firstbalken mit der goldenen Drachenstandarte und hielt Artus das Schwert mit dem Heft zuerst entgegen. Er schwor in klarer Stimme, mit offensichtlichem Ernst, als König Frieden mit Artus zu halten und keine Kriege gegen ihn oder seine Untertanen und Verbündeten zu unternehmen und die Gesetze des Reiches zu ehren und den Feinden von Britannien keinen Unterschlupf zu gewähren. Artus nahm das Schwert und gelobte, Frieden mit dem Königreich der Orkneys zu halten und so weiter. Die ›Familie‹ brach in Hochrufe aus, als Medraut sich wieder erhob, lächelte, und das Schwert in die Scheide steckte. Aber Medrauts eigene Leute, die er von den Orkneys mitgebracht hatte, beobachteten Artus grimmig und ohne mit der Wimper zu zucken.

Weder sie noch Medraut kehrten je zu den Inseln zurück. Medraut war seit zwei Wochen in Camlann und bereitete sich wieder auf seine Abreise vor, nachdem er die alte Spannung in der ›Familie‹ wiederhergestellt hatte, als ein Bote von den Orkneys zu uns kam. Er berichtete, der königliche Clan sei abgesetzt und die Inseln würden von jetzt an von einem Zweig der Familie Ui' Niall regiert, die den größten Teil von Erin beherrschten. Es hatte immer Feindschaft zwischen den Ui' Niall und dem königlichen Clan von den Inseln geherrscht. König Lot hatte ursprünglich Erin verlassen, als seine Familie den Besitz in Ulaid an die Ui' Niall verloren hatte. Die Ui' Niall waren jetzt von einer der adligen Sippen, die Medraut beleidigt hatte, nach Dun Fionn eingeladen worden. Diese Sippe und ihre Verbündeten besetzten an einem Tag, der vorher ausgemacht worden war, den Hafen auf der größten Insel. Eine Flotte von Erin legte an, und mit vereinten Kräften marschierte man über die Insel nach Dun Fionn. Wenn Medraut anwesend gewesen wäre, dann wäre die Festung ohne Zweifel in der Lage gewesen, dem Ansturm zu widerstehen. Jetzt aber hatte die Hälfte der Bewohner gemeutert und den Eindringlingen die Tore geöffnet. Alle männlichen Mitglieder der königlichen Sippe, zusammen mit ihren wichtigsten Verbündeten, wurden hingerichtet, und die Frauen verteilte man zur Ehe oder als Konkubinen an die Eindringlinge. Gewöhnlich war das letztere der Fall. All das war geschehen, kurz nachdem Medraut die Orkneys verlassen hatte, und wahrscheinlich schon, ehe er Caer Gwent erreichte. Ohne Zweifel war das Ganze schon vor Monaten geplant gewesen.

Wir gaben diesem Boten – der ein Mitglied der beleidigten und sich rächenden Sippe war – eine Audienz in der Halle. Der Mann war am Nachmittag angekommen, und es waren nicht viele Leute da, als er seinen Platz unter dem Firstbalken einnahm und zu reden begann – wir mußten nach Medraut schikken. Aber noch mehr Leute eilten herbei, als der Mann erzählte. Er berichtete seine Geschichte mit offensichtlicher Freude und schilderte die Einzelheiten in leuchtenden Farben zugunsten seiner neuen Herren, der Ui' Niall. Die Halle füllte sich mit Geflüster, mit Erklärungen an neu Angekommene, mit entsetzten Ausrufen und Forderungen um Entscheidungen in dieser Sache. Aber der Bote blickte sich nicht um, sondern schaute Artus fest ins Gesicht. Als er mit seiner Erzählung von den Ereignissen auf den Inseln fertig war, richtete er sich auf, legte eine Hand ans Schwert und sagte Artus noch ein paar stolze, abschließende Worte.

»Du darfst nicht glauben«, erklärte er in seinem ausgezeichneten Britisch, »daß es für dich noch immer möglich wäre, ungerechtfertigterweise einen zerstörerischen Einfluß auf den Inseln auszuüben. Wir sind Iren und keine Briten, und jetzt – gerechterweise! – sind wir an Erin gebunden. Wir schwören dir keinen weiteren Frieden, Hoher König von Britannien. Die verfluchte Familienlinie des Lot hat es getan, und alle Übel haben sich daraus gegeben, aus seiner Ehe mit einer britischen Zauberin um dein dreimal verdammtes Bündnis und aus seinen Söhnen – dem Säufer und dem Zauberer und Verräter und dem letzten und schlimmsten, den er nicht gezeugt hat – den in Schande gezeugten Bastard, dem Hexensohn und dem Fluch seines Volkes. Wenn du, Pendragon, vorhast, diesen Tyrannen wieder zurückzuschicken, damit er uns beherrscht, dann werden tausend Speere dir entgegenstehen und tausend Schwerter. Nicht so leicht wirst du da durchkommen, und nicht so leicht wirst du die Inseln behalten, wenn du es doch schaffst. Das haben wir geschworen – bei der Sonne und dem Wind, mit dem Eid unseres Volkes und beim neuen Gott von Erin und den Ui' Niall, die jetzt unsere Götter sind. Wenn du aber annimmst«, und er spuckte das Medraut entgegen, der still und unbewegt an Artus' rechter Seite gestanden hatte, »daß du zu den Inseln zurückkehren kannst, dann sollst du wissen, daß du zum Tod verurteilt bist, und gleichgültig, wie viele Wachen und Krieger du um dich scharst, wie viele Männer du durch Zauberei suchst und tötest – eines Tages wird jemand den Weg zu dir finden und dich für deine Tyrannei zahlen lassen. Auch das haben wir geschworen.«

Medraut starrte ihn an. Seine Augen waren leer, erstarrt vom Haß, obwohl sein Gesicht still und unbewegt war. »Und vielleicht«, sagte er im glatten Unterhaltungston, »vielleicht bist auch du zum Tod verurteilt, übermäßig angeberischer Bote.«

Der Bote lachte. »Du hast meinen Vater umgebracht, wenn es auch niemand beweisen konnte. Du hast ihn umgebracht, obwohl er nichts getan hatte, und für seinen Tod ist kein Blutpreis bezahlt worden. Meinen Vetter hast du öffentlich in deiner Halle abschlachten lassen. Ich habe um diesen Auftrag gebeten, Medraut, niemandes Sohn, so daß ich dich sehen konnte, wenn du diese Botschaft hörst. Und jetzt, da ich es gesehen habe, fürchte ich mich nicht mehr vor dem Tod. Lennavair, die Tochter des Durtacht, die du heiraten wolltest, schläft jetzt bei Laeghaire von den Ui' Niall als seine Konkubine, und sie ist froh darüber, daß sie die Geliebte eines wirklichen Mannes ist und nicht die Ehefrau eines Bastards.«

»Achte gut auf dein Schiff, wenn du nach Hause segelst«, sagte Medraut ruhig.

»Er ist als Abgesandter gekommen«, sagte Artus mit ruhiger, aber tragender Stimme. »Und wir werden es ihm erlauben, in Frieden wieder abzureisen, wie es das Gesetz und die Sitte verlangen. Ich weiß nicht, was du damit meinst, wenn du ihm sagst, er soll auf sein Schiff achten, Sohn des Lot. Ohne Zweifel ist er daran gewöhnt zu segeln, selbst im Herbst, und braucht eine solche Warnung nicht.« Medraut wandte seinen grausamen Blick auf Artus. Artus hielt ihm stand. Nach einem Augenblick fügte Artus sehr ruhig hinzu: »Denn wenn du diesem Mann Übles wünschst, dann möchte ich dich daran erinnern, daß Zauberei ein Schwerverbrechen ist.«

Medraut starrte noch einen langen Augenblick Artus an. Dann senkte er verstohlen den Blick und verbeugte sich. »Warum erwähnst du die Zauberei, Herr? Glaubst du etwa die wilden Anklagen der Leute, die sich zu deinen Feinden erklärt haben und die eine Sippe abgesetzt und ermordet haben, die mit dir durch viele Eide und viel Blut verbunden war? Ich glaube nicht, daß du solche Anklagen glauben kannst oder willst. Ich bitte dich, edler Herr, mir Urlaub zu geben, damit ich meine Familie und meine Gefolgsleute von diesem Unglück unterrichten kann.«

Artus nickte, und Medraut verbeugte sich und stieg von dem Podest herunter. Bei dem Boten blieb er stehen und warf ihm noch einen kalten, abschätzenden Blick zu. Dann lächelte er und ging langsam durch die ganze Halle hinaus. Alle machten ihm Platz. Viele seiner Freunde gingen hinter ihm her.

Der Bote aber schaute Artus überrascht an. »Du bewahrst die Tradition, was Abgesandte betrifft«, sagte er nach einer Weile. »Das ist gut. Welche Nachricht soll ich den Fürsten Ui' Niall, den Herrschern der Orkneys, von dir überbringen?«

Artus lehnte sich in seinem Sessel zurück und musterte den Boten gedankenverloren, bis der Mann, der bis dahin so kühn gewesen war, plötzlich unsicher dreinschaute und an seinem Schwert herumfummelte.

»Sag deinen Herren«, meinte Artus endlich, noch immer nicht laut, sondern mit müder Stimme, die aber trotzdem eine Stille in der ganzen Halle auslöste, »daß es mir um die Inseln leid tut. Sag deinen Vettern und ihren Verbündeten, daß ich bekümmert bin um die königliche Familie, die überaus grausam ermordet worden ist. Und sag deinen Leuten, daß auch sie mir leid tun und daß sie eine Sippe vernichtet haben, aus der immer ihre Könige hervorgegangen sind, daß sie fremde Herren gerufen haben, die über sie herrschen sollen. Sag außerdem zu deinen Herren, daß es leichter ist, zu behaupten, die Inseln seien an Erin gebunden, als sich darauf zu verlassen, daß Erin Hilfe schickt. Wenn die Ui' Niall meine Untertanen durch Überfälle an den Küsten beunruhigen, dann werden sie es bedauern. Ich werde dann der Sitte folgen, der ich immer gefolgt bin, und alle Räuber, die in Britannien gefangen werden, hinrichten lassen und für keinen ein Lösegeld nehmen.

Wenn die Ui' Niall britische Güter begehren – und sie werden Holz und Zinn und Eisen verlangen, denn so etwas gibt es nicht auf den Inseln –, dann werden sie sich mit mir einigen und den Eid schwören müssen, meine Länder und meine Untertanen zu respektieren.«

Der Bote schaute in die Richtung, in die Medraut gegangen war. »Aber was ist mit dem Tyrannen?«

»Durch Geburt kann er als einer aus der königlichen Familie von Britannien betrachtet werden. Er hat einen Platz hier, wenn er auf den Inseln keinen mehr hat.« Noch einen Augenblick lang herrschte Schweigen. Dann erhob sich Artus von seinem Sitz am Hohen Tisch und ging die Stufen vom Podium hinunter, bis er dem Boten gegenüberstand. »Ich will um einen Tyrannen nicht gegen Erin Krieg führen, selbst wenn der Tyrann der königlichen Sippe von Britannien angehört«, sagte er ruhig. »Wenn ihr wollt, dann könnt ihr Frieden mit mir haben. Ich werde die Bedingungen zusammenstellen, die du deinen Herren bringen kannst. Inzwischen bietet dir Camlann die Gastfreundschaft, die Abgesandten zusteht.«

Der Abgesandte starrte Artus noch einen Augenblick an – er glaubte ihm nicht ganz. Er sah sich in der Halle um, heftete dann seinen Blick wieder auf Artus. Dann verbeugte er sich tief. »Herr und Hoher König, ich danke dir.«

Als der Bote wieder zu den Orkneys abreiste, ließ Artus Medraut beobachten. Er gab dem Boten einen sorgfältig ausgesuchten Begleitschutz zu seinem Schiff zurück, das auch von verläßlichen Wächtern gehütet wurde. Endlich schickte er Geld zum Kloster nach Ynys Witrin, damit für die Reisenden auf See eine Messe gelesen wurde. Ob es nun durch diese Vorsichtsmaßnahmen kam oder weil Medraut sich entschlossen hatte, seine Wünsche der Notwendigkeit zu opfern, einen guten Eindruck zu machen – das Schiff kam sicher in Dun Fionn an, und nach kurzer Zeit hörten wir, daß unsere Vorschläge zu Friedenseiden von den Ui' Niall zur Verhütung von Piraterie und Raubüberfällen gegen einige Rechte zum Handel mit Britannien akzeptiert wurden. Und Medraut blieb in Camlann.

Obwohl Medraut seinen Sturz deutlich weder erwartet noch gewünscht hatte, er wirkte sich zu seinen Gunsten aus. Die Tatsache, daß Artus ihn bei einem Versuch, die Königswürde wiederzuerlangen, nicht unterstützen würde, gab ihm einen Grund zur Klage. Er war Artus' Neffe und hatte den Eid der Gefolgschaft geschworen, aber Artus hatte Frieden mit denen geschlossen, die Medrauts Familie ermordet und sein Königreich erobert hatten. Es spielte keine Rolle, daß das Bündnis nie über eine gemeinsame Verteidigung hinausgegangen war – es war alt und bestand schon lange, besiegelt durch Eheschließung in der vergangenen Generation, und es war in einem Augenblick umgestoßen worden. Selbst in der ›Familie‹ herrschte die starke Meinung vor, daß Artus Medraut hätte unterstützen müssen. Medrauts Taten, solange er noch an der Macht gewesen war, wurden nicht besonders ernst genommen: Medraut selbst gab der ›Laxheit des armen Agravain‹ die Schuld für die Tatsache, daß er so viele Adlige hatte hinrichten lassen müssen, und die Männer machen sich nie so viele Sorgen um die Tyrannei in einem fremden Land wie über irgendein leichtes Problem, das sie selbst haben. Es half auch nicht, daß Artus dafür sorgte, daß die Söhne der Morgas offiziell als Mitglieder der kaiserlichen Familie von Britannien anerkannt wurden, jetzt, da die Sippe ihres Vaters vernichtet war. Das diente nur dazu, Medrauts Anspruch auf britische Hilfe zu verstärken.

Der einzige Lichtblick, der uns bei all diesen Katastrophen blieb, war die Tatsache, daß Gawain jetzt offiziell ein Mitglied der königlichen Sippe von Britannien war – und damit auch Gwyn. Wie Artus vorausgesagt hatte, fingen die meisten Krieger schon an zu vergessen, daß Gwyn illegitim geboren war. Der Junge war mit Gawain nach Gallien gereist und danach in den Norden – König Urien von Rheged hatte irgendeinen Streit mit seinen sächsischen Nachbarn und hatte darum gebeten, daß Artus ihn schlichtete. Urien war ein sehr mächtiger König, der stärkste von allen nördlichen Herrschern, und Gwyn beeindruckte ihn sehr. Offenbar erinnerte er ihn an seinen eigenen Sohn Owain, der sich nach einer nicht vielversprechenden Kindheit und Jugend plötzlich in einer Reihe von hervorragenden Schlachten siegreich hervorgetan hatte und in der letzten Schlacht nach dem Sieg gefallen war. Als Urien Gawain die üblichen Geschenke gab – eins für Gawain selbst, als Abgesandten, eins für Artus, um ihn zu ehren, und eins für den sächsischen König, mit dem Gawain die Verhandlungen geführt hatte –, da beschenkte er auch Gwyn. Und als die beiden abreisten, da wünschte er dem Jungen von Herzen alles Glück.

Nachdem unsere Boten die Verhandlungen zwischen Urien und seinen sächsischen Nachbarn beendet hatten, unterbrachen sie in Ebrauc für eine Weile die Rückreise. König Ergyriad ap Caw hieß sie auf seiner Burg willkommen und begrüßte Gwyn sofort als seinen Familienangehörigen, den Sohn seiner Halbschwester. Diese Anerkennung gab Gawain die Möglichkeit, einen Teil der Feindschaft zwischen ihm selbst und den anderen Söhnen des Caw auszuräumen, die ihn gehaßt hatten, seit er ihren Bruder Bran getötet hatte. Gwyn kam erstaunlich gut mit einigen von ihnen zurecht, und auch sie gaben ihm Geschenke, als er Caer Ebrauc verließ.

Artus war sehr froh, als die beiden zurückkehrten. Er hoffte noch immer, daß ihm Zeit genug blieb, um Gwyn zu seinem Nachfolger zu bestimmen. Uriens Unterstützung dabei würde von unschätzbarem Wert sein, wie auch die Unterstützung der Söhne des Caw. Er nahm sich die Zeit, mit Gwyn über die verschiedenen Länder zu reden, die er besucht hatte, und er überzeugte sich, daß der Junge erstaunlicher politischer Einsicht fähig sei – und so mußte es auch sein, da Gawain ihn unterrichtete. Gawain selbst wäre als Nachfolger nie akzeptabel gewesen, trotz seiner politischen Fähigkeiten, denn er war erstens aus einer ausländischen Familie und zweitens viel zu sanft und anderweltlich, um für die Macht eines Kaisers geeignet zu sein. Vielleicht war Artus nur fasziniert von der Parallele zwischen Gwyns Vorleben und seinem eigenen. Aber wir hatten beide Hoffnungen, von denen wir nicht zu sprechen wagten, und wir hofften um so mehr, als die Situation ständig schlimmer wurde.

Die fünfzig Krieger, die Medraut von den Inseln mitgebracht hatte, fingen bald an, Probleme aufzuwerfen. Ein paar von ihnen stammten aus der königlichen Familie und zeigten sich Artus gegenüber zornig und ablehnend. Alle waren einzig und allein Medraut ergeben und gehorchten ihm vollkommen, während sie allen anderen gegenüber außerordentlich feindselig waren. Sie bildeten eine feste Gruppe in Camlann, eine Gruppe, die in sich selbst ruhte und von den anderen Kriegern durch die Barrieren der Kultur, der Sprache und der Religion isoliert war. Nur um Streitereien auszutragen, wurden diese Barrieren durchbrochen. Nach ein paar Zweikämpfen zwischen ihnen und einigen von unseren Männern schickte Artus den größten Teil der fremden Krieger zurück auf Medrauts Schiffe. Er ließ sie die westliche Küste entlangfahren, um Eindringlinge abzuhalten. Im Dezember wurde entdeckt, daß einige von diesen Schiffen selbst ein paar Überfälle durchgeführt hatten, und Artus ließ die Männer, die dafür verantwortlich waren, zum Tod verurteilen. Unglücklicherweise waren auch zwei Mitglieder der königlichen Familie dabei, und ihre Hinrichtung verursachte fast einen bewaffneten Konflikt. Lange Zeit danach gingen noch geflüsterte Gerüchte um: »Der Pendragon will das beenden, was die Ui' Niall angefangen haben.«

Gleichzeitig zirkulierten überall die Gerüchte, die Medraut um seine eigene Herkunft in Umlauf gebracht hatte, und unsere Spione berichteten aus allen Ecken von Britannien davon. Kein König wagte Artus zu fragen, ob sie wahr waren, aber bald erkannten wir an der Unsicherheit einiger Leute, die mit uns umgehen mußten, und am Zögern von anderen, mit uns in Kontakt zu treten, wer sie glaubte. Das ungemütliche Gefühl, das die Gerüchte verursachten, war aber nirgendwo so deutlich wie in Camlann. Medraut hatte es geschafft, wieder den größten Teil seiner Gefolgschaft um sich zu versammeln, und die Streitereien in der Familie begannen aufs neue. Diesmal aber lag ein Unterschied darin. Früher hatte Medraut in erster Linie seinen Bruder Gawain angegriffen und bei Artus nur seine Entscheidungsfähigkeit im Hinblick auf Gawain in Frage gestellt. Er hatte angedeutet, daß mein Mann meinen parteiischen Launen gegenüber schwach sei. Jetzt war der Angriff direkt geworden: Artus hätte Medraut ungerecht behandelt wegen eines schrecklichen Geheimnisses – eines Geheimnisses, über das man in der Festung flüsterte und nach dem Hunderte von erschrockenen oder sorgenvollen Augen suchten, die sich auf Artus hefteten, wo immer er hinging.

Einige von Medrauts Gefolgsleuten fühlten sich nicht mehr so recht wohl, als die Richtung, in die der Angriff ging, deutlicher wurde. Ein paar von ihnen waren nach dem Vergiftungsversuch abgefallen und ein paar nach Agravains Tod. Aber es gab noch immer eine stattliche Anzahl von Männern, auf die Medraut sich verlassen konnte – hundertundsechs, und noch einmal fünfzig oder so, die unsicher waren, wem sie die Treue halten sollten. Diese letzte Gruppe wurde ständig kleiner, denn die Männer entschlossen sich mehr und mehr, wem sie glauben wollten und wem sie am Ende folgten.

Der Winter war nicht ruhig. Artus trieb sich voran, wie er es seit dem Höhepunkt des Krieges nicht mehr getan hatte. Er stand vor Sonnenaufgang auf und arbeitete den ganzen Tag und versuchte, die Männer beschäftigt zu halten und ihre Streitereien zu verhindern. Er bot ihnen ein halbes Hundert Ablenkungen, damit wir Zeit gewannen. Er schickte unaufhörlich Boten an die Könige von Britannien, und das unter allen möglichen Vorwänden, damit seine Autorität ihnen vor Augen blieb und er den Kontakt hielt, den so viele der Könige gern abgebrochen hätten. Er tat so, als ob er noch nie etwas von den Gerüchten gehört hätte, und versuchte, so zu handeln, als ob seine Energie und Kraft von der Zeit nicht angekränkelt wären, als ob ihn noch immer die alte Begeisterung, die alte Freude bewegte. Aber am Abend brach er erschöpft auf dem Bett zusammen und war kaum noch fähig, sich zu bewegen. In der Nacht hatte er Träume: Er wachte oft auf und rief den Namen Morgas'. Dann ging er ans Schreibpult, zündete die Lampe an und las unsere abgenutzten Bücher durch, oder er schrieb stundenlang wütende Briefe. Ich wachte dann auch auf und erhob mich, und dann sah ich ihn im Nebenzimmer über das Schreibpult gebeugt, und das Lampenlicht beleuchtete die Knochen und Höhlungen seines Gesichts, so daß es wirkte wie ein Totenkopf. Ich ging dann hinüber und versuchte, ihn dazu zu bewegen, wieder zurückzukommen und auszuruhen, denn er brauchte den Schlaf verzweifelt. Trotz all der erzwungenen Energie während des Tages konnte er das nicht verbergen. Der Alptraum preßte seinem Gesicht den Stempel auf, tiefer und immer tiefer, und ich konnte die eingegrabenen Linien nicht wegglätten.

Selbst wurde ich auch so erschöpft, daß mein Hauptwunsch darin bestand, allem zu entrinnen. Ich hatte genausoviel zu tun wie Artus, und ich hatte das Gefühl, als ob all unsere Arbeit darin bestünde, unseren eigenen Schatten zu fangen. Gleichgültig, wie schwer wir arbeiteten oder was wir sagten und taten und welchen Vorteil wir daraus gewannen – die Gerüchte hielten Schritt mit uns. Oft hatten wir das Gefühl, als ob wir nicht mehr leisten könnten, und dann stellten wir nur fest, daß wir noch mehr tun mußten. Und darin, daß wir es taten, entdeckten wir weitere Dinge, die erledigt werden mußten, und noch weitere – bis die Tage vorüberwirbelten wie Hammerschläge.

Ich hatte Bedwyr. Ich brauchte Bedwyr. Er war meine einzige Zuflucht, ein Ort des Frühlings mitten in diesem dunklen Winter. Obwohl auch ihn der Alptraum umgab, lebte er doch nicht im Herzen des Alptraums, und er hatte – im Gegensatz zu Artus – Zeit, zu reden und zu atmen. Bei ihm konnte ich ruhen und Kraft finden. Ich konnte, für eine kleine Weile wenigstens, meine Sorgen zu seinen Füßen niederlegen und sie vergessen. Natürlich waren wir vorsichtig und taten es sehr heimlich. Häufig hatten wir plausible Gründe, einander zu treffen, und leicht genug konnten wir es einrichten, irgendwo in Camlann zusammenzukommen, wo wir nicht gestört wurden. Die Sünde des Verrats wurde mein Trost – und dennoch, selbst in diesem Trost lag Qual. Manchmal, wenn Artus aus einem schwarzen Traum erwacht war und ich im Bett lag und dem Kratzen seiner Feder zuhörte, dann wünschte ich, es sei alles vorüber, selbst wenn am Ende die Niederlage war und ich selbst in alle Ewigkeit verdammt wurde. Im Tod wenigstens liegt eine Art Endgültigkeit und eine Ruhe nach dem erbarmungslosen Kampf. Und am nächsten Tag weinte ich dann an Bedwyrs Schulter, weil ich nicht in der Lage gewesen war, Artus Trost zu bieten, und weil ich mich selbst verzweifelt nach Trost sehnte.

Aber das Ende kam tatsächlich bald – viel zu bald, dachte ich, als es endlich über uns war.

Im späten März begann ein neues Gerücht im Camlann zu kreisen. Artus kam eines Abends vor einem Fest in unser Haus zurück, warf ein Bündel von geschriebenen Botschaften auf das Pult, ließ sich in seinen Sessel fallen und bemerkte: »Mein Herz, es gibt ein neues Gerücht, das du am besten kennen solltest. Angeblich schläfst du jetzt mit Bedwyr und planst meinen Sturz.«

»Mit Bedwyr?« fragte ich und fühlte, wie die Kälte über mich kam. Ich starrte Artus an.

Aber er blieb nur zusammengesunken im Sessel sitzen und stellte die Füße auf den Rost des Herdes. »In der Tat. Man fragt sich, warum Medraut sich gerade auf Bedwyr versteift. Man sollte doch meinen, Gawain sei der wahrscheinlichere Kandidat für eine solche Geschichte. Aber das hat Medraut ja schon versucht. Außerdem hat er Gawain schon einen Muttermörder, Verräter und Wahnsinnigen genannt, und bisher hat er es noch nicht geschafft, Bedwyr zu beflecken. Also erfindet er so etwas. Ach, ich nehme an, in seiner Art ist die Geschichte schlau genug eingefädelt. Bedwyr ist kein Brite, gehört nicht zu einer königlichen oder wichtigen Sippe und hat trotzdem Macht und Einfluß. Medraut kann jeden Widerwillen, der dadurch erzeugt wird, dazu ausnutzen, seiner Geschichte Glaubwürdigkeit zu verleihen, und gleichzeitig kann er deinen Namen anschwärzen . . . ach, lieber Gott, jetzt auch noch Bedwyr. Jetzt haben wir niemanden mehr, der in einem Streit vermitteln kann oder der mit einem Mann aus Medrauts Gruppe in Verbindung tritt. Aber eine solche Geschichte – !«

Ich kam herüber und setzte mich zu seinen Füßen nieder. Ich fühlte mich sehr müde, und ich lehnte meinen Kopf an sein Knie. Was wäre, wenn ich es ihm erzählte, dachte ich plötzlich – was wäre, wenn ich alles beichtete, die Last ablegte, die Konsequenzen auf mich nahm? Aber als ich zu dem hageren Gesicht meines Mannes aufblickte, da wußte ich, daß ich nicht reden konnte, daß ich seinen Schmerz nicht noch vergrößern und ihn im Stich lassen konnte, damit er das Schwinden seiner Macht allein durchstand. »Willst du, daß ich mich in Zukunft kälter zu Bedwyr verhalte?« fragte ich. »Soll ich ihm die nächsten paar Wochen aus dem Weg gehen?«

Artus legte einen Arm locker um meine Schultern. »Nein. Mach dir keine Sorgen. Medraut würde das seinen Gefolgsleuten gegenüber nur folgendermaßen erklären: Du fühlst dich schuldig und hast Angst, entdeckt zu werden. Wir können nur hoffen, daß dieses Gerücht von selbst stirbt. Es muß von selbst sterben. Es ist zu absurd, als daß ein denkender Mensch es glauben könnte. Du und Bedwyr – meine Frau und mein getreuester Freund, die beiden Menschen, denen dieses Reich am meisten am Herzen liegt – des Verrats schuldig! Nein, mein Herz, laß nur. Das Gerücht wird sicher von selbst sterben.«

Aber es war nicht so, obwohl es mehrmals danach aussah. Immer, wenn die Männer anfingen, darüber zu lachen, erhob es sich von neuem, mit phantastischen Beweisen. Wir konnten zwar die Einzelheiten widerlegen oder erklären – so hatte man mich mit einer Weißdornblüte im Haar gesehen, nachdem Bedwyr eine an seiner Mantelfibel trug – Bedwyr und sechshundert andere! –, aber dennoch hielt sich die Geschichte, und jedesmal, wenn sie verblaßte, kam sie um so stärker wieder auf.

Gegen Ende April hatte Bedwyr mit einem von Medrauts irischen Kriegern im Stall eine Meinungsverschiedenheit. Dieser Mann, einer aus der königlichen Familie, wollte für eine Fahrt auf seinem Schiff ein paar Ausrüstungsgegenstände, die Bedwyr für überflüssig hielt. Das Streitgespräch wurde hitzig, und Bedwyr drehte sich endlich um, ging weg und sagte: »Ich rede wieder mit dir, wenn du abgekühlt bist, Ruadh.«

»So ist's richtig!« schrie der Ire hinter ihm her, in Hörweite von ein paar Dutzend Leuten, von denen mir einer später den ganzen Vorfall verärgert berichtete, »lauf nur zu der Frau deines Herrn, mach ihm auch da die Arbeit!« – und er machte eine obszöne Handbewegung.

Bedwyr blieb stehen und drehte sich zu dem anderen um. Der Mann wiederholte die Handbewegung, und Bedwyr kam zu ihm zurück. Er musterte den anderen von oben nach unten und sagte dann sehr ruhig und sehr kalt: »Was ist das für ein Unsinn? Bist du betrunken?«

Der Ire war völlig unerschüttert. »Muß ich betrunken sein, um die Wahrheit zu sagen? Ich hab es satt, daß du mir Tugendhaftigkeit vorspielst. Der tapfere, treue Bedwyr, der Philosoph, der vollkommene Feldherr! Im ganzen Westen weiß doch jeder, daß du mit der Hurenkönigin Gwynhwyfar schläfst, mit der Frau deines Herrn – mögest du viel Spaß mit ihr haben!«

Bedwyr schaute ihn schweigend einen Augenblick an. Dann, noch immer ruhig, aber mit einem harten Unterton, sagte er: »Du hast dich der Majestätsbeleidigung an unserem Herrn, dem Kaiser, schuldig gemacht. Und du lügst.«

»Beweise«, sagte der andere wild. »Beweis mir das mit deinem Schwert.«

»Mit Freuden. Hier und jetzt.«

Der Ire zögerte, nickte dann. »Zu Pferd oder zu Fuß?«

»Was immer dir lieber ist.«

Dabei wurden die Zuschauer unruhig, deren Zahl ständig wuchs, während die Menge aus dem Nichts auftauchte, angezogen von dem wahrscheinlichen Blutvergießen. Bedwyr war als Fußkämpfer nicht fähiger als andere auch, aber er war ein hervorragender Reiter. Ruadh dagegen war ein sehr guter Fußkämpfer. Ruadh wußte das und starrte Bedwyr einen Augenblick ungläubig an, ehe er heraussprudelte: »Zu Fuß!«

Bei diesen Worten meinte einer von den Mitgliedern der ›Familie‹, daß Artus von diesem Zweikampf wissen sollte, und rannte los, um ihn zu holen. Artus und ich waren alleine in der

Halle und hörten Bittsteller an, und der Krieger rannte heran und brüllte laut, so daß es alle hören konnten: »Bedwyr kämpft gegen Ruadh, zu Fuß!«

Ich dachte nicht bewußt an das, was passieren konnte; ich wußte es sofort, und ich hatte das Gefühl, als ob die Welt alle Farbe verlöre. Ich stand auf, ohne nachzudenken, und sagte zu den Bittstellern: »Die Audienz ist vertagt.« Artus ergriff meinen Arm, und wir gingen die Halle hinunter.

»Wo ist es?« fragte Artus den Krieger.

»Vor den Ställen. Sie . . .« Und der Krieger brabbelte auf dem Weg die ganze Geschichte heraus.

Wir kamen an und sahen, daß ein Haufen Männer dort herumstand und sich stritt. Als sie uns sahen, traten sie auseinander und verstummten. In der Mitte der Gruppe war zertrampeltes, blutiges Stroh, und ich sah eine Leiche: Ruadh.

»Was ist passiert?« fragte Artus.

Die erste Antwort war ein unverständliches Gebrabbel; Artus hob die Hand, damit alle schwiegen, und winkte einen Mann aus der Gruppe heraus. »Goronwy, was ist passiert? Wo ist Bedwyr?«

Goronwy war sehr erregt und überhörte die zweite Frage. Da er selbst einmal gegen Bedwyr gekämpft hatte, war sein Interessc an dcm Zweikampf groß gewesen. »Es war eine knappe Sache, Herr«, sagte er, »dieser Hund hat die Lady Gwynhwyfar beleidigt, und Herr Bedwyr hat dann zu Fuß gegen ihn gekämpt. Ruadh schaffte es, einen Stoß unter den Schild einzubringen und ihn in den Schenkel zu stechen. Bedwyr ist gestürzt. Ach, aber er war schnell – das hatte Ruadh nicht erwartet. Er kam heran, um ihn zu erledigen, und dann war plötzlich Bedwyrs Schwert unter seinem eigenen Schild und traf ihn in den Magen, so schnell wie die Blitze des Himmels. Ehre sei Gott! Das war ein großartiger Streich, und auch noch aus kniender Haltung!«

»Großartig?« schrie ein anderer Krieger, einer von Medrauts Gruppe. »Gott im Himmel, ein Mann liegt tot – ein Mann aus der königlichen Sippe von Britannien!«

»Wo ist der Herr Bedwyr?« wollte Artus noch einmal wissen und hob jetzt die Stimme, da die Krieger wieder angefangen hatten, sich zu streiten. Sie verstummten.

»Wir haben sein Bein abgebunden und ließen ihn dann zu Gruffydd, dem Chirurgen, bringen«, erwiderte Goronwy. »Cei ist jetzt bei ihm. Viele von uns wären ja hingegangen, aber er selbst hat uns befohlen hierzubleiben, damit wir nicht im Weg sind.«

Mir war nicht klar gewesen, welcher Druck auf meinem Herzen gelastet hatte, bis dieses Wort es befreite. Bedwyr war am Leben und befahl noch immer sich selbst und den anderen. Ich spürte, wie Artus neben mir sich entspannte, obwohl sein Gesicht die feste Ruhe nicht verlor. »Sehr gut«, sagte er. Er hob die Hand, damit die Krieger weiter aufmerksam blieben, und schaute dann von einem zum anderen. »Es ist genug, meine Vettern. Kein Streit mehr. Rhuawn, geh und such Medraut ap Lot und sag ihm, daß sein Verwandter Ruadh tot ist und daß er meine Erlaubnis hat, nach seinem Belieben für die Beerdigung zu sorgen. Der Mann war ein Mitglied der königlichen Sippe, und seine Leiche soll entsprechend respektiert werden. Vier von euch sollen hierbleiben, um Wache zu halten. Ihr anderen seid entlassen. Ihr könnt wieder euren Aufgaben nachgehen. Für einen Tag hat es genug Blutvergießen gegeben, und ich wünsche nicht noch mehr davon. Gwynhwyfar, komm.«

Wir eilten von den Ställen zu Gruffydds Haus hinüber, und als wir ankamen, wischte sich der Chirurg gerade das Blut von den Händen. Er nickte uns zu und deutete dann mit einer ruckartigen Kopfbewegung zum Bett in der Ecke hinüber. Bedwyr lag darauf, während Cei auf dem Boden daneben saß und ein blutbeflecktes Tuch faltete. Der Feldherr war sehr bleich. Er schwitzte vor Schmerz, aber er war bei Bewußtsein und wirkte beherrscht, und – was am allerwichtigsten war – er lebte.

»Das schlimmste war der Blutverlust«, sagte Gruffydd zur Antwort auf unsere ungestellte Frage. »Die Wunde ist sofort abgebunden worden, glücklicherweise. Sonst würde der Narr jetzt hinter Ruadh her in die Hölle jagen. Er sollte sich eigentlich schnell wieder erholen, wenn er kein Fieber bekommt. Sag ihm, er soll die Droge schlucken, die ich ihm gegen den Schmerz gebraut habe. Er hat sie abgelehnt.«

Artus ging zum Bett und ergriff Bedwyrs Hand. »Du dummer Kerl«, sagte er böse, »warum bei allen Heiligen hast du ihm angeboten, zu Fuß mit ihm zu kämpfen?«

Bedwyr zuckte die Achseln. »Ich war zornig«, sagte er, und seine Stimme war rauh vor Schmerz. »Ich wollte ihn umbringen.«

Cei schnaufte wütend. »Das hättest du aber besser zu Pferd tun können.«

Bedwyr wandte den Blick ab. »Auf diese Weise werden mehr Männer seinen Tod als Zeichen der göttlichen Gerechtigkeit betrachten.«

»Es war das Risiko nicht wert«, sagte Artus. »Mein Freund, mein Bruder – wirklich nicht.« Der Zorn verschwand aus seiner Stimme, und er schaute fast glücklich drein. Bedwyr war am Leben. Mit unverständlicher Leichtigkeit fuhr er fort: »Du hast deine philosophische Zurückhaltung verloren, alter Freund. Was würde dein Victorinus dazu sagen?« Er ließ Bedwyrs Hand los, schaute sich um und nahm den Becher mit dem betäubenden Wein, den Gruffydd jetzt bereithielt. »Da, trink das. Es gibt keinen Grund dafür, daß du jetzt einen klaren Kopf behältst.«

Bedwyr machte keine Anstalten, den Becher zu nehmen.

»Ich hab' ihm das auch schon gesagt«, sagte uns Cei, »aber anscheinend glaubt er, er müßte wach bleiben – als ob keiner von uns gut genug wäre, sich um ihn zu kümmern.«

»Nimm es«, sagte ich.

Bedwyr schaute mich zum erstenmal an, und das bittere Elend in seinem Blick erschreckte mich. Dann sah er Artus an, nickte und streckte die Hand nach dem Becher aus.

»Ich hab' mich geschämt«, sagte er mir hinterher, als er wieder auf den Beinen war. »Ich hab Ruadh wegen einer Lüge umgebracht. Er hat die Wahrheit gesagt, und er ist dafür gestorben. Ich hätte nicht zu Pferd gegen ihn kämpfen können, weil ich ihm damit eine so kleine Chance gegeben hätte. Dennoch hatte ich den Wunsch, ihn umzubringen. Er hatte mich erzürnt, und ich wollte ihn tot und blutig vor mir sehen. Aber nachher, als ich ihn umgebracht hatte – da wollte ich leiden.« Er blickte auf die Erde unter seinen Füßen und schlug dann plötzlich auf die halb verheilte Wunde an seinem Oberschenkel. Er wurde weiß. Ich packte ihn am Arm, an den Schultern, und zog ihn an mich. Zum erstenmal seit dem Zweikampf waren wir allein, und während der beiden Wochen, die er krank gelegen hatte, war mir oft das Gefühl gekommen, als ob ich nicht mehr weitermachen konnte. Meine Freunde hatten mir alle gratuliert; sie schrieben Ruadhs Tod Gottes Gerechtigkeit zu, der den Lügner zu Boden schmetterte, und das tat mir noch weher als die Beleidigungen unserer Feinde. Ich hatte auch Angst um Bedwyr gehabt, weil sein Elend mich quälte, und noch immer fühlte ich mich zu Artus hingezogen und hatte niemanden, der mich wieder so machen konnte, wie ich einmal gewesen war. Nur mit Bedwyr konnte ich frei reden.

Manchmal dachte ich noch immer daran, die Beziehung zu beenden. Einmal hatte ich es sogar fest vor. Ich war eines Morgens in der Halle und hörte mir die Klagen einiger Bauern und Händler an, während ich am Hohen Tisch saß. Da kam Gawain herein. Weil Gwyn auf der einen Seite der Halle saß und mit ein paar Freunden Harfe spielte, dachte ich, Gawain suche seinen Sohn. Ich lächelte und nickte und hörte mir weiter die endlos lange Erzählung eines alten Mannes von seiner verlaufenen Kuh an. Ein paar Minuten später blickte ich zerstreut auf und sah den Krieger im Kreis der Bauern stehen. Offensichtlich wartete er darauf, daß ich fertig war. »Gibt es irgend etwas?« fragte ich.

»Ich würde gern mit dir sprechen, my Lady, wenn du frei bist«, gab er zurück.

»Aber natürlich. Ist es dringend? Das hier kann noch eine Weile dauern.«

»Ich warte.« Er schaute sehr ernst drein, und von seinem höflichen Lächeln, das er gewöhnlich zeigte, war keine Spur zu sehen. Der alte Mann hustete und erzählte weiter von seiner Kuh, und ich hörte zu und fühlte mich deutlich ungemütlich. Gawain warf einen Blick auf die anderen, die auch noch darauf warteten, angehört zu werden, ging dann hinüber und setzte sich zu Gwyn. Nach kurzer Zeit hörte ich ihn durch die Einzelheiten über Kühe hindurch singen. Jemand mußte ihm die Harfe gegeben haben.

»Also,« fuhr der alte Bauer fort, »ich hab' sie auf dem Markt gesehen, hab' ich. In Baddon, am letzten Sonntag war das. Es war meine eigene Kuh, Erdbeere. Aber dieser Kerl – der Hund, der lügnerische –, der hat gesagt, es wäre seine Kuh! Aber er muß sie an der Straße gefunden haben, und dann hat er sie mitgenommen, das hat er, und . . .«

Gawain sang:

Der Brombeer weiße Blüte,
der Himbeerblüte süßer Duft,
lieblichste unter den Blumen im Licht
das ist sie – meiner Augen Trost.

»Und dieser Mann, der ist verrückt, hochedle Dame, daß er behauptet, daß meine Kuh seine ist. Kann ich was dafür, wenn er seine Kühe nicht beisammenhalten kann? Du kennst mich gut. Schon zwanzig Jahre bestell' ich das Feld für Camlann, und ich schwöre, daß es meine eigene Kuh ist, die ich selbst aufgezogen hab', und meine Verwandten und Nachbarn, die können . . .«

Sie ist mein Herz und mein Geheimnis,
duftende Blüte des Apfelbaums.
Sie ist der Sommer, der Glanz der Sonne,
und es erleuchtet ihr Licht den Winter.

Ich preßte meine Hand an den Kopf und spürte, wie die Kopfschmerzen kamen. Gut, so erinnerte ich mich selbst, daß normale Leute wie diese Bauern uns genug vertrauten, um zu uns zu kommen und sich Gerechtigkeit zu holen – aber ich wünschte mir, sie würden es nicht jetzt genau in diesem Augenblick tun und nicht auf so langwierige Weise. Ich erkannte die Melodie des Liedes, obwohl ich die Worte noch nie gehört hatte. Bedwyr summte sie schon seit Wochen.

Schließlich hatte ich das Problem mit der Kuh und den Weiderechten eines anderen und den verängstigten Schafen noch eines anderen gelöst und konnte hinüber in die Ecke gehen, wo Gawain mit den anderen saß. Ich lächelte sie alle an, und Gawain stand auf und verbeugte sich. Gwyn, der die Harfe hielt, lächelte in diesem Augenblick auch und stellte das Instrument ab, um es seinem Vater nachzutun.

Ich bot ihm mit einer Handbewegung an, sitzen zu bleiben. »Keine unnötige Höflichkeit, Gwyn – ich muß nur mit deinem Vater reden, wenn du auf seine Gesellschaft einen Augenblick verzichten kannst.«

Da allerdings stand Gwyn schon. Er verbeugte sich. »Könntest du nicht bleiben und hier mit ihm reden, my Lady? Wenn es sich um eine wichtige Angelegenheit handelt, dann wären wir nicht gestört, und wir wären gern in deiner Gesellschaft, wenn es besprochen ist. Es ist schon zu lange her, seit jemand dich hat singen hören.«

»Eine Gnade, über die ihr euch alle freuen müßt«, gab ich zurück. »Aber ich glaube, diese Angelegenheit ist vertraulich – glücklicherweise für dich. Sonst würde ich vielleicht dein großzügiges Angebot annehmen und dein schönes Harfespiel dadurch verderben, daß ich versuche, eine Melodie dazu zu krächzen.«

Wir gingen die Halle hinunter, Gawain und ich. Gawain blieb in der Tür stehen und horchte, während sein Sohn zu singen begann. Gwyns Stimme hatte sich vom Quietschen eines Heranwachsenden zu einem tiefen Tenor umgewandelt. Er war jetzt fünfzehn und kein Kind mehr. Schon jetzt war er so hochgewachsen wie sein Vater. Gawain lächelte, warf noch einen Blick in die Halle und ging dann energisch hinaus in die Sonne. Ich folgte ihm.

Es war einer dieser Frühlingstage, bei denen man das Gefühl hat, als ob die Barrieren zwischen Welten gefallen wären und als ob Britannien zum Königreich des Sommers geworden wäre. Die Luft war weich und süß, das Gras unmöglich grün, und der Himmel wirkte lebendig vom Licht. Die Lerchen sangen, und selbst die paar Hühner, die in der Festung umherliefen, streckten sich und schlugen mit den Flügeln, als ob auch sie im Himmel schweben wollten. Meine Stimmung hob sich. Vielleicht irrte ich mich in dem, was Gawain wohl mit mir besprechen wollte. Aber als ich ein paar Takte von dem Lied summte, das er gerade in der Halle gespielt hatte, da schaute er mich scharf an.

»Cei war in der Halle«, sagte er, »also ist mein Haus leer, my Lady, wenn du Zeit hast für eine private Unterredung.«

»Danke, edler Herr«, antwortete ich und versuchte, wieder härter zu werden. »Gehen wir also dorthin.«

Er bot mir Wein an, als wir da waren, und ich nahm einen Schluck. Er schenkte auch sich einen Becher ein, stellte ihn aber unberührt auf den Tisch beim Feuer und saß einen Augenblick nur da und schaute mich mit dem gleichen dunklen, ernsten Ausdruck an.

»Also«, sagte ich und fühlte mich völlig leer und fast uninteressiert daran, wie es jetzt tatsächlich geschehen würde – jetzt, wo ein Freund mir die direkte Frage stellte. »Was gibt es?«

Er schaute schnell weg. »My Lady, letzte Woche, als mein Sohn und ich von unserer Reise nach Powys zurückkamen, stellten wir fest, daß in Camlann noch immer dieses neue Gerücht umgeht. Wir waren überrascht, daß es noch nicht entkräftet worden war, besonders nachdem Bedwyr deswegen einen Zweikampf ausgefochten hat.« Er hielt inne, schaute mich an und wartete. Ich sagte nichts, und nach einer Weile fuhr er fort. »Medraut kam zu mir und sprach unter vier Augen mit mir darüber. Er ist sehr befriedigt darüber. Er sagt, es sei wahr.«

»Jeder weiß, daß Medraut alle Gerüchte auf die Reise schickt«, gab ich zurück. »Warum solltest du diesem Gerücht besondere Aufmerksamkeit schenken?«

Er stand schnell auf und ging zur Tür, die wegen des besseren Lichts offen stand. Er lehnte sich an den Türrahmen und schaute hinaus auf die Mauern und die fernen Felder. »My Lady», sagte er mit tiefer, gequälter Stimme, »spiel mir nichts vor. Ich weiß, daß die Hälfte der Geschichte eine Lüge ist. Medraut hat das zugegeben. Aber er sagt auch, daß ein Teil davon nichtsdestoweniger die Wahrheit ist. Und ich kenne Bedwyr seit vielen Jahren, und ich weiß . . . was möglich wäre. Und Medraut kann mir gegenüber nicht lügen.«

Ich hatte in meiner Phantasie diese Entdeckung schon tausendmal durchlebt, und die Wirklichkeit hinterließ in mir jetzt einfach ein müdes Gefühl oder – seltsamerweise – auch ein Gefühl der Erleichterung.

»Warum ist er zu dir gegangen und hat dir all das erzählt?« fragte ich. »Und warum sollte er unfähig sein, dich anzulügen?«

»Er kommt tatsächlich manchmal zu mir, um zu reden – wenn auch nur sehr selten. Du weißt das, my Lady. Ich bin der einzige, den er nicht belügen kann, und ich glaube, das gibt ihm irgendwie Erleichterung. Und ich kannte unsere Mutter genauso gut wie er. My Lady, ist die Geschichte wahr?«

Ich war still. Er drehte sich um und schaute mich an. Ich spürte, wie mein Gesicht langsam heiß wurde, und stand auf. »Ich möchte gehen«, sagte ich ihm.

»Nein, ich bitte dich, warte. My Lady, um der Freundschaft willen, die zwischen uns geherrscht hat, setz dich.«

Ich setzte mich wieder, und er ließ sich mir gegenüber nieder. Er wirkte sehr abwesend, sehr angespannt und unglücklich, und ich spürte etwas in der Leere, die in mir herrschte: Mitleid. Mitleid mit ihm und ein tieferes, quälenderes Mitleid mit Artus. »Es ist wahr«, sagte ich mit leiser Stimme. Ich nahm einen Schluck Wein. »Ich habe mit Bedwyr geschlafen. Der Rest – die angeblichen Intrigen und der Verrat – das ist falsch. Aber das andere ist wahr.«

Eine lange Minute war er still. Dann sagte er leidenschaftlich: »Du mußt es beenden!«

»O Gott!« antwortete ich. »Wenn wir nur könnten! Aber wir – ich bin nicht stark genug. Wir haben es versucht, aber es hat keinen Zweck. Wir brauchen einander.«

»Aber, my Lady – mein Herr Artus, dein Mann, weißt du, was das für ihn bedeuten wird, wenn er es herausfindet? Und weiterhin – du mußt doch wissen, daß die ›Familie‹ nie glauben würde, du wärest in dem einen schuldig und in dem anderen nicht. Die Männer werden sagen: ›Die Kaiserin und der ausländische Feldherr haben geplant, den gesetzmäßigen Kaiser zu stürzen!‹ Und damit werfen sie Ehebruch und Verrat in einen Topf. Wir werden dich verlieren, und Bedwyr. Und das Vertrauen in alle, die noch bleiben, wird auch verlorengehen – alles auf einen Schlag. My Lady, wie kannst du so etwas tun? Das ist die Bresche im Schilderwall, und Medraut weiß es. Er wird da angreifen, und unser Schutz wird sich auflösen wie Nebel vor dem Wind.«

Ich schaute den Tisch an, zog die Schultern hoch und fühlte mich gleichzeitig heiß und kalt. Mein Wein stand da, der bronzene Becher, auf den in Silber Vögel getrieben waren. Gawain hatte ihn von irgendeinem irischen König bekommen. Ich nahm ihn auf und trank ein wenig von dem Wein. Ich war zu angewidert von mir selbst, um zu sprechen. Ich sollte es beenden. Ich sollte Gawain sagen, ich würde es tun – morgen. Und dann würde ich sehen . . . aber ich wußte, es war unmöglich. Ich konnte es nicht. Ich konnte mich danach sehnen, zur Sicherheit des Reiches und zu Artus' Glück – aber das war alles. »Mein Freund«, sagte ich, »die Liebe hat dich einmal zu einem Eidbrüchigen gemacht, und mir hat sie nicht weniger angetan. Ich kann nicht aufhören. Bitte versuch mich zu verstehen.«

»My Lady«, Gawain streckte die Hand aus und berührte meine Finger. Ich blickte auf. Das Elend war jetzt deutlich auf seinem Gesicht zu sehen, und die Abwesenheit verschwand. »Was kann man tun?«

»Du mußt es natürlich Artus sagen«, erwiderte ich, schluckte dann und räusperte mich, denn meine Stimme war rauh.

»Ich könnte dich nicht verraten.«

Das überraschte mich. Ich starrte ihn an und sah, daß er es ehrlich meinte. Das tat weh. »Du mußt«, wiederholte ich. »Es ist deine Pflicht deinem Herrn gegenüber. Und es ist besser, daß Artus es von dir erfährt als von Medraut und seinen Freunden. Es ist besser, daß er es unter vier Augen erfährt und daß er Schritte unternehmen kann, um die Auswirkungen zu mildern, die die Nachricht haben wird.« Er schaute mich weiterhin an, ohne mir zuzustimmen. »Gawain, es ist sicher, daß die Angelegenheit irgendwie mit der Zeit herauskommen wird. Wenn du sie nicht verrätst, dann wird ein anderer es tun. Und du könntest uns nicht schlimmer verraten, als wir uns selbst schon verraten haben.«

Er schüttelte den Kopf. »Ich bin dein Freund gewesen, hoffe ich, und deine Freundschaft hat mir viel bedeutet. Mein Sohn betet dich mehr an als die gesegnete Jungfrau. Und Bedwyr ist mir ein Bruder gewesen, seit ich nach Camlann gekommen bin, auch wenn er in den letzten Monaten Angst hatte, mit mir zu reden. Wie kann ich dich verraten und dir Unehre, Exil oder Tod bringen? Und wie könnte ich meinem Herrn erzählen, daß seine Frau und sein bester Freund ihm untreu sind? Wenn diese Angelegenheit sowieso entdeckt wird, dann soll sie entdeckt werden, ohne daß ich Verrat üben muß. Aber ich bitte dich, my Lady, wie du deinen Mann und deine Freunde und das Königreich liebst, beende diese Verbindung. Ich würde Bedwyr beschwören, aber wenn du mich kaum anhörst, dann weiß ich, daß er mich auch nicht anhören würde.«

Er war so verzweifelt, so eingefangen von seiner Liebe zu uns allen, daß ich sagte: »Ich will es versuchen.« Halb glaubte ich es selbst. Ich wünschte, ich wäre tot gewesen. Irgendwie nahm ich an, das wäre besser gewesen. Es wäre mit Sicherheit ein besseres Ende für unsere Probleme gewesen als die Entdekkung. Aber es gab blinde Hoffnungen und unmittelbare Notwendigkeiten, die mir jeden Tag gegenübertraten, und ich hatte nicht den Wunsch, mich umzubringen. Bedwyr und ich konnten vielleicht trotz allem die anderen mit Erfolg hinters

Licht führen, oder die Situation in Camlann besserte sich auch vielleicht, und wir konnten dann unsere Verbindung beenden.

Ich trank den Wein aus, versuchte mich wieder in die Gewalt zu bekommen und ging dann mit Gawain zurück zur Halle.

Ich hatte für diesen Nachmittag ein Treffen mit Bedwyr vereinbart. Camlann war groß, und viel Land lag eingeschlossen innerhalb seiner Mauern. Ein Teil dieses Landes war nicht bebaut, und ein paar verstreute Bäume, junge Eichen, Birken oder Eschen, zogen sich im Osten den Hang hinauf. Ich wußte, daß an diesem Nachmittag niemand seine Schweine oder sein Vieh dort hintrieb, und es gab einen Lagerschuppen, der an der Mauer angebaut war. Dort wollte ich Bedwyr treffen. Er war da, schon bevor ich angekommen war. Ich hörte ihn das Lied summen, das Gawain gespielt hatte, während ich den Hügel herabkam, und mein Herz hämmerte.

Bedwyr saß auf einem Baumstumpf vor dem Schuppen und hielt in der einen Hand die weiße Schwungfeder irgendeines Vogels. Er drehte sie hin und her. Er hörte meine Schritte in den Resten der Blätter des vergangenen Jahres und stand auf. Sein Gesicht erleuchtete sich von seinem warmen Lächeln. Der Wind wehte durch die Bäume, und die Sonne tanzte in den Zweigen, und ich wußte, es war hoffnungslos. Ich konnte ihm nicht einfach sagen, es sei vorüber, und dann wieder weggehen.

»Gawain weiß es«, sagte ich, während ich an ihn herantrat. »Aber er wird es niemandem sagen. Er will uns nicht verraten. Aber er bittet uns, ein Ende zu machen.«

Bedwyrs Lächeln verschwand. Aber schon legte er seine Arme um mich. Ich lehnte die Hand an seine Schulter. Ich fühlte die Sonne warm auf meinem Rücken und sehnte mich nach einem Augenblick des Lichts und der Freude unter den Schatten. »Wir müssen es beenden«, flüsterte ich.

»Wir müssen«, gab er zurück, aber keiner von uns bewegte sich.

7

Anfang Juni verließ Artus Camlann, um den König von Elmet zu besuchen, der sich mit dem König der Ostangeln stritt, aber nicht den Wunsch hatte, uns den Streit zur offiziellen Schlichtung vorzutragen. Bedwyr und ich waren wieder einmal mit der Verantwortung über die Burg allein, und überraschenderweise blieb auch Gawain. Artus wollte dem Krieger eine Ruhepause geben, und er hoffte, Gawain würde ein Auge auf seinen Bruder halten.

Die Spannung in der Festung wurde unerträglich. Einige von Medrauts Gefolgsleuten hatten vielleicht sogar den Verdacht, daß Bedwyr und ich vorhatten, die Macht zu ergreifen, während Artus unterwegs war. Jedenfalls gab es, kurz nachdem Artus abgereist war, einen Zweikampf, und einer aus der Gruppe unserer Getreuen wurde getötet. Sein Gegner war schwer verletzt, und wir ließen ihn zu Gruffydd bringen, damit er versorgt wurde. Danach brachen fast weitere Gewalttätigkeiten auf. Wo Gruffydds Sympathien lagen, das war überall gut bekannt, und viele der Männer glaubten, er würde den Verwundeten entweder vergiften oder ihn vernachlässigen und so sterben lassen. Am Ende schafften es Bedwyr und ich, die Angelegenheit ohne weitere Kämpfe zu schlichten – wir verkündeten, daß Artus den Mann nach seiner Rückkehr richten würde. Wir verbaten es Medrauts Partei, eine Wache aufzustellen, und wir erlaubten es den Freunden des Mannes, inoffiziell bei ihm zu bleiben, bis es ihm gut genug ging, daß er in das Haus eines Freundes getragen werden konnte. Wenigstens mußten wir ihn nicht wie einen Gefangenen halten. Er war viel zu krank, um zu fliehen. Dennoch wurde in der Burg geflüstert und gemurrt, und Bemerkungen wie »gerissene Hure« und »fremder Emporkömmling« waren hinter unserem Rücken zu hören. Es gab keine weiteren Zweikämpfe mehr, aber das beruhte größtenteils auf der Tatsache, daß die Anspannung so groß geworden war, daß die beiden Parteien einander nicht mehr einzeln oder zu zweien beleidigten. Der nächste Streit, das hatte ich im Gefühl, würde nicht nur in einem Duell enden, sondern in einem bewaffneten Konflikt überall in der Burg. Aber ich glaubte nicht, daß Medraut dafür schon vorbereitet war, also wartete ich wie er und schwieg.

Etwa zwei Wochen, nachdem Artus abgereist war, kurz bevor er wieder zurückerwartet wurde, ordnete ich an, daß ein Fest gefeiert wurde. Die Spannung war ein bißchen abgeebbt, und ich dachte, daß ein Fest mit Liedern über den alten Krieg vielleicht die Erinnerung an die alte Kameradschaft zurückbrachte und alle sich weiter beruhigten. Außerdem konnten die Frauen, da es ja ein privates Fest war, die Tische mit ihren Männern teilen und würden ohne Zweifel dazu beitragen, daß die Stimmung sich weiter lockerte.

Zuerst ging alles sehr gut. Cei hatte um die Erlaubnis gebeten, seine Geliebte, Maire, neben ihm sitzen zu lassen, und sie erschien auch in ihrem besten Kleid und behängt mit etwas geborgtem Schmuck. Sie war so aufgeregt wie ein kleines Kind und lachte entzückt über jede Kleinigkeit. Fast alle am Hohen Tisch fingen auch an zu lachen, und als das Mahl vorüber war, hatten wir schon mehrere alte Preislieder von Taliesin gehört. Es schien fast, als ob Medraut nie nach Camlann gekommen wäre, obwohl er schweigend in unserer Mitte saß. Auch die unteren Tische hallten von Gelächter und Witzen und von alten Schlachten, die noch einmal durchgekämpft wurden. Taliesin kam und setzte sich ans Ende des Hohen Tisches und lächelte, er sei müde vom Singen, und jetzt sei jemand anders an der Reihe. Gawain lachte und spielte irgendein irisches Lied über den Frühling, das er vor einer Weile in die britische Sprache übersetzt hatte. Dann bot er die Harfe Bedwyr an. Bedwyr war in außergewöhnlich guter Stimmung. Er nahm sie, lächelte und sagte: »Ich soll also als erster nach dir spielen und mich zum Narren machen? Warum gibst du das Instrument nicht an Cei weiter, damit er sich blamiert? Aber wenn ich muß ...« Und dann spielte er einhändig ein Lied – ein lateinisches Gedicht, das ich gern mochte. Bedwyr hatte keine gute Stimme, aber sein Harfespiel war ausgezeichnet: Sparsam, schwierig, kraftvoll. Als er fertig war, bot er mir die Harfe an. Aber das Harfespiel gehörte zu den Dingen, die ich zugunsten des Lesens vernachlässigt hatte, als ich noch jung gewesen war. Also lehnte ich ab und gab statt dessen die Harfe Medraut, der zu meiner Linken saß.

Medraut nahm sie, lächelte mit aller Höflichkeit und fing an, das Präludium zur Geschichte von Blodeuwedd zu spielen – einem Lied über eine Ehebrecherin. Ostentativ warf er mir einen Blick zu, ehe er tatsächlich zu singen begann, schaute allerdings ungetrübt drein. Er machte eine Pause, gerade lange genug, daß jeder sie bemerkte, der zuhörte. Dann fing er an, etwas anderes zu spielen. Er machte das sehr geschickt. Es war eine Andeutung, die für jeden vollkommen zu durchschauen war, ohne daß er ein Wort sagte. Ich konnte nur ruhig dreinschauen und lächeln und so tun, als ob ich zu unschuldig wäre, um es zu bemerken.

Als Medraut mit seinem Lied zu Ende war und die Harfe Gwyn anbot, der nebem ihm saß, da nahm Gwyn das Instrument mit sehr ernstem Blick an. Er zupfte zögernd an den Saiten, als ob sie verstimmt wären, und blickte dann entschlossen auf. »Ich sehe nicht ein, warum du das erste Lied, das du angespielt hast, nicht zu Ende gebracht hast«, sagte er Medraut in klarer, tönender Stimme. »War die Harfe da zu falsch gestimmt?«

Medrauts Lächeln blieb unverändert, aber seine Augen glitzerten. Er hatte Gwyn leidenschaftlich gehaßt, von dem Augenblick an, als er erfuhr, daß der Junge der Sohn seines Bruders war und deshalb eher Haß als Verachtung verdiente. Zerstörerisch, wie Medraut war, hatte er offensichtliche Schwierigkeiten, diesen Haß zu verbergen. Gwyn machte natürlich keine fruchtlosen Versuche, seine Abneigung gegen Medraut zu verstecken, und zwischen den beiden herrschte eine eigentümliche Ehrlichkeit.

»Nein«, sagte Medraut. »Aber ich dachte, die Geschichte wäre zu lang, und außerdem wäre sie auch für die anwesende Gesellschaft nicht passend gewesen.«

Gwyn lächelte und zupfte noch ein paar Saiten. »Allerdings, du hättest uns alle damit gelangweilt – das Lied ist schon so oft gesungen worden, daß alle es auswendig können. Und passend ist es auch nicht, weil keine große Wahrheit darin liegt – ich habe neulich mit einem Priester gesprochen, einem gebildeten Mann. Der sagte, es sei eine heidnische Sage über die alten Götter, und es sei von vorne bis hinten falsch und übel.« Maire kicherte darüber, und einen Augenblick später klang wieder in Wellen das Gelächter von den Leuten herüber, die der Unterhaltung gefolgt waren. Gwyn schaute mich an, und sein Lächeln veränderte sich zu einem Ausdruck wunderbarer, geheimer Freude. Er teilte mit mir die Befriedigung darüber, daß Medraut beschämt worden war.

Ich lächelte zurück. Ich liebte den Jungen. »Spiel das Lied, das du neulich in der Halle gespielt hast«, schlug ich vor. »Es hatte eine wunderschöne Melodie, aber die Worte konnte ich damals nicht richtig verstehen.«

Gwyn errötete leicht. »Ach, das Lied. Es ist nichts Besonderes – aber da du mich darum bittest, my Lady, will ich es singen.«

Aus seinen Worten entnahm ich, daß er das Lied selbst komponiert hatte, und versuchte wieder ernsthaft und aufmerksam dreinzuschauen. Gwyn spielte ein kurzes Präludium und sang:

Sag, wohin gehst du? Erwacht nicht der Weißdorn?
Hoch an den Hügeln schlagen die Amseln,
breit rinnt der Bach in seinem Bette,
während der Seewind weit über Wogen
schwarzrückige Schwalben schickt aus dem Süden!
Sag, wohin gehst du?

Ich geh nach Osten, reit zu den Orten,
wo weiß vom Winter die Wasser wallen,
hastige Wasser, frisch über Felsen
wild in die Wirbel des freien Flusses,
der sich breit unter wehenden Wolken
wälzet nach Osten . . .

Ich geh, zu kämpfen, kann nicht verweilen!
Leicht flieht das Leben, flüchtig wie Frühling,
schneller als Glanz auf glitzernden Wellen.
Was also warten wir auf den Mittag,
beklagen den Tod wir wohl vor dem Winter?
Bald kommt die Kälte, kein Lenz währt für immer.

Es war in der Tat eine wunderschöne Melodie, durch die eine seltsame Tonfolge lief, die einem unerwartet wieder durch den Kopf ging, wenn man sie schon für vergessen hielt. Cei allerdings, der neben Gwyn saß, nahm die Harfe mit einem Schnaufen, als der Junge zu Ende gesungen hatte.

»Du bist mir aber einer, daß du schon vom Tod singst, kleiner Welpe«, sagte er. »Du bist ja noch nie nach Osten geritten, um dich den Sachsen gegenüberzustellen, und möge Gott geben, daß du es auch niemals brauchst. Es wäre eine verdammte Schande für einen Dichter schöner Lieder, durch ein sächsisches Schwert zu sterben.«

Gwyn lächelte. »Ich hoffe, daß der Sachse sterben würde, und nicht ich. Sing du selbst ein schönes Lied, edler Cei.«

Gerade, ehe Cei anspielen konnte, beugte sich Medraut über den Tisch nach vorn und unterbach. »Wir brauchen wohl keine Angst zu haben, daß du von einem Sachsen getötet wirst, Neffe. Ich glaube nicht, daß du von einer Schlacht viel mitkriegen würdest.«

Cei antwortete darauf, ehe Gwyn es tun konnte. »Was meinst du damit?« fragte er in dem Tonfall höflicher Neugier, die bei ihm immer andeutete, daß er Streit suchte.

Medraut lächelte verächtlich. »Selbst wenn unser junger

Held in die Schlacht reiten würde oder wenn er in einem Zweikampf irgendeinen Streit ausfechten wollte – glaubst du wirklich, daß sein Vater es ihm erlauben würde, die zarten Glieder unter feindlichen Schwertern in Gefahr zu bringen? O nein! Selbst wenn mein Bruder in den Klauen seines berühmten Schlachtenwahnsinns steckt, würde er vor väterlicher Angst zittern und die Ehre vom Schlachtfeld verjagen.«

Gwyn wurde bleich. Seine Augen glänzten. Gawain unterbrach sofort: »Du irrst dich sehr, Bruder. Weder würde ich meinem Sohn befehlen, ein Feigling zu sein, noch würde er sich, wenn ich es täte, so etwas befehlen lassen. Ich habe gesehen, wie meine Freunde in der Schlacht getötet wurden, und ich weiß gut genug, daß man manche Schmerzen ertragen muß.« Es entstand eine Pause, und Medraut und Gawain beobachten einander mit äußerlicher Ruhe; aber darunter war zu spüren, daß sie einander völlig durchschauten und daß sie unversöhnliche Gegner waren. »Natürlich«, fuhr Gawain in einem Tonfall fort, der für die gespannte Stimmung zu lässig war, »wenn mein Sohn durch einen Trick oder durch Gewalt in einen Streit verwickelt würde oder wenn er durch Verrat ermordet würde, dann wäre das etwas ganz anderes. Tod in einem Kampf unter Gleichen muß getragen werden, wie man den Tod durch Flut oder Fieber erträgt. Aber die Gesetze versprechen denen Gerechtigkeit, denen man Übles angetan hat, und um Gerechtigkeit in solch einem Fall zu erlangen, würde ich bis ans Ende der Welt gehen. Ich würde keinen Blutpreis nehmen und kein Leben auf der ganzen Welt schonen, auch wenn man mich darum bittet oder wenn man es von mir verlangt. Und das ist nur recht in Fällen von Betrug oder Verrat – aber in der Schlacht muß man der eigenen Fertigkeit vertrauen und Gottes Gnade.«

Medraut senkte den Blick. Aber Gawain fuhr fort, ihn ohne mit der Wimper zu zucken anzustarren. Gwyn sah auch unruhig zu. Seine Hand glitt durch seinen Schwertgurt und ruhte neben dem Heft seines Schwertes. »Natürlich«, sagte Medraut mit leiser Stimme. »Alle kennen deine leidenschaftliche Liebe zur Gerechtigkeit – selbst der Gerechtigkeit für eingebildete Verbrechen, Bruder. Und natürlich ist dein Sohn in der Lage, sich selbst zu verteidigen. Darin gleicht er dir – wie auch in anderen Dingen.« Er blickte wieder auf, und seine blassen Augen glänzten bösartig.

»In welchen anderen Dingen?« wollte Gwyn wissen.

Medraut lächelte grausam. »Nun, ihr habt beide eure Heimat und eure Sippe verlassen – ihr habt beide eure Mutter angefeindet, als ob sie eine Fremde gewesen wäre, und ihr habt sie beide allein sterben lassen.«

Gwyns Hand schloß sich um das Schwert. Er wollte aufspringen. Medraut fügte sofort hinzu: »Aber natürlich habe ich davon keine Ahnung. Und das Gesetz erlaubt es mir nicht, mit meinen Sippengenossen zu streiten oder Zweikämpfe mit meinen eigenen Blutsverwandten auszufechten. Ihr Herren, my Lady, unverständlicherweise werde ich plötzlich müde. Ich hoffe, ihr wollt mir die groben Worte verzeihen, die ich vielleicht gesprochen habe, und mich für den Rest des Festes entschuldigen. Gute Nacht.«

Er stand auf und verließ die Halle. Während er ging, erhob sich auch eine Anzahl anderer Krieger. Die Männer schauten verwirrt und überrascht drein und eilten hinter Medraut hinaus. Cei, der noch immer die Harfe hielt, spuckte über ihren Rückzug verächtlich aus. »Ist ihm tatsächlich doch einmal die Geduld gerissen«, bemerkte er. »Na, jetzt sind wir sie gut los.« Er schlug ein rauhes Marschlied an. Gwyn saß da und schaute hinter Medraut her. Er umkrampfte mehrmals das Heft seines Schwertes. Dann wandte er den Kopf ab. Gawain betrachtete ihn schweigend und mit Besorgnis.

Als das Fest vorüber war, stimmte ich nicht mit Ceis Ansicht überein, daß Medraut einfach in Wut geraten war, als er einem Zweikampf mit Gwyn so nah gewesen war. Sicher, er haßte den Jungen und konnte seinen Haß nicht verbergen. Aber Medraut sagte oder tat selten etwas, das nicht von seiner persönlichen Politik diktiert wurde. Ich konnte das alles nicht ganz glauben. Ich hatte nie das Gesicht hinter der goldenen Maske gesehen, und ich glaubte auch nicht, daß ich es jetzt gesehen hätte. Wenn Artus dagewesen wäre, dann hätten wir stundenlang über das gesprochen, was passiert war. Irgendwie freute ich mich darüber, daß er abwesend war und daß ich nicht mit ihm darüber sprechen mußte. Aber die reine Gewohnheit, die mit diesen Unterhaltungen verbunden war, ließ mich nicht zur Ruhe kommen. Das Haus schien mir sehr kalt und leer ohne meinen Mann, der am Schreibtisch saß und darauf wartete, daß ich hereinkam. Durch die angespannte Stimmung und die viele zusätzliche Arbeit hatte ich in den letzten Tagen nicht viel Zeit hier verbracht, und so war das Haus sauber geputzt und ohne jeden Charakter wie eine Gästeunterkunft. Ich setzte mich auf das Bett, löste mein Haar und kämmte es aus. Dann fand ich, daß ich zu angespannt war und Artus zu sehr vermißte, um mich hinzulegen und auszuruhen. Ich ging ins Besprechungszimmer und schaute mir ein paar Papiere auf dem Schreibtisch an. Aber ich konnte mich nicht konzentrieren. Ich saß da und starrte die Lampe an, bis alles um das Blau ihrer Flamme herum schwarz war, und ich dachte über die Szene nach, die gerade vergangen war, und über andere Szenen, und ich konnte keine Schlüsse daraus ziehen. Ich löschte die Lampe und ging dann zur Tür. Draußen ragte die Halle schwarz und hoch neben dem Haus auf und verdeckte den Mond. Hinter ihrem Schatten lagen klar und offen die Wiese, die Pfade, die rundlichen Formen der Häuser. Sie wirkten im schwachen Mondlicht wie farblos gebleicht. Aber aus Bedwyrs Haus drang ein wärmerer Glanz. Das Butterblumengelb einer Lampe. Bedwyrs Diener schlief jetzt in seinem eigenen Haus, und niemand sonst war da. Ich blieb einen Augenblick stehen und schaute hin. Dann ging ich hinaus und schloß die Tür hinter mir.

Bedwyr saß auf der Schwelle seines Hauses, starrte den Mond an und sang sehr leise:

> Sie ist mein Herz und mein Geheimnis,
> duftende Blüte des Apfelbaums . . .

Er sah mich und hörte auf zu singen. Er erhob sich, trat aus dem Lampenlicht hinaus in den Mondschein, und der Mond machte ihn so bleich wie den Tod. »Ich habe mich schon gefragt, ob du kommen würdest«, sagte er. »Schön, daß du da bist.«

Der Mond hatte eine Kälte auf mein Herz gelegt, und ich zog ihn aus dem kalten Licht ins Haus. Er schloß die Tür. Das Feuer brannte hell auf dem Herd, und die Lampe warf einen sanften dämmrigen Schein durch das einfache Zimmer, über das Regal mit Büchern und die silberne Weinkanne mit den beiden Bechern, die auf dem Tisch standen. Bedwyr lächelte mich an und schenkte mir Wein ein. Während er mir den Becher reichte, sagte er: »Ich dachte mir, daß du kommen würdest, my Lady. Dein Haar ist so sehr schön.«

Ich lächelte zurück und schob mir eine Strähne aus dem Gesicht. »Du kennst mich also gut, Herr. Was meinst du, was Medraut damit erreichen wollte?«

Er lächelte noch einmal, während er mit dem Becher in der anschaute. »Ich habe gut geraten, daß du das fragen würdest. Ach, Gwynhwyfar, ich weiß es auch nicht. Ich glaube, dieses eine Mal ist er einfach nur wütend geworden. Er hat genausoviel Grund, angespannt zu sein, wie wir. In letzter Zeit hat er es nicht geschafft, weiter an Boden zu gewinnen, jetzt, wo es einfach nur noch darum geht, wem man folgen sollte – ihm oder unserem Herrn, dem Kaiser.«

»Aber seine Gefolgsleute sind ihm jetzt noch viel ergebener.«

»Richtig. Aber die Gruppe ist kleiner, als er gehofft hatte.«

»Dennoch wollte er . . . irgend etwas. Ich glaube nicht, daß er nur wütend geworden ist. Dazu ist er viel zu gerissen.«

»Vielleicht. Aber Gwyn erfüllt ihn mit Besorgnis und Zorn, noch mehr als Artus, obwohl er unseren Herrn mehr haßt. Und Gawain sagt, daß er ehrlich mit ihm ist. Da könnte er sehr gut wütend werden.«

Ich setzte mich ans Schreibpult und nippte den Wein. Im Zimmer war es warm, und es war tröstlich, zu reden, verstanden zu werden, nicht allein zu sein. »Er könnte – aber jetzt habe ich auch Angst um Gwyn. Ach, ich weiß ja, Medraut kann selbst keinen Streit mit Gwyn anfangen. Das Gesetz würde es ihm nicht erlauben, gegen seinen eigenen Neffen zu kämpfen. Aber er könnte einen seiner Gefolgsleute dazu überreden. Und Gwyn ist verletzt und zornig, und man hat ihn damit gereizt, daß er sich hinter seinem Vater versteckt. Er könnte sehr leicht zu einem Kampf provoziert werden. Will Medraut ihn vernichten? Fürchtet er die Tatsache, daß Artus Gwyn wohlgesonnen ist?«

Bedwyr schüttelte den Kopf. »Der Junge ist ja auch nicht völlig hilflos, my Lady. Schon jetzt ist er vielen Männern gewachsen, wenigstens zu Pferde. Außerdem ist er beliebt. Solch ein Streit würde Medraut wenig Gutes bringen. Und Gawain hat es deutlich gemacht, wie er einen solchen Streit ansehen würde. Ich glaube nicht, daß irgend jemand sich Gawain zum Feind wünscht. Sei ganz sicher – ich glaube nicht, daß Gwyn in Gefahr ist. Und, Taube meines Herzens, wenn an der Angelegenheit doch mehr dran ist, dann wirst du es nicht finden, indem du die Oberfläche ankratzt.«

»Nein«, sagte ich. Ich stellte fest, daß ich ihn im warmen Lampenlicht musterte – das dunkelbraune Haar, vom Grau noch unberührt, die ernsten Augen unter den geraden Augenbrauen, die Reste eines Lächelns, das sich um seine Mundwinkel eingegraben hatte. Liebe war wie etwas Festes, scharfkantig und schmerzhaft, und schnitt mir ins Herz. Wir hatten beide gewußt, daß ich nicht nur gekommen war, um über die Schrekken der Welt und die Labyrinthe der Intrigen und der Politik zu reden. Wir wollten uns beide von all diesen Dingen für kurze Zeit losmachen, wir wollten zusammen allein in unserer privaten Welt sein. Jetzt blühte diese Welt um uns. Bedwyr stellte seinen unberührten Becher Wein hin, kam nach vorn und bückte sich. Er küßte meine Augenlider. Er drehte sich mein Haar um die Finger und küßte mich noch einmal. Ich stellte meinen Becher hin, stand auf und preßte mich an ihn. Man kann sich in der Liebe verlieren; man kann die eigene

Identität, die Bindungen, die Verantwortung und alles vergessen. In der Liebe kann man alles verleugnen, was man ist und meint, denn alles wird nichts, wird zu einer anderen Welt, zu einem Traum. Bei Bedwyr war ich einfach Gwynhwyfar, nicht die Lady oder die Kaiserin, nicht alt und beladen mit Sorgen und Banden, und außerhalb der lampenerleuchteten Wände seines Hauses war nichts. Er löste die Bänder an meinem Kleid und zog mich auf das Bett hinab.

Und dann zerbrach unsere Welt in tausend Stücke.

Die Lampe und das Feuer flammten auf, flackerten von einem plötzlichen Windstoß, und der kalte Geruch der Nacht kam herein. Ein Ruf schallte, weitere Rufe. Bedwyr rollte von mir herunter und stand auf. Er packte das Schwert, das neben dem Bett lag, und duckte sich zwischen mir und der Tür. Ich setzte mich auf, versuchte voller Verwirrung, mein Kleid zurückzuziehen, und hörte Medrauts Stimme, die triumphierend rief: »Sie ist da! Seht!«

Das Licht flackerte wie wahnsinnig. »Was willst du hier?« wollte Bedwyr wissen. »Geh hinaus! Oder soll ich dich umbringen, wie ich Ruadh umgebracht habe?«

»Wer ist die Frau, die bei dir ist?« schrie eine andere Stimme. »Warum versteckst du sie?«

Schritte drängten vorwärts; Bedwyr trat gegen das Bett zurück und schüttelte die Scheide von seinem Schwert. Das blendende Feuerlicht fing sich im Stahl und ließ ihn flammen wie die Sonne. »Entwaffnet ihn!« rief Medraut. »Er ist des Verrats schuldig!«

»Mörder! Usurpator! Verräter!« schallten andere Stimmen. Stahl blitzte.

Ich warf die Decke ab und stand auf. Ich schob mich an Bedwyr vorüber. Im Raum wurde es plötzlich sehr still. Ich schüttelte das Haar aus den Augen und zog mein Kleid hoch.

Ungefähr ein Dutzend Männer drängten durch die Tür herein, und Medraut war an ihrer Spitze. Sein Auge war vom Triumph gerötet, und er hatte das Schwert gezogen. Ich ließ meine Blicke über ihn und seine Zeugen gleiten und sah Gwyn in der vordersten Reihe. Er hatte ein weißes Gesicht vor Schrecken, und es war ein Schrecken, der auch mich sofort traf, so daß ich mir wünschte, ich könnte in die Erde versinken. Als mein Blick Gwyns Augen begegnete, wurde er purpurrot und versuchte, durch die hereindrängenden Menschen wieder rückwärts hinauszugehen. Aber er konnte es nicht. Ich schaute weg, sah noch ein paar entsetzte, bekümmerte Gesichter in der Menge, Männer, die meine Freunde gewesen waren, die mich geehrt hatten. Medrauts Plan war mit Sorgfalt durchgeführt worden. Ich hatte sie verraten, und jetzt, wo ich es sah, war ich so krank vor Scham, daß ich einen Augenblick lang nicht sprechen konnte. Ich schaute wieder Medraut an.

»Du hast mit ihnen gewettet, daß ich hier sein würde«, sagte ich, verblüfft darüber, daß ich meine Stimme beherrschte. »Und die Gruppe, die dir folgt, hat lauthals behauptet, ich wäre schuldig, und meine Freunde, daß ich unschuldig wäre. Dann habt ihr euch darauf geeinigt, es nachzuprüfen. Und du hast diese Prüfung vorgeschlagen, wie du es schon die ganze Zeit tun wolltest. Nun, du hast gewonnen. Aber«, ich schaute zu Gwyn und den anderen hinüber, »nicht alles an deiner Geschichte ist wahr, nicht alles, wenn auch dieser Teil stimmt.«

Die Röte verschwand langsam aus Medrauts Gesicht. Er spuckte aus. »Du lügnerische, verfluchte Hure!« sagte er. »Tust du noch immer unschuldig?«

Bedwyr trat neben mich – nur sein Schwertarm, der sich hob und die Waffe im Winkel vor sich hinstreckte, war angriffsbereit. Ich nahm seinen Arm und preßte ihn. Ich spürte, wie sein Blick verwirrt auf mir lag, aber ich wollte ihn nicht anschauen. »Ich bin des Ehebruchs schuldig«, erklärte ich ihnen allen. »Aber vor Gott, dem Herrn des Himmels und der Erde, sind wir beide unschuldig an dem anderen Verrat, den das Gerücht uns zuschreibt. Wir haben niemals unserem Herrn Artus oder seinem Reich Böses gewünscht, und wir haben nie geplant, die Macht für uns selbst zu gewinnen. Jetzt könnt ihr uns mitnehmen und bestrafen, wie ihr wollt, denn wir verdienen alles, was ihr uns antun wollt, das streite ich nicht ab. Aber, meine

Freunde, wenn ihr mich je im Leben angehört habt, dann hört mich jetzt an: Medraut ap Lot plant den Untergang für uns alle, und wenn ihr ihm früher mißtraut habt, dann mißtraut ihm jetzt noch mehr. Laßt mich jetzt zurück zu meinem Haus gehen, damit ich den Urteilsspruch von meinem Herrn, dem Kaiser, erwarten kann.«

Medraut versuchte, auf mich loszustürzen und mich zu schlagen, aber einer seiner Freunde hielt ihn zurück. Seine Eleganz und sein verächtliches Lächeln waren verschwunden. Er hatte jetzt ein rotes Gesicht, war zornig und aufgeregt, war mir völlig fremd. »Die Lügnerin, die ehebrecherische Verräterin!« zischte er und spuckte uns an. »Wir haben sie beide erwischt, auf frischer Tat, wie sie einander in den Armen lagen und keuchten und ihren wahren Herrn betrogen, und noch immer ist sie hochmütig!«

Medrauts Freunde stießen ein Gebrüll aus und drängten nach vorn. Ich ließ Bedwyrs Arm los und ging auf sie zu. Ich wagte es nicht, Bedwyr anzuschauen. Seine Leidenschaft hatte ihn wieder betrogen, und ich wußte, daß er bereit war, gegen sie zu kämpfen und ohne Zweifel im Kampf gegen sie zu sterben. Aber das war das letzte, was wir tun sollten. Wir mußten unser Urteil abwarten, verurteilt werden für das, was wir getan hatten, und überall in der Burg mußte man die wahre Geschichte erfahren, so daß die Leute wußten, daß weiter nichts geschehen war. Ich war wieder ich selbst, war wieder das, was die Natur und der Zufall und die Zeit und die Macht aus mir gemacht hatten. Ich konnte klar denken. Als ich bei Medraut angekommen war, traten seine Gefolgsleute ein bißchen zurück und starrten mich an. Sie haßten mich, aber ich wußte: Ich konnte befehlen, und sie würden gehorchen.

»Ich muß jetzt eure Gefangene werden«, sagte ich, »wie auch der Herr Bedwyr. Wo ist Cei?«

Ein Gemurmel. »Wir nehmen dich gefangen!« sagte Medraut scharf.

»Cei ist der Befehlshaber der Fußtruppen, er hat den höchsten Rang nach Bedwyr und mir. Jetzt ist er notwendigerweise

Befehlshaber dieser Burg und nicht du, Medraut ap Lot. Er soll dafür sorgen, daß wir bewacht werden – oder hältst du ihn auch für einen Verräter? Sag mir, Medraut – schlafe ich deiner Meinung nach auch mit ihm? Du hast so viele Lügen um mich herum gewunden, daß ich sie einfach nicht alle im Kopf behalten kann.«

»Du ... du arrogante, unverschämte ... willst du abstreiten, kannst du abstreiten, bei was wir dich ertappt haben?«

»Ich bin in einem schuldig, aber nur in einem. Oder, wenn es mehr gibt, dann soll mein Herr darüber entscheiden, und nicht du. Laß mich jetzt zurück zu meinem Haus, und warte auf seine Rückkehr. Ich bin gewillt zu sterben, wenn er das will. Aber ich schwöre es noch einmal vor euch allen, daß ich nie gewünscht oder gehofft habe, daß irgendein anderer an seiner Stelle den Purpur tragen soll. Ich war schwach, ich sehnte mich nach Trost, und Herr Bedwyr hat ihn mir gegeben. Das war alles. Jetzt aber wißt ihr genausogut wie ich, daß ihr nicht über uns richten könnt. Ihr könnt nur darauf warten, daß der Kaiser zurückkehrt.« Hinter mir hörte ich einen leisen Plumps, und meine Knie gaben vor Erleichterung fast nach. Bedwyr hatte sein Schwert beiseite geworfen. Ich fuhr zuversichtlicher fort: »Du, Rhuawn, und du, Goronwy, ihr könnt kommen und mich bewachen, damit ich mich nicht in meiner Verzweiflung noch vor dem Morgen aufhänge, was Medraut ohne Zweifel befürchtet. Will jetzt jemand Cei holen?«

»Ich ... ich hole ihn«, sagte Gwyn. »Und ich hole auch meinen Vater.« Er drehte sich um, schob sich durch die anderen und war verschwunden.

Medraut starrte mich mit leidenschaftlichem Haß an. »Du gibst noch immer Befehle? Das wird sich bald genug ändern.«

Ich sagte nichts. Ich ging nur auf die Reihe der Männer zu, und sie machten mir Platz. »Gwynhwyfar«, sagte Bedwyr hinter mir. Ich drehte mich um und sah, daß er vor der dunklen Ecke mit dem unordentlichen Bett stand und daß sein Schwert vor seinen Füßen brannte. Seine Hand hob sich mir entgegen, und in seinen Augen lag Schrecken und Verzweiflung.

»Wir wußten doch, daß es so kommen würde«, sagte ich ihm.

Er nickte und senkte die Hand. »Denk an das, was ich dir gesagt habe«, flüsterte er. »Es ist meine Schuld.«

Ich antwortete nicht. Ich wandte mich wieder der Tür zu. Rhuawn und Goronwy traten aus der Gruppe der anderen heraus und folgten mir nach draußen. Ich hatte sie sorgfältig ausgesucht, einen aus jeder Gruppe. So waren beide zufrieden. Aber mein klarer Kopf, die erregende Freude darüber, daß ich endlich ehrlich mit Medraut hatte reden können, verging, als ich durch die Tür trat und Bedwyr zurückließ, damit er auf die Wache wartete, die Cei ihm schicken würde. Dann schluckten mich die Tiefe meiner Schande, meiner Demütigung, und der Schrecken und die Angst vor der Zukunft. Ich wünschte mir, ich würde in dieser Nacht sterben und weder Artus noch den Tag jemals wiedersehen.

Ich sah Artus auch nicht, als er nach Camlann zurückkehrte und hörte, was passiert war. Gawain und Cei erwarteten ihn am Tor und unterrichteten ihn darüber. Zuerst weigerte er sich, es zu glauben. Aber als er sah, daß es seine Richtigkeit hatte und daß niemand es abstritt, da befahl er allen, ihn allein zu lassen. Als sie zögernd gehorchten, wendete er sein Pferd und ritt im Galopp von Camlann fort. Er kehrte erst am Mittag des nächsten Tages zurück. Dann ging er, noch immer staubbedeckt von seinem Ritt, zu Gawain und besprach mit ihm die Situation und wie man sie am besten anpacken konnte. Danach besuchte er zusammen mit Gawain Bedwyr, der unter Wachen in seinem eigenen Haus gefangengehalten wurde.

Es war Gawain, der mir das alles erzählte. Er war sofort gekommen, als Gwyn ihm von unserer Entdeckung berichtete, und er sagte kein einziges tadelndes Wort. Statt dessen besprach er sofort mit mir, wie man am besten gegen Medrauts Beschuldigung des Verrats angehen konnte. Er und Gwyn besuchten mich während der nächsten Woche immer wieder und informierten mich von den Ereignissen. Sie halfen mir zu planen und brachten mir die Listen und Papiere, um die ich bat –

denn ich war entschlossen, alles in der Burg in guter Ordnung zu hinterlassen.

»Hat Artus lange mit Bedwyr geredet?« fragte ich Gawain voller Sorgen.

Der Krieger schüttelte den Kopf. »Nein. Im Gegenteil, er hat kaum mit ihm gesprochen. Er kam ins Haus, und Bedwyr ist vor ihm auf die Knie gefallen und hat den Kopf gesenkt. Artus sagte nur: ›Erzähl mir, was geschehen ist, aber nicht mehr‹, und Bedwyr sagte: ›Es war meine Schuld, Herr, und es schmerzt mich bitterlich.‹ Artus sagte: ›Nur die Geschichte.‹ «

»War er zornig?«

»Nicht zornig. Er schaute Bedwyr an, als ob er ihn noch nie gesehen hätte. Ich habe dir gesagt, my Lady, wie es ist: Artus ist wie ein Mann, der nach einer großen Schlacht wieder zu sich kommt – wie betäubt. Er weiß weder, was er getan hat, noch was er tun wird. Bedwyr kniete vor ihm, und seine Finger krallten sich in den Staub des Fußbodens. Er hatte Angst aufzuschauen, und mein Herr Artus hat ihn nur betrachtet, wie er vielleicht ein Tier betrachten würde. Er hat versucht, zu verstehen, was das Tier will. Dann erzählte Bedwyr, er hätte dich verführt, nachdem ... nachdem du den Anschlag auf das Leben meines Bruders verübt hattest, als du krank und unglücklich warst. Er sagte, er hätte dich schon lange Zeit vorher geliebt. Und er sagte auch, du hättest oft versucht, das Verhältnis zu beenden. Er hätte dich aber immer dazu gedrängt, es fortzuführen – ist das wahr, my Lady?«

»Er übertreibt, um sich selbst die Schuld zuzuschieben. Ja, das mit der Zeit stimmt, und vielleicht auch die Art, wie die Dinge liefen. Aber er verdreht alles, um mich zu entschuldigen.«

Gawain schaute mich einen Augenblick lang genau an. Dann zuckte er die Achseln. »Er hat all das Artus erzählt, ohne aufzublicken. Er schaute ihn erst am Ende an. Dann hob er den Kopf, und sie musterten einander lange Zeit. Dann sagte Bedwyr: ›Aber du warst derjenige, den sie liebte. Nur – du hast mehr von ihr verlangt, als ein Mensch geben kann. Niemand kann immer nur ein Herrscher sein, immer stark, noch nicht einmal du oder sie. Ich habe sie bedrängt, sich ein bißchen an mich anzulehnen. Das war meine Schuld. Bestraf sie nicht dafür. Und, Herr, in allem anderen bin ich immer dein Diener gewesen – dieser Verrat ist für mich auch bitter.‹ Artus sagte nichts. Er deutete mir nur mit einer Handbewegung an, ihm zu folgen, und ließ Bedwyr auf den Knien liegend zurück.«

»Will Artus auch hierher kommen?« fragte ich sehr ruhig. Ich hatte Angst, meine Stimme zu heben. Ich hatte Angst, sie könnte von Hoffnung oder Angst falsch klingen. Ich hatte das Bedürfnis, ruhig zu bleiben.

Gawain zögerte. Dann schüttelte er den Kopf. »Ich weiß es nicht. Aber ich glaube nicht, daß er das vorhat. Er schläft jetzt in meinem Haus und will dort bleiben, bis zur Verhandlung. Er hat niemandem erzählt, was er davon hält oder welche Pläne er hat. Aber ich glaube nicht, daß er dich sehen will.«

Und er sah mich auch erst am Tag der Verhandlung. Sie fand statt etwa eine Woche nach der Entdeckung. Sie wurde in der Halle abgehalten, vor allen Einwohnern von Camlann und vielen Außenstehenden.

Am Morgen der Verhandlung kleidete ich mich besonders sorgfältig, als ob ich an einem großen Fest teilnehmen müßte. Einerseits tat ich das aus einer mutigen Stimmung heraus und andererseits, um den Zuschauern etwas zu beweisen. Ich riß die purpurnen Fransen von meinem besten Kleid ab, dem Gewand aus weißer Seide, das die lange Straße von Rom hierhergereist war. Die Seide war schwer zu zerreißen, und an den Kanten blieben zottige, herabhängende Fäden aus Purpur und Gold zurück. Ich trug keinen Schmuck, und ich nahm den Siegelring vom Finger und wickelte ihn in die Streifen aus gold- und purpurfarbener Seide ein. Dann steckte ich mir das Haar mit einer Kette aus römischen Glasperlen auf, die ich als Mädchen neben der Römischen Mauer gefunden und die ich getragen hatte, als ich nach Süden, nach Camlann ritt. Ich war überrascht, als mein Gesicht im Spiegel ziemlich genauso wie immer aussah. Noch vor einer Woche war der Purpur fast ein

Teil von mir gewesen, und jetzt stellte ich weniger dar als damals, als ich zum erstenmal nach Camlann kam. Ich hatte keine Hoffnung mehr auf die Macht und keine Sippe, zu der ich zurückkehren konnte. Selbst meine Kleidung gehörte der Kaiserin, die ich nie mehr sein würde. Ich hatte nicht mehr als mich selbst und was immer mein Herr mir in Zukunft gab.

Die Wachen klopften an die Tür. Ich legte den Spiegel beiseite und ging mit ihnen in die Halle.

Sie war voller Männer – sie quoll fast über. Keine Frauen waren anwesend, denn die Gesetze sind Angelegenheit der Männer. Als ich durch das große Tor eintrat, stieg ein Gemurmel auf, und ich konnte sehen, wie die Leute in der hintersten Reihe den Hals reckten, um mich besser sehen zu können. Ich hatte mich entschlossen, meine Erniedrigung in Demut zu tragen, da sie verdient war. Aber nichtsdestoweniger stellte ich fest, daß ich jetzt, wo es darauf ankam, stolz und zornig war. Ich hielt mich sehr gerade und ging langsam den langen Weg hinauf zum Tisch. Sie hatten die Fackeln angezündet, obwohl es Tag war, und die Strahlen des Sonnenlichtes, die durch die Balken hereinfielen, waren blau vom Rauch. Es war heiß, sowohl von der Wärme des Tages als auch von den dichtgedrängten Körpern in der Halle, und während ich ging, fühlte ich mich schwindelig. Die Gesichter in der Menge trugen keine Züge. Ich konnte das Glitzern der Waffen und Rüstungen sehen, das Weiß der Schilde, die an den Wänden aufgehängt waren, aber ich erkannte keine Freunde. Am anderen Ende der Halle, sitzend am Hohen Tisch, thronte eine Gestalt wie eine Statue. Sie wirkte unbeweglich in der Hitze und dem rauchigen Licht. Artus trug den Purpur und einen Halsreifen aus schwerem Gold, und seine rechte Hand ruhte auf der Rolle mit den Beweisen, die vor ihm auf dem Tisch lag. Das Licht brannte purpurn in dem Juwel seines Siegelrings. Sein Gesicht wirkte wie aus Stein geschnitten, und als ich herantrat, schauten seine Augen durch mich hindurch. Er begegnete weder meinem Blick, noch beantwortete er ihn, genausowenig wie die Augen eines Kaisers auf einem Mosaik.

Bedwyr stand schon vor Artus, und ich warf ihm einen Blick zu, während meine Wachen mich zu einem Platz an seiner Rechten brachten. Er sah erschöpft aus, sein Gesicht wirkte müde um den harten Schmerz in seinen Augen, und in seiner dunklen Kleidung, ohne alle Waffen und Ehrenzeichen, wirkte er eher wie ein armer Mönch als wie ein Feldherr. Er schaute mich kurz an, und etwas sprang in seinem Blick auf – Mitleid, Bedauern oder Liebe, das konnte ich nicht feststellen, denn er schaute sehr schnell wieder weg. Unsere Wachen stampften mit den Schäften ihrer Speere auf den Fußboden, und die Verhandlung begann.

Artus erhob sich und nahm die Rolle mit den Beweisen auf. »Bedwyr, Sohn den Brendan, früherer Feldherr dieser ›Familie‹, und Gwynhwyfar, Tochter des Ogyrfan, ihr seid angeklagt, die kaiserliche Majestät beleidigt zu haben, nach den Gesetzen des Reichs der Römer und von Britannien, dadurch, daß ihr Ehebruch begangen habt. Die Klage wird vorgebracht von Medraut, Sohn des Lot. Medraut, wiederhole jetzt vor diesen Zeugen die Anklage, die du gegen diese Personen führst.«

Medraut erhob sich von einem Platz an der Seite des Podiums, stand auf und trat links vor Artus. Er trug nicht seinen safranfarbenen Umhang, sondern einen, der einen Purpurstreifen hatte. Um seinen Hals lag ein Reifen, der Artus' Halsreifen ähnelte. Ehe er anfing, machte er eine Pause, um sicher zu sein, daß alle in der Halle die Ähnlichkeit zwischen Artus und ihm selbst bemerkten, ehe sie von seinen Worten abgelenkt wurden. Dann, ohne Bedwyr oder mich anzuschauen, gab er seine Fassung davon wieder, wie er den Ehebruch entdeckt hatte. Er sprach mit klarer Stimme, die gelegentlich von Kummer gefärbt war, als ob ihn solche schrecklichen Ereignisse schmerzten. Ich beobachtete Artus. Mein Mann sah sehr müde aus und noch hagerer und grauer, jetzt, wo ich nah genug war, um es zu sehen. Aber sein Gesicht blieb ausdruckslos. Ich hatte diesen Ausdruck starrer Ruhe schon oft genug gesehen, um zu wissen, was er bedeutete. Aber ich glaube, die meisten der anderen hielten ihn für kalt und unbewegt.

Ich kam mir sehr seltsam vor, so vor Artus zu stehen und zuzuhören, wie Medraut mich anklagte. Vor nicht allzu langer Zeit hatte ich noch an Artus' Stelle gesessen und anderen Gerechtigkeit ausgeteilt. Ich klammerte mich an dieses Gefühl der Seltsamkeit und des Schreckens, denn es war besser als die heiße Schande und der unwürdige Zorn auf die Demütigung und der Ekel gegenüber Medrauts glatter Ansprache, die meine Alternativen waren.

»In der Nacht, ehe diese Verbrechen entdeckt wurden, hat ein Fest stattgefunden«, sagte Medraut und kam endlich zum Ende. »Ich habe es früh verlassen, weil ich verärgert über die Korruption dieser beiden war, und auch, um einen klaren Kopf zu behalten, sollte es während der Abwesenheit meines Herrn irgendwelche Schwierigkeiten geben . . .«

»Drück dich deutlicher aus«, sagte Artus, vielleicht zum zwanzigstenmal während Medrauts Rede. Medraut hatte dauernd versucht, in irreführender Weise anzudeuten, Bedwyr und ich hätten Artus' Sturz geplant. Aber er war jedesmal unterbrochen worden, wenn Artus wissen wollte, was er meinte und welche Beweise er dafür hätte. Da er keine besaß, war er jedesmal gezwungen gewesen, seine Andeutungen wieder zurückzunehmen.

»Ich wollte auf der Hut bleiben«, sagte Medraut jetzt sofort, »falls während der Abwesenheit meines Herrn irgendwelche Schwierigkeiten auftauchten. Diese Verbrecher hätten sie dadurch, daß sie so mit ihrer verräterischen Liebe beschäftigt waren, vielleicht übersehen können.«

»Hattest du Grund, bei diesen beiden Personen Nachlässigkeit zu vermuten?«

»Nein, Herr. Aber ich dachte, es sei möglich, daß sie vielleicht unter den Umständen nachlässig würden.«

»Aha? Und vielleicht hast du auch gedacht, daß sie in irgendeinem Punkt, bei dem du ihr Gegner warst, nicht vertrauenswürdig wären? Ich glaube, einer deiner Freunde, Herr Llneawc ap Creiddawl, war zu der Zeit gefangengesetzt worden. Man hatte ihn der Majestätsbeleidigung beschuldigt.

Vielleicht hattest du den Verdacht, es könnte ihm etwas passieren?«

»Herr, ich bestätige nichts. Und mein Freund Llneawc meinte nur, diese beiden Personen seien Verbrecher, wie die Ereignisse das auch bewiesen haben.«

»In der Tat. Man berichtete mir, dein Freund hätte mich ebenfalls einen Verbrecher genannt und ein weiteres Mitglied der ›Familie‹, das meinen Namen verteidigen wollte, in einem Zweikampf getötet.«

Medraut lächelte, als ob er sich in der Halle für Artus' Taktlosigkeit entschuldigen müsse. »In der Tat, Herr, von irgendwelchen Beschuldigungen, die er gegen dich vorgebracht haben soll, weiß ich nichts. Was das betrifft, so laß es genug sein, daß ich um das Wohlergehen der Burg während deiner Abwesenheit besorgt war.«

»Deine Treue ist mir willkommen, Medraut. Du hattest also keine Beweise für weitere Verbrechen und keine Gründe, den Beschuldigten zu mißtrauen?«

Medraut zögerte. Seine Gelassenheit wurde endlich von einer leisen Andeutung von Zorn angekratzt. Dann, nachdem ihm offenbar klargeworden war, daß seine Andeutungen ihn nirgendwohin brachten, antwortete er schließlich: »Nein.«

»So«, meinte Artus. »Du hast das Fest früh verlassen – ich glaube, es war nach einem Streit mit Herrn Gwyn.«

Medrauts Zorn wurde etwas deutlicher. »Ja, Herr.«

»Aber nach dem Fest bist du an Herrn Gwyn herangetreten und hast ihm von deinem Verdacht gegen Herrn Bedwyr und Lady Gwynhwyfar erzählt.«

»Ja, Herr.«

Artus schaute auf die Rolle in seiner Hand, musterte dann wieder Medraut. »In deiner Aussage behauptest du lediglich, daß du die Situation mit einem Freund besprochen hättest, als Herr Gwyn aus der Halle trat und dich wegen deiner Behauptungen herausforderte. Jetzt aber stimmst du mit Herrn Gwyn überein und sagst, du wärst absichtlich an ihn herangetreten. Was hast du nun eigentlich wirklich getan, Medraut?«

Medraut schaute Artus hart an. Artus blieb ruhig, sein Blick war milde und forschend. Medraut neigte den Kopf. »Ich glaube, ich habe zuerst mit einem Freund gesprochen, Herr, und nachdem ich dann Herrn Gwyn sah, habe ich auch ihn angeredet.«

»Aha. Und du hast ihm gegenüber angedeutet, daß die Lady Gwynhwyfar bei Bedwyr sei?«

»Das habe ich, Herr. Gwyn hat das glattweg abgestritten, und ich schlug ihm vor, wir sollten es doch einmal genau feststellen. Wir gingen zuerst zum Haus der Lady Gwynhwyfar und erhielten keine Antwort, als wir an die Tür klopften. Und dann, nachdem wir Herrn Bedwyrs Haus betreten hatten, fanden wir die beiden . . .« Der Zorn trat plötzlich an die Oberfläche, »eng umschlungen und keuchend auf dem Bett.«

»So. Und dann hast du sie gefangengenommen?«

»Ja. Herr Bedwyr hat zuerst versucht, sich uns zu widersetzen, aber die Lady bestand darauf, daß er sich uns ergab.«

»Ich glaube, die Lady hat von dir verlangt, daß du nach Herrn Cei schickst, der bei ihrer Gefangennahme verantwortlich für die Burg sein mußte.«

»Ich habe nach Cei geschickt, Herr, sobald das Verbrechen bekannt wurde.«

»In der Tat? Ich habe hier, bewiesen durch . . . vier Zeugen, daß die Lady verlangte, daß man nach Herrn Cei schickt, während du sie beleidigt hast. Herr Cei wurde schließlich von Herrn Gwyn herbeigeführt, weil die Lady es verlangt hatte. Natürlich war es völlig in Ordnung, daß Herr Cei anwesend war, denn du hattest ja nicht die Befugnis, die beiden zu verhaften, und deine Stellung war schon dadurch unsicher, daß du in Herrn Bedwyrs Haus eingedrungen bist, ohne ihn vorher anzuklagen.«

»Herr«, sagte Medraut mit sehr kaltem Blick, »vielleicht habe ich in der Hitze des Augenblicks und in meinem Schrekken darüber, daß ich das Verbrechen des Ehebruchs buchstäblich vor meinen Augen begangen sah, unpassende Sprache benutzt und mich unpassend benommen. Wenn das der Fall war, dann schreib es meinem leidenschaftlichen Einsatz für deine Ehre zu. Ich hatte immer vor, nach Herrn Cei zu schicken.«

»Aha. Ich danke dir, Medraut. Ohne dich wäre dieses Verbrechen nie ans Licht gekommen. Hast du deinem Zeugnis noch etwas hinzuzufügen?«

Medraut zögerte wieder. Dann entschloß er sich offenbar, nichts mehr zu sagen. »Nein, Herr. Ich möchte nur noch sagen, daß ich diesen Flecken auf deiner Ehre und deinem Namen bedauere.«

»Danke. Du darfst dich setzen. Herr Gwyn!«

Gwyn, Cei und mehrere andere wurden gerufen, um Medrauts Geschichte zu bestätigen. Sie taten es so zartfühlend, wie sie konnten. Intrigen und Verrat wurden nicht weiter erwähnt.

Schließlich wurde Bedwyr aufgerufen. Er tat einen Schritt nach vorn, fiel vor Artus auf ein Knie nieder und stand dann wieder auf. Artus schob die Rolle beiseite und schaute ihn an, wie Gawain es beschrieben hatte: als ob Bedwyr ein fremdartiges, geheimnisvolles Tier sei, das er nicht verstehen konnte. »Gibst du dein Verbrechen zu?« fragte er Bedwyr.

Bedwyr neigte den Kopf. »Ja, Herr. Ich bin des Ehebruchs mit der Lady Gwynhwyfar schuldig und daher des Verrats gegen dich.« Artus betrachtete ihn und wartete, und Bedwyr hob den Kopf wieder, ehe er fortfuhr. »Ich habe die Lady schon seit langer Zeit geliebt, vielleicht fast so lange wie du selbst. Obwohl ich lange, nachdem du mit ihr verheiratet warst, nicht mit ihr reden wollte. Bei einer Gelegenheit allerdings, als du abwesend warst und sie sich einsam fühlte und schwer an ihren Sorgen trug und unter einem privaten Kummer litt, da habe ich sie überredet, mir zu vertrauen, und habe sie verführt, wie ich dir das erzählt habe. Sie hat oft versucht, sich von diesem Verbrechen abzuwenden, aber ich drängte sie, damit fortzufahren, und sie hat nachgegeben – aus Mitleid. Ich für meinen Teil, Herr, ich bin sicher, daß das, was Herr Gwyn über die Ereignisse der Nacht berichtet, wahr ist. Ich spreche nicht dagegen und streite auch nichts ab. Aber die Liebe hat mich getrieben und nicht der Wunsch, die kaiserliche Majestät zu verletzen, denn ich habe ihr mit großer Freude gedient. Mein Herr, in allem außer diesem einen hat dir mein Leben immer zur Verfügung gestanden, und diese Liebe war ein Wahnsinn, durch die ich außer mich geriet. Glaub mir, daß ich dich sonst nie betrogen habe und daß ich zufrieden bin, für diese Schuld zu sterben, wie mir das ansteht. Wenn du mich statt zum Tod zum Exil verurteilst, dann werde ich ein Kloster aufsuchen und mich dort der härtesten Buße unterziehen, die ich finden kann, um mich selbst für diese jammervolle Sünde zu strafen.«

Artus schaute seine Hände an und drehte den Siegelring an seinem Finger. Ich glaubte, ich hätte einen Schatten des Zorns über sein Gesicht gleiten sehen, aber wenn es der Fall gewesen war, dann war er schnell verschwunden. »Hast du dem irgend etwas hinzuzufügen?« fragte er Bedwyr mit ruhiger Stimme.

»Nein, Herr. Ich gebe mich damit zufrieden, deinen Urteilsspruch zu erwarten.«

Artus nickte und hob dann den Kopf. »Gwynhwyfar, Tochter des Ogyrfan«, rief er, und endlich begegnete er meinem Blick.

Ich trat nach vorn. Ich hatte vorgehabt, mich zu verbeugen, aber ich fürchtete, er würde wegschauen, wenn ich es täte. Mein Mund war trocken, und ich mußte immer wieder schlukken. Ich vergaß all die anderen, die dicht gedrängt in der Halle standen – ich vergaß die Hitze, vergaß alles außer ihm.

»Du bist angeklagt, die kaiserliche Majestät dadurch beleidigt zu haben, daß du Ehebruch mit diesem Mann begangen hast. Gibst du das zu?«

»Ja, Herr«. Ich mußte den Atem anhalten und wieder schlukken. Ich dachte darüber nach, ob ich Bedwyrs Geschichte korrigieren sollte oder nicht, und ich fragte mich, wie ich Artus sagen sollte, daß ich ihn noch immer liebte. Aber nach dieser einzigen Antwort erhob er sich und sah sich langsam in der Halle um.

»Sowohl die Lady Gwynhwyfar als auch der Herr Bedwyr haben sich der Anklage des Ehebruchs für schuldig bekannt, die Medraut, Sohn des Lot, vorgebracht hat. Gibt es jemanden, der dagegenspricht?«

Ich starrte ihn an. Ich konnte nicht glauben, daß er das Verfahren beenden wollte, ohne daß ich mehr gesagt hatte als »ja, Herr«. Aber er stand still, hielt die Rolle mit den Beweisen in der Hand und wartete. Niemand sagte etwas. In der Halle war es so still, daß ich die Schwalben hören konnte, die im Strohdach zirpten, und die Kinder, die draußen am Hang riefen.

»Dann erkläre ich sowohl Gwynhwyfar, Tochter des Ogyrfan, wie auch Bedwyr, Sohn den Brendan, der Majestätsbeleidigung für schuldig. Die Strafe dafür ist der Tod. Da beide aber dem Reich lange und treu gedient haben und da es keine Beweise dafür gibt, daß sie irgendeinen anderen Verrat begangen oder geplant haben, wandle ich jetzt den Schuldspruch für beide um. Bedwyr ap Brendan.«

Bedwyr trat nach vorn.

»Dich entkleide ich aller Ehren, Ränge und Privilegien, die dir bisher übertragen worden sind. Ich schicke dich ins Exil nach Kleinbritannien, und der Tod erwartet dich, wenn du nach einer Woche noch in irgendeinem anderen Teil meines Reiches gefunden wirst. Du magst deine Pferde mitnehmen und deine Waffen und ausreichend Lebensmittel, um dich und deinen Diener auf der Reise nach Kleinbritannien zu versorgen. Du mußt diese Burg heute nachmittag, vor Einbruch der Dämmerung, verlassen.« Bedwyr fiel wieder auf das Knie, neigte den Kopf und stand auf. »Und du, Gwynhwyfar, Tochter des Ogyrfan . . .«

Die mächtigen, großartigen Worte brachen ab, während Artus zum erstenmal zögerte und mich anschaute. Ich schrie fast zu ihm hinüber, wollte ihn bitten, mir eine Möglichkeit zu geben, mit ihm zu sprechen. Ich hatte den Drang, nach vorn zu rennen und zu seinen Füßen niederzuknien und ihm zu erklären, ihn wissen zu lassen, daß ich ihn liebte – trotz meines Ehebruchs. Aber gab es etwas, was ich sagen konnte und mit dem der Lauf dieses unverbrüchlichen Gesetzes geändert werden konnte? Sein Blick war kalt, bitter kalt. Ich konnte mich nicht bewegen. Der Ausdruck auf seinem Gesicht war nicht der gleiche, mit dem er Bedwyr betrachtet hatte. Ich sah, daß er nicht verstand, was ich getan hatte. Daß er es nicht verstehen konnte und daß die Wunde, die ihm der Verrat des Menschen, dem er am meisten getraut hatte, niemals wieder heilen konnte. Er wollte mich nicht ansehen, das sah ich. Es tat ihm weh, und ich wußte, daß er mich nicht reden hören wollte und daß ich ihn nicht mit Erklärungen quälen sollte. Ich neigte den Kopf, und er schaute über mich hinweg die Halle hinunter. Er war wieder so still und abweisend wie eine Statue.

»Gwynhwyfar, Tochter des Ogyrfan, es ist nicht ziemlich, daß eine Frau, die die kaiserliche Würde innegehabt hat, ins Exil geht oder von denen gestraft wird, die ihre Untertanen waren. Dessen eingedenk, auch, daß du weniger schuldig bist als dein Verführer, entscheide ich nur, daß du zu deiner eigenen Sippe zurückbegleitet werden sollst und unter den Schutz des Sippenältesten zurückkehrst, damit du dort den Rest deines Lebens verbringst.

Der Spruch ist gesprochen – es ist beendet.«

»Herr!« rief Bedwyr aus. Ich schaute schnell zu ihm hinüber und schüttelte den Kopf, und er verstummte. Aber er wollte auf mich zugehen, als ob er mit mir reden wollte, und mußte von seinen Wachen zurückgehalten werden. Ich verneigte mich tief vor Artus, wie Bedwyr das getan hatte. Aber ich erinnerte mich auch, wie Bedwyr, an den Brief von meinem Vetter Menw. Das Exil wäre seinem ›Schutz‹ vorzuziehen gewesen. Dieser Schutz würde mehr bedeuten als nur harte Worte: Ich konnte erwarten, daß ich geschlagen wurde und daß Menw sich alles mögliche ausdachte, um mich zu demütigen und zu unterwerfen. Ohne Zweifel würde er sich auf diese Gelegenheit stürzen.

Artus erhob sich, und die Menge hinter ihm drängte sich langsam aus der Halle. Die Leute redeten gedämpft. Der harte Ausdruck in Artus' Gesicht verwandelte sich jetzt in einen gequälten Blick, erschöpft, als ob seine Kraft ihn verließe und er nicht mehr viel länger aushalten könne. Ich wußte: Er hatte nicht vor, mich zu demütigen. Von Menw wußte er nur sehr wenig – und wahrscheinlich hatte er das wenige, das er wußte, vergessen. Die Urteilssprüche waren gnädig, erstaunlich gnädig, ausgefallen. Und ich wollte nicht bei ihm betteln und ihn bitten, den Spruch zu ändern, und ihm erklären. Er wünschte keine Erklärungen, und ich wollte mich nicht an seiner Gnade festklammern und weinen. Ich wollte die Bande der Liebe nicht ausnutzen, die vierzehn Jahre, die wir miteinander verbracht hatten, um eine Bitte zu verstärken wie ein Bettler, der eine Eiterbeule vorzeigt. Ich hatte ihm weh getan, und er wollte nichts mehr mit mir zu tun haben. Das reichte, um mich verstummen zu lassen bis zum Tod.

Als Artus vom Podium herabtreten wollte, trat Medraut vor ihn. »Herr«, sagte er, »ich bitte dich, mir zu erlauben, mein Eintreten für deine Ehre deutlich zu machen. Laß mich diese Frau zu ihrer Familie zurückgeleiten.«

Artus schaute ihn nur an.

»Ich bin zutiefst bewegt, Herr«, fuhr Medraut fort und konnte Artus nicht in die Augen schauen, »über das Unrecht, das du erlitten hast. Und ich bin eifrig darauf bedacht, weiteres Unrecht zu verhindern, indem ich dafür sorge, daß diese Frau in sicherem Gewahrsam gehalten wird und daß sie nicht ihren Wachen entschlüpft und schamlos hinter ihrem Liebhaber herrennt.«

Artus wandte sich ab und ging mit seinem langen, festen Schritt zum Ausgang hinüber. »Du redest sehr unverschämt von meiner Frau, Sohn des Lot«, warf er zu Medraut hinüber, ohne sich umzudrehen. »Aber wie du willst. Cei, wähle fünf andere, die ihn begleiten sollten – nicht Gawain und nicht dich selbst, denn euch brauche ich. Sie sollen morgen früh losreiten.«

Cei, der Artus vom Hohen Tisch hinunter gefolgt war, schaute hinter ihm her, während er durch die Menge schritt, die vor ihm dahinschmolz. Dann drehte er sich selbst um und machte ein wildes, finsteres Gesicht. Gwyn sprang vom Podium und kam zu ihm herüber. »Laß mich mit Lady Gwynhwyfars Eskorte reiten«, bat er.

Medraut warf Gwyn einen giftigen Blick zu. Aber Cei nickte ihm zu, grinste und schlug ihm auf die Schulter. Gwyn lächelte zurück und kam zu mir herüber. Er war noch immer sehr verwirrt über das, was geschehen war, aber er neigte mehr dazu, Medraut die Schuld zu geben als mir. Das war unvernünftig, aber freundlich. »Wenigstens werde ich noch eine weitere Woche oder zwei die Freude haben, in deiner Gesellschaft zu sein, my Lady«, sagte er.

Ich lächelte. Ich stellte fest, daß mein Gesicht steif war und daß es weh tat zu lächeln. Plötzlich hatte ich den Wunsch, mich irgendwo hinzusetzen und allein zu sein. Ich wollte nicht weinen, sondern einfach stillsitzen, bis der Schmerz verging. »Danke, Gwyn«, sagte ich rauh. »Herren, laßt mich zurückgehen in mein Haus, damit ich mich auf die Reise vorbereiten kann.«

Cei nickte, und ich ging mit meinen Wachen hinüber.

Ich sah Artus erst, als ich am nächsten Morgen abreiste. Es war der letzte Tag des Juni, und das Tageslicht kam früh. Die Sonne stand schon hoch, als ich mich der Gruppe, meiner Eskorte, bei den Ställen anschloß. Aber trotzdem war es noch früh. Sechs Krieger standen da: Medraut, sein Freund Rhuawn und Gwyn mit drei anderen von der Gruppe der Getreuen. Es waren auch vier Diener dabei, und unsere Gruppe hatte sechzehn Pferde. Auf mich wartete mein eigenes Pferd, meine wunderschöne, temperamentvolle kleine Fuchsstute, und sie wieherte eifrig, als sie mich sah, und schnupperte an meiner Hand und suchte nach Äpfeln. Gwyn reichte mir die Hand, um mir in den Sattel zu helfen, und wir ritten unter dem blaßblauen Himmel los. Ich hielt mich in der Mitte, und meine Eskorte flankierte mich, und die Diener kamen hinter uns mit den Packpferden. Die Leute von Camlann drängten sich dicht an der Straße, die zum Tor führte, und betrachteten unseren Zug. Zu meiner Überraschung rief jemand, sobald wir den Stall verlassen hatten, »Leb wohl, edle Dame!« Und viele an dere nahmen den Ruf auf. Eine Frau stürzte aus der Menge, zwang die Eskorte zum Halten und reichte mir einen Strauß

Rosen und ein Päckchen mit süßen Weinkuchen. »Das Glück sei mit dir, my Lady«, sagte sie, nahm meine Hand und preßte sie an ihre Stirn. Ich erkannte Eivlin, die Frau von Gawains Diener. »Besseres Glück, als du bis jetzt gehabt hast.«

»Ich danke dir«, erwiderte ich. »Leb wohl.«

Gwyn, der sie zu mir durchgelassen hatte, lächelte. Aber Medraut machte ein finsteres Gesicht und scheuchte die anderen mit einer Handbewegung zurück. Dann spornte er sein Pferd zu einem kurzen Galopp, und wir anderen waren gezwungen, ihm zu folgen. Wir ritten die Straße hinunter, an den Häusern vorbei, den offenen Feldern, hinunter zum Tor und hindurch. Ich blickte zurück zur Burg, die sich hinter ihren nackten Mauern über den Toren erhob und deren Gebäude sich bis zum fernen Strohdach der Halle hinzogen. Ich schaute immer und immer wieder zurück, während wir die Straße hinuntertrabten, bis ich die Festung zwischen den anderen Hügeln aus der Sicht verlor. Dennoch ritt ich weiter und schaute über die Schulter zurück, und ich konnte nicht glauben, daß ich meine Burg nicht länger ausmachen konnte und daß ich so leicht verlassen konnte, was ich so lange geliebt hatte.

8

Die erste Nacht unserer Reise verbrachten wir in einer befestigten Villa, ein paar Meilen südlich von Baddon. Sie war der Besitz eines Adligen, der solchen berühmten und berüchtigten Gestalten gern seine Gastfreundschaft anbot und der mich ständig mit unverschleierter, unverschämter Neugier beäugte. Ich war also froh, als ich wieder abreisen konnte.

Am nächsten Tag kamen wir bis Caer Ceri und wohnten dort beim Herrn der Festung des Ortes. Es war ein Mann, den ich einigermaßen gut kannte und der während des Krieges nützlich gewesen war. Er behandelte uns mit viel größerer Höflichkeit und gab ein Fest für uns. Von ihm erfuhr ich, daß Bedwyr am Tag zuvor in Caer Ceri durchgekommen war. Dieser Umstand wäre vielleicht unbemerkt geblieben, hätten nicht ein halbes Dutzend von Bedwyrs Freunden – die Bretonen, die Bedwyr in Artus' Dienst gefolgt waren – sich entschlossen, mit ihm den Dienst auch wieder zu verlassen und ihn bei seiner Abreise von Camlann zu begleiten. Jede Gruppe von Bewaffneten, die größer als ein halbes Dutzend ist, wird in jeder Stadt bemerkt, und man fragt danach.

»Aber verstehen kann ich es nicht«, sagte ich dem Herrn der Burg. »Ich habe nicht angenommen, daß er diesen Weg zieht. Man würde doch eher erwarten, daß er nach Caer Uifc oder nach Caer Gwent reitet und von dort ein Schiff nimmt.«

»Wahrscheinlich wird er ein Schiff von Caer Gloeu nehmen«, sagte der Adlige. »Der Flußhafen ist groß genug, und vom oberen Saefern gibt es um diese Zeit des Jahres viel Verkehr. Man kann dort schnell ein Schiff finden. Vielleicht wollte er der allgemeinen Aufmerksamkeit entgehen, indem er den größeren Häfen auswich. Mach dir keine Sorgen, edle Dame. Ich hätte es gar nicht erwähnt, aber ich glaubte, er sei vielleicht den Weg geschickt worden, und ich habe mich gefragt, welchen Grund es dafür wohl gab.«

Ich nahm mir auch vor, mir keine Sorgen darüber zu machen, obwohl ich dennoch überrascht war. Aber ich fühlte mich lethargisch und wie betäubt, und ich dachte nicht wieder darüber nach.

Am folgenden Tag nahmen wir die nordöstliche Straße, die von Caer Ceri nach Linnuis führt, wo sie in die Hauptstraße nach Ebrauc einmündet. Es war ein weiterer schöner Sommertag. Die Straße war in den Tälern von einem leichten Nebel verhangen, aber die aufsteigende Sonne löste ihn schnell auf. Die feuchten Wälder glänzten, das Korn auf dem gepflügten Land fing an, silbriggolden zu werden, und das Vieh auf den Weiden war glatt und glänzte vor Zufriedenheit. Der strahlende Tag verdüsterte mir die Laune, und ich ritt dahin und starrte die Sonne auf der Mähne meines Pferdes an. So konnte ich mich in die Betäubung einsinken lassen, in die Müdigkeit, die auf mir lastete und bei der jede Anstrengung zu groß wirkte. Ich konnte ausruhen und nicht viel fühlen, anstatt alles zu fühlen, was man bei dem, was geschehen war, fühlen konnte. Ich träumte fast, als jemand aufbrüllte, und das Pferd vor mir hielt an. Ich zügelte meine Stute und blickte auf, und ich sah eine andere Gruppe von Reitern, die im Trab aus der anderen Richtung die Straße herunter auf uns zukamen. Mit Schrecken erkannte ich den ersten Reiter als Bedwyr.

»Herr Bedwyr!« sagte Gwyn im gleichen Augenblick und hielt sein Pferd neben meinem an. Seine dunklen Augen weiteten sich, wie das auch bei seinem Vater der Fall war, wenn etwas ihn erregte. Aber Gawain zeigte Sorgen oder Nervosität niemals so deutlich wie Gwyn. Gwyn fürchtete eine Szene, harte Worte, Feindschaft zwischen denen, die er liebte. »Was erwartet er denn?« fragte er mich besorgt. »Erwartet er etwa, daß . . .«

»Er ist gekommen, um die Lady zu rauben«, erklärte Medraut. Er nahm seinen Schild von der Schulter und schnallte ihn an den Arm. Einige der anderen Krieger taten das gleiche.

»Im Namen des ewigen Gottes!« schnappte ich, zornig über die Krieger und noch zorniger auf Bedwyr. »Es ist nicht notwendig, sich auf einen Kampf vorzubereiten. Wenn Bedwyr deswegen gekommen ist, dann wird er unverrichteterdinge wieder wegreiten. Denn ich werde nicht mit ihm gehen.«

Medraut achtete nicht auf das, was ich sagte. Er zog seinen Wurfspeer aus der Schlinge am Sattel und ließ sein Pferd vorwärts laufen. Die andere Gruppe hielt inne, und Medraut zügelte sein Pferd auch wieder. Er gab ihm die Sporen, damit es tanzte.

»Du hinterhältiger Verräter!« rief Medraut. »Weswegen bist du gekommen?«

Bedwyr ritt wieder vorwärts. Dann, als er sich von den anderen gelöst hatte, hielt er sein Pferd an. Auch er hatte sich den Schild an den Arm geschnallt, aber er hielt ihn im Winkel vom Körper ab und war dadurch ungeschützt. »Laß die Lady Gwynhwyfar mit uns kommen«, rief er Medraut zu. »Ich weiß, daß das Haus ihres Vetters ihr wenig gefallen wird, und – wie der Kaiser sagte – es ist nicht ziemlich für solch eine Dame, wie eine Verbrecherin behandelt zu werden.«

Er war also tatsächlich deswegen gekommen. Ich erinnerte mich an Bedwyrs Versuch, zu protestieren, als mir der Schuldspruch gesprochen wurde. Wortlos schrie ich vor Zorn und Hilflosigkeit auf. Er hätte doch wissen müssen, daß ich nicht gerettet werden wollte, daß er mich nicht vor den Konsequenzen unseres Verbrechens schützen konnte und daß es nicht seine Aufgabe war, mich zu schützen. Ich war, obwohl ich bei ihm schwach gewesen war, stark genug, jetzt den Kummer zu ertragen, und ich verdiente ihn auch. Oh, er war freundlich wie immer. Aber das war Wahnsinn. Ich spornte meine Stute vorwärts. »Medraut!« begann ich.

Medraut drehte sich um. Sekundenlang sah ich den Triumph in seinem Gesicht, und dann traf mich das Schaftende seines Speers an die Schläfe und schlug mich aus dem Sattel. Ich war so überrascht und entsetzt, daß ich noch nicht einmal aufschrie, und der Boden schien mir entgegenzuspringen. Über mir hörte ich Medraut rufen: »Sie hat das mit ihm zusammen geplant! Bewacht sie!« Ich versuchte aufzustehen – ich lag ausgestreckt im Staub der Straße –, aber er hatte mir den Atem aus den Lungen geschlagen, und ich konnte meine halb gelähmten Glieder nicht dazu bringen, mir zu gehorchen. Hufe donnerten an mir vorbei, und vor mir hörte ich Rufen und einen Schrei der Wut oder des Schmerzes. Ich versuchte wieder zu rufen, konnte es nicht, schaffte es, mühsam aufzustehen, und griff nach den Zügeln meiner Stute, um hinter Medraut herzureiten und ihn aufzuhalten. Denn ich sah, daß er auf Blutvergießen aus war, und ich wußte, daß ich ihn aufhalten mußte. Meine Stute war solch ein Durcheinander nicht gewöhnt und tanzte nervös. Sie versuchte, umzudrehen und nach Hause zu laufen, und ich sprang wie blöde hinter ihr her. Mehr Hufe waren um mich herum, und dann drängte sich Gwyns Pferd neben meins, und Gwyn lehnte sich aus dem Sattel über mein Pferd und streckte dem Arm aus, um mir hochzuhelfen. »Halte sie auf!« schrie ich ihm entgegen und nahm seine Hand nicht. Ich wußte, jede Sekunde war kostbar, und er konnte die anderen schneller erreichen. »Gwyn, Gwyn, mein Herz, dies ist völliger Wahnsinn. Geh, sag Bedwyr, daß ich nicht mit ihm gehen werde. Bring ihn dazu, wieder wegzureiten. Halte sie auf! Lieber Gott!«

Gwyn verstand sofort. Er spornte seine Fuchsstute zum Galoppieren. Sie setzte davon wie die Möwe, nach der sie benannt war, und ich schaffte es, in meinen Sattel zu klettern, mein Pferd zu wenden und hinter ihm her zu galoppieren. Vor mir war ein wirbelndes Gedränge von Männern und Pferden und Waffen. Schwerter blitzten, Wolken von Staub wallten auf, Kalk stäubte von den Schilden in die klare Luft. Pferde drängten rückwärts und drehten sich auf der Stelle. Einer von Bedwyrs Männern lag sehr still im Staub der Straße. Er durchweichte den Sand mit seinem Blut. Medraut kämpfte gegen einen anderen und versuchte, Bedwyr zu erreichen, der gerade mit Rhuawn focht. Und Gwyn galoppierte auf all die Männer zu, und sein helles Haar flatterte im Wind.

»Halt, halt!« rief Gwyn, und seine Stimme überschlug sich vor Dringlichkeit und wurde hoch wie eine Kinderstimme. »Es ist nicht notwendig – die Lady geht nicht mit. Bedwyr, Rhuawn, die Lady geht nicht mit! Bedwyr! Hör zu!« Er warf seinen Schild vom Arm mitten in den Kampf hinein, unter die Füße von Bedwyrs Pferd. Er streckte die Arme weit aus. »Bedwyr!«

Rhuawn zögerte mitten in einem Schwertstreich, und Bedwyr blickte auf. Ich war nah genug, um sein Gesicht zu sehen. Er hielt einen Wurfspeer in der Hand; das Licht glänzte auf der Waffe und in seinen Augen. Sein Arm war zurückgestreckt, bereit, den Speer zu schleudern. Und noch während ich zusah, flog dieser Arm vorwärts, zu schnell, um ihm mit Blicken zu folgen, und etwas blitzte auf. Gwyn, der hoch im Sattel aufgerecht saß, vollkommen im Gleichgewicht für jeden Schritt seines Pferdes, stürzte plötzlich. Alles schien sehr langsam zu geschehen. Ich sah Gwyn auf die Straße stürzen, als ob er durch Wasser fiel, und sein Pferd stürzte an ihm vorüber und legte verwirrt die Ohren zurück und verstand nicht, was er machte. Gwyn rollte im Staub auf die Seite. Er schaukelte hoch, streckte eine Hand aus und richtete sich auf. Er zog die Knie unter sich an und versuchte aufzustehen, aber er fiel wieder auf die Straße. Bedwyrs Speer ragte unter seinem Schlüsselbein hervor; die Waffe wirkte sehr schwarz, abgesehen von der bronzenen Umhüllung am Schaftende, die sich abhob wie ein Schmuck, der nicht dorthin gehörte. Gwyn öffnete den Mund. Ein erstaunter Blick war auf seinem Gesicht, aber als er nach Luft schnappte, kam nur Blut heraus. Eine Hand tastete nach dem Speer, zerrte daran, glitt dann zurück in den Staub, die Handfläche aufwärts gedreht. Und dann lag er entspannt, verdreht auf der Seite, und der erstaunte Ausdruck war noch immer auf seinem Gesicht gedruckt, und das Strahlen verschwand schon aus den dunklen Augen.

Ich schrie, stellte ich fest. Es war ein entsetzlich lautes, schrilles Geräusch. Ich ließ die Zügel meiner Stute fallen, als sie endlich die Gruppe der Männer erreicht hatte und stehenblieb, wo die anderen Pferde standen. Ich konnte kaum den Schrei eines anderen hören: »Mörder!« oder den Schrei eines Pferdes, das von einem anderen Speer getroffen worden war. Ich wollte aufhören zu schreien und konnte es nicht. Überall um mich her herrschte jetzt Geschrei und Verwirrung, und ich dachte: »Sie zertrampeln Gwyn«, und suchte nach ihm im Staub unter den Hufen, dem aufgerührten Staub und dem Kalkstaub in der Luft und dem Blut auf der Straße. Ich schob meine Faust in den Mund und versuchte, mich vom Schreien abzuhalten, und irgendein Reiter, irgendein halb bekanntes Gesicht, schoß vorüber und fing die Zügel meiner Stute ein. Dann spornte er sein Pferd zum Galoppieren und zerrte mein Tier hinter sich her. Ich klammerte mich in der Mähne meiner Stute fest und versuchte, sie anzuhalten. Sie tanzte wild und stieg. Ich war nicht sicher, was ich tun sollte, ich wußte noch nicht einmal, für welche Gruppe dieser Krieger kämpfte. Ich brachte mein Tier wieder zum Galoppieren. Das Blut und das Sonnenlicht der Straße verschwanden hinter den Bäumen. Ich begriff, daß ich rückwärts geschaut hatte. Weiteres Gebrüll schallte, und ein paar andere Reiter galoppierten hinter uns her, holten uns ein und ritten neben uns.

»Sie verfolgen uns nicht«, sagte Bedwyrs ruhige Stimme neben mir. »Sie kümmern sich um Gwyn und um die Verwundeten.«

Ich schaute hinter mich, und schon hatte sich die Straße zwischen den Bäumen verloren. Ich wußte noch nicht einmal, in welche Richtung uns der wilde Galopp brachte. Äste peitschten an uns vorüber und rissen an mir. »Laß mich zurückreiten!« schrie ich.

Bedwyr nickte seinem Freund zu, und der ließ meine Zügel los. Ich nahm sie und ließ meine Stute langsam im Schritt gehen. Die anderen taten das gleiche.

»Geh nicht zurück«, sagte Bedwyr. »Ich bitte dich, my Lady, komm mit mir.«

Ich hielt mein Pferd an. Die Stute stand still, ihre Flanken zitterten, und ihre Augen rollten zu mir zurück. Sie hatte die Ohren flach an den Kopf gelegt. Um uns herum war nur das Geräusch des Windes in den Blättern und das Lied der Vögel. Ich holte tief Atem und blickte durch die Äste hinauf zum verhüllten Himmel. »Gwyn«, sagte ich, und meine Stimme war fast verschwunden. »Du hast Gwyn getötet. Du hast ihn umgebracht.«

Bedwyr sagte nichts.

»Aber er hat noch nicht einmal gekämpft – er hatte seinen Schild weggeworfen! Du hast ihn umgebracht!«

Ich zog den Kopf meiner Stute herum, bereit, sie in die Richtung zurückzudrängen, die wir gekommen waren. Bedwyr beugte sich herüber und ergriff meine Hand. Endlich schaute ich ihn an. Ich sah zum erstenmal sein Gesicht. Ich habe Männer gesehen, die in Qualen starben, an einer Krankheit oder an Wunden. Sie haben das gleiche weiße, gequälte Gesicht und die gleichen verwirrten Augen.

»My Lady«, flüsterte Bedwyr, »ich bitte dich. Geh nicht.«

Ich stieß den Atem aus und hörte, daß es ein Schluchzer war.

»Dein Kopf blutet«, sagte Bedwyr, und die Maske des Schmerzes verblaßte ein wenig, so daß seine Gesichtszüge ihm wieder mehr ähnelten. »Da, verbinde es.«

Ich legte die Hand an den Kopf, fand eine Stelle des Schmerzes, zog meine Hand wieder weg. Sie klebte von dem Blut, das von Medrauts Schlag herrührte. Ich schüttelte den Kopf. »Wir wollen zuerst mehr Entfernung zwischen uns und ihnen bringen«, sagte ich Bedwyr. »Ich reite mit dir.«

Wir erreichen an diesem Abend Caer Gloeu. Wir waren einer der alten Straßen durch den Wald gefolgt, die ein paar Meilen vom Hafen entfernt auf die römische Straße auftrafen. Im Hafen lag ein Schiff, das bereit war, nach Kleinbritannien auszulaufen, und Bedwyr hatte schon für acht Personen und für die Pferde das Geld für die Passage bezahlt. In Wirklichkeit waren wir nur sechs, denn zwei von seinen Männern waren im Kampf auf der Straße gefallen.

Wir versuchten, in der Stadt keine Aufmerksamkeit auf uns zu ziehen. Um die Mittagszeit hatten wir bei einem Bach gehalten und uns das Blut abgewaschen, mit dem wir bespritzt waren. Glücklicherweise trug ich nur ein einfaches grünes Kleid und einen dunklen Reisemantel, und nichts unterschied mich von irgendeiner anderen Frau in der Hafenstadt. Bedwyr und seine Männer hätten auch eine Gruppe von Adligen sein können, die ausgezogen waren, um Pferde zu kaufen.

Alle meine Sachen waren verloren, und jetzt besaß ich wirklich nichts mehr außer dem, was ich am Leib trug. Bedwyr hatte außer dem Geld für die Überfahrt nichts mit ins Exil nehmen dürfen, und obwohl seine Freunde etwas besser dran waren, mußten wir doch, wenn wir in Kleinbritannien ankamen, noch eine ganze Strecke weit reisen. Und wir hatten wenig Geld übrig. Deswegen übernachteten wir nicht in der Stadt, sondern auf dem Schiff. Ich bekam eine Kabine für mich allein, und die fünf Männer teilten den anderen Raum, den das Schiff für Passagiere zu bieten hatte.

Der Kapitän führte mich in den Raum, und ich dankte ihm dafür. Ich war froh, daß ich mich eine Weile auf das winzige Bett setzen konnte. Aber einige Zeit später erhob ich mich wieder, suchte den Kapitän auf und bat um Pergament und Tinte. Er murmelte ärgerlich was in den Bart, brachte aber schließlich die Tinte, eine Feder und einen Frachtbrief. Den könne ich leicht überschreiben, sagte er mir. Ich fand einen Bimsstein und rubbelte das Pergament damit ab. Schließlich, obwohl ich so hart aufgedrückt hatte, daß das Blatt mir mehr für ein Sieb zu passen schien als für einen Brief, setzte ich mich damit hin. Ich spitzte die Feder, tauchte sie in die Tinte, saß da und starrte auf das Blatt voller Löcher. Was konnte ich schreiben? »Mein Herz, meine Freunde, Bedwyr hat Gwyn ermordet, und deshalb muß ich mit ihm gehen, denn er ist zu Tode betrübt. Ich muß auch mit ihm gehen, weil du ihn vielleicht noch einmal vor Gericht stellst – wegen Mord. Und mich – weil ich versucht habe, deinen Richterspruch zu umgehen«? Aber ich hatte ja nicht vorgehabt, mit Bedwyr zu gehen. Wie konnte ich so etwas schreiben und darauf hoffen, daß es mir geglaubt wurde? Und Gawain würde diesen Brief lesen, und es gab keine Worte, die ich ihm sagen konnte. Im Gegenteil – es gab noch nicht einmal Worte, die ich für mich selbst aussprechen konnte. Ich hatte gedacht, die Entlarvung, die Demütigung, das Exil von Camlann und die Trennung von beiden Männern, die ich liebte, das alles wären Katastrophen gewesen, die zu ertragen über meine Kraft ging. Aber jetzt sah ich, daß man niemals sagen kann, man hätte das Schlimmste schon erlebt. Selbst die Fähigkeit, Schmerz auszudrücken, verließ mich, und die Worte schienen mir im Angesicht dieser Wirklichkeit alle flach und bedeutungslos.

Die Tinte an meiner Feder war trocken. Ich reinigte die Feder, spitzte sie noch einmal und tauchte sie wieder in die Tinte. Es war von größter Wichtigkeit, daß Artus die wahre Geschichte erfuhr. Medraut hatte sich voller Freuden dieses Unglücks bedient, und ich konnte nicht bezweifeln, daß er es auch dazu benutzen würde, den größten Schaden anzurichten, den er fertigbringen konnte. Ich mußte alles tun, was ich konnte, um weitere Katastrophen zu verhindern.

Es klopfte hastig, die Tür öffnete sich, und Bedwyr trat ein. Ich legte die Feder hin.

Er stand da, die Hand auf dem Türriegel, und starrte mich und das Blatt Pergament an. »Schreibst du an Artus?« fragte er mit rauher, unsicherer Stimme.

Ich nickte. »Ich dachte, wir könnten den Brief vielleicht dem Hafenbeamten übergeben.«

»Ja.« Er trat von der Tür weg, blieb stehen und starrte mich hungrig an. »Sag ihm ... sag ihm, daß ich nicht vorhatte, Gwyn zu töten.«

Ich nahm die Feder und schrieb die Anrede: »Guinivara artorio augusto imperatori domino salutatem vellit.« Ich starrte die Schriftzüge einen Augenblick an und fuhr dann fort. Ich las laut vor, was ich schrieb. Die scharfen Züge der lateinischen Schrift wirkten, während ich weiter schrieb, immer kälter und distanzierter.

»Mein liebster Herr, ich bitte dich, mir zu glauben, daß ich nichts von dem Hinterhalt wußte und diese Rettung weder geplant noch gewünscht habe. Der Herr Bedwyr aber, in dem Wissen, daß zwischen mir und dem Vetter, dessen Schutz du mich anvertraut hast, Feindschaft herrscht, ist uns auf der Straße entgegengetreten und forderte von Medraut, mich auszuliefern. Er selbst wurde nicht gewalttätig, bis der Herr Medraut ihn angriff. Der Herr Gwyn versuchte, Frieden zu stiften, und wurde von einem Speer getötet, den Bedwyr geworfen hat . . .«

»Es war ein Unfall«, sagte Bedwyr und trat näher.

Ich blickte auf und legte die Feder wieder beiseite. »Du hast ihn gesehen, ehe du den Speer geworfen hast. Ich weiß, daß du ihn gesehen hast.«

»Nein! Aber . . . mein Arm bewegte sich schneller als meine Gedanken. Kannst du das verstehen? My Lady, du mußt es verstehen. Man bewegt sich zwangsläufig schnell im Kampf. Wenn man zögert, um sich zu überlegen, ob man einen Mann nun töten will oder nicht, dann stirbt man an seiner Stelle. Ich blickte auf, ich sah einen Mann, der ungeschützt war, und ich warf den Speer. Aber während ich warf, dachte ich: ›Das ist Gwyn – er versucht, Frieden zu stiften.‹ Aber ich konnte meine Hand nicht mehr aufhalten und auch den Speer nicht ablenken, den ich schon in Bewegung gesetzt hatte. Ich wußte, was ich tat. Aber mein Arm hat es getan. Ich konnte kaum glauben, daß es passiert war. My Lady, ich wünschte mir, ich wäre an seiner Stelle gestorben! Ich bin nichts wert. Ich bin nichts mehr wert gewesen, als ich zum erstenmal meinen Herrn betrogen habe.« Er hielt inne, hielt die Luft an und fuhr dann drängend fort: »Du mußt mir glauben, my Lady. Ich könnte es nicht ertragen, wenn auch du mich für einen Mörder hältst.«

»Ich glaube dir«, sagte ich nach einem Augenblick. »Aber wenn die Eskorte wieder in Camlann ankommt, dann werden die Leute sagen, du hättest uns auf der Straße angegriffen. Und Gwyn hätte den Schild weggeworfen, und du hättest ihn getötet. Das wird sich nicht gut anhören.«

»Ich weiß.« Er setzte sich zu meinen Füßen auf den Boden, nahm den Brief auf und schaute ihn an. Ich berührte seine Schulter, und er drehte sich um, umfing mich und preßte sein Gesicht an meinen Schenkel. Er zitterte.

Er litt, ja, ganz sicher. Aber das Bild von Gwyns erstauntem Gesicht erhob sich zwischen uns, und ich saß kalt und schweigend da. Nach kurzer Zeit sagte ich: »Artus hatte gehofft, Gwyn würde zu einem Mann heranwachsen, den er zu seinem Nachfolger ernennen könnte.«

Bedwyr drehte schmerzerfüllt den Kopf hin und her.

»Und wenn Gawain die Geschichte glaubt, die die Leute von der Eskorte erzählen, dann wird er bei jedem König auf der ganzen Erde Gerechtigkeit verlangen – gegen dich.«

Bedwyr hob den Kopf. »Macsen ist noch immer nicht einverstanden damit, Flüchtlinge zurückzuschicken. In Kleinbritannien sollten wir sicher sein.«

»Sicher! Wir sollten sicher sein! Warum hast du solch einen wahnsinnigen Hinterhalt geplant?«

»Ich dachte nicht, es würde zum Kampf kommen. Meine Freunde waren entschlossen, mir zu folgen, und ich glaubte, deine Eskorte würde sicher nicht gegen die eigenen Kameraden kämpfen, gegen Männer, die keines Verbrechens angeklagt sind. Ich dachte, sie wären vielleicht halbherzig dafür, dich freizulassen. Ich konnte den Gedanken nicht ertragen, daß du von deinem Vetter Unrecht erleiden könntest. Ich dachte, selbst Artus hätte nichts dagegen, wenn er erst einmal wüßte, was dir in Ebrauc bevorstand. Er war noch nie rachsüchtig, selbst wenn man ihn sehr verletzte. Und ich wollte nicht kämpfen, nicht einmal mit Medraut – aber er hat dich niedergeschlagen.«

»Ein bedeutungsloser Stoß, wie ihn eine Frau ihrem Mann mit dem Besenstiel versetzen könnte! Nein, nein, ich glaube dir. Hab keine Angst. Und ich glaube auch, daß du Gwyn nicht töten wolltest. Aber es gibt so viel, was er hätte sein können, was er hätte tun können. Gwyn hätte vielleicht die Welt verändert. Es gab keinen anderen wie ihn. Und daß er mit fünfzehn durch einen Unfall sterben mußte . . . von deiner Hand . . .«

»Er hat eine bittere Welt gut verlassen.«

»O ja – ohne Zweifel. Aber die Welt ist jetzt nur noch bitterer. Und deine Männer haben gegen meine Eskorte gekämpft, und zwei von ihnen sind tot und wer weiß wie viele von der Eskorte. Es waren Freunde, Kameraden – seit vielen Jahren. Sie hatten kaum eine Ahnung, warum sie miteinander kämpften!«

»Ich weiß. Früher einmal habe ich sie alle angeführt. Gwynhwyfar, mein Leben. Stoß mich nicht noch tiefer in meine Unehre hinein. Ich ertrinke schon fast darin. Ich kann mich kaum selbst ertragen, wenn ich an das denke, was ich eigentlich sein wollte, was ich gewesen bin, und wenn ich mir dann vorstelle, was ich jetzt bin – ein Verräter, falsch, ungerecht und mörderisch. Lieber Gott, ich würde lieber sterben als so vernichtet weiterleben! Aber ich fürchte die Verdammnis. Ich habe Angst, Angst – und ich bin verwirrt. Ich kann nicht denken. Nichts, das ich gesehen oder gedacht oder gelesen habe, nichts, auf das ich hoffte und an das ich glaubte, keine Philosophie und keine Klarheit ist mir mehr geblieben, weder im Herzen noch im Gehirn. Ich bin nicht mehr ich selbst. My Lady, wie du auf deine Erlösung hoffst, so sei mir gnädig! Ich habe es aus Liebe zu dir getan, und wenn du dich gegen mich stellst, dann ist die ganze Welt öde und leer.«

»Oh, liebes Herz«, sagte ich und spürte, wie etwas in mir brach, etwas, das zu tief war, um in Tränen überzufließen. »Wie kann ich mich gegen dich wenden? Aber ich wünschte mir, wir wären beide gestorben, ehe wir diesen Tag erlebten, und das, was daraus entstehen wird.«

Er sagte nichts. Er stand nur auf und legte die Arme um mich, und ich konnte nicht länger kalt zu ihm sein. Für kurze Zeit lebten wir wieder zusammen in einer Welt, die auf uns beide beschränkt war und in der es keine Vergangenheit und keine Zukunft gab. Aber danach lagen wir Seite an Seite in der Dunkelheit und horchten mit offenen Augen auf das Knirschen des Schiffes und das Klatschen der Wellen, und wir warteten auf einen Morgen, der endlose Zeit auf sich warten ließ.

Am nächsten Tag schrieb ich den Brief an Artus zu Ende und versiegelte ihn sorgfältig. Bedwyr gab ihn dem Hafenbeamten und erklärte, der Brief enthielte wichtige Informationen und müsse sofort an den Kaiser geschickt und nur an einen der bekannten Boten des Kaisers abgegeben werden. Diese Forderung war nicht so ungewöhnlich, denn einige unserer Späher hatten schon früher Botschaften über Caer Gloeu geschickt. Bedwyr und ich kannten diesen Weg genau.

Während Bedwyr die Angelegenheit erledigte, wurde das Schiff zum Auslaufen überprüft – die Pferde waren fest in ihren Unterständen angebunden, und die Ladung aus Wolle und Eisen wurde vertäut. Sobald Bedwyr zurückkehrte, legten wir ab, und das Schiff glitt hinaus auf den weiten Saefern. Wir segelten unter einem wolkigen Himmel den Fluß hinunter.

Wir folgten dem Strom des Saefern durch Mor Hafren, und dann arbeiteten wir uns langsam an der Nordküste von Dumnonia entlang. Wir segelten gegen ungünstige Winde. Ich war noch nie zu Schiff gereist, und ich wurde krank. Das wenigstens bedeutete, daß ich mir nicht andauernd Sorgen machte. Als wir aber das Ende der dumnonischen Halbinsel erreicht hatten und uns nach Süden wandten, da stand der Wind hinter uns, und das Schiff fuhr ruhig. Als wir in Bresta im Nordwesten von Kleinbritannien ankamen, glaubte ich langsam, daß das Reisen zur See doch eine ganz vernünftige Sache sei. Und trotz allem, was geschehen war, erregte mich trotzdem der Anblick der Küste von Gallien, die vor uns lag. Ja, sie sah der Küste von Dumnonia sehr ähnlich, und sie war sogar nach diesem Teil von Britannien benannt. Bresta selbst war eine schöne römische Stadt, deren hohe steinerne Befestigungen noch intakt waren, und eine Anzahl von anderen Schiffen ankerte in seinem Hafen und gab ihm ein geschäftiges Aussehen.

Wir hatten vorgehabt, uns gleich nach unserer Landung in Gallien nach Bedwyrs Besitz auf den Weg zu machen, mit unseren Pferden die südöstliche Straße zu nehmen und auf dem Weg unsere Lebensmittel zu kaufen. Als aber unser Schiff anlegte und wir ausstiegen und auf den regendurchweichten Kai traten, da entdeckten wir, daß König Macsen seinerseits auch Hafenkommandanten eingesetzt hatte. Das machte uns alles sehr viel schwieriger. Macsen war gezwungen gewesen, die hohen Zölle, mit denen er britische Güter belegt hatte, wieder zurückzunehmen. Jetzt war er offenbar entschlossen, wenigstens nichts an den normalen Hafengebühren zu verlieren – noch nicht einmal den Floh auf dem Kuhschwanz, wie man sagt. Unser Schiffskapitän berichtete, daß er Passagiere befördert hätte, und deshalb traten zwei kalte, graue Stadtbewohner an uns heran, während unsere Gruppe gerade die Pferde auf das Dock führte. Sie verlangten, wir müßten alle ins Zollhaus kommen. Das war ein römisches Gebäude – einmal war es sehr schön gewesen, aber jetzt war es eine halbe Ruine. Zur Hälfte war es im britischen Stil repariert worden. Die Kluft zwischen den beiden Bauweisen hatte das Gebäude ungemütlich gemacht. Ursprünglich hatte es wohl als Heizung ein römisches Hypocaustum gehabt, eine Fußbodenheizung. Aber jetzt stand eine Feuerstelle darin, ohne daß es dafür eine angemessene Entlüftung gab. Der Raum war von dem Feuer aus feuchtem Holz mit dickem grauen Rauch gefüllt und auch mit konfiszierten britischen Gütern – Säcken voll Zinnerz, Bündeln von Fellen, Wolle und wollenen Stoffen –, die fast bis unters Dach gestapelt lagen und drohten zusammenzubrechen, wenn man dagegenstieß. Und das war schwer zu vermeiden. Die beiden Stadtbewohner führten uns zum Feuer hinüber, wo sie sich hinsetzten und uns stehen ließen. Sie starrten uns an und spähten durch den Rauch. Einer hustete. Der andere fragte Bedwyr: »Bist du der Anführer dieser Gruppe?«

Bedwyr nickte.

»Du hast dem Kapitän des Schiffes, mit dem du gekommen bist, deinen Namen nicht angegeben. Du hast acht Plätze belegt. Wo sind die fehlenden zwei Leute?«

»Sie konnten nicht kommen.«

»Welchen Grund hattest du hierherzureisen?«

»Ich sehe nicht ein«, sagte Bedwyr mit seiner ruhigen, gleichmäßigen Stimme, »warum der Grund, daß Privatleute in eine andere Provinz reisen, einen Beamten offiziell interessieren sollte.«

Die beiden blinzelten ihn an. Derjenige, der gesprochen hatte, hustete jetzt, und derjenige, der eben noch gehustet hatte, sagte: »Wir können es nicht dulden, daß bewaffnete Gruppen überall herumstreunen, wo es ihnen gerade Spaß macht. Wir haben schon Banditen genug, ohne daß wir noch weitere aus Britannien importieren müssen.«

»Wir sind keine Banditen, sondern edelgeborene Bretonen.«

»Er spricht wirklich wie ein Bretone«, meinte der eine Beamte zum anderen. »Warum seid ihr also hierhergekommen?«

Wir mußten nicht unbedingt die Umstände unserer Reise verschleiern. Artus hatte an König Macsen geschrieben und ihn darüber informiert, daß Bedwyr nach Kleinbritannien ins Exil geschickt worden war, aber es war unwahrscheinlich, daß der König diesen Brief schon empfangen hatte. Nichtsdestoweniger hatte Bedwyr, weil der Kampf auf der Straße die Situation wahrscheinlich verändert hatte, angenommen, es sei am besten, inoffiziell zu kommen und die Aufmerksamkeit des Königs soweit wie möglich zu vermeiden. Auf diese Weise konnte Macsen Artus wahrheitsgemäß sagen, er wüßte nicht, wo wir wären. Dadurch entspannte sich vielleicht die Atmosphäre, die entstand, wenn eine zweite Gerichtsverhandlung verlangt würde. Außerdem hatte Bedwyr nicht vergessen, daß Macsen einmal versucht hatte, ihn dazu zu überreden, in sein eigenes Heer einzutreten. Er war wütend gewesen, als Bedwyr sich geweigert hatte. »Ich glaube nicht, daß er wütend genug werden würde, um uns mit Gewalt wieder nach Britannien zurückzuschicken«, hatte er mir gesagt. »Aber möglicherweise legt er uns von hier bis zu meinem Zuhause ein paar Hindernisse in den Weg.«

Jetzt tippte Bedwyr müßig auf seinen Schwertgriff und musterte die beiden Beamten. »Ich sehe nicht ein, woher ihr das Recht haben wollt, uns dermaßen zu verhören«, sagte er endlich. »Aber ich will euch sagen, daß ich auf den Besitz meiner Familie zurückkehren und mich dort in Frieden niederlassen will. Ich nehme doch an, daß ihr es uns erlauben werdet weiterzureisen, wenn das nicht gegen eure Gesetze verstößt.«

Einer der Beamten flüsterte dem anderen etwas zu. Ich zog Bedwyr beiseite und flüsterte auch. »Wenn sie darauf bestehen – wirst du ihnen dann sagen, wer wir sind?«

Bedwyr zögerte, ehe er antwortete. »Macsen wird bald herausfinden, daß ich in Kleinbritannien bin. Dann schickt er vielleicht nach mir. Wenn es sich herausstellt, daß ich gelogen habe, dann wird alles für uns noch schlimmer. Ich muß die Wahrheit sagen. Aber die beiden haben kein Recht, sich so aufzuführen, als ob wir die Grenze überquert hätten in irgendein Land außerhalb des Reiches.«

Einer der Beamten hustete wieder. »Ihr könntet Verbrecher sein«, sagte er. »Sag uns eure Namen und den Grund, warum ihr hergekommen seid.«

Der andere Beamte zog ein Wachstäfelchen und einen Stylus heraus und setzte sich selbstzufrieden und zuversichtlich bereit, die Informationen aufzuschreiben.

Bedwyr seufzte und nahm den Brief aus seinem Gürtel, den Artus ihm gegeben hatte. Darin stand einfach sein Name, der Urteilsspruch und eine Forderung, der Leser möge Bedwyr beim Suchen eines Schiffes und der Mittel, den Urteilsspruch durchzuführen, jede Hilfe bieten. Bedwyr gab den Beamten den Brief. Sie starrten den Drachen auf dem Siegel an, fuhren zusammen, brachen dann den Brief auf und entrollten ihn. Sie hielten ihn nah an das rauchige Feuer heran, um besser lesen zu können. Erstauntes Gemurmel. Sie blickten auf, musterten Bedwyr und uns andere und lasen weiter. Sie flüsterten miteinander, und einer stand auf und verließ schnell das Zollhaus.

»Edler Herr«, sagte der andere, »dein Name ist hier wohlbekannt. Für welches Verbrechen hat Artus von Britannien seinen Feldherrn ins Exil geschickt?«

»Wegen Majestätsbeleidigung. Ich nehme an, wir dürfen jetzt gehen?«

»Hm, hm.« Husten. »Edler Herr, vielleicht solltest du die Nacht über hierbleiben. Ich weiß, daß Hywel, der Herr dieser

Stadt, einen Gast, der so berühmt ist wie du, willkommen heißen würde.«

»Ich danke dir. Aber ich will mich dem Spruch fügen, den mein Herr, der Kaiser, über mich gesprochen hat, und auf die Güter meiner Familie zurückkehren.«

»Aber diesem Spruch hast du dich ja schon gebeugt, edler Herr. Sieh nur«, er tippte auf den Brief, »hier steht, dein Exil soll die Provinz Kleinbritannien sein. Eine Stadt ist dort nicht ausdrücklich angegeben.«

»Ich danke dir noch einmal. Aber ich habe nicht den Wunsch, meine Reise unnötig zu verlängern. Ich fühle meine Entehrung zu deutlich, um selbst an der Gastfreundschaft meiner Landsleute Gefallen zu finden.«

Weiteres Husten. »Edler Herr, der König wird beleidigt sein, wenn du nach Süden reitest, ohne zuerst den Hof zu besuchen und ihm selbst alles zu erklären.«

Bedwyr schwieg einen Augenblick. Dann verbeugte er sich leicht. »So sei es also. Ich würde den König nicht beleidigen wollen.«

Nach kurzer Zeit kehrte der andere Beamte zurück. Er brachte mit sich etwa neun Krieger und einen rundlichen Adligen von mittlerem Alter in einem scharlachroten Umhang, der mit Goldstickerei bedeckt war. Der Beamte begrüßte ihn mit einer Verbeugung als »Herr Hywel«.

»Hochedler Herr«, sagte dieser Mann zu Bedwyr, »ich bin sehr geehrt, daß du hierhergekommen bist, obwohl es mich natürlich tief bekümmert, daß du ins Exil zurückkehrst. Sicher ist es eine unverdiente Strafe, die Laune eines Tyrannen. Ich bitte dich, nimm meine Gastfreundschaft an.«

Während wir so Hywels Kriegern gegenüberstanden, wurde uns deutlich, daß wir entweder Gäste oder Gefangene waren. Also gaben wir so elegant wie möglich nach, sammelten unsere Pferde und unser Gepäck vom Kai ein und folgten Hywel durch die Stadt zu den Gebäuden, die er zur Unterbringung seiner Kriegertruppe und für sich selbst benutzte. Hywels eigenes Haus wurde von den anderen flankiert. Es waren römische

Gebäude, gut erhalten und luxuriös eingerichtet – sie waren tatsächlich feiner als alles, was es in Camlann gegeben hatte. Hier wurden uns unsere Pferde abgenommen, während Diener unser Gepäck wegtrugen und Hywel andere Diener anwies, das beste Gästezimmer für Bedwyr herzurichten. Dann fragte er höflich: »Und wessen Frau ist die Dame?«

Bei diesen Worten erhob sich ein peinliches Schweigen. Hywel schaute mich scharf an. Bis jetzt mußte ich bei ihm den Eindruck einer Dame und deshalb einer Ehefrau gemacht haben, aber jetzt konnte ich sehen, wie er mein grobes Reisegewand musterte und sich innerlich umstellte. Mir wurde klar, daß die Geschichte herauskommen mußte. Es war ganz offensichtlich, daß wir zu König Macsen weitergeschickt werden mußten, deshalb konnten wir von der Verheimlichung der Geschichte nichts erhoffen. Wahrscheinlich hatte irgendein Gerücht Hywel schon erreicht, und ich konnte meinen nordbritischen Akzent nicht vertuschen. Außerdem war ich sicher, daß ich mich nicht einer Behandlung unterwerfen konnte, die eher für ein schlampiges Dienstmädchen geeignet war.

»Herr Hywel«, begann ich und wählte meine Worte sehr sorgfältig, »ich bin nicht die Frau irgendeines dieser Männer. Herr Bedwyr hat sich großzügig entschlossen, mir seinen Schutz angedeihen zu lassen, in Anbetracht dessen, daß wir durch uns selbst unseren Status verloren haben. Da Bedwyr durch den gerechten Zorn meines Mannes, des Kaisers, ins Exil gehen mußte, hielt ich es nicht für passend, leichter davonzukommen als er. Also habe ich seinen Schutz und sein Exil akzeptiert. Wenn ich in deinem Haus auch willkommen bin, dann danke ich dir. Und wenn nicht, dann bitte ich dich, mir zu meiner Rückkehr nach Britannien eine vertrauenswürdige Eskorte zu geben.«

Hywel riß den Mund auf und starrte mich an. Dann schaute er schnell zu Bedwyr hinüber. Durch dessen Gesichtsausdruck war er überzeugt, daß ich keine Scherze machte. Er wurde nachdenklich. Die Tatsache, daß er nachdenklich und nicht erschrocken oder verblüfft war, ließ mich erraten, daß ich recht gehabt hatte und daß er die Gerüchte schon gehört, sie aber vielleicht als Unsinn abgetan hatte.

»Höchst – hm – edle Lady Gwynhwyfar«, sagte er, »es ist mir immer eine Freude, einer schönen Frau Gastfreundschaft zu bieten. Sei willkommen, Lady. Hm . . .« er warf wieder einen Blick auf Bedwyr.

Ich kam seiner nächsten Frage schnell zuvor, indem ich antwortete: »Ich danke dir für deine Gastfreundschaft, Herr Hywel. Und ich würde außerdem dankbar sein, wenn du mir irgendein privates Zimmer zur Verfügung stellen könntest, wo ich mich ausruhen kann. Unsere Reise ist in den letzten Tagen sehr hart gewesen, und ich bin müde.« Das würde ihn sicher dazu bringen, daß er mich nicht einfach in Bedwyrs Zimmer schickte. Untreu mochte ich ja sein, aber ich würde den Klatschbasen von Kleinbritannien nicht noch mehr Stoff zu bekakeln geben, und ich würde auch die Beweise meiner Schande nicht in einem fremden Land zur Schau stellen.

Wir wurden zwei Wochen lang in Hywels Festung gehalten, ehe man uns eine Eskorte zu Macsens Hof gab, und ich lernte Bresta kennen und entwickelte eine Abneigung dagegen. Mein erster Eindruck von der Stadt als reich und lebendig stellte sich als falsch heraus. Im Hafen war ziemlich viel Leben, aber die Stadt war wie die meisten Städte in Britannien mehr als halb leer und verfiel innerhalb ihre herrlichen Befestigungen. Nichtsdestoweniger war Bresta die mächtigste Stadt im nordwestlichen Teil von Kleinbritannien, der Region, die nach dem Teil von Britannien, der sie ähnelte, Dumnonia genannt wurde. Die meisten Leute waren Armorikaner – das heißt, sie stammten von denen ab, die Kleinbritannien bewohnt hatten, ehe es von Britannien aus kolonisiert wurde. Die Menschen hier sprachen unter sich einen eigentümlichen lateinischen Dialekt, den ich völlig unverständlich fand. Hywel und seine Krieger, zusammen mit den meisten der Handwerker und Gasthausbesitzer, waren erst seit einer oder zwei Generationen nicht mehr britisch – Hywel selbst hatte Cawel im Gueid Guith in Südbritannien erst verlassen, als er schon zwölf Jahre alt war. Das erzählte er mir sehr oft. Er verbrachte viel Zeit damit, sich mit Bedwyr und mir zu unterhalten – gewöhnlich war er dann von mehreren seiner Krieger umringt, obwohl er zu höflich war, um uns in offenen Worten zu sagen, daß er uns unter Beobachtung hielt. Er behandelte immer mich besonders mit großer Höflichkeit, wenigstens wenn ich dabei war. Ich wußte allerdings, daß er und die anderen in der Burg mich alle als Bedwyrs gestohlene Frau betrachteten, etwas zum Angeben, ein schönes Pferd, das ein wagemütiger Räuber erbeutet hat und das sie jetzt gern einmal seine Gangarten laufen sehen und bewundern wollten. Sie machten Witze auf Artus' Kosten, und manche der Krieger lachten tatsächlich darüber in meiner Anwesenheit. Es gab nichts, was ich dagegen tun konnte. Diese Situation war fast noch schlimmer als die Scham: Ich war nutzlos und hilflos. Ich war an Verantwortung und Autorität gewöhnt gewesen, und jetzt gehörte ich zu Bedwyrs Gepäck wie ein Beutestück aus einer Schlacht. Bedwyr natürlich gefiel das nicht mehr als mir, und für ihn war ich gewillt, sehr viel zu ertragen. Ich sagte mir, in Britannien wäre nichts besser gewesen; bei Menw hätte alles viel schlimmer werden können. Nichtsdestoweniger fing ich an, Hywel zu verachten, mitsamt seiner Burg, seiner Stadt und seinem Königreich. Ich war sogar froh, als er uns zu Macsen auf den Weg schickte.

Zuerst ritten wir von Bresta nach Nordosten, Bedwyr, seine vier Gefolgsleute, ich selbst und zehn von Hywels Kriegern. Wir folgten dem Elorn-Fluß zu den Hügeln, überquerten den Fluß dann bei Llandernoch und wandten uns nach Süden, wo Macsens Hauptstadt Car Aes lag. Die Bretonen sagen alle ›Car‹ für ›Caer‹. Sie sprechen das Britisch tief hinten in der Kehle, so daß es seltsam klingt, fast wie eine fremde Sprache. Bedwyrs Aussprache hatte sich durch die Jahre in Britannien gemildert, und auch der Akzent Hywels und seiner Männer war sanfter. Aber als wir zu den älteren Siedlungen im Inneren des Landes kamen, wurde die Sprache immer merkwürdiger. Kleinbritannien besteht in Wirklichkeit aus mehreren Ländern und mehreren Völkern. Die frühesten britischen Kolonien entstanden am Ende des Reichs der Römer, im Innern des Landes. Sie wurden herausgerodet aus den großen Wäldern, in die die ursprünglichen Bewohner nicht eingedrungen waren. Die Küsten wurden erst später von Britannien aus kolonisiert. Hywels Provinz Dumnonia und die Nachbarprovinz Pregor waren verhältnismäßig neu. Cenw, die Zentralregion, wo Macsen direkt herrschte, war der älteste und seltsamste Teil des Landes. Bedwyrs Familie – es war eigentlich keine Sippe, denn unter den Bretonen sind Sippen weniger wichtig – lebte weiter im Osten in der Näher einer Stadt, die Gwened hieß. Sie lag in der Provinz Broerec. Macsen hatte so weit im Osten keinen unwidersprochenen Herrscheranspruch mehr, denn die östlichen Teile von Kleinbritannien hatten sich teilweise einem sächsischen Stamm ergeben, der sich ›Die Franken‹ nannte. Dennoch spürte man Macsens Autorität überall. Er behauptete, er stamme vom ersten Herrn von Kleinbritannien ab, von Conan Meriadec, und er könne Gehorsam von jedem verlangen. In der letzten Juliwoche erreichten wir seinen Hof.

Hywel hatte natürlich seinen Oberherrn von unserer Ankunft informiert, und der König hatte außerdem Artus' Brief, in dem Bedwyrs Exil erwähnt war, erhalten. Macsen selbst kam zu den Toren von Car Aes, um uns zu begrüßen – wie Hywel und die meisten der bretonischen Adligen hatte er sich in einer römischen Stadt niedergelassen und nicht in einer Hügelfestung. Er behandelte uns mit größerer Höflichkeit, als unser augenblicklicher Status das verlangte, und ritt mit uns durch die Stadt zu seinem Haus. Dabei zeigte er uns die Sehenswürdigkeiten. Er war ein paar Jahre älter als Artus, und er hatte ein dünnes, hartes Gesicht, das Falten der Verbitterung zeigte. Was mir am meisten auffiel, war sein Mund. Der hatte dicke, feuchte Lippen und starke, weiße Zähne, die durch den dichten, schwarzen Bart glänzten. Manchmal biß sich Macsen auf die Oberlippe und starrte etwas oder jemanden mit seinen kalten, schwarzen Augen an, und bald lernte ich diesen Blick als ein Zeichen von Gefahr erkennen. Aber es war ganz deutlich, daß er sein Bestes tat, um charmant zu wirken.

Macsens Häuser lagen mitten in der Stadt – es war die alte römische Präfektur mit den öffentlichen Gebäuden. Sie waren in sehr gutem Zustand. Er ließ uns sehr schöne Zimmer zuweisen, viel schönere als bei Hywel. Mich aber ließ er ins gleiche Zimmer mit Bedwyr führen. Die Diener kümmerten sich nicht um meine Proteste. Es war ein Zimmer, das noch ziemlich im römischen Stil gehalten war – mit fliesenbelegtem Fußboden, schweren, purpurn gefärbten Vorhängen und dicken Teppichen am Bett, das das einzige Möbelstück im Zimmer war. Tausendmal lieber hätte ich ein einfaches britisches Zimmer gehabt, sauber und weiß gekälkt, mit einem Schreibpult und Tischen und einem Bücherkasten. Dieser purpurrote Luxus bedrückte mich.

Ich stritt mich mit den Dienern, und Bedwyr stand an der Wand und beobachtete mich. Er wollte, daß ich blieb, das wußte ich, obwohl er mich nicht darum bat. Allein war er unglücklich. Mir ging es im Grunde nicht anders, aber ich hatte noch immer Angst, bei ihm zu bleiben. Ich hatte das Gefühl, daß ich es nicht zulassen konnte, daß ein Nichts aus mir wurde, ein Anhängsel, ein Werkzeug, das man gegen Artus benutzen konnte. Aber die Diener waren mißmutig und bestanden auf ihren Aufträgen, und ich hatte hier nichts zu sagen.

Noch ein Diener erschien, als ich gerade der Verzweiflung nah war, und verlangte, daß Bedwyr augenblicklich mit ihm käme, um mit König Macsen zu reden. Bedwyr zögerte und schaute mich an. Dann seufzte er und ging. Ich setzte mich erschöpft auf das Bett. Die Diener fingen an, mir die Dinge zu zeigen, die Macsen zu meiner Bequemlichkeit hierher hatte bringen lassen. Sie hielten Seidenstoffe und Schmuckstücke hoch, als ob sie von mir erwarteten, daß ich in die Hände klatschte und beim Anblick solch hübscher Dinge entzückt quietschte wie ein kleines Mädchen. Das schönste war ein Kleid. Sie wollten, daß ich es beim Fest an diesem Abend trug. »Ein Geschenk vom König.« Das Kleid war aus violetter Seide, schwer mit Gold bestickt. Ich weigerte mich, es anzurühren. Die Diener hörten aber nicht auf meine Weigerung, bis ich ihnen schwor, statt dessen mein einfaches grünes Reisekleid zu tragen, das in einem ziemlich schlimmen Zustand war, weil es tagelang auf staubigen Straßen getragen worden war. Bei diesen Worten verließen die Diener mißmutig das Zimmer und zogen los, um sich mit Macsens Haushofmeister zu bereden. Ich blieb wütend zurück. Ich würde nicht wie die rechtmäßige Ehefrau eines Kaisers gekleidet auf Macsens Fest erscheinen und die Schande meines Mannes zur Schau stellen, und ich würde Macsen und seinen Gefolgsleuten auch keine Chance geben, sich an Artus' Schmerz zu weiden.

Bedwyr kam von seinem Gespräch mit dem König erschöpft zurück und ließ sich schwer auf das Bett sinken. Er bemerkte das Kleid, das die Diener auf dem Bett hatten liegenlassen, in der Hoffnung, daß ich es mir anders überlegte. Er warf mir einen fragenden Blick zu. Ich erklärte ihm alles mit ziemlich lauten und deutlichen Worten.

»Ja«, sagte er und runzelte die Stirn. »Er will uns ins rechte Licht setzen. Er will uns benutzen.«

Mein nutzloser Zorn verflog. Die Situation war zu hoffnungslos und bedrängt dafür. Sie würde uns nur das Herz brechen, und wir konnten nichts erreichen. Ich kam zu ihm herüber und setzte mich neben ihn auf das Bett, bei seinen Füßen. »Was hat er gesagt?« fragte ich ihn ruhig.

Bedwyr zuckte die Achseln und rieb sich das Gesicht. »Zuerst . . . zuerst hat er nach Einzelheiten an unserem Urteil gefragt und nach dem Kampf auf der Straße – er hatte davon gehört. Als ich zögerte, ihm davon zu erzählen, bestand er darauf, daß ich offen mit ihm sprechen müsse, wenn ich seinen Schutz suchte. Danach war ich ehrlich mit ihm. Dann hat er mich genau ausgefragt, ob ich in der Tat gegen meinen Herrn Artus intrigiert hätte, und ich stritt das unter Eid ab. Ich glaube, das hat ihn nicht gefreut. Dann . . . dann zeigte er mir einen Brief von Artus, den er vor ein paar Tagen erhalten hat.«

Ich blickte schweigend und voller Angst auf, und er nickte.

»In dem Brief verlangt Artus, daß Macsen uns beide nach Britannien zurückschickt. Ich soll vor Gericht erscheinen, weil ich die Krieger des Kaisers auf kaiserlichen Straßen angegriffen habe und weil ich Gwyn ap Gawain aus der königlichen Familie ermordet habe. Und du sollst wegen Verschwörung und Flucht gerichtet werden. Im Brief standen sehr harte Worte, mein Herz. Artus bestand darauf, daß Macsen uns zurückschicke, oder man müsse annehmen, er habe alle seine Eide und Bündnisse gebrochen und eine Rebellion angefangen.«

»O himmlischer Gott«, flüsterte ich. Das war schlimmer, als wir erwartet hatten.

Bedwyr nickte. »Ja. Das war eine Kriegsdrohung. Ich ... war tief besorgt über diesen Brief. Als Macsen sah, daß ich ihn ausgelesen hatte, kaute er eine Zeitlang auf der Lippe und beobachtete mich. Dann sagte er: ›Du siehst, was dein Herr mir befiehlt. Soll ich ihm gehorchen oder nicht?‹ Und ich erwiderte: ›Du bist König. Du hast die Wahl.‹ Und er lächelte und sagte: ›Aber du bist derjenige, der sterben wird, wenn ich dich zurückschicke, denn nach deinen eigenen Angaben bist du schuldig. Die Angelegenheit geht fast ausschließlich dich an. Und die Lady Gwynhwyfar kommt vielleicht mit einem leichteren Urteil davon, wenn deine Geschichte wahr ist und sie in der Tat des Verrates unschuldig ist. Trotzdem wird ihre Strafe streng sein.‹ Und dann redete er eine Zeitlang von Strafen und von Möglichkeiten, wie sie durchgeführt werden konnten. Als ich nichts sagte, faltete er den Brief zusammen und steckte ihn weg. Dann fing er wieder mit der gleichen Geschichte an, die ich mir im vorigen Jahr nicht hatte anhören wollen, als ich als Artus' Botschafter hierherkam. Zuerst sagte er viel über Kleinbritannien – daß es ein selbständiges Land sein sollte und nicht ein Teil des Reiches. Und dann sagte er, er schulde Artus keinen Gehorsam, sondern sei früher nur gezwungen worden, den Drohungen und Forderungen eines Tyrannen nachzugeben. Dann sagte er, daß ich als Bretone und als ein Mann, dem der Kaiser Unrecht getan hätte, eigentlich mit ihm übereinstimmen müsse. Dem fügte er noch eine Menge Schmeichelei hinzu. Meine Fähigkeiten als Feldherr seien wohlbekannt, und Artus verdanke mir sehr viel und hätte mir wenigstens Reichtum und Ländereien geben müssen, als er mich entließ – als ob jeder andere König im Westen mich nicht für solch einen Verrat hätte töten lassen! Und dann erinnerte er mich daran, er hätte mir ja schon einmal die Stellung seines Feldherrn angeboten, und er sagte, er wolle dieses Angebot jetzt erneuern, wenn ich ihm in einer Rebellion gegen Artus helfen wolle. Und wenn nicht, dann würde er uns zurückschicken. ›Du kennst des Kaisers Kriegskünste, seine Verbündeten, die Zahl seiner Krieger und seine Strategien‹, sagte er mir, ›und mein Heer und das Volk, die wissen, daß du dich auskennst. Sie haben schon angefangen, Lieder über dich zu schreiben, wie du die Frau des Kaisers gestohlen hast und sie mit dir in dein eigenes Heimatland führtest. Wenn du Feldherr bist, dann werden dir die Leute bereitwillig in den Krieg folgen.‹« Bedwyr berichtete von dieser Rede in einem Tonfall großer Verbitterung. Dann umfaßte er den Stumpf seiner Schildhand mit seiner gesunden Hand und starrte finsteren Blickes das violette Kleid an. »Was konnte ich sagen?« fragte er mit sehr leiser Stimme nach sehr langem Schweigen. »Macsen hat seit seiner Thronbesteigung auf diese Chance zur Rebellion gewartet, denn er hat Artus immer gehaßt. Und er weiß, daß ich ihm wertvoll sein würde. Wenn ich mich weigere, dann ist es wahrscheinlicher, daß er uns selbst verurteilt und umbringt, ehe er uns zu Artus zurückschickt. Artus könnte dich gut verschonen, und das wäre für Macsen sicher weniger nützlich, als wenn er dich umbrächte, um sein eigenes Volk zu beeindrucken.«

»Du kannst Artus nicht verraten«, sagte ich.

»Ich habe ihn schon verraten. Ich habe sein Vertrauen getäuscht, ich habe ihn vor seinen Untertanen entehrt und seine Gefolgsleute ermordet. Spielt es eine Rolle, ob ich meinen Verbrechen noch eine bewaffnete Rebellion hinzufüge?«

»Natürlich! Wir kannst du auch nur daran denken, eine Armee gegen die Männer zu führen, die du einmal selbst geführt hast?«

»Kleinbritannien ist niemals ein echter Teil des Reiches gewesen. Nach ein paar Schlachten könnte Artus sicher mit Macsen wieder einen neuen Pakt schließen und sich dann zurückziehen. Und die ›Familie‹ ist besser als jede Streitmacht, die Macsen zusammenbringen könnte, auch wenn Artus die Heere aller Könige von Britannien nicht dazuholt. Vielleicht wäre ein Krieg im Ausland nützlich für Artus. Vielleicht könnte damit der Bruch in der ›Familie‹ geheilt werden. Wenn es aber nicht geschieht, was spielt es für eine Rolle? Wir sind sowieso verdammt.«

Ich sprang auf und packte Bedwyr an den Schultern. Ich zwang ihn, mich direkt anzuschauen. »Du hast doch Macsen nicht etwa gesagt, daß du seine Armee führen willst?«

Zögernd schüttelte er den Kopf. »Ich habe ihm gesagt, ich würde darüber nachdenken. Er hat mir für meine Entscheidung bis morgen früh Zeit gelassen.«

»Bis morgen früh.« Ich ließ ihn los und trat zurück. Ich dachte scharf nach. »Wir könnten diese Nacht fliehen.«

Bedwyr schüttelte ungeduldig den Kopf. »Das könnten wir nicht. Wir sind im Herzen von Macsens Burg, und wir haben nur soviel Freiheit, wie Macsen uns erlaubt. Und wenn wir tatsächlich flüchten könnten, was dann? Sollen wir weglaufen und unter den Franken oder den Sachsen wohnen, oder sollen wir Schweine hüten wie die Helden in den alten Ammenmärchen?«

»Du kannst doch nicht daran denken, kaltblütig gegen Artus und die ›Familie‹ zu kämpfen.«

»Ich habe schon gegen Artus und die ›Familie‹ gekämpft! Liebste Gwynhwyfar, wir werden beide leiden, wenn ich mich weigere.«

»Wir haben schon gelitten, und wir leiden noch. Und wir werden noch viel mehr leiden, ob du jetzt zusagst oder dich weigerst. Wie – warum kannst du auch nur im Traum daran denken, unserer Qual noch mehr Schuld hinzuzufügen?«

Bedwyr stand auf, ging zur Bettstelle und berührte die glänzende Seide des Gewandes. »Wir sind schon Verdammte auf der Erde«, sagte er mit leiser Stimme. »Müssen wir es so eilig haben, auch in der Hölle verdammt zu sein?«

»Gott ist gnädig«, sagte ich nach einem Augenblick des Schweigens. »Wenn wir sterben, weil wir die Treue nicht brechen und unser Land und unseren Herrn nicht betrügen wollten, sondern unser Leben in ehrlicher Reue aufgeben, dann wird Gott uns vielleicht verzeihen. Aber wir wissen, daß Verräter in die unterste Hölle verdammt werden.«

»Wenn Gott gnädig wäre«, gab Bedwyr zurück, ohne den Blick von dem Gewand abzuwenden, »dann wäre dies alles nicht geschehen. Gott ist gerecht. Und nach der Gerechtigkeit bin wenigstens ich verdammt, denn ich habe meinen Herrn verraten und alles, an das ich glaubte. Ich meine, daß man in der Verdammnis das Bildnis Gottes in der eigenen Seele zerstört hat. Vielleicht, vielleicht kann ich dieses Bildnis wieder ein bißchen herrichten, wenn ich lebe. Aber im Tode würde die Ödnis ewig werden. Vielleicht wird es sogar unmöglich, sich nach dem Guten zu sehnen, danach – obwohl das vielleicht auch denen passieren kann, die noch auf der Erde leben. Aber die ewige Verdammnis . . . my Lady, wir sind beladen mit Verbrechen. Wenn ich Macsens Angebot annehme, dann ist das ein Verbrechen. Wenn wir es ihm erlauben, uns nach Britannien zurückzuschicken, dann wird er trotzdem rebellieren, bei irgendeiner anderen Gelegenheit. Und vielleicht ist Artus dann nicht darauf vorbereitet. Und wenn wir noch einmal vor Gericht stehen, dann bekommt Medraut eine zweite Möglichkeit, die ›Familie‹ weiter zu spalten. Zurückzukehren, das bietet also vielleicht Gelegenheit für mehr Verbrechen, als hierzubleiben. Und wenn wir hierbleiben und uns umbringen, dann ist das auch ein Verbrechen. Es gibt kein Entkommen. Gott straft uns, er hat uns unseren Sünden übereignet. Warum sollten wir also nicht den leichtesten Weg einschlagen und länger leben? Wenigstens kann ich dir dann weiterhin treu bleiben, wenn auch keinem anderen.«

Ich hätte mit ihm gestritten. Ich hätte versucht, ihm diese außerordentliche Verzweiflung auszureden und ihn zu überzeugen, daß er Macsens Angebot ablehnen mußte. Aber in diesem Augenblick traten zwei weitere von Macsens Dienern ein.

»My Lady«, sagte einer nervös und bemerkte endlich, daß die Atmosphäre angespannt war und daß sie uns störten. »My Lady, hast du dich entschlossen, das Geschenk des Königs, das er dir so großzügig gemacht hat, anzunehmen?«

Ich schaute Bedwyr an, der noch immer dastand und das Gewand befingerte. Aber er drehte sich nicht um. Wenn wir vernichtet und verdammt waren, dann, so dachte ich, würde ein Purpurgewand daran auch wenig ändern. Aber ich war nicht, wie Bedwyr, in der Lage, die ganze Welt als etwas Abstraktes zu betrachten, so daß eine einzige verräterische Tat mich ändern mußte. Ich wußte, ich war eine Verbrecherin und ohne Ehre, aber dennoch konnte ich es nicht ertragen, mich selbst oder meinen Mann noch weiter zu erniedrigen oder noch ein winziges Quentchen mehr Unehre auf mich zu nehmen, als ich mußte.

»Übermittle dem König mein Bedauern«, sagte ich zu der Dienerin, »aber der kaiserliche Purpur ist jetzt eine zu edle Farbe für mich. Es würde mir nicht ziemen, sie zu tragen. Außerdem beißt sich diese Farbe mit meiner Haarfarbe.«

Die Dienerin nickte, seufzte, nahm das Kleid auf und hängte es über den Arm. »Es ist nicht freundlich, my Lady, ein Geschenk abzulehnen, das von einem so großen König so großzügig gegeben worden ist. Aber der König schickt dir ein anderes Kleid, damit du ihn auf dem Fest nicht beschämst.« Sie winkte, und das andere Mädchen kam ins Zimmer. Es brachte ein blaugrünes Kleid und eine dicke Goldkorde, die mit Bernstein und blauer Emaille verziert war. Ich dankte den beiden mit äußerster Höflichkeit dafür und bat sie, meinen Dank auch dem König auszudrücken. Als sie gegangen waren, schaute ich wieder Bedwyr an. Ich konnte den Gedanken nicht ertragen, daß ich, obwohl er verzweifelt war, grob zu ihm gewesen war. Da Worte nichts nützen konnten, ging ich zu ihm hinüber und legte die Arme um ihn und tröstete ihn. Ich hielt ihn, wie eine Mutter ein verletztes Kind halten würde.

9

Da Macsen sowohl Bedwyr als auch mich zum Fest an diesem Abend eingeladen hatte, hatte ich angenommen, es sei eine informelle Angelegenheit, bei der Männer und Frauen zusammen essen konnten. Aber als ich an Bedwyrs Arm eintrat, entdeckte ich, daß ich die einzige anwesende Frau war. Ich blieb auf der Schwelle stehen und spürte, wie mein Gesicht unter den starren Blicken all der Männer heiß wurde. Nicht alle von Macsens Kriegern waren da, denn da er in einer römischen Stadt wohnte, besaß er keine richtige Festhalle und konnte sie nicht alle unterbringen – aber es waren genug von ihnen zugegen, daß ihre Blicke mich störten. Einen Augenblick lang war ich in Versuchung, einfach kehrtzumachen. Dann schob ich den Gedanken beiseite und vergaß die neugierigen Blicke, denn neben Macsen auf dem Podium saß – Cei.

Der Eingang zu dem öffentlichen römischen Gebäude, das Macsen zu seiner Halle gemacht hatte, lag hinter dem Podium. Cei mußte sich also umdrehen, um festzustellen, wen die anderen anstarrten. Als er es tat, wurde sein Gesicht fast so rot wie sein Bart, und er sprang auf die Beine.

»Was soll das heißen?« wollte Cei wütend von Macsen wissen. »Du hast gesagt, die beiden wären nicht in deiner Festung, als ich dir den Brief gegeben habe!«

»Das waren sie auch nicht. Sie sind heute nachmittag angekommen. Ich habe sie hierherbringen lassen«, gab Macsen aalglatt zurück. »Setz dich wieder, Cei.« Und dann schaute er Cei nachdenklich an und biß sich auf die Oberlippe.

Cei blieb stehen. »Hast du vor, ihnen Unterschlupf zu gewähren? Sie sollten deine Gefangenen sein, nicht deine Gäste!«

»Vielleicht sind sie es auch. Das erfährst du morgen, Cei.«

»Ich bin an den Befehl meines Herrn gebunden«, sagte Cei scharf. »Und es wäre für mich nicht ziemlich, mit den Feinden meines Herrn zu essen und zu trinken.«

»Ich bin hier der Herr, nicht du«, sagte Macsen jetzt schärfer. »Entweder bleibst du als mein Gast hier, oder du verläßt das Fest. Was aber die beiden anbetrifft – die bleiben.«

Ich ließ Bedwyrs Arm los und kam herüber, während Cei schäumend dastand und nicht wußte, was er tun sollte. »Cei«, sagte ich, »ich wußte nicht, daß du hier warst, aber bei deinem Anblick sinkt mein Herz. Wenn die Befehle meines Herrn es dir erlauben, dann bleibe und erzähl mir, was in Camlann passiert ist. Denn ich bin fast krank vor Sehnsucht, von Camlann zu hören. Wenn du aber nicht bleiben kannst . . . Macsen, ich würde lieber gehen, als daß du aus Höflichkeit so unehrenhaft einen Gast und Botschafter von deinem Fest wegschickst.«

Macsen biß sich auf die Lippe und starrte mich an. Denn so, wie ich es ausgedrückt hatte, würde es einen ernsten Bruch der Gastfreundschaft bedeuten, wenn er Cei wegschickte. Aber Cei zog die Schultern hoch und schaute mich verwirrt an.

»My Lady«, begann er und rief dann angewidert aus, »ach, zur Hölle damit! Ich meine Lady Gwynhwyfar!« Aber er fuhr nicht fort. Ich nahm seine Hand und umklammerte sie. Ich war überrascht, wie froh ich darüber war, sein Gesicht zu sehen. Ich hatte das Gefühl, als ob eine klebrige Lage von Staub jetzt weggewaschen worden wäre und als ob ich mich wieder wie ich selbst benehmen konnte. Cei schaute noch immer verwirrt drein, aber fast unwillkürlich nahm er meine Hand und umfaßte sie mit beiden Händen. »Also, my Lady«, sagte er ruhiger, »du bist schon seit so vielen Jahren meine Herrin gewesen, daß ich keine andere Anrede für dich mehr finden kann. Und trotz allem sind wir ja Freunde gewesen, du und Bedwyr und ich. Vielleicht sollte ich jetzt gehen und die Leute über König Macsens Gastfreundschaft reden lassen, wie sie wollen – aber wenn er treu bleibt, dann reisen wir morgen zusammen zurück nach Camlann.«

»Und ich würde die Reise in solcher Gesellschaft genießen«, gab ich zurück.

Cei lächelte und ließ mich zu seiner Rechten Platz nehmen – nicht auf dem Platz, den Macsen mir hatte geben wollen. Bedwyr setzte sich zu meiner Rechten nieder. Er begrüßte Cei nicht, er starrte nur auf den Tisch, und Cei sagte kein Wort zu ihm. Aber sie kannten einander vielleicht besser, als ich sie beide kannte. Sie hatten unzählige Schlachten zusammen gekämpft, einander das Leben gerettet, bei zahllosen Feldzügen Seite an Seite gelagert. Das machte es für die beiden jetzt um so schwieriger, die richtigen Worte zu finden.

Cei schaute mich scharf an, als das Mahl begann. »Nun, my Lady«, sagte er, »als du hereinkamst, da dachte ich, du wärst die schönste Königin seit Helena, der Mutter Constantins. Aber jetzt sehe ich, daß du bleich bist. Bist du krank gewesen?«

»Nein. Es ist nur die Reise und der Kummer. Aber sag mir, wie stehen die Dinge in Camlann? Wie geht es meinem Herrn Artus? Und Gawain – es hat mich krank gemacht, an ihn zu denken.«

Cei warf mir einen sehr seltsamen Blick zu. Hinter ihm lauerte Macsen mit glühenden Blicken. Sein Schaustück benahm sich nicht, wie er sich das gewünscht hätte. Wahrscheinlich hatte er auf einen Streit gehofft, bei dem Cei hinausstürmte und Bedwyr und mich zurückließ, damit seine Männer beeindruckt waren.

»Du glaubst, ich hätte mich mit Bedwyr wegen meiner Flucht besprochen?« fragte ich und erriet den Grund für den seltsamen Blick. »Cei, ich schwöre dir, das habe ich nicht getan. Ich wußte nichts von diesem Plan, bis Bedwyrs Gruppe uns auf der Straße begegnete.«

»Und sie ist nur mit mir gekommen«, fügte Bedwyr mit leiser, rauher Stimme hinzu, »weil sie wußte, daß ich vor Kummer über das, was ich getan hatte, verzweifelt war.«

Cei schaute ihn bei diesen Worten nicht an. Bedwyr heftete kurz seine Augen auf ihn und wandte dann den Blick ab. Er schaute hinaus in die Halle. Er war sehr bleich geworden, und die Haut um seine Augen wirkte steif vor Anspannung.

Ceis zorniger Blick wich einem Ausdruck der Unsicherheit. »Und wie kam es, daß du Gwyn getötet hast?« fragte er Bedwyr und sprach auch leise.

Bedwyr schüttelte den Kopf, als ob er etwas beteuern wollte, das er schon viele Male gesagt hatte. »Ich habe ihn getötet, wie man in der Schlacht tötet. Die Hand ist schneller gewesen als der Gedanke, der sie führen sollte. Ich hatte keine Zeit zu denken.«

Cei pfiff leise durch die Zähne. »Das war eine schwarze Stunde, Vetter, als du geplant hast, die Kaiserin zu retten. Und es war noch ein schwärzerer Augenblick, als du den Speer gegen deine Kameraden geschleudert hast. Aber ich glaube dir. In der Tat, ich hätte nie geglaubt, daß du unseren Gwyn umbringen könntest, daß du Mord im Sinn hattest. Nicht, wo dieser goldenzüngige Bastard einer Füchsin und eines Teufels, dieser Medraut, unter deinen Gegnern war.«

»Aber hast du denn meinen Brief nicht gesehen?« fragte ich, und als Cei verwundert dreinschaute, fügte ich hinzu: »Den Brief, den wir in Caer Gloeu hinterlassen haben.«

Cei schüttelte den Kopf. »Als die Nachricht kam, haben wir nach Caer Gloeu geschickt, um nachzuforschen, ob ihr noch da wärt, und um herauszufinden, auf welchem Schiff ihr ausgelaufen seid, so daß wir euch auch sicher folgen konnten. Aber ein Brief war nicht da. Vielleicht ist er verlorengegangen oder verlegt von den Leuten, bei denen du ihn hinterlassen hast.«

»Vielleicht«, sagte ich, aber ich fragte mich, wen Artus wohl nach Caer Gloeu geschickt hatte. Wenn es nicht Medraut selbst gewesen war, dann sicherlich einer von Medrauts Freunden, jemand, der den Brief von dem Hafenbeamten angenommen und ihn insgeheim vernichtet hatte.

Schnell sagte ich Cei, was in dem Brief gestanden hatte, und Bedwyr fügte gelegentlich zwei oder drei Worte mit kaum hörbarer Stimme hinzu. Als ich fertig war, nickte Cei.

»Das ist schrecklich zu hören«, war seine einzige Bemerkung. »Einer von eurer Eskorte bestand darauf, daß du nicht willig mitgegangen wärst und daß du Bedwyr hättest sagen wollen, du gingest nicht mit. Aber wir wußten nicht, was wir glauben sollten. Jetzt scheint es, als ob das Rad der Fortuna sich gegen uns dreht, und selbst unschuldige Absichten zielen auf Vernichtung.«

»Ich bete darum, daß unser Reich dem Untergang noch entgeht«, erwiderte ich ruhig. »Aber ich bitte dich, Cei, sag mir, was in Camlann passiert ist!«

Cei schaute mich mit einem Gesichtsausdruck an, den ich zuerst nicht erkannte. Ich hatte diesen Ausdruck bei ihm so selten gesehen: Mitleid. »Nichts Gutes ist geschehen, my Lady. Im Gegenteil – seit dieser Bastard einer Hexe nach Camlann gekommen ist, ist dort wenig Gutes geschehen.«

Ich sagte nichts, und schließlich fuhr Cei fort: »Also gut. Medraut und die anderen von deiner Eskorte kehrten sechs Tage, nachdem sie ausgeritten waren, nach Camlann zurück. Sie waren in schlechtem Zustand. Zwei Männer beförderten sie auf Bahren, die zwischen zwei Pferden aufgehängt waren, und drei waren in Decken eingewickelt und hingen über anderen Pferden – und eins dieser Pferde war die schöne Fuchsstute, die Gawain Gwyn geschenkt hatte. Sie ritten zur Halle herauf, ohne nach rechts oder links zu schauen, und dort hielten sie. Ich saß zufällig draußen vor der Halle und genoß die Sonne, aber als ich sah, wie sie herankamen, stand ich auf und starrte sie an, wie ein Bauer auf einem Jahrmarkt um sich glotzt. Also sitzt Medraut vor mir ab und sagt mir: ›Bedwyr hat Gwynhwyfar gestohlen. Wo ist der Kaiser?‹ Also rufe ich die Diener, damit sie sich um die Verwundeten kümmern und Gruffydd, den Chirurgen, holen. Und dann gehe ich mit Medraut in die Halle, denn ich wußte, mein Herr würde da sein. Und richtig, er und Gawain saßen am Hohen Tisch und redeten über Politik, aber sie hörten auf und schauten besorgt drein, als sie Medraut hereinkommen sahen.

Medraut und Rhuawn und all die anderen, die noch laufen

konnten, gingen direkt in die Halle. Sie hatten es überhaupt nicht eilig, und dann nahm Medraut sich viel Zeit und verbeugte sich vor Artus. ›Warum bist du hier?‹ fragte Artus ihn. ›Man kann nicht in einer Woche nach Ebrauc und zurück reiten.‹ ›Mein Herr‹, sagt Medraut sehr kühl und tut so, als ob er seinem Zorn nicht nachgibt. ›Bedwyr ap Brendan und seine Freunde haben uns auf der Straße von Caer Ceri nach Linnuis angegriffen und die Lady Gwynhwyfar mit sich weggeführt.‹ Und Artus starrte ihn einfach an und runzelte die Stirn. Nach einem Augenblick sagt Gawain zum Kaiser: ›Mein Herr, wenn das wahr ist, dann ist das kein Verbrechen, es sei denn, es hat Blutvergießen gegeben. Du hast der Lady befohlen, zu ihrer Familie zurückzukehren, aber sie hat das Exil gewählt, eine viel schwerere Strafe. Und Bedwyr ist seinem Urteilsspruch nachgekommen. Wenn es aber Blutvergießen gegeben hat, dann können wir den gerechten Blutpreis fordern, und die Sache hat ein Ende.‹ Artus wandte den Blick ab und verbarg einen Augenblick lang sein Gesicht in den Händen. Ich glaube, er war wie gelähmt davon, wie auch ich. Mir gefielen Medrauts Worte nicht, denn ich wußte, es waren Männer getötet worden, und selbst wenn das nicht der Fall gewesen wäre – ein Kaiser kann es sich nicht leisten, daß seine Frau mit einem anderen Mann in einem fremden Land lebt. ›Sie sollte in irgendein Kloster eintreten‹, sagte der Kaiser. ›Das zieht sie ihrer Familie vielleicht vor, Herr‹, sagt Gawain, und Artus nickt. Er sah so müde aus, wie ich ihn noch nie gesehen hatte, und ich habe ihn nach all seinen großen Schlachten erlebt, mitten in den Feldzügen der letzten Jahre, die einen Mann mit ihren Strapazen fast umbringen. Dann drehte Gawain sich um, schaute die anderen an und sagte: ›Aber wo ist mein Sohn?‹ Und Medraut sagt, ›er ist draußen.‹ Und Gawain lächelte, Gott helfe ihm, und stand auf und ging hinaus, um seinen Sohn zu sehen. Ich wollte ihn aufhalten, aber ich war selbst nicht sicher, was Medraut meinte. Denn Gwyn hätte ja auch einer von den Verwundeten sein können. Also geht Gawain hinaus, und auch Artus und Medraut und die anderen. Als wir aus der Halle traten, waren die Diener und Gruffydd schon bei den Verwundeten und kümmerten sich um sie, und Artus bleibt stehen und schaut Medraut an und sagt: ›Es hat also doch Blutvergießen gegeben.‹ Und Medraut verbeugt sich, wie um zu verbergen, daß er lächelt (aber ich hab' das Lächeln vorher gesehen), und sagt: ›Einer ist tot, und zwei von unserer Gruppe sind verwundet. Zwei von Bedwyr sind gefallen.‹ Und Gawain dreht sich herum und schaut die Leichen an, die in Decken gewickelt sind, und sieht das Pferd seines Sohnes. Und dann schaut er diesen Bastard Medraut an und sagt mit seltsamer Stimme: ›Wo ist mein Sohn?‹ Und Medraut geht zu der Fuchsstute und schneidet die Seile durch, mit denen die Leiche auf ihrem Rücken festgebunden ist. Und dann fällt die Leiche auf den Boden, und ein Stück der Decke rutscht beiseite, und da liegt Gwyn, tot. Und Medraut sagt: ›Da ist er.‹ Und Gawain starrt einen Augenblick hin, und dann stößt er diesen langen, fürchterlichen Schrei aus und geht hinüber zu der Leiche und zieht den Rest der Decke weg. Und er legt eine Hand über die Wunde in der Brust des Jungen und die andere unter seine Schultern, als ob er versuchen wollte, ihm aufstehen zu helfen. Aber genauso hält er inne und kniet da und schaut ihn an und gibt keinen weiteren Laut von sich. Also sagt Medraut: ›Er hat versucht, Frieden mit Bedwyr zu machen, als wir angegriffen wurden. Er hat den Schild weggeworfen und Bedwyr gerufen, und Bedwyr blickte auf und sah ihn und hat ihn mit dem Speer getötet.‹ Und er fährt fort und sagt, daß du, my Lady, mit den anderen weggeritten wärst. Artus schaut die anderen Männer an, und sie bestätigen es alle, obwohl einer darauf besteht, du wärst nicht willig mitgegangen. Aber wütend waren sie alle. Also fragt Artus, wer noch gefallen ist, und hört die Namen von denen, die mit dir weggeritten sind. Und dann fragt er Gruffydd, wie es den Verwundeten geht, und er sagt es ihm. Dann befiehlt er einigen von den Dienern, die Leichen wegzubringen und zu waschen und zur Beerdigung vorzubereiten. Und dann geht er hinüber zu Gawain und legt ihm die Hand auf die Schulter, und Gawain blickt zu ihm auf mit einem Ausdruck wie ein Wesen aus der dunklen Anderwelt. Und Artus sagt: ›Wir müssen dafür sorgen, daß er beerdigt wird‹, und ruft die Diener, damit sie die Leiche wegbringen. Und Gawain sagt nichts und läßt ihn wegtragen. Dann steht er auf, zieht die Kapuze übers Gesicht und geht weg, ohne etwas zu sagen oder jemanden anzuschauen, und niemand wollte auch zu ihm etwas sagen.

Also, Artus ließ die Verwundeten versorgen, und am nächsten Morgen haben sie eine Messe für die Toten gelesen. Gawain stand während des Gottesdienstes die ganze Zeit da, ohne ein Wort zu sagen, und beobachtete die Beerdigung mit einem Gesicht wie eine Statue in der Kirche. An diesem Nachmittag hat er die Fuchsstute aus dem Stall geholt, sie zum Schlachthaus gebracht und getötet. Dann ging er durch unser Haus und suchte Gwyns Sachen zusammen und brachte sie nach draußen, um sie zu verbrennen. Ich kam herein, als er das tat. Ich hatte gerade von der Stute gehört. ›Was machst du denn hier bloß?‹ fragte ich ihn. ›Ich will nicht, daß diese Dinge mich an ihn erinnern‹, sagte Gawain, ohne sich umzudrehen. ›Und ich könnte es auch nicht ertragen, daß ein anderer sie benutzt.‹ My Lady, ich kann einfach nicht sagen, was das für mich bedeutete: Es brach mir das Herz, wenn ich ihn anschaute. Es war für mich das gleiche wie damals, als ich den armen Agravain sah, ehe er starb. Es dürfte nicht sein, daß man zusehen muß, wie einem Freund das angetan wird.

An diesem Abend hielten sie das Beerdigungsfest in der Halle. Gawain kam spät herein, ging zum Hohen Tisch, setzte sich aber nicht. Statt dessen zieht er sein Schwert und legt es vor Artus hin, das Heft auf Artus' Hand gerichtet. Und er selbst sinkt auf beide Knie und beugt den Kopf. Und Artus sagt: ›Was wünschst du?‹ Und sofort sagt Gawain: ›Gerechtigkeit, Herr.‹ Artus sagt: ›Ich schreibe wegen Bedwyr an Macsen von Kleinbritannien. Würdest du einem Blutpreis zustimmen?‹ Aber Gawain sagt: ›Ich habe einmal geschworen, und zwar in dieser Halle, daß ich bis ans Ende der Erde gehen und kein Leben auf der ganzen Welt verschonen und keinen Blutpreis annehmen würde, wenn mein Sohn durch Verrat ums Leben käme. Und zu diesem Eid stehe ich.‹ Artus schaut darauf sehr grimmig drein, sagt aber: ›Ich schreibe an Macsen.‹ ›Tu das, Herr‹, antwortet Gawain. ›Aber schreib ihm nicht, wie du ihm früher geschrieben hast, denn sonst wird Macsen so tun, als ob er nichts von irgendwelchen Verbrechern wüßte, oder er wird sagen, daß zwischen uns kein Pakt besteht, nachdem er Menschen ausliefern muß. Er wird dann nichts tun.‹« Und Cei warf einen Blick zu Macsen hinüber, der jetzt wie gebannt zuhörte, genau wie die anderen am Hohen Tisch. »›Herr‹, sagt Gawain, ›du mußt ihm Krieg versprechen, wenn er keine Gerechtigkeit walten läßt.‹ Artus sagt nichts dazu. Er war nicht erpicht auf Krieg, und ich glaube, er hat verstanden, my Lady, wie das alles geschehen sein mußte. Er hat nie geglaubt, daß Bedwyr Gwyn umbringen wollte. Und er war auch nie einer von den Männern, die das Blut von denen fließen sehen wollen, die ihm Dienste geleistet haben. Aber Gawain kniete weiterhin und sagte: ›Mein Herr, seit siebzehn Jahren habe ich für dich gefochten, die volle Hälfte meines Lebens. In deinen Diensten habe ich Wunden und Strapazen ertragen, bin ich von einem Ende Britanniens bis zum anderen gereist, habe ich Meere überquert, habe ich mich von meiner eigenen Sippe losgesagt, solange ich noch eine hatte. Ich habe nie um ein größeres Geschenk gebeten als um diesen Dienst selbst. Und jetzt will ich auch nichts von dir verlangen, sondern ich bitte wie jeder anderer Bittsteller, daß du mir Gerechtigkeit gegen den Mörder meines Sohnes gibst.‹ Darauf sagt Artus: ›Wahrscheinlich wird das Krieg bedeuten. Ich gebe dir Briefe und setze dich als Botschafter ein. Geh selbst nach Kleinbritannien und fordere Gerechtigkeit von Bedwyr. Ich glaube nicht, daß er sich weigern wird, gegen dich zu kämpfen oder deiner Forderung nachzukommen.‹ Aber Gawain sagte: ›Ich habe nicht all die Jahre für das Reich und für dich gekämpft, daß ich jetzt private Rache wünsche. Nein, mein Herr, laß die ganze Welt sehen, daß du mir Gerechtigkeit gegen diesen Verbrecher gibst, Gerechtigkeit und das Gesetz.‹ Da seufzte Artus und streckte die Hand aus und umfaßte das Heft von Gawains Schwert. ›Du verlangst nicht mehr, als dir zusteht. Du sollst deine Gerechtigkeit bekommen, und wenn wir ganz Kleinbritannien verwüsten müssen, um sie zu erlangen.‹ «

Cei hielt inne und nahm einen großen Schluck von Macsens Wein.

»So«, sagte Macsen, »es ist also Gawain ap Lot, der diese üblen Gefühle mir gegenüber aufgerührt hat, wegen seines privaten Streites.«

»Der Kaiser verlangt nicht mehr als Gerechtigkeit von einem seiner Unterkönige, der durch den Eid daran gebunden ist, sie ihm zu geben«, erwiderte Cei sofort.

»Aber dieser Gawain ap Lot ist noch nicht einmal Brite. Er stammt aus keinem Teil des Reiches. Er ist ein irischer Wolf, der nach Rache heult.« Macsen redete laut, denn er wollte, daß seine Gefolgsleute ihn hörten.

Cei knallte seinen Becher auf den Tisch und starrte ihn an. »Gawain ist ein Mitglied der königlichen Sippe, ein Verwandter des Kaisers und einer seiner besten und treusten Krieger! Was für ein König würde denn solch eine Bitte übersehen, von solch einem Diener? Mit Sicherheit nicht mein Herr Artus – das erfährst du zu deinem Schaden, wenn du versuchst, dich Artus' Forderungen entgegenzusetzen.«

»Und diese Forderung ist das Leben dieses Mannes, Bedwyr ap Brendan«, sagte Macsen. Er schaute Cei einen langen Augenblick an, und Cei wirkte unruhig und verlegen. Macsen ließ seine Blicke dann von Cei zu Bedwyr hinüberwandern, aber Bedwyr saß nur da, starrte seinen Teller an und sagte nichts.

»Aber wie war die Situation, als du abgereist bist?« fragte ich Cei, um das Thema zu wechseln. Ich wollte nicht, daß der Krieger hier in Kleinbritannien in einen Streit verwickelt wurde. Es war ungewöhnlich, daß Cei zum Botschafter gewählt worden war, denn er stritt immer gerne mit jedem, der Artus oder dem Reich feindlich gesinnt war. Wahrscheinlich hatte Artus ihn geschickt, um Macsen einzuschüchtern und um sein Ultimatum möglichst deutlich zu machen.

Cei zuckte die Achseln. »Es hat sich nicht viel verändert. Artus kümmert sich um die Angelegenheiten des Reiches, die ›Familie‹ streitet und schärft die Schwerter, und Gawain sitzt in seinem Haus und brütet, oder er reitet sein Pferd täglich bis halb nach Baddon. Unser Diener Rhys und ich selbst, wir sind die einzigen, die es wagen, mit ihm zu reden, aber er sagt wenig genug zu uns. Einmal hat er stundenlang mit Medraut geredet, aber was die beiden besprochen haben, das weiß niemand.« Cei machte eine Pause, warf wieder einen Blick zu Macsen hinüber und fügte hinzu: »Medraut benimmt sich wie gewöhnlich« – ein ungewohnter und ziemlich später Versuch, diskret zu sein.

»Ein sehr hübscher Bericht«, sagte Macsen sardonisch. »Und jetzt haben wir für heute genug von Camlann und von der angestrebten Rache gehört. Kommt, jetzt soll es etwas lustiger werden!« Und er klatschte in die Hände, damit seine Barden kamen und für ihn sangen. Nach kurzer Zeit fingen einige seiner Männer einen Schwertertanz an.

Cei verließ das Fest früh. Bedwyr bat darum, auch gehen zu dürfen, kurz nachdem Cei gegangen war. Ich zog mich mit ihm in unsere Zimmer zurück, aber er wollte weder von Ceis Neuigkeiten noch von Macsens Angebot sprechen; er wollte mich nur in den Armen halten, und danach lag er still auf dem Bett – wach und bewegungslos, wie ein Mann, der an einem Fieber stirbt.

Am nächsten Morgen fragte ich ihn, welche Antwort er Macsen geben wolle.

»Keine«, erwiderte er.

»Keine? Aber Macsen sagte, du müßtest ihm eine Antwort geben.«

»My Lady, ich habe versucht, mich dazu zu entschließen, sein Angebot abzulehnen. Das Leben wird durch Verrat zu teuer erkauft, besonders, nachdem man seine Freunde so verletzt hat. Aber ich kann nicht einfach ablehnen. Ich kann es nicht. Mich von denen, die ich verletzt habe, richten zu lassen, dich gestraft zu sehen – vielleicht ausgepeitscht oder sogar hingerichtet – so gebrochen vor meinen Freunden zu stehen und vor den Männern, die ich befehligt habe – das kann ich nicht. Aber wie kann ich Macsens Angebot akzeptieren und weitere Verbrechen gegen meine Kameraden und gegen meinen eigenen Herrn begehen? Nein, ich will ihm keine Antwort geben. Macsen soll selbst wählen. Aller Wahrscheinlichkeit nach wird er sich dazu entschließen, uns mit Cei zurückzuschicken, und damit hat es ein Ende, auch ohne daß ich wähle.«

Aber das war genau das, was Macsen nicht tat. Er ließ Bedwyr noch an diesem Morgen rufen und fragte ihn, wie er sich entschieden hätte, und Bedwyr sagte ihm, er könne sich nicht entscheiden. Nach einer Weile schickte er also Bedwyr zurück, ließ Cei rufen und befahl ihm, Kleinbritannien sobald wie möglich zu verlassen. Er solle Artus sagen, Macsen erkenne Artus' Reich nicht mehr an und wolle Artus' Befehl, einen Mann betreffend, der als Macsens Untertan geboren sei, nicht akzeptieren. Ich erfuhr erst hinterher davon, sonst hätte ich Artus einen weiteren Brief geschrieben, den Cei mit nach Camlann hätte nehmen können.

Macsen sagte an diesem Tag und am nächsten nichts zu uns. Wir sahen ihn während all dieser Zeit nicht. Wir wurden gut bewacht, man erlaubte uns noch nicht einmal, unser Zimmer zu verlassen. Ich bestach eine der Dienerinnen, damit sie uns ein paar Bücher brachte. Damit konnte man sich die Zeit vertreiben, aber der Zeit, die man mit Lesen verbringen kann, sind Grenzen gesetzt.

Am dritten Tag, nachdem Cei wieder abgereist war, befahl uns Macsen noch einmal zu einem Fest. Er ließ Bedwyr zu seiner Rechten plazieren und mich neben Bedwyr. Er sprach freundlich und lässig über unwichtige Dinge, als ob nichts geschehen wäre. Später am Abend fing er an, von Artus' wahrscheinlicher Invasion zu reden, aber er unterhielt sich mit seinem eigenen Feldherrn – einem mürrischen, mageren Mann mit allzufrüh ergrautem Haar, und nicht mit Bedwyr. Erst als das Mahl vorüber war und wir dasaßen und Macsens ausgezeichneten Wein tranken, während einer von Macsens Barden sang, wandte sich Macsen an Bedwyr und fragte ihn zu dem Thema aus, das er eben mit seinem Feldherrn besprochen hatte. »Was meinst du?« wollte er wissen. »Sollten wir die Häfen verbarrikadieren?«

»Ach, es hat keinen Sinn, die Häfen zu verbarrikadieren«, meinte der Feldherr Lenleawc nachdrücklich. »Es gibt Strände genug, wenn Artus mit Karacken kommt, und wir können nicht die ganze Küste mit Booten bewachen.«

»Aber wenn er kleine Karacken benutzt und an den Stränden landet, dann wird er mehrmals fahren müssen, um die Armee herüberzubringen«, erwiderte Macsen. »Und wir wären gewarnt und hätten mehr Zeit, unseren Gegenschlag vorzubereiten.«

»Er wird keine Bauernarmee herbringen«, sagte Bedwyr.

»Warum nicht?«

Bedwyr war klargeworden, was er gesagt hatte, und er zögerte.

»Komm, das ist doch keine geheime Information! Wenn du unserem Krieg um die Unabhängigkeit so abgeneigt bist, wenn du deinem eigenen Land gegenüber so untreu bist, daß du Skrupel hast, am Tisch deines Gastgebers Informationen von dir zu geben – wenn das so ist, dann solltest du morgen nach Camlann zurückreiten.«

»Artus wird wahrscheinlich während der Erntezeit angreifen«, sagte Bedwyr nach einem weiteren Augenblick des Schweigens. »Du wirst Schwierigkeiten haben, um diese Zeit deine eigene Armee zusammenzubringen, und Artus' Vorteil, der in seinen ausgebildeten Kriegern liegt, wird um so effektiver sein. Wahrscheinlich wird er eine Streitmacht von ausgesuchten Männern mitbringen, nicht mehr als tausend an der Zahl, und wird direkt hier, bei deiner Festung, zuschlagen. Auf diese Weise hofft er, den Krieg schnell zu Ende zu bringen.«

Ich starrte Bedwyr zornig an. Macsen bemerkte das, lächelte in sich hinein, ignorierte mich aber und stellte Bedwyr eine weitere Frage. Bedwyrs Zögern bei der Beantwortung dieser

Frage verschwand langsam, während er sich an Artus' Strategien begeisterte, und ich saß schweigend an seiner Seite und hörte zu, und mein Herz wurde kälter und kälter.

An den folgenden Tagen besprach sich Macsen weiterhin mit Bedwyr, und die Zeit, die Bedwyr ihm widmete, wuchs ständig. Er wußte jetzt, daß sein Standpunkt falsch war. Er hatte Macsen keine Antwort gegeben, und Macsen hatte sein Schweigen als Zustimmung gedeutet. Bedwyr konnte den Schutz, den Macsen uns bot, und der der direkte Grund für den Krieg war, nicht annehmen und sich trotzdem weigern, Macsen zu unterstützen. Irgendwie glaubte er ja, daß Kleinbritannien ein separates Königreich war und nichts mit Britannien zu tun hatte und daß Macsen in seinem Reich tun konnte, was er wollte. Aber der Hauptgrund dafür, daß er zustimmte, Macsen bei seiner Rebellion zu helfen, war die betäubende Verzweiflung, von der er nie mehr frei zu sein schien. Er war auch anscheinend nicht mehr in der Lage, eine moralische Entscheidung zu treffen, und Macsen drängte ihn in seiner Unentschlossenheit dazu, mit ihm gemeinsame Sache zu machen. Bedwyr fing also an, nachdem er nur Ratschläge erteilt hatte, ein System aufzustellen, mit dem man eine Armee schnell ausheben konnte und mit der die Küste verteidigungsbereit war – die Häfen zu verbarrikadieren und jedem Bauern, der eine Landung auf dem Strand meldete, Belohnung zu versprechen, auch das war Bedwyrs Plan. Er war bereit, die Krieger auszubilden, und schließlich, im September, akzeptierte er offiziell eine militärische Stellung unter Macsen.

Bei jedem Schritt redete ich Bedwyr ins Gewissen. Er stimmte dann meinen Argumenten zu, und danach sagte er, er wüßte schon, daß dies oder jenes falsch wäre, aber es gäbe keine Möglichkeit, gerecht zu bleiben, und er könne nicht mehr zurück. Schließlich, da meine Argumente seine Verzweiflung nur noch vertieften, gab ich auf. Ich versuchte, Bedwyr aufzuheitern und ihn auf diese Weise wieder zur Vernunft zu bringen. Aber er ließ sich nicht aufheitern. Seine einzige Flucht vor der Verzweiflung bestand darin, sich auf seine Arbeit für

Macsen zu werfen, und während die Tage vergingen, sah ich ihn weniger und immer weniger.

Die Beschränkungen, mit denen wir lebten, wurden nach und nach aufgehoben, je mehr Bedwyr zur Mitarbeit bereit war. Bald wurde mir erlaubt, in der Stadt umherzureiten, wenn ich Lust hatte, obwohl ich dauernd beobachtet wurde, falls ich Anstrengungen machen sollte, die Stadt zu verlassen. Wenn schöne Kleider und Schmuck mir eine Quelle der Freude gewesen wären, dann wäre ich entzückt gewesen. Denn mit solchen Dingen wurde ich geradezu überschüttet. Macsen wollte, daß ich schön und wertvoll wirkte, so daß seine Gefolgsleute noch stärker dadurch beeindruckt wurden, daß Bedwyr mich gestohlen hatte. Artus' Demütigung sollte sie aufheitern. Macsen wollte auch, daß ich Bedwyr glücklich machte. Schon bald begriff er, daß ich meinerseits seinen Plänen vollkommen abgeneigt war. Aber er war zufrieden damit, daß ich über ihn keine Macht hatte.

Nun, ich wenigstens war froh darüber, daß ich wieder mein Pferd reiten konnte, daß ich an die frische Luft kam oder unter Bewachung auf dem Land oder bis zum Rand des großen Waldes reiten konnte. Ich schaffte es auch, ein paar Bücher zu finden. Dennoch, die Stunden waren ermüdend und voller Elend. Alles war wie in Bresta, nur noch schlimmer. Manchmal, wenn ich an den Mauern von Car Aes spazierenging, hatte ich den Drang, mich hinunterzustürzen. Es war nicht einmal der Wunsch zu sterben, sondern die tiefe Sehnsucht nach Freiheit. Manchmal in meinen Träumen konnte ich von den Mauern losfliegen, aber immer versagte ich im Flug, selbst im Traum. Und dann fiel ich aus der hohen Luft in die Dunkelheit.

Im späten August war es noch schlimmer. Macsen und Bedwyr ritten davon, um die Strandbefestigungen zu inspizieren. Mir war es nicht erlaubt, die Stadt zu verlassen, und zwei Krieger folgten mir, wann immer ich Macsens Haus verließ. Macsens Haushofmeister trat an mich heran und schlug vor, er könne doch Bedwyrs Platz einnehmen, solange Bedwyr noch fort wäre. Ich hätte ja meinen Mann verlassen und wäre deshalb schamlos, glaube er, und ich müsse ja ganz wild nach einem Mann sein, da doch mein Liebhaber abwesend wäre. Ich schlug den Mann ins Gesicht, und er grinste und versuchte mich zu küssen. Ich konnte ihn nur dadurch abschütteln, daß ich ihm drohte, Bedwyr von seinem Vorschlag zu erzählen, wenn er wieder zurückkäme. Aber natürlich konnte ich das nicht tun, als Bedwyr tatsächlich zurückkehrte. Ich hätte ihm damit nur Ärger bereitet, denn ohne Zweifel hätte er den Mann zum Duell gefordert. Und Macsen und seine Krieger wären amüsiert gewesen.

Ich wurde zornig und niedergeschlagen, und ich konnte mit niemandem mehr reden, ohne daß das Temperament mit mir durchging. Ich verbrachte Stunden auf der Mauer in der Nähe der Stadttore, schaute hinaus nach Westen und fragte mich, wann Artus wohl aus Britannien kam. Vom Torturm aus konnte man gerade noch das Ende der bebauten Ländereien sehen, die Car Aes umgaben, und dahinter den Rand des großen Waldes. Die Bretonen hatten Angst vor dem Wald. Sie sagten, wenn man sich darin verirrte, dann fand man vielleicht nie mehr den Weg zurück auf die Erde der Menschen, sondern wanderte für immer darin umher. Alles, was wunderbar oder schrecklich war, sollte angeblich den Wald bewohnen – es sollte dort Teufel und Götter geben, Schlösser aus Glas und verzauberte Quellen, und wenn man diese Dinge fand, dann verlor man alles andere. Ich hatte den Wunsch, einmal diesen Wald zu besuchen, aber man erlaubte mir nie, so weit zu reiten.

Artus kam im September. Er hatte von den Küstenbefestigungen gewußt – wir hatten ja immer Spione in Kleinbritannien gehabt, und Bedwyr war nicht so weit gegangen, ihre Namen Macsen gegenüber zu enthüllen. Statt zu versuchen, die Verteidigungsanlagen zu überwinden, hatte Artus sich entschlossen, ihnen aus dem Weg zu gehen. Einige seiner sächsischen Untertanen hatten Freundschaftsverträge mit dem fränkischen Königreich im Nordosten von Kleinbritannien, und

Artus hatte sich mit dem König dieses Landes geeinigt, eine gewisse Summe in Gold für das Recht zu zahlen, einen seiner Häfen zu benutzen und sein Land nach Kleinbritannien zu durchqueren. Der fränkische König hatte wahrscheinlich Freude daran, daß Kleinbritannien überfallen werden sollte, denn die Summe war ziemlich bescheiden, und er machte Artus keine Schwierigkeiten. Die Sachsen und die Franken waren schon seit so langer Zeit Feinde der Briten gewesen, daß noch nicht einmal Bedwyr so etwas erwartet hatte. Die Invasion kam für ihn und Macsen schließlich doch als Überraschung. Allerdings lag Macsens Heer an der Küste bereit, und der größte Teil von Macsens adligen Heerführern zusammen mit ihren Kriegern waren schon dazu überredet worden, sich dem König anzuschließen. Mit dieser Streitmacht eilten Bedwyr und Macsen von der Küste heran und schafften es, Car Aes zu erreichen, ehe Artus viel mehr getan hatte, als die Grenze zu überqueren. Bedwyr und Macsen hatten natürlich dadurch, daß sie im Land Vorräte requirieren konnten, einen Vorteil über Artus. Artus dagegen mußte Gruppen ausschicken, die Vorräte organisierten, oder er war gezwungen, einen Troß mitzuführen, der ihn langsamer machte.

Nachdem Macsen von der Küste her Car Aes erreicht hatte, wollte er in der Festung bleiben und es Artus erlauben, ihn zu belagern, so lange er wollte. Macsen konnte dann seine Armee zusammenrufen. Bedwyr allerdings überredete ihn, diesen Plan fallenzulassen, und zog statt dessen am Tag nach seiner Ankunft wieder von Car Aes aus. Artus, so sagte er, würde nicht seine Zeit damit vergeuden, Belagerungsmaschinen zu bauen, sondern er würde statt dessen herumziehen und das Land ausplündern und das Korn verbrennen, das noch immer ungeerntet auf den Feldern stand. Falls Macsen sicher in seiner Festung sitzenbleiben wolle, während dies geschah, würde ein großer Teil seiner Armee nicht auf den Ruf nach den Waffen reagieren, und es bestünde Gefahr, daß er vom Rest seiner Leute abgeschnitten würde. Statt dessen ritten die beiden also eilig nach Norden und planten, Artus eine Falle zu stellen, ihn anzugreifen, dann zurück zur Festung zu reiten und Verzögerungstaktik anzuwenden, damit Artus beschäftigt war, bis die Ernte eingebracht und die Bauernarmee zusammengekommen war.

Artus war Ende September über die Grenze nach Kleinbritannien eingedrungen. Sein Heer begegnete Macsens Heer zum erstenmal in der ersten Oktoberwoche und kam am Ende des Monats vor Car Aes an. Die Verzögerungstaktik, die Bedwyr empfohlen hatte, war teilweise erfolgreich gewesen: Die Ernte war eingebracht, ausreichend Vorräte, um den Winter zu überstehen, waren in der Burg gelagert, und die Landleute hatten ihre Güter verborgen und konnten sich sicher fühlen, daß sie in diesem Winter nicht verhungern würden, wenn sie dem Aufruf des Königs folgten. Ein Teil der Armee war aufgestellt. Aber die Zahl der Leute, auf die Macsen gehofft hatte, war nicht zusammengekommen. Es schien, als ob der Ruf zu den Waffen im Südosten durch falsche Berichte (zweifellos von Artus' Spionen in Umlauf gesetzt) gestört worden wäre. Nach den Gerüchten war der Krieg schon zu Ende. In Cernw und im Nordwesten zögerte man beträchtlich, gegen Artus in den Krieg zu ziehen. Wenn Kleinbritannien auch niemals ein wirklicher Teil des Reiches von Britannien gewesen war, es war doch immer durch starke Bande an das Reich gebunden gewesen, und viele Bretonen hatten das Gefühl, daß Macsens Rebellion nur dazu vom Zaun gebrochen wurde, um Macsens eigenen Ehrgeiz zu befriedigen und einen berüchtigten Verbrecher zu unterstützen. Viele der älteren Krieger waren mit Macsens jüngerem Bruder Bran gezogen, als der sie damals nach Britannien führte, um Artus zu unterstützen, der Anspruch auf den Purpur erhob. Und diese Gefolgsleute von Bran hatten Macsen nie gemocht.

Andererseits brachten Versuche, eine Gegenrebellion ins Leben zu rufen, wenig Erfolg. Die Leute waren stolz auf Bedwyr und respektierten Macsens Namen und seine Herkunft. Macsen kehrte daher mit den Streitkräften, die er im September gehabt hatte, nach Car Aes zurück – es waren seine eigene

Truppe von vierhundert Mann und weitere vierhundert Krieger seiner Fürsten und eine zusätzliche Armee von ungefähr tausend schlecht bewaffneten, schlecht beherrschten Bauern. Macsen nährte die schwache Hoffnung, daß noch tausend weitere kamen. Artus hatte, wie Bedwyr das vorhergesagt hatte, ungefähr tausend Mann mitgebracht, den größten Teil der ›Familie‹ und Männer aus den Heeren von König Constantius von Dumnonia, König Urien von Rheged und König Ergyriad ap Caw von Ebrauc. Obwohl Artus' Heer an Zahlen gemessen Macsens Streitkraft unterlegen war, stellte er in Wirklichkeit eine gefährlichere Macht dar als Macsen. Und wie das für Artus typisch war, besaß er in seiner Reiterei einen überwältigenden Vorteil. Macsen wäre innerhalb einer Woche gründlich geschlagen gewesen, hätte er nicht Bedwyr gehabt. Artus stellte fünfzig Fallen, die Bedwyr voraussah oder erkannte oder vermied. Ich glaube, sowohl für Artus als auch für Bedwyr war dieser Feldzug wie ein Spiegelfechten. Jeder kannte die Gedanken des anderen fast genauso gut wie seine eigenen.

Macsen und seine Streitkräfte ritten eines Nachts Ende Oktober in Car Aes ein. Bei Fackellicht durchritten sie die Tore. Hinter ihnen auf der Ebene konnte ich andere Feuerfunken sehen, und bei diesem Anblick stieg mir das Herz in die Kehle, denn ich wußte, daß diese Lichter zu Artus gehörten.

Bedwyr sah mich auf der Mauer stehen und zusehen, als er neben Macsen herantritt, und er hob grüßend die Hand. Aber bald war er damit beschäftigt, für die Männer zu sorgen – die Armee und die Krieger zusammen stellten eine größere Anzahl von Leuten dar, als die Stadt aufnehmen konnte. Also ging ich allein zu Macsens Haus zurück – oder vielmehr gefolgt von meinen beiden Wachen. Bedwyr kam spät in unser Zimmer und legte sich erschöpft hin, ohne mehr als seine Stiefel und sein Kettenhemd auszuziehen. Er küßte mich nur kurz zur Begrüßung. Am folgenden Tag aber gingen wir zusammen auf die Mauern. Wir schauten hinaus über die nackten Felder und sahen, daß die ›Familie‹ zwischen uns und dem Wald lagerte. Mein Herz stieg wie ein Adler auf dem Wind, als ich die Zelte dort sah und fern und herzzerreißend schön das goldene Leuchten von Artus' Standarte ausmachte.

»Er kann das Land jetzt nicht verwüsten«, sagte mir Bedwyr. »Aber wahrscheinlich kann er genug Vorräte zusammenrauben, um sich durchzubringen. Trotzdem kann er es nicht wagen, die Gruppen zu weit auszusenden, aus Angst, daß wir kommen. Es ist jetzt nur noch eine Frage der Zeit, und dadurch, daß er wartet, hat er am meisten zu verlieren.«

Ich schaute Bedwyr an, während er das sagte und dort im frühen Novembersonnenschein stand. Etwas in seinem Gesicht war hart geworden, und um seine Augen und Mundwinkel sah ich neue Linien der Bitterkeit. Er zerstört sich selbst, dachte ich. Mir fiel ein, was er über die Verdammnis gesagt hatte, und ich wandte den Blick ab.

»Es war ein bitterer Kampf«, sagte er mir. »Wir haben viele Männer verloren.«

»Und Artus?«

»Ich weiß nicht, wie viele er verloren hat.« Etwas in seinem Tonfall brachte mich dazu, ihn wieder anzuschauen, und ich sah, daß die neuen Linien in seinem Gesicht nicht nur von seiner neuen Härte stammten, sondern vom Leiden, von der Selbstverachtung und der Verzweiflung.

Artus schickte tatsächlich ein paar Tage später Gruppen aus, die Vorräte organisieren sollten. Und Bedwyr führte einen Trupp von Macsens Reiterei gegen Artus' Lager. Wieder sah ich von den Mauern zu.

Die Männer in Artus Lager hatten reichlich Zeit, Bedwyr kommen zu sehen, und lange, ehe die Streitmacht von der Stadt sie erreicht hatte, verließ ein anderer Trupp Reiter das Lager im Galopp und schwärmte über die Ebene aus. Ich stand da, strengte die Augen an und horchte auf die Bemerkungen der Wachen um mich herum, mit ihren fremdartigen Akzenten. In mir herrschte ein qualvoller Zwiespalt. Zum erstenmal sah ich den Krieg mit meinen eigenen Augen, sah ich tatsächlich, wie meine beiden Liebsten ausritten, um einander umzubringen, aus Verzweiflung und um die Gerechtigkeit.

Die Reihen der Reiter trafen sich, und sofort waren sie nicht mehr voneinander zu unterscheiden. Ich fragte mich, wie sie wohl in der Schlacht die eigenen Leute von den Feinden unterschieden. Natürlich war es bei den Sachsen einfacher, die gewöhnlich Helme trugen und sich anders kleideten. Aber wenn Leute vom gleichen Blut gegeneinander kämpfen, wie können sie dann wissen, wo sie zuschlagen müssen? Dieser Krieg war wie ein Wahnsinniger, der in Krämpfen lag und sich selbst und die Umstehenden schlug, ohne zu unterscheiden, besessen einzig und allein von der Gewalttätigkeit selbst. Wahnsinn war das, purer Wahnsinn. Der göttliche Wahnsinn, der über jene kommt, die verdammt sind, zu vernichten.

Die Schlachtreihe schwankte rückwärts zum Lager. Ich glaubte, ich sähe Gawain, ich träumte, ich könne Artus ausmachen und Bedwyr und jeden einzelnen von hundert bekannten Gestalten. Aber die Kämpfenden waren in der Entfernung zu klein, waren nichts als ein Glitzern von Waffen und ein Hin- und Hergaloppieren von Pferden. Selbst die Geräusche wurden auf der Ebene vom Wind übertönt, bis man sie über den Bemerkungen der Wachen um mich her nicht mehr hören konnte. Ich sank auf die Knie, lehnte den Kopf gegen die Wand und weinte bitterlich. Dann kamen die Wachen und brachten mich zurück in mein Zimmer.

Ich mußte fliehen. Das war mir klar, sobald ich wieder allein war. Dies alles war meine Schuld, meine Schuld, weil ich untreu gewesen war, weil ich mein eigenes Glück über das gestellt hatte, was das Reich von mir verlangte. Andere Frauen konnten Ehebruch begehen und nur dieses Verbrechens schuldig sein, aber ich hatte außerdem auch Verrat begangen, und ich hatte es gewußt. Ich kannte mein Vergehen so genau, wie ich ein faulendes Geschwür erkennen konnte, das das gesunde Fleisch frißt und wegzerrt. Ich mußte dafür sterben. Nur so konnte mein Leben zu Ende gehen, frei von dieser sich ausbreitenden Fäulnis. Irgendwie mußte ich entrinnen, zu Artus zurückkehren und meinen Urteilsspruch akzeptieren – und der mußte nach dieser Rebellion das Todesurteil sein.

Und darum hatte es keinen Sinn, herumzusitzen und zu weinen. Ich hatte das schon mehr als oft genug getan. Jetzt mußte ich Pläne machen.

Ich ging zu dem Silberspiegel, den mir Macsen zur Verfügung gestellt hatte, und schaute mein Gesicht an. Während der vergangenen Monate hatte ich an Gewicht verloren, und ich sah blaß, hohlwangig und alt aus, und meine Augen wirkten eingesunken. Sie waren jetzt auch rot. Plötzlich schämte ich mich für mich selbst, wegen der langen Monate des passiven Elends, wegen meiner Unentschlossenheit und weil ich vor Macsens Männern geweint hatte. Genug, zuviel davon. Konnte ich mich verkleiden und meinen Wachen durch die Finger schlüpfen?

Ich wusch mir das Gesicht und ging los, um zu sehen, ob ich nicht ein paar Schminksachen finden konnte oder eine Perücke.

Ich mußte mich vor dem Haushofmeister demütigen, um die Schminkfarbe zu bekommen. Er hatte sich damals darüber geärgert, daß ich ihn abgelehnt hatte, und nutzte jetzt meine Bitte aus, indem er mir hämisch vorhielt, ich hätte mein gutes Aussehen verloren, und er fragte sich deutlich, ob Bedwyr mich wohl nicht mehr wollte. Meine Situation hatte mich einige Geduld gelehrt, und ich antwortete ihm darauf nicht. Schließlich schaffte ich es, aus den Lagerräumen etwas Kohle, Bleiweiß und Karminrot herauszuholen. Als ich in mein Zimmer zurückkam, war die Tür verschlossen. Als ich sie aufschloß, hörte ich ganz kurz ein hämmerndes Geräusch. Bedwyr mußte zurück sein.

Als ich die Tür öffnete, fand ich Bedwyr in der Nähe des Bettes stehen. Er hielt mir den Rücken zugedreht. Dann, als ich hereinkam, fuhr er wild zusammen und wirbelte herum. Er hatte sein Kettenhemd und seine Tunika ausgezogen, und sein Blick, als er meinem begegnete, war schuldbewußt und erschrocken. Eine blitzartige Einsicht verriet mir, was er hatte tun wollen, ehe ich es bewußt begriff, ehe ich meinen Blick zum Bett hinüberwandte und das Schwert sah, das sorgfältig aufrecht eingeklemmt war und darauf wartete, daß jemand sich hineinstürzte.

»Gwynhwyfar«, sagte Bedwyr, idiotischerweise bedauernd, »ich hatte nicht erwartet ...«

Ich ging hinüber zum Bett und berührte das Schwert. Bedwyr hatte die Matratze auf den Boden geworfen und die Waffe in den Rahmen eingeklemmt. Er hatte ein paar von den ledernen Bettgurten dazu benutzt, es festzubinden, und dann hatte er den Riemen wieder an das Bett genagelt, damit er hielt. Dieses hämmernde Geräusch hatte ich gehört. Ich fing an, das Stück Leder loszumachen. Meine Hände waren ganz ruhig. Irgendwie wunderte ich mich, daß ich so wenig verspürte, aber das war auch alles.

»Warum hattest du vor, es so zu machen?« fragte ich, ohne ihn anzuschauen. »Artus hätte es vielleicht nicht geglaubt, wenn ihm Macsen erzählt hätte, daß du in dein eigenes Schwert gefallen wärst.«

»Daran habe ich nicht gedacht«, seine Stimme war ruhig und klang ganz gewöhnlich.

Ich hatte das Schwert freigemacht. Ich nahm es auf und hielt das Heft mit beiden Händen fest. Obwohl es ein Reiterschwert war, eine Hiebwaffe und keine Stichwaffe, besaß es doch eine scharfe Spitze. Es hätte schon geleistet, was Bedwyr von ihm verlangte. Ich wandte meinen Blick vom Schwert zu Bedwyr hinüber, der noch immer mit nackter Brust und schweigend und beschämt an der Tür stand. Aus der Ruhe heraus und wegen der normalen Worte, die zwischen uns gewechselt worden waren, hatte ich plötzlich eine Vision, wie er quer über dem Bett lag und wie das Schwert ihn durchstochen hatte und wie er sich daran wand. Ich konnte fast das Blut auf dem dicken, scharlachroten Teppich riechen. Meine Hände fingen tatsächlich an zu zittern. »Warum?« fragte ich.

Bedwyr wollte sich abwenden. Er sah die Tür, schloß sie sorgfältig wieder und drehte den Schlüssel um. Er kam zum Bett hinüber und fing an, die Matratze wieder aufzuheben. Ich legte das Schwert auf den Fußboden und half ihm. Als die Matratze wieder im Bett lag, nahm er seine Tunika vom Fußboden auf und zog sie an – er zitterte ein wenig, denn das Feuer war niedergebrannt, und im Zimmer war es kalt. Dann setzte er sich auf das Bett und nahm das Schwert auf. Er hielt es mit der Spitze nach oben und schaute es an. »Wenn ich zwei Hände hätte«, sagte er leise, »dann hätte ich es festhalten können, und ich wäre schon tot.« Er schaute sich um, und ich nahm den Schwertgurt vom Fußboden und reichte ihn ihm. Er steckte das Schwert in die Scheide.

»Warum?« fragte ich noch einmal. »Warum nur?«

Er sah mich an, als ob er hinter mir den Abgrund des Todes erblickte, als ob diese Dunkelheit sich in ihm gründete und widerspiegelte. »Ich habe Gawain umgebracht«, flüsterte er und drehte den Kopf weg.

Einen Augenblick bedeuteten die Worte mir nichts. Ich schaute ihn an. Verstohlen berührte ich seine Schulter. Dann überflutete mich die Bedeutung dessen, was er gesagt hatte. Ich erinnerte mich daran, wie Gwyn und Gawain sich zusammen über den Rücken der Fuchsstute beugten und lächelten. Mir fiel Gwyns erstauntes Gesicht wieder ein und sein Blut auf der Straße von Caer Ceri. Und jetzt? Ich lehnte mich zitternd gegen Bedwyr. Er legte die Arme um mich.

»Er . . . ich habe ihn herausgesucht«, sagte er und redete jetzt schnell mit stammelnder, gebrochener Stimme. »Ich dachte, er würde mich töten und damit wäre alles zu Ende. Ich weiß, zu Pferd komme ich nicht gegen ihn an. Aber als ich zu ihm herantritt . . . da achtete er nicht darauf. Zuerst hat er nicht darauf geachtet. Dann griff ich ihn an, aber er hielt die Hand hoch. In letzter Minute blickte er auf . . . und sah mich direkt an. Der Schlachtenwahnsinn hatte ihn im Griff, wahrscheinlich hat er mich noch nicht einmal erkannt. Ich war sicher, daß er mich in dem Augenblick töten würde. Sein Schwert war bereit. Ich zielte einen Schlag auf seinen Kopf. Er wäre abgewehrt worden, hätte er sein Schwert benutzt. Aber er tat es nicht, er wollte es nicht. Er saß nur da und schaute mich an. Mein Schwert traf ihn und schleuderte ihn vom Pferd, und das Pferd stieg und schlug mit den Hufen nach mir. Ich mußte wenden und meine Männer zurückführen, denn die ›Familie‹ war zu stark für uns. Warum hat er nicht zugeschlagen? Ich wollte, daß er es tat. O Gott, Gott, ich habe zu lange gelebt!«

»Wir müssen zurück«, sagte ich.

Er schien sofort ruhig zu werden. Er legte die Hand an meine Schläfe und schaute mich schweigend an.

»Wir müssen zurück«, wiederholte ich. »Wir haben beide zu lange gelebt. Aber es wird mehr nützen, wenn wir unser Leben in Artus' Hände geben, als wenn wir es uns mit eigenen Händen nehmen. Wenn wir vom Gesetz getötet werden, dann geben wir Gawain, was er wollte.«

Noch immer sagte er nichts. Ich machte mich von ihm los und stand auf. »Hör zu, mein Herz. Ich habe mich entschlossen, daß ich gehen würde, nachdem ich dich heute morgen kämpfen gesehen habe. Und ich werde gehen. Wie lautet die Losung an den Toren?«

»Du . . . du kannst nicht einfach durch die Tore hinausreiten.«

»Du hast Doppelwachen auf den Mauern aufgestellt, damit die Männer bei Nacht beschäftigt sind und keinen Ärger machen. Wir können nicht fliehen, außer durch die Tore.« Ich ging zum Wandschrank, suchte mein dunkelgrünes Kleid heraus und schnitt mit meinem eigenen kleinen Messer einen breiten Streifen vom Saum ab. »Ich kann nicht ausreiten. Aber zwei Männer zu Pferd, die die Losung kennen, könnten das schon. Ich weiß, daß du Männer ausgeschickt hast, die die Armee zusammenrufen sollen. Du hast Boten in jede Ecke des Königreichs geschickt. Wenn wir an den Toren das Losungswort sagen und bei Nacht ausreiten, dann sollten eigentlich keine Fragen gestellt werden.«

»Niemand würde zwei Männern Fragen stellen. Aber ein Mann und eine Frau, das wäre etwas anderes.«

»Sieh«, sagte ich. Ich ging hinüber zum Spiegel und wand mir das Stück Tuch um den Kopf, unter dem Kinn durch und um den Hals. Dadurch wirkte mein Gesicht noch schmaler, und mein Haar wollte einfach nicht säuberlich darunter bleiben – aber ich konnte es ja flechten und befestigen, so daß niemand es bemerkte. »Das werde ich tragen«, sagte ich Bedwyr, »und einen Umhang mit Kapuze. Und ich will mein Gesicht so anmalen, daß es im Schatten der Nacht aussieht, als ob ich einen Bart hätte. Bei Tageslicht würde das nicht gehen, ich weiß. Aber in der Nacht könnte ich als Mann durchgehen.« Im Spiegel sah ich, daß er mich zweifelnd anschaute. »Du hast doch außer deinem Kettenhemd noch einen Schuppenpanzer, oder?« fragte ich sein Spiegelbild. »Nun, ich werde den Schuppenpanzer tragen und dazu Stiefel und Beinlinge. Und ich kann gut genug reiten, daß ich mich nicht verrate. Ach, ich weiß, es ist ein wilder Plan. Aber wenn es zum Schlimmsten kommt, dann werden sie glauben, daß wir Deserteure sind, und uns umbringen, wenn wir uns an den Toren nicht fangen lassen wollen. Sie würden da unten keine Frau erwarten und deshalb auch keine sehen.«

»Wenn sie uns als Deserteure umbrächten, dann hätten sie damit recht. Ich wäre ja einer«, sagte Bedwyr langsam.

Ich wandte mich vom Spiegel ab und legte ihn hin. »Du würdest zu deinem wahren Herrn zurückkehren.«

»Ich habe auch Macsen einen Eid geschworen.«

Ich starrte ihn an, und er erklärte. »Du weißt, daß er mich zum Befehlshaber seiner Reiterei gemacht hat. Glaubst du denn, ich hätte, nachdem er mich dazu gemacht hat, einem Treueeid ausweichen können? Und ich will nicht diesen Eid auch noch brechen.«

»Wenn du zu Artus zurückkehrst, dann wirst du den ersten Verrat auslöschen.«

»Nein. Niemand kann den auslöschen. Ich habe meine Freunde umgebracht.«

»Und deshalb solltest du zurückkehren und ihnen Gerechtigkeit zuteil werden lassen.«

Er schüttelte den Kopf. »Gwynhwyfar, ich bin in diesem Land geboren, und ich habe einmal geschworen, seinem König zu dienen – Macsens Bruder. Von diesem Eid bin ich entbunden worden, um Artus zu dienen. Aber Artus habe ich betrogen und mich selbst ins Unrecht gesetzt. Macsen kann eine Entschädigung von meiner Familie verlangen, wenn ich auch ihn betrüge. Und selbst wenn er das nicht täte, ich will mich nicht zweimal zum Verräter machen.«

»Dennoch warst du gewillt, eine weitere Todsünde zu begehen und an deinem eigenen Schwert zu sterben, anstatt weiterhin gegen die ›Familie‹ zu kämpfen.«

»Das ist etwas anderes.« Er schaute das Schwert an, das er noch immer festhielt, legte es dann nieder und umklammerte den Stumpf seiner einen Hand mit der anderen. »Ich will nicht zweimal meineidig werden. Ich hätte es vorgezogen zu sterben, ehe ich einmal zum Verräter werde. Aber ich will lieber einmal ein Verräter sein als zweimal.«

»Oh, sehr schön! Du würdest lieber dem Teufel dienen, nachdem du einmal gestolpert bist, als zu Gott zurückzukehren!«

»Macsen ist nicht der Teufel.«

Ich setzte mich und band zornig das Stück Tuch wieder los. Ich fing an, mein Haar aufzustecken und zu flechten.

»Aber siehst du denn nicht, daß es schlimmer ist, zweimal ein Verräter zu sein als einmal?« fragte Bedwyr in großem Kummer.

»Ich sehe nur, daß wir unserem Herrn Übles angetan haben, und noch mehr Übles hat sich daraus ergeben. Wir sollten zurückgehen und die Strafe für unser Verbrechen erdulden, anstatt wie Hunde herumzukriechen, die eine Tracht Prügel erwarten und sich gern davor drücken würden.«

»Gwynhwyfar, dies ist nicht dein Heimatland, und du hast auch keinen Eid geschworen!«

»Ich wünschte, du hättest das auch nicht getan. Und obwohl es doch so ist, sehe ich nicht ein, warum dein Eid gegenüber Macsen schwerer wiegt als dein Eid gegenüber Artus!«

»Weil ich meinen Eid gegenüber Artus schon gebrochen habe.«

»Ach, deine Philosophie sei verdammt! Eide sind bedeutungslos; es ist das Herz, das schwört und sich an das bindet, was ein Mann ist und wofür er steht. Du hast im Herzen doch nie vorgehabt, Macsen zu dienen.«

»Ich kann nicht dadurch flüchten, daß ich mich frage, was ich im Herzen gemeint habe. Ich habe geschworen, Macsen zu dienen, und jetzt muß ich die Konsequenzen ziehen. Ich habe mich einmal zum Verräter gemacht, und ich weiß, was daraus erwachsen ist. Ich will es nicht noch einmal tun, selbst wenn der Grund wichtiger wäre. Ich will statt dessen sterben, wenn Gott gerechterweise oder gnädigerweise mir den Tod gibt.«

Einen Augenblick schauten wir einander an. Dann fiel mir wieder ein, was Bedwyr hatte tun wollen, und ich ging zu ihm hinüber, kniete neben ihm auf den Fußboden nieder und nahm seine Hand. Ich konnte nicht verstehen, warum er sich weigerte, Macsen zu verlassen, aber ich mußte glauben, daß er nach seinem Gewissen handelte.

»Also gut«, flüsterte ich. »Bleib hier. Aber ich habe nicht geschworen, und ich werde gehen. Wie lautet die Losung?«

Er starrte mich einen langen Augenblick an. Dann fiel er neben mir auf die Knie, legte die Arme um mich und zog mich heftig an sich. »Geh nicht«, stöhnte er. »Geh nicht.«

»Wie lautet die Losung?« wollte ich wild von ihm wissen, denn seine Bitte zerriß mir das Herz.

Er ließ mich langsam los und sah mich wieder an. »Du kannst doch nicht vorhaben, mich auch noch zu verlassen.«

»Ich liebe dich. Das weiß du. Und vielleicht will ich nur gehen, weil ich dieses Land und dieses Leben hasse. Aber ich kann diesen Zwiespalt nicht länger ertragen. Wenn du mir nicht hilfst, Bedwyr, dann werde ich eine andere Möglichkeit zur Flucht finden, ganz allein, das verspreche ich dir. Obwohl ich dich liebe, werde ich – muß ich gehen.«

Während er mich weiterhin anstarrte, fragte ich mich, ob er sich wohl umbringen würde, wenn ich ihn verließe. Der Gedanke ließ mich innerlich zittern. Aber ich konnte es nicht zulassen, daß er nur für mich lebte, wenn darum alles andere in Scherben fiel. Und ich glaubte, daß er das Schwert nur im ersten Ansturm des Schmerzes festgebunden hatte und daß er in Wahrheit auf einen Tod in der Schlacht hoffte. Er wußte, daß ein Selbstmord sowohl Artus als auch Macsen in Verlegenheit bringen würde, und außerdem war Selbstmord eine weitere Todsünde. Und ich hoffte, daß er in der Schlacht starb. Er hatte nichts mehr, für das er leben konnte, und es war besser, im Kampf zu sterben, als sein Blut im erstickenden roten Luxus dieses schrecklichen Zimmers zu vergießen.

»Die Losung der Festung ist ›Freiheit‹«, sagte Bedwyr mit leiser Stimme. »Aber die Wachen am Tor haben ein besonderes Losungswort. Wenn sie danach fragen, dann sag ›Freiheit‹. Danach werden sie weiter fragen: ›Wessen Freiheit?‹ und darauf muß du antworten: ›Die Freiheit des Willens und dieses Königreichs‹.«

»Die Freiheit des Willens und dieses Königreichs«, wiederholte ich und schaute ihn an. Ich fühlte mich unaussprechlich glücklich darüber, daß er verstand und daß er mir wenigstens dabei zustimmte. »War das deine Idee?«

»Nein, Macsen hatte den Gedanken. Er gibt jeden Tag eine neue Losung aus, und gewöhnlich hat sie etwas mit Freiheit zu tun. Die Kleidung und den Panzer will ich dir geben.«

»Nicht hier. Ich werde beobachtet, wenn ich dieses Zimmer verlasse. Könntest du die Sachen irgendwo verstecken – in den Ställen? Ich glaube, ich könnte den Wachen entschlüpfen, wenn ich die Festhalle verlasse. Sie folgen mir nicht, wenn ich mit dir zusammen bin.«

»Gut«, sagte er wie betäubt.

Ich musterte sein Gesicht, hatte den Wunsch, es mir einzuprägen. »Du kannst ihnen hinterher erzählen, daß ich dir gesagt hätte, ich wolle wegen irgend etwas noch einmal zurückgehen, und dann sei ich dir entwischt.«

»Nein. Sie werden wissen, daß du das Losungswort von mir erfahren haben mußt. Und ich werde ihnen die Wahrheit sagen. Ich glaube nicht, daß der König übermäßig wütend darüber sein wird. Du bringst ihm keinen Nutzen, und er mißtraut dir. Mich braucht er, und er wird zufrieden genug darüber sein, daß ich nicht mit dir gegangen bin. Wenn er aber trotzdem wütend wird und mich aus seinen Diensten entläßt, um so besser. Entweder wird er mich selbst töten lassen, oder ich werde dir folgen und Artus die Hinrichtung überlassen.«

Macsen gab in dieser Nacht ein großes Fest, um den ›Sieg‹ des Geplänkels an diesem Morgen zu feiern und den bisherigen ›Erfolg‹ des Krieges. Viele der Männer betranken sich und versuchten, Bedwyr dafür zu gratulieren, daß er Gawain getötet hatte. Sie mußten betrunken sein, daß sie das taten, denn Bedwyr sah jedesmal, wenn seine Tat erwähnt wurde, so grimmig aus, daß auch der blödeste Krieger es bemerkt hätte, wäre er nüchtern gewesen. Ich sagte den ganzen Abend lang nichts, ich saß nur bleich und geistesabwesend da, aber das war nichts Neues und erregte keine Aufmerksamkeit. Bedwyr und ich verließen das Fest, sobald wir konnten, in aller Höflichkeit und gingen hinunter zu den Ställen.

Es war dunkel, und die Stallburschen schliefen. Bedwyr fand eine rußgeschwärzte Lampe, und in ihrem Schein suchten wir die Kleidung, die er unter einem Heuballen beim Stand meiner Stute hinterlassen hatte. Ich kleidete mich um, und er sattelte das Pferd. Die Sachen waren natürlich zu groß, aber zu Pferd, mitten in der Nacht, und mit einem Mantel darüber war das nicht zu sehen. Ich benutzte etwas von der Kohle, die ich geborgt hatte, um mir damit Wangen und Oberlippe dunkler zu färben. Dann wickelte ich den Schal um den Kopf und zog die Kapuze meines Umhangs über. Bedwyr hob die Lampe und schaute mich kritisch an.

»Dein Schnurrbart ist schief.«

Ich schmierte noch ein bißchen Kohle darüber.

»So geht es sehr gut – die Wachen werden nach oben schauen müssen, um dein Gesicht zu sehen, und dieser Schal verbirgt sehr viel.« Er führte meine Stute aus ihrem Stand hinaus und reichte mir die Zügel. Dann stellte er die Lampe hin und küßte mich verzweifelt und hart mehrere Male. »Viel Glück«, sagte er mit rauher Stimme.

Ich nickte. Meine Kehle war so zugeschnürt, daß ich nicht antworten konnte. Ich saß auf und warf einen letzten Blick auf ihn, wie er in der Pfütze aus dämmrigem Lampenlicht dastand. Die Kohle von meiner Oberlippe war auf seinem Gesicht verschmiert, und er wirkte fast so ruhig wie damals, als er noch Artus' getreuer, philosophischer Feldherr gewesen war. Aber jetzt war es eine andere Ruhe, eine Ruhe, die zu den Kranken kommt, wenn sie endlich von ihrer Qual erschöpft sind und dem Schmerz nicht länger widerstehen können, sondern nur noch still daliegen und auf das Ende warten.

»Möge Gott dich schützen und dir gnädig sein«, sagte ich. Dann, weil ich mir, wenn ich noch mehr sagte, nicht mehr trauen konnte, preßte ich meiner Stute die Fersen in die Flanken und ritt aus dem Stall hinaus.

Ich traf den Wachposten auf der Straße. Aber ich sagte ihm das Losungwort mit einer Stimme, so tief, wie es mir nur irgend möglich war, und er sagte mir, ich könne weiterreiten. Ich kannte eine Abkürzung zum Stadttor, aber auf diesem Ritt schien es sehr lange zu dauern. Meine Stute spürte meine Erregung und benahm sich widerspenstig. Sie war selbst in ihren besten Zeiten ein temperamentvolles, nervöses Tier, aber sie konnte so schnell laufen, wie die Schwalbe fliegt, und hatte alle Kraft. Heute war sie durch den ungewöhnlichen nächtlichen Aufbruch auf ihrem bequemen Stall schlecht gelaunt, und ich fing an, mir Sorgen zu machen, sie könne vielleicht am Tor ein Durcheinander erzeugen und möglicherweise sogar steigen und tänzeln, so daß mir die Kapuze abrutschte und man mich gefangennahm.

Als ich das Tor endlich erreichte, flammte es vom Fackellicht. Ich ritt mutig hinein, und die Hufe meiner Stute klapperten auf den Pflastersteinen. Zwei Wachposten vor dem massiven eichenen Tor standen stramm, und ganz schwach konnte ich die anderen oben auf dem Turm sehen.

»Losung?« fragte einer der beiden, die vor mir standen.

»Freiheit.«

»Wessen Freiheit?«

»Die Freiheit des Willens und dieses Königreichs.«

Der Posten nickte seinem Kameraden zu, der zu dem Nebentor neben dem Haupttor ging und es aufriegelte. »Paß auf deine Erkältung auf, mein Freund«, sagte der erste Posten. »Und viel Glück. Der Feind ist heute näher als vergangene Nacht, trotz des großen Kampfes heute morgen.«

Ich hustete. »Danke. Ruhige Wache wünsch' ich dir.« Ich trat meine Stute, ließ sie im Trab durch das Tor gehen und spornte sie dann zum Galopp. Zu meiner Rechten glimmten Artus' Lagerfeuer, aber ich hielt schräg von der Mauer weg, bis ich sicher sein konnte, daß mich die Wachen nicht mehr sahen. Dann schlug ich einen Haken zurück und ließ meine Stute auf die Feuer zugaloppieren, als ob ich, wenn ich sie nicht erreichte, vor Kälte sterben müßte.

Ich war noch weit von den Feuern entfernt, als ich zu meiner Rechten ein anderes Pferd galoppieren hörte. Es war noch zu weit weg, daß ich es in der wolkigen Nacht hätte sehen können. Ich ließ meine Stute schnell weiter galoppieren, denn ich fürchtete, daß meine Flucht schon entdeckt war und daß jemand hinter mir her geschickt worden war, um mich zu suchen. Mein Pferd war wahrscheinlich das schnellere.

Mein Verfolger begriff das auch ziemlich schnell, denn nach einer weiteren Minute Galopp rief er aus: »Halt! Halt, im Namen des Kaisers!« Er hatte eine britische Stimme, eine nördliche Stimme wie ich selbst. Sofort verlangsamte ich meine Stute zum Schritt.

Der andere galoppierte heran, ragte drohend aus der Dunkelheit auf und zügelte neben mir. »Losung?« fragte er.

Ich zögerte, sagte nichts.

»Wessen Mann bist du, und wohin willst du?« verlangte er zu wissen.

»Ich bin Brite«, sagte ich ihm und stellte fest, daß meine Stimme vor Anspannung noch immer tief und rauh klang. »Ich fliehe aus der Stadt. Ich will den Kaiser sprechen.«

Der Posten kam näher, ein dunkler Schatten auf einem dunklen Pferd. »Losung?«

»Macsens Losungswort ist ›Freiheit‹, Artus' Losungswort kenne ich nicht.«

»Einer aus dem Norden«, murmelte der Reiter und machte offenbar eine Bemerkung über meine Stimme. »Und nur ein Junge. He, Kerlchen, deine Flucht ist dir aber gut gelungen, wenn es wirklich eine war. Ich bringe dich selbst ins Lager, denn der Kaiser hat Befehl gegeben, jeden aus der Stadt zu ihm zu bringen. Wenn du die Wahrheit sagst, dann wirst du feststellen, daß du Glück gehabt hast. Gib mir die Zügel.«

Ich warf die Zügel über den Hals meiner Stute und reichte sie ihm. Er nahm sie mit einem Nicken, wendete sein Pferd und ritt zurück, um einem anderen Wachposten eine Erklärung abzugeben, ehe er zurück zu den Lagerfeuern ritt.

»Losung?« rief jemand, als wir die erste Palisade passierten.

»Lex Victrix!« rief derjenige, der mich gefangengenommen hatte, »das Gesetz, die Siegerin.« Und dann wandte er sich an mich und fügte hinzu: »Und jetzt, mein Junge, kennst du unser Losungswort. Hoffentlich hast du aber keinen Grund, es heute nacht noch zu benutzen.«

Eine Anzahl von Männern saßen um das Hauptfeuer, als wir herankamen, tranken und reichten sich eine Harfe weiter. Ich erkannte die meisten von ihnen, und das Erkennen kam wie ein scharfer Schmerz in meinem Herzen, obwohl ich mich freute.

»Halt!« rief einer von diesen Männern, während er träge aufstand und sich die Asche von den Beinlingen bürstete. »Wer bist du, und was willst du?«

»Morgant ap Casnar«, erwiderte der Wachposten, »einer aus dem Heerbann des Ergyriad ap Caw von Ebrauc. Ich hab' diesen Jungen hier erwischt, wie er aus der Stadt ritt. Er ist Brite, seiner Sprache nach zu urteilen, und er sagt, er wäre geflüchtet. Ich habe ihn hierhergebracht, weil ich dachte, der Kaiser will ihm vielleicht ein paar Fragen stellen.«

»Tut er womöglich auch. Na, mein Junge?«

»Ich bin kein Junge, Morfran«, sagte ich und nannte ihn beim Namen. Ich warf die Kapuze ab und wickelte den Schal los. Tiefe Stille herrschte plötzlich, und das Knistern des Feuers klang sehr laut. Noch mehr Männer standen auf. Ich wischte mit dem Schal die Kohle von meinem Gesicht und fragte: »Wo ist mein Herr Artus?«

Die Klappe des großen, kaiserlichen Zeltes vor dem Hauptfeuer wurde zurückgeworfen, und Artus stand da. Über dem Feuer begegneten sich unsere Blicke. Ich glitt von meinem Pferd herab. »Artus«, sagte ich, und dann: »Ich bin zurückgekehrt, um meine Strafe anzunehmen.«

Er schaute mich einen langen Augenblick an. »Weiß Bedwyr, daß du gekommen bist?«

»Ja. Er hat mir geholfen zu fliehen. Macsen hielt mich unter Bewachung.«

»Komm hier herein. Morfran, kümmere dich um das Pferd der Lady.«

Ich ging linkisch in den schweren Stiefeln um das Feuer herum. Ich kam mir in den übergroßen Männerkleidern ausgesprochen lächerlich vor, als ob es nichts Wichtigeres gäbe, das ich fühlen sollte. Artus hielt die Zeltklappe für mich auf, und ich ging hinein.

Drinnen brannten zwei Fackeln und eine Lampe. Cei saß mit einem Stapel von Kartenplänen an dem leichten Tisch. Er sprang auf und starrte mich erstaunt an, als ich eintrat. Auf dem Bett, angelehnt an einen der Zeltpfosten, saß Gawain.

Ich schrie auf, als ich ihn sah, wollte vorwärts gehen und stolperte in meinen Stiefeln. Artus half mir wieder auf die Beine. »Gawain!« rief ich aus, und ich spürte, wie mein Gesicht sich fast in einem Lächeln verzog, wie ich es seit vielen erschöpfenden Monaten nicht mehr gelächelt hatte. »Bedwyr sagte mir, er hätte dich umgebracht!«

»Fast«, meinte Artus hinter mir. Gawain starrte mich an, als ob er mich nicht erkannte. Seit dem Tag, an dem ich ihn zum letztenmal gesehen hatte, war er gealtert, und er wirkte sehr bleich und krank. Sein Kopf war verbunden. »Wie auch immer«, fuhr Artus trocken fort, »der Hieb war nicht besonders hart. Gawain, Cei, meine Frau ist mit Bedwyrs Hilfe aus der Stadt entkommen.«

»Das ändert nichts«, sagte Gawain langsam. »Bedwyr bleibt schuldig.«

»Willkommen, my Lady«, sagte Cei, nahm meine Hand und grinste. »Hundertmal willkommen.«

»Tausend Dank. Gawain, ich bin sehr froh, daß du am Leben bist. Und Bedwyr wird genauso froh sein.« Ich schaute mich nach Artus um, und dann entschied ich mich, es offen auszusprechen. »Heute morgen hatte er vor, sich in sein Schwert zu stürzen, als er glaubte, du wärst tot.«

»Das ändert nichts«, wiederholte Gawain.

Artus nahm meinen Arm und führte mich zu einem anderen Stuhl. Ich setzte mich, und er stand einen Augenblick da und schaute mich an. Ich konnte seinen Gesichtsausdruck nicht deuten, obwohl ich sein Gesicht so gut kannte. »Was ist das in deinem Gesicht«, fragte er.

Ich rieb daran, nahm dann den Schal und rieb noch einmal damit. »Ein Bart. Ich brauchte einen, um durch das Tor zu gelangen«, ich legte den Schal hin. »Wenn es dir irgend etwas nützt, Macsens Losungswort für heute nacht ist ›Freiheit‹.«

»Aha!« rief Cei.

»Mag sein«, sagte Artus und beobachtete mich noch immer.

»Ein Nachtangriff!« sagte Cei eifrig. »In der Tat, my Lady, das ist eine ausgezeichnete Idee. So könnten wir es vielleicht schnell zu Ende bringen. Es wäre besser als noch mehr Arbeit mit diesen Belagerungsmaschinen«, und dann, an Artus gewandt, »die du aus diesem Buch hast. Damit verschwenden wir nur Zeit und Leben.« Er schaute Gawain an, wie um ihn herauszufordern. Offensichtlich hatte ich ein Gespräch darüber unterbrochen, wie man Car Aes einnehmen könne, und Cei und Gawain hatten unterschiedliche Ansichten. »Und ich sage noch immer, daß wir diese verfluchte Stadt aufgeben sollten, wenn unser Nachtangriff danebengeht. Wir sollten nach Süden ziehen, alles plündern, was wir finden können, und dann nach Hause zurückkehren. Im nächsten Sommer können wir ja wiederkommen. Macsen hätte es dann sicher satt, für uns den Gastgeber zu spielen, und würde sich mit uns einigen.«

»Wir müßten mehr über die Verteidigungsanlagen herausfinden, ehe wir einen Nachtangriff riskieren können«, sagte Artus müde. Und, an mich gewandt: »Kommt Bedwyr auch?«

Alle schauten mich an, und ich senkte den Blick und starrte auf meine Hände. Ich rieb den Finger, an dem ich einmal den Ring mit dem kaiserlichen Siegel getragen hatte, und schüttelte den Kopf. Ich blickte wieder zu Artus auf. Er wirkte müde und überhaupt nicht zornig. »Bedwyr hat Macsen einen Eid geschworen. Er ... ich glaube, er würde gern kommen. Aber er meint, er ist verdammt, und will sich dir nicht gegenüberstellen. Und er sagt, er will nicht zweimal meineidig werden.«

»So. Und Macsen will ihn natürlich so lange wie möglich behalten, denn seine eigene Feldherrnkunst ist nichts im Vergleich mit Bedwyrs. Er wird sich also nicht einigen, auf lange Zeit nicht.« Artus schüttelte den Kopf. »Cei, du weißt, daß wir es nicht wagen können, lange von Britannien fortzubleiben.«

»Bedwyrs Gründe ändern nichts«, wiederholte Gawain noch einmal. »Die Gerechtigkeit verlangt es, daß er stirbt. Macsen ist dazu nur ein Werkzeug.« Er holte tief Atem. »Versucht den Nachtangriff. Da wir das Losungswort haben, gerät er vielleicht. Und wenn nicht, dann benutzt die Belagerungsmaschinen.«

»Ich sehe noch immer nicht ein, warum du Bedwyr heute morgen nicht selbst umgebracht hast, weil du doch so erpicht darauf bist, daß er stirbt«, schnappte Cei. »Du hättest es tun sollen.«

»Ich sage dir doch – der Wahnsinn war über mir!« schnappte Gawain zurück und versuchte aufzustehen. Dann hielt er inne, wurde bleich vor Schmerz und schloß die Augen.

Cei sprang auf und packte ihn an der Schulter. »Leg dich hin«, drängte er und schob den anderen sanft zurück. »Gott im Himmel, du mußt dich stillhalten!«

»Der Wahnsinn war über mir«, sagte Gawain eindringlich. »Es war, als ob wir noch immer gegen die Sachsen kämpften und als ob er noch immer mein Befehlshaber wäre. Ich konnte nicht klar denken, sonst hätte ich ihn getötet. Aber es wäre das beste, wenn er nach einer Gerichtsverhandlung stirbt, von der Hand des Gesetzes, in Britannien, vor der ganzen ›Familie‹.«

Artus hob die Hand und nickte. »Wir werden heute nacht den Angriff versuchen. Gwynhwyfar, wie sieht es mit ihren Verteidigungsanlagen aus?«

Ich sagte ihm alles, was ich wußte. Durch die Stunden, die ich stehend auf den Mauern verbracht hatte, war mir vieles aufgefallen, obwohl ich zugeben mußte, daß ich von dem, was an Macsens Hof passierte, weniger als die Diener wußte. »Ich bin buchstäblich wie eine Gefangene gehalten worden«, erklärte ich, »ich war unter Bewachung, wann immer ich Macsens Haus verließ.«

»Ich weiß«, sagte Artus. »Ich hatte einen Mann innerhalb der Festung. Er ist vor ein paar Wochen umgebracht worden.« Er schwieg einen Augenblick und beobachtete mich noch immer. Es war alles ganz anders als bei unserer letzten Begegnung, als ihm mein Anblick schmerzhaft gewesen war. Ich fragte mich, was er jetzt wohl fühlte. »Cei sagte mir, du hättest behauptet, du hättest nichts von dem Hinterhalt auf der Straße gewußt, bis es passierte.«

»Ich wußte auch nichts davon. Aber hinterher . . . ich bin mitgegangen . . . ich bin willig mit Bedwyr gegangen, mein Herz. Er war in solch verzweifelter, kummervoller Stimmung, daß ich ihn nicht verlassen konnte.«

Gawain lachte, schauderte dann und schloß wieder die Augen. Das Lachen mußte seinen verwundeten Kopf erschüttert haben.

»Und dennoch gab es keine Verschwörung?« wollte Artus wissen, »kannst du darauf schwören?«

»Ich, Gwynhwyfar, Tochter des Ogyrfan, schwöre im Namen des Vaters, des Sohnes und des Heiligen Geistes, daß ich niemals geplant habe, mit Bedwyr zu entfliehen, und daß ich nichts von seinen Plänen wußte, bis er uns auf der Straße gegenübertrat. Außerdem schwöre ich, daß Bedwyr selbst nie vorhatte, mit unseren Leuten Hiebe auszutauschen, und daß er nur sein Schwert zog, nachdem Medraut mich davon abgehalten hatte, ihm zu sagen, daß ich nicht mitgehen würde. Medraut hat auch die anderen dazu aufgestachelt, Bedwyr anzugreifen. Wenn ich lüge, möge die Erde sich auftun und mich verschlingen, möge die See sich erheben und mich ertränken, möge der Himmel zerbrechen und auf mich fallen.«

Artus lächelte ganz leise und schaute Gawain an.

»Ändert noch immer nichts«, sagte Gawain müde. »Wir hatten gehört, daß die Lady wie eine Gefangene gehalten wird. Wir wußten die ganze Zeit, daß ihr Anteil an der Schuld kleiner ist. Dennoch hat es einen Mord gegeben, Macsen steht noch immer fest zu seiner Rebellion, und es muß noch immer Gerechtigkeit dafür ausgeteilt werden.«

»Du willst mich wieder vor Gericht stellen«, sagte ich zu Artus. »Ich weiß das. Und ich bin gewillt, meinen Schuldspruch zu akzeptieren. Deswegen bin ich gekommen.« Unsere Blicke begegneten sich, aber noch immer waren seine Augen ohne Zorn. Das Schweigen und das Fackellicht lag zwischen uns wie eine Straße, und ich spürte, wie mein Blut in meinen Adern zu singen begann. Er war nicht zornig, er hatte mir vergeben. »Mein Herz ist bekümmert über das, was geschehen ist«, fuhr ich, jetzt unsicher, fort. All meine Entschlossenheit schmolz im Licht seiner Augen. »Ich habe es verdient zu sterben. Und ich würde lieber sterben, als auch nur einen weiteren Tag der Grund dafür zu sein, daß diese Kluft zwischen uns entstanden ist. Damit kann ich nicht leben . . .«

Artus begann zu sprechen, schwieg aber wieder. Er schaute Gawain an, dann mich. »Der Krieg wird dennoch weitergehen, mein Herz«, sagte er mir ganz ruhig. »Aber ich bin froh, daß du nicht länger dazugehörst. Ich bin froh, daß du wieder da bist. Und wenn du mit Gewalt entführt worden bist, wenn du gefangengehalten worden bist, dann ist es vielleicht nicht nötig, einen neuen Schuldspruch auszusprechen. Vielleicht könnte der alte geändert, ja, sogar ausgesetzt werden.« Er schwieg noch einen weiteren Augenblick und sagte dann: »Ich habe einen Brief von deinem Vetter bekommen, dem Oberhaupt deiner Sippe. Wenn Bedwyr ihn kannte, dann bin ich nicht überrascht darüber, daß er dich retten wollte. Ich glaube nicht, daß es gut wäre, wenn du dort hingingst.« Er starrte im Zimmer umher, ganz plötzlich in kaltem Zorn, aber sein Zorn galt nicht so sehr den Menschen, die im Zimmer waren, sondern seinem Königreich und dem Purpur. »Ich will nicht, daß sie stirbt!« schrie er laut. »Soll Bedwyr die Strafe zahlen!«

Gawain schaute mich seltsam an, sagte aber nichts. Cei grinste. »Na, sie hat ihre Strafe doch schon bezahlt! Sie ist von einem fremden König gefangengehalten worden. Ach, Herr, my Lady, es war eine mutige Tat, als Mann verkleidet aus Macsens Festung zu fliehen. Die Krieger werden ihr alles verzeihen nach solch einer Heldentat. Jahrelang wird man Lieder darüber singen.«

Ich wußte nicht, was ich sagen sollte. Solch ein Willkommen hatte ich nicht erwartet. Ich wurde empfangen, als ob ich von einer Botenreise zurückgekehrt wäre, und nicht als entflohener Verbrecher. Aber ich war eine Verbrecherin, und ich wollte nicht, daß Bedwyr die Strafe für ein Verbrechen zahlte, das ich genausogut wie er begangen hatte. Dennoch, mein Mann stand in meiner Nähe und betrachtete mich, und ich wußte nicht, was ich zu ihm sagen sollte.

Artus sah meine Verwirrung und schüttelte den Kopf. »Wir müssen morgen darüber reden. Im Augenblick, my Lady, ruh dich aus. Du siehst sehr müde aus.« Er ging zum Eingang seines Zeltes und gab ein paar Dienern den Befehl, für mich ein Zelt herzurichten. Dann rief er verschiedene Männer und gab Befehl für den Angriff in dieser Nacht. Ich lehnte mich in meinem Stuhl zurück und schaute die wohlbekannten Gesichter und Dinge an. Ich schloß die Augen und hörte den Stimmen zu: Ceis polterndes Geflüster mit Gawain, Artus' starke Stimme, die draußen Befehle erteilte, Scherze, Gelächter, aufgeregtes Diskutieren unter den Männern. Es kam mir noch nicht wirklich vor. Einen Augenblick lang fürchtete ich, ich könnte aufwachen und mich wieder in diesem erstickend roten Zimmer in Car Aes finden. Ich öffnete schnell die Augen.

Artus kam wieder herein, ging zu seinem Schreibtisch und

überprüfte einen Plan, den er von Macsens Verteidigungsanlagen gemacht hatte. Dann blickte er wieder zu mir auf und lächelte. Als ich ihn lächeln sah, glaubte ich, das Herz würde mir brechen. Er sah älter aus als vorher, abgenutzt zu einem ergrauenden Schatten, aber sein Lächeln war noch das gleiche, und auch die direkte, ehrliche Kraft seiner Augen. »Ich kann nicht glauben, daß du da bist«, sagte er mir. »Ich wünschte – aber du mußt dich ausruhen, und ich habe Arbeit zu erledigen. Hast du andere Kleidung? Dann will ich dir welche besorgen lassen – obwohl ich bezweifle, daß wir hier in unserem ganzen Lager etwas Schöneres haben als das Festkleid einer Bauernfrau.« Er half mir auf die Füße, führte mich zum Eingang des Zeltes und schnippte mit den Fingern. Ein Mann zu meinem Schutz erschien. Artus blieb stehen und hielt noch immer meinen Arm. »Wünsch mir Glück in dieser Nacht, my Lady.«

Ich drehte mich um und hielt ihn an den Armen fest. Ich blickte auf, schaute in sein Gesicht. Ich dachte an Bedwyr in dem dunklen Stall und an Artus, wie er in Camlann meinen Schuldspruch aussprach – Dinge, die wichtig gewesen waren, die noch immer wichtig waren. Aber neben dieser Rückkehr spielten sie keine Rolle mehr, und während ich ihn anschaute, war ich wieder zu Hause. »Gott soll dich verteidigen«, sagte ich. »Und viel Glück.«

Während ich zu meinem eigenen Zelt hinüberging, begleitet von einem Krieger, den ich kannte, betete ich, daß ich dort sterben könnte, unter Freunden, und nicht gedemütigt unter Fremden. Und ich betete auch, daß Bedwyr in dieser Nacht nicht gefangengenommen würde, daß man ihn nicht zurückbrachte und ihn die Strafe zahlen ließ, die ich hätte zahlen sollen, sondern daß Bedwyr, lebendig oder tot, irgendwie nach irgendwohin entkam.

10

Das Zelt, das Artus für mich bereitgestellt hatte, war klein, aber drei Männer waren daraus ausgezogen, damit ich Platz hatte. Drinnen war ein Feuer, und als ich mit meinem Wächter eintrat, machte Rhys, Gawains Diener, gerade Wasser darüber heiß. Als er mich sah, spaltete sich sein Gesicht fast in einem gewaltigen Grinsen, und er verbeugte sich sehr tief. »Lady Gwynhwyfar! Willkommen daheim. Die Nachricht von deiner Flucht hat sich schon überall im Lager herumgesprochen.«

Ich nahm seine Hand und lächelte zurück. »Danke dir, Rhys. Ich bin froh, dich wiederzusehen. Wie geht es Eivlin und den Kindern?«

»Gut, als ich abgereist bin. Ich bin froh, daß du zurück bist, my Lady. Es lastet wie ein schweres Gewicht auf dem Herzen, wenn man Krieg gegen Freunde führt. Kommt der Herr Bedwyr auch?«

Ich hörte auf zu lächeln und schüttelte den Kopf.

Rhys seufzte. »Na«, er fuhr sich mit der Hand durchs Haar, »ich mach' dann mal weiter. Gott sei uns gnädig.« Mein Beschützer murmelte etwas und zog sich zurück. Er stand draußen Wache, und Rhys verbeugte sich leicht vor ihm, während er das Holz für das Feuer überprüfte. »Nun, edle Dame, du bist sicher ruhebedürftig. Und ich muß zurück zu meinem Herrn. Er ist verwundet.«

»Ich weiß. Er ist in Artus' Zelt und plant den Angriff.«

»Was? Noch immer?« Rhys starrte mit großen Augen. »Gott im Himmel! Er mußte da hineingetragen werden – konnte nicht laufen, bestand aber darauf, mit Artus zu reden, sobald ihm klar wurde, wo er nach seiner Verwundung hingekommen war. Den Chirurgen hat das gar nicht gepaßt, aber der Gedanke, daß er sich aufregen könnte, hat ihnen noch weniger gefallen. Er ist erst heute nachmittag aufgewacht, und offenbar ist er noch nicht wieder bei Sinnen. Dieser sture, stolze . . .« Rhys wurde plötzlich klar, daß man so nicht von seinem Herrn redete. Anstatt also alles fertigzumachen, hob er den Kessel mit dem heißen Wasser vom Feuer und überprüfte den Eimer mit dem kalten Wasser.

Ich setzte mich auf die Strohmatratze und zog meine komischen Stiefel aus. »Dein Herr ist sehr verbittert«, sagte ich zaghaft. Rhys kannte Gawain genauso gut wie jeder andere, und er würde wissen, wie es mit ihm stand.

»Ist es denn überraschend, daß er verbittert ist? Warum hat Bedwyr das arme Kind umgebracht? Entschuldige, my Lady. Meine Zunge redet unverschämter, als ich bin.«

»Entschuldige dich nicht. Du bist schon lange genug bei uns, daß du ein Recht hast, solche Fragen zu stellen. Bedwyr hat den Speer geworfen, ohne daran zu denken, auf wen er ihn warf.«

»Aha. Fast, my Lady, könnte ich glauben, daß wir alle unter einem Fluch stehen. Ich könnte nicht glauben, daß Bedwyr meinen Herrn Gwyn umbringen wollte, genausowenig wie der Kaiser diesen Krieg will oder wie du dem Kaiser je Übles zugedacht hattest. Dennoch geht alles schief. My Lady, mein Herr hat sich in letzter Zeit wie ein Verhexter benommen. Er hat nichts bemerkt und kümmert sich um nichts. Ich kann ihn kaum dazu überreden, zu essen oder zu schlafen, und er kümmert sich noch nicht einmal mehr besonders um sein Pferd. Du weißt, wie sehr er das Tier liebt. Dieser Krieg ist schlecht für ihn. Und meinem Herrn geht es noch schlimmer, seit wir in diesem elendiglichen Königreich angekommen sind. My Lady, er will eigentlich Bedwyr gar nicht umbringen. Aber er kann den Gedanken nicht ertragen, daß Bedwyr seinen Sohn umbringen kann und unangetastet entkommt. Na schön. Aber als er heute Bedwyr in der Schlacht begegnete, da hat er ja selbst herausgefunden, daß er ihn nicht umbringen will. Fast ist er selbst getötet worden. Diese Kopfwunde ist schlimm. Jetzt kann er wenigstens nicht mehr kämpfen. Weiß Gott, er kann noch nicht mal stehen. Die Chirurgen sagen, er müsse sich ganz ruhighalten und jeder Aufregung aus dem Weg gehen. Aber das ist das einzige, was er überhaupt nicht tun wird, nicht, solange er hier ist und der Krieg noch andauert. My Lady, der Kaiser schickt übermorgen ein paar von den Verwundeten heim. Überrede ihn, meinen Herrn auch wegzuschicken.«

Ich schaute Rhys gedankenvoll an. »Ich will Artus sagen, was du mir erzählt hast, wenn ich ihn morgen sehe. Aber warum glaubst du, daß ich irgendwelchen Einfluß hätte? Ich bin eine Verbrecherin, die auf ihr Urteil wartet.«

Rhys grinste noch einmal. »Vielleicht, my Lady. Aber seit wir in Kleinbritannien angekommen sind, ist das Gerücht umgegangen, daß du gefangengehalten wurdest und daß du sowieso mit Gewalt nach Kleinbritannien entführt worden bist. Alle in der ›Familie‹ brannten darauf, dich wieder zu befreien. Es ist komisch, wie weit ein Krieg Männer dazu bringt, die Meinung zu ändern. Bei all der Aufregung haben sie die Gerichtsverhandlung fast vergessen.« Er hustete. »Natürlich mag es in Britannien noch anders aussehen. Medraut und seine Partei sind ja alle dort.«

»Was?« Ich schaute Rhys scharf an. Ich sah, daß er es ernst meinte. »Medraut und seine Partei sind in Britannien zurückgelassen worden, damit sie in Camlann für Ordnung sorgen, solange Artus und all unsere besten Verbündeten hier sind? Das ist Wahnsinn!«

»My Lady, der Kaiser konnte kaum Männer nach Kleinbritannien mitnehmen, deren Treue er anzweifelt. Bei so einer kleinen Truppe geht das nicht. Wenn hier ein Verrat aufkäme, würde Macsen uns sofort vernichten. Aber der Kaiser ist kein Narr, my Lady. Er hat nicht alle unsere besten Verbündeten mitgenommen, sondern nur Teile ihrer Truppen. Constantius von Dumnonia hat er in Camlann gelassen, damit er ihm die Festung warmhält, und ohne Zweifel hat er dem König auch aufgetragen, Herrn Medraut fest im Auge zu behalten. Und König Urien von Rheged und Ergyriad von Ebrauc hat er auch zurückgelassen. Sie sind darauf vorbereitet, ihn sofort zu warnen, wenn es im Norden irgendeine Rebellion gibt. Ich würde mir keine Sorgen machen, my Lady.«

Rhys hatte wahrscheinlich recht, obwohl mir das alles nicht gefiel. Ich hätte ihn noch weiter ausfragen können, aber in diesem Augenblick kam ein anderer Diener herein und brachte ein einfaches Kleid und ein paar Decken. Ich dankte ihm, dankte Rhys, und sie lächelten beide und wünschten mir gute Nacht. Sie ließen mich allein mit dem Krieger, der draußen Wache hielt.

Ich konnte nicht schlafen. Ich lag wach und hörte zu, wie die Männer im Lager den Angriff auf Macsens Festung vorbereiteten. Ich betete für Artus, für Bedwyr, wälzte mich noch lange hin und her, nachdem die letzten Stimmen und das Klingeln der Pferdegeschirre in der Nacht verhallt waren. Was würden sie wohl erreichen? Würde es ein Erfolg werden? Es würde gut sein, wenn ich den Alptraum hinter mir hätte, aber wenn Bedwyr gefangen wurde, wenn man ihn in Ketten zurückbrachte und ihn nicht nur für seine eigenen Verbrechen, sondern ihn auch für meine vor Gericht stellte – dann hätte der Alptraum erst angefangen. Es ist hart, im Krieg eine Frau zu sein, und es ist noch schlimmer, wenn man noch nicht einmal weiß, auf was man hoffen darf.

Ich stand auf, zog das Kleid an, wickelte mir die Decke um die Schultern und ging hinaus, um mit meinem Beschützer zu reden. Er hatte eine Beinwunde, das war mir vorher aufgefallen. Artus würde keinen fähigen, körperlich gesunden Mann zu einem unnotwendigen Wachdienst einteilen. Aber der Form nach war es notwendig, und ich nehme an, dadurch hatte der Krieger auch etwas zu tun. Ich kannte den Mann aus Camlann, und ich wußte, daß er ungeduldiger als ich auf den Ausgang eines Angriffs wartete, bei dem er nicht mitspielen konnte. Wir saßen herum und diskutierten über den Krieg, meine Gefangenschaft, seine Beinwunde, Britannien und das

Reich, bis die Dämmerung grau über den Wäldern in unserem Rücken stand.

Die Armee kehrte sehr erschöpft und müde zurück, aber in einer Gruppe. Der Angriff war fehlgeschlagen. Zuerst, so erfuhren wir, hatte das Losungswort und ein Ablenkungsangriff sie in die Lage versetzt, die Tore zu nehmen. Aber hinterher waren die Männer in den unbekannten Straßen gestellt und gezwungen worden, sich wieder zurückzuziehen. Artus sei in Sicherheit, so sagte man uns. Cei, Goronwy und Gereint – ja, auch in Sicherheit. Anderen ging es auch gut. Einer oder zwei waren tot, ein paar verwundet. Und Bedwyr, so sagte man mir, hätte die Verteidigung geleitet, hätte sich von der Ablenkung an der Nordmauer nicht zum Narren halten lassen, sondern sei sofort zu den Toren gekommen und hätte es geschafft, Artus' Pläne zu durchkreuzen. Ja, Bedwyr sei auch noch immer am Leben und unverletzt.

Erst nachdem ich das erfahren hatte, kam der Schlaf, den ich beiseite geschoben hatte, plötzlich wieder über mich. Ich ging zurück ins Zelt und verlor mich im Nichts, während die Sonne sich über den Bäumen erhob.

Es war schon volles Tageslicht, als ich aufwachte. Ich war noch immer müde und begriff sofort, daß ich geweckt worden war, denn jemand beobachtete mich. Ich setzte mich auf und sah Artus.

»Still«, sagte er leise. »Es ist erst Vormittag. Dein Wächter hat mir gesagt, du wärst die ganze Nacht wach gewesen, und du mußt einfach den Wunsch haben weiterzuschlafen.«

»Du auch«, deutete ich an, »und ich möchte wetten, daß du überhaupt nicht geschlafen hast. Wie lange bist du schon hier, Herr?«

»Noch nicht lange. Komm, wenn du nicht schlafen willst, dann frühstücke mit mir.«

Wir frühstückten in seinem Zelt, und es war wie in den alten Zeiten in Camlann, wo die Leute alle fünf Minuten unsere Ruhe störten. Artus erzählte mir vom Krieg, und ich erzählte ihm von den vergangenen Monaten und von Bedwyr.

Als ich ihm von Bedwyrs Leid berichtete, nickte Artus. »Ich habe Bedwyr in der vergangenen Nacht gesehen«, sagte er mir.

»In Car Aes?« fragte ich, und meine Kehle zog sich zusammen.

Er nickte. »Bedwyr hat mein Leben geschont, obwohl er es mir hätte nehmen können. Aber das hat mich nicht überrascht.« Jemand kam mit einer Frage wegen Pferdefutter herein, und Artus kümmerte sich darum. Dann fuhr er fort. »Wir saßen in einer Seitenstraße in der Falle, ich und ein paar andere von der ›Familie‹. Ich hatte die Breite der Straßen falsch eingeschätzt – oder vielmehr war mir nicht klar gewesen, daß Pferde in solchen Straßen schlecht zu beherrschen sind. Wir sind nicht genug an den Belagerungskrieg gewöhnt, um ihn zu beherrschen. Eine organisierte Gruppe von Speerwerfern hat in solcher Enge den Vorteil über Reiterei, gleichgültig, wie gut die Reiterei ist. Bedwyr hatte Truppen in der Nähe des Tores aufgestellt, und als er mit zusätzlichen Truppen selbst auftauchte, waren wir zum Rückzug gezwungen. Aber ich habe meine Männer eine Straße hinuntergeführt, von der man nicht zum Tor gelangen konnte, und die Speerwerfer kamen hinter uns her. Es war totales Chaos. Wir hatten das Torhaus angezündet, und das Feuer verbreitete sich weit. Die Pferde wurden scheu, und man konnte sich in dem Durcheinander kein Gehör verschaffen. Dann sah ich Bedwyr über den Köpfen der anderen Speerwerfer, und er sah mich. Er befahl seinen Männern, sich zurückzuziehen, und wir ritten weiter die Straße hinunter und schlossen uns den anderen am Tor an. Wir kamen ganz nah an Bedwyr vorüber, während wir zu den anderen stießen. Einmal war ich nicht mehr als sechs Schritte von ihm entfernt. Er leidet wirklich.«

Ich blickte auf meine Hände und ballte sie dann ineinander.

»Er wird natürlich Macsen sagen, es wäre Dummheit gewesen, mich umzubringen, meine Männer wären grausam, unbeherrschbar und rücksichtlos geworden, wenn ich gefallen wäre, und so wird er die Befehle entschuldigen, die er gegeben hat. Es ist ohne Zweifel wahr. Macsen schuldet Bedwyr viel. Aber ich schulde ihm genausoviel.«

»Dennoch wirst du ihn hinrichten lassen.«

Artus schaute mich fest an. »Du liebst ihn noch immer.«

»Ja, natürlich. Du ja auch.«

Er zuckte die Achseln, wandte den Blick von mir ab und schaute ins Nichts. »Er ist viele Jahre lang mein Freund gewesen. Er ist die Hälfte meiner eigenen Seele gewesen. Aber ich würde meine rechte Hand abhacken, wenn es für das Reich notwendig wäre, und es ist notwendig. Gawain hat recht: Bedwyr muß sterben, weil es um die reine Gerechtigkeit geht. Um die Gerechtigkeit und das Weiterleben des Reiches. Nur . . .«

»Nur was?«

Er streckte die Hand über den Tisch und ergriff mein Handgelenk. »Nur, ich will nicht, daß diese Gerechtigkeit sich auch auf dich erstreckt.« Nach einem Augenblick des Schweigens fuhr er fort, »ich hatte erwartet, daß ich dich vermisse. Aber es ist schlimmer geworden, als ich erwartet hatte. Nicht nur, weil die Festung und das Königreich ohne dich fast nicht regierbar sind und weil alles im Reich in Unordnung ist und die Diener und Bauern seufzen, wann immer du erwähnt wirst. Ich vermisse dich. Ich konnte es kaum ertragen, in Camlann unser Haus allein zu bewohnen. Ich erwartete immer wieder, dich da vorzufinden, ich vergaß jeden Morgen, daß du weg warst, und entdeckte es neu, zu meinem Kummer. Soll ich noch deutlicher werden? Vor der Gerichtsverhandlung sagte mir Bedwyr, daß ich von dir mehr verlangt hätte, als irgend jemand geben kann. Das ist wahr, obwohl ich es damals nicht zugeben wollte. Ich habe mir erlaubt, schwach zu sein, wütend zu werden und endlose Forderungen an dich zu stellen, aber ich habe dir nie das gleiche erlaubt. Nein, hör mir zu. Ich weiß gut genug, daß die Stärksten Ruhe brauchen, wenigstens manchmal. Ich habe das im Krieg gesehen – man kann einen Mann weiter treiben, als er selbst es für möglich hält, aber am Ende kippt er nur um und tötet einen Kameraden oder flieht vor dem Feind oder bricht das Vertrauen. Es hätte mir klar sein müssen, was ich dir antat. Und dann habe ich dich gerichtet. Ich selbst habe Ehebruch begangen, ohne den Ansporn der Liebe oder der Einsamkeit, sondern nur aus Betrunkenheit und Lust nach der Königin Morgas – wie konnte ich Bedwyr dafür richten, daß er dich liebte, oder dich, weil du ihm nachgegeben hast? Du wärst mir nie untreu geworden, wenn ich es nicht selbst verschuldet hätte.«

»Mein Herz«, sagte ich, »du schiebst dir zuviel Schuld zu. Du hast kein Verbrechen begangen, und ich habe es doch getan. Dennoch liebe ich dich, und ich habe dich sogar geliebt, als ich dir untreu war. Wenn du mir verzeihst, dann ist das alles, was ich mir wünsche, und vielleicht mehr, als ich verdiene.«

Er küßte meine Hand. »Ich glaube, das Verzeihen muß auf beiden Seiten sein. Liebste, die Menschen würden dich vielleicht jetzt als Kaiserin wieder akzeptieren, wenn bei einer zweiten Verhandlung bewiesen würde, daß du mit Gewalt aus Britannien entführt und gefangengehalten worden bist.«

»Das ist nicht wahr.«

»Das sagtest du schon. Aber Bedwyr muß sterben. Das siehst du doch ein, oder nicht? Es gibt keine Möglichkeit, das zu vermeiden. Aber mußt du deswegen auch sterben? Es würde doch nichts nützen, weder dem Königreich noch der ›Familie‹ – und mir am allerwenigsten. Wir würden alle dafür leiden. Mein Herz, sag ihnen, daß du mit Gewalt von Britannien fortgeführt worden bist.«

»In der Verhandlung? Unter Eid?«

»Es stimmt ja fast. Du hättest Bedwyrs Angriff abgewendet, wenn du davon gewußt hättest, und du hattest nie vor, mit ihm zu gehen.«

»Es würde dir auch nichts nützen, mich zu verschonen. Die Menschen werden mich anspucken und sagen, ich sei eine Hure, die mit ihrem Liebhaber davongelaufen ist, einen Krieg verursacht hat und von ihrem betrogenen, ihr hörigen Mann wieder zur Ehre erhoben worden ist. Sie werden sagen, daß du schwach und korrupt bist. Medraut wird das ausnutzen.«

Artus zuckte zusammen. »Das können wir ertragen. Aber benutz nicht solche Worte. Dein Vetter hat so in seinem Brief an mich über dich geredet. Er sagte, er könne deinen Schuldspruch akzeptieren und würde dafür sorgen, daß du angemessen gestraft würdest. Warum hast du mir nichts von ihm erzählt? Ich hätte dich nie in sein Haus geschickt, wenn ich es gewußt hätte. Aber es ist mir nicht passend, den Ansichten von solchen Männern wie ihm nachzugeben, und es scheint mir auch nicht angemessen, all meine Taten Medrauts Meinung anzupassen. Ich brauche dich. Willst du . . . nicht lügen, sondern eher die Wahrheit verzerren, wenn du wieder vor Gericht stehst? Dann könnte ich nicht mehr in mein Urteil hineinlegen als die Buße, die die Kirche für Ehebruch vorsieht, und dich bei mir behalten.«

»Du . . . du riskierst viel.«

»Du verstehst mich nicht. Ich brauche dich.«

Ich war gegen mein besseres Wissen mit Bedwyr gegangen, weil er mich brauchte. Und jetzt, obwohl Artus ruhiger war als damals Bedwyr, sah ich doch, daß er es nicht weniger ernst meinte. Aber wenn ich tot war, dann fand er vielleicht eine andere Frau zur Ehe, eine, die ihm Kinder gebar und die ihm eine bessere Lady sein konnte, als ich es gewesen war. Unter Eid zu lügen und einen anderen die Strafe für meinen Fehler tragen zu lassen, das kam mir monströs vor . . . obwohl ich wußte, daß Bedwyr, wäre er dagewesen, mir genau denselben Rat gegeben hätte wie Artus.

»Laß mich nachdenken«, bat ich. »Ich war sicher, daß ich für meinen Verrat sterben würde, wenn ich zurückkäme. Ich hatte nie erwartet, daß mir verziehen wird, und ich dachte, ich könnte ehrlich sterben. Ich will mich zuerst wieder an den Gedanken gewöhnen, daß ich weiterleben soll.« Nach einem Augenblick der inneren Verwirrung fragte ich: »Wann würdest du die Verhandlung abhalten?«

Ein Bote kam herein und unterbrach uns. Er fragte in einer Angelegenheit nach, bei der es um Lösegelder ging. Artus kümmerte sich darum und wandte sich dann wieder an mich. »Es wäre besser, wenn alles in Camlann stattfände, nachdem Bedwyr gefangen oder getötet ist. Ich könnte dich morgen mit den Verwundeten zurückschicken. Wenn du erst einmal in Britannien wärst, könntest du die Fasten- und Bußezeit beginnen, die die Kirche vorschreibt, und mir auch deine Meinung über die Situation zu Hause übermitteln. Dieser Krieg sollte nicht mehr viel länger dauern. Denn ich möchte nicht Ceis Plan folgen und Macsen mit ausgedehnten Überfällen mürbe machen. Dadurch würde sich im Reich zuviel böses Blut bilden, und ich kann es mir auch nicht leisten, Britannien so lange allein zu lassen. Und Medraut ist allein in Camlann, und das ist gefährlich, selbst unter Beobachtung. Vielleicht klappt es mit den Belagerungsmaschinen. Wirst du meine Bitte erfüllen?«

»Ich . . . ich will darüber nachdenken. Gib mir Zeit, bis du wieder zurück in Britannien bist.«

»Du meinst, du wirst es tun, es sei denn, Bedwyr wird gefangengenommen«, sagte er und lächelte leicht.

»Ich weiß gar nicht, was ich meine. Ich will nicht, daß er für mein Verbrechen die Schuld zugeschoben bekommt. Rhys glaubt, du solltest Gawain auch mit den anderen Verwundeten wegschicken.«

Artus lächelte ein bißchen deutlicher. »Das hatte ich geplant, wenn ich ihn dazu überreden kann, ohne daß er sich übermäßig aufregt und noch kranker wird. Mein Herz, bitte denk wirklich darüber nach. Wenn wir uns gegen Medraut behaupten können, dann gibt es keinen Grund, warum wir nicht auch den Königen von Britannien die Stirn bieten sollten.«

Wenn die Sterne silberne Nägel wären, dachte ich, dann könnte man sie dazu benutzen, die Pferde zu beschlagen. Aber ich liebte Artus. Vielleicht würde ich gewillt sein, selbst das zu tun, damit er glücklich war. Aber wenn Bedwyr vor meinen Augen für mein Verbrechen leiden sollte, dann wußte ich nicht, ob ich es tun konnte.

Ich verließ den nächsten Tag das Lager mit den Verwundeten. Artus mochte es nicht, Männer in seinem Lager zu haben, die nicht schnell reisen konnten und die vielleicht in Gefahr waren, wenn Macsen es doch schaffte, den Rest seiner Streitkräfte zusammenzurufen, und Artus sich schnell zurückziehen mußte. Gawain allerdings bestand darauf, er erhole sich schon schnell genug, und es hätte keinen Sinn, ihn zurück nach Britannien zu schicken. An dem Morgen, an dem ich abreiste, ging ich selbst, um mit ihm zu reden. Artus hoffte, ich könne den Krieger dazu überreden mitzureisen. Er war in einem eigenen Zelt, und Rhys versorgte ihn. Er lag sehr still, als ich hereinkam, und schaute auf die leere Wand des Zelts.

»Gawain«, sagte ich, und er blickte zu mir herüber und sah dann Rhys an, der direkt hinter mir stand. Er sagte nichts.

»Tut es sehr weh?« fragte ich.

»Nein. Mach dir keine Sorgen. Ich brauche nichts.«

Rhys stieß verärgert den Atem durch die Zähne. »Herr, die Lady ist auf Bitten des Kaisers gekommen, um nachzusehen, ob du heute mit den anderen abreist.«

»Das hatte ich mir gedacht. Mach dir keine Mühe, my Lady. In ein paar Tagen bin ich wieder auf den Beinen – ohne Zweifel wäre ich in der Lage, zurück zur Armee zu reiten, ehe die Verwundeten die Schiffe erreichen. Es hat also keinen Sinn, wenn ich abreise.«

Rhys schnaufte. »My Lady, rede doch vernünftig mit ihm«, murmelte er zu mir herüber. »Deine Meinung sollte er jetzt noch respektieren. Ich gehe nach draußen und packe.«

Gawain sah zu, wie Rhys ging, aber nur seine Augen bewegten sich. Offenbar war es ihm schmerzhaft, den Kopf herumzudrehen.

»Rhys glaubt, der Krieg ist schlecht für dich«, sagte ich.

»Rhys mischt sich immer in Dinge ein, die ihn nichts angehen. Angeblich soll er mein Diener sein, aber er hält sich für meinen Herrn.«

»Ich habe nie gehört, daß du ihm das gesagt hättest.«

»Was für einen Sinn hätte es denn auch? Rhys will ja nur mein Bestes.«

Sein dunkler, starrer Blick machte mir Kummer. Es war schwer zu erkennen, was er anschaute. Ich berührte seine Stirn, und sie fühlte sich heiß an. »Du hast das Fieber«, sagte ich ihm. »Außerhalb der Truppe wärst du besser dran.«

»Warum kümmerst du dich so um mich, my Lady?«

»Ich habe mir immer große Sorgen um dich gemacht«, sagte ich nach einem Augenblick des Schweigens. »Ich habe dich gern gehabt, wie ich einen Bruder von meiner eigenen Sippe gemocht hätte.«

»Alles Lügen«, murmelte er so undeutlich, daß ich die Worte kaum verstehen konnte.

Ich hatte gezweifelt, als Artus mich gebeten hatte, mit Gawain zu reden, und jetzt bezweifelte ich noch mehr, daß er auf mich hören würde, und der Schrecken überkam mich. »Trink ein bißchen Wasser«, sagte ich endlich. »Bei dem Fieber wirst du es brauchen.«

Er lachte ein bißchen, und das Lachen klang bitter. Aber er nahm den Becher Wasser, den ich ihm einschenkte. »Morgens ist es schlimmer«, sagte er mir. »Aber ich genese . . . und das ist genug.«

»Wie du willst.« Ich schaute ihn noch einmal genau an, aber er hatte sich ins Kissen zurückgelegt und blickte an mir vorüber zu dem niedrigen Dach des Zeltes auf. »Gawain, du glaubst doch nicht wirklich, daß ich lüge, wenn ich dir sage, daß ich mir Sorgen um dich mache?«

»Möglicherweise fühlst du wirklich Besorgnis. Aber was für eine Rolle spielen denn Gefühle und Absichten? Du und Bedwyr, ihr habt vielleicht nichts Böses vorgehabt, aber dennoch habt ihr beiden meinen Sohn getötet.« Seine Augen wandten sich vom Zeltpfosten ab, und er begegnete meinem Blick. »War es denn nicht genug, daß ich den Mund gehalten habe, als ich von eurer Verbindung erfuhr, und daß ich alles getan habe, um dir zu helfen? War es dir nicht genug, daß Gwyn dir mutig zu Hilfe eilte, daß du ihn trotzdem umbringen mußtest?«

»Es war ein Unfall«, sagte ich, aber meine Worte klangen leer.

»Es ist vielleicht auch Sorglosigkeit gewesen und keine Absicht. Aber was spielt das für eine Rolle? Es ist getan.« Gawain setzte sich plötzlich gerade auf, keuchte dann vor Schmerz, ließ sich vornüber sinken und hielt sich den Kopf mit den Händen.

»Nicht!« schrie ich und versuchte, ihn zu stützen. »Du schadest dir nur selbst.«

»Was spielt das für eine Rolle?« fragte er und redete wie ein Mann, den ich noch nie kennengelernt hatte, und nicht wie der Freund, den ich seit vielen Jahren schätzte. »Für was soll ich denn wieder gesund werden? Du und Rhys und die anderen, ihr versteht nichts. My Lady, my Lady, du hattest so viel. Du hattest eine Sippe, und du warst das Juwel und der Schatz der Familie deines Vaters. Lange Zeit wollte er dich niemandem verheiraten, obwohl viele dich begehrten, denn er konnte keinen finden, der gut genug war, bis er den Kaiser von ganz Britannien fand. Und da wurdest du zur Krone des Reiches, zu der Dame, die alle Könige und alle Leute liebten und bewunderten – mit Recht. Ich will zugeben, daß es gerechtfertigt war. Aber du warst nicht zufrieden mit deinem Mann, du hast dir auch noch einen Liebhaber genommen, einen Mann, würdig genug, ein zweiter Kaiser zu sein. Und du hast sie vernichtet, obwohl du es nicht vorhattest. Aber, nicht zufrieden damit, zugrunde zu richten, was dir gehört, haben du und die deinen auch noch meinen Sohn vernichtet – meinen Sohn, der meine ganze Familie war und alles, was mir von meiner Liebsten, meiner Frau noch blieb. Dennoch sagst du noch immer, daß du dir Sorgen um mich machst. Du hättest deine Besorgnis besser zeigen können, indem du mich umbringst und meinen Sohn am Leben läßt.«

Vielleicht hätte ich zur Antwort etwas gesagt, aber die leeren Worte trockneten in meiner Kehle und würgten mich. »Es bekümmert mich«, sagte ich endlich.

Er lachte wieder das verbitterte Lachen. »Auch mich bekümmert es. Und noch viel schlimmer.«

»Würde Bedwyrs Tod oder mein Tod diesen Kummer verringern?«

Er saß da und schaute auf seine Füße. »Nein. Aber wenigstens wäre er gerecht. Etwas Gerechtigkeit würde in der Welt bleiben.«

»Dann sag mir – soll ich, wenn über mich verhandelt wird, die einfache Wahrheit sagen? Soll ich sagen, daß ich Britannien willig verlassen habe, und soll ich, für Verrat verdammt, sterben? Wäre dir das recht?«

»Wenn du das sagtest, dann würdest du lügen. Du bist nicht willig mitgegangen, sondern gegen deinen Willen, um Bedwyr zu trösten. O nein, deinen Absichten nach warst du unschuldig, und ohne Zweifel ist es auch Bedwyr. Nur, das ändert nichts. Und ich kann noch nicht einmal wünschen, daß du oder er sterben solltet. Ich bin noch immer . . . besorgt um dich. Es gibt keine Gerechtigkeit, noch nicht einmal im Herzen.« Er blickte auf, schaute durch mich hindurch, abwesend und menschenunähnlich. »Einmal bin ich zum Königreich des Sommers gesegelt, zur Anderwelt. Damals dachte ich, daß der Kampf zwischen Licht und Dunkelheit auf der Erde ausgefochten wird und daß die Absicht unseres Geistes ihn widerspiegelt und die Erde mit der Anderwelt verbindet. Aber jetzt scheint mir diese Welt abgeschnitten und weit entfernt von dort, denn selbst die besten Absichten jener, die dem Licht ergeben sind, können Dunkelheit schaffen. Und daher gibt es keine Gerechtigkeit, kann es keine Gerechtigkeit geben. Vielleicht ist es falsch, wenn wir überhaupt handeln. Vielleicht sind wir alle in Ewigkeit in die Hölle verdammt. Laß mich allein, my Lady. Sag Artus, ich werde bleiben, es sei denn, er befiehlt mir etwas anderes.«

Ich nickte, verließ ihn und ging wieder in mein eigenes Zelt. Ich zitterte und versuchte, nicht zu weinen. Es stimmte ja. Alles, was er zu mir gesagt hatte, stimmte. O Gott, Gott, warum ist die Erde je geschaffen worden?

Die Karren mit den Verwundeten fuhren um die Mittagszeit los. Es waren drei lange, mit einem Baldachin gedeckte Wagen zum Schutz gegen die Sonne und den Regen. Sie waren mit Stroh ausgepolstert, damit die Männer es bequemer hatten, und es lagen ein paar Dutzend in jedem Wagen. Auch eine Eskorte von zwanzig Mann ritt mit uns, aber sie sollten nur bis zum Hafen unsere Begleiter sein, wo wir uns einschifften. Ich konnte meine Stute reiten, aber ich verbrachte auch einige Zeit in den Karren. Ich hatte schon früher den Chirurgen geholfen, und ich wußte, wie man Kranke pflegt. Es gab reichlich für mich zu tun.

Die Karren rumpelten sehr auf der Straße, obwohl wir ziemlich langsam reisten und versuchten, so ruhig wie möglich zu fahren. Wir fuhren einige Tage lang nach Nordosten, und dann folgten wir der Küstenstraße genau nach Osten in die Gegend, die von den Franken beherrscht wird. Wir fanden Artus' Schiffe noch immer sicher in ihrem fränkischen Hafen, und die Hafenbeamten halfen uns, das Schiff zu beladen, das wir benutzen wollten, und versuchten, in schlechtem Latein mit uns zu reden. Sie waren entzückt, als sie entdeckten, daß ich ein bißchen Sächsisch konnte – das sich nur leicht von ihrer eigenen Sprache unterschied –, und versuchten, mich über verschiedene ekelhafte Kuren für Wunden aufzuklären. Als das Schiff bereit war zu segeln, bestanden sie darauf, ein Fest zu geben, für uns und die Eskorte, die am nächsten Tag die Rückreise zu Artus antreten sollte. Als das Schiff Segel setzte, fragte ich mich, wie Artus' vereintes Reich wohl aussehen würde. Es gab keinen Grund zur Feindschaft mit den Sachsen, wenn sie die Gesetze hielten. Aber ich war jetzt nicht mehr sicher, daß so ein Reich überleben konnte.

Unsere Reise war kürzer als die, die ich auf dem Weg nach Kleinbritannien durchlitten hatte. Wir überquerten das Meer direkt von Gallien nach der Südküste von Britannien und segelten an dieser Küste entlang zum Hafen von Caer Uisc, wo wir anlegten und das Schiff wieder entluden. Die Reise von Caer Aes hat den größten Teil von drei Wochen in Anspruch genommen. Drei der Verwundeten waren gestorben, aber der Rest erholte sich gut.

Die Fahrt nach Camlann dauerte zwei Tage. Über Nacht blieben wir in einer kleinen Hügelfestung an der Straße – es war nur ein Bauerngehöft, dessen Name ich vergessen habe. Der Herr des Hauses behandelte uns sehr seltsam; ewig wirkte er so, als ob er jeden Augenblick etwas heraussprudeln wollte, und nie tat er es. Ich nahm an, daß er über meinen Stand im unklaren war, und fragte mich wieder, was ich tun würde.

Am Nachmittag des zweiten Tages, in der frühen Dämmerung des Winters, kamen wir in Camlann an. Der grüne Hügel erhob sich still aus den öden Feldern und den nackten Bäumen; Rauch von der Festung trieb über die frühen Sterne, und wir konnten den Glanz des Feuers im dunklen Osten erkennen. Etwas in mir tönte: »Zu Hause, zu Hause!« Wie eine klare Glocke, aber ich war zu traurig und müde, um sehr darauf zu achten.

Die Tore der Festung waren verschlossen, als wir herankamen, und das überraschte mich. Aber dann dachte ich, unser Verbündeter, Constantius, hätte es vielleicht für richtig gehalten, Vorsichtsmaßnahmen zu ergreifen. Einer der Wächter rief uns vom Turm an und fragte nach unseren Namen und unseren Geschäften.

»Wir bringen die Verwundeten von Gallien nach Hause«, rief der Chirurg – offiziell führte er die Gruppe. »Du solltest mehr Fackeln hierherbringen lassen, wenn du deine eigenen Kameraden nicht erkennen kannst!«

Die Tore wurden entriegelt, und die Karren rollten hindurch. Ich ritt meine Stute, und wieder bemerkte ich, daß die Wächter uns seltsam anschauten. Einige von ihnen erkannte ich als Medrauts Männer. Zwei von ihnen kamen vom Wachturm und begleiteten uns den Hügel hinauf.

Die Karren rumpelten zur Halle hinüber und hielten an. Die Wächter, die vom Tor gekommen waren, verschwanden sofort in der Halle, und weitere Krieger tauchten auf, um uns zu beobachten, während der Chirurg um die Karren ging und die Männer untersuchte, die alle saßen und sich umschauten, selbst die sehr kranken. Sie lachten und scherzten über das, was sie jetzt tun würden, wo sie wieder zu Hause waren. Bald kamen noch ein paar weitere Krieger aus der Halle und brachten Fackeln.

»Die Kaiserin!« rief einer von diesen Männern aus, und sofort begannen die Leute von Camlann miteinander zu murmeln und hoben die Fackeln hoch, so daß sie mich deutlich sehen konnten.

»Warum ist die hier? Ist Macsen besiegt?« fragte einer von ihnen den Chirurgen.

»Caer Aes wurde belagert, als wir abreisten«, sagte ich, und sie wurden alle still und starrten mich an. »Ich bin aus Macsens Festung entkommen und bin um mein Urteil zu meinem Herrn Artus gegangen. Er hat mir befohlen, hierher zu reisen und auf meine Gerichtsverhandlung zu warten. Wo ist König Constantius? Wir haben ein paar Verwundete hier, die versorgt werden müssen.«

Ein paar von den Männern lachten, und die anderen hüllten sich in unruhiges Schweigen. »Wo ist König Constantius?« fragte einer der Krieger. »Die Lady will wissen, wo König Constantius ist.«

»Da sollte sie besser den Kaiser fragen – oder die Kirche«, sagte ein anderer.

Diese Spötterei fing an, mich zu ärgern. »Der Kaiser hat mir gesagt, Constantius habe hier das Kommando. Ist das nicht richtig?«

»Constantius kommandiert jetzt niemanden mehr. Niemanden außer Würmern.«

»Nein, die Würmer befehlen ihm. Sie konnten ihm befehlen, daß er ihnen ein schönes Fest bietet.«

»Und, hochedle Dame, wir haben jetzt einen anderen Kaiser – einen besseren.«

Als ich begriff, was sie meinten, hatte ich das Gefühl, als ob sich die Welt auf den Kopf stellte, und ich sah plötzlich, was unser Gastgeber uns in der vergangenen Nacht hatte sagen wollen. Ich begriff, warum die Tore geschlossen waren, warum die Wächter mit uns vom Tor den Hügel hinaufgekommen waren. Und während mir alles klar wurde, kam Medraut aus der Halle. Er trug einen Umhang aus kaiserlichem Purpur. Er lächelte liebenswürdig.

»Willkommen in Camlann«, sagte Medraut zu unserer Gruppe, die plötzlich schweigend und bewegungslos dastand. »Eure Ankunft ist ein Glück, denn jetzt habt ihr die Möglichkeit, euch unserem Ziel anzuschließen, die Möglichkeit, die der

Tyrann Artus, der Bastard, euch verweigert hätte. Diejenigen, die mir schwören, daß sie mir folgen wollen, werden in der Tat willkommen geheißen werden, und sie können auch Zeichen meiner Dankbarkeit erwarten. Aber wie viele seid ihr denn?«

Der Chirurg, der neben dem vordersten Karren stand, starrte Medraut nur verwirrt an. Medraut schlenderte an dem Wagen vorüber und schaute die Männer abschätzend an. »Keine kräftigen Krieger? Eine Schande. Trotzdem, die meisten von euch sind schon wieder ziemlich beieinander, nicht?« Er richtete die Worte besonders an einen Mann, einen guten Fußkämpfer, der sein rechtes Bein bis zum Knie verloren hatte. Der Mann errötete, als er sich so angesprochen hörte, glitt vom Karren und umklammerte den Rand, so daß er stehen konnte. »Ich werde nie krank genug sein, um für einen Verräter zu kämpfen«, sagte er Medraut. Dann rief er seinen Genossen zu: »Seht nur, was dieser fremde Bastard getan hat! Er hat die Großzügigkeit unseres Herrn ausgenutzt, um den Purpur zu ergreifen! Der verbrecherische, mörderische . . .«

Medrauts Lächeln war verschwunden, als der Mann den Mund aufmachte. Jetzt nickte er und trat zurück. Ein Blitz war zu sehen, und der Krieger hustete plötzlich, verbeugte sich und fiel auf das Gesicht. Ein Speer stand aus seinem Rücken hervor. Ich schrie auf, sprang vom Pferd und rannte zu dem Mann hinüber. Ich drehte ihn um. Er war schon tot. Seine Augen standen starr in seinem Kopf. Ich berührte den Streifen Blut neben seinem Mund voller Entsetzen. Dann sank ich zurück, als Medraut meine Hand beiseite trat und mit einem Fußtritt die Leiche wieder aufs Gesicht drehte.

»Lady Gwynhwyfar«, sagte Medraut mit leiser, kalter Stimme, »wie kommt es, daß du hier bist? Ich konnte den Bericht kaum glauben. Das ist eine Ehre, die ich nicht erwartet habe.«

Ich sagte nichts, ich starrte Medraut nur an. Der Umhang, den er trug, gehörte Artus, und sein reicher, purpurfarbener Saum schleifte über den Boden.

»Sie hat gesagt, sie wäre von Macsen geflohen und wegen

ihres Urteilsspruchs zu Artus zurückgekehrt«, sagte einer von Medrauts Kriegern.

»Und wir wissen, was für ein Urteil der Kaiser für sie sprechen würde«, gab Medraut zurück, und seine Augen wurden schmal. Er fing wieder an zu lächeln. »Zehn Minuten in seinem Bett, und alles wäre vergeben!« Seine Männer lachten. »Steh auf, my Lady, Mörderin. Die Gerechtigkeit liegt jetzt in meinen Händen.« Ich kniete weiterhin bei dem toten Krieger, und ich sah jetzt, wie das Fackellicht sich in Medrauts Haar und im Gold des Kragens und des Umhangs fing. Seine kalten Augen glitzerten plötzlich, und er bückte sich. Er packte meinen Arm und zerrte mich hoch. Er hielt mich fest und schlug mich zweimal ins Gesicht, und dann warf er mich einem Wächter in die Arme. Jemand schrie auf.

»Die Dame ist Kaiserin – die Frau unseres Herrn Artus!« rief der Chirurg und rannte hinüber zu Medraut, während ich versuchte, meine Sinne wieder in die Gewalt zu bekommen.

»Ich bin der Kaiser«, sagte Medraut. »Ich kann mit dieser Frau oder mit jedem einzelnen von euch tun, was mir gefällt. Jeder, der Lust hat, kann mir die Treue schwören und hier willkommen sein. Die anderen sind Diener meines Feindes, des Usurpators und Tyrannen Artus ap Uther. Sie sind verhaftet. Wer von euch will mir den Eid schwören?«

Schweigen. Einer der Verwundeten murmelte einen Fluch.

»Bringt sie weg. Schließt sie in den Lagerraum ein«, befahl Medraut seinen Kriegern.

»Aber sie sind verwundet und unbewaffnet . . .« protestierte der Chirurg.

»Dann geh mit ihnen und kümmere dich um sie. Nein, die Lady Gwynhwyfar soll nicht mit den anderen eingesperrt werden. Bringt sie . . . bringt sie in das Haus des Feldherrn Bedwyr. Bindet sie und stellt Wachen vor die Tür. Um sie kümmere ich mich später.«

Medrauts Männer strömten wie ein Mob um die Karren herum, brüllten und lachten. Die Verwundeten versuchten sich zu wehren oder zu protestieren, aber die Karren wurden schnell weggefahren. Ich sah das bei einem Blick über die Schulter, während meine Wächter mich wegzerrten, und ich war noch halb betäubt von dem Schrecken und von Medrauts Schlag, als sie mich stolpernd zu Bedwyrs Haus führten. Sie banden mir die Hände mit Streifen von der Bettdecke vor dem Leib, nahmen mir mein kleines Messer und gingen dann. Sie schlossen die Tür ab. Ich brach neben dem Bett zusammen und verbarg mein Gesicht in der rauhen Wolle der Bettdecke. Draußen konnte ich hören, wie die Wachen Witze rissen und aufgeregte Rufe ausstießen.

Denk nach, sagte ich mir und versuchte, die Tränen der Hysterie zurückzubeißen. Du mußt nachdenken. Die ganze Zeit hast du vor diesem Augenblick Angst gehabt. Jetzt brauchst du nicht so überrascht zu sein, wo es geschehen ist. Medraut hat Constantius ermordet und den Purpur für sich in Anspruch genommen. Was ist aus Constantius' Kriegern geworden?

Ich hatte keinen von den Männern des dumnonischen Königs gesehen, das begriff ich jetzt. Medraut mußte seinen Zug sehr sorgfältig geplant haben. Er hatte Constantius ermordet, und dann hatte er Constantius' Männer von seinen Gefolgsleuten aus dem Hinterhalt erledigen lassen, wahrscheinlich bei Nacht, als sie nach dem Fest schliefen. Vielleicht hatten einige der Männer Medraut den Eid geschworen, aber die anderen? Tod oder Gefangenschaft – es sei denn, daß einige entkommen waren. Ob Medraut wohl Verbündete hatte?

Ohne Zweifel hatte er sich mit Maelgwyn, dem König von Gwynedd, in Verbindung gesetzt. Maelgwyn würde ihn bei jedem Schachzug gegen Artus unterstützen. Andererseits konnte Medraut Maelgwyn nicht sehr trauen. Der König von Gwynedd wollte den Purpur selbst, und es würde ihm nicht so sehr gefallen, daß Medraut ihn trug. Ob Maelgwyn wohl Männer nach Camlann geschickt hatte? Nein, das glaubte ich nicht. Ich hatte keine gesehen. Obwohl Maelgwyn ohne Zweifel seine Armee zusammengeholt hatte und obwohl er wahrscheinlich in diesem Augenblick eilig auf dem Weg zu Medraut war.

Medraut allerdings mußte im Augenblick nicht nur seine eigenen Gefolgsleute in Camlann haben. Selbst wenn er es geschafft hatte, einigen von Constantius' Männern den Treueeid abzuzwingen und wenn ein paar unzufriedene Adlige zu ihm gestoßen waren, konnte er nicht mehr als etwas über zweihundert Krieger haben. Dreihundert höchstens. Maelgwyn hatte noch einmal dreihundert und eine Armee von etwa zwei- oder dreitausend Bauern. Wann hatte Medraut gehandelt und die Macht ergriffen? Wahrscheinlich erst in letzter Zeit – dennoch hatte er offensichtlich genug Zeit gehabt, die Burg nach seinem eigenen Geschmack umzugestalten. Vor einer Woche, zwei Wochen? Jemand mußte jetzt, in diesem Augenblick, auf der Reise nach Kleinbritannien sein, um Artus zu warnen. Artus besaß viele Spione und viele treue Gefolgsleute. Medraut konnte sie nicht alle ermorden. Und wenn Artus es hörte, dann würde er die Belagerung fallenlassen und nach Britannien zurückkehren, so schnell er konnte. Würde er Medraut gegenübertreten können, wenn er ankam?

Medraut, Maelgwyn von Gwynedd. Und wer noch? Dyfed, Powys, Elmet würden wahrscheinlich offiziell beim Kampf neutral bleiben. Wenn sie die Gerüchte glaubten, die Medraut verbreitet hatte, und wenn sie sich noch immer an Artus' gewaltsame Machtergreifung vor zwanzig Jahren erinnerten, dann konnten sie sich vielleicht feindlich zeigen und ein paar Männer schicken, die gegen meinen Mann kämpften. Andererseits war Medraut von Geburt ein Fremder und – nach dem gleichen, mächtigen Gerücht – ein Kind, geboren aus Blutschande und deshalb verflucht. Die Könige von Britannien würden ihn nicht gegen Artus unterstützen, dessen Herrschaft ihnen wenigstens bekannt war. Und die Könige würden auch nicht Maelgwyn unterstützen. Vielleicht rebellierten sie unabhängig voneinander, aber wahrscheinlich würden sie abwarten, um herauszufinden, ob Maelgwyn oder Medraut oder Artus sich halten konnten, ehe sie etwas unternahmen. Ebrauc, Rheged – die würden Artus unterstützen, wenn sie zeitig genug informiert würden, obwohl die Hälfte ihrer königlichen Truppen jetzt in Kleinbritannien war. Und die sächsischen Königreiche?

Sie hatten einen gesunden Respekt vor Artus, der sie trotz schwerer Nachteile geschlagen hatte. Aber ein Britannien, das von Bürgerkrieg zerrissen wird, war ihnen sehr von Vorteil. Vielleicht machten sie eine Zeitlang mit Medraut gemeinsame Sache und betrogen ihn hinterher natürlich, aber sie würden ihn gegen Artus unterstützen. Dennoch, Verhandlungen mit den Sachsen brauchten Zeit. Medraut hätte vorher nicht direkt mit ihnen verhandeln können – Artus und ich hätten sicher davon gehört. Alles in allem, so entschied ich, würden mein Mann und sein Sohn in dem Krieg, der vor uns lag, die gleiche Kampfkraft haben.

Ich setzte mich auf, wischte mir das Gesicht und fühlte mich etwas besser. Die Innenseite meiner Lippe war bei den Schlägen, die Medraut mir versetzt hatte, an meinen Zähnen aufgerissen, und mein Gesicht war blutverschmiert. Ich stand auf und schaute mich um. Im Zimmer war kein Wasser. Der Herd war kalt, selbst die Asche des Feuers war weggeräumt. Die Bücher waren verschwunden und auch die Lampe. Nur das Bett und ein paar dumpf riechende Decken waren noch da. Niemand hatte mehr in dem Haus gelebt, seit Bedwyr es im Sommer verlassen hatte, und der Staub lag dick auf dem Schreibpult. Es war sehr kalt, das spürte ich jetzt. Meine gebundenen Hände waren rot geworden und zeigten blasse Flecken, und sie waren steif und betäubt. Ich bewegte sie, drehte sie hin und her und versuchte, meine Bande zu lockern. Ich ging hinüber zu der Bettdecke, die die Wachen beiseite geworfen hatten, nachdem sie meine Fesseln davon abgeschnitten hatten, und zerrte sie ungeschickt um mich herum. Dann spuckte ich auf einen Zipfel und wischte mir damit das Gesicht. Mein Haar hatte sich an einer Seite gelöst, aber ich konnte es nicht wieder hochbinden. Ich saß angekuschelt an das Bett und steckte die Hände, um sie zu wärmen, zwischen die Knie. Medraut würde ohne Zweifel jemanden schicken, der sich bald um mich kümmerte. Was immer er mit mir vorhatte, es konnte nicht sein, daß er mich einfach so sterben lassen würde.

Was er vorhatte . . . mich zu strafen, irgendwie. Kein Zweifel. Ein öffentlicher Machtbeweis, eine Verhandlung für eine Frau, die versucht hatte, ihn zu ermorden, und eine öffentliche Hinrichtung. Den Feuertod? Die Steinigung? Die Folter? Ich spürte jetzt eine Kälte, die sich von der Kälte in dem eisigen, leeren Zimmer unterschied. Lieber Gott, dachte ich, gib mir Kraft. Wenn ich nicht entrinnen konnte, dann mußte ich wenigstens tapfer sterben, wie das einer Kaiserin von Britannien anstand.

Entkommen. Meine Fesseln waren sehr straff. Draußen standen zwei Wachen – warum hatte Medraut nicht einen drinnen aufgestellt, damit er mich beobachtete? Er mußte Angst haben, daß ich versuchen würde, mich umzubringen, weil er mich hatte binden lassen. Welchen Grund auch immer er gehabt hatte, es war zu meinem Vorteil. Wenn ich irgendwie fliehen konnte – durch das Rauchloch? –, aber ich mußte ja auch noch den anderen Teil der Festung durchqueren, und danach über die Mauern. Es wäre Wahnsinn, es am Tor zu versuchen. Hier würde man mich erkennen, und ich kannte das Losungswort nicht. Trotzdem – es sollte möglich sein, die Mauern von innen zu ersteigen. Medraut hatte nicht genug Männer, um den ganzen Kreis der Festung sehr genau zu bewachen.

Ein Dienstmädchen kam herein, begleitet von einem Krieger. Sie schaute sich um, sah mich und wurde blaß vor Angst. Der Krieger stieß sie vorwärts. »Mach Feuer«, befahl er, »und kümmere dich um die Gefangene.« Er lehnte sich an die Wand bei der Tür und betrachtete mich. Ich blieb sitzen, wo ich war. Das Mädchen machte Feuer, holte Wasser und kehrte das Zimmer, ohne mich anzuschauen, obwohl ich aufstehen und anderswohin rücken mußte, als sie herüberkam, um das Bett zu machen. Ganz deutlich hatte sie große Angst. Plötzlich fragte ich mich, was mit den Dienern in Camlann sein mochte. Wenn sie gehorsam waren, dann sollten sie eigentlich in Sicherheit sein – außer Ceis Geliebter, Maire, und der Frau von Gawains Diener. Medraut hegte der letzteren gegenüber besonders einen alten Groll, denn Eivlin hatte seiner Mutter gedient und sie verraten. Medraut war sicher fähig, diese Frau und ihre

Kinder hinrichten zu lassen. Und er konnte Maire und ihre Kinder gegen Cei ausspielen.

»Eivlin, Rhys' Frau«, sagte ich zu dem Dienstmädchen, »und Ceis Maire – sind die beiden in Camlann?«

Das Mädchen warf mir einen entsetzten Blick zu und schüttelte dann den Kopf. »Still!« befahl der Wächter.

Meine Hände wurden befreit, und ich durfte mich waschen. Dann wurde ich wieder gebunden, und diesmal band man mir auch die Füße. Das Dienstmädchen und der Wächter verließen den Raum, und ich setzte mich auf das Bett und starrte in das frisch angezündete Feuer. Ob ich wohl die Stoffessel daran durchsengen konnte?

Sie waren eben gegangen. Wahrscheinlich würde ich jetzt allein gelassen, wenigstens eine kleine Weile. Ich kannte Medrauts Pläne nicht, aber je eher ich flüchtete, desto besser. Wohin sollte ich gehen, wenn ich entkommen war? Darüber dachte ich besser später nach.

Ich rollte vom Bett herunter und kroch hinüber zum Feuer. Es war mit Holz von Apfelbäumen angemacht und brannte gleichmäßig. Ich schob meine Hände über die Flamme, und als meine Haut verbrannte, wurde mir klar, daß diese Methode unnötig schmerzhaft war. Also nahm ich ein Stück loses Holz und schob eine glühende Kohle aus dem Feuer. Ich preßte meine Fesseln dagegen. Es tat weh, und ich biß mir auf die Lippen und schloß die Augen. Ich dachte an Artus, während der Stoff an meinen Fesseln glimmte. Aber bald konnte ich meine Hände bewegen. Der Stoff wurde locker, riß – ich zerrte meine Hände zurück, sie waren frei. Ich streckte meine tauben Finger. Gott sei Dank. Ich lehnte mich zurück und band meine Füße los jetzt – wie kam ich aus dem Haus? Das Rauchloch über der großen Feuerstelle konnte von den Wächtern draußen gesehen werden. In der Küche gab es noch eine Feuerstelle – einen Ofen. Wenn ich dort vom Rauchloch einen Teil des Strohdaches herunterzog, konnte ich vielleicht hinausklettern. Am besten nahm ich die Decken vom Bett und benutzte sie zu einem Seil, damit ich damit die Mauern der Festung übersteigen konnte. Ich zerrte die Decken herunter, schaute mich im Zimmer um, nach irgendeinem Gegenstand, mit dem ich sie zerschneiden konnte. Nichts da. Ich ging in die Küche, kam zurück, nahm noch einen qualmenden Ast aus dem Feuer und benutzte den, um mit hartem Zerren jede Decke in drei Streifen zu zerteilen. Es waren alte Decken, und es war leichter, als ich gedacht hatte. Ich band die Streifen zusammen. So. Und jetzt . . .

Die Tür flog auf, und Medraut trat ein. Auf halbem Weg in die Küche, in der Falle, sah ich, wie er stehenblieb, lächelte und die Tür hinter sich schloß. Ich ließ meinen Armvoll Dekkenseil fallen.

»Hochedle Dame«, sagte Medraut, »ich hatte gedacht, du wärst gebunden und damit sicher.« Er warf einen Blick nach unten, sah die Stückchen von verkohltem Bettuch bei der Feuerstelle, bückte sich und hob eins auf. Er schaute mich an und hob eine Augenbraue. »Deutlich, aber gut nachgedacht und wagemutig.« Er kam herüber und packte meine Hand, schaute sich die Brandblasen am Handgelenk an und schüttelte lächelnd den Kopf. »Nichts weniger hätte ich erwarten sollen. Und du hast auch ein Seil gemacht, um über die Mauern zu klettern! Was für ein Glück, daß ich gerade hereinkam. Ich glaube, hochedle Dame, du hast dich in meinen Absichten dir gegenüber geirrt.«

»Spiel mir nicht den Narren vor, Medraut«, sagte ich mit gleichmütiger Stimme. »Du weißt, daß ich deine Feindin bin, und wir wissen beide, daß ich dir jetzt ausgeliefert bin. Und ich erwarte keine Gnade von dir.«

Wieder das aalglatte Lächeln, die ironisch gehobene Augenbraue. »Du hast mich immer zu hastig eingeschätzt, my Lady. Was glaubst du denn, habe ich mit dir vor, daß du dir solche Mühe gibst, zu fliehen?«

Ich starrte ihn an und versuchte, die Maske zu durchdringen. Ich glaubte keinen Augenblick, daß er vorhatte, gnädig zu sein, aber ich konnte auch nicht sehen, was er mich glauben machen wollte oder welches Spielchen er jetzt spielte. »Du weißt, daß ich versucht habe, dich zu vergiften«, sagte ich endlich. »Und ich glaube, du hast vor, mich dafür vor Gericht zu stellen oder auch für irgendwelche anderen Verbrechen, für die du Beweise an den Haaren herbeiziehen kannst.«

»Ach, aber der Kaiser hat ja den vergifteten Becher ausgetrunken, und es ist ihm nichts passiert. Offensichtlich habe ich mich damals geirrt. Wessen bist du denn schuldig, my Lady, außer Ehebruch? Und das ist kein Verbrechen gegen mich. O nein, wenn dein Mann nicht Kaiser ist – und ich sage, er ist keiner –, dann wäre das überhaupt kein politisches Verbrechen, und es ginge mich nichts an. Warum also sollte ich dich grausam behandeln?«

Ich hob die Hand an mein Kinn, das noch immer von dem Schlag, den er mir vor ein paar Stunden gegeben hatte, empfindlich war. »Was hast du denn mit mir vor, Medraut?« wollte ich wissen. »Wenn du versuchen willst, mit mir zu handeln, dann sage ich dir ganz offen, daß ich mit dir unter keinen Umständen Frieden schließen will und daß ich dich auch nicht unterstütze, gleichgültig, was du mir versprichst.«

»Du willst meine Absichten mit dir wissen?« Er lachte. »Die sehen so aus.« Er packte mich an den Schultern und küßte mich wild.

Einen Augenblick lang war ich so erstaunt, daß ich nicht reagieren konnte. Dann versuchte ich, mich von ihm loszumachen. Er packte eins meiner Handgelenke, hielt mich fest, erwischte das andere Handgelenk und quetschte es. Sein Griff auf den Brandblasen war die reine Qual.

»Frau meines Vaters«, sagte er durch die Zähne, »gerissenes Weib meines Vaters, die schöne und kluge Tochter des Ogyrfan, die Kaiserin Gwynhwyfar. O ja, du bist schön, du bist wirklich eine Königin. Das wird Artus mehr schmerzen als der Verlust seines Königreichs. Der Prinz der Hölle selbst muß dich hierher zu mir geschickt haben.«

»Laß mich los!« sagte ich. »Das kannst du nicht tun!«

Er lachte noch einmal, packte mich noch fester und zerrte meine Hände hoch, so daß mir die Tränen des Schmerzes in die Augen sprangen. »Ich kann, wie du schon sehen wirst. Ich werde dich haben, genau wie mein Vater meine Mutter hatte – mit Gewalt.« Er zerrte mich hinüber zum Bett, trat die Beine unter mir weg und fiel auf mich. Ich schrie so laut ich konnte, bekam eine meiner Hände frei und fand Medrauts Messer an seinem Gürtel. Medraut fluchte. Ich schlug zu, blindlings, und seine Hand war wieder an meinen Handgelenken. Ich roch Blut. Meine Hand wurde zurückgedrückt, und ich konnte das Messer nicht halten. Es fiel auf das Bett und glitt mit einem leisen Plumps zu Boden. Medraut preßte sich gegen mich. Unser Atem mischte sich, und er fing meine Arme mit seiner rechten Hand. Seine linke Hand bewegte sich langsam meinen Körper hinab und riß dann die Schnüre meines Kleides auseinander. Seine Augen starrten mir direkt ins Gesicht – wild, verbittert, mit einer seltsamen, qualvollen Einsamkeit.

»Artus hat seine Mutter nicht vergewaltigt!« sagte ich und benutzte die einzige Waffe, die mir noch blieb – Worte. »Deine Mutter hat ihn verführt. Sie hat es mit Absicht getan, denn sie wollte dich gebären, zu seiner Vernichtung. Du bist ihr Werkzeug, nicht mehr als ein Werkzeug! Denk doch an sie! O Gott, hilf mir!«

Medrauts Körper erschlaffte. »Lügen!« schrie er – er schrie wie ein verwundetes Kind. Unter dem Schrecken und dem Zorn rührte sich eine kleine Hoffnung in mir. Alles, was Gawain je von seinem Bruder gesagt hatte, fiel mir jetzt mit brennender Klarheit wieder ein.

»Sie hat dich nie geliebt«, sagte ich Medraut. »Sie hat nur die Zerstörung geliebt. Gawain liebt dich. Artus wollte dich lieben, aber sie hat dich nie geliebt. Sie . . . sie wollte dich nur auffressen. Sie hat deinen Vater verschlungen, sie hat Lot verschlungen und Agravain. Sie frißt alles auf. Sie hat auch deine Seele gefressen und dich allein in der Nacht zurückgelassen.«

»Lügen!« schrie er. Er glitt vom Bett herab, kniete daneben und schlug nach mir. Ich versuchte, meinen Kopf zu bedecken, und er zielte verkrampfte, hysterische Schläge auf meinen Kopf und meine Schultern, ohne Sinn und Verstand, ohne

Ziel. »Sie liebt mich doch! Ich werde dich umbringen ... du Hexe! Du stolze Hure! Ich ... ich werde ...«

Er schluchzte. Die Schläge hörten auf. Ich schüttelte den Kopf, senkte die Hände und schaute ihn an. Seine Brust hob sich heftig von den Schluchzern, und sein Gesicht war tränenverschmiert. Als sich unsere Blicke begegneten, wurde er still.

»Sie ist tot«, sagte ich. »Und dich hat sie genausogut vernichtet.«

Er stöhnte wie ein Verwundeter im Fiebertraum. Er hob die Hände ans Gesicht, nahm sie dann wieder tränennaß herunter. Er starrte einen Augenblick lang verständnislos die Tränen an, blickte dann auf zu mir und starrte. Zorn wuchs in seinem Blick. Er wischte sich das Gesicht, wandte sich ab und verließ ohne ein weiteres Wort das Zimmer.

»Bindet sie, so daß sie das Feuer nicht erreichen kann«, hörte ich ihn dem Wächter befehlen, während er ging, und in seiner Stimme lag keine Spur von Glattzüngigkeit mehr. Ich brach vor der Wand zusammen, ich zitterte und weinte vor Erleichterung. Gott sei Dank.

Aber würde das alles noch einmal funktionieren? Wenn er sich betrank, würde es ihm dann nicht gleichgültig sein, wieviel ich ihm von Morgas erzählte? Und wenn er mich knebelte – ich mußte entkommen. Ich mußte aus Camlann entkommen, auch wenn das mein Tod war.

Einer der Wächter kam mit einem starken Seil ins Haus, band mir die Handgelenke wieder und schnürte sie dann fest an den äußeren Pfosten der Bettstelle. Während er sich umdrehte, um hinauszugehen, hielt er inne, hob etwas vom Fußboden auf und blieb einen Augenblick stehen, während er den Gegenstand im Feuerlicht drehte. Es war Medrauts Messer, und es war blutverschmiert. Zum erstenmal schaute mich der Wächter direkt an und spuckte dann verächtlich vor mir aus. »Mörderische Hure«, sagte er und schritt hinaus.

Ich lag still und lehnte meinen Kopf an die Arme. So angebunden konnte ich entweder an der Bettstelle sitzen oder mich hinlegen, die Arme über dem Kopf. Aber ich konnte weder gerade stehen noch im Zimmer umhergehen. Ich hatte Medraut wohl nicht sehr schlimm mit dem Messer verletzt. Mein Stoß war wild gewesen und hatte nichts Festes getroffen. Ich mußte ihm irgendwo einen Kratzer verpaßt haben. Er würde zurückkommen, und es würde, gebunden wie ich war, sehr schwierig werden, mich zu befreien. Es würde mir sogar schwerfallen, mich umzubringen.

Meine Gedanken sprangen und liefen zwischen unmöglichen Fluchtarten hin und her, die immer wilder wurden, als der Schlaf mich überkam – man kann überall schlafen, wenn man erschöpft genug ist –, und ich lag stöhnend im Alptraum da. An einen Traum kann ich mich noch erinnern. Ich flog auf dem Rücken des Drachens von unserer Standarte über Camlann, während Medraut, verwandelt in einen Adler, hinter mir flog und immer näher und näher kam. Er erreichte mich, und ich erwachte schreiend, während ich noch die grausamen Klauen an meinen Handgelenken spürte – aber das Zimmer war still und leer, und ich hatte nur meine verbrannten Hände am Seil gerieben. Die graue Dämmerung fiel durch das Rauchloch, und ich lag bewegungslos und starrte sie an, während sie langsam zum hellen Tag wurde.

Ich muß wieder eingeschlafen sein, denn als ich zum nächstenmal die Augen öffnete, waren Menschen im Zimmer. Ich versuchte mich hinzusetzen, fing mich mit den Handgelenken am Seil, mühte mich, bis ich endlich die Beine auf den Fußboden schwingen, mich hinsetzen und mich müde an die Bettstelle lehnen konnte. Ich konnte nicht klar sehen. Durch einen von Medrauts Schlägen war mir ein Auge zugeschwollen. Meine Beulen schmerzten, meine Handgelenke brannten wieder, und die Zunge schien mir geschwollen in einem rauhen, trockenen Mund. Ich schüttelte den Kopf, versuchte mir das Haar aus den Augen zu schleudern und schaffte es, die anderen im Zimmer zu erkennen. Einer war das Dienstmädchen, das am Tag zuvor gekommen war, und der andere war Medrauts Freund Rhuawn. Er starrte mich an, voller Entsetzen oder Widerwillen, ich konnte nicht sagen, was es war.

»Rhuawn«, sagte ich und meine Stimme war nur noch ein krächzendes Flüstern.

Er machte dem Mädchen eine Handbewegung, und sie kam eilig herüber und band meine Handgelenke los. Sie fummelte an den steifen Knoten. »Willst du etwas Wasser, edle Dame?« fragte sie flüsternd.

»Danke«, erwiderte ich. Sie hatte einen Krug Wasser mitgebracht, und jetzt hielt sie ihn mir an die Lippen – meine Hände waren zu steif, als daß ich irgend etwas damit hätte halten können, und außerdem gab es im Zimmer keine Becher. Das Wasser war bitterkalt, es stach in die wunden Stellen in meinem Mund, so daß ich nur ein bißchen davon trinken konnte. Das Mädchen stellte den Krug hin und legte Holz aufs Feuer, dann stellte es den Rest des Wassers zum Wärmen darauf.

»Edle Dame . . .« begann Rhuawn mit rauher Stimme. Dann ebbten seine Worte ab, und er starrte mich noch immer an.

»Was gibt's denn?« fragte ich kalt.

»Ich hatte gehört, der Herr Medraut wollte . . . dich heiraten.«

Ich starrte ihn einen Augenblick mit leeren Blicken an. Dann schüttelte ich den Kopf. »Nach dem, was Medraut mir sagte, waren seine Absichten mit mir weniger sanft als die Ehe.« Obwohl das vielleicht sogar stimmte. Es wäre in der Öffentlichkeit eindrucksvoll gewesen, wenn er die Kaiserin geheiratet hätte.

»Er hat dich geschlagen!« Rhuawns Stimme war plötzlich wieder laut. Das Mädchen warf ihm einen entsetzten Blick zu.

»Ich hatte Glück, daß ich so davongekommen bin.« Ich sagte das mit gleichmütiger Stimme. Dann biß ich mir auf die Lippen, denn der Ausdruck in Rhuawns Gesicht zeigte jetzt ganz deutlich keine Abneigung, sondern Schrecken und Entsetzen. »Du bist nicht Medrauts Meinung!« sagte ich.

Er wandte sofort den Blick von mir ab, und eine Hand fiel auf sein Schwert und umklammerte das Heft, bis die Knochen deutlich hervortraten. »Medraut ist mein Freund und mein Herr«, flüsterte er.

»Einmal hast du Artus einen Eid geschworen«, sagte ich ihm, und meine Stimme war auch leise. »Du hast ihm einmal gesagt, du würdest für ihn nach Yffern gehen, wenn er das wünschte. Jetzt ist Medraut dein Freund, dein Herr, und du bist gewillt, Krieg gegen deine Freunde, gegen deine Kameraden zu machen, denen du in vielen Schlachten zur Seite gestanden hast. Jetzt bist du gewillt, einen Usurpator zu unterstützen, der das Königreich des Herrn an sich gerissen hat, dem du verschworen warst. Du willst dabeistehen, während die Frau deines früheren Herrn in ihrer eigenen Burg vergewaltigt wird. Welchen wirklichen Grund hat Artus dir, Rhuawn, gegeben, daß du ihn verrätst? Erzähl mir nichts von Gerüchten und den wunderbar eingefädelten Beleidigungen, die Medraut dir in die Ohren geblasen hat. Sag mir – hat Artus jemals einem deiner Sippe oder deiner Verwandtschaft Übles angetan, oder hat er danebengestanden und dir nicht geholfen, wenn ein anderer sie bedrohte? Hat er dich um deinen Anteil an der Beute betrogen? Hat er deine Güter gestohlen, oder hat er es zugelassen, daß sie gestohlen wurden? Hat er von dir in der Schlacht mehr verlangt, als er von sich selbst verlangte?« – Rhuawn sagte nichts. »Welchen Grund hat Artus dir gegeben, daß du meineidig wirst und ihn verläßt?«

»Keinen«, gab Rhuawn flüsternd zurück. »My Lady, ich habe denen nicht geglaubt, als sie sagten, Medraut hätte das hier vor . . . dieses Verbrechen gegen dich. Ich habe es nicht geglaubt, als sie sagten, er wollte nur den Purpur. Und jetzt . . . jetzt weiß ich nicht mehr, was ich glauben soll. Aber Medraut ist Unrecht getan worden, und er ist mein Freund.«

Ich schob mir das Haar aus dem Gesicht. Das Dienstmädchen starrte uns mit schreckgeweiteten Augen an, und ich mühte mich, sie wiederzuerkennen, festzustellen, ob sie diese Unterhaltung an Medraut weitergeben würde. Aber selbst wenn sie jedes Wort wiederholte, ich hatte nichts zu verlieren, wenn ich redete.

»Warum?« verlangte ich von Rhuawn zu wissen. »Was hat dir Medraut jemals Gutes getan? So, er hat dir also gesagt, er wolle den Purpur nicht? Jetzt hast du erfahren, daß das eine Lüge war.«

»Er sagt, der Kaiser würde ihn ermorden lassen, wenn er nicht die Macht ergreife, um sich zu verteidigen.«

»Artus sollte so etwas tun? Artus, der so geduldig mit Bedwyr und mir war, als wir das Verbrechen gegen ihn begangen haben, und der uns noch immer retten würde, wenn er könnte? Du kennst Artus doch besser, Rhuawn. Laß mich ganz offen reden. Ich habe wirklich versucht, deinen Freund und deinen Herrn Medraut zu vergiften, denn ich fürchtete, daß genau das passieren würde, was jetzt geschehen ist, dieser Bürgerkrieg. Ich wollte damals lieber selbst verdammt sein, als zuzusehen, wie das Reich von Medraut zerschlagen wird. Aber ich habe es meinem Mann nicht gesagt, und als er meinen Plan, meinen Anschlag entdeckte, war er sehr zornig.« Rhuawn beobachtete mich, betrachtete mich mit weißem Gesicht und völlig erschüttert. »Medraut hatte dich die ganze Zeit angelogen. Er wollte immer nur Macht – denk doch nach! Erinnere dich daran, als er zum erstenmal hier auftauchte! Und jetzt, wo er die Macht besitzt – benutzt er sie gerecht und gnädig? Sagt er dir auch nur, was er vorhat? Du hast jetzt Angst vor ihm, deinetwegen und um der anderen willen.«

Rhuawns Gesicht zeigte mir ganz deutlich, daß ich recht hatte, und eine verzweifelte, fast überwältigende Hoffnung sprang mich an. Ich hatte Rhuawn nie für böse gehalten, nur für betrogen. »Rhuawn«, flüsterte ich, »hilf mir fliehen.«

Abrupt öffnete sich die Tür, und ein anderer Krieger stand da und schaute Rhuawn grimmig an. Rhuawns Gesichtsausdruck wurde sofort leer, vorsichtig.

»Herr Rhuawn, du solltest nicht hier sein«, sagte der andere.

»Der Herr Medraut wollte, daß die Lady bedient wird«, stellte Rhuawn fest. »Und Mabon, der vor mir die Wache hatte, ist kein Grund eingefallen, warum ich mich nicht um sie kümmern sollte.«

»Du meinst, der Kaiser wollte, daß sie bedient wird«, korrigierte der Wächter und warf mir einen kurzen Blick zu.

»Der Kaiser Medraut. Ich will gerade jetzt zu ihm, ihm von ihr erzählen.« Rhuawn warf mir einen weiteren unergründlichen Blick zu und ging dann. Er überließ es dem anderen Krieger, mich wieder zu binden.

Der Tag verging mit quälender Langsamkeit. Man brachte mir am Vormittag etwas Essen und erlaubte es mir, zu stehen und mich zu waschen. Die Möglichkeit, zu stehen, war mir willkommen. Ich konnte jetzt, so gut es ging, die Risse in meinem Kleid zusammenbinden und es in sauberem Wasser waschen, aber ich hatte keinen Hunger.

Einige Zeit nach Mittag wurde mir noch mehr Essen gebracht, aber diesmal konnte ich es noch nicht einmal ansehen, und am Abend brachte man mir nichts. Ich versuchte, meine Hände von den Seilen zu befreien, aber ich konnte nicht an die Knoten kommen, obwohl ich meine Hände herumdrehte und fummelte, bis meine Handgelenke bluteten. Das Bettgestell war allzu solide gemacht, und ich konnte es nicht auseinanderzwingen.

Es wurde dunkel. Rhuawn war nicht zurückgekehrt, und meine kurze Hoffnung kam mir plötzlich sinnlos vor. Die Angst und das elende Gefühl waren so sehr gewachsen, daß ich sie nicht länger spürte, sondern nur noch dasaß, mich an die Bettstelle lehnte und mein betäubtes Gehirn dazu zwang nachzudenken.

So saß ich, als ich an der Tür Stimmen hörte, und zum erstenmal schaute ich vom Feuer weg in die dunkle Ecke des Zimmers, die sich zur Welt öffnete.

»Ich habe Medrauts Erlaubnis, sie zu sehen«, klang Rhuawns protestierende Stimme.

»Der Kaiser hat nichts davon gesagt, daß ich dich durchlassen soll«, erwiderte einer der Wächter.

»Ich brauche keine Erlaubnis. Ich bin von Anfang an sein Freund gewesen.«

»Ein Freund, bei dem er mehr und mehr abkühlt, Rhuawn ap Dorath, jedenfalls seitdem er den Purpur genommen hat. Geh weg.«

»Na gut.« Ein seltsames Grunzen war zu hören.

»Was?« klang eine andere Stimme – der andere Wächter. »Hueil – he!« Ein kurzes Geräusch ertönte, Metall auf Metall, und ein Keuchen. Die Tür wurde aufgestoßen, und Rhuawn kam herein. Er hielt das blanke Schwert in der Hand, aber es glänzte nicht im Feuerlicht. Es war Blut daran. Er eilte zu mir herüber und schwang das Schwert hart gegen das Seil, das um die Bettstelle geschlungen war. Dann packte er meine Hände und zerrte mich hoch. »My Lady«, sagte er, »wir müssen uns beeilen.«

»Schneide die da durch«, sagte ich ihm, denn meine Handgelenke waren noch gebunden. Er starrte mich an, und ich legte meine Hände auf das Schwert. Er sah, was ich wollte, riß die Klinge zwischen meinen Handgelenken abwärts. Die Stricke teilten sich. Ich wandte mich ins Zimmer zurück, fand das Seil aus Decken, das ich am vergangenen Tag gemacht hatte, und folgte Rhuawn aus dem Haus.

Die Wächter lagen bei der Tür. Der eine lag ausgestreckt quer über der Schwelle und starrte gen Himmel. Sein Gesicht war in einer Grimasse des Schmerzes verzerrt. Seine offenen Augen starrten in die Dunkelheit der Nacht, auf die paar nassen Schneeflocken, die vom niedrigen Himmel herabtrieben. Rhuawn starrte ihn an und schüttelte den Kopf. Ich zögerte. Dann blieb ich stehen und machte den schweren Wintermantel von dem einen los, der so starrte. Ich zog das Kleidungsstück hoch. Ich würde es brauchen, und der Wächter spürte die Kälte nicht mehr.

»Ja . . . gut«, sagte Rhuawn, der selbst zitterte. »Und die Armreifen, nimm die auch. Hier, nimm auch meine. Du wirst Geld brauchen. Ich muß dein Pferd holen.«

»Ich könnte nicht auf meiner Stute durch das Tor reiten, und du könntest sie nicht aus den Ställen holen. Aber würden sie dich durch die Tore hinauslassen? Dann nimm irgendein Pferd – nicht meins – und sag . . . sag, du hättest eine Botschaft nach Caer Uisc zu bringen und du nähmst ein Ersatzpferd mit. Führ die Tiere um den Wall herum zu Llarys Feld, auf der anderen Seite der Mauer. Dort kann ich sie überklettern.«

»Ja. Ich bringe dein Pferd . . . ein Pferd.« Rhuawn holte tief Luft.

»Und deins – hast du die Zeit, kannst du durch das Tor hinausreiten?« fragte ich, denn er schien mir in solcher Verwirrung, daß ich nicht sicher war, ob er mich verstanden hatte.

»Sie werden mich nicht aufhalten«, erwiderte er.

»Dann triff mich am anderen Ende von Llarys Feld, sobald du kannst. Bei Llarys Feld.«

»Ja, ja . . . ich werde . . . die Pferde holen.« Er schüttelte wieder den Kopf und sagte nichts, während ich mir die Kapuze meines Mantels über den Kopf zog und in die Dunkelheit hinausrannte.

Zu dieser Nachtzeit war es ruhig in der Burg, und die paar, die unterwegs waren, sahen mich nur als Gestalt, die sich gegen den Wind gekrümmt hat. Der Schnee fiel dichter, als ich die Baumgruppe erreichte, wo ich mich früher mit Bedwyr getroffen hatte. Ich blieb stehen und beobachtete. Nach kurzer Zeit ging über mir auf der Mauer der Posten vorüber, und sobald er gegangen war, eilte ich hinüber zu der Vorratshütte, kletterte von dem Holzstoß daneben auf das Dach hoch und arbeitete mich von da auf den Wehrgang hinauf, der am Rand der Mauer entlanglief. Ich blieb stehen, keuchte von der Anstrengung, befestigte dann mein Deckenseil an einem eisernen Krampen. Ich mühte mich über die Mauerkrone und kletterte ein Stückchen das Seil hinab. Dann fiel ich – meine Hände waren noch immer zu taub, um fest zuzupacken. Bei dem Fall verstauchte ich mir den Knöchel und fiel Hals über Kopf in den Schlamm des Feldes. Aber ich sprang wieder auf und versuchte, das Seil loszuschütteln. Es hatte keinen Zweck – es ging nicht ab. Ich würde einfach hoffen müssen, daß der Wächter es im Schnee irgendwie nicht bemerkte. Ich stolperte von der Mauer weg, den Graben hinab, das Ufer hinauf. Ich machte mich auf den Weg zum anderen Ende des Feldes und hoffte, daß Rhuawn es schaffte, mit den Pferden durch das

Tor zu kommen. Ich glaubte nicht, daß ich weit laufen konnte. Ich war noch nicht weit gekommen, als ich den Wächter auf der Mauer als Silhouette vor dem Himmel sah, und ich fiel im Lehm des gepflügten Feldes auf die Knie, hüllte mich in meinen Umhang und betete, daß er das Seil nicht sah. Er ging vorüber, ohne mir einen Blick zuzuwerfen. Ich war einfach ein dunkler Fleck in dem Schwarzweiß des Feldes und des Schnees. Als ich sicher war, daß er weg war, sprang ich auf und fiel wieder um, als mein Knöchel unter mir nachgab. Ich setzte mich, fühlte die Tränen der Erschöpfung in meinen Augen und wünschte mir, ich hätte an diesem Tag doch etwas gegessen. Aber es blieb mir nichts anderes übrig, als hinüberzustolpern zum anderen Ende des Feldes und dort zu warten. Da saß ich und lehnte mich an den Zaun. Der nasse Schnee fiel vom schweren Himmel, und alles war sehr, sehr still.

Nach einer dunklen Ewigkeit hörte ich Hufschlag und das Klingeln von Pferdegeschirr und stand auf. Das Geräusch wurde deutlicher: Zwei Pferde. Ich humpelte vorwärts.

Da ragten sie aus der Dunkelheit hervor, eine undeutliche Gestalt auf einem dunklen Tier und ein anderes Pferd am Zügel. Ich rief Rhuawns Namen, und die kleine Gruppe hielt.

»Hier«, sagte ich. Er kam herüber, saß ab und half mir in den Sattel. Ich schämte mich, weil ich seine Hilfe brauchte.

»Dein Pferd hat Constans gehört, es heißt Schwerttänzer«, sagte Rhuawn. »Es ist ein Schlachtroß, gut ausgebildet.« Ich nickte, nahm die Zügel und tätschelte den Hals des Tieres. Das Pferd zuckte unruhig mit den Ohren, unsicher, warum es in einer solchen Nacht den Stall verlassen mußte.

»My Lady«, fuhr Rhuawn fort und sprach mit leiser Stimme, »du kennst doch noch Eivlin, die Frau von Gawains Diener?« Ich blickte zu ihm auf und versuchte, sein Gesicht in der Dunkelheit auszumachen. »Medraut hatte vor, sie und ihre Kinder umzubringen. Aber ich habe es für unehrenhaft gehalten, Krieg gegen Diener zu führen, gegen Frauen und Kinder. Ich habe Medraut nichts davon gesagt, aber ich habe die Frau gewarnt, als Medraut die Macht ergriff, und ihr geholfen, Camlann zu verlassen. Die Familie ihres Mannes wohnt in der Nähe von Mor Hafren und besitzt ein Gehöft an einem Fluß, der Fromm heißt. Man erreicht das Gehöft, wenn man von der Hauptstraße, die von Baddon nach Caer Ceri führt, die zweite Abzweigung nach Osten nimmt. Der Älteste der Sippe heißt . . . heißt . . .«

»Sion ap Rhys«, sagte ich. Es war mir wieder eingefallen.

»Ja. Wenn du dort hingehst, my Lady, dann bin ich sicher, daß die Frau sich an dich erinnert und dafür sorgt, daß du verborgen und vor Medraut in Sicherheit gehalten wirst.«

Ja. Medraut würde sich niemals an die Sippe eines Dieners erinnern, geschweige denn ein Sippenmitglied kennen.

»Gut«, sagte ich. »Aber du kommst doch hoffentlich mit mir.«

Er lachte seltsam. »Ich glaube, ich werde bald ein Versteck finden, my Lady, wenn es auch nicht ganz nach meinem Geschmack ist. Aber vielleicht auch nicht. My Lady, um diese Zeit werden sie wissen, daß du fort bist. Wir müssen uns eilen, und wir können nur hoffen, daß der Schnee unsere Spuren auslöscht.«

Er wendete sein Pferd, spornte es zum Galopp, und ich folgte. Constans' Pferd Schwerttänzer war schnell genug, aber ich mußte die Zähne zusammenbeißen, um bei seinem harten Gang im Sattel zu bleiben.

Wir galoppierten eine lange Strecke, bis die Pferde selbst in der Kälte gewaltig schwitzten. Dann trabten wir, und dann galoppierten wir wieder. Der Wind war bitter kalt, und ich neigte mich tief im Sattel und ritt blind. Ich gab mich mit dem Gefühl zufrieden, daß das Pferd seiner Gangart nach auf der Straße blieb. Der Schnee gefror in meinen Augenwimpern.

Rhuawns Pferd scheute plötzlich quer über den Pfad, und ich zog die Zügel und sah, während ich endlich aufblickte, daß der Sattel leer war. Einen Augenblick lang starrte ich verwirrt hin. Dann leitete ich mein Reittier zu Rhuawns Pferd hinüber und fing es am Zügel – das war nicht schwierig, denn die Pferde waren beide müde. Ich ritt die Straße zurück. Wir waren jetzt auf der Hauptstraße, der nördlichen. Es war ungefähr

Mitternacht, und wir waren vielleicht sechzehn oder siebzehn Meilen von Camlann entfernt.

Ich fand Rhuawn ein paar Schritte die Straße hinunter. Er kniete mitten auf dem Weg und erbrach sich krampfhaft. Ich sprang aus dem Sattel. »Rhuawn!« sagte ich, und er blickte auf. Sein Gesicht war ein blasser Schatten in der Dunkelheit. »Was ist passiert?«

Schweigen. »Es tut mir leid. Mir ist so heiß.«

Der Wind peitschte die nassen Schneeflocken in unsere Gesichter. Die Zügel über meinem Arm schienen dort angefroren. Ich ging zu Rhuawn, nahm seinen Arm, berührte seine Stirn. Obwohl der Kragen seines Umhangs vom Eis wie glasiert wirkte, war seine Haut brennend heiß. »Was ist passiert?« flüsterte ich und hatte plötzlich große Angst.

Rhuawn lachte ein Lachen, das in einem Schluchzer endete. »Ich bin heute morgen zu Medraut gegangen und habe für dich gebeten. Er sagte mir, ich solle an diesem Abend mit ihm speisen und die Angelegenheit besprechen. Aber bei Tisch verlor er kein Wort darüber. Nur . . . er hat mich angeschaut. Ich erinnere mich daran, daß er mit diesen Augen auch Constantius angeschaut hat, an dem letzten Abend, als er mit ihm speiste. Sie sagen, Constantius sei an einem brennenden Fieber gestorben. Medraut sagte, es sei das Fieber gewesen.« Ein langes Schweigen folgte. Die müden Pferde atmeten schwer und kauten in der Stille laut auf den Gebissen. »Es muß in dem Wein gewesen sein«, sagte Rhuawn. »Ich dachte, der schmeckte ein bißchen bitter. Aber Medraut beschwerte sich auch darüber und sagte, wegen des Krieges mit Kleinbritannien hätten wir keinen guten Wein. Also schöpfte ich auch keinen Verdacht.«

»Du hättest es mir erzählen sollen!« begann ich – aber was hätte ich tun können, wenn er es mir erzählt hätte? Vielleicht hätte ein Chirurg Rhuawn helfen können, wenn es sofort geschehen wäre, aber kein Chirurg in Camlann hätte dazu die Erlaubnis bekommen. Und jetzt war es vielleicht zu spät. »Du mußt Wasser haben«, sagte ich und dachte schnell nach. »Iß ein bißchen Schnee.«

»Ich spucke es wieder aus.«

»Das ist ja der Sinn der Sache. Das Gift macht dich krank. Wenn du genug davon ausspeist und wenn du genug davon aus deinem Körper herausspülen kannst, dann ist das, was noch übrigbleibt, vielleicht nicht genug, um dich umzubringen. Da.« Ich raffte eine Handvoll Schnee hoch, und er nahm sie, erbrach sich noch einmal und noch einmal und fing an zu zittern. Ich half ihm aufs Pferd, schaffte es irgendwie, ihn in den Sattel zu bringen, und nahm ein paar Lederriemen vom Geschirr und band Rhuawn damit fest. »Wir müssen uns eilen«, sagte ich ihm. »Vielleicht könnten wir einen Platz zum Halten finden.«

»Nein! Eine Rast können wir nicht riskieren. Medraut wird uns finden.«

Dazu hatte ich nichts zu sagen, also schüttelte ich nur den Kopf und spornte mein Pferd zum Galopp. Vielleicht war die ganze Flucht sinnlos. Medraut hatte viele Möglichkeiten, alles zu erfahren – durch Spione und durch seine privaten Zaubereien. Ich konnte nur beten, daß keins seiner Mittel ihm diesmal diente – ich konnte darum beten, daß Rhuawn genug von dem Gift ausgebrochen hatte und daß er sich erholte.

Der Ritt wurde zum Alptraum. Die Pferde waren jetzt zu müde, um zu galoppieren, und wir trabten und ritten Schritt und trabten und ritten Schritt, während der Schnee immer dichter fiel und die Welt immer kleiner wurde, bis sie zuletzt nur noch aus der Straße direkt vor uns bestand und aus unseren Pferden. Nach kurzer Zeit fing Rhuawns Pferd an, auf der Straße hin und her zu wandern und zurückzufallen. Ich ritt zu ihm hinüber und nahm Rhuawn die Zügel aus den Händen. Er phantasierte und antwortete nicht auf meine Fragen. Er murmelte nur unzusammenhängendes Zeug. Ich schaute mich nach Lichtern um, nach einem Rastplatz, aber es gab kein Licht. Es war dafür zu spät, und der Schnee verschluckte alles in seiner weißen Dunkelheit.

Vielleicht drei Stunden, nachdem wir zum erstenmal angehalten hatten, bekam Rhuawn Krämpfe. Ich bog von der Straße ab und zog sein Pferd hinter mir her, das trotz seiner

Müdigkeit völlig verschreckt war. Ich begann, ein Feld zu überqueren. Der Wind hörte auf, und ich stellte fest, daß wir ein Stückchen Wald erreicht hatten. Ich ritt am Waldrand entlang, bis ich eine Höhlung im Boden fand, die windgeschützt und ohne Schnee war. Hier zerrte ich Rhuawn vom Pferd, legte den Tieren Beinfesseln an und sammelte etwas Brennholz. Rhuawn hatte in dem Packen hinter seinem Sattel Stahl und Zunder und eine Wolldecke, und durch irgendein Wunder schaffte ich es, ein bißchen von dem Holz anzuzünden, das nicht zu feucht war. Ich zog Rhuawn näher ans Feuer und wikkelte ihn in die Decke. Ich versuchte, ihm weiteren Schnee einzugeben, aber seine Zähne waren zusammengebissen, und sein Körper zuckte in Krämpfen, und er konnte ihn nicht nehmen. Sein Gesicht im Feuerlicht war fast nicht mehr zu erkennen. Es war verzerrt und mit Schaum und mit Erbrochenem befleckt. Die Pupillen seiner Augen hatten sich geweitet, so daß es aussah, als ob eine lebendige Dunkelheit in seinem Schädel kochte. Ich berührte wieder seine Stirn, und noch immer war sie brennend und trocken. Während ich neben diesem Feuer an der Straße in Dumnonia stand, fiel mir plötzlich wie aus einer anderen Welt eine Unterhaltung ein, die ich einmal mit Gruffydd, dem Chirurgen, geführt hatte – sie hatte sich ausgerechnet um kosmetische Produkte gehandelt. »Nachtschatten«, hatte er gesagt, »ist ein tödliches Gift. Aber wenn man es in die Augen tut, dann macht es sie strahlend. Es erweitert die Pupillen. Es verursacht auch Fieber, Erbrechen, Delirium und Krämpfe. My Lady – warum spielen die Frauen nur mit solchen Dingen herum? Kein vernünftiger Mann würde sie anwenden.«

»Männer mögen strahlende Augen«, hatte ich erwidert, »aber beklag dich nicht bei mir – ich benutze keinen Nachtschatten. Kann das Zeug auch töten?« »In der richtigen Dosis ja«, hatte der Chirurg schnaufend vor Widerwillen gesagt. »Zuviel, und man speit es beim Erbrechen wieder aus. Nachtschatten, das ist kein Gift für Amateure.« Aber Medraut war kein Amateur.

Wir konnten in dieser Nacht nicht weiterreiten. Die Pferde waren sowieso schon fast verausgabt. Aber ich bezweifelte, daß jemand uns in diesem Schnee finden konnte. Ich legte mehr Holz aufs Feuer, sattelte die Pferde ab und versuchte, eine Art Schutzdach für Rhuawn zu errichten.

Rhuawn starb etwa zwei Stunden vor Sonnenaufgang. Die ganze Zeit sagte er nichts, und er erlangte auch nicht das Bewußtsein wieder. Mir war klar, als er nicht mehr atmete, daß ich ihm nicht dafür gedankt hatte, daß er mich gerettet hatte. Nun, sagte ich mir, es ist eine böse Welt. Möge Gott ihn dafür belohnen.

Lange Zeit saß ich da und schaute seine Leiche an. Dann, weil die Nacht kalt war, obwohl der Schnee aufgehört hatte, zog ich die Decke von ihm ab und wickelte sie um mich.

Ich hatte keine Möglichkeit, ihn zu begraben. Ich besaß weder die Werkzeuge noch die Kraft, ein Grab zu schaufeln. Ich konnte auch sein Pferd nicht mit der Leiche beladen und weiter die Straße hinunterreiten. Dann hätte ich zuviel Aufmerksamkeit auf mich gezogen. Allein, in meinem schmutzigen Bauernkleid, ging ich vielleicht unbemerkt als die Frau eines Bauern durch, die zufällig ein schönes Pferd besaß. Wenn ich aber noch ein anderes Pferd mitführte, das mit der Leiche eines Kriegers beladen war, dann würde man mich bemerken, sich an mich erinnern, mich aufgreifen – und die ganze Flucht wäre für nichts gewesen. Aber ich konnte auch nicht einfach die Leiche für die Raubtiere hier liegenlassen. Außerdem konnten Medrauts Männer, wenn sie mir folgten, die Leiche finden oder erfahren, daß sie gefunden worden wäre. Sie würden dann wissen, daß ich diese Straße genommen hatte. Dazu kam noch, daß ich weder Essen für mich selbst noch Futter für die Pferde hatte und daß ich keinen weiteren Tag ohne Nahrung reiten konnte.

Ich kauerte mich beim Feuer hin, und ich mußte ein bißchen gedöst haben, denn als ich wieder aufblickte, stand die Sonne schon über den Feldern. Der Schnee glitzerte hell, und die Bäume, die über den Feldern standen, zerschlitzten ihn mit ihren langen blauen Schatten. Im Nordosten, ganz in der Nähe, erhob sich weiß und dick fedriger Rauch in die Morgenluft.

Ich erhob mich, fing Rhuawns Pferd ein, sattelte es und brachte es mit Mühe fertig, die Leiche darüberzuzerren und sie anzubinden. Dann sattelte ich mein eigenes Pferd, saß auf und ritt auf den Rauch zu, während ich das andere Tier am Zügel führte.

Es war ein kleines Gehöft, eine Scheune und zwei Häuser. Als ich in den Hof einritt, kam gerade eine Frau von der Scheune zu einem der Häuser herüber. Sie trug zwei Eimer Milch. Sie schaute mich an, kreischte, ließ einen der Eimer fallen, packte den anderen gerade noch und klammerte ihn fest.

»Ich will dir nichts tun«, sagte ich ihr, während Männer aus der Scheune und dem nächsten Haus herausgerannt kamen. »Könnt ihr in eurem Haushalt ein Pferd brauchen?«

Das war ein Risiko, aber kein allzu großes. Ich wußte, daß die Landsleute von Dumnonia Medraut gegenüber sehr feindselig eingestellt waren – er hatte schließlich ihren König umgebracht und einen Kampf vom Zaun gebrochen, der mit Sicherheit ihrem Land schadete. Und es war wahrscheinlich, daß sie sich über ein Geschenk wie das schöne Pferd Rhuawns sehr freuen würden, wenn sie es annahmen. Sie mußten auch fürchten, es wieder zu verlieren, wenn sie mich verrieten.

Die Männer des Hofes gruppierten sich um die Frau und starrten mich an. Plötzlich kam mir der Gedanke, wie ich wohl aussehen mußte – mein Gesicht eingefallen und rot von der Kälte, bedeckt mit blauen Flecken. Mein Haar zerzaust und durcheinander und ich selbst von Kopf bis Fuß schlammbespritzt. Dazu ritt ich noch ein erschöpftes Schlachtroß und hatte ein anderes Pferd bei mir, das mit einer Leiche beladen war.

»So«, sagte einer der Männer schließlich, »du bist aus Camlann?«

»Ja.«

Er kam zu Rhuawns Pferd herüber und starrte die Leiche an. Er berührte sie vorsichtig und fühlte, daß sie kalt war. Er wandte sich wieder mir zu. »Dein Mann? Hat dieser Hexenbastard ihn umgebracht?«

»Ja«, erwiderte ich, und die Welt war viel zu fern für mich, als daß ich eine Lüge oder Wahrheit hätte sagen können. »Ich gebe dir das Pferd, wenn du dich um die Leiche kümmerst und mir etwas Korn für mein eigenes Pferd gibst. Ich habe noch weit zu reiten.«

Der Mann konnte natürlich von mir nehmen, was immer er wollte, ohne sich Sorgen darum zu machen, wie er mich bezahlen wollte. Aber das hier war ein dumnonischer Hof, und er lag in der Nähe der Straße. Wenn es ein Gesetz gab, dann mußte es eigentlich hier herrschen – und so war es auch. Der Mann nickte. »Es ist ein schönes Pferd. Und wahrscheinlich war das auch ein guter Mann. Ich habe Mitgefühl mit dir, Lady. Komm doch nach drinnen und ruh dich aus. Ich sorge dafür, daß sich jemand um dein Pferd kümmert.«

»Ich muß mich beeilen.«

»Du kannst gehen, wann immer du willst. Aber hab keine Angst, daß wir dich betrügen werden. Im Gegenteil – ich glaube, es würde uns unser Seelenheil kosten, wenn wir eine Lady um einen Zauberer betrügen, der aus Inzest geboren ist.«

Ich blieb bis zum Abend auf dem Hof. Ich hatte Glück gehabt, daß ich diese Stelle gefunden hatte. Hätte ich versucht, ohne Rast und ohne Nahrung nach Mor Hafren weiterzureiten, ich glaube, ich wäre wohl gestorben. Es war bitterkaltes Wetter, und ich war schon sehr geschwächt.

Die Leute des Hofes waren vorsichtig, aber freundlich. Sie hatten Geschichten von dem gehört, was in Camlann geschehen war, sie hatten von Hinrichtungen und vom Tod ihres Königs gehört. Sie kannten auch ein paar Diener, die von Camlann geflohen waren. Sie behandelten mein Pferd gut, und auf meine Bitte tauschten sie sein silbergeschmücktes, mit Emaille verziertes Geschirr gegen eins aus unverdächtigem einfachen Leder aus. Sie gaben mir, um den Unterschied im Wert auszugleichen, ein paar Kleider dafür. Sie gaben mir auch heißes Essen, warmes Wasser, mit dem ich mich waschen konnte, und sie wechselten meine schlammbespritzte Kleidung gegen sauberes Zeug aus. Sie gaben mir ein warmes Bett, in dem ich schlafen konnte. Am Spätnachmittag weckten sie mich auf und sagten, es sei jetzt soweit, daß man ›meinen Mann‹ begraben könne. Sie legten Rhuawn in ein Grab hinter ihrer Scheune, und die Zeremonie war ein Gemisch aus altem Aberglauben und christlichen Gebeten. Sie gaben mir seinen Schmuck und seinen Dolch – ich sagte ihnen, sie sollten ihm sein Schwert lassen. Ich war ihnen dankbar. Aber ich wußte, daß sie mich nur für die Witwe eines Kriegers hielten. Was sie vielleicht getan hätten, wenn sie gewußt hätten, wer ich wirklich war, das wußte ich nicht, und ich wollte es auch nicht wissen. Als also die Bestattung vorüber war, nahm ich Abschied.

»Aber heute nacht wird es kalt«, sagte der Älteste des Gehöftes zu mir. »Du solltest nicht reisen. Seit wir Nachricht vom Tod des Königs haben und seit der Kaiser abwesend ist, gibt es hier viele Räuber. Eine Frau, die allein reist, ist nicht sicher.«

»Eine alleinreisende Frau ist nie sicher gewesen«, erwiderte ich. »Aber hier bin ich auch nicht sicher, und ihr lebt gefährlich, solange ich da bin. Es wird besser sein, wenn ich in der Nacht reite. Es gibt dann weniger Räuber und . . . andere Gefahren in der Gegend.«

Bei diesen Worten nickte der Älteste.

Das schnelle Tempo in der vergangenen Nacht hatte mich fast bis nach Baddon gebracht, trotz des Schnees. Jetzt war der Schnee zum größten Teil wieder geschmolzen, und ich kam gut voran. Ich erreichte die Stadtmauer von Baddon noch in der Dämmerung. Ich umkreiste die Stadt, ritt nicht durch die Tore ein, denn Medraut hatte wahrscheinlich Männer dort hingeschickt, die nach mir Ausschau halten sollten. Es war völlig dunkel, als ich wieder auf die Straße kam, die nördliche Straße. Ich spornte mein Pferd zu einem schnellen Trab.

Die zweite Abbiegung nach Osten, an der Straße von Baddon nach Caer Ceri, hatte Rhuawn gesagt. Ich hatte Angst, daß ich entweder seine Richtungsangabe falsch in Erinnerung hatte oder daß er selbst sich darin geirrt hatte und daß ich den falschen Hof ansteuerte. Außerdem fürchtete ich Medrauts Zaubereien, daß er es irgendwie fertigbringen würde, mich zu finden, und daß der Tod mir folgte, bereit, alle niederzuschlagen, von denen ich mir Schutz erhoffte. Aber ich konnte nirgendwoanders hingehen.

Die Nacht war klar, ein strahlender Halbmond stand am Himmel. Die zweite Abzweigung, die man eine Straße nennen konnte, kam etwa siebzehn Meilen von Baddon entfernt. Mein Pferd war noch immer müde von der erschöpfenden vergangenen Nacht, und ich ließ den Hengst langsam im Schritt gehen. Ich folgte dem ausgefahrenen, lehmigen Pfad durch das Weideland. Es gab eine ganze Anzahl von Gehöften in der Gegend, denn an mehreren Stellen sah ich Rauch in die klare Mondnacht aufsteigen. Aber ich schätzte, daß das Gehöft, was ich suchte, weiter im Osten liegen mußte, wenn es in der Nähe des Flusses Fromm lag.

Die Sterne senkten sich schon gegen Morgen, und halb schlafend kam ich an ein Gehöft, das sehr nah an der Straße lag. Ich zögerte, wendete dann mein Tier und ritt darauf zu.

Als ich näherkam, fingen Hunde laut an zu bellen. Ich saß also nicht ab, sondern ritt nah an die Tür des größten Hauses heran und wartete dort. Die Tür öffnete sich einen Spalt, und ich konnte sehen, wie drinnen Lampen angezündet wurden. Ein Mann kam heraus, der einen Jagdspeer bei sich hatte, und mehrere andere folgten hinter ihm. Der eine zog sich hastig eine Tunika an, die anderen hatten unter ihren Umhängen eine nackte Brust.

»Wer bist du und was willst du?« wollte ihr Anführer mit scharfer Stimme von mir wissen.

»Ist dies der Hof von Sion ap Rhys?« fragte ich.

»Es ist eine Frau!« rief einer der Männer – denn da ich in meinen Umhang eingehüllt war, hatten sie das vorher nicht sehen können. Jetzt waren sie deutlich erleichtert.

»Ich bin Sion ap Rhys, von der Sippe des Huy ap Celyn«, sagte der Anführer. Er war ein älterer Mann, vierschrötig gebaut, mit einem breiten, kraftvollen Gesicht. Ich schaute ihn genauer an, und mir wurde klar, daß ich seinen Sohn kannte, der die gleichen Züge trug. Ich hielt den Atem an.

»Ich suche Eivlin, die Frau des Rhys ap Sion. Ich bin eine Freundin.«

Die Männer schauten mich einen Augenblick lang schweigend an. »Sind keine anderen bei dir?«

»Ich bin allein.«

Sion ap Rhys seufzte, reichte seinen Speer an einen der anderen weiter und fuhr sich mit der Hand durchs Haar. »Dafydd, nimm ihr Pferd und kümmere dich drum. Huw, sieh unten an der Straße nach, ob wirklich niemand sonst mehr kommt. Tritt doch ein – Lady?«

»Ich danke dir«, sagte ich und saß ab. Ich taumelte, und ich fühlte mich schwindlig, als mein eigenes Gewicht wieder auf meinen Füßen ruhte, und ich mußte mich an das Pferd lehnen. Aber ich faßte mich bald wieder. Das Sippenoberhaupt bot mir seinen Arm zur Stütze an, ich nahm ihn, und wir gingen zusammen ins Haus.

»Sie sucht Eivlin«, sagte Sion der Familie, die sich hinter der Tür drängte. Es schienen eine ganze Menge von ihnen zu sein, und fast augenblicklich kamen noch mehr, denn Eivlin selbst stürzte ins Zimmer.

»Hochedle Dame!« schrie sie, »König des Himmels! Was ist mit dir geschehen?«

Ich versuchte zu sprechen und fing an zu husten. Man half mir zur Feuerstelle, und ich sank dort auf einem Hocker zusammen und hatte den schrecklichen Wunsch zu weinen. Eivlin nahm mir den Umhang von den Schultern und sah dann die blauen Flecken in meinem Gesicht. Sie stieß wieder einen Schrei aus. »Was haben sie mit dir gemacht, die mörderischen Wilden? Morfudd, hol ein bißchen Wasser – die arme Lady ist krank. My Lady, was ist passiert? Ist Macsen tot? Ist der Kaiser zurück? Geht es meinem Mann gut?«

»Rhys . . . war kerngesund, als ich ihn zum letztenmal gesehen habe«, sagte ich. »Über das andere weiß ich nicht Bescheid. Ich kam nach Camlann . . . war es vor vier Tagen?, und ich wußte nichts von dem, was Medraut getan hat. Rhuawn hat mir zur Flucht verholfen. Er ist tot. Medraut hat ihn vergiftet – es war Nachtschatten, glaube ich. Medraut sucht mich. Rhuawn sagte mir, du würdest mich vielleicht verbergen.«

»Und das werden wir auch, in der Tat. Ach, Sion, mein Vater. Das ist die Lady Gwynhwyfar, die Frau des Kaisers. Sieh nur, wie man sie behandelt hat! Medraut ist ein Wolf, ohne Scham und Mitleid – er ist überhaupt kein Mensch!«

Ich fing schwächlich an zu lachen, während Sion und seine Sippe mich entsetzt anstarrten. Eivlin hatte ja keine Ahnung, wie schlimm es wirklich gewesen war.

Aber wenigstens war ich im Augenblick in Sicherheit.

11

Ich blieb länger als zwei Wochen auf Sions Hof. Ob Medrauts Zaubereien nicht funktionierten oder ob er keine Zeit hatte, keine Gelegenheit, sie anzuwenden, das weiß ich nicht. Aber niemand entdeckte mich.

Von Eivlin erfuhr ich, daß Medraut eine Woche und vier Tage, ehe ich in Camlann angekommen war, die Macht ergriffen hatte. Es war ziemlich genau so verlaufen, wie ich angenommen hatte: Es war auf einem Fest gewesen, vor dem Medraut seinen Gefolgsleuten in Andeutungen geraten hatte, nur mäßig zu trinken. In dieser Nacht bekam Constantius ein ›Fieber‹, und Medraut sagte seinen Gefolgsleuten, man würde ihn – natürlich höchst unfairerweise – verdächtigen, Constantius vergiftet zu haben. Seine Männer, alarmbereit und wach, überfielen Constantius' Gefolgschaft, ehe die Neuigkeit sie erreichte, und die Hälfte von ihnen fiel. Ein paar von den Übriggebliebenen schafften es, in der Verwirrung zu entfliehen, und der Rest wurde in den Lagerräumen eingeschlossen. Constantius starb am nächsten Tag. »Rhuawn kam vor dem Morgen zu mir, gerade nachdem er mit der Ermordung der Gefolgschaft des Königs fertig war«, erzählte mir Eivlin. »Er sagte, Medraut solle jetzt Kaiser sein, und ich müsse fliehen. Und ich war verwirrt, fast bis zum Wahnsinn. Denn wie konnte ich mit dem Baby fliehen, und die kleine Teleri ist noch nicht mal drei? Aber Rhuawn sagte, Medraut hätte die Tore noch nicht gesichert, und alles sei in großer Verwirrung. Er hätte gesehen, wie bei den Ställen ein paar Karren angeschirrt würden. Also schleifte ich die Kinder raus in die Dunkelheit, und Sion und Teleri brüllten beide. Ich rannte dann mit ihnen hinunter zum

Tor, und Gott sei gelobt, es war ein Karren da. Rhuawn half mir, er trug ein paar Sachen, mit denen ich die Reise bezahlen konnte. In Gedanken hatte ich ihm Unrecht getan, my Lady, denn ich hatte ihn als einen Verräter gehaßt. Ach, aye, nein, meine ich. Nicht alle von Constantius' Männern kamen um. Ich hab' gehört, daß einige in die sächsischen Königreiche fliehen konnten und sich von dort nach Kleinbritannien eingeschifft haben. Es wird nicht lange dauern, ehe der Hohe König zurückkommt und der Frieden wieder einkehrt.«

Ich sagte nichts dazu. Ich bezweifelte allerdings, daß das, was zerstört worden war, wieder zurückkommen könnte. Bis zu einem gewissen Grad konnte man einen zerbrochenen Topf oder einen Besenstiel wieder zusammenstückeln, aber ein Reich, das ist etwas Lebendiges – es besteht aus den Herzen von Menschen. Und wenn es zerschlagen wird, dann wird es nie wieder gerade wachsen, selbst wenn man es gut einrichtet. Die ›Familie‹ führte Krieg gegen sich selbst, und Britannien war in einem Bürgerkrieg geteilt, wie damals vor zwanzig Jahren, als Artus die Macht ergriff. Medraut hatte offenbar Verbündete im Norden: Ergyriad ap Caw, der König von Ebrauc, war von seiner eigenen Sippe zur Abdankung gezwungen worden und mußte seinen Titel an seinen Halbbruder Hueil abgeben – einen oder zwei Tage, ehe Medraut im Süden die Macht ergriff. Hueil machte immer Ärger und haßte Artus, dem er für den Tod seines Vaters Caw und seines Bruders Bran die Schuld zuschob. Unter seiner Führung erhob sich Ebrauc in Rebellion. Unser Verbündeter Urien von Rheged hatte seine Armee zusammengerufen, und mit seinen restlichen Leuten – die anderen hielten sich ja mit Artus in Gallien auf –, versuchte er, die Rebellion zu unterdrücken. Dafür konnten wir ihm dankbar sein, denn der Zeitpunkt, zu dem dies stattfand, zeigte deutlich, daß Hueil mit Medraut unter einer Decke steckte. Aber andererseits war Urien unsere größte Hoffnung gewesen, wenn Artus zurückkehrte. Jetzt war es nicht sicher, ob Artus Medraut und Maelgwyn mit den Streitkräften, die ihm noch zur Verfügung standen, besiegen konnte.

Denn Maelgwyn kämpfte in der Tat mit Medraut Seite an Seite. Zwei Tage, nachdem ich auf dem Gehöft angekommen war, hörten wir, daß Maelgwyns Armee im Norden von uns den Saefern überquert hatte und daß er eilig nach Süden, nach Camlann ritt. Er hatte keine vereinigte Gegnerschaft. Die mittleren Königreiche von Britannien würden weder für Artus noch für Medraut kämpfen. Alte Feindseligkeiten und Mißverständnisse und neue Gerüchte verbanden sich und brachten sie dazu, ihrem Kaiser die Unterstützung zu versagen, aber wenn Artus starb, dann würden sie ohne Zweifel gegen Medraut aufschreien und gegen ihn und gegeneinander in den Krieg ziehen und versuchen, jeden Vorteil aus der Anarchie für sich herauszuschlagen. Nur Dumnonia von allen südlichen Königreichen hätte uns vielleicht geholfen. Aber Dumnonia war führerlos und machtlos. Der König war tot, die Hälfte der königlichen Truppe war mit Artus in Gallien, und die restlichen waren tot und verhungerten langsam in den Lagerhäusern in Camlann.

Als ob dies alles nicht schlimm genug wäre, gab es noch mehr Grund zur Furcht. Medrauts Streitkräfte wuchsen ständig. Unzufriedene Adlige, Krieger, die den Frieden satt hatten und auf Beute und Ruhm hofften, Schuldner und Verbrecher, die eine Lösung für ihre eigenen Probleme im Zusammenbruch des Reiches sahen – sie alle liefen in Scharen zu Medraut über. Und Medraut war in der Lage, einen ähnlichen Zulauf zu Artus zu verhindern. Fast täglich hörten wir von Adligen aus Artus' Gefolgschaft, die verhaftet oder hingerichtet worden waren, von Geiseln, die anderen genommen wurden, von beschlagnahmten Gütern und verlorenen Burgen.

Dennoch, das Land um Mor Hafren wenigstens schien Artus zu unterstützen. Ein Mitglied aus Sions Sippe – gewöhnlich sein zweiter Sohn, Dafydd – ging jeden Tag nach Baddon, um dort auf dem Markt das Neueste zu erfahren. Als der Markt auf Medrauts Befehl hin geschlossen wurde, gab es Versammlungen an verschiedenen Orten auf dem Land, wo Nachrichten und Gerüchte zirkulierten. Gelegentlich bekamen wir auch Nachrichten aus Baddon, denn es sah so aus, als ob Ceis

Geliebte Maire sich dort bei ein paar von ihren Vettern niedergelassen hätte. Sie war wie Eivlin in der Verwirrung, die der Einnahme von Camlann folgte, geflohen. Einer von diesen Vettern kam zu den Versammlungsplätzen und gab mit trauervoller Stimme die schlechten Nachrichten ab, die Dafydd uns berichtete. Alle Sippen schienen auf Nachricht zu warten, daß Artus zurückkam, so daß die Bauernarmee zusammentreten und sich ihm anschließen konnte. Jagdspeere wurden geschärft und alte Kriegsspeere, Dolche und Schwerter wurden aus Scheunen und Höhlungen unter den Dachbalken hervorgeholt, ja selbst aus Gräbern. Sie wurden gereinigt und poliert, und man übte stundenlang damit. Artus hatte lange und gut genug geherrscht, daß diese Leute ihm vertrauten und große Furcht vor einer möglichen Niederlage Artus' hatten. Die Bauern hatten in Bürgerkrieg und Anarchie mehr zu verlieren als die Adligen, die sicher in ihren Burgen saßen.

Zwölf Tage, nachdem ich auf dem Hof angekommen war, kehrte Dafydd vom Nachrichtensammeln zurück und erzählte, Medraut und Maelgwyn hätten mit ihren Streitkräften Camlann verlassen und ritten jetzt nach Osten. »Echel aus Nafs sagt, das käme daher, weil der Kaiser im Osten gelandet ist. Sie reiten, um gegen ihn zu kämpfen«, erzählte er uns. »Aber Cas ap Saidi sagt, das käme nur daher, weil sie sich mit den Sachsen verbündet haben und sich ihnen anschließen.«

Alle aus der Sippe schauten mich an. Aber ich konnte nur den Kopf schütteln. Ich konnte nicht sagen, welche Seite der Erzählung vielleicht der Wahrheit am nächsten kam. Ich hatte nicht gehört, daß die Sachsen sich auf irgendeine Seite geschlagen hätten, und ich war auch nicht sicher, ob sie es tun würden. Ein paar von den sächsischen Anführern, glaubte ich, mochten und respektierten Artus. Andererseits wußte ich, daß sie mit ihrer Stellung als Tributpflichtige nicht zufrieden waren und mehr Land wollten. Wenn Medraut ihnen Land versprochen hatte, dann konnte es sein, daß sie ihn dafür unterstützten. Aber würden sie gewillt sein, Medraut zu vertrauen? Und – konnte Artus ihnen vertrauen, genügend vertrauen, um in einem ihrer Häfen zu landen, nachdem sie schon wußten, daß sein Volk sich in Rebellion erhoben hatte? Artus mußte wissen, daß die Sachsen ihn unter solchen Umständen höchstwahrscheinlich durch irgendeinen Trick in die Falle locken würden, ihn umbrächten und dann gegen Medraut kämpften.

»Ich weiß nicht«, sagte ich Sions Sippe mit müder Stimme, »wir müssen abwarten.«

Wir warteten. Ich konnte in der Nacht nicht mehr schlafen, und die Tage waren eine endlose Folge von grauen Minuten, die alle völlig gleich waren. Es fiel mir schwer, in dem rauchigen kleinen Gehöft zu bleiben. Es gezieme sich nicht, so waren die Sippenmitglieder sich alle einig, daß die Kaiserin von Britannien bei der Hausarbeit auch nur einen Finger rührte. Und von mir wäre es unhöflich gewesen, mich um die Arbeit zu kümmern, an die ich am besten gewöhnt war, nämlich den Haushalt zu leiten. Am Ende konnte ich nur mit den Kindern spielen und darum beten, daß es Abend wurde, und dann, daß der Morgen wieder anbrach. Sions Sippe war sehr gut zu mir, und ich verdankte ihnen mein Leben. Aber ich sehnte mich am meisten danach, von diesem Gehöft wegreiten zu können und es nie wiederzusehen.

Drei Tage später bekamen wir eine neue Nachricht: Sandde, der junge Herr der Festung von Ynys Witrin, hatte sich in Rebellion gegen Medraut erhoben und sich für Artus erklärt. Ich erinnerte mich von meinen vielen Besuchen in Ynys Witrin noch an Sandde. Es war ein hochgewachsener, magerer junger Mann mit dem Gesicht eines Engels und dem Benehmen eines verängstigten Hasen. Sein Vater war immer in seinen Ansichten denen des Klosters von Ynys Witrin gefolgt und war Artus gegenüber feindlich eingestellt. Sandde war nach dem Tod seines Vaters vor erst drei Monaten Herr der Burg geworden, und man hatte ihm bisher keine Begünstigung einer der Parteien nachsagen können. Also war er Medrauts Aufmerksamkeit entgangen. Jetzt schickte er Männer überall im dumnonischen Land umher, einen harten Tagesritt in alle Richtungen, und verkündete seinen Aufruhr und behauptete, das Gerücht, Artus sei im Land der Sachsen gelandet, sei wahr.

»Reiten wir morgen nach Ynys Witrin?« fragte Dafydd eifrig, nachdem er diese Nachricht losgeworden war.

»Geben wir der Angelegenheit noch ein paar Tage«, gab sein Vater zurück. »Möglicherweise ist es ein Trick.«

»Aber wer würde uns wohl dazu überlisten, für Artus zu kämpfen?« wollte Dafydd zornig wissen.

»Sandde – oder Medraut«, sagte ich ihm, und ich fühlte mich sehr müde. »Sandde hat vielleicht keine Nachrichten über Artus und versucht nur, Vertrauen in seine Sache zu gewinnen, indem er es vorgibt. Wenn das aber der Fall ist, dann hat er keine Chance, Medraut oder Maelgwyn allein zu besiegen – in Ynys Witrin besitzt er nur dreißig Krieger, nur seine eigenen Vettern. Es wäre besser, auf Artus zu warten. Und es ist vielleicht Medrauts Plan, Artus' Gefolgsleute ans Tageslicht zu ziehen, so daß er mit ihnen abrechnen kann, ehe Artus erscheint. Wir müssen warten, bis wir ganz sicher wissen, daß Artus da ist.« Und, so fügte ich zu mir selbst hinzu, das dauert vielleicht lange. Das gute Reisewetter war jetzt vorüber. Artus mußte vielleicht bis zum Frühling warten, ehe er das Meer von Gallien aus wieder überqueren konnte.

Dennoch, drei Tage später ritt Dafydd früh am Nachmittag zu uns zurück. Sein Pferd war schaumbedeckt und schwitzte von einem harten Galopp, und Dafydd rannte ins Haus und brüllte, es sei wahr. Artus sei zurück und habe sich mit Cerdic, dem König der Westsachsen, verbunden. Er sei eine Woche zuvor im Hamwih gelandet, von wo er nach Norden geritten und zu Cerdic gestoßen wäre, der jetzt mit seinen Truppen und einem Teil seiner Armee nach Süden ritt, um sich mit ihm zusammenzuschließen. Artus hätte mit Cerdic gesprochen, und anstatt mit ihm zu streiten, hätte der sächsische König versprochen, Artus so lange zu unterstützen, wie er sich innerhalb der Grenzen seines Königreiches aufhielte. Aber es war noch mehr an der Nachricht. Cerdic und Artus waren nach Westen geritten und mit ihren Streitkräften westlich der Festung Sorviodunum, welche die Sachsen Searisbyrig nennen, auf Medraut und Maelgwyn gestoßen. Es hatte einen Kampf zwischen den

Vorreitern der beiden Armeen gegeben, der sich danach zu einem Scharmützel entwickelt hätte. Artus' Reiterei – vorhersehbar – hatte gewonnen und Medrauts Reiterei gezwungen, sich zurückzuziehen. In dieser Nacht hatte Medraut einen Boten an Cerdic abgesandt. »Sie sagen, Medraut hätte ihm halb Dumnonia und ein Drittel von Elmet angeboten, und daß er nie wieder Tribut zahlen müsse, wenn er Artus verriete«, sagte Dafydd. »Ein paar sagen, es sei sogar noch mehr gewesen. Aber Cerdic meinte, man könne ja am nächsten Morgen darüber verhandeln, und als Medraut dazu erschien, sagte er: ›Wie groß die Feindschaft auch ist, die ich dem Kaiser Artus gegenüber empfinde, und welche Ärgernisse mir von ihm auch noch bevorstehen, ich werde ihn nicht an einen zauberischen, meineidigen, tyrannischen Bastard verraten. Wenn du weiter nach Osten kommst, Medraut, Sohn des Niemand, dann dringst du in mein Königreich ein und sollst dafür büßen.‹ Und sie sagen, Medraut zieht sich zurück!«

Sion ap Rhys fing an zu nicken, und Dafydd schaute ihn eifrig an. »Also gut«, sagte Sion langsam. »Die Armee wird gebraucht. Wir reiten morgen nach Ynys Witrin – und möge Gott uns schützen!«

Es war die letzte Dezemberwoche, aber nach einigen Schneefällen war das Wetter milde geworden, und die Straßen waren voller Schlamm. Sion hatte geplant, einen Ochsenkarren voller Vorräte mitzunehmen, aber jetzt entschied er, das nicht zu tun wegen des schlechten Zustandes der Straßen. Statt dessen belud er zwei Pferde und das Maultier, die zum Hof gehörten. Neun Männer ritten mit, all die jüngeren Männer der Sippe, angeführt von Sion selbst. Dann waren noch ich da und Eivlin. Eivlin hatte sich lange Gedanken gemacht, ob sie nicht bei ihren Kindern bleiben müsse, aber am Ende hatte sie sich entschlossen mitzugehen. »Die edle Dame wird eine Dienerin brauchen«, sagte sie Sion, »und die Streitkräfte des Kaisers werden ohne Zweifel Diener brauchen. Außerdem möchte ich bei meinem Mann sein.« Also blieben die Kinder bei der Großmutter und den Tanten, und Eivlin ging im Schlamm neben dem Maultier her. Sion bestand darauf, daß ich das Schlachtroß ritt, das ich aus Camlann mitgebracht hatte, wie das einer Frau meines Ranges zukam. Aber nach den ersten paar Meilen saß ich ab und brachte Sion dazu, sich mit Eivlin und mir abzuwechseln. Sion war ein alter Mann und Eivlin eine junge Mutter, die seit Jahren keinen Grund mehr gehabt hatte, zu Fuß zu gehen.

Es waren fünfunddreißig Meilen bis Ynys Witrin. Früh am Morgen ritten wir los, ehe die Sonne aufging, und kamen nach der Abenddämmerung an. Wir trafen auch andere auf der Straße, die den gleichen Weg hatten wie wir selbst. Manche kamen einzeln oder zu zweien, andere in großen Sippenverbänden wie Sions Familie. Sie waren mit allem möglichen bewaffnet, von uralten, rostzerfressenen römischen Schwertern bis zu Mistgabeln und Treibstöcken für Ochsen. Allen war unsere Gesellschaft lieb, und selbst diejenigen, die einander nie an einem Markttag begegnet waren, unterhielten sich bald eifrig über die Steuern und den Preis von Käse und Ale, seit die Märkte geschlossen waren. Niemand sagte etwas über den Krieg, was seltsam tröstlich war. Ich redete auch nicht viel. Ich ging oder ritt zwischen den anderen und horchte auf die festen Stimmen und sehnte mich so sehr nach Frieden und nach Sieg, daß ich manchmal glaubte, ich könne nicht mehr atmen.

Als wir in der Stadt Ynys Witrin ankamen, bestand Sion darauf, daß ich wieder den Hengst Schwerttänzer bestieg, damit ich mich den Wächtern am Tor so großartig präsentieren konnte, wie das für jemanden möglich war, der soviel Schlamm wie ich an seiner Kleidung hatte. So kamen wir durch die Stadt Ynys Witrin in einer Gruppe, die jetzt auf über dreißig Männer gewachsen war, und fingen an, den Hügel zur Burg hinaufzusteigen. Die Nacht lag schon schwer über den Marschen, und es war Neumond. Aber selbst bei hellem Tageslicht war es unmöglich, Camlann auf den buckligen Hügeln im Südwesten auszumachen, das wußte ich. Unmöglich – aber ich schaute immer und immer wieder hin.

Die Festungstore von Ynys Witrin waren fest verriegelt.

Aber überall standen dicht gedrängt Fackeln, und unsere Gruppe wurde lange, ehe wir die Tore erreichten, angerufen.

»Wir sind Untertanen des Kaisers Artus«, antwortete Sion im Namen der ganzen Gruppe und legte eine Hand auf die Schulter meines Pferdes. Er atmete schwer vom Steigen. »Wir sind gekommen, um uns Sandde anzuschließen und gegen Medraut zu kämpfen.« Das Fackellicht brach sich auf den notdürftigen Waffen, während die Tore geöffnet wurden.

Ich mußte den Wachen noch nicht einmal sagen, wer ich war. Ich ritt noch nicht durch die Tore, da wurde ich schon erkannt, angerufen und von den anderen abgesondert. Als ich bestätigte, daß ich in der Tat Gwynhwyfar, Tochter der Ogyrfan, war und daß ich mit dem Herrn der Festung reden wollte, da gab man mir wenig Zeit, mich von Sion zu verabschieden, bevor man mich zu Sandde führte.

Der Herr von Ynys Witrin machte sich mit seinem Schreiber gerade Sorgen über seine Rechnungslisten, als ich in sein Zimmer gebracht wurde. Als er mich sah, sprang er auf und kippte fast das Tintenfaß über das Pergament. »Lady Gwynhwyfar!« rief er aus und starrte mich an. Dann errötete er, verbeugte sich, packte meine Hand und hielt sie linkisch fest, während er lächelte. »Hochedle Dame, ich hatte gehört, was der Tyrann mit dir tun wollte, und ich hatte auch gehört, daß du geflohen bist. Ich bin sehr froh, my Lady, dich wiederzusehen. Cuall, hol Wein! Sie sagen, dein Mann ist fast wahnsinnig aus Angst um dich, my Lady. Aber ich bin sehr froh, dich zu sehen, ich erinnere mich noch sehr genau an deinen Edelmut von damals, als ich noch ein Junge war. Cuall! Ah, da ist er ja wieder. Trink einen Schluck Wein, edle Dame.«

Cuall, der Schreiber, schenkte mir Wein ein und bot mir seinen Platz am Schreibpult an. »Eben sind noch weitere sechsunddreißig mit der Lady angekommen«, sagte er seinem Herrn. »Ein Viertel von ihnen hat keine Vorräte.«

»So. Wie viele sind das zusammen?« fragte Sandde. »Zahl der Männer, meine ich, nicht der Vorräte.«

Cuall riß das Pergament vom Schreibpult. »Dreihundertvierundsechzig für heute. Zweihundertzwölf für gestern. Einhundertsechzehn vom Tag vorher. Zusammen mit denen, die in den ersten Tagen kamen, ehe wir die Erklärung abgaben, macht das eine Armee von siebenhundertvierzig. Deine eigenen Streitkräfte, zusammen mit den anderen Adligen, die zu uns gestoßen sind, kommen jetzt auf dreiundsechzig.«

»Siebenhundertvierzig!« rief Sandde aus. »Was sollen wir tun? Wie viele haben ihre eigenen Vorräte mitgebracht? Ich wünschte, ich hätte ihnen gesagt, sie sollten sich selbst versorgen – wie können wir denn siebenhundertvierzig Leute füttern, ganz zu schweigen von dreiundsechzig Adligen und all den Dienern? Hochedle Dame«, Sandde schaute mich abrupt wieder an, »es ist ein Wunder – es ist die Gnade Gottes, daß du gekommen bist. Ich habe so oft von deiner fabelhaften Fähigkeit gehört, Burgen zu verwalten und Vorräte aufzutreiben. Mein Vater hat dich immer dafür verflucht. Und ich weiß nicht, was ich tun soll. Bis vor drei Monaten hatte ich noch nie irgend etwas verwaltet, und diese Rebellion ist komplizierter, als ich erwartet hatte. Es ist überhaupt nicht so, als ob man eine kleine Burg leitet. My Lady, wenn du gekommen bist, um zu helfen – das bist du doch, oder nicht? –, dann bitte rate mir, wie ich diese Armee ernähren soll!«

Ich fing an zu lachen und verschluckte mich an dem Wein. »Ich danke dir, Herr Sandde«, sagte ich ihm, als ich ausgehustet hatte. »Bist du sicher, daß du meine Hilfe willst?«

»Hochedle Dame, wie könntest du das bezweifeln? Warum sollte ich sie nicht wollen?«

»Dieser Krieg ist vielleicht durch meine Schuld entstanden«, sagte ich ihm. »Weil ich mit dem Herrn Bedwyr weggelaufen bin.«

Er wandte den Blick von mir ab und wurde purpurrot. »Was für eine Rolle spielt denn das?« fragte Cuall, der Schreiber. »Jetzt haben wir den Krieg – und nach allem, was ich gehört habe, hat deine Treue dem Reich gegenüber nie in Frage gestanden.«

»Genau«, sagte Sandde und konnte mich wieder anschauen.

»Genau. Und was die Ernährung von siebenhundertvierzig Leuten anbetrifft – die Mönche im Dorf haben ja geholfen – nicht viel, aber doch ein bißchen, was eine Gnade ist, denn Cuall hier ist der einzige in der Festung, der lesen kann. Aber welche Vorräte wir haben und wie wir noch andere kriegen können ... hochedle Dame ...« Er nahm das Stück Pergament Cuall aus der Hand und gab es mir. Er schaute mich gespannt an. Ich preßte die Hand auf die Stirn und fühlte, daß meine Haut heiß war. Ich fragte mich, ob das, was ich fühlte, Scham oder die Angst davor war, wieder Autorität auszuüben. Aber ich schaute die Zahlen auf dem Blatt an, versuchte, sie zu verstehen und verspürte dabei eine seltsame, wilde Freude. Der Krieg hatte begonnen, und ich hatte wieder einen Platz im Kampf.

An diesem Abend blieb ich auf bis nach Mitternacht. Ich versuchte, Sanddes Angelegenheiten zu entwirren, und ich wäre vielleicht noch länger aufgeblieben, wenn ich nicht von dem langen Tagesritt und der langen Wartezeit müde gewesen wäre und nach einer Weile anfing, fünfzehn und zwölf zusammenzuzählen und zweiundfünfzig herauszubekommen. Endlich merkte Sandde, daß ich erschöpft und noch immer schlammbespritzt war. Er sprang auf, entschuldigte sich vielmals bei mir und ließ mich zu dem Haus führen, das seiner Mutter gehört hatte. Dort stellte ich fest, daß Eivlin sich schon eingerichtet hatte und schlief. Ich war zu müde, um mehr als nur ein bißchen von dem Dreck abzuwaschen, ehe ich Eivlins Beispiel folgte. Am nächsten Morgen fand ich es schwieriger als erwartet, aufzustehen. Aber es war notwendig, daß ich wieder an die Arbeit ging. Ich hatte von Sandde erfahren, daß Medrauts Streitkräfte sich aus ihrer Stellung in der Nähe der sächsischen Grenzen zurückgezogen hatten, obwohl sie im Augenblick noch nicht weit gekommen zu sein schienen. Man erwartete, daß sie in die Nachbarschaft von Camlann zurückkehrten. Offensichtlich würde sich Cerdics Unterstützung Artus gegenüber nicht über die Grenzen seines eigenen Königreichs ausdehnen. Sachsen und Britannier hatten einander zu oft bekämpft, um zuversichtlich gemeinsam in britisches Territorium einzumarschieren. Die sächsischen Krieger hegten gegenüber einem britischen Kaiser nur sehr nebelhafte Treuegefühle. Wenn mein Mann Medraut verfolgen wollte, dann würde er das mit nicht mehr Leuten als seinen Streitkräften aus Gallien tun müssen. Er brauchte die Armee, die Sandde aushob, sehr dringend. Jetzt mußte Medraut auch von Sanddes Rebellion gehört haben. Er würde sie mit Sicherheit zerschlagen wollen, ehe Artus sich Sandde anschloß. Ja ich begriff nicht einmal, warum er in der Nähe der Grenze wartete, und ich erwartete ihn jede Minute hier.

Sandde, dessen Ansichten oft überraschend vernünftig waren, wenn er auch wenig Erfahrung besaß, hatte Boten an Artus geschickt, sobald er erfahren hatte, daß Artus sich tatsächlich in Britannien aufhielt. Bis jetzt war aber noch keine Antwort gekommen. Es war ungeheuer wichtig, daß Artus und Sandde sich auf eine Methode absprachen, wie sie ihre Streitkräfte vereinigen konnten, und Sandde machte sich Gedanken darüber, ob er nicht Ynys Witrin verlassen sollte, ehe Medraut ankam und die Stadt belagerte. Wenn Sandde allerdings loszog, dann würde es für Artus schwieriger werden, mit ihm Kontakt aufzunehmen. Also gab sich Sandde mit meinem Vorschlag zufrieden, er solle doch für die Männer, die der Armee beitreten wollten, Orte bestimmen, an denen sie sich treffen konnten. Wenn Ynys Witrin dann durch eine Belagerung abgeschnitten wurde, dann wäre Artus wenigstens nicht von jeglicher Versorgung abgeschnitten. Das Problem, sich auf eine mögliche Belagerung einzurichten, war eigentlich dringender als das Problem der Nahrungsbeschaffung für die Armee. Damit war leicht fertig zu werden, wenigstens im Augenblick. Ich ernannte Sion ap Rhys und ein paar andere zu Aufsehern bei der Nahrungsverteilung, so daß die Bauern, die selbst Lebensmittel mitgebracht hatten, mit denen teilten, die nichts hatten. Männer wie Sion einzusetzen, das gehörte zu den klügsten Dingen, die ich tat. Denn die Bauern waren gewillt, von einem anderen Bauern Maßnahmen zu akzeptieren, die sie bei einem

Adligen zurückgewiesen hätten. Wir hatten genug Vorräte, um uns wenigstens eine Weile durchzubringen, und wir fingen an, Botschaften zu den Treffpunkten zu schicken, die es jetzt anstelle der Märkte gab. Darin baten wir um mehr Nahrungsmittel – aber wir würden nicht genug haben, um eine Belagerung durchzustehen.

Während dieser erste Tag verging, erwartete ich dauernd die Nachricht, daß Medrauts Armee sich näherte. Aber es kam keine, und Sanddes Späher berichteten nur, es sei ruhig im Land. Weitere fünfhundert Mann erschienen, um sich der Armee anzuschließen. Manche kamen aus weiter Entfernung – aus Elmet und Powy auf der anderen Seite von Mor Hafren. Die Kopfzahl unserer Armee stieg auf über tausend Mann. Jeglicher Platz in der Burg war vollgepackt, und die meisten von denen, die am Tag zuvor angekommen waren, schliefen schon auf dem Boden, unter Karren oder unter Schutzdächern aus Feuerholz, Stroh und Dachmaterial. Ich ließ Arbeitsgruppen in die Stadt schicken, damit sie die alten öffentlichen Verteidigungsanlagen reparierten, so gut sie konnten. Ich ließ von anderen Schilf in den Marschen schneiden, und wieder andere benutzten sie, um etwas bessere Schutzdächer für die Armee zu bauen. Und noch immer gab es kein Anzeichen von Medraut.

Am folgenden Tag hörten wir wilde Gerüchte über Artus. Er sei mit Cerdic zurück in die sächsische Königsburg gezogen – er sei bei Nacht nördlich von Medrauts Armee vorübergeritten und eile jetzt zu Maelgwyns Königreich Gwynedd – er hätte Medrauts Armee im Süden passiert und versuche jetzt, sich nach Ynys Witrin oder nach Camlann durchzuschlagen. Das einzige Sichere schien mir, daß er sich nicht länger an der dumnonischen Grenze aufhielt.

»Sollten wir Männer nach Norden schicken?« fragte mich Sandde aufgeregt und besorgt.

»Er wird durch Caer Ceri durchziehen müssen, wenn er die Straße nach Gwynedd einschlägt«, sagte ich. »Das ist nur eine Stadt, keine Burg. Es sollten keine Krieger dort sein. Und es wären nicht viele Männer dazu nötig, sie ein paar Tage zu halten. Vielleicht solltest du dort eine Truppe hinschicken.«

Sandde stimmte mir zu, und wir besprachen, ob wir noch eine weitere Truppe nach Baddon senden sollten. Diese Stadt allerdings war befestigt und bewacht, und wir entschieden, daß wir nicht genug Männer übrig hätten, um sie einzunehmen. Wenn Artus nämlich doch nach Ynys Witrin kam, dann würden wir jeden Mann brauchen, den wir hatten. Nachdem das entschieden war, ging ich hinunter in die Stadt, um herauszufinden, ob von den Mönchen jemand gewillt war, in dem Hospital zu arbeiten, das ich in der Burg einrichten wollte. Das Kloster war natürlich viel besser geeignet, aber ich hatte wenig Vertrauen in die Verteidigungsanlagen der Stadt und hätte es nicht gern gesehen, wenn unsere Verwundeten in Medrauts Hände fielen, falls die Stadt nach der Belagerung fiel.

Weitere fünfhundert Männer kamen an diesem Tag. Und noch immer kein Anzeichen von Medraut.

Spät in der Nacht ging ich zur Ruhe. Ich war sehr müde – viel müder, als ich hätte sein sollen, dachte ich, während ich mir das Haar auskämmte. Aber an meinem nächsten Geburtstag, in ein paar Wochen, würde ich achtunddreißig werden. Ich wurde zu alt, um herumzulaufen wie ein Mädchen. Ich erinnerte mich an die Mädchen, mit denen ich gespielt hatte, als ich noch jung war, und ich versuchte mir vorzustellen, wie sie jetzt wohl aussahen. Sie waren sicher mit Landbesitzern und Bauern im Norden verheiratet und hielten ein kleines Haus in Ordnung oder verwalteten einen kleineren Hof. Sie waren nie auf der Schwertschneide der Macht gewandelt. Sie hatten wohl Kinder – ich dachte an eine, die ich kannte und die bei einer Geburt gestorben war. Vielleicht kämpften ihre Söhne jetzt in diesem Krieg. Aber wie hatten sie wohl gelebt, während all der Jahre? Sie hatten sich sicher mit wenigen Dienern gestritten, sie hatten am Webstuhl gesungen, gesponnen, gekocht, mit den Nachbarinnen geklatscht – und jetzt heulte der Krieg wie ein schwarzer Sturm vor ihren Türen. Sie waren jetzt Frauen, die vom Gebären breite Hüften und lange Brüste bekommen hatten, und ihre Gesichter waren wohl verwittert und gealtert durch das Land und die Sorge darum, durch die Zeit und durch den Frieden. Ich hielt inne, ging dann hinüber und nahm den Spiegel auf, der auf einem Tisch in der Ecke lag. Im Raum war es dämmrig, denn er war nur von einer Lampe erleuchtet. Eivlin und die beiden anderen jungen Frauen, die durch die überfüllte Burg in dieses Haus gepreßt worden waren, schliefen im Nebenzimmer. Ich konnte ihren ruhigen, gleichmäßigen Atem hören. Ich hob den Spiegel, damit er das Lampenlicht einfing, und die weiche Flamme hing in dem polierten Silber und warf das Licht auf mein Gesicht. Meine Augen sahen dadurch sehr dunkel aus. Mein Gesicht wirkte müde – aber nicht vom Land und sicher nicht vom Frieden. Meine traurige Müdigkeit schien mir auf den Knochen eingeprägt zu sein, und in diesem Licht, so dachte ich, wirkte ich vielleicht schon alt.

Ich legte den Spiegel hin. Gott oder das Schicksal hatten mich von all den anderen ausgewählt, hinter dem Webstuhl hervorzukommen und ins Herz des Sturmes zu treten. Ich war in den Blitzen und in dem schwarzen Wind eingefangen. Einmal, das fiel mir wieder ein, hatte ich mit Bedwyr über unser Reich gesprochen, das ein Schutzschirm gegen den Wind sein sollte. Ich war die schwache Stelle in dieser Barriere gewesen, die Stelle, wo sie nachgegeben hatte – jetzt war aller Frieden zerbrochen, und der Sturm kreischte herein.

Es war nicht genug Zeit, um über solche Dinge nachzudenken. Wenn ich überlebte, dann hätte ich Zeit zur Reue, aber jetzt . . . jetzt gab es viel zu tun. Ich legte mich hin und horchte, ehe ich einschlief, auf den Atem der jungen Frauen und den Wind, der draußen in den Dachbalken wehte.

Ich wurde aus tiefem Schlaf dadurch geweckt, daß jemand meine Schulter schüttelte und leise sagte: »My Lady! My Lady.« Ich mühte mich, wach zu werden, und setzte mich auf. Eivlin ließ die Hand sinken. »My Lady«, flüsterte sie, »sie sagen, es gibt Neuigkeit – einen Boten. Sie sagen, du sollst schnell kommen.«

Ich schüttelte mir das Haar aus den Augen, sprang auf und zog mir mein Kleid über, ohne vorher die Untertunika anzuziehen. Dann schlüpfte ich in ein paar Schuhe. »Wohin soll ich schnell kommen?« fragte ich Eivlin.

Sie reichte mir meinen Umhang. »Ins Hospital, my Lady. Sie sagen, der Bote stirbt.«

Ich hatte das Hospital in Sanddes Gästehaus eingerichtet, das groß und gut beheizt war. Um diese Zeit war es natürlich teilweise belegt, aber man konnte es ausräumen, und in dem anschließenden Lagerraum bestand auch die Möglichkeit zu heizen, wenn mehr Platz notwendig wurde.

»Ich gehe, und ich bleibe da, so lange ich gebraucht werde. Nein, komm nicht mit. Geh wieder schlafen. Der Mann, der dir das gesagt hat – ist der draußen?«

Er war draußen. Er hockte an der Tür, so daß er eilig beiseite rückte, als ich sie öffnete. Ein wüster Wind herrschte, der die Sterne blankgeblasen und kalt mitten am Himmel reingefegt hatte, obwohl im Westen ein Nebel wallte, der Schnee versprach. Ich schätzte, daß es ungefähr noch vier Stunden bis zur Dämmerung waren, und mich fröstelte. Wir gingen eilig zum Gästehaus. Wir liefen fast, um warm zu bleiben.

Sandde saß in dem schwacherleuchteten Raum, der hinter der Haustür lag, während ein paar Mitglieder der Armee auf Strohsäcken an der Wand lagen und versuchten zu schlafen. Der Herr von Ynys Witrin schaute sehr trübselig drein. Aber als ich hereinkam, sprang er wie immer auf, deutete zur Tür, in eins der anderen Zimmer und stammelte eine Begrüßung. Dann rannte er zu der Tür hin und öffnete sie. Ich ging hindurch und stand plötzlich in strahlendem Fackelschein. Ich sah Gawain, der sehr still auf dem einzigen Bett lag und dessen Kopf mit einer Bandage umwickelt war, die vom Blut purpurrot gefärbt war. Ein Chirurg beugte sich gerade über ihn.

Ich blieb stehen, starrte hin, und Schrecken erfüllte mich. »Was . . .« begann ich, aber dann sah ich Rhys, der neben dem Chirurgen kniete. Er hatte sich umgedreht und schaute mich an. »Rhys, was ist geschehen?«

Rhys stand schnell auf, während er einen Augenblick sehr grimmig auf Gawain hinabschaute. Der Chirurg nickte ihm zu, und er kam herüber. Er drängte mich durch die Tür zurück in das andere Zimmer, und dann schloß er die Tür hinter sich.

»My Lady«, sagte Rhys, nahm dann meine Hand und preßte sie ganz fest. Er war bleich, und sein Gesicht und seine Hand waren feucht vom Schweiß. »Sie haben mir gesagt, du wärst hier und sie würden nach dir schicken. Ich konnte es kaum glauben. Der Chirurg hier sagt, daß mein Herr stirbt. Kann er das wissen?«

»Er . . . er ist ein Mönch aus Ynys Witrin. Sie sagen, er ist sehr geschickt. Aber was ist passiert? Wie . . . Hat Artus Gawain als Boten hierhergeschickt?«

Rhys ließ meine Hand los und rieb sich über das Gesicht und durchs Haar. Er stand da, und sein Gesicht war einen Augenblick verborgen. Dann ließ er die Hände sinken und nickte müde. »Mit ihm war nichts anderes mehr anzufangen. Er wollte nicht ruhen, und er wollte wieder in die Schlacht reiten, sobald es ihm gut genug ging, überhaupt zu reiten. Es war besser, solange wir noch auf der Reise zurück nach Britannien waren – auf dem Schiff mußte er Ruhe geben. Aber seit wir angekommen sind – my Lady, die Chirurgen haben gesagt, er dürfe sich nicht aufregen. Also hat der Kaiser ihn mit einer Botschaft hierhergeschickt, damit er bei den Kämpfen nicht dabei ist. Aber heute – gestern vielmehr – nun, das Land im Norden ist voller bewaffneter Männer, die für jeden Herrn kämpfen, den man sich nur vorstellen kann, oder auch einfach für sich selbst. Wir haben ein paar getroffen, die uns wegen unserer Pferde umbringen wollten. Gawain hat ein paar von ihnen gefällt, und die anderen hatten Angst genug, um uns wegreiten zu lassen. Aber eine halbe Meile weiter auf der Straße ist er von seinem Pferd gestürzt und ohnmächtig geworden, genau wie jetzt. Sein Kopf fing an zu bluten. Ich konnte ihn nicht aufwecken, und ich konnte auch die Blutung nicht zum Stehen bringen. Ich hab' versucht, sie auszubrennen; das hat ein bißchen geholfen, und dein Chirurg hier hat es gerade noch einmal getan. Manchmal auf der Straße ist er wach genug geworden, um zu reden. Aber meistens sprach er mit Leuten, die gar nicht da waren. Also habe ich ihn hierhergebracht. Aber sie haben mir gesagt, er wird sterben, wahrscheinlich in ein paar Stunden. Von der Hüfte abwärts wäre er sogar schon tot.«

Nach einer kurzen Pause fragte Sandde: »Wie lautet die Botschaft?«

Rhys starrte ihn an. Sandde starrte zurück, kaute auf seinem Schnurrbart und fummelte an seinem Schwertgurt herum. Nach einem Augenblick schüttelte Rhys den Kopf. »Du hast ihn nie gekannt – und deswegen sind wir schließlich gekommen.« Er fummelte an seinem Gürtel und zog einen Brief hervor. »Da. Ich hab' ihm den Brief abgenommen, nachdem er gestürzt war.«

Sandde nahm das Pergament gespannt auf, schaute das Siegel an und reichte es dann mir, so daß ich es ihm vorlesen konnte. Ich starrte das Schreiben wie betäubt an. Es war mit Kalk und Lampenruß versiegelt, aber Artus' Drachensiegel war fest darauf eingeprägt.

»Bitte, my Lady«, sagte Sandde, »wir müssen doch wissen, was wir tun sollen.«

Ich erbrach das Siegel und rückte näher an die Lampe, um zu lesen. »An Sandde, den Herrn von Ynys Witrin, von Artus Augustus, Imperator Britanniae: Meinen Gruß«, las ich vor; dann starrte ich die kühne, wohlbekannte Handschrift an und senkte den Brief. »Sandde, Herr Gawain ap Lot ist mein Freund. Weißt du, warum er stirbt? Gibt es eine Hoffnung?«

Sandde machte eine verlegene Handbewegung. »Sie haben mir einfach gesagt, er läge im Sterben.«

»Es ist ein Knochensplitter«, antwortete Rhys. »Er ist gebrochen, als Gawain verwundet wurde, aber er hat sich nicht gelöst. Vielleicht wäre alles wieder zusammengewachsen – das sagt wenigstens dein Chirurg. Aber jetzt schneidet der Splitter das Gehirn auseinander. Der Chirurg sagt, der Splitter sitzt zu tief, als daß er ihn herauskriegen könnte. Es gibt auch noch eine weitere Wunde von dem Kampf auf der Straße, aber dein Chirurg sagt, die spielt keine Rolle. Noch ein paar Stunden, meint er. Er wollte noch nicht einmal versuchen, ihm zu helfen.« Rhys holte tief Atem und rieb sich wieder das Gesicht.

»Aha«, sagte ich, und dann, weil ich nicht wußte, was ich tun sollte, hob ich den Brief wieder. »– von Artus Augustus: Meinen Gruß. Mein Freund, ich weiß nicht, ich weiß nicht, wie ich dir danken soll. Ich bitte dich, nicht von Ynys Witrin auszuziehen, sondern dort zu warten und eine so große Streitmacht zusammenzubringen, wie du kannst. Schicke deine Nachrichten zu den Orten, die mein Bote dir nennen wird. Er ist ein Mann von großen Fähigkeiten und gewaltiger Erfahrung, und du kannst seinen Worten genauso trauen wie meinen eigenen. Er wird dich von meinen Plänen informieren. Wenn du kannst, schicke Vorräte, besonders Korn, an die Orte, die er dir nennen wird, denn wir müssen vielleicht unsere eigenen Vorräte im Stich lassen, um an Geschwindigkeit zu gewinnen. Wenn du das nächstemal von mir hörst, bring all deine Streitkräfte an den Ort, den ich dir nennen will, und verbirg sie da. Denn ich hoffe, ich kann Medraut und Maelgwyn eine Falle stellen. Mehr kann ich der Tinte nicht anvertrauen. Gott gebe euch Hilfe!« Ich zögerte, bemerkte ein paar zusätzliche Worte, die in krakeliger Handschrift über das Ende der Rolle gekritzelt waren. »Falls . . .« fing ich an und hielt dann inne.

»Was?« wollte Sandde wissen.

»Falls du von mir irgendwelche Nachricht hättest, will er es wissen. Und er sagt, du sollst mich ehrenhaft behandeln, wenn ich hierherkommen sollte. Er sagt auch, du könntest mir Befehlsgewalt anvertrauen, besonders dabei, Vorräte aufzutreiben.«

Sandde lächelte. »Das ist ein unnützer Ratschlag. Du kannst ihm jetzt selbst schreiben. Aber was sollen wir tun? Er hat der Tinte zu wenig vertraut und der Gesundheit seines Boten zu sehr.« Er fixierte seinen Blick wieder auf Rhys, fuhr zusammen und wollte dann wissen: »Weißt du eigentlich, was dein Herr mir hat sagen sollen?«

Rhys zuckte die Achseln und fuhr sich noch einmal mit der Hand durchs Haar. »Etwas davon.« Er warf einen Blick im Zimmer umher und senkte dann die Stimme. »Als wir den Kaiser verließen, ritt die ›Familie‹ schon in gutem Tempo Richtung Gwynedd. Unser Herr Artus schätzt, daß Maelgwyn ein Kampf gegen dich das Risiko nicht wert ist, sein eigenes Königreich plündern zu lassen. Er wird also in hitziger Verfolgung losreiten. Medraut wagt es nicht, nur mit seinen eigenen Gefolgsleuten gegen dich zu kämpfen – die meisten von denen, die seit dem Anfang der Rebellion zu ihm gestoßen sind, bleiben mit Sicherheit bei Maelgwyn, denn sie möchten gegen Artus kämpfen und glauben fest, daß das Königreich ruiniert ist, wenn sie ihn töten können. Während sie aber nachfolgen, wird der Kaiser seine Männer in verschiedenen Gruppen mit Ersatzpferden und den größten Teil der Vorräte aussenden, und diese Gruppen warten dann auf Sammelplätzen im Süden. Einige Zeit, bevor er den Saefern erreicht, wird er den Rest der Vorräte zurücklassen, einen Kreis zurück zu seinen Verfolgern schlagen und dann, so schnell er kann, nach Süden kommen. Er wird den Rest seiner Männer bei den Sammelplätzen abholen, und dazu frische Pferde. Möglicherweise braucht er dann neue Vorräte, denn obwohl wir von Cerdic einiges bekommen haben, konnten wir nicht so viel transportieren, daß es bestimmt reicht. Danach, glaube ich, hofft Artus, daß Maelgwyn und Medraut dicht hinter ihm die Verfolgung aufnehmen, und wenn deine Truppen irgendwo im Hinterhalt liegen, wird er sicher die Rebellen direkt in die Falle hineinführen.«

»Ach!« rief Sandde aus. »Das ist ein ausgezeichneter Plan, der ist unseres Kaisers würdig. Aber diese Sammelplätze, wo liegen sie? Ich muß eine Stelle für den Hinterhalt finden und dem Kaiser sagen, welchen Platz ich für am besten halte. Wohin soll ich die Nachricht senden?«

»Das weiß ich nicht«, sagte Rhys. »Gawain weiß es – die Stelle und die Losungsworte und die richtige Zeit.«

Sandde stieß einen lauten, wortlosen Seufzer aus und schwieg dann. »Aber was sollen wir denn tun?« wollte er nach einer Minute wissen. »Ist es wahrscheinlich, daß dein Herr wieder aufwacht?«

Rhys lächelte bitter. »Wie sollte ich das wissen? Dein Chirurg konnte es mir nicht sagen. Er sagte nur, mein Herr würde in ein paar Stunden sterben.«

»Da«, sagte ich. »Such mir ein paar Wachstäfelchen, und ich warte dann hier und schreibe die Informationen nieder, wenn Gawain aufwacht.« Ich ging hinüber zur Tür des anderen Zimmers und trat wieder in das Fackellicht hinein. Nach einem Augenblick folgte mir Rhys, danach auch Sandde.

Der Chirurg saß auf einer Strohmatratze in der Ecke und zog sich die Schuhe aus. Mit einem Ausdruck des Ärgers blickte er zu uns auf, aber dann erhob er sich und verbeugte sich vor Sandde.

Sandde ging hinüber zum Bett und schaute Gawain an, dann den Arzt. »Gibt es nichts, was du tun könntest?« fragte er. »Wird er vor dem Ende aufwachen?«

Der Arzt zuckte die Achseln. »Möglicherweise. Das hängt davon ab, wie schnell das Ende kommt. Aber es wird bald sein, wenn hier Unruhe herrscht und er gestört wird.«

»Ich will hierbleiben, aber ich verhalte mich ruhig«, sagte ich und schaute mich nach einem Hocker um. Ich rückte ihn ans Bett und setzte mich.

»Wie es dir gefällt, edle Dame«, sagte der Chirurg. »Wenn dein Wohlwollen nichts dagegen hat, möchte ich jetzt schlafen.« Seine Stimme klang bitter. Schon lange hegte er offenbar die Feindseligkeit gegen Artus, die im Kloster üblich war, und ohne Zweifel fand er das Bündnis mit Sandde unangenehm.

»Schlaf, so lange du kannst«, sagte ich ihm. Er verbeugte sich noch einmal, löschte eine der Fackeln und legte sich dann auf seine Matratze nieder. Er zog die Wolldecke über sich und wandte uns den Rücken zu.

»Ich lasse dir von jemandem Schreibmaterial bringen«, flüsterte Sandde mir zu. »Und ich danke dir, my Lady. Ich bete zu Gott, daß er aufwacht!« Er ging und nahm eine weitere Fackel mit, um sich den Weg zu Halle zu erleuchten.

Rhys setzte sich am Fuß des Bettes auf den Boden, lehnte sich an den Bettpfosten und bedeckte das Gesicht mit den Händen.

»Es tut mir leid«, sagte ich und wußte nicht ganz, was ich eigentlich damit meinte. »Rhys, du hast eine lange Reise hinter dir, und du mußt sehr müde sein. Ruh dich aus – ich wecke dich, wenn irgend etwas passiert.«

Rhys schüttelte den Kopf. »Ich danke dir, my Lady. Aber ich möchte warten.«

Wir warteten, und das Schweigen war so tief, daß wir jedes Flackern der einzigen Fackel hören konnten, die noch da war. Wir hörten das leise Geräusch der Asche, die auf den Fußboden fiel, das Atmen jedes Menschen im Zimmer und den lauten Wind draußen vor dem Haus. Ein Diener kam mit den Wachstäfelchen, einem Stylus und Pergament, Tinte und Federn; dann ging er wieder.

Ich stützte den Kopf in die Hände und schaute Gawain an. Ich hatte zum erstenmal bemerkt, wie hager sein Gesicht geworden war – verzerrt von Kummer und Krankheit. Aber jetzt im Fackellicht sah er erschreckend jung aus, fast wie damals, als ich ihn zum erstenmal gesehen hatte, als er verwundet im Haus meines Vaters lag. Immer hatte er ausgesehen, als ob etwas Größeres als die Welt ihn erfüllte. Jetzt wirkte er, als ob er damit verschmölze, im Schwebezustand zwischen der Erde und der Anderwelt. Das rote Fackellicht auf seiner schweißfeuchten Haut gab ihm ein glühendes Aussehen, wie Metall im Feuer, als ob die Knochen darunter sich zu einer anderen Form verschmolzen. Ich berührte leicht seine Stirn, aber sie war nicht heiß. Meine Hand streifte den Verband, und er rutschte beiseite, denn er war nur um den Kopf gewickelt und nicht befestigt. Ich zog ihn eilig wieder zurück – sein Kopf hatte von Bedwyrs Schwert eine Delle bekommen, der Knochen leuchtete sehr weiß in einem Durcheinander von rot und schwarz verbranntem Fleisch, das jetzt durch den Sturz vom Pferd und die Untersuchung durch den Chirurgen zerquetscht und zermahlen war zum formlosen Grau des Gehirns.

Ich verkrampfte meine Hände ineinander, damit sie still blieben, und dachte an Gawain, wie er in der Vergangenheit gewesen war. Ich dachte daran, wie er seinen Hengst über das Übungsfeld in Camlann ritt, wie er mit der Geschwindigkeit eines Falken sich auf den Ring senkte, der auf dem Boden lag. Dann dachte ich an Gwyn, wie er das gleiche versucht hatte, und daran, wie ich den Jungen zum allerletztenmal erlebt hatte. Er hatte auf den Knien gelegen, auf der Straße nach Caer Ceri, und er hatte verwirrt an Bedwyrs Speer gezerrt. Und ich dachte an Bedwyr, der in Macsens Ställen stand und mir Lebewohl sagte – an sein ruhiges Gesicht und an die völlige öde Verzweiflung in seinen Augen. So groß war unser Reich gewesen, so viel hatte es bedeutet, und jetzt war es zu diesem Unglück gekommen. Ich hatte den Drang, zu weinen, aber in mir waren keine Tränen, nur ein riesiger, leerer Schmerz um alles, was war. Und um mich war nur Schweigen und draußen der Wind.

Ungefähr in der Stunde der Dämmerung blickte ich auf und sah, daß Gawains Augen offen waren und er mich beobachtete.

»Gawain«, sagte ich und hielt den Atem an. Ich wollte schon seine Hand berühren, aber dann fielen mir seine letzten Worte an mich wieder ein, und ich zog meine Finger zurück. Ohne Zweifel war ich der Mensch, den er am wenigsten gern zu sehen wünschte – aber vielleicht auch nicht, und es gab ja noch die Nachricht. »Kannst du mich verstehen?«

Seine Lippen formten tonlos das Wort »Ja«. Rhys stand auf und kam eilig herüber. Gawains Blick fixierte sich auf ihn, und er lächelte ganz schwach. »Rhys«, sagte er im allerleisesten Flüsterton, »es ist also wahr?«

»Mein Herr? He, mein Herr, wir sind in Ynys Witrin. Das ist wahr.«

»Und sie . . . war sie vorher schon hier? Ich habe ja vorher mit ihr geredet.«

»Ach, die Kaiserin! Ja, sie ist wirklich hier. Auf der Straße hast du geträumt, mein Herr, aber jetzt ist sie da.«

Er schloß die Augen, öffnete sie dann wieder und schaute mich an. »My Lady«, sagte er noch immer in diesem fast unhörbaren Flüsterton, »aber natürlich bist du da. Natürlich. Medraut hat dich nicht . . .«

»Er hat mir nichts getan.«

»Gut.« Sein Blick heftete sich wieder auf Rhys. »Diesmal sterbe ich wirklich, Vetter.«

Der Diener sagte einen Augenblick lang nichts. Dann senkte er den Blick und murmelte: »Die Chirurgen sagen es.«

Wieder das leichte Lächeln. »Es ist wahr. Haben sie mir die Beine abgeschnitten? Nein? Ich spüre nichts. Ich hatte nicht gedacht . . . daß ich so sterben würde. Rhys, wo ist mein Pferd?«

»In Sanddes Ställen. Ich habe ihnen gesagt, sie sollten sich gut um ihn kümmern, oder sie müßten sich vor ihm in acht nehmen.«

»Gut«, das Lächeln kam wieder, langsam und schmerzhaft. »Danke dir. Du mußt ihn freilassen. Niemand darf ihn mehr reiten, wenn ich tot bin. Laß ihn sehen . . . daß ich tot bin. Dann laß ihn frei.«

»Gut, Herr.«

»Und mein Schwert . . . befestige das an seinem Sattel. Laß sie zusammen gehen. Ich will sie zurückgeben.«

Rhys schluckte ein paarmal und nickte dann.

Gawain schaute wieder mich an. »Ich . . . bin . . . froh, daß du da bist, my Lady. Ich sollte . . . nein, das muß ich später sagen. Artus hat mir eine Nachricht für Sandde mitgegeben. Sie ist wichtig.«

Ich nickte und nahm das Schreibtäfelchen auf. Gawain lächelte noch einmal.

Er hatte gerade angefangen, mir die Truppenbewegungen zu erklären, die Artus plante, als der Chirurg aufwachte und herüberkam. Er fühlte dem Krieger den Puls und schüttelte den Kopf. Gawain bat ihn höflich darum, zu gehen. »Wenn du auch ein Arzt bist, so muß ich doch die Geheimnisse meines Herrn aussprechen, und du solltest sie nicht hören.«

»Nun gut«, sagte der Chirurg. »Es gibt sowieso nichts mehr, was die Chirurgie für dich tun könnte. Dennoch – ich bin auch ein Mönch, ein Gottesmann. Du würdest gut daran tun, deine Sünden zu beichten und das Sakrament zu empfangen.«

»Später, wenn mir noch Zeit bleibt«, sagte Gawain.

Der Mönch warf uns allen einen Blick des giftigen Widerwillens zu. »Du würdest besser daran tun, mit einer geheiligten, von Sünden gereinigten Seele vor Gott zu treten, und nicht gebunden an weltliche Dinge und die Geheimpolitik von Königen.«

»Ich würde nicht zu meinem Gott gehen und Verpflichtungen unerledigt hinter mir lassen, und das auch noch durch Selbstsüchtigkeit«, erwiderte Gawain. »Ich bitte dich, geh. Wenn noch Zeit ist, wenn ich frei von dem bin, was mich jetzt noch bindet, dann soll man dich rufen.«

Der Mönch schnaufte und stelzte hinaus. Gawain fuhr mühsam, aber mit sorgfältiger Gleichmäßigkeit mit Artus' Botschaft fort.

Nach kurzer Zeit hielt er zum vierten- oder fünftenmal inne und schloß die Augen. Er schien kaum noch zu atmen, und ich dachte: »Jetzt ist es soweit«, und das Herz pochte mir in der Kehle. Aber er öffnete die Augen wieder und schaute mich an.

»Das ist alles«, sagte er. »Das ist das letzte, was ich in Artus' Dienst tun werde. Du mußt . . . du mußt ihm meinen Gruß bringen, und meinen Dank. Du mußt sagen . . . sagen, daß ich in der Wahl meines Herrn nichts bedauere, außer daß ich ihm nicht besser gedient habe. So. My Lady, ich . . . ich möchte jetzt noch einen Brief aussenden. Willst du ihn für mich schreiben?«

»Natürlich. Sprich nur. Ich habe Pergament.«

Er sah zu, während ich die Feder spitzte und sie in die Tinte tauchte. Ich legte das Pergament über die Knie. Dann schloß er die Augen. »Gawain an Bedwyr, Sohn des Brendan: Meinen Gruß«, sagte er mit einer Stimme, die lauter klang, als man das je von ihm gehört hatte. Die Spitze der Feder, die ich benutzte, ging durch das Pergament und brach. Gawain öffnete bei dem

Geräusch die Augen, und ich zog die Feder heraus und starrte ihn an.

»An Bedwyr?« fragte ich voller Verzweiflung.

»Du hast gesagt, du willst es tun. Du mußt ihn für mich schreiben – ich kann es nicht. My Lady, mir bleibt nicht viel Zeit. Das ist die größte Schuld, die mich noch bindet, und ich habe nicht viel Zeit übrig, um sie zu bezahlen.«

Ich spitzte eilig noch einmal die Feder. »Sprich also. Ich schreibe. Nur . . . denk daran – ich habe ihn geliebt, und er ist auch dein Freund gewesen.«

»Ich denke daran.« Gawain schloß wieder die Augen. »Ich wollte . . . jetzt weiß ich nicht mehr, was ich sagen wollte. Ich habe geträumt, ich spräche mit Bedwyr. Es muß gewesen sein, nachdem ich vom Pferd gestürzt bin. ›Meinen Gruß Vetter, ich sterbe. Ich wollte schreiben, weil . . . weil jetzt . . .‹– nein, schreib nicht ›jetzt‹, schreib, ›weil ich mir deinen Tod so gewünscht habe, und jetzt scheint mir meine Bitterkeit sinnlos. Ich habe mich nach Gerechtigkeit gesehnt, mit einer Sehnsucht, die mehr als gerecht war, und deshalb . . . deshalb habe ich unserem Herrn Vernichtung gebracht, und allem, für das wir gekämpft haben – größere Vernichtung als die, die deine Schuld ist. Du hast einmal gesagt . . .‹ Aber nein, er kann es nicht gesagt haben. Das war in dem Traum. ›Wenn die Gerechtigkeit, nach der ich mich sehnte, in der Welt wäre, dann gäbe es darin keinen lebendigen Menschen mehr. Wie kann ein Mann gerecht für ein Verbrechen bestraft werden, das er nicht vorhatte zu verüben? Du hattest recht, als du sagtest, daß die Gnade allein gerecht ist. Ich . . . ich verzeihe dir den Tod meines Sohnes. Verzeih du mir meine Rache. Ich . . .‹« Er hielt abrupt inne, schaute einen Augenblick lang verwirrt über meine Schulter, und dann, ganz plötzlich, füllten sich seine dunklen Augen mit einem strahlenden Leben, und er lächelte. »Du?« fragte er.

Ich schaute über die Schulter zurück. Es war niemand da. Ich drehte mich voller Schrecken wieder um und faßte seinen Arm. Rhys hatte gesagt, Gawain habe auf der Straße phantasiert und mit Leuten geredet, die gar nicht da waren. Jetzt schien es mir, als ob das vielleicht wieder der Fall wäre. »Gawain, was hast du?« fragte ich.

Er schaute wieder mich an. Er war verwirrt. »Aber siehst du es denn nicht? Oh, dann ist es das Ende. Ich weiß nicht mehr, was ich noch in dem Brief schreiben könnte, nur, daß ich Gottes Gnade für uns alle erbitte. Rhys . . .« Der Diener nahm seine Hand. »Rhys, mein lieber Freund, leb wohl. My Lady, leb wohl – und wenn du kannst, dann sag meinen Bruder, daß ich ihn geliebt habe. Ich komme.« Er schaute wieder in die leere Luft, und er lächelte dabei wie ein Kind. Unter meiner Hand spürte ich, wie die Muskeln an seinem Arm sich spannten, und mir wurde klar, daß er versuchte, sich hinzusetzen. Ich packte ihn und lehnte ihn an mich. Ich spürte, wie sein Herz noch einmal an meinem schlug, zweimal, nichts mehr . . .

Stille. Ich setzte mich auf und schaute ihn verzweifelt an, suchte nach einem Zeichen, daß er noch lebte. Aber der Ausdruck, den er sein Leben lang gehabt hatte, dieses geheimnisvolle Strahlen, das war verschwunden, und sein Gesicht war mir fast unbekannt – es war das Gesicht meines Freundes und gleichzeitig eines Fremden.

Rhys bekreuzigte sich. Er weinte still. »Herrgott, hab Erbarmen«, sagte er auf britisch, bekreuzigte sich dann noch einmal und fügte die übliche Formel im Latein der Kirche hinzu: »Gib ihm die ewige Ruhe.«

»Und laß das ewige Licht über ihm leuchten«, erwiderte ich mechanisch. Aber ich dachte, alles Licht auf der Welt wäre tot oder läge im Sterben, und mein eigenes Herz stürzte in die Dunkelheit.

Wir zogen die Decke über Gawains Gesicht, und ich ging hinüber zu der letzten, zischenden Fackel und löschte sie. Der Tag war angebrochen, und das Zimmer war schon gestreift von neuem Sonnenlicht. Als ich die Tür zum Nebenzimmer öffnete, sah ich, daß das Feuer für den Morgen angezündet war, und eine Anzahl von Leuten saß darum herum und aß Brot und Käse und trank warmes Ale.

»Er ist tot«, sagte ich ihnen.

Der Mönch nickte, nahm noch einen letzten Bissen Brot und wischte sich dann die Krümel von den Fingern. Er wollte gerade etwas sagen, als eine andere Gestalt neben dem Feuer hochsprang und brüllte: »Rhys!«

»Eivlin!« rief Rhys hinter mir und drängte sich grob an mir vorbei. Er und seine Frau schlossen sich in die Arme, daß es so aussah, als ob ein Schloß sich zusammenfügte, und sie hielten einander wild umklammert.

Erst als ich die beiden so sah, wurde mir klar, was für große Angst sie umeinander gehabt haben mußten – und mir wurde klar, wie sehr ich selbst mich jetzt nach Artus sehnte.

»Ach, Rhys«, sagte Eivlin, als ich von der Tür wegtrat, »Rhys, ist es dein Herr – der Herr Gawain, der tot liegt?«

Rhys nickte, versuchte zu reden und würgte an den Worten.

»Ja«, antwortete ich für ihn. »Du bist also nur meinetwegen hierhergekommen, Eivlin? Na, dann kümmere dich um deinen Mann. Könnte einer von euch«, ich schaute die Männer am Feuer an, den Mönch und die anderen, die über Nacht in dem Zimmer geschlafen hatten, »könnte einer von euch dem Herrn Sandde dies alles berichten und ihn darum bitten, sich um die Beerdigung zu kümmern? Sagt ihm auch, ich habe die Nachricht, und ich werde bald zu ihm kommen.« Einer der Männer nickte und ging mit mir aus dem Zimmer hinaus in den Morgen.

Frischer Schnee lag auf dem Boden, und der Himmel war gefleckt von Wolken. Während mein Bote den Hügel hinauftrottete, lehnte ich mich an die Außenwand des Hauses und schluckte die kalte Luft in tiefen Atemzügen. Ich preßte den Brief und die Täfelchen an mich. Der Schmerz in meinem Herzen schien fast erstickend. Aber ich konnte nicht weinen, und nach kurzer Zeit ging ich wieder den Hügel hinauf zu meinem eigenen Haus, um mich zu waschen und umzuziehen, ehe ich Sandde besuchte. An diesem Tag war noch viel zu tun.

Ich schrieb den ganzen Morgen Briefe an jeden, der mir einfiel und der vielleicht gewillt war, zusätzliche Vorräte auf Kredit zu liefern – es war eine verzweifelt kurze Liste von Namen, aber eine Liste, die sehr schwer zusammenzustellen war. Am Nachmittag, als ich an Artus schrieb, befaßte sich der größte Teil meines Briefes nur mit der Frage der Versorgung. Erst als ich damit fertig war, wurde mir mit Schrecken klar, daß ich nicht von Gawains Tod berichtet hatte. Es war erst ein paar Stunden her, und die Leiche wartete noch auf die Beerdigung, aber schon war sein Tod eine Tatsache. Du bist müde, sagte ich mir, um die Welle der Übelkeit zu ersticken, die über mich kam. Dann tauchte ich die Feder in die Tinte und schrieb einen vollen Bericht. Am Ende hatte ich keinen Platz mehr auf dem Pergamentblatt, und ich mußte den Brief abrupt beenden. Fast wenigstens konnte ich nichts mehr hinzufügen. Aber als ich dann die Seite umdrehte, sah ich den Platz, der über der Einleitung noch vorhanden war, und fügte in meiner kleinsten Schrift hinzu: »Ich bin geflohen, ehe Medraut mir etwas antun konnte. Ich will dich nur wiedersehen. Meine Seele, mein geliebtes Leben, befiehl mir, mit Sandde und seiner Armee zu dir zu kommen. Aber wie auch alles gehen mag – Gott möge dich schützen.« Jetzt war kein Platz mehr da, und die zusammengedrängten Buchstaben wirkten bedeutungslos, wenn ich an seine Anwesenheit dachte. Also schrieb ich nichts mehr, sondern faltete den Brief, versiegelte ihn und gab ihn dem Boten. Einen Augenblick saß ich da und starrte Sanddes Schreibpult an, und ich fragte mich, ob Artus wohl den Brief bekommen würde und was er gerade tat und wann wir einander wiedersehen würden. Damals wünschte ich – und viele Male hinterher –, daß ich noch ein zweites Stück Pergament verlangt und die Ränder mit Worten vollgestopft hätte. Aber vielleicht hatte ich das Allerwichtigste ja gesagt – und vielleicht hätte ich beim besten Willen nicht mehr sagen können.

An diesem Abend begruben wir Gawain auf dem Friedhof des Klosters von Ynys Witrin. Während die Prozession der Trauernden sich zum Grab bewegte, hielt Rhys Gawains Pferd, und das juwelenbesetzte Heft des Schwertes glänzte neben dem leeren Sattel. Der Hengst schnaubte ernsthaft, als die

Leiche herausgebracht wurde – er erkannte Gawain. Aber während die Mönche beteten und sangen, wurde das Tier immer unruhiger, und als die Leiche in den Boden gesenkt wurde, wieherte Ceincaled laut und wollte sich von Rhys losreißen. Als die Beerdigung zu Ende war, zog Rhys dem Hengst das Geschirr vom Kopf, und das Pferd galoppierte zum Grab hinüber und stampfte darauf herum. Es schaute sich um, beroch die Luft und den Boden, warf dann den Kopf zurück und wieherte. Die Mönche bekreuzigten sich und flüsterten miteinander.

»Laßt ihn«, sagte Rhys, drehte sich auf dem Absatz um und ging wieder den Hügel hinauf. Ich folgte ihm, und die anderen Trauernden und die Mönche zerstreuten sich. Aber als ich einen Blick zurückwarf, sah ich, wie der Hengst weiß und herrlich in der Dämmerung bei dem feuchten Grab stand, den Kopf hochschleuderte und immer und immer wieder sein wildes Wiehern ausstieß. Am Morgen war das Pferd verschwunden. Eine Zeitlang befürchtete ich, jemand könnte es gestohlen haben, das Tier und das Schwert, das angeblich jede Hand verbrannte, die es gegen den Willen seines Besitzers zog. Aber solch ein Pferd, geschweige denn solch ein Schwert, war zu prächtig, um verwechselt zu werden oder unbemerkt zu bleiben, und man hörte nie wieder etwas von ihnen, noch nicht einmal in den Gerüchten. Gawain hatte immer behauptet, das Schwert und das Pferd seien aus der Anderwelt gekommen. Vielleicht hat sich der Hengst tatsächlich von dem dunklen Grab abgewandt und ist durch die Nacht in einen Tag hinausgaloppiert, der jetzt mit der Erde nichts mehr zu tun hat – an einen Ort, wo kein menschlicher Kummer es mehr erreichen kann und von dem keine weitere Liebe es zurückhält. Wie immer es auch gewesen sein mag, Ceincaled ist verschwunden und hat auf dem neuen Grab nur ein paar Hufabdrücke zurückgelassen. Und ich hatte nicht viel Zeit, mir Sorgen darüber zu machen.

12

Gawain hatte uns gesagt, Artus wolle den Saefern, nachdem er Searisbyrig verlassen hatte, in drei Tagen erreichen – zwei Tage, nachdem Gawain selbst nach Ynys Witrin kam. Artus würde dann umdrehen und den größten Teil einer Nacht sehr schnell in Richtung Camlann reiten, und danach wolle er langsamer an den verschiedenen Versammlungspunkten vorüberziehen und seine Männer einsammeln. Er wollte dann ungefähr um die Mittagszeit des zweiten Tages nach dem Aufbruch vom Saefern in der Nähe von Ynys Witrin sein – vier Tage, nachdem wir seine Botschaft erhalten hatten. Es war am Abend des Tages vor dem offiziellen Ankunftstag, als wir unseren zweiten Brief von ihm erhielten. Er war sehr kurz, offensichtlich in Hast geschrieben. Der Empfang meines Briefes wurde bestätigt, und Artus schrieb, einige der Vorräte hätten ihn tatsächlich erreicht. Er war mit dem Platz, den Sandde für den Hinterhalt empfohlen hatte, zufrieden, und er trug Sandde auf, Ynys Witrin vor der Dämmerung des folgenden Tages zu verlassen und seine Streitkräfte an diesen Punkt in den Hinterhalt zu legen. Artus wolle dann etwa eine Stunde vor Mittag dort ankommen.

»Medraut und Maelgwyn sind höchstens fünf Meilen hinter mir«, schrieb er. »Ich hoffe, ich kann sie auch morgen in dieser Entfernung halten. Möge es dir gutgehen!« Und – ganz klein geschrieben: »Gwynhwyfar, mein Herz, reite nicht mit der Armee. Wir werden kein Lager haben, und ich möchte dich nicht in Gefahr bringen, falls wir die Schlacht verlieren. Wenn aber alles gutgeht, dann sehe ich dich morgen abend. Geht es übel aus, dann denk immer daran, daß ich dich geliebt habe.«

Alles außer den letzten Zeilen las ich Sandde vor. Dann blieb ich sitzen und starrte die Zeilen an, die ich nicht laut gelesen hatte. Ich dachte, die Lampe flackerte, aber als ich aufblickte, sah ich, daß es nur das Zittern meiner Hand war.

»Morgen«, hauchte Sandde. Er nahm mir den Brief ab und starrte ihn an, als ob er ihm seine Bedeutung dadurch abringen könnte, wenn er ihn scharf genug anschaute. »Morgen, noch vor der Dämmerung! Und morgen abend ist alles vorbei.« Er sprang auf und schritt durchs Zimmer, stellte sich auf einen Fuß und schaute das Feuer an. Er verflocht seine Finger hinter dem Schwertgurt. »Wie . . . wie viele Männer haben wir jetzt?« fragte er.

»Eine Armee von zweitausendeinhundertundsiebzehn«, sagte ich ihm. Ich brauchte die Zahlen nicht nachzuprüfen: Sie waren mir dauernd im Gedächtnis. »Und achtundneunzig Krieger, eingeschlossen diejenigen, die wir mit Nachrichten ausgesandt haben.«

»Und Medraut und Maelgwyn – wie viele haben die?«

»Ihre Armee zählt wahrscheinlich dreitausend Mann. Ihre Heerbanne zusammengenommen mit denjenigen, die seit dem Anfang der Rebellion zu ihnen gestoßen sind, zählen wahrscheinlich tausend ausgebildete Krieger.«

»Und der Kaiser hat auch tausend.«

»Jetzt sind es etwas weniger. In Gallien hat es Verluste gegeben.«

»Aber haben sich ihm nicht einige Sachsen angeschlossen?« Sandde drehte sich um und musterte besorgt mein Gesicht. Ich schüttelte den Kopf – die Sachsen würden den Briten in einem britischen Königreich nicht vertrauen.

»Dann sind die anderen in der Überzahl«, sagte Sandde ernst. Er zwang sich zur Fröhlichkeit. »Trotzdem – die Anzahl an ausgebildeten Kriegern ist doch auf beiden Seiten gleich, oder nicht? Und der Kaiser, das habe ich gehört, ist so daran gewöhnt, mit noch schlechteren Siegeschancen zu kämpfen, daß es ihm fast gleich vorkommen muß.«

»Artus hat mit viel schlechteren Chancen auf einen Sieg gegen die Sachsen gekämpft, das ist wahr«, sagte ich und begegnete seinem Blick. »Aber die Sachsen verlassen sich gewöhnlich mehr auf halb ausgebildete Bauern und haben fast nie eine ordentliche Reiterei. Einige aus Medrauts Armee waren Mitglieder der ›Familie‹, und die meisten der anderen Krieger haben an Artus' Beispiel gelernt. Sie sind fast so geübt wie Artus' Männer. Diesmal ist es nicht das gleiche wie damals bei den Sachsen. Die Zahlen des Feindes fallen ins Gewicht.«

»Ach so.« Sandde biß sich auf die Lippen. Dann kam er herüber und setzte sich an das Schreibpult. Er schaute mich noch immer ernst an, und seine Augen wirkten im Lampenlicht sehr blau. »Ich habe noch nie eine Schlacht erlebt«, sagte er mir. »Ich wußte nicht, was ich tat, als ich diese Rebellion gegen Medraut angezettelt habe. Ich wollte nur . . . Medraut hatte einen meiner Freunde wegen Verrats hinrichten lassen, und ich bewunderte Artus, und niemand tat etwas. Aber jetzt erwartet jeder von mir, daß ich ihm sage, was er tun soll, und ich weiß nicht, was ich tun soll. Hochedle Dame . . .« Er umklammerte plötzlich meine Hand. »Ich weiß, es ist feige, so zu reden, aber du bist wie meine Mutter, die mich verstanden hat. Bitte, entschuldige.«

Ich nahm seine andere Hand. Er ist noch zu jung dafür, dachte ich, viel zu jung. In der Tat war ich alt genug, um seine Mutter zu sein. »Hab keine Angst«, sagte ich ihm so ruhig, wie ich das wagen konnte. »Du hast deine Männer noch nicht einmal im Stich gelassen, und du wirst sie auch morgen nicht enttäuschen. Unsere Anzahl an Kriegern ist der des Feindes fast gleich. Unsere Sache ist gerechter, und außerdem haben wir den Vorteil, sie zu überraschen. Vertrau Gott unseren Sieg an.«

Er küßte meine Hände und preßte seine Stirn darauf. »Kaiserin«, flüsterte er, brach dann ab, stand plötzlich auf und befingerte sein Schwert. Er reckte die Schultern und versuchte zu lächeln. »Es wird alles gutgehen!« verkündete er.

»Ja, wenn Gott gerecht ist«, gab ich zurück. »Und um dich brauche ich mich wenigstens nicht zu fürchten, Sandde. Im

Gegenteil – ich glaube, alle in dieser Schlacht werden dich für einen Engel halten, der den Seelen der Toten hilft, und kein Speer wird auf dich geschleudert werden.« Er versuchte zu lächeln, so schwach der Witz auch war. »Also«, fuhr ich fort, »wen sollen wir morgen zuerst wecken?«

Während ich ihn beobachtete, wie er sich daranmachte, den Marschplan auszuarbeiten, fragte ich mich, ob er wohl noch leben würde, wenn die Sonne das nächstemal unterging, und falls er am Leben blieb, ob er dann noch immer so gerade stehen konnte. Ich fragte mich, ob er wohl blind zurückkommen würde, ohne einen Arm, ein Bein, schreiend auf einer Bahre. Viele würden so zurückkommen, und man würde sie nach Ynys Witrin bringen, denn das war die nächste Stadt am Schlachtfeld, in der wir Befehlsgewalt hatten. Ich dachte an meinen Mann und fragte mich, ob er wohl auch zu mir kommen würde und in welchem Zustand.

Der größte Teil der Armee stand drei Stunden nach Mitternacht auf, und sie marschierten noch vor der Morgendämmerung hinaus. Sandde ritt an der Spitze, gefolgt von den edlen Kriegern, die sich ihm angeschlossen hatten – es war eine Gruppe, die Medrauts Unterdrückung kleingemacht hatte. Dann kam das einfache Fußvolk, das in Familiengruppen marschierte. Eivlin hatte sich schon von ihrem Mann und dessen Verwandtschaft verabschiedet, und jetzt stand sie neben mir am Tor, schweigend in ihren Mantel gehüllt. Als das letzte Paar Füße an der Mauer vorübergetrampelt war, blieben wir noch eine Weile stehen und starrten hinter den Kriegern her. Wir sahen zu, wie sich die lange Reihe die bleiche Straße hinunterwand, hinein in die Stadt am Fuß des Hügels, und wie die Männer in den Schatten der dunklen Marschen verschwanden. Schon waren die Sterne blaß, und die Nachtluft war schwer vom Tau. Als in der Festung ein Hahn krähte, drehte ich mich um und schaute die Gruppe von Frauen, alten Männern und Kindern an, die überall verstreuten Mönche und Diener, dic alle geduldig und erwartungsvoll meiner Befehle harrten. Ich frage mich kurz, warum die Befehlsgewalt mir so einfach zugefallen war und nicht Sanddes Schreiber Cuall, der bei den anderen wartete. Aber ich kannte den Grund. Cuall selbst verwirrten die Ereignisse, und niemand anders war gewillt oder fähig, Befehle zu erteilen. In dieser Krise kümmerte es niemanden, was ich getan hatte, wie sehr ich auch die Schuld für das tragen mochte, was passiert war. Wichtig war nur noch, daß ich die Frau des Kaisers war und daran gewöhnt, mich dem Sturm zu widersetzen.

»Bis Mittag wird nichts geschehen«, sagte ich ihnen. »Geht nach Hause und ruht euch aus, so lange ihr noch könnt. Wenn es Zeit ist, Gruppen auszusenden, die den Verwundeten helfen, dann lasse ich euch rufen – aber dann werdet ihr euch eilen müssen, und vielleicht werden die meisten von euch auch gar nicht gebraucht.« Und ich lächelte. Ich versuchte dreinzuschauen, als ob ich nur befürchtete, daß der Sieg allzu schnell kommen würde, noch ehe wir die Karren fahrbereit hatten. Ich bekam ein paar Lächeln, einen zerfetzten Hochruf. Ein alter Mann nahm meine Hand und preßte sie an die Stirn, während ich durch die Menge ging, und rief aus, daß ich bald wieder Kaiserin in Camlann sein würde. Ich lachte und sagte, er würde auch bald wieder auf seinem Hof sein. Als ich mein eigenes Haus erreicht hatte und wieder allein war, da sah natürlich alles ganz anders aus. Ich setzte mich auf das Bett und wartete und wartete auf den Morgen, und ich verflocht meine Hände ineinander und rieb den Finger, an dem ich einmal den Ring mit dem kaiserlichen Drachen getragen hatte.

Dieser Morgen hatte sich anscheinend vom Rad der Zeit freigemacht und hinkte ganz allein hinterher. Er bewegte sich nicht, er wollte nicht enden. Ich ließ überall in der Festung jeden Topf und jeden Wassertrog mit Wasser füllen, ich überprüfte immer und immer wieder unsere Nahrungsmittelvorräte und sprach noch einmal mit den Chirurgen ab, wer zum Schlachtfeld ging und wer in Ynys Witrin blieb, um die zu behandeln, die zurückgebracht wurden. Ich überprüfte die Räume, die wir für die Verwundeten ausgeräumt hatten, ich besorgte Holz für die Feuer, und noch immer wartete die

Sonne im Osten des Mittags. Der Platz des Hinterhalts, das wußte ich, lag direkt an der Einmündung der Hauptstraße auf die westliche Straße, die nach Camlann führte. Artus hoffte, Medraut würde glauben, er sei auf dem Weg nach der Festung selbst, und vielleicht erwartete er, daß Sandde dort zu Artus stieß. Er mußte wissen, daß Artus sich mit Sandde treffen wollte, und da er Camlann mit nur einer kleinen Schutzmannschaft verlassen hatte, stand auch zu erwarten, daß der Kaiser versuchen würde, die Festung selbst zu nehmen und seinen Verbündeten dort zu treffen. Dennoch – Medraut erwartete vielleicht auch einen Hinterhalt und war darauf vorbereitet. Doch selbst wenn das der Fall war – es gab keine Möglichkeit, Maelgwyns Bauernarmee zu formieren, und der genaue Platz und die genaue Zeit mußten ihm unbekannt sein. Er würde sich eilen müssen, um Artus zu fangen, ehe er Camlann erreichte, und deshalb war Artus' Plan wahrscheinlich wirksam.

Um die Mittagszeit schickte ich die Karren los, zusammen mit den Chirurgen und Dienern, die auf dem Schlachtfeld erste Hilfe leisten konnten, und mit Wasser, Nahrung und Brennstoff. Der Winter ist eine schlechte Zeit für einen Krieg. Die Verluste sind höher, denn die Verwundeten sterben schnell, es sei denn, man kann sie unter Dach und Fach bringen und warm halten. Es würde sehr schwierig für uns werden, sie anständig zu versorgen, zehn Meilen vom Schlachtfeld entfernt und mit nur wenigen Pferden für die Karren. Angenommen, Medrauts Streitkräfte nahmen die Hauptstraße, dann stand die Armee des Feindes zwischen uns und dem Schlachtfeld. Aber wir hofften, daß Artus von den Versammlungspunkten extra Karren mit Vorräten mitgebracht hatte. Wir hofften, daß ein paar von den Verletzten herausgeholt und zu uns geschickt werden konnten.

Am Nachmittag kam auch tatsächlich ein Wagen an. Er gehörte nicht zu denen, die wir losgeschickt hatten, sondern war einer von Artus. Ein Bauer, dessen Bein durch eine Wunde verkrüppelt war, fuhr den Karren, und er war gefüllt von Männern, die größtenteils aus Sanddes Armee stammten. Einer von ihnen war tot, die anderen brauchten sofortige Hilfe. Ich sorgte dafür, daß der Wagen entladen wurde, und fragte den Fahrer aus.

»Ja, wirklich – wir haben den Ort pünktlich erreicht, edle Dame«, erzählte er mir. Anscheinend hatte er keine Schmerzen, obwohl seine Augen vor Schrecken dunkel waren. »Wir hatten Zeit, Feuer zu machen und uns zu wärmen, ein bißchen zu essen und auszuruhen, ehe der Kaiser kam und uns sagte, wir sollten die Feuer ausmachen. Der Feind tauchte vor Mittag auf, kurz nach dem Kaiser. Wir haben sie angerannt.«

»Sind sie in die Falle hineinmarschiert?« fragte ich. »Ist Artus bei euch geblieben oder auf der Straße weitergezogen? Wo war die Reiterei?«

»Ich . . . das weiß ich nicht. Wir haben sie angerannt, und als wir sie erreichten, da wurde nur noch geschoben und gebrüllt. Es waren Maelgwyns Männer, Bauern wie ich, und keine Krieger. Einer von ihnen hat mit dem Messer auf mich eingestochen, und ich bin gestürzt. Mein Vetter Gwilym ist über mich gesprungen und hat auf sie eingehauen.«

»Wo waren denn dann die Krieger?«

Er machte eine vage Handbewegung mit der Rechten. »An der Seite. Es war alles sehr verwirrend, edle Dame, wo die ganze Luft von Speeren blitzte und von allen Seiten gebrüllt wurde und wo die Männer kämpften und schrien. Ich wußte gar nicht, was passierte. Nachdem ich verletzt war, bin ich weggekrabbelt, falls die anderen kämen und mich tottrampelten. Als ich wieder an der Stelle war, wo die Feuer gebrannt hatten, da waren noch andere Verletzte da und einer oder zwei Feiglinge, die weggelaufen waren und da heulten. Jemand sagte mir, ich solle den Wagen nach hier fahren. Ich kann den Wagen auch wieder zurückfahren, wenn du das willst, my Lady. Ich kann nicht mehr laufen, aber fahren kann ich noch.«

»Du hast alles sehr gut gemacht«, sagte ich ihm und wollte gar nicht mehr hören. »Ruh dich zuerst aus. Wir haben genug Leute, die sich um den Wagen kümmern, und du mußt dir erst dein Bein versorgen lassen.« Ich bezweifelte, daß er noch in der Lage sein würde, den Karren zu fahren, wenn sein Bein untersucht war. Er hatte es so fest abgebunden und in einem solchen Winkel, daß ich annahm, es müsse wohl abgenommen werden.

Als man ihm in das Haus half, das wir für die Verwundeten vorbereitet hatten, fuhr noch ein Karren heran, diesmal einer von denen, die wir ausgeschickt hatten.

Ich hatte kaum Zeit, die Männer im Karren zu befragen, denn sie brachten mir eine dringende Forderung nach Brennstoff.

Es hatte angefangen zu schneien, und die Schlacht hatte noch immer getobt, als sie losgefahren waren. Ein paar der Männer brauchten Ruhe und waren fast erfroren. Ich rannte los, damit die zurückkehrenden Wagen mit Brennstoffen beladen wurden, und als ich zu den Krankenhäusern zurückkehrte, war noch ein Wagen angekommen. Dieser brachte einen ausgebildeten Krieger, ein Mitglied der ›Familie‹, der ruhig unter den Bauern lag und sie verächtlich anschaute, wenn sie stöhnten. Als sie ihn aus dem Wagen hoben, verzerrte er das Gesicht und biß die Zähne zusammen, aber er gab keinen Laut von sich. Er war so von Blut bedeckt, daß man kaum sehen konnte, wo er verletzt war.

»Goronwy«, sagte ich, und er blickte zu mir auf. Sein verkrampftes Gesicht entspannte sich ein wenig.

»Sie haben gesagt, du wärst hier«, flüsterte er. »Gut. Dann werde ich gut versorgt.«

»So gut wir das können. Wie läuft der Krieg? Nein, sag es mir, wenn du drinnen bist.«

Im Haus warteten wir darauf, daß der Chirurg mit den anderen fertig war. Goronwy küßte meine Hand. »Kluge Lady, du wußtest immer, daß Medraut ein Verräter ist«, murmelte er. »Der lügnerische Hund, das Wiesel . . . kaum zu glauben, daß ich ihm einmal vertraut habe.«

»Er konnte gut lügen«, sagte ich. »Aber was ist passiert? Ist er in die Falle gegangen?«

»Nein. Soviel Glück hatten wir nicht. Nein, er hat an der Biegung der Straße angehalten und seine Männer eilig auf uns vorbereitet. Er hatte seine – Maelgwyns Armee vor sich, damit sie den ersten Ansturm auffingen, und alle ausgebildeten Männer hinter sich. Dahinter kam die Reiterei. Er wußte schon, was er tat. Wir . . . hast du es gehört? Nein? Wir hatten unsere Reiterei zurück nach Norden geschickt, in Stellung hinter Medraut. Unsere Fußtruppen marschierten die Straße hinunter auf Camlann zu, um die Biegung herum, so daß man sie nicht sehen konnte, bevor Medraut in die Falle gegangen war. Sanddes Armee lag in den Hügeln, direkt bei der Biegung selbst. Als Sandde sah, daß Medraut uns entdeckt hatte, befahl er seinen Leuten sofort anzugreifen und galoppierte die Hügel hinunter, direkt in Medrauts Armee hinein. Ein hervorragender Mann, dieser Sandde. Ich hoffe, er überlebt den Tag.«

»Ich auch. Hat sein Angriff denn etwas genützt?«

Goronwy wollte den Kopf schütteln, hielt aber schmerzverzerrt inne. »Nein. Seine Leute sind tief in Maelgwyns Armee eingedrungen, mit schweren Verlusten auf beiden Seiten. Dann hat Medraut seine Fußtruppen herübergeschickt, und Sanddes Bauern wurden die Straße hinaufgejagt, direkt hinein in die ›Familie‹.« Er lächelte grimmig. »Und das war das letztemal, daß ich sie gesehen habe, denn Medraut hatte befohlen, daß seine Reiterei sich sammelte, weil er den Verdacht hatte, wir wären in den Hügeln, irgendwo in der Nähe. Wir mußten schnell reiten, um zu verhindern, daß Medrauts Reiter unsere Fußtruppen einkreisten. O ja, wir haben sie auch sicher erreicht, und wir waren dabei zu gewinnen. Es war ein wüster Kampf – schade, daß ich ihn verpasse.«

Ich umklammerte kurz seine Hand. »Was gibt es noch mehr? Ist Artus gesund?«

»Er war es noch, als . . . als dieser Verräter Constans mich mit dem Schwert durchgerannt hat. Ein Mann, der mein Freund gewesen ist, mein Bruder – na, er ist auch dafür bezahlt worden. Der Kaiser war bei der Reiterei. Ich habe versucht weiterzukämpfen, nachdem ich Constans erledigt hatte, aber . . . ich werde sterben, my Lady.«

»Das weißt du noch nicht. Ah, da ist ja der Chirurg.«

Ich blieb noch ein Weilchen bei Goronwy, während er ausgezogen wurde und unters Messer kam. Aber als er ohnmächtig wurde, rannte ich mit einer Dienerin weg, um dafür zu sorgen, daß ein anderes Haus bereitgestellt wurde. Ein anderer Wagen war angekommen, und im ersten Haus gab es keinen Platz mehr. Von da an hatte ich lange Zeit nur noch wenig Gelegenheit, zu fragen oder mir Sorgen zu machen.

Ich war an Verwundete gewöhnt, aber nicht in solchen Zahlen. Teilweise kam das einfach dadurch, daß Artus' Schlachten an fernen Orten gekämpft worden waren. Noch nie hatte ich gesehen, daß so viele direkt vom Schlachtfeld hierhergebracht wurden. Aber der Kampf um Camlann war die grausamste Schlacht dieser Zeit, und die Verluste waren sehr hoch. Als die beiden Bauernarmeen im ersten Ansturm aufeinandertrafen, da wurden vielleicht tausend Mann getötet. Am späten Nachmittag muß das Blut auf der Straße nur so geströmt sein. Die ersten Karren brachten nur Männer, die sich krabbelnd hatten retten können. Aber am Spätnachmittag war das Schlachtfeld die Straße hinauf Richtung Camlann vorgerückt, und die Karren konnten die Verwundeten des ersten Treffens bergen und brachten genauso viele Leichen wie Lebendige. Die Berichte, die auch mit den Wagen ankamen, waren unterschiedlich wie Meereswellen: Medraut, Maelgwyn, Artus oder Sandde waren jeweils tot – Maelgwyn sei geflohen, Maelgwyn sei gefangengenommen worden. Medraut hätte Artus im Kampf Mann gegen Mann getötet – Artus hätte Medraut getötet. Ungewisser Sieg läge bei beiden. Ich hatte keine Zeit, mich um meinen Mann zu ängstigen oder um meine Freunde. Ich wurde von den Ärzten gebraucht, von den Sterbenden, von den Dienern. Ich mußte frische Pferde für die Karren herbeischaffen und Anordnungen erteilen: wo die Leichen gelagert werden sollten, wen die Ärzte zuerst behandeln sollten, wie das Brennholz zu verteilen sei oder wer sich ausruhen sollte. Ich war Kaiserin, ich konnte mich nicht wie eine Frau benehmen.

Die Nacht kam, und noch immer gab es keine offiziellen Berichte. Die Karren, die jetzt ankamen, hatten das Schlachtfeld in der letzten Stunde des Tageslichts verlassen, und Berichten nach wurde noch immer gekämpft. Aber die Streitkräfte hätten sich jetzt die Straße hinunter bis zur Biegung zurückgezogen, und die meisten der Bauern auf beiden Seiten seien geflohen oder hätten aufgehört zu kämpfen. Ich wünschte mir, daß jemand entbehrlich gewesen wäre, um mir eine Botschaft zu bringen – denn ein Reiter mit einem frischen Pferd würde nur eine Stunde brauchen, vielleicht weniger. Aber es sah so aus, als ob alles in völliger Verwirrung wäre.

»Maelgwyn zieht sich zurück«, sagte man mir wieder. »Der Kaiser hat gewonnen.« Aber wie konnte man das wissen?

»Wo ist der Kaiser?« fragte ich einfach, als ein Wagen an den Ställen vorfuhr, denn dort wurden jetzt die Verwundeten hingebracht. Es war ein großer Wagen, voller undeutlicher Gestalten.

»Er ist bei der Reiterei«, hörte ich eine Stimme sagen.

»Er ist tot«, sagte eine andere Stimme.

»Nein, das war nur sein Pferd – das Pferd ist unter ihm weggeschossen worden, aber er ist wieder aufgestanden.«

»War das ein graues Pferd?«

»Nein, er ritt einen Braunen.«

»Das war das zweite Pferd, nachdem der Braune getötet worden war.«

»Er war am Leben – vor dem letzten Angriff der Reiterei«, sagte eine seltsam bekannte Stimme aus dem hinteren Teil des Karrens. Ich spähte hinein und versuchte, das Gesicht auszumachen, aber ich konnte es nicht.

Die Männer, die den Wagen entluden, ließen jemanden fallen, der entsetzlich aufschrie und zu schluchzen begann. »Sei still!« brüllte ein anderer wild. »Ich kann's nicht ertragen. Glaubst du denn, dir geht es schlechter als uns anderen?«

»Schaffen es deine Pferde zurück zum Schlachtfeld?« fragte ich den Fuhrmann.

»Nein«, sagte eine rauhe Stimme. Der Mann beugte sich über mich, und nur sein Gesicht war als blasser Schatten in der Dunkelheit sichtbar. In seinen Augen glänzte fernes Fackellicht. »Die armen Tiere sind kaum noch den letzten Hügel heraufgekommen.«

»Dann warte hier. Du hast einen guten Wagen. Er ist schön groß. Ich will versuchen, frische Tiere für dich zu finden.« Ich rief einen anderen Diener herüber und befahl ihm, die schwitzenden Pferde auszuschirren und dem Wagen Vorrang zu geben, wenn man frische Pferde, Maultiere oder Ochsen finden konnte. Dann ging ich in den Stall, um mir die Verwundeten anzusehen. Es schien mir, als ob solche Nachprüfungen der Sinn meines Lebens geworden wären, denn immer schrieb ich Versorgungslisten, Vorratslisten, Listen von Toten oder Sterbenden. Vielleicht würde ich eines Tages die Liste der Verdammten führen, würde in alle Ewigkeit Listen von Namen aufschreiben, von Menschen, die auch durch meine Dummheit umgekommen waren. Aber wir mußten herausfinden, wer von unseren Gefolgsleuten noch lebte, auch um den Freunden und Verwandten zu sagen, was aus unserer Armee geworden war.

Namen – drei Bauern, die ihren nennen konnten, zwei, die es nicht konnten, ein Toter. Gwythyr ap Ereidawl, einer von der ›Familie‹. Einer aus dem Norden, der Artus nach Gallien gefolgt war. Und die Stimme, die so bekannt geklungen hatte, so unerwartet bekannt – und die nichts mit diesen anderen zu tun hatte?

Diese Stimme fiel mir wieder ein. Ich wußte, woher ich sie kannte, schon ehe ich den Mann in der anderen Ecke des Stalles liegen sah. Niemand anders hatte ihn erkannt, und er war mit unseren eigenen Verwundeten im Karren hierhergefahren worden – wir hatten ja auch schon andere von der Armee des Feindes hier aufgenommen, denn Freund und Feind lagen zusammen auf dem Schlachtfeld, und nichts unterschied sie mehr. Aber ich hatte niemals erwartet, Medraut so zu sehen.

Ich brachte meine Liste zu Ende und ging zu ihm hinüber. Er hatte mich, schon seit ich eingetreten war, beobachtet, mit diesen kalten, verächtlichen Augen.

Ich starrte lange auf ihn hinab. Er lag flach auf dem Rücken und bewegte sich nicht unter meinem Blick. Jemand mußte ihm seinen purpurnen Mantel und seinen goldenen Schmuck gestohlen haben, aber sonst schien ihm wenig zu fehlen.

»Du brauchst dich nicht mehr damit zu befassen, wie du mich erledigen willst, edle Dame«, sagte er endlich. »Noch in dieser Stunde werde ich tot sein. Aber es waren nicht dein kostbarer Mann und dessen Leute, die es geschafft haben. Diese Ehre ist ihnen nicht zuteil geworden.« Er lächelte wild. »Als mein treuer Verbündeter Maelgwyn sah, daß mein Heer geschlagen war und das Heer meines Vaters dezimiert, da hat er einen Dolch genommen, den ich ihm geschenkt habe, ein hübsches Ding, das in Gift getaucht war. Er hat ihn mir in den Rücken gestoßen, als ich nachsehen wollte, wo meine Männer wären. Auf diese Weise hat er also mein Erbe in der Thronfolge angetreten und ist der stärkste Bewerber um den Purpur geworden. Es hätte mir klar sein müssen, daß ich ihm nie den Rücken zudrehen konnte . . . aber wenigstens bleibt es mir erspart, daß mein Vater sich an meiner Niederlage weidet.«

Ich ließ mich neben ihm auf die Knie nieder und schaute ihn an. »Und freut dich alles, was du getan hast?« fragte ich, und meine Stimme hörte sich sehr tief und zitternd an.

Er lächelte. Die grauen Augen waren unergründlich vom Haß. »Ja. Es tut mir nur leid, daß ich nicht mehr erlebe, wie sich alles erfüllt. Meine Mutter ist gerächt. Und selbst wenn mein Vater diese Niederlage überlebt, dann ist doch sein Reich wie Glas zerbrochen. Maelgwyn zieht nach Hause, nach Gwynedd. Aber er kommt wieder. Der Norden ist schon vom Krieg zerrissen. Dumnonia ist ein Ödland. Ob nun mein Vater oder Maelgwyn am Ende mit ein paar purpurnen Lumpen dasteht, das spielt keine Rolle. Das Ende ist doch das gleiche: völlige Vernichtung. Denk darüber nach, edle Dame. Sag meinem Vater, er soll bei seinem Siegesfest Lieder darüber machen, und sage es meinem Bruder.«

»Dein Bruder ist tot«, antwortete ich scharf. »Er ist hier in Ynys Witrin gestorben – vor vier, nein, vor fünf Tagen.«

Medrauts Augen weiteten sich, und der tiefe Haß in seinem Blick wich dem Ausdruck der Verwirrung. »Gawain? Tot?«

»Er ist an der Wunde gestorben, die er von Bedwyr in Gallien erhalten hat, und weil er sich nicht hat behandeln lassen. Er wollte nicht mehr leben nach dem Tod seines Sohnes – ich habe gehört, du hättest gelächelt, als du ihm davon erzähltest.« Medraut starrte mich weiterhin an, und ich hatte den Drang, ihn zu schlagen, wie er so hilflos dalag. Ich hatte den Drang, ihm Schmerzen zu verursachen. Aber dann fiel mir ein, was Gawain gesagt hatte, und ich ballte die Hände hinter dem Rücken und zwang die Worte heraus, die wie brüchiges Eis klangen: »Gawains letzte Worte waren: ›Wenn du kannst, dann sag meinem Bruder, daß ich ihn geliebt habe.‹«

Medraut wandte den Blick ab. Seine rechte Hand wurde zur Faust, entspannte sich, ballte sich und schlug wild auf den Boden. »Nein«, sagte er und stieß einen Schluchzer aus, der sich seinem Herzen abgepreßt hatte. »Nicht auch noch er – oh, Mo Brathair . . .« Ich hatte ihn noch nie in seiner Muttersprache rufen hören, und ich starrte ihn verblüfft an. Er schlug wieder auf den Boden, schrie laut, jetzt im Zorn, und stützte sich mit Gewalt auf, so daß er sitzen konnte. Sein Rücken triefte von Blut. Ich sprang zurück, während er versuchte, sich auf den Knien zu halten. Aber er fiel vornüber, aufs Gesicht, und begann zu schluchzen. Eine Dienerin kam eilig herüber.

»Fiebert er?« fragte sie mich flüsternd. »Soll ich helfen, ihn anzubinden?«

»Nein«, erwiderte ich. Ich kniete mich wieder neben Medraut hin, und ich war in großer Verwirrung. Trotz allem, was Gawain über seinen Bruder gesagt hatte, ich hatte nie erwartet, daß Medraut in seinem Haß und unter seinen vielen Masken dennoch jemanden lieben könne. Aber der Ausdruck, mit dem er mich angeschaut hatte, als ich ihm von Gawains Tod erzählte, ließ keine Zweifel übrig.

Die bleichen Augen blickten mich wieder an, während ich kniete, und hefteten sich auf mich. Er machte den Mund auf, um etwas zu sagen, aber nur Blut kam heraus. Er hatte sich in dem Versuch, aufzustehen, noch mehr verletzt. Er zitterte wild, hustete und wurde sehr still. Nach einem Augenblick berührte ich seinen Hals dicht unterm Kinn und stellte fest, daß sein Pulsschlag aufgehört hatte. Artus' Sohn, sein einziges Kind, war tot. Ich nahm die Hand weg und blickte zu der Dienerin auf.

»Dies war der Anführer der feindlichen Armee – Medraut ap Lot«, sagte ich zu ihr. »Du kannst die Leiche draußen an die Südmauer legen, sobald wir den Platz hier drinnen brauchen.« Die Augen des Mädchens weiteten sich, und sie nickte heftig mit dem Kopf. Sie starrte die Leiche an, die dort still und blutig lag und in deren Haar sich das Fackellicht fing. Ich preßte einen Augenblick lang die Hände aufs Gesicht, nahm sie dann herunter und sah, daß sie voller Blutflecken waren. War es Medrauts Blut oder das Blut irgendeines anderen? Ich konnte es nicht sagen. Ich mußte noch eine Namensliste zusammenstellen, und frische Pferde waren zu suchen.

Ungefähr um Mitternacht kam Cuall, Sanddes Schreiber, und holte mich. Wir hatten hin und her überlegt, wo wir die unverletzten Überlebenden der Schlacht unterbringen sollten, die seit einiger Zeit in ständig wachsenden Zahlen zurückkehrten und dringend einen warmen Platz zum Ausruhen, warmes Essen und etwas zu Trinken brauchten. Außerdem hatten wir fast keine Transportmöglichkeiten mehr. Wenn es auf dem Schlachtfeld noch mehr Verwundete gab, dann würden sie in der Kälte noch vor dem Morgen sterben. O ja, jetzt war sicher, daß Maelgwyn Gwynedd mit seinen Kriegern und den Resten seiner Armee auf dem Rückzug war – mit allen Leuten, die sich nicht von selbst zerstreut hatten. Und dennoch konnte ich keinen deutlichen Bericht über Artus bekommen.

»Edle Dame«, sagte Cuall, während ich versuchte, herauszufinden, wie einer der Gefallenen geheißen hatte, »unser Herr Sandde ist mit der Armee zurückgekehrt. Er bittet dich, zu kommen und mit ihm zu reden.«

»Sandde?« fragte ich, richtete mich auf und schob mir das Haar zurück. »Was ist mit meinem Mann?«

Aber der Schreiber schüttelte den Kopf. »Das weiß ich nicht.« Ich klappte mein Inventarbuch zu und folgte Cuall von den Ställen den Hügel hinauf. Ich war taub und blind vor Müdigkeit der Seele und des Körpers. Alles schien mir in großer Entfernung zu liegen, und ich hatte nur wenig Anteil daran.

Wir hatten jedes einzelne von Sanddes eigenen Zimmern mit den Verwundeten belegt, und der Herr von Ynys Witrin schlief zusammen mit seinen Männern in der Halle. Er war schon drinnen, als ich kam, und Cuall hielt mich in einem absurden Gefühl des Anstands davon ab, in die Halle hineinzugehen, wo die Männer schliefen. Er selbst ging und holte seinen Herrn.

Sandde hatte sein Kettenhemd ausgezogen und trug einen zerrissenen, blutbefleckten Umhang über seiner Tunika. Auch die Stiefel hatte er abgelegt und verlagerte jetzt sein Gewicht abwechselnd von einem Fuß auf den anderen, weil es so kalt war. In seinem Gesicht war dieser leere, betäubte Ausdruck, den ich immer und immer wieder in endloser, hirnloser Folge auf dem Gesicht jedes Mannes gesehen hatte, der in die Festung zurückkehrte. Aber Sandde versuchte zu lächeln und nahm meine Hand. Es schneite dicke, nasse Flocken, die auf den Strohdächern schmolzen und zischend in dicken Tropfen auf die Fackeln herunterfielen, die aus der Halle herausgetragen worden waren.

»Herr Sandde«, sagte ich, »ich bin sehr froh, daß du unverletzt bist.«

Er tätschelte mir unsinnigerweise die Hand. »Es war, wie du gesagt hast, my Lady. Kein einziger Speer hat mich . . . oh, Gott des Himmels, ich bin froh, dich wiederzusehen und wieder da zu sein!« Er legte die Arme um mich und klammerte sich an mich wie ein Kind, das verletzt ist und Trost verlangt.

»Hast du viele Männer zurückgebracht?« fragte ich nach einem Augenblick. »Wieviel Platz brauchen wir noch?«

Er zog sich zurück und nickte. »Ich . . . ich habe versucht, von denen, die wir noch haben, eine Liste zu machen – zusammen mit Cuall. Wir haben noch die meisten von den Männern des Kaisers . . . diejenigen, die noch kämpfen können, heißt das. Maelgwyn hat sich nach Norden zurückgezogen. Wir wissen nicht, wo Medraut ist.«

»Er liegt an der Südwand deines Stalles. Er ist tot«, sagte ich mit gleichmäßiger Stimme. »Sie haben ihn mit unseren eigenen Verwundeten hierhergebracht.«

Er starrte mich ungläubig an. Dann lächelte er zögernd. »Dann haben wir also gewonnen?«

Ich schloß die Augen. Ich hatte den Drang, zu schreien, meinen Schmerz herauszuheulen und zu weinen, bis ich blind war und keine Stimme mehr hatte. »Wenn jemand gewonnen hat, dann waren wir es«, sagte ich. »Aber, edler Herr . . .«

»Ach ja. Der Kaiser.«

Ich öffnete die Augen wieder und heftete den Blick auf Sanddes Gesicht. Es war schrecklich still nach all der Hitze und dem Wahnsinn der Krankenzimmer. Sanddes linke Wange war blutverschmiert. Hinter mir tropfte das Wasser auffallend laut auf die Fackeln. »Ist mein Mann tot?« fragte ich.

Sandde schüttelte den Kopf. »Ich weiß es nicht.«

Ich drehte mich um, und er streckte die Hand nach mir aus und berührte meine Schulter. »My Lady, drei Pferde sind heute unter ihm getötet worden, und dennoch lebte er. Ich . . . ich bin ihm begegnet, als es fast zu Ende war. Der Feind war auf der Straße nach Osten und in den Hügeln. Der Kaiser versuchte, die Leute von der Reiterei, die er noch übrig hatte, zu sammeln und wegzuführen. Er galoppierte auf und ab und rief. Er war so heiser vom Brüllen, daß niemand mehr verstehen konnte, was er sagte. Aber wir haben uns gesammelt, und wir machten einen letzten Reitereiangriff. Danach fing Maelgwyn an, sich zurückzuziehen. Wir haben seine Leute vielleicht eine Meile weit nach Norden verfolgt, und dann habe ich die Männer zurückgerufen, weil es dunkel war und schneite. Sie waren so müde, daß jeder Bandit, jeder Räuber sie hätte erledigen können, wenn die Kälte es nicht schon machte, falls sie sich verirrten. Und dann wurde mir klar, daß niemand wußte, wo der Kaiser war. Ich ließ sie sich alle an einem Punkt sammeln und dann die Hörner blasen, damit die Nachzügler uns finden konnten. Es kamen viele. Aber vom Kaiser gab es keine Nachricht. Ich . . . ich hab' ein paar Männer genommen und ihn gesucht. Viele hatten ihn am Anfang des Angriffs gesehen, aber niemand nach dem Angriff. Wir ... vielleicht ist er verwundet. Vielleicht ist er mit einer Gruppe von seinen Männern Maelgwyn gefolgt und kommt später. Morgen können wir auf die Suche gehen.«

»Ja«, sagte ich nach einem Augenblick. »Sandde, hast du noch Pferde, die vielleicht Karren ziehen könnten? Es müssen viele auf dem Schlachtfeld zurückgeblieben sein, die sterben würden, noch ehe der Morgen kommt – und wenn mein Mann dabei ist ...«

»Die Pferde sind am Ende«, sagte mir Cuall. »Nicht eins von fünfzig könnte noch galoppieren, um sein eigenes Leben zu retten. Aber die, die wir haben, werden wir auch losschikken.«

»Verzweifle nicht, edle Dame«, sagte Sandde. »Es kann gut sein, daß er unverletzt ist.«

»Das kann gut sein«, stimmte ich ihm in meiner Betäubung zu.

Nach langem Schweigen sagte Cuall: »Wir haben nicht genug Platz für alle Männer, my Lady. Welche von den Verwundeten könnten verlegt werden?«

Ich biß mir auf die Lippen und versuchte zu denken, und dann wurde mir durch den Ausdruck der Hilflosigkeit und Verwirrung auf Sanddes Gesicht klar, daß ich weinte. Ich wischte mir das Gesicht ab und kümmerte mich nicht darum, daß meine Hände noch mehr Blut daraufschmierten. »Ich zeige euch, wer verlegt werden kann«, sagte ich. »Kannst du wegen der Pferde Anweisung geben?«

Die Arbeit, das Zählen der Namen, ging die ganze Nacht weiter. Als die Sonne sich rosa und wunderschön am nächsten Morgen über dem schneebedeckten Land erhob, lagen die Toten in hohen Stapeln an der Mauer. Aber jetzt waren schon einige der Pferde ausgeruht genug, um wieder an die blutbeschmierten Karren angeschirrt und die Straße hinunter nach Camlann geschickt werden zu können, damit sie die Männer einsammelten, die noch dort waren.

Unsere Späher berichteten, daß Maelgwyn ein paar Meilen gegen Norden gelagert und einige von seinen eigenen Toten beerdigt hatte, deren es viele gab. Wir schickten ihm einen Boten, der zur Beerdigung der Toten um einen Waffenstillstand bat, und Maelgwyn stimmte sofort zu. Wir schickten auch einen Boten nach Camlann und informierten die Männer, die Medraut zur Bewachung der Burg dagelassen hatte, daß wir es ihnen erlauben würden, Maelgwyn nach Hause, nach Gwynedd, zu folgen, wenn sie Camlann ohne Kampf aufgaben. Die Wachen baten um Erlaubnis, jemanden zu Maelgwyn zu schikken, und wir gestatteten es.

Nach und nach kehrten die Wagen schwer beladen mit den Leichen zurück. Hinter ihnen trotteten verwirrte Schlachtrösser und genauso viele Ochsen. Die Pferde waren wie die Leichen ihrer Herren schon jetzt auf geheimnisvolle Weise ihres reichverzierten Geschirrs und ihres Schmucks beraubt worden, entweder durch Plünderer während der Nacht oder von den Rettungsmannschaften selbst. Menschen und Tiere wirkten auf einmal unwichtig, gewöhnlich, zerbrochen und entehrt. Ich ließ die Leichen in langen Reihen an der Mauer auslegen, damit die Verwandten sie identifizieren konnten, und immer suchte ich nach einer ganz besonderen Leiche. Aber ich fand sie nicht.

»Vielleicht hat er während der Nacht auf irgendeinem Bauernhof Schutz gesucht«, sagte Sandde. Ich nickte müde und führte weiter meine Listen.

Namen. Manche waren Medrauts Gefolgsleute, die Verräter der ›Familie‹ – Männer, die ich gekannt hatte, deren Treue ich mich bemüht hatte zu gewinnen: Iddawg und Constans und Cadarn und die anderen. Es waren auch Krieger aus dem Norden da, die einmal Urien von Rheged oder Ergyriad von Ebrauc gefolgt waren und die jetzt niemals zu ihren Herren und dem anderen Krieg zurückkehren konnten. Es waren Constantius' Männer dabei, die gestorben waren und ihr Königreich ohne König und in Ruinen zurückgelassen hatten. Und ich fand Mitglieder der ›Familie‹, viele von ihnen – zu viele. Sie hatten im Herzen der Schlacht gekämpft. Cilydd und Cynddylig, Gwrhyr und Gwythyr ap Greidawl – Gereit ap Erwin, der ausgezeichnete Reiter mit dem geduldigen Lächeln, Gorowny, der immer ›der Starke‹ genannt worden war und der unbeobachtet in der Nacht an seiner Wunde gestorben war. Und Cei, der sture, streitsüchtige, treue und mutige, war am anderen Ende des Schlachtfeldes gefunden worden, wo er harte Gegenwehr geleistet hatte, als Maelgwyns Streitkräfte durchbrechen wollten. Selbst im Tod wirkte er noch gewaltig – seine Gesichtszüge waren zu einer wütenden Maske verzerrt, und sein rotes Haar war dick mit Blut verkrustet. Von dieser ›Familie‹, zu der noch vor sechs Jahren siebenhundert der besten Krieger des Westens gezählt hatten, waren kaum noch fünfzig am Leben.

Es lagen auch viele Bauern tot – aber ihre Zahl war schwer abzuschätzen. Viele von ihnen mußten nach der Schlacht direkt zu ihren Gehöften zurückgekehrt sein, und viele weitere hatten Ynys Witrin verlassen, ohne darauf zu warten, daß sie gezählt wurden – sobald sie ihre Toten gefunden hatten. Deshalb waren wir nicht sicher, wer tot war oder wer nur vermißt wurde. Nur ein Name unter ihnen, eine stille Gestalt, bleibt in mein Herz eingeschnitten wie das Zeichen, das in ein Siegel geschnitzt ist: Rhys ap Sion, der tot unter den anderen an der Straßenkreuzung gefunden wurde, wo er beim ersten Ansturm gefallen war. Man hatte ihn namenlos mit den anderen Toten in der Nacht nach der Schlacht zusammengelegt, und erst am nächsten Morgen erkannte ihn seine Frau. Tot, tot, tot: Ganz Ynys Witrin stank nach Tod, und alles was ich berührte, alles was ich sah, hörte, fühlte, die Luft, die ich atmete, und das Essen, das ich aß, schien schwer davon zu wiegen.

Am Nachmittag schickte Maelgwyn Gwynedd uns einen Boten, der das Angebot brachte, den Waffenstillstand bis zum Frühling auszudehnen und während dieser Zeit in sein eigenes Königreich zurückzukehren. Wir stimmten zu. Die feindliche Garnison in Camlann schickte auch eine Botschaft, in der unseren Bedingungen zugestimmt wurde und in der man uns versprach, am folgenden Tag die Festung zu verlassen und mit Maelgwyn nach Norden zu ziehen.

»Gut«, sagte Sandde erleichtert. »Dann ist mehr Platz in Camlann. Wenn hier noch länger alles so überfüllt ist, dann müßten wir das Fieber fürchten.«

Und noch immer gab es kein Anzeichen von Artus.

Am nächsten Tag zog Maelgwyn weiter nach Norden, und Sandde schickte Männer in alle Städte von Dumnonia und verkündete, daß wir gesiegt hätten und daß der Frieden wieder einzöge. Die Märkte sollten neu eröffnet werden. Ich hatte mir von Herzen gewünscht, eine Belohnung für jeden auszusetzen, der Nachrichten von Artus brachte oder von seiner Leiche; aber ich wußte, daß es unklug war, im ganzen Land zu verbreiten, daß wir auch nicht wußten, ob er lebte oder tot war. Es gab dann vielleicht noch mehr Aufstände, oder Maelgwyn brach sein Wort und kam zurück. Von unserer Armee waren so viele dahingegangen, daß wir keinen weiteren Kampf mehr riskieren konnten.

Sandde schickte die Männer nach Camlann, wo es genügend Platz und Vorräte gab. Am ersten Tag hatte er alle unverletzten Männer weggeschickt, dann alle weniger schwer Verwundeten. Ich bot an, bei den Schwerverletzten in Ynys Witrin zu bleiben, bis man sie ohne Gefahr transportieren konnte. Nach einigem Zögern stimmte Sandde zu und überließ mir in Ynys Witrin die Befehlsgewalt, während er nach Camlann ritt.

Ich wartete. Die Bauernarmee machte sich nicht die Mühe, zur kaiserlichen Festung zu ziehen, sondern zog in den Tagen nach dem Waffenstillstand nach Hause – wenigstens diejenigen, die nicht schon vorher heimgegangen waren. Sion ap Rhys und seine Verwandten machten sich fünf Tage nach der Schlacht wieder auf den Heimweg. Sie wären früher losgezogen, aber sie mußten einen aus ihrer Mitte zum Hof zurückschicken, damit er den Ochsenkarren holte, denn ein anderer von ihnen war verwundet und konnte weder gehen noch reiten. Außerdem hatten sie den Wunsch, Rhys auf den Ländereien der Sippe zu beerdigen. Mit Schuldgefühlen im Herzen gab ich ihnen ein paar Geschenke, eine kleine Gegenleistung für ihre Freundlichkeit mir gegenüber. Vielleicht sah das schändlich aus, als ob ich für das Leben ihres Verwandten bezahlen wollte, und sein Leben war unbezahlbar. Dennoch, sie konnten die Dinge vielleicht brauchen. An dem Morgen ging ich mit ihnen hinunter zu den Toren, um sie zu verabschieden.

Eivlin zog auch mit ihnen und ließ nur ein Dienstmädchen bei mir zurück. Sie hatte seit dem Tod ihres Mannes weder zu mir noch zu irgendeinem anderen viel gesagt, sondern sie ging mit roten Augen und hartem Gesicht umher, und sie benahm sich mit dieser besonderen Unverschämtheit, die aus großem Schmerz entspringt.

»Ich leide mit dir«, sagte ich zu ihr und zu ihnen allen.

Sion ap Rhys zuckte die Achseln und starrte das lange Bündel auf dem Karren an, das sein ältester Sohn gewesen war. »Wir alle wußten, daß wir vielleicht sterben würden, wenn wir mit in diesen Krieg zögen, my Lady. Aber wir dachten, die Sache sei es wert.« Er nahm den Treiberstock auf. »Und Rhys hat mehr an euer Reich geglaubt als irgendeiner von uns. Einen großen Teil seines Lebens hat er eurem Reich gewidmet. Vielleicht ist es zum besten, daß er das Ergebnis nicht mehr sieht. Irgendwann müssen wir alle einmal sterben.«

»Es ist nicht zum besten!« schrie Eivlin mit scharfer Stimme. »Im Gegenteil – wie kannst du solche Dinge sagen! Ein Mann, der seine drei Kinder vaterlos zurückläßt! Und die halten ihn für einen besseren Mann als den Kaiser von Britannien und warten noch immer darauf, daß er nach Hause kommt und ihnen Geschenke bringt – zum besten? Daß ein Mann wie meiner sterben mußte . . . ach, ochne!«

Sion stellte den Stock hin und bedeckte einen Augenblick sein Gesicht. Dann senkte er die Hände und fuhr mit einer Hand durch sein Haar, wie auch sein Sohn das immer getan hatte. »Die Kinder haben noch immer ihre Sippe, meine Tochter. Und sie haben eine Mutter. Und sie hat ihre Kinder.«

»Allerdings«, sagte Eivlin, die jetzt ruhiger geworden war. Aber sie schaute noch immer das Bündel hinten im Karren an.

Dann blickte sie wieder zu mir auf und sah etwas in meinem Gesicht – ich weiß nicht was –, und sie sprang plötzlich vom Wagen und legte ihre Arme um mich. Etwas in meinem Herzen gab nach, und ich hielt sie ganz fest und biß mir auf die Zunge, damit ich nicht aufschrie. Einen Augenblick vergaß ich, daß ich Kaiserin und Herrin der Festung war, und wir waren nur noch zwei Frauen, die ihre geliebten Männer verloren hatten. Dann zog Eivlin sich zurück. »Ich muß mich um meine Kinder kümmern, my Lady«, flüsterte sie, »sonst bliebe ich. Denn du hast mir noch nicht vorgemacht, daß du nichts fühlst und nichts brauchst, was immer die anderen auch glauben. Gott schütze dich, my Lady.«

»Auch dich, Cousine, und deine Kinder.«

Eivlin ließ mich los, nickte, biß sich auf die Lippe, stieg wieder auf den Karren und setzte sich neben ihren Schwiegervater. Sion trieb die mißmutigen Ochsen an, und der Wagen schwankte langsam den Hügel hinunter, zum ruhigen Bauernland vom Dumnonia. Ich sah sie alle nie wieder.

Und noch immer wartete ich.

Ungefähr eineinhalb Wochen später schickte Sandde mir einen Boten aus Camlann. Er brachte weitere Vorräte und ein paar unwichtige Nachrichten. Die Neuigkeiten überraschten mich nicht, aber über den Boten wunderte ich mich, denn es war Taliesin, der Artus' oberster Barde gewesen war und der manchmal mit der Reiterei gekämpft hatte. Taliesin hatte ich während dieses letzten Krieges die ganze Zeit weder gesehen, noch hatte ich von ihm gehört. Als er ankam und mir die Liste der Vorräte präsentierte, die er mitbrachte, da bat ich ihn in mein Haus. Als er da war, schenkte ich ihm Met ein.

»Ich bin froh, dich gesund wiederzusehen«, sagte ich, während er am Met nippte. »Ich hatte angenommen, du wärst tot.«

Er schnitt ein Gesicht und schüttelte den Kopf. »Aber nein. Ich war nur nicht in Camlann.«

Er bot mir keine weitere Erklärung, das hatte er noch nie getan. Er war ein geheimnisvoller Mann, von dem niemand viel wußte, und er genoß es, sich noch geheimnisvoller zu machen.

Gawain wenigstens war fest davon überzeugt gewesen, daß Taliesin aus der Anderwelt stammte und sich nur aus irgendeinem unbekannten persönlichen Grund auf der Erde aufhielt. Viele Leute andererseits hatten das gleiche von Gawain geglaubt.

»So?« fragte ich, ungeduldig über seine Geheimnisse, »wo warst du denn?«

Taliesin lächelte. Er akzeptierte schnell meine Ungeduld, aber seine Belustigung wirkte traurig. »Artus hat mich nach Norden zu Urien, dem König von Rheged geschickt, als er nach Gallien zog. Zuerst war ich Bote, aber nachher sollte ich Urien damit versöhnen, daß die Hälfte seiner Krieger außer Landes waren. Der Krieg zwischen Rheged und Ebrauc brach aus, während ich noch da war. Also bin ich im Norden geblieben, bis ich hörte, daß Artus zurück wäre. Vor zwei Tagen bin ich in Camlann angekommen.«

»Du warst also im Norden – aber wann? Vor zwei Wochen? Was passiert dort oben?«

Taliesin zuckte die Achseln. »Die aus Rheged überfallen Ebrauc, und Ebrauc plündert Rheged, und beide stoßen wilde Schreie des Widerstandes über den Gedanken aus, daß sie einem Kaiser untertan sein sollten. Es gibt keine direkten Schlachten, und es ist auch unwahrscheinlich, daß sich welche ergeben werden, und weder die eine Seite noch die andere ist deutlich im Vorteil. Wenn Artus in der Tat gefallen ist und wenn es für Ebrauc keinen Kaiser mehr gibt, gegen den es rebellieren kann, dann mag vielleicht wieder ein Waffenstillstand erklärt werden – wenigstens eine Zeitlang. «

»Wenn Artus tot ist«, sagte ich. Es war das erstemal, daß jemand mir gegenüber diese Worte ausgesprochen hatte. »Was würdest du dann tun?«

Er blickte aufs Schreibpult und fuhr müßig mit dem Finger das Muster auf der polierten Oberfläche nach. »Ich würde das tun, was ich immer getan habe, my Lady: Ich würde Lieder schreiben. Ich wäre am Hof jedes Königs von Britannien willkommen, selbst am Hof eines Maelgwyn Gwynedd.«

»Würdest du Lieder über den Fall des Reiches schreiben?« fragte ich, ehe ich meine Worte zurückhalten konnte.

Er blickte auf. Er hatte graue Augen, wie Artus oder Medraut, aber von hellerer Farbe. In dem dämmrigen Haus wirkten sie fast silbern. »Lieder über den Zerfall des Reiches, ja, und Lieder über den Kaiser. Es wird jetzt keinen Kaiser mehr geben, nicht im Westen. Niemand wird mehr Anspruch auf den Titel erheben, denn alle sind jetzt zu schwach dafür, und niemand hat einen höheren Anspruch als die anderen. Viele werden begeistert auf Lieder warten, vom Kaiser Artus und der ›Familie‹.« Er schaute wieder nach unten und summte leise ein paar Takte. Es war eines seiner neuen Lieder, kein Zweifel, denn ich erkannte es nicht als ein altes. Ich spürte, wie sich in mir langsam eine Welle des Zorns und der Bitterkeit erhob. »Der Ruhm wird nicht blaß werden, my Lady, denn er wird keinen Nachfolger haben. Und an meine Lieder wird man sich erinnern. In den Zeiten, die kommen, wird man sich erinnern. Etwas von dir und etwas von dem, für das wir gekämpft haben, wird überleben.«

»Glaubst du denn«, wollte ich wissen, »daß wir für Lieder gekämpft haben?« Er blickte wieder auf, und sein Gesicht wirkte leicht überrascht und ruhig und unbewegt, und der Zorn, der blinde, wilde Schmerz, nahm plötzlich Besitz von mir. Ich sprang auf, fegte mit der Hand über das Schreibpult und schleuderte den Krug Met auf den Fußboden. Er zerbrach. Das Dienstmädchen rannte aus dem Nebenzimmer herein, aber ich scheuchte sie zurück. »Glaubst du denn, daß man mit Liedern die Hungrigen ernähren, daß man Gerechtigkeit ausüben oder Frieden zwischen Königreichen halten kann, und glaubst du, daß man damit die Ruinen des Reichs der Römer wieder aufbauen kann? Geh und sing deine Lieder den Sachsen vor; ich bin sicher, daß sie deinen Melodien und deiner unbekannten Sprache große Aufmerksamkeit schenken werden. Lieder! Lieder bringen keine Lösung. Der Ruhm ist kein Trost. Wir haben verloren, verstehst du das nicht? Alles ist verloren. Das Licht ist verschwunden, und die Dunkelheit bedeckt Britannien genauso dicht wie die Luft, und nichts ist mehr übrig von dem, was wir uns einst erträumt haben und für das wir gelitten haben.

Und wenn du deine Lieder singst, und wenn es die größten aller Lieder sind, und wenn du Männer dazu bewegen kannst, an ein Ideal zu glauben, was für ein Ideal wird es in ein paar Jahren werden? Ein Kaiser begeht Blutschande mit seiner Schwester, zeugt seinen eigenen Ruin in der Person eines verräterischen, böswilligen Sohnes. Und eine Kaiserin teilt das Reich zur Unzeit, indem sie mit dem besten Freund des Kaisers die Ehe bricht! Was für eine wunderbare Geschichte! Was für ein Thema für Lieder! Es ist nicht nur alles verloren, nein, wir waren diejenigen, die es verloren haben, wir, die durch unsere eigene Dummheit und Schwäche zugelassen haben, daß wir in Streit gerieten und daß das Reich wie ein Topf zerbrach, der einen Brandfehler hat und aus dem alles herausläuft, was man hineinschüttet. Es ist verschwunden wie Rauch in der Luft, wie Nebel im Wind. Nichts ist mehr übrig vom Reich, und nichts ist geblieben, auf dem wir aufbauen könnten, und nichts haben wir von unserem Leben vorzuweisen außer Schuld, Schande und ein paar verlogenen Liedern!«

Noch während ich sprach, war meine Stimme immer schriller geworden, und endlich schrie ich Taliesin an, der dasaß und mich ruhig beobachtete. Ich hatte angefangen zu zittern und versuchte, mein Gesicht zu bedecken. Das Dienstmädchen eilte wieder durch die Tür herein und packte mich am Arm. »My Lady, my Lady, setz dich«, sagte sie, und dann, zu Taliesin gewandt: »Sie ist übermüdet, die Arme. Sie arbeitet zu hart. Hier, edle Dame, ich hole dir Wasser und noch etwas Met. Hab keine Angst, dein Mann kommt schon zurück.«

Ich lachte, aber ich setzte mich aufs Bett. »Mein Mann ist tot«, sagte ich zu dem Mädchen.

»Ach, edle Dame, sie haben ja nie seine Leiche gefunden. Er kann nicht tot sein.«

»Er ist nach dem Angriff der Reiterei vermißt worden«, sagte ich und gab damit schließlich zu, was ich schon seit einiger Zeit wußte. »Und ich habe seine Leiche einfach nicht erkannt, weil die Pferde darüber hinweggetrampelt sind und weil sie zur Unkenntlichkeit verstümmelt worden ist. Artus ist tot, und selbst im Tode kann ich ihn nicht wiedersehen und ihn auch nicht begraben. Ich wünschte, Gott des Himmels, daß ich auch tot wäre.«

»Sag nicht so etwas!« rief das Mädchen. »Bitte, hier ist Wasser.«

Ich trank ein wenig und schaute dem Mädchen in das erschrockene, bekümmerte Gesicht. Der Zorn wich von mir. »Mach dir keine Sorgen«, sagte ich zu ihr. »Es ist nur die Müdigkeit.«

Das Mädchen lächelte zögernd und ging hinaus, um den Met zu holen.

»Es tut mir leid, edle Dame«, sagte Taliesin, »ich wollte dich nicht beleidigen.«

Ich preßte mir die Handballen auf die Augen und spürte, daß die Schluchzer wieder in mir verschlossen waren. »Nein, mir tut alles leid«, sagte ich. »Verzeih mir. Ich habe nur so viele Tote gesehen, und – wie das Mädchen schon sagte – ich bin müde. Du hast das nur zu meinem Trost gesagt.«

Taliesin stand auf, nahm meine Hand, küßte sie und berührte damit seine Stirn. »Du hast zuviel ertragen, edle Dame.«

»Alle ertragen zuviel.« Ich wischte mir die Augen, und die Dienerin kam mit dem Met zurück. Sie gab mir etwas davon. Er kam frisch aus dem Lagerraum und war bitter kalt. Er glitt schmerzhaft durch meine angespannte Kehle. »Danke«, sagte ich zu dem Mädchen und versuchte, meine zitternden Glieder zu beherrschen. Dann fiel mir noch etwas ein, und ich fügte hinzu: »Kannst du mir Tinte und Pergament besorgen, Olwin?« Sie nickte mit dem Kopf und ging wieder, und ich wandte mich an Taliesin.

»Du sagst, du kannst an den Hof jedes beliebigen Königs gehen, und du wärst dort willkommen«, sagte ich. Das stimmte natürlich. Kein britischer König würde einem Barden etwas zuleide tun. Gesetz und Sitte erlauben das nicht – und Taliesin war berühmt. »Könntest du auch nach Kleinbritannien reisen?«

Er nickte vorsichtig. »Du willst, daß ich Bedwyr einen Brief bringe.«

»Zwei Briefe. Einen, den Gawain mir vor seinem Tod diktiert hat, und einen, den ich selbst schreiben werde. Ich will Bedwyr nur von der Schlacht berichten und ihm sagen, daß Artus tot ist und daß ich in ein Kloster eintrete. Du kannst den Brief zuerst lesen, wenn du willst. Und du wirst niemandem die Ehre abschneiden, wenn du ihn für mich hinbringst.«

»In ein Kloster?«

»Was sonst soll eine adlige Witwe tun? Entweder das oder neu heiraten – und ich will nicht wieder heiraten.«

»Herr Sandde . . .«

»Ich bin alt genug, um seine Mutter zu sein.«

»Er wäre auch gewillt, dein Unterkönig zu sein, und nicht dein Mann. Er bewundert dich sehr. Er will dich in Camlann wieder als Kaiserin einsetzen.«

»Ich würde kein einziges Jahr durchhalten. Wir haben nicht mehr genug Krieger, um solch eine Herrschaft zu unterstützen, und die Könige von Britannien würden es der ungetreuen Frau eines Usurpators nicht erlauben, Anspruch auf den Purpur zu erheben. Du selbst hast gesagt, daß keine Kaiser mehr nach ihm kommen. Es gibt ja kein Reich mehr.« Ich hatte das Gefühl, als ob ich seit langer Zeit schon nichts anderes mehr gesagt hätte. »So zu tun, als ob es noch eins gäbe, wenn wir keine wirkliche Macht mehr besitzen, das schafft nur weitere Kriege und noch mehr Uneinigkeit, als es schon gibt. Laß Sandde König von Dumnonia werden – ohne Zweifel wird man ihn als solchen anerkennen. Ich reite nach Norden und trete einem Kloster bei.« Ich stand auf und nahm ein Stückchen von dem zerbrochenen Metkrug auf. »Als Mädchen kannte ich ein anderes Mädchen, das jetzt Äbtissin eines Konvents in der Nähe von Caer Lugualid ist. Ich weiß, ich wäre dort willkommen – vielleicht sollte ich auch an sie schreiben.

Wenn im Norden Waffenstillstand erklärt wird, dann reise ich im Frühling dorthin. Ich bin sicher, Sandde wird mir eine Art Eskorte mitgeben.«

Taliesin verbeugte sich. Und dann, als er sich wieder aufrichtete, sah ich zu meinem Erstaunen, daß er weinte. Ich hatte ihn noch nie weinen gesehen. »Edle Dame«, sagte er mit rauher Stimme, »ich werde deine Briefe besorgen.« Er verbeugte sich noch einmal und wollte aus dem Zimmer gehen. Aber in der Tür blieb er stehen und schaute mich noch einmal an. »Vor vielen, vielen Jahren habe ich geträumt oder in einer Vision vorausgesehen, daß dieses Reich fallen würde. Ich habe es erwartet und zugesehen, und ich habe gewartet und in meinem Herzen ein Lied darüber gemacht. Aber ich hatte nicht geglaubt, daß es so bitter wäre, es geschehen zu sehen. Selbst meine Lieder scheinen nicht mehr zu sein als der Wind im Schilf, hohl und ohne Leben. Ich werde dafür bezahlt . . .« Er hielt inne und starrte mich an, und in seinem Gesicht arbeitete es, »ich werde dafür bezahlt, daß ich mich um nichts kümmere. Laß mich rufen, my Lady, wenn du mit den Briefen fertig bist.« Er verbeugte sich noch einmal und schlüpfte hinaus.

Ich nahm noch ein paar weitere Stücke von dem Metkrug auf und wog sie in meiner Hand. Sie waren klebrig, und das Zimmer war voll vom süßen Honiggeruch des Mets. Ich hatte den Brief an Bedwyr in Gedanken schon fertiggestellt, und es würde nicht lange dauern, bis ich ihn geschrieben hatte. Ich nahm an, daß er mir noch immer wichtig genug war, daß ich den Wunsch hatte, ihm Bescheid zu sagen – aber mein Herz war wie betäubt, und das einzige, was ich von ihm noch spürte, war eine Art Verantwortung, etwas, das ich bald auf irgendeiner unendlichen Liste abhaken konnte.

Ich legte die Bruchstücke hin und wischte mir die Hände, und dann wartete ich darauf, daß das Dienstmädchen mit der Tinte wiederkam.

Epilog

Es ist jetzt schon einige Wochen her, seit ich diesen Bericht von meiner Vergangenheit beendet, meine Feder niedergelegt und mich gefragt habe, was ich als nächstes tun soll. Ich habe angefangen, weil ich eines Tages herausfand, daß mir, wenn ich an die Vergangenheit dachte, nur noch drei Dinge deutlich vor Augen standen: die Stunde, als das Wasser vom Dach heruntertropfte und auf den Fackeln zischte, als Sandde mir sagte, Artus sei verschwunden – Bedwyrs Gesicht mit den dunklen Augen und der Ruhe, die außerhalb jeder weiteren Qual lag, als er mir Lebewohl sagte – und Gawain, der unschuldig in diesem ekelhaften Zimmer in Ynys Witrin in meinen Armen starb. Und all diese Erinnerungen waren hell und strahlend von soviel Schmerz und Bitterkeit, daß ich Angst bekam. Ich bin jetzt alt. Wenn ich mein Spiegelbild im Wasser oder in einem Becher Wein sehe – im Kloster gibt es keine Spiegel –, dann kann ich kaum glauben, daß ich die gleiche Gwynhwyfar bin, die Artus und Bedwyr geliebt haben. Das Gesicht, das ich sehe, gehört zu einer alten Frau; es ist zerfurcht vom Leben, von zu viel Leben. Viele Tränen, Stunde über Stunde des Schmerzes, der nie gelöscht, nie vergessen werden kann. Es sind auch Lachfalten da. Ich habe in meinem Leben gelacht, Gott sei Dank. Aber das Lachen wiegt auf der Waage den Schmerz nicht auf. Mein Haar ist weiß und wird langsam dünn. Meine Knochen sind in letzter Zeit steif geworden, und sie schmerzen tief innen, so wie das Herz schmerzt und nach einem unwiederbringlichen Verlust steif wird. Nur meine Augen sehen noch so aus, wie ich sie aus der Vergangenheit in Erinnerung habe – sie sind braun und offen. Es ist schrecklich, wenn man schuld am Untergang all derer ist, die man am meisten geliebt hat, aber es ist noch schlimmer, diesen Untergang zu überleben und alt zu werden und zu vergessen.

Ich bin jetzt Äbtissin dieses Klosters im Norden, verantwortlich für das Wohlergehen von fast hundert Menschen, und ich bin – unglaublicherweise – wieder respektiert. Die Menschen hier kommen mit ihren Problemen zu mir, und die Schwestern schreiben Bücher ab und kümmern sich um verwaiste Kinder. Die Welt dreht sich weiter. Bedwyr, so habe ich gehört, ist, nachdem er von Artus' Tod erfahren hat, Mönch geworden. Als Artus die Belagerung von Car Aes aufhob, um Britannien zu Hilfe zu eilen, da verkündete Macsen seinen Sieg und bot Bedwyr beim Siegesfest den Titel eines Feldherrn und dazu noch verschiedene Ländereien und Machtbefugnisse an. Bedwyr hat abgelehnt. Trotz dieser Ablehnung war Macsens früherer Feldherr nicht erfreut darüber, und teilweise wegen dieses Mißfallens hat Macsen Bedwyrs Forderung, ihn von seinem Eid zu entbinden, nachgegeben, nachdem Bedwyr die Nachricht empfangen hat, die ich ihm später in diesem Jahr zukommen ließ. Vor ein paar Jahren habe ich von einem Wanderpriester erfahren, daß Bedwyr überall in Kleinbritannien wegen seines asketischen Lebens berühmt geworden ist – er hat sich gegeißelt und gefastet und vor Tagesanbruch in eisige Bäche gekniet und Psalmen gesungen, und so weiter. Die bretonischen Klosterbrüder halten ihn für sehr heilig. Ich selbst weiß, daß er das Gegenteil glaubt. Bedwyr würde nie glauben, daß er Gott dazu überreden könnte, ihm zu verzeihen, weil er sich quält. Und ich glaube nicht, daß er es schaffen wird, seinen Körper genug zu strafen, um von sich selbst Verzeihung zu erlangen. Aber vielleicht ist Gott gnädiger als Bedwyr. Vielleicht.

Sandde ist König von Dumnonia geworden und herrschte von seiner neuen Hauptstadt Camlann aus. Erst ein paar Jahre, nachdem ich den Süden verlassen hatte, starb er in einem der neuen Kriege gegen die Sachsen. Es gibt viele Kriege heutzutage, kleine Kriege, und überall herrscht große Unsicherheit.

Die Schiffe, die früher von Kleinbritannien kamen, erscheinen jetzt unregelmäßiger, und sie bringen nicht länger Nachrichten aus den fernen Teilen des Reiches. Rom scheint uns heute so fern und geheimnisvoll, wie mir in meiner Jugend Konstantinopel vorgekommen ist. Die Leute leben dem Augenblick und fürchten sich vor dem Morgen, denn die Welt wird ständig dunkler.

Vor nicht allzu langer Zeit wanderte ein Barde bei unserem Kloster vorüber, und er sang ein neues Lied, das vom Tod eines Unterkönigs handelte. Dieses Lied ist mir seitdem immer wieder durch den Kopf gegangen. Man sagt, es sei von der Schwester des Toten geschrieben worden.

Dunkel ist's heute in Cynddylans Halle,
es flackert kein Feuer, und Schlaf wir nicht finden.
Ich will schweigen nach der Stunde der Tränen.

Dunkel ist's heute in Cynddylans Halle,
es flackert kein Feuer, es strahlt keine Kerze.
Was hält mit Gewalt meine Seele?

Dunkel ist's heute in Cynddylans Halle,
der sie bewohnte, ist gegangen.
Grausamer Tod, was läßt du mich bleiben?

Von Gorwynniens Hügel blickt' ich hinab
auf ein Land so sommerlich schön.
Lang ist der Sonne Lauf,
länger noch meine Erinnerung.

Meine Erinnerung reicht weit zurück, aber sie wird mit mir sterben, und bald wird sich kein Lebender mehr an unser Reich erinnern. Was bleibt also, trotz all des Blutvergießens und all des Kummers?

Manchmal glaube ich, daß nichts übrigbleibt. Lange Zeit glaubte ich, das Ende von Camlann sei auch das Ende von allem gewesen, und die Bitterkeit schwoll in mir auf, bis ich Angst bekam, denn es ist nicht gut, wenn man alt ist und bald vor Gott treten und wegen seiner Taten Rede und Antwort stehen muß, wenn man von wortloser Bitterkeit erfüllt ist. Ich fing an, mir einzureden, daß ich vergessen sollte.

Aber ich brachte es einfach nicht fertig, zu vergessen, und je mehr ich mich erinnerte, desto weniger hatte ich den Wunsch, zu vergessen. Ich wollte die Erinnerung an Camlann nicht verlieren, wie es am Morgen aussah, wenn die Sonne vom Schnee auf dem Dach der Festhallte schien und wenn der Rauch von den Morgenfeuern aufstieg. Ich wollte nicht die Feste in dem großen, dämmrigen Gebäude vergessen, das Glitzern des vielen Goldes, die Töne der Harfe. Wie groß die Bitterkeit auch ist, die sich mit den Erinnerungen vermischt, das, was wir in Camlann besaßen, war der Traum, nach dem sich die Herzen aller Menschen immer gesehnt haben. »O oriens, splendor lucis aeterna«, »O Tagesanbruch, Glanz des ewigen Lichtes und Sonne der Gerechtigkeit, komm, erleuchte jene, die in der Dunkelheit wandeln und im Schatten des Todes.« Wir haben schon auf Erden den Wein des neuen Jerusalem gekostet, das in Ewigkeit kommen soll. Natürlich ist der Verlust dieses Traumes bitter; viel bitterer als der Verlust der ganzen Welt. Aber ich kann mir nicht wünschen, zu vergessen, daß es da war, ein paar Jahre wenigstens. Nein, ich will nichts davon vergessen: weder Artus' Lächeln und seine klaren Augen noch Bedwyrs warmen Blick noch die Freundschaften und die Liebe und die erstaunliche Schönheit der Welt, die wir neu schufen.

Ich habe mich zurückentwickelt und angefangen, wie eine Äbtissin zu reden. Nun, das bin ich ja auch, und meine Sprache bekommt dadurch mehr Farbe. In Camlann haben wir versagt; nichts von dem, was wir uns mühten aufzubauen, bleibt noch, außer der Sehnsucht, die uns von Anfang an getrieben hat. Aber der Traum war es wert, und auch, daß wir die Freude ein paar Jahre besessen haben, und ich kann nicht bedauern, daß wir uns darum mühten. Vielleicht, obwohl wir versagt haben, hat Gott nicht versagt. Vielleicht ist es nicht das Ende.

Im letzten Jahr ist auf einer Insel im Norden ein neues Kloster gegründet worden – ausgerechnet von den Iren. Daran ist nichts allzu Bemerkenswertes. Der Führer der Siedlung schickte ein paar Mönche hierher, die nach Büchern suchen sollten: Das ist bemerkenswert. Niemand reist in dieser Zeit meilenweit, um nach Büchern zu suchen; ich hatte schon angefangen zu befürchten, daß die Fähigkeit zu lesen aussterben würde und daß die Welt sich dann wahrhaftig nur noch auf die Gegenwart beschränkt. Aber dieser irische Abt ist wild auf Bücher – der Grund dafür, daß er nach Britannien gekommen ist, besteht darin, daß es ihm Kummer macht, weil er eins gestohlen hat. Und diese Mönche machen sich daran, die Sachsen zu bekehren; sie haben schon einen König bekehrt, und ihr Einfluß breitet sich schon jetzt aus wie Feuer im Gras. Artus und ich wollten immer, daß die Sachsen bekehrt werden, daß sie ins Reich geholt werden, aber die britische Kirche brachte es nie über sich, diese Aufgabe selbst zu übernehmen, und erlaubte es uns auch nicht, jemand anderen damit zu betreuen.

Eine Handvoll Mönche auf einer kleinen Insel namens Iona: Das ist nicht viel. Sie sind noch nicht einmal Römer, sie haben keine Ahnung, was Rom war oder welche Bedeutung es hatte. Dennoch sind sie versessen darauf, die Welt zu verändern, wie ich damals, als ich vor vielen Jahren nach Süden, nach Camlann, ritt. Vielleicht bin ich verrückt, wenn ich darauf hoffe, daß sie irgend etwas erreichen können und daß sie Erfolg haben, wo Artus und ich versagten. Dennoch, überall in Britannien gibt es noch die Sehnsucht, den Wunsch tief in der Seele, der darauf wartet, daß jemand ihn berührt und ihn neu formt. Es ist, wie Taliesin vorausgesagt hat: Britannien hat unser Reich nicht vergessen. Es sehnt sich danach, noch mehr Lieder davon zu hören, denn es ist verschwunden, und sein Verschwinden hinterläßt eine Lücke in der Welt, die selbst seine früheren Feinde spüren. Ich habe in letzter Zeit Geschichten gehört, daß Artus gar nicht gestorben ist, sondern unter irgendeinem Zauber schläft, und daß er eines Tages wieder erwacht. Als ich zum erstenmal diese Geschichten hörte, da haßte ich sie wegen ihrer blinden, verführerischen Hoffnung. Aber die Hoffnungen bleiben in diesem Land, und sie sind mächtiger als der Frühling, wenn die Sonne aus dem dunklen Winter ihren Kreis wieder emporzieht. Unsere Niederlage kann die Sonne nicht auslöschen. Wenn jemand gewillt wäre, denen Licht zu bieten, die in der Dunkelheit und im Schatten des Todes wandeln . . . Wenn, wenn, wenn.

Diese Mönche sind bereit dazu.

Habe ich mich geirrt, als ich mich so fest an die Erinnerung an Rom klammerte? Vielleicht schlägt der Blitz nicht aus dem Osten ein und aus dem Alten Reich, sondern aus dem Westen, von der Grenze der Welt. Wer weiß? Kann ich es wagen zu glauben, daß das Leben wirklich weitergeht, kann ich Gott und den menschlichen Wünschen vertrauen und in der Hoffnung sterben?

Heute ist Ostersonntag. Während ich schreibe, singen die Vögel laut vor meinem Fenster, und die Sonne schüttet sauberes Gold über die Ränder dieser Seite. Ihre Strahlen sehen aus wie die zarten, komplizierten Muster, die die Iren in ihre Evangelienbücher malen. Draußen stehen die frühen Apfelbäume und der Weißdorn schon in Blüte, und die Wälder haben Teppiche aus Primeln und Leberblümchen. Seltsam, wie die Erde sich erneuert – wie eine Schlange, die ihre steife, altersstaubige Haut abstreift und die ihre glänzenden neuen Spiralen auf dem sonnengewärmten Pfad poliert.

Es ist nicht das Ende. Es kann nicht das Ende sein. Der Baum, der vom letzten Herbststurm nacktgefegt worden war, steht jetzt grüngolden in seinen neuen Blättern da, und durch irgendein besonderes Wunder, einen unerwarteten Zauber, kehrt das Leben von den Toten zurück.

Wolfgang Hohlbein:

Charity:
Die schlafende Armee
Hölle aus Feuer und Eis
In den Ruinen von Paris

Band 4–6, 3 Bände, insgesamt 704 Seiten,
Format 12,5 x 18,7 cm, gebunden
Best.-Nr. 387 266
ISBN 3-8289-0021-6
Sonderausgabe komplett nur DM 19,80

Wolfgang Hohlbein:

Der Inquisitor

416 Seiten, Format 12,5 x 18,7 cm,
gebunden mit Schutzumschlag
Best.-Nr. 310 037
ISBN 3-86047-565-7
Sonderausgabe nur DM 16,80

Marion Zimmer Bradley:

Das graue Schloß am Meer
Schloß des Schreckens
Die geheimnisvollen Frauen

3 Bände, insgesamt 704 Seiten,
Format 12,0 x 19,2 cm, gebunden
Best.-Nr. 373 274
ISBN 3-86047-266-6
Sonderausgabe komplett nur DM 24,80

Hans Dominik:

Der Wettflug der Nationen
Ein Stern fiel vom Himmel
Land aus Feuer und Wasser

3 Bände, insgesamt 608 Seiten,
Format 12,5 x 18,7 cm, gebunden
Best.-Nr. 357 269
ISBN 3-86047-883-4
Sonderausgabe komplett nur DM 19,80